I GRANDI DELLA LETTERATURA

NIEVO

LE CONFESSIONI DI UN ITALIANO

intra

COLLANA IL DISORIENTE

SERIE I GRANDI DELLA LETTERATURA

Copertina: Gerolamo Induno (1825-1890), *La battaglia di Magenta*, 1861, olio su tela, Museo del Risorgimento, Milano.

ISBN 979-12-5991-528-3

INDICE

NOTA INTRODUTTIVA

Ippolito Nievo nasce a Padova il 30 novembre 1831 da padre di nobile famiglia mantovana e madre proveniente dal patriziato veneziano. Nell'infanzia e nell'adolescenza vive tra il Friuli, il Veneto e la Lombardia, studiando diritto. Partecipa ai moti insurrezionali di Mantova nel '48. Nel '57, colpito da un mandato di cattura della polizia austriaca, fugge a Milano, dove lo richiama la preparazione del decennio che sfocia nel '59. Dopo un'intensa attività patriottica, è colonnello, vice-intendente, poi intendente, della spedizione dei Mille (1860-61), durante la quale muore (nel Mar Tirreno) il 4 marzo 1861.

Scritto in pochi mesi, tra il 1857 ed il 1858, *Le confessioni di un italiano* uscì postumo nel 1867 e si impose subito ai lettori italiani. L'ottantenne Carlo Altoviti ripercorre la propria esistenza dall'infanzia quasi magica nel castello di Fratta, alla maturità gravata dalla malattia e dall'esilio londinese. Intrecciata alla vicenda personale scorre la storia del nostro Risorgimento: un affresco dentro il quale si muove una galleria animatissima di personaggi tra cui spicca la figura appassionata dell'amata Pisana.

È ritenuto un originale romanzo di educazione dei sentimenti e un capolavoro della letteratura risorgimentale.

CAPITOLO PRIMO

Ovvero breve introduzione sui motivi di queste mie "Confessioni", sul famoso castello di Fratta dove passai la mia infanzia, sulla cucina del prelodato castello, nonché sui padroni, sui servitori, sugli ospiti e sui gatti che lo abitavano verso il 1780. Prima invasione di personaggi; interrotta qua e là da molte savie considerazioni sulla Repubblica Veneta, sugli ordinamenti civili e militari d'allora, e sul significato che si dava in Italia alla parola patria, *allo scadere del secolo scorso.*

Io nacqui veneziano ai 18 ottobre del 1775, giorno dell'evangelista san Luca; e morrò per la grazia di Dio italiano quando lo vorrà quella Provvidenza che governa misteriosamente il mondo.

Ecco la morale della mia vita. E siccome questa morale non fui io ma i tempi che l'hanno fatta, cosí mi venne in mente che descrivere ingenuamente quest'azione dei tempi sopra la vita d'un uomo potesse recare qualche utilità a coloro, che da altri tempi son destinati a sentire le conseguenze meno imperfette di quei primi influssi attuati.

Sono vecchio oramai piú che ottuagenario nell'anno che corre dell'era cristiana 1858; e pur giovine di cuore forse meglio che nol fossi mai nella combattuta giovinezza, e nella stanchissima virilità. Molto vissi e soffersi; ma non mi vennero meno quei conforti, che, sconosciuti le piú volte di mezzo alle tribolazioni che sempre paiono soverchie alla smoderatezza e cascaggine umana, pur sollevano l'anima alla serenità della pace e della speranza quando tornano poi alla memoria quali veramente sono, talismani invincibili contro ogni avversa fortuna. Intendo quegli affetti e quelle opinioni, che anziché prender norma dalle vicende esteriori comandano vittoriosamente ad esse e se ne fanno agone di operose battaglie. La mia indole, l'ingegno, la prima educazione e le operazioni e le sorti progressive furono, come ogni altra cosa umana, miste di bene e di male: e se non fosse sfoggio indiscreto di modestia potrei anco aggiungere che in punto a merito abbondò piuttosto il male che il bene. Ma in tutto ciò nulla sarebbe di strano o degno da essere narrato, se la mia vita non correva a cavalcione di questi due secoli che resteranno un tempo assai memorabile massime nella storia italiana. Infatti fu in questo mezzo che diedero primo frutto di fecondità reale quelle speculazioni politiche che dal milletrecento al millesettecento traspirarono dalle opere di Dante, di Macchiavello, di Filicaia, di Vico e di tanti altri che non soccorrono ora alla mia mediocre coltura e quasi ignoranza letteraria. La circostanza, altri direbbe la sventura, di aver vissuto in questi anni mi ha dunque indotto nel divisamento di scrivere quanto ho veduto sentito fatto e provato dalla prima infanzia al cominciare della vecchiaia, quando gli acciacchi dell'età, la condiscendenza ai piú giovani, la temperanza delle opinioni senili e, diciamolo anche, l'esperienza di molte e molte disgrazie in questi ultimi anni mi ridussero a quella dimora campestre dove aveva assistito all'ultimo e ridicolo atto del gran dramma feudale. Né il mio semplice racconto rispetto alla storia ha diversa importanza di quella che avrebbe una nota apposta da ignota mano contemporanea alle rivelazioni d'un antichissimo codice. L'attività privata d'un uomo che non fu né tanto avara da trincerarsi in se stessa contro le miserie comuni, né tanto stoica da opporsi deliberatamente ad esse, né tanto sapiente o superba da trascurarle disprezzandole, mi pare in alcun modo riflettere l'attività comune e nazionale che la assorbe; come il cader d'una goccia rappresenta la direzione della pioggia. Cosí l'esposizione de' casi miei sarà quasi un esemplare di quelle innumerevoli sorti individuali che dallo sfasciarsi dei vecchi ordinamenti politici al raffazzonarsi dei presenti composero la gran sorte nazionale italiana. Mi sbaglierò forse, ma meditando dietro essi potranno alcuni giovani sbaldanzirsi dalle pericolose lusinghe, e taluni anche infervorarsi nell'opera lentamente ma durevolmente avviata, e molti poi fermare in non mutabili credenze quelle vaghe aspirazioni che fanno loro tentar cento vie prima di trovare quell'una che li conduca nella vera pratica del ministero civile. Cosí almeno parve a me in tutti i nove anni nei quali a sbalzi e come suggerivano l'estro e la memoria venni scrivendo queste note. Le quali incominciate con fede pertinace alla sera d'una grande sconfitta e condotte a termine traverso una lunga espiazione in questi anni di rinata operosità, contribuirono alquanto a persuadermi del maggior nerbo e delle piú legittime speranze nei presenti, collo spettacolo delle debolezze e delle malvagità passate.

Ed ora, prima di prendere a trascriverle, volli con queste poche righe di proemio definire e sanzionar meglio quel pensiero che a me già vecchio e non letterato cercò forse indarno insegnare la malagevole arte dello scrivere. Ma già la chiarezza delle idee, la semplicità dei sentimenti, e la verità della storia mi saranno scusa e piú ancora supplemento alla mancanza di retorica: la simpatia de' buoni lettori mi terrà vece di gloria.

Al limitare della tomba, già omai solo nel mondo, abbandonato cosí dagli amici che dai nemici, senza timori e senza speranze che non siano eterne, libero per l'età da quelle passioni che sovente pur troppo deviarono dal retto sentiero i miei giudizi, e dalle caduche lusinghe della mia non temeraria ambizione, un solo frutto raccolsi della mia vita, la pace dell'animo. In questa vivo contento, in questa mi affido; questa io addito ai miei fratelli piú giovani come il piú invidiabile tesoro, e l'unico scudo per difendersi contro gli adescamenti dei falsi amici, le frodi dei vili e le soperchierie dei potenti. Un'altra asseveranza deggio io fare, alla quale la voce d'un ottuagenario sarà forse per dare alcuna autorità;

e questa è, che la vita fu da me sperimentata un bene; ove l'umiltà ci consenta di considerare noi stessi come artefici infinitesimali della vita mondiale, e la rettitudine dell'animo ci avvezzi a riputare il bene di molti altri superiore di gran lunga al bene di noi soli. La mia esistenza temporale, come uomo, tocca omai al suo termine; contento del bene che operai, e sicuro di aver riparato per quanto stette in me al male commesso, non ho altra speranza ed altra fede senonché essa sbocchi e si confonda oggimai nel gran mare dell'essere. La pace di cui godo ora, è come quel golfo misterioso in fondo al quale l'ardito navigatore trova un passaggio per l'oceano infinitamente calmo dell'eternità. Ma il pensiero, prima di tuffarsi in quel tempo che non avrà piú differenza di tempi, si slancia ancora una volta nel futuro degli uomini; e ad essi lega fidente le proprie colpe da espiare, le proprie speranze da raccogliere, i propri voti da compiere.

Io vissi i miei primi anni nel castello di Fratta, il quale adesso è nulla piú d'un mucchio di rovine donde i contadini traggono a lor grado sassi e rottami per le fonde dei gelsi; ma l'era a quei tempi un gran caseggiato con torri e torricelle, un gran ponte levatoio scassato dalla vecchiaia e i piú bei finestroni gotici che si potessero vedere tra il Lemene e il Tagliamento. In tutti i miei viaggi non mi è mai accaduto di veder fabbrica che disegnasse sul terreno una piú bizzarra figura, né che avesse spigoli, cantoni, rientrature e sporgenze da far meglio contenti tutti i punti cardinali ed intermedi della rosa dei venti. Gli angoli poi erano combinati con sí ardita fantasia, che non n'avea uno che vantasse il suo compagno; sicché ad architettarli o non s'era adoperata la squadra, o vi erano stancate tutte quelle che ingombrano lo studio d'un ingegnere. Il castello stava sicuro a meraviglia tra profondissimi fossati dove pascevano le pecore quando non vi cantavano le rane; ma l'edera temporeggiatrice era venuta investendolo per le sue strade coperte; e spunta di qua e inerpica di là, avea finito col fargli addosso tali paramenti d'arabeschi e festoni che non si discerneva piú il colore rossigno delle muraglie di cotto. Nessuno si sognava di por mano in quel manto venerabile dell'antica dimora signorile, e appena le imposte sbattute dalla tramontana s'arrischiavano talvolta di scompigliarne qualche frangia cadente. Un'altra anomalia di quel fabbricato era la moltitudine dei fumaiuoli; i quali alla lontana gli davano l'aspetto d'una scacchiera a mezza partita e certo se gli antichi signori contavano un solo armigero per camino, quello doveva essere il castello meglio guernito della Cristianità. Del resto i cortili dai grandi porticati pieni di fango e di pollerie rispondevano col loro interno disordine alla promessa delle facciate; e perfino il campanile della cappella portava schiacciata la pigna dai ripetuti saluti del fulmine. Ma la perseveranza va in qualche modo gratificata, e siccome non mugolava mai un temporale senzaché la chioccia campanella del castello non gli desse il benarrivato, cosí era suo dovere il rendergli cortesia con qualche saetta. Altri davano il merito di queste burlette meteorologiche ai pioppi secolari che ombreggiavano la campagna intorno al castello: i villani dicevano che, siccome lo abitava il diavolo, cosí di tratto in tratto gli veniva qualche visita de' suoi buoni compagni; i padroni del sito avvezzi a veder colpito solamente il campanile, s'erano accostumati a crederlo una specie di parafulmine, e cosí volentieri lo abbandonavano all'ira celeste, purché ne andassero salve le tettoie dei granai e la gran cappa del camino di cucina.

Ma eccoci giunti ad un punto che richiederebbe di per sé un'assai lunga descrizione. Bastivi il dire che per me che non ho veduto né il colosso di Rodi né le piramidi d'Egitto, la cucina di Fratta ed il suo focolare sono i monumenti piú solenni che abbiano mai gravato la superficie della terra. Il Duomo di Milano e il tempio di San Pietro son qualche cosa, ma non hanno di gran lunga l'uguale impronta di grandezza e di solidità: un che di simile non mi ricorda averlo veduto altro che nella Mole Adriana; benché mutata in Castel Sant'Angelo la sembri ora di molto impiccolita. La cucina di Fratta era un vasto locale, d'un indefinito numero di lati molto diversi in grandezza, il quale s'alzava verso il cielo come una cupola e si sprofondava dentro terra piú d'una voragine: oscuro anzi nero di una fuliggine secolare, sulla quale splendevano come tanti occhioni diabolici i fondi delle cazzeruole, delle leccarde e delle guastade appese ai loro chiodi; ingombro per tutti i sensi da enormi credenze, da armadi colossali, da tavole sterminate; e solcato in ogni ora del giorno e della notte da una quantità incognita di gatti bigi e neri, che gli davano figura d'un laboratorio di streghe. – Tuttociò per la cucina. – Ma nel canto piú buio e profondo di essa apriva le sue fauci un antro acherontico, una caverna ancor piú tetra e spaventosa, dove le tenebre erano rotte dal crepitante rosseggiar dei tizzoni, e da due verdastre finestrelle imprigionate da una doppia inferriata. Là un fumo denso e vorticoso, là un eterno gorgoglio di fagiuoli in mostruose pignatte, là sedente in giro sovra panche scricchiolanti e affumicate un sinedrio di figure gravi arcigne e sonnolente. Quello era il focolare e la curia domestica dei castellani di Fratta. Ma non appena sonava l'Avemaria della sera, ed era cessato il brontolio dell'*Angelus Domini*, la scena cambiava ad un tratto, e cominciavano per quel piccolo mondo tenebroso le ore della luce. La vecchia cuoca accendeva quattro lampade ad un solo lucignolo; due ne appendeva sotto la cappa del focolare, e due ai lati d'una Madonna di Loreto. Percoteva poi ben bene con un enorme attizzatoio i tizzoni che si erano assopiti nella cenere, e vi buttava sopra una bracciata di rovi e di ginepro. Le lampade si rimandavano l'una all'altra il loro chiarore tranquillo e giallognolo; il foco scoppiettava fumigante e s'ergeva a spire vorticose fino alla spranga trasversale di due alari giganteschi borchiati di ottone, e gli abitanti serali della cucina scoprivano alla luce le loro diverse figure. Il signor Conte di Fratta era un uomo d'oltre a sessant'anni il quale pareva avesse svestito allor allora l'armatura, tanto si teneva rigido e pettoruto sul suo seggiolone. Ma la parrucca colla borsa, la lunga zimarra color cenere gallonata di scarlatto, e la tabacchiera di bosso che aveva sempre tra mano discordavano un poco da quell'attitudine guerriera. Gli è vero che aveva intralciato fra le gambe un filo di spadino, ma il fodero n'era cosí rugginoso che si potea scambiarlo per uno schidione; e del resto non potrei assicurare che dentro a quel fodero vi fosse realmente una lama d'acciaio, ed egli stesso forse non s'avea presa mai la briga di sincerarsene. Il signor Conte era sempre sbarbato con tanto scrupolo, da sembrar appena uscito dalle mani del barbiere; portava da mattina a sera sotto l'ascella una pezzuola turchina e benché poco uscisse a piedi, né mai a cavallo, aveva stivali e speroni da disgradarne un corriere di Federico II. Era questa una tacita dichiarazione di simpatia al partito prussiano, e benché le guerre di Germania fossero da lungo tempo quietate, egli non avea cessato dal minacciare agli imperiali il disfavore de' suoi stivali. Quando il signor Conte parlava, tacevano anche le mosche; quando avea finito di parlare, tutti dicevano di sí secondo i propri gusti o colla voce o col capo; quando egli rideva, ognuno si affrettava a ridere; quando sternutiva anche per causa del tabacco, otto o nove voci gridavano a gara: — viva; salute; felicità; Dio conservi il signor Conte! — quando si alzava, tutti si alzavano, e quando partiva dalla cucina, tutti, perfino i gatti, respiravano con ambidue i polmoni, come si fosse lor tolta dal petto una pietra da mulino. Ma piú romorosamente d'ogni altro respirava il Cancelliere, se il signor Conte non gli facea cenno di seguirlo e si compiaceva di lasciarlo ai tepidi ozi del focolare. Convien però soggiungere che questo miracolo avveniva di rado. Per solito il Cancelliere era l'ombra incarnata del signor Conte. S'alzava con lui, sedeva con lui, e le loro gambe s'alternavano con sí giusta misura che pareva rispondessero ad una sonata di tamburo. Nel principiare di queste abitudini le frequenti diserzioni della sua ombra avevano indotto il signor Conte a volgersi ogni tre passi per vedere se era seguitato secondo i suoi desiderii. Sicché il Cancelliere erasi rassegnato al suo destino, e occupava la seconda metà della giornata nel raccogliere la pezzuola del padrone, nell'augurargli salute ad ogni starnuto, nell'approvare le sue osservazioni, e nel dire quello che giudicava dovesse riuscirgli gradito delle faccende giurisdizionali. Per esempio se un contadino, accusato di appropriarsi le primizie del verziere padronale, rispondeva alle paterne del Cancelliere facendogli le fiche, ovverosia cacciandogli in mano un mezzo ducatone per risparmiarsi la corda, il signor Cancelliere riferiva al giurisdicente che quel tale spaventato dalla severa giustizia di Sua Eccellenza avea domandato mercé, e che era pentito del malfatto e disposto a rimediare con qualunque ammenda s'avesse stimato opportuna. Il signor Conte aspirava allora tanta aria quanta sarebbe bastata a tener vivo Golia per una settimana, e rispondeva che la clemenza di Tito deve mescolarsi alla giustizia dei tribunali, e che egli pure avrebbe perdonato a chi veramente si pentiva. Il Cancelliere, forse per modestia, era tanto umile e sdruscito nel suo arnese quanto il principale era splendido e sfarzoso; ma la natura gli consigliava una tale modestia perché un corpicciuolo piú meschino e magagnato del suo, non lo si avrebbe trovato cosí facilmente. Dicono che si mostrasse guercio per vezzo; ma il fatto sta che pochi guerci aveano come lui il diritto di esser creduti tali. Il suo naso aquilino rincagnato, adunco e camuso tutto in una volta, era un nodo gordiano di piú nasi abortiti insieme; e la bocca si spalancava sotto cosí minacciosa, che quel povero naso si tirava alle volte in su quasi per paura di cadervi entro. Le gambe stivalate di bulgaro divergevano ai due lati per dare la massima solidità possibile ad una persona che pareva dovesse crollare ad ogni buffo di vento. Senza voglia di scherzare io credo che detratti gli stivali, la parrucca, gli abiti, la spada e il telaio delle ossa, il peso del Cancelliere di Fratta non oltrepassasse le venti libbre sottili, contando per quattro libbre abbondanti il gozzo che cercava nascondere sotto un immenso collare bianco inamidato. Cosí com'era egli aveva la felice illusione di credersi tutt'altro che sgradevole; e di nessuna cosa egli ragionava tanto volentieri come di belle donne e di galanterie.

Come fosse contenta madonna Giustizia di trovarsi nelle sue mani io non ve lo saprei dire in coscienza. Mi ricorda peraltro di aver veduto piú musi arrovesciati che allegri scendere dalla scaletta scoperta della cancelleria. Cosí anche si buccinava sotto l'atrio nei giorni d'udienza che chi aveva buoni pugni e voce altamente intonata e zecchini in tasca, facilmente otteneva ragione dinanzi al suo tribunale. Quello che posso dire si è che due volte sole m'accadde veder dare le strappate di corda nel cortile del castello; e tutte e due le volte questa cerimonia toccò a due tristanzuoli che non ne aveano certamente bisogno. Buon per loro che il cavallante incaricato dell'alta e bassa giustizia esecutiva, era un uomo di criterio, e sapeva all'uopo sollevar la corda con tanto garbo che le slogature guarivano alla peggio sul settimo giorno. Perciò Marchetto cognominato il Conciaossi era tanto amato dalla gente minuta quanto era odiato il Cancelliere. Quanto al signor Conte nascosto, come il fato degli antichi, nelle nuvole superiori all'Olimpo, egli sfuggiva del pari all'odio che all'amore dei vassalli. Gli cavavano il cappello come all'immagine d'un santo forestiero con cui avessero poca confidenza; e si tiravano col carro fin giú nel fosso quando lo staffiere dall'alto del suo *bombay* gridava loro di far largo mezzo miglio alla lontana.

Il Conte aveva un fratello che non gli somigliava per nulla ed era canonico onorario della cattedrale di Portogruaro, il canonico piú rotondo, liscio, e mellifluo che fosse nella diocesi; un vero uomo di pace che divideva saggiamente il suo tempo fra il breviario e la tavola, senza lasciar travedere la sua maggior predilezione per questa o per quello. Monsignor Orlando non era stato generato dal suo signor padre coll'intenzione di dedicarlo alla Madre Chiesa; testimonio il suo nome di battesimo. L'albero genealogico dei Conti di Fratta vantava una gloria militare ad ogni generazione; cosí lo si aveva destinato a perpetuare la tradizione di famiglia. L'uomo propone e Dio dispone; questa volta almeno il gran proverbio non ebbe torto. Il futuro generale cominciò la vita col dimostrare un affetto straordinario alla balia, sicché non fu possibile slattarlo prima dei due anni. A quell'età era ancora incerto se l'unica parola ch'egli balbettava fosse pappa o papà. Quando si riescí a farlo stare sulle gambe, cominciarono a mettergli in mano stocchi di legno ed elmi di cartone; ma non appena gli veniva fatto, egli scappava in cappella a menar la scopa col sagrestano. Quanto al fargli prendere domestichezza colle vere armi, egli aveva un ribrezzo istintivo pei coltelli da tavola e voleva ad ogni costo tagliar la carne col cucchiaio. Suo padre cercava vincere questa maledetta ripugnanza col farlo prendere sulle ginocchia da alcuno de' suoi buli; ma il piccolo Orlando se ne sbigottiva tanto, che conveniva passarlo alle ginocchia della cuoca perché non crepasse di paura. La cuoca dopo la balia ebbe il suo secondo amore; onde non se ne chiariva per nulla la sua vocazione. Il Cancelliere d'allora sosteneva che i capitani mangiavano tanto, che il padroncino poteva ben diventare col tempo un famoso capitano. Ma il vecchio Conte non si acquietava a queste speranze; e sospirava, movendo gli occhi dal viso paffutello e smarrito del suo secondogenito ai mostaccioni irti ed arroganti dei vecchi ritratti di famiglia. Egli avea dedicato gli ultimi sforzi della sua facoltà generativa all'ambiziosa lusinga d'inscrivere nei fasti futuri della famiglia un grammaestro di Malta o un ammiraglio della Serenissima; non gli passava pel gozzo di averli sprecati per avere alla sua tavola la bocca spaventosa d'un capitano delle Cernide. Pertanto raddoppiava di zelo per risvegliare e attizzare gli spiriti bellicosi di Orlando; ma l'effetto non secondava l'idea. Orlando faceva altarini per ogni canto del castello, cantava messa, alta bassa e solenne, colle bimbe del sagrestano; e quando vedeva uno schioppo correva a rimpiattarsi sotto le credenze di cucina. Allora vollero tentare modi piú persuasivi; si cominciò a proibirgli di bazzicare in sacristia, e di cantar vespri nel naso, come udiva fare ai coristi della parrocchia. Ma sua madre si scandolezzò di tali violenze; e cominciò dal canto suo a prender copertamente le difese del figlio. Orlando ci trovò il suo gusto a far la figura del piccolo martire: e siccome le chicche della madre lo ricompensavano dei paterni rabbuffi, la professione del prete gli parve piucchemai preferibile a quella del soldato. La cuoca e le serve di casa gli annasavano addosso un certo odore di santità; allora egli si diede ad ingrassare di contentezza e a torcer anche il collo per mantenere la divozione delle donne. E finalmente il signor padre colla sua ambizione marziale ebbe contraria l'opinione di tutta la famiglia. Perfino i buli che tenevano dalla parte della cuoca, quando il feudatario non li udiva, gridavano al sacrilegio di ostinarsi a stogliere un San Luigi dalla buona strada. Ma il feudatario era cocciuto, e soltanto dopo dodici anni d'inutile assedio, si piegò a levare il campo e a mettere nella cantera dei sogni svaniti i futuri allori d'Orlando. Costui fu chiamato una bella mattina con imponente solennità dinanzi a suo padre; il quale per quanto ostentasse l'autorevole cipiglio del signore assoluto aveva in fondo il fare vacillante e contrito d'un generale che capitola.

— Figliuol mio — cominciò egli a dire — la professione delle armi è una nobile professione.

— Lo credo — rispose il giovinetto con una cera da santo un po' intorbidata dall'occhiata furbesca volta di soppiatto alla madre.

— Tu porti un nome superbo — riprese sospirando il vecchio Conte. – Orlando, come devi aver appreso dal poema dell'Ariosto che ti ho tanto raccomandato di studiare...

— Io leggo l'Uffizio della Madonna — disse umilmente il fanciullo.

— Va benissimo; — soggiunse il vecchio tirandosi la parrucca sulla fronte — ma anche l'Ariosto è degno di esser letto. Orlando fu un gran paladino che liberò dai Mori il bel regno di Francia. E di piú se avessi scorso la *Gerusalemme liberata* sapresti che non coll'Uffizio della Madonna ma con grandi fendenti di spada e spuntate di lancia il buon Goffredo tolse dalle mani dei Saracini il sepolcro di Cristo.

— Sia ringraziato Iddio! – sclamò il giovinetto. – Ora non resta nulla a che fare.

— Come non resta nulla? – gli diede sulla voce il vecchio. – Sappi, o disgraziato, che gli infedeli riconquistarono la Terra Santa e che ora che parliamo un bascià del Sultano governa Gerusalemme, vergogna di tutta Cristianità.

— Pregherò il Signore che cessi una tanta vergogna — soggiunse Orlando.

— Che pregare! Fare, fare bisogna! — gridò il vecchio Conte.

— Scusate – s'intromise a dirgli la Contessa. – Non vorrete già pretendere che qui il nostro bimbo faccia da sé solo una crociata.

— Eh via! non è piú bimbo! – rispose il Conte. – Compie oggi appunto i dodici anni!

— Compiesse anche il centesimo — soggiunse la signora — certo non potrebbe mettersi in capo di conquistare la Palestina.

— Non la conquisteremo piú finché si avvezza la prole a donneggiare col rosario! — sclamò il vecchio pavonazzo dalla bile.

— Sí! ci voleva anche questa bestemmia! – riprese pazientemente la Contessa. – Poiché il Signore ci ha dato un figliuolo che ha idea di far bene mostriamocene grati collo sconoscere i suoi doni!

— Bei doni, bei doni! – mormorava il Conte. – Un santoccio leccone!... un mezzo volpatto e mezzo coniglio!

— Infine egli non ha detto questa gran bestialità; – soggiunse la signora – ha detto di pregar Iddio perché egli consenta che i luoghi della sua passione e della sua morte tornino alle mani dei cristiani. È il miglior partito che ci rimanga ora che i cristiani son occupati a sgozzarsi fra loro, e che la professione del soldato è ridotta una scuola di fratricidii e di carneficine.

— Corpo della Serenissima! – gridò il Conte. – Se Sparta avesse avuto madri simili a voi, Serse passava le Termopili con trecento boccali di vino!

— S'anco la cosa andava a questo modo non ne avrei gran rammarico — riprese la Contessa.

— Come? – urlò il vecchio signore – arrivate persino a negare l'eroismo di Leonida e la virtù delle madri spartane?

— Via! stiamo nel seminato! – disse chetamente la donna – io conosco assai poco Leonida e le madri spartane benché me le venghiate nominando troppo sovente; e tuttavia voglio credere ad occhi chiusi che le fossero la gran brava gente. Ma ricordatevi che abbiamo chiamato dinanzi a noi nostro figlio Orlando per illuminarci sulla sua vera vocazione, e non per litigare in sua presenza sopra queste rancide fole.

— Donne, donne!... nate per educar i polli — borbottava il Conte.

— Marito mio! sono una Badoera! – disse drizzandosi la Contessa. – Mi consentirete, spero, che i polli nella nostra famiglia non sono piú numerosi che nella vostra i capponi.

Orlando che da un buon tratto si teneva i fianchi scoppiò in una risata al bel complimento della signora madre; ma si ricompose come un pulcino bagnato all'occhiata severa ch'ella gli volse.

— Vedete? – continuò parlando al marito – finiremo col perdere la capra ed i cavoli. Mettete un po' da banda i vostri capricci, giacché Iddio vi fa capire che non gli accomodano per nulla; e interrogate invece, come è dicevole a un buon padre di famiglia, l'animo di questo fanciullo.

Il vecchio impenitente si morsicò le labbra e si volse al figliuolo con un visaccio sí brutto ch'egli se ne sgomentí e corse a rifugiarsi col capo sotto il grembiale materno.

— Dunque – cominciò a dire il Conte senza guardarlo, perché guardandolo si sentiva rigonfiare la bile. – Dunque, figliuol mio, voi non volete fare la vostra comparsa sopra un bel cavallo bardato d'oro e di velluto rosso, con una lunga spada fiammeggiante in mano, e dinanzi a sei reggimenti di Schiavoni alti quattro braccia l'uno, i quali per correre a farsi ammazzare dalle scimitarre dei Turchi non aspetteranno altro che un cenno della vostra bocca?

— Voglio cantar messa io! — piagnucolava il fanciullo di sotto al grembiule della Contessa.

Il Conte, udendo quella voce piagnucolosa soffocata dalle pieghe delle vesti donde usciva, si voltò a vedere cos'era; e mirando il figliuol suo intanato colla testa come un fagiano, non ebbe piú ritegno alla stizza, e diventò rosso piú ancor di vergogna che di collera.

— Va' dunque in seminario, bastardo! — gridò egli fuggendo fuori della stanza.

Il cattivello si mise allora a singhiozzare e a strapparsi i capelli e a dar del capo nelle gambe della madre, sicuro di non farsi male. Ma costei se lo tolse fra le braccia e lo consolava con bella maniera dicendogli:

— Sí, viscere mie; non temere; ti faremo prete; canterai messa. Oh non sei fatto tu, no, per versare il sangue de' tuoi fratelli come Caino!...

— Ih! ih! ih! voglio cantar in coro! voglio farmi santo! — strepitava Orlando.

— Sí... canterai in coro, ti faremo canonico, avrai il sarrocchino, e le belle calze rosse; non piangere tesoro mio. Sono tribolazioni queste che bisogna offerirle al Signore per farsi sempre piú degni di lui — gli andava dicendo la mamma.

Il fanciullo si consolò a queste promesse; ed ecco perché il conte Orlando, in onta al nome di battesimo e a dispetto della contrarietà paterna, era divenuto monsignor Orlando. Ma per quanto la Curia fosse disposta a favorire la divota ambizione della Contessa, siccome Orlando non era un'aquila, cosí non ci vollero meno di dodici anni di seminario e d'altri trenta di postulazione per fargli toccare la meta de' suoi desiderii; e il Conte ebbe la gloria di morire molti anni prima che i fiocchi rossi gli piovessero sul cappello. Peraltro non si può dire che l'abate perdesse alla lettera tutto quel tempo di aspettativa. Prima di tutto ci aveva preso intanto una discreta pratica del messale; e poi la gorgiera gli si era moltiplicata a segno da poter reggere a paragone col piú morbido e fiorito de' suoi nuovi colleghi.

Un castello che chiudeva fra le sue mura due dignità forensi e clericali come il Cancelliere e monsignor Orlando, non dovea mancare della sua celebrità militare. Il capitano Sandracca voleva essere uno schiavone ad ogni costo, sebbene lo dicessero nato a Ponte di Piave. Certo era l'uomo piú lungo della giurisdizione; e le dee della grazia e della bellezza non aveano presieduto alla sua nascita. Ma egli perdeva tuttavia una buona ora ogni giorno a farsi brutto tre volte piú che non lo avesse fatto natura; e studiava sempre allo specchio qualche foggia di guardatura e qualche nuovo arricciamento di baffi che gli rendesse il cipiglio piú formidabile. A udirlo lui, quando avea vuotato il quarto bicchiere, non era stata guerra dall'assedio di Troia fino a quello di Belgrado dove non avesse combattuto come un leone. Ma sfreddati i fumi del vino, si riduceva colle sue pretese a piú oneste proporzioni. S'accontentava di raccontare come avesse toccato dodici ferite alla guerra di Candia; offrendosi ogni volta di calar le brache per farle contare. E Dio sa com'erano queste ferite, poiché ora, ripensandoci sopra, non mi par verosimile che coi cinquant'anni che diceva toccare appena, egli avesse assistito ad una guerra combattutasi sessant'anni prima. Forse la memoria lo tradiva, e gli faceva creder sue le gesta di qualche spaccone udite raccontare dai novellatori di piazza San Marco. Il buon Capitano confondeva assai facilmente le date; ma non dimenticava mai ogni primo del mese di farsi pagar dal fattore venti ducati di salario come comandante delle Cernide. Quel giorno era la sua festa. Mandava fuori all'alba due tamburi i quali fino a mezzogiorno strepitavano ai quattro cantoni della giurisdizione. Poi nel dopopranzo quando la milizia era raccolta nel cortile del castello, usciva dalla sua stanza cosí brutto che quasi solamente colla presenza sbaragliava il proprio esercito. Impugnava uno spadone cosí lungo che bastava a regolar il passo d'un'intera colonna. E siccome al minimo sbaglio egli usava batterlo spietatamente su tutte le pancie della prima fila; cosí quando appena accennasse di sbassarlo, la prima fila indietreggiava sulla seconda la seconda sulla terza e nasceva una tal confusione che la minore non sarebbe avvenuta all'avvicinarsi dei Turchi. Il Capitano sorrideva di contentezza, e rassicurava la truppa rialzando la spada. Allora quei venti o trenta contadini cenciosi coi loro schioppi attraversati sulle spalle come badili, riprendevano la marcia a suon di tamburo verso il piazzale della parrocchia. Ma siccome il Capitano camminava dinanzi con le gambe piú lunghe della compagnia, cosí per quanto questa si affrettasse egli giungeva sempre solo sul piazzale. Allora si rivolgeva infuriato a tempestare col suo spadone contro quella marmaglia indolente: ma nessuno era cosí gonzo da aspettarlo. Alcuni se la davano a gambe, altri saltavano i fossati, altri sguisciavano dentro le porte e si ascondevano sui fienili. I tamburi si difendevano coi loro strumenti. E cosí finiva quasi sempre nella giurisdizione di Fratta la mostra mensile delle Cernide. Il Capitano stendeva un lungo rapporto, il Cancelliere lo passava agli atti, e non se ne parlava piú fino al mese seguente.

Leggere al giorno d'oggi di cotali ordinamenti politici e militari che somigliano buffonerie, parrà forse una gran maraviglia. Ma le cose camminavano appunto com'io le racconto. Il distretto di Portogruaro, cui appartiene il comune di Teglio colla frazione di Fratta, forma adesso il lembo orientale della provincia di Venezia, la quale occupa tutta la pianura contermine alle lagune, dal basso Adige in Polesine al Tagliamento arginato. A' tempi di cui narro le cose stavano ancora come le avea fatte natura ed Attila le aveva lasciate. Il Friuli ubbidiva tuttavia a sessanta o settanta famiglie, originarie d'oltralpe e naturate in paese da una secolare dimora, alle quali era affidata nei diversi dominii la giurisdizione con misto e mero imperio, e i loro voti uniti a quelli delle Comunità libere e delle Contadinanze formavano il Parlamento della Patria che una volta l'anno si raccoglieva con voto consultivo allato del Luogotenente mandato ad Udine da Venezia. Io ho pochi peccati d'ommissione sulla coscienza, fra i quali uno de' piú gravi e che piú mi rimorde è questo, di non aver assistito ad uno di quei Parlamenti. L'aveva da essere in verità uno spettacolo appetitoso. Pochi dei signori Giurisdicenti sapevano di legge; e i deputati del contado non dovevano saperne di piú. Che tutti intendessero il toscano io non lo credo; e che nessuno lo parlasse è abbastanza provato dai loro decreti o dalle Parti prese, nelle quali dopo un piccolo cappello di latino si precipita in un miscuglio d'italiano di friulano e di veneziano che non è senza bellezze per chi volesse ridere. Tutto adunque concorda a stabilire che quando il Magnifico General Parlamento della Patria supplicava da Sua Serenità il Doge la licenza di giudicare intorno ad una data materia, il tenor della legge fosse già concertato minutamente fra Sua Eccellenza il Luogotenente e l'Eccellentissimo Consiglio de' Dieci. Che in quelle conferenze preliminari avessero voce anche i giureconsulti del Foro udinese, io non m'attento di negarlo; massime se quei giureconsulti avevano il buon naso di convenir nei disegni della Signoria. S'intende che da tal consuetudine restava esclusa ogni materia di diritti privati, e feudali; i quali né i castellani avrebbero forse consentito si ponessero in disputa, né la Signoria avrebbe osato di privarneli pei suoi imperscrutabili motivi che si riducevano spesso alla paura. Il fatto sta che ottenuto il permesso di proporre sopra un dato argomento, il Magnifico General Parlamento proponeva, discuteva ed approvava tutto in un sol giorno, il quale era appunto l'undici d'agosto. Il perché della fretta e dello aver scelto quel giorno piuttosto che un altro stava in questo, che allora appunto cadeva la fiera di san Lorenzo e offeriva con ciò opportunità a tutte le voci del Parlamento di radunarsi ad Udine. Ma siccome durante la fiera pochi avevano voglia di trasandare i proprii negozi per quelli del pubblico, cosí a sbrigar questi s'era stimato piucché bastevole il giro di ventiquattr'ore. Il Magnifico General Parlamento implorava poi dalla Serenissima dominante la conferma di quanto aveva discusso, proposto ed approvato; e giunta la conferma, il trombetta in giorno festivo gridava ad universale notizia e per inviolabile esecuzione la Parte presa dal Magnifico General Parlamento. Non viene da ciò, che tutte le leggi per tal modo promulgate fossero ingiuste o ridicole; giacché, come dice l'editore degli Statuti Friulani, *esse leggi sono un riassunto di giustizia di maturità e d'esperienza ed hanno sempre di fronte oggetti commendabili e salutari*; ma ne scaturisce un formidabile dubbio sul merito che potessero vantarne i Magnifici deputati della Patria. Nel 1672 pare che l'Eccellentissimo Carlo Contarini riferisse al Serenissimo Doge sopra la necessità di alcune riforme delle vecchie costituzioni. Pertanto *Dominicus Contareno Dei gratia Dux Venetiarum etc.* dopo aver augurato al *nobili et sapienti viro Carolo Contareno salutem et dilectionis affectum* seguita a dichiarargli i limiti della concessa licenza. *Avutosi riflesso non tanto alle istanze di codesta Patria e Parlamento che a quanto esprimete nelle vostre giurate informazioni in proposito etc.* risolvemo *a consolazione degli animi di codesti amati e fedelissimi sudditi* di permetterle *che possino devenire alla riforma di quei capitoli che* conoscessimo *necessari per il loro servizio.* E nell'anno susseguente, lette e meditate che ebbe il Serenissimo Doge le fatte riforme, cosí si piacque di permetterne la pubblicazione con sue lettere al *nobili et sapientissimo viro Hyeronimo Ascanio Justiniano. Venendo rappresentata qualche alterazione in alcuno dei susseguenti capitoli che volemo siano ridotti alla vera essenza loro senz'altra aggiunta etc. etc. dovrà omettersi etc. bastando li pubblici Decreti in tale proposito. Nel capitolo centoquarantasette con cui si pretende levar li pregiudicii che dalle ville e comuni sono inferiti ai giurisdicenti, vi è stata aggiunta una pena di lire cinquanta al giurisdicente: questa non vi era nel latino, doverà pure esser levata e lasciata di stampare. Con tali metodi le permetterete l'esecuzione conforme l'istanze, ordinando però la conservazione de' vecchi statuti ed altre costituzioni per tutte quelle insorgenze e ricorsi che potessero esser fatti alla Signoria nostra. Datum in nostro ducali palatio, die 20 maii Indictione XI 1673.* Dopo tali formalità uscirono finalmente gli Statuti Friulani, i quali seguitarono ad aver corso di legge fino al cominciare del presente secolo; e la ragione del rinnovamento è cosí espressa dai compilatori in un solenne proemio. *Si è determinato di rinnovare le costituzioni della Patria del Friuli essendo molte per il lungo corso di tempo fatte impraticabili, altre dubbiose, molti i casi sopra i quali non era stato provvisto. Etc. etc. E perché in esse si tratta di effetti di giustizia che non solamente dalli giudici stessi deve esser ben conosciuta, ma da tutti, etc. etc. si è risoluto di scrivere il presente libro di Costituzioni in lingua volgare nella piú ampia e facil forma possibile, etc. etc. Per dar poi un principio che sia ben fondamentato a questa profittevole e lodevole opera, cominceremo colla Prima Costituzione.* Si scordarono di chiarire il motivo per cui la prima costituzione e non la seconda doveva essere buon fondamento a quella profittevole e lodevole opera. Ma forse sarà stato, perché nella prima si statuiva intorno all'osservanza della religione cristiana, nonché alle pratiche relative ai giudei ed alle bestemmie. Se anche queste ultime debbano annoverarsi fra gli oggetti commendabili e salutari che, secondo l'editore, stanno sempre di fronte alle leggi, io non potrei crederlo, anche prestando la fede piú cieca all'ermeneutica dell'editore suddetto. Continuano poi gli Statuti a stabilire le *Ferie introdotte in onore di Dio, e quelle introdotte per li necessarii bisogni degli uomini, perché comodamente e senza alcuna distrazione si possa raccogliere quello che la terra produce irrigata dalla mano divina.* Seguitano le disposizioni intorno ai nodari, sollecitatori, patrocinatori e avvocati; a proposito dei quali avendo osservato il legislatore *che le armi decorano e le lettere armano gli Stati,* soggiunse che, *essendo l'ufficio loro tanto nobile, gli si devono anche applicare gli opportuni rimedii.* Pare che l'attributo di nobile sia qui usato nell'insolito significato d'infermo o pericoloso. Succedono poi molti capitoli di regole processuali nei quali al capitolo del *testimonio falso* si nota la savia disposizione che *chi sarà convinto tale in causa civile debba cadere nella pena di 200 lire, o sia mutilato della lingua in caso d'insolvibilità*. E se la materia fosse criminale gli si *applichi la stessa pena che meriterebbe quello contro cui viene introdotto*. I contratti, le doti, i testamenti, gli escomii, i livelli, i sequestri sono argomenti dei paragrafi successivi. Il capitolo centoquarantuno tratta particolarmente degli assassini, *ognuno de' quali, se capiterà in mano della giustizia* (accidente allora rarissimo; il che mitigava l'eccessiva generalità della legge) *è condannato ad essere appiccato per la gola, in modo che mora*. Dal paragrafo concernente gli assassini, si passa alle confiscazioni, ai regolamenti del pascolo e della caccia, e ad uno statuto di buona economia ne' quali è *inibito ai comuni il condannare i rei piú che in soldi otto per ogni eccesso*. V'è un capitolo intitolato i Castelli, nel quale si rimanda chi ne cercasse notizia alle leggi sopra i Feudi. E finalmente vi è l'ultimo della *locazione delle case*, nel quale, con paterna provvidenza per la sicura abitazione dei sudditi, è stabilito che *chi ha locazione minore d'anni cinquanta debba avere l'intimazione dello sfratto almeno un mese avanti allo spirar della stessa*. Nel quale spazio di tempo egli possa provvedersi per altri cinquant'anni; e che il Signore gli conceda la vita di Matusalem, acciocché possa ripeterne molte di tali locazioni.

Parrebbe ora affatto miracoloso questo Codice d'un centinaio di pagine che pon ordine a tante materie cosí disparate; ma i giureconsulti del Magnifico Parlamento ci trovarono tanta agevolezza che ebbero agio qua e là d'inframmettervi leggi e consigli sulle tutele, sulle curatele, sugli incanti, sui percussori ed inquietatori dei pubblici officiali, e di sancire a danno di questi la multa di soldi quarantotto se uomini, e di soldi ventiquattro se sono donne. Vi si contiene di piú una tariffa pei periti patentati ed una buona ramanzina pei contadini che osassero carreggiare in giorni festivi. Savissima poi è la consuetudine seguita in tali Statuti di dar sempre ragione del partito preso; come allorquando dopo stabilito che le citazioni in luogo diverso cadenti nell'egual giorno debbano aver effetto l'una dopo l'altra in ragione d'anzianità, il legislatore soggiunse a motivo di questa sua disposizione: *perché una persona non può contemporaneamente in piú luoghi essere*. I Codici moderni non sono tanto ragionevoli; essi vogliono perché vogliono; ma ciò non toglie che non debba esser lodata la piacevole ingenuità di quelli d'una volta.

Il ministero del legale o del giudice parrebbe dover essere stato assai facile colla comodità di statuti tanto sommari. Ma c'era di mezzo un piccolo incaglio. Ove non disponevano le leggi provinciali s'intendeva aver vigore il Diritto veneto; e chi ha conoscenza solo del volume e della confusione di questo, può intender di leggieri come ne fossero intralciate le transazioni forensi. Per giunta v'aveano le consuetudini; ed ultimo capitava a imbrogliar la matassa il Diritto feudale, il quale mescolato colle altre leggi e disposizioni, in un paese ingombro di giurisdizioni e di castelli, finiva col trovar sempre quel posto che ha l'olio mescolato col vino.

Gl'infiniti dissesti prodotti nell'amministrazione della giustizia dall'arbitrario attraversarsi di tante leggi e di tanti codici, impietosirono gli animi della Serenissima Signoria, la quale s'accinse a ripararvi colla missione in terraferma d'un magistrato ambulante composto di tre sindaci inquisitori; i quali toccando con mano le piaghe *degli amatissimi sudditi e delle povere contadinanze* vi mettessero valido e pronto rimedio. Infatti i tre sindaci con minutissima coscienza cominciarono a passeggiare per lungo e per largo la Patria del Friuli; e primo frutto della loro peregrinazione fu un caldissimo proclama sui dazi pubblici, in calce al quale *resta eccitato lo zelo de' Nobiluomini Luogotenenti ad incalorire le riscossioni e non ommetter di tempo in tempo qual si sia esecuzione de' mobili, affitti, entrate e stabili di ragione de' pubblici renitenti debitori, incamerando e vendendo gli effetti e beni medesimi a vantaggio della pubblica cassa; e ciò sian tenuti a puntualmente eseguire in pena della perdita della carica ed altre, ad arbitrio della giustizia.* Di qual giustizia io lo dimanderei loro assai volentieri. Però dopo aver assestato convenevolmente una tale materia con una mezza dozzina di simili proclami, gli Illustrissimi ed Eccellentissimi Signori Sindaci volsero la mente ad un oggetto di piú caro e diretto vantaggio degli amatissimi sudditi; e pubblicarono un altro decreto che incomincia: *Noi* (a capo). *In proposito dei vini d'Istria ed Isola* (a capo ancora). *Le difficoltà che si frappongono all'esito dei vini di questa fedelissima Patria eccitano l'attenzione dei Magistrati etc. etc., e c'inducono col presente a far pubblicamente sapere* (a capo). *Che ferme le leggi etc. resti assolutamente proibito il poter introdurre in qualsiasi loco di questa Patria e Provincia del Friuli qualunque sorta di vini provenienti da Sottovento ed Isola, se prima non averanno pagato il Dacio in mano del Custode nel luogo di Muscoli e levata la bolletta.* Seguitano le pene per un buon paio di facciate. – Ai signori sindaci parve con quel decreto aver sufficientemente operato per l'immediata utilità della fedelissima Patria, laonde tornarono a partorir proclami: in proposito del Dacio Masena e Ducato per botte, in proposito dei Prestini, in proposito d'Ogli Sali e Tabacchi, in proposito dei contrabbandi; e non cessarono da questi proposti se non per emanarne un altro affatto paterno e provvidenziale a *proposito dei corrotti*, secondo il quale *per impedire che non si ecceda in occasione dei corrotti per morte di congionti con aggravio inutile e superfluo che cagiona la rovina della famiglia e arriva a tog'lier il modo di supplire ai proprii doveri* (intendi di pagare le imposte, etc.) si statuisce fra le altre, *che non si possano portare i tabarri lunghi altrimenti detti gramaglie, in pena ai trasgressori di Ducati 600 da esser applicati un terzo al Nobiluomo Camerlengo, un terzo alla cassa della Magnifica città, ed un terzo al denunciante.* Io suppongo che in seguito a questa disposizione tutti color che avevano perduto un parente nell'ultimo decennio si facessero accorciare il tabarro usuale d'un paio di quarte, per non correre il pericolo di pagarne cosí caro il privilegio.

Ma se fu oculata ed attiva la missione del primo Sindacato, assai piú proficui riuscirono i susseguenti. Fra i quali merita speciale encomio quello del 1770 che ebbe ad occuparsi del riordinamento delle Cernide o milizie del contado, levate dalle Comunità e dai Feudatari a tutela dell'ordine nelle singole giurisdizioni. *Permettono i Signori Sindaci Inquisitori alle Cernide, Caporali e Capi di Cento* (il capitano Sandracca era un Capo di Cento, o anche di cinquanta o di venti secondo il buon volere dei subalterni, che si arrogava il titolo di capitano in vista delle sue glorie passate) permettono loro, dico, *di portare liberamente il schioppo scarico per le città e terre murate per transito, non mai alle chiese, feste, mercati, né accompagnando cittadini. – Potranno inoltre,* cosí gli Illustrissimi Sindaci, *nei casi di Mostre, Mostrini, Mostroni e Pattuglie esser armati oltre al fucile, della bajonetta; restando vietato il pugnale, proibito nelle vecchie Parti, e convertito ora nell'uso impudente di coltelli, arma abominevole ad ogni genere di milizia e condannata da tutte le leggi. –* Questo paragrafo colpiva piucché le Cernide i prepotenti castellani i quali, reclutando in esse i famosi *buli,* armavano fino ai denti i piú arrischiati e se li tenevano intorno per le consuete soperchierie. Convien però soggiungere a lode dei Conti di Fratta, che i loro buli erano famosi nel territorio per una esemplare mansuetudine, e che, se ne tenevano, gli era piú per andazzo che per tracotanza. Il capitano Sandracca, antico eroe di Candia, vedeva con raccapriccio questa genia, diceva egli, di scorribanda irregolare; e tanto erasi adoperato presso il Conte che gli avevano relegati in un camerotto vicino alla stalla, e lo stesso Marchetto cavallante, che all'occorrenza n'era il capo, non poteva entrare in cucina senza depor prima nell'andito le pistole e il coltellaccio. Il Capitano di questo suo raccapriccio adduceva il motivo stesso introdotto dai signori sindaci, cioè che cotali armi sono abbominevoli ad ogni genere di milizia. Egli diceva di aver piú paura d'un coltello che d'un cannone; e questo poteva esser vero a Fratta dove non s'erano mai veduti cannoni.

Accomodata un po' all'ingrosso quella difficile materia delle armi, si accinsero i signori sindaci a regolare quella non meno importante delle monete; ma la prima stava loro troppo a cuore ed era turbata da troppi disordini, perché non vi dovessero tornar sopra tantosto. Infatti nello stesso anno tornarono a ribadir il chiodo del divieto *di portar armi a chi non fosse munito della voluta licenza, estendendolo anche a questi nelle feste sagre o pubbliche solennità,* coll'avvertenza, *che intorno a tali mancanze si riceveranno denunzie segrete con promessa di segretezza e premio di ducati 20 al denunciante. –* Come si vede questa faccenda premeva assaissimo al Maggior Consiglio, per cui autorità i signori sindaci buttavano fuori proclami sopra proclami. Ma l'esuberanza appunto era indizio d'effetto mediocre. Infatti non era facile il sindacato delle armi in una provincia divisa e suddivisa da cento giurisdizioni soprapposte e intersecate le une dalle altre; contermine a paesi stranieri come il Tirolo e la Contea di Gorizia; solcata ad ogni passo da torrenti e da fiumane sulle quali scarseggiavano, nonché i ponti, le barche; e fatta dieci volte piú vasta che ora non sia da strade distorte, profonde, infamissime, atte piú a precipitare che ad aiutare i passeggieri. Da Colloredo a Collalto, che è il tratto di quattro miglia, mi ricorda che fino a vent'anni fa due agili e robusti cavalli sudavano tre ore per trascinare un cocchio tanto ben saldo e compaginato da resistere agli strabalzi delle buche e dei macigni che s'incontravano. Piú, v'avea un buon miglio pel quale la strada correva in un fosso o torrente; e per sormontare quel passo richiedevasi indispensabile il soccorso d'un paio di buoi. Le vie carrozzabili non erano diverse da quella nel resto della provincia e ognuno si può figurare qual dovesse essere la forza esecutiva delle autorità sopra persone difese d'ogni parte da tanti ostacoli naturali. Fra questi voglio anche tralasciar per ora di metter in conto la pigrizia e la venale complicità dei zaffi, dei cavallanti e perfino dei cancellieri; costretti quasi a cotali compromessi per rimediare alla soverchia modicità delle tariffe e alla proverbiale avarizia dei principali. Fra costoro, per esempio v'avea taluno che, anziché retribuir d'alcuna mercede il proprio cancelliere o nodaro, pretendeva far parte con lui delle tasse percepite, e mi sovviene d'un nodaro costretto a condannar la gente il doppio di quanto avrebbe dovuto, per soddisfare all'ingordigia del giurisdicente e insieme cavarci di che vivere. Un altro castellano, quando era al verde, costumava denunciar egli stesso alla cancelleria un supposto delitto per leccare la sua quota sulla paga dovuta all'officiale pel processo, dalla parte condannata. Certo il giurisdicente e il cancelliere di Fratta non erano di tali sentimenti; ma io peraltro non mi ricordo di aver udito mai levar a cielo la loro giustizia. Invece il Cancelliere, quando era sciolto dal suo ministero di ombra, e non si perdeva a ciaramellare di donnicciuole e di tresche, moveva sempre lunghissime lamentazioni sulla strettezza delle tariffe; le quali, secondo lui, proibivano assolutamente l'entrata del paradiso ad ogni officiale di giustizia che non provasse categoricamente a san Pietro di esser morto di fame. Con quanto diritto egli si dolesse, io non voglio giudicare; so peraltro che l'inquisizione di uno o piú rei portava in tariffa la paga di lire una, equivalente a centesimi 50 di franco. Io credo che non si potesse assicurare ai sudditi una giustizia piú a buon mercato; ma l'è della giustizia come dell'altra roba, che chi piú spende meno spende; ed i proverbi rade volte hanno torto. Cosí anche avveniva delle lettere, che il porto di una di esse nei confini del Friuli si pagava soldi tre; e l'era una bazza con quella diavoleria di strade. Ma cosa importa se si doveva scriverne dieci per farne arrivar una; ed anco questa non giungeva che per caso, e spesse volte inutile per la tardanza? In fin dei conti, sotto un certo aspetto che m'intendo io, non hanno torto coloro che benedicono San Marco; ma sotto mille aspetti diversi da quell'uno io benedico tutti gli altri santi del paradiso e lascio in tacere il quarto evangelista col suo leone. Son vecchio ma non innamorato della vecchiaia; e dell'antichità venero la lunghezza ma non il colore della barba.

Certo, per coloro che avevano ereditato molti diritti e pochi doveri e intendevano continuare l'usanza, San Marco era un comodissimo patrono. Nessun conservatore piú conservatore di lui: neppur Metternich o Chateaubriand. Quale il Friuli gli era stato legato dai patriarchi d'Aquileia, tale l'aveva serbato colle sue giurisdizioni, co' suoi statuti, co' suoi parlamenti. Fantasma di vita pubblica che covava forse dapprincipio un germe di vitalità, ma che sotto le ali del Leone finí da ultimo a non altro, che a nascondere una profonda indifferenza, anzi una stanca rassegnazione agli ordini invecchiati della Repubblica. Le effimere scorrerie dei Turchi, sul finire del Quattrocento, aveano empiuto quella estrema provincia d'Italia d'una paura sterminata, quasi superstiziosa; sicché la dedizione a Venezia parve una fortuna; come antica trionfatrice che quella era della potenza ottomana. Ma l'astuta negoziatrice conobbe che per mantenersi senz'armi nel nuovo dominio le bisognava il braccio dei castellani, sorti a nuova prepotenza pel bisogno che il contado aveva avuto di loro nelle ultime invasioni turchesche. Da ciò la tolleranza dei vecchi ordinamenti feudali; la quale si perpetuò come tutto si perpetuava in quel corpo già infermo e paludoso della Repubblica. I nobili continuarono lor dimora nei castelli tre secoli dopo che i loro colleghi connazionali s'eran già fatti cittadini; e le virtù d'altri tempi in parte diventarono vizii, quando il mutarsi delle condizioni generali tolse loro l'aria di cui vivevano. Il valore diventò ferocia, l'orgoglio soperchieria; e l'ospitalità cambiossi a poco a poco nella superba e illegale protezione dei peggiori capi da forca. San Marco sonnecchiava; o se vegliava e puniva, la giustizia si faceva al buio; atroce pel mistero, e inutile pel nessun esempio. Intanto il patriziato friulano cominciava a dividersi in due fazioni; l'una paesana, piú rozza, piú selvatica, e meno propizia alla dominazione dei curiali veneziani; l'altra veneziana, cittadinante, ammollita dal diuturno consorzio coi nobili della dominante. Le antiche memorie famigliari e la vicinanza delle terre dell'Impero attiravano la prima al partito imperiale; la seconda per somiglianza di costumi piegavasi sempre meglio a una pecorile obbedienza dei governanti; ribelle la prima per istinto; impecorita la seconda per nullaggine, ambidue piucché inutili nocive al bene del paese. Cosí veggiamo parecchi casati magnatizi durare per molte generazioni al servizio della Corte di Vienna, e molti altri invece imparentati coi nobiluomini di Canalazzo ed esser onorati nella Repubblica da cariche cospicue. Ma i due partiti non s'aveano diviso fra loro le costumanze e i favori per modo che non fosse qualche parte promiscua. Anzi alcuno fra i piú petulanti castellani fu veduto talvolta andarne a Venezia per far ammenda dei soprusi commessi, o comperarne dai senatori la dimenticanza con delle lunghe borse di zecchini. E v'avevano anche dei nobiluzzi, venezievoli in città pei tre mesi d'inverno, che tornati fra i loro merli inferocivano peggio che mai; sebbene tali gradassate somigliassero piú spesso truffe che violenze, e sovente anche prima di commetterle se ne fossero assicurati l'impunità. Quanto a giustizia io credo che la cosa stesse fra gatti e cani, cioè che nessuno la pigliasse sul serio, eccettuati i pochi timorati di Dio che anco erano soggetti a pigliar di gran granchi per ignoranza. Ma in generale quello era il regno dei furbi; e soltanto colla furberia il minuto popolo trovava il bandolo di ricattarsi dalle sofferte prepotenze. Nel diritto forense friulano l'astuzia degli amministrati faceva l'uffizio dell'*equitas* nel diritto romano. L'ingordigia e l'alterezza degli officiali e dei rispettivi padroni segnavano i confini dello *strictum jus*. Comunque la sia, se al di qua del Tagliamento predominava fra i castellani il partito veneziano, al quale si vantavano di appartenere da tempo immemorabile i Conti di Fratta; al di là invece la fazione imperiale padroneggiava sfacciatamente, la quale, se cedeva all'emula in popolarità ed in dovizia, le era di gran lunga soprastante per operosità, e per audacia. Tuttavia anche in essa v'avea chi la prendeva calda e chi fredda; chi stava nel tiepido; e questi come sempre erano i dappoco e i peggiori. La giustizia sommaria esercitata spesse volte dal Consiglio dei Dieci sopra alcuni imprudenti, accusati di congiurare in favor degli imperiali e a detrimento della Repubblica, non era fatta per incoraggiare le mene dei sediziosi. Sebbene cotali scoppii erano troppo rari perché ne durasse a lungo lo spavento; e le trame continuavano tanto piú frivole ed innocue quanto piú i tempi si facevano contrari e il popolo indifferente ad artificiali e non cercate innovazioni.

Al tempo di Maria Teresa tre castellani del Pedemonte, un Franzi, un Tarcentini e un Partistagno furono accusati di fomentare l'inquietudine del paese e di adoperarsi a volger l'animo delle Comunità in favor dell'Imperatrice. Il Consiglio dei Dieci li fece spiare diligentemente, e n'ebbe che le accuse fatte non erano false. Piú di tutti il Partistagno, posto col suo castello quasi sul confine illirico, parteggiava scopertamente per gli imperiali, diceva beffarsi di San Marco, e trincava in fin di mensa a quel giorno che il signor Luogotenente, ripeto le parole del suo brindisi, e gli altri *caca in acqua* sarebbero stati cacciati a piedi nel sedere di là del Tagliamento. Tutti ridevano di questi augurii; e la baldanza del feudatario era ammirata e imitata anche, come si poteva meglio, dai vassalli e dai castellani all'intorno. A Venezia si tenne Consiglio Segreto; e fu deciso che i tre turbolenti fossero citati a Venezia per giustificarsi; ognuno sapeva che le giustificazioni erano la scala piú infallibile per salire ai piombi.

Il temuto Messer Grande capitò dunque in Friuli con tre lettere sigillate, da disuggellarsi e leggersi cadauna in presenza del rispettivo imputato; nelle quali era contenuta l'ingiunzione di recarsi *ipso facto* a Venezia per rispondere sopra inchieste dell'Eccellentissimo Consiglio dei Dieci. Tali ingiunzioni erano solite obbedirsi alla cieca; tanto ai lontani e agli ignoranti appariva ancora formidabile la forza del Leone, che era stimato inutile tentar di sfuggirgli. Il Messer Grande adunque fece la sua solenne imbasciata al Franzi e al Tarcentini; ambidue i quali chinarono uno per volta il capo e andarono spontaneamente a porsi nelle segrete degli Inquisitori. Indi passò colla terza lettera al castello del Partistagno, il quale avea già saputo dell'umiltà dei compagni e lo attendeva rispettosamente nella gran sala del pianterreno. Il Messer Grande entrò col suo gran robone rosso che spazzava la polvere, e con atto solenne cavata di petto la lettera ed apertala, ne lesse il contenuto. Egli leggeva con voce nasale, *qualmente che, il Nobile ed Eccelso Signore Gherardo di Partistagno fosse invitato entro sette giorni a comparire dinanzi all'Eccellentissimo Consiglio dei Dieci, etc. etc.* – Il nobile ed eccelso signore Gherardo di Partistagno gli stava dinanzi colla fronte curva sul petto e la persona tremolante, quasi ascoltasse una sentenza di morte. La voce del Messer Grande si faceva sempre piú minacciosa nel vedere quell'attitudine di sgomento; e da ultimo quando lesse le sottoscrizioni pareva che tutto il terrore di cui si circondava il Consiglio Inquisitoriale spirasse dalle sue narici. Rispose il Partistagno con voce malsicura che avrebbe incontanente obbedito, e volse ad un servo la mano con cui s'era appoggiato ad una tavola, quasi comandasse il cavallo o la lettiga. Il Messer Grande superbo di aver fulminato secondo il suo solito quell'altero feudatario volse le calcagna, per uscire a capo ritto dalla sala. Ma non avea mosso un passo che sette od otto buli fatti venire il giorno prima da un castello che il Partistagno possedeva nell'Illirico, gli si avventarono addosso: e batti di qua e pesta di là gliene consegnarono tante che il povero Messer Grande non ebbe in breve neppur voce per gridare. Il Partistagno aizzava quei manigoldi dicendo di tratto in tratto:

— Sí, da senno; son pronto ad obbedire! Dagliene, Natale! Giù, giù su quel muso di cartapecora! Venir qui nel mio castello a portarmi cotali imbasciate!... Furbo per diana!... Uh come sei conciato!... Bravi, figliuoli miei! Ora, basta, ora: che gli avanzi fiato da tornare a Venezia a recar mie novelle a quei buoni signori!

— Ohimè! tradimento! pietà! son morto! — gemeva il Messer Grande dimenandosi sul pavimento e cercando rifarsi ritto della persona.

— No, non sei morto, ninino – gli veniva dicendo il Partistagno. – Vedi?... Ti reggi anche discretamente in piedi, e con qualche rattoppatura nella tua bella vestaglia rossa non ci parrà piú un segno del brutto accidente. Or va' – e cosí dicendo lo conduceva fuor della porta. – Va' e significa a' tuoi padroni che il capo dei Partistagno non riceve ordini da nessuno, e che se essi hanno invitato me, io invito loro a venirmi a trovare nel mio castello di Caporetto sopra Gorizia, ove riceveranno tripla dose di quella droga che hai ricevuto tu.

Con queste parole egli lo aveva condotto saltellone fin sulla soglia del castello, ove gli diede uno spintone che lo mandò a ruzzolare fuori dieci passi sul terreno con gran risa degli spettatori. E poi mentre il Messer Grande palpandosi le ossa e il naso scendeva verso Udine in una barella requisita per istrada, egli co' suoi buli spiccò un buon volo per Caporetto donde non si fece piú vedere sulle terre della Serenissima. I vecchi contavano che de' suoi due compagni imbucati nelle segrete non si avea piú udito parlare.

Queste bazzecole succedevano in Friuli or son cent'anni e le paiono novelle dissotterrate dal Sacchetti. Cosí è l'indole dei paesi montani che nelle loro creste di granito serbano assai a lungo l'impronte degli antichi tempi; ma siccome il Friuli è un piccolo compendio dell'universo, alpestre piano e lagunoso in sessanta miglia da tramontana a mezzodí, cosí vi si trovava anche il rovescio della medaglia. Infatti al castello di Fratta durante la mia adolescenza io udiva sempre parlare con raccapriccio dei castellani *dell'alta*; tanto il venezianismo era entrato nel sangue di quei buoni conti. E son sicuro che questi furono scandolezzati piú che gli stessi Inquisitori del rinfresco servito al Messer Grande per opera del Partistagno.

Ma la giustizia alta, bassa, pubblica, privata, legislativa ed esecutiva della Patria del Friuli mi ha fatto uscire di mente il grandioso focolare, intorno a cui al lume delle due lucernette e allo scoppiettante fiammeggiar del ginepro io stava ricomponendo le figure che vi solevano sedere i lunghi dopopranzi della vernata al tempo della mia infanzia. Il Conte colla sua ombra, monsignor Orlando, il capitano Sandracca, Marchetto cavallante e ser Andreini il primo Uomo della Comune di Teglio. Questo è un nuovo personaggio di cui non ho ancora fatto parola, ma bisognerebbe discorrerne a lungo per dare un'idea del cosa fosse allora questo ceto mezzano campagnuolo fra la signoria e il contadiname. Cosa fosse davvero, sarebbe un intruglio a volerlo capire; ma cosa volesse sembrare posso dirlo in due tratti di penna. Voleva sembrare umilissimo servitore nei castelli e confidente del castellano e perciò secondo padrone in paese. Chi aveva buona indole volgeva a bene questa singolare ambizione, e chi era invece taccagno, scroccone o cattivo, ne era tirato alla piú bassa e doppia malvagità. Ma ser Andreini andava primo fra i primi; poiché se era accorto e chiacchierone, aveva in fondo la miglior pasta del mondo, e non avrebbe cavata l'ala ad una vespa dopo esserne stato beccato. I servitori, gli staffieri, il trombetta, la guattera e la cuoca erano pane e cacio con lui; e quando il Conte non gli era fra i piedi, scherzava con esso loro e aiutava il figliuolo del castaldo a spennar gli uccelletti. Ma appena capitava il Conte, si ricomponeva per badare solamente a lui, quasiché fosse sacrilegio occuparsi d'altro quando si godeva della felicissima presenza d'un giurisdicente. E secondo i probabili desiderii di questo, egli era il primo a ridere, a dir di sí, a dir di no, e perfino anche a disdirsi se aveva sbagliato colla prima imbroccata.

C'era anche un certo Martino, antico cameriere del padre di Sua Eccellenza, che bazzicava sempre per cucina, come un vecchio cane da caccia messo fra gli invalidi: e voleva ficcare il naso nelle credenze e nelle cazzeruole, con gran disperazione della cuoca, brontolando sempre contro i gatti che gli si impigliavano nelle gambe. Ma costui essendo sordo e non piacendosi troppo di ciarlare, non entrava per nulla nella conversazione. Unica sua fatica era quella di grattare il formaggio. Gli è vero che colla flemma naturale tirata ancor piú a lungo dall'età, e collo straordinario consumo di minestra che si faceva in quella cucina, una tale fatica lo occupava per molte ore del giorno. Mi par ancora d'udire il romore monotono delle croste menate su e giù per la grattugia con pochissimo rispetto delle unghie; in premio della qual parsimonia il vecchio Martino aveva sempre rovinate e impiastricciate di ragnateli le punte delle dita. Ma a me non istarebbe il prendermi beffa di lui. Egli fu, si può dire, il mio primo amico; e se io sprecai molto fiato nel volergli scuotere il timpano colle mie parole, n'ebbi anche per tutti gli anni che visse meco una tenera ricompensa d'affetto. Egli era quello che mi veniva a cercare quando qualche impertinenza commessa mi metteva al bando della famiglia; egli mi scusava presso Monsignore, quando invece di servirgli messa scappava nell'orto ad arrampicarmi sui platani in cerca di nidi; egli testimoniava delle mie malattie, quando il Piovano davami la caccia per la lezione di dottrina; e se mi cacciavano a letto, era anche capace di prender l'olio o la gialappa in mia vece. Insomma fra Martino e me eravamo come il guanto e la mano, e s'anco entrando in cucina non giungeva a discernerlo pel gran buio che vi regnava in tutta la giornata, un interno sentimento mi avvertiva se egli vi era, e mi menava diritto a tirargli la parrucca o a cavalcargli le ginocchia. Se poi Martino non vi era, tutti mi davano la baia perché restava cosí mogio mogio come un pulcino lontano dalla chioccia; e finiva col darla a gambe indispettito, a menoché una raschiata del signor Conte non mi facesse prender radici nel pavimento. Allora io stava duro duro che neppur la befana m'avrebbe fatto muovere; e soltanto dopo ch'egli era uscito riprendeva la libertà del pensiero e dei movimenti. Io non seppi mai la ragione di un sí strano effetto prodotto sopra di me da quel vecchio lungo e pettoruto; ma credo che le sue guarnizioni scarlatte mi dessero il guardafisso come ai polli d'India.

Un'altra mia grande amicizia era il cavallante che a volte mi toglieva di groppa e menavami nelle sue gite di piacere per l'affissione dei bandi e simili faccende. Io poi non aveva pei coltelli e per le pistole un odio simile a quello del Capitano Sandracca; e durante la via frugava sempre per le tasche a Marchetto per rubargli il pugnale e far con esso mille attucci e disfide ai villani che s'incontravano. Una volta fra le altre che s'andava a Ramuscello a recar una citazione al castellano di colà, e il cavallante avea preso seco le pistole, frugandogli per le tasche ad onta delle pestate di mani ch'egli mi avea dato poco prima, feci scattare il grilletto, e n'ebbi un dito rovinato; e lo porto ancora un po' curvo e monco nell'ultima falange in memoria delle mie escursioni pretoriali. Quel castigo peraltro non mi guarí punto della mia passione per le armi; e Marchetto asseverava che sarei riescito un buon soldato, e diceva peccato che non dimorassi in qualche paese dell'alta ove si avvezzava la gioventù a menar le mani, non a dar la caccia alle villane e a giocar il tresette coi preti e colle vecchie. A Martino peraltro non andavano a sangue quelle mie cavalcate. La gente del paese, benché non fosse rissosa e manesca al pari di quella del pedemonte, aveva muso franco abbastanza per imbeversi spesse volte delle sentenze di Cancelleria, e per dar la berta al cavallante che le intimava. E allora col sangue caldo di Marchetto non si sapeva cosa potesse succedere. Questi assicurava che la mia compagnia gli imponeva dei riguardi e lo impediva dall'uscire dai gangheri; io mi vantava alla mia volta che ad una evenienza gli avrei dato mano ricaricando le pistole, o menando colpi da disperato colla mia ronca; e cosí briciola com'era, mi sapeva male che altri ridesse di queste spampanate. Martino crollava il capo; e intendendo ben poco dei nostri ragionamenti seguitava a borbottare che non era prudenza l'esporre un ragazzo alle rappresaglie cui poteva andar incontro un cavallante, andando a levar pegni o ad affiggere bandi di dazi e di confische. Al fatto quei villani stessi che facevano sí trista figura nelle Cernide e tremavano nella cancelleria ad un'occhiata dell'officiale, sapevano poi adoperar per bene il fucile e la mannaia in casa loro o nelle campagne; e per me, se dapprincipio mi faceva meraviglia una tale sconcordanza, mi sembra ora di averne trovato la vera ragione. Noi Italiani ebbimo sempre una naturale antipatia per le burattinate; e ne ridiamo sí, assai volentieri; ma piú volentieri anco ridiamo di coloro che vogliono darci ad intendere che le sono miracoli e cose da levarsi il cappello. Ora quelle masnade d'uomini, attruppati come le pecore, messi in fila a suon di bacchetta e animati col piffero, nei quali il valore è regolato da una parola tronca del comandante, le ci parvero sempre una famosa comparsa di burattini; e questo accadde, perché tali comparse furono sempre a nostro discapito e radissime volte a vantaggio. Ma stando cosí le cose pur troppo, l'idea di entrare in quelle comparse e di farvi la figura del bambolo ci avvilisce a segno che ogni volontà di far bene e ogni sentimento di dignità ci scappa dal corpo. Parlo, s'intende, dei tempi andati; ora la coscienza d'un gran fine può averci raccomodato l'indole in questo particolare. Ma anche adesso, filosoficamente non si avrebbe forse torto a pensare come si pensava una volta; e il torto sta in questo, che si ha sempre torto a incaparsi di restar savi e di adoperare secondo le regole di saviezza, allorché tutti gli altri son pazzi ed operano a seconda della loro pazzia. Infatti l'è cosa detta e ridetta le cento volte, provata provatissima, che petto contro petto uno de' nostri tien fronte e fa voltar le spalle a qualunque fortissimo di ogni altra nazione. Invece pur troppo non v'è nazione dalla quale con piú fatica che dalla nostra si possa levare un esercito e renderlo saldo e disciplinato come è richiesto dall'arte militare moderna. Napoleone peraltro insegnò a tutti, una volta per sempre, che non fallisce a ciò il valor nazionale, sibbene la volontà e la costanza dei capi. E del resto, di tal nostra ritrosia ad abdicare dal libero arbitrio, oltre all'indole indipendente e raziocinante abbiamo a scusa la completa mancanza di tradizioni militari. Ma di ciò basta in proposito ai giurisdizionali di Fratta; e quanto al loro tremore nel cospetto delle autorità non è nemmen d'uopo soggiungere che non tanto era effetto di pusillanimità, quanto della secolare reverenza e del timore che dimostra sempre la gente illetterata per chi ne sa piú di lei. Un cancelliere che con tre sgorbi di penna poteva a suo capriccio gettar fuori di casa in compagnia della miseria e della fame due tre o venti famiglie, doveva sembrare a quei poveretti qualche cosa di simile ad uno stregone. Ora che le faccende in generale camminano sopra norme piú sicure, anche gli ignoranti guardano la giustizia con miglior occhio, e non ne prendono sgomento come della sorella della forca o dell'oppignorazione.

In compagnia delle persone di casa che ho nominato fin qui, il piovano di Teglio, mio maestro di dottrina e di calligrafia, usava passar qualche ora sotto la cappa del gran camino, rimpetto al signor Conte, facendogli delle gran riverenze ogni volta ch'esso gli volgeva la parola. L'era un bel pretone di montagna poco amico degli abatini d'allora e bucherato dal vaiuolo a segno che le sue guancie mi fecero sempre venir in mente il formaggio stracchino, quando è ben grasso e pieno di occhi, come dicono i dilettanti. Camminava molto adagio; parlava piú adagio ancora, non trascurando mai di dividere ogni sua parlata in tre punti; e questa abitudine gli si era ficcata tanto ben addentro nelle ossa che mangiando tossendo o sospirando pareva sempre che mangiasse tossisse o sospirasse in tre punti. Tutti i suoi movimenti apparivano cosí ponderati, che se gli accadde mai di commettere qualche peccato, ad onta della sua vita generalmente tranquilla ed evangelica, dubito che il Signore siasi indotto a perdonarglielo. Perfino i suoi sguardi non si movevano senza qualche gran motivo; e pareva che stentatamente s'inducessero a traforare due siepaie di sopraccigli che proteggevano i loro agguati. Era desso l'ideale della premeditazione, sceso ad incarnarsi nel grembo d'una montagnola di Clausedo; tonsurato dal vescovo di Porto, e vestito del piú lungo giubbone di peluzzo che abbia mai combattuto coi polpacci d'un prete. Egli tremolava un pochino nelle mani, difetto che nuoceva alquanto alla sua qualità di calligrafo, ma che non lo impediva dall'appoggiarsi saldamente alla sua canna d'India col pomo di vero corno di bue. Circa le sue facoltà morali, per esser nato nel Settecento lo si potea vantare per un modello d'indipendenza ecclesiastica; giacché le riverenze profondissime che faceva al Conte non lo impedivano dal condursi a proprio talento nella cura d'anime; e forse anco, esse equivalevano a questo modo di dire: "Illustrissimo signor Conte, io la venero e la rispetto; ma del resto a casa mia il padrone sono io".

Il cappellano di Fratta invece era un salterello allibito e pusillanime che avrebbe dato la benedizione col mescolo di cucina, nulla nulla che al Conte fosse saltato questo grillo. Non per poca religione, no; ma il poveruomo si smarriva tanto al cospetto della signoria, che non sapeva proprio piú cosa si facesse. Per questo quando gli bisognava stare in castello pareva sempre sulle spine; e credo che se ora che è morto gli si volesse dare un vero purgatorio, non occorrerebbe altro che rimetterlo a vivere in corpo d'un maestro di casa. Nessuno piú di lui era capace di durare seduto le ore colle ore senza alzar gli occhi o batter becco quando altri lo osservava; ma del pari possedeva un'arte miracolosa di sparir via senza esser veduto, anche in una compagnia di dieci persone. Soltanto quand'egli veniva in coda al piovano di Teglio qualche barlume di dignità sinodale gli rischiarava la fisonomia; ma ben si accorgeva che era uno sforzo per tener dietro al superiore, e in quelle volte era tanto occupato di tener a mente la sua parte che non ascoltava né vedeva piú, ed era capace di metter in bocca bragie per nocciuole, come il fattore per iscomessa ne aveva fatto l'esperimento. Il signor Ambrogio Traversini, fattore e perito del castello, era il martello del povero Cappellano. E tra loro due correvano sempre quelle burle quelle farsette, che erano tanto in moda al tempo andato e che nei crocchi di campagna tenevano allora il posto della lettura dei giornali. Il Cappellano, com'era di dovere, pagava sempre le spese di cotali trastulli; e ne veniva rimeritato con qualche invito a pranzo, ricompensa piú crudele dello stesso malanno. Senonché il piú delle volte la preoccupazione di quegli inviti gli metteva addosso la quartana doppia ed egli cosí non avea d'uopo di bugie per iscusarsene. Quando poi gli veniva fatto di metter piede al di là del ponte levatoio, nessun uomo, credo, si sentiva piú felice di lui; ed era questo il compenso de' suoi martirii. Saltava correva si stropicciava le mani il naso i ginocchi; prendeva tabacco, bisbigliava giaculatorie, passava il bastoncino da un'ascella all'altra, parlava, rideva, gesticolava con tutti, e accarezzava ogni persona che gli capitasse sotto mano, fosse un ragazzo, una vecchia, un cane o una giovenca. Io pel primo ebbi la gloria e la cattiveria di scoprire le strane giubilazioni del Cappellano ad ogni sua scappata dal castello; e fatta ch'io ebbi la scoperta, tutti, quand'egli partiva, si affollavano alle finestre del tinello per goder lo spettacolo. Il fattore giurò che una volta o l'altra per la soverchia consolazione egli sarebbe saltato nella peschiera; ma convien dire a lode del povero prete che questo accidente non gli avvenne mai. Il maggior segno di contentezza che diede fu una volta quello di mettersi coi birichini a scampanare a festa dinanzi la chiesa. Ma in quel giorno l'avea scapolata bella. C'era in castello un prelato di Porto, chiamato il Canonico di Sant'Andrea, grande teologo e pochissimo tollerante dell'ignoranza altrui, che avea onorato in addietro e seguitava ad onorar la Contessa del suo patrocinio spirituale. Costui con monsignor Orlando e il Piovano s'era impancato vicino al focolare a dogmatizzar di morale. Il cappellanello che veniva a domandar conto della digestione del signor Conte, come voleva la prammatica di ogni dopopranzo, era stato lí lí per cascare nel trabocchetto; ma a metà della cucina aveva orecchiato la voce del teologo e protetto dalle tenebre se l'avea data a gambe, ringraziando tutti i santi del calendario. Figuratevi se non avea ragione di scampanar d'allegrezza!

Oltre a questi due preti e ad altri canonici e abati della città che venivano a visitar di sovente monsignor di Fratta, il castello era frequentato da tutti i signorotti e castellani minori del vicinato. Una brigata mista di beoni, di scioperati, di furbi e di capi ameni, che spassavano la loro vita in caccie in contese in amorazzi e in cene senza termine; e lusingavano del loro corteo l'aristocratico sussiego del signor Conte. Quand'essi capitavano era giorno di gazzarra. Si spillava la miglior botte; molti fiaschi di Picolit e di Refosco perdevano il collo; e le giovani aiutanti della cuoca si rifugiavano nello sciacquatoio. La cuoca poi non conosceva piú né amici né nemici; correva qua e là, dava dei gomiti nello stomaco a Martino, pestava i piedi a Monsignore, scannava anitre, sbudellava capponi; e il suo affaccendamento non era superato che da quello del girarrosto, il quale strideva e sudava olio per tutte le carrucole nel dover menare attorno quattro o cinque spedate di lepri e di selvaggina. Si imbandivano mense nella sala e in due o tre camere contigue; e s'accendeva il gran focolare della galleria, il quale era tanto grande che a saziarlo per una volta tanto non si richiedeva meno d'un mezzo passo di legna. Si noti peraltro che dopo la prima vampata la comitiva doveva rifugiarsi dietro le pareti piú lontane e nei cantoni per non rimanerne abbrustolita. Lo scalpore piú indiavolato era fatto da questi signori; ma le parti di spirito erano in tali circostanze affidate a qualche dottorino, a qualche abatucolo, a qualche poeta di Portogruaro che non mancava mai di accorrere all'odor della sagra. In fin di tavola si usava improvvisare qualche sonetto, di cui forse il poeta aveva a casa lo scartafaccio e le correzioni. Ma se la memoria gli falliva non mancava mai la solita chiusa di ringraziamenti e di scuse per la libertà che la compagnia *s'era permessa*, di correre in frotta a bere il vino e a lodar i meriti infiniti *del Conte e della Contessa*. Quello che piú di sovente cascava in questa necessità, era un avvocato lindo e incipriato che nella sua gioventù avea fatto la corte a molte dame veneziane, e viveva allora di memorie e di cavilli in compagnia della massaia. Un altro giovinastro chiamato Giulio Del Ponte che capitava sempre insieme con lui e si piccava di misurar versi piú pel sottile, si godeva di fargli perdere la bussola empiendogli troppo sovente il bicchiere. La commedia finiva in cucina con grandi risate alle spalle del dottore, e il giovinotto ch'era stato a Padova se ne intendeva tanto bene che gli restava in grazia meglio di prima. Costui e un giovine pallido e taciturno di Fossalta, il signor Lucilio Vianello, sono i soli che fin d'allora mi rimangono in memoria di quella ciurma semiplebea. Fra i cavalieri, un Partistagno, parente forse di quello del Messer Grande, mi sta ancora dinanzi colla sua grande figura ardita e robusta, e un certo altiero riserbo di modi che assai contrastava coll'avvinazzata licenza dei piú. E fin d'allora mi ricorda aver notato fra costui e il Vianello certi sguardi di sbieco che non dinotavano esser fra loro molto buon sangue. E tuttavia erano i due che meglio avrebbero dovuto intendersela fra loro, essendo tutto il resto un'egual feccia di spensierati e di furbacchioni.

Quand'io cominciai ad aver ragione di me stesso e a far istizzire i polli nel cortile di Fratta, l'unico figliuolo maschio del Conte era già da un anno a Venezia presso i padri Somaschi ov'era stato educato suo padre: perciò di lui non mi rimane memoria, riguardante quel tempo, se non per qualche scappellotto ch'egli mi avea dato prima di partire, per farmi provare la sua padronanza; e sí che allora io era un bambino che a stento rosicchiava il pane. Il vecchio Martino pigliò fin d'allora le mie difese; e mi sovviene ancora d'una tirata d'orecchie da lui data di soppiatto al padroncino, per la quale questi tirò giù strillando i travi della casa: e Martino n'ebbe dal Conte una buona lavata di capo. Fortuna ch'era sordo!

Quanto alla Contessa ella non compariva mai in cucina se non due volte il giorno nella sua qualità di suprema direttrice delle faccende casalinghe; la prima il mattino a distribuire la farina, il butirro, la carne e gli altri ingredienti bisognevoli al vitto della giornata; la seconda dopo l'ultima portata del pranzo a far la parte della servitù dalle vivande rimandate dalla mensa padronale e a riporre il resto in piatti piú piccoli per la cena. Ella era una Navagero di Venezia, nobildonna lunga arcigna e di breve discorso, che fiutava tabacco una narice per volta e non si moveva mai senza il sonaglio delle sue chiavi appeso al traversino. L'aveva sempre in capo una cuffietta di merlo bianco fiocchettata di rosa alle tempie come quella d'una sposina; ma io credo non la portasse per vanagloria ma unicamente per abitudine. Una smaniglia di spagnoletto le pendeva dal collo sul fazzoletto nero di seta, e sosteneva una crocetta di brillanti, la quale a dir della cuoca avrebbe fornito la dote a tutte le ragazze del territorio. Sul petto poi, legato in uno spillone d'oro, avea il ritratto d'un bell'uomo in parrucchino ad ali di piccione, che non era certo il suo signor marito; poiché questo aveva un nasone spropositato e quello invece un nasino da buffetti, un vero ninnoletto da fiutar acqua di rose ed essenze di Napoli. A dirla schietta come l'ho saputa poi, la nobildonna non si era piegata che a malincuore a quel matrimonio con un castellano di terraferma; ché le sembrava di cascare nelle mani dei barbari, avvezza com'era alle delicature ed agli spassi delle zitelle veneziane. Ma obbligata a far di necessità virtù, l'aveva cercato rimediare a quella disgrazia col tirare di tempo in tempo suo marito a Venezia; e là si era vendicata del ritiro provinciale cogli sfoggi, colle galanterie, e col farsi corteggiare dai più avvenenti damerini. Il ritratto che portava al petto doveva essere del più avventurato fra questi; ma dicevano che quel tale le fosse morto d'un colpo d'aria buscato di sera andando in gondola con lei; e dopo non ne avea più voluto sapere ed erasi ritirata per sempre a Fratta con grande compiacenza del signor Conte. Quando questo atroce caso avvenne la nobildonna volgeva alla quarantina. Del resto la Contessa passava le lunghe ore sul genuflessorio, e quando mi incontrava o sulla porta della cucina o per le scale, mi tirava alcun poco i capelli nella cuticagna, unica gentilezza che mi ricorda aver ricevuto da lei. Un quarto d'ora per giorno lo impiegava nell'assegnar il lavoro alle cameriere, e il restante del suo tempo lo passava in un salotto colla suocera e le figlie, facendo calze e leggendo la vita del santo giornaliero.

La vecchia madre del Conte, l'antica dama Badoer, viveva ancora a que' tempi; ma io non la vidi che quattro o cinque volte, perché la era confitta sopra una seggiola a rotelle dalla vecchiaia e a me era inibito entrare in altra camera che non fosse la mia ove dormiva allora colla seconda cameriera o come la chiamavano colla donna dei ragazzi. La era una vecchia di quasi novant'anni piuttosto pingue e d'una fisonomia dinotante il buon senso e la bontà. La sua voce, soave e tranquilla in onta all'età, aveva per me un tale incanto che spesso arrischiava di buscar qualche schiaffo per andarla ad udire postandomi coll'orecchio alla serratura della sua porta. Una volta che la cameriera aperse la porta mentre io era in quella positura, ella s'accorse di me e mi fe' cenno di avvicinarmi. Io credo che il mio cuore balzasse fuori del petto per la consolazione, quando essa mi mise la mano sul capo dimandandomi con severità, ma senza nessuna amarezza, cosa io mi facessi dietro l'uscio. Io le risposi ingenuamente ma tremolando per la commozione che mi stava là, contento di udirla parlare, e che la sua voce mi piaceva molto e mi pareva che non dissimile l'avrei desiderata a mia madre.

— Bene, Carlino – mi rispose ella – io ti parlerò sempre con bontà finché meriterai di esser ben trattato pei tuoi buoni portamenti; ma non istà bene a nessuno e meno che meno ai fanciulli origliare dietro le porte; e quando vuoi parlare con me, devi entrar in camera e sedermiti vicino, ché io ti insegnerò, come posso, a pregar Iddio e a diventare un buon figliuolo.

Nell'udire queste cose a me poveretto venivan giù le lagrime quattro a quattro per le guancie. Era la prima volta che mi parlavano proprio col cuore; era la prima volta che mi si faceva il dono d'uno sguardo affettuoso e d'una carezza! e un tal dono mi veniva da una vecchia che aveva veduto Luigi XIV! Dico veduto, proprio veduto; perché lo sposo della nobildonna Badoera, quel vecchio Conte cosí ghiotto dei grammaestri e degli ammiragli, pochi mesi dopo il suo matrimonio era andato in Francia ambasciatore della Serenissima e vi aveva condotto la moglie che per due anni era stata la gemma di quella Corte! Quella stessa donna poi tornata a Fratta avea serbato l'eguali grazie dei modi e del parlare, l'egual rettitudine di coscienza, l'eguale altezza e purità di sentimenti, l'uguale spirito di moderazione e di carità, sicché anche perduto il fiore della bellezza aveva continuato ad innamorare il cuore dei vassalli e dei terrazzani come prima aveva innamorato quello dei cortigiani di Versailles. Tanto è vero che la vera grandezza è ammirabile ed ammirata dovunque, e né diventa né si sente mai piccola per cambiar che faccia di sedile. Io piangeva dunque a cald'occhi stringendo e baciando le mani di quella donna venerabile, e promettendomi in cuore di usare sovente della larghezza fattami di salire ad intrattenermi con lei, quando entrò la vera Contessa, quella delle chiavi, e diede un guizzo d'indignazione vedendomi nel salotto contro i suoi precisi ordinamenti. Quella volta la strappata della cuticagna fu piú lunga del solito e accompagnata da un rabbuffo solenne e da un divieto eterno di mai piú comparire in quelle stanze se non chiamato. Scendendo le scale dietro il muro, e grattandomi la coppa e piangendo questa volta piú di rabbia che di dolore, udii ancora la voce della vecchiona che sembrava insoavirsi oltre all'usato per intercedere in mio favore, ma una strillata della Contessa e una violentissima sbattuta dell'uscio serratomi dietro mi tolse di capire la fine della scena. E cosí scesi una gamba dietro l'altra in cucina a farmi consolar da Martino.

Anche questa mia domestichezza con Martino spiaceva alla Contessa ed al fattore che era il suo braccio destro; perché secondo loro il mio pedagogo doveva essere un certo Fulgenzio, mezzo sagrista e mezzo scrivano del Cancelliere, che era nel castello in odore di spia. Ma io non poteva sopportare questo Fulgenzio e gli giocava certi tiri che anche a lui dovevano rendermi poco sopportabile. Una volta per esempio, ma questo avvenne piú tardi, essendo io ai mattutini di giovedí santo in coro dietro di lui, colsi il destro del suo raccoglimento per dispiccar dalla canna con cui si accendono le candele il cerino ancor acceso, e glielo attortigliai intorno alla coda. Laonde quando il cerino fu quasi consumato il foco si appiccò alla coda e da essa alla stoppa della parrucca, e Fulgenzio si mise a saltare pel coro, e i ragazzi che tenevano le ribebe in mano a corrergli intorno gridando acqua acqua. E in quel parapiglia le ribebe andavano attorno, e ne nacque un tal subbuglio che si dovette tardare d'una mezz'ora la continuazione delle funzioni. Nessuno seppe mai pel suo dritto la ragione di quello scandalo, ed io che ne fui sospettato l'autore ebbi la furberia di far l'indiano; ma con tutto ciò mi toccò la sportula d'un giorno di camerino a pane ed acqua, il che non contribuí certo a farmi entrar in grazia Fulgenzio: come l'incendio della parrucca non avea contribuito a render costui piú favorevole a me.

Io dissi che la Contessa occupava la maggior parte del suo tempo facendo calze nel salotto in compagnia delle sue figlie. Ma l'ultima di queste, nei primi anni di cui mi ricordo, era bambina affatto, minore di me d'alcuni anni, e la dormiva nella mia stessa camera colla *donna dei ragazzi* che si chiamava Faustina. La Pisana era una bimba vispa, irrequieta, permalosetta, dai begli occhioni castani e dai lunghissimi capelli, che a tre anni conosceva già certe sue arti da donnetta per invaghire di sé, e avrebbe dato ragione a color che sostengono le donne non esser mai bambine, ma nascer donne belle e fatte, col germe in corpo di tutti i vezzi e di tutte le malizie possibili. Non era sera che prima di coricarmi io non mi curvassi sulla culla della fanciulletta per contemplarla lunga pezza; ed ella stava là coi suoi occhioni chiusi e con un braccino sporgente dalle coltri e l'altro arrotondato sopra la fronte come un bel angelino addormentato. Ma mentre io mi deliziava di vederla bella a quel modo, ecco ch'ella socchiudeva gli occhi e balzava a sedere sul letto dandomi dei grandi scappellotti e godendo avermi corbellato col far le viste di dormire. Queste cose avvenivano quando la Faustina voltava l'occhio, o si dimenticava del precetto avuto; poiché del resto la Contessa le aveva raccomandato di tenermi alla debita distanza dalla sua puttina, e di non lasciarmi prender con lei eccessiva confidenza. Per me c'erano i figliuoli di Fulgenzio, i quali mi erano abbominevoli piú ancora del padre loro, e non tralasciava mai occasione di far loro dispetti; massime perché essi si affaccendavano di spifferare al fattore che mi aveano veduto dar un bacio alla contessina Pisana, o portarmela in braccio dalla greppia delle pecore fino alla riva della peschiera. Peraltro la fanciulletta non si curava al pari di me delle altrui osservazioni, e seguitava a volermi bene, e cercava farsi servire da me nelle sue piccole occorrenze piuttostoché dalla Faustina o dalla Rosa, che era l'altra cameriera, o la *donna di chiave* che or si direbbe guardarobbiera. Io era felice e superbo di trovar finalmente una creatura cui poteva credermi utile; e prendeva un certo piglio d'importanza quando diceva a Martino: — Dammi un bel pezzo di spago che debbo portarlo alla Pisana! — Cosí la chiamava con lui; perché con tutti gli altri non osava nominarla se non chiamandola la Contessina. Queste contentezze peraltro non erano senza tormento poiché pur troppo si verifica cosí nell'infanzia come nell'altre età il proverbio, che non fiorisce rosa senza spine. Quando capitavano al castello signori del vicinato coi loro ragazzini ben vestiti e azzimati, e con collaretti stoccati e berrettini colla piuma, la Pisana lasciava da un canto me per far con essi la vezzosa; e io prendeva un broncio da non dire a vederla far passettini e torcer il collo come la gru, e incantarli colla sua chiaccolina dolce e disinvolta. Correva allora allo specchio della Faustina a farmi bello anch'io; ma ahimè che pur troppo m'accorgeva di non potervi riescire. Aveva la pelle nera e affumicata come quella delle aringhe, le spalle mal composte, il naso pieno di graffiature e di macchie, i capelli scapigliati e irti intorno alle tempie come le spine d'un istrice e la coda scapigliata come quella d'un merlo strappato dalle vischiate. Indarno mi martorizzava il cranio col pettine sporgendo anche la lingua per lo sforzo e lo studio grandissimo che ci metteva; quei capelli petulanti si raddrizzavano tantosto piú ruvidi che mai. Una volta mi saltò il ticchio di ungerli come vedeva fare alla Faustina; ma la fatalità volle che sbagliassi boccetta e invece di olio mi versai sul capo un vasetto d'ammoniaca ch'essa teneva per le convulsioni, e che mi lasciò intorno per tutta la settimana un profumo di letamaio da rivoltar lo stomaco. Insomma nelle mie prime vanità fui ben disgraziato e anziché rendermi aggradevole alla piccina, e stoglierla dal civettare coi nuovi ospiti, porgeva a lei e a costoro materia di riso, ed a me nuovo argomento di arrabbiare e anche quasi d'avvilirmi. Gli è vero che partiti i forestieri la Pisana tornava a compiacersi di farmi da padroncina, ma il malumore di cotali infedeltà tardava a dissiparsi, e senza sapermene liberare, trovava troppo varii i suoi capricci, e un po' anche dura la sua tirannia. Ella non ci badava, la cattivella. Avea forse odorato la pasta di cui era fatto, e raddoppiava le angherie ed io la sommissione e l'affetto; poiché in alcuni esseri la devozione a chi li tormenta è anco maggiore della gratitudine per chi li rende felici. Io non so se sian buoni o cattivi, sapienti o minchioni cotali esseri; so che io ne sono un esemplare; e che la mia sorte tal quale è l'ho dovuta trascinare per tutti questi lunghi anni di vita. La mia coscienza non è malcontenta né del modo né degli effetti; e contenta lei contenti tutti; almeno a casa mia. – Devo peraltro confessare a onor del vero che per quanto volubile, civettuola e crudele si mostrasse la Pisana fin dai tenerissimi anni, ella non mancò mai d'una certa generosità; qual sarebbe d'una regina che dopo aver schiaffeggiato e avvilito per bene un troppo ardito vagheggino, intercedesse in suo favore presso il re suo marito. A volte mi baciuzzava come il suo cagnolino, ed entrava con me nelle maggiori confidenze; poco dopo mi metteva a far da cavallo percotendo con un vincastro senza riguardo giù per la nuca e traverso alle guancie; ma quando sopraggiungeva la Rosa od il fattore ad interrompere i nostri comuni trastulli che erano, come dissi, contro la volontà della Contessa, ella strepitava, pestava i piedi, gridava che voleva bene a me solo piú che a tutti gli altri, che voleva stare con me e via via; finché dimenandosi e strillando fra le braccia di chi la portava, i suoi gridari si ammutivano dinanzi al tavolino della mamma. Quelle smanie, lo confesso, erano il solo premio della mia abnegazione, benché dappoi spesse volte ho pensato che l'era piú orgoglio ed ostinazione che amore per me. Ma non mescoliamo i giudizi temerari dell'età provetta colle illusioni purissime dell'infanzia. Il fatto sta che io non sentiva le busse che mi toccavano sovente per quella mia arroganza di volermi accomunar nei giochi alla Contessina, e che contento e beato mi riduceva nella mia cucina a guardar Martino che grattava formaggio.

L'altra figliuola della Contessa, che avea nome Clara, era già zitella quando io apersi gli occhi a guardare le cose del mondo. Era dessa la primogenita, una fanciulla bionda, pallida e mesta, come l'eroina d'una ballata o l'Ofelia di Shakespeare; pure ella non avea letto nessuna ballata e non conosceva certo l'*Amleto* neppur di nome. Pareva che la lunga consuetudine colla nonna inferma avesse riverberato sul suo viso il calmo splendore di quella vecchiaia serena e venerabile. Certo non mai figliuola vegliò la madre con maggior cura di quella ch'essa adoperava nell'indovinar perfin le brame della nonna: e le indovinava sempre perché la continua usanza fra di loro le aveva avvezzate ad intendersi con un sol giro di occhiate. La contessa Clara era bella come lo potrebbe essere un serafino che passasse fra gli uomini senza pur lambire il lezzo della terra e senza comprenderne l'impurità e la sozzura. Ma agli occhi dei piú poteva parer fredda, e questa freddezza anche scambiarsi per una tal qual alterigia aristocratica. Eppure non v'avea anima piú candida, piú modesta della sua; tantoché le cameriere la citavano per un modello di dolcezza e di bontà; e tutti sanno che negli elogi delle padrone il suffragio di due cameriere equivale di per sé solo ad un volume di testimonianze giurate. Quando la nonna abbisognava d'un caffè, o d'una cioccolata, e non era alcuno nella stanza, non s'accontentava ella di sonar la campanella, ma scendeva in persona alla cucina per dar gli ordini alla cuoca; e mentre questa approntava il bisognevole, stava pazientemente aspettando coi ginocchi un po' appoggiati allo scalino del focolare; od anche le dava mano nel ritirar la cocoma dal fuoco. Vedendola starsi a quel modo, la cucina mi pareva allor rischiarata da una luce angelica; e non la mi sembrava piú quel luogo triste ed oscuro di tutti i giorni. E qui mi dimanderanno alcuni perché nelle mie descrizioni io torni sempre alla cucina, e perché in essa e non nel tinello o nella sala io abbia introdotti i miei personaggi. Cosa naturalissima e risposta facile a darsi! La cucina, essendo la dimora abituale del mio amico Martino e l'unico luogo nel quale potessi stare senza essere sgridato, (in merito forse del buio che mi sottraeva all'attenzione di tutti) fu il piú consueto ricovero della mia infanzia: sicché come il cittadino ripensa con piacere ai passeggi pubblici dov'ebbe i suoi primi trastulli, io invece ho le mie prime memorie contornate dal fumo e dall'oscurità della cucina di Fratta. Là vidi e conobbi i primi uomini; là raccolsi e rimuginai i primi affetti, le prime doglianze, i primi giudizi. Onde avvenne che se la mia vita corse come quella degli altri uomini in varii paesi, in varie stanze, in diverse dimore, i miei sogni invece mi condussero quasi sempre a spaziare nelle cucine. È un ambiente poco poetico; lo so; ma io scrivo per dire la verità, e non per dilettare la gente con fantasie prettamente poetiche. La Pisana aveva tanto orrore di quel sitaccio scuro profondo mal selciato, e dei gatti che lo abitavano, che rade volte vi metteva piede se non per inseguirmi a colpi di bacchetta. Ma la contessina Clara all'incontro non ne mostrava alcun disgusto, e ci veniva quando occorresse senza torcer la bocca o alzar le gonnelle come facevano persino quelle schizzinose delle cameriere. Laonde io gongolavo tutto di vederla; e se la chiedeva un bicchier d'acqua era beato di porgerlelo, e di udirmi dire graziosamente: — Grazie Carlino! — Ed io poi mi rintanava in un cantuccio pensando: "Oh come sono belle queste due parole: Grazie Carlino!". Peccato che la Pisana non me le abbia mai dette con una vocina cosí buona e carezzevole!

CAPITOLO SECONDO

Dove si sa finalmente chi io mi sia, e s'incomincia a tratteggiare il mio temperamento, l'indole della contessina Pisana, e le abitudini dei signori castellani di Fratta. Si dimostra di piú, come le passioni degli uomini maturi si disegnino alla bella prima nei fanciulli, come io imparassi a compitare dal piovano di Teglio e la contessina Clara a sorridere dal signor Lucilio.

Il maggior effetto prodotto nei lettori del capitolo primo sarà stata la curiosità di saper finalmente, chi fosse questo Carlino. Fu infatti un gran miracolo il mio od una giunteria solenne di menarvi a zonzo per un intero capitolo della mia vita, parlandovi sempre di me, senza dir prima chi io mi sia. Ma bisognando pure dirvelo una volta o l'altra, sappiate adunque ch'io nacqui figliuolo ad una sorella della Contessa di Fratta e perciò primo cugino delle contessine Clara e Pisana. Mia madre aveva fatto, com'io direi, un matrimonio di scappata coll'illustrissimo signor Todero Altoviti, gentiluomo di Torcello; cioè era fuggita con lui sopra una galera che andava in Levante, e a Corfù s'erano sposati. Ma parve che il gusto dei viaggi le passasse presto, perché di lí a quattro mesi tornò senza marito, abbronzata dal sole di Smirne, e per di piú gravida. Detto fatto, partorito che la ebbe, mi mandò senza complimenti a Fratta in un canestro; e cosí divenni ospite della zia l'ottavo giorno dopo la mia nascita. Quanto gradito ognuno lo può argomentare dal modo con cui ci capitava. Intanto mia madre, poveretta, espulsa da Venezia per istanza della famiglia, erasi acquartierata a Parma con un capitano svizzero; e di là tornata a Venezia per implorarvi la pietà di sua zia, la era morta allo spedale, senza che un cane andasse a chiedere di lei.

Queste cose me le contava Martino e contandole mi faceva piangere, ma io non seppi mai donde le avesse sapute. Quanto a mio padre, dicevano che fosse morto a Smirne dopo fuggitagli la moglie; alcuni asserivano di crepacuore per questo abbandono; altri di disperazione per debiti; altri d'una infiammazione buscata col bere troppo vino di Cipro. Peraltro la storia genuina non si era ancor potuta sapere, e correva anche una vaga voce nei Levantini che prima di morire egli si fosse fatto turco. Turco o non turco lui, a Fratta avevano battezzato me, sul dubbio che non lo avessero fatto a Venezia, e siccome la cura di sortirmi il nome fu lasciata al Piovano, cosí egli mi impose il nome del santo di quel giorno, che era appunto san Carlo. Non aveva predilezioni per nessun santo del paradiso quel dabben prete, e nemmen voglia di rompersi il capo per comporre un nome di conio singolare, ed io gliene son grato perché l'esperienza mi dimostrò in seguito che san Carlo non val punto dammeno degli altri.

La signora Contessa aveva abbandonato solo da qualche mese la sua vita brillante di Venezia, quando le capitò il canestro; laonde figuratevi se ne vide con poca stizza il contenuto! Con tutte quelle noie e fastidi che l'aveva, aggiungersele anche questo di aver un bambino da dar a balia – e per giunta il bambino d'una sorella che avea disonorato sé e la famiglia; e impasticciato quel suo matrimonio con un mezzo galeotto di Torcello, che non ci si avea ancor potuto veder dentro chiaro! La signora Contessa fin dalla prima occhiata sentí adunque per me l'odio piú sincero; ed io non tardai a provarne le conseguenze. Primo punto si giudicò inutile per un serpentello uscito non si sapeva dove, prender in casa od assoldare una balia. Perciò io fui consegnato alle cure della Provvidenza, e mi facevano girare da questa casa a quella dove vi fossero mammelle da succhiare, come il porcello di sant'Antonio, o il figlio del Comune. Io sono fratello di latte di tutti gli uomini, di tutti i vitelli e di tutti i capretti che nacquero in quel torno nella giurisdizione del castello di Fratta; ed ebbi a balie oltre tutte le mamme, le capre e le giovenche, anche tutte le vecchie e i vecchi del circondario. Martino infatti mi raccontava che vedendomi qualche volta innaspato per la fame, avea dovuto compormi un certo intingolo di acqua burro zucchero e farina, col quale m'ingozzava finché il cibo giunto alla gola mi impedisse di piangere. E lo stesso mi succedeva in molte case dove le mammelle tassate per nutrirmi in quella giornata erano già state munte da qualche affamato bamboccio di diciotto mesi.

Vissuto cosí nei primi anni per un vero miracolo, il portinaio del castello, che era anche il registratore dell'orologio della torre e l'armaiuolo del territorio, aveva partecipato con Martino alla gloria di farmi fare i primi passi. L'era un certo mastro Germano, un vecchio bulo della generazione passata che aveva forse sull'anima parecchi omicidii, ma che avea certo trovato il modo di rappaciarsi con Domeneddio, perché cantava e burlava da mattino a sera raccogliendo immondizie lungo le vie in una sua carriuola per concimarne un campetto che teneva in affitto dal padrone. E beveva all'osteria i suoi boccaletti di *Ribola* con una serenità veramente patriarcale. Pareva a vederlo la coscienza piú tranquilla della parrocchia. E la memoria di quell'uomo mi condusse poi a conchiudere che la coscienza ognuno di noi se l'aggiusta a proprio grado; cosicché per molti sarebbe un sorbir un uovo quello che pare ad altri gravissimo malefizio. Mastro Germano ne aveva accoppati alquanti in tempo di sua gioventù in servizio del castellano di Venchieredo; ma di questa freddura egli pensava che sarebbe toccato al padrone sbrattarsela con Dio, e per sé, fatta la sua confessione pasquale, si sentiva innocente come l'acqua di fontana. Non erano cavilli coi quali tenesse quieti i rimorsi, ma una massima generale che gli aveva armato l'anima d'una triplice corazza contro ogni malinconia. Passato ch'egli era agli stipendi dei castellani di Fratta come capo-sgherri, avea preso su il costume di dir rosari, che era il distintivo principale de' suoi nuovi satelliti, e cosí avea finito di purgarsi del vecchio lievito. Allora poi che i settant'anni sonati gli avevano procacciato la giubilazione colla custodia del portone, e la soprintendenza delle ore, credeva fermamente che la via da lui battuta fosse proprio quella che conduce al papato. Fra Martino e lui si può credere che non erano sempre della stessa opinione. Il primo nato fatto per fare il Cappa Nera d'un patrizio di Rialto; il secondo educato a tutte le birberie ed i soprusi dei zaffi d'allora; quello cameriere diplomatico d'un giurisdicente incipriato; questi lancia spezzata del piú prepotente castellano della Bassa. E quando fra loro sorgeva qualche disputa se la prendevano con me, e ciascuno voleva togliermi all'avversario vantando maggiori diritti sulla mia persona. Ma piú spesso andavano d'accordo con tacita tolleranza, ed allora godevano in comune dei progressi che vedevano fare alle mie gambette; e accosciati un di qua e un di là sul ponte del castello mi facevano trottolare dalle braccia dell'uno a quelle dell'altro.

Quando la Contessa, uscendo col piovano di Teglio e qualche visita di Portogruaro alla passeggiata del dopopranzo, li sorprendeva in questi esercizi di pedagogia, volgeva loro una per banda due occhiate da scomunica; e se io le dava tra le gambe non mancava mai di favorirmi fin d'allora quella tale squassatina nella coppa. Io poi, strillando e tremando di spavento, mi rifugiava tra le braccia di Martino, e la Contessa tirava oltre brontolando della fanciullaggine di quei due *vecchi matti*, che per tali erano conosciuti i miei due mentori presso la gente di cucina. – Comunque la sia, per opera dei due vecchi matti io divenni saldo sulle gambe, e capace anche di scappar ben lontano fin sotto il tiglio della parrocchia, quando vedeva spuntar sotto l'androne la cuffietta bianca della signora zia. M'attento di chiamarla zia, ora poveretta che la è morta da un buon mezzo secolo; poiché per allora, appena fui in grado di pronunciar parola mi insegnarono per suo comando a chiamarla la signora Contessa e cosí seguitai sempre poscia, rimanendo per tacito accordo dimenticata la nostra parentela. Fu in quel tempo che diventando io grandicello e non garbando alla Contessa vedermi sempre sul ponte, pensarono affidarmi a quel tal Fulgenzio sagrestano, del quale io feci sempre quel conto che voi sapete. Credeva la castellana disavvezzarmi cosí dalla sua Pisana immischiandomi coi fanciulletti del santese; ma quell'istinto di contraddizione che è anche nei fanciulli contro coloro che comandano a rovescio di ragione, mi faceva anzi star attaccato piucchemai alla mia estrosa damina. Gli è vero che andando poi innanzi, e trovandoci in due non abbastanza numerosi pei nostri giochi, tirammo entro a far lega tutta la ragazzaglia all'intorno, con grande scandalo delle cameriere che per paura della padrona ci portavano via la Pisana non appena se ne accorgevano. Questa però non si lasciava sbigottire; e siccome tanto la Faustina che la Rosa avevano via il capo dietro i loro belli, non le mancava agio di tornar loro a scappare per rimescolarsi con noi. Cresciuta la banda, era cresciuta in lei di pari passo l'ambizioncella di tener cattedra; e siccome l'era una fanciulletta, come dissi, troppo svegliata e le piaceva far la donnetta, cominciarono gli amoretti, le gelosie, le nozze, i divorzi, i rappaciamenti; cose tutte da ragazzetti s'intende, ma che pur dinotavano la qualità della sua indole. Anche non voglio dire che ci fosse poi tutta questa innocenza che si crederebbe; e mi maraviglio come la si lasciasse, la Contessina, ruzzolar nel fieno e accavallarsi con questo e con quello; sposandosi per burla e facendo le viste di dormir collo sposo, e parando via in quelle delicate circostanze tutti i testimoni importuni. Chi le aveva insegnato cotali pratiche? Io non vel saprei dire di certo; ossia per me credo che la fosse nata colla scienza infusa sopra tali materie. Quello poi che dovea spaventare si era ch'ella non restava mai due giorni coll'egual amante e collo stesso marito, ma li cambiava secondo la luna. E i fanciulli villanelli, che vergognosi e piú per rispetto e soggezione che per altro si prestavano a tali commedie, non se ne curavano punto. Ma io, che ci aveva la mia idea fissa, ne aveva una bile ed un crepacuore indicibile quando mi vedeva scartato e mi toccava lasciarla soletta col figliuolino del castaldo o con quello dello speziale di Fossalta. Vedete che la non era neppur tanto sottile sulla scelta. Le bastava di cambiare: ed è poi anche vero che dei piú sudici o malcreati la si stancava piú presto che d'ogn'altro. Ora che ci penso freddamente (son cose d'ottanta anni fa o poco meno) io dovea inorgoglirne; ché a me solo restava qualche volta il vanto di godere per tre giorni filati delle sue grazie, e se agli altri ragazzini il turno scadeva ogni mese, a me esso si ripeteva quasi tutte le settimane. Altrettanto girevole che la era e arrogante nel congedare, la si faceva poi negli inviti lusinghiera ed imperiosa. Bisognava ubbidirle, ad ogni costo, ed amarla come imponeva lei; e ridere anche per soprammercato, perché se le accadeva di trovar il broncio allo sposo, era anche sí trista da percoterlo. Io credo che mai corte d'Amore sia stata governata da una sola donna con tanta tirannia. – Se mi arresto a lungo sopra questi incidenti puerili gli è perché ci ho le mie ragioni; e prima di tutto perché non mi sembrano tanto puerili come alla comune dei moralisti. Lasciando andare, che, come accennava in addietro, anche i ragazzi hanno la loro malizia, non mi pare per nessun conto dicevole e profittevole quella libertà fanciullesca dalla quale sovente i sensi vengono stuzzicati prima dei sentimenti, con sommo pericolo dell'euritmia morale per tutta la vita. Quanti uomini e donne di gran senno ereditarono la vergognosa necessità del libertinaggio dalle abitudini dell'infanzia? – Parliamoci schietto. – La metafora di assomigliar l'uomo ad una pianta, che tenerella si torce e si raddrizza a talento del coltivatore, fu bastantemente adoperata, perché possa usarla anch'io come una buona maniera di raffronto. Ma piú che una tale metafora varrà a spiegar la mia idea l'apologo del cauterio che aperto una volta non si può piú rinchiudere: gli umori concorrono a quella parte, e convien lasciarli colare sotto pena di guastarne altrimenti tutto l'organismo. Data la sveglia ai sensi come si può negli anni dell'ignoranza, sopravverrà sí la ragione a vergognarsene o a lamentarne la sozza padronanza; ma come sopravviene la forza di debellarli e di rimetterli al loro posto di sudditi? – Lo sviluppo seguita l'avviamento che gli si diede nei principii, in onta all'elegie della ragione, e al rossore che se ne prova; e cosí si formano quegli esseri mezzi, anzi doppi nei quali la depravazione dei costumi è unita all'altezza dell'intelletto, e fino ad un segno anche all'altezza dei sentimenti. Saffo ed Aspasia appartengono alla storia non alla mitologia greca; e sono due tipi di quelle anime capaci di grandi passioni non di grandi affetti, quali se ne formano tante al nostro tempo per la sensuale licenza che toglie ai fanciulli di essere innocenti prima ancora che possano diventar colpevoli. Si dirà che l'educazione cristiana distrugge poi i perniciosi effetti di quelle prime abitudini. – Ma lasciando che è tempo sprecato quello nel quale si distrugge, e invece si avrebbe potuto edificare, io credo che una tal educazione religiosa serva meglio a velare che ad estirpare il male. Tutti sanno quali stenti indurassero sant'Agostino e sant'Antonio per domare gli stimoli della carne e vincere le tentazioni; ora pochi pretenderanno esser santi come loro, eppur quanti ne trovate che pratichino le eguali astinenze per ottenerne gli uguali effetti? – È segno che tutti si rassegnano a pigliar le cose come stanno; contenti di salvar la decenza colla furberia della gatta che copre di terra le proprie immondizie, come dice e consiglia l'Ariosto. Sí, sí; ve lo dico e ve lo confermo; giovani e vecchi, grandi e piccini, credenti o miscredenti, pochi vivono adesso che attendano e vogliano combattere le proprie passioni; e confinar i sensi nella sentina dell'anima, dove la natura civile ha segnato loro il posto. Nato il male, non è questo il secolo de' cilici e delle mortificazioni da sperarne il rimedio. Ma la educazione potrebbe far molto coltivando la ragione, la volontà e la forza prima che i sensi prendano il predominio. Io non sono bigotto: e non prèdico pel puro bene delle anime. Prèdico pel bene di tutti e pel vantaggio della società; alla quale la sanità dei costumi è profittevole e necessaria come la sanità degli umori al prosperare d'un corpo. La robustezza fisica, la costanza dei sentimenti, la chiarezza delle idee e la forza dei sacrifizi sono suoi corollari; e queste doti meravigliose, saldate per lunga consuetudine negli individui, e con essi portate a operare nella sfera sociale, tutti conoscono come potrebbero ingerminare proteggere ed affrettare i migliori destini d'un'intera nazione. Invece i costumi sensuali, molli, scapestrati fanno che l'animo non possa mai affidarsi di non essere svagato da qualche altissimo intento per altre basse ed indegne necessità: il suo entusiasmo fittizio si svampa d'un tratto o almeno diventa un'altalena di sforzi e di cadute, di fatiche e di vergogne, di lavoro e di noie. L'incancrenirsi di siffatti costumi sotto l'orpello luccicante della nostra civiltà è la sola causa per cui la volontà è diventata aspirazione, i fatti parole, le parole chiacchiere; e la scienza si è fatta utilitaria, la concordia impossibile, la coscienza venale, la vita vegetativa, noiosa, abbominevole. In qual modo volete far durare uno, due, dieci, vent'anni in uno sforzo virtuoso, altissimo, nazionale, milioni di uomini de' quali neppur uno è capace di reggere a quello sforzo tre mesi continui? Non è la concordia che manca, è la possibilità della concordia, la quale deriva da forza e da perseveranza. La concordia degli inetti sarebbe buona da farne un boccone, come fece di Venezia il caporalino di Arcole. Ora, quando sarà bisogno che le forze si sieno quadruplicate, troverete in quella vece che la maggior parte si è infiacchita, sviata, capovolta: e invece d'aver fatto un passo innanzi l'avrà indietreggiato di due. – Vi parrà qui di esser ben lontani col discorso dalle piccole e ridicole lasciviette fanciullesche; ma guardate bene e vedrete che le si avvicinano ed ingrandiscono, come dietro la lente d'un canocchiale le macchie del sole.

Io che portai da natura un temperamento meno che tiepido, dovetti forse a questa circostanza di andar esente dal disordine che deriva nel nostro stato morale dalla precocità dei sensi. Per quanto mi ricorda, le battaglie dell'anima si svegliarono in me prima di quelle della carne; ed appresi per fortuna ad amare prima che a desiderare. Ma il merito non fu mio; come non fu colpa della Pisana se la caparbietà, l'arroganza, e l'ignara malizia infantile fomentarono la sua indole impetuosa, varia, irrequieta, e gli istinti procaci, veementi, infedeli. Dalla vita che le si lasciò menare essendo bimba e zitella, sorsero delle eroine; non mai delle donne avvedute e temperanti, non delle buone madri, non delle spose caste, né delle amiche fide e pazienti: sorgono creature che oggi sacrificherebbero la vita ad una causa per cui domani non darebbero un nastro. È presso a poco la scuola dove si temprano le momentanee e grandissime virtù, e i grandi e duraturi vizii delle ballerine, delle cantanti, delle attrici e delle avventuriere.

La Pisana mostrava fin da fanciulletta una rara intelligenza; ma questa la si veniva viziando fin d'allora fra le frivolezze e le vanità cui era lasciata in balía. La moglie del capitano Sandracca, la signora Veronica, che le faceva da maestra, durava una bella pazienza a raccogliere per un quarto d'ora il suo cervellino nella riga che le toccava compitare. Sicura d'apprendere tutto con somma agevolezza, la ragazzina studiava il primo pezzo della lezione e lasciava il resto; ma cosí, anziché fortificarsi la facilità dell'imparare, si generava in lei quella di dimenticare. Le lodi talvolta la spronavano a mostrarsene degna; ma poco stante qualche capriccio le facea porre da un canto questa breve ambizioncella. Avvezza a condursi colla sola regola del proprio talento, la voleva cambiare divertimenti ed occupazioni ogni tratto; non sapendo che questo è il vero mezzo per annoiarsi di tutto, per non trovar piú né requie né contento nella vita, e per finire col non sentirsi mai felici appunto per volerlo esser troppo e in cento modi diversi. La scienza della felicità è l'arte della moderazione; ma la piccina non potea vedere tant'oltre, e sbizzarriva cosí, poiché gliene davano ampia facoltà. Superba di comandare e d'esser la prima in tutto, e di veder le cose ordinate a modo proprio, non è strano ch'ella cercasse accomodarle colla bugia, quando non le conosceva tali da indurre negli altri l'opinione altissima che la voleva far concepire di sé. Siccome poi tutti la adulavano e fingevano crederle, ella pigliava sul serio cotal dabbenaggine; e neppur si curava di render verisimili le sue fandonie. Soventi accadeva che per dar ragione di una ne dovesse inventar due; e quattro poi per portar avanti queste due, e cosí via di seguito fino all'infinito. Ma la era d'una fecondità e d'una prontezza prodigiosa senza mai scomporsi o mostrar timore che altri non credesse o curarsi degl'impicci che le potessero derivare dalla sua fintaggine. Credo la si avvezzasse tanto a far la comica che a poco a poco non sapea nemmen discernere in se stessa il vero dall'immaginato. Io poi, costretto sovente a tenerle il sacco, lo teneva con tanto malgarbo che si scopriva tosto il marrone; ma mai ch'ella perciò mostrasse dispetto o rincrescimento: sembrava che fosse già disposta a non aspettarsi di meglio da me, o che si credesse tanto superiore da non doversi le sue asserzioni porre in dubbio per la contraria testimonianza di un terzo. Gli è vero che i castighi toccavano tutti a me; e che almeno per questo lato la sua imperturbabilità non aveva nulla di meritorio. Mi toccavano, pur troppo, frequenti e salati, perché i miei spassi giornalieri con lei erano una continua infrazione ai precetti della Contessa, e senza sindacare di chi fosse il torto, la colpa punita prima era la mia perché la piú patente e recidiva. D'altronde nessuno avrebbe osato castigare la Contessina all'infuori di sua madre; e costei per solito non se ne dava pensiero piú che d'una figliuola altrui. Per la Pisana c'era *la donna dei ragazzi*; e fino a che non l'avesse dieci anni la vigilanza materna si dovea limitare a pagar due ducati il mese alla Faustina. Dai dieci anni ai venti il convento, e da venti in su

45

la Provvidenza, ecco la maniera d'educazione che secondo la Contessa dovea bastare per isdebitarla di ogni dovere verso la prole femminile. La Clara era uscita di convento ancor tenerella per far l'infermiera alla nonna; ma la stanza della nonna le tenea vece di monastero e la differenza non istava in altro che nei nomi. Quella cara contessa, abbandonata dalla gioventù e dalle passioni che pur le aveano dato sentore di qualche cosa che non fosse proprio lei, erasi talmente riconcentrata in se stessa e nella cura della propria salute temporale ed eterna, che fuori del rosario e d'una buona digestione non trovava altre occupazioni che le convenissero. Se agucchiava calze era per abitudine, o perché nessuno aveva la mano tanto leggera da far maglie abbastanza floscie per la sua pelle dilicata. In quanto alla sorveglianza casalinga, la ci batteva sodo, perché serrando gli occhi indovinava che avrebbe fatto star troppo allegra la famiglia; e l'allegria negli altri non le piaceva, quando ne aveva cosí poca lei. L'invidia è il peccato o il castigo delle anime grette; e io temo che la mia cuticagna dovesse i suoi cotidiani martirii alla rabbia della Contessa di sentirsi vecchia e di veder me ancora fanciullo. Per questo anche ella odiava monsignor Orlando al pari di me. Quel viso di cuor contento, e quelle mani incrocicchiate sulla pancia come a trattenere un soverchio di beatitudine, le davano la stizza: e non la poteva capir come si potesse diventar vecchi cosí allegramente. Caspita! la ragion della differenza c'era. Monsignor Orlando avea collocato ogni sua compiacenza nei contentamenti della gola, la quale è una passione che può sfogarsi, e meglio forse, anche nell'età avanzata. Ed ella al contrario... cosa volete? non voglio dirne di piú, ora che il suo scheletro sarà purificato da cinquant'anni di sepoltura.

Intanto si diventava grandicelli, e i temperamenti si profilavano meglio, e i capricci prendevano già figura di passioni, e la mente si destava a ragionarvi sopra. Già l'orizzonte de' miei desiderii s'era allargato, poiché la cucina, il cortile, la fienaia, il ponte, e la piazza non mi tenevano piú vece d'universo. Io voleva vedere cosa c'era piú in là, e abbandonato a me stesso, ogni passo che arrischiava fuori della solita cerchia mi procurava quelle stesse gioie ch'ebbe a provar Colombo nella scoperta dell'America. La mattina mi alzava per tempissimo e mentre la Faustina era occupata nei fatti di casa o giú nelle camere della padrona, sguisciava via colla Pisana nell'orto o in riva alla peschiera. Quelle erano le ore nostre piú beate, nelle quali la birboncella s'infastidiva meno e ricompensava piú amichevolmente la mia servitù. Sovente poi ho notato che il tempo mattutino è piú propizio alla serenità dello spirito, e che in esso anche le nature piú artifiziose ritrovano qualche sospiro di semplicità e di rettitudine. Col crescer del giorno le abitudini e i rispetti umani ci signoreggiano sempre piú; e verso sera e a notte inoltrata si osservano le smorfie piú grottesche, i discorsi piú bugiardi, e gli assalti piú irresistibili delle passioni. Forse sarà anche per questo, che le ore del giorno si vivono piú comunemente all'aria aperta, nella quale gli uomini si sentono meno schiavi di se stessi e piú obbedienti alle leggi universali di natura che non sono mai pessime. Non dirò peraltro che la Pisana mutasse, anche standosi da sola con me, le sue maniere di moversi e di parlare. M'accorgeva benissimo che ella apprezzava piú assai la mia ammirazione che l'amicizia o la confidenza; e che per quanto ristretto ed abituale, io non cessava di essere per le sue pantomime una specie di pubblico. Tuttavia doveva scrivere che me n'accorsi poi, non che me n'accorgeva allora. Allora io godeva di quei soavi intervalli, stimando anzi che quella Pisana cosí premurosa di essermi gradita, fosse la vera; e fossero effetto della trista compagnia i cambiamenti che succedevano nelle sue maniere durante la giornata. All'ora di messa (era monsignor Orlando che la celebrava nella cappella del castello) tutta la famiglia, padroni, servi, fattori, impiegati ed ospiti, si raccoglieva nei banchi destinati alla varia autorità delle persone. Il signor Conte occupava solo nel coro un genuflessorio rimpetto alla cattedra del celebrante; e là riceveva con molta gravità i saluti di Monsignore quando usciva o rientrava; nonché le tre profumate d'incenso se la messa era cantata. Nelle benedizioni solenni o negli *Oremus* il celebrante non si dimenticava mai di benedire e nominare con un profondo inchino l'Eccellentissimo e Potentissimo Signor Iuspatrono e Giurisdicente; e questi allora volgeva in tutta la chiesa un'occhiata a mezz'aria che sembrava quasi misurare l'eccelsa altezza che lo divideva dal gregge dei vassalli. Il Cancelliere, il fattore, il Capitano, il portinaio e persino le cameriere e la cuoca assorbivano quel tanto che veniva loro di quella occhiata; ed abbassavano altre simili occhiate sopra la gente che occupava nella cappella un posto inferiore al loro: il Capitano in quelle circostanze s'arricciava anche i mustacchi e poneva romorosamente la mano sopra l'elsa della spada. Finite le funzioni tutti restavano col capo basso in gran raccoglimento, ma volti verso l'altare del Rosario se la funzione era stata sull'altar maggiore, o viceversa; finché il signor Conte si alzava, si spartiva dinanzi un bel tratto d'aria con un gran segno di croce, e rimessi in tasca il libro d'orazione, il fazzoletto e la scatola, moveva grave e isteccato verso la pila dell'acqua santa. Là un nuovo segno di croce; e poi usciva dalla chiesa dopo aver salutato l'altar maggiore d'un lieve cenno del capo. Gli venivano dietro la Contessa colle figlie i parenti e gli ospiti che s'inchinavano un tantino piú; indi i servi e gli officiali che piegavano un ginocchio, e poi i contadini e la gente del paese che li piegavano tutti e due. Adesso che il Signore ci sembra molto molto lontano, può anche sembrare ugualmente distante da tutti i ranghi sociali; come il sole che non riscalda certamente piú la cima che la base di un campanile. Ma allora ch'esso era tenuto abitar piú vicino d'assai, le maggiori o minori distanze erano facilmente osservabili; e un feudatario gli si stimava tanto piú vicino di tutti gli altri, da potersi anco permettere verso di lui qualche maggior grado di confidenza. Di solito, mezz'ora innanzi la messa quotidiana, io era cercato per servirla a Monsignore, il quale intendeva darmi con ciò un segno della sua speciale deferenza, a scapito dei figliuoli di Fulgenzio. Ma io, che non mi sentiva gran fatto riconoscente di questa distinzione, sapeva prender le mie misure in modo che chi mi dava la caccia tornava il piú delle volte colle mani vuote alla sacristia. Di consueto io mi rifugiava presso mastro Germano e non usciva dal suo buco se non quand'era sonata l'ultima campanella. In quel frattempo aveano già messo la cotta a Noni o a Menichetto, i quali coi loro zoccoli di legno correvano sempre il pericolo di rompersi il naso sugli scalini nel cambiar di posto al messale; ed io entrava in chiesa, sicuro di averla scapolata. Siccome poi queste mie arti furono in breve scoperte, cosí me ne toccarono molte ramanzine per parte di Monsignore dinanzi al focolar di cucina; ma io mi scusava della mia ripugnanza dicendo che non sapeva il *Confiteor*. E infatti, per giustificare questa mia scusa, le poche volte che era beccato, aveva sempre l'accorgimento di tornar a capo, una volta giunto al *mea culpa*; e per due tre e quattro volte ripeteva una tale manovra, finché Monsignore impazientato lo finiva lui. Quei giorni nefasti aveva poi la compiacenza di star chiuso in un camerino sotto la colombaia, col libricciuolo della messa, un bicchier d'acqua ed un pane bigio fino a un'ora innanzi i vespri. Io mi divertiva immollando il libro nell'acqua, e sminuzzando il pane ai piccioni; e poi, quando Gregorio, il cameriere di Monsignore, veniva a sprigionarmi, correva da Martino presso il quale era certo di trovare il mio pranzo. Peraltro durante quelle ore aveva il dispetto di udir la voce della Pisana che si trastullava cogli altri ragazzotti senza darsi melanconia pel mio carceramento; e allora mi prendeva una tal bile contro il *Confiteor*, che lo faceva in pallottole e lo gettava giú nel cortile sopra quei birboncelli assieme a quanti sassuoli e calcinacci potea raccattar nei canti e raspar dalla muraglia colle unghie. Talvolta anche squassava con quanta forza poteva la porta, e le dava addosso coi gomiti coi piedi e colla testa; e dopo un mezz'ora di tali strepiti il fattore non mancava mai di venir a ricompensarmene con quattro sonate di staffile. E questa dose si replicava la sera, quando scoprivano ch'io aveva tutto fradicio e guasto il mio libricciuolo.

Nei giorni comuni, dopo la messa ognuno andava per le sue incombenze fino all'ora del desinare; io poi aveva il mio bel che fare nel difendermi contro il famiglio del Piovano che veniva a cercarmi per le lezioni. Corri di qua, corri di là, io davanti ed egli dietro, finiva coll'esser preso mezzo morto di stizza e di fatica; e allora doveva fare con essolui di gran trotto il miglio che corre tra Fratta e Teglio per guadagnare il tempo perduto. Giunto nella canonica mi perdeva tutti i giorni a passar in rassegna certe vedute di Udine che adornavano la parete dell'andito e poi a gran fatica mi confinavano in uno studiolo, ove, dopo l'esperienza dei primi giorni, tutto soleva essere rigorosamente sotto chiave a cagione delle mie petulanze. Peraltro mi divertiva nel disegnar sopra i muri la faccia del Piovano con due boschi di sopracciglia ed un certo cappellone in testa che non lasciavano alcun dubbio sulle intenzioni satiriche del pittore. Spesso, durante queste mie esercitazioni artistiche, udiva per l'andito il passo prudente della Maria, la massaia del Piovano, che veniva a vedere de' fatti miei alla toppa della chiave. Allora io balzava allo scrittoio, e coi gomiti ben distesi e col capo sulla carta arrotondava certi *A* e certi *O* che empievano mezza facciata, e che, coll'aggiunta di altre quattro o cinque letteracce piú arabe ancora, fornivano ad esuberanza il mio compito giornaliero. Oppur anche mi metteva a gridar *bi a ba*, *be e be*, *bo o bo*, con una voce cosí indemoniata che la povera donna scappava quasi sorda in cucina. Alle dieci e mezzo entrava il Piovano, il quale mi dava alquante zaffate per gli sconci che vedeva nel muro, altre ne aggiungeva a conto dell'infame scrittura, e me ne amministrava poi una terza dose per la pochissima attenzione prestata al suo indice nel leggere l'Abecedario. Mi sovviene che mi accadeva sovente di perder gli occhi in certi libroni rossi che stavano dietro i cristalli d'uno scaffale, ed allora invece di compitar la linea seguente saltava sempre alla riga del *V*: *vi a va*, *vi e ve*, *vi o vo*... A questo punto era interrotto dalla terza correzione accennata in addietro; e non ho mai potuto sapere la ragione della preferenza che dimostrava la mia memoria per la lettera *V*, se non era forse per esser quella lettera una delle ultime. Gli sbadigli, le tirate di pelle o di naso e i versacci che io faceva durante quelle lezioni mi son sempre restati in mente come un segno della mia mala creanza e dell'esemplare pazienza del Piovano. S'io dovessi insegnar a leggere ad un porcellino come allora era io, son sicuro che nelle due prime lezioni gli caverei le due orecchie. Io invece non ebbi altro incommodo che quello di riportarle a casa alcun poco allungate. Ma quest'incommodo che continuò e s'accrebbe per quattro anni, dai sei ai dieci, mi procurò peraltro il vantaggio di poter leggere tutti i caratteri stampati, e di scrivere anche abbastanza correntemente, purché non ci entrassero le maiuscole. Lo sparagno che feci poi in tutta la mia vita di punti e di virgole lo devo tutto all'istruzione andante e liberale dell'ottimo Piovano. Anche ora tirando giù questa mia storia ho dovuto raccomandarmi per la punteggiatura ad un mio amico, scrittore della Pretura; che altrimenti ella sarebbe da capo a fondo un solo periodo, e non sarebbe voce di predicatore capace di rilevarlo.

Quando tornava a Fratta e non mi perdeva dietro i fossi in caccia di *sposi*, o di salamandre, giungeva proprio sul punto che la famiglia si metteva a tavola. Il tinello era diviso dalla cucina per un corritoio lungo ed oscuro che saliva un paio di braccia: tantoché il locale era abbastanza alto per accorgersi dalle finestre che era giorno nelle ore di sole. Era uno stanzone vasto e quadrato, per una buona metà occupato da una tavola coperta d'un tappeto verde e grande come due bigliardi. Tra due cannoniere, verso i fossati del castello, un gran camino; rimpetto, fra due finestre che davano sul cortile, una credenza di noce a ribalta; nei quattro canti vi erano quattro tavolini e sopra le candele preparate pel gioco della sera. Le scranne pesavano certo cinquanta libbre l'una, ed erano tutte uguali, larghe di sedere, a piede e schienale diritto, coperte di marrocchino nero ed imbottite di chiodi: almeno cosí si avrebbe giudicato dalla morbidezza. La mensa s'imbandiva al solito per dodici coperti: quattro per parte nei due lati piú lunghi, tre nel lato vicino al corritoio, pel fattore, il perito ed il Cappellano: ed un lato libero pel signor Conte. La sua signora consorte colla contessa Clara stavano alla sua diritta, e Monsignore col Cancelliere a sinistra; i posti fra questi e l'altro lato della tavola erano occupati dal Capitano colla moglie, e dagli ospiti. Se non v'eran ospiti, i loro posti restavano disoccupati, e se crescevano i due, il Capitano e la moglie cercavano rifugio negli intervalli fra il perito, il fattore e il Cappellano. Costui del resto, come dissi, sfuggiva quasi sempre all'onore della mensa padronale; laonde la sua posata il piú delle volte tornava netta in cucina. Agostino, il credenziere, recava le portate vicino al signor Conte, e questi dal suo seggiolone (egli solo aveva una specie di trono che gli uguagliava quasi le ginocchia al livello della tavola) gli accennava di tagliare. Quando avea finito, il signor Conte si pigliava giú il miglior boccone, e poi con un altro cenno passava il piatto alla moglie; ma mentre accennava colla destra, era già inteso a mangiare colla sinistra.

Il cocchiere e Gregorio aiutavano il servizio, ma questi aiutava ben poco, perché troppo lo occupava il versar da bere a Monsignore, o lo slacciargli il tovagliolo e dargli delle gran tambussate nella schiena quando un boccone minacciasse di strangolarlo. La Pisana, s'intende, non pranzava in tavola, ché l'era onore serbato alle ragazze dopo gli anni del monastero. Ella mangiava in una dispensa fra il tinello e la cucina, colle cameriere. Quanto a me, rosicchiava gli ossi in cucina coi cani, coi gatti e con Martino. Nessuno s'era mai sognato di dirmi dove fosse il mio posto e quale la mia posata; sicché il posto lo trovava dovunque e invece di posata adoperava le dita. Mi ricredo. Per mangiar la minestra la cuoca mi dava una certa mestola che ebbe il vanto di allargarmi la bocca due buone dita. Ma dicono che il sorriso ne piglia miglior espressione, e perché io ebbi sempre denti candidi e sani, non voglio lagnarmene. Siccome io e Martino non entravamo in conto né fra la gente che desinava in tinello né fra la servitù a cui la Contessa veniva a far la parte dopo tavola, cosí noi avevamo il privilegio di raspar le pignatte, le padelle ed i pentoli; e di ciò si costituiva il nostro pranzo. In cucina appeso ad un gancio stava sempre un cesto pieno di polenta, e quando le raspature non mi saziavano, bastava che alzassi un braccio verso la polenta. Martino m'intendeva: me ne faceva abbrustolire una fetta; e addio malanni! Il cavallante e il sagrestano, che avevano moglie e figliuoli, non mangiavano di consueto presso i padroni; e cosí pure mastro Germano, il quale faceva cucina da per sé, e si condiva certe pietanze tutte sue che io non ho mai capito come palato umano le potesse sopportare. Non era anche raro il caso ch'egli acchiappasse uno di quei moltissimi gatti che popolavano la cucina dei Conti, e ne faceva galloria in umido e arrosto per una settimana. Perciò, benché egli m'invitasse sovente a pranzo, io mi guardava bene di accettare. Egli soste-neva che il gatto ha una carne squisita e saporitissima e che l'è un ottimo rime-dio contro molte malattie; ma queste cose non le diceva mai in presenza di Martino, onde ho paura ch'egli volesse infinocchiarmi.

Dopo pranzo e prima che la Contessa capitasse in cucina, io sgambettava fuori incontro alla ragazzaglia che accorreva a quell'ora sul piazzale del castello: e molti di loro mi seguivano poi nel cortile, dove la Pisana sopraggiungeva poco dopo, a farvi quelle prodezze di civetteria che ho detto poco fa. Mi domande-rete perché io stesso andassi a chiamare i miei rivali che poscia mi davano tanta noia. Ma la Contessina era tanto sfacciatella che ella stessa andava a chiamarli se non c'era stato io; e questo m'induceva a fingere di fare a mio grado quello che, con doppio smacco, sarei stato costretto a sopportare. La tranquilla dige-stione della Contessa, e le faccende che occupavano alle donne tutto il dopo-pranzo, ci lasciavano liberi per lungo tempo ai nostri trastulli; e se dapprincipio la vecchia nonna cercava conto in quelle ore della nipotina, costei si diportava nella sua stanza con tal cattiveria, che la Contessa finiva a congedarla come un pericoloso disturbo del suo chilo. Stavamo dunque in piena libertà di correre, di strillare, di accapigliarci nell'orto, nei cortili e nei porticati. Soltanto una terrazza dove guardavano le finestre del Conte e di Monsignore ci era vietata dall'incorruttibile custodia di Gregorio. Una volta che alcuni de' piú temerari si gabbarono del divieto, il cameriere sbucò fuori dalla porticella d'una scala secondaria col manico della scopa e ne menò tante addosso di quei sussurroni che tutti ebbero capito non esserci modo da scherzare da quella banda. Il Conte diceva in quelle ore di occuparsi degli affari di cancelleria; ma se ciò era, egli godeva d'una vista affatto straordinaria, poiché le sue finestre stavano sempre serrate fino alle sei. In quanto a Monsignore, egli dormiva e diceva di dormire; ma avesse anche voluto negarlo, russava tanto forte che tutti gli infiniti angoli del castello non gli avrebbero creduto. Dalle sei alle sei e mezzo, quando il tempo lo consentiva, la Contessa usciva pel passeggio; e il Conte e Monsignore le andavano di consueto incontro una mezz'ora dopo. Non dovevano temere di non incontrarla, perché ella andava invariabilmente tutte le sere coll'egual passo fino alle prime case di Fossalta e poi coll'egual passo tornava indietro impiegando in questo passeggio sessantacinque minuti, a meno d'incontri im-preveduti. Non fu bisogno ch'io dicessi che insieme al Conte usciva anche il

Cancelliere; questi camminava un passo dietro ai padroni, divertendosi col piede a gettar nel fosso i sassolini del sentiero, quando non era onorato di nessuna domanda. Ma piú spesso il Conte gli chiedeva conto delle faccende del mattino; ed egli lo ragguagliava degli esami che aveva fatto e delle cause sulle quali aveva stesa l'informazione per Sua Eccellenza. Queste informazioni erano tante sentenze alle quali Sua Eccellenza si compiaceva di apporre la firma; adoperando a ciò un doppio paio di occhiali e tutti i sudori della sua sapienza calligrafica. Mentre i due magistrati secolari s'intrattenevano delle faccende mondane, monsignor Orlando andava innanzi leccandosi colla lingua i denti e accarezzandosi la pancia. Le due compagnie s'incontravano ad un passatoio ch'era fra i due paesi sulla strada vecchia; il Cancelliere si fermava col cappello abbassato fino a terra. Monsignore faceva ala colla mano alzata in segno di saluto, ed il Conte s'avanzava fino a mezzo il passatoio per porger la mano alla Contessa. Dopo questa passava la contessina Clara, quando la vi era poiché sovente rimaneva presso la nonna, e in coda o il Piovano, o il Cappellano, o il signor Andreini, o la Rosa, o qualunque altro fosse della brigata. Tornavano cosí di conserva verso il castello, camminando a due a due o piú spesso ad uno ad uno per la nefandità della strada. E quando vi giungevano, Agostino correva ad accendere nel tinello una gran lucerna d'argento sulla quale era inalberata, in luogo di manico, l'arma di famiglia; un cignale fra due alberi colla corona di conte a ridosso. Il cignale era piú grande degli alberi e la corona piú grande di tutto. Benché il Conte annettesse una grande importanza a quel lavoro, si conosceva a prima vista che Benvenuto Cellini non vi era immischiato. In quel frattempo la cuoca metteva al fuoco una gran cocoma per farvi il caffè; e la comitiva lo attendeva in tinello continuando la conversazione del passeggio. Ma il dopopranzo era distribuito a questo modo solo durante i bei mesi, e quando il tempo era piucché asciutto. Del resto tanto il signor Conte che Monsignore non uscivano dalle loro stanze che per impancarsi al fuoco di cucina: e là si congregava la famiglia a far loro corteggio fino all'ora del gioco. Il caffè in quelle circostanze essi lo prendevano al focolare, e poi movevano insieme verso il tinello dove i tavolini eran già preparati, e li seguiva, camminando sulla punta dei piedi, tutta la compagnia. La Contessa sola era là ad attenderli perché la contessina Clara non scendeva che un'ora piú tardi dopo aver coricato la nonna. Qualche volta peraltro la moglie del Capitano avea la fortuna di prender il caffè insieme alla Contessa, e quello era un segno che le cose della giornata non avrebbero potuto camminar meglio. La signora Veronica si mostrava molto altiera di quell'onore, e guardava d'alto in basso suo marito se egli veniva dinanzi a lei, come soleva, ad arricciarsi i baffi prima di sedere. Quando la conversazione non era che di famiglia, due tavolini di tresette bastavano; ma se vi erano visite od ospiti, cosa che non mancava mai di succedere tutte le sere d'autunno e, nel resto dell'anno, la domenica, allora si invadeva la gran tavola col mercante in fiera, col sette e mezzo, o colla tombola. I puritani come Monsignore e il Cancelliere, che non amavano i giochi di sorte, si ritraevano da un canto col *tresette in tavola*; e il Capitano, che diceva di aver sempre contraria la fortuna, andava in cucina a giocar all'oca col cavallante o con Fulgenzio. In fondo in fondo io credo che la posta di due soldi, quale la si costumava in tinello, fosse troppo arrischiata per lui; e si trovava meglio col bezzo e col bezzo e mezzo di cucina. Io intanto, dopo aver giocato colla Pisana fino al cader del sole, quando la Faustina la prendeva per metterla a letto, mi incantucciava sotto la cappa a farmi contar fiabe da Martino o da Marchetto. E cosí la tirava innanzi finché la testa mi ciondolava sul petto e allora Martino mi prendeva pel braccio, e passando dal cortile per non attraversar il tinello, mi conduceva su per le scale fino alla porta di Faustina. Lí io entrava tentennando e sfregolandomi gli occhi; e sbottonate le brache, con una squassata era bell'e svestito e pronto a coricarmi, perché né scarpe né panciotto né calze né mutande né pezzuola da collo mi imbrogliarono mai fino all'età di dieci anni; e una giacchetta e un paio di brache di quel mezzolano che tessevano in casa per la servitù componevano, insieme ad una corda per legar la coda, ogni mio arredo personale. Aveva di piú alcune camicie, le quali colla loro sovrabbondanza pagavano ogn'altro difetto, poiché era Monsignore che mi passava le sue quand'erano sdruscite; e nessuno si prendeva la briga di raccorciarmele se non accorciando d'un poco la campana e le maniche. Quanto alla testa, un inverno che gelava molto, credo fossi allora sui sett'anni, mastro Germano me l'aveva guernita con un berrettone di pelo portato da lui fin da quando era bulo a Ramuscello. Quel berrettone mi sarebbe calato fino al mento, se il Piovano non mi avesse già prima d'allora preparato le orecchie a impedirgli di cedere alla forza di gravità. Per di dietro peraltro, ove non aveva orecchie, esso mi cascava fino sul collo, e Martino diceva che con quel coso in capo io gli aveva viso d'una gatta arruffata. Ma egli lo diceva forse per far dispetto a Germano, e io son grato a questo e al suo berrettone; in mercé del quale andai salvo da molte infreddature. Quanti anni lo portassi io non ve lo potrei dire con precisione. Certo era già fatto giovane che lo aveva ancora, ed anzi lo sparagnava pei giorni di festa, perché la testa essendomisi ingrossata pareva a me che mi si addicesse mirabilmente alla fisonomia e che mi desse un certo estro da far paura. Un giorno che era alla sagra di Ravignano oltre Tagliamento e che si ballava in piazza sul tavolato, io mi presi lo spasso di farmi beffe di alcune Cernide dei Savorgnani che venivano a tutelare il buon ordine della fiera collo schioppo in una mano, e con un tovagliolo nell'altra pieno di ova, burro e salame, per fare, come si dice, la frittata rognosa. Quelle Cernide coi loro sandali di legno, colle giubbe di mezzolano spelato, e con certi musi che odoravano di minchioneria lontano un miglio mi facevano crepare dalle grandi risate; onde tra me e qualche altro bravaccio di Teglio e dei dintorni si cominciò a far loro le corna, e a domandare se erano buoni a rivoltar le frittate, e se intendevano cuocerle colle scarpe. Allora uno di loro ci rispose che andassimo a ballare che s'avrebbe fatto meglio; ed io facendomi innanzi gli soggiunsi che avrei ballato pel primo con lui. Come difatti feci, e presolo per le braccia, cosí come stava collo schioppo ancora in ispalla lo menai attorno nella piú curiosa furlana che si fosse mai veduta. Ma siccome egli avea posto a terra le sue prov-visioni, cosí avvenne che nel girare andammo addosso alle uova, e ne fu fatta la frittata prima del tempo. E allora quei valorosi soldati, che non si erano mossi al veder schernito un proprio collega, si commossero d'un subito alla rovina delle uova e mostrarono di volermi venire addosso colla baionetta. Ma io, tratte di tasca le pistole e ributtato verso loro stramazzone il mio ballerino, mi posi a strillare che chi primo si moveva era morto. E in un attimo tutti i miei compa-gni mi stavano intorno per difendermi, quale col coltello sguainato e quale con pistole uguali a quelle che aveva io. Vi fu un istante di sospensione e poi nacque un parapiglia, che, non so come, ci trovammo tutti uno addosso dell'altro senza peraltro far fuoco né adoperar delle armi altro che i manichi, perché in verità la quistione non ne valeva la pena. E batti di qui e pesta di là quelle povere Cernide erano molto malconcie e le loro ova del pari, quando capitò il Capo di Cento col resto della masnada e ci tolse in mezzo costringendoci colle mi-nacce a cessare da quel tafferuglio, se no, diceva, avrebbe comandato fuoco senza riguardo né per amici né per nemici. Si chiamarono allora testimoni di chi fosse la colpa; i quali, come si usava sempre, diedero ragione a noi e torto alle Cernide, e cosí ci lasciarono andare senz'altro disturbo. Ma mentre io mi ritirava facendo il gradasso fra i miei compagni di quel trionfo, quel cotale che avea ballato la furlana mi gridò dietro che guardassi bene ballando di non per-dere la mia cresta di pelo che egli ne avrebbe fatto un trofeo da metter in capo al suo asino pel secondo giorno della fiera. Io gli risposi con un gesto da piazza che se lo prendesse, e che tra l'asino e lui avrebbero fatto sempre due, ma che mai non mi avrebbero toccato la cresta. Lí il Capo di Cento ci fece troncar le parole e noi n'andammo a ballare colle piú belle della sagra, mentre le Cernide accendevano i fuochi per far le frittate, cogli ovi che erano rimasti. Quella sera io mi fermai sulla festa piú forse che non avea contato nel venirci per vedere cos'era buono a fare quel mascalzone che m'avea sfidato; e cosí pure alcuni de' miei compagni. E poi ad un'ora di notte che faceva uno scuro d'inferno presimo verso la barca di Mendrisio dove sulla sponda opposta mi aspettava la carretta del castaldo. La strada era profonda e tortuosa fra campagne piene di alberi, e in qualche luogo tanto stretta da potervi a stento camminar di fronte quattro persone: siccome poi ognuno di noi per le abbondanti tracannate di *ribolla* voleva il posto per quattro, cosí s'era sempre lí lí per traboccar nel fosso qualcuno. Ridevamo insieme cantando anche come si poteva meglio col vino che ci gorgogliava quasi in gola, quando ad un gomito della via io vedo come una figura nera che scavalca il fosso di slancio e mi capita addosso a modo d'una bomba. Io mi ritraggo d'un passo, quando quella figura mi dice — Ah! sei tu! — e mi dà una buona insaccata nelle spalle e mi manda a ruzzolar nel pantano come un sacco di carne porcina. Io poi mi levo puntandomi coi gomiti sul terreno e veggo quella figura che rifà il suo salto e scompar via nel buio della campagna. Allora solo m'accorsi che avea perduto il berretto e mi chinava sulla strada per cercarlo; e bisogna dire che, o dalla campagna si vedesse abbastanza chiaro sulla strada o che i miei occhi fossero che facevano il buio, perché quello del salto mi vide curvarmi a cercare e cosí dalla lunga mi gridò che mi mettessi pure il cuore in pace perché la mia cresta se l'aveva portata via lui per farne bello l'asino al giorno dopo. Udendo queste parole mi risovvenne della Cernida, e a' miei compagni tornò l'anima nel corpo perché a' loro occhi quell'apparimento avea tutto l'aspetto d'una diavoleria. Conosciuto per cos'era, volevano ad ogni costo trarne vendetta, ma il fosso era largo e nessuno si fidò tanto delle proprie gambe da tentar il salto, segno che avevamo ancora un briciolo di giudizio chiaro. Perciò tirammo innanzi promettendoci di ricattarci al domani; e cosí fu infatti che ci fermammo tutti a Mendrisio la notte, e il giorno dopo tornammo in fiera facendo un esame di tutte le Cernide e di tutti gli asini nei quali ci abbattevamo. E quando ci abbattemmo in quello che aveva fra le orecchie incollato sulla fronte colla pece il mio berrettone di pelo, gliene demmo tante e tante al suo padrone che lo si dovette poi caricare sul suo asino per mandarlo a casa; e il mio berrettone, siccome non era piú da portarsi, glielo impegolammo ben bene sul muso a lui dicendogli che glielo lasciavamo per memoria. Cosí perdetti il regalo di mastro Germano che m'avea fatto sí buon servizio per tanti anni; e da questa faccenda nacque poi una querela criminale che mi diede molto a che fare come dirò a suo luogo. Intanto vi prego a non perdermi la stima, se mi troverete in un tratto della mia vita far baldoria e lega con contadini e bettolanti. Vi prometto che mi vedrete con commodo uomo d'importanza, e frattanto ritorno fanciullo per narrarvi le cose con ordine.

V'ho detto che io costumava andare a letto mentre ancora si giocava in tinello; ma il gioco non tirava innanzi gran fatto, perché alle otto e mezzo in punto lo si lasciava per intonare il rosario; e alle nove si mettevano a cena, e alle dieci il signor Conte dava il segnale della levata ordinando ad Agostino di accendergli il lume. La comitiva allora sfilava dalla porta che metteva allo scalone, opposta a quella che conduceva in cucina. Dico scalone per modo di dire, ché l'era una scala come tutte le altre; sul primo pianerottolo della quale il signor Conte usava sempre fermarsi e tastar il muro per trarne il pronostico della giornata ventura. Se il muro era umido il signor Conte diceva: — Domani tempo cattivo —; e il Cancelliere dietro a lui ripeteva: — Tempo cattivo —; e tutti soggiungevano con faccia contrita: — Cattivo tempo! — Ma se invece lo trovava asciutto il Conte sclamava: — Avremo una bella giornata domani —; e il Cancelliere ancor lui: — Una bellissima giornata! —; e tutti poi giù giù fino all'ultimo scalino: — Una bellissima giornata. — Durante questa cerimonia la processione si fermava lungo la scala con grandi spasimi della Contessa che temeva di prender una sciatica fra tutte quelle correnti d'aria. Monsignore invece aveva tempo di appiccar il primo sonno, e toccava a Gregorio sostenerlo e scuoterlo, se no tutte le sere egli sarebbe rotolato sulla signora Veronica che gli veniva dietro. Giunta che era tutta la schiera nella sala, succedeva la funzione della felice notte, dopo la quale si sparpagliavano in cerca delle rispettive stanze; e ve n'erano di tanto lontane da aversi comodamente il tempo di recitare tre *Pater*, tre *Ave* e tre *Gloria* prima di arrivarvi. Cosí almeno diceva Martino, cui dopo la sua giubilazione s'era assegnato per alloggio un camerino al secondo piano contiguo alla torre e vicino alla stanza destinata pei frati quando ne capitava qualcheduno alla cerca. Il signor Conte occupava colla moglie la camera che da tempo immemorabile avevano abitato tutti i capi della nobile famiglia castellana di Fratta. Una camera grande ed altissima, con un terrazzo che d'inverno metteva i brividi solo a specchiarvisi dentro, e col soffitto di travi alla cappuccina dipinte d'arabeschi gialli e turchini. Terrazzo pareti e soffitto eran tutti coperti da cignali da alberi e da corone; sicché non si poteva buttar intorno un'occhiata senza incontrare un'orecchia di porco, una foglia di albero o una punta di corona. Il signor Conte e la signora Contessa nel loro talamo sconfinato erano letteralmente investiti da una fantasmagoria di stemmi e di trofei famigliari; e quel glorioso spettacolo, imprimendosi nella fantasia prima di spegnere il lume, non potea essere che non imprimesse un carattere aristocratico anche nelle funzioni piú segrete e tenebrose del loro matrimonio. Certo se le pecore di Giacobbe ingravidavano di agnelli pezzati pei vimini di vario colore che vedevano nella fontana, la signora Contessa non dovea concepire altro che figliuoli altamente convinti e beati dell'illustre eccellenza del loro lignaggio. Ché se gli avvenimenti posteriori non diedero sempre ragione a questa ipotesi, potrebbe anche esser stato per difetto piú del signor Conte che della signora Contessa.

La contessina Clara dormiva vicino alla nonna nell'appartamento che metteva in sala rimpetto alla camera de' suoi genitori. Aveva uno stanzino che somigliava la celletta d'una monaca; e l'unico cignale che vi stava intagliato nello stucco della caminiera essa, forse senza pensarvi, lo aveva coperto con una pila di libri. Erano avanzi d'una biblioteca andata a male in una cameraccia terrena per l'incuria dei castellani, e la combinata inimicizia del tarlo dei sorci e dell'umidità. La Contessina, che nei tre anni vissuti in convento s'era rifugiata nella lettura contro le noie e il pettegolezzo delle monache, appena rimesso piede in casa erasi ricordata di quello stanzone ingombro di volumi sbardellati e di cartapecore; e si pose a pescarvi entro quel poco di buono che restava. Qualche volume di memorie tradotte dal francese, alcune storie di quelle antiche italiane che narrano le cose alla casalinga e senza rigonfiature, il Tasso, l'Ariosto, e il *Pastor Fido* del Guarini, quasi tutte le commedie del Goldoni stampate pochi anni prima, ecco a quanto si ridussero i suoi guadagni. Aggiungete a tuttociò un uffizio della Madonna e qualche manuale di divozione ed avrete il catalogo della libreria dietro cui si nascondeva nella stanza di Clara il cignale gentilizio. Quando a piede sospeso ella si era avvicinata al letto della nonna per assicurarsi che nulla turbava la placidezza dei suoi sonni, tenendo la mano dinanzi la lucerna per diminuirne il riverbero contro le pareti, si riduceva nella sua celletta a squadernar taluno di quei libri. Spesso tutti gli abitanti del castello dormivano della grossa che il lume della lampada traluceva ancora dalle fessure del suo balcone; e quando poi ella prendeva in mano o la *Gerusalemme Liberata* o l'*Orlando Furioso* (gli identici volumi che non avean potuto decidere la vocazione militare di suo zio monsignore) l'olio mancava al lucignolo prima che agli occhi della giovine la volontà di leggere. Si perdeva con Erminia sotto le piante ombrose e la seguiva nei placidi alberghi dei pastori; s'addentrava con Angelica e con Medoro a scriver versi d'amore sulle muscose pareti delle grotte, e delirava anche talora col pazzo Orlando e piangeva di compassione per lui. Ma soprattutto le vinceva l'animo di pietà la fine di Brandimarte, quando l'ora fatale gli interrompe sul labbro il nome dell'amante e sembra quasi che l'anima sua passi a terminarlo e a ripeterlo continuamente nella felice eternità dell'amore. Addormentandosi dopo questa lettura, le pareva talvolta in sogno di essere ella stessa la vedova Fiordiligi. Un velo nero le cadeva dalla fronte sugli occhi e giù fino a terra; come per togliere agli sguardi volgari la santità del suo pianto inconsolabile; un dolore soave melanconico eterno le si diffondeva nel cuore come un eco lontano di flebili armonie: e dalla sostanza piú pura di quel dolore emanava come uno spirito di speranza che troppo lieve ed etereo per divagar presso terra spaziava altissimo nel cielo. – Erano fantasie o presentimenti? – Ella non lo sapeva; ma sapeva veramente che gli affetti di quella sognata Fiordiligi rispondevano appuntino ai sentimenti di Clara.

Anima chiusa alle impressioni del mondo, erasi ella serbata come l'aveva fatta Iddio in mezzo alle frivolezze alle scurrilità alle vanaglorie che l'attorniavano. E le divote credenze e i miti costumi di sua nonna, appurati dalle meditazioni serene della vecchiaia, si rinnovavano in lei con tutta la spontaneità ed il profumo dell'età virginale. Nella prima infanzia ell'era sempre rimasta a Fratta, fida compagna dell'antica inferma. Sembrava fin d'allora il rampollo giovinetto di castagno che sorge dal vecchio ceppo rigoglioso di vita. Quella dimora solitaria l'aveva preservata dal vizioso consorzio delle cameriere e dagli insegnamenti che potevano venirle dagli esempi di sua madre. Viveva nel castello semplice tranquilla e innocente, come la passera che vi celava il suo nido sotto le travature del granaio. La sua bellezza cresceva coll'età, come se l'aria ed il sole in cui si tuffava da mane a sera colla robusta noncuranza d'una campagnuola, vi si mescessero entro a ingrandirla e ad illuminarla. Ma era una grandezza buona, una luce modesta e gradevole al pari di quella della luna; non il barbaglio strano e guizzante del lampo. Regnava e splendeva come una Madonna fra i ceri dell'altare. Infatti le sue sembianze arieggiavano una pace e religiosa e quasi celeste; si comprendeva appena vedendola che sotto quelle spoglie gentili e armoniose il fervore della divozione si mescolava colla poesia di un'immaginazione pura nascosta operosa e colle piú ingenue squisitezze del sentimento. Era il fuoco del mezzodí riverberato dalle ghiacciaie candide e adamantine del settentrione.

Le semplici contadine dei dintorni la chiamavano la Santa; e ricordavano con venerazione il giorno della sua prima comunione, quando appena ricevuto il mistico pane la era svenuta di consolazione di paura d'umiltà; ed elleno dicevano invece che Dio l'aveva chiamata in estasi come degna che la era d'un piú stretto sposalizio con essolui. Anche la Clara si risovveniva con una gioia mista di tremore di quel giorno tutto celeste; assaporando sempre colla memoria quei sublimi rapimenti dell'anima invitata a partecipare per la prima volta al piú alto e soave mistero di sua religione. Tenetevi ben a mente ch'io narro d'un tempo in cui la fede era ancora di moda, e produceva negli spiriti eletti quei miracoli di carità di sacrifizio e di distacco dalle cose mondane che saranno sempre meravigliosi anche all'occhio miscredente del filosofo. Io non catechizzo, né pianto o difendo sistemi; e so benissimo che la divozione, volta in bigottismo dalle anime false e corrotte, può viziar la coscienza peggio che ogn'altra abitudine di perversità. Vi ripeto ancora ch'io non sono divoto; e me ne duole forse perché durai grandissima fatica a trovare un'altra via per cui salire alla vera e discreta stima della vita. Dovetti percorrere sovente, col disinganno al fianco, e la disperazione dinanzi agli occhi, tutta la profondità dell'abisso metafisico; dovetti sforzarmi ad allargare la contemplazione d'un animo, diffidente e miope sopra l'infinita vastità e durevolezza delle cose umane; dovetti chiuder gli occhi sui piú comuni e strazianti problemi della felicità, della scienza e della virtù contraddicenti fra loro; dovetti io, essere socievole e soggetto alle leggi sociali, rinserrarmi nel baluardo della coscienza per sentire la santità e la vitalità eterna e forse l'attuazione futura di quelle leggi morali che ora sono derise calpestate violate per tutti i modi; dovetti infine, uomo superbo della mia ragione e d'un vantato impero sull'universo, inabissarmi, annichilirmi, atomo invisibile, nella vita immensa ed immensamente armonica dello stesso universo, per trovar una scusa a quella fatica che si chiama esistenza, ed una ragione a quel fantasma che si chiama speranza. Ed anco questa scusa tremola dinanzi alla ragione invecchiata, come una fiamma di candela sbattuta dal vento; e tardi m'accorgo che la fede è migliore della scienza per la felicità. Ma non posso pentirmi del mio stato morale; perché la necessità non ammette pentimenti; non posso e non debbo arrossirne; perché una dottrina che nella pratica sociale accoppia la fermezza degli stoici alla carità evangelica, non potrà mai vergognar di se stessa qualunque siano i suoi fondamenti filosofici. Ma quanti sudori, quanti dolori, quanti anni, quanta costanza per arrivare a ciò! Ebbi la pazienza della formica, che, capovolta dal vento, cento volte perde la sua soma e cento la riprende per compiere a passi invisibili il suo lungo cammino. Pochi m'avrebbero imitato e pochi m'imitano in fatti. I piú gettano a mezza strada una bussola malfida da cui furono il piú delle volte ingannati; e si abbandonano giorno per giorno al vento che spira. Vien poi l'ora di raccoglier le vele nel porto; e il loro arrivo è necessariamente un naufragio. O s'affidano a guide fallaci, alleate delle loro passioni, e bevono con compunzione lagrime spremute dagli occhi altrui: o cancellano la vita dello spirito, non sapendo che lo spirito si ridesta quandochessia a patire tutti in una volta i dolori che dovevano preparargli la strada alla morte. Meglio la fede anche ignorante che il nulla vuoto e silenzioso. Vi sono ora leggiadre donzelle e giovinotti di garbo le cui mire son tutte volte ai godimenti materiali: le comodità, le feste, le pompe sono loro soli desiderii; sola cura il danaro che provvede d'un lauto e perenne pascolo quei desiderii; perfino il loro spirito non cerca qualche nutrimento che per farsene bello agli occhi della gente, e non provar l'incommodo di dover arrossire. Del resto la mente di costoro non conosce diletti che sieno veramente suoi. Domandate ad essi se vorrebbero esser stati o Scipioni, o Dante, o Galileo; vi risponderanno che i Scipioni e Dante e Galileo sono morti. Per loro la vita è tutto. Ma quando dovranno abbandonarla? Non vogliono pensarci! Non vogliono; dicono essi; io soggiungo che non possono, che non osano. E se l'osassero avrebbero a scegliere fra la pistola, suicidio del corpo, e il fastidio della vita, suicidio dell'anima. Questo è il destino dei piú forti o dei piú sventurati.

La fede a' suoi tempi era almeno una idealità una forza un conforto; e chi non aveva il coraggio di soffrire cercando e aspettando, avea la fortuna di sopportare credendo. Ora la fede se ne va, e la scienza viva e completa non è venuta ancora. Perché dunque glorificar tanto questi tempi che i piú ottimisti chiamano di transizione? Onorate il passato ed affrettate il futuro; ma vivete nel presente coll'umiltà e coll'attività di chi sente la propria impotenza e insieme il bisogno di trovare una virtù. Educato senza le credenze del passato e senza la fede nel futuro, io cercai indarno nel mondo un luogo di riposo pei miei pensieri. Dopo molti anni strappai al mio cuore un brano sanguinoso sul quale era scritto giustizia, e conobbi che la vita umana è un ministero di giustizia, e l'uomo un sacerdote di essa, e la storia un'espiatrice che ne registra i sagrifici a vantaggio dell'umanità che sempre cangia e sempre vive. Antico d'anni piego il mio capo sul guanciale della tomba: e addito questa parola di fede a norma di coloro che non credono piú e pur vogliono ancora pensare in questo secolo di transizione. La fede non si comanda; neppur da noi a noi. A chi compiange la mia cecità, e lagrima nella mia vita uno sforzo virtuoso ma inutile che non avrà ricompensa nei secoli eterni, io rispondo: Io sono padrone in faccia agli altri uomini del mio essere temporale ed eterno. Nei conti fra me e Dio a voi non tocca intromettervi. Invidio la vostra fede, ma non posso impormela. Credete adunque, siate felici, e lasciatemi in pace.

La contessina Clara oltre all'esser credente era devota e fervorosa: perché all'anima sua non bastava la fede e le si voleva inoltre l'amore. Peraltro la sua voce di santità non era soltanto raccomandata al fervore e alla frequenza delle pratiche religiose; ma anche meglio ad atti continui ed operosi delle piú sante virtú. Il suo portamento non mostrava l'umiltà della guattera o della massaia; ma quella della contessa che deriva da Dio le sproporzioni sociali e si sente dinanzi a lui uguale all'essere piú abbietto dell'umana famiglia. Aveva quello che si dice il dono della seconda vista per indovinare le afflizioni altrui; e quello della semplicità, per esserne fatta di comun grado consigliera, e consolatrice. Alla ricchezza dava quel valore che le veniva dal bisogno dei poveri: il vero valore, come dovrebbe stabilirlo la sana economia, per diventar benemerita dell'umanità. La gente diceva ch'ella aveva le mani bucate; ed era vero, ma non se ne accorgeva, come di un dovere necessariamente adempito; come non ci accorgiamo noi del sangue che circola e del polmone che respira. Era affatto incapace di odio, anche contro i cattivi; perché non disperava del ravvedimento. Tutti gli esseri del creato erano suoi amici e la natura non ebbe mai figliuola piú amorosa e riconoscente. L'andava tant'oltre che non voleva veder per casa trappole da sorci, e camminando in un prato si distoglieva per non calpestar un fiore, o una zolla d'erba rinverdita. Eppure, senza esagerazioni poetiche, aveva l'orma cosí leggera che il fiore non chinava che un momento il capo sotto il suo tallone, e l'erba non si accorgeva neppur d'esserne calpestata. S'ella teneva uccellini in gabbia, era per liberarli al venir della primavera; e talvolta s'addomesticava tanto con quei vezzosi gorgheggiatori che le doleva il cuore nel separarsene. Ma cos'era mai per Clara il proprio rammarico quando ne andava di mezzo il bene d'un altro? Apriva lo sportello della gabbia con un sorriso fatto piú bello da due lagrime; e talvolta gli uccelletti venivano a becchettarle le dita prima di volar via; e restavano anche per qualche giorno nelle vicinanze del castello visitando con sicurezza la finestra ove avean vissuto la mala stagione prigionieri e felici. Clara li riconosceva; e sapeva loro grado dell'affettuosa ricordanza che le serbavano. Allora pensava che le cose di questo mondo son buone; e che gli uomini non potevano esser cattivi, se tanto grati ed amorosi le si mostravano i cardellini o le cinciallegre. La nonna sorrideva dalla sua poltrona vedendo le tenere e commoventi fanciullaggini della nipote. E si guardava bene dal deriderla, perché sapeva per esperienza, la buona vecchia, che l'abitudine di quei dilicati sentimenti fanciulleschi prepara per le altre età un'inesausta sorgente di gioie modeste, ma purissime e non caduche né invidiate. Nei tre anni che dimorò nel convento delle Salesiane di San Vito, la fanciulla fu beffeggiata abbastanza per queste sue moine: ma ella ebbe il buon cuore di non vergognarsene, e la costanza di non rinnegarle. Laonde quando uscí a riprendere presso il letto della nonna il suo uffizio d'infermiera, la trovarono ancora la stessa Clara semplice modesta servizievole facile al riso ed alle lagrime per qualunque gioia e per qualunque cruccio che non fosse suo proprio. La Contessa, trapiantandosi da Venezia a Fratta, trovatala un po' salvatica, avea inteso dirozzarla coi soliti dieci anni di monastero; ma dopo un triennio cominciò a dire che la Clara essendo d'indole svegliata doveva averne avuto abbastanza. Il vero si era, che la cura della suocera le pesava troppo, e per non sacrificare a ciò tutto l'anno una donna di servizio le parve un doppio sparagno quello di riprender in casa la figlia. D'altra parte i suoi sfoggi di Venezia aveano sbilanciato alquanto la famiglia, ed essendosi allora in pensiero di provvedere all'educazione del figliuol maschio, si volle stringer un po' la mano nella spesa per le femmine. Le erano già due, perché la Contessa portava in grembo la Pisana, quando deliberò di levar dalle monache la Clara, e non dubitava nemmeno di esser per partorire una bambina alla quale aveva già scelto fin d'allora il nome, in ossequio della madre sua ch'era stata una Pisani.

Cosí eran ite le cose mentr'io poppava e trangugiava pappa in tutte le case di Fratta; ma quando fui sui nove anni, e la Pisana ne aveva sette e il contino Rinaldo forniva la Rettorica presso i reverendi padri Somaschi, la contessina Clara era già cresciuta a perfetta avvenenza di giovane. Credo la toccasse allora i diciannove anni, benché non li mostrava per quella sua delicatezza di tinte che le serbò sempre le apparenze della gioventù. La sua mente si era arricchita di buone cognizioni pei libri ch'era venuta leggendo, e d'ottimi pensieri pel tranquillo svilupparsi d'un'indole pietosa e meditativa; la sensibilità le si esercitava piú utilmente nei soccorsi che distribuiva alle povere donne del paese, senza aver nulla perduto della sua grazia infantile. Amava ancora gli augelletti ed i fiori, ma vi pensava meno, allora che il tempo le era tolto da cure piú rilevanti; e del resto la sua serenità durava ancora la stessa, fatta ancora piú incantevole dalla coscienza che la irraggiava d'una sicurezza celeste. Quando dopo aver aiutato la nonna a spogliarsi ella entrava nel tinello, e sedeva vicino al tavolino ove giocava sua madre, col suo ricamo bianco in una mano e l'ago nell'altra, la sua presenza attirava tutti gli sguardi e bastava a raggentilire per un quarto d'ora la voce ed i discorsi dei giocatori. La Contessa, che aveva sufficiente avvedutezza, notava questo effetto ottenuto dalla figlia e n'era anche discretamente gelosa; colla sua cuffia di merlo e con tutta la boria di casa Navagero scolpita sulla fisonomia, ella non aveva mai ottenuto altrettanto. Perciò se dapprima la si sforzava di moderare la loquacità soventi volte sussurrona e villanesca della compagnia, in quel momento di tregua la s'indispettiva di non udirla continuare, ed era ella la prima a stuzzicare il Capitano o l'Andreini perché ne dicessero delle loro. Il signor Conte gongolava, vedendo la moglie prender piacere alla conversazione del castello; e Monsignore sbirciava la cognata di traverso non comprendendo da cosa derivassero que' suoi accessi affatto insoliti e un po' anche stizzosi di affabilità. Io era piccino allora, eppur dal buco della serratura donde rimaneva qualche tratto spettatore del gioco, comprendeva benissimo la stizza o il buon umore della Contessa; lo comprendeva anche la Clara; perché mi ricordo ancora che se il Capitano o l'Andreini rispondevano di malgarbo agli inviti dell'illustrissima padrona, un lieve rossore le coloriva le tempie. Mi par ancora di vederla, quell'angelo di donzella, raddoppiar allora di attenzione sul suo ricamo, e per la fretta imbrogliarsi le dita nel filo. Son poi sicuro che quel rossore proveniva piucché altro dal timore che non fosse di pretta superbia il pensiero che in quei momenti le attraversava la mente. Ma Monsignore come avrebbe potuto capire o sospettar tutto ciò? Lo ripeto. Io aveva nove anni ed egli sessanta sonati; egli canonico in sarrocchino e in calze rosse, io quasi trovatello scamiciato e senza scarpe; e con tutto questo, ad onta che egli si chiamasse Orlando ed io Carlino, io di mondo e di morale me n'intendeva piú di lui. L'era il teologo piú semplice del clero cattolico; ne metto la mano sul fuoco.

Intorno a quel tempo le visite al castello di Fratta, massime dei giovani di Portogruaro e del territorio, si facevano piú frequenti. Non l'era piú questo un privilegio delle domeniche o delle sere delle vendemmie, ma tutto l'anno, anche nel verno piú crudo e nevoso, capitava a piedi o a cavallo, coll'archibugio in ispalla e il fanaletto appeso in punta, qualche coraggioso visitatore. Non so se la Contessa si attribuisse l'onore di attirar quelle visite; certo si dava molto attorno per far la vispa e la graziosa. Ma in onta alle attrattive della sua età rispettabile e piú che matura gli occhi di quei signorini erano molto svagati finché non capitasse a concentrarli in sé il visetto geniale della Clara. Il Vianello di Fossalta come il piú vicino era anche il piú assiduo; ma anche il Partistagno non gli cedeva di molto benché il suo castello di Lugugnana fosse sulla marina ai confini della pineta, un sette miglia buone lontano da Fratta. Questa lontananza forse gli dava il diritto di anticipar le sue visite; e molte volte si combinava ch'egli capitasse proprio nel punto che la Clara usciva per incontrare la mamma nella passeggiata. Allora voleva la convenienza ch'egli le fosse compagno, e Clara vi accondiscendeva cortesemente benché i modi aspri e risoluti del giovane cavaliere non s'attagliassero molto a' suoi gusti. Quando finiva il gioco, la Contessa non mancava mai d'invitar il Partistagno a fermarsi a Fratta la notte, lamentando sempre la perfidia l'oscurità e la lunghezza della strada; ma egli si scansava con un grazie, e buttata a Clara un'occhiatina che era rade volte e solo per caso corrisposta, andava nella scuderia a farsi insellare il suo saldo corridore furlano. S'imbacuccava ben bene nel ferraiuolo, imbracciava la coreggia del moschetto coll'indispensabile fanale sulla cima, e balzato in arcione usciva di gran trotto dal ponte levatoio assicurandosi colla mano se nelle fonde laterali v'erano ancora le pistole. Cosí passava via come un fantasma per quelle stradaccie tenebrose e infossate, ma le piú volte si fermava a dormire a San Mauro, due miglia discosto, dove sopra un suo podere s'avea accomodate per maggior comodo quattro stanze d'una casa colonica. La gente del territorio aveva un profondissimo rispetto pel Partistagno, pel suo moschetto e per le sue pistole; ed anco pei suoi pugni, quando non aveva armi; ma quei pugni pesavano tanto, che dopo buscatine un paio nello stomaco non si avea d'uopo né di palla né di pallini per andarne al Creatore.

Il Vianello invece veniva e partiva le sere a piedi, col suo fanaletto appeso al bastone e proteso davanti come la borsa del santese durante i riposi della predica. Pareva non avesse armi; benché cercandogli forse nelle tasche si avrebbe trovata un'ottima pistola a due canne, arma a quei tempi non molto comune. Del resto, essendo egli figliuolo del medico di Fossalta, partecipava un poco dell'inviolabilità paterna e nessuno avrebbe osato molestarlo. I medici d'allora contavano, secondo l'opinione volgare, nel novero degli stregoni; e nessuno si sentiva tanto ardito di provocarne le vendette. Ne fanno tante, senza saperlo, ora (delle vendette); al secolo passato ne facevano tre doppi piú; figuratevi poi se vi si fossero accinti con premeditazione! – Per poco non si credevano capaci d'appestare una provincia, e conosco io una famiglia patriarcale di quei paesi, dove anche adesso prima di chiamar il medico si recitano alquante orazioni alla Madonna per pregarla che ne accompagni la visita colla buona fortuna. Il dottor Sperandio (bel nome per un dottore e che dava di per sé un buon consiglio ai malati) non aveva nulla nella sua figura che si opponesse alla fama stregonesca di cui egli e i suoi colleghi erano onorati. Portava un parruccone di lana o di crine di cavallo, nero come l'inchiostro, che gli difendeva bene contro il vento la fronte le orecchie e la nuca; e per di piú un cappellaccio a tre punte, nero anch'esso e vasto come un temporale. A vederlo venir da lontano sul suo cavalluccio magro sfinito color della cenere come un asinello, somigliava piú un beccamorti che un medico. Ma quando smontava e davanti al letto del malato inforcava gli occhiali per osservargli la lingua, allora pareva proprio un notaio che si preparasse a formulare un testamento. Per solito egli parlava mezzo latino, e mezzo friulano; ma il dopopranzo ci metteva del latino per tre quarti; e verso notte, dopo aver bevuto il boccale dell'Avemaria, la dava dentro in Cicerone a tutto pasto. Cosí se la mattina ordinava un lenitivo, la sera non adoperava che i drastici; e le sanguette del dopopranzo si mutavano all'ora di notte in salassi. Il coraggio gli cresceva colle ore; e dopo cena avrebbe asportato la testa d'un matto colla speranza che l'operazione lo avrebbe guarito. Nessun dottor fisico né chirurgo o flebotomo ha mai avuto lancette piú lunghe e rugginose delle sue. Credo le fossero proprio vere lancie di Unni o di Visigoti disotterrate negli scavi di Concordia; ma egli le adoperava con una perizia singolare; tantoché nella sua lunga carriera non ebbe a stroppiare che il braccio d'un paralitico; e l'unico sconcio che gli intervenisse di frequente era la difficoltà di stagnar il sangue tanto erano larghe le ferite. Se il sangue non si fermava colla polvere di drago egli ricorreva al ripiego di lasciarlo colare, citando in latino un certo assioma tutto suo, *che nessun contadino muore svenato.* Seneca infatti non era contadino, ma filosofo. Il dottor Sperandio teneva in grandissimo conto l'arte di Ippocrate e di Galeno. Era dovere di riconoscenza: perché, oltre all'esser campato di essa, se n'era avanzato di che comperare una casa ed un poderetto contiguo in Fossalta. Aveva percorso gli studi a Padova, ma nominava con maggior venerazione la Scuola di Salerno e l'Università di Montpellieri; nelle ricette poi si teneva molto ai semplici, massime a quelli che si trovano indigeni nei paludi e lungo le siepi, metodo anticristiano che lo metteva in frequenti discrepanze collo speziale del paese. Ma il dottore era uomo di coscienza e siccome sapeva che lo speziale estraeva dalla flora indigena anche i medicamenti forestieri, cosí sventava la frode colla abbominevole semplicità de' suoi rimedii. In quanto a teorie sociali l'era un tantin egiziano. Mi spiego. Egli parteggiava per la stabilità delle professioni nelle famiglie, e voleva ad ogni costo che suo figlio ereditasse da lui i clienti e le lancette. Il signor Lucilio non divideva quest'opinione, rispondendo che il diluvio c'era stato per nulla se non avea sommerso neppur queste rancide dottrine di tirannia ereditaria. Però si era piegato all'obbedienza, e aveva studiato i suoi cinque anni nell'antichissima e sapientissima Università di Padova. Era uno scolaro molto notevole per la sua negligenza; che non solea mai sfigurare nelle rare comparse; che litigava sempre coi nobiluomini e coi birri, e che ad ogni nevata accorreva sempre il primo al parlatorio delle monache di Santa Croce per annunciare la novità. È noto piú o meno che chi riusciva in questa priorità, aveva dalle reverende il regalo d'una bella cesta di sfogliate. Lucilio Vianello ne avea vuotate molte di queste ceste prima di ottenere la laurea. Ma ora siamo al punto dell'eterna quistione fra lui e il suo signor padre. Non ci avea modo che questi potesse indurlo a conseguire quella benedetta laurea. Gli metteva in tasca i denari del viaggio per l'andata ed il ritorno, piú l'occorrente per la dimora d'un mese, piú la tassa del primo esame; lo imbarcava a Portogruaro sulla barca postale di Venezia; ma Lucilio partiva, stava e tornava senza denari e senza aver fatto l'esame. Sette volte in due anni egli fu assente in questo modo ora un mese ed ora due; e i professori della Facoltà medica non avevano ancora assaggiato la sua prima propina. Che faceva egli mai durante quelle assenze? Ecco quello che il dottor Sperandio s'incaponiva di voler discoprire, senza venirne a capo di nulla. Sulla settima scoperse finalmente che il suo signor figlio non si prendeva neppur la briga di arrivare fino a Padova; e che giunto a Venezia vi si trovava tanto bene da non ritener opportuno di andar oltre a spendere i denari del papà. Questo poi egli lo seppe da un suo patrono senatore, da un certo nobiluomo Frumier, cognato del Conte di Fratta, che villeggiava nella bella stagione a Portogruaro, e che insieme lo ammoniva della condotta alquanto sospetta tenuta da Lucilio a Venezia, a cagion della quale i signori Inquisitori lo tenevano paternamente d'occhio. – Giuggiole! non ci voleva altro! Il dottor Sperandio abbruciò la lettera, ne scompose le ceneri colla paletta, guardò in cagnesco Lucilio che si asciugava rimpetto a lui le uose di bufalo; ma per lunga pezza non gli parlò piú della laurea. Peraltro lo menava in pratica con lui per esperimentare il grado della sua erudizione nella scienza d'Esculapio; e siccome s'era trovato contento della prova, s'era messo a mandarlo qua e là per rivedere le lingue e le orine d'alquanti villani visitati da lui la mattina. Lucilio apriva sul taccuino le partite di Giacomo, di Toni e di Matteo colla triplice rubrica di polso, lingua ed orina: poi di mano in mano che faceva le visite empiva la tabella colle indicazioni richieste, e la riportava in buon ordine al suo signor padre che talora ne strabiliava per certi cambiamenti e strabalzi repentini non soliti ad avvenire nelle malattie della gente di badile.

— Come! lingua netta ed umida a Matteo, che è a letto da ieri con una febbre mescolata di mal putrido! *Putridum autem septimo aut quatuordecimo tantumque die in sudorem aut fluxum ventris per purgationes resolvitur.* La lingua netta ed umida! Ma se stamattina l'aveva arida come la lesca, e con due dita di patina sopra... – Oh veh veh! polso convulso la Gaetana! Ma se oggi le ho contato cinquantadue battute al minuto e le ordinai anzi in pozione *vinum tantummodo pepatum et infusione canellae oblungatum!* Cosa vorrà dire?... Vedremo domani! *Nemo humanae natura pars qua nervis praestet in faenomenali mutatione ac subitaneitate.*

Andava poi la dimane e trovava Matteo colla sua lingua sporca e la Gaetana col polso arrembato in onta al pepe alla cannella ed al vino. La ragione di questi miracoli era che per quella volta Lucilio, non sentendosi voglia di far le visite, aveva architettato ed empiuto a capriccio la sua tabella all'ombra d'un gelso. La rimetteva poi al signor padre per far disperare le sue teorie *de qualitate et sintomatica morborum.*

Vi erano peraltro certe occasioni nelle quali al giovane non dispiaceva di essere licenziato in medicina dalla Università patavina, quando per esempio, appena capitato, la Rosa lo pregava di salire dalla Contessa vecchia che andava soggetta a mali di nervi e si faceva ordinar da lui qualche pozione di laudano e d'acqua coobata per calmarli. Lucilio pareva nudrisse per la quasi centenaria signora una riverenza mista d'amore e di venerazione; laonde non vedeva cure ed accorgimenti che bastassero per mantener una vita cosí degna e preziosa. Stava ad udirla sovente con quella attenzione che somiglia stupore e dà indizio di un gratissimo piacere e quasi d'un melodioso solletico prodotto nell'animo dalle parole altrui. Benché egli poi fosse d'un temperamento chiuso e riserbato, nel ragionare con lei s'incaloriva per non volontaria ingenuità e non si schivava dal parlarle di sé e delle proprie cose, come ad una madre. Nessuno, a credergli, soffriva al pari di lui d'esser orfano, giacché la moglie del dottor Sperandio gli era morta nel puerpèrio di quell'unico figliolo; onde sembrava cercar conforto al dolore d'una tale mancanza nell'affetto quasi materno che gli inspirava la nonna di Clara. A poco a poco la vecchia s'avvezzò alla cordiale dimestichezza di quel giovine; lo facea chiamare anche se non aveva bisogno del medico; ascoltava da lui volentieri le novelle della giornata, e compiacevasi di trovarlo differente d'assai dai giovinastri che frequentavano il castello. Veramente Lucilio meritava una tal distinzione; aveva letto molto, s'era preso di grande amore per la storia, e siccome sapeva che ogni giorno è una pagina negli annali dei popoli, teneva dietro con premura a quei primi segni di sconvolgimenti che apparivano sull'orizzonte europeo. Gli Inglesi non erano allora troppo ben veduti dal patriziato veneziano; forse per la stessa ragione che il fallito non può guardar di buon occhio i nuovi padroni dei suoi averi. Perciò egli magnificava sempre le imprese degli Americani e la civile grandezza di Washington che aveva sciolto dalla soggezione dei Lordi tutto un nuovo mondo. L'inferma lo udiva volentieri narrar casi e battaglie che volgevano sempre alla peggio degli Inglesi, e s'univa con lui in un caldo entusiasmo per quel patto federale che avea loro tolto per sempre il possesso delle colonie americane. Quando poi egli parlava a labbra strette delle vicende di Francia e dei ministri che vi si sbalzavano l'un l'altro, e del Re che non sapeva piú a qual partito appigliarsi, e delle mene della Regina germanizzante, allora entrava ella a raccontare le cose de' suoi tempi e le splendidezze della corte, e gli intrighi e la servilità dei cortigiani, e la superba e quasi lugubre solitudine del gran Re, sopravvissuto a tutta la gloria di cui l'avevano ricinto i suoi contemporanei, per assistere alla frivolezza e alla turpitudine dei nipoti. Ella discorreva con raccapriccio dei costumi sfacciatamente osceni che si auguravano fin d'allora dalla nuova generazione, e ringraziava il cielo che proteggeva la Repubblica di San Marco contro l'invasione di quella pestilenza. Passata dalla Corte di Francia al castello di Fratta, ella ricordava Venezia com'era stata nei primordi del Settecento, non indegna ancora del suffragio serbatole nel gran consiglio degli Stati europei; non poteva conoscere quanto in quel frattempo, e con qual lusinghiera orpellatura di eleganza, le sconcezze di Versailles e di Trianon venissero copiate vogliosamente a Rialto e nei palazzi del Canal Grande. Quando la nipote le leggeva talune delle commedie di Goldoni, ella se ne scandolezzava e le faceva saltar via qualche pagina; qualche volume anche avea creduto bene di toglierselo lei e serrarlo sotto chiave; né avrebbe mai figurato che quanto a lei sembrava sfrenatezza di lingua e licenza di pensieri, nei teatri di San Benedetto o di Sant'Angelo facesse anzi l'effetto di sferzare costumi ancor piú rotti e sfrontati. Talvolta anche si veniva sul discorso delle riforme già incominciate da Giuseppe II, massime nelle faccende ecclesiastiche; e la vecchia divota non sapeva bene se dovesse increscerle di quel vitupero fatto alla religione, o consolarsene di vederlo fatto da tal nemico ed antagonista della Repubblica che ne sarebbe poi sicuramente punito dalla mano di Dio. I Veneziani sentivano da gran tempo, massime nel Friuli, la pressura dell'Impero; e se aveano resistito colla forza al tempo della lor grandezza militare, e cogli accorgimenti politici al tempo della perdurante sapienza civile, allora poi che questa e quella eransi perdute nell'ignavia universale, i meglio pensanti si accontentavano di fidare nella Provvidenza. Ciò era compatibile in una vecchia, non in un senato di governanti. Ognuno sa che la Provvidenza coi nostri pensieri coi nostri sentimenti colle nostre opere matura i propri disegni; e a volersi aspettar da lei la pappa fatta, l'era o un sogno da disperati o una lusinga proprio da donnicciuole. Perciò quando la Badoer cadeva in questa bambolaggine di speranza, Lucilio non potea far a meno di scuotere il capo; ma lo scoteva mordendosi le labbra e frenando un sogghignetto che gli scappava fuori dagli angoli, rimpiattandosi sotto due baffetti sottili e nerissimi. Scommetto che le riforme dell'Imperatore e la malora di San Marco non gli spiacevano tanto come voleva mostrarlo.

La conversazione non si aggirava sempre sopra questi altissimi argomenti; anzi li toccava molto di rado e in difetto di argomenti piú vicini. Allora i vapori i telegrafi e le strade ferrate non avevano attuato ancora il gran dogma morale dell'unità umana; e ogni piccola società, relegata in se stessa dalle comunicazioni difficilissime, e da una indipendenza giurisdizionale quasi completa, si occupava anzi tutto e massimamente di sé, non curandosi del resto del mondo che come d'un pascolo alla curiosità. Le molecole andavano sciolte nel caos, e la forza centrípeta non le aveva condensate ancora in altrettanti sistemi ingranati gli uni negli altri da vicendevoli influenze attive o passive. Cosí gli abitanti di Fratta vivevano, a somiglianza degli dei di Epicuro, in un grandissimo concetto della propria importanza; e quando la tregua de' loro negozii o dei piaceri lo consentiva, gettavano qualche occhiata d'indifferenza o di curiosità a destra o a sinistra, come l'estro portava. Questo spiega il perché nel secolo passato fosse tanta penuria di notizie statistiche e la geografia si perdesse a registrare piuttosto le stranezze dei costumi e le favole dei viaggiatori, che non le vere condizioni delle provincie. Piucché da imperfezione di mezzi o da ignoranza di scrittori dipendeva ciò dal talento dei lettori. Il mondo per essi non era mercato ma teatro. Piú sovente adunque i nostri interlocutori parlavano dei pettegolezzi del vicinato: del tal Comune che aveva usurpato i diritti del tal feudatario; della lite che se ne agitava dinanzi all'Eccellentissimo Luogotenente, o della sentenza emanata, e dei soldati a piedi ed a cavallo mandati per castigo, o come si diceva allora, *in tansa* presso quel Comune a mangiargli le entrate. – Si pronosticavano i matrimoni futuri, e si mormorava anche un tantino di quelli già stabiliti o compiuti; e per solito i litigi le angherie le discordie dei signori castellani tenevano un buon posto nel discorso. La vecchiona parlava di tutto con soavità e con posatezza, come se guardasse le cose dall'alto della sua età e della sua condizione; ma questo modo di ragionare non era in lei studiato punto punto, e vi si frammischiava a raddolcirlo una buona dose di semplicità e di modestia cristiana. Lucilio serbava il contegno d'un giovine che gode d'imparare da chi ne sa piú di lui; e una cotal discrezione in un saputello infarinato di lettere gli accaparrava sempre piú la stima e l'affetto della nonna. A vederlo poi adoperarsi intorno per renderle ogni piccolo servigio che bisognasse, s'avrebbe proprio detto che l'era un suo vero figliuolo o almeno un uomo stretto a lei dal legame di qualche gran benefizio ricevuto. Nulla invece di tutto ciò: era tutto effetto di buon cuore, di bella creanza… e di furberia. Non ve lo immaginate?… Ve lo chiarirò ora in poche parole.

Quando Lucilio si accommiatava dalla vecchia per scendere nel tinello o tornare a Fossalta, costei restava sola colla Clara, e non rifiniva mai dal lodarsi bonariamente delle compite maniere, e dell'animo gentile ed educato e del savio ragionare di quel giovine. Perfino le fattezze di lui le davano materia di encomiarlo, come specchio che le sembravano della sua eccellenza interiore. Le vecchie semplici e dabbene, quando prendono ad amare taluno, sogliono unire sopra quel solo capo le tenerezze le cure e perfin le illusioni di tutti gli amori che hanno lasciato viva una fibra del loro cuore. Perciò non vi so dire se un'amante una sorella una sposa una madre una nonna si sarebbe stretta ad un uomo con maggior affetto che la vecchia Contessa a Lucilio. Giorno per giorno egli avea saputo ridestare una fiamma di quell'anima senile, assopita ma non morta nella propria bontà; e da ultimo si era fatto voler tanto bene, che non passava giorno senza ch'egli fosse desiderato o chiamato a tenerle compagnia. La Clara, per cui erano leggi i desiderii della nonna, aveva preso a desiderarlo come lei; e l'arrivo del giovine era per le due donne un momento di festa. Del resto la Contessa non sospettava nemmeno che il giovine potesse pensare ad altro che a far una buona azione od a ricrearsi fors'anco nei loro colloqui dall'inutile chiasso del tinello; Lucilio era il figliuol del dottor Sperandio, e Clara la primogenita del suo primogenito. Se qualche sospetto le avesse attraversato la mente in tale proposito, ne avrebbe vergognato come d'un giudizio temerario e d'un pensiero disonesto e colpevole apposto senza ragione a quella perla di giovane. Diciamolo pure; la era troppo buona ed aristocratica per prendersi ombra di simili paure. Il suo affetto per Lucilio prendeva tutti i modi d'una vera debolezza; e in riguardo di lui la tornava a diventar quella che era stata pel piccolo Orlando allorché si trattava di difendere la libertà della sua vocazione. Che ella poi non si accorgesse della piega presa mano a mano nel cuore dei due giovani dalla abitudine di vedersi e parlarsi sempre, non c'era da stupirsene. La Clara non se n'accorgeva essa medesima, e Lucilio usava ogni artifizio per nasconderla. M'avete capito? Egli avea cercato l'alleanza cieca della vecchia per vincer la giovane.

Io sarei ora molto impacciato a guidarvi con sicurezza nel laberinto che mi parve esser sempre l'animo di questo giovine, e dinotarvene partitamente l'indole i pregi ed i difetti. L'era una di quelle nature rigogliose e bollenti che hanno in sé i germi di tutte le qualità, buone e cattive; col fomite perpetuo d'un'immaginativa sbrigliata per fecondarle e il ritegno invincibile d'una volontà ferrea e calcolatrice per guidarle e correggerle. Servo insieme e padrone delle proprie passioni piú che nessun altro uomo; temerario e paziente, come chi stima altamente la propria forza, ma non vuole lasciarne sperperar indarno neppur un fiato; egoista generoso o crudele secondo l'uopo, perché dispregiava negli altri uomini l'obbedienza a quelle passioni di cui egli si sentiva signore, e credeva che i minori debbano per necessità naturale cedere ai maggiori, i deboli assoggettarsi ai forti, i vigliacchi ai magnanimi, i semplici agli accorti. La maggioranza poi, la forza, la magnanimità, l'accortezza egli le riponeva nel saper volere pertinacemente, e valersi di tutto e osar tutto nel contentamento della propria volontà. Di tal tempra sono gli uomini che fanno le grandi cose, o buone o cattive. Ma come gli si era venuta formando nel suo stato umile e circoscritto un'indole cosí tenace e robusta, se non in tutto alta e perfetta? – Io non ve lo dirò certamente. Forse la lettura dei vecchi storici e dei nuovi filosofi; e l'osservazione della società nelle varie comunanze ov'era vissuto gliela avevano mutata in persuasione profonda ed altera. Credeva che piccoli o grandi si dovesse pensare a quel modo per aver diritto di chiamarsi uomini. Grande un cotal temperamento lo portava al comando; piccolo al dispregio; due diverse superbie delle quali non so qual sia quella che meglio si converrebbe all'ambizione di Lucifero. Ognuno converrà peraltro che, se l'animo suo era difettivo di quella parte sensibile e quasi femminile dove allignano la vera gentilezza e la pietà, un potente intelletto si richiedeva a sostenerlo cosí com'era, superiore affatto per larghezza di vedute e per potenza d'intenzione all'umile sorte che gli parea preparata dal caso della nascita e delle condizioni meno che modeste. La sua fronte, vasto nascondiglio di grandi pensieri, saliva ancora oltre i capelli finissimi che ne ombreggiavano la sommità; gli occhi infossati e abbaglianti cercavano piú che il volto l'animo e il cuore della gente; il naso diritto e sottile, la bocca chiusa e mobilissima dinotavano il forte proposito e il segreto e perpetuo lavorio interiore. La sua statura volgeva al piccolo, come del maggior numero dei veri grandi; e la muscolatura asciutta ma elastica porgeva gli strumenti del corpo quali si convenivano ad uno spirito turbolento ed operoso. In tutto poteva dirsi bel giovine; ma la folla ne avrebbe trovati mille piú belli di lui, o non lo avrebbe almeno distinto fra i primi. Gli è vero che una tal qual eleganza, e quasi un presentimento di quella semplicità inglese che doveva prender il posto delle guarnizioni e della cipria, regolava la maniera del suo vestito; e ciò avrebbe supplito alle comuni fattezze per renderlo a tutti notevole. Non usava né parrucca né polvere né mai merli o scarpe fosse pur giorno di gala; portava il cappello tondo alla quacquera, calzoni ingambati negli stivali prussiani, giubba senza ornamenti né bottoni di smalto, e panciotto d'un sol colore verdone o cenerognolo non lungo quattro dita oltre al fianco. Cotali mode le aveva portate da Padova; diceva che gli piacevano per esser comodissime in campagna, ed aveva ragione. Noi poi che s'era avvezzi a quegli sfoggi alla Pantalone d'allora, ridevamo assai di quella succinta vestizione, senza risalto d'oro di frangie di bei colori. La Pisana chiamava Lucilio il signor Merlo; e quand'ei compariva, la ragazzaglia di Fratta gli sbatacchiava intorno quel soprannome come per fargli dispetto. Egli non sorrideva come chi prende piacere delle malizie fanciullesche; né se ne indispettiva come lo sciocco che ne tien conto: passava oltre occupandosi di altro. Era questa la nostra bile. Credo che quel piglio di indifferenza ce lo rendesse tanto antipatico, quanto dal vestito ci compariva ridicolo. E quando poi, trovando per casa o la Pisana od anche me, ci faceva bel viso, e ci carezzava, noi eravamo beati di mostrargli che le sue moine ci annoiavano, e gli fuggivamo via non trascurando di buttarci nelle braccia di qualunque altro che fosse lí intorno, o di metterci a giocarellare col cane da caccia del Capitano. Rappresaglie da fanciulli! – Pure, mentre noi ci vendicavamo a quella guisa, egli seguitava a guardarci; ed io ricordo ancora il tenore e perfin la tinta di quegli sguardi. Mi pare che volessero dire: Bambini miei, se credessi prezzo dell'opera l'invaghirvi di me, vorrei farvi miei figliuoli prima di un'ora! – Infatti quando poi gli tornò conto, ci riescí ogni qualvolta lo volle. – Quando io ripenso alla lunghissima via da lui costantemente seguita per farsi ricevere nel cuore di Clara a mezzo dell'amore e degli encomii della nonna, io non posso far a meno di strabiliare. Ma già egli fu sempre cosí; e non ricordo negozio di piccolo o grave momento nel quale s'imbarcasse, senza navigarci entro coll'eguale costanza, in onta alle bonaccie o ai venti contrari. La robusta tempra di quell'uomo che non m'invitava dapprincipio a nessuna simpatia, finí coll'impormi quell'ammirazione che meritano le forti cose in questi tempi di fiaccona universale. Oltracciò il suo amore per Clara, nato e covato da lunghi anni di silenzio, protetto coi mille accorgimenti della prudenza, e con tutto il fuoco interiore d'una passione invincibile, ebbe una tal impronta di sincerità da ricomperare qualche altro men bello sentimento dell'animo suo. Adoperò sempre da astuto nei mezzi; ma da forte nella perseveranza: e se fu egoismo, era l'egoismo d'un titano.

La nonna intanto, che non vedeva di lui altro che quanto egli credeva utile di mostrarle, se ne innamorava ogni dí piú. Le poche altre visite che la riceveva durante il giorno non erano tali da diminuirle la graditezza di quell'una. Il signor Conte che veniva a domandarle come l'avea passato la notte in sulle undici del mattino prima di recarsi nella cancelleria a firmare tuttoché il Cancelliere gli porgesse da firmare; monsignor Orlando che dalle undici a mezzogiorno le faceva il quarto, colla cognata e la nipote, sbadigliando di tutta lena per la voglia del pranzo; la nuora che le stava dinanzi le lunghe ore, muta ed impalata infilando maglie, e non aprendo mai la bocca che per sospirare i begli anni passati; Martino, l'antico maggiordomo del fu suo marito, che le faceva compagnia alla sua maniera, parlando poco e non rispondendo mai a tono, mentre la Clara usciva alla breve passeggiata del dopopranzo; la Pisana che a volte con grandi strilli e graffiate le era condotta innanzi fra le braccia della Faustina, ecco le persone che le passavano dinanzi tutti i giorni, monotone ed annoiate come le figurine d'una lanterna magica. Non era dunque strano che ella aspettasse con impazienza il dopopranzo, quando Lucilio veniva a farla ridere colle sue barzellette e a rischiarar un pochino d'un barlume di allegria la serena ma grave sembianza della nipote. La gioventù è il paradiso della vita; ed i vecchi amano l'allegria che è la gioventù eterna dell'animo. Quando Lucilio s'accorse che il buon umore da lui infiltrato nella vecchia passava nella fanciulla, e che ad un suo sorriso questa s'era accostumata a rispondere con un altro, la sua pazienza cominciò a sperar vicina la ricompensa. Due persone che avvicinandosi prendono contentezza l'una dall'altra, sono molto proclivi ad amarsi; perfino la simpatia di due esseri melanconici passa per la manifestazione del sorriso prima di infervorarsi in amore, e questa gioia della mestizia ha sua ragione nella somiglianza che si discopre sempre gradevolmente fra i nostri sentimenti e gli altrui. La passione in gran parte è formata di compassione. Lucilio sapeva tuttociò e piú assai. Mese per mese, giorno per giorno, ora per ora, sorriso per sorriso egli seguiva con occhio premuroso e innamorato ma tranquillo, paziente e sicuro, gli accrescimenti di quell'affetto ch'egli veniva istillando nell'anima di Clara. Egli amava, ma vedeva; miracolo nuovo d'amore. Vedeva la compiacenza piacere goduto dalla nonna nella sua compagnia mutarsi in gratitudine per lui; indi in simpatia, per le lodi che si figurava dovevano ronzarle sempre nelle orecchie delle sue doti belle e brillanti. – La simpatia generò la confidenza, e questa il desiderio il piacere di vederlo e di parlargli sempre.

Sicché Clara cominciò a sorridere per proprio conto, allorché il giovine entrava domandando alla vecchia come la stesse de' suoi nervi e cavandosi il guanto per tastarle il polso. – Questo, come dissimo, fu in lui il vero cominciamento delle speranze; e vide allora che le sementi avevano fruttato e che il rampollo germogliava. Anche nelle prime sue visite Clara gli sorrideva; ma era cosa diversa. Lucilio aveva l'occhio medico per le anime piú che pel corpo. Per lui il vocabolario delle occhiate dei gesti dell'accento dei sorrisi aveva tante parole come quello di ogni altra lingua; e rade volte sbagliava nell'interpretarlo. La fanciulla non s'accorgeva di provar dalla sua presenza maggior diletto che non ne provasse le prime volte, ed egli potea già senza tema di sbagliare mandarle uno sguardo che le avrebbe detto: "Tu mi ami!". Non lo avventurò tuttavia quello sguardo cosí alla sprovveduta. La volontà era padrona in lui e aveva a lato la ragione; la passione, potente e tiranna nel primo comando, aveva il buon senso di confessarsi cieca nel resto, e di fidarsi pei mezzi a quelle oculate operatrici. Clara era divota; non bisognava spaventarla. Essa era figlia di conti e di contesse; non conveniva frugare nell'animo suo prima di averlo sbrattato d'ogni superbia gentilizia. Per questo Lucilio ristette su quel primo trionfo, come Fabio temporeggiatore, fors'anco, veggente come era fino al fondo delle cose umane, godette soffermarsi in quella prima ed incantevole posa dell'amore che si scopre corrisposto. Cionnonostante quando, venendo egli talvolta da Fossalta colla comitiva di Fratta che retrocedeva dal solito passeggio, incontravano la Clara a mezza la via, egli impallidiva lievemente nelle guance. Non di rado anche avveniva che il Partistagno fosse con lei, superbo di quell'onore; e nell'abboccarsi colla brigata egli non mancava di volgere sul dottorino di Fossalta uno sguardo quasi di altero disprezzo. Lucilio sosteneva quello sguardo, come sosteneva le burle dei ragazzi, con una indifferenza piú superba e sprezzante a tre doppi. Ma l'indifferenza campeggiava sul volto; l'inno della vittoria gli cantava nel cuore. La fronte di Clara, immalinconita dalle sincere ma rozze galanterie del giovine castellano, s'irradiava d'uno splendore di contentezza quando vedeva da lungi la grave ed ideale figura del figliuolo adottivo della nonna. Partistagno le volgeva di sbieco una lunga occhiata d'ammirazione: Lucilio la adocchiava appena di volo, e ambidue si inebriavano l'uno d'una vana speranza l'altro d'una ragionata certezza d'amore.

Quanto al signor Conte, alla signora Contessa, e al buon Monsignore, essi erano troppo in alto coi pensieri, ovverosia troppo occupati della propria grandezza, per badare a simili minuzzoli. Il resto della comitiva non ardiva levar gli occhi tant'alto, e cosí queste vicende d'affetto succedevano fra i tre giovani senza che vi si ingerisse sguardo profano od importuno. Martino qualche volta mi chiedeva: — Hai veduto capitare il dottor Lucilio oggi? – (Lo chiamavano dottore benché non avesse diploma, perché aveva guardate molte lingue e tastati molti polsi nel territorio). – Io gli rispondeva gridando a piena gola: — No, non l'ho veduto! — Questo dialogo avveniva sempre quando la Clara o soletta o accompagnata dal Partistagno usciva nel dopopranzo, meno serena ed ilare del solito. Martino forse ci vedeva piú che ogn'altro, ma non ne diede mai altro indizio che questo. Quanto alla Pisana la mi diceva sovente: "Se io fossi mia sorella vorrei sposare quel bel giovane che ha tanti bei nastri sulla giubba e un cosí bel cavallo, con una gualdrappa tutta indorata; e il signor Merlo lo farei mettere in una gabbietta per regalarlo alla nonna il giorno della sua sagra".

CAPITOLO TERZO

Confronto fra la cucina del castello di Fratta e il resto del mondo. La seconda parte del "Confiteor" e il girarrosto. Prime scorrerie colla Pisana, e mia ardita navigazione fino al Bastione di Attila. Prime poesie, primi dolori, prime pazzie amorose, nelle quali prevengo anche la rara precocità di Dante Alighieri.

La prima volta ch'io uscii dalla cucina di Fratta a spaziare nel mondo, questo mi parve bello fuor d'ogni misura. I confronti son sempre odiosi; ma io non potei allora tralasciare di farne, se non col cervello, almeno cogli occhi; e deggio anche confessare che tra la cucina di Fratta ed il mondo, io non esitai un momento nel dar la palma a quest'ultimo. Primo punto, natura vuole che si anteponga la luce alle tenebre, e il sole del cielo a qualunque fiamma di camino; in secondo luogo, in quel mondo d'erba di fiori di salti e di capitomboli dove metteva piede, non c'erano né le formidabili guarnizioni scarlatte del signor Conte, né le ramanzine di Monsignore a proposito del *Confiteor*; né le persecuzioni di Fulgenzio; né le carezze poco aggradevoli della Contessa; né gli scappellotti delle cameriere. Da ultimo, se nella cucina viveva da suddito, lí fuori due passi mi sentiva padrone di respirare a mio grado, ed anco di sternutire e di dirmi: Salute, Eccellenza! e di risponder: Grazie, senzaché nessuno trovasse disdicevoli tante cerimonie. I complimenti ricevuti dal Conte nella fausta occasione de' suoi sternuti mi erano sempre stati cagione d'invidia fin da piccino; perché mi pareva che una persona a cui si auguravano tante belle cose dovesse essere di grande rilievo e di un merito infinito. Andando poi innanzi nella vita corressi questa mia strana opinione; ma in quello che spetta al sentimento, non posso sternutire anche adesso in pace, senzaché non mi brulichi dentro un certo desiderio d'udirmi augurare lunga vita e felicità da una moltitudine di voci. La ragione si fa adulta e vecchia; il cuore resta sempre ragazzo e converrebbe dargli scuola a zaffate col metodo patriarcale del piovano di Teglio. Quanto al mutuo insegnamento che ora è venuto di moda, i cuori ci avrebbero pochissimo da guadagnare e molto da perdere in quello scambio di banconote sentimentali che corrono invece delle monete genuine e sonanti d'una volta. Sarebbe un mutuo insegnamento di trappolerie e di falsificazioni con nessunissimo vantaggio della buona causa, perché i piú tirano sempre i meno, come dice il proverbio. Ma tornando al mondo che mi parve tanto bello a prima giunta, come vi raccontava, vi dirò di piú ch'esso non era un paradiso terrestre.

Un ponticello di legno sulla fossa posteriore del castello che dalla corticella della scuderia metteva nell'orto; due pergolati di vigne annose e cariche nell'autunno di bei grappoli d'oro corteggiati da tutte le vespe del vicinato; piú in là campagne verdeggianti di rape e di sorgoturco, e finalmente oltre ad un muricciuolo di cinta cadente e frastagliato, delle vaste e ondeggianti praterie piene di rigagnoli argentini, di fiori e di grilli! Ecco il mondo posteriore al castello di Fratta. Quanto a quello che gli si stendeva dinanzi ed ai lati ho dovuto accontentarmi di conoscerlo piú tardi; mi tenevano tanto alla catena col loro Fulgenzio, col loro piovano, col loro spiedo, che perfino nel mondo dell'aria libera e delle piante, perfino nel gran tempio della natura, mi toccò entrarvi di sfuggita e per la porta di dietro. Ora una digressione in riguardo allo spiedo; ché da un pezzo ne ho addebitato la coscienza. Nel castello di Fratta tutti facevano ogni giorno il loro dovere, meno il girarrosto che non vi si piegava che nelle circostanze solenni. Per le due pollastre usuali non si stimava conveniente incommodarlo. Ora, quando Sua Eccellenza girarrosto godeva i suoi ozii muti e polverosi, il girarrosto era io. – La cuoca infilava le pollastre nello spiedo, indi passava la punta di questo in un traforo degli alari e ne affidava a me il manico perché lo girassi con buon metodo e con isocrona costanza fino alla perfetta doratura delle vittime. I figli d'Adamo, forse Adamo stesso aveva fatto cosí; io, come figlio d'Adamo, non aveva alcun diritto di lamentarmi per questa incombenza che m'era affidata. Ma quante cose non si fanno non si dicono e non si pensano senza una giusta ponderazione dei propri diritti! – A me talvolta pareva financo che, poiché c'era un grandissimo menarrosto sul focolare, si aveva torto marcio a mutar in un menarrosto me. Non era martirio bastevole pei miei denti che di quel benedetto arrosto dovessi poi rodere e leccare le ossa, senza farmi abbrustolir il viso nel voltarlo di qua e di là, di qua e di là con una noia senza fine? – Qualche volta mi toccò girare qualche spiedata di uccelletti i quali nel volgersi a gambe in su pencolavano ad ogni giro fin quasi sulle bragie, colle loro testoline scorticate e sanguinose. – La mia testa pencolava in cadenza al pencolar delle loro; e credo che vorrei essere stato uno di quei fringuelli per trar vendetta del mio tormento attraversandomi nella gola di chi avrebbe dovuto mangiarmi. Quando questi pensierucci tristarelli mi raspavano nel cuore, io rideva d'un gusto maligno, e mi metteva a girare lo spiedo piú in fretta che mai. Accorreva ciabattando la cuoca, e mi pestava le mani dicendomi: — Adagio, Carlino! gli uccelletti vanno trattati con delicatezza! — Se la stizza e la paura m'avessero permesso di parlare, avrei domandato a quella vecchiaccia unta per-ché anche Carlino non lo trattava almeno come un fringuello. La Pisana, quando mi sapeva in funzione di menarrosto, vinceva la sua ripugnanza per la cucina, e veniva a godere della mia rabbiosa umiliazione. Uh! quante ne avrei date a quella sfrontatella per ognuno de' suoi sghigni! Ma mi toccava invece ingozzar bocconi amari, e girare il mio spiedo, mentre un furore quasi malvagio mi gonfiava il cuore e mi faceva scricchiolare la dentatura. Martino, alle volte, credo che m'avrebbe sollevato, ma prima la cuoca non voleva, e poi il dabbe-nuomo avea briga bastevole colle croste di formaggio e la grattugia. Invece alla bollitura della minestra mi capitava l'ultimo conforto di Monsignore, il quale, stizzito di vedermi cogli occhi o lagrimosi o addormentati, mi suggeriva con voce melliflua di non far il gonzo o il cattivo, ma di ripeter invece a memoria l'ultima parte del *Confiteor* finché me ne capacitassi ben bene. Basta basta di ciò; solo a pensarvi mi sento colar di dosso tutti i sudori di quegli arrosti, e in quanto a Monsignore lo manderei volentieri dov'è già andato da un pezzo, se non avessi rispetto alla memoria delle sue *quondam* calze rosse.

Il mondo adunque aveva per me quest'ultimo rilevantissimo vantaggio sulla cucina di Fratta, che non vi era confitto al martirio dello spiedo. Se era solo, saltava, cantava, parlava con me stesso; rideva della consolazione di sentirmi libero e andava studiando qualche bel garbo sul taglio di quelli della Pisana per farmene poi l'aggraziato dinanzi a lei. Quando poi riusciva a tirare con me per solchi e boschetti questa mia incantatrice, allora mi pareva di essere tutto quello che voleva io o che ella avrebbe desiderato. Non v'era cosa che non credessi mia e che io non mi tenessi capace di ottenere per contentarla; com'ella era padrona e signora in castello, cosí là nella campagna mi sentiva padrone io; e le ne faceva gli onori come d'un mio feudo. Di tanto in tanto, per rificcarmi ne' miei stracci, ella diceva con un cipiglietto serio serio: — Questi campi sono miei, e questo prato è mio! — Ma di cotali attucci da feudataria io non prendeva nes-suna soggezione; sapeva e sentiva che sulla natura io aveva una padronanza non concessa a lei; la padronanza dell'amore. La indifferenza di Lucilio per le alte occhiate del Partistagno e per le burlate dei fanciulli, io la sentiva per quei tiri principeschi della Pisana. E lontano dai merli signorili e dall'odore della can-celleria, mi ripullulava nel cuore quel sentimento d'uguaglianza che ad un animo sincero e valoroso fa guardar ben dall'alto perfin le teste dei re. Era il pesce rimesso nell'acqua, l'uccello fuggito di gabbia, l'esule tornato in patria.

Aveva tanta ricchezza di felicità che cercava intorno cui distribuirne; e in difetto d'amici ne avrei fatto presente anche agli sconosciuti o a chi mi voleva male. Fulgenzio, la cuoca, e perfin la Contessa avrebbero avuto la loro parte d'aria di sole se fossero venuti a domandarmela con bella maniera e senza battermi le mani o strapparmi la coda. La Pisana mi seguiva volentieri nelle mie scorrerie campereccie, quando non trovava in castello il suo minuto popolo da cui farsi obbedire. In questo caso la doveva accontentarsi di me, e siccome nell'Ariosto della Clara ella si avea fatto mostrar mille volte le figurine, cosí non le dispiaceva di esser o Angelica seguita da Rinaldo, o Marfisa, l'invitta donzella, od anche Alcina che innamora e muta in ciondoli quanti paladini le capitano nell'isola. Per me io m'aveva scelto il personaggio di Rinaldo con bastevole rassegnazione; e faceva le grandi battaglie contro filari di pioppi affigurati per draghi, o le fughe disperate da qualche mago traditore, trascinandomi dietro la mia bella come se l'avessi in groppa del cavallo. Talvolta immaginavamo di intraprendere un qualche lungo viaggio pel regno del Catajo o per la repubblica di Samarcanda; ma si frapponevano terribili ostacoli da superare: qualche siepaia che dovea essere una foresta; qualche arginello che figurava una montagna; alcuni rigagnoli che tenevano le veci di fiumi e di torrenti. Allora ci davamo conforto a vicenda con gesti di coraggio, o si prendeva consiglio sottovoce con occhio prudente e col respiro sommesso ed affannoso. Veniva deciso di tentar la prova; e giù allora a rompicollo per rovaie e pozzanghere saltando e gridando come due indemoniati.

Gli ostacoli non erano insuperabili, ma non di rado le vesti della fanciulla ne riportavano qualche guasto, o la si bagnava i piedi guazzando nell'acqua colle scarpettine di brunello. Quanto a me la mia giacchetta era antica confidente degli spini; e avrei potuto star nell'acqua cent'anni come il rovere, prima che l'umido trapassasse la scorza callosa delle mie piante. Mi dava dunque a consolare a racconciare ed asciugar lei, che prendeva un po' il broncio per quelle disgrazie; e perché non la si mettesse a piangere o a graffiarmi, la faceva ridere prendendola in ispalla, e saltando del pari con quella soma addosso fossatelli e rigagni. Era robusto come un torello, e il contento che provava di sentirmela abbandonata sul collo colla faccia e colle mani per ridere con maggior espansione, mi avrebbe dato lena a giunger con quel carico se non al Catajo o a Samarcanda certo piú in là di Fossalta. Perdendo a quel modo le prime ore del dopopranzo, si cominciò ad allargarci fuori dalle vicinanze del castello, e a prender pratica delle strade, dei sentieri e dei luoghi piú discosti. Le praterie vallive dove s'erano aggirati i primi viaggi, declinavano a ponente verso una bella corrente di acqua che serpeggiava nella pianura qua e là, sotto grandi ombre di pioppi d'ontani e di salici, come una forosetta che abbia tempo da perdere, o poca voglia di lavorare. Là sotto canticchiava sempre un perpetuo cinguettio d'augelletti; l'erba vi germinava fitta ed altissima, come il tappeto nel piú segreto gabinetto d'una signora. Vi si avvolgevano fronzuti andirivieni di macchie spinose e d'arbusti profumati, e parevano preparare i piú opachi ricoveri e i sedili piú morbidi ai trastulli dell'innocenza o ai colloqui d'amore. Il mormorio dell'acqua rendeva armonico il silenzio, o raddoppiava l'incanto delle nostre voci fresche ed argentine. Quando sedevamo sulla zolla piú verde e rigonfia, il verde ramarro fuggiva sull'orlo della siepe vicina, e di là si volgeva a guardarci, quasi avesse voglia di domandarci qualche cosa, o di spiare i fatti nostri. Per quelle pose tanto gradevoli noi sceglievamo quasi sempre una sponda della fiumiera, dove essa dopo un laberinto di giravolte susurrevoli e capricciose si protende diritta per un buon tratto queta e silenziosa, come una matterella che d'improvviso si sia fatta monaca. Il meno rapido pendio la calmava dalla sua correntia, ma la Pisana diceva che l'acqua, come lei, era stanca di menar le gambe e che bisognava imitarla e sedere. Non crediate peraltro che stesse tranquilla a lungo la civettuola. Dopo avermi fatto qualche carezza od essersi arresa al mio ruzzo di giocarellare secondo il tenore dell'estro, si levava in piedi non curante e dimentica di me come la non mi avesse mai conosciuto, e si protendeva sull'acqua a specchiarsi dentro, o vi sciaguattava entro colle braccia, o si ficcava nella fratta a cercarvi chiocciole da farne braccialetti e collane, senza curarsi allora se il guarnellino si sciupava, o se le maniche o le scarpine si immollavano. Io la chiamava allora e l'ammoniva, piú per golaggine di averla ancora a' miei trastulli che per rispetto alle sue vesti; ma la non si dava neppur pensiero di rispondere. Capace di disperarsi se le si sconciava una maglia del collaretto nell'accondiscendere ai capricci altrui, avrebbe rotto e stracciato tutto, compresi i suoi lunghi e bei capelli neri, e le sue guance rosee e ritondette, e le sue manine brevi e polpute, se i capricci da accontentarsi erano i suoi. Qualche volta per tutto il resto della passeggiata non giungeva piú a stornarla da que' suoi giochi gravi solitari e senza fine. Ella si ostinava per mezz'ora a voler bucare coi denti e colle unghie una chiocciola da infilarla in un vimine e appendersela alle orecchie, e se io faceva le viste di volerla aiutare, la mi grugniva contro, pestando i piedi, quasi piangendo e menandomi nello stomaco delle buone gomitate. Pareva ch'io le avessi fatto qualche gran torto; ma tutto era un gioco del suo umore. Volubile come una farfalla che non può ristar due minuti sulla corolla d'un fiore, senza batter le ali per succhiarne uno diverso, ella passava d'un tratto dalla dimestichezza al sussiego, dalla piú chiassosa garrulità ad un silenzio ostinato, dall'allegria alla stizza e quasi alla crudeltà. La cagione era che in tutte le fasi dell'umore, l'indole non cangiava mai; la restava sempre la tirannella di Fratta, capace di render felice un tale per esperimentare la propria potenza in un verso, e di farlo poi piangere ed infuriare per esperimentarla in un altro. Nei temperamenti sensuali e subitanei il capriccio diventa legge e l'egoismo sistema se non sono sfreddati da una educazione preventiva ed avveduta che armi la ragione contro il continuo sforzo dei loro eccessi e munisca la sensibilità con un serraglio di buone abitudini, quasi riparo alle sorprese dell'istinto. Altrimenti, per quanto eccellenti qualità s'innestino in nature siffatte, nessuno potrà fidarsene, rimanendo tutte schiave della prepotenza sensuale. La Pisana era a quel tempo una fanciulletta; ma che altro sono mai anche le bambine se non scorci e sbozzi di donne? Dipinti ad olio o in miniatura, i lineamenti d'un ritratto stanno sempre gli stessi.

Peraltro i nuovi orizzonti che s'aprivano all'anima mia le porgevano già un ricovero contro la cocciutaggine di quei primi crucci infantili. Mi riposava nel gran seno della natura; e le sue bellezze mi svagavano dalla tetra compagnia della stizza. Quella vastità di campagne dove scorrazzava allora era ben diversa dallo struggibuco dell'orto e della peschiera che dai sei agli otto anni m'avevano dato tanto piacere. Se la Pisana mi piantava lí per vezzeggiare e tormentare altri garzonetti, o se la mi fuggiva via a mezzo il passeggio colla speranza che nel frattempo fosse capitata qualche visita al castello, io non correva piú a darmele in spettacolo col mio muso lungo, e le mie spalle riottose; ma n'andava invece a svampar l'affanno nella frescura dei prati e sulla sponda del rio. Ad ogni passo erano nuovi prospetti e nuove meraviglie. Scopersi un luogo dove l'acqua s'allarga quasi in un laghetto, limpido ed argentino come la faccia d'uno specchio. Le belle treccie di aliche vi si mescevano entro come accarezzate da una magica auretta: e i sassolini del fondo trasmettevano da esse candidi e levigati in guisa di perle sdrucciolate per caso dalle loro conchiglie. Le anitre e le oche starnazzavano sulla riva; a volte di conserva si lanciavano tumultuosamente nell'acque, e tornate a galla dopo il tonfo momentaneo prendevano remigando la calma e leggiadra ordinanza d'una flotta che manovra. Era un diletto vederle avanzare retrocedere volteggiare senzaché la trasparenza dell'acque fosse altrimenti turbata che per una lieve increspatura la quale moriva sulla sponda in una carezza piú lieve ancora. Tutto all'intorno poi era un folto di piante secolari sui cui rami la lambrusca tesseva gli attendamenti piú verdi e capricciosi. Coronava la cima d'un olmo, e poi s'abbandonava ai sicuri sostegni della quercia, e abbracciandola per ogni verso le cadeva d'intorno in leggiadri festoni. Da ramo a ramo da albero ad albero l'andava via come danzando, e i suoi grappoletti neri e minuti invitavano gli stornelli a far merenda ed i colombi a litigare con questi per prenderne la loro parte. Sopra a quel largo dove il laghetto tornava ruscello erano fabbricati due o tre mulini, le cui ruote parevano corrersi dietro spruzzandosi acqua a vicenda come tante pazzerelle. Io stava lí le lunghe ore contemplandole e gettando sassolini nelle cascate dell'acqua per vederli rimbalzare, e cader poi ancora, per disparire sotto il vorticoso giro della ruota. S'udiva di dentro il rumor delle macine, e il cantar dei mugnai, e lo strepitar dei ragazzi, e fin lo stridore della catena sul focolare quando dimenavano la polenta. Io me n'accorgeva pel fumo che cominciava a spennacchiarsi dal comignolo della casa, precedendo sempre l'intervento di questo nuovo stridore nel concerto universale. Sullo sterrato dinanzi ai mulini era un continuo avvicendarsi di sacchi, e di figure infarinate. Vi capitavano le comari di molti paesetti delle vicinanze; e chiacchieravano colle donne dei mulini mentre si macinava loro il grano. In quel frattempo gli asinelli liberati dalla soma gustavano ghiottamente la semola che loro si imbandisce per regalo nelle gite al mulino; finito che avevano si mettevano a ragghiare d'allegria, distendendo le orecchie e le gambe; il cane del mugnaio abbaiava e correva loro intorno facendo mille finte di assalto e di schermo. Ve lo dico io che la era una scena animatissima, e non ci voleva nulla di meglio per me che della vita altro non conosceva se non quello che mi eran venuti raccontando Martino, mastro Germano e Marchetto. Allora invece cominciai a guardare co' miei occhi, a ragionare ed imparare colla mia propria mente; a conoscere cosa sia lavoro, e mercede; a distinguere i diversi uffici delle massaie delle comari dei mugnai e degli asini. Queste cose mi occupavano e mi divertivano; e tornava poi verso Fratta col capo nelle nuvole, contemplando i bei colori che vi variavano entro pel diverso magistero della luce.

Le mie passeggiate si facevano sempre piú lunghe, e sempre piú lunghe e temerarie le diserzioni dalla custodia di Fulgenzio e dalla scuola del Piovano. Quando andava attorno a cavallo con Marchetto era troppo piccino per poter imprimere nella memoria quanto vedeva; e fattomi poi grande egli non voleva arrischiarmi sulla groppa d'un ronzino che era troppo antico di senno per esser forte di gambe. Cosí tutte le cose m'erano tornate nuove e inusitate; e non solamente i mulini e i mugnai, ma i pescatori colle loro reti, i contadini coll'aratro, i pastori colle capre e colle pecore, e tutto tutto mi dava materia di stupore e di diletto. Finalmente venne un giorno ch'io credetti perder la testa od esser caduto nella luna, tanto mi sembrarono meravigliose ed incredibili le cose che ebbi sott'occhio. Voglio contarle perché quella passeggiata mi votò forse per sempre a quella religione semplice e poetica della natura che mi ha poi consolato d'ogni tristizia umana colla dolce e immanchevole placidità delle sue gioie.

Un dopopranzo capitò alla Pisana la visita di tre suoi cuginetti figliuoli di una sorella del Conte maritata ad un castellano dell'alta. (Egli ne aveva un'altra delle sorelle, accasata splendidamente a Venezia, ma le son persone che incontreremo piú tardi). Quel dopopranzo adunque la mi fece tanti dispetti, e mi offerse con tanta barbarie allo scherno dei cugini, ch'io me la svignai arrabbiatissimo, desideroso di mettere fra me e lei quella maggiore distanza che mi fosse stata possibile. Uscii dunque pel ponticello della scuderia, e via a gambe traverso a seminati colla vergogna e la stizza che mi cacciavano da tergo. E cammina e cammina cogli occhi nella punta dei piedi senza badare a nulla, ecco che quando caso volle che gli alzassi mi vidi in un luogo a me affatto scono-sciuto. Stetti un momento senza poter pensare o meglio senza poter disvinco-larmi da quei pensieri che m'avevano martellato fino allora.

"Possibile! pensai quando giunsi a distogliermene. – Possibile che abbia camminato tanto!" Infatti era ben certo che il sito dove mi trovava non appar-teneva alla solita cerchia delle mie scorrerie: spanna per spanna tutto il territo-rio che si stendeva per due miglia dietro il castello io l'avrei ravvisato senza tema d'errore. Quel sito invece era un luogo deserto e sabbioso che franava in un canale d'acqua limacciosa e stagnante; da un lato una prateria invasa dai giun-chi allargavasi per quanto l'occhio potea correre e dall'altro s'abbassava una campagna mal coltivata nella quale il disordine e l'apparente sterilità contrasta-vano col rigoglio dei pochi e grandi alberi che rimanevano nei filari scomposti. Io mi guardai intorno e non vidi segno che richiamasse la mia mente a qualche memoria.

"Capperi! è un sito nuovo! dissi fra me, colla contentezza d'un avaro che scopre un tesoro. – Andiamo un po' innanzi a vedere!"

Ma per andar oltre c'era un piccolo guaio, c'era nient'altro che quel gran canale paludoso, e tutto coperto da un bel manto di giunchiglia. La gran pra-teria coll'ignoto e l'infinito si dilungava di là; al di qua non aveva che quella campagna arida e abbandonata che punto non m'invogliava a visitarla. Che fare in quel frangente? – Era troppo stuzzicato nella curiosità per dar addietro, e troppo spensierato per temere che il canale si profondasse più che non avrei desiderato. Mi rotolai su le mie brache fino alla piegatura delle coscie, e discesi nel pelago impigliandomi i piedi e le mani nelle ninfee e nelle giunchiglie che lo asserragliavano. Spingi da una banda e tira dall'altra, mi faceva strada fra quella boscaglia nuotante, ma la strada andava sempre in giù, e le piante mi scivolavano sopra una belletta sdrucciolevole come il ghiaccio. Quando Dio volle il fondo ricominciò a salire; e me la cavai colla paura, ma credo che tal-mente fossi infervorato nell'andar oltre che non mi sarei ritratto dovessi anco affogarne. Messo il piede sull'erba mi parve di volare come un uccello; la pra-teria saliva dolcemente e mi tardava l'ora di toccarne il punto più alto donde guardare quella mia grande conquista. Vi giunsi alla fine, ma tanto trafelato che mi pareva esser un cane di ritorno dall'aver inseguito una lepre. E volsi intorno gli occhi e mi ricorderò sempre l'abbagliante piacere e quasi lo sbigot-timento di maraviglia che ne ricevetti. Aveva dinanzi un vastissimo spazio di pianure verdi e fiorite, intersecate da grandissimi canali simili a quello che aveva passato io, ma assai più larghi e profondi. I quali s'andavano perdendo in una stesa d'acqua assai più grande ancora; e in fondo a questa sorgevano qua e là disseminati alcuni monticelli, coronati taluno da qualche campanile. Ma più in là ancora l'occhio mio non poteva indovinar cosa fosse quello spazio infinito d'azzurro, che mi pareva un pezzo di cielo caduto e schiacciatosi in terra: un azzurro trasparente, e svariato da striscie d'argento che si congiungeva lontano lontano coll'azzurro meno colorito dell'aria. Era l'ultima ora del giorno; da ciò m'accorsi che io doveva aver camminato assai assai. Il sole in quel momento, come dicono i contadini, si voltava indietro, cioè dopo aver declinato dietro un fitto tendone di nuvole, trovava vicino al tramonto un varco da mandare alla terra un ultimo sguardo, lo sguardo d'un moribondo sotto una palpebra abbassata. D'improvviso i canali, e il gran lago dove sboccavano, diventarono tutti di fuoco: e quel lontanissimo azzurro misterioso si mutò in un'iride immensa e guizzolante dei colori piú diversi e vivaci. Il cielo fiammeggiante ci si specchiava dentro, e di momento in momento lo spettacolo si dilatava s'abbelliva agli occhi miei e prendeva tutte le apparenze ideali e quasi impossibili d'un sogno. Volete crederlo? Io cascai in ginocchio, come Voltaire sul Grütli quando pronunziò dinanzi a Dio l'unico articolo del suo credo. Dio mi venne in mente anche a me: quel buono e grande Iddio che è nella natura, padre di tutti e per tutti. Adorai, piansi, pregai; e debbo anche confessare che l'animo mio sbattuto poscia dalle maggiori tempeste si rifugiò sovente nella memoria fanciullesca di quel momento per riavere un barlume di speranze. No, quella non fu allora la ripetizione dell'atto di fede insegnatomi dal Piovano a tirate di orecchi; fu uno slancio nuovo spontaneo vigoroso d'una nuova fede che dormiva quieta nel mio cuore e si risvegliò di sbalzo all'invito materno della natura! Dalla bellezza universale pregustai il sentimento dell'universale bontà; credetti fino d'allora che come le tempeste del verno non potevano guastare la stupenda armonia del creato, cosí le passioni umane non varrebbero mai ad offuscare il bel sereno dell'eterna giustizia. La giustizia è fra noi, sopra di noi, dentro di noi. Essa ci punisce e ci ricompensa. Essa, essa sola è la grande unitrice delle cose che assicura la felicità delle anime nella grand'anima dell'umanità. Sentimenti mal definiti che diverranno idee quando che sia; ma che dai cuori ove nacquero tralucono già alla mente d'alcuni uomini, ed alla mia; sentimenti poetici, ma di quella poesia che vive, e s'incarna verso per verso negli annali della storia; sentimenti d'un animo provato dal lungo cimento della vita, ma che già covavano in quel senso di felicità e di religione che a me fanciullo fece piegar le ginocchia dinanzi alla maestà dell'universo!

Povero a me se avessi allor pensato queste cose alte e quasi inesprimibili! Avrei perduto il cervello nella filosofia e certo non tornava piú a Fratta per quella notte. Invece quando cominciò ad imbrunire, e mi si oscurò dinanzi quello spettacolo di maraviglie, tornai subito fanciullo, e mi diedi quasi a piangere temendo di non trovar piú la strada di Fratta. Avea corso nel venire; nel ritorno corsi piú assai; e giunsi al valico del canale che splendeva ancora il crepuscolo. Ma addentratomi nella campagna la cosa cangiò d'aspetto: la notte

calava giù nebbiosa e nerissima ed io ch'era venuto, cosí camminando soprappensiero, non sapea piú trovarmi. Principiò a mettermisi intorno un tremore
di febbre ed una voglia di correre per arrivare non sapeva nemmen io dove. Mi
sembrava che per quanto fossi ito per le lunghe, il correre mi avrebbe menato
piú presto che l'andare adagio; ma i conti erano sbagliati, perché il precipizio
della corsa mi faceva trascurare quegli accorgimenti che potevano almeno aiutarmi a non perdere affatto la tramontana. S'aggiungeva che la fatica mi spos-
sava e che avea d'uopo di tutto lo spavento che mi metteva in corpo il pensiero
di non poter arrivare a casa, per persuadere le mie gambe ad andare innanzi.
Fortuna volle che volgessi abbastanza diritto per non tornare nelle paludi ove
certo mi sarei annegato, e alla fine imboccai una strada. Ma che strada, mio
Dio! ora non si adopererebbe questo sostantivo per dinotarla; la si direbbe un
ammazzatoio, o peggio. Io ne ringraziai cionullameno la Provvidenza e mi diedi
a camminare piú tranquillo, divisando con bastevole criterio di chieder contezza della via alle prime case. Ma chi doveva esser stato sí gonzo da piantar
casa in quelle fondure? Io mi ci fidava e tirava innanzi. Le prime case una volta
o l'altra sarebbero venute. Non aveva fatto per quella stradaccia un mezzo miglio che mi sentii venir dietro il galoppo d'un cavallo. Io mi feci il segno della
santa croce tirandomi nel fosso piú che poteva; ma il passo era strettissimo e il
cavallo aombrando di me diede uno strabalzo in dietro che fece improvvisare
una bella filza di bestemmie al cavaliero che lo montava.

— Chi è là? fammi strada, mascalzone! – gridò colui con una vociaccia ru-
vida che mi gelò il sangue nelle vene.

— L'abbia misericordia di me! son fanciullo smarrito e non so dove mi vada
a finire per questa strada – ebbi fiato di rispondergli.

La mia voce infantile e supplichevole commosse certamente colui dal cavallo, perché lo rattenne colle redini benché gli avesse già cacciate le gambe nel
ventre per passarmi sopra.

— Ah! sei un ragazzo? – soggiuns'egli curvandosi un po' dalla mia banda e
mostrandomi una figurona nera nascosta sotto le falde d'un cappellaccio da
contrabbandiere o da mago. – Sí, sei un ragazzo; e dove vai?

— Andrei a Fratta se il signore mi aiutasse – diss'io ritraendomi per un po'
di paura che aveva di quella figura.

— Ma come ti trovi in questi dintorni ove non passa mai anima viva di
notte? – domandò ancora lo sconosciuto con qualche sospetto nella voce.

— Ecco; – risposi io – sono scappato di casa per qualche dispiacere, e camminai camminai, finché giunsi in un bel luogo dove vidi molta acqua molto
sole e moltissime belle cose che non so cosa le sieno: ma nel ritorno mi trovai
piuttosto imbrogliato, perché si faceva scuro e non mi ricordava la strada, e
correndo alla ventura adesso mi vedo qui, e non so proprio dove mi sia.

— Sei dietro San Mauro verso la pineta, fanciullo mio; – riprese quell'uomo – ed hai quattro miglia buone per giungere a casa.

— Signore, la è tanto buono – soggiunsi io di bel nuovo, facendo forza colla paura maggiore alla minore – che la mi dovrebbe insegnare qual modo debba tenere per giunger a casa per le piú spiccie.

— Ah tu credi ch'io sia buono? – disse il cavaliere con un accento alquanto beffardo. – Sí, perdiana, che hai ragione, e voglio dartene una prova. Saltami in groppa, e giacché devo passarci, ti metterò giù di fianco al castello.

— Sto nel castello appunto – ripresi io non sapendo se dovessi fidarmi alle proferte dello sconosciuto.

— Nel castello? – sclamò egli con poco gradevole sorpresa – e a chi appartieni tu, nel castello?

— Oh bella! a nessuno appartengo! Sono Carlino, quello che mena lo spiedo e va a scuola dal Piovano.

— Manco male; se la è cosí, salta, ti dico; il cavallo è forte e non se ne accorgerà.

Un po' tremando un po' confortandomi io mi arrampicai fin sul dorso della bestia e colui mi aiutava con una mano, dicendo che non avessi timor di cadere. Là in quei paesi si nasce, quasi, a cavallo e ad ogni ragazzotto si dice: — monta su quel puledro! — come gli si dicesse: va' a cavalcione di quella stanga. Or dunque acconciato che mi fui, si diede giù in un galoppo sfrenato che per quella strada aveva tutti i pericoli d'un continuo precipizio. Io mi teneva con ambe le mani al petto del cavaliero e sentiva i peli d'una barba lunghissima che mi soffregavano le dita.

"Che fosse il diavolo? – pensai. – Potrebbe anche darsi!" E feci un rapido esame di coscienza dal quale mi parve rilevare che io avea peccati oltre al bisogno per dargli ogni diritto di condurmi a casa sua. Ma mi risovvenne in buon punto che il cavallo s'era impaurito della mia ombra, e siccome i cavalli del diavolo, secondo me, non dovevano avere le debolezze dei nostri, cosí mi diedi un po' di pace da questo lato. Se non era il diavolo poteva peraltro essere un suo luogotenente, come un ladro, un assassino, che so io? – Nessuna paura per questo: io non aveva denari e mi sentiva l'uomo meglio armato contro ogni ladreria. Cosí, dopo aver pensato a quello che non era, mi volsi a sindacare quello che poteva essere il mio notturno protettore. Peggio che peggio! Sfido l'immaginazione d'un napoletano di giungere a conclusioni piú certe di quelle cui giunsi io; e per me allora io avea finito col decidere che non potea saperne nulla. Tutto ad un tratto il negro soggetto di tali fantasticherie mi si volse incontro col suo gran barbone e mi chiese colla solita voce poco aggraziata:

— Mastro Germano ce l'avete ancora a Fratta?

— Sissignore! – risposi dopo un guizzo di sorpresa per quella vociata repentina. – Egli regola ogni giorno l'orologio della torre; apre e chiude il portone; e spazza anche il cortile dinanzi la cancelleria. Egli è molto dabbene con me e molte volte mi conduce a veder le ruote dell'orologio, insieme alla Pisana che è proprio la figliuola della signora Contessa.

— Monsignor di Sant'Andrea ci viene spesso a trovarvi? — mi domandò ancora con una risata.

— Gli è il confessore della signora Contessa; – dissi io – ma gli è un pezzo che non lo vedo, perché ora, dopo che ho incominciato a veder il mondo, sto in cucina meno che posso.

— Bravo! bravo! la cucina è pei canonici! – continuò egli. – Adesso puoi scendere, scoiattolo; ché siamo a Fratta. Tu sei il piú buon cavalcatore del territorio, me ne congratulo con te!

— S'immagini! – soggiunsi saltando a terra – ci andava sempre a cavallo io dietro a Marchetto.

— Ah! sei tu quel pappagallo che gli stava dietro anni sono – riprese colui ridacchiando. – Prendi, prendi; – aggiunse dandomi una buona impalmata sulla nuca – dagliela per mio conto al cavallante questa focaccia; ma giacché sei suo amico non dirgli che mi hai veduto da queste bande: non dirglielo, né a lui, né a nessuno, sai!

In ciò dire l'uomo della gran barba spinse il suo cavallo alla carriera per una straducola che mena a Ramuscello, ed io restai là a udire colla bocca aperta lo scalpitar del galoppo. E quando il romore si fu dileguato girai intorno alle fosse, e sul ponte del castello vidi Germano che guardava intorno come se aspettasse qualcuno.

— Ah birbone! ah scellerato! andar a zonzo per queste ore! tornar a casa cosí tardi? Chi te ne ha insegnate di tanto belle?... Ora te la darò io!!...

Cotal fu l'intemerata con cui Germano mi accolse; ma la parte piú calorosa dell'orazione non posso tradurla in parole. Il buon Germano mi menò avanti a sculacciate dalla porta del castello fino a quella di cucina. Là mi saltò addosso Martino.

— Furfantello! scapestrato che sei! non la farai la seconda volta, te lo giuro io! arrischiarti di notte per questo buio fuori casa!

Anche qui la parlata fu il meno; il piú si erano le scoppate che l'accompagnavano. Se tanto mi toccava dagli amici, figuratevi poi cosa dovessi aspettarmi dagli altri!... Il Capitano che giocava all'oca con Marchetto s'accontentò di menarmi un buon pugno nella schiena dicendo che la mia era tutta infingardaggine, e che dovevano consegnarmi a lui per averne un buon risultato de' fatti miei. Marchetto mi tirò le orecchie con amicizia, la signora Veronica che si scaldava al fuoco tornò a ribadirmi le sculacciate di Germano, e la vecchiaccia della cuoca mi menò un piede nel sedere con tanta grazia che andai a finir col naso sul menarrosto che girava.

— Giusto proprio! sei capitato a tempo! – si pensò di dire quella strega – ho dovuto metter in opera il menarrosto, ma giacché ci sei tu non fa piú di mestieri.

In tali parole ella avea già cavato la corda dalla carrucola e dato a me in mano lo spiedo dopo averlo preso fuori dalla morsa del menarrosto. Io cominciai a voltare e a rivoltare non senza essere assalito e bersagliato dalle fantesche e dalle cameriere mano a mano che capitavano in cucina: e voltando e rivoltando pensava al Piovano, pensava a Fulgenzio, pensava a Gregorio, a Monsignore, al *Confiteor*, al signor Conte, alla signora Contessa ed alla mia cuticagna! Quella sera se mi avessero sforacchiato banda per banda collo spiedo non avrebbero fatto altro che diminuirmi il martirio della paura. Certo io avrei preferito arrostita la mia cuticagna, piuttostoché abbandonarla per tre soli minuti alle mani della Contessa; e in quanto alla conciatura, trovava nella mia idea assai piú fortunato san Lorenzo che san Bartolomeo. Finché tutti attendevano a malmenarmi, nessuno avea potuto domandare cosa m'avessi io fatto in quella cosí lunga assenza; ma quando fui inchiodato allo spiedo cominciarono ad assaltarmi d'ogni banda di richieste e d'interrogazioni, sicché dopo essere stato duro sotto le battiture, io presi in quel frangente il partito di piangere.

— Ma cos'hai ora, che ti sciogli in lagrime? – mi disse Martino – oh non val meglio rispondere a quello che ti si domanda?

— Son stato giù nel prato dei mulini; son stato là lungo l'acqua a pigliar grilli, son stato!... Ih, ih, ih!... È venuto scuro!... e poi ho fatto tardi.

— E dove sono questi grilli? — mi chiese il Capitano che se ne immischiava un poco nelle inquisizioni criminali della cancelleria, e ci aveva rubato il mestiero.

— Ecco! – soggiunsi io con voce ancor piú piagnolosa. – Ecco che io non so!... ecco che i grilli mi saranno fuggiti di tasca!... Non so nulla! io!... Sono stato sull'acqua a pigliar grilli, io!... Ih, ih, ih!...

— Avanti con quello spiedo, impostore – mi gridò la cuoca – o ti concio io per le feste.

— Non ispaventatelo troppo, Orsola — le raccomandò Martino che dal volto di quella strega aveva indovinato la minaccia delle parole.

— Corpo di Pancrazio! – sclamò il Capitano battendo la mano sulla tavola in modo che ne saltarono alte tutte le posate disposte per la cena della servitù. – Tre volte di seguito il nove dovean portare quei maledetti dadi!... Non mi è mai successo un caso simile!... Che partita rovinata!... Basta, tenete a mente, Marchetto!... Tre bezzi di domenica, e due e mezzo di stasera...

— La ne ha anche sette della settimana passata! — soggiunse prudentemente il cavallante.

— Ah sí sí! sette e cinque, dodici e mezzo – rispose il Capitano scomponendosi il ciuffo. – Giusto manca un mezzo bezzo a fare i sei soldi. Te li pagherò domani.

— Si figuri! s'accomodi! — disse sospirando Marchetto.

— Quanto a te – continuò il Capitano venendomi vicino per divertire il discorso – quanto a te, bragia coperta d'un girapolli, vorrei sí averti io fra le grinfe che ti farei mettere giudizio! N'è vero, Veronica, che son famoso io per far metter giudizio alla gente?

— Va là! volevate dire per farlo perdere! — rispose sua moglie, uscendo dal focolare ed avviandosi al tinello.

— Vado ora a dire alla signora Contessa che non stia in angustie, e che Carlino è tornato.

Io non aveva uno specchio dinanzi; contuttociò potrei giurare che a quell'annunzio mi si drizzarono i capelli sul capo, come tanti parafulmini. Mi fu allora di mestieri una nuova esortazione della cuoca per tirar innanzi collo spiedo, e poi stetti là piú stupidito che rassegnato ad aspettare gli avvenimenti. Infatti questi non mi fecero aspettare a lungo. Mentre la Contessa violava da una banda la sua prammatica giornaliera, e compariva per la terza volta in cucina colla signora Veronica *a latere*, dall'altra veniva dentro Fulgenzio colla sua grossa figura da santone seppellita piú del solito nel collare della giacchetta. Mai la similitudine di Cristo fra i due ladroni non si è appropriata cosí bene come a me in quel caso; ma sul momento non avea tempo di burlare, poiché sapeva benissimo che nessuno di quei ladri si sarebbe pentito. La Contessa si fece innanzi strascicando oltre l'usanza la coda della veste, e mi si piantò proprio sul viso; che la vampa del focolare le rendeva gli occhi come due bragie, e lucente al pari d'un carbonchio la goccioletta che spesso aggiungeva vezzo al suo naso uncinato.

— Cosí – mi disse stendendo verso di me una mano che mi fece raggruzzolar tutto per i brividi che mi corsero giù per la schiena – cosí, brutto ranocchio, tu rimeriti la bontà di chi ti ha raccolto, allevato, nutrito, ed educato anche a leggere, a scrivere, e a servir messa?.... Me ne consolo con te. Io ti predico fin'ora che la tua mala condotta ti trarrà in perdizione, che farai la mala vita come l'ha fatta tuo padre, e che finirai col farti appiccare, come è vero che ne dimostri fin d'ora tutte le buone disposizioni!

A quel punto credetti sentire nel collo lo strettoio del capestro. Nulla! erano le dita della signora Contessa che mi attanagliavano al solito luogo. Io mandai due strilli cosí acuti che accorsero dal tinello il Piovano, il Cancelliere, la Clara, il signor Lucilio, il Partistagno, e perfino, un attimo dopo, il signor Conte e Monsignore. Tutta questa gente, unita a quella che si trovava in cucina e alle fantesche e alle cameriere accorse pur esse, componeva un bellissimo apparecchio di assistenti alla mia passione. Lo spiedo stava fermo, e la cuoca s'era intromessa per distaccarmi le mani dalla coppa e rimettermele al lavoro: ma io era ancora troppo distratto dalla rabbiosa operazione della Contessa perché potessi dar mente a quell'altro impiastro.

— Dimmi ora cos'hai fatto a zonzo fino a due ore di notte – riprese colei riponendosi ambe le mani sui fianchi con immensa mia consolazione. – Voglio sapere tutta la verità, e a me non la darai a intendere coi tuoi grilli, e col frignare!

La signora Veronica ghignò, come sanno ghignare solo le cattive vecchie e il diavolo; io dal mio canto le buttai un'occhiata che valeva per cento maledizioni.

— Parla parla, sangue di galera! — urlò la Contessa facendomisi questa volta addosso con ambe le mani uncinate come gli artigli d'una gatta.

— Sono stato a spasso fino al luogo dove c'era molta acqua rossa, e molto sole. E poi... — diss'io.

— E poi? — domandò la Contessa.

— E poi sono tornato!

— Ah sí che sei tornato in tanta malora! – soggiunse ella. – Ti veggo sí e non ci ha bisogno che tu me lo dica; ma se non vorrai dire quello che hai fatto in tutte queste ore, ti prometto in fede di gentildonna che tu non gusterai piú il sapore del sale!...

Io tacqui; e poi strillai ancora un poco per un altro scrollo che la mi diede alla zazzera con quelle sue dita di scimmia; e poi mi rimisi a tacere, ed anco a menare stupidamente lo spiedo, perché alla cuoca era venuto fatto di rificcarmene il manico in una mano.

— Le dirò io, signora Contessa, cos'ha fatto questo bel capo – prese allora a dire Fulgenzio. – Io era poco fa in sagristia a pulirvi i vasi e le ampolline per la Pasqua che è vicina, ed essendo uscito fin sulla fossa per prender acqua, ho veduto giungere dalla banda di San Mauro un uomo a cavallo che mise a terra il signorino, e gli tenne anche un discorso che non ho capito punto; e poi colui seguitò col suo cavallo verso Ramuscello, e il signorino girò la fossa per entrare dal portone. Ecco come sta la cosa!

— E chi era quell'uomo a cavallo? eravate voi Marchetto? — richiese la Contessa.

— Marchetto passò con me tutto il dopopranzo — rispose il Capitano.

— Chi era dunque quell'uomo? — ripeté la Contessa volgendosi a me.

— Era... era... non era nessuno — mormorai io ricordando il servigio resomi e la raccomandazione fattami dallo sconosciuto.

— Nessuno, nessuno! – brontolò la Contessa – lo sapremo chi era questo nessuno! Faustina, – aggiunse ella, parlando alla donna dei ragazzi, – porterete subito il letto di Carlino nel camerottolo scuro tra la stanza di Martino e la frateria, e menatevelo quando sarà in punto l'arrosto. Di là, carino mio – continuò volgendosi a me – non uscirai piú se prima non avrai detto chi era quell'uomo a cavallo col quale sei venuto fin sulla scorciatoia di Ramuscello.

La Faustina aveva acceso il lume, ma non era partita ancora per trasportare il mio covacciolo.

— Vuoi dunque dire chi era quell'uomo? — domandò la Contessa.

Io volsi uno sguardo alla Faustina; e mi sentii rompere il cuore pensando che prima di coricarmi non avrei piú potuto fisar gli occhi ed anche arrischiar un bacio sulle palpebre socchiuse e sul bocchino tondetto e rugiadoso della Pisana. E stava in me forse che la Faustina non partisse!

— No! non ho veduto nessuno! non son venuto con nessuno, io — risposi ad un tratto con maggior franchezza che non avessi mai mostrato dapprima.

— Ebbene! – soggiunse la Contessa tornando verso il tinello dopo aver fatto alla Faustina un altro gesto che la indusse ad uscire per l'eseguimento degli ordini ricevuti. – Sia fatto come tu vuoi!

Mise le mani in tasca e uscí tirandosi dietro in codazzo tutta la comitiva; ma ognuno prima di seguirla mi volgeva due occhiate che sanzionavano la giusta sentenza della castellana. Il Conte mi esorcizzò inoltre con un gesto che significava: — Costui ha il diavolo addosso. — Monsignore andò via scrollando il capo quasi disperasse del *Confiteor*; il Piovano strinse le labbra come per dire: — Non ci capisco nulla, — e il Partistagno voltò via allegramente perché era stufo della scena. Restava la contessina Clara che in onta agli occhiacci della signora Veronica, di Fulgenzio e del Capitano, mi venne daccanto amorevolmente domandandomi se avessi proprio detto la verità. Io volsi uno sguardo in giro, e risposi di sí piegando il mento sul petto. Allora ella mi accarezzò amichevolmente sul capo, e andò insieme cogli altri: ma prima che la fosse uscita il signor Lucilio mi si era accostato proprio vicino all'orecchio per dirmi che io stessi in letto il giorno dopo e che lo facessi chiamar lui, che avremmo accomodato tutto con poco danno. Io alzai la testa per guardarlo e vedere se mi parlava da senno con tanta amorevolezza; ma egli si era già allontanato fingendo non accorgersi d'uno sguardo quasi di riconoscenza che la Clara avea tenuto fermo sopra di lui, rivolgendosi sulla soglia della porta.

— Cosa gli ha detto a quel poverino? — chiese la fanciulla.

— Gli ho detto cosí e cosí — rispose Lucilio.

La giovane sorrise, e tornarono poi insieme in tinello, dove approssimandosi l'ora della cena tennero loro dietro il Capitano colla moglie. Restavano Fulgenzio e la cuoca; ma Marchetto e Martino me ne liberarono assicurando che l'arrosto era cotto, e consigliandomi di andarmene a dormire. Infatti Martino prese su un lume e mi condusse al mio nuovo domicilio per quei lunghissimi giri di scale e di corritoio che mi parvero in quella sera non dover piú finire.

Egli mi raccomodò il letticciuolo in un angolo di quello stanzino che era nulla piú d'un sottoscala; m'aiutò a svestirmi e mi compose le coltri intorno al collo perché non pigliassi freddo. Io lo lasciava fare, come appunto se fossi un morto; ma quando poi fu partito, e al lume della lucernetta deposta da lui in un cantone vidi le muraglie sgretolate e il soffittaccio sghembato in quel buco da gatti, la disperazione di non essere nella stanza bianca ed allegra della Pisana mi riprese con tal violenza che mi dava pugni e unghiate nella fronte e non fui contento se prima non mi vidi le mani rosse di sangue. In mezzo a quelle smanie sentii grattare pian piano all'uscio, e, cosa naturalissima in un ragazzo, la disperazione cesse pel momento il luogo alla paura.

— Chi è? — diss'io con voce malferma pei singhiozzi che mi agitavano ancora il petto.

L'uscio s'aperse allora e la Pisana, mezzo ignuda nella sua camicina, a piedi nudi, e tutta tremante di freddo, saltò d'improvviso sul mio letto.

— Tu? cosa hai?... cosa fai?... — le dissi io non rinvenendo ancora dalla sorpresa.

— Oh bella! ti vengo a trovare e ti bacio, perché ti voglio bene – mi rispose la fanciulletta. – Mi sono svegliata che la Faustina disfaceva il tuo letto, e siccome seppi che non volevano piú lasciarti dormire nella nostra camera, e che ti avevano messo con Martino, son venuta quassù a vedere come stai, e a domandarti perché sei scappato oggi e non ti sei piú fatto vedere.

— Oh cara la mia Pisana, cara la mia Pisana! — mi misi a gridare stringendomela di tutta forza sul cuore.

— Non gridar tanto che ci sentano poi in cucina – rispose ella accarezzandomi sulla fronte. – Cos'hai qui? — la aggiunse sentendosi bagnata la mano e guardandola contro il chiaro del lume.

— Sangue, sangue; sei tutto insanguinato!... Hai qui sulla fronte un'ammaccatura che ne getta fuori a zampilli!... Cos'hai fatto? sei forse caduto o hai dato in qualche spino?

— No, non fu nulla... è stato contro la merletta della porta — risposi io.

— Bene, bene; comunque la sia, lascia far a me a guarirti — soggiunse la Pisana. E mi mise la bocca sulla ferita baciandomela e succiandomela, come facevano le buone sorelle d'una volta sul petto dei loro fratelli crociati; e io le veniva dicendo:

— Basta, basta, Pisana: ora sto benissimo! non mi accorgo nemmeno piú d'essermi fatto male!

— No, esce ancora un poco di sangue — rispondeva ella, e mi teneva ancora la bocca sulla fronte, serrata con tal forza che non pareva una bambina di otto anni.

Finalmente il sangue fu stagnato, e la vanerella insuperbiva di vedermi tanto beato come era di quelle sue carezze.

— Sono venuta su allo scuro tastando le muraglie – la mi disse – ma dabasso sono a cena, e non avea paura che mi scoprissero. Ora poi che ti ho guarito, mi tocca scender ancora perché non mi trovino per le scale.

— E se ti trovassero?

— Oh bella! faccio le viste di sognare!

— Sí; ma mi dispiace quasi, che tu arrischi cosí di buscarti dalla mamma qualche castigo.

— Se dispiace a te, a me non importa, anzi mi piace – ella rispose con un atto di vezzosa superbietta, squassando la testa all'indietro per liberarsi la fronte dai capelli disciolti che la avevano ingombra. – Vedi! tu mi piaci piú di tutto, e quando poi non hai indosso quella giubbaccia, come sei ora il mio Carlino, che ti veggo proprio tal qual sei, mi piaci tre volte tanto!... Oh! perché non ti mettono le belle cose che aveva oggi intorno mio cugino Augusto!...

— Oh me ne procurerò di quelle belle cose! – io sclamai. – Le voglio ad ogni costo!

— E dove le prenderai? — mi chiese di rimando.

— Dove, dove!... lavorerò per guadagnar danari, è coi danari, dice Germano, che si può aver tutto.

— Sí, sí, lavora! lavora! – mi disse la Pisana. – Io allora ti vorrò bene sempre piú! Ma perché non ridi ora?... Eri tanto allegro poco fa!

— Vedi un po' se rido? — soggiunsi io giungendo la mia bocca alla sua.

— No, cosí non ti posso vedere!... Via, lasciami! Voglio guardarti se ridi. Hai capito che ho detto di volerti guardare.

Io la accontentai e feci anche prova di riderle colle labbra, ma giù nel cuore andava pensando qual bene la m'avrebbe voluto intantoché io mi fossi guadagnati quegli arredi da signore.

— Ora sei carino, che mi dai piacere – riprese la Pisana canticchiando con quella sua vocina che mi par ancora di sentirla e mi diletta le orecchie fin dalla memoria. – Addio Carlino; io ti saluto, e vado dabasso prima che non ritorni la Faustina!

— Voglio farti lume io!

— No, no; – soggiunse ella saltando giù dal letto e impedendomi di far lo stesso con una delle sue mani – son venuta allo scuro e tornerò giù come sono venuta.

— Ed io ripeto che non voglio che ti faccia male, e che ti farò lume fin sulla scala.

— Guai a te se ti movi! – la mi disse allora cambiando modo di voce, e lasciandomi libero di movermi, come sicura che il suo cenno avrebbe bastato a farmi star quatto – mi fai andar in collera; ti dico che voglio scendere senza lume! io son coraggiosa, io non ho paura di nulla! io voglio andare come voglio io!

— E se poi ti succede di inciampare, o di perderti pei corritoi!

— Io inciampare o perdermi?... Sei matto?... Non son mica nata ieri!... Addio, addio Carlino. Ringraziami perché sono stata buona di venirti a trovare.

— Oh sí, ti ringrazio, ti ringrazio! — le dissi io, col cuore slargato dalla consolazione.

— E lascia che io ringrazi te; – la soggiunse, inginocchiandomisi vicino e baciuzzandomi la mano – perché seguiti a volermi bene anche quando son cattiva. Ah sí! tu sei proprio il fanciullo piú buono e piú bello di quanti me ne vengono dintorno, e non capisco come non mi castighi mai di quelle malegrazie che ti faccio qualche volta.

— Castigarti? perché mai, Pisana? – io le andava dicendo. – Levati su piuttosto, e lascia che ti faccia lume, che cosí al freddo puoi ammalarti!

— Eh! – sclamò la piccoletta. – Sai pure che io non mi ammalo mai! Prima di andar via voglio proprio che tu mi castighi, e che mi strappi ben bene i capelli per le cattiverie che ho commesse contro di te. — E la mi prendeva le mani mettendomele sulla sua testolina.

— Ohibò! – diceva io ritraendole – piuttosto ti bacerei!

— Voglio che tu mi strappi i capelli! — soggiunse ella riprendendomi le mani.

— Ed io invece non voglio! — risposi ancora.

— Come non vuoi? ed io ti dico che vorrai! – la si mise a strillare. – Strappami i capelli, strappami i capelli, se no grido tanto che verranno qua sopra e mi farò pestare dalla mamma.

Io per acchetarla presi con due dita una ciocca delle sue treccie e me la attorcigliai intorno alla mano, giocarellando.

— Tira dunque, via; tirami i capelli – ella soggiunse un po' stizzita, ritraendo di furia la testa in modo che la mia mano dovette seguirla per non farle troppo male. – Ti dico che voglio esser castigata! — continuò pestando i suoi piedini e le ginocchia contro il pavimento che era di pietre tutte sconnesse.

— Non far cosí, Pisana, che ti guasterai tutta.

— Or dunque strappami i capelli!

Io tirai pian piano quella ciocca che aveva fra le dita.

— Piú forte, piú forte! — disse la pazzerella.

— Cosí dunque — diss'io facendo un po' piú di forza.

— No cosí! piú forte ancora – riprese ella con atto di rabbia. E mentre io non sapeva che fare, la dimenò il capo con tanto impeto e cosí improvvisamente che quella ciocca de' suoi capelli mi rimase divelta fra le dita. – Vedi? – aggiunse allora tutta contenta. – Cosí voglio esser castigata quando lo voglio!... e a rivederci dimani, Carlino; e non moverti di là se no non vengo piú a spasso con te.

Io mi stetti attonito ed immobile con quella ciocca fra le dita mentr'ella guizzò dalla porta e richiuse l'uscio: e poi feci per correrle dietro col lume ma la era già scomparsa dal corritoio. Scommetto che se la sua mamma nel castigarla le avesse strappato uno di quei capelli, ella ne avrebbe strepitato tanto da metter sottosopra la casa ed anche ora mi maraviglia che la sopportasse quel dolore senza batter palpebra; tanto potevano in lei la volontà e la bizzarria infin da bambina. Io poi non so se quei momenti mi fossero piú di piacere o di rammarico. Quell'eroismo della Pisana di venirmi a trovare a traverso gli andirivieni di quella buia casaccia, e ad onta delle punizioni che ne poteano capitarle, m'avea fatto salire al settimo cielo; poscia la sua caparbietà s'era intromessa a tosarmi di molto le ali perché sentiva (dico sentiva, perché a nove o dieci anni certe cose non si capiscono ancora) sentiva, ripeto, che l'immaginativa, e la vanagloria di mostrare un piccolo portento di prodezza, c'entravano piú assai dell'affetto in un tale eroismo. M'era dunque raumiliato d'alquanto dal primo bollore d'entusiasmo, e quei capelli che m'erano rimasti testimoniavano piuttosto della mia servitù che del suo buon cuore verso di me. Tuttavia fin da fanciullo i segni materiali delle mie gioie de' miei dolori e delle mie varie vicende mi furono sempre carissimi; e quei capelli non li avrei dati allora per tutti i bei bottoni d'oro e di mosaico e per le altre dovizie che sfoggiava sulla persona il signor Conte nei giorni solenni. Per me la memoria fu sempre un libro, e gli oggetti che la richiamano a certi tratti de' suoi annali mi somigliano quei nastri che si mettono nel libro alle pagine piú interessanti. Essi ti cascano sott'occhio di subito; e senza sfogliazzar le carte, per trovare quel punto del racconto o quella sentenza che ti ha meglio colpito, non hai che a fidarti di loro. Io mi portai sempre dietro per lunghissimi anni un museo di minutaglie, di capelli, di sassolini, di fiori secchi, di fronzoli, di anelli rotti, di pezzuoli di carta, di vasettini, e perfino d'abiti e di pezzuole da collo che corrispondevano ad altrettanti fatti o frivoli o gravi o soavi o dolorosi, ma per me sempre memorabili, della mia vita. Quel museo cresceva sempre, e lo conservava con tanta religione quanta ne dimostrerebbe un antiquario al suo medagliere. Se voi lettori foste vissuti coll'anima mia, io non avrei che a far incidere quella lunga serie di minutaglie e di vecchiumi, per tornarvi in mente tutta la storia della mia vita, a mo' dei geroglifici egiziani. E per me io la leggo in essi tanto chiara, come Champollion lesse sulle Piramidi la storia dei Faraoni. Il male si è che l'anima mia non diede mai ricetto al pubblico, e cosí, per metterlo a parte de' suoi segreti, come le ne è venuto il talento, la deve sfiatarsi in ragionamenti e in parole. Me lo perdonerete voi? Io spero di sí; almeno in grazia dell'intenzione la quale è di darvi qualche utilità della mia lunga esperienza; e se cotale opera mi è di alcun diletto o sollievo, vorreste ch'io me ne stogliessi per una pretta mortificazione di spirito? – Lo confesso, non son tanto ascetico. – Il fatto si è che quei simboli del passato sono nella memoria d'un uomo, quello che i monumenti cittadini e nazionali nella memoria dei posteri. Ricordano, celebrano, ricompensano, infiammano: sono i sepolcri di Foscolo che ci rimenano col pensiero a favellare coi cari estinti: giacché ogni giorno passato è un caro estinto per noi, un'urna piena di fiori e di cenere. Un popolo che ha grandi monumenti onde inspirarsi non morrà mai del tutto, e moribondo sorgerà a vita piú colma e vigorosa che mai: come i Greci, che se ebbero in mente le statue d'Ercole e di Teseo nel resistere ai Persiani di Serse, ingigantirono poi nella guerra contro Mahmud alla vista del Partenone e delle Termopili.

Cosí l'uomo, religioso al memoriale delle sue fortune, non perde il tempo che scorre; ma riversa la gioventù nella virilità e le raccoglie poi ambedue nello stanco e memore riposo della vecchiaia. È un tesoro che s'accumula, non son monete che si spendono giorno per giorno. Del resto questa pietosa abitudine mi parve sempre indizio d'animo dabbene; il tristo nulla ha da guadagnare e tutto da perdere nel ricordarsi; egli s'affanna a distruggere non a conservare le traccie delle sue azioni, perché i rimorsi pullulano da ognuna di esse, come gli uomini dai denti seminati da Cadmo. Alle volte io temetti che con tale usanza si venisse a porre nella vita un soverchio affetto, e che il culto del passato significasse avidità del futuro. Ma se è cosí in taluno, non è certo sempre né in tutti; del che sono io la prova. Chi raccolse nel suo pellegrinaggio e tenne sol conto delle gemme e dei fiori, si avvicinerà forse tremando a quel varco dove i gabellieri inesorabili lo spoglieranno per sempre dell'allegro bottino; ma se si affidarono al sacrario delle rimembranze i sorrisi e le lagrime, le rose e le spine, e tutta la varia vicenda della sorte nostra ci si schiera dinanzi per via di figure e d'emblemi, allora lo spirito s'adagia rassegnato nel pensiero dell'ultima necessità; e i gabellieri gli sembrano inesorabili insieme e pietosi. La va secondo l'indole di chi ha raccolto ed ordinato il museo; poiché mio pensiero è che la fortuna nostra sia scritta profeticamente nell'indole. Essa è la regola interna secondo cui le cose esterne hanno questo o quel valore; e che dai propri modi di essere giudica la vita o un ozio, o un piacere, o un sacrifizio, o una battaglia, o una modalità. Chi falla nel giudizio deve o rimediarvi colla convinzione nell'errore, o espiare la propria cecità col disperarsene. E molto facilmente chi stimi la vita un'occasione di piaceri non la stimerà piú tale al momento d'andarsene.

Quella ciocca di capelli neri ineguali e avviluppati, che serbano ancora i segni dello strappamento, furono come la prima croce appesa a segnare lo spazio vuoto d'un giorno nel sacrario domestico della memoria. E sovente venni poi a pregare, a meditare, a sorridere, a piangere dinanzi a quella croce, dal cui significato misto di gioia e d'affanno potevasi forse pronosticar fin d'allora il tenore di quei godimenti acuti, scapigliati e convulsi che mi dovevano poi logorar l'anima e fortunatamente rinnovarla. Quella ciocca di capelli restò l'A del mio alfabeto, il primo mistero della mia Via Crucis, la prima reliquia della mia felicità; la prima parola scritta insomma della mia vita; varia com'essa, e quasi inesplicabile come quella di tutti. Certo fin dal primo istante io ne presentii l'importanza perché non mi pareva aver ripostiglio tanto sicuro ove nasconderla. L'avvoltolai per allora in una pagina bianca strappata dal mio libro di messa e la misi fra il letto ed il pagliericcio. Cosa strana assai! poiché mi si parò alla mente il valore inestimabile di quei pochi capelli, essi mi bruciavano le dita. Non so se fosse paura di perderli e di esserne privato, o ribrezzo istintivo dalle tremende promesse che significarono poi. – Io li aveva già nascosti, e stava cheto cheto fingendo di dormire, quando capitò su Martino, il quale vedendomi addormentato tolse la lucernetta per sé, e si ritrasse nella sua stanza. Poi a poco a poco la finta di dormire mi si volse in sonno vero, ed il sonno in un ghiribizzo continuo di sogni, di fantasmagorie, di trasfiguramenti, che mi lasciò di quella notte l'idea lunga lunga d'un'intera vita. Che il tempo non si misurasse, come pare, dai moti del pendolo, ma dal numero delle sensazioni? Potrebbe essere; e potrebbe esser del pari che una tal questione si riducesse a un gioco di parole. Io certo vissi alle volte nel sogno di un'ora lunghissimi anni; e mi parve poter spiegare questo fenomeno assomigliando il tempo ad una distanza ed il sogno ad una vaporiera. I prospetti sono gli stessi ma passano piú rapidi; la distanza non è diminuita ma divorata.

La mattina mi svegliai con tanta gravità addosso, che mi invogliava di credermi un uomo addirittura, cosí lunga età mi pareva essersi condensata nelle ultime ventiquattr'ore da me vissute: e le memorie del giorno prima mi passarono innanzi chiare ordinate e vivaci come i capitoli d'un bel romanzo. I dispetti della Pisana, le smorfie dei bei cugini, il mio abbattimento, la fuga, il risvegliarsi in riva al canale, il guazzo periglioso di questo, la gran prateria, il giungere sull'altura, le meraviglie di quella scena stupenda di grandezza, di splendore, e di mistero; il cader delle tenebre, i miei timori, e il correre traverso la campagna, e lo scalpitarmi a tergo del cavallo, e l'uomo dalla gran barba che m'avea tolto in groppa; il galoppo sfrenato traverso l'oscurità e la nebbia, le sculacciate di Germano sul primo giungere a Fratta, quegli altri martirii della cucina, e quello spiedo e quella Contessa, e la mia fermezza di non voler disobbedire alla raccomandazione di chi m'avea reso un servigio ad onta del tremendo castigo minacciatomi; la carezza della Clara e le parole del signor Lucilio, le mie smanie, le disperazioni poiché fui coricato, e l'apparimento in mezzo a queste della Pisana, della Pisana umile e superba, buona e crudele, sventata bizzarra e bellissima secondo il solito, non vi pare che ce ne fossero troppe pel cervello d'un bambino? E lí in un foglietto di carta sotto il pagliericcio io aveva un talismano che per tutta la vita mi avrebbe ravvivato a mio grado tutto quel giorno cosí vario cosí pieno. Allora, risovvenendomi specialmente della parlata del signor Lucilio, divisai trarne profitto, e presi a chiamar Martino con quanta voce aveva in gola. Ma il vecchio m'avrebbe fatto squarciare, senza che il suo timpano si risolvesse ad avvertirlo delle mie grida; balzai dunque dal letto, e andai nella sua camera che appunto l'era sul finir di vestirsi, e gli dissi che io mi sentiva un gran mal di capo, e che per tutta la notte non avea chiuso occhio, e che mi chiamassero il dottore perché avea gran paura di morirne. Martino mi rispose ch'era pazzo, e che mi ricoricassi quietino e che egli andrebbe intanto pel dottore: ma prima scese in cucina a rubarmi un po' di brodo; impresa nella quale, protetto dall'oscurità del locale, riuscí a meraviglia; e io bevetti il brodo con gran pazienza benché avessi dentro una grandissima voglia di panetti, e poi m'adagiai sotto le coltri promettendo che avrei cercato di sudare. Credo che tra le botte della testa, la sfinitezza della fatica e del digiuno, e il sudore promossomi da quella bevanda calda, io arrivai a compormi una bellissima febbre; tantoché quando il signor Lucilio capitò di lí a un'ora, la fame erami passata e le era succeduta una sete ardentissima. Mi tastò il polso, mi guardò la lingua, e mentre mi domandava conto di quelle graffiature che mi screziavano la fronte, sorrise in modo piú benevolo di prima, udendo nel corritoio il fruscío d'una gonna. La Clara entrò nel bugigattolo per ascoltare dal medico la ragion del mio male e confortarmi con dire che la Contessa in vista della mia malattia non si sarebbe ostinata nel castigarmi tanto severamente, e purché dicessi a lei la verità circa alla sera prima, mi avrebbe anche perdonato. Io le risposi che la verità l'aveva già detta, e sarei tornato a ripeterla; e che se pareva strano a loro che andando a zonzo senza saper dove avessi passato quasi un'intera giornata, lo stesso sembrava anche a me, ma non sapeva che farci. La Clara allora m'interrogò su quel luogo cosí maraviglioso e cosí pieno di luce di sole e di colori ove diceva essere stato; e ripetutane ch'io n'ebbi con grand'enfasi la descrizione, la soggiunse che forse Marchetto avea ragione e che io poteva essere stato al Bastione di Attila, che è un'altura presso la marina di fianco a Lugugnana dove la tradizione paesana vuole che venendo da Aquileia abbia tenuto suo campo il re degli Unni prima di essere incontrato dal pontefice Leone. Peraltro da Fratta a là correvano sette buone miglia pei traghetti piú spicci, e non sapeva capacitarsi che nel ritorno non mi fossi smarrito. E la mi disse per giunta che quella tal bella cosa immensa azzurra e di tutti i colori nella quale si specchiava il cielo era per l'appunto il mare.

— Il mare! – io sclamai – oh qual felicità menar la propria vita sul mare!

— Davvero? – disse il signor Lucilio. – Eppure io ci ho un cugino che gode da molti anni di questa felicità e non ne è gran fatto contento. Egli afferma che l'acqua è fatta pei pesci e che un gran controsenso fu quello dei vecchi Veneziani di piantarvisi entro.

— Sarà un controsenso ora; ma non lo era una volta; – soggiunse la Clara – quando al di là del mare c'eran Candia la Morea e Cipro e tutto il Levante.

— Oh per me, – ripresi io – starei sempre sul mare senza occuparmi di quello che possa essere di là.

— Ma intanto pensa a star ben coperto e a guarire, demonietto – aggiunse il signor Lucilio. – Martino ti porterà dalla speziaria una boccettina d'acqua, buona come la conserva, e tu la prenderai un cucchiaio per volta ad ogni mezz'ora, hai capito?

— Intanto ti aggiusteremo le cose colla mamma pel minor danno, – continuò la Clara – e giacché mi hai ripetuto che quella era la verità come l'avevi detta ieri sera, io spero che la ti perdonerà.

Lucilio e la Clara uscirono, Martino uscí con loro per andarne alla speziaria; io mi rimasi col mio sudore colla mia sete e con una voglia sfrenata di veder la Pisana, ché allora non mi avrebbe piú importato se mi perdonavano o meno. Ma la fanciulletta non si fece vedere, e soltanto nel cortile udii la sua voce e quella degli altri ragazzi che strimpellavano ne' loro giochi; e siccome io aveva paura di esser veduto o prevenuto da Martino, o denunziato da alcuno dei fanciulli, non mi cimentai a vestirmi e scender nel cortile come ne aveva quasi volontà. Io stetti coll'orecchie intese e il cuore in tumulto che mi impediva quasi di udire. – Tuttavia di lí a un'ora intesi la Pisana gridare a perdifiato:

— Martino, Martino, come sta dunque Carletto?

Martino dovette aver capito e le avrà anche risposto, ma io non ne intesi nulla: solamente lo vidi entrar di lí a poco colla boccetta della medicina e mi disse che la Contessa lo aveva incontrato per la scala e domandatogli se era vero che mi fossi spaccata la fronte contro la parete per la disperazione.

— È vero questo? — soggiunse il buon Martino.

— Non so – io gli risposi – ma ieri sera era cosí scaldato che posso aver fatto delle sciocchezze senza che ora me ne ricordi.

— Non te ne ricordi? — soggiunse Martino che poco m'aveva capito.

— No, no, non me ne ricordo — ripresi io. Ed egli non rimase affatto contento d'una tale risposta poiché gli pareva a lui che dopo aversi conciato il muso a quel modo per un pezzo dovesse durarne buonissima memoria.

La medicina fece il suo effetto, migliore forse e piú improvviso che nessuno si sarebbe aspettato, perché il giorno stesso m'alzai; e quanto al castigo inflittomi dalla Contessa non se ne parlò piú. Gli è vero peraltro che non si parlò neppure di ristabilirmi nella camera della Faustina, e che il mio canile rimase definitivamente nell'appartamento di Martino. Come si può immaginare, la voglia di riveder la Pisana dopo quell'improvvisata della notte scorsa ci ebbe un gran merito nella mia repentina guarigione; e quando discesi in cucina, mia prima cura fu quella di cercarla. La famiglia avea finito il pranzo allora allora; e Monsignore incontrandomi per la scala mi accarezzò il mento contro ogni suo solito, e mi guardò le ammaccature della fronte, le quali poi non erano quel gran malanno. Egli mi disse che non doveva essere quella peste che mi credevano se il dolore di esser reputato bugiardo mi faceva dare in simili violenze contro me stesso; ma mi raccomandò di usar piú discrezione in avvenire, di offerire a Dio le mie tribolazioni, e di imparare la seconda parte del *Confiteor*. Nelle benigne parole di Monsignore io riconobbi il buon animo della Clara, la quale aveva dato quell'edificantissima ragione delle mie stramberie, e cosí, se non il perdono completo, mi fu almeno concessa una clemente dimenticanza. Seppi in seguito da Marchetto che il signor Lucilio mi aveva dipinto come un ragazzo molto timido e permaloso, facile ad esser abbattuto anche nelle forze e nella salute da un qualunque dispiacere; e tra lui e la Clara tanta malleveria diedero della mia sincerità che la Contessa non volle insistere ad accusarmi di doppiezza. Peraltro ella si tolse la briga di interrogare Germano; ma questi, imbeccato forse da Martino, rispose che avea bensí udito la notte prima lo scalpitar d'un cavallo, ma buona pezza dopo il mio ritorno a Fratta, sicché non era possibile che con quel cavallo io fossi venuto. Allora la testimonianza di Fulgenzio fu lasciata là, ed io rimasi colla mia pace, e non caddi piú nella necessità di dover mentire per delicatezza di coscienza. Debbo tuttavia soggiungere che quella che parrà a taluni frivola e cocciuta ostinazione di fanciullo, a me sembrò fin d'allora e la sembra tuttavia una bella prova di fedeltà e di gratitudine. Fu allora la prima volta che l'animo mio ebbe a lottare fra piacere e dovere; né io titubai un istante ad appigliarmi a quest'ultimo. Se il dovere in quel caso non era poi tanto stringente, poiché né la raccomandazione dello sconosciuto pareva fatta sul serio, né io avea promesso nulla, né potea capire a che gli potesse giovare il mio silenzio sopra un fatto cosí comune com'è quello del passaggio d'un uomo a cavallo, tuttociò prova a tre tanti la rettitudine de' miei sentimenti. Fors'anco quel primo sacrificio, cui mi disposi tanto volonterosamente e per sí frivolo motivo, diede alla mia indole quell'avviamento che non ho poi cessato dal seguir quasi sempre in circostanze piú gravi e solenni. A lungo si è disputato se la fortuna faccia l'uomo o se l'uomo governi la fortuna. Ma nella disputa non si badò forse troppo fin qui a distinguere quello che è, da quello che dovrebbe essere. Certo la filosofia solleva l'uomo sopra ogni influsso di astri o di comete; ma gli astri e le comete gravitano sopra di noi molto tempo innanzi che la filosofia ci insegni a difendercene. È spesso la sola fortuna che viene apparecchiando i nutrimenti alla ragione prima ancora che questa non sia nata. E cosí le circostanze dell'infanzia, se non governano l'intero tenore della vita, educano sovente a modo loro quelle opinioni che formate una volta diventano per sempre gli incentivi delle opere nostre. Perciò badate ai fanciulli, amici miei; badate sempre ai fanciulli, se vi sta a cuore di averne degli uomini. Che le occasioni non diano mala piega alle loro passioncelle; che una sprovveduta condiscendenza, o una soverchia durezza, o una micidiale trascuranza non li lascino in bilico di creder giusto ciò che piace, e abbominevole quello che dispiace. Aiutateli, sorreggeteli, guidateli. Preparate loro col maggior accorgimento occasioni da trovar bella, santa, piacevole la virtù; e brutto e spiacevole il vizio. Un grano di buona esperienza a nove anni val più assai che un corso di morale a venti. Il coraggio, l'incorruttibilità, l'amor della famiglia e della patria, questi due grandi amori che fanno legittimi tutti gli altri, somigliano allo studio delle lingue. La prima età vi si presta assai; ma guai a chi non li apprende. Guai a loro, e peggio che peggio a chi avrà che fare con loro, od alla famiglia ed al paese che da essi attende aiuto decoro e salvamento. Il germoglio è nel seme, e la pianta nel germoglio; non mi stancherò mai nel ripeterlo; perché l'esperienza della mia vita confermò sempre in me ed in tanti altri la verità di questa antica osservazione. Sparta, la dominatrice degli uomini, e Roma, la regina del mondo, educavano dalla culla il guerriero e il cittadino: perciò ebbero popoli di cittadini e di guerrieri. Noi che vediamo nei bimbi i vezzosi e i gaudenti, abbiamo plebaglie di gaudenti e di vezzosi.

Ora sarò forse allucinato dall'amor proprio, ma pur non veggo nel mio passato memoria che più mi sia confortevole e buona, di quel primo castigo così valorosamente sfidato per mantenere un segreto raccomandatomi e per mostrarmi grato d'un beneficio ricevuto. Credo che dappoi moltissime volte mi sia condotto colla stessa regola, per la vergogna che altrimenti avrei provato di mostrarmi uomo più dappoco che stato non lo fossi da ragazzo. Ecco in qual modo le circostanze fanno sovente l'opinione. Io era salito; e non volli più scendere. Se precipitai in qualche occorrenza, fu pronto il pentimento; ma non iscrivo per iscusarmene, e la mia penna sarà sempre pronta a riprovare come a benedire le mie azioni secondo il merito. Tanto più colpevole alle volte, in quanto non doveva esserlo né per abitudine né per coscienza. Però chi è puro affatto tra noi mortali? – Mi conforta la parabola dell'adultera e la sublime parola di Cristo: "Chi non ha peccato scagli la prima pietra!"

Quel dopopranzo, come vi diceva, mia prima cura fu di andar in traccia della Pisana, ma con sommo mio rammarico non mi venne fatto di trovarla in nessun luogo. Ne domandai alle cameriere, le quali, siccome colte in fallo per la loro sprovvedutezza verso la fanciulla, si svelenirono contro la mia petulanza. Germano, Gregorio e Martino a' quali ne chiesi conto del pari, non mi seppero dare nessun ragguaglio, e finalmente scorrucciato passai oltre le scuderie e interrogai l'ortolano se non l'avesse veduta uscire da quelle bande. Mi rispose che l'aveva veduta in fatti prender verso la campagna col figliuoletto dello speziale, ma che la cosa era vecchia di due ore e probabilmente la padroncina doveva esser rientrata, perché il sole scottava assai e il farsi abbrustolire non le piaceva. Io però, conoscendo l'umọr balzano della fanciulla, non mi fidai di questa conghiettura, ed uscii io pure nei campi. Il sole mi dardeggiava cocentissimo sul capo, la terra mi si sfregolava sotto i piedi per la grande arsura, ed io di nulla mi accorgeva per la grande ambascia che mi tumultuava dentro. Trovai in riva d'un fosso un legacciolo da scarpe. L'era della Pisana, ed io seguitai oltre persuaso che il gran desiderio me l'avrebbe fatta trovare in qualunque luogo. Spiava le macchie, i rivali, e le ombre dove eravamo usati posare nelle nostre scorrerie: gli occhi miei correvano d'ogni lato sferzati dalla gelosia, e se mi fosse capitato alle mani quel figliuoletto dello speziale, credo che l'avrei unto ben bene senza darmene un perché. Quanto alla Pisana, la conosceva a fondo, mi ci era avvezzato stupidamente, ed avea cominciato quasi ad amarla in ragione de' difetti, come appunto l'eccellente cavallerizzo predilige fra' suoi cavalli quello che piú s'impenna e resiste agli speroni ed alle redini. Non è qualità che tanto renda pregevole e cara alcuna cosa, come quella di vederla pronta a sfuggirci; e se cotal abitudine di timore e di sforzo affatica gli animi deboli, essa arma e ribadisce i costanti. Si direbbe che la Pisana m'avesse stregato, se la ragione dello stregamento io non la leggessi chiara nell'orgoglio in me continuamente stuzzicato a volerla spuntare sugli altri pretendenti. Mi vedeva il preferito piú di sovente e sopra tutti; voleva esserlo sempre. Quanto al sentimento che mi portava a voler ciò, era amore del piú schietto; amore che crebbe poi, che mutò anche tempra e colore, ma che fin d'allora mi occupava l'anima con ogni sua pazzia. E l'amore a dieci anni è tanto eccessivo come ogni altra voglia in quella età fiduciosa che non conobbe ancora dove stia di casa l'impossibile. Sempre d'accordo che qui la carestia delle parole mi fa dir amore in vece di quell'altro qualunque vocabolo che si dovrebbe adoperare; perché una passione tanto varia, che abbraccia le sommità piú pure dell'anima e i piú bassi movimenti corporali, e che sa inchinar quelle a questi, o sollevar questi a quelle, e confonder tutto talvolta in un'estasi quasi divina e tal altra in una convulsione affatto bestiale, meriterebbe venti nomi proprii invece d'un solo generico, sospetto in bene o in male a seconda dei casi, e scelto si può dire apposta per sbigottire i pudorati e scusare gli indegni. Dissi dunque amore e non potea dir altro; ma ogniqualvolta mi avverrà di usare un tal vocabolo nel decorso della mia storia, mi terrò obbligato ad aggiungere una riga di commento per supplire al vocabolario. A quel tempo pertanto io amava nella Pisana la compagna de' miei trastulli; e poiché a quell'età i trastulli son tutto, ciò vien a dire che la voleva tutta per me; il che se non costituisce amore e di quel pretto, come notava piú sopra, prendetevela coi vocabolaristi. Ad onta peraltro del mio furore a cercarla, ella quel dopopranzo non si lasciava trovare; e cerca di qua e guarda di là, e corri e salta e cammina, io presi senza avvedermene la piega che m'avea menato cosí lontano il giorno prima. Quando m'accorsi di ciò, mi trovava appunto in un crocicchio di strade campestri, dove sur un muricciuolo scalcinato un povero san Rocco mostrava la piaga della sua gamba ai devoti passeggieri. Il fido cane gli stava a fianco colla coda bassa e il muso innalzato, quasi per osservare cos'egli stesse facendo. – Tutto questo io vidi nella prima alzata d'occhi; ma nel ritirarli poi, m'addiedi d'una vecchia curva e pezzente, che pregava con gran fervore davanti a quel san Rocco. E la mi sembrò la Martinella, una povera accattona cosí chiamata in quel contado, che soleva fermarsi a prender una presa dalla scatola di Germano, ogniqualvolta la passasse dinanzi al ponte di Fratta. Me le accostai allora con qualche soggezione, perché i racconti di Marchetto mi avevano messo tutte le vecchie in sospetto di streghe; ma la conoscenza e il bisogno mi spronavano a non dar addietro. Ella mi si volse incontro con una cera fastidiosa, benché fosse per costume la poveretta piú paziente e affabile di quante ne giravano: e mi chiese borbottando cosa facessi io in quel luogo ed a quell'ora. Le risposi che andava in cerca della Pisana, la figliuoletta della Contessa, e che mi preparava appunto a domandarne a lei se per avventura non l'avesse veduta passare col ragazzetto dello speziale.

— No, no, Carlino; non l'ho veduta – rispose con molta fretta e alquanta stizza la vecchia, benché volesse mostrarmisi benevola. – Mentre tu la cerchi ella è già forse tornata a casa da un'altra banda. Va, va in castello; son sicura che la troverai.

— Ma no – soggiunsi io – l'ha appena finito di pranzare or ora...

— Ti dico che tu vada là e che non puoi sbagliare di raggiungervela; – mi interruppe la vecchia – anzi un cinque minuti fa, ora che mi ricordo, devo averla veduta che la svoltava giù dietro il campo dei Montagnesi.

— Ma se ci son passato io cinque minuti fa! – ribattei alla mia volta.

— Ed io ti dico che l'ho veduta.

— Ma no, che non può essere.

Mentre io voleva pur soffermarmi a ragionare, e la vecchia s'affaccendava a farmi dar addietro, ecco che si sentí per una delle quattro strade il galoppo d'un cavallo che s'avvicinava. E la Martinella allora mi piantò lí con una scrollata di spalle, movendo incontro a quello, come per domandar la limosina. Il cavallo sbucò fuori dopo un istante dall'affossamento di quella stradaccia, e l'era un puledro focoso e robusto colle nari tremolanti e la bocca coperta di schiuma. Sopra poi stava un uomo lacero e grande con una barbaccia grigia sperperata ai quattro venti e un cappellaccio appassito dalle pioggie che gli batteva il naso. Non aveva né staffe né sella né briglia e solamente stringeva i capi della cavezza coi quali batteva le spalle della cavalcatura per animarne la corsa. Cosí a prima giunta egli mi svegliò una lontana idea di quel barbone che m'avea ricondotto a casa la sera prima; ma il sospetto divenne certezza quando colla sua voce rauca e vibrata corrispose al saluto dell'accattona. Costei si volse accennando me dello sguardo, ed egli allora, fermato il puledro vicino alla vecchia, le si piegò all'orecchio, per bisbigliarle alcune parole. La Martinella si rasserenò tutta levando le braccia al cielo, e poi aggiunse a voce alta:

— Dio e San Rocco rimeritino voi della vostra buona azione. E quanto alla carità io mi fido, e ricordatevi in fin di settimana!

— Sí, sí, Martinella! e non mancatemi! — soggiunse quell'uomo stringendo colle gambe il ventre del puledro e prendendo di gran corsa per la strada della laguna. Quando fu lontano egli si volse per far alla vecchia un segno verso la strada per la quale era venuto; poi cavallo e cavaliero scomparvero nella polvere sollevata dalle zampe di quello.

Io stava tutto intento a quella scena quando, togliendo gli occhi dal luogo ove era scomparso il cavallo, li portai sulla campagna dirimpetto dove vidi appunto la Pisana e il fanciullo dello speziale che correvano molto affannati alla mia volta. Io pure mi diedi a correre verso di loro, e la Martinella mi gridava:
— Oh dove corri ora, Carlino? - ed io a risponderle: - La è là, la è là la Pisana! Non la vedete? — Infatti raggiunsi la ragazzetta, ma la era tanto pallida e smarrita, poverina, da far compassione.

— Per carità, Pisana, cos'hai, ti senti male? — le chiesi sostenendola pel braccio.

— Ohimè, che paura... che correre... son là con gli schioppi... che voglion passar l'acqua — rispondeva trafelando la ragazzetta.

— Ma chi sono quelli là cogli schioppi che voglion passare?

— Ecco – entrò a rispondermi Donato il ragazzo dello speziale che s'era un po' rimesso da quell'ansa spaventata – ecco come la è... Eravamo a giocare sul rio del mulino, quando sboccano sull'altra sponda quattro o cinque uomini con certi ceffi e certe pistole in mano da far paura, i quali parevano cercar qualche cosa ed accingersi benanco a guazzare. E la Pisana si diede a correr via, ed io a tenerle dietro con quante gambe aveva; ma due o tre di loro si misero a gridare: "Oh non avete veduto un uomo a cavallo scappare qui a traverso!?". Ma la Pisana non avea voglia di rispondere ed io neppure; e continuammo a fuggire ed eccoci qui; ma quegli uomini verranno anch'essi certamente, perché, quantunque l'acqua sia alta, il ponte del mulino non è lontano.

— Oh scappiamo, scappiamo! — sclamò tutta sbigottita la fanciulletta.

— Datevi animo, signorina – entrò allora a dire la vecchia che avea posto mente a tutti questi discorsi. - Quelle Cernide non cercano di voi, ma d'un uomo a cavallo; e quando qui io e Carlino avremo risposto che di uomini a cavallo non vidimo altro che il guardiano di Lugugnana che andava a guardar il fieno a Portovecchio...

— No, no! voglio andarmene! ho paura io! — strillava la pazzerella.

Ma d'andarsene non era omai tempo poiché quattro *buli* sbucarono in quell'istante dalla campagna, e, guardatisi intorno per le quattro vie, si volsero alla vecchia colla stessa domanda che avevano fatta un momento prima ai due fanciulli.

— Non vidi altro che il guardiano di Lugugnana che volgeva a Portovecchio — rispose loro la Martinella.

— Eh che guardiano di Lugugnana! sarà stato lui! — disse uno della banda.

— Sentite Martinella; — domandò un altro di coloro — non conoscete voi lo Spaccafumo?

— Lo Spaccafumo! – sclamò la vecchia con due occhiacci brutti brutti. – Quel ribaldo, quel bandito che vive senza legge e senza timor di Dio, come un vero Turco! No per grazia di Dio che non lo conosco: ma lo vidi peraltro una domenica sulla berlina di Venchieredo che saranno due anni.

— E oggi non lo avete veduto per questa banda? — chiese ancora colui che avea parlato il primo.

— Se l'ho veduto oggi? ma se dicevano che fosse morto annegato fin dall'anno scorso! — ripigliò la vecchia. – E poi confesso alle Loro Eccellenze che patisco un po' negli occhi...

— Udite pure! era lui! — tornò a dire lo sgherro. – Perché non dircelo prima che sei orba come una talpa, vecchiaccia grinza? Su in gamba, a Portovecchio, figliuoli! — soggiunse rivolto ai suoi.

E tutti quattro presero per la strada di Portovecchio, che era l'opposta a quella battuta un quarto d'ora prima dal barbone.

— Ma sbagliano per di là — volli dir io.

— Zitto; — mi bisbigliò la Martinella — lascia andare quella cattiva gente, e diciamo invece un *pater noster* a san Rocco che ce ne ha liberati.

La Pisana durante il colloquio cogli sgherri avea riavuto tutto il suo coraggio, e mostrava da ultimo un contegno piú sicuro di tutti noi.

— No, no; – diss'ella – prima di pregare bisogna correre a Fratta ad avvertire il Cancelliere e Marchetto di quei brutti musi che abbiamo veduto. Oh non tocca al Cancelliere a tener lontano dal feudo del papà i malviventi?

— Sí certo; – risposi io – ed anco li fa metter in prigione a suo talento.

— Or dunque andiamo a far mettere in prigione quei quattro brutti uomini; – riprese ella trascinandomi verso Fratta – non voglio, no, non voglio che mi spaventino piú.

Donato ci seguiva posto affatto in non cale dalla capricciosa fanciulletta; e la Martinella erasi rimessa in ginocchione dinanzi a san Rocco, come se nulla fosse stato.

CAPITOLO QUARTO

Don Chisciotte contrabbandiere e i signori Provedoni di Cordovado. Idillio pastorale intorno alla fontana di Venchieredo con qualche riflessione sull'amore e sulla creazione continua nel mondo morale. La chierica del cappellano di Fratta, e un colloquio diplomatico tra due giurisdicenti.

Lo Spaccafumo era un fornaio di Cordovado, pittoresca terricciuola tra Teglio e Venchieredo, il quale, messosi in guerra aperta colle autorità circonvicine, dal prodigioso correre che faceva quando lo inseguivano, avea conquistato la gloria d'un tal soprannome. La sua prima impresa era stata contro i ministri della Camera che volevano confiscare un certo sacco di sale trovato presso una vecchia vedova che abitava muro a muro con lui. Mi pare anzi che quella vecchia fosse appunto la Martinella, che a quei tempi per esser capace di lavorare, non accattava ancora. Condannato al bando per due anni, il signor Antonio Provedoni, Uomo di Comune, gliel'aveva accomodata colla multa di venti ducati. Ma dopo la rissa coi doganieri pel sacco di sale, egli ne appiccò un'altra col Vice-capitano delle carceri, che voleva imprigionare un suo cugino per averlo trovato sulla sagra di Venchieredo colle armi in tasca. Allora gli toccarono tre giorni di berlina sulla piazzuola del villaggio, e per giunta due mesi di carceri, e il bando di vent'otto mesi da tutta la giurisdizione della Patria. Il fornaio piantò lí di far il pane; ed ecco a che si ridusse la sua obbedienza al decreto della cancelleria criminale di Venchieredo. Del resto continuò a far dimora qua e là nel paese; ed a esercitare a pro' del pubblico il suo ministero di privata giustizia. La sbirraglia di Portogruaro gli era stata sguinzagliata addosso due volte; ma egli sbatteva la polvere con tanta velocità e conosceva sí bene i nascondigli e i traghetti della campagna, che di pigliarlo non ne avean fatto nulla. Quanto al sorprenderlo nel covo era faccenda piú difficile ancora: tutti i contadini erano dalla sua, e nessuno sapeva dire ov'egli usasse dormire o riparasi nei rovesci del tempo. Del resto, se la sbirraglia di Portogruaro si moveva con troppa solennità per arrivargli improvvisa alle costole, i zaffi e le Cernide dei giurisdicenti avevano troppo buon sangue coi paesani, per corrergli dietro sul serio. Alle volte, dopo settimane e settimane che non s'era udito parlare di lui, egli compariva tranquillo tranquillissimo alla messa parrocchiale di Cordovado. Tutto il popolo gli faceva festa; ma egli la messa non l'ascoltava che con un orecchio solo! e l'altro lo teneva ben attento verso la porta grande, pronto a scappare per la piccola, se si udisse venir di colà il passo greve e misurato della pattuglia. Che questa usasse la furberia di appostarsi alle due porte non era prevedibile, stante la perfetta buona fede di quella milizia. Dopo messa egli crocchiava cogli altri compari sul piazzale, e all'ora di pranzo andava difilato colla sua faccia tosta nella casa dei Provedoni che era l'ultima del paese verso Teglio. Il signor Antonio, Uomo di Comune, chiudeva un occhio; e il resto della famiglia si raccoglieva con gran piacere in cucina dintorno a lui a farsi raccontare le sue prodezze, e a ridere delle facezie che infioravano il suo discorso. Fin da fanciullo egli avea tenuto usanza di buon vicino in quella casa; e allora la continuava alla meglio, come se niente fosse; tantoché il vederlo capitar ogni tanto a mangiare daccanto al fuoco la sua scodella di *brovada* la era diventata per tutti un'abitudine.

La famiglia dei Provedoni contava in paese per antichità e per reputazione. Io stesso mi ricordo aver letto il nome di ser Giacomo della Provedona nel protocollo d'una vicinia tenuta nel 1400 e d'allora in poi l'era sempre rimasta principale nel Comune. Ma se la sorte delle povere Comuni non era molto ridente in mezzo alle giurisdizioni castellane che le soffocavano, piú meschina era l'importanza dei loro caporioni appetto dei feudatari. San Marco era popolare, ma alla lontana, e piuttosto per pompa; e in fondo gli stava troppo a cuore, massime in Friuli, l'ossequio della nobiltà perch'egli volesse alzarle contro questo spauracchio delle giurisdizioni comunali. Sopportava pazientemente quelle già stabilite e pazienti a segno da non dar appiglio ad essere decapitate con soverchie pretese di stretto diritto; ma le teneva in santa umiltà con mille vincoli, con mille restrizioni; e quanto allo stabilirne di nuove se ne guardava bene. Se una giurisdizione gentilizia, per ragioni d'estinzione di sentenza o di fellonia, ricadeva alla Repubblica, anziché costituirla in comunale, usavasi infeudarne qualche magistratura o, come si diceva, qualche carica della Provincia. Cosí si otteneva sott'acqua il doppio scopo, di rintuzzare almeno nel numero i signori castellani, ai quali l'appoggiarsi era necessità, non bramata tuttavia; e di mantenere le popolazioni nell'usata e cieca servitù, aliene piucché si poteva dai pubblici impasti. Del resto, se le Comuni nelle loro contese coi castellani avevano spesso torto sul libro delle leggi, lo avevano poi sempre dinanzi ai tribunali, e ciò, oltreché pel resto, anche per la connivenza privata dei magistrati patrizi, mandati anno per anno dalla Serenissima Dominante a giudicare nei Fori Supremi di Terraferma. V'avea sí un mezzo ad uguagliar tutti i ceti dinanzi la santa imparzialità dei tribunali; e questo era il danaro: ma se si ponga mente alla combattività italiana che congiurava in quei Comuni colla prudentissima economia friulana, è facile capire come ben rade volte essi fossero disposti a cercare e ad ottenere giustizia per quella via. Il castellano avea già pagato lo zecchino, che le Comunità litigavano ancora sul bezzo e sulla petizza; quegli avea già in tasca la sentenza favorevole e queste contendevano sopra una clausola della risposta o della duplica.

Cosí la taccagneria, che si è osservata abbarbicarsi quasi sempre nel governo dei molti e piccoli, menomava d'assai quella debolissima forza che era consentita ai Comuni. Perché inoltre, mentre i castellani tenevano armate alla meglio le loro Cernide e assoldavano per birri i capi piú arrisicati del territorio, le Comunità all'incontro non ricevevano che i loro rifiuti, e in quanto alle Cernide non era raro che un drappello intero si trovasse con quattro archibugi tarlati e sconnessi, ogni colpo dei quali era piucché altro pericoloso per chi lo tirava. Infatti si guardavano bene dal commettere simili imprudenze; e nelle maggiori scalmane di coraggio combattevano col calcio. Quello che succedeva delle giurisdizioni rispetto allo Stato, che cioè ognuna faceva e pensava per sé, non vedendo né provando utile alcuno dal gran vincolo sociale, lo stesso avveniva nelle persone singole rispetto al Comune, che diffidando e non a torto dell'autorità di questo, ognuno s'ingegnava a farsi o giustizia o autorità per sé. Da ciò rappresaglie private continue, e servilità nei Comuni ai feudatari vicini, piú dannosa e codarda perché non necessaria; ma necessaria in questo, che una legge naturale fa i deboli servi dei potenti. Non sempre a torto fummo tacciati noi Italiani di dissimulazione, d'adulazione, e d'eccessivo rispetto alle opinioni e alle forze individuali. Gli ordinamenti pubblici di cui accenno, fomentarono cotali piaghe dell'indole nazionale. Tartufi, parassiti e briganti pullularono come male erbe in luogo ferace ed incolto. L'ingegno l'accortezza l'audacia volte a frodar quelle leggi da cui non era assicurato con ugualità nessun diritto, diventavano stromenti di malizia, e di perversità; e il suddito colla frode o col delitto s'adoperava a conseguire quello che gli era negato dalla giustizia obliqua, o ignorante o venereccia del giudice. V'aveva per esempio uno statuto che accordava piena fede in causa ai libri dei mercanti e dei gentiluomini; ma come dovevano afforzar gli avversari le loro prove se non avevan la ventura di possedere tutti i quarti in regola o d'essere iscritti alla matricola dei negozianti? – Regali e protezioni; ecco i due articoli suppletorii che compensavano l'imperfezione dei codici. Alle volte anco il giudice dalla multa inflitta al reo percepiva la sua porzione; e contro quei giudici che si mostrassero un po' corrivi a tale specie di entrata, non soccorreva altro rimedio che la minaccia, o diretta del reo se questi era potente, o invocata da un piú potente se il reo era umile. Spesso anche il giudice s'accontentava d'intascar la sua parte sotto la tavola, e firmava un decreto d'innocenza, beato di schivare fatica e pericolo. Ma questa felice abitudine, che colla venalità privata risparmiava almeno la giustizia pubblica, non veniva sofferta che da quei giurisdicenti tagliati alla veneziana, che non erano tanto rapaci da far a metà coi loro ministri della lana tosata ai colpevoli.

Il signor Antonio Provedoni era ossequioso alla nobiltà per sentimento, non servile per dappocaggine. La sua famiglia avea camminato sempre per quella via, ed egli non pretendeva di cambiare l'usanza. Però quel suo ossequio, prestato ma non profuso, lo facea guardar dalla gente con occhio di rispetto; e cosí l'andava allora, che il non far pompa di vigliaccheria era riputato grande valore di animo. Pure con ciò non voglio dire ch'egli resistesse alla smoderatezza dei castellani vicini; solamente non le andava incontro colle offerte, ed era molto. Lamentava poi fra sé quelle soperchierie come un segno secondo lui che la vera nobiltà mista di grandezza e di cortesia precipitava a capitombolo: sorgevano le avarizie e le prepotenze nuove a confonderla colla sbirraglia. Ma mai che uno di questi lamenti sbucasse da quella sua bocca silenziosa e prudente; egli s'accontentava di tacere, e di chinar il capo; come fanno i contadini quando la Provvidenza manda loro la gragnuola. Il sole, la luna e le stelle egli e i suoi vecchi le avevano vedute sempre girare ad un modo, fosse l'anno umido, asciutto, o nevoso. Dopo un anno cattivo ne eran venuti molti di buoni, e dopo un buono molti di cattivi: e l'egual ragionamento egli adoperava nel considerare le cose del mondo. Giravano prospere od avverse sempre pel loro verso: a lui era toccato un brutto giro; ecco tutto. Ma aveva gran fede che le si sarebbero accomodate pei figli o pei nipoti; e bastava a lui averne procreati in buon dato perché la famiglia non andasse frodata nel futuro della sua parte di felicità. Soltanto il secondogenito della sua numerosa figliuolanza, a cui gli era piaciuto imporre il nome di Leopardo, gli dava qualche cagione di amarezza. Ma come si fa ad esser docili e mansueti, con un nome simile? – Il buon decano di Cordovado s'era diportato in tale faccenda con assai poco accorgimento. I nomi de' suoi figli erano tutti piú o meno eroici e bestiali, lontani affatto dal persuadere la pratica di quelle virtù tolleranti, mute e compiacenti che egli sapeva convenir meglio agli uomini del suo ceto. Il primo si chiamava Leone, il secondo, come dissimo, Leopardo: gli altri via via Bruto, Bradamante, Grifone, Mastino ed Aquilina. Insomma un vero serraglio; e non capiva il signor Antonio che con cotali nomi alle spalle la solita dabbenaggine paesana diventava burlesca e impossibile. Se allora come ai tempi dei latini s'avesse osato adoperare il prenome di Bestia, certo il suo primogenito lo avrebbe ricevuto in regalo: tanto era egli frenetico per la zoologia. Ma nell'impossibilità di porre in opera il nome generico, lo avea supplito con quello forse piú superbo e minaccioso del re degli animali, secondo Esopo. Leone peraltro non si mostrava meno pecora di quanto richiedessero i tempi, o almeno almeno gli esempi paterni. Egli era venuto su sopportando molto, e sospirando alquanto; e poi come suo padre s'era messo a prender moglie e a far figliuoli, e n'avea già una mezza dozzina, quando Leopardo cominciò a bazzicar colle donne. Ecco il punto donde cominciarono i dissapori famigliari fra il signor Antonio e quest'ultimo.

Leopardo era un giovine di poche parole e di molti fatti; cioè anche di pochi fatti avrei dovuto dire, ma in quei pochi si ostinava a segno che non c'era verso da poternelo dissuadere. Quando lo si rampognava d'alcun che, egli non rispondeva quasi mai; ma si volgeva contro al predicatore con un certo rugghio giù nella strozza e due occhi cosí biechi che la predica di solito non procedeva oltre l'esordio. Del resto buono come il pane e servizievole come le cinque dita. Faceva a suo modo due ore per giorno e in quelle avrei sfidato il diavolo ad impiegarlo altrimenti; le altre ventidue potevano metterlo a spaccar legna, a piantar cavoli od anche a girar lo spiedo come faceva io, che non avrebbe dato segno di noia. Era in quelle occasioni il piú docile Leopardo che vivesse mai. Cosí pure attentissimo ai proprii doveri, assiduo alle funzioni del rosario, buon cristiano insomma come si costumava esserlo a quei tempi; e per giunta letterato ed erudito oltre ad ogni usanza de' suoi coetanei. Ma in punto a logica, ho tutte le ragioni per credere che fosse un tantino cocciuto. Merito di razza forse; ma mentre la cocciutaggine degli altri si appiattava spesso nella coscienza e lasciava libero il resto di compiacere fin troppo, egli invece era, come si dice, mulo dentro e fuori, e avrebbe scalciato nel muso, io credo, anche al Serenissimo Doge, se questo si fosse sognato di contraddirlo nelle sue idee fisse. Operoso e veemente che era nel suo fare, spostato da quello diventava inerte e plumbeo davvero; come la ruota d'un opificio cui si tagliasse la coreggia. La sua coreggia era il convincimento, senza del quale non l'andava piú innanzi d'un passo di formica; e quanto al lasciarsi convincere Leopardo aveva tutta l'arrendevolezza d'un Turco fanatico. Ma di cotanta tenacità era forse ragione bastevole l'essersi egli maturato nella solitudine e nel silenzio: i pensieri nel suo cervello non s'insaldavano colla fragile commettitura d'un innesto ma colle mille barbe d'una radice quercina, cresciuta lentamente prima di germogliare o di dar frutto. Ora, sopra un innesto sfruttato attecchisce un altro innesto; ma le radici o non si spiantano, o spiantate disseccano: e Leopardo aveva la testa informata a modo che non la potea reggere sul collo che ad un magnanimo o ad un pazzo. O cosí o nulla. Ecco il significato formale e il motto araldico della sua indole. Leopardo visse beatamente fino a ventitré anni senza fare o soffrire interrogazioni da chicchessia. I precetti dei genitori e dei maestri collimavano cosí finitamente colle sue viste che né a lui era mestier domandare a loro, né ad essi domandar nulla a lui. Ma l'origine di tutti i guai fu la fontana di Venchieredo. Dopo che egli prese a bere l'acqua di quella fontana, cominciò da parte di suo padre il martello delle interrogazioni dei consigli e dei rimbrotti. Siccome poi tutti questi discorsi non secondavano per nulla i pensieri di Leopardo, cosí egli si diede per parte sua a ruggire ed a guardare in cagnesco. Allora, direbbe Sterne, l'influsso bestiale del suo nome prese il disopra; e se è cosí, al signor Antonio dovrebbe esser costata piuttosto cara la sua passione per le bestie.

Mettiamo ora un po' in chiaro questo indovinello. – Tra Cordovado e Venchieredo, a un miglio dei due paesi, v'è una grande e limpida fontana che ha anche voce di contenere nella sua acqua molte qualità refrigeranti e salutari. Ma la ninfa della fontana non credette fidarsi unicamente alle virtù dell'acqua per adescare i devoti e si è recinta d'un cosí bell'orizzonte di prati di boschi e di cielo, e d'una ombra cosí ospitale di ontani e di saliceti che è in verità un recesso degno del pennello di Virgilio questo ove le piacque di porre sua stanza. Sentieruoli nascosti e serpeggianti, sussurrio di rigagnoli, chine dolci e muscose, nulla le manca tutto all'intorno. È proprio lo specchio d'una maga, quell'acqua tersa cilestrina che zampillando insensibilmente da un fondo di minuta ghiaiuolina s'è alzata a raddoppiar nel suo grembo l'immagine d'una scena cosí pittoresca e pastorale. Son luoghi che fanno pensare agli abitatori dell'Eden prima del peccato; ed anche ci fanno pensare senza ribrezzo al peccato ora che non siamo piú abitatori dell'Eden. Colà dunque intorno a quella fontana, le vaghe fanciulle di Cordovado, di Venchieredo e perfino di Teglio, di Fratta, di Morsano, di Cintello e di Bagnarola, e d'altri villaggi circonvicini, costumano adunarsi da tempo immemorabile le sere festive. E vi stanno a lungo in canti in risa in conversari in merende finché la mamma l'amante e la luna le riconducano a casa. Non ho nemmeno voluto dirvi che colle fanciulle vi concorrono anche i giovinotti, perché già era cosa da immaginarsi. Ma quello che intendo notare si è che, fatti i conti a fin d'anno, io credo ed affermo che alla fontana di Venchieredo si venga piú per far all'amore che per abbeverarsi; e del resto anche, vi si beve piú vino che acqua. Si sa; bisogna in questi casi obbedire piú ai salsicciotti ed al prosciutto delle merende che alla superstizione dell'acqua passante. Io per me ci fui le belle volte a quella incantevole fontana; ma una volta una volta sola osai profanare colla mano il vergine cristallo della sua linfa. La caccia mi ci aveva menato, rotto dalla fatica e bruciato di sete; di piú la mia fiaschetta del vin bianco non voleva piú piangere. Se ci tornassi ora forse che ne berrei a larghi sorsi come per ringiovanirmi; ma il gusto idropatico della vecchiaia non mi farebbe dimenticare le allegre e turbolente ingollate del buon vino d'una volta.

Or dunque, qualche anno prima di me, Leopardo Provedoni avea stretta dimestichezza colla fontana di Venchieredo. Quel sito romito calmo solitario gli si attagliava bene alla fantasia, come un abito ben fatto alla persona. Ogni suo pensiero vi trovava una corrispondenza naturale; o almeno nessuno di quei salici s'intrometteva a dire di no su quanto ei veniva pensando. Egli abbelliva, coloriva e popolava a suo modo il deserto paesaggio; e poiché, senza essere in guerra ancora con nessuno al mondo, pur si sentiva istintivamente differente da tutti, là gli pareva di vivere piú felice che altrove per quella gran ragione che vi restava libero e solo. L'amicizia di Leopardo per la fontana di Venchieredo fu il primo suo *fatto* che non avrebbe ammesso contraddizione; il secondo fu l'amore da lui preso, piú assai che per la fontana, per una bella ragazza che vi veniva sovente e nella quale egli s'incontrò soletto una bella mattina di primavera. A udirla narrare da lui come fu quella scena, mi pareva di assistere ad una lettura dell'*Aminta*; ma Tasso torniva i suoi versi e li leggeva poi; Leopardo si ricordava, e ricordandosi improvvisava, che a vederlo e ad ascoltarlo venivano proprio alle tempie i sudori freddi della poesia. L'era uscito di casa con un bel sole di maggio e il fucile ad armacollo, piú per soddisfazione alla curiosità dei viandanti che per ostile minaccia ai beccaccini o alle pernici. Passo dietro passo, col capo nelle nuvole, egli si trovò in orlo al boschetto che circuisce dai due lati la fontana, e lí tese le orecchie per raccogliervi il consueto saluto d'un usignuolo. L'usignuolo infatti vegliava la sua venuta e gorgheggiò il solito trillo; ma non dal solito albero; quel giorno il suono veniva timido e sommesso da un ramo piú riposto: e pareva sí ch'egli salutasse, il semplice augellino, ma un po' diffidente di quell'arnese che l'amico portava in ispalla. Leopardo porse l'occhio tra le frasche a spiare il nuovo rifugio dell'ospite armonioso, ma cercando qua e là ecco che i suoi sguardi capitarono a trovare piú assai che non cercavano. – Oh perché non fui io l'innamorato della Doretta! Vecchio come sono, scriverei una tal pagina da abbacinare i lettori, e prendere d'assalto uno dei piú alti seggi della poesia! Vorrei che la gioventù profilasse i disegni, il cuore vi spandesse le tinte; e che gioventù e cuore splendessero per ogni parte della pittura con tanta magia che i buoni per tenerezza e i cattivi per invidia riporrebbero il libro. Povero Leopardo! tu solo saresti da tanto; tu che per tutta la vita portasti dipinto negli occhi e scolpito in petto quello spettacolo d'amore. Ed anche ora la vaga memoria delle tue parole mi traluce al pensiero cosí amorosa ed innocente che io non posso senza pianto vergar queste righe.

Egli cercava adunque l'usignolo e vide invece seduta sul margine del ruscelletto che sgorga dalla fontana una giovinetta che vi bagna entro un piede, e coll'altro ignudo e bianco al pari d'avorio disegnava giocarellando circoli e mezze curve intorno alle tinchiuole che guizzavano a sommo d'acqua. Ella sorrideva, e batteva le mani di quando in quando allorché le veniva fatto di toccar colla punta del piede e sollevar dall'acqua alcuno di quei pesciolini. Allora la pezzuola che le sventolava scomposta sul petto s'apriva a svelar il candore delle sue spalle mezzo discinte, e le sue guancie arrossavano di piacere senza perdere lo splendore dell'innocenza. I pesciolini non ristavano perciò dal tornarle vicini dopo una breve paura; ma ella aveva in tasca il segreto di quella familiarità. Infatti poco stante tuffò cheto cheto nel ruscello anche quel piedino sollazzevole, e cavata di sotto al grembiule una mollica di pane, si diede a sfregolarne le briciole pei suoi compagni di trastullo. L'era un andare un venire un correre un guizzare un gareggiare e un rubarsi a vicenda di tutta quella famigliuola d'argento vivo; e la giovinetta si curvava sopra di loro come a riceverne i ringraziamenti. E poi quando l'imbandigione era piú copiosa, diguazzava coi piedi sott'acqua per godere di quell'avidità spaurita un momento ma presta a rifarsi temeraria per non perdere i migliori bocconi. Questo rimescolamento piú in

su de' suoi piedini faceva intravvedere i dilicati contorni d'una gamba riton-
detta e nervosa; e i capi della pezzuola le si scomponevano affatto sulle spalle:
onde il suo petto pareva esser contenuto a fatica dalla giubberella di pannolano,
tanto l'allegrezza lo rigonfiava e lo commoveva. Leopardo, di tutto orecchi
ch'era prima nell'ascoltar l'usignuolo, s'era poi fatto tutt'occhi, che della metamorfosi non erasi neppur accorto. Quella giovinezza innocente semplice e lieta,
quella leggiadria ignara e noncurante di sé, quell'immodestia ancor fanciullesca
e che ricordava la nudità degli angeletti che scherzano nei quadri del Pordenone, quei mille vezzi della persona snella e dilicata, dei capelli castano dorati
e ricciutelli sulle tempia come fosse d'un bambino, del sorriso fresco e sincero
fatto apposta per adornare due fila di denti lucidi piccioletti ed uniti come i
grani d'un rosario di cristallo; tutto ciò, si dipingeva con colori di meraviglia
nelle pupille del giovine. Avrebbe dato ogni cosa che gli domandassero per essere uno di quei pesci tanto dimestici con lei; si sarebbe accontentato di rimaner
là tutto il tempo di sua vita a contemplarla. Ma egli era piuttosto sottile di
coscienza, e quei piaceri goduti di furto, anche nel rapimento dell'estasi, gli
stuzzicarono entro una specie di rimorso. Si diede dunque a fischiare non so
qual arietta, con quanta aggiustatezza ve lo potete immaginare voi che sapete
per prova l'effetto prodotto nella voce e sulle labbra dai primissimi blandimenti
dell'amore. Fischiando senza tono e senza tempo, e movendo qua e là le frasche
come capitasse allora, egli giunse traballando piú d'un ubbriaco sul margine
della fontana. La giovinetta s'era assestata il fazzoletto intorno alle spalle, ma
non avea fatto a tempo a trarre i piedi dall'acqua, e rimase un po' vergognosa
un po' meravigliata di quella visita inopportuna. Leopardo era un bel giovine;
di quella bellezza che è formata di avvenenza, insieme, di forza e di pace; la
bellezza piú grande che si possa vedere e che meglio riflette l'idea della perfezione divina. Aveva del bambino nella guardatura, del filosofo nella fronte e
dell'atleta nella persona; ma la modestia del vestire affatto contadinesco mode-
rava di molto l'imponenza di quell'aspetto. Perciò a prima giunta la fanciulla
non ne fu tanto turbata come se il sopraggiunto fosse stato un signore; e piú si
rassicurò al levar gli occhi del suo volto, che certo lo riconobbe e mormorò con
voce quasi di contento — Ah è il signor Leopardo!

Il giovine udí quella sommessa esclamazione e per la prima volta il suo nome
gli parve non abbastanza grazioso e carezzevole per albergar degnamente in labbra tanto gentili. Peraltro gli gioí il cuore d'essere conosciuto dalla fanciulla,
trovandosi cosí avviato a stringer conoscenza con lei.

— E voi chi siete, bella ragazza? — domandò egli balbettando, e guardando
nell'acqua della fontana il ritratto, ché non gli bastava ancor l'animo di fisar
l'originale.

— Sono la Doretta del cancelliere di Venchieredo — rispose la fanciulla.

— Ah lei è la signora Doretta! — sclamò Leopardo che con una doppia voglia di guardarla se ne trovò doppiamente impedito per la confusione di averla trattata alle prime con poco rispetto.

La giovinetta alzò gli occhi come per significare: — Sí, son proprio io quella, e non capisco perché se ne debba stupire. — Leopardo restrinse intorno al cuore tutta la riserva del suo coraggio per tornare alla carica; ma l'era cosí novizio lui nell'usanza delle interrogazioni, che non fu meraviglia se per la prima volta vi fece una mediocrissima figura.

— N'è vero che fa molto caldo oggi? — riprese egli.

— Un caldo da morire — rispose la Doretta.

— Ma crede che continuerà? — domandò l'altro.

— Eh, secondo i lunari! – soggiunse malignamente la fanciulla. – Lo *Schieson* dice di sí, e il *Strolic* promette di no.

— E lei mo cosa ne pronostica? — seguitò Leopardo andando di male in peggio.

— Io per me sono indifferente! – rispose la fanciulla che cominciava a prender qualche sollazzo di quel dialogo. – Il piovano di Venchieredo fa i tridui tanto per l'arsura che per la brina, e a me il pregare per questa o per quella non cresce minimamente l'incommodo.

"Come è vivace e piacevole!" pensò Leopardo; e questo pensiero gli distolse il cervello da quella faticosa inchiesta d'interrogazioni cosí ben riuscita infin allora.

— Ha preso molto selvatico? — si decise a dimandar la Doretta vedendolo tacere e non volendo trascurare una sí peregrina occasione di trastullarsi.

— Oh! — sclamò il giovine, come accorgendosi solo in quel momento di aver il fucile ad armacollo.

— L'avverto che ha dimenticato a casa la pietra! – continuò la furbetta. – O sarebbe un'arma di nuovo stampo?

L'archibugio di Leopardo rimontava alla prima generazione delle armi da fuoco, e converrebbe averlo veduto per capire tutta la malizia di quella finta ingenuità.

— È un antico schioppo di famiglia – rispose gravemente il giovine che ci avea meditato sopra assai e ne conosceva per tradizione nascita vita e miracoli. – Esso ha combattuto in Morea col mio trisarcavolo; mio nonno ha ucciso col medesimo ventidue beccaccini in un giorno; cosa che potrebbe fin sembrare incredibile, ove si osservi che bisognano dieci buoni minuti a caricarlo, e che dopo l'accensione della polvere nel bacinetto, lo sparo tarda mezzo minuto ad uscire. Infatti mio padre non arrivò mai a colpirne piú di dieci ed io non oltrepassai fin'ora il numero di sei. Ma i beccaccini si vengono educando alla malizia, e in quel mezzo minuto che lo sparo s'incanta, mi scappano un mezzo miglio lontano. Verrà tempo che si dovrà correr lor dietro colla spingarda. Intanto io tiro innanzi col mio schioppo; ma il male si è che la morsa non stringe piú, e alle volte prendo la mira e scocco il grilletto, ma dopo mezzo minuto, quando lo scoppio dovrebbe avvenire, m'accorgo invece che manca la pietra. Bisognerà che lo porti a Fratta da mastro Germano perché lo accomodi. È vero che potrei anche dire al papà che ne provvedesse un nuovo; ma son sicuro che mi risponderebbe di non mettermi a far novità in famiglia. Infatti questa è anche la mia idea. Se lo schioppo è un po' malandato dopo aver fatto le campagne di Morea ed aver ucciso ventidue beccaccini in un giorno, bisogna proprio compatirlo. Tuttavia, dico, lo porterò a mastro Germano perché lo raccomodi. Non è vero che ho ragione io, signora Doretta?

— Sí certo – rispose la fanciulla ritraendo i suoi piedi dal ruscello e asciugandoli nell'erba. – I beccaccini poi gli daranno ragione mille volte.

Leopardo frattanto guardava amorosamente e ne puliva la canna colla manica della giacchetta.

— Per ora rimedieremo cosí – riprese egli cavando di tasca una manata di pietre focaie e scegliendo la piú acconcia per metterla nella morsa. – Vede, signora Doretta, come mi tocca munirmi contro i casi fortuiti? Devo sempre avere una saccoccia piena di pietre; ma non è colpa dello schioppo se la vecchiaia gli ha limato i denti. Si porta la fiaschetta della polvere e la stoppa e i pallini; si possono ben portare anche le pietre.

— Sicuro: lei è robusto e non si sgomenta per ciò — soggiunse la Doretta.

— Le pare? per quattro pietruzze? non so nemmeno d'averle – riprese il giovine riponendole in tasca. – Io poi potrei portar anco lei di gran corsa fino a Venchieredo, che non sfiaterei piú della canna del mio schioppo. Ho buone gambe, ottimi polmoni, e vo e torno in una mattina dai paludi di Lugugnana.

— Caspita, che precipizio! – sclamò la fanciulla. – Il signor Conte quando scende colà a caccia non ci va che a cavallo e resta fuori tre giorni.

— Io poi sono piú spiccio; vo e torno come un lampo.

— Senza prender nulla però!

— Come senza prender nulla? Le anitre per fortuna non impararono ancora la malizia dei beccaccini; e aspetterebbero il comodo del mio fucile non un mezzo minuto ma una mezz'ora. Io non vengo mai di là che colla bisaccia piena. Gli è vero che vado a cercare il selvatico dove c'è; e che non mi spavento di sprofondarmi nel palude fino alla cintola.

— Misericordia! – sclamò la Doretta – e non ha paura di rimanervi seppellito?

— Io non ho paura altro che dei mali che mi son toccati davvero; – rispose Leopardo – ed anco di quelli non mi prendo gran soggezione. Agli altri poi non penso nemmeno; e siccome fino ad ora non son morto mai, cosí non avrei la menoma paura di morire, anco se mi vedessi spianata in viso una fila di moschetti! Bella questa di farsi paura d'un male che non si conosce! Non ci vorrebbe altro!

La Doretta, che fino allora si avea preso beffa della semplicità di quel giovane, cominciò a guardarlo con qualche rispetto. Di piú Leopardo, vinto il primo ostacolo, si sentiva proprio in vena di aprire l'animo suo forse per la prima volta; e le confessioni che spontanee e sincere gli venivano alle labbra non movevano meno la sua curiosità che quella della ragazza. Egli non s'era mai impacciato a far il sindaco di se stesso; e perciò ascoltava le proprie parole come altrettante novelle molto interessanti.

— La mi dica la verità; — continuò egli sedendo rimpetto alla giovane che ristette allora dal mandar gli occhi attorno in cerca dei zoccoletti — mi dica la verità, chi le ha insegnato a voler tanto bene alla fontana di Venchieredo?

Questa domanda angustiò un poco la Doretta e l'imbrogliarsi toccò allora a lei. Ciarlare e scherzare sapeva assai oltre al bisogno; ma render conto di checchessia non poteva che con un grandissimo sforzo d'attenzione e di gravità. Tuttavia, cosa strana! appetto di quella buona pasta di Leopardo non le riuscí di buttarla in ridere e la dovette rispondergli balbettando che la vicinanza della fontana al casale di suo padre l'avea adescata fin da fanciulletta a giocarvi entro; e che allora continuava perché ci prendeva gusto.

— Benissimo! - riprese Leopardo ch'era troppo modesto per accorgersi dell'impiccio della Doretta come era anco troppo dabbene per essersi prima accorto delle sue beffe — ma non l'avrà paura, m'immagino, di scherzare coll'acqua del ruscello!

— Paura!? — disse la giovane arrossendo — non saprei il perché!

— Ecco; perché sdrucciolandovi entro si potrebbe annegare — rispose Leopardo.

— Oh bella! non ci penso io a questi pericoli! — soggiunse la Doretta.

— Ed io non penso né a questi né a nessuno — riprese il giovine fisando i suoi grandi e tranquilli occhi turchini in quelli piccioletti e vivissimi della zitella. – Il mondo va innanzi con me, e potrebbe andare senza di me. Questo è il mio conforto, e del resto il Signore pensa a tutto. Ma la ci viene sovente, ella, alla fontana?

— Oh spessissimo; – rispose la Doretta — massime quando ho caldo.

Leopardo pensò che come si erano incontrati quella volta potevano incontrarsi altre volte ancora; ma un tal pensiero gli parve troppo ardito e lo confinò in una lunga occhiata di desiderio e di speranza. Invece colle labbra tornò a favellare del caldo e della stagione; e diceva che per lui estate inverno e primavera era tutt'uno. Non se ne accorgeva che per le foglie che nascevano o cascavano.

— Io poi amo soprattutto la primavera! — soggiunse la Doretta.

— Ed anch'io lo stesso! — sclamò Leopardo.

— Come? ma per lei non è tutt'uno? — disse la fanciulla.

— È vero: mi pareva... ma... Oggi è una cosí bella giornata che mi fa dar la palma a quest'età prima dell'anno. Credo poi che dicendo che per me era tutt'uno, intendessi parlare riguardo al caldo od al freddo. In quanto al piacere degli occhi, sicuro che la primavera è la prima!

— C'è quel birbo di Gaetano a Venchieredo che difende sempre l'inverno — soggiunse la ragazza.

— In verità quel Gaetano è proprio un birbo — ripeté l'altro.

— Che? lo conosce anco lei? — chiese Doretta.

— Sí... cioè... oh non è il guardiano? – balbettò Leopardo. – Mi pare, ho un'idea confusa di averlo udito nominare!

— No, non è il guardiano; è il cavallante – soggiunse la giovane – con lui c'è sempre da venir ai capelli per questa inezia. Io non voglio mai sentir a parlare dell'inverno ed egli me lo porta sempre a cielo per dispetto!

— Oh io lo ridurrei a tacere! — sclamò Leopardo.

— Sí?... venga dunque una volta o l'altra – riprese Doretta levandosi in piedi ed infilando i zoccoletti. – Ma badi di recar seco una buona dose di pazienza perché quel Gaetano è testardo come un asino.

— Verrò, verrò – soggiunse Leopardo. – Ma lei verrà ancora alla fontana, n'è vero?

— Sí certo; quando me ne salta l'estro, – rispose la fanciulla – e le feste poi non manco mai insieme alle altre zitelle dei dintorni.

— Le feste, le feste... — mormorò il giovine.

— Oh la ci venga, la ci venga – gli diede sulla voce la giovine – e vedrà che bel paradiso qui tutto all'intorno.

Leopardo andava dietro alla Doretta che volgeva a Venchieredo, come un cagnolino che tien dietro al padrone anche dopo esserne stato cacciato. La Doretta si volgeva di tratto in tratto a guardarlo sorridendogli: egli sorrideva anche lui, ma il cuore gli scappava troppo innanzi perché non si sentisse tremar sotto le gambe; e finalmente quando fu al cancello del casale:

— A rivederlo, signor Leopardo! — disse la giovinetta alla lontana.

— A rivederla, signora Doretta! — rispose il giovine con un'occhiata cosí lunga ed immobile che parve le volesse mandar dietro l'anima; e si sbassò, arrossendo, a raccogliere alcuni fiori ch'ella aveva perduti, credo, col suo buon fine di malizia. Poi quando il pergolato delle viti frondose gli tolse di scernere il corpicciuolo svelto e grazioso della Doretta che s'affrettava verso il castello, allora quell'occhiata ricascò a terra cosí grave cosí profonda che parve vi si volesse seppellire in eterno.

Indi a un buon tratto la risollevò faticosamente con un sospiro, e riprese verso casa, pieno il capo se non di nuovi pensieri certo di novissime e strane fantasticherie. Quei pochi fiorellini se li pose sul cuore, e non li abbandonò mai piú.

Leopardo s'era innamorato di quella giovine, ecco tutto. Ma come e perché se n'era innamorato? Il come fu certamente col guardarla e coll'ascoltarla; il perché, nessuno lo saprà mai; come non si saprà mai perché a taluno piaccia il color aierino, ad altri lo scarlatto e il giallo d'arancio. Di belle come la Doretta e di belle tre volte tanto, egli ne avea vedute a Cordovado a Fossalta e a Portogruaro; giacché la figlia del cancelliere di Venchieredo era assai piú vispa che perfetta; e pure non s'era invaghito di quelle, benché avesse grande comodità di starsene e di conversar con loro, s'era invece cotto di questa alla prima occhiata alla prima parola. Forse che l'usanza e la conversazione tolgono piucché non aggiungano forza d'incanto ai pregi femminili? – Io non dico ciò; farei troppo grave torto alle donne. Fra esse ve n'hanno che non colpiscono alla prima; ma avvicinate poi con lunga abitudine riscaldano appoco appoco, e mettono un tal incendio nei cuori che piú non s'estingue. Altre ne sono che abbruciano al solo vederle, e spesso poi della fiamma cosí desta non riman che la cenere. Ma come vi sono uomini di paglia che anche scaldati lentamente finiscono in nulla; cosí si trovano cuori di ferro che arroventati d'un subito non raffreddano piú. L'amore è una legge universale che ha tanti diversi corollari, quante sono le anime che soggiacciono a lui. Per dettarne praticamente un trattato completo converrebbe formare una biblioteca nella quale ogni uomo ed ogni donna depositasse un volume delle proprie osservazioni. Si leggerebbero le cose piú magnanime e le piú vili, le piú celesti e le piú bestiali che possa immaginare fantasia di romanziero. Ma il difficile sarebbe che cotali scritture obbedissero al primo impulso della sincerità; poiché molti entrano nell'amore con un buon sistema preconcetto in capo, e vogliono secondo esso, non secondo la forza dei sentimenti, spiegare le proprie azioni. Da ciò deriva l'abuso di quella terribile parola *sempre*, che si fa con tanta leggerezza nei colloqui e nelle promesse amorose.

Moltissimi credono, e a buon diritto, che l'amore eterno e fedele sia il migliore; e perciò solo s'appigliano a quello. Ma per radicarsi stabilmente nel petto un gran sentimento, non basta saperlo e crederlo ottimo, bisogna sentirsene capaci. I piú, se ponessero mente in ciò, non porgerebbero nei fatti loro tante buone ragioni di calunniare la saldezza e veracità degli umani proposti. Gli è come se io scrittorello di ciance pensassi: "Ecco che il sommo vertice dell'umana sapienza è la filosofia metafisica; io dunque sono filosofo come Platone, e metafisico al pari di Kant". In vero bel ragionamento e proprio da schiaffi! Ma l'arroganza che non si permetterebbe ad alcuno negli ordini intellettuali, la permettiamo poi molto facilmente a noi medesimi nella stima dei sentimenti nostri; benché la paia ancor meno ragionevole perché il sentimento piú che l'intelletto sfugge al predominio della volontà. Nessuno oserebbe uguagliarsi a Dante nell'altezza della mente; tutti nell'altezza dell'amore. Ma l'amore di Dante fu anche piú raro che il suo genio; e pazzi sono gli uomini a stimarlo facile a tutti. La grandezza vera dell'anima non è piú comune della grandezza vera dell'ingegno; e per sentire e nutrire l'amore nell'esser suo piú sublime bisogna staccarsi dalla fralezza umana piú che non se ne stacchi la mente d'un poeta nelle sue piú alte immaginazioni. Cessate, cessate una volta, o pigmei, dall'uguagliarvi ai giganti, e applicate l'animo alla favola della rana e del bue! Che serve adulare noi stessi, e l'umana natura, per accrescere le stesse sciagure col disdoro della falsità e coi rimorsi del tradimento? Meglio sarebbe picchiarsi il petto e arrossire; anziché alzar la mano a imprudenti giuramenti. Giurare si lasci a chi frugò se medesimo e si conobbe atto a mantenere, senzaché a costoro giurare diventa superfluo. Quanto a quelli che promettono e giurano col fermo intento di gabbare, son troppo frivoli o malvagi perché vi debba spender dietro una parola. Se è ridicolo in un matto il farla da santo, sarebbe sacrilegio in un tristo. Io poi ne ho conosciuti altri che scambiavano per virtù e sentimenti proprii la forza e l'ardore momentaneo instillato in loro dal contatto di qualche anima infervorata. Credono essi, come quel ragazzo, che la luna sia cascata nel pozzo perché ne veggono entro l'acqua l'immagine. Ma la luna tramonta, e l'immagine sparisce. Allora essi si sbracciano per restare incaloriti come prima erano, e sbruffano e sospirano con perfetta buona fede. Quell'anima infervorata guarda compassionando all'inutile fatica, e l'amore misto di pietà di sfiducia di memoria e di sprezzo diventa martirio. È inutile tentarlo: il cielo non si scala coi superlativi, e la volontà non basta a tener accesa una lucerna cui vien mancando l'olio. Le anime piccole debbono diffidare di sé, e piú delle proprie passioni quanto sono piú intense; in esse l'amor tiepido può durare a lungo fausto a sé e ad altrui; l'amor veemente è una meteora è un lampo che piú infelicità produce quanto maggiori speranze avea suscitato. Ma la infelicità cosí prodotta è tutta per gli altri, giacché i frivoli non son tali da sentirla. Per questo non si danno eglino cura alcuna di schivar le occasioni ond'essa deriva; e da ultimo si oppone a ciò la estrema difficoltà di obbedire quell'antico precetto: Conosci te stesso! – Chi osa confessare od anche solo creder sé piccolo di cuore? Bisogna in verità uscire con un salto da questi ragionamenti che sono un perpetuo laberinto di circoli viziosi, e dai quali null'altro è messo in chiaro, senonché per le indoli forti e superiori sono piú numerose e fatali le occasioni di sventura pei disinganni e le miserie preparate loro dalla vana fiducia degli inferiori. Pieghiamo sí il capo adorando dinanzi a questi misteri dai quali rifugge il sentimento della giustizia. Ma pensiamo che dentro di noi la giustizia ha un altare senza misteri. La coscienza ci assicura che meglio è la generosità colla miseria che la dappocaggine colla contentezza. Soffriamo adunque, ma amiamo.

La Doretta di Venchieredo non sembrava certamente fatta per appagare l'animo grave caloroso e concentrato di Leopardo. Tuttavia fu essa la prima che comandò al suo cuore di vivere e di vivere tutto e sempre per essa. Altro mistero non meno oscuro né doloroso degli altri. Perché chi meglio di lei poteva appagarlo non mosse invece nell'animo di lui alcuno di quei desiderii che compongono o menano all'amore? Sarebbe forse cosí fatto l'ordine morale, che i simili vi si fuggissero e i contrari vi si cercassero a vicenda? Nemmen questo può affermarsi pei molti esempi che vi si oppongono. Solo si può sospettare che se le cose materiali vaganti confusamente nello spazio soggiacquero da molti secoli ad una forza ordinatrice, il mondo spirituale ed interno aspetti forse ancora nello stato di caos la virtù che lo incardini. Intanto è un contrasto di sentimenti di forze di giudizi; un'accozzaglia informe e tumultuosa di passioni, di assopimenti, e d'imposture; un subbollimento di viltà, di ardimenti, di opere magnanime, e di lordure; un vero caos di spiriti non bene sviluppati ancora dalla materia, e di materia premente a sbaraglio sugli spiriti. Tutto si agita, si move, si cangia; ma torno ancora a ripeterlo, il nocciuolo dell'ordine futuro si è già composto, e ad ogni giorno agglomera intorno a sé nuovi elementi, come quelle nebulose che aggirandosi ingrandiscono, spesseggiano e diminuiscono densità e confusione all'atmosfera atomistica che le circonda. Quanti secoli bisognarono a quella nebulosa per crescere da atomo a stella? Ve lo dicano gli astronomi. Quanti secoli ci vollero al sentimento umano per concertarsi in coscienza? Lo dicano gli antropologi. — Ma come quella stella matura forse agli ultimi e scomposti confini dell'universo un altro sistema solare, cosí la coscienza promette al disordine interno dei sentimenti un'armonia stabile e veramente morale. Vi sono spazii di tempo che si confondono coll'eternità nel pensiero d'un uomo: ma ciò che si toglie al pensiero non è vietato alla speranza. L'Umanità è uno spirito che può sperar lungamente, e aspettar con pazienza.

Ma anche il povero Leopardo, benché non avesse dinanzi la vita dei secoli, dovette aspettar con pazienza primaché la Doretta mostrasse accorgersi delle sue premure e sapergliene grado. La vanità, io credo, fu quella che la persuase. Prima di tutto Leopardo era bello; poi era uno dei piú agiati partiti del territorio, e infine le dava tante prove di amore quasi devoto che sarebbe stata vera sciocchezza il non approfittarne. Del resto se egli la divertiva assai volte colla sua semplicità, la ammaliava anche sovente con quel suo fare di animo valoroso e sereno. La si era accorta che mite e tollerante colle donne anche quando si prendevano giuoco di lui, non lo era poi niente affatto verso ai giovinastri lí intorno. Una sua occhiata bastava a far loro calare le ali, e a lei non era piccola gloria l'aver pronto a' suoi cenni chi tanto facilmente frenava la caparbietà degli altri. La Doretta adunque si lasciò trovare sempre piú spesso alla fontana; s'intrattenne sempre piú amichevolmente con essolui nelle ragunanze festive, e dall'accogliere le sue cortesie al ricambiarle, il tratto fu sí abbastanza lungo, ma dàlli e dàlli ne vennero a capo. Allora Leopardo non si accontentò piú di vederla il mattino quando capitava, o le feste in mezzo alla baraonda della sagra, ma tutte le sere andava a Venchieredo e là o passeggiando nel casale o sulla scaletta della cancelleria, s'intratteneva con lei fino all'ora di cena. Allora la salutava piú col cuore che colle labbra, e tornavasene a Cordovado fischiando con miglior sicurezza la solita arietta.

Cosí si aveano composto fra loro la vita i due giovani. Quanto ai vecchi era un altro conto. L'illustrissimo dottor Natalino cancelliere di Venchieredo lasciava correre la cosa, perché ce ne aveva veduti tanti dei mosconi intorno alla sua Doretta che uno di piú uno di meno non lo sgomentiva per nulla. Il signor Antonio poi, non appena se ne accorse, cominciò a torcer il naso e a dare cento altri segni di pessimo umore. Era egli di ceppo paesano e di pasta paesana affatto; né gli potea garbare quel veder suo figlio bazzicare con gente d'altra sfera. Cominciò dunque dal torcer il naso, manovra che lasciò affatto tranquillo Leopardo; ma vedendo che non bastava, si diede a star con lui sul tirato, a tenergli il broncio, e a parlargli con un certo sussiego che voleva dire: non son contento di te. Leopardo era contentissimo di se stesso e credeva dar esempio di cristiana pazienza col sopportare la burbanza di suo padre. Quando poi questi venne, come si dice, a romper il ghiaccio, e a spiattellargli netta e tonda la causa del suo naso torto, allora egli si credette obbligato a spiattellargli netta e tonda di rimando la sua incrollabile volontà di seguitar a fare come avea fatto in fin allora. — Come? tu, vergognoso, seguiterai a grogiolare dietro quei begli abitini? E che cosa ne diranno in paese? E non t'accorgi che i buli di Venchieredo si prendono beffa di te? E come credi che andrà a finire questo bel giuoco? E non temi che il castellano una volta o l'altra ti faccia cacciare dai suoi servitori? E vorresti forse mettermi in mal sangue con quel signore che sai già quanto sia schizzinoso?... — Con queste e simili interrogazioni il prudente uomo di Comune andava tentando e bersagliando l'animo del suo Assalonne; ma questi se ne imbeveva di cotali ciancie, com'ei le chiamava; e rispondeva che era pur un uomo come gli altri, e che se voleva bene alla Doretta non era certo per ridere o per piantarla lí al motteggio del primo capitato. Il signor Antonio alzava la voce, Leopardo alzava le spalle, e ognuno rimaneva della propria opinione; anzi io credo che questi diverbi stuzzicassero non poco l'animo già abbastanza incalorito del giovine.

Peraltro indi a poco si venne a capire che il vecchio scrupoloso poteva non aver torto. Se la Doretta faceva sempre al suo damo le belle accoglienze, tutti gli altri abitanti di Venchieredo non si mostravano dell'ugual parere. Fra gli altri quel Gaetano, che capitanava i *buli* del castellano e vantava forse qualche vecchia pretesa sulla zitella, non poteva proprio digerire il bel giovine di Cordovado e le sue visite giornaliere. Si cominciò cogli scherzi, si venne poi agli alterchi e finirono una volta col misurarsi qualche pugno. Ma Leopardo era cosí calmo cosí deliberato che toccò al bulo il voltar via colla coda bassa; e questa sconfitta sofferta sul pubblico piazzale non cooperò certo a fargli smettere la sua inimicizia. S'aggiunga che la Doretta, piú vanagloriosa di sé che innamorata di Leopardo, godeva di quella guerra che le si accendeva intorno, e nulla certo faceva per sedarla. Gaetano soffiò tanto alle orecchie del suo padrone, e della petulanza del giovine Provedoni, e della sua poca reverenza alle persone d'alto grado e in particolare al signor giurisdicente, che questi finalmente dovette accontentarlo col guardar Leopardo con occhio piú bieco assai che non guardasse la comune della gente. Quella guardatura voleva dire: "Statemi fuor dai piedi!", e la intendevano tanto per dieci miglia all'intorno, che un'occhiata bieca del castellano di Venchieredo equivaleva ad una sentenza di bando almeno per due mesi. Leopardo invece fu guardato, guardò, e proseguí tranquillamente nel suo mestiero. Gaetano non chiedeva di piú; e sapeva benissimo che quella tacita sfida avrebbe contato per cento delitti nell'opinione del prepotente castellano. Infatti costui si stizzí assaissimo di veder Leopardo far cosí basso conto delle sue occhiate; e dopo averlo incontrato due tre e quattro volte nel cortile del castello, una volta lo fermò colla voce per dirgli risentitamente che egli si stava troppo in ozio e che quel tanto passeggiare da Cordovado a Venchieredo potea dargli il mal delle reni. Leopardo s'inchinò, e non comprese o finse di non comprendere; ma seguitò a passeggiare come prima senza paura di ammalarne. Il signore principiò allora, come si dice, ad averlo proprio sulle corna, e vedendo di non cavarne nulla colle mezze misure, un bel dopopranzo lo fece chiamare a sé e gli cantò chiaramente che egli il suo castello non lo teneva per comodo dei signorini di Cordovado e che, se andava in amore, cercasse guarirsene con altre donzelle che con quelle di Venchieredo; se poi volesse arrischiar le spalle a qualche buona untata, capitasse la sera alla solita tresca e sarebbe stato servito a piacere. Leopardo si inchinò anche allora, e non rispose verbo; ma la sera stessa non mancò di andare dalla Doretta la quale, bisogna pur dirlo, superba di vederlo sfidar per lei una tanta burrasca, ne lo ricompensò con doppia tenerezza. Gaetano fremeva, il signorotto guardava bieco perfino i suoi cani, e tutto dava indizio che tramassero fra loro qualche brutto tiro. Infatti una bella notte (quella stessa in cui io ricevetti la visita notturna della Pisana, dopo esser tornato a Fratta in groppa al cavallo dello sconosciuto), mentre Leopardo si partiva dalla sua bella e scavalcava la siepe del casale per tornare a Cordovado, tre omacci scellerati gli si buttarono addosso coi manichi dei coltelli e cominciarono a dargli contro a tradimento che egli sopraffatto dall'improvviso assalto ne andò rotolone per terra e stava assai a mal partito. Ma in quel momento un'anima negra e disperata saltò fuori dalla siepe e cominciò a martellar col calcio del fucile i tre sicari e a pestarli tanto, che toccò ad essi difendersi, e Leopardo, riavutosi dalla prima sorpresa, si mise a tempestare a sua volta.

— Ah cani! ve la darò io! — gridava quel nuovo arrivato inseguendo i tre manigoldi che correvano verso il ponte del castello.

Ma costoro, schivati i colpi dei due indemoniati, correvano tanto leggieri che non venne lor fatto di raggiungerli che proprio sulla porta.

Per fortuna che questa era serrata, onde, per quanto gridassero di aprir subito, ebbero commodamente il tempo di buscar qualche cosa. Appena però il guardiano ebbe socchiuso lo sportello vi si precipitarono entro che sembravano fuggiti alle mani del diavolo.

— Va là! t'ho conosciuto! – disse allora volgendosi un di coloro che era proprio Gaetano. – Sei lo Spaccafumo, e me la pagherai salata questa soperchieria, di volerti immischiare in ciò che non t'appartiene.

— Sí, sí, sono lo Spaccafumo! – urlò l'altro di fuori. – E non ho paura né di te, né del tuo malnato padrone, né di mille che ti somiglino!

— Avete udito, avete udito! – riprese Gaetano mentre si rinchiudeva la porta a gran catenacci. – Come è vero Dio che il padrone lo farà impiccare!

— Sí, ma prima io appiccherò te! — gli gridò di rimando lo Spaccafumo allontanandosi con Leopardo che a malincuore si partiva da quella porta serratagli in faccia.

E poi il contrabbandiere tornò dietro la siepe, vi tolse il suo puledro, e volle scortare il giovine fino a Cordovado.

— Oh com'è che sei capitato cosí in buon punto? — gli chiese Leopardo che avea piú vergogna che piacere di dovere all'altrui soccorso la propria salute.

— Oh bella! io avea già avuto sentore di quello che doveva succedere, e stava lí alla posta! — riprese lo Spaccafumo.

— Birbanti! manigoldi! traditori! — imprecava sbuffando il giovane.

— Zitto! è il loro mestiero – riprese lo Spaccafumo. – Parliamo d'altro se ti piace. Oh che ti pare di vedermi oggi cavaliero? Saprai che da poco in qua ho deciso di dar riposo alle mie gambe che non son piú tanto giovani, e mi valgo per turno dei puledri di razza che pascolano in laguna. Oggi toccava questo; e son venuto di sotto a Lugugnana a qui in meno di un'ora ed anco ho portato in groppa a Fratta un ragazzetto che si era smarrito nel palude.

— Mi dirai poi come hai saputo la trama — lo interruppe Leopardo che ruminava sempre il brutto gioco che gli era toccato.

— Anzi non ti dirò nulla; – rispose lo Spaccafumo – ed ora che sei all'uscio di tua casa ti saluto di cuore e ci rivedremo presto.

— Come? non entri, non dormi in casa nostra?

— No, no, non ci fa buon'aria qui pei miei polmoni.

In ciò dire lo Spaccafumo col suo cavallo era già lunge ed io non vi saprei dire dove esso abbia passata quella nottata. Certo al mezzogiorno del dí appresso egli fu veduto entrare presso il cappellano di Fratta, che era il suo padre spirituale, e si diceva che lo accogliesse con molto rispetto per la gran paura che ne aveva. Ma piú tardi capitarono a Fratta a chieder di lui quattro sgherani di Venchieredo; e saputo che l'era presso il Cappellano andarono franchi alla canonica. Picchia, ripicchia, chiama e richiama, finalmente il Cappellano tutto sonnacchioso venne ad aprire facendo il gnorri e domandando cosa chiedessero.

— Ah cosa chiediamo! – rispose furiosamente Gaetano lanciandosi verso la campagna che s'apriva dietro alla canonica e nella quale si vedeva un uomo a cavallo che se la batteva di gran galoppo. – Eccolo chi cerchiamo! Venite, venite voi altri! Il signor Cappellano ce la pagherà in seguito!

Il povero prete cascò sopra una seggiola sfinito dallo spavento e i quattro buli si diedero a correre traverso i solchi sperando che le piantate ed i fossi rallentassero la corsa del fuggitivo. Ma la gente era d'avviso che se lo Spaccafumo non si lasciava prendere correndo a piedi, meno che meno poi questa disgrazia gli sarebbe avvenuta allora che fuggiva a cavallo. I signori buli ci avrebbero rimesso il fiato per nulla.

Queste cose si sapevano già nel castello di Fratta e se ne discorreva come di gravi e misteriosi avvenimenti, quando ci tornammo noi tre, la Pisana, il figliuolo dello speziale, ed io. Il Conte ed il Cancelliere correvano su e giù in cerca del Capitano e di Marchetto; Fulgenzio era volato al campanile e sonava a stormo come se il fienile avesse preso fuoco; monsignor Orlando sfregolandosi gli occhi domandava cos'era stato, e la Contessa si affaccendava nell'ordinare che si sbarrassero porte e finestre e si ponesse insomma la fortezza in istato di difesa. Quando Dio volle il Capitano ebbe in pronto tre uomini i quali con due moschetti ed un trombone si schierarono nel cortile ad aspettar gli ordini di Sua Eccellenza. Sua Eccellenza comandò andassero in piazza a vedere se la quiete non era turbata, e a prestar man forte alle altre autorità contro tutti i malviventi, ed in ispecialità contro il nominato Spaccafumo. Germano calò brontolando il ponte levatoio, e la prode soldatesca uscí in campagna. Ma lo Spaccafumo non avea voglia per nulla di farsi vedere in quel giorno sulla piazza di Fratta; e per quanto il Capitano mostrasse il brutto muso e s'arricciasse i baffi sull'uscio dell'osteria, nessuno gli capitò innanzi che osasse sfidare un sí minaccioso cipiglio. Fu un gran vanto pel Capitano; e quando i buli di Venchieredo tornarono verso sera dalla loro inutile caccia, sfiancati e trafelati come cani da corsa, egli non mancò di menarne scalpore. Gaetano gli sghignazzò sul muso con pochissima creanza; tantoché le tre Cernide di Fratta ne pigliarono sgomento e s'intanarono nell'osteria piantando il loro caporione. Ma costui era uomo di spada e di toga; per cui non gli riuscí schermirsi pulitamente dalle beffe di Gaetano: e finse di sapere allora soltanto che lo Spaccafumo se l'avesse battuta a cavallo traverso i campi. A udirlo lui, egli aspettava che quel disgraziato sbucasse di momento in momento dal suo nascondiglio, e allora gliel'avrebbe fatto pagar salato lo sfregio recato all'autorità del nobile giurisdicente di Venchieredo. Gaetano a codeste smargiassate rispose che il suo padrone era piucché capace di farsi pagare da sé: e che del resto dicessero al Cappellano che per la nottata dello Spaccafumo essi avrebbero pensato a saldare lo scotto. In quel dopopranzo nessuno pensò di moversi dal castello; e io e la Pisana passammo un'assai brutta e noiosa giornata litigando nel cortile coi figliuoli di Fulgenzio e del fattore. La sera poi, ad ogni visita che capitava, Germano dalla sua camera dava la voce; e solamente quando avevano risposto di fuori, egli abbassava il ponte levatoio perché avanzassero. Le catene rugginose stridevano sulle carrucole quasi pel rammarico di esser rimesse al lavoro dopo tanti anni di tranquillissimo ozio; e nessuno passava sullo sconnesso tavolato senza mandar prima un'occhiata di poca fede alle fessure che lo trapanavano. Lucilio ed il Partistagno si fermarono quella sera al castello piú tardi del solito; e non ci volle meno delle loro risate per metter in calma i nervi della Contessa la quale per quella inimicizia tra lo Spaccafumo e il Conte di Venchieredo vedeva già in fiamme tutta la giurisdizione di Fratta.

Il giorno dopo, che era domenica, furono ben altre novità in paese. Alle sette e mezza, quando la gente tornava dalla prima messa di Teglio, s'udí un grande scalpito di cavalli: e poco stante il signore di Venchieredo con tre de' suoi buli comparve sul piazzale. L'era un uomo rosso, ben tarchiato, di mezza età; nei cui occhi non si sapea bene se prevalessero la furberia o la ferocia; superbo poi ed arrogante piú di tutto, e questo lo si indovinava dal portamento e dalla voce. Fermò il cavallo di pianta, e chiese con malgarbo ove abitasse il reverendo cappellano di Fratta: gli fu additata la canonica, ed egli vi entrò con piglio da padrone dopo aver affidato il palafreno al Gaetano che gli veniva alle coste. Il Cappellano aveva finito poco prima di farsi la barba; e stava allora in balía della fantesca che gli radeva la chierica. La cucina era il loro laboratorio; e il pretucolo, riavuto un poco dalla paura del giorno prima, scherzava colla Giustina raccomandandole di tondergli bene il cucuzzolo, non come all'ultima festa, che tutta la chiesa erasi messa a ridere quand'egli s'avea tolto di capo la berretta quadrata. La Giustina dal suo lato ci adoperava tanto studio che non le rimaneva tempo da rispondere a quei motteggi; ma tondi di qua e radi di là, la chierica s'allargava come una macchia d'olio su quella povera testa da prete;

e benché egli le avesse dato il precetto di non tenerla piú grande d'un mezzo ducato, oggimai non v'avea piú moneta di zecca che bastasse a coprirla.

— Ah Giustina! Giustina! – sospirava il Cappellano, palpandosi della mano i limiti della nuova tonsura – mi pare che siamo andati un po' vicini a quest'orecchio.

— Non la ne dubiti! – rispondeva la Giustina che era una dabbene e maldestra contadinaccia sui trent'anni, sebbene ne dimostrava quarantacinque. – Se siamo vicini a quest'orecchio andremo poco lontani anche dall'altro!

— Cospetto! mi vorresti pelar tutto come un frate! — sclamò il paziente.

— Eh no, che io non l'ho mai pelato! – soggiunse la fantesca – e non lo pelerò neppure oggi.

— No, no ti dico... lascia stare, basta!

— Tutt'altro... mi lasci finire... stia zitto, non si mova per un momento.

— Eh già! voi altre donne siete il diavolo! – mormorò il Cappellano – quando si tratta di andar innanzi a modo, ci persuadereste anche a lasciarci tosare...

Chi sa cosa avrebbe aggiunto a quel verbo tosare; ma s'interruppe udendo sulla porta un sussurro come di speroni. Balzò allora in piedi, respinse la Giustina, si tolse dal collo lo sciugamani, e rivolgendosi tutto in un punto, si trovò faccia a faccia col signore di Venchieredo. Che viso che occhi che figura facesse allora il povero prete, voi lo potete immaginare! Rimase in quella malferma posizione di curiosità di paura di stupore nella quale lo avea colto il minaccioso apparimento del castellano; il mantino gli cascò a terra, e tra le falde del giubbone e le coscie faceva con le mani un certo armeggio che voleva dire: — Siamo proprio fritti!

— Oh Cappellano amatissimo! come va la salute? — cominciò il feudatario.

— Eh!... non saprei... anzi... s'accomodi... il piacer è il mio — balbettò il prete.

— Non pare che sia un gran piacere – proseguí il castellano. – Ella ha il viso piú sparuto del suo collare, reverendo. O forse, — continuò volgendo un'occhiata beffarda alla Giustina – son io venuto a distrarlo da qualche sua occupazione canonica?

— Oh, si figuri! – bisbigliò il Cappellano – io mi occupo... Giustina, metti su dunque l'acqua pel caffè; oppure la cioccolata? Vuole la cioccolata, signor Conte?... Eccellenza?

— Andate a curare i polli, ché ho da parlar da solo al reverendo — ripigliò il castellano rivolto alla Giustina.

Costei non se lo fece dire due volte e sguisciò nel cortile tenendo ancora in mano il rasoio. Egli allora s'accostò al Cappellano, e presolo per un braccio, lo trasse fin sotto il focolare, ove senza pur pensarvi l'abate si trovò seduto sopra una panca.

— Ed ora a noi – proseguí il castellano, sedendogli rimpetto. – Già una fiammata appena alzati non guasta la pelle neppur d'estate, dicono. Mi dica in coscienza, reverendo! Fa ella il prete o il contrabbandiere?

Il poveretto ebbe un brivido per tutta la persona, e gli si torse talmente il grugno, che per quanto si racconciasse il collare si grattasse le labbra, non gli venne piú fatto di rimetterlo in sesto per tutto il dialogo susseguente.

— Son due mestieri ambidue e non faccio confronti – andò innanzi l'altro. – Domando solamente per mia regola quale ella intende esercitare. Pei preti ci sono le elemosine, i capponi e le decime: pei contrabbandieri le fucilate, le prigioni, e la corda. Del resto ognuno è libero della scelta; e nel caso io non dico che avrei fatto il prete. Solamente mi pare che i canoni debbano proibire il far un cumulo di queste due professioni. E lei cosa ne dice, reverendo?

— Sí, signore... Eccellenza... son proprio del suo parere! — balbettò il prete.

— Or dunque mi risponda a tono – riprese il Venchieredo – fa ella il prete o il contrabbandiere?

— Eccellenza... ella ha voglia di scherzare!

— Di scherzare io? Si figuri, reverendo!... Mi sono alzato all'alba; e quando ciò mi succede, non è già per voglia di scherzare!... Vengo a dirle netto e tondo che se il signor Conte di Fratta non è capace di tutelare gl'interessi della Serenissima, ci son qua io poco lontano, che me ne sento in grado. Ella accoglie in casa sua contrabbandi e contrabbandieri... No, no, reverendo!... non serve il diniegare col capo... Ci abbiamo anche i testimoni, e all'uopo si potrà citarlo in giudizio, o andare intesi colla Curia.

— Misericordia! — sclamò il Cappellano.

— Or dunque – proseguí il feudatario – siccome non mi garba per nulla a me la vicinanza di cotali combriccole, sarei a pregarla di cambiar aria a suo talento, prima che si possa essere indotti a fargliela cambiare per forza.

— Cambiar aria? Cosa vuol dire?... cambiar aria io? come? si spieghi Eccellenza!

— Ecco, voglio dire, che se la potesse ottenere una prebenda in montagna, la mi userebbe una vera finezza!

— In montagna? – continuò sempre piú stupefatto il Cappellano. – Io in montagna? Ma non è possibile, Eccellenza! Io non so nemmeno dove sieno le montagne!

— Eccole là — soggiunse il signore accennando fuori dalla finestra.

Ma il castellano avea fatto i conti senza valutar la timidità eccessiva del prete. In alcuni esseri rozzi semplici modesti ma interi e primitivi, la timidità tien luogo alle volte di coraggio; e allora al Cappellano quel dover incominciare una vita nuova in paese nuovo con gente a lui sconosciuta, sembrò una fatica piú grave e formidabile di quella di morire. Era nato a Fratta, lí aveva le sue radici e sentiva che a sbarbicarlo di quel paese lo si avrebbe addirittura ammazzato.

— No, Eccellenza – rispose egli con intonazione piú sicura che non avesse mai avuto per lo addietro. – Bisogna ch'io muoia a Fratta come vi sono vissuto; e quanto alla montagna se mi vi manderanno, dubito di giungervi vivo.

— Or bene – riprese alzandosi il tirannello. – La vi arriverà morto; ma o in un modo o nell'altro io l'assicuro che il manutengolo dello Spaccafumo non resterà cappellano a Fratta. Questo le serva di regola.

Ciò dicendo il nobile personaggio diede una grande scrollata di sproni sullo scalino del focolare, e uscí dalla canonica seguitato a capo basso dal prete. Costui gli fece un ultimo inchino quando lo vide salire a cavallo, e poi tornò dentro a sfogarsi colla Giustina che aveva origliato tutti i loro discorsi dietro la porta del cortile.

— Oh, no, no che non la ficcheranno in montagna! – piagnucolava la donna. – È certo che gli capiterebbe male di andar tanto lontano!... E poi non sono qui le sue anime?... E cosa risponderebbe poi al Signore quando gli toccherà rendergliene conto?...

— Fatti in là con quel rasoio, figliuola mia! – le rispose il prete – e sta' pur quieta che in montagna non vi andrò di sicuro!... Mi metteranno in berlina, ma in un'altra canonica no per certo!... Figurati se nella tenera età di quarant'anni voglio trovarmi fra musi tutti nuovi, e ricominciar daccapo quello stento che provai a venir su da bambino fino ad ora!... No, no, Giustina!... L'ho detto e lo ripeto, che io morirò a Fratta; e contuttociò è una gran croce questa che mi piomba ora sul collo; ma bisognerà portarla in santa pace. Uff!... quel signor giurisdicente!... Che brutto grugno mi faceva!... Ma tant'è, piuttosto di muovermi sopporterò anche questo; e se mi giuocherà qualche brutto tiro, meno male!... Meglio esser alle prese coi suoi buli che con altri!... Almeno li conosco, e ne prenderò minor soggezione nel farmi bastonare.

— Oh cosa dice mai! – soggiunse la fantesca. – I buli anzi avranno soggezione di lei. Oh che, le pare, che un prete sia un capo di chiodo?

— Poco piú, poco piú, figliuola mia, ai tempi che corrono!... Ma ci vuol pazienza!...

In quella entrò il sagrestano ad avvertire che tutta la gente aspettava per la messa; e il poveruomo risovvenendosi di aver tardato anche troppo, corse fuori per celebrar le funzioni colla chierica mezzo fatta. – Indarno la Giustina gli tenne dietro col rasoio in mano fino sulla piazza: la chierica irregolare del Cappellano e la vista del signore di Venchieredo, aggiungendosi alle vicende del giorno prima, diedero materia ai piú strani commenti.

Il giorno dopo capitò al Conte di Fratta un gran letterone del signore di Venchieredo, nel quale costui senza tanti preamboli pregava il suo illustre collega di dar lo sfratto al Cappellano nel piú breve spazio di tempo possibile, accusandolo di mille birberie, fra le altre di dar mano a frodare le gabelle della Serenissima tenendo il sacco ai contrabbandieri piú arrisicati della laguna. "*E quanto un tal delitto sia inviso all'Eccellentissima Signoria* (cosí diceva la lettera), *e quanto grande il merito di coloro che si affrettano a punirlo, e quanto capitale il pericolo degli sconsigliati che per mire private lo lasciano impunito, Ella, Illustrissimo Signor Giurisdicente, lo deve sapere al pari di chiunque. Gli statuti ed i proclami degli Inquisitori parlano chiaro; e ne può andar di mezzo la testa, perché i denari sono come il sangue dello Stato, ed è reo di Stato colui che colla sua negligenza cospira a dissanguarlo di questo vero fluido vitale*". Come si vede, il castellano avea trovato la vera strada; e infatti il Conte di Fratta, al sentirsi legger dal Cancelliere questa antifona, si dimenò tanto sul seggiolone che ne restò un pochino offesa la sua solita maestà. Si vollero tener secrete le pratiche in proposito; ma la chiamata del Cappellano, la visita ricevuta da costui la mattina antecedente, il suo smarrimento, le sue chiacchiere colla Giustina diedero contezza in paese dell'avvenuto e ne successe un vero tafferuglio. Il Cappellano era amato da tutti come un buon compare; piú anche, la popolazione di Fratta, avvezza al governo patriarcale e venezianesco de' suoi giurisdicenti, avea il ticchio di non volersi lasciar mettere il piede sul collo. Si fece un gran sussurrare contro la prepotenza del castellano di Venchieredo; e con grande rammarico del signor Conte gli stessi abitanti del castello col loro contegno caparbio e immodesto mostravano di volergli tirar addosso qualche brutto temporale. Mai io non avea veduto come a quei giorni il signor Conte ed il suo Cancelliere piú appiccicati l'uno coll'altro; sembravano due travicelli malconci che si fossero appoggiati l'uno contro l'altro per resistere ad una ventata; e se uno si moveva, tosto l'altro si sentiva cadere e gli andava dietro per non uscir di bilico. Furono anche messi in opera molti argomenti per sedare quella pericolosa esasperazione di animi; ma il rimedio era peggiore del male. Si addentava con miglior gusto al frutto proibito; e le lingue, frenate in cucina, si scatenavano piú violente sulla piazza ed all'osteria. Piú di tutti mastro Germano strepitava contro l'arroganza del suo vecchio padrone. Egli, per la virulenza delle sue filippiche e per l'audacia con cui difendeva il Cappellano, era diventato quasi il caporione del subbuglio. Ogni sera impancato alla bettola predicava ad alta voce sulla necessità di non lasciarsi togliere anche quell'unico rappresentante della povera gente che è il prete. E i prepotenti tempestassero pure, egli diceva, ché giustizia ce n'era per tutti e potrebbero saltar fuori certi peccati vecchi che avrebbero mandato in prigione i giudici, e in trionfo gli accusati. Fulgenzio, il sagrestano, barcamenava colla sua faccia tosta in tutto quello scombuglio; e benché serbasse nel castello un piglio officiale di prudenza, fuori poi non si stancava dal pizzicare con ogni accorgimento Germano, per sapere quanta verità si ascondesse in

LE CONFESSIONI DI UN ITALIANO

quelle minacciose amplificazioni.

Una sera che il portinaio avea bevuto oltre il dovere, lo tirò tanto in lingua che uscí affatto dai gangheri, e cantò e gridò su tutti i toni che il signor castellano di Venchieredo la mettesse via, se no egli, povero spazzaturaio, avrebbe messo fuori certe storie vecchie che gli avrebbero dato la mala pasqua. Fulgenzio non chiedeva forse di piú. Egli si studiò allora di divertire il discorso da quella faccenda, tantoché le parole del cionco o non fecero caso o le parvero mattie da ubbriacone. Egli poi si ritrasse a casa a recitar il rosario colla moglie ed i bimbi. Ma il giorno seguente, essendo mercato a Portogruaro, vi andò di buon mattino, e ne tornò piú tardi del solito. Fu veduto anche colà entrare dal Vice-capitano di giustizia; ma essendo egli, come dissi, un mezzo scriba di cancelleria, non se ne fecero le maraviglie. Il fatto sta che otto giorni dopo, quando appunto s'erano incominciate colla Curia le pratiche per mandar il Cappellano a respirar l'aria montanina, la cancelleria di Fratta ricevette da Venezia ordine preciso e formale di desistere da ogni atto ulteriore, e di istituire invece un processo inquisitorio e segreto sulla persona di mastro Germano, intorno a certe rivelazioni importantissime alla Signoria ch'egli poteva e doveva fare sulla vita passata dell'illustrissimo signor giurisdicente di Venchieredo. Un aereolito che piombasse dalla luna ad interrompere le gaie gozzoviglie d'una brigata di buontemponi non avrebbe recato piú stupore e sgomento di quel decreto. Il Conte e il Cancelliere perdettero la bussola e si sentirono mancar sotto la terra: e siccome nel primo sbigottimento non avean pensato a rinchiudersi nel riserbo abituale, cosí la paura della Contessa e di Monsignore e la gioia del resto della famiglia dimostrata per mille modi a quell'annunzio, peggiorarono di tre doppi lo stato deplorabile del loro animo.

Pur troppo la posizione era critica. Da un lato la vicina e provata oltracotanza d'un feudatario, avvezzo a farsi beffe d'ogni legge divina ed umana; dall'altro l'imperiosa inesorabile arcana giustizia dell'Inquisizione veneziana: qui i pericoli di una vendetta subitanea e feroce, là lo spauracchio d'un castigo segreto, terribile, immanchevole: a destra una visione paurosa di buli armati fino ai denti, di tromboni appostati dietro le siepi; a sinistra un apparimento sinistro di Messer Grande, di pozzi profondi, di piombi infocati, di corde, di tanaglie e di mannaie. I due illustri magistrati ebbero le vertigini per quarantott'ore; ma alla fin fine, com'era prevedibile, si decisero a dar l'offa al cane piú grosso, giacché l'accontentarli tutti e due o il rappattumarli non era neppur cosa da tentarsi. Non posso neppur nascondere che gli incoraggiamenti del Partistagno ed i savi consigli di Lucilio Vianello cooperarono assai a far traboccar la bilancia da questo lato; e al postutto il signor Conte si sentí un tantin piú sicuro nel vedersi spalleggiato da gente cosí valorosa ed assennata. Ciò non tolse peraltro che il processo di Germano non si tenesse avvolto nelle piú imperscrutabili ombre del mistero; come anche queste ombre non furono tanto imperscrutabili da impedire agli occhi piú pettegoli di volerci veder entro per forza. Infatti si buccinò tantosto che il vecchio bulo del Venchieredo, spaventato dal decreto degli Inquisitori, avea deposto contro il suo antico padrone certe carte di vecchia data che non provavano una specchiata fedeltà al governo della Serenissima; e se sopra queste ipotesi (non erano piucché ipotesi, intendiamoci bene, perché dopo aperto il processo, il Conte, il Cancelliere e mastro Germano, che soli vi avevano parte, erano diventati come sordomuti) se sopra queste ipotesi, dico, se ne fabbricarono dei castelli in aria, lo lascio a voi immaginare. Come si può credere, uno dei primi ad aver sentore di ciò fu il castellano di Venchieredo, e convien dire che non si sentisse la coscienza affatto candida, perché a prima giunta mostrò aver della cosa maggior dispiacere e spavento che non volesse dimostrarne in seguito. Egli pensò, guardò, pesò, ripensò ancora: e finalmente un bel giorno che a Fratta s'erano alzati da tavola, fu annunciata al signor Conte la sua visita. Il Cappellano, che era in cucina, credo che all'annunzio di quel nome stesse lí lí per andare in deliquio; quanto al signor Conte, dopo aver cercato consiglio negli occhi de' suoi commensali che non erano meno stupiti né piú sicuri dei suoi, egli rispose balbettando al cameriere che introducesse pure la visita nella sala di sopra; e che egli col Cancelliere sarebbe salito incontanente. Erano troppe le minaccie, i rischi, e le spiacevolezze di quella visita perché si potesse neppur sperare di ripiegarvi con una consulta preventiva; e d'altronde i due pazienti non erano tanto aquile da sbrigare in due minuti una tale deliberazione. Perciò misero rassegnatamente la testa nel sacco; e salirono di conserva ad affrontare la temuta arroganza e la non men temuta furberia del prepotente castellano. La famiglia rimase nel tinello coll'egual batticuore della famiglia di Regolo, quando si trattava nel Senato se si dovesse trattenerlo a Roma o rimandarlo a Cartagine.

— Servo di Sua Signoria! — disse lestamente il Venchieredo come appena il Conte e la sua ombra ebbero messo piede nella sala. E volse insieme a quest'ombra una certa occhiata che la rese livida e oscura a tre tanti.

— Servo umilissimo di Vostra Eccellenza! — rispose il Conte senza alzar gli occhi dal pavimento ove pareva cercasse una buona ispirazione per cavarsela. Poi siccome l'ispirazione non veniva, si volse a domandarne conto al Cancelliere, e fu molto inquieto di veder costui indietreggiato fino alla parete. — Signor Cancelliere... — si provò a soggiungere.

Ma il Venchieredo gli soffocò le parole in bocca.

— È inutile, – diss'egli – è inutile che il signor Cancelliere si distolga dalle sue solite incombenze per perdersi nelle nostre ciarle. Si sa che egli ha per le mani processi molto importanti e che esigono pronta trattazione e diligentissimo esame. Il bene della Serenissima Signoria prima di tutto, dovesse anche andarne la vita! non è vero, signor Cancelliere? Intanto ella può lasciarci qui a quattr'occhi, ché il nostro colloquio non è null'affatto curiale, e ce ne sbrigheremo tra noi.

Il Cancelliere ebbe appena appena la forza necessaria per trascinare le gambe fin fuori della sala; e il suo occhietto bieco era in quel momento cosí fuor di strada, che nell'uscire gli lasciò batter il naso contro la merletta. Il Conte mosse verso di lui un tacito e impotente gesto di preghiera di paura e di disperazione; uno di quei gesti che annaspano per aria le braccia d'un annegato prima di abbandonarsi alla corrente. Indi, quando l'uscio fu rinchiuso, si rassettò la veste gallonata, e alzò timidamente gli occhi come per dire: portiamola con dignità!

— Ho piacere ch'ella mi abbia accolto con tanta confidenza, – riprese allora il Venchieredo – ciò dimostra chiaro che finiremo coll'intenderci. E in fin dei conti l'ha anche fatto bene, perché debbo appunto intrattenerla d'un affare di confidenza. N'è vero che ci intenderemo, signor Conte? — aggiunse il volpone avvicinandosegli per stringergli furbescamente la mano.

Il signor Conte fu discretamente consolato di quel segno d'affetto: si lasciò stringer la mano con una leggiera impazienza, e non appena la sentí libera se la nascose frettolosamente nella tasca della zimarra. Credo che gli tardasse l'ora di correre a lavarsela, perché il Vice-capitano non fiutasse da Portogruaro l'odore di quella stretta. — Sí signore; – rispose egli impiastricciando un sorrisetto che per la fatica gli cavò dagli occhi due lagrime – sí signore, credo... anzi... ci siamo intesi sempre!

— Ben parlato, giuraddio! – soggiunse l'altro sedendogli allato sopra una poltroncina. – Ci siamo sempre intesi e c'intenderemo anche questa volta in barba a chiunque. La nobiltà, per quanto diversa di costumi, d'indole, e di attinenze, ha pur sempre interessi comuni; e un torto fatto ad uno de' suoi membri ricade sopra tutti. E cosí è necessario star bene uniti e darsi mano l'un l'altro e aiutarsi in quello che si può per mantenere inviolati i nostri privilegi. La giustizia va bene, anzi benissimo... per quelli che ne abbisognano. Io per me trovo che di giustizia ne ho il mio bisogno in casa mia, e chi vuol farmela a mio dispetto mi secca a tutto potere. N'è vero che anche a lei, signor Conte, non garba per nulla questa pretesa che hanno taluni di volersi immischiare nei fatti nostri?

— Eh... anzi... la cosa è chiara! — balbettò il Conte, che s'era seduto macchinalmente anche lui, e di tutte quelle parole non altro aveva udito che un suono confuso, e un intronamento, come d'una macina che gli girasse negli orecchi.

— Di piú – continuò il Venchieredo – la giustizia di quei cotali non è sempre né la piú pronta, né la meglio servita; e chi volesse obbedire pecorilmente a lei, potrebbe trovarsi alle prese con chi è di diverso parere, ed ha ai suoi comandi un'altra giustizia ben altrimenti spiccia ed operativa!

Queste frasi pronunciate una per una, e sarei per dire sottosegnate dall'accento fermo e riciso del parlatore, scossero profondamente il timpano del Conte, e fecero ch'egli alzasse un viso non so se piú scandolezzato o impaurito dall'averle comprese. Siccome peraltro il dimostrarsene offeso poteva esporlo a qualche spiacevole schiarimento, cosí fu abbastanza diplomatico per ricorrere una seconda volta al solito sorriso che gli ubbidí meno ritroso di prima.

— Veggo ch'ella mi ha capito – tirò innanzi l'altro – ch'ella è in grado di pesare la forza delle mie ragioni, e che il favore ch'io vengo a chiederle non sembrerà né strano, né soverchio.

Il Conte allargò bene gli occhi, e trasse una mano di tasca per mettersela sul cuore.

— Qualche mala lingua, qualche pettegolo sciagurato e bugiardo che io farò punire colle frustate, non la ne dubiti – proseguí il Venchieredo – mi ha usato la finezza di mettermi in mala vista della Signoria per non so quali freddure di vecchia data che non meritano nemmeno di essere ricordate. Son birberie, sono freddure, tutti lo consentono; ma a Venezia si dovette dar corso all'affare per non far torto al sistema. Ella mi capisce bene; se si trascurassero le denunzie nelle cose frivole, mancherebbero poi nelle grandi, e, adottata una massima, bisogna accettarne tutte le conseguenze. Insomma io lo so di sicuro, che a malincuore si comandò di colassú l'istituzione di quel tal processo... ella intende bene... quel protocollo segreto... a carico di quel mastro Germano...

— Se fosse qui il Cancelliere... — mormorò con un raggio di speranza in volto il conte di Fratta.

— No, no; non voglio ora né pretendo che mi si spiattelli il processo – riprese il Venchieredo. – Mi basta ricordarglielo, e avergli dimostrato che non per diffidenza contro di me, né per l'entità della cosa, ma che per un solo costume di buon governo si venne a quel tal decreto... Già è inutile che mi dilunghi di piú. Al fatto, anche a Venezia non sarebbero malcontenti di veder troncato l'affare: e così succede sempre che nell'applicazione conviene ammorbidire e correggere ciò che v'ha di troppo ruvido e generale nelle massime di Stato. Ora, signor Conte, tocca a noi tra buoni amici interpretare le nascoste intenzioni dei Serenissimi Inquisitori. Lo spirito, ella lo sa meglio di me, va sopra la lettera; ed io le assicuro, che se la lettera le comanda di andar innanzi, lo spirito invece le consiglia di dar un frego su tutto. In confidenza ebbi anche da Venezia comunicazioni di questo tenore; e lei già indovina il mezzo... con un onesto compromesso... con un buon mezzo termine, si potrebbe...

Il Conte allargava sempre piú gli occhi, e si stracciava colle dita i merletti della camicia; a questo punto tutto il respiro, che gli si era compresso nel petto per la grande agitazione, uscí romorosamente in una sbuffata.

— Oh non pigli soggezione di ciò – soggiunse l'altro. – La cosa è piú facile ch'ella non crede. E fosse anche difficilissima, bisognerebbe tentarla per ubbidire allo spirito del Serenissimo Consiglio dei Dieci. Allo spirito, si ricordi bene, non alla lettera!... Poiché del resto la giustizia della Serenissima non può volere che un eccellentissimo signore com'ella è si trovi quandocchessia in gravi imbarazzi per essere stato troppo ligio alle apparenze d'un decreto. Si figuri! Metter un giurisdicente in lotta con tutti i suoi colleghi!... Sarebbe ingratitudine, sarebbe una nequizia imperdonabile contro di lei!...

Al povero giurisdicente, che coll'acume della paura intendeva meravigliosamente tutti questi discorsi, i sudori freddi venivano giù per le tempie, come gli sgoccioli d'una torcia in un giorno di processione. Il dover rispondere, il non voler dire né sí né no, era tal tormento per lui che avrebbe preferito di cedere tutti i suoi diritti giurisdizionali per esserne liberato.

Ma alla fin fine gli parve aver trovato il vero modo di cavarsela. Figuratevi che talentone!... Avea proprio trovato una gran novità!

— Ma... col tempo... vedremo... combineremo...

— Eh, che tempo d'Egitto! – saltò su con una bella stizza il Venchieredo. – Chi ha tempo non aspetti tempo, Conte carissimo! Io per esempio se fossi in lei vorrei dire subito e per le mie buone ragioni: "Domani non si potrà piú parlare di questo processo!".

— Per esempio! Come è possibile? — sclamò il Conte di Fratta.

— Ah, vedo che torniamo a raccostarci; – soggiunse l'altro – chi cerca il mezzo è già persuaso della massima. E il mezzo è bello e trovato. Tutto sta che lei, signor Conte, sia disposto ad accontentare com'è di dovere i desiderii segreti del Consiglio dei Dieci ed i miei!

Quel *miei* fu pronunciato in maniera che ricordò lo scoppio d'una trombonata.

— Si figuri!... Son dispostissimo io! – balbettò il poveruomo. – Quando ella mi assicura che anche quelli di sopra vogliono cosí!...

— Sicuro pel minor male – proseguí il Venchieredo. – Sempre intesi che tutto debba succedere per caso, e qui è il bandolo della matassa. Una buona parola a Germano, mi capisce!... un po' di esca e un acciarino battuto su quelle carte, e non se ne parla piú.

— Ma il Cancelliere?

— Non parlerà, stia quieto! ho una parola anche per lui. Cosí si desidera da quelli che stanno in alto, e cosí desidero anch'io: non che la cosa possa aver conseguenze a mio danno; ma mi dorrebbe dover fare qualche rappresaglia a un uomo del suo merito. Il castellano di Venchieredo subir un processo da un suo pari!... S'immagini! il decoro non me lo permette. Insterò io stesso perché quel processo lo si istituisca altrove: a Udine, a Venezia, che so io, allora mi purgherò, allora mi difenderò. Qui, ella vede bene, è impossibile; io non devo sopportarlo a costo d'ammazzarne, non che uno, mille!

Il Conte di Fratta tremò tutto da capo a piedi; ma oggimai si era avvezzato a quei sussulti importuni e trovò fiato da soggiungere:

— Ebbene Eccellenza; e non si potrebbe addirittura mandarle a Venezia quelle carte inconcludenti?...

— Oibò – s'affrettò a interromperlo il Venchieredo. – Non le ho detto ch'io voglio che le sieno abbruciate?... Cioè, m'intendeva dire, che essendo inconcludenti non c'è ragione da incommodarne il messo postale.

— Quand'è cosí; – rispose a voce bassa il Conte – quand'è cosí le abbrucieremo... domani.

— Le abbrucieremo subito — ripigliò alzandosi il castellano.

— Subito?... subito, vuole?... – Il Conte alzò gli occhi, ché di togliersi da sedere non si sentí in quel punto la benché minima volontà. Convien supporre peraltro che la faccia del suo interlocutore fosse molto espressiva, perché immantinente soggiunse: – Sí, sí, ella ha ragione!... Subito vanno abbruciate, subito!...

E allora con gran fatica si mise in piedi, e mosse verso l'uscio che non sapeva piú in qual mondo si fosse. Ma appunto mentre toccava il saliscendi, una voce modesta e piagnolosa domandò: — Con permesso —, e l'umile Fulgenzio con un piego tra mano entrò nella sala.

— Cos'hai, cosa c'è, chi ti ha detto d'entrare? — chiese tutto tremante il padrone.

— Il cavallante porta da Portogruaro questa missiva pressantissima della Serenissima Signoria — rispose Fulgenzio.

— Eh via! affari per domattina! — disse il Venchieredo un po' impallidito, e movendo un passo oltre la soglia.

— Scusino le Loro Eccellenze; – rispose Fulgenzio – l'ordine è perentorio. Da leggersi subito!

— Ohimè sí... leggerò subito — soggiunse il Conte inforcando gli occhiali e disuggellando il piego. Ma non appena vi ebbe gettati sopra gli occhi, un brivido tale gli corse per la persona che dovette appoggiarsi alla porta per non perder le gambe. Allo stesso tempo anche il Venchieredo aveva squadrato all'ingrosso quella cartaccia, e ne avea odorato il contenuto.

— Veggo che per oggi non c'intenderemo, signor Conte! — diss'egli con la solita arroganza. – Si raccomandi alla protezione del Consiglio dei Dieci e di sant'Antonio! Io resto col piacere di averla riverita.

Cosí dicendo andò giù per la scala lasciando il giurisdicente di Fratta affatto fuori dei sensi.

— E cosí?... se n'è andato? — disse costui quando rinvenne dal suo smarrimento.

— Sí, Eccellenza! se n'è andato! — ripeté Fulgenzio.

— Guarda, guarda, cosa mi scrivono? — riprese egli porgendo il piego al sagrestano.

Costui lesse con nessuna sorpresa un mandato formale di arrestare il signor di Venchieredo ove se ne porgesse il destro senza pericolo di far baccano.

— Ora è partito, è proprio partito, e non è mia colpa se non posso farne il fermo – rispose il Conte. – Tu sei testimonio che egli se n'è ito prima ch'io avessi compreso a dovere il significato dello scritto!

— Eccellenza, io sarò testimonio di tutto quello che comanda lei!

— Pure sarebbe stato meglio che il cavallante avesse tardato una mezz'ora!...

Fulgenzio sorrise da par suo; e il Conte andò in cerca del Cancelliere per partecipargli il nuovo e piú terribile imbroglio nel quale erano invischiati.

Chi fosse Fulgenzio, e quale il suo uffizio, voi ve lo immaginerete come me lo immagino io; ed erano frequenti simili casi, nei quali la Signoria di Venezia adoperava il piú abietto servidorame per invigilare la fedeltà e lo zelo dei padroni. Quanto al Venchieredo, in onta alla sua apparente tracotanza, ne ebbe una gran battisoffia dalla lettura di quella nota perocché comprese di volo che gli si voleva far la festa senza misericordia: perciò sulle prime vinsero gli argomenti della paura. Poco appresso tornò a confidare nella propria furberia, nelle potenti attinenze, nella mollezza del governo; e cosí tornò daccapo a tentare le scappatoie. La prima ispirazione sarebbe stata di saltar sull'Illirio; e vedremo in seguito se ebbe torto o ragione a non darle retta. Ma poi pensò che non sarebbe stato sí facile il catturar lui senza qualche gran chiasso, e alla peggio per fuggire di là dall'Isonzo ogni ora gli pareva buona. Il desiderio di vendicarsi ad un colpo di Fulgenzio, del Cappellano, dello Spaccafumo e del Conte, e di imporre le ragioni della forza anche sulla Serenissima Signoria la vinse a lungo andare in quel suo animo feroce e turbolento. Rimase dunque, trascinato dalla paura a maggiori temerità.

CAPITOLO QUINTO

L'ultimo assedio del castello di Fratta nel 1786, e le prime mie gesta. Felicità di due amanti, angosciose trepidazioni di due monsignori, e strano contegno di due cappuccini. Germano, portinaio di Fratta, è ammazzato; il castellano di Venchieredo va in galera, Leopardo Provedoni prende moglie, ed io studio il latino. Fra tutti non mi par d'esser il piú infelice.

Gli è della storia della mia vita, come di tutte le altre, credo. Essa si diparte solitaria da una cuna per frapporsi poi e divagare e confondersi coll'infinita moltitudine delle umane vicende, e tornar solitaria e sol ricca di dolori e di rimembranze verso la pace del sepolcro. Cosí i canali irrigatori della pingue Lombardia sgorgano da qualche lago alpestre o da una fiumiera del piano per dividersi suddividersi frastagliarsi in cento ruscelli, in mille rigagnoli e rivoletti: piú in giù l'acque si raccolgono ancora in una sola corrente lenta pallida silenziosa che sbocca nel Po. È merito o difetto? – Modestia vorrebbe ch'io dicessi merito; giacché i casi miei sarebbero ben poco importanti a raccontarsi, e le opinioni e i mutamenti e le conversioni non degne da essere studiate, se non si intralciassero nella storia di altri uomini che si trovarono meco sullo stesso sentiero, e coi quali fui temporaneamente compagno di viaggio per questo pellegrinaggio del mondo. Ma saranno queste le mie confessioni? O non somiglio per cotal modo alla donnicciuola che in vece de' proprii peccati racconta al prete quelli del marito e della suocera, o i pettegolezzi della contrada? – Pazienza! – L'uomo è cosí legato al secolo in cui vive che non può dichiarare l'animo suo senza riveder le buccie anche alla generazione che lo circonda. Come i pensieri del tempo e dello spazio si perdono nell'infinito, cosí l'uomo d'ogni lato si perde nell'umanità. Gli argini dell'egoismo, dell'interesse, e della religione non bastano; la filosofia nostra può aver ragione nella pratica; ma la sapienza inesorabile dell'India primitiva si vendica dei nostri sistemi arrogantelli e minuziosi nella piena verità della metafisica eterna. Intanto avrete notato che nel racconto della mia infanzia i personaggi mi si sono moltiplicati intorno che è un vero spavento. Io stesso ne sono sgomentito; come quella strega che si spaventava dei diavoli dopo averli imprudentemente evocati. È una vera falange che pretende camminar di fronte con me, e col suo strepito e colle sue ciarle rallenta di molto quella fretta ch'io avrei d'andar innanzi. Ma non dubitate; se la vita non è una battaglia campale, è però un viluppo continuo di scaramuccie e badalucchi giornalieri. Le falangi non cadono a schiere come sotto al fulminar dei cannoni, ma restano scompaginate, decimate, distrutte dalle diserzioni, dagli agguati, dalle malattie. I compagni della gioventù ci lasciano ad uno ad uno, e ci abbandonano alle nuove amicizie rade guardinghe interessate della virilità. Da questa al deserto della vecchiaia è un breve passo pieno di compianti e di lagrime. Date tempo al tempo, figliuoli miei! Dopo esservi raggirati con me nel laberinto allegro vario e popoloso degli anni piú verdi, finirete a sedere in una poltrona, donde il povero vecchio stenta a mover le gambe e pur s'affida a forza di coraggio e di meditazioni al futuro che si stende al di qua e al di là della tomba. Ma per adesso lasciate che vi mostri il mondo vecchio; quel mondo che bamboleggiava ancora alla fine del secolo scorso, prima che il magico soffio della rivoluzione francese gli rinnovasse spirito e carni. La gente d'allora non è quella d'adesso: guardatela e fatevene specchio d'imitazione nel poco bene, e di correzione nel molto male. Io, superstite di quella nidiata, ho il diritto di parlar chiaro: voi avrete quello di giudicar noi e voi dopoché avrò parlato.

Non mi ricordo piú quanti, ma certo pochissimi giorni dopo l'abboccamento del castellano di Venchieredo col Conte, il paese di Fratta fu verso sera turbato da un'improvvisa invasione. Erano villani e contrabbandieri che scappavano, e dietro a loro Cernide buli e cavallanti che scorazzavano alla rinfusa, sbraitando sulla piazza, percotendo malamente i contadini che incontravano e facendo il piú gran subbuglio che si potesse vedere. Al primo sussurrare di quella gentaglia la Contessa, ch'era uscita con monsignore di Sant'Andrea e colla Rosa per la sua passeggiata del dopopranzo, s'affrettò a rinchiudersi in castello, e lí fece svegliare il marito perché vedesse cos'era quella novità. Il Conte, che da una settimana non potea dormire che con un occhio solo, scese precipitosamente in cucina, e in breve tempo il Cancelliere, monsignor Orlando, Marchetto, Fulgenzio, il fattore, il Capitano gli furono intorno colla cera piú spaventata del mondo. Oramai ognuno aveva capito che non sarebbero tornati con tanta facilità alla calma d'una volta; e ad ogni nuovo segno di burrasca la paura raddoppiava come nell'animo del convalescente ai sintomi d'una recidiva. Anche quella sera toccò al capitano Sandracca e a tre de' suoi assistenti fare il cuor del leone, e uscire alla scoperta. Ma non passarono cinque minuti ch'essi erano già tornati colla coda fra le gambe e con nessuna volontà di ritentar l'esperimento. Quella masnada che tumultuava in piazza era la sbirraglia di Venchieredo e non pareva disposta per nulla alla ritirata. Gaetano dal quartier generale dell'osteria giurava e spergiurava che avrebbe messo a pezzi i contrabbandieri e che quelli che si erano rifugiati in castello l'avrebbero pagata piú cara degli altri. Egli pretendeva che lí in paese fosse una lega stabilita per frodar i diritti del Fisco, e che il Cappellano ed il Conte ne fossero i caporioni. Ma era venuto il momento, diceva egli, di sterminare questa combriccola, e giacché chi doveva tutelare le leggi nel paese se ne mostrava il piú impudente nemico, a loro toccava adempiere i decreti della Serenissima Signoria e farsi grandissimo merito con quell'impresa.

— Germano, Germano, alza il ponte levatoio, e spranga bene il portone! — si mise a strillare il Conte, poiché ebbe udito tutta questa tiritera di insulti e di fandonie.

— Il ponte l'ho già alzato io, Eccellenza! – rispose il Capitano – anzi per maggior sicurezza l'ho fatto gettar nel fossato da tre dei miei uomini perché le carrucole non volevano girare.

— Benissimo, benissimo! chiudete le finestre, e chiudete tutti gli usci a catenaccio – soggiunse il Conte. – Che nessuno osi muover piede fuori del castello!

— Sfido io a moversi ora che è rovinato il ponte! — osservò il cavallante.

— Mi pare che il ponticello della scuderia ci assicuri una sortita in caso di bisogno — replicò sapientemente il Capitano.

— No, no, non voglio sortite! – tornò a gridare il Conte – buttate giù subito anche il ponticello della scuderia: io metto da questo punto il mio castello in istato d'assedio e di difesa.

— Faccio osservare a Sua Eccellenza che rotto quel ponte non si saprà piú donde uscire per le provvigioni della giornata — obbiettò il fattore inchinandosi.

— Non importa! dice bene mio marito! – rispose la Contessa che era la piú spaventata di tutti. – Voi pensate ad ubbidire e a demolir tosto il ponticello delle scuderie: non c'è tempo da perdere! Potremmo esser assassinati da un momento all'altro.

Il fattore s'inchinò piú profondamente di prima, e uscí per adempiere all'incarico ricevuto. Un quarto d'ora dopo le comunicazioni del castello di Fratta col resto del mondo erano intercettate affatto, e il Conte e la Contessa respirarono di miglior voglia. Solamente monsignor Orlando, che pur non era un eroe, s'arrischiò di mostrare qualche inquietudine sulla difficoltà di procacciarsi la solita quantità di manzo e di vitello per l'indomani. Il signor Conte, udite le rimostranze del fratello, ebbe campo di mostrare l'acume e la prontezza del suo genio amministrativo.

— Fulgenzio – diss'egli con voce solenne – quanti neonati ha la vostra scrofa?

— Dieci, Eccellenza — rispose il sagrestano.

— Eccoci provveduti per tutta la settimana – riprese il Conte – giacché pei due giorni di magro provvederà la peschiera.

Monsignor Orlando sospirò angosciosamente ricordando le belle orade di Marano e le anguille succolente di Caorle. Ohimè, cos'erano a paragone di quelle i pesciolini pantanosi e i ranocchi della peschiera?

— Fulgenzio; – proseguí intanto il Conte – farete ammazzare due dei vostri porcellini; l'uno per l'allesso e l'altro per l'arrosto: avete inteso, Margherita?

Fulgenzio e la cuoca s'inchinarono alla lor volta; ma sospirare toccò allora a monsignor di Sant'Andrea, il quale per un suo incommodo intestinale non potea digerire la carne porcina, e quella prospettiva di una settimana d'assedio con un simile regime non gli andava a sangue per nulla. Senonché la Contessa, che gli lesse questo scontento in viso, s'affrettò ad assicurarlo che per lui si avrebbe messo a bollire una pollastra. La fisonomia del canonico si rischiarò tutta d'una santa tranquillità; e con un buon pollaio anche una settimana d'assedio gli parve un moderatissimo purgatorio. Allora, dato ordine al rilevantissimo negozio della cucina, la guarnigione si sparpagliò a porre la fortezza in istato di difesa. Si appostarono alcuni vecchi moschetti alle feritoie; si trascinarono due disuse spingarde nel primo cortile; si sbarrarono le porte e le balconate. Da ultimo si sonò la campanella pel rosario, e nessuno lo avea detto da molti anni con maggior divozione che in quella sera.

La Contessa in quei momenti era troppo fuori di sé per badare ad altri che a se stessa, ma sua suocera quando cominciò ad imbrunire chiese conto della Clara, perché la tardasse tanto a portarle il suo solito panbollito.

La Faustina la Pisana ed io ci mettemmo tantosto a cercarla; chiama di qua cerca di là, non ci fu verso che la potessimo trovare. L'ortolano soltanto ci disse averla veduta uscire dalla parte della scuderia un paio d'ore prima; ma di piú egli non ne sapeva, e credeva la fosse rientrata, come costumava, dalla banda del piazzale colla signora Contessa. Di lí certo non l'avrebbe potuto ripassare, perché il fattore avea eseguito tanto appuntino gli ordini ricevuti, che del ponticello non rimaneva vestigio. D'altronde la notte cadeva già buia buia, e non era a credersi che la fosse stata a zonzo in fin allora. Ci rimisimo dunque in traccia di lei, e solo dopo un'altra ora di minute ed infruttuose indagini la Faustina si decise a rientrare in cucina per dare ai padroni quella tristissima nuova dello sparimento della Contessina.

— Giurabbacco! – sclamò il Conte – certo quei manigoldi ce l'hanno portata via!

La Contessa volle affliggersene assai, ma la propria inquietudine la occupava troppo perché la vi potesse riescire.

— Figuratevi – continuava il marito – figuratevi cosa son capaci di fare quegli sciagurati che danno del contrabbandiere a me per poter mettere a soqquadro il paese! Ma me la pagheranno, oh sí che me la pagheranno! – soggiungeva sotto voce per paura che non lo udissero fuori del girone.

— Sí, chiacchierate, chiacchierate! – riprese la signora – le chiacchiere son proprio buone da aiutarvi a friggere! Ecco che da tre ore noi siamo chiusi in rete e non avete pensato a nessuna maniera da levarci di ragna!... Vi portano via la figlia e voi vi sfiatate a dire che ve la pagheranno!... Già per quello che la costa a voi, ben poco potreste pretendere!

— Come, signora moglie?... Per quello che la costa a me?... Cosa sarebbe a dire?

— Eh se non intendete, aguzzatevi il cervello. Voleva dire che dei figli vostri e di me stessa e della nostra salute voi vi date tanto pensiero come di raddrizzare la punta al campanile. – (Qui la Contessa ne fiutò rabbiosamente una presa). – Vediamo cosa avete pensato per cavarci d'imbroglio?... In qual maniera volete andar in traccia della Clara!?

— Siate buonina, diamine!... La Clara, la Clara!... non c'è poi soggetto da indiavolarsene tanto. Sapete come l'è bellina e costumata. Io son d'opinione che se anche dormisse una notte fuori del castello non le interverrà alcun guaio. Quanto a noi, spero che non vorrete ridurci alle schioppettate. – (La Contessa mosse un gesto di ribrezzo e di impazienza). – Dunque – (seguitò l'altro) – proveremo a parlamentare!

— Parlamentare coi ladri! benone per diana!

— Ladri!... chi vi dice che sian ladri?... Son messi di giustizia, un po' spicciativi, un po' ubbriachi se volete, ma pur sempre vestiti di un'autorità legale, e quando sarà loro passata la scalmana, intenderanno ragione. S'erano troppo infervorati nel dar la caccia a due o tre contrabbandieri; il vino li ha fatti stravedere, ed hanno creduto che i fuggitivi si siano ricoverati a Fratta. Cosa c'è di straordinario in questo?... Se li persuaderemo che qui di contrabbandi non ce n'è mai stata orma, essi torneranno verso casa mansueti come agnellini.

— Eccellenza, ella si dimentica una circostanza – s'intromise a dire monsignore di Sant'Andrea. – Sembra che i fuggitivi fossero sgherani essi pure travestiti da contrabbandieri e cacciati innanzi come pretesti a movere questo gran tafferuglio. Germano pretende aver conosciuto fra loro alcun mustacchione di Venchieredo.

— Eh cosa c'entro io! cosa ci ho a far io! — sclamò disperatamente il povero Conte.

— Si potrebbe intanto mandar fuori alcuno di soppiatto che spiasse come vanno le cose, e cercasse conto della Contessina — consigliò il cavallante.

— Oibò, oibò! – rispose stremenzita la Contessa – sarebbe una grave imprudenza, tanto piú che in castello si scarseggia di gente e non è questo il momento da allontanare i piú esperti!

La Pisana che era accosciata con me fra le ginocchia di Martino, si avanzò baldanzosamente verso il focolare, offrendosi ad andar lei in traccia della sorella; ma erano tanto costernati che nessuno fuori di Marchetto sembrò accorgersi di quella fanciullesca e commovente temerità. Peraltro l'esempio non fu senza frutto, e dopo la Pisana io pure m'offersi ad uscire in cerca della Contessina. Questa volta l'offerta ebbe la fortuna di fermare taluno.

— Davvero tu ti arrischieresti ad andar fuori per dar una occhiata? — mi domandò il fattore.

— Sí certo — soggiunsi io, alzando la testa e guardando fieramente la Pisana.

— Ci andremo insieme — disse la fanciulla che non volea parere dammeno di me.

— Eh no, non sono affari da signorine questi, – riprese il fattore – ma qui il Carlino potrebbe trarsi d'impaccio a meraviglia. N'è vero, signora Contessa, che la pensata è buona?

— In difetto di meglio non dico di no – rispose la signora. – Già qui dentro un fanciullo di poco aiuto ci vorrebbe essere, e fuori invece non darebbe sospetto e potrebbe metter il naso in ogni luogo. Cosí anche l'esser malizioso e petulante come il demonio, gli avrà giovato una volta.

— Ma voglio andar fuori anch'io! anch'io voglio andar in traccia della Clara! — si mise a strillare la Pisana.

— Lei, signorina, andrà a letto sul momento — riprese la Contessa; e fece un cenno alla Faustina perché il comando avesse effetto tantosto.

Allora fu una piccola battaglia di urli di graffiate di morsi; ma la cameriera la vinse e la disperatella fu menata bellamente a dormire.

— Cosa devo poi rispondere alla Contessa vecchia in quanto alla contessina Clara? — domandò la donna nell'andarsene colla Pisana che le strepitava fra le braccia...

— Ditele che è perduta, che non la si trova, che tornerà domani! — rispose la Contessa.

— Sarebbe meglio darle ad intendere che sua zia di Cisterna è venuta a prenderla, se è lecito il consiglio — soggiunse il fattore.

— Sí, sí! datele ad intendere qualche fandonia! – sclamò la signora — ché non la pensi di farci disperare ché dei crucci ne abbiamo anche troppi.

La Faustina se n'andò, e s'udirono i pianti della Pisana dileguarsi lungo il corridoio.

— Ora a noi, serpentello – mi disse il fattore prendendomi garbatamente per un'orecchia. – Sentiamo cosa sarai buono di farci una volta uscito dal castello!

— Io... io prenderò un giro per la campagna – soggiunsi – e poi, come se nulla fosse, capiterò all'osteria, dove sono quei signori, a piangere e a lagnarmi di non poter rientrare in castello... Dirò che sono uscito nel dopopranzo, che era insieme colla contessina Clara e che poi mi son perduto a correre dietro le farfalle e non ho piú potuto raggiungerla. Allora chi ne sa me ne darà notizia ed io tornerò dietro le scuderie a zufolare, e l'ortolano mi allungherà una tavola sulla quale ripasserò il fossato come lo avrò passato nell'uscire.

— A meraviglia: tu sei un paladino! — rispose il fattore.

— Di che cosa si tratta? — mi domandò Martino che si sgomentiva di tutti quei discorsi che mi vedeva fare, senza poterne capire gran che.

— Vado fuori in cerca della Contessina che non è ancora rientrata — io gli risposi con tutto il fiato dei polmoni.

— Sí, sí, fai benissimo – soggiunse il vecchio – ma abbi gran prudenza.

— Per non compromter noi — continuò la Contessa.

— Peraltro andrà bene che tu stia un poco origliando i discorsi degli scherani che sono all'osteria per conoscere le loro intenzioni — aggiunse il Conte. — Cosí potremo regolarci per le pratiche ulteriori.

— Sí, sí! e torna presto, piccino! - riprese la Contessa accarezzandomi quella zazzera disgraziata cui tante volte era toccata una sorte ben diversa. – Va', guarda, osserva, e riportaci tutto fedelmente! Il Signore ti ha fatto cosí furbo e risoluto per nostro maggior bene!... Va' pure, e che il Signore ti benedica, e ricordati che noi stiamo qui ad attenderti col cuore sospeso!

— Tornerò appena abbia odorato qualche cosa — risposi io con piglio autorevole, ché già fin d'allora mi sentivo uomo in quell'accolta di conigli.

Marchetto il fattore e Martino vennero meco, confortandomi e raccomandandomi ad usar prudenza accortezza e premura. Si lanciò una tavola da fabbrica nel fosso; io ch'era assai destro in quella maniera di navigare, varcai felicemente all'altra sponda, e d'un colpo di mano rimandai loro lo scafo. Indi, mentre nella cucina del castello intonavano per consiglio di monsignor Orlando un secondo rosario, mi misi fra le folte ombre della notte alla mia coraggiosa spedizione.

La Clara infatti, uscita dalla pustierla del castello prima dei vespri, come avea riferito l'ortolano, non era piú ritornata. Credeva ella incontrar la sua mamma lungo la strada di Fossalta, e cosí un passo dietro l'altro era arrivata a questo villaggio senza imbattersi in nessuno. Allora dubitò che l'ora fosse piú tarda del consueto, e che la brigata del castello avesse dato addietro appunto durante il giro da lei percorso nell'andare dall'orto alla strada. Si rivolse dunque frettolosamente per ridursi essa pure a casa; ma non avea camminato un trar di sasso che lo scalpito d'una pedata la sforzò a voltarsi. Era Lucilio; Lucilio calmo e pensoso come il solito, ma irraggiato in quel momento da una gioia mal celata o fors'anche non voluta celare. Egli pareva moversi appena; eppure in un lampo fu al fianco della donzella e ad ambidue forse quel lampo non sembrò cosí subito come il desiderio voleva. Nessuna cosa accontenterà mai la rapidità del pensiero: la vaporiera oggimai sembra troppo lenta; l'elettrico un giorno parrà piú pigro e noioso d'un cavallo di vettura. Credetelo – si farà si farà; e in ultima analisi le proporzioni rimarranno le stesse, come nel quadro ingrandito dalla lente. Gli è che la mente indovina sopra di sé un mondo altissimo lontano inaccessibile; e ogni giro, ogni passo, ogni spirale che si mova o si agiti senza raccostarla a quel sognato paradiso non sembrerà moto ma torpore e noia. Che vale andar da Milano a Parigi in trentasei ore piuttostoché in duecento? Che vale poter vedere in quarant'anni dieci volte, in vece che una, le quattro parti del mondo? Né il mondo s'allarga né la vita s'allunga per ciò; e chi pensa troppo, correrà sempre fuori di quei limiti nell'infinito, nel mistero senza luce. Alla Clara e a Lucilio parve lunghissimo quell'attimo che li mise l'uno allato dell'altra; e il tempo all'incontro che camminarono insieme fino alle prime case di Fratta passò in un baleno. E sí che i piedi andavano innanzi a malincuore; e senza accorgersi molte e molte volte s'erano fermati lungo la via discorrendo della nonna, del castellano di Venchieredo, delle loro opinioni in proposito, e piú anche di se stessi, dei proprii affetti, del bel cielo che li innamorava e del bellissimo tramonto che li fece restare lunga pezza estatici a contemplarlo.

— Ecco come io vorrei vivere! — sclamò ingenuamente la Clara.

— Come? Oh me lo dica subito! – soggiunse Lucilio colla sua voce piú bella. – Ch'io vegga se son capace di comprendere i suoi desiderii, e di parteciparne!

— Davvero ho detto che vorrei vivere cosí; – riprese la Clara – ed ora non saprei spiegare il mio desiderio. Vorrei vivere cogli occhi di questa splendida luce di cielo; colle orecchie di questa pace allegra ed armoniosa che circonda la natura quando si addormenta; e coll'anima e col cuore in quei dolci pensieri di fratellanza, in quei grandi affetti senza distinzione e senza misura che sembrano nascere dallo spettacolo delle cose semplici e sublimi!

— Ella vorrebbe vivere di quella vita che la natura aveva preparato agli uomini savi, uguali, innocenti! – rispose mestamente Lucilio. – Vita che nei nostri vocabolari ha nome di sogno e di poesia. Oh sí! la comprendo benissimo; perché anch'io respiro l'aria imbalsamata dei sogni, e mi affido alle poesie della speranza, per non rispondere coll'odio all'ingiustizia e colla disperazione al dolore. Vegga un po' come siamo disposti a sproposito. Chi ha braccia non ha cervello; chi ha cervello non ha cuore; chi ha cuore e cervello non ha autorità. Dio sta sopra di noi, e lo dicono giusto e veggente. Noi, figliuoli di Dio, ciechi ingiusti ed oppressi, colla voce cogli scritti colle opere lo neghiamo ad ogni momento. Neghiamo la sua provvidenza, la sua giustizia, la sua onnipotenza! È un dolore vasto come il mondo, duraturo quanto i secoli, che ci sospinge, ci incalza, ci atterra; e un giorno alfine ci fa risovvenire che siamo eguali; tutti, ma solo nella morte!...

— Nella morte, nella morte!! dica nella vita, nella vera vita che durerà sempre! – sclamò come inspirata la Clara – ed ecco dove Dio risorge, e torna ad aver ragione sulle contraddizioni di quaggiù.

— Dio dev'essere dappertutto — soggiunse Lucilio con una tal voce nella quale un divoto avrebbe desiderato maggior calore di fede. Ma la Clara non ci vide entro nessun dubbio in quelle parole, ed ei ben sel sapeva che sarebbe stato cosí; giacché altrimenti non avrebbe parlato.

— Sí, Dio è dappertutto! – riprese ella con un sorriso angelico, mandando gli occhi per ogni parte del cielo – non lo vede non lo sente non lo respira dovunque? I buoni pensieri, i dolci affetti, le passioni soavi donde ci vengono se non da lui?... Oh io lo amo il mio Dio come fonte di ogni bellezza e di ogni bontà!

Se mai vi fu argomento che valesse a persuadere un incredulo d'alcuna verità religiosa, fu certo l'aria divina che si diffuse in quel momento sulle sembianze di Clara. L'immortalità si stampò a carattere di luce su quella fronte confidente e serena; nessuno certo avrebbe osato dire che in tanto prodigio d'intelligenza di sentimento e di bellezza, la natura avesse provveduto soltanto ad ammannir un pascolo ai vermi. Vi sono, sí, facce morte e petrigne, sguardi biechi e sensuali, persone gravi curve striscianti che possono accarezzare col loro sucido esempio le spaventose fantasie dei materialisti; e ad esse parrebbe di doversi negare l'eternità dello spirito, come agli animali o alle piante. Ma fra tanta ciurma semimorta si erge in alto qualche fronte che sembra illuminarsi d'una luce sovrumana: dinanzi a questa il cinico va balbettando confuse parole; ma non può impedire che non gli tremoli in cuore o speranza o spavento d'una vita futura. – Quale? chiedono i filosofi. – Non chiedetelo a me, se sventura vuole che non vi faccia contenti quella sapienza secolare che si è condensata nella fede. Chiedetelo a voi stessi. – Ma certo se la materia organica anche sciolta la compagine umana seguita a fermentare ed a vivere materialmente nel grembo della terra, lo spirito pensante dovrà agitarsi tuttavia e vivere spiritualmente nel pelago dei pensieri. Il moto, che non si arresta mai nel congegno affaticato delle vene e dei nervi, potrà retrocedere o acquietarsi nell'instancabile e sottile elemento delle idee? – Lucilio si fermò cogli occhi quasi estatici ad ammirare le sembianze della sua compagna. Allora un riverbero di luce gli lampeggiò sul volto, e per la prima volta un sentimento non tutto suo ma comandatogli dai sentimenti altrui si fece strada nelle pieghe tenebrose del suo cuore. Si riebbe peraltro da quella breve sconfitta per tornar tristamente padrone di sé.

— Divina poesia! – diss'egli togliendo gli occhi dal bel tramonto che omai si scolorava in un vago crepuscolo – chi primo si alzò con te nelle speranze infinite fu il vero consolatore dell'umanità. Per insegnare agli uomini la felicità bisognerebbe educarli poeti, non scienziati o anatomici.

La Clara sorrise pietosamente; e gli chiese:

— Ella dunque, signor Lucilio, non è gran fatto felice?

— Oh sí, lo sono ora come forse non potrò mai esserlo! – sclamò il giovine stringendole improvvisamente una mano. A quella stretta scomparve dal volto della fanciulla lo splendore immortale della fede, e la luce tremula e soave del sentimento vi si diffuse come un bel chiaro di luna dopo l'oscurarsi vespertino del sole.

— Sí, sono felice come forse non lo sarò mai piú! – proseguí Lucilio – felice nei desiderii, perché i desiderii miei sono pieni di speranza, e la speranza mi invita da lunge come un bel giardino fiorito. Ahimè non cogliete quei fiori! non dispiccateli dal loro gracile stelo! Per cure che ne abbiate poi, dopo tre giorni intristiranno; dopo cinque non sarà piú in loro il bel colore il soave profumo! Alla fine cadranno senza remissione nel sepolcro della memoria!

— No, non chiami la memoria un sepolcro! – soggiunse con forza la Clara. – La memoria è un tempio, un altare! Le ossa dei santi che veneriamo sono sotterra, ma le loro virtù splendono in cielo. Il fiore perde la freschezza e il profumo; ma la memoria del fiore ci rimane nell'anima incorruttibile ed odorosa per sempre!

— Dio mio, per sempre, per sempre! – sclamò Lucilio correndo colla veemenza degli affetti dove lo chiamava l'opportunità di quegli istanti quasi solenni. – Sí, per sempre! E sia un istante, sia un anno, sia un'eternità, questo sempre bisogna riempirlo satollarlo beatificarlo d'amore per non vivere abbracciati colla morte! Oh sí, Clara, l'amore ricorre all'infinito per ogni via; se v'è parte in noi sublime ed immortale è certamente questa. Fidiamoci a lui per non diventar creta prima del tempo; per non perdere almeno quella poesia istintiva dell'anima che sola abbellisce la vita!... Sí, lo giuro ora; lo giuro, e mi ricorderò sempre di questo rapimento che mi fa maggiore di me stesso. Il desiderio è cosí potente da tramutarsi in fede; l'amor nostro durerà sempre, perché le cose veramente grandi non finiscono mai!...

Queste parole pronunciate dal giovine con voce sommessa, ma vibrata e profonda, svegliarono deliziosamente i confusi desiderii di Clara. Non se ne maravigliò punto, perché trovava stampate nel proprio cuore già da lungo tempo le cose udite allora. Gli sguardi, i colloqui, le arti pazienti raffinate di Lucilio aveano preparato nell'anima di lei un posto sicuro a quell'ardente dichiarazione. E sentirsi ripetere dalla sua bocca quello che il cuore aspettava senza saperlo, fu piucché altro il risvegliarsi subitaneo d'una gioia timida e latente. Successe nell'anima di lei quello che sulle lastre del fotografo al versarsi dell'acido; l'immagine nascosta si disegnò in tutte le sue forme: e se stupí in quel momento, fu forse di non potersi stupire. Peraltro un turbamento arcano e non provato mai le vietò di rispondere alle ardenti parole del giovane; e mentre cercava ritrarre la propria mano dalla sua, fu costretta anzi a cercarvi un appoggio perché si sentiva venir meno d'un deliquio di piacere.

— Clara, Clara per carità rispondi! – le veniva dicendo Lucilio sorreggendola angosciosamente e volgendo intorno gli occhi a spiare se qualcuno veniva. – Rispondimi una sola parola!... non uccidermi col tuo silenzio, non punirmi collo spettacolo del tuo dolore!.. Perdono se non altro, perdono!...

Egli sembrava lí lí per cadere in ginocchio tanto pareva smarrito, ma era un'attitudine studiata forse per dar fretta al tempo. La fanciulla si riebbe in buon punto e gli volse per unica risposta un sorriso. Chi raccolse mai nelle pupille uno di quei sorrisi e non ne tenne poi conto per tutta la vita? Quel sorriso che domanda compassione, che promette felicità, che dice tutto, che perdona tutto; quel sorriso esprimente un'anima che si dona ad un'altra anima; che non ha in sé riverbero alcuno di immagini mondane, ma che splende solo d'amore e per amore; quel sorriso che comprende o meglio dimentica il mondo intero, per vivere e farti vivere di se stesso, e che in un lampo solo schiude affratella e confonde le misteriose profondità di due spiriti in un unico desiderio d'amore e d'eternità, in un unico sentimento di beatitudine e di fede! – Il cielo che si aprisse pieno di visioni divine e d'ineffabili splendori agli occhi d'un santo, non sarebbe certo piú incantevole di quella meteora di felicità che guizza raggiante e ahi spesso fugace nelle sembianze d'una donna. È una meteora; è un baleno; ma in quel baleno, piú che in dieci anni di meditazioni e di studi l'anima travede i confusi orizzonti d'una vita futura. Oh quante volte all'oscurarsi di quelle sembianze s'annuvolò dentro di noi il bel sereno della speranza, e il pensiero precipitò bestemmiando nel gran vuoto del nulla, come Icaro sfortunato cui si fondevano le ali di cera! Quali sùbiti, dolorosi trabalzi dall'etere inane dove nuotano miriadi di spiriti in oceani di luce, al morto e gelido abisso che non vedrà mai raggio di sole, che mai non darà vita per volger di secoli a una larva pensata! E la scienza, erede di cento generazioni, e l'orgoglio, frutto di quattromill'anni di storia, fuggono come schiavi colti in fallo, al tempestar minaccioso d'un sentimento. Che siamo noi, dove andiamo noi, poveri pellegrini fuorviati? Qual è la guida che ci assicura d'un viaggio non infelice? Mille voci ne suonano dintorno; cento mani misteriose accennano a sentieri piú misteriosi ancora; una forza segreta e fatale ci spinge a destra ed a sinistra; l'amore, alato fanciullo c'invita al paradiso; l'amore, demonio beffardo ci stritola nel niente. E solo la fede che il sacrifizio sarà contato a minor danno delle vittime sostenta i nostri pensieri nell'aria vitale.

Ma Lucilio?... Oh Lucilio allora non pensava a ciò! I pensieri vengon dietro alle gioie, come la notte al tramonto, come il gelido verno all'autunno canoro e dorato. Egli amava da anni; da anni drizzava ogni suo consiglio, ogni sua arte, ogni sua parola a incalorire nel lontano futuro la beatitudine di quel momento; da anni camminava accorto paziente per vie tortuose e solitarie ma rischiarate qua e là da qualche barlume di speranza; camminava lento e instancabile verso quella cima fiorita, donde contemplava allora e teneva per sue tutte le gioie tutte le delizie tutte le ricchezze del mondo, come il monarca dell'universo. Era giunto a comporre una pietra filosofale; da una laboriosa miscela di sguardi di azioni di parole avea tratto l'oro purissimo della felicità e dell'amore. Alchimista vittorioso assaporava con tutti i sensi dell'anima le delizie del trionfo; artista entusiasta e passionato non finiva d'ammirare e godere l'opera propria in quel divino sorriso che spuntava come l'aurora d'un giorno piú bello sul volto di Clara.

Ad altri avrebbero tremato in cuore gratitudine, divozione, e paura; a lui la superbia ritemprò le fibre d'una gioia sfrenata e tirannica. Io forse e mille altri simili a me avremmo ringraziato colle lagrime agli occhi; egli ricompensò l'ubbidienza di Clara con un bacio di fuoco.

— Sei mia! sei mia! – le disse alzando la destra di lei verso il cielo. E voleva significare: Ti merito, perché ti ho conquistata!

Clara nulla rispose. Senza accorgersene e senza parlare avea amato in fino allora; e il momento in cui l'amore si fa conscio di sé non è quello per lui di diventar loquace. Solamente sentí per la prima volta di essere con tutta l'anima in potere d'un altro; e ciò non fece altro che cambiare il suo sorriso dal color della gioia in quello della speranza. A primo tratto avea goduto per sé; allora godeva per Lucilio, e questo contento fu piú facile e caro a lei perché piú pietoso e pudico.

— Clara; – continuò Lucilio – l'ora si fa tarda e ci aspetteranno al castello!

La giovinetta si destò come da un sogno; si stropicciò gli occhi colla mano e li sentí bagnati di lagrime.

— Volete che andiamo? — rispose ella con una voce soave e dimessa che non pareva la sua. Lucilio senza mover parola si ravviò per la strada; e la fanciulla gli veniva del paro docile e mansueta come l'agnella al fianco della madre. Il giovine per quel giorno non chiedeva di piú. Scoperto il tesoro, voleva goderne lungamente come l'avaro, non disperderlo all'impazzata in guisa dei prodighi per trovarsi poi misero peggio di prima e col sopraccollo delle memorie sfumate.

— Mi amerai sempre? — le domandò egli dopo alcuni passi silenziosi.

— Sempre! – rispose ella. La cetra d'un angelo non moverà mai un concento piú soave di questa parola pronunciata da quelle labbra. L'amore ha il genio di Paganini; egli infonde nell'armonia le virtù dello spirito.

— E quando la tua famiglia ti profferirà uno sposo? — soggiunse con voce dolorosa e stridente Lucilio.

— Uno sposo!? — sclamò la giovinetta chinando il mento sul petto.

— Sí; – riprese il giovine – vorranno sacrificarti all'ambizione, vorranno comandarti in nome della religione un amore che la religione ti proibirà in nome della natura!

— Oh io non veggo che voi! — rispose Clara quasi parlando con se stessa.

— Giuralo per quanto hai di piú sacro! giuralo pel tuo Dio e per la vita di tua nonna! — soggiunse Lucilio.

— Sí, lo giuro! — disse tranquillamente la Clara. Giurar quello che si sentiva costretta a fare da una forza irresistibile le parve cosa molto semplice e naturale. Allora si cominciavano a vedere fra il chiaroscuro della sera le prime case di Fratta: e Lucilio lasciò la mano della fanciulla per camminarle rispettosamente a fianco. Ma la catena era gittata; le loro due anime erano avvinte per sempre. La pertinacia e la freddezza da un lato, dall'altro la mansuetudine e la pietà s'erano confuse in un incendio d'amore. La volontà di Lucilio e l'abnegazione di Clara corrispondevano insieme, come quegli astri gemelli che s'avvicendano eternamente l'uno intorno all'altro negli spazi del cielo.

Due uomini armati s'offersero loro incontro prima di entrar nel villaggio. Lucilio passava oltre avvisandoli per due guardiani campestri che aspettassero alcuno; ma uno di essi gli intimò di fermarsi, dicendo che per quella sera era vietato penetrar nel paese. Il giovine fu offeso e maravigliato d'una cosí strana tracotanza; e cominciò ad adoperare un mezzo che per molta esperienza conosceva infallibile in quegli incontri. Si mise ad alzar la voce e a strapazzarli. Indarno! I due buli lo fermarono pulitamente per le braccia rispondendo che cosí voleva il servizio della Serenissima Signoria, e che nessuno sarebbe entrato in Fratta, finché non fosse ultimata l'inchiesta d'alcuni contrabbandi che si cercavano.

— M'immagino che non vorrete proibire l'ingresso in castello alla contessina Clara? — riprese Lucilio sbuffando ed additando la giovinetta, che egli proteggeva tenendosela stretta a braccio. Clara fece un moto come per trattenerlo dall'infuriar troppo; ma egli non le badò piucché tanto, e seguitò a minacciare e a voler proceder oltre. I due buli tornarono allora ad afferrarlo per le braccia, avvertendolo che l'ordine era preciso e che contro i renitenti avevano facoltà di adoperare la forza.

— E questa facoltà di adoperare la forza io la ho sempre, e ne uso largamente contro i soperchiatori! — soggiunse con maggior calore Lucilio sciogliendosi con una scrollata dal pugno dei due sgherani. Ma in quella un altro moto di Clara lo avvisò del pericolo e della inopportunità di tali atti di violenza. Laonde si rimise in calma e domandò a quei due chi fossero e con qual autorità vietassero di entrare in castello alla figlia del giurisdicente. Gli scherani risposero che erano delle Cernide di Venchieredo, ma che l'inseguimento dei contrabbandieri li autorizzava ad agire anche fuori della loro giurisdizione; che i bandi dei signori Sindaci parlavano chiaro, e che del resto tale era l'ordine del loro Capo di Cento e che erano là non per altro che per farlo rispettare. Lucilio voleva resistere ancora, ma la Clara lo pregò sommessamente di cessare; ed egli s'accontentò di tornar indietro con lei minacciando i due sgherani e il loro padrone di tutte le ire del Luogotenente e della Serenissima Signoria, che egli ben sapeva quanto poco valessero.

— Tacete! già sarebbe inutile – gli veniva bisbigliando all'orecchio la Clara traendolo lunge da quei due sgherri. – Mi dispiace che è notte fatta e a casa saranno inquieti per me; ma con un piccolo giro potremo entrare benissimo dalla parte delle scuderie.

In fatti si sviarono per la campagna cercando il sentiero che menava alla pustierla: ma non avean camminato cento passi che trovarono l'intoppo di due altre guardie.

— È un vero agguato! – sclamò indispettito Lucilio. – Che una nobile donzella debba serenare tutta notte pel capriccio di alcuni mascalzoni!

— Badi alle parole, Illustrissimo! — gridò uno dei due dando per terra un furioso colpo col calcio del moschetto.

Il giovine tremava di rabbia palpeggiando coll'una mano in fondo alla tasca la sua fida pistola; ma nell'altra sentiva il braccio di Clara che tremava di spavento ed ebbe il coraggio di trattenersi.

— Cerchiamo d'intenderci colle buone — riprese egli fremendo ancora pel dispetto. – Quanto volete a lasciar passare qui la Contessina?... Credo che non sospetterete già ch'ella porti qualche contrabbando!

— Illustrissimo, noi non sospettiamo niente: — rispose lo sgherro — ma se anche potessimo chiuder un occhio e lasciarli passare, quei del castello sono di diverso parere. Essi hanno buttato a terra tutti e due i ponti e la Contessina non potrebbe entrare che camminando sull'acqua come san Pietro.

— Ohimè! ma dunque il pericolo è proprio grave! — sclamò tramortendo la Clara.

— Eh nulla! un timor panico! me lo figuro! – rispose Lucilio. E voltosi ancora allo sgherro: – Dov'è il vostro Capo di Cento? — domandò.

— Lustrissimo è all'osteria che beve del migliore mentre noi facciamo la guardia ai pipistrelli — rispose il malandrino.

— Va bene: spero che non ci negherete di accompagnarci all'osteria per abboccarci con essolui — soggiunse Lucilio.

— Ma! non abbiamo ordini in proposito – ripigliò l'altro. – Tuttavia mi pare che si potrebbe, massime se Vostra Signoria volesse pagarne un bicchiere.

— Animo dunque e vieni con noi! — disse Lucilio.

Lo sbirro si volse al suo compagno raccomandandogli di stare alla posta e di non addormentarsi: raccomandazioni udite con pochissimo conforto da colui che dovea restarsene a mangiar la nebbia mentre l'altro aveva in prospettiva un boccaletto di Cividino. Tuttavia si rassegnò borbottando; e Lucilio e la Clara preceduti dalla Cernida mossero di bel nuovo verso il paese. Questa volta i due guardiani li lasciarono passare, e in breve furono all'osteria dove strepitava una tal gazzarra che pareva piú un carnovale che una caccia di contrabbandi. Infatti Gaetano, dopo aver inaffiato le gole de' suoi, aveva cominciato a porger il bicchiere ai curiosi. Costoro, un po' selvatici dapprincipio, s'intesero benissimo con lui con quel muto ed espressivo linguaggio. E gli abbeverati chiamavano compagnia, e questa cresceva si rinnovava e beveva sempre piú. Tantoché, mesci e rimesci, in capo ad una mezz'ora la sbirraglia di Venchieredo era diventata una sola famiglia col contadiname del villaggio; e l'oste non rifiniva dal portare a cielo la splendidezza e la rara puntualità del degnissimo Capo di Cento delle Cernide di Venchieredo. Come si può ben credere, tanta munificenza non era né arbitraria né senza motivo. Il padrone gliel'avea suggerita per tener in quiete la popolazione, e distoglierla dal prender partito contro di loro a favore dei castellani. Gaetano adoperava da furbo; e le mire del principale erano ben servite. Se avesse voluto, avrebbe fatto gridare da trecento ubbriachi: — Viva il castellano di Venchieredo! — E Dio sa qual effetto avrebbe prodotto nel castello di Fratta il suono minaccioso di questo grido.

Quando Lucilio e la Clara posero piede nell'osteria, la baldoria era al colmo. La giovine castellana avrebbe avuto il crepacuore di veder in festa coi nemici della sua famiglia i piú fidati coloni; ma la non ci badava; e la sorpresa e lo sgomento per tutto quel parapiglia le impedivano dal vederci entro chiaro. Temeva qualche grave pericolo pei suoi e le doleva di non esser con loro a dividerlo, non pensando che se pericolo c'era per essi asserragliati ben bene dietro due pertiche di fossato, piú grave doveva essere per lei difesa da un unico uomo contro quella canaglia sguinzagliata. Lucilio peraltro non era di tal animo da lasciarsi imporre da chicchessia. Egli andò difilato a Gaetano, e gli ordinò con voce discretamente arrogante di far in maniera che la Contessina potesse entrare in castello. La prepotenza del nuovo arrivato e il vino che aveva in corpo fecero che il Capo di Cento la portasse, per modo di dire, ancor piú cimata del solito. Gli rispose che in castello erano una razza perversa di contrabbandieri, che egli aveva precetto di tenerli ben chiusi finché avessero consegnati i colpevoli e le merci trafugate, e che in quanto alla Contessina ci pensasse lui giacché l'aveva a braccio. Lucilio alzò la mano per menare uno schiaffo a quell'impertinente; ma si pentí a mezzo e si torse rabbiosamente i mustacchi col gesto favorito del capitano Sandracca. Il meglio che gli restava a fare era di uscire da quel subbuglio e menare la sua compagna in qualche sicuro ricovero ove passasse la notte. La Clara si oppose dapprima a una tal deliberazione, e volle ad ogni patto giungere fin sul ponte per vedere se veramente era rotto. E Lucilio ve la accompagnò per quanto gli sembrasse pericoloso avventurarsi con una donzella fra quei manigoldi avvinazzati che gavazzavano in piazza. Ma non voleva lo si accagionasse né di aver mancato di coraggio né di aver ommesso cura alcuna per raccompagnare la Clara in casa sua. Però osservate le rovine del ponte e chiamato inutilmente Germano un paio di volte, convenne loro darsi fretta a partire, perché lo schiamazzo cresceva sempre, e la sbirraglia cominciava ad affoltarsi e a provocarli con beffe ed insulti. Lucilio sudava per la fatica durata a moderarsi; ma la briga maggiore era quella di trarre in salvo la donzella, e in tal pensiero diede giù per una stradicciuola laterale del villaggio, e girando poi verso la strada di Venchieredo, giunse a gran passi, trascinandosela dietro, sulle praterie dei mulini. Là si fermò per farle prender fiato. Ella sedette stanca e lagrimosa sul margine d'una siepe, e il giovine si curvò sopra di lei a contemplare quelle pallide sembianze sulle quali la luna appena sorta pareva specchiarsi con amore. I negri fabbricati del castello sorgevano rimpetto a loro, e qualche lume traspariva dalle fessure dei balconi per nascondersi tosto come una stella in cielo tempestoso. L'oscuro fogliame dei pioppi stormeggiava lievemente; e il baccano del villaggio, ammorzato dalla distanza, non interrompeva per nulla i trilli amorosi e sonori degli usignoli. I bruchi lucenti scintillavano fra l'erbe; le stelle tremolavano in cielo; la luna giovinetta strisciava sulle forme incerte e tenebrose con raggio obliquo e velato. La modesta natura circondava di tenebre e di silenzi il suo talamo estivo, ma l'immenso suo palpito sollevava di tanto in tanto qualche ventata di un'aria odorosa di fecondità. – Era una di quelle ore in cui l'uomo non pensa, ma sente; cioè riceve i pensieri begli e fatti dall'universo che lo assorbe. Lucilio, anima pensosa e spregiatrice per eccellenza, si sentí piccolo suo malgrado in quella calma cosí profonda e solenne. Perfino la gioia dell'amore si diffuse nel suo cuore in un lungo vaneggiamento melanconico e soave. Gli parve che i suoi sentimenti ingrandissero come la nube di polvere sperperata dal vento; ma le forme scomparivano, il colore si diradava; si sentiva piú grande e meno forte; piú padrone di tutto e meno di sé. Gli sembrò un momento che la Clara seduta dinanzi a lui s'illuminasse negli occhi d'un bagliore fiammeggiante: egli quasi folgorato dovette socchiuder le palpebre. – Donde questo prodigio? – Non lo potea capire egli stesso. Forse la solennità della notte, che stringe le anime deboli di superstiziose paure, ripiega sopra se stesso lo spirito dei forti, mostrandogli, entro il buio delle ombre, il simulacro del destino, del domatore di tutti. Forse anco il dolore della fanciulla regnava sopra di lui com'egli avea trionfato poco prima di lei per forza di volontà. Poveretta! No che gli occhi suoi non fiammeggiavano allora; se almeno lo sguardo non risplendeva pel tremolio delle lagrime. Il suo cuore riboccante una mezz'ora prima di felicità e d'amore volava, in quegli istanti, al letto di sua nonna; in quella cameretta silenziosa e bene assestata dove Lucilio avea passato con esse le lunghe ore; e quando egli non c'era ne restava viva per l'aria una cara memoria, un'immagine invisibile e ammaliatrice. Oh come avrebbe stentato ad addormentarsi la povera vecchia senza il solito bacio della nipote! Chi le avrebbe dato ragione, chi l'avrebbe consolata della sua assenza? Chi avrebbe pensato a lei nei pericoli che si minacciavano al castello per quella notte? La pietà, la divina pietà gonfiava di nuovi singhiozzi il petto della giovane, e la mano che Lucilio le stese per aiutarla a rialzarsi fu inondata di pianto. Ma rimessi che furono in via questi riebbe subito l'alacrità consueta. I sogni disparvero; i pensieri gli sprizzarono in capo risoluti e virili; la volontà piegata un momento rizzossi con miglior lena a ripigliare il comando. La storia dell'amor suo, e quella dell'amore di Clara, i casi straordinari di quella sera, i sentimenti della giovinetta ed i proprii gli si dipinsero dinanzi in un sol quadro senza confusione e senza anacronismi. Egli ne rilevò con un'occhiata da aquila il concetto generale, e decise ad ogni costo che o solo o colla fanciulla egli doveva entrare in castello prima che passasse la notte. L'amore gli imponeva questo dovere;

aggiungiamo ancora che l'interesse dell'amore medesimo glielo consigliava caldamente. Clara pregava il Signore e la Madonna, Lucilio stringeva a parlamento tutte le voci del proprio ingegno e del proprio coraggio; e cosí appoggiati l'una al braccio dell'altro, camminavano silenziosamente verso il mulino. Quanta moderazione! diranno taluni pensando al caso di Lucilio. Ma se diranno cosí gli è o ch'io mi sono spiegato male o che essi non mi hanno capito a dovere quando discorreva della sua indole. Lucilio non era né un birbone né uno scavezzacollo; pretendeva soltanto di vederci a fondo nelle cose umane, di volerne il meglio e di saper conseguire questo meglio. Queste tre pretese, se temperate da un sano criterio, egli avrebbe potuto provarle coi fatti; perciò non si lasciava mai trascinare dalle passioni, ma teneva ben salde le redini e sapeva fermarle all'uopo tanto sull'orlo del precipizio quanto sulla sponda lusinghiera e traditrice d'una fondura verdeggiante. Entrarono dunque nel mulino, ma non ci trovarono alcuno benché il fuoco scoppiettasse tuttavia in mezzo alle ceneri. La polenta lasciata sul tagliere dava a vedere che tutti non aveano cenato e che alcuni degli uomini s'erano forse attardati nel villaggio a guardar la tregenda. Ma quella era forse la famiglia con cui la Contessina aveva maggior dimestichezza, onde non le dispiacque di vedersi colà ricoverata.

— Ascolta, ben mio – le disse sottovoce Lucilio rattizzando il fuoco per sciuttarla dell'umido preso nei prati. – Io chiamerò ora e ti affiderò a qualcuna di queste donne, e poi o per forza o per amore penetrerò in castello a recarvi le tue novelle, e a guardare come stanno là dentro.

La Clara arrossí tutta sotto gli sguardi del giovane. Era la prima volta che in una stanza e alla piena del fuoco riceveva nel cuore il loro muto linguaggio d'amore. Arrossí peraltro senza rimorsi perché non le pareva di aver violato nessuno dei comandamenti del Signore; e dal volersi bene alla muta al confessarselo vicendevolmente non capiva qual differenza ci potesse essere.

— Tu fa' in modo di coricarti e di riposare; – proseguí Lucilio – io penserò nel frattempo a dar la voce dell'accaduto al Vice-capitano di Portogruaro, perché si affrettino a scompigliare le trame di questi birbanti... Va là! per nulla non sono venuti e a me pare di leggerci sotto bene a tutto questo loro zelo contro i contrabbandi... È una vendetta, o una rappresaglia, fors'anco un tafferuglio ingarbugliato a bella posta per finire quell'imbroglio del processo... Ma io metterò le cose sotto la vera luce, e il Vice-capitano vedrà lui da qual parte stiano i veri interessi della Signoria. Intanto, Clara mia, sta' in pace e dormi sicura; domattina, se non saranno venuti dal castello a prenderti, verrò io stesso; e chi sa anche che non capiti durante la notte se ci son cose pressanti.

— Oh ma voi!... non arrischiatevi! per carità! — mormorò la giovinetta.

— Sai come sono – rispose Lucilio. – Non potrei far a meno di movermi e di tentar qualche cosa, se anche si trattasse di gente sconosciuta. Figurati poi ora che è in ballo la tua famiglia, la nostra buona vecchia!

— Povera nonna! – sclamò la Clara. – Sí, va' va'; e confortala e torna subito a chiamare anche me che starò qui ad aspettare col cuore sospeso.

— Ti dico che tu devi coricarti e che chiamerò qualcheduna delle donne — soggiunse Lucilio.

— No, lasciale dormire, ché io non potrei – replicò la donzella. – Oh, mi maraviglio con me, e quasi mi vergogno, di poter rimaner qui e di non correre fuori anch'io!

— A che fare? – soggiunse Lucilio. – No per carità, non ti muovere da questo luogo. Anzi devi rinchiuderti bene, giacché essi sono tanto sconsigliati da lasciar le porte spalancate fino a mezza notte!... Marianna, Marianna! — si mise a gridare il giovane affacciandosi alla porta della scala.

Di lí a poco rispose dall'alto una voce, e poi lo scalpitare di due zoccoli, e non passò un minuto che la Marianna tutta scollata e sbracciata scese in cucina.

— Dio mi perdoni! – sclamò ella raccogliendosi la camicia sul petto – credeva che fosse il mio uomo!... È lei, signor dottore?... E anche la Contessina!... Oh diavolo! cos'è stato? Da qual parte son venuti dentro?

— Capperi! da quelle quattro braccia di porta spalancata! – rispose Lucilio. – Ma ora non è tempo da ciarle, Marianna: la Contessina non può entrare in castello perché là intorno c'è del subbuglio...

— Come, c'è del subbuglio?... Ma i nostri uomini dunque?... Ah birbonacci! Non hanno neppur cenato!... Per andarsene a curiosare hanno lasciato aperte anche tutte le porte...

— Ascoltate me ora, Marianna; – riprese Lucilio – i vostri uomini torneranno, ché non corrono nessun pericolo.

— Come, non corrono nessun pericolo? Se sapesse il mio in ispecialità come è manesco e arrischiato!... È capace di appiccar briga con un esercito, colui!...

— E bene! state certa! per questa sera non l'appiccherà!... Io andrò in cerca di loro e ve li manderò a casa... Ma voi intanto badate che non manchi niente alla Contessina.

— Oh povera signora! cosa le deve capitare anche a lei!... Scusi, sa, se mi vede in questo arnese, ma credeva proprio che fosse il mio uomo. Birbone! scappar via senza cena lasciando la porta aperta!... Oh me la pagherà!... Mi comandi dunque, Contessina!... Mi dispiace che qui non troverà nulla da par suo!...

— Dunque vi raccomando, Marianna! — disse ancora Lucilio.

— Si figuri; non c'è mestieri di raccomandazioni. Mi dispiace di essere cosí scamiciata. Ma già lei, signor dottore, è avvezzo a queste scene, e la Contessina è tanto buona!

La Marianna nell'affaccendarsi intorno al fuoco mostrava due bellissime spalle che meglio spiccavano per la loro candidezza dal bruno colore delle braccia e del viso. Non era forse malcontenta di mostrarle e per questo se ne scusava tanto.

— Addio!... amami, amami! — mormorò Lucilio all'orecchio della Clara; indi, raccolto uno sguardo di lei tutto amore e speranza, si dileguò fuori dell'uscio nella nebbia della campagna. La Clara non poté fare a meno di seguirlo fino sulla soglia, indi perdutolo di vista, tornò a sedere in cucina, ma non presso al foco perché il caldo era grande e aveva asciutte le vesti piú del bisogno. Invece la sua testa i suoi polsi ardevano come tizzoni, e aveva le labbra e la gola riarse quasi per febbre. La Marianna voleva a tutta forza che la mandasse giú un boccone; ma la non volle a nessun patto, e si accontentò d'un bicchier d'acqua. Indi allungò il braccio sulla spalliera della seggiola e vi poggiò sopra il capo nell'attitudine di chi s'appresta a dormire; e la Marianna allora cercò persuaderla di coricarsi di sopra nel suo letto, che le avrebbe messe le lenzuola di bucato. Vedendo poi che eran parole buttate via, la vistosa mugnaia si tacque, e dati i chiavistelli alla porta sedette essa pure su uno sgabello.

— Io voglio che voi andiate a coricarvi — le disse allora la Clara, che, per quanti pensieri per quanti timori avesse per sé, non avrebbe mai commesso una dimenticanza a scapito altrui.

— No signora! bisogna che io stia qui per essere pronta ad aprire ai nostri uomini – rispose la Marianna – altrimenti invece di darla mi toccherebbe pigliare una gridata.

La Clara tornò allora a reclinar la fronte sul braccio, e stette cosí, come si dice, sognando ad occhi aperti, mentre la Marianna dopo aver dondolato un buon pezzo col capo lo appoggiava sopra una tavola cominciando a fiatare colle tranquille e regolari battute d'una robusta campagnuola che dorme della grossa.

Intanto mentre il signor Lucilio con ogni accorgimento per non esser veduto si veniva avvicinando alle fosse posteriori del castello, io mandato fuori esploratore me ne scostava con pari prudenza, volendo girar in maniera da sbucar al villaggio per un altro capo e togliere ogni sospetto di quello che era veramente. Quando ebbi camminato un tiro di schioppo verso le praterie, mi parve discernere nel buio una forma d'uomo che avanzava tra il fogliame delle viti con somma circospezione. Mi acquattai dietro il seminato; e stetti guardando, protetto contro ogni curiosità dalla mia piccolezza e dal frumento che mi stava a ridosso colle sue belle spighe già bionde e pencolanti. Guardo tra spica e spica, tra vite e vite, e in un aperto battuto dalla luna cosa mi par di vedere?... – Il signor Lucilio! – Torno ad osservar ancora; e mi torna a comparire. Mi alzo, me gli avvicino con prudenza sempre dietro il frumento, e pronto ad intanarmivi entro come una lepre al minimo bisogno. Guardo ancora: era proprio lui. Nessuna ventura al mondo potea toccarmi secondo me piú fortunata di questa in simile congiuntura. Il signor Lucilio era il confidente della vecchia Contessa, e della Clara; egli avea dimostrato volermi qualche bene nell'occasione della mia scappata in laguna; nessuno migliore di lui per aiutarmi nelle mie ricerche. E siccome egli avea fama di uomo scienziato, cosí il mio criterio prese da quell'incontro le piú belle lusinghe. Quando me gli trovai presso un dieci passi:

— Signor Lucilio! signor Lucilio! — bisbigliai con quella voce sommessa sommessa che sembra voglia farsi tanto lunga quanto si fa sottile.

Egli si fermò e stette in ascolto.

— Sono il Carlino di Fratta! Sono il Carlino dello spiedo! — io continuai alla stessa maniera.

Egli trasse di tasca un certo arnese che conobbi poi essere una pistola e mi si avvicinò guardandomi ben fiso in faccia. Siccome ero coperto dall'ombra del frumento, pareva che stentasse a riconoscermi.

— E sí, sí, diavolo! son proprio io! — gli dissi con qualche impazienza.

— Zitto, silenzio! – mormorò egli con un filettino di voce. – Qui presso vi ha una guardia e non vorrei che origliasse i nostri discorsi.

Intendeva quella guardia ch'era rimasta sola dopoché la compagna s'era messa per guida di Lucilio e della Contessina. Ma la solitudine è alle volte una triste consigliera e la guardia, dopo una valorosa difesa durata per piú di mezz'ora, avea finito col rimaner vinta dal sonno. Perciò Lucilio ed io potevamo parlare in piena sicurezza che nessuno ci avrebbe incommodati.

— Accostamiti all'orecchio, e dimmi se esci dal castello, e cosa c'è di nuovo là dentro — mi bisbigliò egli all'orecchio.

— C'è di nuovo che hanno una paura da olio santo; – risposi io – che hanno buttato giù i ponti pel timore di essere ammazzati dai buli di Venchieredo, che si è perduta la signora Clara, e che dall'Avemaria ad ora hanno già detto due rosari. Ma adesso hanno mandato fuori me perché fiuti l'aria, e cerchi conto della Contessina, e torni poi a recar loro le novelle.

— E cosa penseresti di fare, piccino?

— Capperi! cosa penso di fare!... Andare all'osteria fingendo di essermi smarrito come mi è accaduto quell'altra volta, se ne ricorda? quella volta della febbre; e poi ascoltare quello che dicono gli sbirri, e poi domandar della Contessina a qualche contadino, e poi tornare fedelmente per dove sono venuto scavalcando il fosso sopra una tavola.

— Sai che sei proprio uno spiritino! Non ti credeva da tanto. Peraltro consolati che la fortuna ti sparagna de' bei fastidi. Io sono stato all'osteria, io ho condotto in salvo al mulino la contessina Clara, e se m'insegni il modo di entrare in castello, potremo portar loro la risposta in compagnia.

— Se gli insegnerò il modo? Mi basterà un fischio, e Marchetto ci butterà la tavola. Dopo lasci fare a me, che passerà l'acqua senza bagnarsi, purché abbia l'avvertenza di imitarmi e di star ben in bilico sulla tavola.

— Andiamo dunque!

E Lucilio mi prese per mano; e rasentando alcune folte siepaie dietro le quali è impossibile affatto l'esser veduti anche di giorno, io lo condussi in un batter d'occhio in riva alla fossa. Lí fischiai com'eravamo d'intesa, e Marchetto fu pronto ad accorrere e a buttarmi la tavola.

— Cosí presto? — mi diss'egli dall'altra banda del fosso, perché la maraviglia vinse pel momento ogni altro riguardo.

— Zitto! — risposi io mostrando a Lucilio il modo di adagiarsi sulla tavola.

— Chi c'è? — soggiunse piú sorpreso ancora il cavallante che cominciava allora a distinguere nel buio due figure in vece di una.

— Amici, e zitto! — rispose Lucilio; e poi egli stesso, come pratico del mestiere, diede una spinta che ci menò proprio a baciare pulitamente l'altra riva.

— Son io, son io! – diss'egli saltando a terra – e porto buone notizie della contessina Clara!...

— Davvero? Sia lodato il Cielo! — soggiunse Marchetto sgomberandogli la strada per aiutar me a ritirare la tavola dall'acqua.

Quando s'entrò in cucina aveano finito allora allora di recitare il rosario; il fuoco era spento, ché del resto non avrebbero potuto reggere in quel luogo colla caldana della state; nessuno pensava alla cena e solamente monsignor Orlando gettava di tanto in tanto sulla cuoca qualche occhiata irrequieta. Anche Martino s'era messo taciturno e imperterrito a grattare il suo formaggio; ma tutti gli altri avevano tali facce da far onore ad un funerale. La comparsa di Lucilio fu un raggio di sole in mezzo ad un temporale. Un — Oh! — di maraviglia, d'ansietà, e di piacere gli risonò intorno in coro, e poi tutti si fermarono a guardarlo senza domandargli nulla, quasi dubitassero s'ei fosse un corpo, o un fantasma. Toccò dunque a lui aprir la bocca pel primo; e le parole di Mosè quando tornava dal monte non furono ascoltate con maggior attenzione delle sue.

Martino avea intermesso anch'egli di grattare, ma non arrivando a capir nulla dei discorsi che si facevano, finí coll'impadronirsi di me e farsi contar a cenni una parte della storia.

— Prima di tutto ho buone notizie della contessina Clara – diceva intanto il signor Lucilio. – Ella era uscita nei campi verso Fossalta incontro alla signora Contessa come costuma; e impedita di rientrare in castello dai bravacci che lo guardavano da tutte le parti, io stesso ebbi l'onore di menarla in salvo nel mulino della prateria.

Quei bravacci che attorniavano il castello d'ogni lato guastarono assai la buona impressione che dovea esser prodotta dalle notizie della Clara. Tutti sorrisero colle labbra al colombo della buona nuova, ma negli occhi lo sgomento durava peggio che mai e non sorrideva per nulla.

— Ma dunque siam proprio assediati come se fossero Turchi coloro! — sclamò la Contessa giungendo disperatamente le mani.

— Si consoli che l'assedio non è poi tanto rigoroso se io ho potuto penetrare fin qui; – soggiunse Lucilio – gli è vero che il merito è tutto del Carlino, e che se non avessi incontrato lui, difficilmente avrei potuto orientarmi cosí presto e farmi gettar la tavola da Marchetto.

Gli occhi della brigata si volsero allora tutti verso di me con qualche segno di rispetto. Alla fine capivano che io era buono ad altro che a girare l'arrosto, ed io godetti dignitosamente di quel piccolo trionfo.

— Sei anche stato all'osteria? — mi chiese il fattore.

— Vi dirà tutto il signor Lucilio – risposi modestamente. – Egli ne sa piú di me perché ha avuto che fare, credo, con quei signori.

— Ah! e cosa dicono? pensano d'andarsene? — domandò ansiosamente il Conte.

— Pensano di rimanere; – rispose Lucilio – per ora almeno non c'è speranza che levino il campo, e bisognerà ricorrere al Vice-capitano di Portogruaro per deciderli a metter la coda fra le gambe.

Monsignor Orlando mandò un'altra e piú espressiva occhiata alla cuoca; il canonico di Sant'Andrea si accomodò il collare con un leggero sbadiglio: in ambidue i reverendi i bisogni del corpo cominciavano a gridar piú forte delle afflizioni dello spirito. Se questo è segno di coraggio, essi furono in quella circostanza i cuori piú animosi del castello.

— Ma cosa ne dice lei? cos'è il suo parere in questa urgenza? — chiese con non minor ansietà di prima il signor Conte.

— Dei pareri non ce n'è che uno – soggiunse Lucilio. – Son ben munite le mura? sono sprangate le porte e le finestre? ci sono moschetti e spingarde alle feritoie? V'ha per questa notte gente sufficiente per vegliare alla difesa?

— A voi, a voi, Capitano! – strillò la Contessa invelenita pel contegno poco sicuro dello schiavone. – Rispondete dunque al signor Lucilio! Avete disposto le cose in maniera che si possa credersi al sicuro?

— Cioè; – barbugliò il Capitano – io non ho che quattro uomini compresi Marchetto e Germano; ma i moschetti e le spingarde sono all'ordine; e ho anche distribuito la polvere... In difetto poi di palle, ho messo in opera la mia munizione da caccia.

— Benissimo! credete che quei manigoldi siano passerotti! — gridò il Conte.

— Freschi staremo a difendercene coi pallini!

— Via, per cinque o sei ore anche i pallini basteranno; – riprese Lucilio – e quando loro signorie sappiano tener a freno quegli assassini fino a giorno, io credo che le milizie del Vice-capitano avranno campo di intervenire.

— Fino a giorno! come si fa a difenderci fino a giorno, se quei temerari si mettono in capo di darci l'assalto!? – urlò il Conte strappandosi a ciocche la parrucca. – Ne uccideremo uno, agli altri il sangue andrà alla testa, e saremo tutti fritti prima che il signor Vice-capitano pensi a mettersi le ciabatte!

— Non veda, no, le cose tanto scure; – replicò Lucilio – castigatone uno, creda a me che gli altri faranno giudizio. Non ci si perde mai a mostrar i denti; e giacché il signor capitano Sandracca non sembra del suo umor solito, io solo voglio incaricarmene; e dichiaro e guarentisco che io solo basterò a difendere il castello, e a mettere in iscompiglio al menomo atto tutti quei spaccamonti di fuori!

— Bravo signor Lucilio! Ci salvi lei! Siamo nelle sue mani! — sclamò la Contessa.

Infatti il giovane parlava con tal sicurezza che a tutti si rimise un po' di fiato in corpo; la vita tornò a muoversi in quelle figure, sbalordite dallo spavento, e la cuoca s'avviò alla credenza con gran conforto di Monsignore. Lucilio si fece raccontar brevemente l'andamento di tutto l'affare; giudicò con miglior fondamento che fosse una gherminella del castellano di Venchieredo per tagliar a mezzo il processo con un colpo di mano sulla cancelleria, e per primo atto della sua autorità fece trasportare in un salotto interno le carte e i protocolli di quella faccenda. Esaminò poi diligentemente le fosse le porte e le finestre; appostò Marchetto con Germano dietro la saracinesca; il fattore lo mise alla vedetta dalla parte della scuderia; altre due Cernide che erano il nerbo della guarnigione le dispose alle feritoie che guardavano il ponte; distribuí le cariche e comandò che irremissibilmente fosse ammazzato chi primo osasse tentare il valico della fossa. Il capitano Sandracca stava sempre alle calcagna del giovine mentre egli attendeva a questi provvedimenti; ma non aveva coraggio di fare il brutto muso, anzi gli facevano mestieri i cenni gli urtoni e gli incoraggiamenti della moglie per non accusare il mal di ventre e ritirarsi in granaio.

— Cosa le pare, Capitano? – gli disse Lucilio con un ghignetto alquanto beffardo. – Avrebbe fatto anche lei quello che ho fatto io?...

— Sissignore... lo aveva già fatto; – balbettò il Capitano – ma mi sento lo stomaco...

— Poveretto! – lo interruppe la signora Veronica. – Egli ha faticato fin adesso; ed è suo merito se i manigoldi non son già penetrati in castello. Ma non è piú tanto giovane, la fatica è fatica, e le forze non corrispondono alla buona volontà!

— Ho bisogno di riposo — mormorò il Capitano.

— Sí, sí, riposi con suo comodo; – soggiunse Lucilio – il suo zelo lo ha provato bastevolmente; e ormai può mettersi sotto la piega colla coscienza tranquilla.

Il veterano di Candia non se lo fece dire due volte; infilò la scala volando come un angelo, e per quanto la moglie gli stesse a' panni gridando di guardarsi bene e di non precipitarsi! in quattro salti fu nella sua stanza ben inchiavata e puntellata. Quel dover passare vicino alle feritoie gli avea dato il capogiro; e gli parve di stare assai meglio fra la coltre e il materasso. Ai pericoli futuri Dio avrebbe provveduto; egli temeva piú di tutto i presenti. La signora Veronica poi si sfogava, rimproverandogli sommessamente la sua dappocaggine; ed egli rispondeva che non era il suo mestiero quello di affrontare i ladri, ma che se si fosse trattato di vera guerra guerreggiata lo avrebbero veduto al suo posto.

— Giovinastri, giovinastri! – sclamò il valentuomo stirandosi le gambe. – La trinciano da eroi perché hanno l'imprudenza di sfidar una palla facendo capolino dai merli. Eh, mio Dio, ci vuol altro!... Veronica, non uscir mica di camera sai!... Io voglio difenderti come il piú gran tesoro che abbia!

— Grazie, – rispose la donna – ma perché non vi siete svestito?

— Svestirmi! vorresti che mi svestissi con quella giuggiola di tempesta che abbiamo alle spalle!... Veronica, sta' sempre vicina a me... Chi vorrà offenderti dovrà prima calpestare il mio cadavere.

Costei si gettò anch'essa, vestita com'era, sul letto; e da coraggiosa donna avrebbe anche pigliato sonno, se il marito ad ogni mosca che volava non fosse sobbalzato tant'alto, domandandole se aveva udito nulla, ed esortandola a confidare in lui, e a non allontanarsi dal suo legittimo difensore.

Intanto da basso una discreta cena improvvisata con ova e bragiuole avea calmato gli spasimi dei due monsignori, e rimessili con tutta l'anima alla paura, s'interrogavan l'un l'altro sul numero e sulla qualità degli assalitori: eran cento, eran trecento, eran mille; tutti capi da galera, il miglior de' quali era fuggito al capestro per indulgenza del boia. Se gridavan al contrabbando, si era per trovar pretesto ad un saccheggio; a udirli urlare e cantare sulla piazza dovevan esser ubbriachi fradici, dunque non bisognava aspettarsi da essoloro né ragionevolezza né remissione. Il resto della compagnia faceva tanto d'occhi a questi ragionamenti; e peggio poi quando alcuna delle scolte veniva a riferire di qualche romore udito, di qualche movimento osservato nelle vicinanze del castello. Lucilio, dopo fatta una visita alla vecchia Contessa e aver coonestato anche lui con una panchiana l'assenza della Clara, era tornato a confortare quei poveri diavoli. Scrisse allora e fece firmare dal Conte una lunga e pressantissima lettera al Vice-capitano di Portogruaro, e domandò licenza alla compagnia d'andar egli stesso in persona a portarla. Misericordia! non lo avesse mai detto! La Contessa gli si gettò quasi ginocchione dinanzi; il Conte lo abbrancò pel vestito cosí furiosamente che gliene strappò quasi una falda; i canonici, la cuoca, le guattere, i servitori lo attorniarono d'ogni lato come ad impedirgli d'uscire. E tutti con occhiate con gesti con monosillabi o con parole s'ingegnavano di fargli capire che partir lui era lo stesso che volerli privare dell'ultima lusinga di salute. Lucilio pensò a Clara, e pur decise di rimanere. Tuttavia si richiedeva alcuno che s'incaricasse della lettera, e di nuovo gettarono gli occhi sopra di me. Giovandomi della confusione generale, io era sempre stato nella camera della Pisana sopportando i suoi rimbrotti per la fazione *extra muros* di cui io l'aveva defraudata. Ma appena mi chiamarono ebbi l'accortezza e la fortuna di farmi trovar sulla scala. M'empirono il capo d'istruzioni e di raccomandazioni, mi cucirono nella giacchetta il piego, mi imbarcarono sulla solita tavola, ed eccomi per la seconda volta impegnato in una missione diplomatica. Sonavano allora per l'appunto le dieci ore di notte, e la luna mi dava negli occhi con poca modestia; due cose che mi davano qualche fastidio, la prima per le streghe e le stregherie raccontatemi da Marchetto, la seconda per la facilità che ne proveniva di poter essere osservato. Con tutto ciò ebbi la fortuna di giungere sano e salvo sui prati. Tremava un pocolino dapprincipio; ma mi rassicurai strada facendo, e nell'entrar al mulino, come volevano le mie istruzioni, assunsi una cert'aria d'importanza che mi fece onore. Rassicurai la contessina Clara e risposi con garbo a tutte le sue interrogazioni; indi detto alla Marianna che l'andasse a svegliare il maggiore de' suoi figliuoli, approfittai della sua assenza per istracciare la fodera della giacchetta; e cavatane la lettera la riposi come nulla fosse in saccoccia. Sandro era un garzoncello maggiore di me di due anni e che dimostrava un ingegno ed un coraggio non comuni; perciò il fattore m'aveva raccomandato di addrizzarmi a lui per mandar quella scritta a Portogruaro. Egli si tolse l'incarico senza neppur pensarci sopra; si buttò la giubba sulle spalle, mise la lettera nel petto, e uscí fuori zufolando come andasse ad abbeverare i buoi. La strada ch'ei dovea tenere verso Portogruaro si allontanava sempre piú da Fratta e non v'avea pericolo che fosse sorpreso e intercettato. Perciò io stava senza alcun timore, beato beatissimo di veder uscire a buon fine tutte le commissioni affidatemi, e piene le orecchie degli elogi che mi avrebbero suonato intorno nella cucina del castello. Benché mi avesse raccomandato il signor Lucilio di far compagnia alla signora Clara fino al ritorno del messo, il terreno mi bruciava sotto di rimettermi in moto; quell'andare e venire, quel mistero, quei pericoli avean dato l'abbrivo alla mia immaginazione infantile, e non potea stare senza qualche gran impresa per le mani. Mi saltò allora in capo di rientrare nel castello a darvi contezza di quella parte dell'incarico che aveva già avuto effetto; salvo sempre di rinnovare la sortita per saper la risposta del Vice-capitano di giustizia. La Clara, udita questa mia intenzione, domandò risolutamente se mi bastava l'animo di far passare la fossa anche a lei. Il mio piccolo cuore palpitò piú di superbia che d'incertezza, e risposi col volto fiammeggiante e col braccio teso che mi sarei annegato io, piuttostoché far bagnare a lei la falda della veste. La Marianna tentò attraversare con molte ragioni di prudenza questo disegno della padroncina; ma essa avea conficcato proprio il chiodo, ed io poi era cosí contento di ribadirlo che mi tardava l'ora di trovarmi con lei all'aperta.

Detto fatto, lasciata la mugnaia colla sua prudenza, noi uscimmo sui prati, e di là in breve fummo senza guaio alle fosse. Il solito fischio la solita tavola; e la traversata successe a dovere come le altre volte.

La Contessina gongolava tanto di fare quell'improvvisata, che il passar l'acqua a quel modo le fu quasi piacevole e rideva come una ragazzina nell'inginocchiarsi su quell'ordigno. Le feste le maraviglie la consolazione di tutta la famiglia sarebbero lunghe a ridirsi: ma il primo pensiero di Clara fu di chieder conto della nonna; o se non fu il primo pensiero, fu certo la prima parola. Lucilio le rispose che la buona vecchia, persuasa della fandonia che le avean dato a bere sul conto di lei, erasi addormentata in pace, e bene stava di non risvegliarla. Allora la giovinetta sedette cogli altri in tinello; ma mentre tutti origliavano dalle fessure delle finestre i rumori che venivano dal villaggio, ella parlava muta muta cogli occhi di Lucilio e lo ringraziava per tutto quanto egli aveva adoperato a loro vantaggio. Infatti era una voce sola che ascriveva al signor Lucilio tutto quel po' di sicurezza e di speranza, che risollevava le anime degli abitatori del castello dalla prima abiezione. Lui era stato a consolarli con qualche buon argomento, lui a munire provvisoriamente il castello contro un colpo di mano, lui a concepire quella sublime pensata del ricorso al Vice-capitano. Lí tornava in campo io. Mi si chiese conto della lettera e di chi se n'era incaricato; e tutti giubilarono di sapere che di lí a un paio d'ore io sarei tornato al mulino per recare la risposta di Portogruaro. Ognuno mi fece mille carezze, io era portato in palma di mano. Monsignore mi perdonava la mia ignoranza in punto al *Confiteor*, ed il fattore si pentiva di avermi posposto ad un menarrosto. Il Conte mi volgeva gli occhi dolci e la Contessa poi non finiva mai di accarezzarmi la nuca. Giustizia tarda e meritata.

Mentre la brigata si sbracciava a farmi la corte, crebbe il romore di fuori improvvisamente, e Marchetto, il cavallante, col fucile in mano e gli occhi sbarrati si precipitò nel tinello. Che è che non è? – Fu un alzarsi improvviso, un gridare, un domandare, un rovesciarsi di seggiole, e di candelieri. – C'era che quattro uomini per un condotto d'acqua rimasto asciutto erano sbucati dietro la torre; che erano saltati addosso a lui e a Germano; che costui con due coltellate nel fianco doveva essere a mal partito, e che egli avea fatto appena tempo di scappare serrandosi dietro le porte. A queste notizie lo strillare, e il rimescolarsi crebbe di tre tanti; nessuno sapeva cosa si facesse; parevano quaglie insaccate allo scuro in un canestro che danno del capo qua e là alla rinfusa senza cognizione e senza scopo. Lucilio si sfiatava a raccomandare la quiete, e il coraggio; ma era un parlare ai sordi. La sola Clara lo udiva e cercava aiutarlo col persuadere la Contessa a farsi animo e a sperare in Dio.

— Dio, Dio! è proprio tempo di ricorrere a Dio!... – sclamava la signora – chiamateci il confessore!... Monsignore, lei pensi a raccomandarci l'anima.

Il canonico di Sant'Andrea, cui erano rivolte queste parole, non aveva piú anima per sé – figuratevi se avea intenzione o possibilità di raccomandare quella degli altri! In quel momento s'udí lo scoppio di molte schioppettate, e insieme grida e romori e minaccie di gente che sembrava azzuffarsi nella torre. Lo scompiglio non conobbe piú limiti. Le donne di cucina capitarono da un lato, le cameriere la Pisana i servi dall'altro; il Capitano entrò piú morto che vivo sostenuto dalla moglie, e gridando che tutto era perduto. S'udivano di fuori le strida e le preghiere delle famiglie di Fulgenzio e del fattore che chiedevano esser ricoverate nella casa padronale come in luogo piú sicuro. In tinello era un affacciarsi confuso e precipitoso di volti sorpresi e sparuti, un gesteggiare di preghiere e di segni di croce, un piangere di donne, un bestemmiare di uomini, un esorcizzare di monsignori. Il Conte avea perduto la sua ombra che avea stimato opportuno di ficcarsi piú ancora all'ombra sotto il tappeto della tavola. La Contessa quasi svenuta guizzava come un'anguilla, la Clara s'ingegnava di confortarla come poteva meglio. Io per me aveva presa tra le braccia la Pisana, ben deciso a lasciarmi squartare prima di cederla a chichessia: il solo Lucilio avea la testa a segno in quel parapiglia. Domandò a Marchetto, ed ai servi, se tutte le porte fossero serrate; indi chiese al cavallante se avesse veduto le due Cernide prima di scappare dalla torre. Il cavallante non le aveva vedute; ma ad ogni modo non bastavano due soli uomini a menar tutto quel gran romore che si udiva di fuori; e Lucilio giudicò tosto che qualche nuovo accidente fosse intervenuto. Avesse già avuto effetto il ricorso al Vice-capitano? – Pareva troppo presto; tanto piú che la soverchia premura non era il difetto delle milizie d'allora. Certo peraltro qualche soccorso era capitato; se pure gli assalitori non erano tanto ubbriachi da favorirsi le archibugiate fra di loro. In quella, alle querele delle donne di Fulgenzio e del fattore successe contro le finestre un tambussare di uomini, e un gridar che si aprisse e che si stesse quieti, perché tutto era finito. Il Conte e la Contessa non s'acquietavano per nulla, credendo che fosse uno stratagemma immaginato per entrar in casa a tradimento. Tutti si stringevano angosciamente intorno a Lucilio aspettando consiglio e salute da lui solo; la contessina Clara s'era messa alla porta della scala deliberata a correre dalla nonna non appena il pericolo si facesse imminente. I suoi occhi rispondevano valorosamente agli sguardi del giovane; che badasse egli pure agli altri, poiché per lei si sentiva forte e sicura contro ogni evento. Io teneva la Pisana piucchemai stretta fra le braccia, ma la fanciulletta mossa all'emulazione dal mio coraggio gridava che la lasciassi, e che si sarebbe difesa da sé. L'orgoglio poteva tanto sull'immaginazione di lei che le pareva di bastare contro un esercito. Frattanto il signor Lucilio accostatosi ad una finestra avea domandato chi fossero coloro che bussavano.

— Amici, amici! di San Mauro e di Lugugnana! — risposero molte voci.

— Aprite! Sono il Partistagno! I malandrini furono snidati! — soggiunse un'altra voce ben nota che sciolse si può dire il respiro a tutta quella gente trepidante tra la paura e la speranza.

Un grido di consolazione fece tremare i vetri ed i muri del tinello e se tutti fossero diventati pazzi ad un punto non avrebbero dato in piú strane e grottesche dimostrazioni di gioia. Mi ricorda e mi ricorderà sempre del signor Conte, il quale al fausto suono di quella voce amica si mise le mani alla tempia, ne sollevò la parrucca, e stette con questa sollevata verso il cielo, come offrendola in voto per la grazia ricevuta. Io ne risi, ne risi tanto, che buon per me che la grandezza del contento stornasse dalla mia persona l'attenzione generale! – Finalmente le porte furono aperte, le finestre spalancate; s'accesero fanali, lucerne, lampioni, e candelabri; e al festivo splendore d'una piena illuminazione, fra il suono delle canzoni trionfali, dei *Te Deum* e delle piú divote giaculatorie, il Partistagno invase coll'armata liberatrice tutto il pianterreno del castello. Gli abbracciari le lagrime i ringraziamenti le meraviglie furono senza fine; la Contessa, dimenticando ogni riguardo, era saltata al collo del giovine vincitore, il Conte, monsignor Orlando, e il canonico di Sant'Andrea vollero imitarla; la Clara lo ringraziò con vera effusione d'aver risparmiato alla sua famiglia chi sa quante ore di spavento e d'incertezza, e fors'anco qualche disgrazia meno immaginaria. Il solo Lucilio non si congiunse al giubilo e all'ammirazione comune; forse lo scioglimento non gli quadrava, e l'avrebbe voluto derivare dovunque fuorché dalla parte per la quale era venuto. Tuttavia era troppo giusto ed accorto per non mascherare questi propositati sentimenti d'invidia; e fu egli il primo che richiese il Partistagno del modo e della fortuna che l'aveva menato a quella buona opera. Il Partistagno raccontò allora com'egli fosse venuto quella sera per la solita visita al castello, ma un po' piú tardi del consueto pel riparo di alcune arginature che l'ebbe trattenuto a San Mauro. Gli sgherri di Venchieredo gli avevano proibito d'entrare, ed egli avea fatto un gran gridare contro quella soperchieria, ma non ne avea cavato nulla; e alla fine vedendo che le chiacchiere non contavano un fico, ed accorgendosi che quel gridare al contrabbando era una copertina a Dio sa quali diavolerie, s'era proposto di partire e tornar alla carica con ben altri argomenti che le parole.

— Perché io non sono un prepotente di mestiere; — soggiunse il Partistagno – ma all'uopo anch'io posso qualche cosa e so farmi valere. — E ciò dicendo mostrava tesi i muscoli dei polsi, e faceva digrignare certi denti acuti e sottili che somigliavano quelli del leone.

Infatti l'era tornato di galoppo a San Mauro, e là, raccoltivi alcuni suoi fidati, nonché molte Cernide di Lugugnana che vi stavano ancora a lavoro sopra l'argine, s'era ravviato verso Fratta. Eravi giunto proprio nel momento che la torre veniva occupata per sorpresa da quattro bravacci; ond'egli, sgominato prima assai facilmente gli ubbriachi che armeggiavano sulla piazza e nell'osteria, si mise a guadar la fossa con parecchi de' suoi. Con qualche fatica guadagnarono l'altra riva senzaché coloro che aveano occupato la torre si dessero cura di ributtarli, intesi com'erano a scassinar gangheri e serrature per penetrare nell'archivio. E poi dopo qualche schioppettata, scambiatasi cosí tra il chiaroscuro piú per braveria che per bisogno, i quattro malandrini erano venuti nelle sue mani; e li teneva guardati nella stessa torre ove s'erano introdotti con sí sfacciata sceleraggine. Fra questi era il capobanda Gaetano. Quanto poi al portinaio del castello l'era già morto quando le Cernide di Lugugnana s'erano accorte di lui.

— Povero Germano! — sclamò il cavallante.

— E che non ci sia proprio piú pericolo? che tutti siano partiti? che non ci si rifacciano addosso per la rivincita? — chiese il signor Conte al quale non pareva vero che un tanto temporale si fosse squagliato per aria senza qualche grande fracasso di fulmini.

— I capi sono bene ammanettati e saranno savi come bambini fino al momento che li regoli meglio il boia; — rispose il Partistagno — quanto agli altri scommetto che non si sovvengono piú di qual odor sappia l'aria di Fratta, e che lor non cale niente affatto di fiutarla ancora.

— Dio sia lodato! – sclamò la Contessa – signor Barone di Partistagno, noi tutti e le cose nostre ci facciamo roba sua in riconoscenza dell'immenso servigio che ci ha prestato.

— Ella è il piú gran guerriero dei secoli moderni! — gridò il Capitano asciugandosi sulla fronte il sudore che vi avea lasciato la paura.

— Pare peraltro che anche lei avesse pensato ad una buona difesa – rispose il Partistagno. – Finestre e porte erano cosí tappate che non ci sarebbe passata una formica.

Il Capitano ammutolí, s'avvicinò col fianco alla tavola per non far vedere ch'egli era senza spada e della mano accennò a Lucilio, come per riferir a lui tutto il merito di tali precauzioni.

— Ah è stato il signor Lucilio!? – sclamò Partistagno con un lieve sapore d'ironia. – Bisogna confessare che non si poteva usare maggior prudenza.

Il panegirico della prudenza in bocca di chi avea vinto coll'audacia somigliava troppo ad un motteggio perché Lucilio non se ne accorgesse. L'anima sua dovette sollevarsi ben alto per rispondere con un modesto inchino a quelle ambigue parole. Il Partistagno, che credeva di averlo subissato o poco meno, si volse per vedere sulla fisonomia della Clara l'effetto di quel nuovo trionfo sul piccolo e infelice rivale. Si maravigliò alquanto di non vederla, perocché la fanciulla era già corsa di sopra ad usciolare dietro la porta della nonna. Ma la buona vecchia dormiva saporitamente, protetta contro le archibugiate da un principio di sordità; ed ella tornò indi a poco in tinello, contentissima della sua esplorazione. Il Partistagno la adocchiò allora gustosamente, e n'ebbe un'occhiata di pura benevolenza che lo confermò viemmeglio nella sua compassione pel povero dottorino di Fratta. In mezzo a ciò gli piovevano d'ogni lato domande sopra questo e sopra quello; e sul numero dei malandrini, e sul modo da lui adoperato nel passar la fossa, e come sempre avviene dopo il pericolo, tutti godevano d'immaginarlo grandissimo e di ricordarne le emozioni. Lo stato d'animo di chi è o si crede sfuggito ad un rischio mortale somiglia a quello di chi ha ricevuto risposta favorevole ad una dichiarazione d'amore. L'istessa giocondità, l'istessa loquacia, l'istessa prodigalità di ogni cosa che gli venga domandata, l'istessa leggerezza di corpo e di mente; e per dirla meglio, tutte le grandi gioie si somigliano nei loro effetti, a differenza dei grandi dolori che hanno una scala di manifestazioni molto variata. Le anime hanno un centinaio di sensi per sentir il male, ed uno solo pel bene; e la natura rileva alcun poco dell'indole di Guerrazzi che ha maggior immaginativa per le miserie che pei pregi della vita.

Il primo cui venne in mente che ai nuovi arrivati potesse abbisognare qualche rinfresco, fu monsignor Orlando; io penso sempre che lo stomaco piú ancora della riconoscenza lo facesse accorto di tale bisogno. Dicono che l'allegria è il piú attivo dei succhi gastrici, ma Monsignore avea digerito la cena durante la paura; e l'allegria non avea fatto altro che stimolare vieppiù il suo appetito. Due ova e mezza bragiuola! Ci voleva altro per farlo tacere, l'appetito d'un monsignore!... Subito si misero all'opera; e si fece man bassa sui porcellini di Fulgenzio. Il timore d'un lungo assedio era svanito; la cuoca lavorava per tre; le guattere e i servi avevano quattro braccia per uno; il fuoco sembrava disporsi a cuocere ogni cosa in un minuto; Martino lagrimando per la morte di Germano, comunicatagli allora allora dal cavallante, grattava in tre colpi mezza libbra di formaggio. Io e la Pisana facevamo gazzarra contenti e beati di vederci dimenticati nel tripudio universale; per noi avremmo desiderato ogni mese un assalto al castello per goderne poi un simile carnovale. Ma la memoria del povero Germano s'intrometteva sovente ad abbuiare la mia contentezza. Era la prima volta che la morte mi passava vicina dopo che era venuto in età di ragione. La Pisana mi svagava col suo chiacchierio, e mi rampognava del mio umore ineguale. Ma io le rispondeva: — E Germano? — La piccina allungava il broncio; ma poco stante tornava a ciarlare, a dimandarmi contezza delle mie spedizioni notturne, a persuadermi che ella avrebbe fatto anche meglio, e a congratularsi meco che la cuoca si fosse degnata di porre in opera il menarrosto senza ficcar me a far le sue veci. Io mi svagava del mio dolore in questi colloqui; e la superbietta di essere stimato qualche cosa mi teneva troppo occupato di me e della mia importanza per permettermi di pensar troppo al morto. Era già passata la mezzanotte di qualche mezz'ora quando la cena fu in pronto. Non si badò a distinzione di quarti o di persone. In cucina in tinello in sala nella dispensa ognuno mangiò e bevve, come e dove voleva. Le famiglie del fattore e di Fulgenzio furono convitate al banchetto trionfale; e soltanto fra un boccone ed un brindisi la morte di Germano e la sparizione del sagrista e del Cappellano richiamarono qualche sospiro. Ma i morti non si movono e i vivi si trovano. Di fatti il pretucolo e Fulgenzio capitarono non molto dopo, cosí pallidi e sformati che parevano essere stati rinchiusi fin allora in un cassone di farina. Uno scoppio di applausi salutò il loro ingresso, e poi furono invitati a contare la loro storia. La era in verità molto semplice. Ambidue, dicevano, senza farsi motto l'uno dell'altro, al primo giungere dei nemici erano corsi a Portogruaro per implorar soccorso; e di là infatti capitavano col vero soccorso di Pisa.

— Che? sono lí fuori i signori soldati? – sclamò il signor Conte che non si era ancora accorto di aver perduto la parrucca. – Fateli entrare!... Su dunque, fateli entrare!

I signori soldati erano sei di numero compreso un caporale, ma in punto a stomaco valevano un reggimento. Essi giunsero opportuni a spazzar i piatti degli ultimi rimasugli dei porcellini arrostiti e a ravvivar l'allegria che cominciava già a maturarsi in sonno. Ma poi ch'essi furono satolli e il canonico di Sant'Andrea ebbe recitato un *Oremus* in rendimento di grazie al Signore del pericolo da cui eravamo scampati, si pensò sul serio a coricarsi. Allora, chi chiappa chiappa, uno qua ed uno là, ognuno trovò il proprio covo, la gente di rilievo nella foresteria, gli altri chi nella frateria, chi nelle rimesse, chi sul fienile. Il giorno dopo soldati, Cernide e sbirri ebbero per ordine del signor Conte una grossa mancia; e ognuno tornò a casa sua dopo aver ascoltato tre messe, in nessuna delle quali io fui seccato perché recitassi il *Confiteor*. Cosí si tornò dopo quella furia di burrasca alla solita vita; il signor Conte per altro aveva raccomandato che portassimo il trionfo con fronte modesta perché non gli garbava per nulla di andar incontro ad altre rappresaglie.

Con simili disposizioni d'animo vi figurerete che il processo instituito sulle rivelazioni di Germano non andò innanzi con molta premura; e neppure pareva che vi avesse volontà di castigare davvero quei quattro sgherani che erano rimasti prigioni di guerra del Partistagno. Il Venchieredo, fatto accortamente palpare a loro riguardo, rispose che egli veramente li avea mandati sull'orme di alcuni contrabbandieri che si dicevano rifugiati nelle vicinanze di Fratta, che se poi le sue istruzioni erano state da loro oltrepassate in modo punibile criminalmente, ciò non riguardava lui ma la cancelleria di Fratta. Il Cancelliere del resto non mostrava gran volontà di veder a fondo nelle cose, e sfuggiva di condurre i detenuti a pericolose confessioni. L'esempio di Germano parlava troppo chiaro; e l'accorto curiale era uomo da pigliar le cose di volo. Lasciava dunque dormire il processo principale, e in quell'altra inquisizione dell'assalto dato alla torre era felicissimo di aver provato la perfetta ubbriachezza dei quattro imputati. Cosí sperava lavarsene le mani, e che la polvere dell'obblio si sarebbe accumulata provvidenzialmente su quei malauguarati protocolli. Le cose tentennavano in questo modo da circa un mese, quando una sera due cappuccini chiesero ospitalità nel castello di Fratta. Fulgenzio che conosceva tutte le barbe cappuccinesche della provincia non affigurò per nulla quelle due; ma avendo essi dichiarato che venivano dall'Illirio, circostanza provata vera dall'accento, furono accolti cortesemente. Fossero poi venuti dal mondo della luna, nessuno avrebbe arrischiato di respingere due cappuccini colla magra scusa che non si conoscevano. Essi si scusarono colla santa umiltà dall'entrare in tinello, ove c'era in quella sera piena conversazione; ed edificarono invece la servitù con certe loro santocchierie e certi racconti della Dalmazia e di Turchia ch'erano le consuete parabole dei frati di quelle parti. Indi domandarono licenza d'andare a coricarsi; e Martino li guidò e li introdusse nella stanza della frateria che era divisa dal mio covacciolo con un semplice assito e nella quale io li vidi entrare per una fessura di questa. Il castello poco dopo taceva tutto nella quiete del sonno; ma io vegliava alla mia fessura perché i due cappuccini avevano certe cose addosso da stuzzicar propriamente la curiosità. Appena entrati nella stanza si assicurarono essi con due buone spanne di catenaccio; indi li vidi trarre di sotto alla tonaca arnesi, mi parevano, da manovale, ed anche due solidi coltellacci, e due buone paia di pistole, che non son solite a portarsi da frati. Io non fiatava per lo spavento, ma la curiosità di sapere cosa volessero dire quegli apparecchi mi faceva durare alla vedetta. Allora uno di loro cominciò con uno scalpello a smovere le pietre del muro dirimpetto che s'addossava alla torre; e un colpo dopo l'altro cosí alla sordina fu fatto un bel buco.

— La muraglia è profonda — osservò sommessamente quell'altro.

— Tre braccia e un quarto; – soggiunse quello che lavorava – ne avremo il bisogno per due ore e mezzo prima di poterci passare.

— Ma se qualcuno ci scopre in questo frattempo!

— Sí eh?... peggio per lui!... sei mila ducati comprano bene un paio di coltellate.

— Ma se non possiamo poi svignarcela perché si svegli il portinaio?

— E cosa sogni mai?... Gli è un ragazzaccio, il figliuolo di Fulgenzio!... Lo spaventeremo e ci darà le chiavi per farci uscire comodamente, altrimenti...

"Povero Noni!" pensai io al vedere il gesto minaccioso con cui il sicario interruppe il lavoro. Quella bragia coperta di Noni non mi era mai andato a sangue, massime per lo spionaggio ch'egli esercitava malignamente a danno mio e della Pisana; ma in quel momento dimenticai la sua cattiveria, com'anche avrei dimenticato la chietineria invidiosa e maligna di suo fratello Menichetto. La compassione fece tacere ogni altro sentimento; d'altronde la minaccia toccava anche me, se avessero sospettato ch'io li osservava pei fori dell'assito; e avvezzo già alle spedizioni avventurose sperai anche in quella notte di darmi a divedere un personaggio di proposito. Apersi pian pianino l'uscio del mio buco, e penetrai a tentone nella camera di Martino. Non volendo né arrischiando parlare, spalancai le finestre in modo che entrasse un po' di luce perché la notte era chiarissima: indi mi avvicinai al letto, e presi a destarlo. Egli saltava su di soprassalto gridando chi era, e cosa fosse, ma io gli chiusi la bocca colla mano e gli feci cenno di tacere. Fortuna che egli mi conobbe subito; laonde cosí a cenni lo persuasi di seguirmi e condottolo fin giù sul pianerottolo della scala gli diedi contezza della cosa. Il povero Martino faceva occhi grandi come lanterne.

— Bisogna destare Marchetto, il signor Conte, e il Cancelliere — diss'egli pieno di sgomento.

— No, basterà Marchetto; – osservai io con molto giudizio – gli altri farebbero confusione.

Infatti si destò il cavallante il quale entrò nel mio disegno che bisognava far le cose alla muta senza baccani e senza molta gente. Il foro dietro cui lavoravano i cappuccini dava nell'archivio della cancelleria, che era una cameraccia scura al terzo piano della torre, piena di carte di sorci e di polvere. Il meglio era appostar colà due uomini fidati e robusti che abbrancassero uno per uno i due frati mano a mano che passavano e li imbavagliassero e li legassero a dovere.

E cosí si fece. I due uomini furono lo stesso Marchetto e suo cognato che stava in castello per ortolano. Essi penetrarono pian piano nell'archivio adoperando la chiave del Conte che restava sempre nelle tasche delle sue brache in anticamera; e stettero lí uno a destra ed uno a sinistra del luogo ove si sentivano sordi i colpi dei due scalpelli. Dopo mezz'ora penetrò nell'archivio un raggio di luce, e i due uomini fermi al loro posto. Per ogni buon conto s'erano armati di mannaie e di pistole, ma speravano di farne senza perché i signori frati lavoravano sicuri e privi di qualunque timore.

— Io passo col braccio — mormorò uno di questi.

— Ancora due colpi e il difficile è fatto — rispose l'altro.

Con poco lavoro s'allargò il buco siffattamente, che vi potea passare con qualche stento una persona; e allora uno dei due frati, quello che sembrava il caporione, allungò la testa indi un braccio indi l'altro e strisciando innanzi colle mani sul pavimento dell'archivio s'ingegnava di tirarsi addietro le gambe. Ma quando meno se lo aspettava sentí una forza amica aiutarlo a ciò, e nel tempo stesso un pugno vigoroso gli afferrò il mento, e sbarrategli le mascelle gli cacciò in bocca un certo arnese che gli impediva quasi di respirare nonché di gridare. Una buona attortigliata ai polsi e una pistola alla gola fornirono l'opera e persuasero colui a non moversi dal muro cui lo avevano addosso. Il frate compagno parve un po' inquieto del silenzio che successe al passaggio del suo principale; ma poi si rassicurò credendo che non fiatasse per paura di farsi udire, e fece animo egli pure di sporger la testa dal buco. Costui fu trattato con minor precauzione del primo. Appena impadronitosi della testa, Marchetto la tirò tanto che quasi gliel'avrebbe cavata se lo stesso paziente non avesse smosso colle spalle alcune pietre della muraglia. Imbavagliato e legato anche questo, lo si frugò ben bene unitamente al compagno; si tolsero loro le armi e furono condotti in un luoguccio umido, appartato, e ben riparato dall'aria dov'ebbero posto cadauno in una celletta come due veri frati. Li lasciarono cosí in preda alle loro meditazioni per destar la famiglia e propalare la gran novella.

Figuratevi qual maraviglia, che batticuore, che consolazione! Era certo che anche quel nuovo tiro veniva dalla parte di Venchieredo. Laonde si decise di serbare piucché fosse possibile il segreto finché si desse notizia dell'accaduto al Vice-capitano di Portogruaro. Fulgenzio fu incaricato di ciò. La missione ebbe effetto cosí pieno che il castellano aspettava ancora il ritorno dei due frati, quando una compagnia di Schiavoni attorniò il castello di Venchieredo, s'impadroní della persona del signor giurisdicente, e lo trasse legato in tutta regola a Portogruaro. Certamente Fulgenzio avea trovato argomenti molto decisivi per indurre la prudenza del Vice-capitano a una sí forte e subitanea risoluzione. Il prigioniero pallido di bile e di paura si mordeva le labbra per esser caduto da sciocco in una trappola, e con tardiva avvedutezza pensava indarno ai bei feudi che possedeva oltre l'Isonzo. Le carceri di Portogruaro erano molto solide e la fretta della sua cattura troppo significante perché si lusingasse di poterla scapolare. Gli abitanti di Fratta dal canto loro furono alleggeriti d'un gran peso: e tutti si scatenarono allora contro la temerità di quel prepotente; e piccoli e grandi si facevano belli di quel colpo di mano come se il merito fosse appunto loro e non del caso. Un ordine venuto qualche giorno dopo di consegnare i quattro imputati d'invasione a mano armata, nonché i due finti cappuccini e le carte del processo di Germano ad un messo del Serenissimo Consiglio dei Dieci mise il colmo alla gioia del Conte e del Cancelliere. Essi respirarono di aver nette le mani di quella pece, e fecero cantare un "*Te Deum*" *per motivi moventi l'animo loro* quando dopo due mesi si venne a sapere di sottovento che i sei malandrini eran condannati alle galere in vita, e il castellano di Venchieredo a dieci anni di reclusione nella fortezza di Rocca d'Anfo sul Bresciano come reo convinto di alto tradimento e di cospirazione con potentati esteri a danno della Repubblica. Le lettere deposte da Germano erano appunto parte d'una corrispondenza clandestina, tenuta in addietro dal Venchieredo con alcuni feudatari goriziani, nella quale si parlava d'indurre Maria Teresa ad appropriarsi il Friuli veneto assicurandole il favore e la cooperazione della nobiltà terrazzana. Rimasta in potere di Germano parte di questa corrispondenza per le difficoltà di porto e di recapito spesse volte incontrate, egli si era schivato dal restituirla accusando di aver distrutto quelle carte per paura di chi lo inseguiva o per altra urgente cagione. Cosí pensava egli apparecchiarsi una buona difesa contro il padrone nel caso che questi, come usava, avesse cercato sbarazzarsi di lui; e il destino volle che quanto egli aveva preparato per difendersi valesse invece ad offendere un uomo prepotente ed iniquo. Dopo il processo criminale del Venchieredo s'agitò in Foro civile la causa di fellonia. Ma fosse accorgimento del Governo di non toccar troppo sul vivo la nobiltà friulana, o valentia degli avvocati, o bontà dei giudici, fu deciso che la giurisdizione del castello di Venchieredo continuerebbe ad esercitarsi in nome del figliuolo minorenne del condannato, il quale era alunno nel collegio dei padri Scolopi a Venezia. In una parola la sentenza di fellonia pronunciata contro il padre si giudicò non dovesse recar effetto a pregiudizio del figlio. Allora fu che, tolto di mezzo Gaetano e ogni altro impiccio, Leopardo Provedoni ottenne finalmente in isposa la Doretta. Il signor Antonio se ne dovette accontentare; come anche di vedere lo Spaccafumo in onta ai bandi e alle sentenze assistere e far grande onore al pranzo di nozze. Gli sposi furono stimati i piú belli che si fossero mai veduti nel territorio da cinquant'anni in poi; e i mortaretti che si spararono in loro onore nessuno si prese la briga di contarli. La Doretta entrò trionfalmente in casa Provedoni: e i vagheggini di Cordovado ebbero una bellezza di piú da occhieggiare durante la messa delle domeniche. Se la forza erculea e la severità del marito sgomentiva i loro omaggi, li incoraggiava invece continuamente la civetteria della moglie. E tutti sanno che in tali faccende son piú ascoltate le lusinghe che le paure. Il cancelliere di Venchieredo, rimasto padrone quasi assoluto in castello durante la minorennità del giovane giurisdicente, rifletteva parte del suo splendore sopra la figlia: e certo nei giorni di sagra ella preferiva il braccio del padre a quello del marito, massime quando andava a pompeggiare nelle festive radunanze intorno alla fontana. Anche la mia sorte in quel frattempo s'era cambiata di molto. Non era ancora in istato di pigliar moglie, ma aveva dodici anni sonati, e la scoperta dei finti cappuccini mi avea cresciuto assai nell'opinione della gente. La Contessa non mi aspreggiava piú, e qualche volta sembrava vicina a ricordarsi della nostra parentela benché si ravvedesse tosto da quegli slanci di tenerezza. Però non si oppose al marito quando egli si mise in capo di avviarmi alla professione curiale, aggiungendomi intanto come scrivano al signor Cancelliere.

Finalmente ebbi la mia posata alla tavola comune, proprio vicino alla Pisana, perché le strettezze della famiglia, che continuavano con una pessima amministrazione, aveano fatto smettere l'idea del convento anche riguardo alla piccina. Io seguitava a taroccare a giocare e a martoriarmi con lei; ma già la mia importanza mi compensava degli smacchi che ancor mi toccava sopportare. Quando poteva passarle dinanzi recitando la mia lezione di latino, che doveva ripetere al Piovano la dimane, mi sembrava di esserle in qualche cosa superiore. Povero latinista! come la sapeva corta!...

CAPITOLO SESTO

Nel quale si legge un parallelo fra la Rivoluzione francese e la tranquillità patriarcale della giurisdizione di Fratta. Gli Eccellentissimi Frumier si ricoverano a Portogruaro. Crescono la mia importanza, la mia gelosia, la mia sapienza di latino, sicché mi mettono per graffiacarte in cancelleria. Ma la comparsa a Portogruaro del dotto padre Pendola e del brillante Raimondo di Venchieredo mi mette in maggior pensiero.

Gli anni che al castello di Fratta giungevano e passavano l'uno uguale all'altro, modesti e senza rinomanza come umili campagnuoli, portavano invece a Venezia e nel resto del mondo nomi famosi e terribili. Si chiamavano 1786, 1787, 1788; tre cifre che fanno numero al pari delle altre, e che pure nella cronologia dell'umanità resteranno come i segni d'uno de' suoi principali rivolgimenti. Nessuno crede ora che la Rivoluzione francese sia stata la pazzia d'un sol popolo. La Musa imparziale della storia ci ha svelato le larghe e nascoste radici di quel delirio di libertà, che dopo avere lungamente covato negli spiriti, irruppe negli ordini sociali, cieco sublime inesorabile. Dove tuona un fatto, siatene certi, ha lampeggiato un'idea. Soltanto la nazione francese, spensierata e impetuosa, precipita prima delle altre dalla dottrina all'esperimento: fu essa chiamata il capo dell'umanità, e non ne è che la mano; mano ardita, destreggiatrice, che sovente distrusse l'opera propria, mentre nella mente universale dei popoli se ne matura più saldo il disegno. A Venezia come in ogni altro stato d'Europa cominciavano le opinioni a sgusciare dalle nicchie famigliari per aggirarsi nella cerchia più vasta dei negozi civili; gli uomini si sentivano cittadini, e come tali interessati al buon governo della patria; sudditi e governanti, i primi si vantavano capaci di diritti, i secondi s'accorgevano del legame dei doveri. Era un guardarsi in cagnesco, un atteggiarsi a battaglia di due forze fino allora concordi; una nuova baldanza da un lato, una sospettosa paura dall'altro. Ma a Venezia meno che altrove gli animi eran disposti a sorpassare la misura delle leggi: la Signoria fidava giustamente nel contento sonnecchiare dei popoli; e non a torto un principe del Nord capitatovi in quel torno ebbe a dire d'averci trovato non uno stato ma una famiglia. Tuttavia quello che è provvida e naturale necessità in una famiglia, può essere tirannia in una repubblica; le differenze di età e d'esperienza che inducono l'obbedienza della prole e la tutela paterna non si riscontrano sempre nelle condizioni varie dei governati e delle autorità. Il buon senso si matura nel popolo, mentre la giustizia d'altri tempi gli rimane dinanzi come un ostacolo. Per continuar la metafora, giunge il momento che i figlioli cresciuti di forza di ragione e d'età hanno diritto d'uscir di tutela: quella famiglia, nella quale il diritto di pensare, concesso ad un ottuagenario, lo si negasse ad un uomo di matura virilità, non sarebbe certamente disposta secondo i desiderii della natura, anzi soffocherebbe essa il piú santo dei diritti umani, la libertà.

Venezia era una famiglia cosifatta. L'aristocrazia dominante decrepita; il popolo snervato nell'ozio ma che pur ringiovaniva nella coscienza di sé al soffio creativo della filosofia; un cadavere che non voleva risuscitare, una stirpe di viventi costretta da lunga servilità ad abitar con esso il sepolcro. Ma chi non conosce queste isole fortunate, sorrise dal cielo, accarezzate dal mare, dove perfino la morte sveste le sue nere gramaglie, e i fantasmi danzerebbero sull'acqua cantando le amorose ottave del Tasso? Venezia era il sepolcro ove Giulietta si addormenta sognando gli abbracciamenti di Romeo; morire colla felicità della speranza e le rosee illusioni della gioia parrà sempre il punto piú delizioso della vita. Cosí nessuno si accorgeva che i lunghi e chiassosi carnovali altro non erano che le pompe funebri della regina del mare. Al 18 febbraio 1788 moriva il doge Paolo Renier; ma la sua morte non si pubblicò fino al dí secondo di marzo, perché il pubblico lutto non interrompesse i tripudii della settimana grassa. Vergognosa frivolezza dinotante che nessun amore nessuna fede congiungevano i sudditi al principe, i figliuoli al padre. Viva e muoia a suo grado purché non turbi l'allegria delle mascherate, e i divertimenti del Ridotto; cotali erano i sentimenti del popolo, e della nobiltà che si rifaceva popolo solo per godere con minori spese, e con piú sicurezza. Con l'uguale indifferenza fu eletto doge ai nove di marzo Lodovico Manin: si affrettarono forse, perché le feste della elezione rompessero le melanconie della quaresima. L'ultimo doge salí il soglio di Dandolo e di Foscari nei giorni del digiuno; ma Venezia ignorava allora qual penitenza le fosse preparata. Fra tanta spensieratezza, in mezzo ad una sí marcia inettitudine, non avea mancato chi, prevedendo confusamente le necessità dei tempi, richiamasse la mente della Signoria agli opportuni rimedii. Fors'anco i rimedi proposti non furono né opportuni né pari al bisogno; ma dovea bastare lo aver fatto palpare la piaga perché altri pensasse a farmaci migliori. Invece la Signoria torse gli occhi dal male; negò la necessità d'una cura dove la quiete e la contentezza indicavano non l'infermità ma la salute; non conobbe che appunto quelle sono le infermità piú pericolose dove manca perfin la vita del dolore. Non molti anni prima l'Avogadore di Comune, Angelo Querini, avea sofferto due volte la prigionia d'ordine del Consiglio dei Dieci per aver osato propalarne gli abusi e le arti illegali con cui si accaparravano e si fingevano le maggioranze nel Maggior Consiglio. La seconda volta, dopo aver promesso di discorrere questa materia, fu carcerato anche prima che la promessa potesse aver effetto. Tale era l'indipendenza di una autorità semi-tribunizia, e tanto il valore e l'affetto consentitole; nessuno s'accorse o tutti finsero non s'accorgere della carcerazione di Angelo Querini, perché nessuno si sentiva voglioso di imitarlo. Ma quello era il tempo che le riforme avanzavano per forza. Nel 1779 a tanto era scaduta l'amministrazione della giustizia e la fortuna pubblica che anche il pazientissimo e giocondissimo fra i popoli se ne risentiva. Primo Carlo Contarini propose nel Maggior Consiglio la correzione degli abusi con opportuni cambiamenti nelle forme costituzionali; e la sua arringa fu cosí stringente insieme e moderata, che con maravigliosa unanimità fu presa parte di comandare alla Signoria la pronta proposta dei necessari cambiamenti. Si nota in quelle discussioni che quello che ora si direbbe il partito liberale tendeva a ripristinare tutto il patriziato nell'ampio esercizio della sua autorità, sciogliendo quel potere oligarchico che s'era concentrato nella Signoria e nel Consiglio dei Dieci per una lunga e illegale consuetudine. Miravano apparentemente a riforme di poco conto; in sostanza si cercava di allargare il diritto della sovranità, riducendolo almeno alle sue proporzioni primitive, e insistendo sempre sulla massima da gran tempo dimenticata, che al Maggior Consiglio si stava il comandare e alla Signoria l'eseguire: in ogni occasione si ricordava non aver questa che un'autorità demandata.

I partigiani dell'oligarchia sbuffavano di dover sopportare simili discorsi; ma la confusione e la moltiplicità delle leggi porgeva loro mille sotterfugi per tirar la cosa in lungo. La Signoria fingeva di piegarsi all'obbedienza richiesta; indi proponeva rimedii insufficienti e ridicoli. Dopo un anno di continue dispute, nelle quali il Maggior Consiglio appoggiò sempre indarno il voto dei riformatori, si trasse in mezzo il Serenissimo Doge. La sua proposta fu di delegare l'esame dei difetti accusati negli ordini repubblicani a un magistrato di cinque correttori; e la convenienza di un tal partito, che si riduceva a nulla, fu da lui appoggiata alle ragioni stesse con cui un accorto politico avrebbe provato la necessità di riformar tutto e subito. Il Renier parlò a lungo delle monarchie d'Europa, fatte potenti a scapito delle poche repubbliche; da ciò dedusse il bisogno della concordia e della stabilità. "Io stesso", aggiungeva egli nel suo patriarcale veneziano "io stesso essendo a Vienna durante i torbidi della Polonia udii piú volte ripetere: *Questi signori Polacchi non vogliono aver giudizio; li aggiusteremo noi*. Se v'ha Stato che abbisogni di concordia, gli è il nostro. Noi non abbiamo forze; non terrestri, non marittime, non alleanze. Viviamo a sorte, *per accidente*, e viviamo colla sola idea della prudenza del governo." Il Doge parlando a questo modo mostrava a mio credere piú cinismo che coraggio; massime che per solo riparo a tanta rovina non sapea proporre altro che l'inerzia, e il silenzio. Gli era un dire: "Se smoviamo un sasso, la casa crolla! non fiatate non tossite per paura che ci caschi addosso". Ma il confessarlo in pieno Consiglio, lui, il primo magistrato della Repubblica, era tale vergogna che doveva fargli gettare come un'ignominia il corno ducale. Almeno il procurator Giorgio Pisani avea gridato che si avvisasse ai cambiamenti necessari negli ordini repubblicani, e che se fossero giudicati impossibili ad effettuarsi, se ne consegnasse in pubblico atto la memoria, perché i posteri compiangessero l'impotente sapienza degli avi, ma non ne maledicessero la sprovvedutezza, non ne sperdessero al vento le ceneri. Il Maggior Consiglio accettò invece il parere del Doge; e i cinque correttori furono eletti, fra cui lo stesso Giorgio Pisani. Quando poi sopito quel momentaneo fermento gli Inquisitori di Stato vennero alle vendette, e senza alcun rispetto ai decreti sovrani confinarono per dieci anni il Pisani nel castello di Verona, mandarono il Contarini a morir esule alle Bocche di Cattaro, e altri molti proscrissero e condannarono, non fu udita voce di biasimo o di pietà. Fu veduto, esempio unico nella storia, un magistrato di giustizia condannar per delitto quello che il Supremo Consiglio della Repubblica avea giudicato utile, opportuno, decoroso. E questo sopportare senza risentirsi lo sfacciato insulto; e lasciar languenti nell'esiglio e nelle carceri coloro ai quali avea commesso l'esecuzione dei proprii decreti. Cotale era l'ordinamento politico, tale la pazienza del popolo veneziano. In verità, piuttostoché vivere a questo modo, o *per accidente*, come diceva il Serenissimo Doge, sarebbe stata opera piú civile, prudente insieme e generosa, l'arrischiar di morire in qualunque altra maniera. Di questo passo si toccò finalmente il giorno nel quale la minaccia di novità suonò con ben altro frastuono che colla debole voce di alcuni oratori casalinghi. Il dí medesimo che fu decretata a Parigi la convocazione degli Stati generali, il 14 luglio 1788, l'ambasciatore Antonio Cappello ne significò al Doge la notizia: aggiungendo considerazioni assai gravi sopra le strettezze nelle quali la Repubblica poteva incorrere, e i modi piú opportuni da governarla. Ma gli Eccellentissimi Savi gettarono il dispaccio nella filza delle comunicazioni non lette; né il Senato ne ebbe contezza. Bensí gli Inquisitori di Stato raddoppiarono di vigilanza; e cominciò allora un tormento continuo di carceramenti, di spionaggi, di minaccie, di vessazioni, di bandi che senza diminuire il pericolo ne faceva accorgere l'imminenza, e manteneva insieme negli animi una diffidenza mista di paura e di odio. Il conte Rocco Sanfermo esponeva intanto da Torino i disordini di Francia, e le segrete trame delle Corti d'Europa; Antonio Cappello, reduce da Parigi, instava a viva voce per una pronta deliberazione. Il pericolo ingrandiva a segno tale, che non era fattibile sorpassarlo senza dividerlo con alcuno dei contendenti. Ma la Signoria non era avvezza a guardare oltre l'Adda e l'Isonzo: non capiva come in tanta sua quiete potessero importarle i tumulti e le smanie degli altri; credeva solo utile e salutare la neutralità non prevedendo che sarebbe stata impossibile. Crescevano i fracassi di fuori; le mormorazioni, i timori, le angherie di dentro. Il contegno del Governo sembrava appoggiarsi ad una calma fiducia in se stesso; ed uno per uno tutti governanti avevano in cuore l'indifferenza della disperazione. In tali condizioni molti vi furono che piú accorti degli altri si cavarono d'impiccio, partendo da Venezia. E cosí rimasero al timone della cosa pubblica i molti vanagloriosi, i pochissimi studiosi del pubblico bene, e la moltitudine degli inetti, degli spensierati e dei pezzenti.

L'Eccellentissimo Almorò Frumier, cognato del Conte di Fratta, possedeva moltissime terre, e una casa magnifica a Portogruaro. Egli era fra quelli che senza vederci chiaro in quel subbuglio ne fiutavano da lontano il cattivo odore, e avevano pochissima volontà di scottarsene le mani. Perciò d'accordo con la moglie, che non rivedeva malvolentieri i paesi dove la sua famiglia godeva privilegi quasi sovrani, si trapiantò egli a Portogruaro nell'autunno del 1788. La salute della gentildonna che per ristabilirsi avea bisogno dell'aria nativa serví di pretesto all'andata; giunti una volta, s'erano ben proposti di non rimetter piede a Venezia finché l'ultima nuvoletta del temporale non fosse svanita. Due figliuoli che il nobiluomo aveva, tutelavano abbondevolmente in Venezia gli interessi e il decoro della casa; quanto a lui l'ossequio degli illustrissimi provinciali e di tutta una città lo compensava ad usura del pericoloso onore di perorare in Senato. Con gran corredo di casse, di cassoni, di poltrone, e di suppellettili, i due maturi sposini s'erano imbarcati in una corriera; e sofferto angosciosamente il lungo martirio della noia e delle zanzare, in cinquanta ore di tragitto per paludi e canali erano sbarcati sul Lemene alla loro villeggiatura. Cosí i Veneziani costumavano chiamare ogni lor casa di terraferma, fosse a Milano o a Parigi nonché a Portogruaro. Il fiume bagnava appunto il margine del loro giardino; e colà appena giunti ebbero la consolazione di trovar raccolto quanto di meglio aveva la città in ogni ordine di persone. Il Vescovo, monsignor di Sant'Andrea, e molti altri canonici, e preti e professori del Seminario, il Vicecapitano con sua moglie, e altri dignitari del Governo; il Podestà e tutti i magistrati del Comune, il Soprintendente dei dazi, il Custode della Dogana colle loro rispettive consorti, sorelle e cognate; da ultimo la nobiltà in frotta; e in cinquemila abitanti che sommava la terra, ve n'era tanta, da potersene fornire tutte le città della Svizzera che per disgrazia ne mancano. Da Fratta era venuto il Conte con la signora Contessa e le figlie, il fratello monsignore e l'indivisibile

Cancelliere. Io poi, che nel frattempo avea dato di me grandi speranze con rapidissimi progressi nel latino, aveva ottenuto la grazia segnalata di potermi arrampicare in coda alla carrozza; e cosí da un cantone, inosservato, mi fu concesso di godere lo spettacolo di quel solenne ricevimento. Il nobile patrizio si diportò colla proverbiale affabilità dei Veneziani. Dal Vescovo all'ortolano nessuno fu fraudato del favore d'un suo sorriso; al primo baciò l'anello, al secondo diede uno scappellotto coll'uguale modestia. Si volse poi per raccomandare i barcaiuoli che nello scaricare la mobilia si usassero particolari riguardi alla sua poltrona; ed entrò in casa dando il braccio alla cognata, mentre sua moglie lo seguiva accompagnata dal fratello. Serviti i rinfreschi nella gran sala di cui il vecchio patrizio lamentò i terrazzi troppo freschi, si venne ai soliti riconoscimenti, ai soliti dialoghi. Belle e ben cresciute le figliuole, la cognata ringiovanita, il cognato fresco come una rosa, il viaggio lungo caldo fastidioso, la città piú fiorente che mai, carissima degnissima la società, gentile l'accoglimento; a queste cerimonie bisognò una buona ora. Dopo la quale le visite si accomiatarono; e rimasero in famiglia a dir molto bene di sé, e qualche piccolo male di coloro che erano partiti. Anche in questo peraltro si adoperavano l'innocenza e la discrezione veneziana che s'accontenta di tagliar i panni senza radere le carni fino all'osso. Verso l'Avemaria quelli di Fratta tolsero congedo; ben intesi che le visite si sarebbero replicate molto sovente. Il nobiluomo Frumier aveva estremo bisogno di compagnia; e diciamolo, anche l'illustrissimo Conte di Fratta non era poco superbo di esser parente e mostrarsi famigliare ed intrinseco d'un senatore. Le due cognate si baciarono colla punta delle labbra; i cognati si strinser la mano; le donzelle fecero due belle reverenze; e Monsignore e il Cancelliere si scappellarono fino alla predella della carrozza. Essi vi furono insaccati dentro alla bell'e meglio; io mi nicchiai al mio solito posto; e poi quattro cavalli di schiena ebbero un bel che fare a trascinar sul ciottolato il pesante convoglio. L'Eccellentissimo Senatore rientrò in sala abbastanza soddisfatto del suo primo ingresso nella villeggiatura.

Portogruaro non era l'ultima fra quelle piccole città di terraferma nelle quali il tipo della Serenissima Dominante era copiato e ricalcato con ogni possibile fedeltà. Le case, grandi spaziose col triplice finestrone nel mezzo, s'allineavano ai due lati delle contrade, in maniera che soltanto l'acqua mancava per completare la somiglianza con Venezia. Un caffè ogni due usci, davanti a questo la solita tenda, e sotto dintorno a molti tavolini un discreto numero d'oziosi; leoni alati a bizzeffe sopra tutti gli edifici pubblici; donnicciuole e barcaiuoli in perpetuo cicaleccio per le calli e presso ai fruttivendoli; belle fanciulle al balcone dietro a gabbie di canarini o vasi di garofani e di basilico; su e giù per la podesteria e per la piazza toghe nere d'avvocati, lunghe code di nodari, e riveritissime zimarre di patrizi; quattro Schiavoni in mostra dinanzi le carceri; nel canale del

Lemene puzzo d'acqua salsa, bestemmiar di paroni, e continuo rimescolarsi di burchi, d'ancore e di gomene; scampanio perpetuo delle chiese, e gran pompa di funzioni e di salmodie; madonnine di stucco con fiori festoni e festoncini ad ogni cantone; mamme bigotte inginocchiate col rosario; bionde figliuole occupate cogli amorosi dietro le porte; abati cogli occhi nelle fibbie delle scarpe e il tabarrino raccolto pudicamente sul ventre: nulla nulla insomma mancava a render somigliante al quadro la miniatura. Perfino i tre stendardi di San Marco avevano colà nella piazza il loro riscontro: un'antenna tinta di rosso, dalla quale sventolava nei giorni solenni il vessillo della Repubblica. Ne volete di piú?... I veneziani di Portogruaro erano riesciti collo studio di molti secoli a disimparare il barbaro e bastardo friulano che si usa tutto all'intorno, e ormai parlavano il veneziano con maggior caricatura dei veneziani stessi. Niente anzi li crucciava piú della dipendenza da Udine che durava a testificare l'antica loro parentela col Friuli. Erano come il cialtrone nobilitato che abborre lo spago e la lesina perché gli ricordano il padre calzolaio. Ma purtroppo la storia fu scritta una volta, e non si può cancellarla. I cittadini di Portogruaro se ne vendicavano col prepararne una ben diversa pel futuro, e nel loro frasario di nuovo conio l'epiteto di friulano equivaleva a quelli di rozzo, villano, spilorcio e pidocchioso. Una volta usciti dalle porte della città (le avean costruite strette strette come se stessero in aspettativa delle gondole e non delle carrozze e dei carri di fieno) essi somigliavano pesci fuori d'acqua, e veneziani fuori di Venezia. Fingevano di non conoscere il frumento dal grano turco, benché tutti i giorni di mercato avessero piene di mostre le saccoccie; e si fermavano a guardar gli alberi come i cani novelli, e si maravigliavano della polvere delle strade, quantunque sovente le loro scarpe accusassero una diuturna dimestichezza con essolei. Parlando coi campagnuoli per poco non dicevano: — voi altri di terraferma! — Infatti Portogruaro era nella loro immaginativa una specie di isola ipotetica, costruita ad immagine della Serenissima Dominante non già in grembo al mare, ma in mezzo a quattro fossaccie d'acqua verdastra e fangosa. Che non fosse poi terraferma lo significavano alla lor maniera le molte muraglie e i campanili e le facciate delle case che pencolavano. Credo che per ciò appunto ponessero cura a piantarle sopra deboli fondamenti. Ma quelle che erano proprio veneziane di tre cotte erano le signore. Le mode della capitale venivano imitate ed esagerate con la massima ricercatezza. Se a San Marco i toupé si alzavano di due oncie, a Portogruaro crescevano un paio di piani; i guardinfanti vi si gonfiavano tanto, che un crocchio di dame diventava un vero allagamento di merletti di seta e di guarnizioni. Le collane, i braccialetti, gli spilloni, le catenelle innondavano tutta la persona; non voglio guarentire che le gemme venissero né da Golconda né dal Perù, ma cavavano gli occhi e bastava. Del resto quelle signore si alzavano a mezzodí, impiegavano quattro ore alla teletta, e nel dopopranzo si facevano delle visite. Siccome a Venezia le gran conversazioni erano di teatri, d'opere buffe e di tenori, esse si tenevano obbligate a discorrere di questi stessi argomenti; cosí il teatro di Portogruaro, che stava aperto un mese ogni due anni, godeva il raro privilegio di far parlare di sé un centinaio di bocche gentili per tutti i ventitré mesi intermedi. Esaurita questa materia si calunniavano a vicenda con un'ostinazione veramente eroica. Ognuna, ci s'intende, aveva il suo cicisbeo, e cercava di rubarlo alle altre. Taluna portava questa moda tant'oltre che ne aveva due e perfino tre; con diritti variamente distribuiti. Chi porgeva la ventola, chi l'occhialetto, il fazzoletto, o la scatola; uno aveva la felicità di scortar la dama a messa, l'altro di condurla al passeggio. Ma di quest'ultimo divertimento erano di stile molto parche; non potendo godere le divine mollezze della gondola, e facendole raccapricciare la sola vista del barbaro movimento della carrozza, si vedevano costrette di uscir a piedi, fatica insopportabile a piedini veneziani. Qualche villanzone del contado, qualche zotico castellano del Friuli osava dire che l'era un'ultima edizione della favola della volpe e dell'uva non matura, e che già di carrozza, anche a volerla con tutte le forze dell'anima, non ne avrebbero potuto beccare. Io non saprei a chi dar ragione; ma la gran ragione del sesso mi decide a favore di quelle signore. Infatti ora vi sono a Portogruaro molte carrozze; e sí che gli scrigni nostri non godono una gran fama appetto a quelli dei nostri bisnonni. Gli è vero che a que' tempi una carrozza era cosa proprio da re; quando capitava quella dei Conti di Fratta era un carnovale per tutta la ragazzaglia della città. La sera, *quando non s'andava a teatro*, il giuoco produceva la notte ad ora tardissima; anche in ciò si correva dietro alla moda di Venezia, e se questa passione non distruggeva le casate come nella capitale, il merito apparteneva alla prudente liberalità dei mariti. Sui tappeti verdi invece dei zecchini correvano i soldi; ma questo era un segreto municipale; nessuno lo avrebbe tradito per oro al mondo, e i forestieri all'udir ricordare le vicende, i batticuori, e i trionfi della sera prima potevano benissimo credere che si avesse giocato la fortuna di una famiglia per ogni partita e non già una petizza da venti soldi. Soltanto presso la moglie del Correggitore si passava questo limite per giungere fino al mezzo ducato; ma l'invidia si vendicava di questa fortuna coll'accusar quella dama di avidità e perfino di trufferia. Alcune veneziane maritate a Portogruaro o accasatevi cogli sposi per ragioni d'uffizio, facevano causa comune colle signore del luogo contro il primato della signora Correggitrice. Ma costei aveva la fortuna di esser bella, di saper mover la lingua da vera veneziana, e di dardeggiare le occhiate piú lusinghiere che potessero desiderarsi. I giovani le si affollavano intorno in chiesa, al caffè, in conversazione; ed io non saprei dire se gli omaggi di questi le fossero piú graditi dell'invidia delle rivali. La moglie del Podestà, che gesticolava sempre colle sue manine bianche e profilate, pretendeva che le mani di lei fossero proprio da guattera; la sorella del Soprintendente asseriva che l'aveva un occhio piú alto dell'altro; e ciò dicendo allargava certi occhioni celesti che volevano essere i piú belli della città e non rimanevano che i piú grandi. Ognuno notava nell'emula comune brutte e difettose quelle parti che in sé credeva perfette: ma la bella calunniata, quando la cameriera le riportava queste gelose mormorazioni, si sorrideva nello specchio. Aveva due labbra cosí rosee, trentadue denti cosí piccioletti candidi e bene aggiustati, due guancie cosí rotonde e vezzeggiate da due fossettine tanto amorose, che solo col sorriso pigliava la rivincita di quelle accuse.

Potete figurarvi che la nobildonna Frumier appena arrivata ebbe subito intorno una gran ressa di queste leziose. Come donna era dessa in vero d'età piú che matura; come veneziana aveva dimenticato la fede di nascita, e nelle maniere nelle occhiate nell'acconciatura ostentava la perpetua gioventù che è il singolar privilegio delle sue concittadine. Di veneziane, come dissi, ne viveva a Portogruaro un buon numero; ma tutte appartenenti o al ceto mezzano o alla minuta nobiltà. Una gran dama, una gentildonna di gran levatura esercitata in tutti gli usi in tutti i raffinamenti della conversazione, mancava in fino allora. Perciò furono beate di possederne alla fine un esemplare; di poterlo contemplare, idoleggiare, e copiare a loro grado; di poter dire infine: — Guardate! io parlo, io rido, io vesto, io cammino come la senatoressa Frumier. — Costei, furba come il diavolo, si prese grande spasso da tali disposizioni. Una sera chiacchierava piú di una gazza; e il giorno dopo aveva il divertimento di veder quelle signore giocar tra loro a chi dicesse piú parole in un minuto. Ogni crocchio si cambiava in un vero passeraio. Un'altra volta faceva la languida la patita: non parlava che a voce sommessa e a singulti; tosto le ciarliere diventavano mutole; e pigliavano il contegno d'altrettante puerpere. Un giorno ella scommise con un gentiluomo venuto da Venezia di far metter in capo alle principali di quelle dame penne di cappone. Infatti ella si mostrò in pubblico con questo bizzarro adornamento sul toupé, e il giorno stesso la podestaressa spiumò tutto un pollaio per ornarsi la testa a quel modo. Però fu essa tanto clemente verso i capponi della città da non insistere in quella moda; altrimenti in capo a tre giorni non ve ne sarebbe rimasto uno col vestimento che mamma natura gli diede. La conversazione della gentildonna Frumier eclissò di colpo e attirò a sé tutte le altre. Queste non restarono che premesse o corollari di quella. Vi si preparavano i bei motti, le occhiatine ed i gesti per la gran comparsa; o vi si ripeteva quello che la sera prima avevano detto e fatto in casa Frumier. Aggiungiamo che in questa casa il caffè vi si sorseggiava assai migliore che nelle altre, e che di tanto in tanto qualche bottiglia di maraschino, e qualche torta delle monache di San Vito variavano i divertimenti della brigata.

Anche il nobiluomo dal canto suo aveva trovato pane pe' suoi denti. Senza mostrarsi in pratica diverso da' suoi nonni, egli era intinto accademicamente della filosofia moderna: e sapeva citare all'uopo col suo largo accento veneziano qualche frase di Voltaire e di Diderot. Tra i curiali e nel clero della città non mancavano spiriti curiosi ed educati come il suo, che dividevano scrupolosamente la dottrina dalla realtà, e cosí conversando non temevano di porre in questione ed anco di negare quello che, se occorreva poi per ragion di mestiero, avrebbero professato certo e indubitabile. Si sa come erano larghe le consuetudini del secolo scorso su questo capitolo; a Venezia eran piú larghe che altrove; a Portogruaro larghissime fuori d'ogni misura, perché anche gli uomini come le donne non si accontentavano di seguir soltanto l'esempio della capitale, ma andavano oltre coraggiosamente. Per citarne uno, monsignor di Sant'Andrea, il piú sillogistico teologo del Capitolo, una volta uscito dalla Curia e seduto a ragionare in confidenza coi pari suoi, non si vergognava di ritorcer la punta a molti de' proprii sillogismi. E fra gli abatini piú giovani ve n'avea taluno che in fatto di opinioni arrischiate si lasciava forse addietro tutti i medici della città. I medici, fra parentesi, non erano nemmeno allora in gran voce di spiritualisti. Peraltro, fra i lavoranti della vigna del Signore, v'era un partito rozzo incorruttibile tradizionale che si opponeva colla pesante forza dell'inerzia all'invasione di questo scetticismo elegante ciarliero e un po' anche scapestrato. Infatti se qualche vecchio sacerdote di manica larga pegli altri, serbava nella propria vita la semplicità e l'integrezza dei costumi sacerdotali, era proprio un caso raro; in generale vecchi o giovani chi sdrucciolava nell'anarchia filosofica non dava grandi esempi né di pietà, né di castità, né delle altre virtù comandate specialmente al clero. Un cotale rilassamento delle discipline canoniche e l'indifferenza dogmatica che lo cagionava non potevano garbare ai veri preti; dico a coloro che avevano studiato con cieca fiducia la Somma di san Tommaso, ed erano usciti di seminario colla ferma persuasione della verità immutabile della fede, e della santità del proprio ministero. Costoro, meno proprii per la loro rigidezza di coscienza e per l'austerità delle maniere al consorzio della gente signorile e ai destreggiamenti morali della città, si adattavano mirabilmente al patriarcale governo delle cure campagnuole. La montagna è il solito semenzaio del clero forese e questo partito ch'io chiamerei tradizionale si afforzava e si rinnovava massimamente nelle frequenti vocazioni della gioventù di Clausedo, che è un grosso paese alpestre della diocesi. I secolareschi invece (cosí dagli avversari venivano designati quelli che per opinioni e costumi si accostavano alla sbrigliatezza secolare) uscivano dalle comode famiglie della città e della pianura. Nei primi la gravità il riserbo la credenza se non l'entusiasmo e l'abnegazione sacerdotale si perpetuavano da zio in nipote, da piovano in cappellano; nei secondi la coltura classica, la libertà filosofica, l'eleganza dei modi, e la tolleranza religiosa erano instillate dai liberi colloqui nei crocchi famigliari; si facevano preti o spensieratamente per ubbidienza, o per golaggine d'una vita commoda e tranquilla. Sí i primi che i secondi avevano i loro rappresentanti i loro difensori nel Seminario, nella Curia e nel Capitolo; a volte quelli, a volte questi aveano soverchiato; ed ogni vescovo che si succedeva nella diocesi era accusato di favorire o i secolareschi o i clausetani. Clausetani e secolareschi si osteggiavano a vicenda; gli uni accusati d'ignoranza, di tirannia, di nepotismo, di taccagneria; gli altri di scostumatezza, di miscredenza, di cattivo esempio, di mondanità. La città parteggiava in genere per questi, il contado per quelli; ma i clausetani, per indole propria e delle massime che difendevano, erano piú concordi fra loro o meglio regolati. Mentre invece nei loro antagonisti la petulanza e la leggerezza individuale escludevano qualunque ordine, qualunque metodo di condotta. Ciò non toglie peraltro che le dissenzioni del clero non alimentassero piú del bisogno il pettegolezzo delle conversazioni; e i vivaci abatini di bella vita, se non si compensavano, si vendicavano almeno coll'impertinenza e colla mordacità della maggiore influenza che gli avversari s'aveano acquistata con secoli e secoli d'austerità, e di perseveranza. Le giovani signore erano disposte a favorire le loro parti; soltanto qualche vecchia paralitica teneva pei rigoristi; effetto d'invidia piú che di persuasione. Insomma voleva dire che il nobile Senatore trovò anche nel clero un crocchio sceltissimo di conversatori, i quali, tagliati sul suo stampo, avvezzi al suo stesso modo di vedere e uguali a lui di studi e di coltura, potevano fargli passare delle ore molto piacevoli. Gli piaceva conversare, ragionare, discutere alla libera; raccontare e udir raccontare novelle e burlette piuttosto leste; e infiorar il discorso di barzellette e di proverbia senzaché qualche schizzinosa torcesse il naso. Lí trovò gente a suo modo. Neppur le pallottole di mercurio si corrono dietro e si fondono con tanta pertinacia, come i simili e i consenzienti in una società. Perciò nella conversazione del Senatore un crocchio si formò a poco a poco, si divise dagli altri e prese posto intorno al padrone di casa. Tutti è vero avrebbero avuto voglia di entrarvi; ma non tutti hanno il coraggio di assistere ad una disputa senza intenderla, di ridere quando gli altri ridono, senza capire il perché, di pigliar un pestone sui piedi seguitando a mostrar il viso allegro, e di restar in mezzo ad un numero di brave persone senza essere interrogato né arrischiare una parola. Gli ignoranti adunque, gli sciocchi, gli ipocriti, i costumati se ne ritrassero bentosto; e rimase l'oro purissimo della classe raffinata, dotta, motteggiatrice. Rimasero il canonico di Sant'Andrea, l'avvocato Santelli, altri due o tre curiali, il dottorino Giulio Del Ponte, il professor Dessalli, e qualche altro professore di belle lettere, un certo don Marco Chierini, riputato il tipo piú perfetto dell'abate elegante, e tre o quattro conti e marchesi che aveano saputo unire l'amore dei libri a quello delle donne, e lo studio dell'antichità colle costumanze moderne. Anzi giacché ci son cascato gioverà notare che non si poteva allora esser educati e compiti senza aver su per le dita le costituzioni di Sparta e d'Atene. Le parlate di Licurgo di Socrate di Solone e di Leonida erano i temi consueti delle esercitazioni ginnasiali: curiosissima contraddizione in tanta servilità e cecità d'obbedienza, in tanta noncuranza di virtù e di libertà. Il fatto sta che, mentre le dame ed il resto della comitiva trinciavano mazzi di carte ai tavolini del tresette e del quintilio, la piccola accademia del Senatore si raccoglieva in un angolo del salone a cianciar di politica, e a motteggiare sulle novelle piú scandalose della città. Era una musica la piú variata, una vera opera semiseria, piena di motivi ridicoli e sublimi, buffi e serii, allegri e maligni; un intralciarsi di contese, di frizzi, di reticenze e di racconti che somigliava un mosaico di parole; vero capo d'opera dell'ingegno veneziano che coll'arte di Benvenuto Cellini sa farsi ammirare perfino nelle minuzie. Si parlava delle cose di Germania e di Francia nella maniera piú liberale; si commentavano i viaggi di Pio VI, le mire di Giuseppe II, le intenzioni della Russia, e i movimenti del Turco. Si portavano in mezzo le autorità piú disparate di Macchiavelli, di Sallustio, di Cicerone e dell'Aretino; si raffrontavano le vicende d'allora coi capitoli di Tito Livio; e a cosí gravi ragionamenti non si cessava dall'alternare lo scherzo, e la risata. Ogni appiglio per burlare era buono. Chi ha cercato in Inghilterra i creatori dell'umorismo non visse mai certamente a Venezia, né mai passò per Portogruaro. Vi avrebbe trovato, frutto di lunghi ozii secolari, di ottimi stomachi e d'ingegni pronti allegri svegliati, quell'umorismo meridionale che tanto si distingue dal settentrionale quanto la nebbia notturna del palude dall'orizzonte lucente e vaporoso d'un bel tramonto d'estate. La vita e le cose che sono in essa, disprezzate ugualmente; ecco la parentela; ma perciò appunto volte tutte alla spensieratezza alla gioia; ecco la diversità. In Inghilterra invece danno in melanconie, si rodono, si appassionano, si ammazzano. Sono due immoralità, o due pazzie diverse; ma non voglio decidermi per nessuna delle due. Il cervello forse correrebbe da un parte e il cuore dall'altra secondoché s'apprezza meglio o la dignità o la felicità umana. Intanto io vi assicuro che per quei capi amei il saltare dagli scandali di Caterina II alle avventure della tal dama, e del tal cavaliere era uno scambietto da nulla. Il nome d'una persona ne tirava in ballo altre due; e queste quattro e cosí innanzi sempre. Non si rispettavano né i lontani né i presenti; e questi avevano il buon gusto di sopportare lo scherzo e di non ricattarsene tosto ma di aspettare il momento opportuno che già arrivava o presto o tardi. Molta cultura, piuttosto superficiale se volete, ma vasta e niente affatto pedantesca, moltissimo brio, grande snellezza di dialogo e soprattutto un'infinita dose di tolleranza componevano la conversazione di quel piccolo areopago di buontemponi, come io ho voluto descriverla. Badate che adopero la parola *buontemponi* non sapendo come tradurre meglio quella francese di *viveurs* che prima m'avea balenato in mente. Avendo vissuto assai con francesi questo incommodo mi disturba sovente; e non ho sempre tanta cono-scenza della mia lingua da disimpacciarmene bene. Qui per esempio scrissi buontemponi, per significar coloro che fanno lor pro' della vita come la porta il caso; pigliando cosí da essa come dalla filosofia la parte allegra e godibile. Del resto se per buontempone s'intende un ozioso un gaudente materiale, nessuno di quei signori era tale. Tutti avevano le loro occupazioni, tutti davano all'anima la sua parte di piaceri; soltanto li pigliavano per piaceri, non per obblighi e vantaggi morali. D'accordo sempre che spiritoso e spirituale sono epiteti piú contrari che sinonimi.

I signori di Fratta, liberati finalmente da quello spauracchio del Venchie-redo, s'erano rimessi alla solita vita. Il Cappellano avea serbato la sua cura, e non cessava dall'accogliere in casa almeno una volta al mese il suo vecchio amico e penitente, Spaccafumo. Il Conte e il Cancelliere chiudevano un occhio; il piovano di Teglio gliene faceva qualche ramanzina. Ma lo sparuto pretucolo, che non poteva balbettar risposta alle intemerate d'un superiore, sapeva imbe-versene ottimamente e seguitar a suo modo non appena il superiore avesse vol-tato le spalle. Intanto per ragioni d'ufficio e di vicinanza il dottor Natalino di Venchieredo s'era accostato al Conte ed al cancelliere di Fratta. Il signor Luci-lio, amicissimo di Leopardo Provedoni, avea fatto conoscenza con sua moglie; e cosí un passo dopo l'altro anche la vispa Doretta comparve qualche volta alle veglie del castello. Ma oggimai due sere per settimana c'era ben altro che veglia! Si doveva andarne a passar la sera a Portogruaro nella conversazione di Sua Eccellenza Frumier. Impresa pericolosissima con quelle strade che c'erano al-lora; ma pur la Contessa ci teneva tanto di non mostrarsi dammeno della co-gnata, che trovò coraggio di tentarla. Una delle figliuole era già da marito, l'al-tra cresceva su come la mala erba; la prima intinta appena, la seconda vergine affatto di qualunque educazione, bisognava condurle nel mondo perché pi-gliassero qualche disinvoltura. E poi bisognava farsi avanti perché gli sposatori ragionano anzi tutto cogli occhi e quelle due pettegole non ci perdevano nulla ad esser guardate. Questi furono gli argomenti messi in campo dalla signora per persuadere il marito ad avventurarsi colla carrozza due volte per settimana sulla strada di Portogruaro. Prima peraltro il prudentissimo Conte mandò una dozzina di lavoratori che riattassero la strada nei passaggi piú scabrosi e nelle buche piú profonde; e volle che il cocchiere guidasse i cavalli di passo, e che due lacchè coi lampioni precedessero il legno. I due lacchè furono Menichetto figliuolo di Fulgenzio e Sandro del mulino, ai quali si buttò addosso per pompa una veste scarlatta ritagliata da due vecchie gualdrappe di gala. Io montava sulla predella di dietro e per tutta la strada che era di tre buone miglia mi divertiva a guardar la Pisana pel finestrino del mantice. Per cosa poi dovessi accompa-gnarli anch'io in quelle visite durante le quali io restava a dormicchiare nella

cucina del Frumier, ve lo spiegherò ora. Come il Conte si tirava dietro il Cancelliere, cosí il Cancelliere si tirava dietro me. Io era, in poche parole, l'ombra
dell'ombra; ma in questo caso il farla da ombra non mi spiaceva gran fatto
poiché mi porgeva il pretesto di seguitar la Pisana fra la quale e me gli amori
continuavano di gran cuore interrotti e variati dalle solite gelosie, rannodati
sempre dalla necessità e dall'abitudine.

Fra un giovinetto di tredici anni e una fanciulla di undici, cotali intrighetti
non son piú cosa da prendersi a gabbo. Ma io ci pigliava gusto, ella del pari in
difetto di meglio, i suoi genitori non si davano fastidio di nulla, e le cameriere
e le fantesche dopo le mie gesta memorabili e il mio tramutamento in alunno
di cancelleria aveano preso a riverirmi come un piccolo signore, e a lasciarmi
fare il piacer mio d'ogni cosa. I giochetti continuavano dunque facendosi seri
sempre piú: ed io andava già architettando certi romanzi che se li volessi contar
ora, queste mie confessioni andrebbero all'infinito. Comunque la sia, anche ne'
miei sentimenti qualche cambiamento era succeduto; ché mentre una volta le
carezze della Pisana mi sembravano tutta bontà sua, allora invece, sentendomi
cresciuto d'importanza, ne dava la loro parte anche ai miei meriti. Capperi! Dal
piccolo Carletto dello spiedo, vestito coi rifiuti della servitù e coi cenci di Monsignore, allo scolare di latino ben pettinato con un bel codino nero sulle spalle,
ben calzato con due piccole fibbie di ottone, e ben vestito con una giubberella
di velluto turchino, e le brache color granata, ci correva la gran differenza! –
Cosí pure la mia pelle non rimanendo piú esposta al sole e alle intemperie s'era
di molto incivilita. Scopersi che la era perfino bianca, e che i miei grandi occhi
castani valevano quanto quelli di qualunque altro; la corporatura mi cresceva
alta e svelta ogni giorno piú; aveva una bocca non disaggradevole, e dentro una
bella fila di denti, che se non stavano troppo vicino per non darsi noia, splendevano tuttavia come l'avorio. Soltanto quelle maledette orecchie, colpa le tirate del Piovano, prendevano troppo spazio nella mia fisonomia; ma tentava di
correggere il difetto dormendo una notte su un fianco e una notte sull'altro per
dar loro una piega piú estetica. Basta! me le palpo ora e m'accorgo di esservi
riuscito mediocremente. Martino peraltro non si stancava dall'ammirarmi dicendomi: — È proprio vero che la bellezza per isbocciare vuol essere strapaz-
zata. Va' che tu sei il piú bel Carlino di tutti i dintorni, e sí che sei nato dalla
cenere del focolare e la piú parte del latte te l'ho data io. — Il pover'uomo
diventava gobbo mano a mano che io m'ingrandiva; oramai le forze gli mancavano; grattava il formaggio stando seduto e non ci udiva piú a sbarrargli i cannoni nell'orecchio. Niente importava; io e lui seguitavamo a intendercela a
cenni e credo che il restar solo al mondo e il viverci senza di me sarebbe stata
per lui uguale disgrazia. Quanto alla padrona vecchia egli saliva sí a tenerle
compagnia durante le assenze della Clara, ma la diversità di abitudini, la

lontananza in cui vivevano, negavano loro l'aver comuni quei segni d'intelligenza con cui si arriva a farsi capire dai sordi.

Intanto la comparsa dei nobili signori di Fratta e massime della contessina Clara nella conversazione di casa Frumier aveva introdotto in questa il nuovo elemento dei castellani e dei signorotti campagnuoli. Non mancò di accorrer prima il Partistagno, il quale, dopo il soccorso portato al castello contro l'assalto del Venchieredo, era divenuto per la famiglia una specie di angelo custode. Egli poi, convien dirlo, portava abbastanza superbamente l'aureola di questa gloria; ma i fatti stavano per lui, e si poteva riderne non negargliene il diritto. Lucilio ci pativa molto di questo altiero contegno del giovine cavaliere, ma i suoi patimenti erano piú d'invidia che di gelosia. Gli doleva piucchealtro che il servigio prestato dal Partistagno ai Conti di Fratta non lo si dovesse invece a lui. Del resto viveva sicuro della Clara: ogni occhiata di lei lo confortava di nuove speranze; perfino la serenità colla quale essa accettava le cortesie del Partistagno gli era caparra che giammai un pericolo lo avrebbe minacciato da quella parte. Come non affidarsi interamente a quel cuore cosí puro, a quella coscienza cosí retta e fervorosa? Molte volte egli le aveva parlato da solo a sola, o nel tinello o nelle passeggiate, dopo la prima dichiarazione del loro amore; quasi tutti i giorni aveva passato un'ora con lei nella camera della nonna, e sempre piú si era invaghito di quella bellezza innocente ed angelica, di quel cuore verginale e fervoroso nella sua muta tranquillità. Quell'indole focosa e tirannica avea bisogno di un'anima ove riposarsi colla quieta sicurezza d'un affetto. L'aveva trovata, l'aveva amata, come il cappuccino morente ama la sua parte di cielo; e col cuore e coll'ingegno e colle mille arti d'uno spirito immaginoso e d'una volontà onnipotente, s'adoperava di legare a sé con modi sempre nuovi quell'altra parte necessaria di se stesso che viveva in Clara. Costei cedeva deliziosamente a tanta forza d'amore; amava, la giovinetta, con quanta forza aveva nell'anima; e non pensava piú in là, perché Dio proteggeva la sua innocenza, la sua felicità, ed ella era abbastanza felice di non temer nulla di non dover arrossire di nulla. Quella massima tetra e bugiarda che vieta alle zitelle l'amore, come una perversità ed una colpa, non era mai entrata negli articoli della sua religione. Amare anzi era la sua legge; e le aveva ubbidito e le ubbidiva santamente. Cosí non si dava ella nessuna cura di nascondere quel dolce sentimento che Lucilio le aveva inspirato; e se il Conte e la Contessa non se n'accorsero, fu forse solamente perché la cosa, secondo loro, era tanto fuori d'ogni verisimiglianza da non consentir nemmeno il sospetto. D'altronde alle zitelle d'allora non era assolutamente proibito d'innamorarsi di chichessia: bastava che la passione non andasse oltre. La gente di casa bisbigliava già che quando la Contessina sarebbe maritata il dottor Lucilio sarebbe stato il suo cavalier servente. Ma un giorno che la Rosa disse al giovine qualche scherzo sopra questo soggetto, mi ricordo averlo veduto impallidire e mordersi i mustacchi colla peggior bile del mondo. Anche la vecchia Contessa, a mio credere, aveva scoperto il mistero della Clara; ma la era essa troppo incapricciata del giovine per torselo dattorno a vantaggio della nipote. Forse anche l'immaginazione sua, ancella inconsapevole dell'interesse, la facea trovare mille argomenti per escludere quelle paure. Al postutto Lucilio, pensava ella, mostravasi tanto guardingo, che la Clara si sarebbe calmata. Conosceva ella o credeva di conoscere, la buona vecchia, quelle belle nuvole dorate che attraversano la fantasia delle ragazze. — Ma son nuvole, – diceva ella, – nuvole che passano al primo soffio di vento! — Il soffio di vento sarebbe stata l'offerta d'un buon partito, e il comando dei parenti. Ma quanto ella conoscesse l'indole della Clara e la somiglianza di questa colla propria lo vedremo in seguito. Certo peraltro il riservato contegno di Lucilio giovò ad addormentarla nella sua commoda sicurezza; e se le si fosse lasciato veder bene a fondo nelle cose, forse che ella non avrebbe creduto cosí facilmente alla docile fuggevolezza di quelle nuvole, e sarebbe giunta a privarsi delle ultime delizie che le rimanevano, per togliere nei due giovani i primi fondamenti a quei castelli in aria affatto impossibili. Ma restando le cose come erano ella godeva di potersi fidare nella discrezione e nel calmo temperamento di Clara, e di dire anco fra sé quando costei usciva dalla stanza per far lume a Lucilio: "Oh il giovane prudente e dabbene! Non si direbbe che egli ha paura di alzar gli occhi perché non si creda che gli stia a cuore mia nipote? Se li alza gli è solamente per guardar me, e alla sua età!! Basta! è veramente miracoloso!" Ma Lucilio aveva altri momenti, per lasciar l'anima sua spiccar il volo a sua posta; e in quei momenti bisogna confessarlo, quei suoi occhi cosí discreti e dabbene commettevano non pochi peccati d'infedeltà a danno della nonna. In tinello quando tutti giocavano ed egli sembrava attentissimo a sorvegliar il tresette di Monsignore, o intento ad accarezzare Marocco, il cane del Capitano, tra lui e la Clara era un dialogo continuo d'occhiate, che faceva l'effetto di una voce angelica che cantasse in cuore mentre ci ferisce l'orecchio un tumulto di campane rotte. Oh cari e sempre cari quei divini concenti che beatificano le anime senza incommodare il rozzo tamburo dei timpani! La religione delle cose insensibili e quella delle eterne si sposano nella mente come il colore e la luce nel raggio del sole. Il sentimento nel pensiero è il piú bel trionfo sulla sensazione nel corpo; esso prova che l'anima vive fuori di sé anche senza il ministero delle cose materiali. L'amore che principia nello spirito non può finir colla carne; esso vince la prova della fragilità umana per tornar puro ed eterno nell'immenso amore del Dio universale. E Lucilio sentiva la divina magia di questi pensieri senza farsene ragione nel suo criterio di medico. Gli parevano fenomeni fuori di natura; e tornava a rivolgerli e a studiarli senza guadagnarne altro che un nuovo fervore e una piú ostinata tenacia di passione.

Quando la Clara fu condotta da' suoi alla conversazione della zia, il dottorino di Fossalta trovò assai facilmente il modo di penetrare colà. Il galateo veneziano non fu mai cosí ingiusto da vietare l'ingresso delle aule patrizie alla buona educazione, al giocondo brio ed al vero merito, se anche uno stemma inquartato non dava risalto a queste buone qualità. Lucilio era molto stimato a Portogruaro, e godeva il favore e l'intrinsichezza di alcuni giovani professori del Seminario. Fu dunque da loro presentato all'illustre Senatore; e questi in breve ebbe campo a ringraziarli di ciò come d'un segnalato favore. Egli conosceva del resto da molti e molti anni il dottor Sperandio, che ricorreva a lui in ogni cosa che gli abbisognasse a Venezia. Si lamentò adunque garbatamente col figlio del suo vecchio amico perché avesse creduto necessaria la malleveria di terze persone a potersi presentare in sua casa. Nel dargli commiato, la prima sera, si congratulò secolui che il bene dettogli di lui fosse un nulla in confronto a quello che egli stesso ne avrebbe dovuto dire in seguito. Il giovane s'inchinò modestamente fingendo di non trovar parole per rispondere a tanta gentilezza. La conversazione di Lucilio era per verità cosí vivace cosí amabile e variata, che pochi davano piacere quanto lui soltanto ad udirli parlare; il solo professor Dessalli lo vinceva d'erudizione, e fra esso e Giulio Del Ponte si poteva star in sospeso per la palma del brio e dell'arguzia. Se quest'ultimo lo sorpassava talvolta in prontezza, e in abbondanza, Lucilio prendeva tosto la rivincita colla profondità e l'ironia. Egli piaceva agli uomini come senno maturo; Giulio aveva la gioventù dello spirito e incantava le simpatie. Ma il far pensare lascia negli animi tracce piú profonde che il far ridere; e non v'è simpatia che non si scolori ad un solo raggio d'ammirazione. Questa, anziché essere come la prima un dono grazioso da eguale ad eguale, è un vero tributo imposto dai grandi ai piccoli, e dai potenti ai deboli. Lucilio sapeva imporlo valorosamente, ed esigerlo con discrezione. Laonde erano costretti a pagarlo di buona moneta e ad essergli per giunta riconoscenti. Il crocchio particolare del Senatore per la presenza di Lucilio si ravvivò d'una subita fiamma d'entusiasmo. Egli animava accendeva trascinava tutti quegli spiriti azzimati cincischiati, ma tiepidi e cascanti. Al suo contatto quanto v'era di giovane e di vivo in loro fermentò d'un bollore insolito. Si dimenticavano quello ch'erano stati e quello che erano, per torre a prestanza da lui un ultimo sogno di giovinezza. Ridevano ciarlavano motteggiavano disputavano non piú come gente intesa ad uccider il tempo, ma come persone frettolose di indovinarlo, di maturarlo. Pareva che la vita di ciascuno di essi avesse trovato uno scopo. Una bocca sola nelle cui parole respirava una speranza eccelsa e misteriosa, una sola fronte sulla quale splendeva la fede di quell'intelligenza che mai non muore, avean potuto cotanto. Il Senatore rimasto solo e ricaduto nella solita indifferenza stupiva a tutto potere di quei caldi intervalli d'entusiasmo, di quel furor battagliero di contese e di alterchi da cui si sentiva trasportato come uno scolaretto. Accagionava di ciò l'esempio e la vicinanza dei piú giovani; era invece la fiamma della vita, che rattizzata in lui da un potente prestigiatore, non potendo scaldargli le fibre già agghiacciate del cuore, gli empiva il capo di fumo e gli inferorava la lingua. "Si crederebbe quasi ch'io prendessi sul serio le sofisticherie che s'impasticciano per passar l'ora", andava egli pensando mentre aspettava la cena nella classica poltrona "e sí che da quarant'anni io non ho odorato la polvere venerabile del collegio! Sarà forse vero che gli uomini non son altro che eterni fanciulli!". — Eterni, eterni! – mormorava il vecchio accarezzando le guance flosce e grinzose – volesse il Cielo!

Dopoché Lucilio era sopraggiunto a sbraciare l'entusiasmo dei cortigiani del Senatore, coloro che sedevano ai tavolini del giuoco, le signore principalmente, soffrivano delle frequenti distrazioni. Quel chiasso continuo di domande, di risposte, di accuse e di difese, di scherzi, di risate, di esclamazioni e di applausi moveva un poco la curiosità, e, diciamolo, anche l'invidia dei giocatori. I divertimenti del quintilio e le commozioni del tresette erano di gran lunga meno vibrate; quando un cappotto aveva originato le solite ironiche congratulazioni, le solite minacce di rivincita, tutto finiva lí, e si tornava come rozze di vettura al monotono andare e venire della partita. Invece di quel cantone della sala la conversazione s'avvicendava sempre varia allegra generale animata. Gli orecchi cominciarono a tendersi verso colà, e gli occhi ad invetrarsi sulle carte.

— Ma signora, tocca a lei. Ma dunque non ha capito la sfida!

— Scusi, ho un po' di mal di capo; — ovvero:

— Non ho badato; aveva la testa via! — Cosí si bisticciavano da un lato all'altro dei tavolini, e le colpevoli si rimettevano, sospirando a giocare. Lucilio ci entrava non poco in tutti quei sospiri, ed egli lo sapeva. Sapeva l'effetto da lui prodotto sulla conversazione del Senatore, e se ne riprometteva di rimbalzo una generosa gratitudine da parte della Clara. L'amore ha un orgoglio tutto suo. Da un lato si cerca d'ingrandire per piacere di piú, dall'altro s'insuperbisce di veder piacere a molti quello che piace e si studia solamente di piacere a noi. Giulio Del Ponte, che forse al pari di Lucilio aveva fra le signore qualche motivo per voler rendersi piacevole, aguzzava il proprio ingegno per tener bordone al compagno. E il resto della compagnia rimorchiata dai due giovani gareggiava di prontezza e di brio, nei piú gravi ragionamenti che si potessero instituire sopra alcune frasi della "Gazzetta di Venezia", la mamma anzi l'Eva di tutti i giornali. Infatti i Veneziani di quel tempo dovevano inventare e inventarono la Gazzetta: essa fu un parto genuino e legittimo della loro immaginazione, e solamente ad essi si stava ad aprire la biblioteca delle chiacchiere. Il Senatore riceveva ogni settimana la sua gazzetta sulla quale si facevano grandi commenti; ma anche in questo lavoro di finitura e d'intarsio Lucilio si lasciava indietro tutti gli altri di molto. Né alcuno sapeva come lui cercar le ragioni all'un capo del mappamondo di ciò che succedeva all'altro capo.

— Che colpo d'occhio avete, caro dottore! – gli dicevano meravigliati. – Per voi l'Inghilterra e la China sono a tiro di canocchiale, e ci trovate tra esse tante relazioni quanto fra Venezia e Fusina! — Lucilio rispondeva che la terra è tutta una palla, che la gira e la corre tutta insieme, e che dopo che Colombo e Vasco de Gama l'avevano rifatta come era stata creata, non si doveva stupirsi che il sangue avesse ripreso la sua vasta circolazione per tutto quel gran corpo dal polo all'equatore. Quando si navigava per cotali discorsi il Senatore chiudeva un occhio socchiudeva l'altro e cosí osservava Lucilio rimuginando certi giorni passati quando quel giovinastro avea lasciato qualche macchia nera sul libro degli Inquisitori di Stato. Forse allo scrupoloso veneziano passavano allora pel capo dei lontani timori; ma d'altra parte era qualche anno che Lucilio non si moveva da Fossalta; la sua vita era quella d'un tranquillo benestante di campagna; gli Inquisitori dovevano essersi dimenticati di lui ed egli di loro e delle ubbie giovanili. Il dottor Sperandio, in visita diplomatica all'eccellentissimo patrono, lo aveva rassicurato confessandogli che egli non erasi mai lusingato per l'addietro di trovare nel figliolo la docilità e la calma che dimostrava infatti colla sua vita modesta e laboriosa. — Oh, se volesse consentire a laurearsi! – sclamava il vecchio dottore. – Senza fermarsi a Venezia, intendiamoci bene! – soggiungeva con frettoloso pentimento. – Ma, dico io, se giungesse a laurearsi, qual clientela bella e pronta gli avrei preparato!

— Non mancherà tempo, non mancherà tempo! – rispondeva il Senatore. – Ella intanto provveda che suo figlio si assodi bene, che dia un calcio a tutte le bizzarrie, che conservi sí il buon umore e la vivacità, ma non pigli sul serio le fantasie letterarie degli scrittori. La laurea verrà un giorno o l'altro, e di ammalati non ne mancheranno mai ad un dottore che dia ad intendere di saperli guarire.

— *Morbus omnis, arte ippocratica sanatur aut laevatur* — soggiungeva il dottore. E se la conversazione successe di dopopranzo, aggiunse certamente una mezza dozzina di testi; ma non lo so di sicuro e voglio sparagnarne l'interpretazione ai lettori.

Lucilio era adunque diventato, come dice la gente bassa, il cucco delle donne. Queste vanerelle, in onta alle capricciose leggi d'amore, si lasciano facilmente accalappiare da chi fa in qualche maniera una prima figura. Nessun piacere sopravanza forse quello di essere da tutti invidiate. Ma Lucilio un cotal piacere non lo permetteva a nessuna di loro. Era gaio estroso brillante nelle sue rade escursioni fra le tavole del giuoco; indi tornava a capitanare la conversazione del Senatore senza aver fatto vedere neppur la punta del fazzoletto ad alcuna di quelle odalische. Soltanto, passando o ripassando, trovava modo d'inondare tutta la persona di Clara con una di quelle occhiate che sembrano circondarci, come le salamandre, di un'atmosfera di fuoco. La giovinetta tremava in ogni sua fibra a quell'incendio repentino e soave; ma l'anima serena ed innocente seguitava a parlarle negli occhi col suo sorriso di pace. Pareva che una corrente magnetica lambisse co' suoi mille pungiglioni invisibili le vene della donzella, senzaché potesse turbare il profondo recesso dello spirito. Piú insormontabile d'un abisso, piú salda d'una rupe s'interponeva la coscienza. La modestia, piú che il luogo inosservato ove costumava sedere, proteggeva la Clara dalle curiose indagini delle altre signore. Sapeva ella farsi dimenticare senza fatica; e nessuno poteva sospettare che il cuore di Lucilio battesse appunto per quella che meno di tutte si affaccendava per guadagnarselo. La signora Correggitrice non usava tanta discrezione. Fino dalle prime sere le sue premure, le sue civetterie, le sue leziosaggini pel desiderato giovine di Fossalta aveano dato nell'occhio alla podestaressa, e alla sorella del Sopraintendente. Ma queste due alla lor volta s'eran fatte notare per la troppa stizza che ne dimostravano: insomma Paride frammezzo alle dee non dovette essere piú impacciato che Lucilio fra quelle dame; egli se ne spicciava col non accorgersi di nulla.

V'avea peraltro un'altra signorina che forse piú di ogni altra e della Correggitrice stessa teneva dietro ai gloriosi trionfi di Lucilio, che non distoglieva mai gli occhi da lui, che arrossiva quand'egli se le avvicinava, e che non aveva riguardo di avvicinarsi a lui essa medesima per toccar il suo braccio, sfiorar la sua veste, e contemplarlo meglio negli occhi. Questa sfacciatella era la Pisana. Figuratevi! una civettuola di dodici anni non ancora maturi, un'innamorata non alta da terra quattro spanne! – Ma la era proprio cosí; e io dovetti persuadermene coll'onniveggenza della gelosia. La terza e la quarta volta che s'andò in casa Frumier io ebbi ad osservare un maggior studio nella piccina di adornarsi d'arricciarsi di cincischiarsi. Nessun abito le pareva bello abbastanza; nessun vezzo soverchio; nessuna diligenza bastevole per la lisciatura dei capelli e delle unghie. Siccome questa smania non l'aveva avuta né la prima né la seconda volta, cosí io m'immaginai subito che non fosse né per la solita vanità femminile né per essere ammirata dalle signore. Qualche altro motivo vi dovea covar sotto, ed io, sciocco allora come sempre in queste faccende, deliberai di chiarirmene tosto. Il martirio della certezza mi parea già fin d'allora meno formidabile dei tormenti del dubbio; ma sempreché acquistai poscia quelle crudeli certezze, mi toccò ogni volta rimpiangere la sdegnata felicità di poter tuttavia dubitare. Il fatto sta che quando i servitori salirono a portare il caffè, io scivolai con essi nella sala, e mezzo nascosto dietro la portiera mi posi alla vedetta di quanto succedeva. Vidi la Pisana fisa sempre cogli occhi a guardare Lucilio, come volesse mangiarlo. La sua testolina girava con lui come quella del girasole: quand'egli parlava con maggior calore, o si volgeva dalla sua banda, vedeva il suo piccolo seno gonfiarsi arrogantemente come quello d'una vera donna. Non parlava, non fiatava, non vedeva altro; non si moveva e non sorrideva che per lui. Tutti i segni dell'amore piú intenso e violento erano espressi dal suo contegno; solamente l'età cosí tenera salvava lei dai commenti e dai sospetti delle signore, come la modestia avea salvato sua sorella. Io tremava tutto, sudava come per febbre, digrignava i denti, e mi aggrappava colle mani alla portiera quasi mi sentissi vicino a morte. Allora mi balenò alla mente perché la Pisana mi avesse serbato il broncio in quegli ultimi giorni, e perché non la parlasse e non la ridesse piú come il solito, e perché si mostrasse pensosa e stizzita e amica dei luoghi solitari e della luna.

"Ah, traditrice!" gridò con un gemito il mio povero cuore. Sopra un tanto affanno di amore sventurato sentii crescere e gonfiarsi l'odio come una consolazione. Avrei voluto stringere in mano un fascio di fulmini per saettarne quella fronte alta e abborrita di Lucilio: avrei voluto che l'anima mia fosse un veleno per penetrare tutti i suoi pori, per dissolvere ogni sua fibra, e tormentare i suoi nervi fino alla morte. Di me non mi importava né punto né poco: poiché allora per la prima volta provava l'amarezza della vita; e la odiava quasi al pari di Lucilio, come occasione se non causa ch'essa era d'ogni mio male. Allora mi toccò vedere la vanerella valendosi dei privilegi dell'età togler di mano al servo la tazzina del caffè e presentarla essa stessa al giovine. La fanciulla era rossa come una bragia, avea gli occhi splendenti piú dei rubini, quali io non avea mai veduti; sembrava in quel momento non già una bambina, ma una ragazza piacevole perfetta e quel che peggio innamorata. Quando Lucilio prese la tazza dalla mano di lei, ella traballò sulle ginocchia e si versò sull'abito alcune gocce di caffè; il giovine le sorrise amorevolmente e si abbassò a pulirla col fazzoletto. Oh se l'aveste veduta allora quella fanciulletta appena alta da terra! – Il suo volto aveva l'espressione piú voluttuosa che mai scultore greco abbia dato alla statua di Venere o di Leda; una nebbia umida e beata le avvolse le pupille, e la sua personcina s'accasciò con tanta mollezza che Lucilio dovette circondarla con un braccio per sostenerla. Io mi morsi le mani e le labbra, mi graffiai il petto e le guance; sentiva nel petto un impeto che mi spingeva a gettarmi rabbiosamente su quello spettacolo odioso, e una forza misteriosa che mi teneva confitti i piedi nel pavimento. Quando Dio volle, Lucilio tornò a suoi discorsi, e la Pisana a sedere vicino alla mamma. Ma il soave turbamento ch'era rimasto nelle sue sembianze continuò a tormentarmi, finché i servitori uscirono colle guantiere.

— Olà, Carlino! che ci fai qui? – mi disse uno di costoro. – Fammi largo e torna in cucina ché non è qui il tuo posto.

Tali parole, che pareva dovessero metter il colmo al mio dolore, furono invece come un veleno provvido e gelato che lo calmarono.

— Sí! – dissi fra me con cupa disperazione. – Questo non è il mio posto!

E tornai in cucina barcollando come un ubbriaco; e colà stetti cogli occhi fitti nelle bragie del focolare, finché mi avvertirono che i cavalli erano attaccati e che si stava per partire. Allora ebbi a vedere un'altra volta lungo la scala la Pisana che seguiva ostinatamente Lucilio, come un cagnolino tien dietro al padrone. Indifferente a tutto il resto, montò in carrozza guardando sempre lui; e la vidi sporgersi dallo sportello a guardar il posto ch'egli aveva occupato, anche dopo che fu partito. Io intanto stava appeso al mio solito posto da quel povero diseredato che era: e quali furono i miei pensieri per tutta quella buona ora che s'impiegò a tornarsene a casa, Dio solo lo sa!... Pensieri forse non erano; bensí delirii, bestemmie, pianti, maledizioni. Quella sottil parete di cuoio che divideva il mio posto dal suo, io sapeva benissimo cosa mi presagisse pel futuro. Mille volte avea pensato che giorno verrebbe quando la maledetta forza delle cose umane me l'avrebbe tolta per sempre a datala ad un altro; ma ad un altro non desiderato, non amato, appena forse sofferto. E mi era conforto il figurarmela inondata di pianto e pallida di dolore sotto il bianco velo di sposa, andarne all'altare come una vittima; e poi nelle tenebre del talamo nuziale offrirsi fredda, tremante, avvilita, senza amore e senza desiderii, al padrone cui l'avrebbero venduta. Il suo cuore sarebbe rimasto mio, le anime nostre avrebbero continuato ad amarsi; io sarei stato felicissimo di vederla passare alcuna volta frammezzo a' suoi bambini: sarebbe stata la mia una beatitudine di impadronirsi d'alcuno fra questi quand'ella non mi avesse osservato, di stringermelo sul cuore, di baciarlo, di adorarlo, di cercare nelle sue fattezze la traccia delle sue; e di illudermi e di pensare che la parte misteriosa del suo spirito che s'era transfusa in quel bambino aveva appartenuto anche a me, quando ella amava me solo con tutte le potenze dell'anima. Garzoncello di non ancora quattordici anni io la sapeva lunga delle cose di questo mondo; lo sbrigliato cicaleccio dei servi e delle cameriere me ne aveva insegnato oltre il bisogno; eppure giungeva a debellare il confuso tumulto dei sensi, a frenare lo slancio d'un'immaginazione innamorata, e a desiderare un'esistenza non d'altro ricca che di soavi dolori, e di gioie melanconiche. Premio de' miei sforzi, della mia devozione, raccoglieva invece la dimenticanza e l'ingratitudine. E neppure si scordava di me per un altro amore; ché allora almeno avrei avuto il conforto della lotta, dell'odio, della vendetta. No, mi gettava via come un arnese disutile, per correr dietro a un vano splendore di superbia, per invaghirsi pazzamente d'un sogno mostruoso e impossibile. L'abborrimento contro Lucilio che in principio avea concepito, era caduto a poco a poco in un rabbioso disprezzo per la Pisana. Lucilio per lei era un vecchio, egli non le avea sembrato mai né bello né amabile: ci erano voluti gli omaggi delle altre perché ella apprezzasse i suoi pregi troppo alti e virili al suo criterio ancor fanciullesco. Io mi vedeva sacrificato senza rimorso alla vanità.

— No, ella non ha un briciolo di cuore, né un barlume di memoria, né un avanzo di pudore! Sí, la disprezzo come merita, la disprezzerò sempre! — gridava dentro di me.

Povero fanciullo! Io cominciava infin d'allora a disprezzare e ad amare: tormento terribile fra quanti la crudele natura ne ha preparato a' suoi figliuoli; battaglia e pervertimento d'ogni principio morale; servitù senza compenso e senza speranza nella quale l'anima, che pur vede il bene e lo ama, è costretta a curvarsi a pregare a supplicare dinanzi all'idolo del male. Io aveva troppo cuore e troppa memoria. Le rimembranze dei primi affetti infantili mi perseguitavano senza misericordia. Io fuggiva indarno; indarno mi volgeva a combatterle colla ragione; piú antiche della ragione esse conoscevano tutte le pieghe, tutti i nascondigli dell'anima mia. Al loro soffio fatale una tempesta si sollevava dentro di me; una tempesta di desiderii, di rabbia, di furori, di lagrime. Oh meditatele bene queste due parole nelle quali si racchiude tutta la storia delle mie sciagure e delle mie colpe! Meditatele bene e poi dite se con tutta l'eloquenza della passione, con tutto il sentimento dei dolori sofferti, con tutta la sincerità del ravvedimento, potrei spiegarne l'orribile significato!... Io disprezzava ed amava!

Riderete forse anco di questi due fanciulli che nel mio racconto la pretendono ad uomini: ma ve lo giuro una volta per sempre: io non vi ricamo di mio capo un romanzo: vo semplicemente riandando la mia vita. Ricordo a voce alta; e scrivo quello che ricordo. Scommetto anzi che se tutti vorrete tornar daccapo colla memoria agli anni della puerizia, molti fra voi troveranno in essi i germi e quasi il compendio delle passioni che poscia inorgoglirono. Credetelo a me; quello che si disse delle bambine che nascono piccole donne, si può dirlo anche degli uomini. La sferza del precettore e la cerchia obbligata delle occupazioni li tien domati generalmente fino ad una certa età. Ma lasciateli andare fare e pensare a lor grado; e tosto vedrete animarsi in essi, come nello spazio ristretto d'uno specchio ottico, tutta la varia movenza delle passioni piú mature. Io e la Pisana fummo lasciati crescere come Dio voleva, e come si costumava a que' tempi se pur non si ricorreva alla scappatoia del collegio. Da una cotal educazione circondata di esempi tristissimi, si formava quel gregge impecorito di uomini, che senza fede, senza forza, senza illusioni giungeva semivivo alle soglie della vita; e di colà fino alla morte si trascinava nel fango dei piaceri e dell'oblio. I vermi che li aspettavano nel sepolcro potevano servir loro da compagni anche nel mondo. Io per mia parte, o per fortuna di temperamento o per merito delle avversità che mi afforzarono l'animo fin dai primi anni, potei rimaner diritto e non insudiciarmi tanto in quel pantano da esservi invischiato sempre. Ma la Pisana, tanto meglio di me fornita di belle doti e di ottime inclinazioni, andava sprovvista per disgrazia di tutti i ripari che potevano salvarla. Perfino il suo

ingegno tanto vivace, pieghevole, svegliato s'offuscò e s'insterilí in quella smania di piacere che la invase tutta, in quell'incendio dei sensi nel quale fu lasciata
ardere e consumarsi la parte piú eletta dell'anima sua. Il coraggio, la pietà, la
generosità, l'immaginazione, sanissimi frutti della sua indole, tralignarono in
altrettanti strumenti di quelle brame sfrenate. O se risplendevano talora, nei
momenti di tregua, erano lampi passeggieri, moti bizzarri e subitanei d'istinto,
non atti consci e meritori di vera virtù. Un guasto sí lagrimevole cominciò nella
prima infanzia; nel tempo di cui narro ora, l'era già ito tanto innanzi che sarebbe stato possibile forse l'arrestarlo, non distruggerne gli effetti; quando poscia io fui in grado di toccarlo con mano e di riconoscer in esso la causa per cui
la Pisana era venuta sempre peggiorando cogli anni ne' suoi difetti infantili,
allora non v'avea piú forza alcuna nel mondo che potesse rinnovarla. Oh con
quante lagrime di disperazione e di amore non rimpiansi io allora i secoli dei
prodigi e delle conversioni miracolose!... Con quanto ardore di speranza non
divorai quei libri dove s'insegnava a rigenerare le anime coll'affetto, colla pazienza, coi sacrifici!... Con quanta umiltà, con quanto coraggio non offersi
parte a parte tutto me stesso in olocausto perché quell'angelo decaduto, di cui
io aveva contemplato sull'alba della vita gli allegri splendori, riavesse la pompa
della sua luce!... – O i libri mentiscono, o la Pisana era fatta omai tale che
potenza d'uomo non bastava a cangiarla. Il cielo s'aperse dinanzi a lei una volta
e io vidi quello che la mia ragione non vuol credere, ma che il cuore ha collocato
nel piú puro tesoro delle sue gioie. Come mi sembra vicino quest'ultimo giorno
di ricompensa e di dolore infinito!... Ma quando viveva al castello di Fratta ne
era ben lontano: e la mia mente avrebbe inorridito di credere che l'amor mio
avrebbe ricevuto il premio piú certo dalle mani della morte.

Nei giorni susseguenti a quella sera che tanto mi avea fatto patire, io parvi
a tutti cosí fiacco e sparuto che si temeva di qualche malattia. Volevano ad ogni
costo che mi lasciassi tastar il polso dal signor Lucilio; ma io mi vi rifiutai ostinatamente, e finché il male non cresceva, mi lasciarono stare persuasi che fosse
caponaggine di ragazzo. Vedevano bene le cameriere che gli affetti tra me e la
Pisana s'erano raffreddati di molto, ma eran ben lontane dal credere che questa
fosse la causa della mia sparutezza. Prima di tutto erano avvezze a questi intervalli di raffreddamento, e poi non davano alla cosa maggior importanza che
non meritasse una fanciullaggine. Dopo un paio di giorni anche la Pisana s'accorse del mio pallore, e delle mie astinenze; sicché, quasi indovinandone il segreto, si sforzò a raccostarmisi per farmi bene. Io era già passato dal furore della
disperazione alla stanchezza del dolore e la accolsi con aspetto melanconico e
quasi pietoso. Quest'ultimo colore della mia fisonomia non le piacque per
nulla; finse di credere ch'io le avessi dimostrato che non bisognava di lei e mi
piantò lí come un cane. Oh se la mi avesse buttato le braccia al collo! Io sarei

stato abbastanza credulo o codardo per stringermela al cuore, e dimenticare i crudeli momenti che la mi aveva fatto passare. Fu forse meglio cosí; poiché al giorno dopo il dolore mi si sarebbe presentato come nuovo, e m'avrebbe sorpreso piú debole di prima. Ad onta della mia inferma salute, tutte le volte che la famiglia andò a Portogruaro io non mancai di accompagnarla; e colà ogni sera io assaporava con amara voluttà la certezza della mia sventura. Mi rinforzava nell'anima; ma il corpo ne soffriva mortalmente, e certo non avrei potuto continuar un pezzo quella vita. Martino mi domandava sempre cosa avessi da sospirar tanto; il Piovano si maravigliava di non trovare i miei latinetti cosí corretti come per l'addietro, ma non aveva coraggio di rimproverarmene, tanto la mia sfinitezza lo moveva a compassione; la contessina Clara mi stava sempre dietro con carezze e con premure. Io dimagriva a vista d'occhio, e la Pisana fingeva di non accorgersene, o se lasciava cadere sopra di me uno sguardo pietoso lo ritirava tosto. Ella intendeva punirmi cosí della mia superbia. Ma era forse superbia? Io moriva di crepacuore e pur compiangeva lei cagione della mia morte. La compiangeva e l'amava, mentre avrei dovuto odiarla, disprezzarla, punirla. Dicano tutti se era superbia la mia. In quel torno accadde per fortuna che la signora Contessa ammalasse; dico per fortuna, perché cosí rimasero interrotte le gite a Portogruaro e questa fu la ragione perché io non morii. Lucilio seguitava a praticare in castello, ora tanto piú che ve lo chiamava il suo ministero di medico; ma la Pisana non era di gran lunga cosí incantata di lui a Fratta, come a Portogruaro. Una volta o due gli usò una qualche attenzione, poi se ne astenne senza sforzo e a poco a poco tornò appetto a lui nella solita indifferenza. Mano a mano che Lucilio usciva dal suo cuore vi rientrava io; e non debbo nascondere che la mia gioia di questo pentimento fu cosí veemente, cosí piena come se io fossi tornato alla prima fiducia dei nostri affetti. Io era fanciullo, io le credeva ciecamente. Come ad onta delle sue passeggiere civetterie mi fidava di lei un tempo, sicuro che in fondo al cuore non ci stava che io, cosí allora tornava a persuadermi che i frutti di quel ravvedimento dovessero essere eterni. Giungeva quasi a trovare in quelle apparenti infedeltà e in quelle pronte pacificazioni una prova di piú ch'ella non poteva amare che me né vivere senza di me. Io non le mossi adunque parola delle mie torture, schivai di rispondere alle sue dimande, indovinando quasi che la confessione d'una gelosia è il piú caldo incentivo di nuove infedeltà. Accusai una bizzarria d'umore, un malessere inesplicabile, e chiusi il varco ad altre inchieste col lasciar libero campo alla mia gioia e allo sfogo d'un cuore chiuso in se stesso da tanto tempo. La Pisana folleggiava con me da vera pazzerella: pareva che quel suo ghiribizzo momentaneo non avesse lasciato traccia alcuna né nella memoria né nella coscienza; io mi consolai di ciò, mentre se fossi stato ben avveduto, avrei dovuto spaventarmene. Mi abbandonai dunque con piena sicurezza a quella corrente di felicità che mi trasportava; tanto piú sicuro e beato, che la fanciulla mi sembrò a que' giorni docile amorosa e fin'anco umile e paziente quale non era mai stata. Era un tacito compenso, offerto senza saperlo, dei torti fattimi? Non lo saprei dire. Forse anche la timorosa adorazione di Lucilio aveva svezzato per poco l'anima sua dai moti violenti e tirannici; a me dunque toccava raccogliere quello che un altro aveva seminato. Ma questo dubbio che adesso mi avvilirebbe, allora non mi passava nemmeno pel capo. Bisogna aver vissuto e filosofeggiato a lungo per imparar a dovere la scienza di tormentarsi squisitamente.

La Contessa benché lievemente indisposta migliorava assai a rilento. Era cosí piena di scrupoli e di smorfie che non bastavano l'eloquenza italiana e latina del dottor Sperandio, la pazienza di Lucilio, i conforti di monsignor di Sant'Andrea, le cure del marito e della Clara e quattro pozioni al giorno, per calmarla un poco. Soltanto un giorno che le fu annunziata la visita della cognata Frumier, si riebbe subitamente e dimenticò l'infinita caterva dei suoi mali per pettinarsi, pulirsi, mettersi in capo la piú bella e rosea cuffietta della guardaroba, e farsi addobbar il letto con cuscini e coperte orlate di merlo. Da quel momento la sua convalescenza fu assicurata, e si poté cantare un *Te Deum* nella cappella per la ricuperata salute dell'eccellentissima padrona. Monsignor Orlando cantò quel *Te Deum* con tutta l'effusione del cuore, perché non si avea mangiato mai cosí male a Fratta come durante la malattia di sua cognata. Tutti erano occupati a lambiccar decotti, a preparar panatelle, a portar brodi e scodelle; e le pignatte intanto rimanevano vuote e ad ora di pranzo si doveva accontentarsi di pietanze improvvisate. Per ripristinar la famiglia nei soliti uffici e cambiare in ferma salute la lunga convalescenza della Contessa, ci vollero non meno di quattro o cinque visite della cognata; in fin delle quali eravamo giunti al cuor dell'inverno, ma la floridezza di quelle guance preziose era assicurata per altri trent'anni. Monsignor Orlando rivide con piacere il campo del focolare ripopolarsi a poco a poco dei larghi tegami e delle brontolanti pignatte. Se fosse ancora continuato quel regime di mezza astinenza egli avrebbe pagato colla propria vita la guarigione della cognata. Io e la Pisana intanto ci avevamo guadagnato alcuni mesi di buon accordo e di pace. Buon accordo lo dico, cosí per dire; perché in sostanza si era tornati alla vita di prima: agli amoruzzi cioè, ai dispetti, alle gelosie, ai rappaciamenti d'una volta. Donato, il figliuoletto dello speziale, e Sandro del mulino mi facevano talvolta crepare di bile. Ma l'era una cosa tutta diversa. A questi attucci io era abituato da molto tempo, e d'altronde la Pisana, se era duretta e caparbia nelle sue tenerezze per me, lo era a tre doppi sopra gli altri fanciulli. Né vedeva farsi in lei a vantaggio di loro quel cambiamento che la rendeva cosí umile, cosí tremante, cosí impensierita al cospetto di Lucilio nella sala della zia. Le angoscie sofferte allora non avevano lasciato per verità traccia alcuna nel mio cuore; ma ne ricordava la causa e molte volte erami venuto sulla punta della lingua di muoverne cenno alla Pisana per vedere quanto ne ricordasse ella, ed in che modo. Peraltro titubava sempre e non sarei forse venuto mai ad effettuare un tal desiderio, se ella non me ne porgeva un giorno l'occasione. Lucilio scendeva le scale dopo aver visitato la Contessa già quasi ristabilita e la vecchia Badoer, e s'avviava verso il ponticello della scuderia, riedificato con tutti gli accorgimenti d'una buona difesa, sotto la direzione del capitano Sandracca; la Clara gli veniva del paro per passar nell'orto a cogliervi quattro foglie d'erba luisa, e qualche geranio che lottava ancora contro le punture della brina. Erano corsi parecchi giorni senzaché si potessero vedere; le loro anime tumultuavano, piene di quei sentimenti che di tempo in tempo vogliono essere espressi con ardore, con libertà per non ritorcersi dentro di noi in alimento velenoso. Aspiravano all'aria libera, alla solitudine; e già, varcato il ponte e sicuri di esser soli, pregustavano la beatitudine di potersi ripetere quelle dolci dimande e quelle eterne risposte dell'amore che devono bastare ai colloqui di due che si vogliono bene. Parole mille volte ripetute, ed udite, sempre con significato e con piacere diverso; le quali basterebbero a provare che l'anima sola possiede la magica virtù del pensiero, e che il moto delle labbra non è altro che un vano balbettio di suoni monotoni senza il suo interno concento. Lucilio stava già per aprire il varco a tutto quell'amore che da tanti giorni lo soffocava, quando udí dietro di sé il passo saltellante e la vocina acuta della Pisana che gridava: — Clara, Clara, aspettami dunque, che vengo anch'io a farmi un mazzetto! — Lucilio si morse le labbra e non poté o non credette necessario celare il proprio dispetto; la Clara invece, che si era volta colla solita bontà a guardar la sorella, ebbe bisogno di osservare l'addolorato volto del giovine per rattristarsi anch'essa. Quanto a sé, il contento procurato alla fanciulletta da un mazzo di fiori l'avrebbe forse pagata delle mancate delizie d'un colloquio tanto sospirato coll'amante. Era buona, buona anzi tutto; e in anime cosí fatte perfino la violenza delle passioni s'attua alla considerazione dei piaceri altrui. Ma al giovine non garbava forse questa facile rassegnazione, e il suo dispetto se ne accrebbe di molto. Si volse egli dunque con viso un po' arrovesciato alla Pisana, e le domandò se avesse lasciato sola la nonna.

— Sí, ma ella stessa mi ha permesso di venire a coglier fiori colla Clara — rispose la Pisana stizzosamente, perché non consentiva a Lucilio l'autorità di sindacarla a quel modo.

— Quando si ha cuore e gentilezza di animo, bisogna saper non usare di certi permessi; — soggiunse Lucilio — una vecchia malata e bisognevole di compagnia non va piantata lí senza ragione, per quanto essa sembri permetterci di farlo.

La Pisana sentí venirsi agli occhi le lagrime della rabbia; volse dispettosamente le spalle e non rispose nemmeno alla Clara che le diceva di fermarsi e di non essere cosí permalosa. La fanciulletta corse difilato nell'anticamera della cancelleria dov'io aveva il mio studio, e rossa di sdegno e di vergogna mi saltò colle braccia al collo.

— Cos'è stato? — io sclamai gettando la penna, e alzandomi da sedere.

— Oh, me la pagherà il signor Merlo!... sí che me la pagherà! — balbettava fremente la Pisana.

Io mi era svezzato dall'udirla adoperare questo soprannome, e non intendeva di chi volesse parlare.

— Ma chi è questo signor Merlo, cosa ti ha fatto? — le chiesi io.

— Eh!... il signor Merlo di Fossalta, che vuol intricarsi de' fatti miei, e interrogarmi, e correggermi, come se fossi una sua servetta!... E sí ch'io sono una contessa ed egli un cavasangue, buono al piú pei miserabili e pei villani!

Io sorrisi per molte idee che mi traversarono il capo a quelle parole; e seppi poi piú chiaramente la cagione precisa di quella gran ira. Intanto approfittai dell'opportunità per tirar la fanciulla ad altri schiarimenti.

— Sulle prime – le dissi – io non aveva capito a chi tu volessi alludere con quel tuo signor Merlo!... Infatti era un gran pezzo che non chiamavi il signor Lucilio a questo modo.

— Hai ragione – mi rispose la Pisana – gli era proprio un secolo. E guarda che stupida!... Ci fu anche un tempo ch'egli mi piaceva; e massimamente a Portogruaro in casa della zia restava incantata a udirlo parlare. Caspita! come stavano mogi e attenti ad ascoltarlo tutti quegli altri signori! Io avrei dato non so che cosa per essere in lui a fare quella gran figura.

— Gli volevi proprio bene — osservai io con un segreto tremore.

— Cioè... bene...? – mormorò la Pisana pensandovi sopra sinceramente – non saprei...

A questo punto vidi la bugia montarle a cavallo del naso; e capii che se non prima, almeno certamente allora, essa conosceva di qual indole fosse la sua ammirazione per Lucilio. Ebbe vergogna e rabbia di una tal confessione fatta a se medesima e rincarò poi sul biasimarlo per vendicarsene. — È brutto, è orgoglioso, è cattivo, è vestito come Fulgenzio! — Gli trovò addosso tutte le piaghe, tutti i peccati; e da molto tempo io non avea udito la Pisana parlare cosí a lungo e con tanta enfasi come in quella sua filippica contro Lucilio. Da questa banda mi tenni dunque sicuro. Ma quella virulenza stessa, se bene avessi avvisato, mi dava piú cagione di timore che di fiducia in un temperamento cosí bizzarro ed eccessivo come il suo. Infatti, ripresa che si ebbe la usanza delle due gite settimanali a Portogruaro, la Pisana tornò a raffreddarsi verso di me e ad allocchirsi nel contemplare e nell'ascoltare Lucilio. Quei discorsi, quelle proteste in odio di lui furono come non fatte; ella tornò ad adorar quello che giorni prima avea calpestato, senza vergognarsene o meravigliarsene. Stavolta il mio dolore fu meno impetuoso ma piú profondo: poiché compresi a quale altalena di speranze e di disinganni avessi affidato la fortuna dell'anima mia. Cercai di dimostrare il mio rincrescimento alla Pisana e farla ripiegare sopra se stessa a pensare cosa e quanto male faceva; ma non mi dié retta per nulla. Solamente m'accorsi che nella sua divozione per Lucilio si era anche infiltrata una dose di gelosia. Ella si era avveduta di esser posposta alla Clara, e la ne pativa acerbamente; ma per questo non s'inveleniva né contro la sorella né contro Lucilio; pareva che si tenesse contenta di amare o sicura di amar tanto, che un giorno o l'altro avrebbe dovuto avere la preferenza. Tutti questi sentimenti che le leggeva negli occhi erano ben lontani dal consolarmi. Non sapendo con chi prendermela, non con Lucilio, perché non s'accorgeva di ciò, non colla Pisana, perché non la mi badava piucché al muro, finii come l'altra volta col prendermela con me stesso. Ma il dolore, come vi diceva, se piú profondo, fu anche piú ragionevole; venni a patti con essolui, e lo persuasi che, anziché cercar fomento nell'ozio e nella noia, piú saggio partito era domandar distrazioni al lavoro ed allo studio. Mi misi di tutta schiena sopra Cicerone, sopra Virgilio, sopra Orazio: ne traduceva de' gran brani, li commentava a mio modo, e scriveva di mio capo sopra temi analoghi. Insomma posso dire che pe' miei studi classici quel secondo peccato della Pisana mi fu piucchealtro giovevole. Il Piovano si diceva contentissimo di me; si congratulava col Conte e col Cancelliere del mio amore per lo studio, e insomma tutti godevano, tutti meno io, di quei rapidi progressi. E non crediate mica che la fosse faccenda di ore e di giorni; la fu addirittura di mesi e di anni. Solamente vi si frapponevano i soliti respiri, le solite tregue. Ora la stagione rotta, ora le strade disfatte, ora il soverchio caldo e la brevità delle sere, ora le gite dei Frumier ad Udine, sospendevano la frequenza dei Conti di Fratta a Portogruaro. Allora risorgeva l'amore della Pisana per me, col solito corredo delle lusingherie per Sandro e per Donato: da ultimo ella sembrava accorgersi del mio malumore anche durante la sua fase di furore per Lucilio, e la mi compativa e la mi dava in elemosina qualche occhiata e perfino anche qualche bacio. Io pigliava quello che mi davano come un vero accattone; il dolore mi aveva uguagliato al pavimento, come dice quel salmo; e mi avrei lasciato pestare, premere e sputacchiare senza risentirmene. Ciò non toglie che non diventassi ogni giorno piú un latinista di vaglia; e sudava e impallidiva tanto sui libri, che Martino alle volte mi diceva che gli avrebbe quasi piaciuto di piú il vedermi girare lo spiedo come agli anni addietro. Non importa. Io aveva scoperto da per me quel gran aiuto a vivere che si ha nel lavoro, e checché ne pensasse Martino, credo che sarei stato piú misero di gran lunga se avessi svagato i miei dolori nella dissipazione o accresciutili coll'ozio. Almeno ne guadagnai che di poco oltrepassati i quindici anni io potei sostenere al Seminario di Portogruaro un esame di grammatica, di latino, di composizione, di prosodia, di rettorica e di storia antica; dal quale me la cavai con una gloria immortale. Figuratevi che in tre anni scarsi io aveva imparato quello che gli altri in sei!... Dopo un sí pieno trionfo fu deciso in famiglia che mi avrebbero mandato a Padova a prendervi i gradi di dottore; ma intanto ebbi un posto fisso come vice-officiale in cancelleria col soldo annuo di sessanta ducati, che equivalevano a quattordici soldi il giorno. Poco, pochissimo certo; ma io fui molto contento d'intascare alcune monete dicendo: "Queste qui son proprio mie, perché me le son guadagnate io!". La nuova dignità a cui era salito fece anche sí che avessi un posto alla tavola dei padroni, e che potessi entrare nella sala di casa Frumier stando seduto vicino al Cancelliere a guardarlo giocare il tresette. Questa occupazione mi quadrava pochissimo; ma altrettanto mi garbava l'aver sempre sott'occhio la Pisana, e rodermi continuamente degli attucci che ella faceva per dimostrar il suo amore a Lucilio. Davvero che a ripensarvi ora, devo riderne a piena gola; ma in quel tempo la cosa era diversa. Me ne piangeva il cuore a lagrime di sangue.

La Pisana intanto era cresciuta anch'essa una vera zitella. Non la toccava i quattordici anni che la parea già perfetta e matura. Non molto grande, no; ma di forme perfettissime, ammirabile soprattutto nelle spalle e nel collo: un vero torso da Giulia, la nipote di Augusto: la testa un po' grande ma corretta con un bellissimo ovale; e poi capelli alla dirotta, occhi umidi sempre e languenti come di fuoco nascosto, sopracciglia sottilissime, e un bocchino poi, un bocchino da dipingere o da baciare. Voce rotonda e sonora, di quelle che non tintinnano dal capo, ma prendono i loro suoni dal petto, dove batte il cuore; un andare, ora quieto ed uguale come di persona che discerna poco, ora saltellante e risoluto come d'una scolaretta in vacanza; adesso muta, chiusa, pensierosa, di qui a poco aperta, ridente, se volete anche, ciarliera; ma già le ciarle essa le avea perdute e ben presto: si vedeva già a quattordici anni che altri pensieri la preoccupavano tanto da farle restar torpida la lingua. Cosí stava da vera donnetta in conversazione; uscita poi, e sciolta dai rispetti umani, i diritti, dell'età si impadronivano di quel corpicciuolo ben tornito e gli facevano fare le piú gran capriole, i piú bizzarri contorcimenti del mondo. Allora aveva del ragazzaccio piú del bisogno; come invece in sala si atteggiava a donnina languida e leziosa. A questo modo me la ricordo in quegli anni di transizione, ora bambina affatto ed ora donna matura; ma in quanto all'animo, al temperamento, i difetti della bambina si disegnavano cosí esatti nella donna che non mi accorsi certamente del punto in cui questi supplirono a quelli. Gli uni forse non furono che la continuazione degli altri, e il loro sviluppo naturale.

Eccomi ora ad un punto, dal quale ebbe a cominciare un mio nuovo tormento, o meglio ad accrescersi uno già incominciato. Circa a quel tempo uscí di collegio il signor Raimondo di Venchieredo e venne ad abitare nel suo castello vicino a Cordovado; ma siccome non toccava ancora gli anni della maggiore età, cosí un suo zio materno di Venezia, che gli era tutore, lo affidò alla sorveglianza d'un precettore, d'un certo padre Pendola, che, venuto a Venezia non si sapeva donde, erasi acquistato una grandissima opinione di erudito. Questo abate misterioso ebbe certo le sue ottime ragioni per accettare l'incarico: e in confidenza io credo che fosse di soppiatto un beniamino degli Inquisitori di Stato. Lo si diceva romagnuolo di nascita, ma viaggiava con passaporto russo; si sa che i RR. PP. Gesuiti dopo la soppressione dell'ordine loro s'erano ricoverati a Pietroburgo e che la Repubblica di Venezia non s'era mai professata loro protettrice. Ad ogni modo le massime politiche della Signoria non erano piú quelle di fra Paolo Sarpi quando il padre Pendola si stabilí col suo alunno a Venchieredo; e tanto egli, come il giovane castellano, fecero grandissimo colpo nella società di Portogruaro che s'era affrettata ad invitarli e a festeggiarli. La Pisana, dopo la prima comparsa di questo giovine nelle sale Frumier, si dimenticava sovente di Lucilio per badare a lui; io poi seduto vicino al Cancelliere mi rodeva l'anima, e gettava le mie occhiate al vento.

CAPITOLO SETTIMO

Contiene il panegirico del padre Pendola e del suo alunno. Due matrimoni andati in fumo senza un perché. La contessa Clara e sua madre si trapiantano a Venezia, dove le segue il dottor Lucilio, e diventa assai famigliare della Legazione francese. Perché io mi stancassi della Pisana, e mi mettessi a vagheggiare tutto il bel sesso dei dintorni: perché finissi col vagheggiare la giurisprudenza all'Università di Padova, dove rimasi fino all'agosto del 1792 odorando da lontano la rivoluzione di Francia.

Le lusinghe della signora Contessa pel collocamento della Clara parve sulla prime che non dovessero andar deluse. Tutti, si può dire, i giovani di Portogruaro e dei dintorni le morivano cogli occhi addosso; non l'avrebbe avuto che a scegliere per essere subito impalmata da quello fra essi che meglio le fosse piaciuto. Primo di tutti il Partistagno la riguardava come cosa sua; anzi quando osservava che altri la contemplasse con troppa devozione, permetteva alla propria fisonomia certi atti di malcontento, che dichiaravano apertamente le intenzioni dell'animo. Nella sua entrata in casa Frumier erasi egli imprudentemente accostato al crocchio del padrone di casa; ma poi avea dovuto sloggiare, perché non era tanto gonzo da non vedere la meschina figura che vi faceva. Allora avea preso posto fra due vecchie ed un monsignore ad un tavolino di tresette, e di là seguitava la antica usanza di onorare continuamente la Clara delle sue occhiate conquistatrici. Quest'abitudine non talentava gran fatto a' suoi compagni di gioco; laonde a quel tavoliere era un eterno brontolio di richiami e di rimproveri. Ma il bel cavaliero restava imperturbabile; pagava le partite perdute, le faceva pagare al compagno, e non si scomponeva per nulla. Fortuna che era giovine e bello: per cui le vecchiette gli perdonavano le sue distrazioni, e il monsignore, essendo padre spirituale di una fra queste, doveva di necessità perdonargli anche lui. Il marchesino Fessi, il Conte Dall'Elsa e qualche altro aristocratico zerbino della città corteggiavano essi pure la Clara. Ma l'assedio galante di questi signori era meno discreto; le occhiate erano il meno; si sbracciavano in inchini, in complimenti, in lodi, in profferte. Facevano gli scherzosi col braccio arrotondato sul fianco e la gamba protesa; quando poi indossavano il vestito gallonato delle domeniche, il loro brio non aveva piú freno. Giravano fra le seggiole delle signore, si curvavano su questa e su quella, consigliavano ora un giocatore ed ora un altro; ma ponevano somma cura di non restar invischiati in nessuna partita. I giovani abati e il professor Dessalli in particolare, sedevano assai volentieri qualche quarto d'ora vicino alla Clara: il loro abito li proteggeva dalle maligne calunnie, e il contegno della zitella era tale che molto si affaceva colla gravità sacerdotale. Insomma la bionda castellana di Fratta avea messo in subbuglio tutte le teste della conversazione; ed ella ebbe la strana modestia di non accorgersene. Giulio Del Ponte, che non era il meno infervorato, si maravigliava e si stizziva di tanto riserbo; egli andava anzi piú oltre, e benché non ne parasse nulla, avea concepito qualche sospetto sopra Lucilio. Infatti soltanto un cuore già occupato da un grande affetto poteva resistere freddamente a tutta quella giostra d'amore che torneava per lui. E chi mai poteva aver fatto breccia colà, se non il dottorino di Fossalta? – Cosí la pensava il signor Giulio; e dal pensare al bisbigliarne qualche cosa, il tratto fu piú breve d'un passo di formica. Cominciavano a pigliar fiato cotali mormorazioni, quando il padre Pendola presentò il giovine Venchieredo in casa Frumier. Il Conte di Fratta ne rimase un po' imbarazzato; perché non si dimenticava che se non per opera, certo per tolleranza sua, il padre di quel cavalierino mangiava il pane bigio nella Rocca della Chiusa. Ma la Contessa, che era donna di talento, trascorse un bel tratto innanzi coll'immaginazione, e architettò di sbalzo un disegno che poteva togliere fra le due case ogni ruggine. Il Partistagno, nel quale aveva posto grandi speranze dapprincipio, non dava sentore di volersi muovere; adunque qual male sarebbe stato di tirare il Venchieredo ad un buon matrimonio colla Clara?... Riuniti cosí gli interessi delle due famiglie, si avrebbe avuto il diritto di adoperarsi per la liberazione del condannato; allora la riconoscenza e la felicità avrebbero dato di frego alle brutte memorie del tempo trascorso; e che si potesse giungere a sí lieta conclusione ne dava caparra la protezione validissima del senatore Frumier. Il padre Pendola era un sacerdote di coscienza e un uomo di molto garbo; capacitatolo una volta della convenienza di questo maritaggio, egli ne avrebbe persuaso certamente il suo alunno;

dunque bisognava cominciare per di là, e l'accorata dama si pose immantinente all'opera. Il reverendo padre non era di coloro che vedono una spanna oltre al naso, e vogliono dar ad intendere di vederci lontano un miglio; anzi tutt'altro; vedeva lontanissimo e portava gli occhiali con una cera rassegnatissima di minchioneria. Ma io credo che non gli bisognarono due alzate d'occhi per leggere nel cervello della Contessa; e contento d'essere accarezzato corrispose alle premure di lei con una modestia veramente edificante.

"Poveretto! – pensava la signora – crede che lo vezzeggi pel suo raro merito! È meglio lasciarglielo credere; ché ci servirà con miglior volontà".

Il giovine Venchieredo intanto correva incontro di gran lena agli onesti divisamenti della Contessa. Si può dire che di colpo egli restò innamorato della Clara. Innamorato proprio come un asino, o come un giovinetto appena uscito di collegio. Cercava tutte le maniere di piacerle, si studiava di sederle piú vicino che potesse per toccar se non altro col ginocchio le pieghe del suo abito, la guardava sempre e delle sue poche e timorose parole non facea dono che a lei sola. La provvida mamma era al colmo della consolazione; precettore e scolaro calavano innocentemente alle vischiate che con tanta accortezza ella avea saputo disporre. Ma il padre Pendola non si sgomentiva di quelle scalmane amorose del giovine; egli conosceva il suo alunno meglio della Contessa, e lasciava correr l'acqua alla china finché gli tornava comodo. A dirla schietta il signor Raimondo (cosí chiamavasi il figlio del castellano di Venchieredo) piú assai della Clara amava all'ingrosso il sesso gentile. Appena messo piede nel territorio della sua giurisdizione egli avea dato indizio di questa parte principalissima del suo temperamento con una caccia furibonda a tutte le bellezze dei dintorni. I padri, i fratelli, i mariti avevano tremato di questi preludii guerrieri, e le nonne barbogie ricordarono palpitando sotto la cappa del camino i tempi del suo signor padre. Il focoso puledro non rispettava né fossi né siepi, varcava quelli d'un salto, sforacchiava queste senza misericordia, e senza badare né a tirate di redini né a minaccie di voci, menava calci a dritta ed a sinistra per penetrare nel pascolo che piú gli piaceva. La sua autorità peraltro non era ancora tanto formidabile da impedire che a qualcheduno non saltasse la mosca al naso per tali soperchierie. Qualche padre, qualche fratello, qualche marito cominciò a menar rumore, a minacciar rappresaglie, vendette, ricorsi. Ma allora capitava col suo collo torto, colla sua faccia compunta il reverendo padre: — Cosa volete!... Sono castighi della Provvidenza, sono cose spiacevoli ma che bisogna sopportarle come ogni altro male, per la maggior gloria di Dio!... Anche a me, vedete, anche a me sanguina il cuore di vedere queste mariuolerie!... Ma mi confido al Signore, ne piango dinanzi a lui, mi consolo con lui. Se egli vorrà, spero che non siano nulla piú che ragazzate; ma bisogna meritarselo colla pazienza il bene che egli vorrà concederci!... Unitevi con me, figliuoli miei!

Piangiamo e soffriamo insieme, ché ne avremo anche insieme la ricompensa in un mondo migliore di questo.

E i dabbenuomini piangevano con quella perla d'uomo, e soffrivano con lui; egli era l'angelo custode delle loro famiglie, il salvatore delle loro anime. Guai se egli non ci fosse stato! Chi sa quanti scandali, quanti processi avrebbero turbato il paese. Fors'anche si sarebbe sparso del sangue, perché proprio lo sdegno toccava l'ultimo segno. Ma il buon padre li consolava, li calmava, e tornavano agnellini a lasciarsi pelare e, peggio, con rassegnazione. Egli poi, dopo averli ridotti a dovere, pigliava a quattr'occhi il giovine scapestrato e gli impartiva una gran satolla di ottimi consigli. – No, non era quello il modo di guadagnarsi l'affetto della gente, e di serbare il decoro e le dovizie della casa! Anche fra i suoi vecchi ce n'erano stati di giovani, di peccatori; ma almeno si comportavano con prudenza, non menavano in pompa le loro colpe, non si esponevano stoltamente all'ira degli altri, evitavano il cattivo esempio, e non aizzavano il prossimo a quel peccataccio turco e scomunicato che è la vendetta! Oh benedetta la prudenza degli avi! – Il giovinastro, com'era ben naturale, pigliò di questi consigli la parte che gli quadrava meglio; si diede a pensar le cose prima di farle, e a nasconderle bene dopo averle fatte. La gente non gridò piú tanto; le spose e le ragazze del paese beccarono qualche spillone, qualche grembiule di seta; il padre Pendola era benedetto da tutti, e il nuovo castellano dovette forse a lui, se non la salute dell'anima, certo quella del corpo. Infatti la fama che lo avea dipinto sulle prime come il vero flagello della castità si tacque improvvisamente; Raimondo ebbe voce di giovine discreto e gentile; gli piaceva sí scherzare, ma non fuori dei limiti; e non si schivava dall'usar cortesia a qualunque genere di persone. Per esempio egli adorava tutti i mariti che avevano mogli giovani e leggiadre; fossero benestanti o mandriani non fu mai caso che egli usasse loro il benché minimo malgarbo. Ascoltava pazientemente le loro filastrocche, li raccomandava al Cancelliere, al fattore; e portava loro fino a casa la risposta di un'istanza esaudita, o d'un conto saldato. Se anche poi il galantuomo si trovava per avventura assente, egli pazientava aspettandolo, e la moglie poi si lodava assaissimo al marito dell'urbanità e della modestia del padrone. In verità il solo padre Pendola sapeva fare di tali conversioni; e in tutta la popolazione e nel clero dei dintorni fu una voce generale a proclamarlo una specie di taumaturgo.

La Doretta Provedoni era stata fra le prime ad attirare i pronti omaggi di Raimondo; ma a Leopardo non andavano a' versi la smancerie del cavaliere, e con grandi strepiti della moglie avea trovato modo di cavarselo dai piedi. A udir la donna, il signorino usava de' suoi diritti; erano fratelli di latte, avean giocato insieme da bambini, e non era strano ch'egli le serbasse ancora qualche affettuosa ricordanza. Il vecchio, i fratelli, le cognate, paurosi d'inimicarsi il giurisdicente, tenevano per lei, e censuravano Leopardo come un orso geloso ed intrattabile. Ma finché Raimondo continuò nella sua vita scapestrata egli aveva ragioni bastevoli da opporre alle loro; e la Doretta rimase col suo grugno senza poterla spuntare. Venne poi il momento della conversione: si cominciò a parlare del miracolo operato dal padre Pendola e del meraviglioso ravvedimento del giovine signore. Allora tutti furono addosso con grandi rimproveri a Leopardo; la Doretta non vociava, non strepitava, ma si fingeva offesa dai sospetti ingiuriosi del marito. Questi, sincero, e credenzone e avvezzo ad arrendersi a lei in ogni altra cosa pel cieco affetto che le portava, confessò di essere stato ingiusto; e pur di non vederla patire, consentí che l'andasse a trovar suo padre a Venchieredo, com'era stata sua usanza prima che Raimondo fosse uscito di collegio. Il giovine castellano accolse con molta umanità la sua sorella di latte; si stupí di non averla mai trovata in casa le molte volte che era stato a Cordovado per salutarla; e andò anche in collera perché non gli avesse ancora fatto conoscere suo marito. Leopardo fu persuaso alla fine che le apparenze lo avevano ingannato sulle mire di Raimondo; innamorato della moglie com'era, se ne lasciò dir tante, che finí col domandarle scusa; e poi s'affrettò a far visita con lei al castellano, e tornò a casa edificato di tanta affabilità, di tanto riserbo, benedicendo anche lui il padre Pendola, e permettendo alla moglie d'andare a stare a Venchieredo quanto piú la piacesse. Cosí s'era venuto perfezionando Raimondo nelle sue arti di feudatario; e di pari passo anche la sua idolatria per la Clara aveva imparato modi piú discreti ed accorti. La Contessa temendo ch'egli si raffreddasse credette giunto il momento di tastare il padre Pendola. Lo invitò parecchie volte a pranzo, lo volle seco alla partita della sera; dimenticò monsignore di Sant'Andrea per andarsi a confessare da lui; e infine quando credette il terreno apparecchiato a dovere, pose mano a seminare.

— Padre – gli disse ella una sera in casa Frumier, dopo aver abbandonato il gioco per non so qual pretesto, ed essersi ritirata con lui su un cantone della sala – padre, ella è ben fortunato di aver un allievo che le fa onore!

La Contessa volse un'occhiata quasi materna a Raimondo che ritto dinanzi a Clara aspettava ch'ella avesse finito di prendere il caffè per ricevere la tazzina. Il reverendo padre posò sul giovane una simile occhiata, raggiante in pari proporzioni di affetto e di umiltà.

— La ha ragione, signora Contessa – rispose egli – son proprio fortune; poiché del resto il precettore ha ben poca parte nei meriti dell'allievo. Terra buona dà buon frumento solo volerlo raccogliere; e terra magra non dà nulla, quantunque si voglia inaffiarla con secchie di sudore.

— Oibò, padre; non dirò mai questo! – ripigliò la Contessa – la invidiava giusto appunto perché ella si è trovata in grado di meritare e di procurarsi una tale fortuna. Secondo me la buona educazione d'un giovine collocato in cosí buon punto per far del bene, è il merito piú grande che si possa vantare verso la società!

— Quello d'una nobildonna che educa e forma delle ottime madri di famiglia non è certo minore — rispose il reverendo.

— Oh, padre! noi ci mettiamo poco studio. Se il Signore ce le dà belle e buone, la grazia è sua. Del resto una saggia economia, un buon ordine di casa, una buona dose di timor di Dio, e la dote della modestia sono tutti i pregi delle nostre figliole.

— E lei ci dice niente, lei?... Economia, buon ordine, timor di Dio, modestia!... Ma c'è tutto qui, c'è tutto!... Sarei anche per dire che ce n'è d'avanzo; perché già il buon ordine insegna gli sparagni, e il timor di Dio conduce all'umiltà. Mi creda, signora Contessa, fossero donne cosifatte sui piú gran troni della terra, ancora ci farebbero una degna figura!

Il cuore della Contessa si slargò come una rosa a una lavata di pioggia. Corse collo sguardo dal buon padre Pendola alla Clara, dalla Clara a Raimondo, e da questo ancora all'ottimo padre. Questa giratina d'occhi fu come il tema della sinfonia che si apprestava a suonare.

— Mi ascolti, padre reverendo – continuò, tirandosegli ben vicina all'orecchio benché monsignore di Sant'Andrea la fulminasse con due occhi di basilisco dal suo tavolino di picchetto. – Non è vero che al primo comparire del signor Raimondo, da queste parti si mormoravano contro di lui... certe cose... certe cose...

La Contessa balbettava, quasi sperando che l'ottimo padre le porgesse quella parola che le mancava; ma questi stava, come si dice, in guardia, e rispose a quel balbettamento con un'attitudine di maraviglia.

— La mi capisce; – continuò la Contessa – io non accuso già nessuno, ma ripeto quello che diceva la gente. Pareva che il signor Raimondo non dimostrasse inclinazioni molto esemplari... Già ella sa che a questo mondo i giudizi si precipitano; e che sovente le sole apparenze...

— Pur troppo, pur troppo, cara Contessa; – la interruppe con un sospirone il reverendo – crederebbe ella che né io né lei siamo al sicuro contro questo orco maledetto della calunnia?

La signora si pizzicò le labbra coi denti, e palpò se i nastrini della cuffia erano al loro posto.

Avrebbe anche voluto diventar rossa; ma per ottener questo effetto convenne che la si decidesse a tossire.

— Cosa dice mai, padre reverendo? – continuò ella sommessamente – la mi creda che da centomila bocche una voce sola s'accorda a celebrare la sua santità... Quanto a me poi son troppo piccola e brutta cosa perché...

— Eh, Contessa, Contessa!... ella vuol burlarsi di me. Una gran dama nei tempi che corrono compera agli occhi del mondo un intero seminario di preti, ed esse sole hanno il privilegio di far parlare o in bene o in male le intere città. Quanto a noi, è troppo se degnano renderci il saluto.

La Contessa, troppo boriosa per lasciar cadere un complimento senza raccoglierlo, e poco accorta per tagliar di botto tutte queste frasche inutili del discorso, andò via colla lingua dove la menava il reverendo padre, sempre allontanandosi dalla meta che s'era prefissa nel cominciare. Ma il buon padre non era un allocco; prima d'ingarbugliarsi in certi fastidi volea capire qual pro' ne avrebbe cavato, e chi era quella gente con cui doveva accomunarsi. Per quel giorno non giudicò opportuno toccar l'argomento, e barcamenò cosí bene che quando si alzarono dal gioco per andarsene, la Contessa narrava, credo, le sue delizie giovanili, e i bei tempi di Venezia, e Dio sa quali altri vecchiumi. Accorgendosi che era venuto il momento di partire, si morsicò un poco le unghie; ma quell'ora le era scappata via cosí premurosa, il buon padre l'aveva trattenuta con sí interessanti discorsi, che proprio il discorso principale le era rimasto a mezza gola. Quanto al sospettare che l'ottimo padre l'avesse condotta, come si dice, in cerca di viole, la Contessa ne era lontana le cento miglia. Piuttosto si stizzí colla propria loquacia, e fece proponimento di esser piú sobria un'altra volta, e di scordar il passato per curare il presente. Ma la seconda volta fu come la prima, e la terza come la seconda; e non era a dirsi che il padre la schivasse o che dimostrasse di conversar con lei a malincuore. No, ché anzi la cercava, la visitava sovente, e non era mai il primo ad accomiatarsi, se il pranzo imbandito o l'ora tarda non lo costringevano a ritirarsi. Soltanto o l'occasione non si presentava mai di intavolar quel discorso, o il caso voleva che la Contessa se ne smemorasse, quando avrebbe potuto accoccarlo meglio a proposito.

Bensí il padre Pendola non rimaneva ozioso nel frattempo; studiava il paese, la gente, le magistrature, il clero; si addentrava nelle grazie di quel signore o di quella dama; si piegava ai vari gusti delle persone per esser gradito ovunque e da tutti; soprattutto poi cercava ogni via di entrar in favore a Sua Eccellenza Frumier. Ma in questa faccenda l'andava da marinaio a galeotto; e il padre lo sapeva, e preferiva andar sicuro per le lunghe al precipitarsi sul primo passo. Dopo un paio di settimane egli diventò un essere necessario nel crocchio del Senatore. In fino allora vi avea regnato una vera anarchia di opinioni; egli intervenne ad accordare, a regolare, a conchiudere. Gli è vero che le conclusioni zoppicavano, e che sovente un epigramma di Lucilio le aveva fatte capitombolare con grandi risate della compagnia. Ma il pazientissimo padre tornava a rialzarle, ad assodarle con nuovi puntelli; infine stancheggiava tanto gli amici e gli avversari che finivano col dargli ragione. Il Senatore ci pigliava gusto in queste esercitazioni dialettiche. Egli era di sua natura metodico; e avvezzo per lunga pratica alle tornate accademiche, gli piacevano quelle dispute che dopo aver divertito qualche mezz'ora creavano se non altro un qualche fantasma di verità. Il padre Pendola riesciva a quello che egli non avea mai potuto ottenere da quei cervelli briosi e balzani che gli faceano corona. Perciò gli concesse una grande stima di logico perfetto; il che nella sua opinione era il piú grand'onore che potesse concedere a chichessia. Non indagava poi se il padre Pendola fosse logico con se stesso, o se la sua logica cambiasse gambe ogni tre passi per andar innanzi. Gli bastava di vederlo arrivare: non importava se colle grucce di Lucilio, o con quelle del professor Dessalli. Sia detto una volta per sempre che quell'ottimo padre aveva un occhio tutto suo per discerner l'animo delle persone; e perciò in un paio di sere non solamente aveva capito che l'affetto del nobiluomo Frumier voleva essere conquistato a suon di chiacchiere, ma aveva anche indovinato la qualità delle chiacchiere bisognevoli a ciò. Lucilio, che in fatto d'occhi non istava meno bene del reverendo, s'accorse tantosto che gatta ci covava; ma aveva un bel che fare di schiudersi un finestrello nell'animo di lui. La tonaca nera era d'un tessuto cosí fitto, cosí fitto, che gli sguardi ci spuntavano contro; e il giovinotto si vedeva costretto a lavorare coll'immaginazione.

Finalmente venne il giorno che il padre Pendola lasciò spiegare alla Contessa quel suo disegno cosí a lungo accarezzato. Egli avea saputo quanto gli occorreva sapere; avea preparato ciò che bisognava preparare; non temeva piú, anzi bramava che la Contessa ricorresse a lui per poterle con bel garbo rispondere: "Signora mia, questo io prometto a lei, se ella promette quest'altro a me!" – Ora, domanderete voi, cosa desiderava l'ottimo padre? – Una minuzia, figliuoli, una vera minuzia! Siccome maritando il signor Raimondo colla contessina Clara, il precettore diventava una bocca inutile nel castello di Venchieredo, cosí egli aspirava al posto di maestro di casa presso il Senatore. La dama Frumier aveva fama di divota; egli l'aveva toccata sopra questo tasto e il tasto aveva corrisposto bene: restava alla cognata il compir l'opera, se pure voleva vedere accasata la figlia in modo tanto onorevole. Il povero padre era stanco, era vecchio, era amante dello studio; quello era un posto di riposo che gli sarebbe sembrato la vera anticamera del paradiso; il prete che lo occupava allora desiderava una cura d'anime; potevano accontentarlo e insieme accontentar lui che non si sentiva piú né lena né sapienza bastevoli per lavorare operosamente nella vigna del Signore. S'intende sempre che l'ottimo padre insinuò queste cose in maniera da sembrare che la Contessa gliele strappasse dalle labbra, e non che egli ne la pregasse lei.

— Oh, santi del paradiso! – sclamò la signora – qual consolazione per mio cognato! che aiuto di spirito per la cognata! che, padre reverendo! lei vorrebbe proprio adattarsi alla vita meschina d'un maestro di casa?

— Sí, quando il mio alunno si maritasse — rispose il padre Pendola.

— Oh, si mariterà, si mariterà! non li vede? paiono proprio fatti l'uno per l'altra.

— Infatti se io dicessi una parola... Raimondo... Basta! mi lasci studiare i loro temperamenti, che li osservi un pochino anch'io...

— Eh, cosa serve mai studiarli questi cuori di vent'anni? Non li vede, no!? basta una squadrata negli occhi... i loro pensieri, i loro affetti sono là. E poi si fidi di me!... Sono tre mesi, sa, ch'io li studio tutte le sere. Si figurerebbe lei, padre reverendo, che da sei settimane io meditava di farle questo discorso e che me ne è sempre mancato il coraggio?

— Davvero, signora Contessa?... Oh cosa la mi conta! Mancare il coraggio a lei di chiamarmi a parte di un'opera di tanta carità e di tanto utile e di tanto lustro per due intere famiglie!

— Non è vero, padre, che la pensata è buona?... E non sarà un bel regalo di nozze se si otterrà dall'Inquisitore di veder graziato del resto della pena quell'altro poveretto?... Cosí finirà una lunga serie di dissidi, di malanni, di sciagure che affliggeva tutte le anime buone dei nostri paesi!

— Oh sí, certo! e io mi ritirerò contento, se potrò affidare la felicità del mio figliuolo d'anima a una sí compita sposina; ma son cose, Contessa mia, che vanno ponderate a lungo. Appunto perché io posso molto sull'animo di Raimondo...

— Sí, giusto per questo la prego di volergli chiarire tutti i vantaggi che verrebbero ad ambedue le case da questo sposalizio...

— Voleva dire, signora Contessa, che appunto per la responsabilità che mi pesa addosso mi bisognerà camminare coi calzari di piombo.

— Eh via! a lei, padre, basta un'occhiata per veder tutto!... Oh quanto mi tarda di veder stabilito questo ottimo patto di alleanza!... E mio cognato come sarà contento di poter avere in casa un uomo del suo calibro!... Domani subito penseranno a provvedere d'una prebenda il cappellano attuale. Giacché lo desidera, nulla di meglio!

— Pure, signora Contessa...

— No, padre, non faccia obbiezioni... la mi prometta di far questa grazia a mio cognato! giacché gli è scappata una parola non la ritiri...

— Io non dico di ritirarla, ma...

— Ma, ma, ma... non ci sono ma!... Guardi guardi un po' ora il signor Raimondo e la mia Clara! Come si guardano!... Non sembrano proprio due colombini...

— Se il Signore vorrà, non vi sarà mai stata un coppia piú perfetta.

— Ma i disegni del Signore bisogna aiutarli, padre, e a lei tocca prima degli altri che è un suo degnissimo ministro...

— Indegno, indegnissimo, signora Contessa!

— Insomma io li aspetto domani a pranzo... me ne dirà qualche cosa del suo Raimondo.

— Accetto le sue grazie, signora Contessa; ma non so... cosí a precipizio... Insomma non prometto nulla... Basta, mi costerà assai dividermi da quel buon figliolo.

— Le assicuro che i miei cognati la compenseranno ad usura di quanto ella sarà per perdere.

— Oh sí, lo credo, lo spero; ma...

— Insomma, padre, a domani. Parleremo, ci concerteremo; io ne butterò un cenno stasera al Senatore, giacché appunto restiamo con lui a cena.

— Oh, per carità, signora Contessa, non mi esponga, non mi comprometta troppo. È proprio per me un sacrificio che...

— Oh bella! vorrebbe dunque per egoismo lasciar senza sposa quel caro figliuolo! Che precettore cattivo! A domani, a domani, padre; e venga per tempo che discorreremo mentre bolliranno i risi.

— Servo umilissimo della signora Contessa, non mancherò certamente, e Dio meni a buon fine le nostre intenzioni.

Il buon padre infatti, uscito che fu di casa Frumier con Raimondo e sprofondato nei comodi sedili d'un *bombé*, cominciò subito a lodarlo della vita ch'egli menava e del buon uso fatto de' suoi consigli. Ma i proponimenti dell'uomo sono fallaci, le sue passioni prepotenti, e non mai abbastanza commendevole la cura di frenarle, di regolarle con vincoli sacri e legittimi. Egli toccava il ventunesimo anno; il momento non poteva esser migliore, ed egli se gli profferiva, l'ottimo padre, a soccorrerlo nella scelta colla sua lunga ed oculata esperienza.

— Oh; padre; dice da senno? – sclamò Raimondo. – Lei mi esorta a maritarmi?... Ma un anno fa non mi inculcava sempre la massima, che bisognava esser maturi di anni e di senno per decidersi a piantare una famiglia? e che l'aiuto d'un precettore di mente e di cuore comprava benissimo il soccorso spesso lieve e manchevole d'una donnicciuola?

— Sí, figliuolo mio; – rispose candidamente il precettore – questi consigli io vi davo nell'ultimo anno che fui vostro maestro nel collegio; e credeva fossero ottimi; ma allora non vi aveva ancora osservato nella libertà del mondo. Ora che vi conosco meglio nella pratica della vita, non mi vergogno dal ricredermi, e dal confessare che m'era ingannato. Lo vedete bene, parlo a mio danno. Quando la sposa entrerà in questo castello per una porta, io necessariamente dovrò uscire dall'altra...

— Oh no, padre! non dica questo! non mi tolga il soccorso dell'opera sua e del suo consiglio!... Mi creda che io non dimenticherò mai quanto le devo! Anche due mesi fa quei passatori di Morsano mi avrebbero accoppato, se ella non li riduceva a piú discreti sentimenti facendo loro accettare una piccola riparazione in denaro! E dire che io non aveva tocco un dito a quella loro sorella... Glielo giuro, padre!

— Sí, figliuolo, vi credo pienamente; ma non dovete offendere la mia modestia col ricordare questi debolissimi meriti; vi prego a dimenticarli, o almeno a non parlarne piú. Quello che è stato è stato!... Come vi dico, io mi ricredo da quello che pensava utile a voi un anno fa; ora mi piacerebbe vedervi accasato stabilmente, ed onorevolmente. Lasciandovi al fianco una sposina buona, paziente, divota, io mi ritirerei piú contento nella nicchia della mia vecchiaia...

— Ma padre! non mi dicevate voi sempre che anche maritandomi io, voi sareste rimasto il paciere, il consolatore, il vincolo spirituale fra me e mia moglie! che per oro al mondo non avreste consentito di separarvi da me?...

Il padre Pendola infatti avea parlato molte volte su questo tenore finché non avea sperato di giungere a un miglior posto. Allora che gli veniva fatto d'intravvedere di meglio pescando nei torbidi ecclesiastici di Portogruaro, diede a quelle sue parole una piú larga interpretazione.

— Dissi cosí, e non nego ora quello che dissi tante volte – soggiunse egli. – Il mio spirito rimarrà sempre fra voi, perché la parte sua migliore si è transfusa nell'anima vostra col santo canale dell'educazione; e quanto alla sposa, siccome io avrei cura di sceglierla conforme alle massime della buona morale, essa corrisponderà perfettamente alle mire ch'io ho nel confidarvela. Questo, Raimondo, questo è quel vincolo spirituale che dipende dalla piú intima parte del mio cuore e che rimarrà sempre fra voi e vostra moglie!...

Raimondo a questi schiarimenti del precettore non si mostrò forse cosí malcontento come ne sarebbe rimasto tre mesi prima. Ma in quel momento giungevano al castello, e il colloquio restò sospeso fin dopo cena. Allora lo ripresero di comune accordo, perché al giovine tardava l'ora di conoscere il nome della sposa che nel cervello del padre Pendola gli veniva destinata.

— Raimondo, quel nome voi lo sapete! – disse con voce di dolce rimprovero il soavissimo padre – io ve lo leggo negli occhi, e voi avete peccato di poca confidenza nel vostro unico amico a non partecipargli il voto del vostro cuore.

— Che! sarebbe vero? Ella, padre, lo ha indovinato cosí presto?

— Sí, figliuol mio, tutto s'indovina quando si ama. E vi confesso che se la vostra ritenutezza mi afflisse, mi consolò assaissimo la buona scelta che vi venne fatta e che non mancherà d'infiorare la vostra vita di gioie imperiture...

— Oh, padre! non è vero che è bella come un angelo?... Ha osservato, padre, che occhi, e quali spalle!... Oh Dio mio, io non ho veduto mai spalle cosí tornite!

— Questi sono pregi fugaci, figliuol mio, sono ornamenti esteriori del vaso che poco contano se non vi si contiene un aroma odoroso ed incorrotto. Io peraltro vi posso assicurare che l'animo della Contessina corrisponde appunto a quanto promettono le sue sembianze. Ella sarà veramente un angelo, come dicevate poco fa...

— Ma me la daranno poi, padre dilettissimo?... Consentiranno a darmela in isposa? Io ho tutta la fretta immaginabile!... Vorrei averla meco domani, oggi stesso se fosse possibile; e la è ancora cosí tenerella, quasi ancora fanciulla...

— Vi sbagliate, figliuol mio, la modestia e il candore ve la fanno sembrare piú giovine ch'ella non sia; per l'età ella vi si attaglia benissimo, e di poco vi deve esser minore.

— Come? cosa mi conta? la contessina Pisana avrebbe all'incirca la mia età?

— Raimondo, voi scambiate i nomi; la contessina ha nome Clara e non Pisana; Pisana è la sua sorellina, quella fanciulletta che stasera stava seduta fra voi e monsignore di Sant'Andrea.

— Ma gli è appunto di quella che io intendo parlare, padre!... Non si è accorto con quali occhi la mi guardava?... da ieri sera io ne sono innamorato morto... Oh, io non potrò vivere se non mi farò amare da lei!...

— Raimondo, figliuol mio, siete pazzo, non avete occhi, non ponete mente a quanto mi dite?... Quella è una fanciulletta di una diecina d'anni al piú!... Non può essere che vi siate invaghito di lei; è certo il cuore che v'inganna e ve la rende cosí diletta come sorella della contessina Clara.

— Ma no; padre, l'assicuro...

— Ma sí, figliuol mio; lasciatevi guidare da chi ne sa piú di voi; lasciate ch'io metta un po' di chiaro in un cuore che conosco meglio di voi; e ne ho il diritto dopo tanti anni che lo studio, che lo indirizzo al suo meglio. Voi amate la contessina Clara; me ne sono avveduto alle cortesi premure che le dimostravate.

— Sí, padre, fino alla settimana passata, ma ora...

— Ora, ora poi siccome la Contessina è troppo pudica e ben educata per corrispondervi apertamente e senza il consenso dei suoi genitori, voi avete creduto che non la si commovesse punto alle vostre dimostrazioni, e avete cercato per giungere a lei di addomesticarvi colla sorella. Questa piccina vi ha accolto colle feste, coll'ingenuità propria dell'età sua, e la riconoscenza che le professate di queste buone maniere voi la affigurate per amore! Ma pensateci, figliuol mio, sarebbe una ridicolaggine, una vergogna!

— Non importa, padre! Si vede che non l'avete mai osservata come ho fatto io con molta accortezza nelle due ultime sere.

— Anzi l'ho osservata benissimo, e se aveste qualche intenzione sopra di lei, Raimondo caro, bisognerebbe che vi rassegnaste a sette od otto anni di aspettativa, senzaché ella intanto potrebbe cambiar parere. E poi tutti riderebbero di vedervi innamorato di una bambina! E poi sapete che è una vera fanciullaggine adorare un frutto acerbo mentre ne potreste cogliere uno già maturo e saporito!

— Non so che farne, padre, non so che farne!

— Ma pensate, figliuol mio, riflettete bene. Voglio adoperare i vostri stessi argomenti. Vorreste sperare che la Pisana possa superare la contessina Clara nella bellezza dei sembianti, nel candor della pelle, nella perfezione delle forme? Riducetevela bene alla memoria, Raimondo!... Vi sentireste in grado di resisterle?

— Non so, padre, non so; ma ella certamente non ha voluto saperne di me.

— Fandonie, credetelo, apparenze, e nulla piú. Puro effetto di pudicizia e di modestia.

— Bene, sarà anche, ma questi temperamenti agghiacciati non mi talentano.

— Agghiacciati, figliuol mio? Si vede che non avete esperienza! Ma è appunto sotto queste maniere composte e riserbate che si nascondono gli ardori piú intensi, le voluttà piú squisite!... Credetelo a chi ha studiato il cuore umano.

— Sarà, padre; anzi mi pare che deve essere cosí; eppure...

— Eppure eppure!... cosa volevate dire?... Eppure ve lo dirò io!... Eppure non è opera di carità né di prudenza l'affliggere il cuore d'una bella ragazza che sotto le sue apparenze di pace e di modestia vi ama sfrenatamente, non vive che per voi, ed è disposta a farvi dono dei piú santi piaceri che Dio clemente ci abbia conceduto di gustare!

— Oh, padre! sarebbe vero?... la contessina Clara è innamorata di me?

— Sí, certo, ve lo accerto, ve lo giuro; volete saperlo?... me lo disse qualcuno di casa sua!... È innamorata, poverina, e muore dal desiderio di piacervi!

— Quand'è cosí, capisco, padre: mi sono sbagliato. Sett'anni sono lunghi. Io pure fui innamorato della contessina Clara! ed anche adesso a ripensarci su...

— Ah! l'hai confessato, figliuol mio! l'hai confessato! Signore ti ringrazio! Ecco che il mio ministero è terminato, e che potrò riposarmi in pace sulla felicità preparata per le mie mani a queste tue dilette creature. Raimondo, io ho scoperto il segreto del vostro cuore; lasciatemi adoperare in maniera che tutto riesca secondo i vostri desiderii.

— Adagio, padre: non vorrei che per la troppa fretta...

— Il rimedio urge, figliuol mio. Pensate alla beatitudine che proverete nello stringervi sul cuore in questo castello, in questa stessa camera una sposina cosí bella, cosí docile, cosí infiammata per voi!... Oh Dio! non avrete mai provato nulla di simile.

— Or bene, padre; ha ragione; faccia pur lei... Veramente le mie intenzioni... ma ora dopo piú matura riflessione, e giacché ella mi assicura che quella ragazza è innamorata di me...

— Sí, Raimondo, ne metterei le mani nel fuoco.

— Or bene, padre; le nozze non si potrebbero fare domenica?

— Potenza del cielo! domenica dici! e poi raccomandi a me di non aver troppa fretta! ci vorrà qualche settimana, forse qualche mese, figliuol caro. Le cose di questo mondo camminano con un certo ordine che non va disturbato. Tuttavia nel frattempo tu potrai vedere la tua fidanzata e parlarne e star a lungo con lei nel castello di Fratta, e presenti i genitori.

— Oh che consolazione, padre! Cosí potrò continuare a vedere anche la Pisana!

— S'intende, ed amarla e trattarla coll'onesta confidenza di un futuro cognato. Sta' cheto, figliuol mio; confida in me e dormi pure tranquilli i tuoi sonni, ché le lusinghe del tuo venerabile zio non andranno deluse, e partecipandogli il tuo matrimonio potrai assicurarlo che io ti ho fatto buono, e felice!

Il nobile giovine pianse di tenerezza a queste parole, baciò la mano al diligente precettore, e salí nella sua stanza da letto colla Pisana e la Clara che gli ballavano confusamente nella fantasia. Omai non sapeva ben quale, ma sentiva distintamente che ognuna delle due sarebbe stata quella sera la benvenuta. Sopra queste felici disposizioni avea contato il padre Pendola per distorglierlo da quell'impensato capriccio per la Pisana, e rinfiammarlo della Clara; né l'esito gli ebbe a fallire. Soltanto andando egli pure a letto seguitò a maravigliarsi e a congratularsi di quel nuovo impiccio cosí venturosamente evitata.

"Ah! la birboncella!" pensava egli, "me ne ero accorto io che in quei suoi quattordici anni ne covavano trenta di malizia!... ma cosí a rompicollo, non me lo sarei mai immaginato. Proprio chi afferma che il mondo progredisce sempre, finirà coll'aver ragione".

In questi pensieri il reverendo padre erasi coricato; e poi tolse in mano gli opuscoli divoti del Bartoli che erano la sua consueta lettura prima di addormentarsi. Ma quello che aveva tanto sorpreso lui, non avrebbe sorpreso me per nulla. Io aveva seguito benissimo il Venchieredo nelle fasi del suo amore per la Clara; e sfiduciato alla fine di muoverla, lo aveva veduto nelle due ultime sere accorgersi della Pisana, accostarsi a questa, e pigliar tanto fuoco in un attimo, quanto non gli si era destato in cuore in due mesi di omaggi alla sorella maggiore.

Quanto rammarico io avessi per questo, ognuno se lo può immaginare per poco che abbia capito l'indole del mio affetto per quell'ingrata. Ma ebbi campo in seguito di maravigliarmi, quando vidi la Pisana dopo gli ossequi del Venchieredo riprendere verso di me la sua maniera affettuosa e gentile, quale da un pezzo non la usava piú che a sbalzi e quasi per sforzo di volontà. Donde proveniva questa nuova stranezza? Allora non poteva farmene ragione per nessun modo. Adesso mi par di capire che la burbanza di essa verso di me derivasse massimamente dal corruccio di vedersi trascurata come una bambina a dispetto della sua sfrenata bramosia di piacere. E non appena la piacque a qualcuno, tornò verso di me quale era sempre stata. Anzi migliore; perché nessuna cosa ci fa verso gli altri cosí buoni e condiscendenti, quanto l'ambizione soddisfatta. Confesso la verità che senza scrupoli e senza vergogna io presi la mia parte di quell'amorevolezza; e che a poco a poco il rammarico pel trionfo del Venchieredo mi si andò mutando nel cuore in un'amara specie di gioia. Mi parve di essere omai accertato che la Pisana non cercava negli altri né il merito né il piacere di essere amata, ma la novità e il contentamento della vanagloria. Perciò aveva lasciato da un canto Lucilio per appigliarsi al Venchieredo non appena la novità di questo aveva attirato gli sguardi piú che il brioso gesteggiare di quello. Allora mi confortai colla certezza che nessuno né l'amava né l'avrebbe amata al pari di me; e ogniqualvolta le avesse ricercato l'animo un vero desiderio di amore, viveva sicuro che la mi sarebbe volata fra le braccia. Stupido cinismo di accontentarmi a questa lusinga, ma un gradino dopo l'altro io ero disceso a tanto; e finii coll'usarmi a quella vita di avvilimento, di servilità e di gelosie per modo che io era già uomo snervato e disilluso quando tutti mi credevano ancora un ragazzaccio rubesto e senza pensieri. Ma chi si dava cura di tener dietro alle passioncelle e ai romanzi della nostra adolescenza? – Ci giudicavano novelli affatto nella vita, che ne avevamo già fornita tutta l'orditura; e il compiere la trama è opera manuale alla quale siamo sospinti il piú delle volte da forza ineluttabile e fatale.

Il padre Pendola, dopo aver riconfermato il giovine cavaliero nei propositi della sera prima, riferí alla Contessa di Fratta l'ottimo risultato delle sue parole, tacendo, non è d'uopo nemmeno il dirlo, tuttociò che si riferiva alla Pisana. La signora volle quasi gettargli le braccia al collo, e lo ricompensò coll'assicurarlo che un suo semplice motto lasciato cadere intorno allo stabilimento di lui in casa Frumier, era stato accolto dal Senatore e dalla moglie con tal festosa premura da augurarsene un pronto adempimento dei loro voti.

— Ora poi – disse la signora all'orecchio del reverendo che si era seduto a tavola vicino a lei a dispetto del solito cerimoniale di casa – ora poi lasci fare a me. Prima anche che la Clara sospetti di nulla, perché già le ragazze devono essere condotte adagio entro queste faccende, io voglio che i miei eccellentissimi cognati sieno beati della sua compagnia.

— Povero Raimondo! — sospirò il padre fra un boccone e l'altro.

— Non lo compianga; – soggiunse ancor sottovoce la Contessa occhieggiando la figlia – una sposina come quella si quadra meglio del prete a un giovine di ventun anno.

Infatti la settimana seguente tutta Portogruaro fu piena della gran novella. Il celebre, l'illustre, il dotto, il santo padre Pendola si ritirava in casa Frumier, stanco delle fatiche d'un lungo apostolato. Colà egli disegnava metter in pace la sua età non molto provetta ancora, ma pur afflitta pei sofferti disagi da molti incommodi della vecchiaia. Il vecchio Cappellano era stato trasferito, come desiderava, ad una cura vicino a Pordenone; e il Senatore e la nobildonna non potevano capire in sé per la gioia di possedere in sua vece un tanto luminare d'ecclesiastica perfezione. Raimondo aveva fatto le viste di adirarsi perché egli volesse uscire di sua casa prima che fosse entrata la sposa; ma il buon padre non ebbe bisogno di sfiatarsi per persuaderlo che ad un giovine vicino a fidanzarsi non si affaceva la tutela del precettore, e che per tutte le ragioni conveniva che la sua partenza da Venchieredo precedesse d'alcun poco la celebrazione degli sponsali. Raimondo lo vide partire senza molte lagrime, e continuò a frequentare il castello di Fratta, dove la confidente affabilità della Pisana lo compensava del gelato riserbo della Clara. Ma a costei non avevano ancor fatto cenno della fortuna che l'aspettava; ed egli attribuiva a ciò lo sforzo da lei durato per nascondergli la veemenza dell'amor suo. Del resto non se ne pigliava grande affanno; e se Clara falliva egli avrebbe goduto di ricattarsi colla sorella. Questi erano i filosofici sentimenti del signor di Venchieredo, ma la Contessa non la pensava a quel modo. Dopo aver lasciato i due giovani entrare, secondo lei, in una decente dimestichezza prese ella a preparare la Clara alla domanda del giovine; e parla e riparla s'inquietò alla fine un poco di vederla restar cosí fredda e imperterrita come non si trattasse di lei. Un bel giorno le spiattellò chiare e tonde le probabili intenzioni di Raimondo; e anche quest'ultimo colpo non diradò per nulla quella nube che da molti giorni si era raunata sulla fronte della donzella. Chinava le ciglia, sospirava, non diceva né sí né no. La mamma cominciò a credere che la fosse una stupida, come aveva sempre sospettato dentro di sé vedendola grave modesta e disforme in tutto da quello ch'ella era stata negli anni della giovinezza. Ma anche le stupide si scuotono a toccarle su quel tasto del marito; e la stupidità della Clara doveva essere veramente fuor di natura per non muoversi nemmeno a ciò. Si aperse allora colla vecchia suocera, che era sempre stata la confidente della fanciulla, e la pregò d'ingegnarsi a farle capire i disegni della famiglia intorno a lei. La vecchia inferma parlò ascoltò, e riferí alla nuora che la Clara non aveva intenzione di maritarsi, e che voleva star sempre con lei a vegliarla nelle sue malattie, a confortarla nella sua solitudine.

— Eh! questi son grilli da pettegola! – sclamò la Contessa. – La vorrei vedere io che la seguitasse a fargli il muso duro a quel poverino, sicché egli trovasse un pretesto di cavarsela. Quando i genitori vogliono, il dovere delle ragazze fu sempre quello di obbedire, almeno in questa casa; e non si vedranno novità, no, non si vedranno. Quanto a lei poi, signora, io spero che non la fomenterà questa pazzia e che la vorrà aiutare me e il signor Conte a far vedere alla ragazza qual è il suo meglio.

La vecchia accennò del capo che avrebbe fatto, e fu molto contenta che la nuora dopo quella gridata le uscisse fuori di camera. Ma non fu meno pronta per ciò a ritentare il cuor della Clara per persuaderla di accettare lo sposo che nobile e degno per ogni riguardo le si profferiva. La giovine si rinchiudeva nel suo silenzio, o rispondeva come prima che Dio non la chiamava al matrimonio, e che sarebbe stata felice di terminar la sua vita in quel castello accanto alla nonna. Si ebbe un bel che dire e un bel che fare: alla nonna, alla mamma, al papà, allo zio monsignore la Clara ripeté sempre la medesima solfa. Laonde la Contessa, per quanto ne arrabbiasse furiosamente dentro di sé, decise di soprastare senza nulla rispondere al Venchieredo e di dar intanto una voce al padre Pendola perché egli colla sua meravigliosa prudenza le additasse un mezzo da convertir la Clara all'obbedienza, senza ricorrere a maniere violente e scandalose. Peraltro alcunché di questo ostinato resistere della zitella al desiderio dei suoi trapelava di fuori; e Lucilio sembrava non se n'accorgere, tanto serbava con essa le solite maniere, e il Partistagno compariva alle veglie del castello di Fratta e alla conversazione di casa Frumier piú sorridente e glorioso che mai. Il padre Pendola udito il grave caso si offerse esso stesso a paciero fra la Contessa e la nobile donzella; tutti ne concepirono le grandi speranze; e lasciato ch'ei fu a quattr'occhi con essa, alcuno si fermò per curiosità ad origliare dietro l'uscio.

— Contessina – principiò a dire il reverendo – cosa ne dice di questo bel tempo?

La Clara s'inchinò un po' confusa per non saper come rispondere; ma il padre stesso la tolse d'impiccio continuando:

— Una stagione come questa non l'abbiamo goduta da un pezzo e sí che si può dire di esser appena usciti dall'inverno. L'Eccellentissimo Senatore mi ha concesso, anzi doveva dir pregato, di andarne a visitare il mio caro alunno, quell'ottimo giovane, quel compito cavaliere ch'ella ben dovrebbe conoscere. Ma cosí passando ho voluto vedere di loro, e chieder novella delle cose di famiglia.

— Grazie, padre — balbettò la fanciulla non vedendolo disposto a proseguire.

Il padre prese buon augurio da quella timidità, argomentando che come le avea strappato quel grazie, le avrebbe poi fatto dire e promettere ogni cosa che avrebbe voluto.

— Contessina; – riprese egli colla sua voce piú melliflua – la sua signora madre ha riposto in me qualche confidenza e oggi sperava di udire da lei quanto il mio cuore desiderava da lungo tempo. In quella vece ella non mi ha dato che mezze parole; sembra che ella non abbia inteso i retti e santi divisamenti de' suoi genitori; ma spero che quando io le li abbia spiegati meglio, non avrà piú ombra di dubbio nell'accettarli come comandati dal Signore.

— Parli pure — soggiunse la Clara con fare modesto ma calmo questa volta e sicuro.

— Contessina, ella ha in mano il mezzo di ridare la gioia e la concordia non solo a due illustri famiglie, ma si può dire ad un intero territorio; e mi si vuol far credere che per altri scrupoli pietosi ella non voglia approfittarne. Mi permetterà ella di credere che non si interpretò bene la sua risposta, e che quello che parve irragionevole rifiuto e scandalosa ribellione altro non fu che peritanza di pudore o impeto di troppa carità?

— Padre, io non so forse spiegarmi abbastanza, ma col ripetere le stesse cose molte volte spero che alla fine mi capiranno. No, io non mi sento chiamata al matrimonio. Dio mi tragge per un'altra strada: sarei una cattivissima moglie e posso continuare a vivere da figliuola dabbene; la mia coscienza mi comanda di attenermi a quest'ultimo partito.

— Ottimamente, Contessina. Io non sarò certamente quello che vorrà condannarla di questo rispetto alle leggi della coscienza. Questo anzi raddoppia la stima ch'io aveva per lei e mi fa sperare che in seguito ci raccosteremo nelle opinioni. Mi vuol ella permettere che col mio umilissimo ma devoto criterio l'aiuti a illuminare quella coscienza che forse s'è un po' turbata, un po' oscurata nei tentennamenti, nelle battaglie dei giorni passati? Nessuno, Contessina, è tanto santo da credere ciecamente alla coscienza propria rifiutando i lumi e i suggerimenti dell'altrui.

— Parli pure, parli pure, padre: io son qui per ascoltarla e per confessare che avrò torto, quando ne sia persuasa.

"Mi dicevano che è stupida! – pensava l'ottimo padre – altro che stupida! Mi accorgo che avrò una stizzosa gatta da pelare, e bravo se ci riesco!" — Or dunque – soggiunse egli a voce alta – ella saprà prima di me che l'obbedienza è la prima legge delle figliuole coscienziose e timorate di Dio. Onora il padre e la madre se vuoi vivere lungamente sopra la terra; lo disse il medesimo Dio, ed ella finora ha sempre messo in pratica questo divino precetto. Ma l'obbedienza, figliuola cara, non soffre eccezioni, non cerca nessuna scappatoia; l'obbedienza obbedisce, ecco tutto. Ecco la coscienza come l'intendiamo noi poveri ministri dell'Evangelo.

— E cosí pure l'intendo anch'io — rispose umilmente la Clara.

"Che l'avessi persuasa a quest'ora? – pensò di nuovo il reverendo. – Non me ne fido un cavolo davvero". Tuttavia fece le viste di crederlo, e alzando le mani al cielo: — Grazie, diletta figliuola in Cristo! – sclamò – grazie di questa buona parola; cosí per questa strada d'abnegazione e di sacrifizio si tocca l'ultimo grado della perfezione, cosí si potrà persuadere con suo grande vantaggio che la potrà diventare ancor piú eccellente sposa e madre di famiglia che non fu fino ad ora buona e costumata figliuola... Oh non durerà una grande fatica, la si assicuri!... Uno sposo quale fu destinato a lei dal cielo non è sí facile trovarlo al giorno d'oggi! L'ho educato io, Contessina; io l'ho formato colla midolla piú pura del mio spirito e colle massime piú sante del cristianesimo. Dio la vuol rimeritare della sua insigne pietà, del suo filiale rispetto!... Che egli seguiti a benedirla, e che egli sia ringraziato dell'aver permesso a me di portare nell'anima sua la luce della persuasione!...

Il buon padre tenendo sempre le mani e gli occhi verso il cielo si disponeva ad uscire dalla stanza per recare alla Contessa la buona novella; ma la Clara era troppo sincera per lasciarlo in un inganno sí madornale.

La sincerità in quel frangente la aiutò tanto bene quanto la furberia, perché il buon padre fidava appunto nel suo scarso coraggio e nell'innocente semplicità, e credeva che si sarebbe lasciata credere persuasa per la ritrosia di dovergli contraddire. Fu adunque molto maravigliato di sentirsi fermar per una manica dalla fanciulla; e capí cosa annunziava quel gesto. Tuttavia non volle darsi per disperato e si volse a lei con un'unzione veramente paterna.

— Cosa ha figliuola? – diss'egli inzuccherando ogni parola con un sorriso serafico. – Ah capisco! vuol esser lei la prima a recare a' suoi genitori una tanta consolazione! Dopo averli martoriati tanto, forse a fin di bene, le parrà giusto di gettarsi a' loro piedi, di implorar perdono, di assicurarli della sua sommissione filiale! Andiamo dunque; venga pure con me.

— Padre – rispose la Clara per nulla sgomentita da questa finta sicurezza del predicatore – io forse intendo l'obbedienza in un modo differente dal suo. A me pare che obbedire sia un arrendersi oltreché nella lettera, anche nello spirito, ai comandamenti dei superiori. Ma quando uno di questi comandamenti sentiamo di non poterlo osservare pienamente, sarebbe ipocrisia fingere di piegarvisi colle apparenze!

— Ah, figliuola mia! cosa dice mai! sono sottigliezze scolastiche. San Tommaso...

— San Tommaso fu un gran santo, ed io lo rispetto e lo venero. Quanto a me, ripeto a lei quello che dovetti dire alla signora madre, alla nonna, al papà ed allo zio. Io non posso promettere di amare un marito che non potrò amar mai. Obbedire nel concedermi a questo marito sarebbe un obbedire col corpo, colla bocca; ma col cuore no. Col cuore non potrei mai. Laonde mi permetterà, padre, di rimaner zitella!

— Oh, Contessina! badi e torni a badare! Il suo ragionamento pecca nella forma e nella sostanza. L'obbedienza non ha la lingua cosí lunga.

— L'obbedienza quando è interrogata risponde, ed io non chiamata non avrei risposto mai, ne l'assicuro, reverendo padre!

— Alto là, Contessina! ancora una parola! Ho da dirle tutto?... Ho dunque da spiegarle tutta la virtù che si può cristianamente pretendere da una figliuola esemplare?... Ella si professa pronta ad obbedire tutti quei comandi dei suoi genitori che si sente capace di eseguire!! Ottimamente, figliuola!... Ma cosa le comandano i suoi genitori? Le comandano di sposare un giovine che le viene profferto, nobile, dabbene, ricco, costumato, dall'alleanza col quale proverranno grandi beni a tutte e due le famiglie e all'intero paese! Quanto al suo cuore, essi non le comandano punto. Al cuore ci penserà ella in seguito; ma la religione vuole che la si pieghi intanto in quello che può, e stia certa che come premio di tanta sommessione Dio le largirà anche la grazia di adempiere perfettamente tutti i doveri del suo nuovo stato.

La Clara rimase qualche tempo perplessa a questo sotterfugio del moralista; tantoché egli racquistò qualche lusinga di averla piegata, ma la sua vittoria fu assai breve, perché brevissima fu la perplessità della giovine.

— Padre – riprese ella col piglio risoluto di chi conchiude una disputa e non vuol piú udirne parlare – cosa direbbe ella d'un tale che crivellato dai debiti e nudo di ogni altra cosa si facesse mallevadore d'ottantamila ducati per l'indomane?... Per me io lo direi o un pazzo o un furfante. Ella mi ha capito, padre. Conscia della mia povertà io non farò malleveria d'un soldo.

Ciò dicendo la Clara s'inchinava, facendo atto di uscire a sua volta. E il reverendo voleva a sua volta trattenerla con altre parole, con altre obbiezioni; ma comprendendo che avrebbe fatto un buco nell'acqua si accontentò di uscirle dietro, col desolato contegno del cane da caccia che torna al padrone senza riportargli la selvaggina inutilmente cercata. Coloro che origliavano dietro l'uscio aveano fatto appena a tempo di ricoverarsi in tinello; ma non furono cosí destri da nascondere che sapevano tutto. Il padre Pendola non erasi ancora accostato all'orecchio della Contessa che già costei s'era buttata sulla Clara con ogni sorta di minacce e d'improperi; tantoché molti accorsero dalla cucina allo strepito. Ma allora il marito e il cognato diedero opera a frenarla, e il padre Pendola colse il momento opportuno di battersela lavandosene le mani come Pilato. Partito che fu, l'intemerata toccò a lui; e la signora si sfogò a gridarlo un ipocritone, un disutile, uno sfacciato, che l'aveva adoperata per ottenere quanto cercava, e allora l'abbandonava nell'imbarazzo colla sua faccia tosta. Monsignore supplicava per carità la cognata che smettesse d'insolentire un abate che in pochissimi giorni di dimora a Portogruaro avea già preso il sopravvento negli affari del clero e quasi fin'anco in quelli della Curia. Ma le donne hanno ben altro pel capo quando prude loro la lingua. Ella volle versar fuori tutta la sovrabbondanza del suo fiele, prima di badare ai consigli del cognato. Indi, acchetata su questo argomento, tornò a rampognare la Clara; e essendo tornati pei fatti loro i curiosi della cucina, anche il papà e lo zio si misero intorno alla giovinetta tormentandola malamente. Ella sopportava tutto non con quella fredda rassegnazione che move il dispetto, ma col vero dolore di chi vorrebbe e non può accontentare altri di quanto gli viene chiesto. Un tal martirio durò per lei molti giorni; e la Contessa se l'era legata al dito che l'avrebbe sposato il

Venchieredo, o sarebbe cacciata in un convento senza misericordia. Già si cominciava a mormorare di Lucilio piú forte che mai; e il giovine doveva serbarsi piú prudente che per lo addietro nelle sue visite. Ma sparsasi intorno la notizia dell'ostinato rifiuto della Clara ad imparentarsi col Venchieredo, furono anche parecchi che ne accagionarono un segreto amore da lei concepito pel Partistagno. Fra questi primo era il Partistagno stesso, che, avuta contezza della cosa, capitò al castello piú sorridente e pettoruto del solito; egli guardava dall'alto in basso tutta la famiglia, e nelle tenere occhiate che teneva in serbo per la Clara, non si avrebbe potuto definire se l'amore soverchiasse la compassione, o viceversa. Il fatto sta che alla Contessa balenò quell'ipotesi nel cervello; e poiché non si degnava di sospettare intorno a Lucilio, essa gli parve abbastanza fondata. Ma quel benedetto Partistagno non si decideva mai a far un passo innanzi. Erano anni che lavorava colle sue occhiate, co' suoi sorrisi senza che si aprisse per nulla l'animo suo. Raimondo invece veniva, si può dire, coll'anello in mano; e non si trattava che di accennare un sí, perché egli fosse beato e riconoscente di poterlo infilare alla Clara. Queste considerazioni non diminuivano punto il mal sangue della signora verso la figlia; tanto piú che anche le ultime vicende non sembravano aver dato fretta alcuna al glorioso castellano di Lugugnana.

Un giorno pertanto che i Frumier avevano invitato a pranzo i parenti di Fratta per isvagarli da questi dispiaceri famigliari, l'illustrissimo signor Conte fu oltremodo inquieto di vedersi chiamar dal cognato in uno stanzino appartato. Ognivolta che gli accadeva di doversi dividere dal fido Cancelliere, si sa ch'egli rimaneva come una candela senza stoppino. Tuttavia fece di necessità virtù, e con molti sospiri seguí il cognato ov'egli lo voleva. Questi rinchiuse la porta a doppio giro di chiave, tirò giù le cortinette verdi della finestra, aperse con gran precauzione il cassetto piú segreto dello scrittoio, ne trasse un piego, e glielo porse dicendogli:

— Leggete; ma per pietà silenzio! mi affido a voi perché so chi siete.

Il povero Conte ebbe gli occhi coperti da una nuvola, fregò e rifregò colla fodera della veste le lenti degli occhiali piú per guadagnare tempo che per altro, ma alla fine con qualche fatica riuscí a dicifrare lo scritto. Era un anonimo, uomo a quanto sembrava di grande autorità nei consigli della Signoria, che rispondeva confidenzialmente al nobile Senatore intorno alla grazia da implorarsi pel vecchio Venchieredo. Si stupiva prima di tutto dell'idea: non era quello il tempo che la Repubblica potesse sguinzagliare i suoi nemici piú accaniti, quando appunto si occupava di spiarli e di renderli impotenti per quanto era fattibile. I castellani dell'alta erano tutti male affetti alla Signoria; l'esempio del Venchieredo avrebbe servito a correggerli, fors'anche non bastava, e con soverchia indulgenza erasi preservata la famiglia di lui dagli effetti della condanna.

219

Nulla è pernicioso piú della potenza concessa agli attinenti dei nostri nemici; bisogna sempre tagliar il male nelle radici perché non rigermogli. Solo di non aver fatto questo si pentiva la Signoria. Del resto, non parlava al Senatore che era superiore ad ogni sospetto e tratto in quella faccenda da suggestioni e preghiere altrui, ma badassero bene gli amici del Venchieredo a non lasciar travedere in una soverchia benevolenza verso di questo la loro fedeltà tentennante e le opinioni intinte forse di quelle massime sovvertitrici che, venute d'oltremonti, minacciavano di rovina gli antichi e venerabili ordini di San Marco. In tempi difficili maggiore la prudenza; questo a loro norma, perché l'Inquisizione di Stato vegliava senza rispetto per alcuno.

Il Senatore, nella sua qualità di patrizio veneziano, tenea dietro con orgoglio ai diversi sentimenti di maraviglia, di dolore, di costernazione che si dipingevano in viso al cognato mano a mano che rilevava qualche periodo di quella lettera. Finita ch'egli la ebbe il foglio gli cadde di mano, e balbettò non so quali scuse e proteste.

— State tranquillo; – soggiunse il Senatore raccogliendo il foglio, e mettendogli una mano sulla spalla – è un avvertimento e nulla piú; ma vedete che fu quasi una grazia del cielo che la vostra figliuola si rifiutasse a quel matrimonio. Se avesse acconsentito a quest'ora si sarebbero già celebrate le nozze...

— No, per tutti i santi del cielo! – sclamò il Conte con un gesto di raccapriccio. – Se ella le volesse ora, e se mia moglie con tutte le sue furie pretendesse di celebrarle, con due sole parole io vorrei...

— Ps, ps! – fece il Senatore. – Ricordatevi che è affare delicato.

Il castellano rimase colla bocca aperta come il fanciullo colto in flagranti; ma poi cacciò giù un gnocco che aveva in gola e soggiunse:

— Insomma, Dio sia benedetto che ci ha voluto bene; e siamo salvi da un gran pericolo. Mia moglie saprà che per ragioni forti, nascoste, stringentissime, di quel matrimonio non bisogna piú parlarne, come d'una faccenda non mai sognata. Ella è prudente e si regolerà!...Cospettonaccio! ho paura che la si fosse fatta infinocchiare da quel benedetto padre Pendola!

Qui egli si tacque e rimase colla bocca aperta un'altra volta perché ad un sberleffo del Senatore conobbe di esser per dire o di aver già detto qualche castroneria.

— In confidenza – gli rispose il Frumier con quel piglio di maggioranza che ha il maestro sullo scolare – da certe frasi sfuggite al degnissimo padre io credo che non per nulla lo si avesse messo alle coste del giovine Venchieredo!... Potrebbe anche darsi che vedendo vostra moglie incapricciata di dare a costui la sua figliuola egli avesse fatto le viste di secondarla. Ma poi, mi capite, egli voleva bene a voi, egli voleva bene a me... e senza violare le convenienze... Insomma, quel colloquio da lui tenuto colla Clara...

— Ma no! io era dietro l'uscio, e vi posso assicurare... — ripigliò il Conte.

— Eh cosa sapete mai voi? – gli dié sulla voce il Senatore. – Son mille le maniere di dire una cosa colle labbra e farne capire un'altra o colla fisonomia o con certe reticenze... Il padre sospettava forse che voi e vostra moglie stavate ad ascoltare; ma del resto io vi posso assicurare, che se quel matrimonio non è andato, un gran merito ne viene a lui.

— Oh benedetto quel caro padre! io lo ringrazierò...

— Per carità! bella cosa che fareste! Dopo tutta la cura ch'ei prese per nascondersi e per far credere anzi ch'egli approvava il vostro disegno!! Davvero alle volte siete un bel furbo!

Per questa volta tanto, chi fosse il piú furbo non lo saprei dire. Il padre Pendola, avendo sentito a tavola il giorno prima la subita disapprovazione data dal Senatore al matrimonio di sua nipote col Venchieredo, benché lo avesse anch'egli approvato in fin allora, avea subodorato, se non la lettera da Venezia, certo qualche cosa di simile. Perciò con mezze parole con atti del capo e con altri mezzi di suo grado avea dato ad intendere al Senatore tutto il rovescio di quello ch'era stato. E questi poi levandosi da tavola gli avea stretta la mano in modo misterioso, dicendogli:

— Ho capito, padre; la ringrazio a nome dei miei cognati!

Se il Senatore era furbo, e ne avea dato grandi prove nella sua lunga vita pubblica e privata, certo fu quello il caso di riscontrar vero il proverbio, che tutti abbiamo durante il giorno il nostro quarto d'ora di minchioneria. Non v'è poi anche ladro cosí astuto che non possa essere derubato da uno piú astuto di lui.

Finito il colloquio fra i due cognati e abbruciata diligentemente la lettera fatale, tornarono in sala da pranzo, discorrendo della Clara e della vera fortuna che la si potesse accasare in casa Partistagno. Il Conte aveva qualche scrupolo perché tutti i parenti di questo giovane non erano sul buon libro della Serenissima; ma il Senatore obiettava che non cadesse in soverchi timori, che erano parenti lontani, e che finalmente il giovine col suo contegno si dimostrava cosí ossequioso ai magistrati della Repubblica che gli avrebbe non che altro fatto onore anche da questo lato.

— C'è poi un altro guaio; – soggiungeva il Conte – che per quanto si creda la Clara innamorata di lui ed egli di lei, non si vede mai che si disponga a manifestarsi.

— Per questo ci penserò io – rispose il Senatore. – Quel giovine mi piace, perché avremmo bisogno di simil gente devota e rispettosa sí, ma forte e coraggiosa. Lasciatemi fare, egli si manifesterà presto.

Per quel giorno si misero da un canto questi discorsi; e solamente la sera nel silenzio del letto nuziale il Conte s'arrischiò di accennare alla moglie d'un grave e misterioso pericolo da cui il rifiuto della Clara al Venchieredo li aveva salvati. La signora voleva saperne di piú, e gracchiava di non volerne credere un'acca; ma non appena il marito ebbe bisbigliato il nome dell'Eccellentissimo Senatore Frumier, la si rifece credula e buona, né s'incaponí di piú a indovinar quello che l'illustre cognato teneva avvolto nell'arcano impenetrabile. Le disse anche il marito che questi si mostrava persuaso dello sposalizio di Clara col Partistagno, e che si disponeva anzi ad adoperarsi perché il giovine venisse ad una domanda formale. I due coniugi ebbero un assalto comune di contentezza matrimoniale; la quale non voglio immaginarmi quanto oltre andasse. La miglior contentezza tuttavia fu per la Clara, la quale, senza ch'ella ne sapesse il perché, rimase dall'esser tormentata ed ebbe qualche giorno di tregua per poter corrispondere con nessuna superbia alle occhiate riconoscenti ed appassionate indirizzatele alla sfuggita da Lucilio.

Intanto il Senatore avea mantenuto la sua promessa di ingegnarsi con ogni maniera perché il Partistagno domandasse finalmente la mano di Clara. La Correggitrice, che era la consigliera del giovine, fu beata di aiutar in ciò il nobiluomo Frumier, e seppe cosí bene commovere la bontà e la vanagloria che erano le doti principali di lui, da riescir nell'intento piú presto che non si sperava. Il Partistagno s'impietosí di lasciare una donzella morir d'amore per lui, insuperbí di essere tenuto degno di diventar nipote di un senatore di Venezia, e confessò che egli pure era invaghito da gran tempo della donzella, e che soltanto una pigrizia naturale lo aveva trattenuto dal togliere quell'amore alla sua sfera platonica. Pronunciata quest'ultima frase il giovine sbuffò come per la gran fatica che vi avea messo ad architettarla.

— Dunque animo, e facciamo presto — gli soggiunse la dama. Ed egli prese commiato da lei colle piú sincere assicurazioni che lo stato della zitella gli faceva compassione e che si avrebbe dato ogni fretta.

Ma i Partistagno nascevano tutti col cerimoniale in testa; e prima che il giovine avesse preparato tutti gli ingredienti necessari ad una domanda solenne di matrimonio passarono de' giorni assai. In quel frattempo veniva a Fratta, secondo il solito, e guardava la Clara come la castalda usa guardare il pollo d'India da lei tenuto in pastura pel convito pasquale. Un giorno finalmente, sopra due palafrenieri bianchi bordati d'oro e di porpora, due cavalieri si presentarono al ponte levatoio del castello. Menichetto corse a tutte gambe in cucina per dar l'annunzio della solenne comparsa, mentre i due cavalieri gravi e pettoruti s'avanzavano verso le scuderie. L'uno era il Partistagno col cappello a tre punte piumato, coi merletti della camicia che gli uscivano una spanna fuori dallo sparato, e con tanti anelli, spilli e spilloni che pareva addirittura un cuscinetto da spilli. Lo accompagnava un suo zio materno, uno dei mille baroni di Cormons, vestito tutto a nero, con ricami d'argento come portava la solennità del suo ministero. Il Partistagno rimase ritto a cavallo come la statua di Gatta-melata, mentre l'altro scavalcava e consegnate le redini al cocchiere, entrava per la porta dello scalone che gli veniva spalancata a due battenti. Fu introdotto nella gran sala ma dovette aspettare qualche poco perché anche i Conti di Fratta sapevano il galateo e non volevano mostrarsi dammeno dei loro nobilissimi ospiti. Finalmente il Conte con una giubba tessuta letteralmente di galloni, la Contessa con venti braccia di nastro rosa sulla cuffia, gli si presentarono con mille scuse della involontaria tardanza. La Clara vestita di bianco e pallida come la cera veniva a mano della mamma; il Cancelliere e monsignor Orlando che avea fra mano il tovagliolo e lo nascose in una tasca dell'abito, stavano ai due lati. Successe un profondo silenzio con grandi inchini d'ambo le parti; pareva che si apprestassero a ballare un minuetto. Io, la Pisana e le cameriere che sta-vamo ad osservare dalle toppe delle porte, eravamo allibiti per l'imponenza di quella scena. Il signor Barone si mise una mano sul petto, e protesa l'altra in-nanzi, recitò meravigliosamente la sua parte.

— A nome di mio nipote, l'Illustrissimo ed Eccellentissimo signor Alberto di Partistagno, barone di Dorsa, giurisdicente di Fratta, decano di San Mauro, etc., etc., io barone Durigo di Caporetto ho l'onore di chiedere la mano di sposa dell'Illustrissima ed Eccellentissima dama la contessa Clara di Fratta, fi-glia dell'Illustrissimo ed Eccellentissimo signor conte Giovanni di Fratta e della nobildonna Cleonice Navagero.

Un mormorio di approvazione accolse queste parole, e le cameriere furono lí lí per battergli le mani. Pareva proprio di essere ai burattini. La Contessa si volse alla Clara che le aveva stretta la mano e sembrava esser piú vicina a morire che a maritarsi.

— Mia figlia – prese ella a rispondere – accoglie con gratitudine l'onorevole offerta e...

— No, madre mia, – la interruppe la Clara con voce soffocata dai sin-ghiozzi, ma nella quale la forza della volontà signoreggiava il tremore della com-mozione e del rispetto – no, madre mia, io non mi mariterò mai... io ringrazio il signor Barone ma...

A questo punto le morí la voce, le si estinse sul volto ogni colore di vita, e le ginocchia accennavano di mancarle. Le cameriere, non pensando che cosí davano a divedere di essere state in ascolto, si precipitarono nella sala gridando: — La padroncina muore! la padroncina muore! — e la raccolsero fra le braccia. Dietro esse entrammo curiosamente io, la Pisana e quanti altri dietro di noi s'erano accalcati via via per goder lo spettacolo. La Contessa fremeva e stringeva i pugni, il Conte piegava di qua e di là come una banderuola che ha perduto l'equilibrio, il Cancelliere gli stava dietro quasi per puntellarlo se accennasse di cadere, Monsignore tratto di tasca il tovagliolo se ne asciugava la fronte, e il

Barone solo restava imperterrito col suo braccio steso, come fosse stato lui che con quel magico gesto avesse prodotto quel general parapiglia. La Contessa s'adoperò un istante intorno alla figlia per farla rinvenire e comandarle il rispetto e l'ubbidienza; ma vedendo ch'ella appena tornata in sé accennava col capo di no e sveniva quasi di nuovo, si volse al Barone con voce soffocata dalla stizza.

— Signore — gli disse — ella vede bene; un impreveduto accidente ha guastato la festa di questo giorno; ma io posso assicurarla a nome di mia figlia, che mai donzella non fu cosí onorata da offerta alcuna, come essa dalla domanda fattale in nome dell'Eccellentissimo Partistagno. Egli può contare d'aver fino d'ora una sposa ubbidiente e fedele. Soltanto lo prego di differire a momento piú opportuno la sua prima visita di fidanzato.

Le cameriere trascinarono allora fuori della sala la padroncina, la quale benché quasi esanime seguitava a diniegare colle mani e col capo. Ma il Barone non le badava piú che a qualunque altro mobile della casa: cosí egli si accinse a recitare la seconda ed ultima parte della sua orazione.

— Ringrazio — egli disse — a nome di mio nipote la nobile sposa e tutta l'eccellentissima sua famiglia dell'onore fattogli di accettarlo per isposo. Fatte le pubblicazioni di metodo si celebrerà il matrimonio nella cappella di questo castello giurisdizione di Fratta. Io, Barone di Caporetto, mi offro fin d'adesso per compare dell'anello, e che le benedizioni del cielo piovano benigne sul felicissimo innesto delle illustri ed antichissime case di Fratta e di Partistagno.

Lí un triplice inchino, un giro sui tacchi, e il nobile barone Duringo andò giù per la scala con tutta la maestà con cui era salito.

— E cosí? — disse il nipote apprestandosi a scender d'arcione.

— Rimanti, nipote mio — rispose il Barone, trattenendolo dallo smontare e risalendo egli stesso sulla sua cavalcatura. – Per oggi ti dispensano dalla visita di fidanzato. Alla sposa è venuto male per la consolazione; io sono ancora tutto commosso.

— Dice davvero? — soggiunse il Partistagno rosso di piacere.

— Guarda! – ripigliò il Barone accennandogli due occhietti umidi e sanguigni che dicevano di esser soliti a vedere il fondo di molti bicchieri. – Credo di aver pianto!

— Crede che basterà la collana di diamanti pel regalo di nozze? — gli domandò il nipote avviandosi di paro a lui fuori del castello.

— In vista di questo nuovo incidente aggiungeremo il fermaglio di smeraldi – rispose il Barone. – I Partistagno devono farsi onore ed essere riconoscenti all'amore che sanno ispirare.

Cosí andarono fino a Lugugnana divisando lo splendore delle feste che si sarebbero celebrate nell'occasione delle nozze. Ma qual fu lo stupore d'ambidue, quando al giorno dopo ricevettero una lettera del Conte di Fratta che palesava loro il suo dispiacere per la volontà espressa dalla figlia di consacrare la sua verginità al Signore in un convento! Il giovine dubitava che mai donzella al mondo fosse capace di anteporre un convento a lui; ma di ciò dovette allora persuadersi e ne rimase un po' raumiliato. Peggio poi fu quando per le ciarle della gente venne a sapere che non la donzella voleva ritirarsi in monastero, ma che i suoi volevano cacciarvela in castigo dello aver rifiutato un bel partito come il suo e che Lucilio Vianello era il rivale che gli contrastava il cuore della Clara. Il Barone scappò fino a Caporetto per nascondervi la sua vergogna; il Partistagno rimase per gridare a tutti i canti della provincia che di Lucilio, della Clara e de' suoi parenti si sarebbe vendicato; e che guai a loro se monaca o smonacata non gli mandavano a casa la sposa! Egli continuava a dire che dell'amore di questa era certissimo; com'era anche certo che il malanimo de' suoi e le cattive arti del dottorino la impedivano dal manifestarglielo.

A Portogruaro intanto vi fu gran consiglio di famiglia in casa Frumier su quello che dovesse farsi, e il caso era abbastanza nuovo, perché di donzelle allora che si opponessero con tanta pertinacia al voler dei parenti, non ve n'erano tante. Si voleva ricorrere al Vescovo, ma il padre Pendola scartò pel primo questo parere. Tutti furono tacitamente d'accordo, che pur troppo la voce della gente diceva il vero, e che Lucilio Vianello era la pietra dello scandalo. Allontanare lui non si poteva; si trattava dunque di allontanare la Clara. Il Frumier aveva vuoto il suo palazzo di Venezia, e la Contessa non parve malcontenta d'andare ad abitarlo. Dopo molte parole si decise adunque che si sarebbero trasferiti a Venezia. Ma per togliere ogni solennità e ogni occasione di grandi spese, solamente essa e la figlia si sarebbero accasate colà, e la famiglia avrebbe continuato a dimorare a Fratta. Ella si lusingava che i grilli sarebbero usciti di capo alla Clara, e se ciò non avveniva, c'erano conventi in buon numero a Venezia dove farle metter giudizio. Il Conte si lamentò un poco di restar relegato a Fratta perché aveva una discreta paura del Partistagno; ma il cognato lo assicurò che avrebbe vissuto sicuro e che egli ne faceva malleveria.

In fin dei conti un mese dopo questi ragionamenti la Contessa colla Clara s'era già stabilita a Venezia nel palazzo Frumier presso i nipoti; ma finallora la dovea confessare di aver guadagnato ben poco sull'animo della figlia. A Fratta eravamo rimasti più contenti che mai, perché il gatto era partito e i sorci ballavano.

Peraltro a sfrondar nel loro fiore le lusinghe della Contessa avvenne quello che non si sarebbe mai creduto. Lucilio, che l'avea tanto tirata in lungo colla sua laurea, si mise repentinamente in capo di volerla conseguire; e in onta alle opposizioni del dottor Sperandio partí per Padova, vi fu fatto dottore, e poi, anziché tornare a Fossalta, si fermò a Venezia, dove attese ad esercitare la medicina. A Portogruaro si seppe una tal novità quando già egli si avea procurata una clientela che lo scioglieva da ogni dipendenza famigliare. Figuratevi che imbroglio! Chi proponeva di farlo arrestare, chi voleva che la Contessa e la Clara tornassero tosto, chi proponeva un'andata di tutti a Venezia per resistere alle audacie di lui. Ma non ne fu nulla. La Contessa scrisse che non avea paura, e che del resto se avessero voluto cambiar paese, Lucilio colla sua professione di medico potea farle andare in capo al mondo. Si limitarono dunque a pregare il Frumier che scrivesse a qualche suo collega del Consiglio dei Dieci acciocché il dottorino fosse tenuto d'occhio; al che si rispose che lo osservavano già notte e giorno, ma che non bisognava far chiassi perché egli aveva voce di esser protetto da un segretario della Legazione francese, da un certo Jacob, che era a que' giorni il vero ambasciatore, fidandosi principalmente in lui i caporioni della rivoluzione da Parigi. Il Conte udendo cotali cosacce faceva occhi da spiritato; ma il Frumier lo confortava a darsi animo e a cercar invece di accontentare sua moglie la quale sempre più si lamentava della sua parsimonia nel mandar denari. Il pover'uomo sospirava pensando che per la economia aveano relegato lui a Fratta e che ciò nonostante consumavano più denari che non ne sembrassero bisognevoli ad uno splendido mantenimento di tutta la famiglia. Sospirava, dico, ma rammucchiava nello scrigno semivuoto quei grami ducati e ne faceva certi rotoletti che cadevano cogli altri nell'abisso di Venezia. Il fattore lo ammoniva che andando di quel trotto le entrate di Fratta sarebbero in breve ipotecate per cinquant'anni avvenire. Ma rispondeva il padrone che non c'era rimedio, e con quella filosofia tiravano innanzi. Più felice almeno, Monsignore non si avvedeva di nulla, e seguitava a mutare in polpe i capponcelli e le anitre delle onoranze.

Quanto a me, io avea finito i miei studi di umanità e di filosofia, un po' alla zingaresca è vero, ma li avea finiti. E nel sommario esame che sostenni mi trovarono per lo meno tanto asino quanto coloro che li avevano percorsi regolarmente. S'avvicinava il momento che m'avrebbero dovuto mandare a Padova, ma le finanze del Conte non gli consentivano questa munificenza, e giustizia vuole ch'io dia lode a cui si appartiene di una buona opera. Il padre Pendola non era uomo da mettersi a poltrire in un posto di maestro di casa sull'età dei cinquant'anni, quand'appunto l'ambizione si ristringe per diventar più alta ed ostinata. Cappellano e consigliere favorito di casa Frumier aveva egli potuto accaparrarsi la stima dei molti preti e monsignori che la frequentavano: non gli mancavano né le sante massime né i pronti ripieghi di coscienza per innamorare ambidue i partiti; e tanto bene vi riescí, e tanto seppe destramente metter in mostra questo suo trionfo, che, venuta la cosa agli orecchi del Vescovo, si diceva che questi ad ogni imbroglio che turbava la diocesi usasse esclamare: — Oh fossi io il padre Pendola! Oh avessi in Curia il padre Pendola! — L'umiltà di questo diede maggior rilievo alle esclamazioni episcopali; e venuto a morte il segretario d'allora, vi furono preti d'ambidue i partiti clausetani e bassavoli che supplicarono presso il Frumier perché egli inducesse il padre ad accettare quel posto. Con ciò ognuno sperava d'insediare più saldamente che mai nell'episcopio il proprio partito. Il Frumier ne parlò al padre, questi fece il ritroso, rifiutò la corona come Cesare, ma si lasciò incoronare come Augusto; ed eccolo diventar segretario del Vescovo, e colla sua destrezza e co' suoi maneggi padrone a dir poco d'una diocesi. Si aspettavano grandi cose; ma tutti pel momento furono gabbati; tutti peraltro erano contentissimi perché speravano nel futuro e nelle grandi promesse del padre. Egli era da poco installato nella sua nuova dignità, quando il piovano di Teglio me gli presentò nella sua canonica, ove il Vescovo faceva la visita. Gli piacqui, bisogna dire, e mi promise d'interessar a mio favore il senatore Frumier. Questi infatti godeva il diritto di nomina ad un posto in un collegio gratuito per gli studenti poveri presso l'Università di Padova: ed essendo quel posto vacante, lo destinò a me pel venturo novembre. Si lamentò anzi col cognato perché non gli parlasse prima del mio caso, che vi avrebbe provveduto con tutto il cuore. Ma il beneficio veniva a tempo ed io ne ringraziai fervidamente tanto il mio mecenate che l'utile intercessore. Per allora non ci vedeva più in là, e non avea imparato a far saltar la moneta sulla tavola per provare se era buona.

Del resto io non era malcontento di cambiar paese. La Pisana, dopoché Lucilio era partito e il Venchieredo avea abbandonato la loro casa, faceva l'occhiolino a Giulio Del Ponte, e sul serio stavolta, perché l'aveva i suoi quindici anni, e ne mostrava e ne sentiva forse diciotto. Fu appunto in quel torno che per isvagarmi da tanto crepacuore io mi misi a gozzovigliare e a trescare coi buli del paese, e in breve divenni il vagheggino di tutte le ragazze, contadine od artigiane. Quando tornava da qualche fiera o sagra sul mio cavalluccio stornello preso a prestito da Marchetto, suonando il mio piffero alla montanara, ne aveva intorno una dozzina che ballavano la furlana per tutta la via. Ed ora mi pare che avrò somigliato una caricatura del sole che nasce, dipinto da Guido Reni, col suo corteggio delle ore danzanti. Però deggio dire che quella vita mi pesava; e fu anche interrotta da un luttuoso accidente, dalla morte di Martino che spirò nelle mie braccia dopo brevissimo male di apoplessia. Io, credo, fui il solo che piansi sulla sua fossa, perché per allora alla Contessa vecchia, già quasi centenaria e rimbambita per la mancanza della Clara, si giudicò opportuno di tacere quella perdita. La Pisana, affidata alla guida poco sicura di quella volpe scodata della signora Veronica, imbizzarriva sempre più, e peggiorava nell'ozio la cattiva piega della sua indole. Il giorno prima che partissi per Padova, io la vidi tornare dal passeggio rossa, scalmanata.

— Cos'hai Pisana? — le chiesi col cuore gonfio di lacrime di compassione, e piucché altro, lo confesso, di quell'amore che era piú forte e piú grande di me tutto.

— Quel cane di Giulio non è venuto! — mi rispose ella furibonda.

E poi scoppiando in singhiozzi, mi si gettò colle braccia al collo gridando: — Tu sí che mi ami, tu sí che mi vuoi bene tu! — E la mi baciava ed io la baciava frenetico.

Quattro giorni dopo io assisteva alla prima lezione di giurisprudenza, ma non ne capii verbo perché la memoria di quei baci mi frullava diabolicamente nel capo. La scolaresca era in gran tumulto in grandi discorsi per le novelle di Francia che giungevano sempre piú guerriere e contrarie ai vecchi governi. Io per me rosicchiava melanconicamente lo scarso pane del collegio e le abbondantissime chiose del Digesto sempre pensando alla Pisana e alle gioie, ora dolci ora amare, sempre dilette alla memoria, de' nostri anni infantili. E cosí si chiuse per me l'anno di grazia 1792. Soltanto mi ricordo che giunta, al fine di gennaio del venturo anno, la nuova della decapitazione di re Luigi XVI, recitai un *Requiem* in suffragio dell'anima sua. Testimonio questo delle mie opinioni moderate d'allora.

CAPITOLO OTTAVO

Nel quale si discorre delle prime rivoluzioni italiane, dei costumi della scolaresca padovana, del mio ritorno a Fratta, e della cresciuta gelosia per Giulio Del Ponte. Come i morti possono consolar i vivi, ed i furbi convertire gli innocenti. Il padre Pendola affida la mia innocenza all'avvocato Ormenta di Padova. Ma non è oro tutto quello che luce.

Francia aveva decapitato un re e abolito la monarchia: il muggito interno del vulcano annunziava prossima un'eruzione: tutti i vecchi governi si guardavano spaventati, e avventavano a precipizio i loro eserciti per sopire l'incendio nel suo nascere: non combattevano piú a vendetta del sangue reale ma a propria salute. Respinti dal furore invincibile delle legioni repubblicane, già Nizza e Savoia, le due porte occidentali d'Italia, sventolavano il vessillo tricolore; già si conosceva la forza degli invasori nella grandezza delle promesse; e l'urgenza maggiore del pericolo negli interni sobbollimenti. Alleanze e trattati si preparavano ovunque. Napoli e il Papa si riscotevano delle vergognose paure; la vecchia Europa, destata nel suo sonno quasi da un fantasma sanguinoso, si dibatteva da un capo all'altro per scongiurarlo. Che faceva intanto la Serenissima Repubblica di Venezia? Lo stupido Collegio de' suoi Savi avea decretato che la rivoluzione francese altro non dovea essere per loro che un punto accademico di storia; avea rigettato qualunque proposta di alleanza d'Austria, di Torino, di Pietroburgo, di Napoli, e persuaso il Senato di appigliarsi unanimemente al nullo e ruinoso partito della neutralità disarmata. Indarno strepitando l'aulica eloquenza di Francesco Pesaro, il 26 gennaio 1793 Gerolamo Zuliani Savio di settimana, vinse il partito che Giovanni Jacob fosse riconosciuto ambasciatore della Repubblica francese. Libera e ragionata, una tal deliberazione nulla in sé avrebbe racchiuso di sconsigliato o di vile; poiché né legami di famiglia, né comunanza d'interessi, né patti giurati obbligavano la Repubblica a vendicar la prigionia di Luigi XVI; ma la venalità del prepotente e il precipitoso assentimento del Senato impressero a quell'atto un colore di vero e codardo tradimento.

La nuova, sparsasi indi a poco, dell'uccisione del Re, mutò nell'opinione dei governi la stolta arrendevolezza veneziana in pagata complicità; dall'una parte lo sprezzo, dall'altra l'odio accumulavano le loro minacce. La Legazione francese di Venezia accentrava in sé tutte le mene e le speranze dei novatori italiani; essa dava mano ad altri emissari che istigavano la Porta ottomana contro l'Impero e la Serenissima, per divertir quinci le forze russe e di Germania. Il Collegio dei Savi, sempre rinnovato e sempre imbecille, taceva al Senato di cotali pericoli: gli usciti trasfondevano negli entranti la stolida sicurezza e la molle indolenza. Duranti da quattordici secoli fra tante rovine di ordini e di imperi, pareva loro impossibile un subito crollo: tale sarebbe un decrepito che per aver vissuto novant'anni giudicasse non dover più morire. Finalmente nel cader della primavera 1794, dopo che fu violata da Francia l'imbelle neutralità di Genova a danno futuro del Piemonte e di Lombardia, il Pesaro accennò altamente la prossimità del pericolo e la non lontana emergenza che tra gli imperiali scendenti dal Tirolo al Ducato di Mantova, e i Francesi contrastanti, un conflitto potesse nascere negli Stati di terraferma. Si riscosse pur sonnolento il Senato, e contro il parere del Zuliani, del Battaja e di altri conigli più conigli degli altri, decretò che la terraferma si armasse con nuove cerne d'Istria e di Dalmazia, con restauri e artiglierie nelle fortezze. Si salvava non lo statuto ma il decoro. I Savi d'allora, Zuliani primo, s'incaricarono di perdere anche questo. Per ricattarsi della sconfitta toccata in Senato, deliberarono di attraversare l'esecuzione di quel decreto, e a tal fine si decise di usar col Senato il metodo del celebre Boerhaave, il quale inzuccherava le pillole de' suoi ammalati perché le inghiottissero senza gustarne l'amaro. Si dimostrò di poter far poco e a rilento per la povertà dell'erario; si fece nulla e mai; ogni provvedimento si ridusse a settemila uomini stentatamente raccolti ed appostati a spizzico nella Lombardia veneta. Pesaro, Pietro suo fratello, ed uno fra i Savi stessi il cui nome va scevro, almeno in questo, dalla comune ignominia, Filippo Calbo, designarono al Senato la mala fede di tante tergiversazioni; ma il Senato era ricaduto nel suo cieco torpore, inghiottí la pillola inzuccheratagli dai Savi, e non ne gustò, no, per allora l'amarezza, ma ne sentí poscia la velenosa virtù.

Cosí la mia vita cominciava ad aggirarsi fra le rovine; il senno mi si afforzava ogni giorno piú in lunghi e rabbiosi studi; mi crescevano, unite alla forza contro il dolore, la forza e la volontà di operare; l'amore mi torturava, mi mancava la famiglia, mi moriva la patria. Ma come avrei io potuto amare, o meglio, come mai quella patria torpida, paludosa, impotente, avrebbe potuto destare in me un affetto degno, utile, operoso? Si piangono, non si amano i cadaveri. La libertà dei diritti, la santità delle leggi, la religione della gloria, che danno alla patria una maestà quasi divina, non abitavano da gran tempo sotto le ali del Leone. Della patria eran rimaste le membra vecchie, divelte, contaminate; lo spirito era fuggito, e chi sentiva in cuore la divozione delle cose sublimi ed eterne, cercava altri simulacri cui dedicare la speranza e la fede dell'anima. Se Venezia era de' governi italiani il piú nullo e rimbambito, tutti dal piú al meno agonizzavano di quel difetto di pensiero e di vitalità morale. Perciò il numero degli animi che si consacrò al culto della libertà e degli altri umani diritti proclamati da Francia, fu in Italia di gran lunga maggiore che altrove. Questo piú che la patita servitú o la somiglianza delle razze giovò ai capitani francesi per sovvertire i fracidi ordinamenti di Venezia, di Genova, di Napoli e di Roma, di tutti insomma i governi nazionali. Tanto è vero che, come negli individui, cosí nei consorzi e nelle istituzioni umane, senza il germe, senza il nocciuolo, senza il fuoco spirituale, nemmeno l'organismo materiale prolunga di molto i suoi moti. E se una forza estranea non distrugge violentemente i congegni, la vita a poco a poco s'affievolisce e s'arresta di per sé.

Il mio vivere a Padova era proprio quello d'un povero studente. Somigliava nella figura il fanticello di qualche prete, e portava modestamente i contrassegni della nazione italiana, come si costumava anche allora dagli studenti, quasiché si fosse ancora ai tempi di Galileo, quando Greci, Spagnuoli, Inglesi, Tedeschi, Polacchi e Norvegi concorrevano a quell'Università. Si disse che Gustavo Adolfo fu colà discepolo del grande astronomo; il che importerebbe ben poco alla storia sí dell'uno che dell'altro. Coloro che io aveva compagni di collegio erano per la maggior parte pecoroni di montagna, rozzi, sudici, ignoranti; semenzaio di futuri cancellieri per gli orgogliosi giurisdicenti, o di nodari venderecci per gli uffici criminali. Tripudiavano e s'abbaruffavano fra loro, appiccavano eterni litigi coi birri, coi beccai, cogli osti; con questi soprattutto, perché avevano la strana idea di non volerli lasciar partire dalla taverna se prima non pagavano lo scotto. La querela terminava dinanzi al Foro privilegiato degli scolari; dove i giudici mostravano il facile buonsenso di dar sempre ragione a questi ultimi, per non incorrere nel loro sdegno altrettanto implacabile, quanto poco giusto e moderato. Gli studenti patrizi si tenevano in disparte a tutto potere da questa bordaglia; piú per paura che per boria, credo. E del resto non mancava anche allora il ceto di mezzo, quello dei piú, dei tentennanti, dei misurati, che nell'abbondare della mesata s'accomunava ai costosi piaceri dei nobili, e nella povertà degli ultimi del mese ricorreva alle ladre e petulanti baldorie degli altri. Dicevano male di questi con quelli e di quelli con questi; fra loro poi si beffavano di questi e di quelli, veri antesignani di quel medio ceto senza cervello e senza cuore che si credette poi democratico perché incapace di ubbidire validamente al pari che di comandare utilmente. Intanto i rivolgimenti francesi venivano a smuovere in qualche maniera i vuoti e frivoli talenti di quella scolaresca. Il sangue bolle e vuol bollire ad ogni costo nelle vene giovanili; i giovani son come le mosche che senza capo seguitano a volare, a ronzare. Fra i patrizi s'ebbero i novatori scolastici che applaudirono, e i timidi chietini che si spaventarono; dei plebei qualcuno ruggí alla Marat; ma gli Inquisitori gli insegnarono la creanza; la maggior parte, impecorita nell'adorazione di San Marco, tumultuava contro i Francesi lontani, solita braveria di chi ossequia poi e serve i presenti. Quelli di mezzo aspettavano, speravano, gracchiavano: pareva loro che dai nobili il governo dovesse cader in loro per naturale pendio delle cose; acchiappato che lo avessero, si argomentavano bene di non lasciarlo cadere piú in giú. Ma non gridavano a piena gola; soffiavano, bisbigliavano come chi serba la voce e la pelle a miglior momento. Gl'Inquisitori, si può ben credere, guardavano con mille occhi questo vario brulichio di opinioni, di lusinghe, di passioni: ogni tanto un calabrone, che strepitava troppo, cadeva nell'agguato tesogli da qualche ragno. Il calabrone era trasportato in burchio a Venezia; e passato il ponte dei Sospiri nessuno lo udiva nominare mai piú. Con questi sotterfugi e giochetti di mano, ottimi a spaventare l'infanzia d'un popolo, credevano salvar la Repubblica dall'eccidio soprastante.

Io per me aveva allora troppe memorie da accarezzare, troppi dolori da combattere, perché mi mettessi a pescar col cervello in quei torbidi. Della Francia avea udito novellare una volta o due come di regione tanto discosta che non capiva nemmeno che cosa potessero calere a noi le pazzie che vi si facevano. In fatti le mi avevano figura di pazzie e nulla piú. L'autunno susseguente al primo anno di giurisprudenza fu quasi suggello a quella mia incuria politica. Il viaggio pedestre fino a Fratta, il riveder la Pisana, gli amori rinati e troncati poi di bel nuovo per nuove stranezze, per nuove gelosie, le incombenze affidatemi per via di esperimento dal Cancelliere, gli elogi del Conte e dei nobiluomini Frumier, le soperchierie e le scappate del Venchieredo, i disordini della famiglia Provedoni, i dissidi fra la Doretta e Leopardo, le continue imprese dello Spaccafumo, le raccomandazioni del vecchio Piovano, e gli strani consigli del padre Pendola mi diedero troppo da pensare, da fare, da meditare, da godere e da soffrire perché mi pentissi di aver lasciato ai miei compagni la cura delle cose di Francia e il passatempo delle gazzette. Peraltro tutte cotali cose mi fecero l'effetto d'una commedia goduta, in confronto di quanto mi fece provare in que' due mesi la sola Pisana. Che l'indole di lei fosse migliorata nel frattempo nessuno lo vorrebbe credere se anche io fossi tanto bugiardo e sfacciato da affermarlo. Bensí era cresciuta di bellezza nelle forme e nel volto. S'era fatta veramente donna; non di quelle che somigliano fiori delicati cui la prima brezza del novembre torrà l'olezzo e il colore; ma una figura altera, robusta, ricisa, ammorbidita da una rosea freschezza e da una mobilità di fisonomia bizzarra e istantanea sovente, ma sempre graziosa e ammaliatrice. Quando quella fronte superba e marmorea si chinava un istante alle occhiate procaci d'un giovane, e le pupille velate e come confuse si volgevano a terra, una tal fiamma di desiderii, di voluttà e d'amore traluceva da tutta lei, che le si respirava dintorno quasi un'aria infuocata. Io era geloso di chi la guardava. E come poteva non esserlo io che l'amava tanto, io che la conosceva fin nel profondo delle viscere? – Povera Pisana! – Ne aveva ella colpa se la natura abbandonata a se stessa avea guastato di sua mano ciò ch'ella di sua mano avea preparato perché gli amorosi accorgimenti dell'arte ne cavassero un prodigio d'intelligenza, di bellezza e di virtù? Ed io, aveva io colpa di amarla tuttavia, ebbi poi colpa d'amarla sempre, quantunque ingrata, perfida, indegna, se sapeva di essere il solo al mondo che potesse compatirla? La terribile sventura del peccato non ha da essere ricompensata quaggiù da nessun conforto?

Memoria, memoria, che sei tu mai! Tormento, ristoro e tirannia nostra, tu divori i nostri giorni ora per ora, minuto per minuto e ce li rendi poi rinchiusi in un punto, come in un simbolo dell'eternità! Tutto ci togli, tutto ci ridoni; tutto distruggi, tutto conservi; parli di morte ai vivi e di vita ai sepolti! Oh la memoria dell'umanità è il sole della sapienza, è la fede della giustizia, è lo spettro dell'immortalità, è l'immagine terrena e finita del Dio che non ha fine, e che è dappertutto. Ma la mia memoria frattanto mi serví assai male; essa mi legò giovane ed uomo ai capricci d'una passione fanciullesca. Le perdono tuttavia; perché val meglio a mio giudizio il ricordar troppo e dolersene, che il dimenticar tutto per godere. Dirvi quanto soffersi nel giro di quelle poche settimane sarebbe opera lunga. Ma deggio pur confessare a mia lode che la compassione piú assai della gelosia mi tormentava; nessun cruccio è cosí forte come quello di dover biasimare e compiangere l'oggetto dell'amor nostro. Le stranezze della Pisana toccavano sovente all'ingiustizia; spesso apparivano svergognatezza, se io non avessi ricordato quanto spensierata ella fosse di natura.

Le sue simpatie non aveano piú né ragione né scusa né durata né modo. Questa settimana s'apprendeva d'un affetto rispettoso e veemente pel vecchio piovano di Teglio; usciva col velo nero sul capo e le ciglia basse; s'intratteneva con lui sulla porta della canonica volgendo le spalle ai passeggieri; udiva pazientemente i suoi consigli e perfino le sue mezze prediche. Si ficcava in testa di diventare una santa Maddalena, e si pettinava i capelli come li vedeva a questa santa in un quadretto che stava a capo del suo letto. Il giorno dopo compariva mutata come per incanto; la sua delizia non era piú il Piovano, ma il cavallante Marchetto; voleva a tutta forza ch'ei le insegnasse a cavalcare; scorrazzava pei prati a bisdosso d'un ronzino come un'amazzone, e si guastava la fronte e le ginocchia contro i rami della boscaglia. Allora non voleva seco che poverelli e contadini; si atteggiava, credo, a castellana del Medio Evo; camminava lungo il rio a braccetto di Sandro il mugnaio, e perfin Donato, lo spezialino, le pareva troppo azzimato e artifizioso. Poco stante, eccola cambiar registro; voleva esser condotta mattina e sera a Portogruaro; faceva attrappire tutti i vecchi cavalli di suo padre nelle fangose carraie di quelle stradacce, ma si dovea sempre correre di galoppo. Godeva di eclissare la podestaressa, la Correggitrice, e tutte le signore e donzelle della città. Giulio Del Ponte, il damerino piú vivace e desiderato, le serviva di riverbero: parlava e gesticolava con lui, non perché avesse nulla a dirgli, ma per ottener voce di briosa e maligna. Giulio ne era innamorato pazzamente e avrebbe giurato ch'ella aveva piú brio di tutte le male lingue di Venezia. Ella invece sempre scontenta, sempre tormentata da desiderii mal definiti, e da una voglia sfrenata di piacere a tutti, di far bene a tutti, non pensava che ciò, non si studiava che a ciò, e rade volte si prendea la briga di neppur ascoltare quando altri parlava.

Questa era una qualità singolarissima della sua indole, che purché fosse certa di far contento alcuno, a nessuna opera, per quanto difficile e schifosa, si sarebbe rifiutata. Se uno storpio, uno sciancato, un mostro avesse mostrato desiderio d'ottenere un suo sguardo lusinghiero, tosto ella glielo avrebbe donato cosí amorevole, cosí lungo, cosí infocato come al vagheggino piú lindo e lucente. Era generosità, spensieratezza, o superbia? Forse questi tre motivi si univano a renderla tale; per cui non ebbe dintorno essere tanto odioso e spregevole che con un'attitudine di preghiera non ottenesse da lei confidenza e pietà, se non affetto e stima. Perfino con Fulgenzio si addomesticava talvolta a segno da sedere al suo focolare intantoché dimenavano la polenta. E poi, uscita di là, la sola memoria di quel bisunto e ipocrita sagrestano le metteva raccapriccio. Ma non sapeva resistere a un'occhiata di adulazione. La signora Veronica s'era accorta di questo; e di antipaticissima che le era dapprincipio avea saputo renderlesi sopportabile e quasi cara, a forza di piacenteria. Figuratevi qual perfezionamento di educazione fu per lei l'interessata indulgenza di quest'aia da trivio! Avea finito per entrarle in grazia col farle addirittura da mezzana; ed era dessa che correva ad avvertirla e faceva scappare Giulio Del Ponte per la parte delle scuderie, quando il Conte o Monsignore si svegliavano prima del solito. La Faustina, rimasta a Fratta come cameriera, non le era miglior compagna.

Queste mezze vesticciuole cittadinesche ridotte a vivere in campagna, diventano maestre di vizii e di corruzione; e la Faustina peggio forse di molte altre, perché ve la tirava il temperamento tutt'altro che modesto. La complicità colla padrona le sembrava la miglior arra d'impunità; e potete credere se la aiutava con zelo, e se la eccitava colle suggestioni e coll'esempio!

Io mi maraviglio ancora che non ne nascesse sotto gli occhi del Conte e del Canonico qualche gravissimo scandalo; ma forse le apparenze furono peggiori della realtà, e le fatiche corporali e la vita selvatica e vagabonda attutirono per allora nella Pisana gli istinti focosi e sensuali. In ciò io era piú disposto tuttavia a veder nero che bianco; perché essendo stato testimonio e compagno delle sue infantili effervescenze, durava grande fatica a credere che l'età piú adulta avesse smorzato in lei quello che suole accendere negli altri. Briaco d'amore e di rimembranze, ogni qualvolta un impeto di compassione me la recava fra le braccia e non la sentiva tremare e sospirare come avrei voluto, la gelosia mi torceva l'anima: pensava che a me restassero le ceneri d'un fuoco che avea bruciato per altri, e su quelle labbra dove m'immaginava dover gustare ogni gioia del paradiso trovava invece i tormenti dell'inferno. Ella si stoglieva da me disgustata della mia freddezza, della mia rabbia continua; io fuggiva da lei colle mani nei capelli, colla disperazione nel cuore volgendo nell'animo pensieri di morte e di vendetta. Giulio Del Ponte mi sovveniva allora colla sua fisonomia piena di fuoco, d'ardimento, di vita, co' suoi occhi inondati sempre di gioia e d'amore, col suo sorriso schernitore insieme e procace come quello d'un fauno greco, colla sua loquela pronta, vivace, immaginosa, soave! Io lo odiava in ragione delle immense doti concessegli da natura per ammaliare le donne; mi piaceva di pensare ch'egli non era né bello né robusto né ben fatto, e che la piú guercia donzella del contado avrebbe preferito le mie larghe spalle e la mia aperta e sana figura a quel suo corpicciuolo magro, sparuto, convulso. Contuttociò dinanzi alla Pisana mi sentiva nulla appetto a lui; capiva che se fossi stato donna, io pure gli avrei concesso la palma in mio confronto. Dio! cosa non avrei io dato allora per cambiarmi con lui a prezzo di qualunque sacrifizio! – Avessi perduto le forze, la salute, fossi morto sfilato il giorno dopo, non avrei esitato a entrar ne' suoi panni per godere un istante di trionfo, e credere ch'ella mi amava piú di se stessa! Sciocco di pensare e di desiderare ciò! Nessuno al mondo esisterà mai, per quanto incantevole e perfetto, che avesse potuto concentrare in sé solo e per sempre tutti gli affetti, tutti i desiderii della Pisana. Io che ne aveva una buona parte, desiderava l'altra: se avessi ottenuto questa, mi sarebbe mancata la prima. Poiché né Giulio, né alcun altro prima o dopo di lui, poté vantarsi di godere al pari di me la confidenza e la stima della Pisana. Io solo, io solo ebbi questa parte piú intima e sola forse santa dell'anima sua; io solo, nei pochi intervalli che fui da lei beato d'amore, ho potuto credermi padrone di tutto l'esser suo, veramente amante, poiché l'amava conoscendola com'ella era; veramente amato, perché al sentimento che mi desiderava, la ragione stessa dava la sveglia e l'abbandono soave della gratitudine. Oh! mi si conceda questo unico premio d'un amore sí lungo, paziente, infelice. Mi si conceda di poter credere che come io prelibai le delizie di quell'anima, cosí solo ne ebbi il pieno godimento. Né lo spettacolo d'un bello e vario prospetto di natura, né l'aspetto d'un quadro finitamente condotto può apprezzarsi degnamente se non da chi ha la vera conoscenza della natura e dell'arte. Nessuno potrà apprezzare certo i tesori di un'anima, se non ne ha indagato con lunga consuetudine e con devoto e profondo amore i piú reconditi nascondigli. La Pisana fu una creatura siffatta, che soltanto chi nacque, si può dire, e crebbe con lei, e pensò sempre a lei, e non amò che lei, può averla interamente indovinata.

In onta alle lezioni del Piovano io posso assicurarvi che io non era in fin d'allora né un cristiano esemplare, né un giovine scrupoloso. La libertà lasciatami nell'infanzia, e gli esempi altrui sia a Fratta che a Portogruaro ed a Padova, avean lasciata assai lenta la briglia a' miei costumi. Pure coll'avara cautela dell'amore io studiai ogni via per ritrar la Pisana da quel pericoloso sentiero a cui mi pareva avviata. Era carità pelosa, se volete; ma il tentativo era a fin di bene, senza metter in conto altri intenti personali. La Pisana non s'avvide di questi miei sforzi; la Faustina e la Veronica ne indispettirono. Quest'ultima, credo, ebbe paura ch'io intendessi farle la satira a lei ed alla sua manica larga; ma se ella temeva ciò in fatti, doveva farne suo pro' e correggere con qualche accorgimento di severità un'eccessiva indulgenza. Al contrario continuò nella sua cieca condiscendenza, vendicandosi di me collo screditarmi in ogni mala guisa presso la Pisana. Io credo in ultima analisi ch'ella riversasse sopra questa povera disgraziata tutto l'odio che aveva accumulato nel fegato contro la Contessa sua madre in tanti e tanti anni di spregi sofferti e di muta e tremante servitù. Se ne pagava col guastarla nell'ozio, nella frivolezza e nelle famigliarità d'ogni peggior vitupero; non sarebbe questo il primo esempio di simile vendetta per parte di un'aia. Baldracca piú sboccata di lei e della Faustina io non mi ricordo di averla trovata mai in nessun porto di mare; ma dinanzi al Conte e a Monsignore sapeva star contegnosa, e tutte le sere nella stanza della Contessa vecchia intonava devotamente il rosario, cui la inferma dal suo letto e una contadinella destinata a vegliarla dopo la partenza della Clara, rispondevano con voce sommessa.

La Pisana anche colla nonna usava come cogli altri; una settimana sí ed un'altra no; non v'aveano che suo padre, il Cancelliere e lo zio monsignore che non godessero de' suoi insulti di tenerezza; ma questa era gente di carta pesta, che non aveva anima, che non aveva né indole propria né colore e la Pisana se ne dimenticava. Dubito che si sarebbe anche dimenticata della madre e della sorella, perché la lontananza fu sempre pe' suoi affetti un calmante prodigioso. Ma una lettera della Contessa con un poscritto della Clara la faceva risovvenire ogni due mesi di quella parte di famiglia che viveva a Venezia; siccome poi in quella lettera si davano novelle anche del Contino che era agli ultimi anni della sua educazione, cosí ogni due mesi le risovveniva di avere un fratello. Gli zii Frumier erano forse i soli che, lontani o vicini, stettero sempre in mente o sulle labbra alla fanciulla. Quel poter nominare un senatore, un parente del doge Manin, e dire "gli è mio zio", era per lei una discreta soddisfazione, e se la prendeva sovente anche senza una stretta necessità. Giulio Del Ponte e la Veronica le menzionavano sovente suo zio senatore quando la vedevano sconvolta o annuvolata. A quelle magiche parole si rasserenava, si ricomponeva immantinente per dilagarsi in gran chiacchiere sulla potenza e sull'autorità del Senatore, sui suoi palazzi, sulle sue ville, sulle sue gondole, sulle vesti di seta, sulle gemme e sui brillanti della zia. E quante maggiori splendidezze narrava, tanto piú vi scivolava sopra colla lingua senza alcun sussiego quasi a dimostrare che di cotali cose essa aveva troppa consuetudine per esserne maravigliata. Invece, poverina, né gioie, né ville, né palazzi essa aveva veduto mai fuori del palazzo del Frumier a Portogruaro, e della crocetta di brillanti di sua mamma; l'immaginazione suppliva a tutto, e si comportava alla foggia delle attrici che parlano in commedia dei loro cocchi, dei loro tesori, né hanno mai cavalcato un asino o fiutato l'odor d'un zecchino.

Peraltro io mi stupii sempre che col grande magnificar ch'ella faceva l'eccellentissima casa Frumier, rimanesse poi mogia, imbrogliata e quasi uggiosa quando vi compariva in conversazione. Ora capisco che il solo dover cedere alla zia il primo posto le tarpava le ali dell'orgoglio; e piú poi insalvatichita dalla solitudine di Fratta e dal consorzio di rozzi villani o di pettegole sfacciate, non s'arrischiava di mischiarsi ai ragionari degli altri e cosí s'imbronciava di dover sfigurare in punto a brio ed a loquela. Ma volendo ricattarsene coi vezzi e collo splendore della bellezza, cadeva nell'altro sconcio di far sempre mille attucci e di restar sempre preoccupata di sé in modo che pareva perfino stupida. Monsignor di Sant'Andrea, che in onta al barbaro abbandonamento della Contessa avea serbato alla figlia una calorosa predilezione, la proteggeva sovente contro i motteggi dei maligni. Affermava egli che la era piena di brio, d'ingegno e di sapere, ma che per dar risalto a tutti questi pregi sarebbe occorsa un'abbondante sbruffata di vaiuolo.

— Ma che Dio ne la preservi! — soggiungeva il dotto canonico — perché d'ingegno e di dottrina ne son piene perfin le cantere della biblioteca, mentre una bellezza come questa non la si trova né in cielo né in terra, e bisogna esser di pietra per non esserne esilarati fino in fondo al cuore solo a contemplarla!...

Giulio Del Ponte sosteneva a spada tratta il parere di Monsignore; ma l'Eccellentissimo Frumier gettava sul giovine qualche occhiatina agrodolce quand'egli s'incaloriva tanto sopra questo argomento.

Gli è vero che la Pisana non somigliava per nulla alla Clara, ma Giulio somigliava troppo a Lucilio e il Senatore ne avea mosso cenno piú volte al cognato. Eh sí, ci voleva altro per promovere una deliberazione del signor Conte! Egli si era scaricato di tutti i doveri della paternità sulle spalle della signora Veronica; e siccome le infinite chiacchiere di costei gli davano il capogiro, s'accontentava di domandare al Capitano:

— Ehi, Capitano! cosa ne dice della Pisana vostra moglie? È contenta del suo contegno, delle sue maniere, de' suoi lavori? Si fa esperta nelle faccende casalinghe?

Il Capitano imbeccato dalla Veronica rispondeva a tutto di sí; e poi torceva e ritorceva quei suoi poveri baffi, che a furia di esser toccati, stravolti, malmenati, s'eran ridotti, di neri, grigi, di grigi, canuti, e di canuti, gialli. Avevano il piú bel colore di zucchero filato che si potesse vedere; e soltanto la coda di Marocco, in merito della vecchiaia e dell'esser continuamente abbrustolita sul fuoco, avea acquistato una tinta consimile. Marchetto avea offerto al Capitano, per quella sola coda, la cessione di tutti i suoi crediti di gioco; e l'Andreini e il Cappellano affermavano che solo il valoroso Sandracca ed il suo nobile cane da ferma potevano gareggiare coll'alba nel colore del pelo. Questi ospiti perpetui del castello di Fratta eran divenuti sempre piú domestici e burloni, dopo la partenza della Contessa; e neppure il Cappellano pativa piú tanto la soggezione. Perfino i gatti della cucina avean perduto l'antica salvatichezza e s'accoccolavano fra le ceneri e sui piedi della compagnia. Un vecchio gattone soriano, grave come un consigliere, s'era legato di strettissima amicizia con Marocco: dormivano insieme in comunanza di paglia e di pulci, passeggiavano di conserva, mangiavano sullo stesso desco, e s'esercitavano alla stessa caccia, a quella dei sorci. Ma con molta discretezza e affatto signorilmente; si vedevano in essi i cacciatori dilettanti che si movevano per ingannar l'ora, e cedevano la preda al servidorame degli altri gatti e gattini della cucina.

A dirvi il vero, trascorsi i primi giorni nei quali la Pisana era tornata la mia fedelona d'una volta, io non ci stava bene per nulla in mezzo a quella gente. Quando era piccino mi accontentava di non intenderli e di ammirarli; allora invece li intendeva benissimo senza capire come potessero godersi di tante scipitaggini. Mi ficcai dunque per disperazione in cancelleria; e là impasticciava protocolli e copiava sentenze raccomodando anche mano a mano molti strafalcioni che sgorgavano dalla fecondissima penna del mio principale. E sí che aveva sempre il capo nelle nuvole! e ad ogni pedata che udissi nel cortile correva alla finestra per vedere se era la Pisana che usciva o che tornava dalle sue gite solitarie. Era tanto inasinito che nemmeno lo scalpiccio di due zoccoli mi lasciava quieto; udiva sempre la Pisana, la vedeva dovunque, e per quanto ella sfuggisse d'incontrarsi con me, e incontratomi mi tenesse il broncio, io non cessava dal desiderarla come il solo bene che m'avessi. La signora Veronica si compiaceva di gabbarmi per questa mia smania, e m'intratteneva sovente del gran chiasso che la Pisana faceva a Portogruaro, e di Giulio Del Ponte che moriva per lei, e di Raimondo Venchieredo che, escluso dal vederla a Fratta o in casa Frumier, l'aspettava sulla strada o nei luoghi ov'ella costumava passeggiare.

Io mi rodeva di dentro e scappava da quella ciarlona. Rifaceva passo passo le corse di una volta; andava fino al bastione di Attila a contemplarvi il tramonto; là mi saziava di quel sentimento dell'infinito con cui la natura ci accarezza nei luoghi aperti e solinghi; guardava il cielo, la laguna, il mare; riandava le memorie della mia infanzia, pensando quanto era fatto diverso, e quante diversità ancora mi prometteva o mi minacciava il futuro.

Qualche volta mi ricoverava a Cordovado in casa Provedoni dove almeno un po' di pace, un po' di giocondità famigliare mi rinfrescava l'anima quando non la guastava la Doretta colle sue scappatelle o co' suoi grilli da gran signora. I piú piccoli dei fratelli Provedoni, Bruto, Grifone, Mastino, erano tre bravi ed operosi garzoni, ubbidienti come pecori, e forti come tori. La Bradamante e l'Aquilina mi piacevano assai per la loro rozza ingenuità, e pel continuo e allegro affaccendarsi delle loro manine a vantaggio della famiglia. L'Aquilina era una fanciulla di forse appena dieci anni; ma attenta grave e previdente come una reggitrice di casa. A vederla sul fosso in fondo all'ortaglia occuparsi a risciacquare il bucato col suo corsetto smanicato e la camicia rimboccata oltre il gomito, la sembrava proprio una vera donnetta; e io ci stava presso di lei le lunghe ore rifacendomi quasi fanciullo per godere d'un po' di quiete almeno colla fantasia. Bruna come una zingarella, di quel bruno dorato che ricorda lo splendore delle arabe, breve e nerboruta di corpo, con due folte e sottili sopracciglia che s'aggruppavano quasi dispettosamente in mezzo alla fronte, con due grandi occhi grigi e profondi, e una selva di capelli crespi e corvini che nascondevano per metà le orecchie ed il collo, l'Aquilina aveva un'impronta di calma e di fierezza quasi virile che contrastavano colla modesta titubanza della sorella maggiore. Costei in onta a' suoi vent'anni pareva piú bambina dell'altra: eppure la era una ragazza di garbo, e il signor Antonio diceva scherzosamente che chi l'avesse voluta sposare avrebbe dovuto pagargliela salata. Ma tutte e due si mostravano ammirabili di pazienza nel loro contegno verso Leopardo e la cognata. Costei, arrogante, bisbetica, malcontenta di tutto; suo marito infinocchiato e aizzato sempre da lei, ingiusto, zotico e crudele a sua volta; non è a dire quanto l'indole di lui s'era cambiata sotto l'impero della moglie. Non lo si conosceva proprio piú, e tutti strolicavano per sapere qual droga avesse filtrato la Doretta per affatturarlo a quel modo. Alle corte, non era stato che amore; ma l'amore, che è un ventaglio d'angelo nelle mani della bontà, abbrancato dalla malignità e dall'orgoglio diventa un tizzone d'inferno. La Doretta si pentiva di essersi piegata a quel matrimonio con Leopardo, e non si schivava dal dirlo a tutti ed anco a lui, facendogli anche misurare la gran degnazione ch'era stata la sua a sposarlo. I corteggiamenti di Raimondo le davano a credere che, se avesse avuto pazienza di restar zitella, a ben piú eccelso stato poteva aspirare che non a quella stentata condizione di moglie d'un possidentuccio di paese, e nuora e cognata per giunta di villanzoni duri, frugali, e bigotti. La dimora in casa le pareva omai intollerabile; stava sovente le giornate intere a Venchieredo, e se le domandavano ov'era stata non si degnava neppur di rispondere, ma squassava le spalle e tirava innanzi. Per poter comparire in gran pompa a Portogruaro, avea trovato la scusa di scegliersi a confessore il padre Pendola. Ma queste frequenti confessioni poco contribuivano, per quanto pareva, a migliorarla ne' suoi costumi.

Fino con suo padre aveva smesso di usar le buone, come usano sempre i temperamenti fastidiosi, che cominciano ad irritarsi contro qualcuno, e finiscono poi col pesar sopra tutti. Gli serbava astio di aver consentito alle sue nozze con Leopardo, e se il dottor Natalino soggiungeva che era stata lei a volerlo, si rimbeccava come una vipera, gridando che è dovere dei padri soccorrere col loro senno il giudizio poco maturo delle figliuole, e che certo se ella avesse mostrato voglia di gettarsi nel pozzo avrebbe avuto la consolazione di sentirsi dare la prima spinta da suo padre. Toccava poi al padroncino quietarla da tali furie; e come vi riuscisse e con quanto onore del credulo Leopardo, io lo lascio pensare ai lettori. Infin dei conti tutto il paese mormorava di lei, e la famiglia tuttavia la sopportava con rassegnazione, e il povero marito non vedea cosa da lei desiderata che subito non gettasse foco dalle narici per ottenerla. Io fra me e me ritraeva dallo spettacolo di queste scene domestiche i miei ammaestramenti, i miei conforti; toccava con mano che la felicità è relativa, passeggiera, ma piú ancor rara e fallace. Tornando poi a Fratta, se ben poco mi restava di tali conforti, avea se non altro passato qualche ora senza frugar colle unghie nelle mie piaghe; e qualcheduna mi si chiudeva lentamente: però ne restavano le cicatrici fino all'osso, e restava come quei barometri ambulanti nei quali ogni costola, ogni giuntura con doloruzzi e scricchiolamenti dà indizio del cambiar del tempo.

Continuava cosí vagabondo e melanconico in quelle vacanze autunnali quando un giorno che aveva creduto intravvedere nella Pisana una cera piú benigna del solito, me le misi dietro, la seguii fuori per l'orto fin sulla strada di Fossalta; e poi avvicinandomele di soppiatto passai il mio braccio nel suo chiedendole se mi avrebbe sopportato per compagno. Non avessi mai osato tanto! La giovinetta mi si voltò contro con tali occhi che parve mi volesse divorare! e poi volle dar sfogo alla sua bile con qualche grande ingiuria, ma la voce le rimase strozzata in gola, e si morse le labbra che ne spillò il sangue fino sul mento.

— Pisana – le dissi – per carità, Pisana, non guardarmi in quella maniera!

Ella strappò violentemente il braccio di sotto al mio e lasciò di mordersi le labbra perché omai la rabbia dava passo alle parole.

— Cosa fate? cosa mi chiedete? – rispose ella disdegnosamente. – Non siamo piú fanciulli mi pare! Ora è tempo di stare ciascuno al nostro posto, e mi maraviglio che voi, anziché eccitarmi a dimenticare questa massima, non me la rechiate a mente quando la troppa bontà me ne fa smemorare. Già lo sapete ch'io sono bizzarra e di primo impeto; or dunque tocca a voi freddo e ragionevole di natura ricordarvi chi siete e chi sono io!...

Ciò detto ella mi volse le spalle e s'avviò verso l'ombra di alcuni salici dove Giulio Del Ponte l'aspettava collo schioppo in ispalla.

Seppi poi che si avean data la posta colà, e che l'idea ch'io la seguissi per ispiarla avea ispirato alla Pisana quelle cattive parole. Non monta. Io ne patii allora fino in fondo all'anima. Tornai in castello che non sapeva se fossi morto o vivo; girava qua e là su e giù per le scale come l'ombra d'un dannato; entrai spensatamente in camera della Contessa vecchia.

— Guardate se è la Clara! — disse costei alla sua infermiera, perché gli occhi oggimai non le servivano piú che per piangere le lagrime senza conforto della vecchiaia.

Io fuggii addolorato e stravolto; corsi fino disopra nel mio covacciolo ove tutto stava ancora disposto come quand'io n'era uscito un anno prima. Di là, dopo una lunga ora, passai nella camera di Martino. La mia devozione e l'incuria degli altri non avean messo un dito nelle cose lasciate dal vecchio. Per terra giacevano ancora alcuni chiodi avanzati al becchino che lo avea rinchiuso nella cassa; una fiala con non so qual cordiale dissecato e corrotto stava sulla tavola. Sul muro spenzolavano ancora sfogliati e polverosi rami di olivo appesivi da lui nell'ultima domenica delle Palme di sua vita. Mi gettai sopra il letto impresso ancora dalla giacitura del cadavere; là piansi amaramente, evocai la memoria di quel mio primo e si può dir solo amico; lo chiamai a nome mille e mille volte, lo pregai che si ricordasse di me e che scendesse anima o spettro a consolarmi della sua compagnia. Ma la fede titubava anche in queste invocazioni; io non sperava, io non credeva piú. Solamente piú tardi a forza di tormenti e di sforzi giunsi a rafforzarmi il cuore d'una credenza vaga, confusa, ma pur sicura ed intrepida, nelle cose spirituali ed eterne. Allora balbettava sí le orazioni nelle chiese, ma l'anima mia era arida come uno scheletro; la mente cadeva appassita dall'aria greve del mondo; il cuore scoraggiato si appigliava alla speranza del nulla come ad unico rifugio di pace. Questo interno scoraggiamento mi rendeva terribile ed amara perfin la memoria di quel buon vecchio che ad onta delle mie disperate invocazioni non avrei piú potuto rivedere, e che dormiva nel sepolcro, mentr'io mi trangosciava nella vita.

L'aria di morte che colà respirava, mi invase a poco a poco il cervello: le lagrime mi si stagnarono sulle ciglia, e l'occhio prese una guardatura vitrea e tormentosa ch'io m'ingegnava indarno di cambiare. Mi pareva che il fuoco della vita si ritraesse da me; sentiva il gelo, i fantasmi, i terrori dell'agonia che mi opprimevano; vi fu un istante che cambiato quasi in cadavere credetti di essere lo stesso Martino, e mi maravigliava di essere uscito dalla fossa, e aspettava e temeva che di momento in momento entrassero i becchini per riportarmivi. Questo pensiero strano e spaventoso mi si ingrandiva dinanzi come la bocca d'un abisso; non era piú un pensiero, ma una visione, una paura, un raccapriccio. La luce della finestra mi percosse le pupille quasi assopite; forse in quel momento il sole sbucava da qualche nuvola e inondava la stanza cogli splendori del giorno: un desiderio d'aria, di quiete, d'annientamento s'impadroní di me. Sorsi barcollando, e mi trascinai al davanzale del balcone; ma lo strepito d'una seggiola che rovesciai nel movermi, mi svegliò un poco da quel sogno funereo. Del resto credo che mi sarei precipitato dalla finestra, e la mia vita sarebbe passata senza il lungo epitaffio di queste confessioni. Stesi la mano per appoggiarmi alla tavola, e toccai qualche cosa che mi restò fra le dita. Era un libricciuolo di devozione; quello appunto che il vecchio Martino soleva leggicchiare tutte le domeniche durante la messa; gli occhiali vi stavano ancora dentro in guisa di segno. Parve quasi che l'anima del mio amico fosse accorsa alle mie chiamate e s'apprestasse a rispondermi dalle pagine sdrucite di quel libro; gli occhi mi si inumidirono di nuovo, e mi abbandonai col capo nelle mani sopra la tavola, singhiozzando senza ritegno. Allora tornò se non la calma almeno la luce nel mio spirito, e a poco a poco ricordai come e perché fossi là venuto; e quali dolori mi aveano fatto cercare ricovero nella memoria d'un morto.

Mi rizzai tremante e lagrimoso ancora, ma conscio e sicuro di me; apersi religiosamente il libro e ne sfogliai con raccoglimento le pagine. Erano le solite orazioni, semplici e fervorose; conforto ineffabile delle anime divote, geroglifici ridicoli e misteriosi pei miscredenti. Qua e là si frapponeva l'immagine di qualche santo, qualche polizzino di comunione col suo testo latino e la cifra dell'anno in fronte; modeste pietre miliari d'una lunghissima vita, ammirabile di fede, di sacrifizio, e di contenta giocondità. Finalmente mi capitò sott'occhio una carta piena da capo a fondo d'uno stampatello irregolare e minuto, quale è usato da coloro che imparavano soli a scrivere metà da scritture corsive e metà da lettere stampate. Era il carattere autentico di Martino, e mi sovvenne allora ch'egli già adulto a forza di scarabocchiare era giunto ad esprimere alla bell'e meglio quanto aveva in capo, per potersene giovare nel render conto delle spese ai padroni. Trovata quella carta mi parve aver tra mano un tesoro, e mi accinsi ad interpretarla benché non mi sembrasse impresa tanto agevole. Pure, cerca e ricerca, aggiungi di qua e togli di là, a forza di ipotesi, di rattoppi e di appiccature, mi venne fatto di cavare un senso da quel viluppo di lettere, vaganti senz'ordine e senza freno come un branco di pecorelle ignoranti. Pareva fossero ricordi o ammaestramenti d'esperienza ritratti da qualche stretta pericolosa della vita, vittoriosamente superata; e a rinfiancarli il buon vecchio aveva aggiunto qualche massima divota e i comandamenti di Dio ove cadevano a proposito. E la scrittura non mancava di qualche rozza eleganza come sarebbe d'un trecentista, o di qualunque uomo che non sa scrivere ma sa pur pensare meglio di coloro che scrivono. Cominciava cosí:

"Se sei al tutto infelice è segno che hai qualche peccato sull'anima; perché la quiete della coscienza prepara a' tuoi dolori un letto da riposarsi. Cerca e vedrai che hai trascurato qualche dovere, o fatto dispiacere ad alcuno; ma se riparerai all'ommissione e al mal fatto, tornerà subito la pace a rifiorir nel tuo cuore, perché Gesù Cristo ha detto: beati coloro che soffrono persecuzione.

"Dimentica i piaceri che ti son venuti di sopra a te; cercali sotto a te nell'amore degli umili. Gesù Cristo amava i fanciulli, i cenciosi, e gli storpi.

"Non guardare alla tua condizione come ad una galera cui sei condannato. Galeotti in veneziano si chiamano i birbanti. Ma i buoni lavorano per amore del prossimo e quanto piú duro è il lavoro tanto è maggiore il merito. Bisogna amare il prossimo come noi stessi.

"Non ribellarti a chi ti comanda; soffri la sua durezza non per timore ma per compassione, acciocché non accresca il suo peccato. Gesù Cristo ubbidí ad Erode e a Pilato.

"Il segreto, che ti si rivela per caso, è piú sacro di quello che ottieni in deposito dalla fiducia altrui. Questo ti è confidato dall'uomo, e quello da Dio. La soddisfazione di averlo custodito gelosamente ti darà maggior piacere che non ne otterresti dai favori o dai denari che ti si offrono a tradirlo. La pace dell'anima val piú di mille zecchini; io lo posso assicurare; e mi avvedo ora che pensai giustamente e pel mio meglio.

"Vivendo bene, si muore meglio; desiderando nulla, si possiede tutto. Non desiderare la roba d'altri. Però non bisogna né disprezzare né rifiutare per non offender nessuno.

"Se adempiendo a tutti i tuoi doveri non sei ancora in pace con te stesso, gli è segno che ignori molti altri doveri che ti incombono. Cercali, adempili e sarai contento per quanto lo sopporta la condizione umana.

"La disperazione è sempre stata la piú gran pazzia, perché tutto finisce. Parlo delle cose di questa vita. Ma le gioie del paradiso non finiscono mai; e neppur la fede nel Signore Iddio. Ch'egli mi aiuti a conseguirle. Amen".

In un cantoncino rimasto bianco stavano scritte con carattere piú minuto e posteriore quest'altre due massime:

"Quando sei buono a nulla per vecchiaia o per malattia, considera ogni servigio che ti si rende come un dono spontaneo.

"Non sospettar il male; ne vedi anche troppo di certo per immaginarti l'incerto. I giudizi temerari sono proibiti dalla legge del Signore. Ch'egli mi benedica. Amen".

Confesso la verità che dicifrata questa scrittura io rimasi umiliato di molto ed anche un po' afflitto d'averla letta. Io che avea sempre stimato Martino un semplicione, un dabbenuomo, un buon servitore, umile, premuroso, riservato come se ne usavano una volta e nulla piú! Io che appetto a lui, massime negli ultimi anni, dappoiché rosicchiava un po' di latino, mi teneva per un uomo di conto, e mi stimava di seguitare a volergli bene, quasi fosse la mia una gran degnazione! Io che avrei sdegnato di fargli parte del mio peregrino sapere per paura non già che essendo sordo non mi udisse, ma che non mi comprendesse pel suo ingegno zotico e triviale!... Guardate! con quattro righe buttate giù sulla carta egli me ne insegnava dopo morto piú ch'io non avrei potuto insegnarne agli altri studiandoci sopra tutta la vita! Di piú, frammezzo a' suoi precetti ve n'erano di tanto sublimi nella loro semplicità ch'io non arrivava a comprenderli; e sí che le parole dicevano chiaro! – Per esempio, dove stava scritto di cercare quali altri doveri sconosciuti ci incombessero da adempire se l'adempimento di quelli che conosciamo non bastasse a farci vivere in pace con noi stessi, cosa voleva dire il buon Martino? E questo era proprio il mio caso; e dietro questa massima piú che colle altre mi tornava conto di lambiccare il cervello.

Basta! Per allora mi rassegnai a leggerla e a rileggerla, se non senza capirla cosí astrattamente, almeno senza poterne trovare un modo di applicazione alle mie circostanze. E tornai a meditare la prima, la quale ascriveva a qualche nostra mancanza o a qualche cattiva azione la piena infelicità!

"Povero me!" pensai "certo che io ho molte colpe sulla coscienza, perché mi sento oggi piú miseramente infelice che uomo alcuno al mondo non possa essere".

Sí, ve lo giuro, feci un esame di coscienza cosí sottile, cosí scrupoloso che non fu senza merito per essere stato il primo: colla nozione imperfettissima ch'io aveva delle leggi morali, ho paura che me ne passassi buona piú d'una, ma anche mi rampognai di cose per sé innocentissime; come per esempio d'essermi sempre rifiutato a stringer amicizia coi figliuoli di Fulgenzio e di serbar poca gratitudine alla signora Contessa. Il primo peccato lo ascriveva a superbia, ed era antipatia pura e semplice; del secondo accagionava il mio cattivo animo, ma tutta la colpa l'aveva la memoria tenace della mia povera zazzera, tanto ingiustamente martorizzata. Intanto, quello che piú importa, non m'illusi punto sul mio peccataccio piú grosso, su quello sfrenato amore per la Pisana, il quale mi si scoprí d'un tratto alla coscienza in tutta la sua bestiale salvatichezza. Io aveva amato la Pisana fino da piccino! Ottimamente! Fin da piccino avea sognato con essolei un amore da uomo! Cose compatibili in un ragazzo che ragiona coi piedi! – Giovinetto e già ragionevole e malizioso oltre il bisogno, avea persistito in quella bizzarria fanciullesca. – Male, signor Carlino! Ecco il primo scappuccio dopo il quale vengono gli altri, come le ventidue lettere dell'alfabeto dopo la prima. La ragione doveva avvertirmi ch'io era o il cugino o il servitore della Pisana. (Servitore, dico, perché coi servi era il mio posto nel castello di Fratta). In ambidue i casi non mi stava di appiccicarmi a lei colle pretese d'un amore contro l'ordine delle cose. Veggiamo un poco: coll'amore dove si giunge o dove si intende di giungere? Al matrimonio; questa è sicura; e io la sapeva e la vedeva tutti i giorni. Ma io, doveva io mai sperare di sposarmi colla Pisana?... Chi sa!... Zitti, desiderii chiacchieroni che correte incontro all'impossibile. Qui non si tratta di sapere se la tal cosa può avvenire in natura, ma se è solito che avvenga, e se contenterà quelli che ci hanno intorno le mani. Conveniva proprio ch'io confessassi che né il matrimonio mio colla Pisana sarebbe stato secondo l'ordine consueto del mondo, e che né il Conte né la Contessa né alcun altro né forse la Pisana stessa avrebbero avuto ragione di esserne contenti. Dunque? dunque correndo dietro a quello stregamento io non batteva la buona via; correva pericolo di fuorviarmi lontano assai e certo non era questa la strada di adempiere ai miei doveri di probità e di riconoscenza.

Ma se la Pisana mi amava?... Ecco un altro cavillo, un sotterfugio, una scusa del vizio inveterato, Carlino bello! Prima di tutto, se anche la Pisana ti amasse, sarebbe tuo dovere di fuggirla piucchemai, perché approfitteresti d'una sua leggerezza, d'un suo invasamento per contrapporla al desiderio dei parenti. E poi tu sei povero ed ella è ricca; non mi piace porgere appiglio a certe calunnie. E poi e poi ella non ti ama, e la questione è bella e sciolta... Come, come non la mi ama? come sarebbe a dire? Sí, datti pace, Carlino! non la ti ama per nulla; non la ti ama con quell'impeto cieco, intero, perseverante che impedisce ogni considerazione, toglie ogni distanza e confonde anima ad anima. Non la ti ama; e tu lo sai bene, perché di ciò appunto ti crucci e t'arrovelli tanto. Non la ti ama perché sei venuto in questa camera a cercar dalla morte un conforto contro le sue male parole, contro il suo disprezzo. Consolati, Carlino; puoi abbandonarla senza ch'ella ne pigli una sola febbre. Non sei neppur il capo raro che la ne debba soffrire nell'orgoglio. Se tu fossi il poetico Giulio Del Ponte, o lo sfarzoso castellano di Venchieredo ne dovresti avere un qualche rimorso, ma tu!... Eh va là! non te ne sei accorto che qui a Fratta sei appetto a lei come Marchetto, come Fulgenzio, come tutti gli altri una stazione temporanea nel turno de' suoi affetti, un accattone che aspetta la sera del sabato il suo quattrinello d'elemosina. Male, male, Carlino! Qui non è piú questione di doveri verso gli altri, ma di rispetto a te stesso. Sei tu un asino da guardar a terra e da insaccar legnate o un uomo da tener diritta la fronte e da sfidare il giudizio altrui? Pulisciti i ginocchi, Carlino; e va' via di qua. Vedi, arrossisci di vergogna; è cattivo segno e buono nello stesso tempo: accenna alla coscienza del male commesso, ma insieme a ribrezzo e a pentimento di quel male. Vattene, Carlino, vattene; cerca una strada piú onesta, piú sicura, ove siano altri passeggieri cui tu possa dar mano e insegnare la via; non perderti in quei nebulosi confini fra il possibile e l'impossibile a battagliare colla tua ombra, o coi mulini di don Chisciotte. Se non puoi dimenticar la Pisana, devi fingere di dimenticarla; al resto non pensare, che verrà dopo. Ora, sia verso te che verso lei e verso tutto, il tuo dovere è questo. Restando avvilisci te, spazientisci lei, rendi male per bene a' suoi genitori. Vattene, Carlino, vattene! Pulisciti i ginocchi e vattene!

Questo consiglio fu il primo frutto del monitorio di Martino; e fui tanto spaventato della sua acerbezza che senza pescare altri corollari ripiegai la carta e ripostala nel libro e intascato questo, uscii pallido e pensieroso da quella stanza ov'era entrato livido e demente. Fra tutti i dolori miei mi parlava piú chiaramente quello di aver sconosciuto per tanti anni la pratica rettitudine di Martino, di non aver fatto di lui quel conto che meritava, di averlo creduto, in una parola, una macchina cieca e obbediente mentr'era invece un uomo conscio e rassegnato. Io era divenuto cosí piccino nella mia propria stima che non mi ravvisava piú; la memoria d'un vecchio servitore morto, seppellito e già roso dai vermi mi costringeva ad abbassare il capo confessando che con tutto il mio latino nella vera e grande sapienza della vita era forse piú indietro che i villani. Infatti nella loro semplice religione essi definiscono coraggiosamente la vita per una tentazione, o una prova. Io non poteva definirla altrimenti che coll'eguali parole che si adoprerebbero a definire la vegetazione d'una pianta. Aveva un bel piluccarmi le idee, un bel voltare e rivoltare questa matassa di destini, di nascite, di morti e di trasformazioni! Senza un'atmosfera eterna che la circondi, la vita rimane una burla, una risata, un singhiozzo, uno starnuto; l'esistenza momentanea d'un infusorio è perfetta al pari della nostra, coll'ugual ordine di sensazioni che declina dalla nascita alla morte. Senza lo spirito che sorvola, il corpo resta fango e si converte in fango. Virtú e vizio, sapienza e ignoranza son qualità d'un'argilla diversa, come la durezza o la fragilità, o la radezza o lo spessore. Ed io mi sdraiava comodamente nella metafisica del nulla e del pantano, mentre dall'alto de' cieli la voce d'un vecchio servitore mi cantava le immortali speranze! — O Martino, Martino! – sclamai – io non comprendo l'altezza della tua fede, ma gli insegnamenti che ne ritraggo sono cosí grandi e virtuosi che soli farebbero malleveria della sua bontà. Abbiti l'ossequio del tuo indegno figliuolo anche al di là della tomba, o vecchio Martino! Egli ti ha amato in vita, e se non ti diede gran parte della sua stima allora, adesso te la dona tutta, te la dona col fatto, accettando ciecamente i tuoi consigli, e mostrandosi degno di aver raccolto il prezioso retaggio.

Primo effetto di cotal proponimento fu di stogliermi dal castello di Fratta per condurmi qua e là in cerca di svagamenti e di piaceri, come altre volte avea fatto. Indi feci sfilare dinanzi alla ragione tutta la piccola squadra de' miei doveri, e trovandola poco numerosa, mi balenò alla mente quell'oscura falange di doveri sconosciuti che mi poteva assalire quandochessia, e la quale anzi, secondo Martino, io avrei dovuto chiamare in mio aiuto contro i tedii dell'infelicità. Per allora non fu che un balenio; e sonai sí campana a martello per ogni cantone dell'animo; ma nessun nuovo sentimento sorse a gridarmi: "Tu devi far questo e devi tralasciar quello". Circa al romperla colla Pisana, era già d'accordo con me stesso; sentiva il dolore e quasi l'impossibilità di questo sacrifizio, ma non me ne celava l'obbligo assoluto. E poi e poi, riconoscenza, carità, studio, temperanza, onestà, in ogni altro punto trovava le partite in ordine: non c'era di che ridire. Soltanto temeva di aver mostrato finallora poco zelo nel mio noviziato di cancelleria; ma fermai di mostrarlo in seguito, e cominciando dal domani scrissi il doppio di quanto soleva scrivere ai giorni prima. In quel benedetto domani doveva anche principiare a non guardar piú la Pisana, a non cercarla, a non chieder conto di lei; ma vi feci sopra tanti ragionamenti, che protrassi il cominciamento dell'impresa al posdomani. In seguito tirai innanzi un giorno ancora, e finii col persuadermi che il mio dovere era soltanto di assopir l'amor mio, di svagarlo, di stancheggiarlo coll'adempimento degli altri doveri, non di assassinarlo direttamente. L'anima mia ne era cosí piena che sarebbe quasi stato un suicidio; cosí, per non ammazzarmi lo spirito tutto d'un colpo, seguitai a stracciarlo, a tormentarlo brandello per brandello. Il rimorso d'una colpa conosciuta e ribadita dall'intelletto amareggiava perfin le lontane lusinghe che ancora mi rimanevano.

Un giorno, dopo aver scritto molte ore in cancelleria senza che questa occupazione mi fosse di gran giovamento, pensai d'andarmene a Portogruaro per congedarmi dall'Eccellentissimo Frumier. Si era già allo scorcio dell'ottobre e poco sarei stato ad imbarcarmi per Padova. Guardate che combinazione! La Pisana era appunto in quel giorno a pranzo dallo zio, e se ora io giurassi che non ne sapeva nulla, certo non mi credereste. Si festeggiava l'onomastico della nobildonna, e facevano cerchio alla mensa Giulio Del Ponte, il padre Pendola, monsignor di Sant'Andrea e tutti gli altri della conversazione. Il Senatore m'accolse come fossi già invitato; ed io feci l'indiano e sedetti non senza sospetto che la Pisana per tormisi d'infra i piedi m'avesse taciuto l'invito. Infatti la sua vicinanza a Giulio, le occhiatine che si scambiavano, e la confusione delle loro parole quando venivano interrogati, mi chiarivano abbastanza ch'io doveva esser per lei, se non un incommodo, certo un assai inutile testimonio.

Incommodo no; perché già a mio riguardo non la si sarebbe tirata indietro da nulla. In tutte le parti anche migliori dell'animo suo ella mancava affatto di quella delicatezza che sovente è mera abitudine e talvolta anche ipocrisia, ma che conserva in uno squisito sentimento di pudore il rispetto alla virtù. Donde avrebbe ella appreso queste raffinatezze delle maniere femminili? Sua sorella Clara, che sola avrebbe potuto insegnargliele, viveva sempre lontana da lei in camera della nonna; essa, lasciata in balía di manifestare e imporre tutti i proprii capricci, avea imparato mano a mano non solo a lasciar loro il freno sul collo, ma anche a non prendersi briga di esaminarli e di nasconderli se fossero brutti e vergognosi. La padronanza dell'istinto uccide il pudore dell'anima, che nasce da ragione e da coscienza.

Io sedeva vicino al padre Pendola, mangiando poco, discorrendo meno, osservando assai, e piú di tutto macerandomi di rabbia e di gelosia. Giulio Del Ponte s'animava a tratti, si mesceva come uno scorribanda alla conversazione generale, lanciava un razzo di frizzi, di barzellette, d'epigrammi e poi tornava al muto colloquio della vicina con tal atto che diceva: "Si parla piú dolcemente cosí!" Si vedeva che quel suo brio non era spontaneo, cioè non era l'abbondanza della vena che lo faceva sgorgare. Piuttosto argomentava che, stando muto, o avrebbe fatto pensar male, o avrebbe perduto quella stima di giovane allegro e sfolgorante che gli avea conquistato il cuore della Pisana. Infatti costei, che sorrideva soltanto alle sue occhiate, arrossiva fin nelle orecchie, sospirava, si confondeva quand'egli parlava lesto, grazioso, animato e faceva scoppiar d'ognintorno l'applauso irresistibile delle risate. Giulio Del Ponte aveva indovinato la qualità della propria magia: le avea piaciuto in ragione della virtù che aveva di ravvivare, di rallegrare, di trascinare. Infatti sembrava che egli avesse tre anime invece di una; e gli occhi e i gesti e le parole e i pensieri avevano in lui tanta abbondanza e varietà che non parea bastare a tanto movimento quel solo fornello spirituale che dà calore di vita a ciascuno di noi. Scusatemi la similitudine; se la forza dell'anima si misurasse come quella del vapore, si poteva calcolare la sua a novanta cavalli, limitando a trenta quella della gente comune. Converrete meco ch'era una gran fortuna; ma guai, guai per questi Sansoni di spirito se Dalila taglia loro i capelli! Guai dico: il premio stesso della lor vigoria li precipita; quell'amore che negli altri è un alimento, una crescenza di fuoco che aggiunge la forza di altri milioni di cavalli a quella anche piccolissima che esisteva prima, in essi invece è un inciampo, una sottrazione. Distraendo la loro attività dal suo campo naturale li sprovvede del predominio che avevano, per confonderli alla plebaglia degli altri innamorati ognuno de' quali può soverchiarli con altre doti, con altri pregi diversi dai loro. In una parola, l'amore che sublima gli sciocchi, istupidisce queste anime splendide e ammaliatrici. Ma Giulio sapeva ciò, e se ne difendeva valorosamente. Sentiva l'amore crescere come una nuvola incantata e avvolgergli la mente e accarezzarla, invitandola ai sogni alla beatitudine. Un istante cedeva a quei dolci adescamenti; ma poi l'accortezza lo risvegliava additandogli nel riposo la sua sconfitta. Si rialzava non piú per trabocco spontaneo di giocondità e di brio, ma per forza di volontà e per interesse d'amore. Aveva ammaliato la Pisana; non voleva perdere la sua conquista. Infelice in questo che ai temperamenti come il suo s'avvicendano sempre facili e venturose le occasioni di piacere e di godere, ma si offrono pericolose e fatali quelle di amare. Ogni opera ha i suoi mezzi: l'amore vuol esser conquistato coll'amore; il luccichio della gloria e il barbaglio dello spirito devono tenersi paghi alla galanteria.

Il padre Pendola adocchiava Giulio Del Ponte e la Pisana; poi sogguardava me; due occhi come i suoi non si movevano per nulla, ed ogni volta che li incontrava io sentiva fin nel fondo dell'anima la fredda strisciata dei loro sguardi. Gli altri commensali non badavano a nulla; cianciavano fra loro, bevevano alla salute della nobildonna, ridevano fragorosamente delle cavatine improvvisate da Giulio e soprattutto mangiavano. Ma quando si levarono le mense e la compagnia stava per scendere in giardino a prendere il caffè sulla terrazza, il padre Pendola mi prese amorevolmente pel braccio invitandomi a rimanere. La pietà che si dipingeva sul suo volto mi sgomentò un poco; ma mi diede anche della sua indole miglior idea che forse non avessi avuto infin allora. Cosa volete? la calamita da una parte attira, dall'altra respinge il ferro e non si sa il perché. Anche fra uomo ed uomo si osservano le bizzarrie della calamita. Rimasi per curiosità, per ossequio, un po' anche perché i miei occhi avevano bisogno di non vedere.

— Carlino — mi disse il padre girando con me su e giù per la sala mentre i servi finivano di sparecchiare – voi siete in procinto di tornare a Padova.

— Sí, padre — risposi con due sospironi irragionevoli forse ma certo sinceri.

— È il vostro meglio, Carlino. Qui confessatemi che non siete contento del vostro stato, che l'incertezza e l'ozio vi rovinano, e che sciupate i piú begli anni della gioventù!

— È vero, padre; ho cominciato per tempo a gustare il fastidio della vita.

— Bene, bene! tornerete poi a trovarla gradevole le dieci e le venti volte. Tutto sta che vi sacrifichiate nobilmente all'adempimento de' vostri doveri.

Quest'esortazione in bocca del reverendo mi sorprese assai: non mi sarei mai aspettato che le sue massime concordassero con quelle di Martino; e questa concordia mi aperse d'un tratto l'animo alla confidenza.

— Le dirò — soggiunsi — che da poco tempo in qua ho cercato appunto nell'adempimento de' miei doveri un rifugio contro... contro la noia.

— E lo avete trovato?

— Non so; lo scrivere in cancelleria è lavoro troppo materiale; e il signor Cancelliere non è la persona piú adatta a render quel lavoro piacevole. Occupo le mani, è vero, ma la testa vola ove le piace, e pur troppo i dispiaceri e le ore si contano piú col cervello che colle dita.

— Parlate ottimamente, Carlino: ma voi dovete sapere meglio di me che piú di tutto alla guarigione importa una ferma volontà di guarire. Qui, qui, Carlino, voi avete l'anima ammalata; se volete sanarla, andatevene; ma voi direte che la malattia viaggia coll'infermo. No, no, Carlino, non è ragione bastevole! Causa lontana non affligge tanto come causa vicina. Via, non arrossite ora; io non dico nulla, vi consiglio da buon amico, da padre, e nulla piú. Siete senza famiglia, non avete alcuno che vi ami, che vi diriga; io voglio adottarvi per figliuolo, e soccorrervi con quel lume di esperienza che il Signore mi ha concesso. Fidatevi di me, e provate: non vi domando altro. Bisogna che partiate di qui; che partiate non solamente colle gambe, sibbene anche coll'animo. Per tirar poi l'animo con voi, voi avete già indovinato il modo. Piegarlo alla retta conoscenza e all'operosa osservanza dei proprii doveri. Avete detto benissimo; i dolori si contano col cervello, e io aggiungerò col cuore, non già colle dita della mano. Bisognerà dunque occupare oltre la mano anche il cervello ed il cuore.

— Padre, – balbettai veramente intenerito – parli, io l'ascolto con vera fede; e mi proverò d'intendere e di ubbidire.

— Uditemi: – riprese egli – voi non avete obblighi di famiglia, e il debito della riconoscenza verso chi vi ha fatto del bene è saldato presto da chi non può pagarlo con altro che con la gratitudine dell'affetto. Da questo lato i vostri doveri non vi darebbero l'occupazione di un minuto, se non fosse collo spingervi allo studio secondo l'intendimento dei vostri benefattori. Ma non basta. Cosí si occuperebbe il cervello; il cuore rimane ozioso. Tanto piú che la famiglia in cui foste allevato non ha saputo educarvelo a suo profitto. No, non vergognatevi, Carlino. È certo che voi non potete esser legato coll'amor di figliuolo al signor Conte e alla signora Contessa che appena è se seppero farsi amare come genitori dalla lor prole vera. I beneficii non obbligano tanto quanto il modo di porgerli, massime poi i fanciulli. Non vergognatevene dunque. È cosí, perché cosí doveva essere. Quanto allo sforzarvi ora, sarebbe segno di ottima indole, di animo docile e grato; ma non vi riuscireste. L'amore è un'erba spontanea non una pianta da giardino. Carlino, il vostro cuore è vuoto di affetti famigliari come quello d'un trovatello. È una gran sciagura che scusa molti falli... intendiamoci, figliuolo! li scusa sí, ma né ci libera dal dovere di purgarli, né ci abilita per nulla a indurirvisi! A questa sciagura si cercano rimedii istintivamente durante la prima età. E un buon angelo può fare che si imbrocchi giusto!... Ma spesso anche la sorte avversa, la cecità fanciullesca ci fanno trovar veleni invece di rimedii. Allora, Carlino, appena la ragione cresciuta se ne accorge, bisogna cambiar vaso, e abbandonare quella cura fallace e nociva per appigliarsi alla vera. Voi avete diciotto anni, figliuolo; siete giovane, siete uomo. Non avete, non potete avere un affetto certo, santo, legittimo che vi occupi degnamente il cuore, perché nessuno ve ne ha insegnate fin qui le fonti, né annunciata la necessità! Io forse primo vi parlo ora la voce del dovere, e non so quanto gradito...

— Séguiti pure, séguiti, padre. Le sue parole sono quelle di cui i miei pensieri andarono in cerca senza pro' ai giorni passati. Mi sembra di veder farsi giorno nella mia mente, e stia sicuro che avrò il coraggio di non distoglier gli occhi.

— Bene, Carlino! Avete mai pensato che voi non siete solamente uomo, ma sibbene ancora cittadino, e cristiano?

Questa domanda fattami dal padre con piglio grave e solenne mi conturbò tutto: quello che volesse dire e cosa importasse l'essere cittadino, io nol sapeva affatto; quanto all'essere cristiano, io non avrei messo punto in dubbio che lo fossi, perché nella dottrina mi avevano avvezzato a rispondere di sí. Rimasi adunque un po' perplesso e confuso, poi risposi con voce malferma:

— Sí, padre, so di essere cristiano per la grazia di Dio!

— Cosí il Piovano v'insegnò a rispondere; – riprese egli – ed ho tutte le ragioni per credere che non diciate per usanza una bugia. Fino ad ora, Carlino, tutti erano cristiani e perciò una tal dimanda era quasi inutile. La religione stava sopra le dispute; e buoni o malvagi, se non la regola dei costumi, come nei primi secoli di fervore, almeno il vincolo della fede ci stringeva tutti nella gran famiglia della Chiesa. Ora, figliuol mio, i tempi sono mutati; per esser cristiano non bisogna imitare gli altri, ma pensare anzi a fare a rovescio di quanto fanno molti altri. Dietro l'indifferenza di tutti s'appiatta l'inimicizia di molti, e contro questi molti i pochi veramente credenti devono combattere, lottare con ogni sorta di armi per non rimaner sopraffatti. Cioè intendiamoci, non per orgoglio personale, ma perché non rimanga conculcata quella religione fuor della quale non è salute... Carlino, ve lo ripeto, voi siete giovane, siete cristiano; come tale vivete in tempi difficili, e andate incontro a tempi molto piú difficili ancora; ma la difficoltà stessa di questi tempi, se è una sventura comune, se è una vicenda miserevole anche per voi, pel vostro interesse momentaneo e pel decoro della vostra vita è una vera fortuna. Pensateci, figliuolo: volete voi poltrire nell'indifferenza senza pensiero e senza dignità? o volete piuttosto mescervi alla battaglia dell'eternità col tempo, e dello spirito colla carne? Queste avvisaglie presenti condurranno da ultimo a cotali dilemmi, non ne dubitate. Voi siete di un'indole aperta e generosa e dovete propendere alla buona causa. Colla religione l'idealità, la fede nella giustizia immortale e nel trionfo della virtù, la vita razionale insomma e la vittoria dello spirito; colla miscredenza il materialismo, lo scetticismo epicureo, la negazione della coscienza, l'anarchia delle passioni, la vita bestiale in tutte le sue vili conseguenze. Scegliete, Carlino! scegliete!

— Oh! sono cristiano! – sclamai io con tutto l'ardore dell'anima. – Io credo nel bene e voglio ch'esso trionfi.

— Non basta volerlo – soggiunse il padre con una sua vocina melanconica. – Il bene bisogna cercarlo, bisogna farlo perché esso trionfi davvero. Perciò bisogna darsi corpo ed anima a chi suda, lavora, combatte per ciò; bisogna adoperare le arti stesse de' nemici a loro danno; bisogna raccogliere intorno al cuore tutta la costanza di cui siamo capaci, armar la mano di forza, il senno di prudenza e non aver paura di nulla e durar sempre vigili all'ugual posto; e cacciati tornare, e disprezzati soffrire, dissimulare per rivincer poi; piegarsi sí anche, se occorre, ma per risorgere; venire a patti, ma per temporeggiare. Insomma bisogna credere nell'eternità dello spirito per sacrificare questa vita terrena e momentanea alla immortabilità futura e migliore.

— Sí, padre. Quest'orizzonte che mi si dischiude agli occhi è tanto vasto che non ho piú l'audacia di piangere le mie piccole sciagure. Allargherò i miei sguardi in esso e scompariranno le minuzie che mi danno inciampo. Volerò invece di camminare!

— Davvero, Carlino? cosí mi piacete; ma ricordatevi che l'entusiasmo non basta senza il corredo d'una buona dose di criterio e di costanza. Ora io vi ho mostrato quali doveri altissimi e nobili reclamano l'opera vostra, e voi vi siete infervorato nella loro splendida pienezza. Ma poi durante la via vi parrà di ricadere nella levità e piccolezza umana. Non vi spaventate, Carlino. Gli è come un passeggiero che per giungere a Roma dee pernottare molte volte in sucide taverne, e far viaggio con facchini e con vetturali. Soffrite tutto; non abbiate ribrezzo dei passaggi momentanei, sollevate il pensiero alla meta; tenetelo sempre là!

Io capiva e non capiva; era abbarbagliato da quelle splendide e sonanti parole che prima mi balenavano alla mente con quei grandi fantasmi d'umanità, di religione, di sacrificio, di fede che popolano cosí volentieri i mondi sognati dai giovani. Capiva che o bene o male entrava in una sfera nuova per me; dov'io non era che un atomo intelligente avvolto in un'opera sublime e misteriosa. Con quali mezzi, a qual fine? – Non lo sapeva per fermo; ma fine e mezzi soverchiavano d'assai le mie preoccupazioni erotiche, i miei fanciulleschi rammarichi. Invitato a mostrarmi cristiano, mi sentiva uomo nell'umanità e ingigantiva.

— Questo in quanto a religione – seguitava con veemenza il reverendo padre. – In quanto alla vostra qualità di cittadino le condizioni sono consimili. Non caleva il pensarci e ogni opera individuale cadeva al suo posto nel gran meccanismo sociale, quando tutti s'accordavano nel rispetto tradizionale alla patria e alle sue istituzioni. La patria, figliuol mio, è la religione del cittadino, le leggi sono il suo *credo*. Guai a chi le tocca! Convien difendere colla parola, colla penna, coll'esempio, col sangue l'inviolabilità de' suoi decreti, retaggio sapiente di venti, di trenta generazioni! Ora pur troppo una falange latente e instancabile di devastatori tende a metter in dubbio ciò che il tribunale dei secoli ha sancito vero, giusto, immutabile. Conviene opporsi, figliuol mio, a tanta barbarie che prorompe; convien rendere ai nemici quel danno stesso che cercano portare a noi, seminando fra loro la corruzione, la discordia. Il male contro il male va adoperato coraggiosamente alla maniera dei chirurghi. Se no, cadremo certamente; cadremo amici e nemici in potere di quei maligni che predicano un'insensata libertà per imporci la vera servitù; la servitù a codici immorali, temerari, tirannici! La servitù alle passioni nostre ed altrui, la servitù dell'anima a profitto di qualche maggior godimento terreno e passeggiero. Siamo forti contro la superbia, figliuol mio. Per ciò ne conviene esser umili; ubbidire, ubbidire, ubbidire. Comandi la legge di Dio, la legge che fu, la legge che è; non l'arbitrio di pochi invasati, che dicono di innovare, ma non tendono che a divorare! Capite, figliuolo, quel che voglio dire?... Cosí religione e patria si danno la mano; e vi preparano un bel campo di battaglia dove sacrificarvi piú degnamente che nella colpevole idolatria di un affetto, o d'un interesse privato.

Coll'una mano il reverendo padre mi prostrava nel fango; coll'altra mi sollevava alle stelle. Io scossi potentemente il mio giogo di dolore e alzai libera ma costernata la fronte.

— Eccomi – risposi. – Io spero di cancellare la prima parte della mia vita, sovrapponendovi la seconda piú alta e piú generosa. Dimenticherò me stesso ove non possa cambiarmi: cercherò doveri piú santi, amori piú grandi...

— Adagio con questi amori! – m'interruppe il padre – non usate l'egual vocabolario in materie cosí disparate. L'amore è un lampo che guizza, una meteora che passa. E nella vita nuova a cui vi eccito si vogliono la fede e lo zelo; due forze pensate e continue! La croce del sacrifizio e la spada della persuasione: ecco i nostri simboli, superiori di gran lunga alle corone di mirto e alle colombe accoppiate. Ma la persuasione, figliuol mio, scaturisce dal sacrifizio nostro ed è ricevuta negli animi altrui come il calore prodotto dal sole è appropriato dal seme che fermenta e che germina. Non convien farsi intoppo delle contraddizioni, dei livori altrui; la persuasione verrà; fatele strada colla perseveranza e colla forza. Quando si matura il trionfo del bene giova perseguitar il male; ma perseguitarlo utilmente sapientemente: perché, figliuol mio, l'esercito dei martiri pur troppo non è molto numeroso, e dai proprii sacrifizi è mestieri cavare il prezzo che meritano per non vederli sprecati.

— Padre – soggiunsi io con qualche ritenutezza pel mistero che mi cresceva in quella lunga parlata – spero che capirò meglio quando mi sia purificato lo spirito dai fumi che lo offuscano. Penserò, e vincerò.

— Avreste già vinto se vi foste provato a combattere – rispose il reverendo – ma voi, Carlino, vi siete chiuso nel vostro guscio, e non avete cercato l'aiuto di chi poteva molto per voi. Le idee non nascono, ma procedono, figliuol mio: e voi avete fatto malissimo di raggomitolarvi nelle vostre passioncelle, senza fidarvi alle persone oneste ed oculate che vi avrebbero menato ben innanzi in quella strada che ora vi addito. L'anno scorso per esempio io vi avea raccomandato di frequentare a Padova l'avvocato Ormenta, un uomo integerrimo, giusto, generoso che avrebbe volto l'ingegno vostro al suo vero ministero, e vi avrebbe indicato il vero scopo e l'ampia utilità della vita. Uomini cosí fatti devono esser venerati dai giovani e presi ad esempio, se vogliono.

— Padre, l'avvocato Ormenta io l'ho veduto piú volte, giusta la sua raccomandazione; ma io era sviato in altri pensieri. Mi pare anche che fossi spaventato dalla sua freddezza e da una certa aria di sprezzo che mi rassicurava ben poco. Non so se mi sembrasse o troppo grande o troppo diverso da me; ma certo io non mi sentiva in buona voglia alla sua presenza, e la camera nella quale mi riceveva era cosí tetra, cosí agghiacciata da metter paura.

— Tutti segni d'una vita austera e sublime, figliuol mio. Quello che un tempo vi ha spaventato, vi piacerà, vi ammalierà domani. Sembrano fredde le cose eccelse e le nevi coprono le cime delle alte montagne; ma son le prime ad esser baciate dal sole, e le ultime ch'esso abbandoni. Tornerete quest'anno dall'avvocato, vi addomesticherete con lui, e, o il giudizio m'inganna, o io vi avrò reso il gran servigio di farvi trovare una buona e sicura guida per la vita cui siete destinato. Adesso io vi ho gettato in cuore un piccolo seme. Speriamo che germoglierà. Il buon avvocato trovandovi meglio disposto vi accoglierà con miglior fiducia. Anch'io, vedete, or fanno dieci mesi, sperava poco da voi; ve lo confesso ingenuamente, e tanto piú volentieri in quantoché oggi spero molto...

— Oh, padre, ella mi confonde! Come mai sperar molto da me?

— Come, Carlino, come? voi non vi conoscete, e io non voglio che montiate in superbia, ma voglio insegnarvi a leggere nell'anima vostra. Voi avete un ardore intenso e costante di passioni, che sollevato ad una sfera piú pura dove le passioni diventano adorazioni, può dar una luce benefica e divina!... Siete proprio deciso spastoiarvi dal fango, a cercar la felicità dov'ella risiede veramente, nell'adempimento dei doveri piú santi che la coscienza imponga ad uomo del nostro tempo?

— Sí, padre; tutto farò per amore della giustizia.

— Allora fidatevi di noi, Carlino; noi vi aiuteremo, noi vi illumineremo. Le nebbie dell'alba si muteranno a poco a poco in raggi di sole. Voi ci ringrazierete, e noi ringrazieremo voi...

— Oh, padre, cosa dice mai!

— Sí, vi ringrazieremo dei grandi servigi che renderete alla causa della religione e della patria, alla causa che difendiamo per compassione dell'umanità e per gloria di Dio. Foste fornito da natura di doti superbe; usatene degnamente, e troverete riconoscenza, onori, contentezze. Ve lo prometto io. Se foste prete, vi direi: "State con me! Combatteremo, pregheremo, vinceremo insieme"; ma vi chiamano per un'altra via, ottima e nobile pur essa. L'avvocato Ormenta farà le mie veci: gli scriverò a lungo di voi; egli vi terrà per figliuolo, e avrete forse occasione di far piú bene voi nel mondo che io non possa sperare di farne in mezzo al clero di una modesta diocesi. Siamo intesi, Carlino; non vi domando altro che di credermi e di provare. Soprattutto non voglio piú vedervi imbecillire in sogni da ragazzo. Disprezzate quello che va disprezzato: rompete la catena della abitudini; pensate che l'uomo è fatto per gli uomini. Siate generoso giacché siete forte.

Che cosa volete? bisogna pur che lo dica. L'adulazione fece quello che l'eloquenza non avea fatto o almeno compí l'opera incominciata da essa. Mi vennero le lagrime agli occhi, presi le mani del padre Pendola, le copersi di baci, le inondai di pianto, promisi d'esser uomo, di sacrificarmi pel bene degli altri uomini, di ubbidire a lui, di ubbidire all'avvocato Ormenta, di ubbidire a tutti fuorché a quelle mie passioni che mi avevano infin allora cosí scioccamente tiranneggiato. Io era fuori di me, mi pareva di esser diventato un apostolo; di chi e perché non sapeva; ma infatti la testa mi andava per le nuvole, e nulla al mondo io disprezzava tanto come i miei sentimenti e la mia vita degli anni trascorsi. Il padre mi confermava in questi proponimenti di conversione confortandomi intanto a ripigliar il filo delle mie devozioni infantili, a credere, a pregare. La luce si sarebbe fatta poi e l'avvocato Ormenta doveva essere il candeliere. Scesimo insieme in giardino e sulla terrazza, dove le belle fronde già ingiallite delle viti ombreggiavano il riposo vespertino della compagnia. Il chiacchierio languiva nella calma solenne del tramonto; le acque del Lemene romoreggiavano al basso, verdastre e vorticose; un suono di campane lontano e melanconico veniva per l'aria come l'ultima parola del giorno morente, e il cielo s'infiammava ad occidente cogli splendidi colori dell'autunno. Al primo momento mi pareva di essere in un gran tempio, dove lo spirito invisibile di Dio mi empiesse l'anima di gravi e serene meditazioni. Poi i pensieri mi tumultuavano nel capo come il sangue nelle vene dopo una corsa precipitosa; la mente avea volato troppo, non conosceva piú l'aria in cui batteva le ali, il ribrezzo dell'infinito la sgomentiva. Mi avvicinai alla ringhiera per guardar nel fiume, e quell'acqua che passava, che passava senza posa, senza differenza alcuna, mi dava l'immagine delle cose mondane che colano fluttuando in un abisso misterioso. I discorsi del padre Pendola facevano allora nella mia memoria l'effetto d'un sogno che si ricorda di aver veduto chiaramente e di cui non ci sovviene piú che con una vaga e scolorita confusione. Mi volsi per cercarlo; e vidi Giulio e la Pisana che bisbigliavano fra loro. Sentii come Icaro sciogliermisi la cera delle ali e precipitava nelle passioni di prima; ma l'orgoglio mi sorresse. Mi era pur sentito poco prima tanto maggiore di essi, perché non potea continuare ad esser tale? Guardai coraggiosamente la Pisana, e sorrisi quasi di pietà; ma il cuore mi tremava; oltreché non credo che quel sorriso mi durasse a lungo sulle labbra.

Allora il padre Pendola, che avea confabulato col Senatore, mi si raccostò; e quasi indovinando le titubanze dell'anima mia prese a compatirmi con sí squisita carità, che io mi vergognai d'aver tentennato. Le sue parole erano dolci come il mele, entranti come la musica, pietose come le lagrime: mi commossero, mi persuasero, mi innamorarono. Fermai fra me di tentare la prova; d'immolarmi a quei sublimi doveri di cui mi avea parlato, di esser alla fine padrone di me una volta e di saper dire: "Voglio cosí" – "Soffrirò", pensava frattanto "ma vincerò; e le vittorie accrescono le forze, laonde se non altro avrò guadagnato di poter poi soffrire con minor viltà. Per nulla Martino non è risuscitato, per nulla il padre Pendola non ha letto nel mio cuore; ambidue prescrivono l'egual rimedio; io sarò coraggioso e ne userò da forte!".

Il reverendo padre mi parlava ancora col suono carezzevole d'una cascatella fra i muscosi dirocciamenti d'un giardino; non saprei dire quali cose ei mi dicesse; ma nel togliermi di là ebbi il coraggio di offrir il braccio al Conte ed alla Pisana perché salissero in carrozza e di accomodarmi poi a cassetta col pretesto del caldo, che pur non era molesto in una notte d'ottobre. Dopoché braccheggiava in cancelleria avea libero ingresso nella carrozza dei padroni, e quella sera mi convenne anzi sostenere una battagliola col Conte per non approfittare di questo prezioso diritto. Mi ricordò allora d'alcuni anni prima quando scoperto l'invaghimento della Pisana per Lucilio avea fatto quella strada stessa appeso alle coregge posteriori della carrozza, e perduto in un turbine di pensieri e d'angosce che mi dissennava. Quella sera avrei dato la vita per poter sedere accanto a lei, e martoriarmi nella sua indifferenza e assaporare avidamente il male che mi si faceva. Quanto insuperbii di vedermi mutato a quel segno! Era io allora, invece, che volontariamente rifiutava di avvicinare la mia persona alla sua; dopo tanti spasimi, tante gelosie, tanti tormenti, finalmente avea conquistato il coraggio di fuggire! Non credo peraltro che arrivassi a Fratta né piú felice né meno pallido; e se il povero Martino fosse stato vivo, certamente avrebbe notato la mia cattiva voglia. Invece trovai il Cancelliere che aveva una carta di gran premura da farmi ricopiare, e non avendomi beccato durante la giornata, mi assalí sgarbatamente la notte. Lo credereste che io mi ci misi con un gusto matto? Mi pareva di principiare consapevolmente l'opera di mia redenzione; e m'increstava di lasciar andare a letto la Pisana senza fermarmi a guardar la luna, e pensare e martoriarmi dietro a lei. Gli è vero che ricopiando quella carta mi successe di duplicare qualche parola, e saltarne qualche altra; e ad ogni tuffo nel calamaio, diceva fra me: "Finalmente son riuscito a non pensarci per una mezza giornata!". E cosí ci pensava senza scrupolo; ma la coscienza non se n'accorgeva, e per discretezza faceva l'indiana, come la madre di Adelaide.

Il padre Pendola mi parlò, m'istruí, mi consigliò parecchie volte nei brevi giorni che rimasi ancora a Fratta. Il piovano di Teglio gli dava mano colle sue esortazioni, e cosí io partii che mi pareva di andare ad una crociata, o poco meno. M'accorgo ora che mi mancava la fede; ma aveva la curiosità, l'orgoglio, il coraggio che possono impiastricciarne una pel momento. Quando il pensiero della Pisana cascava come un razzo alla *congrève* fra il conciliabolo de' miei nuovi proponimenti, ed uno scappava di qua, un altro si salvava per di là, io mi dava delle grosse picchiate nel petto sotto il tabarro, recitava qualche giaculatoria e con un po' di pazienza l'incendio si spegneva e tornava cittadino e cristiano, come voleva il padre Pendola. Forse peraltro non sarei giunto ad accontentare il Piovano; il quale, clausetano fin nelle unghie, dopo la vana aspettativa d'un anno, tacciava l'ottimo padre di indolenza e di incuria negli affari della diocesi. Egli avrebbe voluto uno zelo da san Paolo. Il padre invece nuotava sott'acqua, e cosí ingannava meglio i pesci e le anitre; dopo ch'egli avea preso le redini della Curia, si osservava nel clero cittadino una disciplina esterna piú uniforme e canonica. Non avrei voluto vedere cosa stava ancora di sotto, ma si evitavano i sussurri, le censure, gli scandolezzi. Con quattro paroline di prudenti preghiere e qualche ammiccata d'occhi, il buon padre aveva ridonato agli ecclesiastici quelle dignitose apparenze, che sono di gran momento per mantenere l'autorità. Sicuro che un Gregorio VII non si sarebbe arrestato lí; ma il reverendo padre sapeva contar i secoli, e voleva sanar il sanabile, non arrischiar la vita dell'infermo con tardive operazioni. Gli bastava che certe cose non si vedessero e non se ne parlasse, e che non dando cosí appiglio al raccapriccio degli scrupolosi, anche i vecchi, i rigidi, gli incorruttibili fossero costretti a tacere, a rabbonirsi, a omettersi della solita insubordinazione, mantenuta in fin allora col pretesto dell'anarchia e della spensieratezza dei superiori. Ciò appunto non quadrava al piovano di Teglio; ma in quanto a me egli approvava il santo fervore inspiratomi dal segretario, e me ne incaloriva maggiormente colla sua rozza e sincera facondia.

Io arrivai a Padova coll'invasamento di uno che s'appresta a farsi frate per disperazione amorosa. Giuntovi appena, corsi dall'avvocato Ormenta, al quale era già stato scritto dal padre Pendola, e che mi accolse appunto come il guardiano o il provinciale accoglierebbe un novizio. Quel degno avvocato che m'era sembrato l'anno prima un po' sospettoso, un po' beffardo, un po' gelato, mi parve invece allora l'uomo piú aperto, soave e mellifluo della terra. Le sue occhiate andavano e rapivano in estasi; ogni suo gesto era una carezza; ogni parola picchiava proprio al cuore come a casa propria. Di tutto era contento, anzi beato; di sé, del padre Pendola e sopratutto del prezioso dono che questi gli avea fatto coll'affidargli la mia tutela. Mi parlò di fiducia, di raccoglimento, di pazienza; m'invitò a pranzo per tutti i giorni che avrei voluto, meno il mercoledí nel quale egli usava digiunare, e questo metodo non potea forse convenire al mio stomaco giovanile. Si congratulò con me della mia età freschissima la quale mi dava doppia opportunità di far il bene: bisognava indagare le massime, le intenzioni de' miei compagni; consultarne con lui per guardar di correggerle di indirizzarle a miglior scopo se parevano difettive o fuorviate; avrei servito di canale perché il senno maturo potesse avvantaggiare della sua esperienza la focosa attività dei giovani; cosí ce ne fossero stati tanti di questi mediatori! Ma già parecchi se n'aveano, e il frutto ricavato cominciava a moltiplicarsi, e a manifestarsi nella parte piú docile e riflessiva della gioventù. Io sarei stato fra i piú benemeriti col mio ingegno, colla mia fisonomia bella e simpatica, colla mia loquela pronta e calorosa. Ne avrei avuto premio, nella soddisfazione della coscienza (e questo è senza dubbio il migliore), sia anche negli onori temporali, e nelle ricompense eterne. Lo stato avea bisogno di magistrati zelanti, accorti, operosi; e li avrebbe trovati in mezzo a noi. Né bisognava rifiutarvisi, perché la carità del prossimo e il bene della patria e della religione devono imporre silenzio alla modestia. Tutti gli uomini erano fratelli, ma il fratello piú destro non dee consentire che il meno destro si precipiti alla cieca. L'amore deve essere oculato sempre, e qualche volta severo. La mano può percuotere, lo deve anzi in certi casi; ci s'intende che il cuore dee conservarsi caritatevole, indulgente, pietoso e piangere per quella triste necessità di dover castigare per migliorare, e tagliare per correggere. Oh, il cuore, il cuore! A sentir l'avvocato Ormenta, egli lo aveva cosí grande, cosí tenero, cosí ardente, che potea sí sbagliare per eccesso, non mai per difetto di amore.

Frattanto certe cose che notava intorno al signor avvocato non mancavano di darmi qualche po' di stupore. Prima di tutto quella sua casaccia umida scura e quasi ignuda continuava a promovermi nei nervi un senso di ribrezzo come la tana della biscia. Un uomo sí aperto e leale doveva accomodarsi di quella oscurità, di quelle apparenze cosí nere e mortuarie! E poi durante la mia visita entrò a chiedergli non so che cosa la moglie; una donnetta sottile, piccina, sospirosa, verdognola. L'avvocato le si volse contro con una voce acerba e stonata, con un piglio piú da padrone che da marito, e la donnicciuola se la svignò dalla stanza mordendosi le labbra ma non osando rifiatare. Dunque il signor avvocato aveva nell'ugola un doppio registro: quello che aveva adoperato con me l'anno prima, e allora colla moglie, e l'altro che aveva usato con me pochi momenti innanzi, e che continuò ad usar poi finché mi ebbe accompagnato sulla soglia della casa. Un ragazzotto giallo, sucido, spettinato, vestito da sant'Antonio, che si trastullava con non so quali giocattoli da sacrestia in un cantone dell'andito, mi fece anche voglia di ridere. L'avvocato me lo ebbe a presentare come il suo unico figliuolino, un piccolo prodigio di sapienza e di santità, che si era votato spontaneamente a sant'Antonio, e che ne avea vestito l'abito, come si costumava allora e qualche volta si costuma anche adesso a Padova. Quei suoi capelli, rasi a corona sul capo e abbaruffati come la siepaia d'un orto abbandonato, gli occhi loschi e cisposi, le mani impegolate d'ogni bruttura, e le vesti tutte lacere e bisunte nella loro santità, facevano uno strano contrasto col panegirico tessutomi a voce sommessa dall'avvocato. Pensai fra me che lo illudesse l'amore di padre: quel ragazzo poteva dimostrare quattordici anni (ne aveva sedici, come scopersi dappoi) eppure nulla nella sua persona confermava le lodi che se ne facevano, se non si volesse confondere la sudiceria colla santità, giusta la bizzarra opinione di qualche bigotto. Rinchiusa che ebbi la porta lo sentii intonare a gran voce un cantico divoto: credo che avrei preferito gli abbaiamenti d'un cane, e sí che le salmodie sacre con quel loro tenore mesto e solenne hanno sempre commossa l'anima mia in ogni sua fibra. Ma le divozioni cessano di esser sacre quando sono adoperate a spensierato trastullo e a vano sussurro; e io credo che il permetterne e l'inculcarne di cotal guisa ai fanciulli non serva che a guastarli anche secondo le idee di chi volesse farli soltanto buoni cristiani. Le cose spirituali, secondo me, vanno prese sul serio; altrimenti si lascino piuttosto da un canto. Può esser sciagura il non pensarvi, ma è sacrilegio il farsene beffe.

Del resto, secondo le ingiunzioni del padre Pendola e dell'avvocato Ormenta, io mi feci forza ad uscire dal solito riserbo; diedi una piccola parte del mio tempo allo studio, e cogli svagamenti e coll'intenzione a cose piú grandi ed eccelse addormentai nell'animo mio il dolore che vi covava acerbissimo per la dimenticanza della Pisana. Non mi fu difficile scoprire ne' miei compagni quello che il padre aveva avvertito: una profonda e generale indifferenza in fatto di religione; anzi si andava piú in là, cogli scherni, colle parodie, coi motteggi. Questi avrebbero servito a ravvivarmi in cuore la fede, se i miei primi maestri si fossero dati cura di accenderla; ma nessuno aveva pensato a ciò; su questo punto si può dire ch'io fossi nato morto, a risuscitarmi si voleva un miracolo che non avvenne finora. Peraltro lo sdegno ch'io aveva delle buffonerie mi fece credere per qualche tempo di avere quelle tali credenze, le quali io soffriva tanto a veder burlare con tanta frivolezza. La generosità giovanile mi ingannò sullo stato delle mie opinioni, e mi fece piegare a difendere piuttosto gli oppressi che gli assalitori. Narrai quello che vedeva all'avvocato; egli mi incorò ad osservar meglio, a notare quali legami avesse quell'anarchia religiosa colla licenza politica e morale, a discernere i caporioni della setta, ad accostarli, a conversar con loro in maniera che mi aprissero tutto l'animo, per sapere da qual banda incominciare a correggere, a riparare. Mi eccitò soprattutto a non dar nell'occhio col mio atteggiamento, a confondermi colla folla, a risponder poco per allora, limitandomi ad interrogare e ad ascoltare.

— Le pecorelle smarrite si richiamano colle carezze – diceva l'avvocato – bisogna lusingarle dapprincipio, perché ci credano; bisogna seguirle prima perché esse poscia vengano volentieri dietro a noi.

Egli non mancava mai d'invitarmi a visitarlo spesso, e a favorirlo della mia compagnia a pranzo; ma se io lo accontentava della prima, non era cosí disposto ad approfittare della seconda parte dell'invito. Una domenica che a tutti i costi egli avea voluto trattenermi seco lui a desinare, ci trovai una tal brigata che mi fece scappar l'appetito. Una vecchia pelata e rantolosa che chiamavano la signora Marchesa, un vecchio sollecitatore mezzo sbirro e mezzo prete che beveva sempre e mi guardava traverso al bicchiere, due giovinastri rozzi, sporchi, massicci che mangiavano colle mani e coi denti si aggiungevano al piccolo sant'Antonio e alla larva piagnolosa della padrona di casa per darmi la piú gran melanconia che mai avessi provato. L'avvocato invece sembrava ai sette cieli per avere dintorno a sé una cosí eletta compagnia; osservai peraltro ch'egli non invitava mai il sollecitatore a bere e i giovinastri a mangiare. Tutti i suoi eccitamenti li volgeva alla Marchesa la quale non potea piú bere né mangiare per la tosse che la travagliava. Il signor avvocato trinciava con una perfezione veramente matematica: e giunse a cavare otto porzioni da un pollastrello arrosto; operazione che secondo me vince di difficoltà la quadratura del circolo. Io non avea proprio volontà di toccar cibo, e cessi la mia parte ad uno dei due giovani che non lasciò sul piatto neppur la traccia degli ossi. L'avvocato mi avea fatto mano a mano conoscere tutti i commensali e poi non mancò di tirarmi in un cantone per farmene la storia. La Marchesa era una benemerita patrona di tutti i pii istituti della città; si diceva che fosse ricca di ottantamila zecchini, e lui l'avvocato era il suo consigliere prediletto. Il sollecitatore era un veneziano molto amico dell'attuale podestà al quale faceva fare ogni cosa che gli piaceva; e cosí gli tornava di accarezzarlo per ogni buona occorrenza. I giovani erano due scolari veronesi che s'erano dati come me alla santa causa e si proponevano di aiutarla con tutto lo zelo. Peccato che non avessero né il mio ingegno né le mie belle maniere, ma già Dio sapeva mutar i sassi in pane, e colla buona volontà si arriva a tutto. Io pensai che se in tutte le loro occupazioni ponevano quello stesso zelo che nel mangiare, avrebbero avuto maggior bisogno di freno che di stimolo. Mi ricordai anche allora di averli incontrati qualche volta sotto il portico dell'Università; e mi parve che non fossero né i piú esemplari né i piú modesti che la frequentavano fra una lezione e l'altra.

"Basta! faranno forse per seguire le pecorelle smarrite, e invogliarle a farsele venir dietro!" io pensai allora. Ma non ebbi la benché minima voglia di stringer amicizia con esso loro come l'avvocato mi consigliava; come anche accettai con un inchino l'invito fattomi dalla Marchesa di andar qualche volta alla sua conversazione ove avrei passato un paio d'ore lontano dai pericoli, in mezzo a gente sicura e timorata di Dio. L'inchino voleva dire: "Grazie, ne faccio senza della sua conversazione!". Ma l'avvocato si affrettò a rispondere in mio nome che io era gratissimo alla cortesia della signora Marchesa e che vi avrei corrisposto col farmi vedere in sua casa il piú spesso che me lo avrebbero concesso le mie occupazioni. Io fui lí lí per soggiungere qualche sproposito, tanto mi mosse la rabbia quell'uso che si faceva a capriccio altrui della mia volontà. Ma l'avvocato mi rabboní con un'occhiata, e aggiunse poi sottovoce: — La marchesa è molto amante della gioventù; bisogna saperle grado delle sue ottime intenzioni; e compatirla ne' suoi difetti pel gran bene che la può fare!

Insomma in onta a queste belle chiacchiere io mi tolsi di casa dell'avvocato ben deliberato di non immischiarmi piú né de' suoi pranzi, né della conversazione della Marchesa. Pei due giorni seguenti ne ebbi peraltro il vantaggio di trovar piú saporito il minestrone del collegio: con una libbra di pane affettatavi dentro mi parve di essere a un banchetto reale. La mia camera godeva almanco d'un bel sole e poteva alzar gli occhi senza incontrarli negli sguardi gatteschi del sollecitatore. I due scolari veronesi si abbatterono in me qualche giorno dopo nei corritoi dell'Università, ma sembravano cosí poco vogliosi di appiccar parola con me come io di avvicinarmi a loro. Ne domandai conto a qualcuno, e seppi che erano i piú beoni e scapestrati dello Studio. Studiavano medicina da sette anni e non avevano ancora ottenuto la laurea, e sprovvisti di mezzi di fortuna, vivevano d'inganno e di rapina alle spalle del prossimo. Io compiansi l'avvocato Ormenta di saperlo zimbello di cotali ghiottoni; ma quando mi intesi di aprirgli gli occhi sul loro conto egli mi accolse assai male. Rispose che eran calunnie, che si maravigliava molto come io ci dessi mente, e che attendessi a scoprire e a distruggere i vizii dei cattivi, non ad esagerare i difettucci dei buoni. Io cominciai a credere che la fede del buon avvocato fosse molto piú pura della sua morale; poiché se quelli erano difettucci non capiva piú quali fossero i vizii ch'io era destinato a combattere.

CAPITOLO NONO

L'amico Amilcare disfà la conversione del padre Pendola e mi rimette allo studio della filosofia. Passo per Venezia ove Lucilio seguita ad insidiare la Repubblica e la pace della Contessa di Fratta. Mia eroica rinunzia a favore di Giulio Del Ponte. Un viluppo di strane vicende intorno al 1794 dà in mia mano la cancelleria della giurisdizione di Fratta ove comincio col prestare segnalati servigi.

Fra coloro cui doveva premere assaissimo all'avvocato Ormenta e al padre Pendola di convertire io avea conosciuto taluno che mi andava a sangue piú assai dei due veronesi, miei alleati. Cominciai a fare qualche escursione nel campo nemico a profitto dell'avvocato; poi ci trovai il mio conto, e da ultimo scopersi tanta differenza fra il male che si diceva di quei giovani e quello che era infatti, che presi a dubitare della buona fede dell'avvocato, e della convenienza dell'ufficio affidatomi. Ch'io cercassi la quiete ai dolori che mi tormentavano nell'adempimento di piú alti doveri, andava benissimo; che cercassi di scordare un amore indegno e sciagurato benché fervidissimo, alzando l'anima nell'adorazione di quelle grandi idee che sono la poesia dell'umanità, in ciò pure non vedeva che bene. Ma che il mio ossequio a quelle grandi idee dovesse ridursi a una fintaggine continua, ad uno spionaggio indecoroso, che quei miei doveri cosí alti cosí sublimi dovessero scader tanto nella pratica, cominciava a metterlo in dubbio. Di piú io aveva fatto la prova come il padre Pendola voleva, ma non ne era rimasto gran fatto contento. La mia mente si era svagata, ma l'anima era ben lungi da quell'ideale contentamento che la compensa d'ogn'altro rammarico. In poche parole, il cervello era occupato ma non il cuore, e questo, attraversato nel suo amore d'una volta, e vuoto d'ogni altro affetto, mi dava grandissima noia co' suoi inutili battiti. Alla prima mi era confusamente infervorato all'ardore altrui, ma poi, sia che quest'ardore fosse fittizio, sia che in me non avesse trovato materia da alimentarsi, m'era sfreddato talmente che non mi conosceva piú per quello d'una volta. Quella continua manovra di passi compassati, d'antiveggenze, d'accorgimenti, di calcoli si affaceva male ad un'anima giovane, e bollente. Aspirava a qualche cosa di piú vivo, di piú grande: capiva ch'io non era fatto per le estasi ascetiche, e ho già narrato in addietro quanto fossi debolino in punto a fede.

Figuratevi quanti sforzi facessi per rinforzarmi!... Ma l'avvocato Ormenta, anziché aiutarmi a ciò, mi contrariava sempre colle sue mene un po' troppo mondane. Stava bene che la meta fosse alta spirituale e che so io; ma io la perdeva di vista, e anch'essi non se ne ricordavano che quando io ne chiedeva conto. Uno studente trevisano, un certo Amilcare Dossi, s'era stretto a me con molta intrinsichezza; egli aveva un ingegno forte e arditissimo, un cuore poi che oro non bastava a pagarlo. Con costui andavamo spesso ragionando di metafisica e di filosofia, perché io avea dato il capo in quelle nuvole e non sapea piú liberarmene; egli poi ci studiava da un pezzo e potea darmi scuola. Dopo qualche giorno m'accorsi che egli era proprio un tipo di coloro che il padre Pendola definiva avversatori spietati d'ogni idealità e d'ogni nobile entusiasmo. Metteva tutto in dubbio, ragionava su tutto, discuteva tutto. E non pertanto mi maravigliava di rinvenire in lui un amore di scienza e un fuoco di carità che mi parevano incompatibili coll'arida freddezza delle sue dottrine. Finii col fargli parte di questa mia maraviglia ed egli ne rise assaissimo.

— Povero Carlino! – diss'egli – come sei indietro! Ti maravigli ch'io mi sia preso di cosí violento affetto per quelle scienze che vado disseccando alla maniera dei notomisti? Gli è, caro mio, che l'amore della verità vince tutti gli altri in purità ed in altezza. La verità, per quanto povera e nuda, è piú adorabile, è piú santa della bugia incamuffata e suntuosa. Perciò ogni volta ch'io le tolgo di dosso qualche fronzolo, qualche orpellatura, il cuore mi balza nel petto, e la mia mente si cinge di una corona trionfale! Oh benedetta quella filosofia che mortali, deboli, infelici pur c'insegna che possiamo esser grandi nell'uguaglianza, nella libertà, nell'amore!... Ecco il mio fuoco, Carlino; ecco la mia fede, il mio pensiero di tutti i momenti! Verità ad ogni costo, giustizia uguale per tutti, amore fra gli uomini, libertà nelle opinioni e nelle coscienze!... Qual essere ti parrà piú grande e piú felice di quello che tende con ogni sua forza a far dell'umanità una sola persona concorde, sapiente, e contenta per quanto lo permettono le leggi di natura?... Oggi poi, oggi che queste idee ingigantiscono, e pesano, fremendo sulla sfera riluttante dei fatti, oggi che io veggo affievolirsi sempre piú quella nebbia che le nascondeva agli occhi degli uomini, chi piú felice di me?... Oh questa, questa, amico, è la vera calma dell'animo!... Sollevati una volta a quella fede libera e razionale, né fortune avverse, né tradimenti, né dolori potranno turbare la serenità dello spirito. Son forte, incrollabile in me, perché credo e spero in me e negli altri!

Figuratevi! Durante questa professione di fede che rispondeva sí bene ai miei bisogni, io diventava di tutti i colori. Mi ricordo che non mi bastò il cuore di soggiungere una sola parola, e Amilcare credette ch'io non ne avessi proprio capito un'acca. Tuttavia se non avea capito, avea tremato. Vergognai di me che aveva ondeggiato sí a lungo; ebbi compassione di padre Pendola e dell'avvocato Ormenta (i quali, sia detto di volo, non ne abbisognavano punto), e decisi di studiare come Amilcare, e di interrogar finalmente il mio cuore su quello propriamente ch'egli voleva amare. Intravvidi per la seconda volta un mondo pieno di idee altissime, di nobili affetti, e sperai che anche senza la Pisana l'anima mia avrebbe trovato il bandolo di vivere. Questo rivolgimento delle mie opinioni s'era già compiuto quando rividi l'avvocato Ormenta; e quel giorno, poco disposto a passargli tutto buono come al solito, appiccai con lui una mezza lite. Egli era malcontento di me perché non era mai stato alla conversazione della Marchesa che si mostrava, a quanto pare, tenerissima del fatto mio. Perciò ci separammo un po' ingrugnati, dicendo egli che la buona causa non sapea che farsi di servitori condizionati e raziocinanti. Io non gli risposi quanto mi bolliva entro, ma corsi tosto da Amilcare, e per la prima volta gli narrai le mie relazioni coll'avvocato, e tutto l'andamento delle cose dalla predica del padre Pendola fino alla contesa di quel giorno stesso. Al mio racconto egli sporse le labbra come chi non ode cose molto piacevoli, e mi buttò in volto una certa occhiata che non mi dimenticherò mai. La mi diceva: "Sei pecora o lupo!?". In verità io ne rimasi cosí sconvolto, che per poco non mi pentii di essere sdrucciolato in quella lunga confessione. Ma il sospetto fu un lampo: l'anima di Amilcare non era di quelle che esperte nel male lo avvisano dovunque; egli era buono, e si ravvide subito di quella breve incertezza: la bontà non gli tornò dannosa, come spesse volte. Egli mi parlò allora della fama che aveva l'avvocato in città; e come egli fosse tenuto un vigilantissimo ministro dell'Inquisizione di Stato.

— Ah cane! — io sclamai.

— Cos'è stato? — mi chiese Amilcare.

Io non ebbi il coraggio di confessare che il furbo m'aveva forse adoperato come strumento delle sue ribalderie; e il coraggio mi mancò affatto quando mi raccontò che la cattura di alcuni studenti avvenuta il giorno prima, e lo sfratto intimato ad alcuni altri, e le perquisizioni a moltissimi si ascrivevano comunemente a merito del signor avvocato.

— Quel tuo padre Pendola deve essere qualche inquisitore travestito che lavora a doppio per tenerci al buio — continuò Amilcare. – A Venezia sono ancora al mille quattrocento e si ha paura del mille ottocento che s'avvicina, ma noi, noi, oh no, per dio, che non muteremo in loro servigio la nostra fede di nascita. Il buonsenso omai non è il retaggio di cento famiglie di nobili. Tutti vogliono pensare, e chi pensa ha diritto di operare pel bene proprio e comune. Troppo ci condussero colle bretelle; il padre Pendola può esser giubilato: noi vogliamo camminar soli.

Amilcare pronunciando queste parole si trasformava in tutta la persona; la sua fronte alta e rilevata, gli occhi profondi, le narici sottili e dilatate, mandavano fiamme. Diventava piú grande ancora che non fosse naturalmente, e pareva che per tutte le sue vene scorresse una vampa di orgoglio e di virtù.

— Cos'erano i Greci, cos'erano i Romani? – seguitava egli. – Gente che ha vissuto prima di noi, dell'esperienza dei quali noi possiamo giovarci, e furono potenti perché virtuosi, virtuosi perché liberi. Ma la virtù provenga dalla libertà o questa da quella, bisogna cimentarvisi. Il conato alla libertà sarà poderoso ed efficace ammaestramento di virtú. Licurgo che ha fatto per ridonare a Sparta la sua potenza? Le ha ridonato colle leggi i robusti costumi. Imitiamolo, imitiamolo! Leggi nuove, leggi valide, leggi universali, chiare, severe senza scappatoie senza privilegi! Ricordiamoci degli avi nostri che si chiamarono Bruti, Cornelii e Scipioni! La storia si ripete allargandosi; l'ordine nuovo nasce dal disordine antico. Il buon tempo è giunto per l'eguaglianza, per la verità e per la virtú! L'umanità unificata vuol regnare sola; noi saremo i suoi banditori!

Io strinsi la mano all'amico senza mover parola; ma l'anima mia era tutta con lui; non avea piú pensiero che non volasse anelando incontro a quelle immense speranze. Giustizia, verità, virtù! le tre stelle che governano il mondo spirituale, e lunge da esse ogni cosa s'abbuia, ogni cuore trema o si corrompe! Io le vedeva sorgere come una costellazione divina sul mio orizzonte; tutto l'amore di cui era capace tendeva ad esse con impeto irresistibile. Ancora una nebbia da diradarsi, ancora un battere d'ala in quel cielo profondo e la mia religione era trovata, il mio cuore calmo per sempre. Ma quella nebbiolina era come quelle frazioni infinitesimali che impiccoliscono sempre senza svanir mai; quella luce era tanto lontana che quando appunto credeva di lambirne l'atmosfera infocata un nuovo spazio d'aria si frammetteva fra me e lei. Molte volte discorsi poi con Amilcare di tali mie dubbiezze; ed egli mi assicurava che provenivano da difetto di meditazione; io credo anzi che l'aver guardato di primo colpo senza affaticarmi troppo le ciglia a voler vedere quello che non è, mi giovasse a scoprire quello che veramente era. Giustizia, verità, virtù! Tre ottime cose, tre parole, tre idee da innamorare un'anima fino alla pazzia e alla morte; ma chi le avrebbe recate di cielo in terra, per usar l'espressione di Socrate? – Questa era la spina del mio cuore; e non la capiva allora cosí chiaramente, ma la mi doleva a sangue. Nuove istituzioni, nuove leggi, diceva Amilcare, formano uomini nuovi. Ma a volerlo anche credere, chi ci avrebbe dato queste ottime istituzioni, queste leggi eccellenti? Non certo gli inetti e spensierati governanti di allora. Chi dunque?... Una gente nuova, giusta, virtuosa, sapiente; e dove e come trovata? e come portata a capo della cosa pubblica?... In verità io ci avrei capito poco ora, che di quel guazzabuglio mi do in qualche maniera ragione. Ma a que' tempi di letargo appena smosso, di annebbiamento intellettuale, e di infanzia politica, qual piú grande uomo di governo ci avrebbe capito piú di me?...

Io restava adunque col mio amore aereo e affatto sentimentale; come chi s'invaghisse d'una donna veduta in sogno. Ammirava Amilcare che a quei sogni dava fiduciosamente la saldezza della realtà, ma non poteva imitarlo. Peraltro le vicende di Francia incalzavano; e le grandi novelle di colà, appurate dalla distanza e dall'immaginazione giovanile de' miei compagni, soccorrevano la mia sfidanza. Mi diedi a sperare, ad aspettare cogli altri; leggeva intanto i filosofi dell'Enciclopedia, e piú ancora Rousseau; sopratutto il *Contratto sociale*, e la Professione di fede del Vicario Savoiardo. A poco a poco prestai della mia mente un corpo a quei fantasmi: quando me li vidi innanzi vivi spiranti, gettai le braccia al collo di Amilcare, gridando: — Sí, fratello, oggi lo credo finalmente! Un giorno saremo uomini!...

L'avvocato Ormenta, che mi vedeva di rado e sempre piú taciturno e riguardoso, mi fece spiare da qualcheduno de' suoi; egli seppe le mie nuove abitudini, la mia amicizia col trevisano, e indovinò il resto. Il mondo non correva a quel tempo secondo i loro desiderii; il poveruomo avea un bel darsi attorno; capiva che erano formiche incapate tristamente ad arrestare un macigno, e se anche non lo capiva, il fatto sta che era stralunato peggio che mai. Però non volle deporre ogni lusinga; mi accarezzò ugualmente sperando di carpire forse alla mia ingenuità quello che raccoglieva prima dall'ubbidienza. Avvisato da Amilcare io stava sull'intesa e spiava a mia volta la fisonomia dell'avvocato come un barometro del tempo. Quando lo vedeva mogio, umile, annuvolato, correva a far gazzarra coi compagni; e si facevano fra noi allegri brindisi alla libertà, all'eguaglianza, al trionfo della Francia, alla repubblica e alla pace universale. Il vino costava allora pochissimo, e coi tre ducati di mesata passatimi dal Conte, io era in grado di partecipare alle agapi di quei capi guasti. Questo entusiasmo politico e filantropico poteva occupar l'animo d'un giovane come io era, non già la religione intrigante mondana e furbesca del signor avvocato. Forse il vangelo puro di carità e di santità mi avrebbe potuto entrare; ma ad ogni modo il passo era fatto. Divenni un volteriano battagliero e fanatico. Stetti anche piú volentieri che mai a predicare, a disputare fra i miei compagni di studio; e l'esser piú simile a loro me li fece giudicare meno flosci e spregevoli. Il fatto sta che le idee rinfiammano, e che la vita comune del pensiero soffoca o attira a sé l'egoismo privato. Da ciò avviene che l'egoismo inglese è proficuo alla nazione, benché comune e potente; in altri paesi invece la carità è inutile perché casuale e slegata. Cosí quella gioventù in un solo anno avea fatto un gran salto: formicolavano ancora le passioni, gli astii, le pigrizie di prima; ma il vento che soffiava da occidente sollevava le menti fuori di quella cerchia compassionevole. In fondo forse la paura, il vizio, l'inerzia poltrivano ancora; ma di sopra si slanciava la fede, capace di grandi cose benché momentanee in indoli cosí fatte. Basta; io me ne accontentava: e d'altra parte, conosciuto ben bene Amilcare, io m'era fitto in capo che tutti somigliassero a lui; il che non era pur troppo. Come tutti i giudici che non hanno barba al mento, peccava allora in un estremo come l'anno prima avea peccato nell'altro: assolveva per innocenti coloro che altre volte avea condannato a morte. Amilcare mi trascinava colla sua foga di fede, di entusiasmo, di libertà, colle sue abitudini di spensieratezza di giocondità e di audacia; con lui il sentimento che non fosse consacrato al bene dell'umanità mi sembrava un sentimento dappoco.

Non mi ricordava di aver vissuto prima d'allora; la Pisana mi pareva una creatura piccina piccina, quasi veduta in una valle dalle sommità azzurrine e pure d'una montagna; piú spesso la mi usciva di mente affatto, poiché il mio cuore avea trovato cosa amare in vece di lei. Peraltro, rimasto che fossi solo, avveniva nell'animo mio quasi una separazione di due elementi diversi, che mescolati violentemente insieme ne componevano per poco un solo; ma poi lasciati sedare tornavano a dividersi ciascuno dal proprio canto. La fede nella virtù, nella scienza, nella libertà sorgeva pura ed ardente a cantar inni di speranza e di gioia; la memoria della Pisana si ritraeva in un angolo a brontolare e a stizzirsi in segreto. Allora io mi dava attorno per confonder ancora quei sentimenti; m'incaloriva artifiziosamente e anfanava tanto, che le piú volte vi riesciva. Ma perché ciò avvenisse spontaneamente m'era proprio di mestieri la compagnia e l'esempio di Amilcare.

Intanto il romore delle armi francesi cresceva alle porte d'Italia; con esse risonavano grandi promesse di uguaglianza, di libertà; si evocavano gli spettri della repubblica romana; i giovani si tagliavano la coda per imitar Bruto nella pettinatura; per ogni dove era un fremito di speranza che rispondeva a quelle lusinghe sempre piú vicine e vittoriose. Amilcare mi pareva pazzo; gesticolava, gridava, predicava nei crocchi piú turbolenti, sui caffè e per le piazze. L'avvocato Ormenta diventava sempre piú livido e musonato, io credo che fosse arrabbiato anche contro la Marchesa che non si decideva mai a morire. Io bel bello nelle rade visite mi prendeva beffe di lui. Un giorno egli mi parlò con un certo sapore amaro della mia amicizia con un giovine trevisano e mi avvertí quasi beffardamente che se gli voleva bene doveva ammonirlo di essere meno corrivo a sussurrare nelle sue parlate. La sera stessa Amilcare con parecchi altri scolari fu imprigionato e condotto a Venezia d'ordine degli Eccellentissimi Inquisitori; a me credo si sparagnò quella sagra, perché speravano di sgomentirmi e forse di ripigliarmi. Ma la codardia, grazie al Cielo, non s'apprese mai al mio temperamento. Di quella vicenda toccata al mio amico io ebbi un dolor tale che mi fece odiare tre volte tanto i suoi nemici, e m'infervorò piucchemai nelle nostre speranze comuni. Allora poi che dall'avveramento di queste dipendeva la sua salute, la mia impazienza non conobbe piú freno.

Solamente il tempo si prese la briga di calmarmi. Ai primi impeti successe una tregua lunga e dubbiosa. Le alleanze continentali si erano rafforzate; la Francia si ristringeva in sé, come la tigre per uno slancio piú fiero; ma fuori si credeva ad uno scoramento fatale. La Serenissima patteggiava con tutti, soffriva e barcamenava; gli Inquisitori sorridevano fra loro di vedersi sperperare un temporale che avea fatto tanto fracasso; sorridevano, stringendo fra le unghie quei disgraziati che avevano sperato nella grandine e nelle saette mentre tutto accennava ad un nuovo sereno di bonaccia. Di Amilcare e di molti altri che lo avevano preceduto o seguito nelle carceri non si parlava piú; solamente si mormorava che la Legazione francese aveva cura di loro e che non li avrebbe lasciati sacrificare. Ma se la prossima campagna fosse sfortunata alla Francia? Io tremava solo a pensarne le conseguenze.

Intanto una mattina mi capitò una lettera suggellata a nero. Il signor Conte mi partecipava la morte del suo cancelliere, aggiungendo che in quasi due anni di studio io ne avea potuto imparare abbastanza, che poteva sostenere l'esame quando voleva, e che corressi intanto presso di lui a dirigere la cancelleria. Cosa provassi alla lettura di quel foglio, non ve lo saprei spiegare; ma credo che in fondo fossi contento assai che la necessità mi richiamasse vicino alla Pisana. Senza Amilcare e senza la speranza di riaverlo presto, Padova mi somigliava una tomba. Le mie speranze si dileguavano ogni giorno piú; l'impazienza giovanile una volta delusa si volge facilmente in scoraggiamento; e la cera gioconda e trionfale dell'avvocato Ormenta tornava a darmi la stizza. Mediante una commendatizia del senatore Frumier sostenni con buon esito l'esame del secondo anno; e partii poscia da Padova cosí sconvolto e confuso che nel mio cervello non ci raccapezzava piú nulla. Peraltro mi sapea duro di togliermi di colà senza chiarirmi meglio delle faccende di Amilcare, e confidando nel patrocinio della Contessa e de' suoi nobili parenti sperai che a Venezia sarei venuto a capo di qualche cosa. Chiesi dunque consiglio ai miei pochi ducati i quali mi permisero quella breve diversione se avessi usato la maggior parsimonia. Feci un fardello delle mie robe, e le imbarcai sul burchio; indi cosí per creanza fui a prender commiato dall'Ormenta.

— Ah, buon viaggio, carino! — mi diss'egli. — Peccato che non siate rimasto con noi tutto l'anno; siete accorto, e sareste tornato a visitarmi sovente, e forse anco la signora Marchesa vi avrebbe avuto al suo circolo. Riveritemi il padre Pendola, carino; e fidatevi agli attempati un'altra volta. I giovani credono troppo, e vi faranno fare dei cattivi negozi!

Capisco ora quello che volle dire il caro avvocato, ma egli mi credeva un volpone ghiotto ed avaro simile a lui; allora non ci capii nulla. Dovetti peraltro, dietro suo invito, baciare in viso quel sucido figliuolo, che funzionava al solito nell'andito colla sua vestaccia nera e puzzolente. Questa cerimonia mi rese due volte piú gradita la mia partenza da Padova; e del resto lasciava l'incarico alla fortuna di far comparire degno cancelliere un giovinastro di non ancora vent'anni.

Giunto a Venezia non perdetti tempo né ad ammirare San Marco né a passeggiar la riva, e deposto il mio fardello in una locanda corsi al palazzo Frumier. Dio mio come trovai cambiata in quei pochi anni la signora Contessa! La era divenuta piú scura, piú cattiva di fisonomia; il naso le si era uncinato come ad uno sparviere, e gli occhi lampeggiavano di un certo fuoco verdognolo che non augurava nulla di buono, e nel vestire mostrava una trascuranza quasi schifosa. Non avea piú né nastri rosei, né merli alla cuffia; e i capelli grigi le ingombravano spettinati la fronte e le tempie. Perciò, lo confesso, neppur la pietà di Amilcare poté indurmi a tentar qualche cosa da quella banda. M'infinsi venuto a Venezia per ossequiarla e credetti aver addotto un'ottima scusa per riescirle gradito; ma ella mi rispose un grazie cosí sgarbato che mi fece calare ogni forza giù dei ginocchi, e mi tolsi da quella stanza che non vedea l'ora di essere in istrada. Peraltro uscito che fui nell'anticamera, mi si rifece il cuore, e mi tornò il desiderio di vedere la contessina Clara e confidarmi a lei. Mentre appunto mi volgeva in cerca d'un servo che mi conducesse da lei, ecco venirmi incontro ella stessa che avea saputo del mio arrivo e non volea lasciarmi partire senza un saluto. Tanta cortesia mi commosse e mi diede animo. La povera Contessina era tal quale l'avea veduta l'ultima volta; piú pallida, peraltro, piú grave, e con due cerchi rossi intorno agli occhi che dinotavano l'abitudine del pianto o di lunghissime veglie. Ma questi segni di dolore, anziché togliere alla confidenza, vi aggiungevano l'incentivo della compassione. Mi apersi dunque con lei, narrandole del mio amico, ed esponendole il desiderio ch'io aveva di sapere almeno perché lo si sostenesse in prigione, e quando c'era speranza che lo lasciassero. La Contessina si turbò alquanto udendo il caso di Amilcare, e piú la causa probabile del suo imprigionamento; e due o tre volte fu per suggerirmi qualche spediente, ma poi la si tratteneva sospirandoci sopra. Finalmente lo spettacolo del mio dolore la vinse, e mi disse che a Venezia c'era persona la quale dovea saperne di ciò meglio che molti altri, e che io la conosceva, e che cercassi del dottor Lucilio Vianello che certo mi avrebbe detto ogni cosa ch'io bramassi sapere intorno al giovane trevisano. Ma mi disse ciò arrossendo, la poveretta, e raccomandandomi di non iscoprire altrui questo suo consiglio; e poi quando io le chiesi dove avrei potuto trovare il dottor Lucilio, mi rispose di non saperne nulla, ma che egli non avrebbe mancato di capitar qualche volta in Piazza ove era allora, come adesso, il grande ritrovo di tutti i veneziani.

Infatti io tolsi commiato da lei, ringraziandola di tanta sua bontà, e piantatomi in Piazza aspettai girando su e giù finché diedi di naso nel signor Lucilio. Le gelosie non mi frullavano piú pel capo, e pieno di zelo pel maggior bene di Amilcare lo accostai risolutamente. Egli o stentò a conoscermi o ne fece le viste, ma poi mi usò mille finezze, mi chiese conto de' miei studi, della mia vita; e da ultimo mi domandò se avessi veduto la Contessa e sua figlia. Io gli narrai tutto, e come le avessi trovate. Ed egli allora mi raccontò che la Contessa s'era data sfrenatamente alla passione del gioco, come usavano le dame veneziane d'allora; che perdeva ogni giorno grosse somme di denaro, che gli usurai le stavano a' panni, ch'ella non pensava ad altro che a riacquistare quanto aveva perduto, con rischi piú gravi e pericolosi. Il suo temperamento avea sempre peggiorato; tiranneggiava la figliuola peggio che mai, ed erano sette mesi che la poverina non usciva di casa che per andare a messa a San Zaccaria, ov'egli la vedeva una volta per settimana. E poi scompariva come un'ombra, e non la lasciavano nemmeno affacciarsi alla finestra perché le avevano destinato una camera interna del palazzo. Quanto al poter penetrare fino a loro non avea mai potuto riescire; e sí che la fama acquistatasi grandissima nella sua professione, gli aveva aperto le sale piú cospicue della nobiltà. La Contessa era inesorabile; ed egli sapeva da fonte sicura che stava in trattative colle monache di Santa Teresa perché la Clara fosse da loro accettata come novizia; soltanto faceva ostacolo la dote, ché la Contessa era in grado di pagarne al momento non piú della metà, e secondo la regola non potevano accettarla che dopo l'intero pagamento. La giovane si sarebbe piegata ai voleri della madre, e se quel sacrifizio non era già consumato, lo si doveva a quelle differenze d'interesse. Soltanto egli sperava che non avrebbe obbedito quando avessero voluto farla professare, e che non si sarebbe divisa dal mondo colla barriera insormontabile dei voti. Lucilio mi narrava di ciò colla rabbia forzatamente compressa di chi non può vincere un'opposizione giudicata frivola e ridicola; ma da ultimo la sua fronte si era rialzata, e ben ci si accorgeva ch'egli non avea smesso nulla dell'antico coraggio, e che sperava ancora e che le sue speranze non erano sogni. Quel suo animo vigoroso e prudente non poteva acquetarsi in vane lusinghe, e perciò la sicurezza che travidi nelle sue ultime parole mi diede qualche fiducia. Allora vedendolo piú tranquillo gli comunicai la cagione dell'averlo io sí a lungo aspettato, non tacendogli anche, forse con un po' di furberia, che la Clara stessa mi aveva a lui indirizzato. Parve allora che molte confuse memorie gli balenassero in capo, e tornò a guardarmi come se fosse quello il primo momento che mi rivedeva.

— Da quanto tempo non avete piú notizia del padre Pendola? — mi chiese egli senza nulla rispondere alla mia domanda.

— Oh da lungo tempo! – risposi io con qualche stupore di essere interrogato a quel modo. – Credo che col reverendo padre non ce la intenderemo piú, e che egli per lo meno non sarà fatto contento del fatto mio.

— Non vi aveva egli dato qualche commendatizia per Padova? — mi domandò ancor con un fare svagato Lucilio.

— Sí certo; – soggiunsi – per un certo avvocato Ormenta che mi è andato fuori affatto dei gangheri, e pochi mesi fa ho saputo che è in voce di essere una spia dei Serenissimi Inquisitori.

— Bene, bene, sarà: ma non parlate di cotali cose a voce alta qui in Venezia; il vostro amico deve essere caduto in male acque appunto per questo.

— Oh sí, è facilissimo! egli parlava tanto forte da farsi udire da un capo all'altro della città e non facea mistero delle sue opinioni.

— Infatti fu rimeritato, come vedete, della sua sincerità; tuttavia rassicuratevi che egli e i suoi compagni stanno, credo, sotto la protezione della Legazione francese, e non interverrà loro alcun male.

— Ne è ben sicuro, lei? Ma se la Francia è invasa dagli alleati, se...

Lucilio mi troncò la parola in bocca con una risata, laonde io lo guardai alquanto meravigliato.

— Sí, sí, guardatemi! – egli soggiunse. – Ho riso della vostra innocenza. Credete anche voi, come i gazzettieri di Germania, che la Francia sia esausta, discorde e che si lascierà mettere i piedi sul collo dal primo venuto!... Guardatemi in viso ancora!... Io non sono che un medico, ma vi garantisco che ci vedo piú lungo assai di tutti questi politiconi in toga e parrucca. La Francia omai non è piú solamente in Francia: è in Svizzera, è nell'Olanda, è in Germania, è in Piemonte, è a Napoli, è a Roma, è qui! qui dove parliamo io e voi. Essa lo sa e si raccoglie, per attirarsi intorno le forze attive dei nemici, e sbarazzarsene piú presto in un paio di colpi, e lasciar libero lo slancio agli amici, ai fratelli di qui!... Vedete; cosí per abitudine io vi raccomandava poco fa di parlar adagio, e ora io grido e non me ne curo. Gli è, vedete, che omai hanno paura, e che non si corre nessun pericolo. Voi potete narrare quanto vi ho detto all'avvocato Ormenta ed anche al padre Pendola, che non me ne importerebbe gran fatto.

In ciò dire Lucilio mi guardava con occhi fiammeggianti e severi, tantoché io fui costretto, contro l'usanza, di chinare i miei. Ma egli ebbe forse compassione di quel mio smarrimento e mi diede una mano a rialzarmi.

— Quanti anni avete? — mi chiese.

— Presto ne avrò venti.

— Solamente venti? animo allora; eravate un bambino e credevano di mettervi la benda, ma io spero che non vi lascerete infinocchiare, o che vi ravvederete finché ne avete il tempo. Coraggio dunque; confessatemi che la vostra amicizia per Amilcare e il vostro interessamento per lui presso di me è un effetto di consigli altrui, non del vostro spontaneo sentimento...

— Oh chi vuol ella mai che mi spingesse a ciò!?

— Chi? il padre Pendola per esempio, o l'avvocato Ormenta!

— Essi? tutt'altro anzi: credo che mi sapranno pochissimo grado della mia intrinsichezza con quel giovane; e infatti a lui ho dovuto di essermi disgustato di loro e delle loro trame frivole e inoneste.

— Frivole le loro trame? non tanto, ragazzo mio. Inoneste potrebbe darsi: ma non precipitiamo i giudizi, perché chi difende la pagnotta ha molti e molti diritti. Credereste voi che il reverendo padre e il degno avvocato sarebbero persone autorevoli e di rilievo se venisse un buon vento di giustizia che buttasse a terra, sí, che buttasse a terra, tutti i privilegi della nobiltà e delle fraterie?... Essi lavorano pel loro utile come gli altri pel proprio: non so cosa dirne!

Io mi stupii oltremodo di questa maniera di vedere di Lucilio; un odio aperto mi quadrava meglio di questa fredda calcolata inimicizia; e il mio amico trevisano la pensava secondo me piú dirittamente del dottore di Fossalta. Soltanto mi dimenticava che in questo la gioventú s'era sbollita, e il sentimento s'era impietrato in profonda convinzione.

— Ma parliamo dunque di voi; – continuava egli intanto – voglio credervi che la contessina Clara vi abbia indirizzato a me, e non l'avvocato Ormenta. Se cosí è, vivete tranquillo; il vostro amico Amilcare è piú sicuro nella sua prigione che io e voi in Piazza. Lo direi anche al Collegio dei Savi il quale se fosse savio avrebbe a cavare il suo pro' da questo giudizio. Ve lo ripeto, v'è gente che veglia per lui; e non c'è pericolo che si lascino andar a male giovani cosí preziosi. Intanto voi cercate di non lasciarvi abbindolare dal padre Pendola. Per carità, Carlino! Eravate un ragazzo di mente e piú assai di cuore. Non guastatevi sul piú bello. Vi lascio per qualche visita che ho da fare in questa casuccia di poveri diavoli. Cosa volete? l'amore della gente è la paga piú bella del medico. Ma se vi fermate a Venezia, cercate di me all'ospedale dove sto sempre fino alle dieci del mattino.

— Grazie; – gli diss'io – se la mi assicura proprio che Amilcare...

— Sí, vi assicuro che non gli interverrà alcun male. Cosa volete di piú?

— Allora la ringrazio; e la riverisco. Io parto quest'oggi stesso.

— Salutatemi il Conte, la Contessina, i nobiluomini Frumier e mio padre se lo vedete – soggiunse Lucilio. – Ohimè! salutatemi anche Fratta e Fossalta! Chi sa se quei solitari paeselli mi vedranno mai piú!

Mi abbracciò e mi lasciò, credo, con istima migliore di quando mi aveva incontrato. Certo al ripensarci poi mi parve che gli avessero riferito di me cose non troppo onorevoli; e in seguito venni a sapere com'egli mi credeva venduto anima e corpo al padre Pendola. Ma l'ingenuità della mia confessione l'aveva rimosso da questo avventato giudizio; senzaché la mia giovinezza lo lusingava che non fossi tanto incallito nell'impostura, come pretendevano. Ad ogni modo imbarcato ch'io fui col mio fardelletto sulla corriera di Portogruaro, la mia mente ebbe di che lavorare a riandar il colloquio avuto con Lucilio; sopratutto l'autorità che era nelle sue parole, nel suo contegno mi parea piú strana ancora che mirabile. Un semplice medico, un giovane paesano da poco trapiantato a Venezia parlava e sentenziava a quel modo! Ergersi per poco ad arbitro dei destini d'una repubblica, se non ad arbitro, a giudice e a profeta!... la mi sapeva un po' di commedia! Che fossi rimasto corbellato? Che la mia inesperienza gli avesse offerto un'occasione di burlarsi saporitamente di me? Quasi quasi mi rimordeva di avere abbandonato Amilcare a sí manchevole malleveria; ed è vero che nulla piú avrei forse potuto tentare per lui, ma dubitava fra me che quella troppo facile confidenza fosse effetto di poco animo e di infingardaggine. Mi riconfortava poi col pensiero che Lucilio non era mai stato uno spaccamonti, e che per ingegno e per studio soprastava tanto agli altri uomini, da darmi il diritto di crederlo superiore ad essi di antivedere e di potenza. Che egli fosse secretamente addetto alla Legazione francese lo avea udito mormorare anche a Portogruaro l'autunno passato; e allora alcune sue parole m'avevano riconfermato la verità di questa diceria. Tali relazioni forse lo ponevano in grado di poter sapere e vedere nelle cose piú addentro degli altri; e in fin dei conti poi io non ci trovava una causa per cui dovesse egli divertirsi a gabbarsi di me. Queste considerazioni, unite al rispetto istintivo che nutriva per Lucilio e alla nessuna lusinga che poteva avere di giovare ad Amilcare per qualche altra via, fecero ch'io mi acquietassi in quanto aveva operato; anzi cessai a poco a poco di darmi pensiero della sorte dell'amico per badare alla mia. Mano a mano che mi allontanava dalle lagune per entrare in quel laberinto di fiumane, di scoli e di canali che uniscono a Venezia il basso Friuli, mi si abbuiavano nella mente le vicende di quell'ultimo anno, e quelli vissuti prima vi ricomparivano col guizzante barbaglio dei sogni. Mi pareva che la barca nella quale era mi rimenasse verso il passato, e che ogni colpo di remo distruggesse un giorno della mia vita, e per meglio dire, mi riconquistasse uno dei giorni trascorsi. Niente dispone meglio alla meditazione, alla mestizia, alla poesia di un lungo viaggio traverso a paludi nella piena pompa della state. Quegli immensi orizzonti di laghi, di stagni, di pelaghi, di fiumi, inondati variamente dall'iride della luce; quelle verdi selve di canne e di ninfee dove lo splendor dei colori gareggia colla forza dei profumi per ammaliare i sensi, già spossati dall'aria greve e sciroccale; quel cielo torrido e lucente che s'incurva immenso di sopra, quel fremito continuo e monotono di tutte le cose animate e inanimate in quello splendido deserto mutato per magia di natura in un effimero paradiso, tutto ciò mette nell'anima una sete inesauribile di passione e un sentimento dell'infinito.

Oh la vita dell'universo nella solitudine è lo spettacolo piú sublime, piú indescrivibile che ferisca l'occhio dell'uomo! Perciò ammiriamo il mare nella sua eterna battaglia, il cielo ne' suoi tempestosi annuvolamenti, la notte ne' suoi fecondi silenzi, nelle sue estive fosforescenze. È una vita che si sente e sembra comunicare a noi il sentimento di un'esistenza piú vasta piú completa dell'umana. Allora non siamo piú i critici e i legislatori, ma gli occhi, gli orecchi, i pensieri del mondo; l'intelligenza non è piú un tutto, ma una parte; l'uomo non pretende piú di comprendere e di dominar l'universo, ma sente, palpita, respira con esso. Cosí io cedeva allora a questa corrente di sogni e di pensieri che mi respingeva carezzevolmente alle beate memorie dell'infanzia. L'esule canuto che torna al focolare domestico dopo avere sfruttato i suoi giorni sopra terra ingrata e straniera non è certo piú lieto e commosso ch'io allora non fossi. Ma era tuttavia un contegno pieno di melanconia, perché l'apparizione nei crepuscoli della memoria di una gioia passata somiglia alla visita notturna d'un diletto defunto, e ci invita alla voluttà delle lagrime. Ricordava, insieme dimenticava e sognava; ricordava le beatitudini del fanciullo, dimenticava i dolori dell'adolescenza, il ravvedimento del giovane, e sognava un ritorno allegro e felice a quelle rive incantate d'Alcina, donde cacciati una volta, invano si cerca di approdare ancora. Chi dopo una qualche assenza non ha osato di fingere la propria amante cambiata per miracolo nell'amante ideale dei sogni, nella creatura del nostro cuore e della nostra poesia?... Bambolaggine senza verità e senza fiducia della quale la mente s'innamora; e la speranza e l'amore e ogni altro tesoro dell'anima si profonde a drappeggiar vagamente una bambola immaginata. Io prendeva allora la mia Pisana in culla; non vedeva che i suoi lunghi capelli, i suoi occhi dolcissimi, i suoi sorrisi da angelo; di lei fanciulletta ricordava la grazia, l'ingegno, la pietà, e la voce soave e carezzevole; la vedeva poi crescere d'orgoglio e di bellezza; ricordava i suoi moti magnanimi, i suoi gesti alteri, i suoi baci di fuoco; sentiva il suo braccio tremar sotto il mio, vedeva il suo petto gonfiarsi ad una mia occhiata, e i suoi sguardi... Oh! chi saprà descrivere com'ella avea saputo guardarmi, e come io ricordava allora, e ricordo perfino adesso, il linguaggio celeste di quelle due pupille incantevoli! Come ricordare un solo di quei lampi d'amore e sovvenirsi insieme delle nubi che lo offuscavano? No, l'anima sua, la parte piú bella e spirituale di lei che viveva in quegli occhi, non si è insozzata nel fango della colpa. No, l'uomo non è un congegno meccanico che produce umori e pensieri, ma è veramente un impasto d'eterno e di temporale, di sublime e d'osceno, in cui la vita, diffusa talvolta equabilmente, si condensa tal'altra in questa parte od in quella per trasformarlo in un eroe od in una bestia! Una parte divina splendeva negli occhi della Pisana; e rimase sempre pura perché impeccabile. Ecco il perché di quella passione violenta, immortale, completa ch'ella ha saputo inspirarmi; e che nessun prestigio di bellezza, nessuna blandizie di sensi avrebbe potuto prolungare oltre al sepolcro di lei nel cuore d'un vecchio ottuagenario. Io adorava, io compativa lo spirito schiavo ed immemore, ma sempre dolente e redivivo da' suoi lunghi torpori.

A Portogruaro quelle mie fantasticherie ebbero a fare un gran capitombolo. Tutti parlavano delle stranezze della Pisana; perfino sua zia me ne mosse cenno pregandomi col mio criterio di porvi qualche riparo, giacché il Conte, per quanto gliene avessero dette, non s'ingeriva di nulla. Ella lo aveva perfin consigliato di collocarla in sua casa; ma le aveva risposto che la ragazza non voleva a nessun patto, e cosí si lasciava menar pel naso dalla figlia con gravissimo danno della sua riputazione.

— Sentite, Carlino – mi diss'ella – se si può dare di peggio. Raimondo Venchieredo le sta sempre intorno ostinatamente; ella gli tien bordone con centomila moine che è una vera sconcezza a vederli; ma poi quand'egli venne a chiederla seriamente in isposa, che oggimai l'ha diciotto anni e si potrebbe pensarvi, essa dichiarò solennemente che non lo avrebbe preso mai per marito e che la lasciassero stare. Si dice che vi covi sotto un amore piú vecchio con Giulio Del Ponte, ma non si capisce poi perché ella strapazzi sempre questo giovine e lusinghi invece quell'altro che si è proposta di rifiutare. Oltracciò Giulio è quasi povero, e tanto malandato di salute che non gliela danno lunga fino alla primavera ventura!...

— Come? Giulio è a questi estremi? — io sclamai.

— Sí, poveretto; – soggiunse la gentildonna – e a dirvi la verità sarebbe quasi meglio che se ne andasse, perché non attraversi ogni buon collocamento della Pisana come il dottor Lucilio ha fatto colla Clara. Quella almeno era quieta, ragionevole cristiana, e si è potuto trattenerla dal fare spropositi. Ma con costei?... Uhm! non ci spero nulla, e temo che voglia diventare il disonore della famiglia.

Io mi dimenticai sul momento della Pisana per ricordarmi di Giulio; e lo dichiaro a mia lode, che le tristi novelle della sua salute mi desolarono. Infatti nell'ultima volta che l'aveva veduto, aveva notato il suo pallore piú tetro del solito, e una difficoltà di respiro che gli mozzava a mezzo le parole. Ma ne accagionava unicamente i crucci e le battaglie inseparabili da un amore colla Pisana; anzi vedendo nelle sue pene quasi la mia vendetta ne godeva barbaramente. Dopo il cattivo pronostico della Frumier cominciai a discerner meglio e a temere ch'egli non fosse la prima vittima dell'indole bollente e sfrenata della fanciulla; mi dolsi della sua sventura e piú forse del delitto che avrebbe macchiato la coscienza di chi lo uccideva a quel modo senza misericordia e senza pensarci. Le colpe di coloro che amai, ebbero sempre virtù di affliggermi piú che i miei stessi dolori; credo che a quel tempo avrei perdonato alla Pisana l'amore per Giulio purché ella gli ridonasse con quello la salute e la vita. Pur troppo infatti ebbi campo a persuadermi che le paure della Frumier non erano fallaci. La sera stessa vidi la Pisana a Portogruaro; amorosa, timida, taciturna con me, come chi avesse bisogno d'amore e di pietà; lusinghiera e provocatrice col Venchieredo, indifferente e beffarda con Giulio. Raimondo aveva dimenticato i rifiuti della Clara, e le lusinghe della Pisana lo riconducevano in casa Frumier, dove forse avea sperato ricattarsi di quelli coll'acquisto di un boccone piú ghiotto e desiderato. E lo sfuggirgli di questo, altro non avea fatto che attizzargli viemmaggiormente le voglie; poiché la Pisana, pur respingendolo come marito, lo accettava, lo accarezzava in qualità di vagheggino. Il giovine scapestrato, se potea ottener di contrabbando quello che avea cercato di avere legalmente, si sarebbe tenuto il piú furbo e felice degli uomini; e il contegno della Pisana dava piuttosto ansa a questa lusinga. Se aveste veduto qual era in tali frangenti lo stato compassionevole del povero Giulio, potreste capire come la pietà ammutisse in me perfino l'interesse dell'amore. Cosa quasi incredibile! Io aborriva il Venchieredo non per conto mio, ma per conto di Giulio; io era geloso della Pisana piú per lui che per me, e lo spettacolo di quel giovane, pieno d'animo di cuore d'ingegno che si disfaceva dolorosamente pel cancro segreto e inesorabile d'una passione infelice, mi metteva in cuore quasi un rimorso dell'odio che altre volte gli aveva serbato. Vi sembro troppo buono?... Non c'è caso: era fatto cosí. Quella lunga scuola di abnegazione e di pazienza, al fianco della Pisana, mi avea fruttato una pietà quasi eroica a profitto dei miseri. Ne diedi la prova in seguito colla mia condotta, la quale se potrà tacciarsi di sciocca, non potrà mancare di qualche lode per coraggio e per generosità.

Il Venchieredo portava addosso tutto lo sfarzo della felicità. Nel volto, nel gesto, nel vestire, nel parlare si conosceva il giovane contento del fatto suo, che non ha nulla a desiderare, e che non può pensare ad altro che alla propria gioia, tanto essa è grande e potente. La contentezza gli rabbelliva le guance d'una fiamma rosea e vivace, gli rendeva snella e leggiera la persona, facile e colorita la parola. Vedea tutto bello, tutto buono, tutto incantevole; ognuno gli faceva festa, perché lo spettacolo d'una gran felicità racconsola gli uomini, colla fiducia di poterla anch'essi un giorno o l'altro raggiungere. La Pisana era tutta per lui; tremava e abbassava gli occhi a' suoi sguardi, sorrideva al suono della sua voce, lo seguiva in ogni movimento. Come io l'aveva veduta ragazzina per Lucilio, tale la vedeva allora già donzella per Raimondo; lo stesso turbamento, la stessa veemenza non trattenuta né da pudore né da paura, e un incanto di voluttà cresciuto a mille tanti nel pieno splendore della sua bellezza di diciott'anni. Io l'amava allora disperatamente per me, la odiava per lo spietato martirio cui ella condannava il povero Giulio, la disprezzava per la sua perfida idolatria a un giovinastro frivolo e scostumato com'era il Venchieredo. Non so quale smania mi sentissi in cuore di calpestarla di svillaneggiarla: insuperbiva fra me di amarla ancora, e di poter dire tuttavia che l'avrei ceduta ad un altro per salvargli la vita! Ella invece procedeva innanzi cieca come il carnefice. Cieca! Ecco la sua scusa: credo ch'ella non vedesse nulla, non s'accorgesse di nulla. Le sue passioni furono sempre cosí eccessive che le vietarono di discernere alcuna cosa fuori di loro. A veder l'anima straziata di Giulio dibattersi in un corpo smunto e consumato per lottare ancora per difendersi fino alla morte contro il facile e sereno predominio di Raimondo, venivan proprio agli occhi le lagrime. Il fuoco delle pupille, lo splendore dello spirito che un tempo gli trapelava dal volto era scomparso; con ciò ogni sua bellezza s'era spenta, perch'egli non ne aveva altra; fino la maestà del pallore pareva insozzata dalle macchie brune e verdastre di cui la chiazzava il sangue corrotto dalla bile. Pareva un malato di pellagra, e la vergogna del proprio aspetto toglieva ogni coraggio a' suoi sguardi,

ogni sicurezza alle sue parole. Il brio, già attutito al soverchiar dell'amore, sforzava indarno il coperchio sepolcrale della disperazione. Brillava a tratti come
un fuoco fatuo di cimitero; e lo sforzo di volontà, che lo accendeva momentaneamente, ricadeva poco stante in un peggiore abbattimento. Aveva piaciuto
per esso; per esso era stato amato; senz'esso doveva perire; egli lo sapeva, e in-
furiava fra sé di non poterne avvivare almeno un funebre lampo colle ceneri
dell'anima sua. Morire sfolgorando era ormai la sua unica speranza d'amore e
di vendetta; ma più si ostinava, e meno gli ubbidiva l'ingegno affiocato dalla
malattia e dalla passione. Io rimasi costernato dagli ultimi sforzi di un'anima
moribonda che fra le rovine d'un corpo già fatto per lei simile a un sepolcro,
anelava invidiosamente a quella parte di bene ch'era stata sua e che le veniva
rapita da una forza giovane, arrogante e spensierata. Mi pareva di veder Lazzaro
agonizzante di fame, che chiede agli epuloni le briciole della mensa e non ottiene che scherno e ripulse. Ma fosse almeno stato così! Giulio avrebbe trovato
un'ultima gioia nello sfogo di un'ira giusta e magnanima; sarebbe morto colla
fede che le sue parole a vendetta della sua sciagura avrebbero risonato eternamente nell'anima della spergiura. Nulla di ciò invece: la Pisana non aveva per
lui né occhi né orecchi: egli moriva goccia a goccia, senza lusingarsi che il rantolo della sua maledizione avrebbe turbato un istante la felicità del suo sorriso!

Durante quella lunga sera accumulai nel cuore tanta compassione per quel
poveretto, che addussi al Conte qualche pretesto per rimanere a Portogruaro, e
lo lasciai partire soletto colla Pisana, la quale si maravigliò non poco di cotal
mia stravaganza. La attribuí forse a gelosia, e mi buttò un'occhiatina che potea
essere di conforto o di gratitudine; ma io ne ebbi orrore, mi rivolsi precipitosamente, e lasciando il Venchieredo guardar la carrozza che si dileguava, presi a
braccetto il Del Ponte, e lo trassi lunge da quella casa. Questi mi seguiva a
malincuore, ansava come un naufrago che sta per perdere l'ultima tavola, e teneva la testa rivolta ostinatamente ad osservare la contentezza del fortunato
rivale.

— Giulio, che fai?... – gli dissi scotendolo. – Ritorna in te! abbracciami!
non mi hai ancora salutato!...

Mi guardò quasi trasognato, indi, poiché fummo nel buio d'una calle re-
mota, mi mise le braccia intorno al collo senza parlare né piangere. Così non
ci eravamo lasciati. Egli allora trionfante e felice non s'avvedeva di me misero
ed avvilito; m'avea fatto della mano un cenno di commiato, quasi di protezione
e di pietà; io non avea né voluto né potuto stringere la mano di chi mi rubava
la ricchezza dell'anima mia. Oh quanto mutati ci ricongiungeva la fortuna! Io
sotto il peso d'un doppio disinganno aveva il coraggio di compatire a lui più
che a me stesso, a lui decaduto dalla ricca noncuranza del trionfo alla mendicità
della sventura, a lui tanto crudele e nocivo contro di me un anno prima, quanto

a lui stesso lo era allora Raimondo.

— Giulio, che fai? – tornai ancora a dire sollevandogli la fronte. – Tu vuoi ammalarti e ci riesci a forza di esser crudo e spietato in te stesso.

— Voglio ammalarmi?... No, no, Carlo, – rispose egli con voce fioca e straziante – voglio anzi guarire, voglio vivere! voglio che la giovinezza rifiorisca sul mio volto, che le allegre immagini si ricoloriscano alla mente, che l'anima si rigonfi come la gemma del rosaio al soffio primaverile, e che trabocchi fuori in lieti discorsi, in frizzi faceti, in cantici smaglianti d'amore di poesia! Voglio che la luce scacci dal mio volto le tenebre della melanconia, e il bel sole della vita vi rianimi queste fattezze smorte ed appassite! Sarà un miracolo; sarà un trionfo. Chi ha sul volto l'altera e grossolana bellezza della carne, una volta che l'abbia perduta deve aspettarne il ritorno dopo una lunga e incerta convalescenza; ma chi risplende nel viso per l'interna fiamma dello spirito può ritrovare in un momento la luce ammaliatrice d'una volta. L'anima non è soggetta alle lungherie della medicina; né la passione ha l'andamento greve e compassato della malattia; essa corrode e rimpolpa, essa uccide e risuscita! È veleno e balsamo ad un tempo. Io l'ho visto le cento volte, l'ho provato per esperienza, lo proverò ancora!...

Egli parlava con enfasi febbrile, le parole gli si affollavano sulle labbra confuse e smozzicate; rivedeva nella mente un barlume dell'antico splendore e non voleva perderlo; ma gli venia meno la lena e il respiro convulso affannato s'agitava in mezzo a quel tumulto di pensieri, di speranze, di illusioni, come un guerriero ferito a morte tra fantasmi di gloria e delirii di comando.

— Calmati, Giulio! – soggiunsi io non so se piú impietosito o spaventato da quell'orgasmo – vedi che della vita ne hai nell'anima oltre il bisogno; appunto la soverchia vitalità ti opprime; bisogna rintuzzarla. Io conosco il tuo male, e ne conosco anche il rimedio. So che ami disperatamente, come si ama quella donna che è venuta incontro all'amor nostro e ci ha stregato la fantasia colle gioie piú dolci che l'amor proprio e la voluttà sappiano ammannire, lavorando di conserva! Ora quando un cotal amore è divenuto un tormento, che si tratta di fare per guarire? Studiarne le origini, guardarne la fonte piú in noi stessi che in altrui. Fu un inganno, fu un granchio preso; ecco tutto. Rialzati e ti si porgerà il destro di coglierlo un'altra volta, se sarai debole tanto da degnarti!...

— Capisco – entrò egli a dire amaramente – capisco, amico mio, cosa mi domandi. Credi che io pure a mia volta non ti abbia conosciuto?... Ti ho perduto di vista in seguito, ma dapprincipio mi era accorto che tu pure amavi la Pisana. Figurarsi se doveva prendermi soggezione d'un fanciullo!... Ora poi che sei grande roseo tarchiato intendi accampare i tuoi diritti, e ti garba meglio accamparli contro un avversario che contro a due! Vieni a dirmi pietosamente:

"Ritirati pel tuo meglio; me ne saprai grado: vedi le mie spalle? esse hanno speranza e forza di recarti al cataletto". Non è vero che questo è il sugo del tuo ragionamento?

— No, non è vero! – sclamai, compassionando in questi ingiusti sospetti la tormentosa diffidenza del malato. – Non è vero, Giulio, e tu lo sai ch'io non son capace d'una frode, e ch'io non m'abbasserò mai a pregar un rivale!... Ah, lo sapevi dunque?... Sí, io ho amato la Pisana quand'era fanciullo; non voglio nasconderti nulla, io la amo ancora; e per questo appunto mi duole di vederla inesorabile contro di te!

— Inesorabile? lo credi dunque! — gridò egli afferrandomi convulsivamente la mano.

— Inesorabile come chi non ricorda, come chi non vede — io soggiunsi.

— Ma dunque tu vorresti persuadermi dell'impossibile! – riprese egli. – Vorresti darmi a credere che ti dia noia il veder la tua amante crudele verso un altro!... O impostore, o codardo, ecco qual vuoi comparirmi!... Ancora ancora io fui indulgente a crederti impostore. Se cosí non fosse io ti disprezzerei maggiormente, e avrei ribrezzo del tuo vile compianto! come d'un lenocinio pagato.

— Taci, Giulio, taci! — sclamai trattenendo un impeto di sdegno e ponendogli una mano sulla bocca. – Sí, tu l'hai detto; io inorridisco di vedere non la mia amante, ma colei che amo piú della vita, torturare e uccidere spensatamente un'anima come la tua; vorrei purgarla da questa taccia, risparmiarle questo rimorso!... Poiché, sappilo, Giulio, e vedi se sono sincero, io so e sento di doverla amar sempre e sarebbe per me un dolore infinito quello di amare non una vanerella, non una spensierata, non una sirena, non una furia e un'assassina!...

— Amala dunque, amala pure! – rispose egli con voce soffocata dai singhiozzi. – Non vedi che sono un'ombra? i tuoi scrupoli vengono tardi; ella mi ha già ucciso; e le sua labbra sono vermiglie dal sangue che mi ha succhiato. Talvolta m'illudo ancora; è superbia, è speranza di vendetta! Ma poi mi torna il coraggio della verità, e godo quasi di scongiurar fronte a fronte la furia che mi divora. Va', io mi vendico fin d'ora della felicità che attende te pure, e che s'aspetta a tutti quelli che aspetteranno pazientemente! Va', se vuoi amare una cosa abbietta, immonda, spregevole, senz'anima, senza cuore e senza ingegno; cerca la bambola istupidita dalla ubbriachezza dei sensi e accecata dall'orgoglio! nata donna nella crudeltà nella sciocchezza nella lascivia, e bambola eterna in tutto il resto, anche nella pietà che è la scusa delle donne e che a lei fu negata per un mostruoso prodigio della natura!... I tuoi diritti sono innegabili; nasceste insieme nella corruzione, potete amarvi senza vergogna alla vostra maniera, come si amano i rospi nel pantano, e i vermi nel cadavere!...

La sua voce si era rianimata; egli parlava e camminava come un demente;

sentiva scricchiolare i suoi denti come volessero arrotare la punta a quelle parole d'imprecazione e di sprezzo. Ma io era armato nel cuore contro a tali ferite, e lasciai sfogarsi quel suo impeto di furore e di sdegno, finché racquistò almeno la calma della stanchezza. Allora tentai un ultimo colpo, fidando nella rettitudine delle mie intenzioni che Dio sa se potevano essere piú generose.

— Giulio – gli bisbigliai gravemente all'orecchio – tu hai giudicato la Pisana!... Or guarda adunque se cosí come la conosci il tuo orgoglio ti permette d'amarla.

— E tu l'ami pur tu? — rimbeccò egli con fare aspro e riciso.

— Sí, io l'amo; – soggiunsi – perché mi vi usai fin dalla nascita, perché quell'amore non è un sentimento ma una parte dell'anima mia, perch'esso è nato in me prima della ragione, prima dell'orgoglio!

— E in me dunque? – riprese egli quasi piangendo – credi tu che due anni non l'abbiano radicato in me cosí profondamente come in te dodici o quindici?... Credi tu ch'egli fosse un trastullo per me?... Non vedi che muoio solo perché esso mi è tolto? L'orgoglio, tu dici, l'orgoglio?... Sí, io sono superbo; mi duole di cedere altrui quello ch'io possedeva e di non poter nulla nulla per racquistarlo!... Oh se sapessi con quanti spasimi, con quante lagrime, con quante viltà comprerei ora un raggio fuggitivo di bellezza, un barlume momentaneo di spirito, un giorno un giorno solo della mia vita rigogliosa d'una volta!... Se sapessi quante lunghe ore sto dinanzi allo specchio contemplando con rabbiosa impotenza lo smarrimento delle mie sembianze, gli occhi pesti e annebbiati, le carni ingiallite e rugose!... Sono orribile, Carlo, orribile davvero! Fo raccapriccio a me stesso; fossi una donna da trivio non concederei un bacio al disgraziato che mi somigliasse. Uno scheletro ritto ancora, ma non vivo non animato! Almeno mi restasse l'energia spaventosa del fantasma! Mi vendicherei collo spavento, colle maledizioni! Ma l'anima si ritira da me, come l'acqua del fiume dalla sponda inaridita: tutto appassisce, tutto manca, tutto muore! Mi restano solo memorie e desiderii; un popolo sconsolato di pensieri muti e rabbiosi che non sa nemmeno gridare per destar compassione.

Allora solamente egli tacque, allora solamente io intravvidi con ribrezzo la profonda disperazione di quell'anima, e la pietà stessa rimase stupita e paralitica. Era un martire dell'orgoglio, piú ancora che dell'amore: e tuttavia non so quale interna pressura mi traeva a tentare ogni sacrifizio per cercar di salvarlo. Credo che amassi tanto la Pisana da credermi a parte perfino delle sue colpe e de' suoi doveri di riparazione; fors'anco mirava in altrui quello che io stesso avrei potuto diventare, e la paura mi eccitava alla carità. Mi ricordai di aver udito il Del Ponte opporsi talvolta alla satirica miscredenza di Lucilio e di qualche altro nel crocchio del Senatore; laonde mi parve utile tentare anche questo mezzo.

— Giulio, tu almeno sei cristiano! – ripresi dopo un breve silenzio. – Puoi dunque chieder conforto a Dio e rassegnarti.

— Sí, infatti son cristiano! – mi rispose egli – e mi rassegno, e ne do prova bastevole col non ammazzarmi.

— No; dicon che non basta; bisogna seguitare la pratica delle altre virtù cristiane, oltre la rassegnazione; bisogna essere caritatevoli agli altri ed a sé.

— Lo sono fin troppo; non ho ancora schiaffeggiato lei, non ho sbranato quel nobile liscio e cialtrone che mi opprime colla sua arroganza! Ti par poco?...

— Bada, Giulio, che la passione ti fa essere parziale verso te ed ingiusto verso gli altri. La Pisana è colpevole, ma il Venchieredo, per quanto...

— Non parlarmi di lui!... Per pietà non parlarmi di lui, perché mi dimentico alle volte perfino i comandamenti di Dio!...

— Or dunque ti parlerò di me: vedi se la passione ti accieca sui tuoi doveri? Poco fa dovevi ringraziarmi e mi hai insultato!...

— Ti ho insultato perché infatti tutto il tuo contegno di questa sera mi sembra ancora molto bizzarro; ma ora voglio crederti; ti ringrazio delle buone intenzioni. Sei contento?

— Sarei piú contento se volessi aiutarti de' miei consigli per vivere meno infelice!

— Mi aiuterò invece de' miei per morire. Son cristiano, credo al paradiso, e tutto sarà finito. Dubito peraltro di poter morire perdonando!.. Oh sí, ne dubito assai; ma la malattia sarà lunga, mi fiaccherà, e sarò convertito se non da altro dalla debolezza. Dio voglia passarmela buona!...

— No, per carità, Giulio, non finire di avvelenarti con questi tetri pensieri!...

— Vedi anzi che ora son calmo, che sto meglio, che mi par di esser guarito. Hai fatto benissimo a farmi risovvenire di Dio. Questa notte, scommetto che dormirò, e sí che da due mesi non godo una tanta ventura. Ho piacere di doverla a te: guarda se sono ingiusto ora!... Mi perdoni, non è vero, Carlo?

Io gli buttai le braccia al collo; quelle sue ultime parole, benché intinte ancora di qualche amarezza, mi toccarono il cuore piú che le smanie di prima. Sentii il suo cuore battere sul mio precipitosamente, come quello d'un viaggiatore che ha fretta d'arrivare; baciai quel suo volto scarno, e madido tutto d'un sudore gelato; indi lo vidi entrare in casa, lo udii tossire a piú riprese nel montar le scale e mi tolsi di là col malcontento di chi ha fatto una buona azione ma pur troppo inutile.

Il giorno seguente me n'andai a Fratta prima dell'alba, giacché tutta la notte non avea fatto altro che volgere in capo i disegni piú strani e le speranze piú inverosimili. Stetti molte ore in cancelleria a ravviare le faccende d'uffizio, coll'aiuto di quel vecchio sornione di Fulgenzio; riverii poscia il Conte e

Monsignore, questo sempre piú morbido e paffuto, quello incartocciato come una vecchia cartapecora abbrustolita sulla bragiera. Ma mi tardava l'ora di sbrigarmi per parlare alla Pisana, e finalmente fui libero e la trovai che la scendeva dalla camera della nonna per andare a pigliar fresco nell'orto. La Faustina e la signora Veronica che le stavano alle coste scantonarono in cucina ghignando fra loro per lasciarla sola con me. Io mi sentii rivoltare lo stomaco e seguii la fanciulla con un'occhiata lunga e pietosa.

— Finalmente ti si vede! — mi diss'ella la prima.

— Come finalmente? – risposi io – ci siam veduti e salutati mi pare anche iersera.

— Iersera sí! ma non eravamo soli, e la gente, a dirti il vero, comincia a darmi soggezione.

— Hai ragione, iersera non eravamo soli: c'era molta gente; fra gli altri Raimondo Venchieredo e Giulio Del Ponte.

Io introdussi questi due nomi per giungere al discorso che voleva intavolare con lei, ma ella ci odorò all'incontro un grano di gelosia, e credo che me ne seppe buon grado.

— Il signor Giulio Del Ponte – soggiunse ella – e il signor Raimondo di Venchieredo non mi fanno adesso né caldo né freddo; peraltro sono anch'essi gente come gli altri, e non mi ci trovo piú di fare spettacolo pubblicamente de' miei sentimenti.

— Questo sarebbe un gran bene, Pisana; ma col fatto non mantieni la promessa. Ieri per esempio mi pare che i tuoi sentimenti pel signor Raimondo fossero abbastanza chiaramente espressi, e che Giulio li comprendesse a meraviglia.

— Oh non mi secchi piú il signor Giulio! ho anche troppo fatto e sofferto per lui!

— Dici davvero? hai sofferto per lui?

— Figurati!... io gli voleva un po' di bene ed egli se ne ingalluzzí tanto che s'era, credo, messo in capo di sposarmi. Ma già sai come la sentano i miei su questo tasto del matrimonio. Sarebbe stata una replica di quella brutta commedia di Clara e di Lucilio; io ho dovuto metter giudizio anche per lui, gli ho parlato fuor dei denti, e per ridurlo meglio a ragione ho preso a far meno la ritrosa con Raimondo. Lo crederesti che al signor Giulio non andò a sangue questa mia ragionevolezza, egli che se mi voleva bene doveva appunto incoraggiarmivi?... Cominciò a far il patito il geloso e ti confesso che, in onta a tutto, mi faceva anche compassione; ma cosa doveva fare? seguitare ad ingannarlo e a menarlo di palo in frasca?... Fu meglio come ho pensato io, tagliar il male alla radice; la ruppi affatto con lui, e buona notte. Allora fu che si mise sotto Raimondo sul serio, e questo, ti dico la verità, mi conveniva come marito; ma mentre appunto che si bisbigliava da tutti d'una prossima domanda formale da parte sua, ecco capitarmi addosso Del Ponte cogli occhi fuori della testa, e a gridare che se avessi sposato Raimondo, si sarebbe ammazzato, e che so io altro! Io forse fui troppo credula troppo buona, ma cosa vuoi? non ci penso troppo alle cose e questo è il mio difetto, tantoché per consolarlo per quietarlo e piú ancora per liberarmene gli promisi che non avrei sposato Raimondo. E da ciò provenne che lo rifiutai, benché, ti giuro, egli mi piacesse, e sentissi di fare un gran sacrifizio!... Questa è amicizia, mi pare! cosa doveva fare di piú?

— Oh diavolo! – soggiunsi io – Giulio non mi ha detto nulla di ciò!

— Come, tu gli hai parlato a Giulio? — sclamò la Pisana.

— Sí, gli ho parlato ieri sera, perché mi faceva compassione la sua cera desolata per la brutta maniera con cui lo trattavi.

— Io trattarlo con brutta maniera?

— Caspita! non gli hai rivolto mai neppur un'occhiata!

— Oh bella! dovrebbe anche ringraziarmene! Se avessi continuato a lusingarlo, avrebbe finito col disperarsi piú tardi; meglio è separarsi da buoni amici ora, finché il male è sanabile.

— Sembra che questo male non sia tanto sanabile come tu credi. Forse tu non ci badi, ma egli ne soffre all'anima di vederti incapricciata del Venchieredo e noncurante di lui. La sua salute peggiora di giorno in giorno, ed io credo che la passione lo consumi.

— Cosa dunque mi consiglieresti di fare?

— Eh!... il consiglio è difficile; ma pur mi sembra che, giacché hai promesso di non maritarti col Venchieredo, dovresti romperla addirittura anche con questo.

— Per rappiccarla con Giulio? — m'interruppe malignamente la Pisana.

— Anche; se senti proprio di volergli bene – risposi io con uno sforzo violento sopra me stesso. – Ma ad ogni modo, separata che ti fossi da Raimondo, egli si affliggerebbe meno, e chi sa che anche senza il rimedio dell'amor tuo non giunga a guarire.

La Pisana si raddrizzò accomodandosi i capelli sulle tempie e sorridendo accortamente. Ella credette che tutta quella mia manovra non tendesse ad altro che a liberare il campo da ambidue i pretendenti a mio totale benefizio.

— Si potrà provare, purché tu mi aiuti — ella soggiunse.

— Non so in che possa aiutarti: – le risposi – ieri sera anche senza di me facevi benissimo i tuoi soliti vezzi al Venchieredo: e non hai mostrato di accorgerti che io fossi tornato da Padova se non al mio entrar nella sala, per un lieve saluto.

— Oh bella! e se avessi voluto vendicarmi della tua stessa freddezza?

— Via, via bugiarda! E l'altra sera di che ti vendicavi dunque? Credi che io non sappia da quanto tempo dura questa tua scalmana per Raimondo!

— Ma se ti ripeto che tutto era per distoglier Giulio! Vorresti che avessi il coraggio di dargli un rifiuto se mi piacesse sul serio?

— Vedi, come fai smacco alla tua stessa virtù?... Ti vantavi pure poco fa del tuo rifiuto come di un gran sacrifizio!

La fanciulla restò attonita confusa e stizzita. Era la prima volta che le sue lusinghe non mi trovavano pronto a farmi corbellare; e questo appunto la spronò a insistervi perché non era donna da ritrarsi da nessuna cosa senza prima averla spuntata.

In fatto, fosse merito della mia presenza, della predica, o della sua bontà; il fatto sta che il suo bollore per Raimondo si sfreddò tutto d'un colpo, e il povero Giulio si vide onorato da alcuni di quegli sguardi che tanto piú sembrano cari quando sono da lunga pezza insoliti. In fondo in fondo, peraltro, ella non dedicava a lui che la parte d'attenzione che gli veniva come persona della conversazione; e le premure della donzella tornavano a poco a poco a concentrarsi in me. Andò tant'oltre questa mia fortuna che ne fui turbato e sconvolto. A Fratta, vicino alla Pisana, ammaliato dalle sue occhiate, dalla sua bellezza, infiammato dalle sue parole, rade, bizzarre, ma talvolta sublimi e tal'altra perfin pazze di delirio d'amore, io dimenticava tutto, io riprendeva la servitù d'una volta, era tutto per lei. Ma a Portogruaro mi si rizzava dinanzi come una larva la faccia cadaverica e beffarda di Giulio: io aveva paura, rabbia, rimorso; mi pareva ch'egli avesse diritto di chiamarmi amico sleale e traditore e che la Pisana avesse fiutato meglio di me la innata viltà del mio cuore quando aveva sospettato che non pel bene di Giulio ma pel mio io cercassi distoglierla affatto dal Venchieredo. Eppure quella sete inesauribile, quel diritto che ci sembra avere a un'ombra almeno di felicità, combatteva sovente cotesti scrupoli. Quando mai era io stato l'amico di Giulio? Non era anzi egli stato il primo a romper guerra con me, rubandomi l'affetto della Pisana, o almeno attirandone a sé la parte piú fervida e bramata? Qual amante sfortunato non ha aperto l'adito alla rivincita e non se ne giova? E poi non aveva io adoperato verso di lui con ottime intenzioni? Se queste intenzioni in mano della fortuna le avean servito per favorir me, doveva io confessarmi colpevole; o non piuttosto approfittar della mia ventura, giacché me ne cadeva il destro? – La coscienza non s'acquetava a questi argomenti. "È vero", rispondeva, "è vero che non vi è ragione alcuna per cui tu debba essere l'amico di Giulio; ma quante cose non accadono senza apparente ragione? La stima, la somiglianza delle indoli, la compassione, la simpatia generano l'amicizia. Il fatto sta che per quanto tu dovessi odiar Giulio, appena arrivato da Venezia, la sua miseria i suoi tormenti te lo hanno fatto amare; gli dimostrasti affetto d'amico; tanto basta perché tu debba allontanare perfino il solo dubbio che le tue profferte d'allora non fossero sincere. Hai avuto rimorso del suo smarrimento per conto della Pisana, e non vuoi averlo per te?... Vergogna! Impari le sofisticherie dell'avvocato Ormenta e a non essere galantuomo colla pretesa di parerlo. Volevi che la Pisana sacrificasse il Venchieredo per la salute di Giulio, or dunque adesso sacrifica te, o ti dichiaro un codardo!".

Quest'ultima intemerata della mia padrona mi persuase. A poco a poco con mille accorgimenti, con mille sforzi tutti premeditati e dolorosi, mi ritirai dalla Pisana. Ella invece si apprendeva a me coll'umiltà del cagnolino cacciato; ma quella sentenza di codardia mi minacciava sempre nel cuore; io soffocava i miei sospiri, nascondeva i miei desiderii, divorava le lagrime, e cercava lungi da lei la solitudine e l'innocenza del dolore. Tanto feci che, fosse consapevole assentimento a' miei disegni, o riscossa d'orgoglio, od altro, ella cessò dal perseguitarmi; e allora toccò a me tornarmi a dolere di quella freddezza, provocata con tanta arte, con tanta costanza. Il giovine Venchieredo, per poco geloso di me, si rallegrò in breve di non vedermi piú in casa Frumier e di sapermi trascurato. Ma argomentava male di credersi destinato a raccoglier di nuovo i frutti del mio abbandono. La Pisana non badava per allora né a lui né ad altri, o se mostrava qualche preferenza, l'era piuttosto a favore di Giulio Del Ponte. Questi accoglieva quei rari contrassegni di benevolenza, come il calice del fiore riceve avidamente dopo un mese d'arsura qualche goccia di rugiada. Se ne ravvivava tutto, e a ravvivarlo meglio contribuiva il credere che non al mio sacrifizio né alla generosità della Pisana, ma alla propria virtù si dovesse quel rilievo d'amore. Ciò io aveva temuto e sperato insieme. Il tumulto che si rimescola nell'animo all'azzuffarsi della pietà della gelosia dell'amore e dell'orgoglio, non può essere dichiarato cosí facilmente; figuratevi di esser nel caso, se potete, e vi saranno chiare le continue contraddizioni dell'animo mio.

Raimondo intanto, frodato della sua lusinga, non disperava per nulla di soperchiare un nemico cosí malconcio e avvantaggiato di poco com'era il Del Ponte. Ma la sicurezza ch'egli mostrava sull'esito di quel duello, allontanava da lui piucchealtro il cuore della Pisana. Le donne son come quei generali cui preme piú l'onore della bandiera che la vittoria; accondiscendono a capitolare, ma vogliono esser cinti dalle parallele e minacciati dalle bombe. Un'intimazione alla bella prima, senza apparecchi militari e senza avvisaglie, non la si fa che alle fortezze di poco conto; e non v'è figliuola d'Eva cosí spudorata da confessare di esser tale. Raimondo, respinto colle belle parole, tornò all'assalto coi regali. La Pisana era piú orgogliosa che delicata e accettò coraggiosamente i regali senza quasi domandare da chi le venissero. Passeggiera contentezza per Raimondo, e nuova bile per me. Ma dopo tutto, la segreta soddisfazione d'una buona opera mi teneva il cuore in una calma triste e monotona bensí, ma non priva di qualche diletto. Adoperava anche possibilmente di metter in pratica una delle massime ereditate da Martino, di dimenticare cioè i piaceri venutimi dall'alto, e di cercarli al basso fra i semplici e gli umili. A questo mi erano continua occasione le faccende di cancelleria. Ho la vanagloria di credere che dal tempo dei Romani in poi la giustizia non fosse amministrata nella giurisdizione di Fratta colla rettitudine e colla premura da me adoperata. Un briciolo di cuore, qualche po' di studio e di ponderazione aiutata da un discreto buon senso mi dettavano sentenze tali che la firma del Conte era onorata di potervi fare in calce la sua comparsa. Tutti portavano a cielo la pazienza, la bontà, la giustizia del signor Vice-cancelliere: la pazienza soprattutto, che è altrettanto rara quanto necessaria in un giudice di campagna. Ho veduto alle volte taluno fra questi arrovellarsi infuriare tempestare pel tardo ingegno delle parti; andar coi pugni al muso dell'attore, minacciar bastonate al reo convenuto, e pretendere da essi quella moderazione quella chiaroveggenza quel riserbo che son frutto solamente di una lunga educazione. Appetto ai ragionamenti bisogna ficcarsi in capo che gli ignoranti son come i bambini; bisogna perciò usare la logica lenta e minuziosa d'un maestrucolo elementare, non la retorica sommaria d'un professorone d'Università. La giustizia vuol essere largita, ma non imposta; e convien mantenerle la sua fama, il suo decoro di giustizia colla persuasione, non darle colore di arbitrio coi rabbuffi e coll'arroganza. Finché non si muti il galateo dei tribunali foresi, i codici alla gente di campagna parranno non differenti per nulla dalle antiche sibille. Sentenziavano perché di sí, e chi aveva ragione non ci capiva meglio di quello cui si dava torto. Avvezzo dalla culla a vivere fra gente rozza e ignorante, io non durai fatica a vestirmi di questa tolleranza; anzi la mi venne di suo piede, perché non si potea farne senza. E il mio esempio fu efficace anche sugli uomini di Comune incaricati della giustizia piú minuta; sicché non si udirono piú tanti lagni per la tal trascuranza a favore di questo, o per la tal rappresaglia a carico di quello. L'Andreini, il vecchio, era morto poco prima del Cancelliere; e suo figlio che gli era succeduto non fu restio a secondare il mio zelo pel buon andamento delle cose giurisdizionali. Il Cappellano era al colmo della consolazione; non lo inquietavano piú per la sua amicizia collo Spaccafumo; e purché costui, che cominciava a darsi all'ubbriachezza, non turbasse la pace festiva con qualche baruffa, era in facoltà di far visita cui piú gli piacesse. Il bando era scaduto, la sua vita, è vero, non somigliava a quella di tutti; ma non si potea parlar male, e ciò bastava perché io non lo angariassi senza costrutto.

Qualche inverno prima, per un mal di petto ribelle, gli era mancata la Martinella, che solea provvederlo di sale di polenta e delle derrate piú necessarie. Allora dunque egli usciva piú spesso dalle lagune per provvedersele da sé; ma del resto non se ne sapea nulla e viveva come un'ostrica in mezzo alle ostriche. Il Cappellano mi disse ch'egli si ricordava di quella sera quando mi avea recato in groppa fin vicino al castello, e che se ne lodava sempre per la buona riuscita che avea fatto e pei grandi diritti che aveva alla gratitudine del Comune. Le lodi dello Spaccafumo mi lusingavano non poco: quelle poi del vecchio piovano di Teglio mi mandavano in estasi. Ed egli me le decretava con un certo fare autorevole e moderato, come chi ha facoltà di darle e di negarle; e poi non convien tacere che le glorie del discepolo riverberavano in volto al maestro. Per lui io rimasi sempre lo scolaretto dalle orecchie spenzolate, e il latinante da quattro sgrammaticature al periodo. Perfino Marchetto ci trovava il suo conto della mia amministrazione, perché la sua pancia cominciava a brontolare delle troppo lunghe cavalcate, ed io glielo sparagnava coi spessissimi componimenti. I faccendieri e Fulgenzio mio aiutante brontolavano; perché le liti degli altri erano la loro pasqua, ma io non ci badava al malumore dei tristi, e a quest'ultimo soprattutto rivedeva le bucce assai di sovente perché si ravvedesse della sua vecchia usanza di farsi pagar a doppio le proprie fatiche dal giurisdicente e dalle parti. Giulio Del Ponte m'ebbe ad avvertire di non urtarmi troppo con lui, perché colla sua umiltà e con la sua gobba aveva voce di esser ben sentito da chi poteva molto. Ed io ripensando al processo del vecchio Venchieredo mi capacitai benissimo di questi sospetti; ma il mio dovere soprattutto; ed io avrei lavato il muso ai Serenissimi Inquisitori nonché ad una loro sucida spia se li avessi colti in flagrante di disonorare il mio ufficio. C'era del resto un altro personaggio che senza farne le viste mi mandava di cuore a tutti i diavoli; e questi era il fattore. La mia presenza, la mia nuova autorità avea sgominato certi suoi vecchi sotterfugi di mangerie e di rubamenti. Io ne aveva scoperto la trafila, gliel'avea perdonata, ma non gli avrei perdonato in seguito; ed egli sel sapeva e sopportava la mia sorveglianza con discreto malumore. Il Conte del resto era felicissimo di risparmiar il salario del Cancelliere; e non parlava né di farmi fare gli esami né di mettermi in posto regolarmente. Quelle condizioni di ripiego gli accomodavano assai. Ed io tirava innanzi abbastanza contento delle benedizioni che mi venivano da tutti per la mia imparzialità, per la mia premura, sopratutto poi per la moderazione nel riscuotere le tasse. Donato, il figliuolo dello speziale, e il mugnaio Sandro, da antichi rivali che mi erano stati, divenuti allora miei compagni ed amici, mi crescevano il favor della gente coi loro panegirici. Insomma, io provava allora la verità di quella massima, che nello zelante adempimento dei proprii doveri si nasconde il segreto di dimenticare i dolori e di vivere meno male che si può.

La salute di Giulio Del Ponte che pareva ristabilirsi ogni giorno piú era la piú cara ricompensa che m'avessi dei miei sacrifizi. Io riguardava quel miracolo come opera mia, e mi sarà perdonato se fra me osava insuperbire. Raimondo, stanco stanchissimo di veder la Pisana portare gli abiti donatigli da lui e affibbiarsi i suoi spilloni senza tornar per nulla alle tenerezze d'una volta, se l'avea svignata pulitamente. Giovandosi delle dissensioni che inacerbivano sempre piú in casa Provedoni, e della vecchiaia omai quasi impotente del dottor Natalino, persuase egli Leopardo di accasarsi a Venchieredo per aiutarvi il suocero. Il buon pasticcione, sempre piú infinocchiato dalla Doretta, accondiscese; e cosí tutti dicevano che il signor Raimondo era ben fortunato di abitar colla ganza sotto le stesse tegole. Il solo marito non credeva a ciò; egli era innamorato e piú che innamorato servitore di sua moglie. Cosí le cose s'erano raccomodate o bene o male per tutti; ma il mondo non era solamente Fratta, e fuori di là i romori i guai le minacce di guerre e di rivoluzioni crescevano sempre. Le novelle di Venezia si chiedevano ansiosamente, si commentavano, si storpiavano, si ingrandivano e formavano poi il tema a burrascose contese dintorno al focolare del castello.

Il Capitano provava, come due e due fanno quattro, che le paure erano esagerate e che la Signoria avvisava saggiamente di ristare dai provvedimenti straordinari, perché i Francesi, anche con ogni buon vento in poppa, avrebbero dovuto impiegare tre anni al passaggio delle Alpi, e altri quattro ad un avanzamento dalla Bormida al Mincio. Numerava le linee di difesa, le forze dei nemici, i capitani, le fortezze; insomma, secondo lui quella guerra o sarebbe finita al di là dei monti, o al di qua sarebbe caduta in retaggio alla generazione seguente. Giulio Del Ponte e qualchedun altro che veniva da Portogruaro non erano di questo parere; secondo loro i vantaggi degli alleati eran ben lungi dall'assicurar completamente la Repubblica contro le esorbitanze dei Francesi, e questi di lí a due, di lí a tre mesi poteva benissimo darsi che avessero già invasi gli Stati di terraferma, e lo stesso Friuli. Il Conte e Monsignore rabbrividivano di queste previsioni; e toccava poi a me distruggere i cattivi effetti di tante soverchie e precoci paure.

Cosí barcheggiando si venne alla primavera del '95. La Repubblica di Venezia avea già riconosciuto solennemente il nuovo governo democratico di Francia; il suo rappresentante Alvise Querini aveva fatto al Direttorio la sua chiacchierata, e a saldare la recente amicizia s'era anzi dato lo sfratto da Verona al Conte di Provenza. Il Capitano diceva: — Fanno benissimo. Pazienza ci vuole e non por mano subito alla borsa e alla spada. Vedete? le cose si vanno già raffreddando laggiù! Quelli che ammazzavano i preti, i frati ed i nobili, l'hanno finita anch'essi sul patibolo: la crisi può dirsi nel decrescere, e la Repubblica se l'è cavata senza esporre a pericolo la vita d'un uomo. — Rispondeva Giulio: — Fanno malissimo; ci metteranno i piedi sul collo; si tace ora per gridar piú forte di qui a poco. Ora che ci par d'essere avvezzi al pericolo, e pericolo non c'è, verrà il pericolo vero e ci troverà assopiti e sprovveduti. Dio ce la mandi buona, ma alla meglio non ci faremo la miglior figura! — Io mi accostava all'opinione di Giulio, tanto piú che Lucilio mi avea scritto da Venezia che sperassi bene, ché mai la sorte del mio amico non era stata piú vicina a un propizio rivolgimento. Ma la sua invece, la sorte del povero dottorino, subí a que' giorni un grave tracollo. La Clara fu relegata finalmente al convento di Santa Teresa; e a Fratta se n'ebbe la novella quando la Contessa scrisse perché le mandassero i danari della dote: ella diceva di essersi intanto impegnata con un usuraio, ma che non si voleva udir parlare di termini troppo lunghi con quei torbidi che c'erano allora. Il Conte sospirò molto e molto; ma raccolse anco una volta i danari richiesti, e li mandò alla moglie. Io mi accorgeva pur troppo che la famiglia correva alla rovina, e dovea limitarmi a stagnare qualche goccia della botte, lasciando poi che lo spillone gettasse a piena gola, perché da quel lato non potea rimediare. Al Conte non mi arrischiava, al Canonico era inutile, al fattore dannoso il mover parola: e la Pisana, cui ne accennai qualche volta, mi rispondeva squassando le spalle, che alla mamma non si potea comandare, che le cose erano sempre ite cosí, e che già lei non se ne dava fastidio, ché avrebbe vissuto in una maniera o nell'altra. La tristarella pareva essersi corretta di molto dalle sue bizzarrie. Senza mostrarsi né adirata né contenta del mio riserbo, mi trattava con bastevole confidenza; e a Giulio poi faceva sempre buon viso, benché si vedesse che non era nella solita smania de' suoi innamoramenti. La maggior parte della giornata la passava in camera della nonna, e pareva si fosse preso l'assunto di farle dimenticare la lontananza della sorella maggiore; ma la povera vecchia, omai affatto imbecillita, non era neppure piú in grado di esserle riconoscente de' suoi sacrifizi. Questi non diventavano perciò che piú meritori. Quando la nuova del noviziato della Clara fu sparsa nei dintorni, capitò in castello il Partistagno che non vi si era piú fatto vedere dopo l'esito tragico-comico della domanda solenne. Egli urlò strepitò e sragionò molto; spaventò il Conte e Monsignore, e partí dichiarando che andava a Venezia a chieder giustizia e a liberare una nobile donzella dall'inconcepibile tirannia della sua famiglia. Il tempo trascorso lo avea persuaso sempre piú del valore irresistibile de' proprii meriti, e contro tutte le ragioni che aveva per ritenere il contrario, si ostinava a credere che la Clara fosse innamorata di lui, e che i suoi parenti non gliela volessero concedere per qualche causa misteriosa ch'egli si proponeva di svelare in seguito. Infatti si udí poco dopo ch'egli avea levato il campo da Lugugnana per trasportarlo a Venezia; e da Fratta si affrettavano a dar di ciò contezza a Venezia; ma non essendo venuti di colà ulteriori ragguagli, si finí coll'acquietarsi nella fiducia che il grande sussurro del Partistagno dovesse svamparsi in chiacchiere.

Frattanto quello ch'io già prevedeva da un pezzo avvenne pur troppo. La salute del signor Conte andava scadendo di giorno in giorno: e alla fine ammalò gravemente e prima che si potesse prevenirne la Contessa del pericolo, egli spirò senza accorgersene fra le braccia del Cappellano, di monsignor Orlando e della Pisana. Il dottore Sperandio gli aveva cavato ottanta libbre di sangue, e recitò poi un numero straordinario di testi latini per provare che quella morte era avvenuta per legge di natura. Ma il defunto, se avesse potuto buttar un'occhiata fuori della cassa, sarebbe rimasto quasi contento di esser morto tanta fu la pompa del funerale. Monsignor Orlando pianse con moderazione e cantò egli stesso l'ufficio d'esequie con voce un po' piú nasale del solito. La Pisana se ne disperò ai primi giorni piú ch'io non avessi creduto possibile: ma poi tutto ad un tratto ne parve smemorata. E quando vennero i Frumier a prenderla e ad avvertirla che la volontà di sua madre la richiamava a Venezia, parve che tutto dimenticasse per la grandissima gioia di cambiar la noia di Fratta coi divertimenti della capitale. Ella partí quindici giorni dopo; e soltanto nell'accomiatarsi parve che il dolore di doversi separare da me soverchiasse la contentezza di correre a una vita nuova piena di splendide lusinghe. Io le fui grato di quel dolore, e dell'averlo essa lasciato travedere senza alcuna superbia. Conobbi ancora una volta che il suo cuore non era cattivo; mi rassegnai e rimasi.

La mia presenza a Fratta era proprio necessaria. Narrare la confusione che vi avvenne dopo la morte del Conte sarebbe discorso troppo lungo. Usurai, creditori, rivendicatori calavano da ogni parte. I beni messi all'asta, le derrate sequestrate, i livelli ipotecati: fu un vero saccheggio. Il fattore se la svignò dopo aver abbruciati i registri; restai io solo, povero pulcino, ad arrabattarmi in quella matassa. Per soprassello le istruzioni mi mancavano affatto e da Venezia capitavano solamente continue ed affamate richieste di danaro. I Frumier mi erano di pochissimo aiuto; e poi il padre Pendola credo ci soffiasse sotto contro di me, e mi guardavano allora piuttosto in cagnesco. Io peraltro risolsi di rispondere coi fatti: e sudai e lavorai e n'adoperai tanto, sempre col pensiero in testa di giovare alla Pisana e di esser utile a chi bene o male mi aveva allevato, che quando il contino Rinaldo capitò a prender le redini del governo, gli ottomila ducati di dote delle Contessine erano assicurati, i creditori pagati o acchetati, le entrate correvano libere, e i poderi, diminuiti di qualche appezzamento in qua ed in là, continuavano a formare un bel patrimonio. I guasti c'erano ancora purtroppo, ma di tal natura che davano tempo ad esser sanati. Peraltro io non fui l'ultimo a credere che per tal operazione un signorino di ventiquattr'anni uscito allora allora di collegio (la Contessa ve lo avrebbe lasciato fino a trenta senza la morte del marito) non era l'uomo piú adatto. Basta! non sapeva che farci, e mi proposi solamente di tenerlo d'occhio per potergli giovare con qualche consiglio. Del resto mi ritirai nella cancelleria ove, sostenuti i miei esami, diventai poco dopo cancelliere *in formis*.

Giulio Del Ponte, non potendo piú reggere al tormento della lontananza, avea seguito la Pisana a Venezia. Io rimasi solo soletto a consolarmi del bene che aveva fatto, a farne ancora quando poteva, a vivere di memorie, a sperar di meglio dal futuro, e a leggere di tanto in tanto i ricordi di Martino.

Quella vita, se non felice, era tranquilla utile occupata. Io aveva la virtù di contentarmene.

CAPITOLO DECIMO

Carlino cancelliere, ovvero l'Età dell'Oro. Come al principiare del 1796 si giudicasse al castello di Fratta il general Bonaparte. La Repubblica democratica a Portogruaro e al castello di Fratta. Mio mirabile dialogo col Gran Liberatore. Ho finalmente la certezza che mio padre non è né morto né turco. La Contessa m'invita da parte sua a raggiungerlo a Venezia.

Il conte Rinaldo era un giovine studioso e concentrato che si dava pochissima cura delle cose proprie e meno ancora di spassarsi come voleva la sua età. Egli rimaneva a lungo rinchiuso nella sua camera; e con me in particolare non parlava quasi mai. Gli è vero che col Capitano e colla signora Veronica io partecipava tuttavia all'onore della sua mensa; ma egli mangiava poco e parlava meno. Salutava nell'entrare e nell'uscire lo zio monsignore e tutto si riduceva lí. Peraltro manieroso affabile giusto all'occorrenza; io non ebbi a lagnarmi di lui per cosa alcuna, e ascriveva quella sua salvatichezza o a malattia o a paura d'un qualche vizio organico; infatti l'era d'una tinta piuttosto infelice, come di coloro che patiscono nel fegato. Io del resto menava i miei giorni l'uno dopo l'altro sempre tranquilli sempre uguali come i grani d'un rosario. Di rado andava a Portogruaro a visitare i Frumier per paura del padre Pendola, massime dappoiché la diocesi avea cominciato a mormorare della sua mascherata prepotenza, e la Curia e il Capitolo e il Vescovo stesso a risentirsi dell'esser menati dolcemente pel naso. L'ottimo padre pativa le gran convulsioni, ed io non voleva assistere a sí doloroso spettacolo. Piuttosto praticava sovente a Cordovado in casa Provedoni, ove avea stretto grande amicizia coi giovani; e la Bradamante e l'Aquilina incalorivano la conversazione con quella donnesca magia che ne fa noi uomini esser doppiamente vivi, doppiamente lesti e gioconди quando ci troviamo insieme a donne. Per me almeno fu sempre cosí; fuori dei colloqui obbligati a un prefisso argomento, quello che si chiama proprio il vero spontaneo brioso chiacchierio non ho mai potuto farmelo venire in bocca trattenendomi con uomini; fossero anche amici, piú naturalmente taceva se avessi nulla a dire di nuovo o d'importante, sicché avrò anche fatto le mille volte la figura dello stupido. Ma fosse venuta a mettercisi di mezzo una donna! subito si aprivano le rosee porte della fantasia, e gli usci segreti dei sentimenti, e immagini e pensieri, e confidenze scherzose le correvano incontro ridendo, come ad una buona amica.

Notate però ch'io non ebbi mai una eccessiva facilità d'innamorarmi; e non dirò che tutte le donne mi facessero questo effetto lusinghiero, ma lo provai da parecchie né giovani né belle. Bastava che un raggio di bontà o un barlume ideale splendesse loro sul viso; il resto lo faceva quella necessità che gli inferiori sentono di figurar bene dinanzi ai superiori per esserne favorevolmente giudicati. Le donne superiori a noi! Sí, fratellini miei; consentite questa strana sentenza in bocca d'un vecchio che ne ha vedute molte. Sono superiori a noi nella costanza dei sacrifizi, nella fede, nella rassegnazione; muoiono meglio di noi: ci son superiori insomma nella cosa piú importante, nella scienza pratica della vita, che, come sapete, *è un correre alla morte*. Al di qua delle Alpi poi le donne ci son superiori anche perché gli uomini non ci fanno nulla senza ispirarsi da loro: un'occhiata alla nostra storia alla nostra letteratura vi persuada se dico il vero. E questo valga a lode e a conforto delle donne; ed anche a loro smacco in tutti quei secoli nei quali succede nulla di buono. La colpa originale è di esse soltanto. Se ne ravvedano a tempo, e l'Appennino mugolante partorirà non piú sorci, ma eroi.

Qualche volta mi spingeva fino a Venchieredo a trovar Leopardo sempre piú istupidito dalla tirannia e dalla frivolezza della moglie. Mi ricorda averlo visto qualche domenica ai convegni vespertini intorno alla fontana. E dire che là gli avea balenato per la prima volta il sorriso della felicità e dell'amore! Allora invece l'andava col capo chino a braccio della Doretta; e tutti sogghignavano loro dietro; solito conforto dei mariti burlati. Ma aveva almeno la fortuna di non accorgersi di nulla, tanto quella vipera di donna gli teneva in servitù perfino l'intendimento. Oh! colei non era certamente l'esemplare d'una di quelle donne superiori a noi, che accennava poco fa! Guai se le femmina traligna! È vecchio il proverbio; la si cangia in diavolo. Raimondo veniva talvolta anche lui alla fontana. Se conversava o scherzava colla Doretta lo faceva senza alcun riserbo, e in modo quasi da mover lo stomaco; se poi non si curava di lei per badare ad altre forosette o civettuole dei dintorni, allora la sfacciata non si schivava dal perseguitarlo, sempre a rimorchio del marito. E dava in tali atti di malgarbo, di sdegno e di gelosia, che i capi ameni delle brigate ne facevano il gran baccano alle spalle del buon Leopardo. Gli altri Provedoni, che si trovavano presenti a caso, scantonavano per vergogna; ed io stesso doveva allontanarmi perché la vista d'una confidenza sí piena e sí indegnamente tradita mi moveva la nausea. Pur troppo peraltro è vero che lo spettacolo delle sventure altrui è conforto alle nostre: per questo avanzando nella vita sembriamo indurirci alle percosse del dolore, ma non è per abitudine, bensí perché l'occhio, allargandosi d'intorno, ci scopre ad ogni momento altri infelici oppressi e bersagliati peggio di noi. La compassione dei mali che vedeva, mi armava di pazienza per quelli che sentiva. La Pisana mi avea promesso di scrivermi di tanto in tanto; io l'avea lasciata promettere e sapeva fin d'allora quanto dovessi fidarmi alla sua parola. Infatti trascorsero parecchi mesi senza ch'io avessi sentore di lei, e soltanto sul cader della state mi pervenne una lettera strana assurda scarabocchiata, nella quale la veemenza dell'affetto e l'umiltà delle espressioni mi compensavano un poco della passata trascuranza. Ma sarebbe stato compenso per tutt'altri che per me. Io conosceva quella testolina vulcanica; e sapeva che, sfogato quel suo impeto di pentimento e di tenerezza, sarebbe tornata per Dio sa quanto tempo all'indifferenza di prima. Alcuni versi di Dante mi stavano fitti in capo come tanti coltelli avvelenati:

... indi s'apprende
quanto in femmina il foco d'amor dura
se l'occhio o il tatto spesso nol raccende.

Quel piccolo Dantino io l'avea pescato nel *mare magnum* di libracci di zibaldoni e di registri donde la Clara anni prima avea raccolto la sua piccola biblioteca. E a lei quel libricciuolo roso e tarlato, pieno di versi misteriosi, di abbreviature piú misteriose ancora, e di immagini di dannati e di diavoleria, non avea messo nessunissima voglia. Io invece, che l'avea sentito lodare e citare a Portogruaro ed a Padova piú o meno a sproposito, mi parve trovare un gran tesoro; e cominciai ad aguzzarvi entro i denti, e per la prima volta giunsi fino al canto di Francesca che il diletto era minore d'assai della fatica. Ma in quel punto cominciai ad innamorarmene. Piantai i piedi al muro, lo lessi fino alla fine; lo rilessi godendo di ciò che capiva allora e prima mi era parso non intelligibile. Insomma finii con venerare in Dante una specie di nume domestico; e giurava tanto in suo nome, che perfino quei due versi citati poco fa mi sembravano articoli del credo. Notate che allora non s'impazziva ancora pel Trecento; e che né il Monti avea scritto la *Bassvilliana*, né le *Visioni* del Varano piacevano se non agli eruditi. Voi già vi beffate di me; ma vi siete accorti che questa religione dantesca, creata da me solo, giovinetto non filologo, non erudito, io me la reco a non piccola gloria. E avrete anco ragione. Ed io me ne glorio di piú ancora, giacché piú che i versi, piú che la poesia, amava l'anima e il cuore di Dante. Quanto alle sue passioni, erano grandi forti intellettuali e mi piacevano in ragione di queste qualità, fatte omai tanto rare.

Tuttociò s'appicca poco a proposito col proverbio: *lontano dagli occhi, lontano dal cuore*; ma a Dante è piaciuto applicar quel proverbio alla fedeltà delle donne, ed io ho tirato in campo lui, ed i miei studi scervellati di sessant'anni fa, come le memorie mi venivano. Pur troppo in chi racconta la propria vita s'hanno a compatire sovente di cotali digressioni. Io poi per tirar innanzi ho proprio bisogno della vostra generosità, o amici lettori; ma su questo particolare delle mie glorie letterarie dovete usarmi indulgenza doppia, perché le meno e le rimeno, come si dice, appunto perché ne conosco la pochezza. I nostri grandi autori li ho piuttosto indovinati che compresi, piuttosto amati che studiati; e se ve la devo dire, la maggior parte mi alligavano i denti. Sicuro che il difetto sarà stato mio; ma pur mi lusingo che pel futuro anche chi scrive si ricorderà di esser solito a parlare, e che lo scopo del parlare è appunto quello di farsi intendere. Farsi intendere da molti, o non è forse meglio che farsi intendere da pochi? In Francia si stampano si vendono e si leggono piú libri non per altro che per la universalità della lingua e la chiarezza del discorso. Da noi abbiamo due o tre vocabolari, e i dotti hanno costumi di appigliarsi al piú disusato. Quanto poi alla logica la adoperano come un trampolo a spiccare continui salti d'ottava e di decima. Quelli che son soliti a salire gradino per gradino restano indietro le mezze miglia, e perduto che hanno di vista la guida siedono comodamente ad aspettarne un'altra che forse non verrà mai. Animo dunque: non dico male di nessuno: ma scrivendo, pensate che molti vi abbiano a leggere. E cosí allora si vedrà la nostra letteratura porger maggior aiuto che non abbia dato finora al rinnovamento nazionale.

E la lettera della Pisana dove l'ho lasciata? – Fidatevi: sono un girellone ma dàlli dàlli alle lunghe ci torno. La lettera della Pisana l'ho ancora qui insieme alle altre nel cantero piú profondo del mio scrittoio: e se ne avessi voglia potrei farvi assaggiare qualche fioretto di lingua d'un gusto molto bizzarro; ma vi basterà sapere che la mi dava notizia della Clara sempre novizia in convento e un po' anche di Lucilio, il quale faceva parlar molto di sé a Venezia col suo fanatismo pei Francesi. Se costoro davano volta gli si pronosticava una brutta fine.

Ma di dar volta non se la sognavano nemmeno, quegli invasati Francesi d'allora! La guerra contro di loro s'era impiccolita: soltanto l'Austria e il Piemonte duravano in campo; e cosí ridotta essi la sostenevano con miglior animo e con maggiori speranze di prima. Peraltro non accaddero grandi novità fino all'inverno e allora, chi le ebbe se le tenne; quello che doveva inventar la guerra d'ogni mese non aveva ancor fatto capolino dalle Alpi, e le nevi intimarono il solito armistizio. Quell'inverno fu il piú lungo e il piú tranquillo che passassi in mia vita. Le cure del mio uffizio mi tenevano occupato assiduamente. Fuori di quelle il pensiero della Pisana mi martellava sempre; ma la sua lontananza se aggiungeva melanconia toglieva anche acerbità al mio cordoglio. Sempre poi trovava qualche ristoro nell'idea di aver fatto il mio dovere. Giulio Del Ponte mi scrisse un paio di volte; lettere balzane e sibilline, vere lettere d'un innamorato ad un amico. Dalle quali comprendeva benissimo ch'egli non era felice pienamente; anzi che quella sua mezza felicità dell'ultimo anno s'era venuta a Venezia assottigliando di molto, sia pel bizzarro umore della Pisana, sia pel crescere dei desiderii. Quelle lettere pertanto mi angustiavano per lui, e per me quasi mi rallegravano. Da una parte capiva che se fossi stato a Venezia anch'io, non ci avrei forse goduto maggior felicità che a Fratta, e dall'altra, credete voi che le contentezze d'un rivale, per quanto degno ed amico, ci diano in fondo un gusto proprio sincero? – Non vedendo i patimenti di Giulio cosí davvicino, io era piú disposto a perdonarli a chi glieli infliggeva; non voglio darmi per un santo; la cosa era proprio tal quale ve la confesso. Del resto nella nostra solitudine nulla s'era cambiato. Il Contino sempre nella sua stanza; la Contessa che chiedeva denari con ogni corriere e la vecchia nonna sempre confitta nel suo letto e affidata alla sorveglianza della signora Veronica e della Faustina. Intorno al camino erano rimasti il Capitano e monsignor Orlando che litigavano ogni sera per accomodare il foco. Ciascuno volea brandire l'attizzatoio, ciascuno voleva disporlo a proprio modo, e finivano col bruciar la coda al vecchio Marocco che si ricoverava malcontento sotto il secchiaio. Ad ogni gazzetta vecchia che ci capitasse, il Capitano trionfava di vedere quei maledetti Francesi arenati fra gli Appennini e le Alpi. Non piú quattro, ma sei, ed otto anni di tempo avrebbe lor dato per passarle. — Intanto – diceva egli – si può far venire sul Mincio tutta armata la Schiavonia, e mi saprebbero essi dire come andrebbe il giuoco! — Marchetto, Fulgenzio e la cuoca, che soli formavano l'uditorio, non avevano certo la pretesa di smantellare i bei castelli in aria del Capitano; e il Cappellano, quando c'era, lo aiutava a fabbricarli colla sua credula ignoranza. Io poi dimenava il capo, e non mi ricordo bene cosa ne pensassi. Certo le opinioni del Capitano non dovevano entrarmi gran fatto appunto perché erano sue. Sul piú bello giunse un giorno la notizia che un generale giovine e affatto nuovo dovea capitanare l'esercito francese dell'Alpi, un certo Napoleone Bonaparte.

— Napoleone! che razza di nome è? – chiese il Cappellano – certo costui sarà un qualche scismatico.

— Sarà un di quei nomi che vennero di moda da poco a Parigi – rispose il Capitano. – Di quei nomi che somigliano a quelli del signor Antonio Provedoni, come per esempio Bruto, Alcibiade, Milziade, Cimone; tutti nomi di dannati che manderanno spero in tanta malora coloro che li portano.

— Bonaparte! Bonaparte! – mormorava monsignor Orlando. – Sembrerebbe quasi un cognome dei nostri!

— Eh! c'intendiamo! Mascherate, mascherate, tutte mascherate! – soggiunse il Capitano. – Avranno fatto per imbonir noi a buttar avanti quel cognome; oppure quei gran generaloni si vergognano di dover fare una sí trista figura e hanno preso un nome finto, un nome che nessuno conosce perché la mala voce sia per lui. È cosí! è cosí certamente. È una scappatoia della vergogna!... Napoleone Bonaparte!... Ci si sente entro l'artifizio soltanto a pronunciarlo, perché già niente è piú difficile d'immaginar un nome ed un cognome che suonino naturali. Per esempio avessero detto Giorgio Sandracca, ovverosia

Giacomo Andreini, o Carlo Altoviti, tutti nomi facili e di forma consueta: non signori, sono incappati in quel Napoleone Bonaparte che fa proprio vedere la frode!

Si decise adunque al castello di Fratta che il generale Bonaparte era un essere immaginario, una copertina di qualche vecchio capitano che non voleva disonorarsi in guerre disperate di vittoria, un nome vano immaginato dal Direttorio a lusinga delle orecchie italiane. Ma due mesi dopo quell'essere immaginario, dopo vinte quattro battaglie, e costretto a chieder pace il re di Sardegna, entrava in Milano applaudito festeggiato da quelli che il Botta chiama utopisti italiani. In giugno, stretta Mantova d'assedio, aveva già in sua mano la sorte di tutta Italia; dappertutto era un supplicar di alleanze, un chieder di tregue; Venezia ancor deliberante quando era tempo d'aver già fatto, s'appigliò per l'ultima volta alla neutralità disarmata. Il general francese se ne prevalse a sua commodità. Scorrazzò invase taglieggiò provincie, città, castelli. Ruppe due eserciti di Wurmser e d'Alvinzi sul Garda sul Brenta sull'Adige; un terzo di Provera presso a Mantova e nel febbraio del '97 la fortezza si arrende. A Fratta si dubitava ancora; ma a Venezia tremavano davvero; quasi quasi s'aveva udito a San Marco il tuonar dei cannoni; non era più tempo da ciarle. Pur seguitavano a sperare e a credere che come eran vissuti, cosí sarebbero scampati *per sorte, per accidente*, secondo la celebre espressione del doge Renier. La Contessa peraltro in mezzo a quei subbugli non si vedeva tranquilla; neppur le pareva buon partito di rifugiarsi in terraferma quando tutti ne partivano per ricoverarsi a Venezia. I Frumier vi erano già tornati con gran rammarico della eletta società di Portogruaro; la Contessa adunque scrisse a suo figlio che avrebbe adoperato ottimamente di recarsi egli pure presso di lei, giacché un uomo in famiglia era una gran malleveria; e gli raccomandava di portar seco quanto piú danaro poteva per ogni emergenza. Il conte Rinaldo giunse a Venezia quando appunto la guerra napoleonica romoreggiava alle porte del Friuli e persuadeva al capitano Sandracca che il giovine general còrso non era né un essere ipotetico né un nome romanzesco inventato dal Direttorio. Il Capitano tanto piú temette reale e presente il generale di Francia quanto piú lo avea schernito lontano e imaginario. Tutto ad un tratto si sparge la nuova che l'arciduca Carlo scende al Tagliamento con un nuovo esercito, che i Francesi gli vengono addosso, che sarà un massacro un saccheggio una rovina universale. Le case rimanevano abbandonate, i castelli si asserragliavano contro le soperchierie degli sbandati e dei disertori; si sotterravano i tesori delle chiese; i preti si vestivano da contadini o fuggivano nelle lagune. Già da Brescia da Verona da Bergamo le crudeltà, gli stupri, le violenze si scrivevano si lamentavano si esageravano; l'odio e lo spavento s'alternavano nell'ugual misura, ma il secondo invigliacchiva il primo. Tutti fuggivano senza ritegno senza pudore senza provvidenza di sé o della famiglia. Il Capitano e la signora Veronica scapparono credo a Lugugnana dove si nascosero presso un pescatore in un isolotto della laguna. Monsignore non andò piú in là di Portogruaro perché il digiuno lo spaventava piú ancora di Bonaparte. Fulgenzio e i suoi figliuoli erano scomparsi; Marchetto essendo malato s'era fatto trasportare all'ospitale. Ebbi un bel dire e un bel che fare a trattener la Faustina che non la mi lasciasse solo colla vecchia Contessa; mi restavano poi l'ortolano e il castaldo, che non avendo forse nulla da perdere non s'affrettavano tanto a mettersi in salvo. Ma cosí non poteva stare; tanto piú che i birbaccioni dei dintorni assicurati dal comune spavento imbaldanzivano, e mettevano a ruba or questo or quello dei luoghi piú appartati e mal difesi. D'altronde non era sicuro né dell'ortolano né del castaldo né meno che meno della Faustina; e cosí risolsi prima che il pericolo stringesse maggiormente di far una corsa a Portogruaro a chiedervi soccorso. Sperava che il Vice-capitano mi avrebbe concesso una dozzina di quegli Schiavoni che capitavano tutti i giorni, avviati a Venezia, e che monsignor Orlando mi avrebbe procurato una donna, un'infermiera da porre al letto di sua madre. Misi dunque la sella al cavallo di Marchetto, che poltriva nella scuderia da una settimana, e via di galoppo a Portogruaro.

Le notizie, signori miei, non avevano a quel tempo né vapori né telegrafi da far il giro del mondo in un batter d'occhio. A Fratta poi esse giungevano sull'asino del mugnaio, o nella bisaccia del cursore; laonde non fu meraviglia se appena lontano tre miglia dal castello trovassi della gran novità. A Portogruaro era a dir poco un parapiglia del diavolo; sfaccendati che gridavano; contadini a frotte che minacciavano; preti che persuadevano; birri che scantonavano, e in mezzo a tutto, al luogo del solito stendardo, un famoso albero della libertà, il primo ch'io m'abbia veduto, e che non mi fece anche un grande effetto in quei momenti e in quel sito. Tuttavia era giovine, era stato a Padova, era fuggito alle arti del padre Pendola, non adorava per nulla l'Inquisizione di Stato e quel vociare a piena gola come pareva e piaceva, mi parve di botto un bel progresso. – Mi persuadetti quasi che i soliti fannulloni fossero divenuti uomini d'Atene e di Sparta, e cercava nella folla taluno che al crocchio del Senatore soleva levar a cielo le legislazioni di Licurgo e di Dracone. Non ne vidi uno che l'era uno. Tutti quei gridatori erano gente nuova, usciti non si sapeva dove; gente a cui il giorno prima si avrebbe litigato il diritto di ragionare e allora imponevano legge con quattro sberrettate e quattro salti intorno a un palo di legno. Balzava da terra se non armata certo arrogante e presuntuosa una nuova potenza; lo spavento e la dappocaggine dei caduti faceva la sua forza; era il trionfo del Dio ignoto, il baccanale dei liberti che senza saperlo si sentivano uomini. Che avessero la virtú di diventar tali io non lo so; ma la coscienza di poterlo di doverlo essere era già qualche cosa. Io pure dall'alto del mio cavalluccio mi diedi a strepitare con quanto fiato aveva in corpo; e certo fui giudicato un caporione del tumulto, perché tosto mi si radunò intorno una calca scamiciata e frenetica che teneva bordone alle mie grida, e mi accompagnava come in processione. Tanto può in certi momenti un cavallo. Lo confesso che quell'aura di popolarità mi scompigliò il cervello, e ci presi un gusto matto a vedermi seguito e festeggiato da tante persone, nessuna delle quali conosceva me, come io non conosceva loro. Lo ripeto, il mio cavallo ci ebbe un gran merito, e fors'anco il bell'abito turchino di cui era vestito; la gente, checché se ne dica, va pazza delle splendide livree, e a tutti quegli uomini sbracciati e cenciosi parve d'aver guadagnato un terno al lotto col trovar un caporione cosí bene in arnese, e per giunta anco a cavallo. Fra quel contadiname riottoso che guardava di sbieco l'albero della libertà, e pareva disposto ad accoglier male i suoi coltivatori, v'avea taluno della giurisdizione di Fratta che mi conosceva per la mia imparzialità, e pel mio amore della giustizia. Costoro credettero certo che io m'intromettessi ad accomodar tutto per lo meglio, e si misero a gridare:

— Gli è il nostro Cancelliere! — Gli è il signor Carlino! — Viva il nostro Cancelliere! — Viva il signor Carlino!

La folla dei veri turbolenti cui non pareva vero di accomunarsi in un uguale entusiasmo con quella gentaglia sospettosa e quasi nimica, trovò di suo grado se non il cancelliere almeno il signor Carlino; ed eccoli allora a gridar tutti insieme: — Viva il signor Carlino! — Largo al signor Carlino! — Parli il signor Carlino!

Quanto al ringraziarli di quegli ossequi e all'andar innanzi io me la cavava ottimamente; ma in punto a parlare, affé che non avrei saputo cosa dire: fortuna che il gran fracasso me ne dispensava.

Ma vi fu lo sciagurato che cominciò a zittire, a intimar silenzio; e pregare che si fermassero ad ascoltar me, che dall'alto del mio ronzino, e inspirato dal mio bell'abito prometteva di esser per narrar loro delle bellissime cose. Infatti si fermano i primi; i secondi non possono andar innanzi; gli ultimi domandano cos'è stato. — È il signor Carlino che vuol parlare! Silenzio! Fermi! Attenti!... — Parli il signor Carlino! — Oramai il cavallo era assediato da una folla silenziosa, irrequieta, e sitibonda di mie parole. Io sentiva lo spirito di Demostene che mi tirava la lingua; apersi le labbra... — Ps, ps!... Zitti! Egli parla! — Pel primo esperimento non fui molto felice; rinchiusi le labbra senza aver detto nulla.

— Avete sentito?... Cosa ha detto? — Ha detto che si taccia! — Silenzio dunque!... Viva il signor Carlino!

Rassicurato da sí benigno compatimento apersi ancora la bocca e questa volta parlai davvero.

— Cittadini — (era la parola prediletta di Amilcare) – cittadini, cosa chiedete voi?

L'interrogazione era superba piú del bisogno: io distruggeva d'un soffio Doge, Senato, Maggior Consiglio, Podesteria e Inquisizione; mi metteva di sbalzo al posto della Provvidenza, un gradino di piú in su d'ogni umana autorità. Il castello di Fratta e la cancelleria non li discerneva piú da quel vertice sublime; diventava una specie di dittatore, un Washington a cavallo fra un tafferuglio di pedoni senza cervello.

— Cosa chiediamo? — Cosa ha detto? — Ha domandato cosa si vuole! — Vogliamo la libertà!... Viva la libertà!... — Pane, pane!... Polenta, polenta! — gridavano i contadini.

Questa gridata del pane e della polenta finí di mettere un pieno accordo fra villani di campagna e mestieranti di città. Il Leone e San Marco ci perdettero le ultime speranze.

— Pane! pane! Libertà!... Polenta!... La corda ai mercanti! Si aprano i granai!... Zitto! zitto!... Il signor Carlino parla!... Silenzio!...

Era vero che un turbine d'eloquenza mi si levava pel capo e che ad ogni costo voleva parlare anch'io giacché erano tanto ben disposti ad ascoltarmi.

— Cittadini – ripresi con voce altisonante – cittadini, il pane della libertà è il piú salubre di tutti; ognuno ha diritto d'averlo perché cosa resta mai l'uomo senza pane e senza libertà?... Dico io, senza pane e senza libertà cos'è mai l'uomo?

Questa domanda la ripeteva a me stesso perché davvero era imbrogliato a rispondervi; ma la necessità mi trascinava; un silenzio piú profondo, un'attenzione piú generale mi comandava di far presto; nella fretta non cercai tanto pel sottile, e volli trovare una metafora che facesse colpo.

— L'uomo – continuai – resta come un cane rabbioso, come un cane senza padrone!

— Viva! viva! — Benissimo! — Polenta, polenta! — Siamo rabbiosi come cani! Viva il signor Carlino!... — Il signor Carlino parla bene! — Il signor Carlino sa tutto, vede tutto!

Il signor Carlino non avrebbe saputo chiarir bene come un uomo senza libertà, cioè con un padrone almeno, somigliasse ad un cane che non ha padrone e che ha per conseguenza la maggior libertà possibile; ma quello non era il momento da perdersi in sofisticherie.

— Cittadini – ripresi – voi volete la libertà: per conseguenza l'avrete. Quanto al pane e alla polenta io non posso darvene: se l'avessi vi inviterei tutti a pranzo ben volentieri. Ma c'è la Provvidenza che pensa a tutto: raccomandiamoci a lei!

Un mormorio lungo e diverso, che dinotava qualche disparità di pareri, accolse questa mia proposta. Poi successe un tumulto di voci, di gridate, di minacce e di proposte che dissentivano alquanto dalle mie.

— Ai granai, ai granai! — Eleggiamo un podestà! — Si corra al campanile! — Si chiami fuori monsignor Vescovo! — No no! Dal Vice-capitano! — Si metta in berlina il Vice-capitano!

Vinse l'impeto di coloro che volevano ricorrere a Monsignore; ed io sempre col mio cavallo fui spinto e tirato fin dinanzi all'Episcopio.

— Parli il signor Carlino! Fuori Monsignore! Fuori monsignor Vescovo!

Si vede che la mia parlata, senza ottenere un effetto decisivo sottomettendoli in tutto e per tutto ai decreti della Provvidenza, li avea almeno persuasi a confidare nel suo legittimo rappresentante. Ma nell'Episcopio intanto non si stava molto tranquilli. Preti, canonici e curiali ognuno dava il suo parere, e nessuno avea trovato quello che facesse veramente all'uopo. Il padre Pendola che vacillava da un pezzo sul suo trono credette opportuno il momento per saldarvisi meglio. Deliberato di tentare il gran colpo, egli tese una mano al di dentro in segno di fidanza. Indi aperse coraggiosamente la vetriera, e uscito sul poggiuolo, sporse mezza la persona dal davanzale. Una salva di urli e di fischiate salutò la sua comparsa: lo vidi balbettar qualche parola, impallidire e ritirarsi a precipizio quando le mani della folla si chinarono a terra per cercar qualche ciottolo. Monsignore di Sant'Andrea giubilò sinceramente di quello smacco toccato all'ottimo padre; e con lui tutti dal primo all'ultimo fecero eco nel fondo del cuore agli urli e alle fischiate della folla. Il Vescovo, ch'era un sant'uomo, guardò pietosamente il suo segretario, ma gli era da un pezzo che aveva in animo di congedarlo appunto perché era un santo, e se non lo ringraziò dell'opera sua lí sui due piedi, anche questo fu effetto di santità. Egli si volse con faccia serena a monsignor di Sant'Andrea, pregandolo a volersi far interprete dei desiderii di quel popolo che tumultuava. Io guardava sempre al solito poggiuolo, e vidi comparirvi alla fine la figura sinodale del canonico; nessun fischio, nessun urlo alla sua comparsa; un bisbiglio di zitti, zitti, un mormorio di approvazione e nulla piú.

— Fratelli — cominciò egli — monsignor Vescovo vi domanda per mio mezzo quali desiderii vi menano a romoreggiare sotto le sue finestre!...

Successe un silenzio di sbalordimento, perché nessuno e neppur io sapeva meglio degli altri il perché fossimo venuti. Ma alfine una voce proruppe: — Vogliamo vedere monsignor Vescovo! – e allora seguí una nuova tempesta di grida: – Fuori monsignor Vescovo!... vogliamo monsignor Vescovo!

Il canonico si ritirò, e già fervevano intorno a Monsignore due diversi partiti circa la convenienza o meno ch'egli s'esponesse agli atti turbolenti di quell'assembramento. Egli il Vescovo s'appigliò al piú coraggioso; si fece strada con dolce violenza fra i renitenti, e seguito da chi approvava si presentò sul poggiuolo. Il suo volto calmo e sereno, la dignità di cui era vestito, la santità che traluceva da tutto il suo aspetto commosse la folla, e mutò quasi in vergogna i suoi sentimenti di odio e di sfrenatezza. Quando fu sedato il tumulto promosso dalla sua presenza, egli volse al basso uno sguardo tranquillo ma severo, poi con voce quasi di paterno rimprovero domandò:

— Figliuoli miei, cosa volete dal padre vostro spirituale?

Un silenzio, come quello che aveva accolto le parole del canonico, seguí a una tale dimanda: ma il pentimento soverchiava lo stupore, e già qualcheduno piegava le ginocchia, altri levavano le braccia in segno di preghiera, quando una voce unanime scoppiò da mille bocche che parvero una sola.

— La benedizione, la benedizione!...

Tutti s'inginocchiarono, io chinai il capo sulla criniera arruffata del mio ronzino, e la benedizione domandata scese sopra di noi. Allora, prima anche che il Vescovo potesse soggiungere, come voleva, qualche parola di pace, la folla dié volta urlando che si doveva andare dal Vice-capitano, e colla folla io e il mio cavallo fummo trascinati dinanzi alla Podesteria. Quattro Schiavoni che sedevano alla porta si precipitarono nell'atrio chiudendo e sbarrando le imposte; indi, dopo molte chiamate e molte consultazioni, il signor Vice-capitano si decise a presentarsi sulla loggia. La turba non aveva né schioppi né pistole, e il degno magistrato ebbe cuore di fidarsi:

— Cos'è questa novità, figliuoli miei?... – cominciò con voce tremolante. – Oggi è giorno di lavoro, ognuno di voi ha famiglia, come l'ho anch'io; si dovrebbe attendere ciascuno ai proprii doveri, e invece...

Un evviva alla libertà dei pazzi indemoniati soffocò a questo punto la voce dell'arringatore.

— La libertà ve la siete presa, mi pare – continuò con un piglio di vera umiltà. – Godetevela, figliuoli miei; in queste cose io non ci posso entrare...

— Via gli Schiavoni!... Alla corda gli Schiavoni! — sorsero urlando parecchi.

— I Francesi! viva i Francesi! vogliamo la libertà! — risposero altri.

Questi signori Francesi mi vennero allora in mente per la prima volta in quel subbuglio; e misero qualche chiarezza nelle mie idee. In pari tempo mi ricordai di Fratta e del perché fossi venuto a Portogruaro; ma quel signor Vice-capitano non mi pareva in cosí buone acque da poter pensare a soccorrere gli altri oltreché se stesso. Egli mostrava una grandissima voglia di ritirarsi dalla loggia, e ci volevano le continue gridate della folla per fare ch'ei rimanesse.

— Ma signori miei — balbettava egli — non so qual utile io rechi a me ed a voi collo starmene qui sulla pergola in esposizione!... Io non sono che un ufficiale, uno strumento cieco dell'Eccellentissimo signor Luogotenente; dipendo affatto da lui...

— Non, no!... Deve dipendere da noi! — Non abbiamo piú padroni! — Viva la libertà! — Abbasso il Luogotenente...

— Badino bene, signori! loro non sono autorità costituite, loro non hanno legittimi magistrati...

— Bene!... Ci costituiremo! Nominiamo un avogadore. Ai voti ai voti l'avogadore. Ella ubbidirà al nostro avogadore!...

— Ma per carità – si opponeva disperatamente il Vice-capitano – questa è vera ribellione. Eleggere l'avogadore va benissimo, ma diano prima il tempo di scriverne all'Eccellentissimo Luogotenente che ne passi parola al Serenissimo Collegio...

— Morte al Collegio! — Vogliamo l'avogadore! Fermi! fermi! Pena la vita al Vice-capitano, se osa muoversi! — Ai voti l'avogadore! Ai voti!

La confusione cresceva sempre e con essa lo schiamazzo; e da questo e da quello si bisbigliavano dieci nomi per la votazione; ma non v'è merito degli assenti che vinca l'autorità dei presenti. Un villano anche questa volta si pose a gridare: — Nominiamo il signor Carlino! – E tutti dietro lui a strepitare: – Ecco l'Avogadore del popolo! Viva il signor Carlino! Abbasso il Vice-capitano!...

In verità, io non m'era avventurato in quel rimescolio con mire tanto ambiziose; ma poiché mi vidi tanto in alto, non mi bastò il cuore di scendere; rimane poi sempre in dubbio se lo avrei potuto. Cominciarono a stringermisi intorno, a sollevare quasi sulle spalle la pancia del cavallo, a sventolarmi il viso con moccichini sudici, con cappelli e con berrette, a battermi le mani come ad un attore che abbia ben rappresentato la propria parte. Il Vice-capitano mi guardava dalla loggia come un can grosso alla catena guarderebbe il botoletto sguinzagliato; ma ogni volta ch'egli facesse atto di ritirarsi, subito mille facce da galera gli si voltavano contro minacciando di appiccar fuoco al Capitanato s'egli non obbediva al nuovo avogadore.

— Sissignori, si ritirino loro, mandino di sopra il signor Avogadore... e ce la intenderemo fra noi...

La folla tumultuava senza sapere il perché, e già molti dei curiosi se l'erano cavata, e alcuni fra i contadini stanchi di quella commedia avevano ripreso il cammino verso casa. Per me io non sapeva in qual mondo mi fossi, perché mi avessero nominato avogadore, e qual costrutto dovesse avere l'abboccamento cui m'invitava il Vice-capitano. Ma mi piaceva quell'esser diventato uomo di rilievo, e tutto sacrificai alla speranza della gloria.

— Apra, apra le porte!... Lasci entrar l'Avogadore! — gridava la folla.

— Signori miei – rispose il Capitano – ho moglie e figliuoli, e non ho voglia di farli morire dallo spavento... Aprirò le porte quando loro si sieno allontanati... Veggono che non ho tutto il torto... Patti chiari e amicizia lunga!...

La gente non ci sentiva di allontanarsi, ed io, tra perché ero stanco di stare a cavallo, tra perché mi tardava l'ora di trattar da paro a paro con un Vice-capitano, mi accinsi a persuadernela.

— Cittadini – presi a dire – vi ringrazio; vi sarò grato eternamente! Sono commosso ed onorato da tanti contrassegni d'affetto e di stima. Tuttavia il signor Vice-capitano non ha torto. Bisogna dimostrargli confidenza perch'egli si fidi di noi... Sparpagliatevi, state tranquilli... Aspettatemi in piazza... Intanto io difenderò le vostre ragioni...

— Viva l'Avogadore!... Bene! benissimo!... in piazza, in piazza!... Vogliamo che si apra il granaio della Podesteria!... Vogliamo la cassa del dazio macina!... Quello è il sangue dei poveri!...

— Sí, state tranquilli... fidatevi di me!... giustizia sarà fatta... ma nel frattempo restate in piazza tranquilli ad aspettarmi...

— In piazza, in piazza!... Viva il signor Carlino! viva l'Avogadore!... Abbasso San Marco!... Viva la libertà!

In tali grida la folla rovinò tumultuosa verso la piazza a saccheggiare qualche botteguccia di panettiere e d'erbivendola; ma il chiasso era maggiore della fame e non ci furono guai. Alcuni de' piú diffidenti rimasero per vedere se il Vice-capitano atteneva le sue promesse; io scavalcai con tutto il piacere, consegnai il ronzino ad uno di loro, e attesi alla porta che mi aprissero. Infatti, con ogni accorgimento di prudenza un caporale di Schiavoni aperse una fessura, ed io vi entrai di sbieco; e poi si rimisero le sbarre e i catenacci come proprio se volessero tenermi prigione. Quel fracasso di serramenti e di chiavistelli mi diede un qualche sospetto, ma poi mi ricordai di essere un personaggio importante, un avogadore, e salii le scale a testa ritta e col braccio inarcato sul fianco, come appunto se avessi in tasca tutto il mio popolo pronto a difendermi. Il Capitano rientrato premurosamente dalla loggia mi aspettava in una sala fra una combriccola di scrivani e di sbirri che non mi andò a sangue per nulla. Egli non aveva piú quella cera umile e compiacente mostrata alla turba un cinque minuti prima. La fronte arcigna, il labbro arrovesciato, e il piglio sbrigativo del Vice-capitano non ricordavano per nulla il pallore verdognolo, gli sguardi errabondi, e il gesto tremante della vittima. Mi venne incontro baldanzosamente chiedendomi:

— Di grazia, qual è il suo nome?

Io lo ringraziai fra me di avermi sollevato dalla pena di interrogar il primo, giacché proprio non avrei saputo a qual chiodo appiccarmi. Cosí, stuzzicato nel mio amor proprio alzai la cresta come un galletto.

— Mi chiamo Carlo Altoviti, gentiluomo di Torcello, cancelliere di Fratta, e da poco in qua avogadore degli uomini di Portogruaro.

— Avogadore, avogadore! – borbottò il Vice-capitano. – È lei che lo dice; ma spero che non vorrà torre sul serio lo scherzo d'una folla ubbriaca: sarebbe troppo rischio per lei.

Quella masnada di sgherri assentí del capo alle parole del principale; io sentii una scalmana venirmi su pel capo, e poco mancò che non dessi fuori in qualche enormezza per dar loro a divedere quanto poco mi calesse di tali minacce. Un alto sentimento della mia dignità mi trattenne dallo scoppiare, e risposi al Vice-capitano che certamente io non era degno del grande onore impartitomi, ma che non intendeva scadere di piú mostrandomi piú dappoco che non fossi infatti. Or dunque vedesse lui quali concessioni fosse disposto a fare perché il popolo mio cliente s'avvantaggiasse della libertà nuovamente acquistata.

— Che concessioni, che libertà? io non ne so nulla! – rispose il Vice-capitano. – Da Venezia non son venuti ordini; e la libertà è tanto antica nella Serenissima Repubblica da non esservi nessun bisogno che il popolo di Portogruaro l'inventi oggi stesso.

— Piano, piano, con questa libertà della Serenissima! – replicai io già addestrato a simili dispute pel mio noviziato padovano. – Se lei per libertà intende il libero arbitrio dei tre Inquisitori di Stato son pronto a darle ragione; essi possono fare alto e basso come loro aggrada. Ma in quanto agli altri sudditi dell'Eccellentissima Signoria le domando umilmente in qual lunario ha ella scoperto che si possano chiamar liberi?

— L'Inquisizione di Stato è una magistratura provata ottima da secoli — soggiunse il Vice-capitano con una vocina malsicura nella quale l'antica venerazione si contemperava colla peritanza attuale.

— Fu trovata ottima pei secoli andati – soggiunsi io. – Quanto al presente siamo di diverso parere. Il popolo la trova pessima, e giovandosi del suo diritto di sovranità la libera per sempre dall'incomodo di servirla.

— Signor... signor Carlino, mi pare – riprese il Vice-capitano – le faccio osservare che questa sovranità nessuno l'ha ancora data al popolo di Portogruaro, e che questo popolo nulla ha fatto per conquistarla. Io sono ancora l'officiale della Serenissima Signoria, e non posso certo permettere...

— Eh via! – lo interruppi io – cosa non hanno permesso gli officiali della Serenissima a Verona a Brescia a Padova e dappertutto dove hanno voluto entrare i Francesi!

— Fuoco di paglia, signor mio! – sclamò imprudentemente il Vice-capitano. – Si finge alle volte di concedere per riprender meglio poi. So da buona fonte che il nobile Ottolin tien pronti trentamila armati nelle valli bergamasche, e mi sapranno dire se il ritorno dei signori Francesi somiglierà all'andata.

— Insomma, signor mio – ripigliai – qui non si tratta di sapere cosa avverrà domani: si tratta di esaudire o no le inchieste d'un popolo libero. Si tratta di rendergli quello che gli fu estorto con quel tirannico dazio delle macine, piú di aprire a suo profitto quei granai dell'erario che ormai sono diventati inutili perché i Schiavoni possono tornar a casa quando loro aggrada.

Un mormorio di scontento corse per le bocche di tutti, ma il Capitano che era dilicato d'orecchio e udiva ingrossar di fuori un nuovo tumulto fu piú moderato degli altri.

— Io sono il Vice-capitano delle milizie e delle carceri – mi rispose egli. – Questi (e m'additava un omaccio grosso e bernoccoluto) questi è il Cassiere dei dazi; quest'altro (un figuro lungo e magro come la fame) è il Conservatore dei pubblici granai. Investiti dalla Signoria delle nostre cariche, noi non possiamo certamente riconoscere in lei un legittimo magistrato né obbedire al piacer suo senza un rescritto della Signoria stessa.

— Corpo e sangue! – io gridai. – Son dunque avogadore per nulla?

Quella gente si guardò in viso allibita per tanta baldanza; laonde io piú impegnato che mai a sostener la mia parte uscii affatto dai gangheri.

— Io, signori, ho promesso di tutelare gli interessi del popolo e li tutelerò. Piú devo tornare a Fratta prima di sera, e prima di sera voglio dar ordine a tutte queste faccende. Mi hanno capito, signori? Altrimenti io ricorro al popolo e lascio fare a lui.

— Ho capito – rispose con maggior tenacità ch'io non m'aspettassi il Vice-capitano. – Ma senza un ordine della Signoria io non riconoscerò altri superiori che l'Eccellentissimo Luogotenente. E quanto al popolo esso non vorrà far il matto finché noi terremo lei per ostaggio in nostra compagnia.

— Come, io tenuto per ostaggio?... Un avogadore!...

— Lei non è avogadore per nulla! Sono io il Vice-capitano.

— Grazie! vedremo anche questa.

— La vedremo di sicuro: ma non la consiglio ad aver fretta. Già ne sappiamo alquanto sul conto suo e come ella tratta con poco rispetto i fidatissimi dell'Inquisizione.

— Ah ne sanno alquante!... Me l'immagino! Il loro fidatissimo appena tornato a Fratta lo farò impiccare!... Sappiamo anche questa!

— Olà! d'ordine dell'Eccellentissima Signoria questa persona è arrestata come rea di lesa maestà!

A questa tirata affatto tragica del Vice-capitano la sua masnada mi si schierò intorno, come per impedirmi di fuggire; ma lo domando adesso per allora, qual uopo si aveva di questa precauzione se tutte le porte erano serrate? Se fossi stato Pompeo mi avrei messo il lembo della toga sul capo, invece incrociai le braccia sul petto e diedi a quella ciurma vigliacca il sublime spettacolo d'un avogadore senza popolo e senza paura. Quel quadro plastico non durava da un minuto, che uno scalpito di cavalli, un accorrere e un urlare di popolo nella sopposta contrada attrasse l'attenzione dei miei carcerieri. Tutti si precipitavano alle finestre quando s'intesero piú distinte le grida di quel nuovo tumulto.

— I Francesi! I Francesi! Viva la libertà!... Largo ai Francesi!

Rimasero come tante statue del convito di Medusa, chi qua chi là per la stanza. Io solo fui d'un salto alla finestra, e vidi giunto alla porta del Capitaniato un drappello di cavalleggieri colle loro lance, e intorno ad essi un trame-stio, una confusione di pazzi, di curiosi, di fanatici che parevano disposti a fracassarsi la testa l'uno contro l'altro per le diverse passioni che li agitavano.

— Vivano i Francesi!... Largo ai signori Francesi!

Non c'era dubbio; quei cavalleggieri erano francesi, e si misero a picchiare colle loro lance nella porta del Capitaniato, urlando e bestemmiando con tutte le *peste* e i *sacrebleu* del loro vocabolario. Io gridai dall'alto che si sarebbe aperto sul momento; e le mie parole furono accolte da un raddoppio di grida e d'entusiasmo nella folla.

— Bravo il signor Avogadore!... Avanti il signor Avogadore!

Commosso da tanta bontà io m'inchinai e corsi poi dentro per fare che si aprisse. Ma dentro nessuno mi udiva, tutti fuggivano all'impazzata qua e là per le stanze; alcuni si rimpiattavano negli armadi vuoti dell'archivio; altri cercavano le chiavi delle carceri per mescolarsi ai prigionieri; gli Schiavoni di scolta se l'erano data a gambe per la porticciuola del vicolo, e dovetti scendere io stesso per togliere le sbarre alla porta. Si salvi chi può; appena socchiuse le imposte si precipitò nell'atrio col cavallo e colla lancia un dannato sergente che per poco non m'infilzò da banda a banda; e dietro a lui tutti quegli altri spiritati benché davanti alle soglie ci fosse una gradinata di sette scalini: e poi nell'atrio volteggiavano di gran trotto alla rinfusa quasi per infilar la scala e salir Dio sa dove. Il Vice-capitano e i suoi satelliti udendo sotto i piedi quel baccano che facea tremar le muraglie si raccomandavano alla beata Vergine del Terremoto. Io poi cercava farmi intendere dal sergente e persuaderlo a scender da cavallo se intendeva salir le scale come pareva sua idea. Il sergente con grande mia meraviglia mi rispose in buon italiano che cercava del Sopraintendente ai granai, che cercava del Vice-capitano, e che se costoro non gli comparivano tosto dinanzi li avrebbe fatti impiccare all'albero della libertà. Un evviva frenetico alla libertà sancí da parte del popolo questa sentenza; l'atrio era già invaso dalla turba e fra i cavalli dei Francesi e il gridare dei cittadini succedette un bell'inferno. Finalmente il sergente, vedendo di non poter salire le scale a cavallo e che il Vice-capitano non si dava alcuna premura di scendere, balzò da cavallo, e mi disse che lo accompagnassi presso quei signori magistrati. Al veder me avviato del pari coll'officiale francese, un'altra gridata scrollò il Capitaniato dalle fondamenta.

— Viva il signor Avogadore!

Saliti che fummo io ed il sergente, dopo molte indagini ci venne fatto di stanare il Cassiere della camera dei dazi, il Sopraintendente ai granai ed il Vice-capitano, i quali si erano stretti a mucchio come tre serpenti in un canto della soffitta. Ma ebbimo un bel che fare a salvarli dall'unghie del popolo che ci aveva seguito; e solamente colla mia autorità spalleggiata da qualche bestemmia del sergente giunsi ad imporre un po' di silenzio. Il sergente allora si fece a domandare coi modi piú burberi che una sovvenzione di cinquemila ducati gli fosse fatta a titolo di viaria, e che i granai rimanessero aperti in servizio della libertà e dell'esercito francese. Il popolo colse anche questo pretesto per gridar un evviva alla libertà. I tre magistrati tremavano di conserva che parevano tre arboscelli investiti dal zefiro; ma il Cassiere ebbe fiato di rispondere che non avevano ordini, che se si fosse usata la forza...

— Che forza o non forza! – gli gridò minacciosamente il sergente. – Il generale Bonaparte ha vinto ier mattina una battaglia al Tagliamento; noi abbiamo sparso il nostro sangue in difesa della libertà e un popolo libero ci negherà adesso un qualche ristoro? I cinquemila ducati devono essere sborsati prima di un'ora, e il resto della cassa il Generale comanda che lo si metta a disposizione del popolo. Quanto ai granai, fornito che ne sia il campo a Dignano, si lascino aperti alle famiglie piú bisognose. Ecco i benefici intendimenti dei repubblicani francesi!

— Vivano i Francesi! Abbasso i San Marchini! Viva la libertà! — gridava la turba infuriando nelle sale dell'ufficio, fracassando mobili e gettando carte e scaffali fuori dalle finestre. Gli altri di fuori strepitavano con peggiori urli per la rabbia di non poter fare altrettanto. Allora mi fu meraviglioso il vedere che la paura cosí pressante e vicina non avesse liberato i tre magistrati dal vecchio e doveroso spavento dell'Inquisizione di Stato. Tutti e tre concepirono l'ugual idea, ma il Vice-capitano fu il primo che si arrischiò di esporla.

— Signore – balbettò esso – signor ufficiale pregiatissimo, il popolo, come lei dice, è libero; noi... noi non c'entriamo per nulla... I granai e la cassa si sa dove sono. Qui (e accennava a me), qui c'è appunto l'illustrissimo signor Avogadore creato appunto stamane per servizio del Comune, faccia il piacere di rivolgersi a lui. Quanto a noi... noi abdicheremo nelle mani... nelle mani...

Non sapeva nelle mani di chi abdicare, ma una nuova vociata della turba lo sollevò dal peso di quella dichiarazione.

— Viva la libertà! Vivano i Francesi!... Viva il signor Avogadore!...

Il sergente volse le spalle a quei tre disgraziati, mi prese a braccetto e mi condusse giù per le scale. E mentre parte della folla restava a trastullarsi coi suoi vecchi magistrati imponendo loro la coccarda e facendoli gridare viva questo e viva quello, un altro codazzo di popolo seguí il drappello dei Francesi che accerchiando la mia importantissima persona si avviava all'ufficio della cassa. Lungo la via notai al sergente ch'io non aveva le chiavi, ma egli mi rispose con un sorrisetto di compassione, e cacciò gli sproni nel ventre al cavallo per far piú presto. Le porte furono sfondate da due zappatori; il sergente penetrò nella cassa, chiuse le somme ritrovatevi nella sua valigia, dichiarò che non v'aveano se non quattromila ducati, e riprese il cammino verso i granai lasciando anche là la rabbia popolare sfogarsi nei mobili e nelle carte. Sotto i granai trovammo già pronta una lunga fila di carri, parte soldateschi, parte requisiti dalle cascine dei dintorni, e scortati da buona mano di cacciatori provenzali. Mediante l'opera di costoro gli orzi i frumenti le farine furono insaccate e caricate in brevissimo spazio di tempo; al popolo fu concesso lo spolverio delle farine che usciva dalle finestre, e nullameno esso gridava sempre: — Vivano i Francesi! Abbasso San Marco!... Viva la libertà...

Approntato il convoglio, il capitano che lo dirigeva ed avea raccolto i riferimenti del sergente, mi chiamò solennemente a sé onorandomi ad ogni due parole dei titoli di cittadino e di avogadore. Mi proclamò benemerito della libertà, salvatore della patria, e figliuolo adottivo del popolo francese. Indi i carri presero la via in buona regola verso San Vito, i cavalleggieri scomparvero colla valigia in un nembo di polvere, ed io mi rimasi allibito sorpreso scornato fra un popolo poco contento e meno ancora satollo. Tuttavia gridavano ancora: — Viva i Francesi! Viva la libertà! — solamente si erano dimenticati del loro avogadore, e questo mi procurò il vantaggio di potermela svignare appena cominciò ad imbrunire. Il ronzino non aveva tempo di rintracciarlo e poi non mi bastava il cuore di cimentarmi sovr'esso a qualche nuovo trionfo; capii che miglior prudenza era rimaner a piedi. A piedi dunque, e col rammarico di aver perduto in superbe frascherie tutta quella giornata, ripresi per sentieri e per traghetti il cammino di Fratta. Molte considerazioni politiche e filosofiche sull'instabilità della gloria umana, e del favor popolare, e sulle bizzarre usanze dei paladini della libertà mi distoglievano la mente dalla paura che qualche disgrazia fosse successa nel frattempo al castello. Peraltro le cascine deserte per le quali ebbi a passare e le tracce di disordine e di saccheggio che osservai in esse mi davano qualche pensiero e fecero sí che affrettassi il passo involontariamente, e che mano a mano che m'avvicinava a casa mi pentissi sempre piú di aver trascurato per tante ore la faccenda piú importante per la quale mi era mosso. Pur troppo i miei timori erano fondati. – A Fratta trovai letteralmente quello che si dice la casa del diavolo. Le case del villaggio abbandonate; frantumi di botti di carri di masserizie ammonticchiati qua e là; rimasugli di fuochi ancora fumanti; sulla piazza le tracce della piú gran gazzarra del mondo. Carnami mezzo crudi, mezzo arrostiti; vino versato a pozzanghere; sacchi di farina rovesciati, avanzi di stoviglie di piatti di bicchieri: e in mezzo a questo il bestiame sciolto dalle stalle che pascolava e nel chiaroscuro della notte imminente dava a quella scena l'apparenza d'una visione fantastica. Io mi precipitai nel castello gridando a perdifiato: — Giacomo! Lorenzo! Faustina! — ma la mia voce si perdeva nei cortili deserti, e solo di sotto all'atrio mi rispose il nitrir d'un cavallo. Era il ronzino di Marchetto, che sbrigliatosi nel parapiglia di Portogruaro era tornato a casa, piú fedele e piú coraggioso il povero animale di tutti quegli altri animali che si vantavano forniti di cervello e di cuore. Un dubbio crudele mi squarciò l'anima riguardo alla vecchia Contessa, e passai di volo i cortili e i corritoi a rischio anche di fiaccarmi il collo contro qualche colonna. Là dentro, perché la luna non potea penetrare, non mi caddero sott'occhio i segni della tregenda, ma ne fiutava passando il puzzo stomachevole. Inciampando nelle imposte scassinate, nelle mobilie fracassate, salii mezzo carpone le scale, nella sala fui quasi per ismarrirmi tanta era la confusione delle cose che la ingombravano; lo spavento mi rischiarava, giunsi alla camera della vecchia e mi vi precipitai entro in un buio terribile gridando da forsennato. Mi rispose dalla profonda oscurità un suono spaventevole come d'un respiro affannato insieme e minaccioso: il bramito della fiera, il gemito di un fanciullo armonizzavano in quel rantolo cupo e continuo.

— Signora, signora! – sclamai coi capelli irti sul capo. – Son io! Sono Carlino! Risponda!

Allora udii il romore d'un corpo che a stento si sollevava, e gli occhi mi si sbarravano fuori delle orbite per pur discernere qualche cosa in quel mistero di tenebre. Avanzarmi per toccare, retrocedere in cerca di lume erano partiti che non mi passavano neppur pel capo tanto la terribilità di quell'incertezza mi rendeva attonito ed inerte.

— Ascolta; – cominciò allora una voce la quale a stento io riconobbi per quella della Contessa vecchia – ascolta, Carlino: giacché non ho prete voglio confessarmi a te. Sappi... dunque... sappi che la mia volontà non ha mai consentito a male alcuno... che ho fatto tutto, tutto il bene che ho potuto... che ho amato i miei figliuoli, le mie nipoti, i miei parenti... che ho beneficato il prossimo... che ho sperato in Dio... Ed ora ho cent'anni; cent'anni, Carlino! cosa mi serve aver vissuto un secolo?... Ora ho cent'anni, Carlino, e muoio nella solitudine, nel dolore, nella disperazione!...

Io tremai tutto da capo a fondo; e sviscerando coll'occhio della pietà tutti i misteri di quell'anima ravvivata soltanto per sentire il terror della morte:

— Signora – gridai – signora, non crede ella in Dio?...

— Gli ho creduto finora — mi rispose con voce che s'andava spegnendo. E indovinai da quelle parole un sorriso senza speranza. Allora non udendola piú moversi né respirare avanzai fino alla sponda del letto, e toccai rabbrividendo un braccio già aggranchito dalla morte. Fu un momento che mi parve di vederla; mi parve di vederla, benché le tenebre si affoltassero sempre piú in quella stanza funeraria, e sentii le punte avvelenate de' suoi ultimi sguardi figgermisi in cuore senza misericordia, e quasi mi sembrò che l'anima sua abbandonando l'antico compagno mi soffiasse in volto una maledizione. Maledetta questa vita lusinghiera e fugace che ci mena a diporto per golfi ameni e incantevoli e ci avventa poi naufraghi disperati contro uno scoglio!... Maledetta l'aria che ci accarezza giovani adulti e decrepiti per soffocarci moribondi!... Maledetta la famiglia che ci vezzeggia, che ne circonda lieti e felici, e si sparpaglia qua e là e ci abbandona negli istanti supremi e nella solitudine della disperazione! Maledetta la pace che finisce coll'angoscia, la fede che si volge in bestemmia, la carità che raccoglie l'ingratitudine! Maledetto...

La mia mente in questi tetri delirii vacillava fra il furore e la stupidità; quella vita santa e centenaria troncata a quel modo negli spasimi dello spavento mi travolgeva la ragione, e stetti lunga pezza con quel braccio gelato tra mano che non avrei saputo dire se fossi vivo o morto. Finalmente mi riscossi vedendo farsi luce nella stanza, e vidi essere il Cappellano che si maravigliò non poco di trovarmi in quel luogo. Lo Spaccafumo gli veniva dietro recando una candela. In tutt'altro momento la scompostezza delle loro figure, il pallore del viso, l'infossamento degli occhi, il sanguinar delle carni mi avrebbe messo raccapriccio; allora invece non vi badai nemmeno. Il prete s'accostò senza parole al letto della vecchia, e sollevato l'altro suo braccio lo lasciò ricadere.

— Cani di Francesi! – mormorò egli. – Ecco ch'ella è morta senza i conforti della religione!... E sí, io non ne ho colpa, mio Dio?...

Ciò dicendo egli si guardava la persona tutta pesta e lacerata pei mali trattamenti dei soldati, dei quali avea sfidato la collera col voler rimanere al letto dell'inferma. Lo aveano trascinato fuori di là sbeffeggiandolo e percotendolo, ma egli avea ronzato sempre intorno al castello e tornava allora non appena i saccheggiatori si erano dileguati. Quanto allo Spaccafumo, egli indovinava cento miglia lontano le disgrazie del Cappellano e non mancava mai di accorrere in buon punto; l'era proprio una seconda vista aguzzata dalla gratitudine e dall'amicizia. Io, né potei forse allora né volli poi amareggiare il dolore del buon prete raccontandogli la morte della signora. Tacqui dunque e m'inginocchiai con esso loro a recitare le litanie dei morti; nell'animo mio piú per conforto ai vivi che per suffragio alla defunta. Indi ricomponemmo il cadavere in un'attitudine cristiana; ma l'idea impressa dalla morte su quelle sembianze sformate contrastava spaventosamente colle mani giunte in croce in atto di preghiera. Io che volgeva nell'anima il segreto di quel contrasto mi allontanai poco dopo, lasciando il prete ed il suo compagno recitare con devoto fervore le orazioni dei defunti. Vagai a lungo per la campagna come uno spettro; indi tornato in paese seppi da qualche fuggiasco la storia terribile di quella scorreria soldatesca che dopo aver insozzato tutto il territorio s'era rovesciato col furore dell'ubbriachezza sul castello di Fratta. I vitùperi che una masnada di sicari doveva aver commesso su quella povera vecchia che sola era rimasta ad affrontarli, non voleva immaginarmeli. Ma quel poco che ne avea veduto il Cappellano, lo stato miserevole del cadavere, il disordine della stanza attestavano degli scherni spietati ch'ella aveva sofferto. Confesso che il mio entusiasmo pei Francesi si rallentò d'assai; ma poi a ripensarvi mi parve impossibile che premeditatamente si lasciassero commettere tali mostruosità, e divisando che le dovevano imputarsi al talento bestiale di alcuni soldati, decisi di trarne giustizia. La fama dipingeva il general Bonaparte come un vero repubblicano, il difensore della libertà; mi cacciai in capo di ricorrere a lui, e due giorni dopo, quando il corpo della Contessa fu deposto coi soliti onori nella tomba gentilizia, mi misi in viaggio per Udine ove aveva allora sua stanza lo Stato Maggiore dell'esercito francese. Dai dati raccolti avea potuto argomentare che i colpevoli appartenessero all'ugual battaglione di bersaglieri che scortava il convoglio dei grani partito quel giorno stesso da Portogruaro: perciò non disperava che verrebbe fatto di rintracciarli e di punirli ad esemplare castigo. La virtù antica del giovine liberatore d'Italia era caparra, secondo me, di pronta giustizia.

Ad Udine trovai la solita confusione. Gli ospiti che comandavano, i padroni che ubbidivano. Le autorità veneziane senza forza senza dignità senza consiglio; il popolo e i signori del paese spartiti in diverse opinioni le une piú strane e fallaci delle altre. Ma moltissimi che giorni prima aveano gridato evviva agli usseri d'Ungheria e ai dragoni di Boemia, plaudivano allora ai sanculotti di Parigi. Questo era il frutto della nullaggine politica di tanti secoli: non si credeva piú di essere al mondo che per guardare; spettatori e non attori. Gli attori si fanno pagare, e chi sta in poltrona è giusto che compensi quelli che si movono per lui...

Il generale in capite Napoleone Buonaparte (cosí lo chiamavano allora) dimorava in casa Florio. Chiesi di abboccarmi con essolui affermando di aver a fare gravissime comunicazioni sopra cose avvenute nella provincia, e siccome egli mestava in fin d'allora nel torbido coi malcontenti veneziani, cosí mi venne concessa un'udienza. Questo perché non lo seppi che in appresso.

Il Generale era nelle mani del suo cameriere che gli radeva la barba; allora non disdegnava di farsi vedere uomo, anzi ostentava una certa semplicità catoniana, cosicché al primo aspetto rimasi confortato d'assai. Era magro sparuto irrequieto; lunghi capelli stesi gli ingombravano la fronte, le tempie e la nuca fin giú oltre al collare del vestito. Somigliava appunto a quel bel ritratto che ce ne ha lasciato l'Appiani, e che si osserva alla villa Melzi a Bellagio: dono del Primo Console Presidente al Vicepresidente, superba lusinga del lupo all'agnello. Solamente a quel tempo era piú sfilato ancora tantoché gli si avrebbero dati pochi anni di vita, ed anzi una tal sembianza di gracilità aggiungeva l'aureola del martire alla gloria del liberatore. Egli sacrificava la sua vita al bene dei popoli; chi non si sarebbe sacrificato per lui?

— Cosa volete, cittadino? — mi diss'egli ricisamente, fregandosi le labbra col pizzo dello sciugatoio.

— Cittadino generale – risposi con un inchino lievissimo per non offendere la sua repubblicana modestia – le cose di cui vengo a parlarvi sono della massima importanza e della maggior delicatezza.

— Parlate pure – egli soggiunse accennando il cameriere che continuava l'opera sua. – Mercier non ne sa d'italiano piú che il mio cavallo.

— Allora – ripresi – mi spiegherò con tutta l'ingenuità d'un uomo che si affida alla giustizia di chi combatte appunto per la giustizia e per la libertà. Un orrendo delitto fu commesso tre giorni sono al castello di Fratta da alcuni bersaglieri francesi. Mentre il grosso della loro schiera saccheggiava arbitrariamente i pubblici granai e l'erario di Portogruaro, alcuni sbandati invasero una onorevole casa signorile, e svillaneggiarono e straziarono tanto una vecchia signora inferma piú che centenaria rimasta sola in quella casa, che ella ne morí di disperazione e di crepacuore.

— Ecco come la Serenissima Signoria inacerbisce i miei soldati! – gridò il Generale balzando in piedi, poiché il cameriere avea finito di sciacquargli il mento. – Si predica al popolo che sono assassini, che sono eretici: al loro comparire tutti fuggono, tutti abbandonano le case. Come volete che simili accoglienze predispongano gli animi all'umanità e alla moderazione?... Ve lo dico io; bisognerà che mi volga indietro a pulirmi la strada da questi insetti molesti.

— Cittadino generale, capisco anch'io che la fama bugiarda può aver impedito la cordialità dei primi accoglimenti; ma vi è una maniera di smentir questa fama, mi pare, e se con un esempio luminoso di giustizia...

— E sí, parlatemi proprio di giustizia, oggi che siamo alla vigilia d'una battaglia campale sull'Isonzo!... La giustizia bisognava che fosse fatta a noi fin da due o tre anni fa!... Adesso raccolgono quello che hanno mietuto. Ma ho il conforto di vedere che il peggior danno non vien loro da' miei soldati... Bergamo Brescia e Crema hanno già divorziato da San Marco, e quella stupida e frodolenta oligarchia s'accorgerà finalmente che i loro veri nemici non sono i Francesi. L'ora della libertà è suonata; bisogna levarsi in piedi e combattere per essa, o lasciarsi schiacciare. La Repubblica francese porge la mano a tutti i popoli perché si rifacciano liberi, nel pieno esercizio dei loro diritti innati e imprescrivibili. La libertà val bene qualche sacrifizio! Bisogna rassegnarsi.

— Ma, cittadino generale, io non parlo di rifiutarmi a nessun utile sacrifizio per la causa della libertà. Soltanto mi sembra che il martirio d'una vecchia contessa...

— Ve lo ripeto, cittadino; chi ha esacerbato l'animo de' miei soldati? chi ha volto contro di essi il talento dei preti di campagna e dei contadini?... È stato il Senato, è stata l'Inquisizione di Venezia. Non dubitate che giustizia sarà fatta sopra i veri colpevoli...

— Pure, mi parrebbe che un esempio per ovviare a simili disordini nel futuro...

— L'esempio, cittadino, i miei bersaglieri lo daranno sul campo di battaglia. Non dubitate. Giustizia sarà fatta anche sopr'essi; già non pretendereste che li ammazzassi tutti!... Or bene; saranno nella prima fila; laveranno col loro sangue e a pro' della libertà l'onta della colpa commessa. Cosí il male sarà volto in bene, e la causa del popolo si sarà avvantaggiata degli stessi delitti che la deturparono!

— Cittadino generale, vi prego di osservare...

— Basta, cittadino: ho osservato tutto. Il bene della Repubblica innanzi ad ogni cosa. Volete essere un eroe?... Dimenticate ogni privato puntiglio e unitevi a noi, unitevi con quegli uomini integri e leali che fanno anche nel vostro paese una guerra lunga ostinata sotterranea ai privilegi dell'imbecillità e della podagra. Di qui a quindici giorni mi rivedrete. Allora la pace la gloria la libertà universale avranno cancellato la memoria di questi eccessi momentanei.

In queste parole il gran Napoleone aveva finito di vestirsi, e si mosse verso la camera vicina ove lo attendevano alcuni officiali superiori. Vedendo ch'egli né era molto contento della mia visita, né pareva disposto a badarmi oltre, io m'avviai mogio mogio giù per la scala riandando il tenore di tutto quel colloquio. Non ci capii per verità molto addentro; ma pure que' suoi gran paroloni di popolo e di libertà, e quel suo piglio riciso ed austero m'avevano annebbiato l'intelletto, e mi partii, a conti fatti, che l'odio contro i patrizi veneziani superava d'assai perfino il risentimento contro i bersaglieri francesi. La tremenda disgrazia della Contessa mi parve una goccia d'acqua in confronto al mare di beatitudine che ci sarebbe venuto addosso pel valido patrocinio dell'esercito repubblicano. Quel cittadino Bonaparte mi pareva un po' aspro un po' sordo un po' anche senza cuore, ma lo scusai pensando che il suo mestiere lo voleva pel momento cosí. E a questo modo lasciai a poco a poco darsi pace la morta, e tornai col pensiero ai vivi: cosicché nella lettera che scrissi a Venezia per partecipare il triste caso alla famiglia, ne affibbiai forse piú la colpa all'improvvidenza delle venete magistrature, e alla sciocca paura del popolo, che alla barbara sfrenatezza degli invasori. Il Cappellano fu molto meravigliato di vedermi tornar a Fratta colle mani piene di mosche, e tuttavia piú calmo e contento di quando n'era partito. Monsignore e il Capitano che s'erano raccovacciati in castello udirono con terrore il racconto del mio colloquio col general Bonaparte.

— L'avete proprio veduto? — mi chiese il Capitano.

— Capperi se l'ho veduto! si faceva anzi la barba.

— Ah! si rade anche la barba? io invece avrei creduto che la portasse lunga.

— A proposito – saltò su Monsignore – dopo la morte della mamma (un lungo sospiro) non mi son piú raso né il mento né la chierica. Faustina, dico, (anche costei era tornata) mettete su la cocoma dell'acqua!...

Cosí sentiva i proprii dolori e le pubbliche miserie monsignor Orlando di Fratta. Son io a dirlo che le bestie si mostrarono le piú sensibili fra tutti gli abitanti del castello in quella congiuntura: non eccettuato me medesimo cui un tardo e vano pentimento non varrà certo a purgare dall'odiosa smemorataggine di quella tremenda giornata. Non contando il ronzino di Marchetto che lasciò il tafferuglio per tornarsene a casa come doveva far io, ci fu il cane del Capitano, il vecchio Marocco, che sdegnò di accompagnarsi al padrone nella sua fuga verso Lugugnana. Ed egli rimase vagante pel deserto castello, fiutando qua e là come in cerca d'un'anima migliore della sua; ma non gli venne fatto di trovarla: e un francesino scapestrato si divertì a forarlo parte a parte colla baionetta nel bel mezzo del cortile. Reduce a casa, quella frotta di vigliacchi restò tanto attonita e confusa, che non sentirono neppur il puzzo di quella carogna che appestava l'aria da tre giorni. Toccò accorgermene a me tornato che fui da Udine; e allora diedi ordine a un contadino perché fosse gettata in qualche fogna. Ma il contadino, uscito per questa pia opera, mi chiamò indi a poco acciocché contemplassi anch'io una cosa meravigliosa. Sul cadavere già verminoso di Marocco aveva preso stanza il gattone soriano, suo compagno di tanti anni, e non c'era verso di poternelo snidare. Carezze minacce e strappate non valsero, tantoché me ne impietosii, e presi anche in qualche venerazione quel povero morto che avea saputo destare in un gatto una sí profonda amicizia. Lo feci staccare a forza, e comandai che Marocco fosse seppellito là dove aveva ricevuto il funesto premio della sua fedeltà. Il contadino gli affondò per tre braccia la buca e poi gli buttò sopra la terra e credette di aver fornito la bisogna. Ma per mesi e mesi continui bisognò ogni mattino rimettere quella terra al suo posto perché il gatto fedele occupava le sue notti a rasparla fuori per riposare ancora sugli avanzi dell'amico. Cosa volete? io rispettai il dolore di quella bestia, né mi bastò il cuore di trafugargli quelle spoglie tanto dilette a lui e cosí lungamente incomode all'olfatto dei castellani. Le feci coprire con una pietra. Allora il gatto vi posò sopra giorno e notte lamentandosi continuamente, e girando intorno al sepolcro con un miagolio melanconico. Là visse ancora qualche mese, e poi morí; e lo so di sicuro perché non mancai poscia d'informarmi come fosse finita quella tragica amicizia. Diranno poi che i gatti non hanno la loro porzioncella d'anima! Quanto ai cani la loro fama in proposito è bastevolmente assicurata. Il loro affetto ha posto tra gli affetti familiari; l'ultimo posto certo, ma il piú costante. Il primo che fece festa al ritorno del figliuol prodigo, scommetto io che fu il cane di casa! E quando mi si gracchia intorno sull'inutilità ed il pericolo di questa numerosa famiglia canina che litiga all'umana il nutrimento, e le inocula talvolta una malattia spaventosa e incurabile, io non posso far a meno di sclamare: — Rispettate i cani! — forse adesso si può star in bilico, ma forse anche, e Dio non voglia, verrà un tempo che si giudicheranno migliori affatto di noi! Di questi tempi ne furono altre volte nella storia dell'umanità. Noi bipedi tentenniamo fra l'eroe ed il carnefice, fra l'angelo e Belzebù. Il cane è sempre lo stesso; non cambia mai come la stella polare. Sempre amoroso paziente e devoto fino alla morte. Ne vorreste di piú, voi che non avreste cuore di distruggere neppure una tribú di cannibali?...

Intanto io deggio confessare che, quanto a me, la dimora di Fratta non mi pareva piú né cosí tranquilla né cosí degna come un mese prima. I Francesi mi frullavano pel capo; sognava di diventare qualche cosa d'importanza; e questa mi sembrava la miglior via per racquistar l'amore della Pisana. Pensava sempre a Venezia, alla caduta di San Marco, al nuovo ordinamento che ne sarebbe sorto, alla libertà, all'uguaglianza dei popoli. Quel tal general Bonaparte di poco era piú attempato di me. Perché non poteva anch'io mutarmi di sbalzo in un vincitore di battaglie, in un salvatore di popoli? L'ambizione mi adescava a braccetto dell'amore: e non sentiva piú quel pietoso rispetto per la dolorosa passione di Giulio Del Ponte. Trascurava le faccende di cancelleria, e il piú del mio tempo lo perdeva a dottrineggiar di politica con Donato, o a lottare di scherma o al tiro al bersaglio con Bruto Provedoni. Bruto era il piú infervorato dei giovani fratelli per la causa della libertà e spesso la Bradamante e l'Aquilina ce ne davano la baia. Esse aveano veduto i Francesi senza concepirne per verità la favorevole opinione che ne avevamo concepita noi, e noi dal canto nostro andavamo in collera quando esse, per divertirci da questo incantesimo, ci tornavano a mente alcune delle nefandità commesse da quei propagatori dell'incivilimento. Soprattutto lo strazio della vecchia Contessa di Fratta non voleva udirlo nominare. Sentiva che avevano ragione, ma non voleva concederlo; e per questo inveliva a tre doppi. Non so come avrei finito, se le cose andavano per la solita strada; ma la fortuna s'intromise a farla vincere a me coi miei grilli d'ambizione e di superbia. Un bel giorno (eravamo agli ultimi di marzo) mi capita da Venezia una lettera della signora Contessa. Leggo e rileggo la sottoscrizione. Non c'è caso: l'è proprio lei. Mi reca sommo stupore ch'ella mi scriva e piú ancora che la incominci in capo a pagina con un *caro nipote*. Fui per gettar via la testa dalla maraviglia, ma ebbi il buon senso di tenermela per capire il resto. Figuratevi chi era giunto a Venezia?... Mio padre! nientemeno che mio padre!... Ma doveva crederlo?... Un uomo che si credeva morto, che non si era fatto vedere per venticinque anni! La ragione quasi si rifiutava, ma il cuore avido d'amare diceva di sí, e già egli volava sulla via di Venezia che non era giunto al fine della lettera. Gli è vero che a leggerla tutta credo d'avervi impiegato una mezza giornata, e poi durante il viaggio la riscorreva ogni tanto per paura di aver frainteso e di essermi lusingato indarno. Consegnata la cancelleria a quel buon capo di Fulgenzio, io partii il giorno stesso. Aveva il cuore che non si voleva star cheto; e nel cervello poi mi sobbollivano tante speranze condite di memorie, di passioni, di desiderii, d'impossibile, che non ebbi piú pace. La Contessa mi ammoniva di preparami a riprendere nella società il posto concesso ad un rappresentante del patrizio casato degli Altoviti; aggiungeva che mio padre non iscriveva lui perché avea disimparato l'alfabeto italiano, che smontassi intanto presso di lei non piú in casa Frumier ma in casa Perabini in Canarregio, e finiva col mandare al diletto nipote i baci suoi e della cugina Pisana. Mio padre e costei mi stavano sul cuore assai piú della zia.

CAPITOLO DECIMOPRIMO

Come a Venezia si accorgessero che gli Stati della Serenissima facevano parte dell'Italia e del mondo. Mio ingresso nel Maggior Consiglio come patrizio veneziano al dí primo di maggio 1797. Macchinazioni contro il governo fomentate dagli amici e dai nemici della patria. Cade la Repubblica di San Marco come il gigante di Nabucco, ed io divento segretario della nuova Municipalità.

La prima persona che vidi e che abbracciai a Venezia fu la Pisana; la prima che mi parlò fu la signora Contessa la quale dal fondo dell'appartamento correndo verso di me s'affaccendava a gridarmi: — Bravo, il mio Carlino, bravo!... Come ti vedo volentieri!... Su dunque, un bel bacione da vero nipote!... — Io passai di malissima voglia dai baci della Pisana a quelli della Contessa ancor piú gialla e uncinata che per l'addietro. Ma anche in quel tumulto di affetti che mi turbava allora, rimase un buon cantuccio per la meraviglia d'un sí inusato accoglimento. Mi rassegnai a chiarirmene in seguito e intanto la Contessa mandò fuori la Rosa in cerca di mio padre. Questa missione della fida cameriera mi sorprese anche un poco, tanto piú che essa, non piú giovane ma sempre bisbetica com'era stata, vi si disponeva con assai borbottamenti. Tali incarichi appartenevano agli staffieri, e cominciai a dubitare che il seguito della Contessa non fosse molto numeroso. Infatti, stando lí ad aspettare, osservai nelle camere quello che non parrebbe possibile, un grandissimo disordine nella stessa nudità: polvere e ragnatele componevano gli addobbi; qualche mobile, qualche infisso nel muro; poche seggiole sparute e tisicuzze qua e là; insomma la vera miseria abitante in un palazzo. Ma quello che distoglieva la mente da queste melanconie era l'aspetto della Pisana. Piú bella piú fresca piú gioconda io non l'aveva veduta mai; e tale ella sapeva di essere, benché con mille vezzi imparati novellamente a Venezia cercasse di offuscare lo splendor di quei pregi. Ma fosse dono di natura, o cecità mia, perfino gli artifizi prendevano nelle sue fattezze un incanto di leggiadria. Peraltro la ritrovai ancor piú taciturna e meno espansiva del solito; la mi guardava a tratti coll'anima negli occhi, indi chinava gli sguardi arrossendo, e le mie parole sembravano dilettarle voluttuosamente l'orecchio senzaché colla mente arrivasse a comprenderle. A tutto ciò io badava mentre la Contessa zia mi annegava in un subisso di chiacchiere, ed io non ne capiva un iota; soltanto mi ferí spesse volte il nome di mio padre, e mi parve accorgermi ch'ella pure fosse molto lieta del suo inaspettato e miracoloso ritorno.

— E non torna mai quella sciocca di Rosa! – borbottava la signora. – Io non ho voluto che ci andassi tu, perché voglio proprio ridonartelo io il tuo papà, ed esser presente alla gioia del vostro riconoscimento. Oh che buon papà che hai, il mio Carlino!...

Mi parve che a quelle parole la Pisana arrossasse piú del solito, e fosse turbata dagli sguardi ch'io teneva fermi continuamente in lei. Finalmente tornò la Rosa a dire che il mio signor padre finito un affare in Piazza sarebbe stato da noi, e allora io volli ancora uscire in traccia di lui per anticiparmi la gioia di quel soave momento, ma la Contessa mi sforzò tanto che dovetti rimanere. Un'ora dopo squillò il campanello, e un ometto rubizzo, sciancato d'una gamba, mezzo turco e mezzo cristiano al vestito, entrò saltabeccando nell'anticamera. Io gli era corso incontro fin là; la Contessa, venutami dietro, si pose a gridare: — Carlino, è tuo padre!... abbraccia tuo padre! — Io infatti mi abbandonai fra le braccia del nuovo arrivato versando fra le pieghe della sua zimarra armena le prime lagrime di gioia che spargessi mai. Mio padre non fu verso di me né molto affettuoso né troppo discorsivo; si maravigliò assaissimo che col nome che portava mi fossi nicchiato in un cosí oscuro bugigattolo come era una cancelleria di campagna, e mi promise, che inscritto che io fossi come suo legittimo figliuolo nel Libro d'Oro, avrei fatto la mia gran figura nel Maggior Consiglio. Quell'accorto vecchietto parlava di cotali cose con un certo fare che non si sapeva se fosse da burla o da senno; e ad ogni punto e virgola, quasi per corroborar l'argomento, usava battere col rovescio della mano sul taschino del sottabito da dove rispondevagli un lusinghiero tintinno di zecchini e di doble. Ad ognuno di questi accordi metallici il viso giallognolo della Contessa s'irraggiava d'un roseo riflesso, come il cielo scuriccio d'un temporale all'occhiata di traverso che gli manda il sole. Io poi ascoltava e guardava quasi trasognato. Quel signor padre capitatomi di Turchia, colla ricchezza in una mano, la potenza nell'altra, e una larghissima dose di canzonatura in tutte le sue maniere, mi faceva un effetto maraviglioso. Io non mi stancava di osservare quei suoi occhietti bigi un po' sanguigni un po' loschi, che per tanti anni avevano guardato il sole d'Oriente, e quelle rughe capricciose e profonde formatesi sotto il turbante al lavoro corrosivo di Dio sa quali pensieri, e quei gesti un po' autorevoli un po' marinareschi che armeggiavano sempre per commentare la zoppicante oscurità di un gergo piú arabo che veneziano. Si vedeva un uomo avvezzo alla vita; il che vuol dire che non si fa piú caso di nulla, che crede a poco, che spera meno ancora, e che sacrificatosi per lungo tempo alla speranza d'una futura commodità, trova tutto agiato tutto commodo perché tutto mena all'ugual fine. Cosí i mezzi sono alle volte scuola ed esercizio a disprezzar il fine. In tal modo almeno io giudicai mio padre; e confesso sinceramente che mi misi intorno a lui fin dapprincipio con maggior curiosità che amore. Mi pareva che tali dovessero essere stati que' vecchi mercatanti veneziani della Tana o di Smirne, che a furia di furberia, di chiacchiere e d'attività facevano perdonare o dimenticare dai Tartari la differenza di fede. Turchi a Costantinopoli, cristiani a San Marco, e mercanti dovunque, avevano essi fatto di Venezia la mediatrice dei due mondi d'allora. Perfino una certa barbetta rada grigia e stizzosa accostava la fisonomia di mio padre alla maschera di Pantalone; ma egli veniva tardi sulla scena del mondo. Mi pareva uno di quei personaggi comici ancor travestiti da Persiani o da Mamalucchi che dopo calato il sipario escono ad annunziar la commedia per l'indomani. Tuttociò senza alcun pregiudizio della paterna autorità.

Intrattenutici un pochino, con molte interiezioni di cordialità e di maraviglia della signora Contessa, e qualche sospiro represso della Pisana, il signor padre m'invitò ad uscire con essolui: e mi menò infatti a San Zaccaria dove aveva preso alloggio in una bella casa, e addobbatala quasi alla turchesca con tappeti divani e pipe a bizzeffe. Vi si desideravano le tavole, e qualche forziere da riporre le robe, ma vi era per compenso un gran numero di armadi donde si cavava come per incanto ogni cosa che si potesse desiderare. Una mulatta scurissima, di oltre quarant'anni, ammanniva il caffè da mane a sera, e tra lei e il padrone se l'intendevano a cenni e a monosillabi, che era un trastullo a vederli; non credo che parlassero nessuna lingua di questo mondo, e potrebbe darsi che i diavoli favellassero come loro nelle escursioni terrestri. Il signor padre depose il cappello a tre corni, si tirò sulle orecchie un berrettone moresco, accese la pipa, si fece versare il caffè, e volle che sedessi come lui incrocicchiando le gambe sopra un tappeto. Ecco un futuro patrizio del Maggior Consiglio occupato a compitare il galateo di Bagdad. Mi disse che era grato a sua moglie di avergli essa lasciato una sí bella eredità come io era, in compenso forse delle poche delizie procacciateglie col matrimonio; mi lasciò travedere che egli chiudeva un occhio sopra alcuni rancidi sospetti che aveano guastato la loro concordia e ricondotto mia madre a Venezia; finí col confessare che io gli somigliava, massime negli occhi e nell'apertura delle narici; tanto bastava per ricongiungerlo d'un affetto immortale al suo figliuolo unigenito. Io lo ringraziai a mia volta di cosí benigni sentimenti a mio riguardo; lo pregai di scusarmi dove trovasse difettiva la mia educazione, per la condizione di orfano nella quale era vissuto; non volli aprirgli gli occhi sulla maniera poco onorevole della protezione accordatami dagli zii alla sua venuta; e col mio modesto contegno m'accaparrai, credo, la sua stima fin da quel primo colloquio. Egli mi osservava colla coda dell'occhio, e quanto sembrava poco attento alle parole, tanto notava in me tutti gli altri segni dai quali per lunga esperienza aveva imparato a conoscere gli uomini.

Ebbi dal suo criterio una sentenza piuttosto favorevole. Almeno cosí dovetti inferire dal maggior affetto dimostratomi in seguito. Indi volle ch'io gli narrassi della contessina Clara, come si era fatta monaca; e mi nominò sovente il dottor Lucilio col massimo segno di rispetto, maravigliandosi come la famiglia di Fratta non si tenesse onorata di imparentarsi con essolui. L'ugualità mussulmana temperava in lui l'aristocrazia naturale; almeno lo credetti, e piú mi confermai in questa opinione, quand'egli tirò innanzi beffandosi dell'illustrissimo Partistagno che voleva tener dietro il secolo collo spadone di suo nonno. Io mi stupii di trovar mio padre istruito al pari di me in cotali faccende e che egli ne chiedesse contezza agli altri dove tanta ne aveva lui. Peraltro le cose val meglio saperle da due bocche che da una; ed egli si regolava giusta il sapiente dettato di questo proverbio. Mi parlò poi cosí in via di discorso della Pisana e dei gran corteggiatori che aveva a Venezia, e del suo torto marcio di non appigliarsi al piú ricco per ristorarne la dignità della casa e la fortuna della mamma.

"Ahi, ahi!" pensai fra me "ecco l'aristocrazia che rigermoglia!".

Giulio Del Ponte, soprattutto, gli pareva, per usar la sua frase, un saltamartino. La Pisana adoperava male a non torselo d'infra i piedi, che l'era un cantastorie pieno di tossi, di miserie e di melanconia. Le belle ragazze devono badare ai bei giovani, e quei mezzi omiciattoli in Levante si mandano a vender bagiggi per le contrade. Io mi scaldava tutto a questi aforismi del signor padre; e quasi sarei stato lí per fargli una confessione generale. Non mi tratteneva piú la compassione per Giulio, ma una certa vergogna di mostrarmi ragazzo e innamorato ad un uomo cosí esperto e ragionatore. Egli continuava a codiarmi, e intanto narrava le dilapidazioni della Contessa, e la ruinosa indifferenza del conte Rinaldo che si perdeva a far lunari nelle biblioteche, mentre la bassetta e il faraone strappavano di mano a sua madre le ultime razzolature del loro scrigno. Mi confessò con maligna compiacenza che la Contessa avea cercato di sentir il peso delle sue doble, ma che non avea potuto vederne neppur il colore; e in questo batteva la mano al taschino sulla solita sonagliera di monete. Tale guardinga taccagneria non mi andò a' versi affatto, e son quasi certo ch'egli se ne avvide. Ma non usò per questo la cortesia di cambiar registro, anzi vi ribadí sopra come un uomo incapato nella propria opinione che il danaro sia la cosa meglio apprezzata ed apprezzabile. Io invece dei pochi ducati che aveva in tasca ne avrei dato la metà al primo accattone che me li chiedesse; e forse la pensava cosí perché ne aveva sempre avuti pochi. La povertà mi fu maestra di generosità; ed i suoi precetti mi giovarono anche quando io non l'ebbi piú per aia e per compagna. Peraltro ebbi campo indi a poco a rilevare che mio padre non era uno spilorcio. Egli mi trasse quel giorno alle migliori botteghe, perché vi provvedessi da raffazzonarmi come il piú compito damerino di San Marco. Indi mi condusse alla mia stanza che aveva una porta libera sulla scala, e mi lasciò colla promessa ch'egli avrebbe fatto di me il secondo capostipite della famiglia Altoviti.

— I nostri antenati furono tra i fondatori di Venezia: – mi diss'egli prima di partire – venivano da Aquileia ed erano romani della stirpe Metella. Ora che Venezia tende a rifarsi, bisogna che un Altoviti ci ponga le mani. Lascia fare a me!

Il signor padre sbruffava in tali parole tutta la boria proverbiale della povera nobiltà di Torcello; ma le doble levantine s'adoperarono tanto che il mio diritto all'iscrizione nel Libro d'Oro fu riconosciuto immantinente, ed io comparvi per la prima volta come patrizio votante al Maggior Consiglio nella seduta del 2 aprile 1797. Quanto a lui, egli non voleva immischiarsene; pareva non si tenesse degno di porsi in cima al rinnovamento del casato e che stesse contento di fornirmene i mezzi. Quei pochi giorni vissuti signorilmente a Venezia, e per mezzo della Contessa di Fratta e degli eccellentissimi Frumier nelle migliori conversazioni, mi avevano fruttato una fama straordinaria. Non era spiacevole di figura, le mie maniere si stoglievano un poco dalle solite leziosaggini, la coltura non mancava affatto ma non soffocava neppure colle pedanterie quel modesto brio concessomi da natura; piú di tutto poi credo che la voce di dovizioso mi accreditasse come ottimo partito presso tutte le zitelle, o presso le madri che ne avevano. Carlino di qua, Carlino di là, tutti mi chiamavano, tutti mi volevano. Anche qualche sposina non fece la disdegnosa; e insomma io non ebbi che a scegliere fra molte maniere di felicità. Per allora non ne scelsi alcuna, e la novità mi occupò talmente, che perfin la Pisana non mi dava piú da pensare una volta ch'io l'avessi fuori degli occhi. Ella forse se ne stizziva; ma per essere in una fase di superbia non si degnava di mostrarlo, e soltanto si accontentava di sfogar quella stizza contro il povero Giulio. Mi ricorda che a quel tempo lo vidi parecchie volte, e sarei anche tornato ad averne compassione, se le mie occupazioni me ne porgevano il tempo nulla nulla. Il povero giovine stava sempre fra la vita e la morte e dàlli una volta e dàlli due, s'era ridotto a tale che ad ogni mosca che ronzasse intorno alla Pisana sdilinquiva di paura.

Intanto le cose d'Italia si stravolgevano sempre piú. Già da piú che sei mesi Modena Bologna e Ferrara aveano dato l'esempio di una servile imitazione di Francia, dietro eccitamento francese: aveano improvvisato, come una bolla di sapone, la Repubblica cispadana. Carlo Emanuele succedeva a Vittorio Amedeo nel regno di Sardegna già occupato e ridotto in provincia militare francese. Tutta Italia s'insudiciava i ginocchi dietro le orme trionfali di Bonaparte ed egli ingannava questi, sbeffeggiava quelli con alleanze con lusinghe con mezzi termini. Gli Stati veneziani di terraferma da lui astutamente stuzzicati si levavano a romore contro lo stendardo del Leone: sorgevano per tutto alberi della libertà; egli solo sapeva con quanta radice. E fu un momento ch'egli dubitò della propria fortuna pel gran nugolo di nemici che aveva dinanzi a combattere, per la grande distanza di provincie non tanto fedeli né pienamente illuse che lo divideva da Francia; ma rifiutatigli i proposti negoziati, buttò via ogni timore e andò fino a Leoben ad imporre all'Austria i preliminari di pace. La Serenissima Signoria aveva veduto passarsi dinanzi quel turbine di guerra, come l'agonizzante che travede nell'annebbiata fantasia lo spettro della morte. Altro non avea fatto che avvilirsi, pazientare, pregare e supplicare, dinanzi al nemico prepotente che la schiacciava oncia ad oncia, disonorandola cogli inganni e col vitupero. Francesco Battaja, Provveditore straordinario in terraferma, fu l'interprete più degno di cotali vilissimi sensi di servitù; e infamò peggiormente la sua codarda obbedienza coll'inobbedienza e col tradimento più codardi ancora. Alle umilianti proteste contro l'invasione delle città, l'occupazione dei castelli e delle fortezze, il sollevamento delle popolazioni, lo spoglio delle pubbliche casse, e la devastazione universale, Buonaparte rispondeva con beffarde proposte d'alleanza, con ironici lamenti, e con domande di tributi. Il procuratore Francesco Pesaro e Giambattista Cornes, Savio di terraferma, si erano abboccati con lui a Gorizia per protestare contro la parte presa da officiali francesi nelle rivoluzioni di Brescia e di Bergamo, nonché contro le piraterie degli armatori francesi negli intimi recessi del golfo. Ne ebbero tale risposta che, sulla chiusa del loro rapporto, i due inviati non esitarono ad affermare che soltanto dalla divina assistenza bisognava sperare alla loro negoziazione quell'esito che dalle durissime circostanze non era permesso in alcun modo di attendere. Francesco Pesaro ebbe animo retto e chiara antiveggenza; ma gli mancavano la costanza e l'entusiasmo, come mostrò dappoi; per questo né fu capace di salvar la Repubblica né di imprimere alla sua caduta un suggello di grandezza.

I turbolenti intanto romoreggiavano; i paurosi davano ansa al partito, e fu veduto nel Maggior Consiglio lo strano caso che la filosofia e la paura votassero contro la stabilità e il coraggio. Ma la vera filosofia a quei giorni avrebbe dovuto consigliare di cercar la salute nella propria dignità, non di chiederla in ginocchione alla sapienza politica d'un condottiero. Io per me fui degli illusi, e me ne pento e me ne dolgo; ma operava a fin di bene, e d'altra parte l'amicizia di Amilcare ancora prigione, Lucilio intrinseco affatto dell'ambasciatore francese, e mio padre più di tutti fiducioso nel prossimo rinnovamento di Venezia, mi spingevano per quella via. O terribile insegnamento! Ripudiare, schernire le virtù antiche senza prima essersi ricinti il cuore colle nuove, e implorare la libertà col lievito della servitù già gonfio nell'animo! Vi sono diritti che sol meritati possono chiamarsi tali; la libertà non si domanda ma si vuole: a chi la domanda vilmente è giusto rispondere cogli sputi: e Bonaparte aveva ragione e Venezia torto. Soltanto anche un eroe che ha ragione può esser codardo nei modi di farsela. Il partito democratico, che allora poteva chiamarsi ed era infatti francese, non predominava forse a Venezia per numero; sibbene per gagliardia d'animo, per forza d'azione, e sopratutto per potenza d'aiuti. I contrari non formavano partito; ma un volume inerte di viltà e d'impotenza, che dalla grandezza non riceveva alcun accrescimento di forza. I nervi ubbidiscono all'anima, le braccia all'idea, e dove non vi sono né idee né anima, o intorpidisce il letargo o la vita stultizza. I perrucconi veneziani erano nel primo caso. La Legazione francese non il Senato né il Collegio dei Savi governava allora. Essa sotto l'occhio stesso e a marcio dispetto dell'Inquisizione preparava i fili della trama che dovea precipitare dal trono la sfibrata aristocrazia; e buona parte della gente di lettere e di garbo le dava mano in cotali macchinazioni. I Piombi ed i Pozzi erano vani spauracchi; un monitorio dell'ambasciatore Lallement spalancava ai rei di Stato quelle porte che non si riaprivano di solito che ai condannati del capo o ai cadaveri. Il dottor Lucilio si facea notare per la sua fervorosa devozione alla causa dei Francesi; e forse l'addentellato a questo zelo virile si trovava da lungo tempo disposto nelle misteriose turbolenze della sua gioventù. Si sa già ch'egli era, come allora si diceva, filosofo; e fra i filosofi principalmente si cernevano i caporioni delle società secrete, che serpeggiavano fin d'allora cupe e corrosive sotto la vernice crepolante della vecchia società. Ad ogni modo nel suo apostolato liberalesco ei ci metteva tutto il calore tutta l'accortezza di cui era capace; e i patrizi che lo incontravano in Piazza, tremavano, come i peccatori alla notturna apparizione d'un demonio. Gli è vero che se uno d'essi ammalava, non era restio dal ricorrere a questo demonio, perché trovasse il bandolo di guarirlo. Allora il celebre medico tastava quei polsi, guardava quelle facce con un certo ghigno che lo vendicava dell'odio sofferto. Pareva che dicesse: "Io vi disprezzo tanto che voglio anche guarirvi, e so che mi siete nemici, ma non me ne cale."

Le signore dimostravano a Lucilio quel rispetto timido e vergognoso che pare uno stregamento, e suole ad una sola occhiata ad un sol cenno trasformarsi piú che in amore in venerazione e in servitù. Dicevano ch'egli fosse maestro nell'arte di Mesmer e ne contavano miracoli; certo peraltro di quel suo potere egli usava assai parcamente. E non vi fu donna che potesse dire di aver raccolto da' suoi occhi il lampo d'un desiderio. Serbava l'indipendenza la castità il mistero del mago; ed io solo conosceva forse il segreto di tale sua ritenutezza, poiché i costumi d'allora e piú la sua fama di gran medico, di gran filosofo, non consentivano il sospetto d'un amore che lo preoccupasse tutto. Eppur era; e ve lo posso dir io; e quell'amore, allargatosi in un'anima capace come la sua, pigliava oggimai la forza e la grandezza d'una passione irresistibile. Direte voi che egli avea lasciata tranquilla la Clara presso sua madre, che non s'era sbizzarrito nel darle la scalata al balcone, o nel cantarle la serenata dalla gondola, ché l'avea lasciata entrare in convento e che so io. Ma l'amor suo non apparteneva ai comuni: egli non voleva rapire ma ottenere: sicuro della Clara e ch'essa lo avrebbe aspettato un secolo senza piegare e senza disperarsi, egli agognava e maturava con ogni fervore d'opere e di sacrifici il momento quando lo avrebbero pregato di prendersela, tenendosi onorati del suo parentado. L'amore e la religione politica s'erano confusi in un solo sentimento tanto vivace tanto potente tanto ostinato quanto possono esserlo tutte le forze d'un'indole cosí robusta, strette e attortigliate in un solo fascio. Quand'egli si abbatteva nel viso adunco e orgoglioso della Contessa, o nella faccia nebbiosa slavata aristocratica del conte Rinaldo, o in quei visetti mobili graziosi sdolcinati di casa Frumier, egli sorrideva di sottecchi. Sentiva che era prossimo a diventar il padrone lui, e allora avrebbe potuto intimare a quei vanarelli i patti qualunque da lui stimati convenevoli. La loro pieghevole natura e la facilità degli spaventi lo assicuravano dal timore di un'importuna opposizione. Ma la Contessa dal canto suo non si stava colle mani alla cintola; essa conosceva Lucilio piú forse ch'egli non credesse, e le mura d'un monastero le sembravano debole riparo contro la sua temerità. Perciò aveva raccomandato particolarmente la figliuola a una certa madre Redenta Navagero che era la piú gran santa e astuta monaca del convento, perché con altri argomenti le rafforzasse l'anima contro le tentazioni del demonio. Infatti costei ci si mise di gran lena e non dirò che a quel tempo fosse ita molto innanzi, ma avea fatto già uscire del capo alla Clara se non Lucilio certo tutte le altre cose del mondo. Non era poco; molti fili erano tagliati; restava il capo grosso, la gomena maestra, ma scuoti sega e risega, non disperava di recidere anche quello, e di ridurre quella diletta animina al beato isolamento dell'estasi claustrale. La Clara per mezzo d'una servigiale del monastero riceveva qualche notizia di Lucilio; ma ciò succedeva di rado e negli intervalli chiedeva conforto alle reminiscenze e alla devozione.

Ma la divozione spostò a poco a poco le reminiscenze, massime quando il confessore e la madre Redenta la ebbero persuasa a non divagare troppo in immagini mondane, e ad abbondare nella preghiera, allora che se ne avea tanto bisogno per gli urgenti pericoli della Repubblica e della religione. Per quelle monache, quasi tutte patrizie, Repubblica di San Marco e religione cristiana formavano un solo impasto; e a udirle parlare delle cose di Francia e dei Francesi sarebbe stato il gusto piú matto del mondo. Nominar Parigi o l'inferno era per esse l'egual cosa; e le piú vecchie tremavano di raccapriccio pensando le orrende cose che avrebbero potuto commettere quei diavoli incarnati una volta entrati in Venezia. Le piú giovani dicevano: — Non bisogna spaventarsi, Iddio ci aiuterà! — E taluna fors'anco che aveva fatto i voti per ubbidienza o per distrazione, sperava di abbisognare quandocchessia di questo soccorso divino. Qui non è il caso di dire che sarebbe stato il soccorso di Pisa; ma ad ogni modo chi non ebbe una decisiva vocazione, non è poi obbligato a cercare e ad adorare la necessità di fingere d'averla avuta. La Clara, piú sincera e meno bigotta, si scandolezzava di queste mezze eresie. Quanto ai Francesi, ella stava colle vecchie, massime dopo l'orrenda tragedia della nonna, che sebbene contata a lei con tutti i debiti riguardi, pure l'aveva fatta piangere lunghi giorni e lunghissime notti. Ella li credeva con tutta buona fede eretici, bestiali, indemoniati; e nelle litanie dei santi, dopo aver pregato il Signore per l'allontanamento di ogni male, lo supplicava mentalmente di liberar Venezia dai Francesi che le sembravano il male piú grosso.

Per Venezia infatti se non il piú grosso erano certo il male piú nuovo ed imminente. Le altre disgrazie già incancrenite non davano piú sentore di sé. Quella era la piaga viva e sanguinosa che si dilatava nello Stato, facendone rifluir al cuore gli umori guasti e stagnanti. Ogni giorno recava l'annunzio d'una nuova defezione, d'un nuovo tradimento, di un'altra ribellione. Il Doge si scomponeva il corno sul capo anche nelle grandi cerimonie; i Savi perdevano la testa e commettevano al Nobile di Parigi che comperasse da qualche portier i segreti del Direttorio. Tentarono anche di giungere al cuore di Bonaparte per una lunga trafila d'amici, di cui il primo capo era un banchiere francese stabilito a Venezia e pagato perciò, credo, alcune migliaia di ducati. Figuratevi che puntelli da sostenere un governo pericolante! – La storia della Repubblica di Venezia si trovò nel caso eguale degli spettacoli comici d'inverno; una tragedia non basta ad occupare le ore troppo lunghe, ci vuole dopo la farsa. E la farsa ci fu, ma non tutta da ridere. Molti giovinastri, non per liberalità d'opinione, ma per ruzzata da bravi, si perdevano a far la satira di que' parrucconi senza cervello; come succede a tutti i grandi diventati piccoli, a tutti i potenti ridotti inetti che s'hanno subito addosso le maledizioni il danno e le beffe. I libelli, i versacci, le cantafere che andarono attorno a quel tempo, servirono lunga pezza dappoi a incartocciar sardelle; ma sembra impossibile il merito che allor si faceva agli autori di quelle sconce e vili parodie. Giulio Del Ponte, letteratuzzo sparvierato, non gli parve vero d'impiegare il proprio ingegno a sí alta usura e si mescolò per bene in tali pettegolezzi. Egli godeva di vedersi segnato a dito; e bisogna anche dire che le sue composizioni si stoglievano dalle solite; e taluna non mancava né di forza né di brio né quasi anche d'opportunità. La Pisana, nel vederlo tanto stimato e temuto, gli concedeva qualcheduna delle sue occhiate d'una volta, e a merito di queste egli sfidava gli atti villani, e perfino i rabbuffi della Contessa. Io poi, anch'io le era andato in uggia alla signora zia pei miei grilli democratici, ma le doble del signor padre me la tenevano buona; e spesso ella lavorava di gomito nelle coste alla figliuola perché mi usasse maggior cortesia. Queste gomitate e il mio svagamento continuo davano la stizza alla Pisana, e la allontanavano col pensiero da me: rimaneva però sempre qualche sguardo fuggitivo, qualche subito rossore, che ad osservarlo come andava osservato, mi avrebbe potuto lusingare. Giulio Del Ponte se ne accorgeva e ne diventava giallo di bile; ma cercava un compenso nella vanità, e correva a' suoi amici che lo incensavano mattina e sera come il Persio e il Giovenale o l'Aristofane del suo tempo. Soltanto il dottor Lucilio, benché simile d'opinioni, gli avea parlato chiaro dimostrandogli il pericolo di infervorarsi a un alto ministero civile non già per salda persuasione e per istudio del pubblico bene, ma per frivolezza e per albagia.

— Che ne sapete voi? – gli rispondeva Giulio. – Posso ben avere anch'io come pretendete averla voi la vera virtù del cittadino!... Devo proprio prendere a prestito tutte le idee dall'orgoglio e dall'irrequietudine?...

Lucilio squassava il capo vedendo quel cervellino gonfio di boria sfarfallare in tali gradassate; ma forse impietosiva entro sé a tante belle doti già appassite in una persona esile e diroccata. Il dottore ci vedeva a doppio nell'anima e nel corpo. Là in Giulio egli ebbe tantosto indovinato i segni d'una passione, ed erano segni fatali; di più s'accorgeva che la calma di quella passione non bastava a cancellarli; e perciò guai per lui s'ella risorgesse mai con tutta la sua misera violenza! – Il giovinotto invece non badava a tali paure: omai persuaso di valer qualche cosa, se la Pisana lo disdegnava egli s'arrischiava a punirla con un'ombra d'indifferenza. Poco dopo se ne pentiva, perché la banderuola era pronta a piegar altrove; e raddoppiava allora di premura e di brio per rendersele desiderabile e gradito. E sopratutto in mio confronto egli s'affaccendava a primeggiare, perché nelle maniere usate dalla Pisana verso di me aveva fiutato una vogliuzza non mai sazia, una rimembranza non ancora spenta d'amore. Io non mi rassegnava tanto facilmente a sparir dietro a lui, massime dopo le belle accoglienze ch'era usato a ricevere per tutta Venezia. E a poco a poco ne nacque un astio, una inimicizia scambievole che scoppiò molte volte perfino dinanzi alla Pisana stessa in rimbrotti e in improperi. Giulio cominciò a tacciarmi di aristocratico e di sammarchino; io presi dal canto mio a trascendere nei sentimenti di libertà e d'eguaglianza; la Pisana in tali dispute si scaldava anch'ella, e in breve ella diventò, al pari di noi, la più sfrenata e incorreggibile libertina. Credo che simili contese, nelle quali tutti andavamo d'accordo e ognuno anzi non faceva che correr innanzi al compagno nei disegni e nelle speranze, non possano rinnovarsi cosí di leggieri. I Francesi erano il tema prediletto de' nostri discorsi; e senza di essi non vedevamo salute. Giulio li cantava in versi, io li invocava in prosa, la Pisana ne sognava fuori tanti paladini della libertà colla fiamma dell'eroismo accesa sulla fronte. E sí, che giorni prima, praticando nel convento di sua sorella, essa era giunta a vincer le monache nel loro odio contro di essi.

Un giorno capita la notizia dell'entrata dei Francesi in Verona, creduta fino allora la città piú restía a far novità. I villici armati s'eran dispersi, le truppe raccolte per ridurre Bergamo e Brescia, ritirate a Padova e a Vicenza. Fu una gran baldoria pei fautori di Francia. Alcuni giorni dopo succede lo spavento delle tremende Pasque Veronesi, e con tutte le atrocità sopra i Francesi che le contaminarono. Giungono le furiose proteste di Bonaparte, e l'intimazione di guerra in tutta regola. Senatori, Savi, Consiglieri, e tutti, cominciano a credere che quello che ha durato molto possa anche finire; essi di buon accordo si danno attorno per provvedere di viveri la Serenissima Dominante; quanto alla difesa ci pensano poco, perché a dirla chiara, nessuno ci crede. Finalmente il generale Baraguay d'Hilliers cinge col suo campo l'estuario; le comunicazioni sono intercettate; Donà e Giustinian, inviati al general Bonaparte, svelano le intenzioni di questo che una nuova forma piú libera e piú larga sia introdotta nel Governo della Repubblica. Egli impone di piú che l'Ammiraglio del Porto e gli Inquisitori di Stato siano consegnati nelle sue mani, come colpevoli di atti ostili contro una nave francese che voleva sforzare l'ingresso del porto di Lido. I signori Savi capirono l'avvertimento e si disposero umilmente a servire il generale di barba e di perrucca, come si dice a Venezia. Parve a loro che le deliberazioni del Maggior Consiglio fossero troppo lente alla stretta del bisogno, e improvvisarono una specie di magistratura funeraria, un collegio di becchini per la moribonda Repubblica, il quale si componeva di tutte le cariche componenti la Signoria, dei Savi di Consiglio, dei tre Capi del Consiglio dei Dieci e dei tre Avogadori del Comune; in tutto quarantuna persona, e il Serenissimo Doge a capo, col titolo comodissimo di Conferenza. Intanto si ciarlava per Venezia che sedicimila congiurati coi loro pugnali fossero già appostati in città per rinnovare su tutti i nobili la strage degli innocenti. Figurarsi che conforto per la Conferenza! – Mi ricordo che con modi da furbo io domandai Lucilio di quello ch'egli credesse esservi di vero in quella voce, e che il dottore mi rispose squassando le spalle:

— Oh Carlino mio! credete che siano pazzi i Francesi ad assoldare sedicimila congiurati reali, mentre facendoli balenare affatto immaginari si ottiene lo stesso effetto?... Credetemi che in tuttociò non c'è di vero la punta d'un chiodo, eppure sarà come fosse vero, perché questi patrizi non è necessario ammazzarli! Sono già belli e morti!

La Conferenza si radunò per la prima volta la sera del trenta aprile nelle camere private del Doge. Questi spifferò un esordio che principiava: "*La gravità e l'angustia delle presenti circostanze*", ma le sciocchezze che vi si dissero poi, se designarono bassamente l'angustia, non corrisposero affatto all'accennata gravità delle circostanze. Si tornò a proporre di toccar il cuore del general Bonaparte per mezzo di certo Haller suo amicissimo. E il cavalier Dolfin fu ritrovatore d'un sí decisivo consiglio. Il Procuratore Antonio Cappello, da me conosciuto in casa Frumier, si levò a deriderne la puerilità; e con lui si strinse il Pesaro per far deliberare sulla costanza nella difesa e nulla piú. Infatti le intenzioni dei Francesi non avean oggimai bisogno di esser chiarite, ed era inutile illudersi con vane chimere. Ma i Savi adoperarono in modo che si perdesse il filo di questo discorso; quando sul piú bello giunse al Savio di settimana un piego dell'ammiraglio Tommaso Condulmer, che riferiva l'avanzarsi dei Francesi sulla laguna coll'aiuto di botti galleggianti. La costernazione fu subitanea e quasi generale; alcuni cercavano di cavarsela, altri proponevano si trattasse, o meglio si offrisse, la resa. Fu in quella circostanza che il Serenissimo Doge Lodovico Manin, passeggiando su e giù per la stanza e tirandosi la brachesse sul ventre, pronunciò quelle memorabili parole: "*Sta notte no semo sicuri gnanca nel nostro letto*". Il Procurator Cappello mi assicurava che la maggior parte dei consiglieri uguagliava Sua Serenità in altezza d'animo ed in coraggio. Fu deciso a rompicollo che si proporrebbe al Maggior Consiglio la parte, per cui ai due deputati fosse concesso di trattare col Bonaparte sui cambiamenti nella forma del governo. Il Pesaro, indignato di sí vigliacca deliberazione, proruppe colle lagrime agli occhi in parole di compassione sulla rovina della patria, già sicura; e dichiarò di voler partire quella notte stessa da Venezia per ritirarsi fra gli Svizzeri. Il che egli non fece poi, e credo che l'andasse per le poste a Vienna. Davvero che a me non basta l'animo di palliare per un misero orgoglio nazionale la viltà buffonesca di tutte queste scene. Raccolgono esse un grande e severo insegnamento. Siate uomini se volete esser cittadini; credete alla virtù vostra, se ne avete; non all'altrui che vi può mancare, non all'indulgenza o alla giustizia d'un vincitore, che non ha piú freno di paure e di leggi.

Il primo maggio colla mia toga e la mia perrucca io entrai nel Maggior Consiglio a braccetto del nobiluomo Agostino Frumier, secondogenito del Senatore. Il primo apparteneva al partito di Pesaro e sdegnava far comunella con noi. Quel giorno il consesso era scarso; appena giungeva al numero di 600 votanti senza il quale, per legge, nessuna deliberazione era valida. I vecchi erano pallidi non di dolore ma di paura, i giovani ostentavano un portamento altero e contento; ma molti sapevano dentro a sé di esser costretti a darsi la zappa sui piedi, e quell'allegria non era sincera. Si lesse il decreto che dava facoltà ai negoziatori di mutare a lor grado la Repubblica, e che prometteva a Bonaparte la liberazione di tutti gli arrestati politici dal primo ingresso delle armate francesi in Italia. In questa ultima clausola io conobbi l'influenza del dottor Lucilio, pensai ad Amilcare, e fui forse il solo che ne gioisse non indecorosamente. Del resto era un capo d'oca a non intendere la vigliaccheria di quella promessa, e a trovarla giusta per un sentimento affatto privato. Il decreto fu approvato con soli sette voti contrari; altri quattordici ne furono di non sinceri, cioè di quelli che né accoglievano né rigettavano la proposta ma ne negavano la presente opportunità. E appena esso fu noto in piazza, subito i favoreggiatori dei Francesi, che vi tulmultuavano, corsero con gran impeto alle carceri. Coi buoni uscirono i galeotti, coi fanatici i tristi, e la favola dei sedicimila congiurati ottenne maggior fede di prima. I patrizi credettero aver dato prova di sommo coraggio col non deliberare sulla consegna richiesta dell'Ammiraglio del Lido e dei tre Inquisitori. Ma ecco che il general Bonaparte torna da capo col dichiarare al Donà e al Giustinian che non li accoglierà come inviati del Maggior Consiglio se prima quei quattro magistrati non siano imprigionati e puniti. L'umilissimo Maggior Consiglio si inchinò un'altra volta, non piú con cinquecento ma con settecento voti: e il Capitano del Porto e i tre Inquisitori furono carcerati quel giorno stesso per lo strano delitto di aver ubbidito meno infedelmente degli altri alle leggi della patria. Francesco Battaja, il traditore, fu tra gli Avogadori di Comune incaricato dell'esecuzione di quel sacrilego decreto. Ma questo non bastava né all'impazienza dei novatori né alla spaventata condiscendenza dei nobili. La solita Conferenza ammanní un altro decreto nel quale veniva ordinato al Condulmer di non resistere colla forza alle operazioni militari dei Francesi, ma soltanto di persuaderli a non entrare nella Serenissima Dominante, finché si avesse il tempo di allontanar gli Schiavoni a scanso di spiacevoli conseguenze... Volevano tosarsi perfino le unghie per non dare in isbaglio qualche graffiatura a chi si apprestava a soffocarli. Se questa non fu mansuetudine meravigliosa anzi unica al mondo, io sfido i pecori ad inventarne una migliore. Mio padre era proprio tornato di Turchia a tempo, per far me poverello partecipe senza saperlo di tali codarde castronerie. E d'altra parte cosa valeva il sapere? Il dottor Lucilio fu invischiato peggio di me in quella brutta pece. Guai anche ai sapienti cui non corrisponde la virtú dei contemporanei: sorretti dalla confidenza nelle proprie dottrine essi salgono facilmente ad abitar le nuvole: e se non disperano prima per discrezione di criterio, disperano poi per necessità d'esperienza. Amilcare intanto era uscito di prigione e secolui avevamo rappiccato l'antica amicizia; un altro invasato anche lui, che vedeva nei Francesi i liberatori del mondo, e fin lí forse il ragionamento si reggeva; ma zoppicava poi, quando li credeva i liberatori di Venezia. Ciò non toglie che Amilcare non cooperasse a infervorare e persuadere maggiormente anche me: poiché il suo ardore non era chiuso come quello di Lucilio ma tendeva a dilatarsi con tutta l'espansione della gioventú. Insieme ad Amilcare indovinate mo' chi fu liberato dagli artigli dell'Inquisizione? – Il signor di Venchieredo. Non ve l'aspettavate forse, perché il suo delitto non era certo di favoreggiare i Francesi. Ma io credo che o avesse dal carcere intelligenza con questi, o che la grazia fosse concessa anche a lui per isbadataggine, o che la sua pena fosse prossima a finire. Il fatto sta che Lucilio mi diede sue novelle, aggiungendo misteriosamente che dalla Rocca d'Anfo egli era corso a Milano dove era allora la stanza del general Bonaparte, e dove si agitavano diplomaticamente i destini della Repubblica veneta.

Una sera (già si correva precipitosamente all'abisso del dodici maggio) mio padre mi chiamò nella sua camera, dicendo che aveva grandi cose a comunicarmi, e che stessi ben attento e ponderassi tutto perché dalla mia destrezza dipendeva la fortuna mia e lo splendore della famiglia.

— Domani — egli mi disse — si compirà la rivoluzione a Venezia.

Io diedi un strabalzo di sorpresa, perché colla duttile arrendevolezza del Maggior Consiglio e i negoziati pendenti ancora a Milano non mi entrava quel bisogno di rivoluzione.

— Sí — egli riprese — non fartene le meraviglie: poiché stasera sarai chiarito di tutto. Intanto io voglio metterti sulla buona via perché non ti perda poi nel momento decisivo. Sai tu, figliuol mio, cosa voglia dire una repubblica democratica?

— Oh certo! — io sclamai coll'ingenuo entusiasmo d'un giovane di ventiquattr'anni. — Essa è la concordia della giustizia ideale colla vita pratica, è il regno non di questo o di quell'uomo ma del pensiero libero e collettivo di tutta la società. Chi pensa rettamente, ha diritto di governare e governerà bene. Ecco il suo motto.

— Va bene, va bene, Carlino — riprese biascicando mio padre. – Questo sarà un bel concetto scientifico e mettilo da una banda perché il signor Giulio se ne faccia bello in qualche canzonetta. Ma un governo di tutti, cercato da pochi, imposto da pochissimi, e creato da un generale còrso; un governo libero di gente che non vuole e non può esser libera, sai tu qual piega sia disposto a prendere?

Io mi guardai intorno confuso, perché in tali materie usava far i conti senza pensare agli uomini; e sommava e moltiplicava, e divideva come se tutto fosse oro, ma alla fine invece di trovarmi innanzi una somma netta e liquida di zecchini, poteva darsi benissimo che rimanessi con un ciarpame di soldatacci e di quattrinelli. Io, come dissi, non ci pensava, e perciò mi confusi affatto alla domanda di mio padre.

— Ascolta — continuò egli col fare paziente del maestro che riprende l'insegnamento da bel principio. – Queste cose, che tu abbellisci di sogni e di illusioni, io le ho prevedute da anni, tali quali devono essere. Non capisco per verità né pretendo capire a fondo le tue immaginazioni, ma ci veggo per entro una buona dose di gioventù e d'inesperienza. Se fosti stato per qualche tempo alle prese con un bascià o col Gran Visir, credo che sputeresti meno filosofia, ma ci vedresti meglio e piú da lontano. La grossaccia furberia dei Mamelucchi ci insegna a conoscere quella sottilissima dei cristiani. Credilo a me che l'ho provato. E non l'ho provato per nulla, giacché lavorava al mio buon fine, ed ora sarei in ballo io, se tornando a Venezia non mi fosse risovvenuto di te. Figurati che allora ho pensato: "Per Allah! che la Provvidenza ti manda la palla in buon punto! Tu eri vecchio ed essa ti ringiovanisce di quarant'anni con un giochetto di mano. Coraggio, Bey. Cedi il posto al cavallo piú giovine e giungerete prima!". In poche parole, Carlino, io ti ho preso per mio figlio certo e legittimo, e ho voluto cederti anche prima di morire l'eredità delle mie speranze. Sarai tu tale da raccoglierla?... Ecco quello che si vedrà in breve.

— Parlate, padre mio — soggiunsi io, vedendo prolungarsi la pausa dopo quella gran chiacchierata mezzo maomettana.

— Parlare, parlare!... non è tanto facile quanto credi. Son cose da capirsi al volo. Ma pure, veduta la tua ignoranza, guarderò di spiegarmi meglio. Sappi dunque che io ho qualche merito con questi signorini infranciosati e cogli stessi Francesi che reggono ora le cose d'Italia. Meriti arcani, lontanetti se vuoi, ma pur sempre meriti. Di piú mi fanno corona alcuni milioni di piastre che non corteggiano male coi loro raggi brillantati il fuoco centrale della mia gloria. Carlino, io ti cedo tutto, io dono tutto a te, purché tu mi assicuri un divano, una pipa, e dieci tazzine di caffè il giorno. Ti cedo tutto pel maggior lustro di casa Altoviti. Cosa vuoi? È la mia idea fissa! Avere un doge in famiglia! – Ti assicuro che ci riusciremo se vorrai fidarti di me!

— Che? io... io doge? – sclamai colla voce sospesa e non osando quasi respirare. – Vorreste che di punto in bianco io diventassi doge?

— Ottimamente, Carlino, tu pigli le cose di volo, come non avrei sperato. Il mestiere del doge diventerà tanto piú proficuo, quanto meno seccante e pericoloso. Tu guadagnerai ducati, io li farò fruttare. Dopo sei anni compreremo tutto Torcello, e la famiglia Altoviti diventerà una dinastia.

— Padre mio, padre mio, cosa dite mai!... — (V'accerto proprio ch'io lo credetti agli ultimi guizzi per diventar matto.)

— Ma già – egli riprese – e non c'è da stupirsene. Coi nuovi ordinamenti che ci incastreranno, ognuno che ha meriti dovrebbe soverchiare chi non ne ha. Questo in via di astrazione. Ma nel concreto colle vostre abitudini coi vostri costumi credi tu che il piú ricco ed il piú furbo non abbia ad esser giudicato il piú meritevole?... Ogni tempo ha i suoi fortunati, figliuolo mio; e saremmo corbelli a non farcene il nostro pro'!...

— Per carità, come vedete tutto brutto e corrotto! Qual trista parte mi date a sostenere a me che m'accingeva a combattere per la libertà e la giustizia!

— Benone, Carlino! Per accingersi a questo non c'è che la mia strada; perché del resto se rimani al disotto ti sfido io a combattere, sarai schiacciato. Dunque per far trionfare il vero e il buono bisogna farsi posto fra i primi, a gomitate anche, non importa. Ma figurati il gran danno che ne verrebbe se in quei posti ci spuntassero dei tristi e dei fannulloni! Or dunque avanti, figliuol, per far poi ire innanzi gli altri; e l'intenzione scusi la maniera. Non dico che tu voglia farti doge domani o dopo; ma pazienta un pochino, e le nespole matureranno piú presto di quello che si crede!... Intanto io ti voglio avvertire perché tu assecondi le mire de' tuoi amici e non ti abbia a tirare indietro per falsa modestia. Credi tu di aver retto animo e buone e sode intenzioni?... Credi tu che sia utilissimo metter a capo della cosa pubblica uno che ami il proprio paese e non scenda a patti coi suoi nemici?

— Oh, sí! padre mio, lo credo!

— Animo dunque, Carlino! Stasera il signor Lucilio ti parlerà piú chiaro. Allora intenderai, vedrai, deciderai. Tieniti daccosto a lui. Non tentennare, non indietreggiare. Chi ha cuore e coscienza deve farsi innanzi coraggiosamente generosamente non per proprio orgoglio ma per l'utilità di tutti.

— Non temete, padre mio. Mi farò innanzi.

— Basta per ora che tu ti lasci spingere. Intanto siamo intesi. Tu sarai spalleggiato dai nobili ed hai il favore dei democratici: la fortuna non può fallirti. Io vado dal signor Villetard per metter in ordine qualche ultima clausola. Ci rivedremo stasera.

Dopo un tale colloquio io rimasi tanto strabiliato e perplesso che non sapeva a qual muro dar il capo. Il maggior malanno si era che ci intendeva ben poco. Io salire ai primi posti, al piú alto seggio forse della Repubblica? Cosa volevan dire cotali sogni? – Certo mio padre avea recato seco dall'Oriente qualche volume di appendice alle *Mille e una notte*. E cosa volevan dire quelle sue vaghe parole di rivoluzione, di clausole, di che so io? – Il signor Villetard era un giovine segretario della Legazione francese, ma quale autorità aveva il mio signor padre d'ingerirsi con essolui in faccende di Stato? – Piú ci pensava e piú i miei pensieri volavano fra le nuvole. Non ne sarei disceso piú, se non veniva Lucilio a orizzontarmi. Egli m'invitò a seguirlo in un luogo ove si aveva a deliberare sopra cose importantissime al pubblico bene: nella calle ci unimmo ad altre persone sconosciute che lo aspettavano, e tutti insieme prendemmo via verso uno dei sentieri piú deserti della città, dietro il ponte dell'Arsenale. Dopo una camminata lunga sollecita e silenziosa entrammo in un salone buio e spopolato; salimmo la scala al dubbio chiarore d'un lumicino d'olio; nessuno ci aperse, nessuno ci introdusse; somigliavano una coorte di fantasmi che andasse a spaventare i sonni d'un malandrino. Finalmente entrati in una sala umida e ignuda, ci fu concessa una luce meno avara: e al lume di quattro candele poggiate sopra una tavola vidi ad una ad una tutte le persone della radunanza e ne distinsi bene o male le fattezze. Eravamo in trenta all'incirca, la maggior parte giovani: ravvisai fra questi Amilcare e Giulio Del Ponte: il primo acceso in volto e coll'impazienza negli occhi, il secondo pallidissimo e con un fare neghittoso che sconsolava. V'era l'Agostino Frumier, v'era anche il Barzoni, giovane robusto, impetuoso, innamorato di Plutarco e de' suoi eroi: quello che scrisse poi un libello contro i Francesi intitolandolo *I Romani in Grecia*. Tra i piú attempati conobbi l'avogadore Francesco Battaja, il droghiere Zorzi, il vecchio general Salimbeni, un Giuliani da Desenzano, Vidiman, il piú onesto e liberale patrizio di Venezia, e un certo Dandolo che aveva acquistato gran fama di sussurrone nei crocchi piú tempestosi; gli altri mi erano quasi sconosciuti, benché di taluno non mi comparissero nuove le sembianze. Costoro si stringevano con grande impegno intorno ad un omiciattolo lattimoso e rossigno che parlava poco e sotto voce, ma agitava le braccia come un primo ballerino. Il dottor Lucilio s'aggirava per la sala muto e pensoso; tutti gli facevano largo rispettosamente e pareva attendessero i comandi da lui solo. Vi fu un momento che il Battaja tentò primeggiar a lui colla voce e attirare a sé l'attenzione di tutti; ma non gli badarono; uno scantonò di qua e l'altro di là; chi si raschiava in gola e chi tossiva nel fazzoletto; nessuno si fidava ed egli restò come il corvo dopo ch'ebbe cantato. Cosí si rimase lunga pezza senzaché io potessi capir nulla né dalle mie previsioni né dalle parole tronche di Amilcare né dai sospiri di Giulio; finalmente un altro perruccone giallo, sfinito e livido di paura si precipitò nella stanza. Lucilio gli era ito incontro fin sulla soglia, e alla sua comparsa tutta l'adunanza si dispose in cerchio come per udire qualche grande ed aspettata novella.

— È il Savio supplente in settimana! – mi bisbigliò all'orecchio Amilcare. – Ora vedremo se sono disposti a cedere colle buone.

Io finsi di capire, e considerai piú attentamente il perruccone che non sembrava per nulla agevolato a sfoggiar l'eloquenza da quella numerosa combriccola che lo circondava. Il Battaja se gli fece ai panni per interrogarlo, ma Lucilio gli tagliò la strada, e tutti stettero zitti ad ascoltare quanto diceva.

— Signor Procuratore – cominciò egli – ella sa il deplorabile stato di questa Serenissima Dominante dappoiché tutte le provincie di terraferma hanno inalberato lo stendardo della vera libertà. Ella sa l'inettitudine del governo dopo l'imbarco dei primi reggimenti schiavoni, e la fatica durata finora ad imbrigliare la rabbia del popolo.

— Sí... sissignore, so tutto — balbettò il Savio di settimana.

— Io ho ritenuto mio dovere di chiarire all'Eccellentissimo Procuratore tali tristi condizioni della Repubblica — soggiunse il Battaja.

Lucilio, senza degnarsi di badare a costui, riprese la parola.

— Ella conosce del pari, signor Procuratore, gli estremi sommari del trattato che si firmerà fra breve a Milano fra il cessante Maggior Consiglio e il Direttorio di Francia!

Questo crudele ricordo cavò dagli occhi del Procuratore due lagrimone che se non accennavano il coraggio non erano peraltro senza una tal qual dignità di mestizia e di rassegnazione. Esse bagnarono tortuose la cipria di cui aveva spruzzolata la pelle, e ne divenne piú giallo e men bello di prima.

— Signor Procuratore – riprese Lucilio – io sono un semplice cittadino; ma cerco il bene, il vero bene di tutti i cittadini! Dico che si farebbe atto di patria carità e prova d'indipendenza correndo incontro alle ottime intenzioni degli altri; cosí si risparmierebbero molti disordini interni che non mancheranno di intorbidare le cose se ancora si tarda la conclusione del trattato. Io per me son alieno da qualunque ambizione, e lo vedranno dal posto che mi si è voluto concedere nel quadro della futura Municipalità. Il signor Villetard (e accennava l'ometto irrequieto e rossigno) ha favorito scrivere le condizioni, a tenor delle quali cambiatesi le forme del governo, un presidio francese entrerà a proteggere il primo stabilimento della vera libertà in Venezia. Sono i soliti articoli (prendeva in ciò dire dalla tavola uno scritto e lo scorreva rapidamente): erezione dell'albero della libertà, proclamazione della democrazia con rappresentanti scelti dal popolo, una Municipalità provvisoria di ventiquattro veneziani alla testa dei quali l'ex-doge Manin e Giovanni Spada, ingresso di quattromila Francesi come alleati in Venezia, richiamo della flotta, invito alle città di terraferma, di Dalmazia e delle isole ad unirsi colla madre patria, licenziamento definivo degli Schiavoni, arresto del signor d'Entragues, manutengolo dei Borboni, e cessione delle sue carte al Direttorio pel canale della Legazione francese. Son tutte cose note e concesse dall'unanime assenso del popolo. Infatti ieri stesso il Doge si dichiarò pronto in piena assemblea a deporre le insegne ducali e a rimettere le redini del governo in mano dei democratici. Noi chiediamo meno di quello ch'ei sia disposto a concedere. Vogliamo ch'egli resti a capo del nuovo governo, arra di stabilità e d'indipendenza per la futura Repubblica; non è vero, signor Villetard?

L'omiciattolo accennò di sí con gran lavoro di gesti e di boccacce. Lucilio si rivolse allora di bel nuovo al Savio di settimana e gli porse quello scritto che aveva scorso poco prima.

— Ecco, signor Procuratore – egli soggiunse – qui stanno i destini della patria: guardi ella di capacitarne l'animo del Serenissimo Doge e degli altri nobili colleghi, altrimenti... Dio protegga Venezia! io avrò fatto per salvarla quanto umanamente poteva.

Rispose colle lagrime agli occhi il Procuratore:

— Io sono veramente grato a tanta deferenza di loro illustri signori; – (Gli incorruttibili cittadini rabbrividirono a questi titoli scomunicati) – Il Serenissimo Doge ed i colleghi Procuratori, come cariche perpetue della Repubblica, sono pronti a sacrificarsi per la sua salute – (sacrificarsi voleva dire cavarsela) – tanto piú che la fedeltà degli Schiavoni rimasti comincia a tentennare, e non ci meraviglierebbe per nulla di vederli unirsi ai nostri nemici... – (Il Procuratore s'accorse d'aver detto uno sproposito e tossí e tossí che divenne scarlatto come la sua tonaca) – dico di vederli unirsi ai nostri amici, che... che... che... vogliono salvarci... ad ogni costo. Dunque io mi riprometto che queste condizioni – (e mostrava il foglio come se stringesse fra le dita una vipera) – saranno accettate con tutto il cuore dalla Serenissima Signoria, che il Maggior Consiglio ratificherà i nostri salutari intendimenti, e che presto formeremo una sola famiglia di cittadini uguali e felici.

La voce moriva in gola al Procuratore come un singhiozzo; ma le sue ultime parole furono coperte da una salva di applausi. Egli ne arrossí, il poveruomo, certo di vergogna, e poi s'affrettò a chiedere che taluno di quella egregia adunanza volesse accompagnarsi con lui per recar quel foglio a Sua Serenità. Fu scelto a voti unanimi il Zorzi: un droghiere da appaiarsi ad un procuratore, per intimar l'abdicazione ad un doge!... Due secoli prima l'intero Consiglio dei Dieci si era presentato al Foscari, per chiedergli il corno e l'anello. Venezia tutta silenziosa e tremante aspettava sulla soglia del Palazzo la gran novella dell'ubbidienza o del rifiuto. Il vecchio e glorioso Doge preferí l'ubbidienza e ne morí di dolore: ultima scena terribile e solenne d'un dramma misterioso. Qual divario di tempi!... L'abdicazione del doge Manin potrebbe entrare come incidente in una commedia del Goldoni senza tema di derogare alla propria gravità.

Intanto partirono il Procuratore e lo Zorzi, partí il Villetard col Battaja e alcuni altri patrizi, stupidamente traditori di se stessi: restammo noi pochi, l'eletta, il fiore della democrazia veneziana. Il Dandolo era quello che parlava di piú, io certo quello che ci capiva meno. Lucilio s'era rimesso a passeggiare, a tacere, a pensare. Tutto ad un tratto egli si volse a noi con cera poco contenta, e disse quasi pensando a voce alta:

— Temo che faremo un bel buco nell'acqua! —

— Come? – gli diede sulla voce il Dandolo. – Un buco nell'acqua ora che tutto arride alle nostre brame?... Ora che i carcerieri della libertà impugnano essi medesimi lo scalpello per infrangerne i ceppi? Ora che il mondo redento alla giustizia ci prepara un posto degno onorato indipendente al gran banchetto dei popoli, e che il liberatore d'Italia, il domatore della tirannide ci porge la mano egli stesso per sollevarci dall'abiezione ove eravamo caduti?

— Io sono medico – soggiunse pacatamente Lucilio. – Indovinare i mali è il mio ministero. Temo che le nostre buone intenzioni non abbiano bastevole radice nel popolo.

— Cittadino, non disperare della virtù al pari di Bruto! – uscí a dire come ruggendo un giovinetto quasi imberbe e di fisonomia tempestosa. – Bruto disperò morendo, noi siamo per nascere!

Quel giovinetto era un levantino di Zante, figliuolo d'un chirurgo di vascello della Repubblica, e dopo la morte del padre avea preso stanza a Venezia. Le sue opinioni non erano state le piú salde in fino allora, perché si bisbigliava che soltanto alcuni mesi prima gli fosse passato pel capo di farsi prete; ma comunque la sia, di prete che voleva essere era diventato invece poeta tragico; e una sua tragedia, il *Tieste*, rappresentata nel gennaio allora decorso sul teatro di Sant'Angelo, avea furoreggiato per sette sere filate. Quel giovinetto ruggitore e stravolto aveva nome Ugo Foscolo. Giulio Del Ponte, che non avea fiatato in tutta la sera, si riscosse a quella sua urlata, e gli mandò di sbieco uno sguardo che somigliava una stilettata. Tra lui e il Foscolo c'era l'invidia dell'ingegno, la piú fredda e accanita di tutte le gelosie; ma il povero Giulio s'accorgeva di restar soperchiato, e credeva ricattarsi coll'accrescere veleno al proprio rancore. Il leoncino di Zante non degnava neppur d'uno sguardo codesta pulce che gli pizzicava l'orecchio, o se gli dava qualche zaffata era piú per noia che per altro. In fondo in fondo egli aveva una buona dose di presunzione e non so se la gloria del cantor dei *Sepolcri* abbia mai uguagliato i desiderii e le speranze dell'autor di *Tieste*. Allora meglio che un letterato egli era il piú strano e comico esemplare di cittadino che si potesse vedere; un vero orsacchiotto repubblicano ringhioso e intrattabile; un modello di virtù civica che volentieri si sarebbe esposto all'ammirazione universale; ma ammirava sé sinceramente come poi disprezzò gli altri, e quel gran principio dell'eguaglianza lo avea preso sul serio, tantoché avrebbe scritto a tu per tu una lettera di consiglio all'Imperator delle Russie e si sarebbe stizzito che le imperiali orecchie non lo ascoltassero. Del resto sperava molto, come forse sperò sempre ad onta delle sue tirate lugubri e de' suoi periodi disperati; giacché temperamenti uguali al suo, tanto rigogliosi di passione e di vita, non si rassegnano cosí facilmente né all'apatia né alla morte. Per essi la lotta è un bisogno; e senza speranza non può esservi lotta. – Giulio Del Ponte non fu il solo che si scotesse alla romana apostrofe del Foscolo; anche Lucilio la onorò d'un sorriso tra l'amichevole e il pietoso; ma non credette opportuno rispondere direttamente.

— Chi di voi – soggiunse egli – chi di voi ha badato questa sera al Villetard mentr'io esponeva le sue condizioni all'ex-Procuratore?

— Ci ho badato io – soggiunse un uomo alto e ben tarchiato che seppi esser lo Spada, quello che volean dare per compagno al Manin nel nuovo governo. – Egli mi avea viso di traditore!

— Bravo cittadino Spada! – riprese Lucilio – soltanto egli crederà di esser niente piú che un buon servitore del proprio paese, un ministro accorto e fortunato. Già è qualche tempo che sulle bandiere di Francia la gloria ha preso il posto della libertà!

— E che volete farci? — sclamò rozzamente lo Spada.

— Nulla – continuò Lucilio – perché non ci possiamo nulla. Soltanto, per chi ancor nol sapesse, voglio dichiarare la mente nostra nell'operare questa rivoluzione prima che ce ne venga il comando formale da Milano. Gli è appunto che la diffidenza è un'ottima virtú sopratutto pei deboli, ma temo che non basti. Si vorrebbe che i Francesi fossero aiuto e non esecutori; ecco l'idea. Vorremmo mutarci da noi, non farci mutare da altri come gente che ha perduto la facoltà di moversi. I Francesi ci dovranno venire perché lo possono e lo vogliono; ma trovino almeno tutto fatto, e non ci si incastrino nei fianchi come padrini!...

— Vengano i Francesi a risparmiarci la guerra civile, e le proscrizioni di Silla! — sclamò il Foscolo.

Il Barzoni, che non aveva mai parlato, alzò il capo per fulminar d'una occhiata l'imprudente oratore.

— Ben detto – riprese tuttavia Lucilio – ma dovevi dire: vengano a risparmiarci un altro secolo di torpore uguale ai decorsi e con diverse apparenze. Vengano a scuoterci, a spaventarci, a farci vergognare di noi, a sollecitare colla paura di lor tirannia lo svegliarsi operoso e sublime della nostra libertà... Ecco quello che dovevi aggiungere!... Se noi saremo tali da prenderli per emuli e non per padroni, lo sapremo di qui a qualche mese. Villetard ne dubita e ne teme, e ciò mi fa supporre che piú in alto di lui si desideri altrimenti!

— Che importa questo? – lo interruppe Amilcare. – Noi rispettiamo le tue parole, cittadino Vianello, ma sentiamo i nostri polsi intolleranti di schiavitú, e ci ridiamo di Villetard e di chi sta sopra di lui, come ci ridiamo di San Marco, degli Schiavoni, e del procurator Pesaro!

Lucilio stornò la mente da tali considerazioni forse troppo tristi o tardive per lui, e si volse a me con un fare quasi paterno.

— Cittadino Altoviti – egli disse – vostro padre si è adoperato moltissimo a vantaggio della libertà; gli si deve una ricompensa ch'egli vuol cedere a noi. Non se gli avrebbe badato se la vostra indole e la vostra condotta non davano lusinga di veder continuati in voi gli esempi famigliari. Voi siete uno dei membri piú giovani del Maggior Consiglio, siete uno fra i pochi, anzi fra i pochissimi che voterete per la libertà non per codardia ma per altezza di animo. Vi notifico adunque che foste scelto per primo segretario del nuovo governo.

Un mormorio di maraviglia dei giovani lí presenti accolse tali parole.

— Sí – proseguí Lucilio – e chi ha speso qualche milione a Costantinopoli per volgere la Turchia a danno della Sacra Alleanza, chi ha sacrificato molti anni della propria vita a rannodare nel lontano Oriente le trame di quest'opera di redenzione che ci farà forse liberi e certo uomini, chi ha fatto questo pretenda altrettanto pel figliuol suo!... Lo dico io, lo posso dir io che all'indomani del trionfo tornerò nell'ospitale a salassare i miei malati!

Un applauso unanime scoppiò da tutta la radunanza, e dieci paia di braccia si litigarono il dottor Vianello per istringerlo al cuore. Io scomparvi affatto in questa frenesia d'entusiasmo, e restai da un canto pensieroso, colla pietra di mulino sul petto del mio segretariato. Allora il discorrere diventò generale; si parlava della flotta, della Dalmazia, del modo piú sicuro per ottener l'adesione del general Bonaparte alla nuova forma di governo. Si buttò via molto fiato fino a mezzanotte quando lo Zorzi rientrò nella sala, col portamento autorevole d'un bottegaio che ha rovesciato un governo di tredici secoli.

— E cosí? — gli domandarono tutti.

— E cosí – rispose lo Zorzi – il Doge mi ha pregato di recarmi da Villetard per ottenere le sue condizioni in iscritto; non sapeva sua Serenità che noi le avevamo già in tasca. Domani adunque sarà proposta nel Maggior Consiglio la parte di adottar sul momento per la Repubblica di Venezia il sistema democratico del nuovo governo provvisorio da noi ideato.

— Viva la libertà! — gridarono tutti.

E fu un tal fremito di gioia e d'entusiasmo che io pure mi sentii scorrere per le vene come una striscia di fuoco. Se in quel momento mi avessero comandato di credere alla risurrezione di Roma coi Camilli e coi Manlii, non ci avrei trovato nulla di strano ad ubbidire. Indi a poco ci separammo, e benché l'ora fosse tardissima il galateo veneziano permise a me ed a Giulio di passare in casa della Contessa. Io era fuori di me addirittura senza saperne il perché: tale deve sentirsi un cavallo generoso al sonar della tromba. Giulio all'incontro pareva malcontento della parte troppo modesta da lui sostenuta nell'adunanza di quella sera; e sí che doveva essere avvezzo a tali combriccole, perché tanto egli che Foscolo erano stati imputati di immischiarsi in tali faccende, e la madre di quest'ultimo dicevasi averlo consigliato a perire piuttosto che svelare alcuno de' suoi compagni. Cosí tornavano allora di moda le madri spartane. Il fatto sta che la Pisana in quella sera non ebbe occhi che per me, ma io era troppo addentro nel pensiero del nuovo governo, del Maggior Consiglio della dimane e dei pronostici di mio padre per fermarmi in quelle amorosità. La guardava sí, ma come un'attenta scoltatrice delle mie declamazioni, e questo mio contegno non le garbava punto. Quanto a Giulio al vederlo cosí uggioso appena lo sopportava, e le sue affaticate galanterie non ottenevano il premio della quarta parte di ciò che gli costavano. Ben è vero che la Contessa ne lo rimunerava con un subisso d'interrogazioni sulle novelle della giornata, ma il letteratuncolo non la intendeva a quel modo, e si arrischiava piú volentieri alla taccia d'ingrato che al martirio della noia. L'accorta vecchia, mano a mano che il mal tempo cresceva, andava raccogliendo le vele, e ormai era ridotta a parole una mezza sanculotta. Di dentro poi Dio sa quanto odio e quanta bile covasse!

— Cosa dice, signor Giulio! Verranno questi Francesi?... Si casseranno i crediti ipotecati sopra le rendite feudali?... E i patrizi che sieno sicuri d'una pensione o d'una carica? E san Marco che sia conservato sugli stendardi?

Giulio sospirava, sbadigliava, digrignava, si storceva, ma l'inesorabile Contessa voleva pur cavarne qualche risposta, e credo ch'egli con maggior buona grazia si sarebbe lasciato cavar un dente. Io intanto non poteva resistere al piacere di pavoneggiarmi dinanzi alla Pisana colle mie future splendidezze, e lasciava travedere che nel nuovo governo ci sarebbe stato un bel seggio anche per me.

— Davvero Carlino? – mi chiese cheta cheta la donzella. – Ma non siamo intesi che dobbiate metter sul trono l'eguaglianza?

Io alzai le spalle dispettosamente. Andate dunque a filosofeggiare con donne! Non so peraltro se tacqui per disdegno o per non saper cosa rispondere. Il fatto sta che per quella sera l'ambizione scavalcò affatto l'amore, e che mi partii dalla Pisana che non avrei nemmen saputo dire di qual colore avesse gli occhi. Salutai Giulio soprappensiero in Frezzeria, e m'avviai soletto e ballonzolando d'impazienza per la Riva degli Schiavoni. Mi ricorderò sempre di quella sera memorabile dell'undici maggio!... Era una sera cosí bella cosí tiepida e serena che parea fatta pei colloqui d'amore per le solinghe fantasie per le allegre serenate e nulla piú. Invece fra tanta calma di cielo e di terra, in un incanto sí poetico di vita e di primavera una gran repubblica si sfasciava, come un corpo marcio di scorbuto; moriva una gran regina di quattordici secoli, senza lagrime, senza dignità, senza funerali. I suoi figliuoli o dormivano indifferenti o tremavano di paura; essa, ombra vergognosa, vagolava pel Canal Grande in un fantastico bucintoro, e a poco a poco l'onda si alzava e bucintoro e fantasma scomparivano in quel liquido sepolcro. Fosse stato almeno cosí!... Invece quella morta larva rimase esposta per alcuni mesi, tronca e sfigurata, alle contumelie del mondo; il mare, l'antico sposo, rifiutò le sue ceneri; e un caporale di Francia le sperperò ai quattro venti, dono fatale a chi osava raccoglierle! Ci fu un momento ch'io alzai involontariamente gli occhi sul Palazzo Ducale e vidi la luna che abbelliva d'una vernice di poesia le sue lunghe logge e i bizzarri finestroni. Mi pareva che migliaia di teste coperte dell'antico cappuccio marinaresco o della guerresca celata sporgessero per l'ultima volta da quei mille trafori i loro vacui sguardi di fantasma; poi un sibilo d'aria veniva pel mare che somigliava un lamento. Vi assicuro che tremai; e sí ch'io odiava l'aristocrazia e sperava dal suo sterminio il trionfo della libertà e della giustizia. Non c'è caso; vedere le grandi cose adombrarsi nel passato e scomparire per sempre è una grave e inesprimibile mestizia. Ma quanto piú son grandi queste cose umane, tanto piú esse resiston anche colle compagini fiacche e inanimate all'alito distruttore del tempo; finché sopraggiunge quel piccolo urto che polverizza il cadavere, e gli toglie le apparenze e perfin la memoria della vita. Chi s'accorse della caduta dell'Impero d'Occidente con Romolo Augustolo? – Egli era caduto coll'abdicazione di Diocleziano. – Chi notò nel 1806 la fine del Sacro Romano Impero di Germania? – Egli era scomparso dalla vista dei popoli coll'abdicazione di Carlo V. – Chi pianse all'ingresso dei Francesi in Venezia la rovina d'una grande repubblica, erede della civiltà e della sapienza romana, e mediatrice della cristianità per tutto il Medio Evo? – Essa si era tolta volontariamente all'attenzione del mondo dopo l'abdicazione di Foscari. Le abdicazioni segnano il tracollo degli stati; perché il pilota né abbandona né è costretto ad abbandonare il timone d'una nave che sia guernita d'ogni sua manovra e di ciurme esperte e disciplinate. Le disperazioni, gli abbattimenti, l'indifferenza, la sfiducia precedono di poco lo sfasciarsi e il naufragio. Io volsi dunque gli occhi al Palazzo Ducale e tremai. Perché non distruggere quella mole superba e misteriosa, allora che l'ultimo spirito che la animava si perdeva per l'aria?... In quei marmi rigidi eterni, io presentiva piú che una memoria un rimorso. E intanto vedeva piú in giù sulla riva i fedeli Schiavoni che mesti e silenziosi s'imbarcavano; forse le loro lagrime consolarono sole la moribonda deità di Venezia. Allora mi sorse nell'anima una paura piú distinta. Quella nuova libertà quella felice eguaglianza quella imparziale giustizia coi Francesi per casa cominciò ad andarmi un po' di traverso. Avea ben avvisato Lucilio di operare la rivoluzione prima che Bonaparte ce ne mandasse da Milano l'ordine e le istruzioni; ma ciò non toglieva che i Francesi sarebbero venuti da Mestre: e una volta venuti, chi sa!... Fui pronto ad evocare la magnanima superbia d'Amilcare per liberarmi da queste paure. "Oh bella!" pensai "siam poi uomini come gli altri; e questo nuovo fuoco di libertà che ci anima sarà all'uopo fecondo di prodigi. Di piú l'Europa non potrà esserci ingrata; il suo proprio interesse non gliel consente. Colla costanza con la buona volontà torneremo ad esser noi: e gli aiuti non devono mancare o da poggia o da orza!...".

Con tali conforti tornai verso casa ove mio padre mi significò che era molto contento del posto a me riserbato nella futura Municipalità; e che badassi a condurmi bene e ad assecondare i suoi consigli, se voleva andare piú in su. Non mi ricordo cosa gli risposi; so che andai a letto e che non chiusi occhio fino alla mattina. Potevano esser le otto e tre quarti quando sonò la campana del Maggior Consiglio, ed io m'avviai verso la Scala dei Giganti. Per quanto avessero fretta i signori nobili di commettere il gran matricidio, le delizie del letto non consentirono che si anticipasse piú d'un quarto d'ora sul solito orario. I comparsi furono cinquecento trentasette; numero illegale giacché per inviolabile statuto ogni deliberazione che non si fosse discussa in un'adunanza di almeno seicento membri si considerava illegittima e nulla. La maggior parte tremava di paura e d'impazienza; avevano fretta di sbrigarsi, di tornare a casa, di svestir quella toga, omai troppo pericolosa insegna d'un impero decaduto. Alcuni ostentavano sicurezza e gioia; erano i traditori; altri sfavillavano d'un vero contento, d'un orgoglio bello e generoso pel sacrifizio che cassandoli dal Libro d'Oro li rendeva liberi e cittadini. Fra questi io ed Agostino Frumier sedevamo stringendoci per mano. In un canto della sala venti patrizi al piú stavano ravvolti nelle loro toghe rigidi e silenziosi. Alcuni vecchioni venerandi che non comparivano da piú anni al Consiglio e vi venivano quella mattina ad onorare la patria del loro ultimo e impotente suffragio; qualche giovinetto fra loro, qualche uomo onesto che s'inspirava dai magnanimi sentimenti dell'avo del suocero del padre. Mi stupii non poco di vedere in mezzo a questi il senatore Frumier e il suo figlio primogenito Alfonso; giacché li sapeva devoti a San Marco, ma non tanto coraggiosamente, come mi fu veduto allora. Stavano uniti e quasi stretti a crocchio fra loro; guardavano i compagni non colla burbanza dello sprezzo né col livore dell'odio, ma colla fermezza e la mansuetudine del martirio. Benedetta la religione della patria e del giuramento! Là essa risplendeva d'un ultimo raggio senza speranza e tuttavia ripieno di fede e di maestà. Non erano gli aristocratici, non erano i tiranni; né gli inquisitori; erano i nipoti dei Zeno e dei Dandolo che ricordavano per l'ultima volta alle aule regali le glorie e le virtù degli avi. Li guardai allora stupito ed ostile; li ricordo ora meravigliato e commosso; almeno io posso ridere in faccia alle storie bugiarde, e non evocare dall'ultimo Maggior Consiglio di Venezia una maledizione all'umana natura.

In tutta la sala era un sussurrio, un fremito indistinto; solo in quel canto oscuro e riposto regnavano la mestizia e il silenzio. Fuori il popolo tumultuava; le navi che tornavano dal disarmamento dell'estuario, alcuni ultimi drappelli di Schiavoni che s'imbarcavano, le guardie che contro ogni costume custodivano gli anditi del Palazzo Ducale, tutti presagi funesti. Oh è ben duro il sonno della morte, se non si svegliarono allora, se non uscirono dai loro sepolcri gli eroi, i dogi, i capitani dell'antica Repubblica!...

Il Doge s'alzò in piedi pallido e tremante, dinanzi alla sovranità del Maggior Consiglio di cui egli era il rappresentante, e alla quale osava proporre una viltà senza esempio. Egli aveva letto le condizioni proposte dal Villetard per farsi incontro ai desiderii del Direttorio francese, e placar meglio i furori del general Bonaparte. Le approvava per ignoranza, le sosteneva per dappocaggine, e non sapeva che il Villetard, traditore per forza, aveva promesso quello che nessuno aveva in animo di mantenere: Bonaparte meno di tutti gli altri. Lodovico Manin balbettò alcune parole sulla necessità di accettare quelle condizioni, sulla resistenza inutile, anzi impossibile, sulla magnanimità del general Bonaparte, sulle lusinghe che si avevano di fortuna migliore per mezzo delle consigliate riforme. Infine propose sfacciatamente l'abolizione delle vecchie forme di governo e lo stabilimento della democrazia. Per la metà di un tale delitto Marin Faliero era morto sul patibolo; Lodovico Manin seguitava a disonorare coi suoi balbettamenti sé, il Maggior Consiglio, la patria, e non vi fu mano d'uomo che osasse strappargli dalle spalle il manto ducale, e stritolare la sua testa codarda su quel pavimento dove avevano piegato il capo i ministri dei re e i legati dei pontefici! – Io stesso ne ebbi pietà; io che nell'avvilimento e nella paura d'un doge non vedeva altro allora che il trionfo della libertà e dell'eguaglianza.

Tutto ad un tratto rimbombano alcune scariche di moschetteria: il Doge si ferma costernato e vuol discendere i gradini del trono; una folla di patrizi spaventata se gli accalca intorno gridando: — Alla parte, ai voti! — Il popolo urla di fuori; di dentro crescono la confusione e lo sgomento. Sono gli Schiavoni ribelli! (gli ultimi partivano allora e salutavano con quegli spari l'ingrata Venezia). Sono i sedici mila congiurati (i sogni di Lucilio). È il popolo che vuole sbramarsi nel sangue dei nobili! (il popolo nonché preferire l'obbedienza a que' nobili, alla piú dura servitù che lo minacciava, amava anzi quell'obbedienza e non voleva dimenticarla). Insomma fra le grida, gli urti, la fretta, la paura, si venne al suffragio. Cinquecento dodici voti approvarono la parte non ancor letta, che conteneva l'abdicazione della nobiltà, e lo stabilimento d'un Governo Provvisorio Democratico, sempreché s'incontrassero con esso i desiderii del general Bonaparte. Del non aspettarsi da Milano i supremi voleri del medesimo e il trattato che si stava stipulando, davasi per motivo l'urgenza dell'interno pericolo. Venti soli voti si opposero a questo vile precipizio; cinque ne furono di non sinceri. Lo spettacolo di quella deliberazione mi rimarrà sempre vivo nella memoria: molte fisonomie, che vidi allora in quella torma di pecori avvilita tremante vergognosa, le veggo anche ora dopo sessant'anni con profondo avvilimento. Ancora ricordo le sembianze cadaveriche sformate di alcuni, l'aspetto smarrito e come ubbriaco di altri, e l'angosciosa fretta dei molti che si sarebbero, cred'io, gettati dalle finestre per abbandonare piú presto la scena della loro viltà. Il Doge corse alle sue stanze svestendosi per via delle sue insegne, e ordinando che si togliessero dalle pareti gli apparamenti ducali; molti si raccoglievano intorno a lui, quasi a scordare il proprio vitupero nello spettacolo d'un vitupero maggiore. Chi usciva in Piazza aveva cura prima di gettare la perrucca e la toga patrizia. Noi soli, pochi e illusi adoratori della libertà in quel pecorame di servi (eravamo cinque o sei), corsimo alle finestre e alla scala gridando: — Viva la libertà! — Ma quel grido santo e sincero fu profanato poco stante dalle bocche di quelli che ci videro una caparra di salute. Paurosi e traditori si mescolarono con noi; il romore il gridio cresceva sempre; io credetti che un puro e generoso entusiasmo trasformasse quei mezzi uomini in eroi, e mi precipitai nella Piazza, gettando in aria la mia perrucca e urlando a perdifiato: — Viva la libertà! — Il general Salimbeni, appostato con qualche altro cospiratore, s'era già messo a strepitare in mezzo al popolo eccitandolo al tripudio e al tumulto. Ma la turba gli si scagliò contro furibonda, e lo costrinse a gridare: — Viva San Marco! — Quelle nuove grida soffocarono le prime. Molti, massime i lontani, credettero che la vecchia Repubblica fosse uscita salva dal terribile cimento della votazione. — Viva la Repubblica! Viva San Marco! — fu una sola voce in tutta la piazza gremita di gente; le bandiere furono inalberate sulle tre antenne; l'immagine dell'Evangelista fu portata in trionfo; e un'onda minacciosa di popolo corse alle case di quei patrizi che erano in voce d'aver congiurato per la chiamata dei Francesi. In mezzo alla folla, incerto confuso diviso dai compagni, m'incontrai in mio padre e in Lucilio forse meno confusi ma piú avviliti di me. Essi mi presero fra loro e mi trascinarono verso la Frezzeria. Quei pochi patrizi che aveano votato per l'indipendenza e la stabilità della patria ci passarono rasente colle loro perrucche, colle loro toghe strascicanti. Il popolo faceva largo senza improperi ma senza plauso. Lucilio mi strinse il braccio. — Li vedi? – mi bisbigliò all'orecchio – il popolo grida: "Viva San Marco!" e non ha poi il coraggio di portar in trionfo, e di crear doge uno di questi ultimi e degni padroni che gli restano!... Servi, servi, eternamente servi!

Mio padre non si perdeva in sofisticherie; egli affrettava il passo come meglio poteva, e gli tardava l'ora di trovarsi nella sua camera per meditare al sicuro il pro' ed il contro.

Un proclama della nuova Municipalità che dipingeva la vile condiscendenza dei patrizi come un libero e spontaneo sacrifizio alla sapienza dei tempi, alla giustizia e al bene di tutti rimise la tranquillità nel buon popolo veneziano. Come il dente d'un topo basta per far calare a fondo una nave tarlata, cosí l'intrigo di un segretariuccio parigino, di quattro o cinque traditori, e d'alcuni repubblicani avea bastato per rovesciare quell'edifizio politico che aveva resistito a Solimano II e alla lega di Cambrai. Rivolgimenti senza grandezza perché senza scopo; ai quali dovrebbero chiedere lume d'esperienza i caporioni di partito, quando la fortuna consegna alle loro mani le sorti della patria. Quattro giorni dopo barche veneziane condussero a Venezia truppe francesi: e una città difesa pochi giorni prima da undicimila Schiavoni, da ottocento pezzi d'artiglieria, e da duecento legni armati si consegnò spoglia, volontaria incatenata alla soldatesca balía di quattromila venturieri capitanati da Baraguay d'Hilliers. La Municipalità fece codazzo a costoro fra il silenzio e il disprezzo della folla. Io pure come segretario ebbi la mia parte di quei taciti insulti; ma l'entusiasmo della Pisana, e le esortazioni di mio padre mi animavano a tutto sopportare per amore della libertà. Compativa agli ignoranti né credeva di compatire ai miseri. Il mio coraggio fu debolmente smosso dalle risposte venuteci dalle provincie di terraferma al nostro invito di accedere al nuovo governo. I podestà tentennavano, i generali francesi si beffavano di noi. Venezia rimase sola colla sua libertà di falso conio. – L'Istria e la Dalmazia venivano intanto occupate dall'Austria, giusta la facoltà concessa dai segreti preliminari di Leoben. Anche questo non mi andava a versi. La Francia con flotte veneziane s'impadroniva de' nostri possedimenti nell'Albania e nell'Ionio; minaccia di peggiori oltracontanze. Povero segretario io non aveva testa bastevole per accordare tutte queste contraddizioni e farmene un criterio. Sospirava, lavorava, e aspettava di meglio. Intanto gioverà notare il peccato per cui cadde Venezia inonorata e incompianta dopo quattordici secoli di vita meritoria e gloriosa. Nessuno, credo io, avvisò fino ad ora o formulò a dovere la causa della sua rovina. Venezia non era piú che una città e voleva essere un popolo. I popoli soli nella storia moderna vivono, combattono, e se cadono, cadono forti e onorati, perché certi di risorgere.

CAPITOLO DECIMOSECONDO

Nel quale, dopo un patetico addio alla spensierata giovinezza, si comincia a vivere ed a pensare sul serio: ma pur troppo non ebbi il vento in poppa. Fin d'allora era pericoloso fidarsi alle promesse degli ospiti che volevano farla da padroni: ma gli ospiti, se non altro furono benemeriti di averci dato la sveglia. Nel frattempo la Clara si fa monaca, la Pisana si marita con S.E. Navagero, ed io seguito a scriver protocolli. Venezia cade la seconda volta in punizione della prima, e i patrioti si ricoverano sbuffando nella Cisalpina. Io resto, a quanto sembra, per far compagnia a mio padre.

Addio, fresca e spensierata giovinezza, eterna beatitudine dei vecchi numi d'Olimpo, e dono celeste ma caduco a noi mortali! Addio rugiadose aurore, sfavillanti di sorrisi e di promesse, annuvolate soltanto dai bei colori delle illusioni! Addio tramonti sereni, contemplati oziosamente dal margine ombroso del ruscello, o dal balcone fiorito dell'amante! Addio vergine luna, ispiratrice della vaga melanconia e dei poetici amori, tu che semplice scherzi col capo ricciutello dei bambini, e vezzeggi innamorata le pensose pupille dei giovani! Passa l'alba della vita come l'alba d'un giorno; e le notturne lagrime del cielo si convertono nell'immensa natura in umori turbolenti e vitali. Non piú ozio, ma lavoro; non piú bellezza, ma attività; non piú immaginazione e pace, ma verità e battaglia. Il sole ci risveglia ai gravi pensieri, alle opere affaticate, alle lunghe e vane speranze; egli s'asconde la sera lasciandoci un breve e desiderato premio d'obblio. La luna ascende allora la curva stellata del cielo, e diffonde sulle notti insonni un velo azzurrino e vaporoso, tessuto di luce di mestizia di rimembranze e di sconforto. Sopraggiungono gli anni sempre piú torvi ed accigliati, come padroni malcontenti dei servi; sembrano vecchi cadenti all'aspetto, e piú son canute le fronti, piú le orme loro trapassano rapide e leggiere. È il passo dell'ombra che diventa gigante nell'appressarsi al tramonto. – Addio atrii lucenti, giardini incantati, preludi armoniosi della vita!... Addio verdi campagne, piene di erranti sentieri, di pose meditabonde, di bellezze infinite, e di luce, e di libertà, e di canto d'augelli! Addio primo nido dell'infanzia, case vaste ed operose, grandi a noi fanciulli, come il mondo agli uomini, dove ci fu diletto il lavoro degli altri, dove l'angelo custode vegliava i nostri sonni consolandoli di mille visioni incantevoli! Eravamo contenti senza fatica, felici senza saperlo; e il cipiglio del maestro, o i rimbrotti dell'aia erano le sole rughe che portasse in fronte il loro destino! L'universo finiva al muricciuolo del cortile; là dentro se non era la pienezza di ogni beatitudine, almeno i desiderii si moderavano, e l'ingiustizia prendeva un contegno cosí fanciullesco, che il giorno dopo se ne rideva come d'una burla. I vecchi servitori, il prete grave e sereno, i parenti arcigni e misteriosi, le fantesche volubili e ciarliere, i rissosi compagni, le fanciullette vivaci, petulanti, e lusinghiere ci passavano dinanzi come le apparizioni d'una lanterna magica. Si avea paura dei gatti che ruzzavano sotto la credenza, si accarezzava vicino al fuoco il vecchio cane da caccia, e si ammirava il cocchiere quando stregghiava i cavalli senza timore di calci. Per me gli è vero ci fu anche lo spiedo da girare; ma perdono anche allo spiedo, e torrei volentieri di girarlo ancora per riavere l'innocente felicità d'una di quelle sere beate, fra le ginocchia di Martino, o accanto alla culla della Pisana. Ombre dilette e melanconiche delle persone che amai, voi vivete ancora in me: fedeli alla vecchiaia voi non fuggite né il suo seno gelato né il suo rigido aspetto; vi veggo sempre vagolare a me dintorno come in una nube di pensiero e d'affetto; e scomparir poi lontano lontano nell'iride variopinta della mia giovinezza. Il tempo non è tempo che per chi ha denari a frutto: esso per me non fu mai altro che memoria desiderio amore speranza. La gioventù rimase viva alla mente dell'uomo; e il vecchio raccolse senza maledizione l'esperienza della virilità. Oh come mai avrà a finire in nulla un tesoro di affetti e di pensieri che sempre s'accumula e cresce?... L'intelligenza è un mare di cui noi siamo i rivoli e i fiumi. Oceano senza fondo e senza confine della divinità, io affido senza paura ai tuoi memori flutti questa mia vita omai stanca di correre. Il tempo non è tempo ma eternità, per chi si sente immortale.

E cosí ho scritto un degno epitaffio su quegli anni deliziosi da me vissuti nel mondo vecchio; nel mondo della cipria, dei buli e delle giurisdizioni feudali. Ne uscii segretario d'un governo democratico che non aveva nulla da governare; coi capelli cimati alla Bruto, il cappello rotondo colle ali rialzate ai lati, gli spallacci del giubbone rigonfi come due mortadelle di Bologna, i calzoni lunghi, e stivali e tacchi cosí prepotenti che mi si udiva venire dall'un capo all'altro delle Procuratie. – Figuratevi che salto dagli scarpini morbidetti e sci- volanti dei vecchi nobiluomini! Fu la piú gran rivoluzione che accadesse per allora a Venezia. Del resto l'acqua andava per la china secondo il solito, salvoché i signori francesi si scervellavano ogni giorno per trovar una nuova arte da pi- luccarci meglio. Erano begli ingegni e ce la trovavano a meraviglia. I quadri, le medaglie, i codici, le statue, i quattro cavalli di san Marco viaggiavano verso Parigi: consoliamoci che la scienza non avesse ancor inventato il modo di smuo- vere gli edifici e trasportar le torri e le cupole: Venezia ne sarebbe rimasta qual fu al tempo del primo successore di Attila. Bergamo e Crema s'erano già occu- pate definitivamente per riquadrare la Cisalpina; dalle altre provincie si vollero radunar a Bassano deputati che giudicassero sul partito da prendersi. Berthier, destreggiatore, presiedeva per attraversare ogni utile deliberazione; io scriveva a Bassano i desiderii dei Municipali, e ne riceveva le risposte. Il dottor Lucilio, che senza parerlo seguitava ad esser l'anima del nuovo governo, non voleva che si abbandonasse quell'ultima àncora di salute, e destreggiava e si ostinava anche lui. Sembrava che si fosse prossimi ad un accordo di comune gradimento quando il furbo Berthier dichiarò a precipizio che l'accordo era impossibile, e buona notte! Venezia restò colle sue ostriche, e le provincie coi loro presidenti, coi loro generali francesi. Victor a Padova gracchiava impudentemente che non si badasse ai Veneziani, razza putrida e incorreggibile d'aristocratici. Berna- dotte, piú sincero, proibiva che da Udine si mandassero deputati alla comme- diola di Bassano. I tempi erano cosí tristi che la crudeltà era poco men che pietosa, e certo piú meritoria dell'ipocrisia. Nondimeno io tirava innanzi colla benda agli occhi e colla penna in mano, credendo di correre incontro ai tempi di Camillo o di Cincinnato. Mio padre squassava il capo; io non gli badava per nulla, e credeva forse che la volontà o la presunzione d'alcune teste calde avrebbe bastato a slattare quella libertà bambina e già peggio che decrepita. Una sera io vado in cerca della Contessa di Fratta alla solita casa, e mi dicono che essa ha sloggiato e che l'è ita a stare sulle Zattere all'altro capo della città. Trotto fino colà, mi arrampico per una scala di legno malconcia e tarlata e guadagno finalmente un appartamento umido oscuro e quasi sprovvisto di sup- pellettili. Non poteva tornare in me dalla maraviglia. Nell'anticamera mi viene incontro la Pisana col lume; lo stupore cresce, e la seguo quasi trasognato fino alla camera di ricevimento. Mio Dio, qual compassione!...

Trovai la Contessa accasciata in un seggiolone di vecchio marrocchino nero tutto spelato; una lucernetta ad olio agonizzava sopra un tavolino appoggiatosi al muro per non cadere. Del resto una vera camera da affittare, senza mobilie, senza cortine, col pavimento di assicelle sconnesse, e il solaio di travi malamente incalcinati. Le pareti nude e lebbrose, le porte e le finestre tanto ben riparate che la fiamma miserabile della lucerna stava sempre per ispegnersi. Accanto alla Contessa un vecchietto slavato, bianco, paffutello sedeva sopra una scranna di paglia; egli portava l'elegante arnese dei patrizi, ma una tossicina ostinatella e grassiccia contrastava alquanto colla gioventù di quell'acconciatura. La Contessa lesse sulle mie sembianze la maraviglia e il rammarico; laonde si compose alla sua piú bella cera d'allegria per darmi una smentita.

— Vedi, Carlino? – mi diss'ella con un brio piuttosto forzato, – Vedi, Carlino, se sono una madre di famiglia ben avveduta? La rivoluzione ci ha rovinati, ed io mi rassegno a ristringermi a sparagnare per queste care viscere di figliuoli!... — E in ciò dire guardava la Pisana, che le si era seduta a fianco rimpetto al nobiluomo, e teneva gli occhi sul petto e le mani nelle tasche del grembiale.

— Ti presento mio cugino, il nobiluomo Mauro Navagero – continuò ella – un cugino generoso e disposto a stringere vieppiú con noi i vincoli della parentela. In poche parole fino da questa mattina egli è il promesso sposo della nostra Pisana!

Io credo che vidi in quell'istante tutte le stelle del firmamento come se un macigno piombatomi addosso m'avesse schiacciato il petto: indi, a quel balenio di stelle successe una cecità d'alcuni secondi, e poi tornai ad ascoltare e a guardare senzaché potessi raccapezzarci nulla di quelle facce che aveva intorno e del ronzio che mi sussurrava nelle orecchie. M'immagino che la Contessa si sarà dilungata a magnificarmi il decoro di quel parentado; certo che il nobiluomo Navagero per la sua tosse, e la Pisana per la confusione, non aveano tempo da perdere in chiacchiere. Confesso che l'amore della libertà, l'ambizione e tutti gli altri grilli, ficcatimi in corpo dalla generosità della stessa mia indole e dai raggiri di mio padre, fuggirono via, come cani scottati da un rovescio d'acqua bollente. La Pisana mi rimase in mente sola e regina; mi pentii, mi compunsi, mi disperai di averla trascurata per tutto quel tempo, e m'accorsi che io era troppo debole o viziato per trovare la felicità nelle grandi astrazioni. Benedetto quello stato civile dove gli affetti privati sono scala alle virtù civili; e dove l'educazione morale e domestica prepara nell'uomo il cittadino e l'eroe! Ma io era nato da un'altra fungaia; i miei affetti contrastavano pur troppo fra loro, come i costumi del secolo passato colle aspirazioni del presente. Malanno che si perpetua nella gioventù d'adesso, e di cui si piangono i guasti, senza pensare o senza poter provvedere al rimedio.

Quando osai rivolgere gli occhi alla fanciulla sentii come un impedimento che me li faceva stornare; erano gli sguardi freddi e permalosi del frollo fidanzato che erravano dal volto della Pisana al mio coll'inquietudine dell'avaro. Vi sono certe occhiate che si sentono prima di vederle; quelle di Sua Eccellenza Navagero ferivano direttamente l'anima senza incommodare il nervo ottico. Però mi incommodavano tutto quanto, per modo che dovetti ricorrere per ultimo e disperato rifugio al viso raggruzzolito della Contessa. Costei appariva cosí raggiante di contentezza che ne arrabbiai a tre tanti e finii col perder la bussola affatto. Uno sprovveduto che appicca lite in un crocchio dove tutti gli stanno contro, sarebbe in una condizione migliore assai della mia d'allora. La Pisana col suo riserbo quasi beffardo mi inveleniva peggio degli altri. Stava per alzarmi, per scappar via disperato a sfogare dovechessia il mio accoramento, quando entrò a saltacchioni il mio signor padre. Egli era piú vispo, piú strano del consueto; e pareva a notizia di tutto ciò che aveva tanto sorpreso e sconsolato me, poiché si congratulò della buona fortuna col Navagero, e volse alla sposina uno di que' suoi occhietti che parlavano meglio d'una lingua qualunque. Cosa volete? quel vedere anche mio padre schierarsi fra i miei nemici, a papparsi come tanta manna la mia disgrazia, mi diede un furor tale che non pensai piú ad andarmene, e sentii nell'animo qualche cosa di simile all'eroismo d'Orazio solo contro Toscana tutta. Mi rassettai sulla mia seggiola sfidando orgogliosamente il risolino della Contessa, l'indifferenza della Pisana, la gelosia del Navagero, e la crudeltà di mio padre. Quando poi convenne alzarsi per partire, m'avvidi troppo tardi che le ginocchia mi reggevano appena, e chi ci avesse osservato camminare, me, mio padre, e il nobiluomo Navagero, ci avrebbe scambiati per tre felicissimi ubbriachi in grado diverso. Non poteva dar retta ai discorsi che mi facevano, e per la prima volta mi ficcai in letto senza pensare al corno dorato del futuro doge democratico di Venezia. Mille disegni varii, bizzarri, spaventevoli mi improvvisavano nel cervello tali arabeschi che non arrivava a tenerci dietro. Sfidare a stocco e spada il Navagero, infilzarlo come un ranocchio, indi intimare alla Pisana la mia solenne maledizione e gettarmi nel canale per la comoda via della finestra; ovvero dopo ammazzato colui prender fra le braccia costei, trafugarla sopra uno stambecco di Smirne, e menarla meco alla vita del deserto, fra le rovine di Palmira o sulle sabbie dell'Arabia Petrea, ecco i miei voli pindarici meno arrisicati. Del resto poetava senza numeri senza accenti senza rime: non pensava né al difficile né all'impossibile, e avessi avuto in istalla un ippogrifo e nelle tasche i tesori di Creso, non avrei edificato castelli in aria con maggior libertà e magnificenza. Cosí sognando m'addormentai, e sognai poscia dormendo, e svegliatomi di buon mattino rappiccai il filo ai sogni del giorno prima.

Amilcare mi domandò ragione di quella mia continua fantasticaggine, ed io fuori a contargliene piú forse che non avrebbe voluto. – Vergogna! un segretario della Municipalità perdersi in cotali giullerie! Oh non arrossiva di esser geloso di un vecchio aristocratico bavoso e slombato; e di sdilinquire scioccamente per una vanerella che pur di maritarsi avrebbe sposato un satiro?... Questo già si vedeva apertamente; e il bel contratto che sarebbe stato il mio di sostenere una tal parte!... Meglio attendere a mostrarsi uomo, darsi tutto alla patria, al culto della libertà, allora appunto che ci stava addosso tanto bisogno!

Amilcare parlava col cuore e mi persuase; non valeva proprio la pena di inasinire dietro la Pisana; invece le cure del governo esigevano tutto il mio tempo, tutta la mia premura. Feci forza a me stesso; perdonai la vita al Navagero, e quella scena ch'io aveva immaginata di rappresentarla alla Pisana prima di annegarmi o di partire per l'Arabia, la mutai in una tacita apostrofe: – "Sta' pure, spergiura! Sei indegna di me!" – Che io avessi diritto di pronunciare una tale sentenza, ne dubito alquanto. Primo punto la ragazza nulla mi aveva giurato, e in secondo luogo la mia pietosa cessione in favore di Giulio Del Ponte e la successiva trascuraggine potevano averle dato a credere che mi fosse uscita dal cuore ogni smania di farla mia. Invece io so benissimo che mai non ne ho smaniato tanto come allora; ma la bizzarria e l'incredibilità del mio temperamento mi obbligava appunto a non tenerle nascoste le sue intime transazioni. Il fatto sta peraltro, che decisi di romperla colla ferma convinzione di esser io la vittima: e questo mi autorizzava a farle ancora il patito piú che non me lo consentissero i miei intendimenti eroici e la pazienza del Navagero. Il conte Rinaldo, che rade volte compariva nella camera di sua madre, usciva in qualche moto di stizza a vedermi tortoreggiare dinanzi a sua sorella. Anch'egli, poveretto, dava addosso al cane con tutti gli altri; ed io non mi convertiva d'un punto, persuaso persuasissimo di essere tutto nella mia segreteria, e di non pensare alla Pisana, né al suo matrimonio.

Gli affari della casa di Fratta s'imbrogliavano peggio che mai. La signora Contessa giocava sempre accanitamente, e quando non c'erano denari ne cercava al Monte di Pietà. La filosofia del Contino e la spensieratezza della Pisana non se ne incaricavano punto; e credo che Sua Eccellenza Navagero fosse destinato secondo essi a raccomodare tutti quegli sdruci. Quello che mi maravigliava assaissimo si era la dimestichezza che continuava fra la Contessa e mio padre, benché questi non avesse allentato d'un punto le cordicelle della sua borsa e avesse attraversato con mille modi il disegno che covava la Contessa di un buon matrimonio fra me e la Pisana. Io aveva capito cosí in ombra che a mio padre non garbavano questi progetti, e che egli senza parlarmene indovinava la mia propensione e studiavasi di sviarla. Ma come aveva poi fatto a contrastare le mire della Contessa serbandosele in grazia lo stesso? Ecco quello che m'insegnai di chiarire; e scopersi bel bello che egli era stato il sensale dello sposalizio col cugino Navagero, e che la mia sfortuna io la doveva soprattutto a lui. Quanto a me, egli, il vecchio negoziante, aveva delle alte idee; una donzella ricchissima della famiglia Contarini gli sarebbe piaciuta per nuora, e non mancava di darmi qualche colpetto di tanto in tanto perché io la distinguessi fra le molte ragazze, le quali (bando alla superbia) non avrebbero sdegnato a quel tempo di unire il mio al loro nome. Tutti gli attori hanno sulle scene del mondo la loro beneficiata; e allora toccava a me. Il cittadino Carletto Altoviti, ex-gentiluomo di Torcello, segretario della Municipalità, prediletto del dottor Lucilio, e celebre in Piazza San Marco pei suoi begli abiti, per la sua disinvoltura, e sopratutto pei milioni del signor padre, non era un uomo da buttarlo in un canto. Io peraltro, raumiliato nella mia boria dalla ribellione della Pisana, non mi gonfiava piú per cotali meriti; e in onta alle esortazioni di Amilcare non sapeva piú sostenere il mio volo nel cielo sublime della libertà e della gloria. Quel cielo cominciava ad oscurarsi a minacciare tutto all'intorno grossi temporali. Mi fosse anche crollata la terra sotto i piedi, non ci mancava altro! Tuttavia siccome era uomo di cuore ed onorato, non trasandava le mie occupazioni al Palazzo Municipale. Soltanto mi piaceva piú di rodermi di rabbia al fianco della Pisana che fiutare in quel palazzo la futura aura dogale pronosticatami da mio padre.

In quel torno, quando le faccende di Venezia s'erano già acconciate alla servitù francese, e alla vaga aspettazione d'un avvenire che appariva sempre piú triste, il dottor Lucilio comparve in casa della Contessa di Fratta. Costei temeva già da un mese quella visita e non avea piú il coraggio di rifiutarla. Il dottore sedette adunque dinanzi alla Contessa con quel suo solito fare né umile né arrogante, e le chiese nei debiti modi la mano della Clara. La Contessa finse una gran sorpresa e di essere scandolezzata da una tale domanda; rispose che la sua figliuola era prossima a pronunciar i voti e non intendeva per nulla avventurarsi ai pericoli del mondo, da lei con tanta prudenza schivati; accennò da ultimo, ai diritti anteriori del signor Partistagno il quale seguitava sempre ad empire bestialmente Venezia delle sue lamentazioni sul sacrifizio imposto alla Clara, e certo non avrebbe consentito che ella uscisse di convento per isposarsi ad un altro. Lucilio rimbeccò netto e tondo che la Clara s'era promessa a lui prima che a nessuno, che i voti non erano ancor pronunciati, che le leggi democratiche non impedivano omai la loro unione per nessun conto, che la Clara aveva toccato la maggiore età, e che in quanto al Partistagno, egli se ne rideva come de' suoi sussurri che divertivano da un anno i crocchi d'ogni ceto. La Contessa soggiunse colle labbra strette e con un sorriso maligno che, giacché aveva messo in campo l'età omai adulta della Clara, poteva rivolgersi direttamente a lei, e che si congratulava di vederlo cosí fermo ne' suoi propositi, benché forse un po' tardivo a decidersi, e che gli augurava del resto che tutto andasse a seconda de' suoi desiderii.

— Signora Contessa – conchiuse Lucilio – io son fermo com'ella dice ne' miei proposti, e lo fui sempre da molti anni a questa parte, benché volessi piuttosto in grazia loro capovolgere il mondo che violare una convenienza od implorare a mani giunte un favore. Ora che le circostanze ci hanno messo del pari, non esito a chiedere quello che altri è pronto a concedermi. Io sono ben fortunato che ella non voglia opporsi colla materna autorità alle piú soavi ed ostinate speranze.

— S'accomodi, s'accomodi pure! — aggiunse in fretta la Contessa. Pareva che cosí parlasse per paura di Lucilio, ma forse ella pensava alla madre Redenta e derogava fiduciosamente a lei quello scabroso incarico di difendere l'anima della Clara contro gli artigli del diavolo. La reverenda madre stava alle vedette da un pezzo; e il dottor Lucilio nell'accomiatarsi dalla Contessa non credette forse di esser ancora al bel principio dell'impresa. Tuttavia che fosse molto sicuro non lo vorrei affermare. Egli avea procrastinato di giorno in giorno per veder prima assicurato a Venezia il trionfo del suo partito e delle opinioni democratiche. Allora, forse prima d'ogni altro, fiutava il vento contrario; e superbo in volto ma disperato nell'animo s'affrettava a giovarsi di quegli ultimi favori della fortuna, per soddisfare il voto supremo del suo cuore. Vedeva capitombolare que' bei castelli in aria di libertà politica, di gloria, e di pubblica prosperità, e sperava salvarsi, aggrappandosi con un'àncora alla felicità domestica. Con tali pensieri pel capo s'avviò al convento di Santa Teresa, annunciò alla portinaia il proprio nome, e chiese di avere in parlatorio la contessina Clara di Fratta. La portinaia scomparve nel monastero e tornò indi a poco a riferire che la nobile donzella desiderava sapere la cagione della sua visita, che ella avrebbe cercato di soddisfarlo senza distogliersi dal raccoglimento claustrale. Lucilio trabalzò di sorpresa e di rabbia; ma vide sotto questa risposta una gherminella fratesca, e tornò a ripetere alla portinaia che un suo colloquio colla signorina Clara era necessario, indispensabile; e che la signorina doveva ben saperlo anche lei, e che nessuno al mondo poteva negargli il diritto di reclamarlo. Allora la conversa rientrò ancora; e tornò dopo pochi istanti a dire con faccia arcigna che la donzella sarebbe discesa indi a poco in compagnia della madre compagna. Questa madre compagna non andava giú pel gozzo a Lucilio, ma egli non era uomo da prendersi soggezione d'una monaca, e aspettò un po' irrequieto, misurando a gran passi il pavimento marmoreo, rosso e bianco del parlatorio. Passeggiava a quel modo da lunga pezza quando entrarono la madre Redenta e la Clara: quella col collo torto cogli occhi bassi colle mani incrocicchiate sullo stomaco, e i mustacchietti del labbro superiore piú irti del solito: questa invece calma e serena come sempre; ma la sua bellezza erasi illanguidita pel chiuso del monastero, e l'anima ne traluceva piú pura e ardente che mai, come stella da una nebbia che va diradando. Erano molti anni che i due amanti non si vedevano cosí dappresso; pure non diedero segno di gran turbamento; la loro forza, il loro amore stavano cosí profondi nel cuore, che alle sembianze non ne giungeva che un riflesso fioco e lontano. La madre Redenta cercava fra le folte siepaie delle sue ciglia un traforo per cui spiare senz'essere osservata; le sue orecchie vigilavano cosí spalancate che avrebbero sentito volare una mosca all'altro capo della stanza.

— Clara – cominciò a dire Lucilio con voce forse piú commossa ch'ei non voleva – Clara, io vengo dopo un lunghissimo tempo a ricordarvi quello che mi avete promesso; credo che anche per voi come per me questi lunghi anni non saranno stati che un sol giorno di aspettazione. Ora nessun ostacolo si oppone ai desiderii del cuor nostro; non piú coll'impazienza e colla sbadataggine della giovinezza, ma col senno afforzato, e col proposito immutabile dell'età matura, io domando che mi ripetiate con una parola la promessa di felicità che m'avete fatta al cospetto del cielo. Né volontà di parenti né tirannia di leggi né convenienze sociali impediscono piú la vostra libertà o la mia delicatezza. Io vi offro un cuore, pieno di un solo affetto, acceso tutto d'una fiamma che non morrà mai piú, e provato e riprovato dal lavoro dalla pazienza dalla sventura. Clara, guardatemi in volto. Quando è che sarete mia?...

La donzella tremò da capo a piedi, ma fu un attimo; ella appoggiò sul petto una mano che contrastava pallidissima colla nera tonaca delle novizie, e alzò nel volto di Lucilio uno sguardo lungo e misterioso che pareva cercasse traverso ad ogni cosa le speranze del cielo.

— Lucilio – rispose ella premendo alquanto quella mano sul cuore – io ho giurato innanzi a Dio di amarvi, ho giurato nel mio cuore di farvi felice per quanto starà in me. È vero: me ne sovvengo sempre, e mi adopero sempre perché le mie promesse abbiano quel maggiore effetto che Dio loro consente.

— Come sarebbe a dire? — sclamò ansiosamente Lucilio.

La madre Redenta s'arrischiò a sollevare le palpebre, per metter fuori due occhi cosí spaventati come se appunto l'avesse veduto le corna di Berlicche. Ma il calmo aspetto della Clara rimise piú tranquilli quegli sguardi di dietro le solite feritoie.

— Vi dirò tutto – soggiungeva intanto la donzella – vi dirò tutto, Lucilio, e voi giudicherete. Io son entrata in questo luogo di pace per fidare l'anima mia a Dio e alla sua Provvidenza; vi ho trovato affetti pensieri e conforti che mi fanno omai guardare con ribrezzo al resto del mondo... Oh no, no Lucilio! Non vi sdegnate! Le anime nostre non erano fatte per trovare la felicità in questo secolo di vizio e di perdizione. Rassegnamoci e la troveremo lassù!

— Che dite mai? quali parole pronunciate ora, che mi straziano il cuore ed escono dalle vostre labbra colla soavità d'una melodia? Clara, per carità tornate in voi!... Pensate a me!... Guardatemi in volto!... Ve lo ripeto con le mani in croce: pensate a me!

— Oh ci penso! ci penso anche troppo, Lucilio; perché son troppo impigliata nelle cose mondane per sollevarmi pura e semplice a Dio!... Ma che volete, Lucilio che volete da me?... La Repubblica nostra è caduta in balía di uomini stranieri senza religione e senza fede. Non v'è piú bene non v'è piú speranza, altro che nel cielo per le anime timorate di Dio. Perché fidarsi, Lucilio, alle lusinghe di quaggiù?... Perché stabilire una famiglia in questa società che non ha piú rispetto a Dio ed alla Chiesa?... Perché?...

— Basta, basta, Clara!... Non prendetevi scherno del mio dolore, della mia rabbia! Pensate a quello che dite, Clara; pensate che voi dovete render conto dell'anima mia a quel Dio che adorate e che intendete servir meglio consumando un sí atroce delitto. La Repubblica è caduta?... la religione è in pericolo?... Ma che ha a far tutto ciò con le promesse ch'io ebbi da voi?... Clara, pensate che il primo precetto e il piú sublime del Vangelo vi comanda di amare il vostro prossimo. Ora, come prossimo, nulla piú che come prossimo, io vi domando che vi ricordiate dei vostri giuramenti e che non vi facciate un merito presso a Dio di essere spergiura!... Dio abborre e condanna gli spergiuri; Dio rifiuta i sacrifizi offerti a prezzo delle lagrime e del sangue altrui!... Se volete sacrificarvi, or bene sacrificatevi a me!... Se non come felicità accettatemi come martirio!...

La madre Redenta tossí romorosamente per guastare l'effetto di queste parole recitate da Lucilio con un furor tale di disperazione e di preghiera che spezzava l'anima. Ma la Clara si volse a lei rassicurandola con un gesto, indi levato uno sguardo al cielo non temé di avvicinarsi a Lucilio e di mettergli castamente una mano sulla spalla. Il povero sapiente indovinò tutto da quello sguardo, da quell'atto, e sentí col cuore lacerato di non poter seguire in cielo quell'anima che gli sfuggiva, beata nei proprii dolori.

— Ma perché, perché mai, o Clara? – proseguí egli senza pur aspettare ch'essa gli dichiarasse il senso terribile di quei movimenti. – Perché volete uccidermi mentre potreste risuscitarmi?... Perché vi dimenticate dell'amore santo eterno indissolubile che m'avete giurato?

— Oh quest'amore, piú santo piú eterno piú indissolubile di prima ve lo giuro anche adesso! – rispose la donzella. – Soltanto le nostre nozze siano in cielo poiché sulla terra Iddio le proibisce ai suoi fedeli!... Ve lo giuro, Lucilio! Io vi amo sempre, io non amo che voi!... Quest'amore ho potuto purificarlo santificarlo, ma non potrei strapparmelo dalle viscere senza morire! Da ciò appunto vedete se la mia vocazione è vera e tenace. Vi amerò sempre, vivrò sempre con voi in comunione di preghiere e di spirito. Ma di piú, Lucilio, voi non avete diritto di chiedermi... Di piú io non potrei concedervi perché Dio me lo proibisce!

— Dio adunque vi comanda di uccidermi! — esclamò con un urlo Lucilio. La madre Redenta gli corse dappresso a raccomandargli la temperanza perché le suore stavano allora in meditazione e potevano aver molestia da quelle vociate. La Clara abbassò gli occhi; pianse la poveretta; ma né si piegò né si scosse dal suo fermo proposito. Le torture ch'ella provava erano immense; ma la suora compagna avea contato bene sulle astuzie adoperate per affatturarla in quel modo. Omai l'anima della Clara abitava in cielo, e le cose di quaggiù non le vedeva che da quelle altezze infinite. Avrebbe scontato colla propria morte un peccato veniale di Lucilio, ma l'avrebbe anche ucciso per assicurargli la salute eterna.

Infatti ella tramortí e tremò tutta, ma si strinse piú vicina a lui, e riavendosi subitamente soggiunse:

— Lucilio, mi amate? Or bene fuggitemi!... Ci incontreremo, siatene certo, in luogo migliore di questo... Io pregherò per voi, pregherò per voi nei cilici e nel digiuno...

— Bestemmia! – gridò l'altro allora. – Voi pregare per me?... Il carnefice che intercede per la vittima!... Dio avrà orrore di tali preghiere!

— Lucilio! – soggiunse modestamente la Clara. – Tutti siamo peccatori, ma quando...

La madre Redenta interruppe queste parole con una opportuna gomitata.

— Umiltà, umiltà, figliuola! – brontolò essa. – Non vi bisogna parlare né insegnare altrui quando non ne sia mestieri strettamente.

Lucilio sbalestrò alla vecchia un'occhiata quale ne suol dardeggiare il leone tra le sbarre della sua gabbia.

— No, no – soggiunse egli amaramente. – Insegnatemi anzi, ché son molto novizio in quest'arte, e morrò certo di crepacuore prima d'averla imparata!...

— Ed io, credete ch'io brami e voglia vivere un pezzo? – soggiunse mestamente la Clara. – Sappiate che nessuna grazia domando alla Madonna con tanta insistenza con tanto fervore quanto questa di morir fra breve e di salire in cielo a intercedere per voi!...

— Ma io, io sdegno le vostre preghiere! – scoppiò rugghiando Lucilio. – Io voglio voi! voglio la mia felicità, il ben mio!...

— Calmatevi! abbiate compassione di me!... Nel mondo non v'è piú bene, lo so pur troppo!... Sapete che corre già la voce dell'abolizione di tutti gli Ordini religiosi, e della demolizione dei conventi!...

— Sí sí; e questa voce si avvererà!... Ve lo giuro io che si avvererà. Io stesso farò sí che di questi sepolcri di viventi non resti piú pietra sopra pietra!...

— Tacete, Lucilio, per carità tacete! – riprese la Clara guardando affannosamente la madre compagna che si dimenava forse con segreta compiacenza sulla sua seggiola. – Convertitevi al timore di Dio e alla fede vera fuor della quale non v'è salute!... Non commettete questi peccati di eresia che vi fanno colpevole mortalmente dinanzi a Dio! Non oltraggiate la santità di quelle anime che sposano su questa terra il loro Creatore per renderlo piú clemente verso i loro fratelli d'esilio!...

— Anime ipocrite, anime false e corrotte – esclamò digrignando Lucilio – le quali adoperano per accalappiare per domare altre anime semplici e deboli!...

— No, signor dottore carissimo; non voglia calunniarci cosí alla cieca – entrò a dire con voce secca e nasale la madre compagna. – Queste anime ipocrite che sacrificano la vita intiera per afforzare e per salvare le deboli, sono le sole che difendano omai la fede e i buoni costumi contro le perversità mondane. È merito loro se molte anime deboli diventano cosí forti e sublimi da appoggiare ogni speranza in Dio, e da riguardar le parole d'un semplice voto come una barriera insuperabile che le divide per sempre dal consorzio dei tristi e degli increduli. Gli è vero – soggiunse ella chinando il capo – che restiamo congiunte ad essi col vincolo spirituale dell'orazione, la quale, vogliamo sperarlo, gioverà a salvarne qualcuno dagli artigli infernali.

— Oh presto presto i tristi e gli increduli sciorranno i vostri voti! – sclamò Lucilio con voce tonante. – La società è opera di Dio e chi si ritragge da essa ha il rimorso del delitto o la codardia dello spavento, o la dappocaggine dell'inerzia nell'animo!... – In quanto a voi (e si volgeva specialmente alla Clara), in quanto a voi che avete pervertito la coscienza vostra disumanandola, quanto a voi che salite al cielo calpestando il cadavere d'uno che vi ama, che non vede, che non vive, che non pensa che per voi, oh abbiatevi sul capo l'ira e la maledizione...

— Basta Lucilio! – sclamò la donzella con piglio solenne. – Volete saper tutto? Or bene ve lo dirò!... I voti ch'io pronuncerò domenica solennemente dinanzi all'altare di Dio, li ho già espressi col cuore dinanzi al medesimo Dio in quella notte fatale che i nemici della religione e di Venezia entrarono in questa città. Fummo otto ad offerire la nostra libertà la nostra vita per l'allontanamento di quel flagello, e se quegli infami quegli scellerati saranno costretti ad abbandonare la preda sí vilmente guadagnata, Dio avrà forse benignamente riguardato il nostro sacrifizio!...

La madre Redenta ghignò sotto la cuffia, Lucilio dimise un poco del suo furore e mosse alcun passo verso l'uscio: indi tornò presso la Clara quasi gli fosse impossibile di abbandonarla a quel modo.

— Clara – riprese egli – io non vi pregherò piú; lo veggo, sarebbe inutile. Ma vi darò lo spettacolo di tanta infelicità che i rimorsi vi perseguiteranno fin nel silenzio e nella pace del chiostro. Oh voi non sapete, non avete mai saputo quanto vi amassi!... Non avete misurato gli abissi profondi ed infiammati dell'anima mia tutti pieni di voi: non avete dimenticato voi stessa, come io dimenticava affatto me, per vivere sempre in voi. I sacrifizi ve li imponete con mille sottigliezze mentali, non li accettate dalla santa spontaneità dell'affetto e del sentimento!... Clara, io vi lascio a Dio, ma Dio vi vorrà egli?... L'adulterio è egli permesso da quei santi comandamenti che sono il sublime compendio dei nostri doveri?

Non so se cosí parlando Lucilio intendesse di capitolare o di tentare un ultimo colpo. Del resto fra lui e la Clara combattevano come due schermitori fuori di misura, contendevano come due litiganti ognuno de' quali adoperava una lingua sconosciuta all'altro. La madre Redenta trionfava sotto la sua cuffia di quel potente e instancabile macchinatore che, si può dire, aveva dato l'ultimo crollo ad un governo di quattordici secoli, e mutato faccia ad una bella parte di mondo. Perché mai godeva ella di adoperare cosí?... Prima di tutto perché non v'ha orgoglio che superi l'orgoglio degli umili; indi perché si vendicava sugli altri della infelicità propria, e da ultimo perché voleva mantenere alla Contessa ciò che le aveva promesso. Dopo tanti anni di lento lavorio ammirava allora nella costanza della Clara l'opera propria, e non avrebbe dato quei momenti per l'abbazia piú cospicua dell'Ordine. Quanto a Lucilio, dopo tanti anni di fatica, di perseveranza e di sicurezza, dopo aver superato ogni impedimento, e atterrato ogni ostacolo, vedersi respinto senza remissione dallo scrupolo divoto d'una donzella, e non poter conquidere un'anima dov'egli sapeva di regnar ancora, era per lui un delirio che vinceva la stessa immaginazione!... Con ogni sforzo di mente e di cuore era giunto là dove era impossibile l'avanzare e il retrocedere: era giunto a diffidare di sé, dopo una sí lunga sequela di continui trionfi. La fiducia avuta per l'addietro aggiungeva alla sconfitta una vera disperazione. Tuttavia non credo ch'egli si desse per vinto: giacché egli era di quella tempra che cede solamente alla frattura della morte. Ma l'amore diventò in lui rabbia, odio, furore: e in quelle ultime parole rivolte amaramente alla Clara la sola superbia lottava forse ancora. L'amore s'era sprofondato dentro l'anima sua ad attizzarvi un incendio di tutte quelle passioni che prima servivano a lui ubbidienti e quasi ragionevoli. La donzella nulla rispose agli insulti ch'egli le scagliava; ma quel silenzio esprimeva piú cose d'un lungo discorso, e Lucilio tornò a saltargli contro con un impeto di rimbrotti e d'imprecazioni, come il toro furibondo, che impedito di uscir dall'arena, si spacca il cranio contro lo steccato. Infuriò a sua posta con grande scandalo della madre Redenta, e molta compassione della Clara: indi la volontà riebbe il freno di quelle furie scomposte, e fu tanto forte e orgogliosa da persuaderlo ad andarsene, lasciando per ultimo saluto alla donzella uno sguardo di pietà insieme e di sfida. Lo ripeto ancora che la ferita dell'orgoglio fu in lui forse piú profonda che quella dell'amore; infatti anche in quei terribili momenti egli ebbe campo a pensare di ritirarsi coll'onor delle armi. Io sarei morto ingenuamente di crepacuore; egli si sforzò a vivere per persuadere se stesso che delle proprie passioni della propria vita egli era sempre il solo padrone. Fosse poi vero non potrei assicurarlo. Anzi io mi ricordo averlo veduto a quei giorni; e benché fossi anche troppo occupato de' casi miei, pure non mi sfuggí affatto una tal quale costernazione ch'egli si studiava indarno di celare sotto la solita austera imperturbabilità. A poco a poco peraltro vinse l'uomo vecchio; egli si rizzò ancora, l'orgoglioso gigante, dalla sua breve sconfitta; le sventure della patria lo trovarono forte invincibile a sopportarle; forse tanto piú forte ed invincibile quanto era piú disperato di sé. La Clara pronunciò solennemente i suoi voti, e Lucilio serbò tutta per sé l'angoscia e la rabbia per questa perdita irrimediabile.

La Pisana si sposò poco dopo al nobiluomo Navagero: e Giulio Del Ponte li seguí all'altare col sorriso della speranza sul volto. Egli non l'amava come l'amava io. Io solo adunque rimasi a fare spettacolo per ogni luogo del mio furore del mio accoramento. Non potea darmi pace, non potea pensar al futuro senza rabbrividire; eppur non osava neppur allora nei delirii del dolore maledire alla Pisana; e tutte le mie maledizioni le serbava per la Contessa che aveva avvilito la propria figlia in un matrimonio mostruoso per godere l'abbondanza e le comodità di casa Navagero. Seppi poi di piú, che anche le astuzie adoperate per imbigottire la Clara dipendevano da una questione di quattrini. La vecchia non avea pagato al convento che metà della dote e promesso il resto ed assicuratolo sopra le sue gioie: ma lo scrigno era vuoto, le gioie brillavano al Monte di Pietà, ed essa temeva sul serio che la Clara maritandosi le avrebbe chiesto conto di ogni suo avere. Ecco molti guai dovuti alla smania troppo furiosa d'una dama per la bassetta e pel faraone. Il conte Rinaldo si era salvato da quella rovina e dal disonorevole patrocinio del cognato accettando un posto oscurissimo nella Ragioneria del governo. Un ducato d'argento al giorno e la Biblioteca Marciana lo assicuravano da tutti i bisogni della vita. Ma io lo vedeva anche lui camminare per via col capo e cogli occhi internati; scommetto che non era l'ultimo a sentire dolorosamente la viltà di quei costumi, di quei tempi.

Lo confesso colla vergogna sul volto; era proprio viltà. Tutti sapevano ove si precipitava e ognuno faceva le viste di non saperlo per esser liberato dall'incommodo di disperarsene. Il solo Barzoni fra i letterati osò alzare la voce contro i Francesi con quel suo libro già in addietro accennato dei *Romani in Grecia*. Ma questa erudizione falsificata in libello, questa satira stiracchiata colle analogie è già indizio di temperamento fiacco, e di letteratura evirata. Fu un gran sussurro intorno a quel libro ed all'anonimo autore; ma lo leggevano a porte chiuse col solo testimonio della candela, pronti a gettarlo sul fuoco al minimo sussurro ed a proclamare il giorno dopo sui caffè che le depredazioni di Lucullo e l'astuta generosità di Flaminio non somigliavano per nulla al governo generoso e liberale di Bonaparte. Infatti egli ci spogliava della camicia per farne un presente alla libertà di Francia; i futuri servi dovevano restare ignudi come gli iloti di Sparta. Egli aveva già rimpastato intorno a Milano la Repubblica

Cisalpina, minaccia piú che promessa alla sempre provvisoria Municipalità di Venezia. La liberazione del signor d'Entragues, ministro borbonico, vilmente consegnatogli dalla scaduta Signoria, lo aveva messo in voce di galantuomo presso gli emigrati; ne speravano un Monk; guardate che nasi! Invece i repubblicani incorreggibili, i demolitori della Bastiglia, gli adoratori degli alberi, i Bruti, i Curzi, i Timoleoni lo adocchiavano di sbieco, tacciandolo sottovoce di alterigia, di falsità, di tirannia. La Municipalità, che dopo lo scacco di Bassano si sentiva mancar sotto i piedi il terreno, ebbe l'ingenuo capriccio di chieder l'incorporamento degli Stati veneziani nella nuova Repubblica lombarda. Ma i governanti di questa risposero parole dure ed altiere; sarebbe un fratricidio, se la volontà sottintesa del Bonaparte non lo spiegasse per servilità. Ad ogni modo restino infamati per sempre i nomi di coloro che sottoscrissero un foglio dove si negava aiuto a una città sorella, sventurata e pericolante. Meglio annegare insieme che salvarsi senza stendere una mano al congiunto all'amico che implora pietosamente soccorso.

Io per me sperava come gli altri nella venuta del Generale; sperava che i segni i monumenti della nostra grandezza passata lo avrebbero distolto dalla crudele e premeditata indifferenza ch'egli già cominciava a ostentare a nostro riguardo. Ma invece del Generale, trattenuto da rimorsi o da vergogna, non ci capitò che sua moglie, la bella Giuseppina. Essa sbarcò in Piazzetta con tutta la pompa d'una dogaressa; e ne aveva se non la maestà certo lo splendore in quelle sembianze di vera creola. Tutta Venezia fu a' suoi piedi; coloro che avevano accarezzato Haller, il banchiere, l'amico di Bonaparte, per ottenerne una prolungazione di agonia alla vecchia Repubblica, accarezzarono, adularono, venerarono allora la moglie del sensale dei popoli, perché non si uccidesse prima della nascita quell'aborto nuovo di libertà. Io pure mi pavoneggiai colla mia splendida tracolla di segretario nel corteggio dell'Aspasia parigina. Vidi la sua bella bocca sorridere alle gentilezze veneziane, udii la sua voce carezzevole bisbigliare il francese quasi come un dialetto italiano; io, che n'avea studiato un pochino in quei tempi di infranciosamento universale, balbettava a mia volta l'*oui* e il *n'est pas* con taluno degli aiutanti di campo che l'accompagnava. Infine fosse prestigio di bellezza, o apparenza di buona volontà, o tenacità di lusinghe, le speranze degli illusi ebbero qualche ristoro dalla visita di quella donna. Perfino mio padre non iscrollava piú il capo, e mi spingeva ad avanzarmi a farmi vedere nella prima fila degli adulatori.

— Le donne, figliuol mio, le donne son tutto – mi diceva egli. – Chi sa? forse il cielo ce l'ha mandata: da picciol seme nascono le grandi piante; non mi stupirei di nulla.

Invece il dottor Lucilio, che addomesticato col ministro di Francia fu ammesso piú d'ogni altro all'intrinsichezza della bella visitatrice, non partecipò, per quanto mi pare, a codesto invasamento generale. Egli studiò in Giuseppina non la donna ma la moglie; da questa indovinò il marito, e il pronostico che ne trasse per la nostra sorte che stava nelle sue mani non fu molto favorevole. Si confermò piucchemai nella sua profonda disperazione; e lo vidi a quei giorni piú tetro e misterioso del solito. Gli altri ballonzolavano tutti che parevano alla vigilia del millennio. Municipali, capi-popolo, ex-senatori, ex-nobili, dame, donzelle, abati e gondolieri s'affoltavano dietro la moglie del gran capitano. La bellezza può molto a Venezia; essa potrebbe tutto quando fosse avvivata internamente da qualche alto sentimento, e ce ne diedero tempi piú vicini una prova. Le donne fanno gli uomini, ma l'entusiasmo improvvisa le donne anche dove l'educazione non ha preparato che delle bambole. Piú volte facendo codazzo alla Beauharnais, o nelle sue anticamere, la Pisana e il suo frollo sposino mi passarono rasente il gomito. Io ne guizzava tutto, come se mi rovesciassero una catinella d'acqua sul dorso; ma mi sovveniva della mia dignità, delle raccomandazioni di mio padre e mi faceva pettoruto e disinvolto per attrar l'attenzione dell'ospite illustre.

Essa infatti mi osservò, e la vidi chieder conto di me a Sua Eccellenza Cappello che le reggeva il braccio: si parlarono sottovoce, ella mi sorrise e mi porse la mano che baciai con molto rispetto. Cosí si trattavano allora le mogli dei liberatori, con bocca devota e ginocchi piegati. Gli è vero che quella mano era cosí paffutella cosí morbida e perfetta da far uscir di capo che la appartenesse ad una cittadina; molte imperatrici ne avrebbero desiderato un paio di simili, e Caterina II non le ebbe mai, per quanti saponi ed acque nanfe le componessero i suoi distillatori. Allora io diventai, dico dopo quel bacio, un personaggio di gran momento, e la Pisana mi onorò d'un'occhiata che non era certo indifferente. Sua Eccellenza Navagero mi guardò anch'esso con minore indifferenza della moglie, né ci voleva di piú per farmi smarrire affatto. In buon punto soccorse Giulio Del Ponte, che seguiva a quanto sembra la coppia fortunata, e mi volsi tutto confuso a parlare con lui. Non so di che discorressi, ma mi ricorda che cascammo alla Pisana ed al suo matrimonio. Giulio non era piú felice l'un per cento di quanto aveva sperato di poterlo diventare il giorno delle loro nozze; infatti lo adocchiai allora, e lo vidi incadaverito, come un amante in procinto di fallire. La malattia dell'animo lo aveva ripreso; e rodeva lentamente un corpo gracile di natura e già offeso da precedenti disgrazie. Però non lo compatii allora come per l'addietro: aveva capito di qual tempra fosse l'amor suo, e non lo reputava degno né di stima né di pietà. Io mi maraviglio ancora che colla maniera di mia educazione, avessi potuto serbare una tal rettitudine di giudizio nelle cose morali. Ma dubito ancora che l'avessi a danno degli altri, e che verso di me sarei stato di gran lunga piú indulgente. Comunque la sia non entrai a parte per quella volta dell'accoramento di Giulio, e lo lasciai smaniare a disperarsi a sua posta senza piangere: tanto piú che allora non poteva fargli cessione della Pisana, né cancellare a suo conforto quella larva incommodissima di marito. Infatti l'occhiuta e pettegola gelosia di costui era il primo tormento del povero Giulio; ma se ne aggiungeva uno di peggiore assai.

— Vedi – mi bisbigliava egli all'orecchio con un rabbioso scricchiolio di denti – vedi quel lesto ufficialino che tien sempre dietro alla Pisana, e saltella dal fianco di lei a quello del marito, ed ora si avvicina alla bella Beauharnais e le fa riverenza e le stringe il dito mignolo con tanta leggiadria?... Or bene, quello è il cittadino Ascanio Minato, di Ajaccio, un mezzo italiano e mezzo francese, un compaesano di Bonaparte, aiutante di campo del generale Baraguay d'Hilliers e alloggiato per ordine della Municipalità nel palazzo Navagero... Come vedi è un bel giovine, un brunetto svelto e di alta corporatura, pieno di brio di superbia e di salute; coraggioso, dicono, come un disperato, e spadaccino piú di don Chisciotte... Per giunta poi ha l'assisa del soldato che alle donne piace piú della virtù. Il vecchio Navagero che non vuol per casa damerini e cascamorti di Venezia ha ben dovuto sopportar in pace questo intruso d'oltremare. Il poveretto ha paura, e per non incorrere nel sospetto d'aristocratico o di misogallo sarebbe anche capace di lasciarsi... Basta!... È l'eroismo della paura e gli sta bene a quel visetto decrepito e bambinesco, chiazzato di giallo e di rosso come l'erba pappagallo. La signorina diventa francese ogni giorno piú; già ella ne cinguetta mezzo dizionario come una parigina, e temo che le parole piú interessanti le abbia già fatte entrare nel dialogo. S'intende già che l'ufficiale còrso non si degna dell'italiano... Io non parlo che italiano!... Figurati!... Ma se n'accorgeranno, se n'accorgeranno di questi liberatori! Hanno cancellato il *Pax tibi Marce* dal libro del Leone per inscrivervi i Diritti dell'uomo. Peggio per noi che l'abbiamo voluto!... Peggio mille volte tanto per quelli che si rassegnano!... Oh la si vuol vedere bella!...

Fin qui io lasciai correre senza argine quel fiume di eloquenza; ma quando egli si mise a far gazzarra d'una sí triste speranza, e a desiderar quasi da un pubblica e cosí grande sventura la vendetta d'un proprio torto affatto privato, allora mi sentii gonfiar entro un temporale di sdegno e scoppiai in un'apostrofe che lo fece restare come una statua.

— E tu ti rassegneresti a vederla? — gli dissi io con uno stupore pieno di sprezzo negli occhi. Vi ripeto ch'egli rimase lí a modo d'una statua: salvoché respirava con tanta fatica che almeno le statue questa fatica non l'hanno. Pure un qualche cruccio lo provava anch'io per questo nuovo trascorso della Pisana ch'egli mi raccontava; e nullameno lo giuro che non mi rimase posto nel cuore per un tale rammarico, tanto mi aveva inorridito la cinica scappata di Giulio. Seguitai a rampognarlo a tempestarlo della sua sacrilega speranza; e gli dimostrai che non sono i piú codardi quelli che si rassegnano, appetto di coloro che mettono la loro soddisfazione nella viltà altrui e nella rovina della patria. M'infervorava tanto che rimasimo soli senza che me ne avvedessi: la comitiva avea seguito la Beauharnais nel Tesoro di San Marco, donde si doveva estrarre una magnifica collana di cammei per farlene presente. Quando ci avviammo per raggiungerli erano già usciti in Piazza e tornavano verso il Palazzo del governo. Voi non vi figurerete mai la mia grandissima sorpresa nel discernere fra la gente che corteggiava la francese, Raimondo Venchieredo; e misti colla folla, Leopardo Provedoni e sua moglie, che anch'essi si lasciavano menare dalla curiosità in quella processione. Per quel giorno la cerimonia era finita, onde io, abbandonando il Del Ponte alla sua stizza m'accostai a questi ultimi, colle festose accoglienze e con quei tanti oh di maraviglia e di piacere che si usano coi compaesani e coi vecchi amici in paese forestiero...

La Doretta aveva gli occhi perduti dietro a Raimondo, che era scomparso nell'atrio del Palazzo coi cortigiani piú sfegatati; Leopardo mi strinse la mano e non ebbe coraggio di sorridermi. Peraltro condotta ch'egli ebbe la moglie a casa in due stanzette vicino al Ponte Storto, e rimasto solo con me, rimise un poco di quella sostenutezza e mi diede il perché e il percome di quella loro venuta a Venezia. Il vecchio signor di Venchieredo pareva fosse molto domestico a Milano del general Bonaparte; lo avea seguito a Montebello in un segreto abboccamento coi ministri dell'Austria, e poi avea fatto un gran correre da Milano a Gorizia, da Gorizia a Vienna, e da Vienna ancora a Milano per tornar poi a Vienna indi a poco. Reduce da quest'ultimo viaggio e ravviato per Lombardia avea fatto sosta a Venchieredo per veder il figliuolo, e gli avea comandato di recarsi tosto a Venezia, ove un prossimo rivolgimento di cose gli preparava grandi fortune. Il signor Raimondo non volendo separarsi dal suo segretario, Leopardo e la Doretta avean dovuto spiantar casa pur essi; e cosí si trovavano a Venezia. Ma questi non ne era punto contento e se non fossero state le preghiere della moglie si sarebbe fermato volentieri in Friuli. Il povero giovine in tali discorsi diventava di tutti i colori, e durava uno stento grandissimo a non iscoppiare. Io me n'accorsi, e ne lo sviai col domandargli novelle del paese nostro e de' miei amici e conoscenti. Cosí conversando e passeggiando per calli e per fondamenta egli si svagò dalla solita tetraggine, e quasi dimenticava le proprie sciagure: ma io soffriva per lui pensando al momento quando se ne sarebbe pur troppo risovvenuto. Intanto egli mi confermò la novella della tristissima piega che prendevano gli affari della famiglia di Fratta. Il Capitano e Monsignore non pensavano che a banchettare e ad attizzar il fuoco: ai vecchi servitori o morti o licenziati era sottentrata una mano di ladroncelli che mettevano a ruba quel poco che rimaneva. Non c'erano piú cazzeruole o tegami che bastassero pel pranzo di Monsignore. La Faustina s'era maritata con Gaetano, lo sbirro di Venchieredo, liberato da poco dalla galera; e partendo avea trafugato

e venduto gran parte delle biancherie. Il Capitano e Monsignore litigavano oltreché per l'attizzatoio anche per la camicia: la signora Veronica li accomodava,
strapazzandoli ambidue; e il piú buffo si era che al vecchio Sandracca saltava
talvolta il ticchio della gelosia; e questo formava un terzo argomento di grandi
contese fra lui ed il Canonico. Del resto Fulgenzio faceva alto e basso. Già subito dopo la mia partenza egli avea comperato un podere di casa Frumier vicino
a Portovecchio; e poi lo veniva arrotondando col convertire in ipoteche i sussidii che anticipava alla famiglia dei padroni. Per esempio c'era il frumento in
granaio e da Venezia gli domandavano denari; se il frumento andava a buon
mercato, egli fingeva di comperarlo lui con quella somma che spediva a Venezia, e poi quando le derrate crescevano di prezzo egli ne guadagnava dalla vendita il suo bel salario. Se i grani calavano sempre, si scordava di quel finto contratto, e la somma della compera si scambiava in un mutuo, pel quale egli tratteneva il sette l'otto o il dodici per cento. Cosí conservava la pace della propria
coscienza, accrescendo smoderatamente gli utili del proprio ministero.

I suoi figliuoli non erano piú sagrestani o portinai; ma Domenico faceva
pratica di notaio a Portogruaro, e Girolamo studiava teologia in seminario. In
paese si prevedeva che una volta o l'altra Fulgenzio sarebbe divenuto il castellano di Fratta o poco meno. L'Andreini, a cui il conte Rinaldo avea commesso
prima di partire una sorveglianza cosí all'ingrosso sulle faccende del castello, se
la pigliava con tanto comodo, che quasi quasi pareva anche lui a parte della
mangeria. Il Cappellano, poveretto, aveva paura perfino dell'ex-sagrestano e
non ci guardava pel sottile: il piovano di Teglio, veduto di mal occhio nella
parrocchia pel suo costume arcigno e tirato, aveva in casa sua troppe seccature
per poter mettere il naso in quelle degli altri. Già la Diocesi dopo la venuta dei
Francesi e la partenza del padre Pendola (costui secondo Leopardo doveva essere anch'egli a Venezia) tornava a dividersi e suddividersi in partiti ed in combriccole. Tanto piú credevano averne il diritto, che la concordia impiastricciata
dalle mene furbesche del reverendo non era della miglior lega.

— A Venezia il padre Pendola! – sclamai io come fra me. – Che cosa ci sia
venuto a fare?... Non mi sembra né luogo né stagione per lui!...

Leopardo sospirò sopra a queste mie parole, e soggiunse a voce sommessa
che pur troppo i segni non mentiscono, e che soltanto le carogne attirano i
corvi. Ciò dicendo eravamo giunti in Piazzetta ond'egli levando gli occhi scoperse quel miracoloso edifizio del Palazzo Ducale; e due lagrime gli corsero giú
per le guance.

— No, non pensiamo a ciò! – seguitò egli squassandomi il braccio con forza
erculea. – Ci penseremo a suo tempo! – Indi riprese a darmi contezza delle cose
di laggiù: come sua sorella Bradamante si era sposata a Donato di Fossalta, e
Bruto suo fratello e Sandro il mugnaio, presi da furore eroico, s'erano assoldati

in un reggimento francese. Questa novella mi sorprese non poco, ma in quanto a Sandro ne pronosticava bene e pensava che avrebbe fatto buona figura, come poi i fatti non mi diedero torto. Bruto, secondo me, si scalmanava troppo per riuscire un soldato perfetto; a menar le mani sarebbe andato di lena, ma quanto al voltare a destra e a sinistra ne sperava poco assai. Leopardo mi toccò del gran cordoglio provato da suo padre per quella determinazione; il povero vecchio aveva perduto la memoria e le gambe, e le faccende del Comune volgevano a caso come Dio voleva. Già del resto l'egual guazzabuglio c'era in tutto; e quell'interregno di ogni governo, quell'intralciarsi quel contrastarsi di tre o quattro giurisdizioni, impotenti le une per vecchiaia e per debolezza, tiranniche le altre per l'indole loro arbitraria e militare, opprimeva la gente per modo che pregavano concordemente perché venisse un padrone solo a cacciar via quei tre o quattro che li angariavano senza esser capaci o interessati a difenderli. Municipalità cittadine, congregazioni comunali e foresi, tirannia feudale, governo militare francese, non si sapeva dove dar il capo per ottenere un briciolo di giustizia.

Perciò anche in quel continuo affaccendarsi di reggitori la giustizia privata reputava necessario l'intervenire; le violenze, le risse, gli ammazzamenti erano giornalieri; la forca lavorava a doppio, e i coltelli avevano il loro bel che fare lo stesso. Solamente dove risiedeva un quartiere generale duravano perpetue le feste e il buon umore; colà gli ufficiali facevano scialo delle cose rapite nel contado e nei paesi minori; il popolaccio gavazzava nell'abbondanza d'ogni ben di Dio, e le signore civettavano per vezzo di moda coi lindi francesini. Qual maggior comodità di diventar patrioti e liberali, facendo all'amore?... Succedeva dappertutto come a Venezia: si guardavano in cagnesco alle prime per finire coll'abbracciarsi da ottimi amici. I vizii comuni sono mezzani ad ogni viltà: e vi furono molte che senza avere il temperamento subitaneo e il marito decrepito della Pisana, s'aggiustarono come lei con qualche tenentino di linea per fuggir la mattana di quel tempo provvisorio. Lo so che erano difetti e vigliaccherie ereditate dai padri e dai nonni; ma non bisogna poi passarle buone perché le sono ereditate; s'eredita anche la scrofola che non è poi una giuggiola da tenersela cara. Quanto alla democrazia e al culto della ragione erano piucché altro pretesti cacciati innanzi dalla paura e dalla vanità; infatti chi ballò allora intorno all'albero della libertà, ballò anche al seguente carnevale nelle sale del Ridotto in barba al trattato di Campoformio, e s'insudiciò piú tardi i ginocchi dinanzi al nume di Austerlitz. Credo che festa popolare piú funebre e grottesca di quella nella quale si piantò in piazza San Marco l'albero della libertà non la si possa vedere al mondo. Dietro a quattro briachi, a venti pazzerelle che saltavano, si sentivano strascicate sul lastrico le sciabole francesi; e i Municipali (io in mezzo a loro) stavano ritti e silenziosi sulla loro loggia, come quei vecchi cadaveri appena disotterrati che aspettano un solo buffo d'aria per cadere in polvere. Leopardo mi accompagnò a quella festa, e si morsicava le labbra come un arrabbiato. In una loggia rimpetto a noi sua moglie sedeva vicino a Raimondo, mettendo in mostra tutte le smorfie veneziane che aveva saputo aggiungere alle sue in una settimana di tirocinio.

Passavano i giorni tristi monotoni soffocanti. Mio padre era tornato grullo come un turco; egli non parlava che colla sua serva a sgrugnate e a monosillabi; sbatteva la saccoccia delle doble, e non mi seccava piú coi panegirici della Contarini. I Frumier stavano imbucati nel loro palazzo quasi per paura di qualche aria pestilenziale; soltanto Agostino compariva qualche volta al caffè delle Rive per recitare altamente il suo credo giacobinesco. Egli era fra quelli che credevano alla durata del dominio francese; e speravano racquistare per amore o per forza un grado almeno della perduta importanza. Lucilio passava come un'ombra da casa a casa: si vedeva il medico che non tien piú conto né della propria vita né dell'altrui, e attende a guarire piú per abitudine che per convinzione di operar cosí qualche bene a vantaggio dell'umanità. Leopardo diventava sempre piú cupo e taciturno; l'ozio finiva di consumargli lo spirito; egli non faceva pompa dei proprii dolori, ma si accontentava di morire oncia ad oncia. Raimondo e la Doretta non gli badavano punto; diventavano sfrontati a segno da recitare in sua presenza qualche scenetta di gelosia. Egli si cacciava allora la mano nel petto e la traeva colle unghie lorde di sangue; tuttavia le rughe marmoree della sua bella fronte coperta di nuvole non si risentivano guari di nulla. Unico ristoro gli era il versar nel mio seno non i suoi dolori ma le fatali rimembranze della perduta felicità. Allora rompeva per breve tempo il suo silenzio da certosino; le sue parole somigliavano un canto su quelle labbra pure e fervorose; ricordava con dolore infinito, con amara voluttà, senz'ombra di odio e di rancore.

Quello invece che smaniava daddovero e sempre era Giulio Del Ponte. In lui era risuscitata con maggior violenza quella malattia che l'avea menato in fil di morte al tempo delle civetterie della Pisana col Venchieredo. Stavolta peraltro egli pareva piú debole, piú affranto, e il suo competitore a tre doppi piú bello, piú spensierato, piú certo della vittoria. Io non andava mai in casa Navagero, perché ne avrei avuto troppo grave angoscia, ma me ne dava novelle Agostino Frumier. Quello sciagurato di Giulio si ostinava indarno a posseder un cuore che gli sfuggiva sempre piú. Ricominciava la lotta del cadavere col vivo; lotta spaventevole che prolunga i dolori e lo spavento dell'agonia senza dare né il desiderio né la pazienza della morte. Il suo volto, scarnato dall'etisia, contraffatto dal dolore e dalla rabbia, metteva raccapriccio: lo spirito gli si torceva impotente e furioso in un perpetuo giro di pensieri truci ed orribili; se mai si sforzava di mostrar qualche brio, i suoi occhi il sorriso la voce si contrapponevano alle parole. Il fiato gli mancava, il discorso gli si ingarbugliava per l'idea dolorosa e inesorabile che lo preoccupava. La stizza di non poter essere piacevole lo guastava peggio che mai, e gli spremeva dalla fronte il vero sudore della morte. Il gaio officiale còrso si prendeva beffe di quello spettro che si frammischiava coi suoi ossi sporgenti coi capelli irti e le mani tremolanti alla loro allegria. La Pisana non si accorgeva di lui, o accorgendosene lo trovava cosí brutto e ingrugnito che le scappava ogni volta di guardarlo due volte. Esso le avea piaciuto per la sua vivacità e la magia de' modi, e la copia e l'incanto della parola; svanito tutto ciò, non discerneva piú il Giulio d'altri tempi. Fosse anche restato tal quale, gli è assai dubbio se il bel officiale non le lo avrebbe fatto dimenticare; ad ogni modo non lo curava piú, e non lo amava per nulla; forse anco non lo avea amato, e da ultimo non voglio ficcarmi addentro in tante conghietture, perché, tra la materia cosí arcana e confusa com'è l'amore, e il temperamento precipitoso variabile indefinito della Pisana, non ci caverei un pronostico da far onore al lunario.

Giulio scappava alle volte colle mani alle tempie, e i furori della gelosia e dell'orgoglio offeso nel cuore. Cercava fra le ombre della notte, sulle fondamenta piú lontane e spopolate, quella pace che gli fuggiva dinanzi come la nebbia a chi sale una montagna. Là, sotto il pallido sguardo della luna, al fresco ventolio dell'aura marina, al lontano mormorare dell'Adriatico, un ultimo sforzo di poesia lo faceva risorgere da quel profondo abbattimento. Pareva che i fantasmi rinatigli d'improvviso in capo lo sospingessero a una corsa sfrenata, a un'ultima baldoria di vita e di gioventù. Gli pareva allora di essere o un genio che ha creato un poema come l'*Iliade*, o un generale che ha vinto una battaglia, o un santo che ha calpestato il mondo e si sente degno del cielo. Amore gloria ricchezza felicità, tutto era poco per lui. Reputava spregevoli e basse queste fortune terrene e passeggere, si sentiva maggiore di esse, e capace di guardarle come il pascolo di esseri mézzi e striscianti. Ergeva alteramente il capo, fissava il cielo quasi da eguale a eguale, e diceva fra sé: "Tutto che io voglia fare lo farò! Quest'anima mia chiude tanta potenza da sollevare il mondo: il punto di leva io l'avrei insegnato ad Archimede: è la fortezza dell'animo!" – Misere illusioni! Provatevi a toccarne una sola ed essa vi svanirà fra le dita come l'ala d'una farfalla. Ognuno, almeno una volta in sua vita, ha creduto facile l'impossibile, e onnipotente la propria debolezza. Ma quando, ricredendoci da questa opinione giovanile, qualche cosa di forte qualche cosa di sano ci resta, la vita serba ancora per noi un'ora di riposo se non di gioia. La vera disperazione ci atterra allora soltanto che, tornati alla coscienza della nostra inezia, non troviamo nessun punto ove appoggiare la speranza, nessuna nuvola da appendervi l'orgoglio. Allora lo smarrimento dello spirito ci fa traballare come ubbriachi e cader supini per non piú rialzarci a mezzo il cammino della vita. Non piú labbra che ci sorridono, non piú occhi che ci invitano, e profumo di rose e varietà di prospetti e barbaglio di luce che ne persuada di andar avanti. Il buio dinanzi, ai lati, sul capo; di dietro la memoria inesorabile che, colle immagini dei mali crescenti sempre e dei beni per sempre fuggiti, ci toglie la forza della volontà e la potenza del moto.

Tale Giulio restava dopo quei notturni delirii d'impotente poesia: tanto piú misero e abbietto, quanto meglio sentiva la vanità di quella sognata grandezza. Come Nerone cred'io egli avrebbe tagliato la testa al genere umano per ottenere dalla Pisana non un sorriso d'amore ma un'occhiata di desiderio, e vedere frementi le labbra e sconfitta l'arrogante sicurezza di quel rivale abborrito. Mettere a sí alto prezzo una semplice occhiata, egli che pochi momenti prima si dava ad intendere d'aver sotto i piedi ogni cosa del mondo! – Quale avvilimento! E non poter nemmeno ricorrere per ultimo scampo all'idea della morte!... No, non lo poteva!... Una morte gloriosa compianta lagrimata gli avrebbe sorriso come un'amica; ma allora il trionfo del còrso e l'indifferenza della Pisana lo perseguitavano perfin nel sepolcro. Ben s'arrende alla morte chi sa di poter vivere, ma egli, senza osar confessarlo a se stesso, fiutava con raccapriccio nelle sue carni scalducciate ed inferme l'odore dei vermi. Egli lottava disperato nel mare della vita, ma le forze gli mancavano, l'acqua gli saliva al petto alla gola; già ne avea piene le fauci, già la mente si scombuiava nell'abisso del nulla e dell'obblio, dove non piú superbia non piú speranza; il nulla, il nulla, eternamente il nulla. Si scoteva dal sogno affannoso con un ribrezzo che somigliava viltà; sentiva di aver paura, e la paura gli cresceva dalla propria dappocaggine. "Oh la vita, la vita! datemi ancora un anno, un mese, un giorno solo della mia vita piena confidente rigogliosa d'un tempo! Tanto che possa rinfiammare un lampo d'amore, bearmi di piacere e d'orgoglio e morire invidiato sopra un letto di rose! Datemi un giorno solo del mio bollor giovanile, perché possa scrivere a caratteri di fuoco una maledizione che abbruci gli occhi di quelli che oseranno leggerla, e rimanga terribilmente famosa fra i posteri, come il *Mane Tecel Fares* del convito di Baldassare! Ch'io muoia; sí ma che possa coll'ultimo grido dell'anima lacerata sgominare per sempre gli impudenti tripudii di coloro che non ebbero una lagrima pei miei dolori!... Se mi è vietata la felicità d'amore, la coppa felice degli Dei, mi rimanga almeno l'immortalità di Erostrato, e la superbia dei demonii!...".

Cosí farneticava lo sciagurato stringendo la penna con mano convulsa, e cercando disperatamente nella tetra fantasia quelle parole tremende, infernali, che dovevano prolungare nella posterità la sua vita di martirio e vendicarlo delle angosce sofferte. Da un turbine vorticoso di idee monche e cozzanti, d'immagini camaleontiche, di passioni mute e furenti non uscivano che due pensieri dozzinali e quasi codardi: la rabbia della felicità altrui, e l'orrore della morte! –

Almeno avesse egli potuto imprimere a tali pensieri quell'impronta straziante di verità nella quale l'uomo si specchia rabbrividito, e non può a meno d'ammirare il lugubre profeta che lo satolla d'orrore e di disperazione!... Ma neppur questo gli veniva concesso dalla continua instabilità della paura. Le forze dell'anima vanno tutte raccolte per creare alla verità un'immagine vera e sublime; egli invece si scioglieva in fantasticherie senza colore e senza fine. Non era la meditazione del sapiente, ma il vaneggiamento del malato. La mistione chimica soverchiava il lavoro spirituale, supremo castigo dell'orgoglio pigmeo! "Ah dover morire cosí, vedendo spegnersi ad una ad una le stelle della propria mente! sentendo sciogliersi atomo per atomo la materia che ci compone, e attirare abbrutita con sé quell'anima sfolgorante e serena che poco prima spaziava nell'aria e s'ergeva fino al cielo! Dover morire come il topo del granaio e la rana della palude, senza lasciare un'orma profonda incancellabile del proprio passaggio!... Morire a ventott'anni, assetato di vita, avido di speranza, delirante di superbia, e sazio solo d'affanno e d'avvilimento! Senza un sogno, senza un fede, senza un bacio abbandonare la vita; sempre col solo spavento, colla sola rabbia dinanzi agli occhi, di doverla abbandonare!... Perché fummo generati? Perché ci educarono e ci avvezzarono a vivere, quasiché durassimo eterni?... Perché la prima parola che vi insegnò la balia non fu *morte*? Perché non ci abituarono lungamente a fissar il volto, a interrogare con ardito animo questa nemica ignorata e nascosta, che ci assale poi d'improvviso, e ci insegna che la nostra virtù non fu altro che viltà? Dove sono i conforti della sapienza, le illusioni della gloria, le consolazioni degli affetti? – Tutto si getta d'in sulla nave per rifuggire al naufragio; e quando il flutto vorace si spalanca per ingoiarla, rimane solamente sulla piú alta antenna nudo e disperato il nocchiero. Son vani gli sforzi e le lagrime; vane le preghiere o le bestemmie. La necessità è ineluttabile e il confuso fragore dell'onde attuta tre passi lontano le grida del furente e i gemiti del pauroso. Di sotto sta il nulla, tutto intorno l'obblio, di sopra il mistero. – Che mi dice il filosofo?... Dimentica, dimentica! Ma come dimenticare? La mia mente non ha piú che quest'idea sola, i miei nervi non ripercotono al cervello che una sola immagine; le altre idee, le altre immagini son morte per me. Io sono entrato piú che mezzo nel gran regno delle ombre; il resto vi entrerà fra poco. L'amore degli uomini, la religione della libertà e della giustizia sparirono dall'anima mia, come fantasmi ideati per ingannare i fantasmi. Crollato il fondamento, come reggerà la parete?... Che v'ha di saldo nell'uomo, se l'uomo appunto svanisce come il vapore del mattino? Sfreddato il calore del sentimento, le parole suonano sulle labbra come il vento in una fessura: vanità, tutto vanità!... ".

Eppure, ad onta di questi scorati soliloquii, egli riprendeva la penna per iscrivere qualche inno patriottico, qualche filippica repubblicana che consolasse d'un'aureola di gloria il suo prossimo tramonto. Si vergognava poi di quanto avea scritto e lo buttava sul fuoco. Quando mal si può esprimere quello che piú ci occupa l'animo, peggio poi si tenta d'interpretare sentimenti annebbiati e lontani. Giulio pensava troppo a sé e si rinserrava troppo nella considerazione del proprio destino, per poter comprendere degnamente le speranze e gli affetti dell'umanità intera. Cotali cose egli le aveva non dirò imparate, ma trovate sui libri; gli si erano appiccicate al cervello come fantasticaggini di moda e nulla piú. Figuratevi se in tanta stretta di passioni proprie ed urgenti poteva ritrarre di colà quell'entusiasmo pieno e sincero che solo incalorisce le opere d'arte!... L'erudite declamazioni di Barzoni e la greca pedanteria del giovane Foscolo da lui sí crudamente satireggiate covavano piú fuoco di tutti i suoi pensieri politici, imbrodolati di Rousseau e di Voltaire, ma privi d'ogni suggello di persuasione. Egli se n'accorgeva, e stritolava la penna coi denti, e si gettava sfinito sul letto. Una tosse profonda e ostinata affaticava le sue lunghe notti, mentre egli inondato di sudore, dolente sopra ogni fianco, e col volto sbigottito dalla paura si palpava il petto, e sollevava stentatamente i polmoni sfibrati, per pur persuadersi che la morte gli stava ancora da lunge. In quei momenti Ascanio e la Pisana, affacciati ad un balcone che dava sul Canalazzo, cinguettavano d'amore con tutte quelle tenerezze del vocabolario francese, mentre Sua Eccellenza Navagero sgomentito degli occhiacci dell'ufficiale sonnecchiava o fingeva di sonnecchiare sopra una poltrona. Io che non ardiva penetrare in quella casa, passava poi nel Canalazzo colla mia gondola a notte profonda; e vedeva profilarsi nel quadro illuminato della finestra le figure dei due amanti. Povero Giulio! Povero Carlino! La Provvidenza, a guardar le cose in monte, governa tutto con giustizia. Non vi sono due esseri felici, che non si oppongano loro, come ombre di un dipinto, due sventurati. Peraltro se la mia disgrazia era forse minore, ognuno mi consentirà ch'io la meritava assai meno di Giulio. La sventura vendica tutto ma non santifica nulla, men che meno poi la superbia, l'invidia e la libidine. Se egli volle consumarsi in queste tre brutte passioni, fu sua la colpa; e noi lo compiangeremo, ben lontani dal glorificarlo. La croce era un patibolo, e il solo Cristo ha potuto cambiarla in un altare.

L'estate volgeva al suo termine. Già i fieri Bocchesi di Perasto avevano arso piangendo l'ultimo stendardo di San Marco. La Repubblica di Venezia era morta, e un ultimo suo spirito vagolava ancora nei remoti orizzonti della vita sulle marine di Levante. Vidiman, il governatore di Corfù, fratello al piú saggio, al piú generoso dei Municipali, spirava l'anima nel dolore alle continue vessazioni dei Francesi, sbarcati colà a guisa di padroni. Le popolazioni, stomacate della veneziana debolezza, sdegnavano di servire ai servi; meglio addirittura i Francesi o qualunque altro che la floscia inettitudine di cento patrizi. Ciò che molti secoli addietro si rispettava per la forza, poi si venerava per la prudenza, indi si tollerava per abitudine, allora cadeva nel disprezzo che conséguita sempre all'ossequio goduto lungamente a torto. Nella Municipalità la stessa disperazione d'ogni consiglio ingenerava la discordia: Dandolo e Giuliani predicavano la repubblica universale, quest'ultimo senza alcun riguardo dei sospettosi alleati. Vidiman consigliava la moderazione, perché la storia gli insegnava che se v'è salute pei governi nuovi, essa dipende dalla prudenza e dalla lentezza delle mutazioni. Strepitavano fra loro in quella sala del Gran Consiglio, ove la schietta parola d'un patrizio avea deciso altre volte delle sorti d'Italia. Il sommo impiccio era per me che doveva dar forma di protocolli a interminabili chiacchierate, a vicendevoli rimbrotti senza scopo e senza dignità. Finalmente la gran notizia che serpeggiava negli animi in forma di paura, scoppiò dalle labbra in suono di vera e certa disperazione. La Francia consentiva pel trattato di Campoformio che gli Imperiali occupassero Venezia e gli Stati di Levante e di terraferma fino all'Adige. Per sé teneva i Paesi Bassi austriaci, e per la Repubblica Cisalpina le provincie della Lombardia veneta. Il patto e le parole erano degne di chi le scriveva.

Venezia si destò raccapricciando dalla sua letargia, come quei moribondi che rinvengono la chiarezza della mente all'estremo momento dell'agonia. I municipali mandarono ambascerie al Direttorio, a Bonaparte, perché fosse loro permesso di difendersi. Questa frase corrispondeva appuntino all'altra del trattato suddetto, nel quale si *consentiva* l'occupazione di Venezia. Domandar al carnefice un'arma per difendersi contro di lui, è invero un'ingenuità fuori d'ogni credenza! Ma i Municipali sapevano la propria impotenza e non altro cercavano che illudersi fino all'estremo. Bonaparte cacciò in prigione gli inviati; quelli di Parigi credo non giungessero neppur in tempo da recitare la loro commedia. Una bella mattina il Villetard, lagrimoso coccodrillo, capitò ad annunziare in piena adunanza che Venezia doveva sacrificarsi al bene di tutta Europa, che gli piangeva il cuore di tale necessità, ma che dovevano subirla con grande animo; che la Repubblica Cisalpina offeriva patria, cittadinanza e perfino il luogo ad una nuova Venezia per quanti fra essi rifuggivano dalla nuova servitù: e che i danari dell'erario e la vendita dei pubblici averi servirebbe a confortare il loro esiglio di qualche agiatezza. La superba indole italiana si rilevò subitamente a quest'ultima proposta. Deboli, discordi, creduli, ciarlieri, inetti sí; venali non mai! Tutta l'adunanza diede in un grido d'indignazione; si rifiutarono le indegne offerte, si rifiutò di approvare quanto la Repubblica francese aveva sí facilmente e barbaramente consentito, si decise di rimettere nel popolo la somma delle cose, dimandando a lui la scelta fra servitù e libertà. Il popolo votò frequente, raccolto, silenzioso; e il voto fu per la libertà; indi la Municipalità si disciolse, e molti partirono per l'esiglio, donde alcuni, Vidiman fra gli altri, non tornarono mai piú. Villetard ne scrisse a Milano, e Bonaparte rispose altero schernitore ma furibondo. Lasciarsi schiacciare ma non obbedire è ancora un delitto pei tiranni. Serrurier entrò a quei giorni, vero beccamorti della Repubblica. Disalberò le navi, mandò a Tolone cannoni, gomene, fregate e vascelli, diede un'ultima mano al saccheggio della cassa pubblica, delle chiese e delle gallerie, raschiò le dorature di Bucintoro, fece baldoria del resto, e si assicurò per sempre dal rimorso di aver lasciato pei nuovi padroni il valsente vivo d'un quattrino. Questo fu il rispetto all'alleanza giurata, alla protezione promessa, ai sacrifici imposti e vilmente forse, piú che generosamente, consentiti. Cosí adoperarono coloro verso Venezia che avea difeso per tanti secoli tutta la cristianità dalla barbarie mussulmana. Ma quei maiali non leggevano storie; preparavano orrendi capitoli alle storie future.

La sera stessa che i Municipali deposero la propria autorità, quanti eravamo rimasti amici della libertà, e nemici coraggiosi del tradimento, convenimmo alla solita casa dietro il ponte dell'Arsenale. Il numero era piú scarso del solito: altri si schivavano per paura, molti eran già partiti con diversi propositi. L'adunanza fu piú per confortarsi a vicenda e per istringerci la mano che per deliberare. Agostino Frumier non comparve, benché sottovoce me ne avesse dato promessa un'ora prima; mancava il Barzoni che dopo un pubblico alterco con Villetard, s'era imbarcato per Malta proponendosi di pubblicar colà un giornale antifrancese: non vidi Giulio Del Ponte e ne sospettai il perché. Lucilio passeggiava come il solito su e giù per la sala col volto imperturbato e la tempesta nel cuore: Amilcare gridava gesticolava contro il Direttorio, contro Bonaparte, contro tutti; egli diceva che bisognava vivere per vendicarci; Ugo Foscolo sedeva da un canto colle prime parole del suo *Jacopo Ortis* scolpite sulla fronte. Io per me non so cosa avessi nell'anima, o mostrassi nel volto. Mi sentiva nullo affatto, come chi soffre senza comprendere. Udii la maggior parte essere propensa a cercare ricovero nel territorio della Cisalpina, ove sarebbe sempre durata qualche speranza per Venezia; anch'io trovava giusto un tale partito, come quello che rendeva onorevole e attivo l'esiglio, menandolo in paese fraterno e già quasi italiano. La permalosa alterigia di taluno che sdegnava affidarsi ad una ospitalità offerta in nome di Francia, e dalla Francia stessa guarentita, sconveniva troppo a quei momenti necessitosi e supremi. Ci demmo la posta per Milano dove o nel governo o nell'esercito o colla parola o colla penna o colla mano si sperava di potersi adoperare per la salute comune. S'avvicendavano cosí frequenti i trabalzi e i rivolgimenti di fortuna in quel tempo che la speranza si ravvivava dalla stessa disperazione, piú fiduciosa piú intemperante che mai. Ad ogni modo si voleva dare un esempio della costanza e della dignità veneziana contro quelle terribili accuse che i fatti ci scagliavano. Ora l'uno ora l'altro partiva per dar qualche ordine alle cose sue, e metter insieme qualche roba prima di avviarsi all'esiglio. Chi correva a baciare la madre, chi la sorella o l'amante;

chi si stringeva al cuore i bambini innocenti, chi consumava dolorosamente quell'ultima notte contemplando dalla Riva di Piazzetta il Palazzo Ducale, le cupole di San Marco, le Procuratie, queste sembianze venerabili e contaminate dell'antica regina dei mari. Le lagrime scorrevano da quelle ciglia devote, e furono le ultime liberamente sparse, gloriosamente commemorate.

Io era restato solo col dottor Lucilio perché non aveva la forza di muovermi, quando salí per la scala un rumore frettoloso di passi, e Giulio Del Ponte coi colori della morte sul volto si precipitò nella stanza. Il dottore, che avea parlato pochissimo fino allora, gli si volse contro con molta veemenza a domandargli cosa avesse e perché tanto s'era attardato. Giulio non rispose nulla, aveva gli occhi smarriti, la lingua aderente al palato e pareva incapace di capire quanto gli dicevano. Lucilio rabbuffò con una mano i suoi neri capelli tra i quali traluceva già qualche filo d'argento, strinse il braccio del giovane e lo trasse a forza in cospetto della lucerna.

— Giulio, te lo dirò cos'hai; – diss'egli con voce sommessa ma ricisa, – tu muori per un dolor tuo, quando non è lecito morire che pel dolore di tutti!... Tu ti arrendi vilmente alla tisi che ti consuma quando dovresti salire con animo forte al martirio!... Io son medico, Giulio; non voglio ingannarti. Una passione mista di rabbia d'orgoglio d'ambizione ti divora lentamente; il suo morso avvelenato è incurabile. Soccomberai senza dubbio. Ma credi tu che l'anima non possa sollevarsi sulle malattie del corpo, e prescrivere a se stessa un fine grande, glorioso?...

Giulio si sfregolava smarrito gli occhi, le guance, la fronte. Tremava da capo a piedi, tossiva di tratto in tratto e non poteva articolar parola.

— Credi tu – riprese Lucilio – credi tu che sotto questa mia scorza dura e ghiacciata non si celino tali tormenti che mi farebbero preferire l'inferno, nonché il sepolcro, alla fatica di vivere? Or bene; io non voglio morire piangendo me, compassionando a me, badando solo a me, come il pecoro sgozzato!... Quando le membra saranno consunte, l'anima fuggirà da esse libera forte beata piucchemai!... Giulio, lascia morire il tuo corpo, ma difendi contro la viltà, contro l'abbiezione un'intelligenza immortale!...

Io guardava meravigliando il gruppo di quelle due figure, l'una delle quali pareva infondere all'altra il coraggio e la vita. Alle parole, al contatto del dottore, Giulio si drizzava della persona e si rianimava negli occhi; la vergogna gli ottenebrava nobilmente la fronte, ma l'anima ridestata a un grande sentimento coloriva i segni della prossima morte d'un sublime splendore. Non tossiva, non tremava piú; il sudore dell'entusiasmo succedeva a quello della malattia; la sua bocca balbettava ancora parole tronche e confuse, ma solo per impazienza di pentimento e di generosità. Fu un vero miracolo.

— Avete ragione – rispose egli alla fine con voce calma e profonda. – Fui un vile finora; non lo sarò piú. Morire debbo certamente, ma morrò da forte e dallo sfacelo del corpo andrà salva l'anima mia!... Vi ringrazio Lucilio!... Venni qui a caso per abitudine per disperazione; venni desolato avvilito infermo; partirò con voi, sicuro dignitoso e guarito! Dite dove s'ha da andare, io son pronto!...

— Partiremo domattina per Milano; – riprese Lucilio – là vi sarà un fucile per ciascuno di noi; ad un soldato non si domanda se è malato o sano, ma se ha forza d'animo e di volontà!... Giulio, te lo accerto, non morrai tremando di paura e desiderando la vita. Abbandoneremo insieme questo secolo di illusioni e di vigliaccherie per ricoverarci contenti in seno dell'eternità!...

— Oh io pure – esclamai – io pure partirò con voi!... — Strinsi la mano al dottore, e buttai le braccia al collo di Giulio come ad un fratello. Era cosí sorpreso e commosso che nessuna sorte vedeva migliore di quella di morire con tali compagni.

— No, tu non devi partire per ora; – soggiunse dolcemente Lucilio – tuo padre ha altri disegni; ti consulterai con essolui, ché ne hai stretto dovere. Quanto al mio, ricevetti oggi stesso l'annunzio della sua morte. Vedete bene che son solo oggimai; nudo affatto di quegli affetti che racchiudono una gran parte di nostra vita fra le pareti domestiche. Per me gli orizzonti si allargano sempre piú; dall'Alpi alla Sicilia, è tutta una casa. L'abito con un solo sentimento che non morrà mai neppure colla mia morte.

Una memoria del monastero di Santa Teresa attraversò come un lampo gli occhi di Lucilio mentre proferiva queste parole; ma non commosse punto il suono tranquillo della sua voce, né lasciò orma alcuna sulle sembianze di melanconia o di sconforto. Ogni affanno scompariva in quella superba sicurezza d'uno spirito che sente in sé qualche parte d'eterno. Ci separammo allora; i commiati severi senza rimpianti senza lagrime. Negli ultimi nostri discorsi non trovarono posto i nomi della Clara e della Pisana. E sí che a tutti e tre, anche a Lucilio, ne sono certo, un amore sventuratissimo dilaniava le viscere. Essi n'andarono verso l'ospitale, divisando mettersi in viaggio il mattino all'alba; io mi avviai curvo e frettoloso in cerca di mio padre. Non sapeva quali fossero i suoi disegni, perché Lucilio non aveva voluto dirmene di piú, e mi tardava l'ora di conoscerli per iscaricarmi poi dei miei dolori privati in qualche grande e non inutile sacrifizio, come il povero Giulio me ne dava l'esempio.

CAPITOLO DECIMOTERZO

Un Jacopo Ortis e un Machiavelli veneziano. Finalmente imparo a conoscere mia madre vent'anni dopo la sua morte. Venezia fra due storie. Una famiglia greca a San Zaccaria. Mio padre a Costantinopoli. Spiro ed Aglaura Apostulos.

In casa non trovai mio padre; e la vecchia fantesca maomettana si espresse con tanti segni e gesti negativi che io mi persuasi la mi volesse dire che non sapeva nemmeno quando sarebbe tornato. Divisava fra me di aspettarlo, quand'ella mi consegnò un polizzino facendomi motto a cenni che era cosa di gran premura. Credeva quasi fosse una memorietta di mio padre, ma vidi invece che era scritto da Leopardo. "Non ci sei in casa" diceva egli "perciò ti lascio queste due righe. Ho bisogno di te tosto per un servigio che di qui a tre ore non mi potresti piú rendere". E non c'erano altri schiarimenti. Faccio intendere alla meglio alla vecchia mora che sarei di ritorno fra breve, piglio il cappello e via a precipizio fino al Ponte Storto. Cosa volete? Quel biglietto non diceva nulla, io avea lasciato la mattina stessa Leopardo grave e taciturno come il solito, ma sano e ragionevole. Pure il cuore mi annunciava disgrazie, e avrei voluto aver l'ali ai piedi per giungere piú presto. L'uscio di casa era aperto, un lumicino giaceva per terra a piedi della scala, penetrai nella stanza di Leopardo e lo trovai seduto in una poltrona colla consueta gravità sul volto, ma soffuso d'una maggior pallidezza. Guardava fiso fiso la lucerna, ma al mio entrare volse gli occhi in me, e senza parlare mosse un gesto di saluto. "Grazie" pareva dirmi "sei venuto ancora a tempo!". Io mi sgomentii di quella attitudine, di quel silenzio, e gli chiesi con premurosa inquietudine cosa l'avesse per stare a quel modo, e in qual cosa mai potessi aiutarlo.

— Nulla; — mi rispose egli socchiudendo a stento le labbra, come uno che parla e sta per addormentarsi – voglio che tu mi faccia compagnia; scusami se non parlerò troppo, ma ho qualche doloruccio di stomaco.

— Mio Dio, chiamiamo dunque un medico! — io sclamai. Sapeva che Leopardo non soleva lamentarsi per poco, e quella chiamata notturna mi diceva i suoi timori.

— Il medico! – riprese egli con un sorriso mestissimo. – Sappi, Carlino, che un'ora fa io mi son preso in corpo due grani di sublimato corrosivo!...

Io misi uno strido di raccapriccio, ma egli si turò le orecchie soggiungendo:

— Zitto, zitto, Carlino! Mia moglie è di là che dorme nella seconda camera!... Sarebbe un peccato incommodarla tanto piú che l'è incinta, e questo suo nuovo stato le mette malumore.

— Ma no, per carità, Leopardo! lasciami andare! – (egli mi stringeva il polso con tutta la forza che aveva). – Forse siamo ancora in tempo: un buon emetico, un rimedio eroico, che so io... lasciami, lasciami...

— Carlino, tutto è inutile... Il solo bene che accetterò da te sarà, come dissi, un'ultima ora di compagnia. Rassegnati, giacché mi vedi piú ancora che rassegnato volonteroso d'andarmene; l'emetico ed il dottore verrebbero tardi d'una buona mezz'ora; io ho studiato da una settimana quel capitolo di tossicologia che mi abbisognava. Vedi? sono ai secondi sintomi!... Mi sento schizzar gli occhi dalla testa... Purché questo prete di cui andò in cerca la portinaia capiti presto... Io son cristiano e voglio morire con tutte le regole.

— Ma no, Leopardo, te ne scongiuro!... lasciami tentare se non altro! È impossibile che ti lasci morire a questo modo!...

— Lo voglio, Carlino, lo voglio; se mi sei amico devi accontentarmi d'una grazia. Siedi vicino a me, e finiamo conversando come Socrate.

Io conobbi che non c'era nulla da sperare da una sí tremenda tranquillità; sedetti vicino a lui deplorando quella triste aberrazione che perdeva cosí miseramente uno degli animi piú forti che io m'avessi mai conosciuto. Quell'accorgimento di mandare pel prete accusava assoluto disordine di cervello in un suicida; perché egli non dovea ignorare che l'azione da lui commessa si riguardava dalla religione come un grave e mortale peccato. Sembrò ch'egli indovinasse tali pensieri perché si accinse a ribatterli senzaché io mi prendessi la briga di esprimerli.

— N'è vero, Carlino, che ti sorprende questa mia smania di aver un confessore? Cosa vuoi?... Per una fortunata combinazione mi dimenticai da molti mesi che Dio proibisce il suicidio; or ora me ne sovvenne, ed è proprio vero che la vicinanza della morte aiuta mirabilmente la memoria. Ma è troppo tardi per fortuna!... È troppo tardi: il Signore mi punirà di questa lunga distrazione, ma spero che non vorrà essere troppo severo verso di me, e che me la caverò con una passata di purgatorio. Ho sofferto tanto, Carlino, ho sofferto tanto in questa vita!...

— Oh maledizione, maledizione sul capo di coloro che ti spinsero ad una fine cosí sciagurata!... Leopardo, io ti vendicherò: ti giuro che ti vendicherò!

— Zitto, zitto, amico mio; non destare mia moglie che dorme. Io ti esorto intanto a perdonare come perdono io. Ti nomino anzi legatario perpetuo delle mie perdonanze, acciocché nessuno abbia male dalla mia morte; e ti raccomando di non far sapere ch'io me l'ho procurata. Sarebbe grave scandalo, e altri potrebbero averne dispiacere o rimorso. Dirai che fu un aneurisma, un colpo fulminante, che so io?... Già me l'intenderò meglio col prete; e cosí spero di morir in pace lasciando dopo di me la pace.

— Oh Leopardo, Leopardo! un'anima come la tua morire a questo modo! Con tanta bontà con tanta forza e costanza che avevi!...

— Hai ragione; due anni fa neppur io mi sarei immaginato questa corbelleria. Ma ora l'ho fatta e non c'è che dire. I dolori gli avvilimenti i disinganni si accumulano qui dentro – (e si toccava il petto) – finché un bel giorno il vaso trabocca e addio giudizio! bisogna ch'io m'esprima cosí per iscusarmi con Dio.

Io vidi allora o meglio indovinai le lunghe torture di quel povero cuore tanto onesto e sincero; le angosce di quell'indole aperta e leale sí indegnamente tradita; la delicatezza di quell'anima eroica deliberata di non veder nulla, e di morire senza lasciare ai suoi assassini neppur la punizione del rimorso. Non mossi parola di ciò rispettando la maravigliosa discretezza del moribondo. Leopardo riprese a parlare con voce piú profonda e affaticata: le membra gli si irrigidivano e le carni prendevano a poco a poco un colore cinereo.

— Vedi amico? fino a ieri ci pensava, ma mi difendeva valorosamente. Aveva una patria da amare e sperava quandocchesia di servirla, e di scordare il resto. Ora anche quell'illusione è svanita... fu proprio il colpo che mi decise!

— Oh no, Leopardo, tutto non è svanito!... Se è cosí, guarisci, torna a vivere con noi: porteremo la patria nel cuore dovunque andremo, ne insegneremo, ne propagheremo la santa religione. Siamo giovani; tempi migliori ci arrideranno, lasciami...

Io m'era alzato in piedi, egli mi teneva fermo pel braccio con forza convulsiva, e dovetti sedere ancora. Un sorriso vago e melanconico errava su quel volto già quasi disfatto dalla morte: mai la bellezza dell'anima non ebbe piú pieno trionfo su quella del corpo. Questa era sparita affatto, quella spirava ancora con ogni suo splendore da quella faccia incadaverita.

— Rimani, ti dico; – soggiunse egli con uno sforzo compassionevole – ad ogni modo sarebbe troppo tardi. Serba, amico mio, la tua candida fede; questo ti raccomando, perch'ella è se non altro incentivo potente ad imprese belle ed onorate... Quanto a me, me ne vado senza rincrescimento... Son certo che avrei aspettato indarno. Era stanco, stanco, stanco!...

Ciò dicendo le sue membra si sciolsero, e la testa cadutagli penzolone mi si appoggiò sopra una spalla. Io allora feci per muovermi e per dimandar soccorso, ma egli si riebbe quel tanto da accorgersi delle mie intenzioni, e da proibirmelo.

— Non hai capito?... – mormorò fiocamente. – Voglio te solo... ed il prete!...

Io lo compresi pur troppo, e volsi uno sguardo pieno di odio e di ribrezzo alla porta, dietro la quale la Doretta dormiva placidi i suoi sonni. Indi passai un braccio sotto il collo di Leopardo, e vedendo che in quella posizione sembravano diminuire gli spasimi, mi sforzai di tenerlo sollevato a quel modo. Il peso mi cresceva sulle braccia, e tremava tutto non so bene se di fatica o di dolore, quando rientrò la portinaia col prete. Avendo picchiato indarno alla porta del parroco, essa ne aveva condotto uno nel quale per sorte si era abbattuta. Colui, renitente dapprincipio, si era deciso a seguirla udendo che si trattava d'un colpo fulminante, come appunto Leopardo avea definito alla portinaia il suo male. Ma qual non fu il mio stupore quando levando gli occhi in quel sacerdote riconobbi il padre Pendola!... Anche lui, il buon padre, diede un guizzo certo non minore del mio, e cosí rimasimo un istante, che la sorpresa ci vietava ogni altro movimento. Leopardo a quel silenzio alzò faticosamente uno sguardo e, appena fisatolo in volto a quel prete, saltò in piedi come morsicato nel cuore da un serpente. Il padre si tirò indietro due passi, e la portinaia per la paura si lasciò cader il lume di mano.

— Non lo voglio! ch'egli vada via, che se ne vada tosto! — gridava Leopardo dibattendosi fra le mie braccia come un ossesso.

Il reverendo aveva una voglia grandissima di accettare il consiglio; ma lo trattenne la vergogna della portinaia, e volle alla peggio salvare l'onore dell'abito. Questo gli riuscí piú facile di quanto temeva, perché Leopardo s'era tosto accchetato da quella furia subitanea, e tornava già quieto come un agnellino.

Il buon padre se gli avvicinò delicatamente con un sorriso angelico, e prese a confortargli l'anima con una vocerellina che partiva proprio dal cuore.

— Padre reverendo, la prego di andar via! — gli bisbigliò nell'orecchio Leopardo con voce cupa e minacciosa.

— Ma figliuolo dilettissimo, pensate all'anima, pensate che avete ancora pochi momenti, e che io, quantunque indegno ministro del Signore, posso...

— Meglio nessuno che lei, padre — lo interruppe ricisamente Leopardo.

La portinaia, pochissimo contenta di quello spettacolo, era tornata pe' fatti suoi, onde il prudentissimo padre non giudicò opportuno l'insistere. Ci diede la sua santa benedizione e se n'andò per dove era venuto. Leopardo lo fermò sull'uscio con una chiamata.

— Dal limitare del sepolcro un ultimo ricordo, padre, un ultimo ricordo spirituale a lei che suole raccomandar l'anima agli altri. Ella vede come io muoio: tranquillo, ilare, sereno!... Or bene, per morire cosí bisogna vivere come ho vissuto io. Ella, vede, bramerà invano una tale fortuna; si ricorderà di me in sul gran punto, e passerà nell'altro mondo tremante spaventato, come chi si sente nelle polpe le unghiate del diavolo! Buona notte, padre; sull'alba io dormirò piú tranquillo di lei.

Il padre Pendola se l'avea già battuta facendo un gesto di raccapriccio e di compassione; scommetto che giú per la scala aggiunse molti altri gesti di sommo piacere per averla scapolata cosí a buon mercato. Leopardo non pensò piú a lui e mi pregò immantinente ch'io n'andassi per un altro confessore. Infatti lo affidai per poco alla portinaia, e uscii e scampanellai tanto all'uscio del parroco che mi venne fatto di stanarlo di letto e di condurlo dal moribondo.

Questi durante la mia assenza avea peggiorato tanto che vedendolo in altro luogo avrei stentato a riconoscerlo. Pure l'arrivo del parroco lo confortò alquanto e per poco li lasciai soli; e rientrando lo trovai bensí alle prese coll'ultima stretta dell'agonia, ma ancor piú calmo e sereno del solito.

— Dunque, figliuolo mio, siete proprio pentito del gravissimo peccato che avete commesso? – gli ripeté il confessore. – Consentite con me che avete disperato della Provvidenza, che avete voluto distruggere a forza l'opera di Dio, che ad una creatura non è concesso l'erigersi a giudice delle disposizioni divine?

— Sí, sí, padre — rispose Leopardo con un lieve sapore d'ironia ch'egli non poté reprimere, e ch'io solo forse distinsi, poiché egli stesso il moribondo non se n'accorgeva.

— E avete fatto quant'era in poter vostro per impedire gli effetti del vostro delitto? — domandò ancora il parroco.

— Bisogna rassegnarsi... – soggiunse con un filo di voce l'agonizzante – non era piú tempo... Padre, due grani di sublimato sono uno speditivo troppo potente!...

— Bene, l'assoluzione ch'io v'ho impartito ve la confermi Iddio. — E si diede a recitare le preci degli agonizzanti. Allora le vene del moribondo cominciarono a inturgidire, le sue membra storcersi, le labbra a disseccarsi; gli occhi gli si stravolgevano orribilmente, e tuttavia lo spirito regnava forte imperterrito su quella tempesta di morte che gli si agitava sotto. Parevano due esseri diversi, l'uno dei quali contemplasse i patimenti dell'altro colla impassibilità d'un inquisitore. Il parroco gli amministrò allora gli ultimi sacramenti, e Leopardo si compose alla aspettazione della morte colla grave pietà d'un vero cristiano. La quiete era tornata in tutta la sua persona; la quiete solenne che precede la morte: io potei ammirare quanto opera di grande la religione in un animo alto e virile; ed ebbi allora invidia per la prima volta di quelle sublimi convinzioni a me vietate per sempre. La morte della vecchia Contessa di Fratta me le aveva messe in discredito; quella di Leopardo me le rese ancora venerabili e sublimi. Gli è vero che la tempra di questo era tale, da far buona prova di sé colla fede e senza.

Indi a poco egli sofferse un nuovo assalto di dolori acutissimi, ma fu l'ultimo; il respiro divenne sempre piú fievole e frequente, gli occhi si socchiusero quasi alla contemplazione d'una visione incantevole, la sua mano si sollevava talvolta come per accarezzare taluno di quegli angeli che venivano incontro all'anima sua. Erano i fantasmi dorati della giovinezza che gli vagolavano dinanzi nel confuso crepuscolo del delirio; erano le sue speranze piú belle, i piú splendidi sogni che prendevano forme visibili e sembianze di realtà agli occhi del moribondo; era la ricompensa d'una vita virtuosa ed illibata o il presentimento del paradiso. A tratti egli s'affisava sorridendo in me e dava indizio di ravvisarmi; mi prendeva la mano fra le sue per avvicinarsela al cuore; a quel cuore che non batteva quasi piú, eppure era cosí riboccante ancora di valore e d'affetto! Vi fu un momento ch'egli fece per alzarsi e mi sembrò quasi di vederlo sospeso da terra in un atteggiamento mirabile d'ispirazione e di profezia. Egli pronunciò fieramente il nome di Venezia; indi ricadde come stanco per tornare alle sue fantasie.

Quando fu presso al gran punto lo vidi aprire le labbra a un sorriso, quale da un pezzo non brillava piú su quel volto robusto e maestoso; si mise la mano in seno e ne trasse uno scapolare su cui affisse a piú riprese le labbra. Ogni bacio era piú lento e meno vibrato; se ne staccò sorridente per esalar l'anima a Dio, e il suo ultimo respiro gli uscí cosí pieno cosí sonoro dal petto, che parve significare: "Eccomi finalmente libero e felice!" – Quella reliquia cui aveva consacrato l'estremo alito di vita, cadde nella mia mano all'allentarsi della sua: io la ricevetti come un pegno, come una sacra eredità, e m'inginocchiai dinanzi a quel morto come al cospetto di Dio. Mai non mi venne veduta poi morte simile a quella; il parroco asperse d'acqua benedetta il cadavere e si partí asciugandosi gli occhi, e assicurandomi che gli verrebbe data sepoltura sacra per quanto forse i canoni lo vietassero. Ma la santità di quel passaggio comandava che non si badasse cosí strettamente alle regole. Allora rimasto solo io diedi uno sfogo al mio dolore: baciai e ribaciai quel santo volto di martire, lo cospersi di pianto, lo contemplai a lungo quasi innamorato della pace sovrumana che spirava. Appresi maggior virtù da un'ora di colloquio con un morto, che da tutta la mia convivenza coi vivi. La lucerna era agli ultimi crepiti; il primo luccichio del giorno traspariva dalle persiane, quando mi venne a mente che si stava a me di dar annunzio alla Doretta della morte del marito. Questo pensiero mi fece rabbrividire. Tuttavia mi accingeva a bussare alla porta quando udii avvicinarsi dietro ad essa un fruscio di passi; l'uscio s'aperse pian piano e mi comparve dinanzi la figura un po' pallida e sospettosa di Raimondo Venchieredo. Diedi un tal grido che destò tutti gli echi della casa e mi slanciai ad abbracciare Leopardo come per proteggerlo o consolarlo di quel postumo insulto. Raimondo alle prime non ci capí nulla, balbettò non so quali parole di gondola e di Fusina, e si affrettava ad andarsene. Seppi in seguito che egli aveva mandato Leopardo a Fusina coll'ordine di fermarvisi tutto il giorno appresso ad aspettar suo padre che doveva arrivare colà e di consegnargli un piego rilevantissimo. Leopardo era partito infatti sull'Avemaria, ma accortosi a mezzo il viaggio d'aver dimenticato la lettera, era tornato per prenderla verso le tre ore di notte. Allora avea veduto Raimondo entrar furtivo in sua casa e nella stanza della Doretta; il resto ognuno se lo può immaginare. È vero peraltro che il sublimato egli lo avea provveduto presso uno speziale fin dalla mattina, dopo aver assistito all'adunanza dei Municipali nella quale il Villetard avea pronunciato sentenza di morte contro Venezia. Sembra che l'ultimo vituperio dell'onor suo non abbia fatto altro che precipitare una deliberazione già maturata e presa per molti motivi. La lettera diretta al Venchieredo e di pugno del padre Pendola fu trovata nel cassetto della tavola dinanzi a lui.

Tuttociò io non sapeva allora, ma indovinai qualche cosa di simile. Laonde non soffersi che Raimondo si salvasse a quel modo senza conoscer almeno l'orrenda tragedia di cui egli era la causa. Gli corsi dietro fin sulla soglia, lo abbrancai per le spalle, e lo trassi genuflesso e tremante dinanzi il cadavere di Leopardo.

— Guarda – gli dissi – traditore! Guarda!...

Egli guardò spaventato e s'accorse solamente allora della lividezza mortale che copriva quelle spoglie inanimate. Accorgersene, e metter un grido piú acuto piú straziante del mio, e cader riverso come colpito dal fulmine fu tutto ad un punto. Quel secondo grido chiamò nella stanza la portinaia, la Doretta e quanta gente abitava la casa. Raimondo s'era riavuto ma si reggeva in piedi a stento, la Doretta si strappava i capelli, e non so ben dire se strillasse o piangesse; gli altri guardavano spaventati quel lugubre spettacolo, e si chiedevano l'un l'altro sotto voce com'era stato. Mentire toccò a me, e non mi fu grave, perché pensava cosí di adempiere scrupolosamente i desiderii dell'amico. Ma non potei far a meno che nell'ascrivere quella morte ad un colpo fulminante la mia voce non parlasse altrimenti. Raimondo e la Doretta mi intesero, e sopportarono dinanzi al mio sguardo inesorabile la vergogna dei rei. Io partii da quella casa, ove divisava di tornare il giorno appresso per accompagnare l'amico alla sua ultima dimora; qual fosse l'animo, quali i miei pensieri non voglio confessarlo ora. Guardava talvolta con inesprimibile avidità l'acqua torbida e profonda dei canali; ma mio padre mi aspettava ed altri martiri mi invitavano per la via di Milano alle dure espiazioni dell'esiglio.

Mio padre m'attendeva infatti da un'ora e si spazientiva di non vedermi tornare. Mi scusai raccontandogli l'atrocissimo caso, ed egli mi tagliò le parole in bocca sclamando: — Matto, matto! La vita è un tesoro; bisogna impiegarlo bene sino all'ultimo soldo! — Rimasi nauseato alquanto di una tale pacatezza, e non ebbi voglia alcuna di farmi incontro ai suoi desiderii, come me ne aveano persuaso la sera prima le monche confidenze di Lucilio. Egli invece senzaché io m'incommodassi entrò subito in argomento.

— Carlino – mi chiese – dimmi la verità, quanti danari all'anno ti bisognano per vivere?

— Son nato con un buon paio di braccia; – gli risposi freddamente – mi aiuterò!...

— Matto, matto anche tu! – rispose egli – anch'io son nato colle braccia e le ho fatte lavorare a meraviglia; ma perciò non rifiutai mai un buon aiuto dell'amicizia. Pigliala come vuoi, io sono tuo padre; e ho diritto di consigliarti e al caso anche di comandarti. Non guardarmi cosí altero!... Non ci è bisogno!... Ti compatisco; sei giovane, hai perduto la testa. Anch'io stetti tutto ieri che non sapeva se fossi vivo o morto, anch'io ho sofferto, vedi, piú di uomo al mondo vedendo rovesciarsi tutte le mie speranze per opera di quelli stessi cui le aveva affidate da compiere! Anch'io ho pianto, sí ho pianto di rabbia trovandomi schernito beffeggiato e pagato di sette anni di servizi e di sacrifizi coll'ingratitudine e col tradimento... Ma oggi; oggi me ne rido!... Ho un gran pensiero in capo; questo mi occuperà per mesi forse, per anni molti; spero di riuscir meglio che al primo esperimento e ci rivedremo. Un uomo, vedi, è un assai debole animale, un futuro parente del nulla; ma non è nulla!... e finché non è nulla può essere il primo anello d'una catena da cui dipenda il tutto... Bada a me, Carlino!... Io son tuo padre, io ti stimo e ti voglio bene assai; tu devi accettare i consigli della mia esperienza; devi serbarti per quel futuro che io m'adoprerò di preparare a te ed alla patria. Pensa che non sei solo, che hai amici e parenti profughi, impotenti, bisognosi; ti sarà gradito talvolta aver un pane da spartir con loro. Qui in questo taccuino sono parecchi milioni ch'io consacro ad un grande tentativo di giustizia e di vendetta; erano destinati a te, ora non lo sono piú. Vedi che parlo aperto e sincero!... Usami dunque l'egual confidenza, dimmi quanto ti bisogna per vivere un anno comodamente.

Io mi piegai sotto la stringente logica paterna e soggiunsi che trecento ducati mi sarebbero stati piú che sufficienti.

— Bravo, figliuol mio! – ripigliò mio padre. – Sei un gran galantuomo. Eccoti una credenziale appunto di settemila ducati sopra la casa Apostulos in San Zaccaria; la quale tu consegnerai oggi stesso al rappresentante della casa. Troverai ottima gente, generosa e leale: un vecchio ch'è la perla dei mercanti onesti e che sarà per te un altro me stesso: un giovine appena reduce dalla Grecia che ne compera venti dei nostri veneziani; una giovinetta che tu amerai come una sorella; una mamma che ti amerà come mamma. Fidati ad essi: per mezzo loro avrai mie novelle poiché conto imbarcarmi prima di mezzodí, e non voglio vedere le nefandità di questo giorno. La casa ch'io comperai per duemila ducati ti resta in proprietà; ne ho già steso la donazione. Nello scrittoio troverai alcune carte che appartenevano a tua madre. Sono la sua eredità e la viene a te di diritto. Quanto alla tua sorte futura non ti do consigli, perché non ne abbisogni. Altri s'affida ancora alle speranze francesi ed emigra nella Cisalpina. Guarda il fatto tuo; e pensa sempre a Venezia; non lasciarti abbagliare né da fortuna né da ricchezze né da gloria. La gloria c'è quando si ha una patria; stima la fortuna e le ricchezze quando siano assicurate dalla libertà e dalla giustizia.

— Non temete, padre mio – soggiunsi piuttosto commosso da queste raccomandazioni che per essere espresse a sbalzi e con un gergo piú moresco che veneziano non erano meno generose. – Penserò sempre a Venezia!... Ma perché non potrei partire con voi, ed esser partecipe dei vostri disegni, compagno delle vostre fatiche?

— Ti dirò, figliuol mio: tu non sei abbastanza turco per approvare tutti i miei mezzi; io sono come un chirurgo che mentre opera non vuole intorno a sé donnicciuole che frignino. Non dico per insultarti; ma te lo ripeto, non sei abbastanza turco: questo può ridondare ad onor tuo; per me ci perderei la libertà d'azione che sola dà fretta alle cose di questo mondo. E un uomo di sessant'anni, Carlino, ha fretta ha fretta assai! D'altronde in questi paesi non c'è abbondanza di giovani robusti e ben pensanti come tu sei: va bene che restiate qui, se si ha da imparare a far da noi. Già in un cantone o nell'altro la matassa si deve imbrogliare. Ad Ancona, a Napoli, bollono che è una meraviglia: quando l'incendio si fosse dilatato, chi lo appiccò potrebbe restarne arso; allora toccherà a voi, cioè a noi. Per questo ti dico di rimanere, e di lasciar me solo dove la vecchiaia può riescire meglio della gioventù, ed il danaro aver ragione sopra le forze del corpo e la gagliardia dell'animo.

— Padre mio! che volete che vi dica?... Resterò!... Ma si potrebbe almen sapere dove n'andate?

— In Oriente vado, in Oriente a intendermela coi Turchi, giacché qui non ebbi voce da farmi capire. Fra poco, se anche non udrai parlare di me, udrai parlare dei Turchi. Di' pur allora ch'io vi ebbi le mani in pasta. Di piú non ti posso dire, perché sono ancora fantasmi di progetti.

Mio padre doveva uscire per prender l'ora dal capitano della tartana che salpava pel Levante. Io lo accompagnai, e non altro potei rilevare, senonché egli andava difilato a Costantinopoli ove poteva fermarsi e molto e poco secondo le circostanze. Certo i suoi pensieri non erano né piccoli né vili perché ingrandivano la sua persona e le davano una sembianza di autorità insolita fino allora. Aveva la solita berretta, le solite brache all'armena, ma un fuoco affatto nuovo gli lampeggiava dalle ciglia canute. Verso le nove salí sulla nave colla fida fantesca e un piccolo baule; non mise un sospiro, non lasciò saluti per nessuno, riprese volontario la strada dell'esiglio colla baldanza del giovine che avesse dinanzi agli occhi la certezza d'un vicino trionfo. Mi baciò cosí come all'indomani ci dovessimo rivedere, mi raccomandò la visita all'Apostulos; e poi egli scese sotto coperta, io tornai nella gondola che ci aveva condotti a bordo.

Oh come mi trovai solo misero abbandonato al ritoccare il lastrico della Piazzetta!... L'anima mia corse con un sospiro alla Pisana; ma la fermai a mezza strada col pensiero di Giulio e dell'ufficial còrso. Mi rimisi allora a piangere la morte di Leopardo, e ad onorare la sua memoria di quei postumi compianti che formano l'elogio funebre d'un amico. Piansi e farneticai un pezzo, finché per distrarmi pensai alla credenziale, e mi volsi a San Zaccaria per abboccarmi col negoziante greco. Trovai un mustacchione grigio di pochissime parole, che onorò la firma di mio padre, e mi chiese senz'altro in qual modo bramassi esser pagato. Gli risposi che desiderava solo gli interessi d'anno in anno e che il capitale lo lascerei volentieri in mani cosí sicure. Il vecchio allora diede una specie di grugnito, e comparve un giovine al quale consegnò il foglio, aggiungendo in greco qualche parola che non potei capire. Mi disse poi che quello era suo figlio e che n'andassi pure con lui alla cassa, ove mi sarebbe contata la somma secondo il mio piacimento. Quanto era ruvido e brontolone il vecchio negoziante, altrettanto suo figlio Spiridione piaceva per le sue maniere amabili e compite. Grande e svelto di statura, con un profilo greco moderno arditissimo, un colore piucché olivastro, e due occhi fulminei, egli mi entrò in grazia al primo aspetto. Intravvidi una grand'anima sotto quelle sembianze, e secondo la mia usanza l'amai addirittura. Egli mi snocciolò trecento cinquanta ducati nuovi fiammanti, mi chiese scusa sorridendo delle burbere accoglienze di suo padre, e soggiunse che non me ne spaventassi perché egli gli avea parlato di me quella stessa mattina con tutto il favore, e che sarei il benvenuto nella loro casa, ove avrei ritrovato la confidenza e la pace della famiglia. Io lo ringraziai di sí benevoli sentimenti soggiungendo che questo sarebbe stato il mio piú soave piacere, ove un qualche caso straordinario mi avesse fermato a Venezia. Cosí ci separammo, a quanto parve, amici in fin d'allora con tutta l'anima.

Pranzai quel giorno, v'immaginerete con quanta voglia, in una bettolaccia, ove facchini e gondolieri litigavano sullo sgombero dei Francesi e l'entrata dei Tedeschi. Ebbi campo di compiangere profondamente la sorte d'un popolo che da quattordici secoli di libertà non avea tratto né un lume di criterio né la coscienza del proprio essere. Ciò avveniva forse perché quella non era libertà vera; e avvezzi all'oligarchia non vedevano motivo da schifare l'arbitrio soldatesco e l'impero di fuori. Per loro era tutto uno; tutto servire; discutevano sull'umor del padrone e sul salario, e null'altro. Qualche voce meno interessata stonava troppo in quel concerto, e avevano perfin paura di ascoltarla, tanto li aveva usati bene l'Inquisizione di Stato. Quand'io penso alla Venezia d'allora, mi maraviglio che una sola generazione abbia potuto mutarla di tanto, e benedico o le insperate consolazioni della Provvidenza, o i misteriosi e subitanei ripieghi dell'umana natura.

Passato per casa mia me ne cacciò tosto la mestizia e la paura della solitudine; mi ricordo che piansi a dirotto trovando sul tappeto la pipa di mio padre ancor piena di cenere. Pensai che tutto finiva cosí; e mi entrò in cuore un involontario sospetto che quello fosse un pronostico. In tali disposizioni d'animo il povero Leopardo mi attirava a sé con forza irresistibile; infatti il resto della giornata lo passai vicino al letto dove i pietosi vicini lo avevano adagiato. La portinaia mi disse che la vedova di quel signore se n'era ita colle sue robe lasciando otto ducati per le spese del funerale; e l'avea detto prima di partire, che non le reggeva il cuore di restar un'ora di piú sotto lo stesso tetto colle spoglie inanimate di colui che tanto ell'aveva amato.

— Peraltro – soggiunse la portinaia – la signora parve arrabbiatissima perché non venne a levarla quel bel cavaliere che era qui questa mattina, e si stizzí anche non poco colla mia ragazzina, perché lasciò cadere per terra una sua cuffia. Dica lei, se questi sono segni di gran dolore!

Io non risposi verbo, pregai la donna che non si incommodasse per cagion mia, e siccome la persisteva nelle sue chiacchiere, nelle sue induzioni, mi voltai senza cerimonie dalla banda del morto. Allora essa mi lasciò solo, ed io potei sprofondarmi a mio grado nell'oscuro abisso delle mie meditazioni. Dice bene il *mementòmo* del primo giorno di quaresima; tutti si torna cenere. Piccoli e grandi, buoni e cattivi, ignoranti e sapienti, tutti ci somigliamo, cosí nella fine come nel principio. Questo è il giudizio degli occhi; ma la mente? – La mente è troppo ardita, troppo superba e insaziabile per accontentarsi delle ragioni che si palpano. Le stupende e sublimi azioni inspirate dal Vangelo non sono elleno figlie legittime dei pensieri della dottrina dell'anima di Cristo? Ecco una divinità, un'eternità in noi che non finisce nella cenere. Quel muto e freddo Leopardo non viveva egli in me, non riscaldava ancora il cuor mio colla bollente memoria dell'indole sua nobile e poderosa? – Ecco una vita spirituale che trapassa di essere in essere, e non vede limiti al suo futuro. I filosofi trovano conforti piú saldi piú pieni; io m'appago di questi, e mi basta il credere che il bene non è male, né la mia vita un momentaneo buco nell'acqua. Allora con questi melanconici conforti per capo, trassi di tasca quello scapolare ch'era caduto il dí prima dalla mano del moribondo nella mia, e da un fesso chiuso con un bottoncino trassi un'immagine della Madonna e alcuni pochi fiori appassiti. Fu come un largo orizzonte che mi si scoperse lontano lontano pieno di poesia, d'amore e di gioventù; tra quell'orizzonte e me vaneggiava allora l'abisso della morte, ma la mente lo varcava senza ribrezzo.

I fantasmi non sono paurosi a chi ama per sempre. Ricordai le belle e semplici parole di Leopardo; rividi la fontana di Venchieredo, e la leggiadra ninfa che vi bagnava l'un piede increspando coll'altro il sommo dell'acque; udii l'usignuolo intonar un preludio, e un concento d'amore sorgere da due anime, come da due strumenti di cui l'uno ripete in sé i suoni dell'altro.

Vidi uno splendore di felicità e di speranza diffondersi sotto quel fitto fogliame d'ontani e di salici... Indi gli sguardi tornarono da quei remoti prospetti fantastici alle cose reali che mi stavano dintorno: rimirai con un tremito quel cadavere che mi dormiva appresso. Ecco un'altra felicità, ahi quanto diversa!... Dopo la luce le tenebre, dopo la speranza l'obblio, dopo il tutto il nulla; ma fra nulla e tutto, fra obblio e speranza, fra tenebre e luce quanta vicenda di cose, quanto fragore di tempeste, e sguiscio di fulmini! Si armi di costanza e di rassegnazione il piloto per trovare un porto in quel pelago vorticoso e sconvolto; alzi sempre gli occhi al cielo, ed anche traverso nuvole e al velo luttuoso della procella traveda sempre colla mente lo splendor delle stelle. Passano le navi, ora calme e leggiere come cigni sull'onda d'un lago, or risospinte ed agitate come stormo di pellicani tra il contrario azzuffarsi dei venti; sorgono i flutti minacciosi al cielo, si sprofondano quasi a squarciare le viscere della terra, e si stendono poi graziosi e tremolanti all'occhio del sole, come serico manto sulle spalle d'una regina. L'aria si annebbia greve e cinerea; s'empie di nubi, di burrasche, di tuoni, nera come l'immagine del nulla nella notte profonda, grigia come la chioma scapigliata delle streghe nel trasparente biancheggiar del mattino. Indi la brezza profumata spazza via come larve sognate quelle apparizioni spaventose; il cielo s'incurva azzurro calmo e sereno, e non ricorda e non teme piú l'assalto dei mostri aereiformi. Ma cento milioni di miglia sopra quelle effimere battaglie, le stelle siedono eterne sui loro troni di luce; l'occhio le perde di vista talvolta e il cuore ne indovina sempre i raggi benigni, e ne sente e ne raccoglie l'arcano calore. O vita, o mistero, o mare senza sponde, o deserto popolato da oasi fuggitive, e da carovane che viaggiano sempre, che non giungono mai! Per consolarmi di te bisogna che io slanci il pensiero fuori di te; veggo le stelle ingrandirsi agli occhi delle generazioni venture; veggo il piccolo e modesto seme delle mie speranze, covato con tanta costanza, fecondato da tanto sangue da tante lagrime crescere in pianta gigantesca, empir l'aria de' suoi rami, e proteggere della sua ombra la famiglia meno infelice de' miei figliuoli! Oh non vivrò io sempre in te, anima immensa, intelligenza completa dell'umanità! – Cosí pensa il giovane sul sepolcro dell'amico; cosí si conforta la vecchiaia nel baldanzoso aspetto dei giovani. La giustizia, l'onore, la patria vivono nel mio cuore, e non morranno mai.

La stanchezza mi vinse, dormii alcune ore sullo stesso letto dove dormiva per sempre Leopardo; e il mio sonno fu profondo e tranquillo come sul seno della madre. La morte veduta cosí davvicino in simili sembianze nulla aveva d'orribile, o di schifoso; sembrava un'amica fredda e severa bensí, ma eternamente fedele. Mi destai per porgere gli estremi uffici all'amico, deporlo nel suo ultimo letto, e accompagnarlo per le acque silenziose all'isola di San Michele. Io invidio ai morti veneziani questo postumo viaggio; se un lontano sentore di vita rimane in essi, come pensa l'americano Pöe, deve giungere ben soave ai loro sensi assopiti il dolce molleggiar della gondola. In quel lido angusto e deserto, popolato soltanto da croci e da uccelli marini, poche palate di terra mi divisero per sempre da quelle spoglie dilette. Non piansi, tanto era impietrato di dentro come l'Ugolino di Dante; tornai colla stessa gondola che avea condotto la bara, e il vivo che tornava non era allora piú vivo del morto ch'era rimasto.

Rientrato in Venezia osservai un andirivieni di curiosità fra la gente del volgo, e un movimento maggiore del consueto nella guarnigione francese. Udii da taluno che erano giunti i Commissari imperiali per disporre le cerimonie della consegna; li avevano veduti entrare al Palazzo del Governo e il popolo s'affollava per vederli ripassare. Non so per qual ragione mi fermai, ma credo che cercassi alla peggio un nuovo dolore che mi distraesse dal mio sbalordimento. Indi a poco i Commissari uscirono in fatti con grande scalpore di sciabole e pompa di piume. Ridevano e parlavano forte cogli ufficiali francesi che li accompagnavano; cosí scherzando e ridendo s'imbarcarono in una peota fatta loro addobbare suntuosamente da Serrurier per ricondurli al campo. Uno solo si divise dai compagni per restare a Venezia; ed era nientemeno che il signore di Venchieredo. Mezz'ora dopo lo vidi ripassare in Piazza a braccetto del padre Pendola, ma non aveva piú né sciabola né piume, vestiva un abito nero alla francese. Raimondo e il Partistagno ch'io vedeva allora a Venezia per la prima volta, li seguivano con un'aria di trionfo; l'accostarsi di quest'ultimo a simil razza di gente mi spiacque non poco; non tanto per lui quanto perché era indizio del gran frutto che i furbi saprebbero trarre dalla pieghevole natura degli ignoranti. La lama non pensa, ma è tuttavia strumento micidiale in un pugno ben sperimentato. Finii collo scappare a casa, perché sentiva di non poter reggere piú a lungo; e vi confesso che in quel momento era inetto affatto a qualunque forte deliberazione. Per quanto avessi udito bisbigliare di arresti, di condanne e di proscrizioni, non mi poteva decidere a movermi di colà. Era caduto in quello spensierato abbattimento nel quale ci mancano i nervi e la volontà per saltare dalla finestra; ma un fulmine che ci colpisse, o una trave caduta giù pel capo, parrebbe un regalo del cielo. Allora soltanto mi risovvenne di quelle carte appartenenti a mia madre le quali io doveva trovare nello scrittoio; misera eredità d'una sventurata ad un orfano piú sventurato ancora. Apersi trepidando il cassetto; e slegata una vecchia busta di cartone, mi misi a rovistare alcuni fogli polverosi e giallognoli che vi si contenevano.

Scorsi prima alcune lettere amorose piú o meno invenezianate e cosperse di errori ortografici. Erano d'un nobiluomo forse morto da gran tempo e seppellito coi fantasmi de' suoi amori; non appariva il nome, ma la nobiltà del suo casato era accertata da molti passi sparsi qua e là in quella lunga corrispondenza. Potrei darne qualche saggio per mostrar la maniera con cui si faceva all'amore colle zitelle alla metà del secolo passato. Pare che le quistioni importanti non si trattassero in iscritto; invece l'amante si dava gran cura di metter in mostra le proprie belle qualità, e di descrivere le impressioni avute dalle buone grazie della bella in varie circostanze. Il frasario non era troppo squisito; ma quanto mancava di squisitezza si compensava coll'ardenza; sopra tutto poi si diffondeva un incanto di buona fede, di calma, di bontà, che adesso è relegato nelle letterine che i collegiali scrivono ai parenti per le feste di Natale. Tuttavia, potete crederlo, che quella lettura non si affaceva molto in quel giorno con quell'umore. Passai oltre. Altre lettere di maestre e d'amiche di convento, piú scipite delle prime. Andai innanzi ancora. Successe il completo epistolario erotico di mio padre. C'era del balzano assai; ma egli pareva innamorato quanto mai lo può essere uomo al mondo; e l'ultimo suo biglietto stabiliva il giorno e l'ora di quella fuga, che avea condotto i miei genitori a concepirmi in Levante.

Come corollario a quelle lettere, trovai un libricciuolo di memorie tutte di pugno di mia madre, datate da molte città del Levante e dell'Asia Minore. Lí cominciava la storia. La felicità di mia madre avea durato fino a metà del tragitto. Le burrasche e il mal di mare pel resto del viaggio, la miseria e gli alterchi nei primi loro pellegrinaggi, in seguito le malattie gli strapazzi e perfino la fame le avevano smorzato d'assai quel primo incendio d'amore. Tuttavia non si stancava dal seguir suo marito, dal sopportare pazientemente le sue stranezze la sua indifferenza, e soprattutto le sue gelosie che parevano assai strane. Egli restava assente delle settimane intiere dai luoghi ove collocava la moglie, e questa rimaneva affidata a qualche povera famiglia di turchi, ove le conveniva fare da fantesca e da guattera per guadagnarsi il vitto. Mio padre girava intanto per gli harem e pei chioschi dei ricchi mussulmani commerciando di spilloni, di specchietti e d'altri ninnoli ch'ei sapeva vendere a prezzi incredibili; cosí almeno affermava mia madre ridotta allo stremo di tutto. Un bel giorno sembrava che le gelosie ricominciassero piú violente che mai a proposito della sua gravidanza. L'accusato era un brioso fellah delle vicinanze; mia madre scriveva roba di fuoco intorno a questa ingiustizia del marito; sembra ch'ella sospettasse in lui un sistema premeditato per annoiarla di quella vita, per finirla affatto o per isforzarla a fuggire. Allora la sua superbia cominciò a raddrizzarsi: da quei lamenti da quelle disperazioni tornava a trapelare la nobildonna offesa nell'onore; l'animo suo s'esasperava sempre piú in quelle noterelle buttate giù sulla carta giorno per giorno con mano rabbiosa; finalmente si giungeva ad una pagina vuota dove null'altro era scritto senonché queste parole: "Ho deciso!"

Cosí terminavano quelle memorie; ma le completava una lettera scritta da essa medesima a mio padre, dappoiché la ebbe deciso. Non posso far a meno di riportar quelle poche righe le quali serviranno a profilar meglio l'indole di mia madre. Ahimè! perché non posso io parlarne piú a lungo?... Perché l'amore di figlio non ebbe egli nella mia vita che un barlume lontano di confuse memorie, ove posarsi? Tale è la sorte degli orfani. Ad ottant'anni dura ancora il rammarico di non poter contemplare nel memore pensiero l'immagine della madre. Le labbra che non ricordano il sapore de' suoi baci inaridiscono piú presto al fiato maligno dell'aria mondana. "Marito mio! (cosí cominciava la scritta ov'ella prendea commiato da mio padre per sempre) Io volli amarvi, io volli fidarmi a voi, io volli seguirvi fino in capo al mondo contro l'opinione de' miei parenti i quali mi vi dipingevano come un birbante senza cuore, e senza cervello. Ho avuto ragione o torto? Lo saprà la vostra coscienza. Io per me so che non debbo sopportare piú a lungo sospetti che mi disonorano, e che la creatura di cui ho già fecondo il grembo non deve imporsi per forza ad un padre che la rifiuta. Io fui una donna frivola, e vanitosa; l'amor vostro mi fece pagar cari questi miei difetti. Io mi rassegno di buon grado a farne una piú ampia penitenza. In tutta me non ho che venti ducati; farò il possibile di tornare a Venezia ove troverò per giunta la vergogna e il disprezzo. Ma consegnata la mia creatura ai suoi parenti che non avranno cuore di respingerla, Dio faccia pure di me quello che vuole! Voi starete assente otto giorni ancora; tornando non mi troverete piú. Di questo sono sicura. Ogni altra cosa sta nelle mani di Dio!".

La lettera portava la data di Bagdad. Da Bagdad a Venezia per quattromila miglia di deserto e di mare, in una stagione soffocante, con poca conoscenza della lingua, colla persona affranta dall'inedia e dalla passione rividi col pensiero la poveretta mia madre. Partiva con venti ducati in tasca dalla casa d'un marito sospettoso e brutale; s'avviava attraverso un viaggio pieno di pericoli e di fatiche alle repulse alla vergogna che l'attendevano nella sua patria. Moglie affettuosa e sacrificata sarebbe confusa colle donne da partito, e buon per lei se taluno fosse tanto generoso tra' suoi parenti da raccogliere d'in sul lastrico il suo figliuolino!... Ohimè! ed era per cagion mia che ella avea sofferto tanto vituperio, sfidato tanti patimenti! Sentiva quasi il rimorso d'esser nato; sentiva che una lunghissima vita tutta consacrata a consolare, a far beata quell'anima santa avrebbe appena bastato ad appagar il mio cuore; ed io non aveva né contemplato il suo volto, né sorriso ai suoi sguardi, né succhiato un gocciolo solo del suo latte!... L'aveva menata colla mia nascita sulla via della perdizione; là l'aveva abbandonata senza aiuto, senza conforto. Io detestava quasi mio padre; ringraziava Dio ch'egli fosse partito e che un grande spazio di tempo dovesse trascorrere tra la lettura di quei fogli e il primo istante che l'avrei riveduto! Altrimenti non prevedeva qual potesse essere la fine nella battaglia de' miei affetti. Qualche bestemmia qualche maledizione mi sarebbe sfuggita dalle labbra.

Oh se piansi quel giorno!... Oh come colsi premuroso quello sfogo non solo concesso ma sacro e generoso dell'affetto filiale per alleggerire colle lagrime il peso infinito de' miei dolori!... Come si univano misteriosamente nell'angoscia che mi riboccava dal cuore in urli e in singhiozzi, e la patria venduta, e l'amico volontariamente morto, e l'amante infedele e spergiura, e l'ombra della madre impressa ancora il volto dei patimenti della sua vita!... Oh come mi scagliava furibondo e terribile contro coloro che avevano cercato d'infamare la memoria di questa benedetta e allontanarmi dal rispetto della buona anima sua con sacrileghe calunnie!... Sí, io voleva che fossero calunnie ad ogni costo: son sempre calunnie le accuse ai poveri morti, le accuse senza esame e senza pudore scagliate contro una tomba. Chi credeva vogliosamente, e aggravava pur anco le colpe di mia madre, sapeva egli i suoi sacrifizi, le torture, le lagrime, il lungo martirio che avea forse estenuato le sue forze, e travolta la ragione?... Io mi straziava il petto colle unghie, e mi strappava i capelli per non poter sorgere a vendetta di quei codardi improperi; il silenzio da me tenuto durante l'infanzia appetto a quei furtivi detrattori mi rimordeva come un delitto. Perché non m'era io alzato a svergognarli con tutto il coraggio dell'innocenza e la veemenza d'un figlio che si sente insultato nella memoria della madre? Perché i miei piccoli occhi non aveano lampeggiato di sdegno, e il cuore non avea rifuggito dall'accettare la compassione di coloro che mi faceano pagare a prezzo d'infamia un tozzo di pane ed un cantuccio d'ospitalità? – Mi salivano al volto le fiamme della vergogna; avrei dato tutto il mio sangue tutta la mia vita per riavere uno di quei giorni, e vendicarmi di una sí disonorevole servitù. Ma non era piú tempo. Mi aveano instillato, si può dire col latte, la pazienza, il timore e aggiungerei quasi l'impostura, i tre peccati capitali degli accattoni. Era cresciuto buono buono buono; il mio temperamento rammollito dalla soggezione non cercava che pretesti per piegarsi e padroni per obbedire. Allora conobbi tutti i pericoli di quel lasciarsi correre a seconda delle opinioni, e degli affetti altrui; mi proposi per la prima volta di esser io, null'altro che io. Ci son riuscito in un cotale proponimento? A volte sí, ma piú spesso anche no. La ragione non è lí sempre apparecchiata a tirare in senso contrario all'istinto; talvolta complice ignara, talaltra anche maliziosamente ella usa mettersi dal lato del piú forte: allora ci crediamo forti e commettiamo delle viltà, tanto piú spregevoli quanto piú ignorate e sicure dalla disistima del mondo. Non c'è scampo, o speranza. Nell'indole del fanciulletto sta racchiuso il compendio il tema della vita intera: onde io non mi stancherò mai di ripetere: "O anime rettrici dei popoli, o menti fiduciose nel futuro, o cuori accesi d'amore di fede di speranza, volgetevi all'innocenza, abbiate cura dei fanciulli!" – Lí stanno la fede, l'umanità, la patria.

L'inventario dell'eredità materna era bell'e terminato. Ma tra l'ultima lettera di mia madre e il cartone della busta trovai un foglio con alcune righe scritte, a vederle, di fresco. Infatti portavano la data di due giorni prima, ed erano di mano di mio padre. Non vi posso nascondere che le guardai quasi con ribrezzo e pareva che m'abbruciassero le dita. Peraltro quando mi fui calmato lessi quanto segue:

"Figliuolo mio. Tutto ciò che hai letto di tua madre io poteva celartelo per sempre; ringraziami di averla rialzata nella tua stima a scapito anche di quella che io avessi potuto inspirarti. Ho veduto che hai bisogno di conforto e ho voluto lasciartene uno a costo di pagarne salate le spese. Io ho sposato tua madre per amore; questo non posso negarlo; ma io credo che non fossi fatto per questa sorta di passioni, e cosí l'amore mi svampò troppo presto dal capo. La mia partenza pel Levante, le mie fatiche, i miei viaggi colà miravano a un altissimo scopo; in poche parole voleva far dei milioni, e lo scopo lo avrei raggiunto in seguito. Ti confesso che una moglie mi impicciava non poco. Mi si guastò l'umore; la crudeltà con cui io tiranneggiava me stesso riducendo i miei bisogni allo strettissimo necessario, fu creduta da essa una maniera trovata apposta per martoriarla. Le mie continue lontananze e le preoccupazioni di quel grande disegno che mi frullava sempre in capo davano motivo ad alterchi, a risse continue. Ella finí col trovarsi ottimamente in qualunque compagnia turca o rinnegata che non fosse la mia. Sovente tornando a casa io udiva le sue stridule risate veneziane che echeggiavano dietro le persiane; la mia presenza rimenava la stizza, le sgrugnate, le lagrime. Sopratutto al fianco di quel tal fellah mia moglie dimenticava assai facilmente il marito burbero e lontano.

"Allora intervenne a me quello che spesso succede nei temperamenti né troppo generosi né abbastanza sinceri. Divenni geloso; ma forse in fondo in fondo mi accorgeva che la gelosia era un appiglio per dar tanta noia a mia moglie ch'ella fosse costretta ad abbandonarmi. Ti giuro ch'io aspettava con impazienza da parte sua una qualche scena di disperazione, e una domanda assoluta di tornare a Venezia. Ma era ben lontano dal temere una fuga. Ella era paurosa dilicata e piuttosto portata a parlare che a fare. La sua improvvisa partenza mi sorprese e mi accorò non poco; ma io era allora in Persia, non tornai che un mese dopo quando non m'era possibile neppur tentar di raggiungerla. Fitto piucchemai il capo nella mia impresa d'arricchire, tutti i pensieri che me ne stornavano li riguardava come tanti nemici; tu saprai già, oppure ti sarà facile comprendere quello stato dell'animo nostro nel quale si propende a creder vero ed ottimo ciò che piace; e a forza di abitudine lo si crede infatti. Per attutare i rimorsi che mi inquietavano, io mi persuasi che la mia gelosia non era senza un buon motivo, e che io non ci aveva colpa della gravidanza di mia moglie. M'accostumai sí bene a questa commoda opinione che non mi diedi piú pensiero né di essa né di ciò che fosse nato da lei.

"Seppi che o bene o male l'era giunta a Venezia; e contento di ciò e d'esser finalmente libero da un legame che mi importunava, mi diedi a tutt'uomo e con maggior pertinacia ai miei negozi. Solo tornando in patria coi sognati milioni già coniati in bei zecchini e in grossi dobloni mediante la mia costanza, io ebbi il tempo di pescare per ozio nelle carte lasciatemi da tua madre. Una navigazione di quarantadue giorni mi diede commodità di meditarvi sopra a lungo. Perciò sbarcato a Venezia ti rividi con discreto piacere: e i sospetti concepiti intorno alla tua nascita s'andavano dileguando. Ma cosa vuoi? ci riesciva a stento. Sentiva di darmi la zappa sui piedi, e di fare come quei corbelli che dopo aver celato un delitto per vent'anni, corrono a confessarlo al giudice per farsi appiccare. Mi maraviglio e mi maraviglierò sempre che la mia morale levantina abbiami consentito questo dannoso pentimento. Gli è vero che coi Turchi e cogli Armeni io era avvezzo a trattare come colle bestie; e a mercanteggiarli ed assassinarli senza scrupolo; ma non aveva mai messo le unghie in carne cristiana, e tua madre, vivaddio! checché ne dica sua sorella contessa, era cristiana piú di alcuno fra noi.

"Fors'anco l'interesse mi conduceva a ravvedermi di quegli ingiusti sospetti. La risurrezione di casa Altoviti s'era assorellata poco a poco nella mia mente alla risurrezione di Venezia; e sperai, come si dice, di prendere due colombi ad una fava. Io m'era adoperato assai a Costantinopoli per volgere i Turchi a romperla colla Sacra Alleanza e divertirne le forze dalla Germania e dall'Italia. Riuscito se non altro a tenerli in bilico, aveva qualche merito presso i Francesi, creduti allora cosí alla lontana i rinnovatori del mondo. Col favor dei Francesi, coll'aiuto dei cospiratori interni che facevano capo a me nelle loro mene d'Oriente, colla mia perspicacia, coi miei milioni sperava di adoperare in modo che un giorno o l'altro sarebbero state in mia balía le sorti della Repubblica. Ti spaventi? Eppure ci mancò poco; mancò solamente la Repubblica. Soltanto che io scopersi di essere un po' vecchio: e qui potrei farmi un merito!... Potrei dire che l'essermi confessato vecchio appena mi scontrai con te, fu un buon movimento dell'animo che m'induceva a rappezzare i torti commessi. Comunque la sia, lascio volentieri in ombra questi profondi motivi delle mie azioni che balenano appena in quel barlume di coscienza che m'è rimasto; e non mi faccio bello di virtú piuttosto dubbie che certe. Io ti vidi, ti abbracciai, ti tolsi per mio vero e legittimo figliuolo, ti amai col maggior cuore che aveva, e collocai in te ogni mia ambizione. La tua domestichezza aggiunse forza e dolcezza a tali sentimenti; e con questo che ora ti scrivo sembrami darti una prova che sono tuo padre davvero.

"In procinto di tornare alla mia vita avventurosa e piena di pericoli per inseguir ancora quel fantasma che mi è sfuggito quando appunto credeva di averlo fra le braccia, sul momento di imbarcarmi per una spedizione che potrebbe finire colla morte, non volli tacere un ette di quanto riguarda i nostri legami di sangue. Ho una gran vendetta da compiere, e la tenterò con tutti quei mezzi che la fortuna mi consente: ma tu sei ancora a parte delle mie speranze, e compíto quel grande atto di giustizia, a te s'aspetterà di raccoglierne l'onore ed il frutto. Per questo volli che tu rimanessi, oltreché per le altre ragioni che ti espressi a voce. Bisogna che tu stia sotto gli occhi de' tuoi concittadini per accaparrartene l'affetto e la stima. Rimani, rimani, figliuol mio! Il fuoco della gioventù serpeggia nella gente da Venezia a Napoli; chi pensa di valersene per far carbone a proprio profitto, potrebbe da ultimo trovare un qualche intoppo. Cosí almeno io confido che sarà. Se a me stesse designarti un posto, sceglierei Ancona o Milano; ma tu sarai giudice migliore secondo le circostanze. Intanto hai saggiato a prova questi ciarloni francesi; volgi contro di essi le loro arti; usane a tuo vantaggio, com'essi abusarono di noi a lor solo giovamento. Pensa sempre a Venezia, pensa a Venezia, dove erano i Veneziani che comandavano.

"Ora nulla ti è nascosto; puoi giudicarmi come meglio ti aggrada, perché se non ti ho fatto colla viva bocca questa confessione fu solamente a cagione dell'esser io il padre e tu il figliuolo. Non voleva difendermi, voleva raccontare: vedi anzi che ho filosofato piú del bisogno per chiarire la parte cosí ai buoni come ai cattivi sentimenti. Giudicami adunque, ma tien conto della mia sincerità, e non dimenticare che se tua madre fosse al mondo ella godrebbe di vederti amoroso ed indulgente figliuolo".

Scorsa questa lunga lettera tanto diversa dalla consueta cupezza di mio padre, e nella quale l'indole di lui si scopriva intieramente colle sue buone doti, coi suoi molti difetti, e col singolare acume del suo ingegno, rimasi qualche tempo soprappensiero. Ebbi finalmente la buona ispirazione di sollevarmi anch'io all'altezza delle cose sante ed eterne; là trovai scolpito a caratteri indelebili quel comandamento che è proprio degno di Dio: *Onora tuo padre e tua madre.* Questo duplice affetto non può separarsi; e l'onorare mia madre implicava in sé di perdonare a colui, al quale certo ella avrebbe perdonato vedendolo compunto e pentito del suo tristo ed obliquo operare. Per giunta debbo io confessarlo?... Quel temperamento duro e selvaggio ma tenace ed intero di mio padre esercitava sul mio una certa violenza: i piccoli sono sempre disposti ad ammirare i grandi; quando poi li spinga il dovere, l'ammirazione loro trascende ogni misura. Pensai, pensai; e resi spontaneamente tutto il mio cuore a quel solo che me lo chiedeva col sacro diritto del sangue. Quali fossero quei nuovi disegni che lo richiamavano in Levante, non mi venne fatto neppure d'immaginarmeli. In complesso mi fidava di lui aspettandomi di vedere quandocchesia qualche cosa di grande; e benché egli rimanesse ingannato come noi dalle stesse illusioni, lo reputava tanto superiore per larghezza di vedute, e tenacia e forza di volontà che non avrei saputo figurarmelo illuso e sconfitto per la seconda volta. Allora era giovine; neppure il dolore mi rintuzzava la speranza, e questa si facea strada dovunque in mezzo agli sconforti ai timori alle angosce dell'animo.

Cosí tornato alquanto in me da quell'utile esercizio interiore, desinai d'un pezzo di pane trovato sopra un armadio; e uscii a notte fatta per cercare di Agostino Frumier se era ancora a Venezia e concertarmi con lui sulla nostra partenza. La verità si era che una cura piú profonda e vergognosa di parlare in nome proprio metteva innanzi cotale pretesto di dilazione: tanto è vero che avviato a casa Frumier mi sviai senza avvedermene fino al Campo di Santa Maria Zobenigo dove sorgeva il palazzo Navagero. E là giunto me ne pentii, ma non potei fare che non mi fermassi a spiare tutte le finestre, e che non scendessi anche sul traghetto per guardare il palazzo dalla parte del Canal Grande. Le impannate erano chiuse dappertutto e non potei neppure indovinare se vi fosse lume o buio negli appartamenti. Mogio mogio colle orecchie basse mi volsi di malavoglia a casa Frumier, ove mi fu detto che sua Eccellenza Agostino era in campagna. La settimana prima un servo non si sarebbe arrischiato di pronunciare a voce alta quel titolo; ma la nobiltà tornava a far capolino; io non me ne incaricai gran fatto; solo mi dispiacque quel subitaneo *girellismo*, e in seguito ebbi poi tempo di avvezzarmi anche a questo.

— In campagna! — io sclamai con una buona dose d'incredulità.

— Sí, in campagna dalla banda di Treviso – rispose il servo – e lasciò detto che tornerà la settimana ventura.

— E il nobiluomo Alfonso? — richiesi io.

— L'è a letto da due ore.

— E il signor Senatore?...

— Dorme, dormono tutti!...

— Buona notte! — io conclusi.

E colla stessa parola misi in pace tutti i pensieri tutte le paure che mi venivano spunzecchiando pel capo. La parte migliore la piú civile ed assennata del patriziato veneziano avrebbe finto di dormire: gli altri!... Dio me ne liberi!... Non volli pensare a distribuir le parti. – Quello che è certo è che la settimana seguente, allo stabilirsi del governo imperiale in Venezia, Francesco Pesaro, l'incrollabile cittadino, l'innamorato degli Svizzeri, l'Attilio Regolo della scaduta Repubblica, riceveva i giuramenti. Lo noto qui, perché almeno i nomi non facciano velame alle cose. Seguitai intanto a passeggiare al chiaro di luna. Pattuglie d'arsenalotti, di guardie municipali e di soldati francesi s'incontravano gomito a gomito nelle calli, si schivavano come appestati e andavano pei fatti loro. Il fatto dei Francesi era d'imbarcare quanto piú potevano delle dovizie veneziane sul naviglio che dovea veleggiare verso Tolone. I capi per consolarci dicevano: — State quieti! È una mossa strategica! Torneremo presto! — Intanto per tutto quello che non poteva succedere ci conciavano di sorta che a pochi doveva rimanere il desiderio del loro ritorno. Il popolo tradito, ingiuriato, spogliato a man salva, s'intanava nelle case a piangere, nei templi a pregare, e dove prima pregavano Dio di tener lontano il diavolo, lo supplicavano allora di mandar al diavolo i Francesi. Gli animi volgari si piegano arrendevoli alla tolleranza del minor male; né bisogna aspettarsi di piú da chi sente prima di pensare. Dei beni perduti si sperava almeno di riacquistarne alcuno; la libertà è preziosa, ma pel popolo bracciante anche la sicurezza del lavoro, anche la pace e l'abbondanza non sono cose da buttarsi via. È un difetto grave negli uomini di pretendere le uguali opinioni da un grado diverso di coltura; come è errore massiccio e ruinoso nei politici appoggiare sopra questa manchevole pretensione le loro trame, i loro ordinamenti!

Dai Frumier passai a cercare degli Apostulos, perché la solitudine mi spingeva sulla strada delle deliberazioni, ed io non aveva questa gran voglia di deliberare. Là io trovai abbastanza da perdere un paio d'ore; scommetto di piú che non mi sarei figurato giammai di perderle con tanto piacere. Il vecchio banchiere greco stava ancora nello studio; d'intorno ad una bragiera alla spagnuola sedeva la sua vecchia moglie, una vera figura matronale con un bel paio d'occhiali sul naso e il Leggendario dei santi aperto sui ginocchi; una vaga fanciulla vestita di bruni colori, tutta leggiadria, tutta greca dalle radici dei capelli fino ai petulanti coturni mainotti, e questa ricamava un paramento da altare; finalmente il simpatico Spiro che si guardava le unghie. Questi due ultimi balzarono in piedi alla mia venuta, e la vecchia mi guardò dignitosamente di sopra agli occhiali. Indi il giovane mi presentò secondo il convenevole alla signora madre e a sua sorella Aglaura, ed io entrai quarto nel colloquio. Una conversazione di Greci non ci starebbe senza quattro dita di pipa; a me ne offersero una che andava fuori della stanza, e siccome dopo il mio accasamento a Venezia ci avea studiato sopra anche a quest'arte importantissima del vivere moderno, cosí me la cavai senza sfigurare. Aveva però tutt'altra voglia che di fumo, e la distrazione mi mandò a traverso dei polmoni parecchie boccate.

— Che vi pare di Venezia? cosa avete fatto di bello quest'oggi? — mi domandò Spiro per intavolar il discorso in qualche maniera.

— Venezia mi pare un sepolcro dove ci frugano i becchini per ispogliare un cadavere — gli risposi io.

E per dirgli quello che avea fatto, gli narrai d'un mio amico che era morto, e degli ultimi dolorosi uffici ch'io avea dovuto prestargli.

— Ne ho udito parlare in Piazza – soggiunse Spiro – e lo dicevano avvelenato per disperazione patriottica.

— Certo aveva animo da disperarsi cosí altamente — ripresi io senza assentire direttamente.

— Ma credete voi che siano atti di vero coraggio questi? — mi richiese egli.

— Non so – soggiunsi io. – Quelli che non si ammazzano dicono che non è coraggio; ma torna loro conto il dirlo; e d'altronde non hanno mai provato. Io per me credo che tanto a vivere fortemente, come a morire per propria volontà faccia d'uopo una bella armatura di coraggio.

— Sarà anche coraggio – riprese Spiro – ma è un coraggio cieco e male avveduto. Per me il vero coraggio è quello che ragiona sull'utilità dei proprii sacrifizi. Per esempio non chiamo coraggio il cader d'una pietra dall'alto della montagna che poi si spacca in frantumi nel fondo della valle. È ubbidienza alle leggi fisiche, è necessità.

— Sicché voi credete che chi si toglie di vita pieghi servilmente sotto la necessità fisica che lo abbatte?

— Non so s'io creda questo, ma ritengo peraltro che non sia veramente forte e coraggioso quell'uomo che si uccide indarno oggi, mentre potrebbe sacrificarsi utilmente domani. Quando tutto il genere umano sia libero e felice, allora sarà incontrastabile eroismo il togliersi di vita. Potreste citarmi l'unico caso di Sardanapalo, ed anco vi risponderei che Camillo fu piú forte piú animoso di Sardanapalo.

La vecchia aveva chiuso il Leggendario, e la bruna Aglaura ascoltava le parole di suo fratello guardandolo di sbieco e colla mano posata sul ricamo. Io adocchiava di sottecchi la giovinetta perché mi stuzzicava la curiosità quest'attitudine risoluta e sdegnosa; ma la mamma s'intromise allora a stornare il dialogo da quel soggetto di tragedia, e l'Aglaura tornò tranquillamente a passare e ripassare in un bel panno pavonazzo la sua agucchiata di seta. Parlammo allora delle novelle che andavano per le bocche di tutti, del prossimo sgombro dei Francesi, dell'ingresso in Venezia degli Imperiali, della pace gloriosamente sperata e dispoticamente imposta; insomma si parlò di tutto, e le due donne si mescolavano al discorso senza vanità e senza sciocchezze; proprio con quella discrezione ben avveduta che sanno tenere di rado le veneziane, peggio poi allora che adesso. L'Aglaura sembrava accanitissima contro i Francesi e non si lasciava scappar l'occasione di chiamarli assassini, spergiuri, e mercanti di carne umana. Ma seppi in seguito che la fuga del suo amante, a cagione del nuovo ordinamento che dovea prendere lo Stato pel trattato di Campoformio, scaldava il sangue greco nelle sue vene giovanili e le faceva trascendere in qualche schiamazzata. Il giorno prima ell'era stata in procinto di ammazzarsi, e suo fratello avea impedito questo atto violento gettandole in canale un'ampolletta d'arsenico già bell'e preparato: perciò lo guardava in cagnesco; ma dentro di sé, fors'anco a riguardo della madre, non era malcontenta che l'avesse trattenuta. E cosí, se maturava ancora fieri proposti pel capo, quello almeno di uccidersi non la molestava piú.

Quando fu mezzanotte io presi commiato dagli Apostulos, e mi tornai verso casa rivolgendo in capo e Spiro e l'Aglaura, e il Leggendario dei santi; tutto insomma meno la deliberazione che pur doveva prendere quanto alla mia sorte futura. Scrissi intanto a coloro che esulavano in Toscana e nella Cisalpina il terribile caso di Leopardo che mi scusasse del ritardo. Quando anni dopo lessi le *Ultime lettere di Jacopo Ortis* nessuno mi sconficcò dal capo l'opinione che Ugo Foscolo avesse preso dalla storia luttuosa del mio amico qualche colore, qualche disegno fors'anco del cupo suo quadro. Del resto mi sovviene che in quella notte mi sognai piú della Pisana che di Leopardo; e ciò serva a smascherare l'astuzia.

CAPITOLO DECIMOQUARTO

Nel quale si scopre che Armida non è una favola e che Rinaldo può vivere anche molti secoli dopo le crociate. La sbirraglia mi rimette sulla via maestra della coscienza; ma nel viaggio incappo in un'altra maga. Cosa sarà?

Il giorno appresso, non mi vergogna il dirlo, ronzai tutta mattina nelle vicinanze di Santa Maria Zobenigo, ma mi dava non poco pensiero il vedere affatto chiuse le finestre del palazzo Navagero. Mi scontrai, è vero, un paio di volte nel tenente d'Ajaccio che pareva in grandi faccende; ma questo non era il conforto che cercava, per quanto l'inquietudine e il malumore che dimostrava il signor Minato fossero per me buoni pronostici. Tuttavia tornai alla mia tana col maggior grugno del mondo, pensando che se anche i Francesi partivano, non partiva perciò né isteriliva la semenza dei vaghi officiali; e che, per giunta all'ostacolo del marito, ci avrei avuto contro anche quest'altra mostruosità della Pisana. In quel momento né la lettura degli Enciclopedisti né la frenesia della libertà me la scusavano di quel subito invagarsi d'uno sbarbatello in assisa. Mi chiusi in casa e poi in camera a rosicchiare come la vigilia un tozzo di pane ammuffito; in tre giorni era diventato magro come un chiodo, ma neppur la fame mi induceva a capitolare. Cosí alla superficie del mio cervello era un pelago di sdegni patriottici, d'elegie funerarie, e di aerei disegni; a guardar sotto si sarebbe trovato il mio pensieruccio di sedici anni addietro vigile e tenace come una sentinella. Quell'allontanarmi dalla Pisana, Dio sa per quanto tempo, senza vederla, senza parlarle, senza aiutarla del mio consiglio contro i pericoli che la circondavano, mi dava uno sgomento cosí grande, che piuttosto avrei arrischiato il collo per rimanere. E questi rischi che io correva infatti, rimanendo anche dopo lo sloggio dei Francesi, servivano a puntellarmi contro la coscienza che di tanto in tanto mi faceva memore di coloro che m'attendevano a Milano. Peraltro cominciava nell'animo qualche avvisaglia d'un prossimo conflitto. Le parole di mio padre m'intronavano le orecchie, vedeva lontano lontano quell'occhiata severa e fulminante di Lucilio... Oimè! credo che soltanto il timore di questa mi facesse correre pel baule; ma nel mentre appunto ch'io lo spolverava, ed aveva acceso un lume per vedere in un camerone buio e profondo, ecco scrollarsi una gran tirata di campanello.

"Chi può essere?" pensai.

E i buli degli Inquisitori, e le guardie di sicurezza francesi, e gli scorridori tedeschi mi si ingarbugliarono dinanzi la fantasia. Volli piuttosto scender la scala che tirare la corda, e per le fessure dell'uscio diedi uno strepitoso: — Chi va là?

Mi rispose una voce tremante di donna:

— Son io; apri, Carlino!

Ma perché ella fosse tremante non la conobbi meno, e mi precipitai ad aprire col petto in angoscia cosí profonda che appena bastava a frenarmi. La Pisana vestita a nero, coi suoi begli occhi rossi di sdegno e di lagrime, coi capelli disciolti e il solo zendado sul capo mi si gettò fra le braccia gridando che la salvassi. Credendo che l'avessero insultata per istrada, io feci per balzar fuori della porta a vendicarla contro chi che si fosse, ma ella mi fermò per un braccio, e appoggiandosi sopra mi menò verso la scala e su per essa fino alla stanza di ricevimento, come se appunto la conoscesse tutti i buchi della casa; e sí che a mio credere non la ci era mai stata. Quando fummo seduti l'un vicino all'altra sul divano turchesco di mio padre, e si fu sedato in lei il respiro affannoso che le affaticava il petto, non potei ristare dal chiederle tosto cosa significasse quello smarrimento, quel tremore e quella subitanea apparizione.

— Cosa significa? – rispose la Pisana con una vocina rabbiosa che si arrotava contro i denti prima di uscir dalle labbra. – Te lo spiego ora io cosa significa! Ho piantato mio marito, sono stanca di mia madre, fui respinta dai miei parenti. Vengo a stare con te!...

— Misericordia!

Fu proprio questa la mia esclamazione: me la ricordo come fosse ora; del pari mi ricordo che la Pisana non se ne adontò per nulla, e non si ritrasse d'un atomo dalla sua risoluzione. Quanto a me non mi maraviglio punto che il precipizio d'un cotal cambiamento di scena mi fosse cagione d'una penosa confusione, maggiore pel momento d'ogni gioia e d'ogni paura. Comunque fosse, mi sentii sbalzato tanto fuori dall'aria solita a respirarsi, ch'ebbi alla gola una specie di strozzamento; e soltanto dopo qualche istante mi venne fatto di rinsennare e di chiedere alla Pisana qual fosse la ventura che me le rendeva utile in qualche modo.

— Ecco – soggiunse ella – già sai che a sbalzi io sono anche troppo sincera, come son bugiarda alcune altre volte, e chiusa e riservata per costume. Oggi non posso tacerti nulla: ho tutta l'anima sulla punta della lingua, e buon per te che imparerai a conoscermi a fondo. Io mi maritai per far dispetto a te e piacere a mia madre, ma son vendette e sacrifizi che presto vengono a noia, e col mio temperamento non si può voler bene ventiquatt'ore ad un marito decrepito, magagnato, e geloso. Dal signor Giulio io avea sofferto qualche omaggio per tua intercessione, ma era stizzita contro di te; figurati poi col tuo raccomandato!... Per giunta io aveva l'anima riboccante d'amor di patria e di smania di libertà; mentre mio marito veniva colla tosse a predicarmi la calma, la moderazione; ché non sapeva mai come potessero volger le cose. Figurati se andavamo d'accordo ogni giorno meglio!... Io m'accontentava sulle prime di veder mia madre gustare saporitamente i manicaretti di casa Navagero, e perdere alla bassetta i zecchini del genero; ma poco stante mi vergognai di quello che innanzi mi appagava, e allora tra mio marito, mia madre e tutti gli altri vecchi, mediconzoli e barbassori che mi si stringevano alle coste, mi parve proprio di essere la pecora in mezzo ai lupi. Mi annoiava, Carlino, mi annoiava tanto, che fui le cento volte per iscriverti una lettera, buttando via ogni superbia; ma mi tratteneva... mi tratteneva per paura di un rifiuto.

— Oh che ti pensi ora? – io sclamai. – Un rifiuto da me?... Non è cosa neppur possibile all'immaginazione!

Come si vede, durante il discorso della Pisana io aveva cercato e trovato il filo per uscire dal laberinto; questo era di amarla, di amarla sopratutto, senza cercare il pelo nell'uovo, e senza passare al lambicco della ragione il voto eterno del mio cuore.

— Sí, temeva un rifiuto, perché non ti aveva dato caparra di condotta molto esemplare; – ella soggiunse – ed ora voglio dartene una col mettere a nudo tutte le mie piaghette, e stomacartene, se posso.

Io feci un gesto negativo, sorridendo di questa sua nuova paura; ella racconciandosi i capelli sulle tempie, e puntandosi qualche spillo malfermo nel corsetto, continuò a parlare.

— In quel torno fu alloggiato in casa di mio marito un officiale francese, un certo Ascanio Minato...

— Lo conosco — diss'io.

— Ah! lo conosci?... Bene! non potrai dire che non sia un bel giovine, d'aspetto maschio e generoso, benché lo abbia poi trovato al cimento un perfido, uno spergiuro, un disleale, un vero capo d'oca col cuore di lepre...

Io ascoltai con molto malgarbo questa infilzata d'improperi che, secondo me, chiariva anche troppo la verità di quanto Giulio Del Ponte mi avea raccontato il giorno delle feste per la Beauharnais. E la Pisana non si vergognava di confessare sfacciatamente la propria scostumatezza; e non si accorgeva del dolore che mi avrebbe recato la sua importuna sincerità. Io mi mordeva le labbra, mi rosicchiava le unghie, e rimproverava la Provvidenza che non mi avesse fatto sordo come Martino.

— Sí – tirava innanzi ella – mi pento e mi vergogno di quel poco di fede che aveva riposto in lui. Credeva che i Còrsi fossero animosi e gagliardi, ma vedo che Rousseau aveva torto di aspettarsi dalla loro schiatta qualche grande esempio di fortezza e di sapienza civile!...

"Rousseau, Rousseau!" pensava io.

Queste filippiche e queste citazioni m'infastidivano; avrei voluto giungere alla fine e saperla tutta senza tante virgole; laonde mi dimenava sui cuscini e pestava un po' i piedi, presso a poco alla maniera d'un ragazzo ch'è stufo della predica.

— Cosa gli chiedeva io? cosa pretendeva da lui? – riprese con maggior impeto la Pisana – forse cose soprannaturali, o impossibili, o vili?... Non gli chiedeva altro che di farsi il benefattore dell'umanità, il Timoleone della mia patria!... Voleva renderlo l'idolo il padre salvatore d'un popolo intero; e in aggiunta a questo dono gli prometteva anche il mio cuore, tutto quello ch'egli avrebbe voluto da me!... Codardo, scellerato!... E mi si inginocchiava dinanzi, e giurava e spergiurava d'amarmi piú della sua vita, piú del suo Dio!... Oh cosa credeva? ch'io volessi offrirmi al primo capitano pei suoi begli occhi, pei suoi lucenti spallini?... S'accontenti allora di portar impressi sul viso i segni d'uno schiaffo di donna. Già dove non ci sono uomini, tocca proprio alle donne.

— Calmati, Pisana, calmati! – le andava dicendo dubbioso ancora di non aver capito a dovere – racconta le cose per ordine: dimmi da che nacquero queste tue ire col signor Minato... cosa egli chiedeva da te, e cosa tu di rimando pretendevi da lui?

— Cosa egli mi chiedeva?... Che facessimo all'amore insieme, sotto gli occhi del geloso che avrebbero finto di dormire per troppo rispetto alla furia francese!... Cosa pretendeva io da lui?... Pretendeva che egli persuadesse, che egli eccitasse i suoi commilitoni a un atto di solenne giustizia, a contrapporsi concordi alle spergiure concessioni del Direttorio e di Bonaparte, ad unirsi con noi, e a difendere Venezia contro chi domani ne diverrà impunemente il padrone!... Tuttociò ognuno di essi anche il piú imbecille anche il piú pusillanime sarebbe tenuto a farlo senz'altra persuasiva che la rettitudine della coscienza, e l'abborrimento di comandi ingiusti e sleali!... Ma uno che amasse una donna, e si udisse profferta da lei questa nobile impresa, non dovrebbe anzi fare di piú?... Non dovrebbe adottare la patria di quella donna e ripudiare la propria vergognosamente colpevole d'un tanto misfatto?... Ogni francese che udisse simili esortazioni dalla bocca di colei ch'egli giura di amare, non dovrebbe alzar la visiera come Coriolano, e dichiarare un odio eterno e avventarsi furibondo contro questa Medea che divora i propri parti? Che resta la patria senza umanità e senza onore?... Manlio condannò a morte i figliuoli, Bruto uccise il proprio padre! Ecco gli esempi per chi ha cuore e polsi da imitarli!...

Vi confesso ch'io non avrei avuto né cuore né polsi da sfoderare una tirata cosí violenta come questa della Pisana; ma aveva cuore e intendimento bastevole per comprenderla, onde ammirando piucché altro quei fieri moti d'un'indole ardente e generosa, mi pentii di averla assai mal giudicata dalle prime parole. Gli epiteti con cui ella infamava il repubblicano tiepido e neghittoso, io li avea creduti rivolti all'amante malfermo o infedele. Cosí alle volte si pigliano de' grossi granchi trascurando l'osservazione generale d'un temperamento per metterne in conto solamente una parte.

— E dimmi, dimmi – soggiunsi – come sei venuta a questo scoppio vulcanico contro di esso e contro tutti?

— Ci son venuta perché il tempo stringeva, perché da un pezzo egli mi menava d'oggi in domani con certi sorrisi, con certi attucci che non mi assicuravano punto, credendo forse ch'io mi drappeggiassi alla romana per innamorarlo meglio, e che da ultimo poi gli avrei tutto concesso per le sue sdolcerie!... Oh l'ha veduta ora! e son proprio contenta che quest'italiano bastardo abbia imparato a conoscere una vera italiana!... Sai già che ieri i Commissari imperiali vennero a trattare per le forme della consegna; io dunque mi vidi alle strette, e mi affrettai a stringere, tanto piú che egli si incaloriva piucchemai, e figurati cosa ha avuto l'audacia di propormi!... Mi invitava ad abbandonare Sua Eccellenza Navagero ed a partire con lui quando la guarnigione francese si sarebbe ritirata da Venezia! "Sí" gli risposi "io verrò con voi quando voi avrete proclamata in piazza la libertà della mia patria, quando guiderete i vostri commilitoni a sorprendere a vincere a sgominare coloro che si credettero d'impadronirsene senza colpo ferire!... Allora sarò con voi sposa amante serva, quello che vorrete!..." E quello che diceva lo avrei fatto; me ne sento capace. L'amor mio non so, ma ben tutta me stessa io darei a chi tentasse questa illustre vendetta!... Tutta me gli darei col cieco entusiasmo d'una martire, se non colla voluttà di un'amante!... Vuoi invece sapere com'egli mi rispose?... S'attorcigliò dispettosamente il labbro superiore; poi si rimise alla buona e stendendomi la mano per una carezza ch'io rifiutai, balbettò a mezza voce: "Sei un'incantevole pazzerella!" Oh se mi avessi veduta allora!... Tutte le mie forze si condensarono in queste cinque dita, e gli stampai sulla guancia uno schiaffo cosí strepitoso che mia madre mio marito i servi e le cameriere accorsero al romore dalle stanze vicine... Il bell'ufficiale ruggí come un leone. Bugiardo!... con quel cuore di coniglio!... Egli corse colla mano alla spada ma si ravvide tosto vedendosi ritto coraggiosamente dinanzi il mio petto di donna: allora si precipitò fuori della stanza movendo intorno occhiate di furore e gesti di sfida. – "Che hai mai fatto?... Per carità! Guarda! Sei la rovina della casa! Bisogna tollerar il male per fuggir il peggio...". Ecco le parole con cui mia madre e mio marito mi ricompensarono; ma mio marito sopratutto mi moveva a schifo... Dire ch'egli era geloso!... "Ah io sono il cattivo augurio della casa?" io gridai. "Or bene cambierò casa e vi lascerò in pace!" E tosto uscii correndo senzaché alcuno mi trattenesse, e preso un zendado all'infretta nella mia camera, andai in traccia di mio fratello. Non sapevano dove fosse, lo credevano partito! Chiesi allora degli zii Frumier al loro palazzo. Dormivano tutti, aveano comandato che nessuno entrasse, né uomo né donna né parente né amico. Che mi rimaneva da ultimo?... Carlino, non mi restava che tu!... – (Grazie del complimento.) – Mi pentii di non essere ricorsa a te pel primo. – (Meno male!) – Seppi alla porta dei Frumier che tu eri ancora a Venezia e dove abitavi; ed adesso eccomi in tua balía senza paura e senza riguardo, perché a dirla schietta io ho voluto proprio bene a te solo e se tu non me ne vuoi piú per le stranezze e per le scioccaggini che commisi, la colpa il danno il dispiacere sarà tutto mio. Una buona parte peraltro ne toccherà anche a te, perché ad ogni modo, in virtù della nostra antica amicizia, commoda o incommoda, piacevole o noiosa, io mi ti pianto alle coste e non mi movo piú. Se tuo padre volesse darti ancora la Contarini, ch'egli te la dia pure in santa pace; ma le converrà alla sposina sopportar con pazienza questa pillola amara d'avere almeno almeno una cognata fra i piedi...

Ciò dicendo la Pisana si diede a saltacchiare sul divano quasi per confermarvi la sua parte di padronanza; e ad averla udita due minuti prima e ad osservarla allora, non sembrava piú certamente la stessa persona. La repubblicana spiritata, la filosofessa greca e romana erasi convertita in una donnetta spensierata e burbanzosa, tantoché lo schiaffo del povero Ascanio poteva anche credersi non meritato. Tuttavia quelle due persone cosí diverse e compenetrate in una sola pensavano, parlavano, operavano coll'uguale sincerità, cadauna nel suo giro di tempo. La prima, ne son sicuro, avrebbe disprezzato la seconda, come la seconda non si ricordava guari della prima; e cosí vivevano fra loro in buonissima armonia come il sole e la luna. Ma il caso piú strano si era il mio, che mi trovava innamorato di tutte due non sapendo a cui dare la preferenza. L'una per copia di vita, per altezza di sentimenti, per facondia di parola, l'altra per tenerezza, per confidenza, per avvenenza mi portava via il cuore: insomma, o a dritto o a ragione era innamorato fradicio; ma ognuno de' miei lettori trovandosi nei miei panni sarebbe stato altrettanto. Soltanto quelle due brune pupille che mi guardavano tra supplici pietose e spaventate di mezzo alle sopracciglia, lasciando arieggiare sotto esse il bianco azzurrognolo dell'occhio, avrebbero vinto la causa. Senza contare il resto, che ce n'era da far belle una dozzina di morlacche. D'altronde, se quella parte tragica sostenuta con tanta veemenza dalla Pisana mi dava soggezione, ci aveva anche argomenti da consolarmene. Era effetto di troppe letture abborracciate avidamente in un cervello volubile e impetuoso; quel fuoco di paglia si sarebbe svampato; sarebbe rimasta quella scintilla di generosità che l'aveva acceso, e con essa io vivrei di buonissimo accordo, come una mia antica conoscenza che la era. Di piú la sfogata eloquenza e la pompa classica di quelle parlate mi assicuravano ch'ella sarebbe stata un bel pezzo senza batter becco. Cosí si argomentava durante la sua infanzia; e sovente la Faustina, per consolarsi d'una domenica irrequieta e rabbiosa, diceva fra sé: "Oggi la signorina ha la lingua fuori dei denti, e il pepe nel sangue! Buon per noi che ci lascerà in pace per tutto il resto della settimana!" Infatti cosí avveniva. Né io ebbi a sbagliar mai anche piú tardi, mettendo in opera il ragionamento della Faustina.

Io risposi adunque di tutto cuore alla Pisana che la era la benvenuta in mia casa; e fattole prima osservare il grave passo che la arrischiava, ed il danno che massime nella riputazione le ne poteva derivare, vedendola ciononostante ferma nel suo proposito, mi limitai a dirle che la era dessa la padrona di sé, di me, e delle cose mie. La conosceva troppo per credere che ella si sarebbe ritratta dalle sue idee per le mie obbiezioni; fors'anco l'amava troppo per tentarlo, ma questo è null'altro che un dubbio, non già una confessione. Accettato ch'io ebbi cosí all'ingrosso e senza tanti scrupoli il suo disegno, si venne a metterlo in pratica; allora nel minuto mi si opposero parecchie difficoltà. Prima di tutto poteva io assumere una specie di tutela sopra di lei, incerto com'era di fermarmi a Venezia, anzi sicuro per le date promesse e per legge d'onore di dovermene allontanare? E cosa ne avrebbe detto la sua famiglia, e Sua Eccellenza Navagero piú di tutti, il marito vecchio e geloso? Non si avrebbe trovato a mezzo loro qualche pretesto per darmi il bando? E a me si stava di farmi complice dell'ingiuria che la Pisana scagliava sopra di loro? E non bastava; c'era l'ultimo scrupolo, l'impiccio piú grosso, la difficoltà capitale. Come doveva io coonestare agli occhi del mondo e alla lunga alla lunga anche alla mia coscienza quella vita intrinseca e comune con una bella giovane che amava, e dalla quale aveva tutte le ragioni per credermi amato? – Doveva io dire che aspettavamo cosí meno noiosamente la morte del marito? – Peggiore la rappezzatura che il buco, si dice da noi. – E tutti questi impicci mi saltavano agli occhi, mi affaticavano inutilmente la mente, intantoché la Pisana si consolava, cantando e ballando, della racquistata libertà, e non si dava un fastidio al mondo di quello che potrebbe mormorarne la gente. Ella si fece condurre per tutta la casa dalla cantina alla soffitta, trovò di suo grado i tappeti i divani e perfino le pipe; m'assicurò che noi staremmo là dentro come due principi, e non si prendeva cura né delle apparenze né della modestia. Sapete bene che quando una donna non si sgomenta di certe coserelle, sgomentirsene non tocca a noi; piú che ridicolaggine di chietineria, sarebbe un'offesa alla sua delicatezza, e non vanno lodati quei confessori che suggeriscono i peccati alle penitenti. Tutto ad un tratto mentr'io ammirava l'allegra e sfrontata spensieratezza della Pisana, non sapendo se dovessi ascriverla a sincero amore per me, a scioltezza di costumi, o a pura levità di cervello, ella si fermò colle braccia in croce nel mezzo della sala: levò gli occhi un po' turbata nei miei dicendo:

— E tuo padre?

Allora solo mi saltò in mente ch'ella non sapea nulla della sua partenza; e mi maravigliai a tre doppi della sua franchezza nel venirsi a stabilire presso di me, mentreché ci vedeva nello stesso tempo meno trascurato il pudor femminile. Quando c'è un padre di mezzo, due giovani son piú sicuri dalle tentazioni, e dalle chiacchiere dei vicini. Insieme a questo pensiero me ne balenò alla mente un altro, ch'ella si spaventasse di trovarmi solo e si ritraesse dalla sua eccessiva confidenza. Poco prima mi doleva di doverla credere noncurante del proprio onore e delle convenienze sociali, allora avrei voluto che la fosse anche piú svergognata d'una sgualdrina purché la stesse contenta della mia compagnia. Guardate come siam fatti! Peraltro il desiderio grandissimo che nutriva di averla meco non andò tant'oltre da mettermi in bocca delle menzogne. Le raccontai dunque schiettamente la partenza di mio padre, e come io abitassi soletto quella casa senza neppure una serva che scopasse i ragnateli.

— Meglio, meglio! – gridò ella con un salto battendo le mani. – Tuo padre mi dava soggezione, e chi sa se mi avrebbe veduto di buon occhio.

Ma dopo questo scoppio di giocondità s'impensierí tutto d'un colpo, e non ebbe fiato di andar innanzi. Le si strinsero le labbra come per voglia di piangere, e le sue belle guance si scolorarono.

— Che hai, Pisana? – le chiesi – che hai ora che t'ingrugni tanto? Hai paura di me, o di trovarti con me solo?

— Non ho nulla — rispose ella un po' stizzita, ma piú contro sé stessa, mi parve, che contro nessuno.

E poi fece un paio di giri per la stanza guardandosi le punte dei piedi. Io aspettava la mia sentenza col tremito d'un innocente che ha una discreta paura di esser condannato; ma la sospensione della Pisana mi blandiva soavemente il cuore, come quella che mi dava a conoscere che io era proprio amato come voleva io. Finallora quella sua sicurezza a tutta prova e quella soverchia confidenza mi avevano un sapore affatto fraterno che non mi solleticava punto il palato.

— Dove mi metterai a dormire? — uscí ella a chiedere di sbalzo con un tal tremito di voce e un cosí vago rossore sul volto che la rabbellí cento volte. Mi ricordo ch'ella mi guardò in faccia sulla prima di quelle quattro parole, ma le altre le pronunciò piú sommesse, e cogli occhi erranti qua e là.

"Sul mio cuore!" io ebbi volontà di risponderle "sul mio cuore ove hai dormito tante volte essendo bambina e non hai avuto a lagnartene!". Ma la Pisana s'era fatta tanto leggiadra in quel movimento mescolato d'amore e di vergogna, di sfacciataggine e di riservatezza, ch'io fui costretto a rispettare una sí bella opera di virtú, e trattenni persino il soffio del desiderio per non appannarne la purezza. Giunsi financo a dimenticare la dimestichezza in altri tempi avuta con lei, e a credere che se avessi osato toccarla allora, sarebbe stato proprio la prima volta. Somigliava un valente sonatore di violino che si propone le piú ardue difficoltà per aver il piacere di superarle; ed egli è certo del fatto suo, ma se ne compiace sempre come d'altrettante sorprese.

— Pisana – le risposi con voce assai calma e una modestia esemplarissima – qui tu sei la padrona, te l'ho detto fin da principio. Tu mi onori della tua confidenza, e si spetta a me il mostrarmene degno. Ogni camera ha solidi catenacci e questa è la chiave di casa; tu puoi serrarmi fuori sulla calle, se vuoi, che non me ne lamenterò.

Ella per sola risposta mi buttò le braccia al collo, e riconobbi in quel subito trasporto la mia Pisana d'una volta. Tuttavia ebbi la delicatezza e l'accorgimento di non prevalermene, e le diedi tempo a riaversi e a correggere colla parola la soverchia ingenuità del cuore.

— Siamo come fratelli, n'è vero? – soggiunse ella imbrogliandosi colla lingua in queste parole, e rassettando l'imbroglio con un colpo di tosse. – N'è vero che staremo bene insieme, come ai nostri giorni beati di Fratta?

Si stette allora a me di scrollarmi tutto per un brivido che corse per tutte le vene; e la Pisana stoglieva lo sguardo e non sapeva cosa aggiungere, e alla fine io m'addiedi in tempo che per la prima sera eravamo iti anche troppo innanzi e che conveniva separarsi.

— Ecco – ripresi io facendo forza a me stesso e conducendola nella camera di mio padre – qui tu starai secura, e libera a tuo grado; il letto te lo acconcerò io in quattro salti...

— Figurati se lascerò fare il letto a te!... È faccenda che s'appartiene alle donne per diritto; anzi io voglio fare anche il tuo, e domattina, giacché c'è qui la caffettiera – (ve n'avea una per ogni canto nella stanza di mio padre) – voglio portarti il caffè.

Allora ci fu una piccola gara di cortesie che ci svagò dalle prime tentazioni; e contento di essermi fermato lí, io m'affrettai a ritirarmi beato di dormire o di non dormire ancora una notte in compagnia dei desiderii: compagnia molestissima quando non si ha speranza di esserne abbandonati, ma che è piena di delicati piaceri e di poetiche gioie per chi si crede vicino a perderla. Io mi credeva a torto o a ragione in quest'ultimo caso; ma bestia che sono! ci aveva anzi tutte le ragioni, e me lo provò la notte seguente. Qui poi sarebbe il luogo da rispondere a una dilicata domanda che poche lettrici ma molti lettori sarebbero audaci di farmi. A che punto era a quel tempo la virtù della Pisana? – In verità io ho parlato finora di lei con pochissimo rispetto, mettendone in piena luce i difetti, e affermando le cento volte che la era piú disposta al male che al bene. Ma le disposizioni non son tutto. In realtà, di quanti gradini era ella scesa per questa scala del male? E infatti s'era ella calata giù con tutta la persona mano a mano che vi scendeva l'immaginazione, fors'anco il desiderio? – Non parrà forse, ma dal fiutare una rosa allo spiccarla e al mettersela in seno ci corre un bel tratto. Ogni giardiniere per quanto sia geloso non vi proibirà mai di odorar un fiore; ma se fate motto di volerlo toccare, oh allora sí ch'egli si fa brutto, e si affretta a condurvi fuori della stufa!... La domanda è dilicata; ma dilicatissimo è l'obbligo di rispondere. Come potete credere, una piena malleveria io non vorrei farla per nessuno; ma in quanto alla Pisana io credo fermamente che suo marito l'ebbe se non casta certo vergine sposa, e tale la lasciò per la necessaria ritenutezza dell'età canuta. Sia stato merito suo o della precoce malizia che la illuminava, ci sia entrata la fortuna o la Provvidenza, il fatto sta che per le mie ottime ragioni io credo cosí. E con quel temperamento, con quegli esempi, con quella libertà, con quella educazione, colla compagnia della signora Veronica e della Faustina non fu piccolo miracolo. È inutile il negarlo. La religione è per le donne il freno piú potente; come quella che domina il sentimento con un sentimento piú forte ed elevato. Anche l'onore non è freno bastevole, perché affatto nell'arbitrio nostro, e imposto a noi soltanto da noi stessi. La religione invece ha il momento della sua forza in un luogo inaccessibile agli umani giudizi. Essa ci comanda di non fare perché cosí vuole chi può tutto, chi vede tutto, chi punisce e premia le azioni degli uomini secondo il loro intimo valore. Non c'è scampo dalla sua giustizia, né sotterfugi contro i suoi decreti: non v'hanno rispetti umani, né doveri né circostanze che rendano lecito ciò ch'ella ha proibito assolutamente e per sempre. La Pisana sprovveduta di questo aiuto, con un'opinione molto imperfetta dell'onore, fu assai fortunata di arrestarsi alla premeditazione del peccato, senza consumarlo. Non voglio inferirne per lei un gran merito, poiché, lo ripeto, mi sembra ancora piuttosto miracolo che altro: ma debbo stabilire un fatto, e soddisfare anche di ciò la curiosità dei lettori. Mi si perdoni di trattare un po' alla distesa questa materia, perché racconto di tempi assai diversi dai nostri in tale argomento. Gli è vero che la differenza potrebbe essere piú nella vernice che nella cosa.

La mattina dopo, non erano ancora le otto che la Pisana mi capitò in camera col caffè. Ella voleva, mi disse, fin dal primo giorno prendere le costumanze d'una buona e diligente massaia. I sogni innamorati della notte nei quali aveva perduto la memoria di tutte le mie afflizioni, la mezza oscurità della stanza protetta contro il sole già alto da cortine azzurre di seta all'orientale, le rimembranze nostre che ci sprizzavano fuori da ogni sguardo, da ogni parola, da ogni atto, la bellezza incantevole del suo visino sorridente, dove le rose si rincoloravano appena allora di sotto ai madori del sonno, tutto mi eccitava a rappiccar un anello di quella catena che era rimasta per tanto tempo sospesa. Presi dalle sue labbra un solo bacio; ve lo giuro; un bacio solo dalle sua labbra, ed anco ne mescolai la dolcezza coll'amaro del caffè. Si dirà poi che al secolo passato non c'era virtù!... Ce n'era sí; ma la costava doppia fatica per la nessuna cura che si davano di educarla in abitudine. Vi assicuro che sant'Antonio non ebbe tanto merito di resistere nel deserto alle tentazioni del demonio, quanto io di ritirare le labbra dalla coppa, prima di avermi levata la sete. Cionullameno io era certo e deliberato a levarmela un giorno o l'altro; questo potrebbe mutare la mia virtù in un raffinamento di ghiottornia. Allora, appena fui alzato, ci convenne pensare a vivere: cioè ad ire in traccia d'una donna che attendesse alla cucina e ai fatti piú grossolani della casa. Non si potea campare di solo caffè, massime coll'amore che ci divorava. Io stesso per la prima volta in mia vita mi occupai con tutto il piacere di queste minute faccenduole.

Conosceva qualche comare nel Campo vicino, mi raccomandai a questa e a quella, e mi accomodarono d'una serva che almeno a vederla dovea bastare di per sé a guardare una casa contro i Turchi e gli Uscocchi. Brutta come l'accidente, ed alta e scarnata che pareva un granatiere dopo quattro mesi di campagna; con occhi e capelli grigi e un fazzoletto rosso attorcigliato intorno al capo alla foggia dei serpenti di Medusa. Era un pochettino losca, e discretamente barbuta, con una vociaccia sonata pel naso che non parlava né veneziano, né schiavone, ma un certo gergo imbastardito a mezza strada. Costei aveva ricevuto da madre natura tutte le piú brutte impronte della fedeltà: perché io ho sempre osservato che fedeltà ed avvenenza litigano sovente fra loro e s'acconciano assai di rado a una vita tranquilla e comune. Di piú era certo che chi volesse entrare in casa e s'affacciasse a quello spettacolo, sarebbe ito piuttosto a casa del diavolo che avanzar un passo oltre la soglia; tanto era graziosa e piacevole. S'intende che io le diedi precetto assoluto di dir sempre ed a tutti che i padroni eran fuori di Venezia; e di restar nascosto ci aveva molti buoni perché. Sarebbe bastato quello della felicità; che già appena gli altri uomini se n'accorgono, non possono fare a meno di saltarvi addosso per guastarvela. Or dunque appostato questo mio Cerbero alla cucina, e provveduto che ebbi alla sicurezza ed al vitto, tornai alla Pisana e mi dimenticai di tutto il resto.

Forse quello non era il miglior punto; forse, Dio mel perdoni, altri doveri allora m'incombevano, e non era tempo da svagarsi come Rinaldo nel giardino d'Armida; ma badate che io non dissi di avermi fatto violenza per dimenticare il resto; me ne dimenticai anzi cosí spontaneamente, che quando ulteriori circostanze mi richiamarono alla vita pubblica, mi parve tutto un mondo nuovo. Se furono mai scuse ai delirii dell'amore, e all'ubbriachezza dei piaceri, io certo le aveva tutte. Peraltro non voglio nascondere le mie colpe, e me ne confesserò sempre peccatore. Quel mese smemorato di beatitudine e di voluttà, vissuto durante l'avvilimento della mia patria, e rubato alla decorosa miseria dell'esilio, mi lasciò nell'anima un eterno rimorso. Oh quanta distanza ci corre dal meschino accattonaggio delle scuse alla superba indipendenza dell'innocenza! Con quante bugie non fui io costretto a nascondere agli occhi degli altri quella mia felicità clandestina e codarda! No, io non sarò mai indulgente verso di me né d'un momento solo di smemorataggine, quando l'onore ci comanda di ricordarsi robustamente e sempre. La Pisana, poveretta, pianse assai quando vide da ultimo che tutti i suoi sforzi per rendermi felice non riuscivano ad altro che a interrompere con qualche lampo di spensieratezza un malcontento che sempre cresceva e mi faceva vergognar di me stesso. Oh, perché non si volse ella a me con quell'amore inspirato e robusto che aveva sgomentito l'animetta galante di Ascanio Minato? Perché invece di domandarmi baci, carezze, piaceri, non m'impose ella qualche grande sacrifizio, qualche impresa disperata e sublime? – Sarei morto da eroe, mentre vissi da porco. – Pur troppo i sentimenti nostri ubbidiscono ad una legge che li guida sempre per quella strada ove sono incamminati da principio. Quella bizzarra passione per l'ufficiale d'Ajaccio, nata piú che da amore da rabbia, e nudrita dai maschi pensieri che guardavano alla rovina della patria e al pericolo della libertà, fu in procinto di diventar grande pel santo ardore che la infiammava. L'amor mio, antico di molti anni, ricco di sentimenti e di memorie, ma sprovveduto affatto di pensiero era dannato a poltrire su quel letto di voluttà che l'avea veduto nascere. Io sentiva la vergogna di non poter ispirare alla Pisana quello che le aveva ispirato un vagheggino di dozzina: scoperto il peccato originale dell'amor nostro, m'era impossibile goderne cosí pienamente com'ella avrebbe voluto.

Tuttavia le giornate passavano, brevi, ignare, deliranti: io non ci vedeva scampo da uscirne, e non ne sentiva né la volontà né il coraggio. Avrei bensí potuto tentare sulla Pisana il miracolo ch'ella avea tentato sul giovane còrso, e sollevar l'animo suo a quell'altezza dove l'amore diventa cagione di opere grandi e di nobili imprese. Ma non mi dava il cuore di pensar solamente ad una separazione; e quanto al farla compagna della mia vita, del mio esiglio, della mia povertà, non credeva averne il diritto. Soprastava dunque ad ogni deliberazione aspettando consiglio dagli avvenimenti, e compensato abbastanza delle mie interne torture dalla felicità che risplendeva bella e raggiante sulle sembianze di lei. A vedere come il suo umore s'era cambiato, e ammorbidito in quei pochi giorni beati, io non potea ristare dalle grandi maraviglie; mai un rimpianto, mai uno sguardo bieco, mai un atto di stizza o un movimento di vanità. Pareva si fosse prefissa di ravvedermi dal tristo giudizio altre volte fatto di lei. Una fanciulla uscita allor allora di convento e affidata alle cure d'una madre amorosa non sarebbe stata piú serena piú allegra ed ingenua. Tutto ciò che era fuori dell'amor nostro o che in qualche modo non si rappiccava ad esso non la occupava punto. I racconti che la mi faceva della sua vita passata ad altro non tendevano che a persuadermi dell'amor suo continuo e fervoroso benché vario e bizzarro per me. Mi narrava degli eccitamenti di sua madre a far bel viso a questo o a quello de' suoi corteggiatori, per accalappiarne un buon partito.

— E cosa vuoi? – soggiungeva. – Piú erano splendidi belli graziosi, piú mi venivano in uggia; laonde se mai dava segno di qualche gentilezza o di aggradimento, l'era sempre verso i piú brutti e sparuti, con gran maraviglia mia e di quelli che mi circondavano; e credevano quella stranezza un'arte squisita di civetteria. In verità io lusingava quelli che mi parevano troppo sgraziati per lusingarsi alla lor volta; e se quelle mie gentilezze erano insulti, Dio mel perdoni, ma non potea fare altrimenti!...

Mi scoperse poi certi segreti di casa che avrei amato meglio ignorare tanto mi stomacarono. La Contessa sua madre giocava disperatamente e non volea saperne di miseria, tantoché l'era sempre in sul chieder quattrini a questo ed a quello; quando si trovava proprio alle strette, macchinavano qualche gherminella tra lei e la Rosa, quella sua antica cameriera, per cavarne di tasca ai conoscenti e agli amici. Siccome poi costoro s'erano stancati d'un tale spillamento, la Rosa avea proposto di metter in ballo la Pisana, e d'impietosire col racconto delle sue strettezze quelli che sembravano piú devoti adoratori della sua bellezza. Cosí, senza saperlo, ella viveva di turpi e spregevoli elemosine. Ma finalmente la se n'era accorta, e in onta alla silenziosa indifferenza della Contessa, ella sui due piedi avea cacciato la Rosa fuori di casa. Questo anche era stato un motivo che l'aveva indotta ad accettar la mano del Navagero, perché si vergognava di vedersi esposta dalla stessa sua madre a tali infamie. Io le chiesi allora perché non ricorresse piuttosto alla generosità dei Frumier; ma la mi rispose che anche i Frumier si trovavano in male acque, e che se qualche sacrifizio lo avrebbero potuto fare per salvarle dall'inedia, non intendevano poi rovinarsi affatto per pascere il vizio insaziabile della Contessa. Io allora mi maravigliava che questa passione del gioco fosse in lei andata tanto innanzi.

— Oh non me ne maraviglio io! — mi rispose la Pisana. — Ella è sempre tanto sicura di vincere, che le parrebbe di far un torto a non giocare; e quello poi che è piú bello, ella pretende di averci sempre guadagnato e che fummo noi, io e mio fratello, a consumarle mano a mano tutti quegli immensi guadagni! Figurati! Per me non ebbi mai indosso che un vestitello di tela, e ho sempre lasciato nelle sue mani i frutti degli ottomila ducati. Mio fratello poi mangia e veste come un frate e per quattro soldi il giorno io torrei di mantenerlo. Ma la è tanto persuasa delle sue ragioni che non giova parlarne, ed io la compatisco, poveretta, perché l'era avvezza a mangiare la pappa fatta, e non tenendo conto di ciò che si riscuote e di ciò che si spende, è impossibile saperne una di schietta. Del resto la sua passione non è un caso strano, e tutte le dame di Venezia ne sono adesso invasate, tantoché le migliori casate si rovinano alle tavole di gioco. Non ci capisco nulla!... tutte si rovinano e nessuna si ristora!

— Gli è – soggiunsi io – per quell'antico proverbio, che farina del diavolo non dà buon pane. Chi arrischia al faraone la fortuna dei proprii figliuoli, non diverrà certo cosí previdente domani da investire i guadagni al cinque per cento. Si consumano tutti in vani dispendi, e resta netto solo il guadagno delle perdite. Ma tua madre fu piú inescusabile delle altre quando per accontentare i proprii capricci non si vergognò del metter a repentaglio la fama della figlia!...

— Oh cosa dici mai! – sclamò la Pisana – io la compatisco anche di questo! Era quella ghiotta di Rosa che le ne dava ad intendere, e per me credo che si mangiasse ella la buona metà dei regali... Eppoi giacché l'avea prima chiesto a suo nome, la poteva pur chiedere anche al mio. Non l'è poi mia madre per niente!

— Sai, Pisana, che la tua bontà trascende in eccesso!... Non voglio che tu ti avvezzi a ragionare in questo modo, se no tutto si scusa, tutto si perdona, e tra il male ed il bene scompariscono i confini. L'indulgenza è un'ottima cosa, ma sia verso sé che verso gli altri bisogna ch'ella vada innanzi cogli occhi in testa. Perdoniamo le colpe sí, quando sono perdonabili; ma chiamiamole colpe. Se le si mettono a mazzo coi meriti, si perde affatto ogni regola!

La Pisana sorrise, dicendo ch'io era troppo severo, e scherzando soggiunse che se scusava tutto, gli era appunto perché altri scusasse lei dei suoi difettucci.

Per allora non la ne aveva neppure uno, se non forse quello di farsi amar troppo, il quale era piú difetto mio che suo; ed io le misi la mano sulla bocca sclamando:

— Taci, non vendicarti ora della mia ingiusta severità d'una volta!...

Dopo qualche settimana di vita tutta casa ed amore, pensai che fosse tempo di andare dagli Apostulos a prendervi notizie di mio padre. Mi rimordeva di averlo dimenticato anche troppo, e voleva compensare questa dimenticanza con una premura che, attesa la strettezza del tempo, doveva certo riuscir inutile. Ma quando vogliamo persuaderci di non aver fallato non si bada a ragionevolezza. Giacché usciva, la Pisana mi pregò di volerla condurre fino al monastero di Santa Teresa per visitarvi sua sorella. Io acconsentii, e andammo fuori a braccetto: io col cappello sugli occhi, ella col velo fin sotto il mento, guardandoci attorno sospettosamente per ischivare, se era possibile, le fermate dei conoscenti. Infatti io vidi alla lontana Raimondo Venchieredo e il Partistagno ma mi riuscí di scantonare a tempo, e lasciai la mia compagna alla porta del convento; indi mi volsi alla casa dei banchieri greci. Come ben potete immaginarvi, in cosí breve tempo mio padre non poteva esser giunto a Costantinopoli e aver mandato notizia di colá. Si maravigliarono tutti, massimamente Spiro, di vedermi ancora a Venezia; laonde io risposi arrossendo che non era partito per alcuni gravissimi negozi che mi trattenevano, e che del resto mi conveniva sfidare moltissimi rischi a rimanere, pei sospetti che si avevano di me. Non arrischiai nemmeno di aggiungere chi poteva avere questi cotali sospetti, perché ignorava quali fossero di certo i padroni di Venezia, e mi immaginava che i Francesi fossero partiti, ma non ne aveva prove sicure.

L'Aglaura mi domandò allora ove contassi rivolgermi quando fossero terminati questi miei negozi, ed io risposi balbettando che probabilmente a Milano. La giovinetta chinò gli occhi rabbrividendo, e suo fratello le mandò di traverso un'occhiata fulminante. Io avea ben altro pel capo che di badare al significato di questa pantomima, e presi congedo assicurandoli che ci saremmo veduti prima della partenza. Tornai indi in istrada, ma aveva piú paura di prima di esser veduto; anzi ci aveva vergogna per giunta alla paura. Mi importava moltissimo di non esser osservato, perché la perfetta libertà da ogni molestia nella quale eravamo rimasti fin'allora io e la Pisana mi persuadeva che i suoi parenti ignorassero la mia presenza in Venezia. Se fosse stato altrimenti, oh non era facile l'immaginarsi che ella si fosse rifuggita presso di me? Non mi figurava allora che la scena della Pisana col tenente Minato avesse fatto gran chiasso e che soltanto per timore di compromettersi il Navagero e la Contessa non ne chiedessero conto. Allo svoltar d'una calle mi trovai faccia a faccia con Agostino Frumier piú fresco e rubicondo del solito. Ambidue per scambievole consenso finsimo di non ci riconoscere: ma egli si maravigliò di me piú ch'io non mi maravigliassi di lui, e la vergogna fu maggiore dal mio canto.

Finalmente giunsi al convento che le pietre mi scottavano sotto i piedi e mi pentiva ad ogni passo di non aver aspettato la notte per quella passeggiata. Ben mi prefiggeva fra me di aprir l'animo mio alla Pisana alla prima occasione e di dimostrarle come la felicità di cui ella m'inebbriava fosse tutta a carico dell'onor mio, e come il rispetto alla patria, la fede agli amici, l'osservanza dei giuramenti mi stringessero a partire. In cotali pensieri entrai nel parlatorio senza pensare che la reverenda poteva maravigliarsi di veder sua sorella in mia compagnia; ma non ci avea pensato la Pisana ed io pure non ci badai. Era la prima volta che vedeva la Clara dopo i suoi voti. La trovai pallida e consunta da far pietà, colla trasparenza di quei vasi d'alabastro nei quali si mette ad ardere un lumicino: un po' anche incurvata quasi per lunga abitudine d'ubbidienza e d'orazione. Sulle sue labbra, all'indulgente sorriso d'una volta era succeduta la fredda rigidità monastica: oramai si vedeva che l'isolamento dalle cose terrene, tanto sospirato dalla madre Redenta, lo aveva anch'essa raggiunto; non solo disprezzava e dimenticava, ma non comprendeva piú il mondo. Infatti la non si maravigliò punto della mia dimestichezza colla Pisana, come io aveva temuto: diede a me ed a lei saggi consigli in buon dato; non nominò mai il passato se non per raccapricciarne, ed una sola volta vidi rammollirsi la piega ritta e sottile delle sue labbra quand'io le nominai la sua ottima nonna. Quanti pensieri in quel mezzo sorriso!... Ma se ne pentí tosto, e riprese la solita freddezza che era il vestimento forzato dell'anima sua, come la nera tonaca dovea vestirle invariabilmente le membra. Io credetti che in quel momento anche Lucilio le balenasse al pensiero; ma che fuggisse spaventata da quella memoria. Dov'era infatti allora Lucilio? Che faceva egli? – Questa terribile incertezza doveva entrarle talora nell'anima col succhiello invisibile ma profondo del rimorso. Ella durò infatti qualche fatica a tornar marmorea e severa come prima; le sue pupille non erano piú tanto immobili, né la sua voce cosí tranquilla e monotona.

— Ohimè! – diss'ella ad un tratto – io promisi alla buon'anima di mia nonna di suffragarla con cento messe, e non fui ancora in grado di compiere il voto. Ecco l'unica spina che ho adesso nel cuore!...

La Pisana si affrettò a rispondere colla solita bontà spensierata che quello spino poteva cavarselo dal cuore a sua posta, e che l'avrebbe aiutata a ciò, e che avrebbe fatto celebrar quelle messe ella stessa secondo le intenzioni di lei.

— Oh grazie! grazie, sorella mia in Cristo! – sclamò la reverenda. – Portami la scheda del sacerdote che le avrà celebrate e tu avrai acquisito un diritto grandissimo alle mie orazioni ed un merito ancor maggiore presso Dio.

Io non mi trovava bene in cotali discorsi, e mi sorprendeva fra me della facilità con cui la Pisana intonava i proprii sentimenti sopra il tenore degli altrui. Ma buona come la era, e maestra finitissima di bugie, doveva anzi maravigliarmi se l'avesse adoperato altrimenti. Intanto, salutata ch'ebbimo la Clara, e tornati in istrada, mi riprese la paura che fossimo veduti assieme e proposi alla Pisana di andarcene a casa scompagnati, ognuno per una strada diversa. Infatti cosí fecimo, ed ebbi campo a rallegrarmene, perché mossi cento passi mi scontrai ancora nel Venchieredo e nel Partistagno, che questa volta mi si misero alla calcagna e non m'abbandonarono piú. I giri che feci loro fare per quegli inestricabili laberinti di Venezia non saprei ripeterli ora; ma io mi stancai prima di loro, perché mi doleva di lasciar sola tanto tempo la Pisana. Mi decisi dunque a volgermi verso casa, ma qual fu il mio stupore quando sulla porta mi scontrai nella Pisana, la quale doveva esser arrivata da un pezzo e pur si stava lí chiacchierando amichevolmente con quella tal Rosa, con quella cameriera che le faceva questuar l'elemosina dai suoi adoratori? Ella non parve turbata per nulla della mia presenza; salutò la Rosa di buonissimo garbo, invitandola a visitarla e si fece poi entro l'uscio insieme con me sgridandomi perché aveva tardato. Colla coda dell'occhi vidi Raimondo e il Partistagno che ci osservavano ancora da un canto vicino, onde chiusi con qualche impeto la porta e salii le scale un po' musonato. Di sopra che fui non sapeva da qual banda principiare per far accorta la Pisana della sconvenienza del suo procedere; mi decisi alla fine di affrontarla direttamente, tanto piú che mi vi incitava anche un certo umore turbolento di stizza. Le dissi adunque che mi era stupito assai di vederla in istretto colloquio con una svergognata di quella natura, dalla quale avea ricevuto offese imperdonabili; e che non ci vedeva il perché la si fosse fermata a cinguettare sull'uscio di casa con tutto l'interesse che avevamo a non farci osservare. Ella mi rispose che si era fermata senza pensarci e che in quanto alla Rosa le avea fatto compassione il vederla coperta di cenci e intristita in viso per la miseria. Anzi l'avea pregata di venirla a trovare appunto per questo, che sperava in qualche modo di sollevarla, e del resto se l'era pentita de' suoi torti, ell'era obbligata a perdonarle; e le perdonava in fatti, anche perché dessa le avea protestato di non aver mai inteso di ingiuriarla, e che avea sempre adoperato a fin di bene e dietro istigazione della signora Contessa. La Pisana pareva tanto persuasa di quest'ultimo argomento, che le rimordeva quasi d'aver cacciato la Rosa, e pigliava sulla propria coscienza tutte le incommodità che costei diceva aver sofferto per la sua sdegnosa severità. Indarno io me le contrapposi dimostrandole che certi torti non si possono mai scusare, e che l'onore è forse la sola cosa che si abbia diritto e dovere di difendere anche a costo della vita propria e dell'altrui. La Pisana soggiunse che non la pensava cosí, che in cotali materie bisogna badare al sentimento, e che il sentimento suo le consigliava di riparare i mali involontariamente cagionati a quella poveretta. Pertanto mi pregò di darle mano in questa buona opera, concedendo per primo punto alla Rosa una camera della casa per abitarvi. Sopra questa domanda io mi diedi a gridare, ed essa a gridare ed a piangere. Si finí con questo accordo, che io avrei pagato la pigione della Rosa ove la dimorava allora, e soltanto dopo questa promessa la Pisana fu contenta di non tirarmela in casa. Fu quella la prima volta che si dimenticò l'amore, e tornarono i nostri temperamenti a trovarsi un po' ruvidi assieme. Mi coricai con molti cattivi presentimenti, ed anche quelle occhiate beffarde e curiose di Raimondo mi rimasero tutta notte traverso alla gola. Il mattino altra scaramuccia. La Pisana mi pregò che volessi uscire per disporre la celebrazione delle cento messe per conto di sua sorella. Figuratevi quanto mi andava a sangue questo bel grillo colla carestia di denari che cominciava a stringermi!... Per uno scrupolo evidente di delicatezza, io avea tralasciato di significarle come mio padre era partito con ogni sua ricchezza non altro lasciandomi che un moderatissimo peculio. Tra le spese occorrenti alla casa, il salario della serva, e qualche compera fatta dalla Pisana che si era ricoverata presso di me poco meno che in camicia, m'era già scivolato d'infra le dita buona parte di quello che dovea bastarmi per tutto l'anno. Tuttavia io stentava a discoprirle questa mia miseria, e studiavami d'impedire con altre cento ragioni quella generosità delle messe. La Pisana non mi voleva ascoltare ad alcun patto. Essa aveva promesso, ci andava della quiete di sua sorella, e se le voleva bene nulla nulla, doveva soddisfarla. Allora le dichiarai netta e tonda la cosa come stava.

— Non c'è altra difficoltà? – rispos'ella colla miglior cera del mondo. – È facile accomodarsi. Prima di tutto adempiremo agli obblighi assunti, e poi si digiunerà se non ne resta per noi.

— Hai un bel dire col tuo digiunare! – soggiunsi io. – Vorrei un po' vederti al fatto come te la caveresti per non reggerti in piedi!

— Cascherò se non potrò reggermi: ma non sarà mai detto che io m'ingrassi con quello che può servire al bene degli altri.

— Pensa che dopo le cento messe poche lire mi resteranno!

— Ah sí! è vero, Carlino! non è giusto ch'io sacrifichi te per un mio capriccio. È meglio ch'io me ne vada... andrò a stare colla Rosa... lavorerò di cucito e di ricamo...

— Cosa ti salta ora? – gridai tutto sdegnato. – Piuttosto mi caverei anche la pelle che lasciarti cosí a mal partito!...

— Allora, Carlino, siamo intesi. Fammi contenta di tutto quello che ti domando, e dopo pensi la Provvidenza, che tocca a lei.

— Sai, Pisana, che mi fai proprio stupire! Io non ti vidi mai cosí rassegnata e fiduciosa nella Provvidenza come ora che la Provvidenza non sembra darsi il benché minimo pensiero di te.

— Che sia vero? ne godrei molto che questa virtù mi crescesse a seconda del bisogno. Tuttavia ti dirò che se comincio ad aver fede nella Provvidenza, gli è che me ne sento il coraggio e la forza. In fondo al cuore di noi altre donne un po' di devozione ci resta sempre; or bene! io mi abbandono nelle braccia di Dio! Ti assicuro che se rimanessimo nudi di tutto, non troveresti due braccia che lavorassero piú valorosamente delle mie a guadagnar la vita per tutti e due.

Io scrollai il capo, ché non ebbi molta fede in quel coraggio lontano ancora dalla prova; ma per quanto ci credessi poco, dovetti pagare le cento messe e la pigione della Rosa, e finalmente la vidi contenta quando non ci restavano che venti ducati all'incirca per scongiurare il futuro.

Ma c'era poco lontano gente che si prendeva gran cura dei fatti miei e lavorava sott'acqua per cavarmi d'impiccio: volevano precipitarmi dalla padella nelle bragie e ci riescirono. Il dover mio era di farmi abbrustolire già da un mese prima, e potrei anche ringraziarli del gran merito ch'essi acquistarono presso la mia coscienza. La scena della Pisana coll'ufficiale còrso avea fatto chiasso, come dissi, per tutta Venezia; la sua disparizione dalla casa del marito aggiungeva mistero all'avventura, e se ne contavano di cosí strane, di cosí grosse che a ripeterle sembrerebbero fole. Chi la vedeva vagare vestita di bianco sotto le Procuratie nella profondità della notte; chi affermava di averla incontrata in qualche calle deserta con un pugnale in mano e una face resinosa nell'altra, come la statua della discordia; i barcaiuoli narravano ch'ella errava tutta notte per le lagune, soletta sopra una gondola che avanzava senza remi e lasciava dietro di sé per le acque silenziose un solco fosforescente. Alcuni tonfi si udivano di tanto in tanto intorno alla misteriosa apparizione; erano i nemici di Venezia da lei strappati magicamente alla quiete del sonno e precipitati nei gorghi del canale. Queste chiacchiere immaginose, cui la credulità popolare aggiungeva ogni giorno alcun fiore poetico, garbavano poco o nulla al nuovo governo provvisorio stabilito dagli Imperiali dopo la partenza di Serrurier. Erano sintomi di poca simpatia, e conveniva guarire la gente di questo ticchio poetico. Perciò si davano attorno per iscoprire la dimora della Pisana; ma le indagini rimanevano senza effetto, e nessuno certo si sarebbe immaginato ch'ella abitasse con me, mentre io stesso era creduto a quei giorni ben lontano dalle lagune. La nostra zingara era stata incorruttibile; a qualche sbirro travestito che era venuto a chieder conto dei padroni di casa, ell'aveva risposto che da gran tempo mancavano da Venezia, e cosí non ci avevano seccato piú. Sapendo che mio padre s'era imbarcato pel Levante, mi giudicavan partito con lui, o con gli altri disgraziati che aveano cercato una patria nelle tranquille città della Toscana o nelle tumultuanti provincie della Cisalpina.

La scoperta fatta da Raimondo Venchieredo mise la sbirraglia sulle mie tracce. Egli ne parlò a suo padre come d'una curiosità; il vecchio volpone ne tenne conto come d'un grasso guadagno, e cosí, dopo consultatosi col reverendo padre Pendola, decise di farsi un merito presso il Governo col dipingermi per un pericoloso macchinatore appiattato a Venezia e disposto a Dio sa qual colpo disperato. La mia convivenza con quella furiosa eroina, che avea fatto parlar tanto il volgo e gli sfaccendati, aggiungeva nerbo all'accusa. Infatti una bella mattina che sorseggiava tranquillamente il caffè pensando alla maniera di prolungar piucché fosse possibile l'utilissimo servizio di sette o otto ducati che mi rimanevano, sentii un furioso scampanellare alla porta, e poi una confusione di voci che gridavano rispondevano s'incrociavano dalla finestra alla calle, e dalla calle alla finestra. Mentre porgeva l'orecchio a quel fracasso, udii un grande strepitio come d'una porta sgangherata a forza, e poi successe un secondo colpo piú forte del primo, e un gridare e un tempestare che non finiva piú. Stavamo appunto io e la Pisana per uscire ad osservare cosa succedeva, quando la nostra zingara si precipitò nella stanza col naso insanguinato, la veste tutta a brandelli, e un'enorme paletta da fuoco tra mano. Era quella che mio padre adoperava per far i profumi secondo la usanza di Costantinopoli.

— Signor padrone – gridava ella, sfiatata pel gran correre – ne ho fatto prigioniero uno che è di là chiuso in cucina colla faccia spiattita come una torta... ma fuori ne sono altri dodici... Si salvi chi può... Vengono per arrestarlo... Dicono che l'è un reo di Stato...

La Pisana non la lasciò continuare; corse a chiudere la porta, e adocchiando la finestra che dava sul canale, cominciò a dirmi che badassi a me, a scappare, a salvarmi, che questo urgeva piú di tutto. Io non sapeva che fare, e un salto dalla finestra mi parve la maniera piú commoda di cavarmela. Pensare e fare fu ad un punto; mi buttai fuori senza guardar prima né dove né come cadessi, persuasissimo che acqua o terra qualche cosa avrei incontrato. Incontrai invece una gondola dentro la quale travidi durante il volo la faccia di Raimondo Venchieredo che spiava le nostre finestre. Il colpo che diedi sopra il fondo della barca mi sconciò quasi una spalla, ma le capriole della mia infanzia e la ginnastica di Marchetto mi avevano usato le ossa a simili scompigli. Mi rizzai come un gatto, piú svelto di prima, corsi verso la prora per balzare sull'altra riva, ma mi si oppose involontariamente Raimondo che stava allora per uscire di sotto al *felze*, e si fermò spaventato dal quel corpo che nel cadere gli avea fatto dondolare sotto i piedi la gondola.

— Ah sei tu, sciagurato? – gli dissi io rabbiosamente. – Prenditi la mercede del tuo spionaggio!

E gli menai un tal manrovescio che lo mandò a rotolare sulla forcola ove per poco non si ebbe a cavar gli occhi. Intanto io avea guadagnato la riva e salutato d'un gesto la Pisana che mi guardava dal balcone e mi esortava a far presto e a fuggire. La zingara mia salvatrice stava ancora colla sua paletta dinanzi alla porta sgangherata spaventando colla sua attitudine guerresca i dodici sbirri, nessuno dei quali si sentiva volontà di seguire il caporione nella casa per incontrarvi quella brutta sorte che forse egli vi aveva incontrato. Badando meglio essi lo avrebbero udito strillare; chiuso nella cucina e col muso pestato dalla tremenda paletta egli si lamentava sulla nota piú alta della sua scala di basso, come un vero porcellino condotto al mercato. Io avea veduto tuttociò in un lampo e prima che Raimondo si riavesse o i birri mi scoprissero era scomparso per una calletta che tagliava giù lí presso. In quella confusione di fatti e di idee fu una vera provvidenza che mi saltasse in capo di rifugiarmi presso gli Apostulos. Come anche feci e arrivai a salvamento senza nessun maggiore fastidio che quell'arrischiatissimo salto dalla finestra. I miei amici furono contentissimi di vedermi salvo da sí grave pericolo; ma pur troppo non si poteva ancora cantar vittoria, e finché non fossi fuori dalle lagune, anzi dalle provincie di qua dall'Adige, la mia libertà correva grandissimo rischio.

— Dunque dove fareste conto di andare? — mi chiese il vecchio banchiere.

— Ma... a Milano! — risposi io, non sapendo neppure cosa mi dicessi.

— Proprio persistete nell'idea d'andar a Milano? — mi domandò a sua volta l'Aglaura.

— Pare il miglior partito – io soggiunsi – e laggiù ci ho infatti i miei migliori amici, e mi aspettano da un pezzo.

Spiro era corso da basso a licenziare la gente dello studio mentre si facevano cotali discorsi, e l'Aglaura pareva disposta a muovermi qualche altra inchiesta quand'egli tornò. Allora ella mutò viso e stette ad ascoltare come si prendesse cura di nulla; ma ella mi spiava premurosamente ogniqualvolta suo fratello voltava via l'occhio, e la udii sospirare quando suo padre mi disse che con un travestimento greco e il passaporto d'un loro commesso io avrei potuto partire l'indomani mattina.

— Non prima – soggiunse egli – perché tutte le polizie sono molto occhiute e guardinghe sui primi momenti e cadreste facilmente nelle loro unghie. Domani invece non guarderanno tanto pel sottile perché vi crederanno già uscito di città, ed essendo festa i doganieri saranno occupatissimi a riveder le tasche dei campagnuoli che entrano.

La vecchia, che era accorsa anco lei a congratularsi del mio salvamento, approvò del capo. Spiro soggiunse che sbarcato a Padova farei benissimo a spogliarmi del mio travestimento, e a prendere qualche strada di traverso per toccar il confine; il vestir alla greca avrebbe dato troppo nell'occhio. Io risposi a tutti di sí, e venni ad un altro argomento, a quello dei denari. Coi sette ducati che avea in tasca non potea già sognarmi di giungere a Milano; mi occorreva proprio una sommetta; e siccome anche i frutti anticipati d'un anno non mi bastavano, e d'altra parte qualche mezzo di sussistenza voleva lasciarlo alla Pisana, cosí proposi al greco che mi pagasse mille ducati, e del restante capitale contasse d'anno in anno gli interessi nelle mani della nobile contessina Pisana di Fratta, dama Navagero. Il greco ne fu contentissimo: stesi la ricevuta e la procura in regola e avvisai la Pisana con una lettera di queste mie provvidenze, includendole anche una carta colla quale la investiva dell'usufrutto della mia casa. Non si sapeva mai quanto potessi restarmene assente, e il meglio si era provvedere per un pezzo; né io temeva che la Pisana si sarebbe tenuta offesa di queste mie prestazioni, perché il nostro amore non era di quelli che si credono avviliti per simili minuzzoli. Chi ne ha ne dia; è la regola generale per tutto il prossimo; figuratevi poi tra due amanti che piú che prossimi devono esser tra loro una cosa sola! Or dunque dato che ebbimo ordine a questi negozi, si pensò a metter in grado il mio stomaco di sostener le fatiche del primo giorno d'esiglio. Era già sera, io non avea preso da ventiquattr'ore null'altro che un caffè, pure non avea piú fame che se mi fossi alzato allor allora da un banchetto di nozze. Cosa volete? Sulla mensa vi avevano a destra ed a sinistra de' gran bottiglioni di Cipro, io mi fidai di quelli, e mentre gli altri mangiavano e m'incoraggiavano a mangiare, mi diedi invece a bere per la disperazione.

Bevetti tanto che non intesi piú nulla dei gran discorsi che mi tennero dopo cena; soltanto mi parve che rimasto un momento solo colle donne l'Aglaura mi sussurrasse qualche parola all'orecchio, e che seguitasse poi a premermi il ginocchio e ad urtarmi il piede sotto la tavola quando Spiro e suo padre furono tornati. Per garbo d'ospitalità essi l'avevano collocata nel posto vicino al mio. Io non ci capiva nulla di quella manovra; mi trascinai bene o male fino al letto che mi fu assegnato e dormii tanto porcellescamente che mi sentiva russare. Ma alla mattina quando mi svegliarono fu un altro paio di maniche! Alla tempesta era succeduta la calma, allo sbalordimento il dolore. Fino allora avea prolungato ostinatamente le mie speranze, come il tisico; ma alla fine dava di cozzo nella brutta necessità, né ritrarsi né sperare valeva piú. Non potei nemmen dire che ebbi la forza di uscire dal letto, di vestire i miei nuovi arnesi alla greca, e di congedarmi dai miei ospiti. In questi movimenti il mio corpo non si prestava che colla sciocca ubbidienza d'un automa, e quanto all'anima io potea credere d'averla lasciata nel vino di Cipro. Spiro m'accompagnò alla Riva del Carbone donde partiva allora la corriera di Padova; mi promise che le notizie di mio padre mi sarebbero puntualmente comunicate e mi lasciò con una stretta di mano. Io stetti lí sul ponte a guardare Venezia, a contemplare mestamente le cupe acque del Canal Grande dove i palazzi degli ammiragli e dei dogi sembravano specchiarsi quasi desiderosi dell'abisso. Sentiva di dentro un laceramento come dei visceri che mi fossero strappati; indi rimasi immobile smarrito privo affatto di vita come chi si trova di fronte ad una sventura che finirà solo colla morte. Non mi accorsi della partenza della barca; eravamo già al largo sulla laguna che io vedeva ancora il Palazzo Foscari e il ponte di Rialto. Ma quando si giunse alla dogana, e ci fu data la voce di fermarsi con un accento che non era certo veneziano, allora uscii a un tratto da quelle angosce fantastiche per rientrare nella stretta d'un vero e profondo dolore! Allora tutte le sventure della mia patria mi si schierarono dinanzi mescolate alle mie, e tutte una per una mi ficcarono dentro nel cuore il loro coltello!

Ci eravamo spiccati appena dall'approdo della dogana, quando fummo sopraggiunti da un veloce caiccio che ci gridava di aspettare. Il pilota fermò infatti e fui maravigliatissimo un minuto dopo di rivedere il giovane Apostulos sulla tolda della corriera. Mi accostò con qualche turbamento adocchiando a diritta ed a sinistra e disse, un po' confuso, che si avea dato fretta di raggiungermi per dirmi il nome d'altri suoi amici che potevano a Milano giovarmi oltremodo. Io mi stupii d'una tale premura, giacché si usa in tali circostanze munire il viaggiatore di commendatizie: cionostante lo ringraziai, ed egli si partí cercando del padrone della barca al quale diceva di volermi raccomandare. Con tale pretesto scese nel casotto e lo vidi infatti bisbigliare qualche parola all'orecchio del padrone: questi si affaccendava a rispondergli di no, e gli faceva cenno come di accomodarsi pure e di guardare dove voleva. Spiro andò innanzi fino in fondo al casotto, vide alcuni barcaiuoli che dormivano ravvolti nel loro cappotto, e tornò indietro con un viso che voleva parere indifferente.

— Capperi! che corriera di lusso ci avete! — sclamò egli spiandola tutta da prora a poppa coi suoi occhi di falco; e ficcò il naso in tutti i bugigattoli con qualche stizza del pilota a cui tardava di dar la volta al timone.

— Posso partire? — chiese costui al capitano per dar fretta di andarsene a quell'importuno visitatore.

— Aspettate prima che me ne vada io! — soggiunse Spiro saltando dalla corriera nel caiccio, e salutandomi astrattamente con un gesto. Io capiva che pel solo motivo dettomi egli non avea raggiunto la barca e visitatala con tutta diligenza: ma era troppo sconvolto e addolorato per dilettarmi di castelli in aria, e cosí in breve egli mi uscí di mente, e tornai a guardare Venezia che si allontanava sempre piú in mezzo alla nebbia azzurrognola delle sue lagune. La pareva oggimai un sipario da teatro scolorato dalla polvere e dal fumo della ribalta.

O Venezia, o madre antica di sapienza e di libertà! Ben lo spirito tuo era allora piú sparuto e piú nebbioso dell'aspetto! Egli svaniva oggimai in quella cieca oscurità del passato che distrugge perfino le orme della vita; restano le memorie, ma altro non sono che fantasmi; resta la speranza, il lungo sogno dei dormenti. T'aveva io amato moribonda e decrepita?... Non so, non voglio dirlo. – Ma quando ti vidi ravvolta nel sudario del sepolcro, quando ti ammirai bella e maestosa fra le braccia della morte, quando sentii freddo il tuo cuore e spento sulle labbra l'ultimo alito, allora una tempesta di dolore di disperazione di rimorso mi sollevò le profonde passioni dell'anima!... Allora provai la rabbia del proscritto, la desolazione dell'orfano, il tormento del parricida!... Parricidio, parricidio! gridano ancora gli echi luttuosi del Palazzo Ducale. Potevate lasciarsi addormentare in pace la vostra madre che moriva, sulle bandiere di Lepanto e della Morea: invece la strappaste con nefanda audacia da quel letto venerabile, la metteste a giacere sul lastrico, le danzaste intorno ubbriachi e codardi, e porgeste ai suoi nemici il laccio per soffocarla!... V'hanno certi momenti supremi nella vita dei popoli che gli inetti son traditori, quando si arrogano i diritti del valore e della sapienza. Eravate impotenti a salvarla? Perché non lo avete confessato alla faccia del mondo? Perché vi siete mescolati coi suoi carnefici? Perché alcuni tra voi dopo aver inorridito del nefando mercato stesero la mano alle elemosine dei compratori? Pesaro fu solo nella virtù; ma primo e piú vile di tutti nell'umiliarsi, ebbe molti ebbe troppi imitatori. Ora io non accuso ma vendico; non insulto ma confesso. Confesso quello che avrei dovuto fare e non feci; quello che poteva e non volli vedere; quello che commisi per avventatezza, e deplorerò sempre come un vile delitto. Il Direttorio e Buonaparte ci tradirono, è vero; ma a quel modo si lasciano tradire solamente i codardi. Buonaparte usò con Venezia come coll'amica che intende l'amore per servitù e bacia la mano di chi la percote. La trascurò in principio, la oltraggiò poi, godette in seguito d'ingannarla, di sbeffeggiarla, da ultimo se la pose sotto i piedi, la calpestò come una baldracca, e le disse schernendola: — Vatti, cerca un altro padrone!...

Nessuno potrà forse comprendere senza averlo provato il profondo abbattimento che mi veniva nell'anima da tali pensieri. Quando poi lo raffrontava all'allegra e spensierata felicità che me lo aveva ritardato d'alcuni giorni, crescevano, se era possibile, lo sconforto e l'ambascia. Era proprio vero. Io avea toccato l'apice dei miei desiderii; aveva stretto fra le mie braccia bella contenta amorosa la prima la sola donna che avessi mai amato; quella che io aveva figurato fin dai primi anni essere la consolazione della mia vita, e il rimedio d'ogni dolore, mi aveva colmato inebbriato di quante voluttà possono mai capire in seno mortale!... E cosa stringeva in pugno di tutto ciò? Un rimorso! Ebbro ma non satollo, vergognoso ma non pentito, io lasciava le vie dell'amore per quelle dell'esiglio, e se gli sbirri non si fossero presi la briga di avvertirmene io sarei rimasto a profanare il funebre lutto di Venezia colla sfacciataggine de' miei piaceri. Cosí perfino il nutrimento dell'anima mi si volgeva in veleno, ed era costretto a disprezzar quello che ancora desiderava possedere piú ardentemente che mai.

Pallido stravolto agitato, senza toccar cibo né bevanda, senza né guardar in viso né rispondere alle domande de' miei compagni di viaggio, lasciandomi sobbalzare qua e là dai gomiti poco guardinghi dei barcaiuoli, giunsi finalmente a Padova. Scesi a terra non ricordandomi quasi piú dove mi fossi, e non conoscendo quell'argine del canale ove tante volte avea passeggiato con Amilcare. Domandai pertanto d'un'osteria, e me ne fu additata una alla destra di Porta Codalunga, ove appunto pochi anni or sono fu costruito il gazometro. Mi vi avviai col mio fardello sotto il braccio, seguitato da alcuni birichini che ammiravano il mio vestimento orientale: entratovi chiesi una stanza, e qualche cosa da ristorarmi. Là mi cangiai di abito, presi un po' di cibo, non volli saperne di vino, e pagato il piccolo scotto, uscii dalla bettola dicendo a voce alta che vestito a quel modo sperava di non dar nell'occhio ai monelli della città. Infatti feci le viste di avviarmivi; ma giunto alla porta tirai oltre e la diedi giù per un viottolo che a mia memoria doveva riuscire sulla strada di Vicenza. Uscendo dall'osteria avea sbirciato un tale che aveva muso di tenermi dietro avvisatamente; e voleva chiarirmi della verità. Infatti guardando di traverso io vedeva sempre quest'ombra che seguitava la mia, che allentava sollecitava e fermava il passo con me. Svoltato giù per quel viottolo udiva del pari un passo leggiero e prudente che mi accompagnava; sicché non v'avea piú dubbio, quel cotale era lí proprio per me. Pensai subito al Venchieredo, al padre Pendola, all'avvocato Ormenta e ai loro spioni: allora non sapeva che il degno avvocato sedeva al governo per la accorta protezione del reverendo. Tuttavia mi parve che la franchezza fosse il miglior partito e quando ebbi tirato il mio cagnotto da ferma nell'aperta campagna mi volsi precipitosamente, e mi slanciai sopra di lui per ghermirlo, se si poteva, e pagarlo con doppia moneta della non chiesta compagnia. Con mia gran sorpresa colui né si mosse né diede segno di spavento; anzi aveva intorno un cappotto da marinaio e ne abbassò il cappuccio per discoprirsi meglio. Io allora deposi anch'io la parte piú pericolosa della mia rabbia, e mi accontentai di tenergli ricordato che non era lecito starsi a quel modo sulle calcagna d'un galantuomo. Mentre io gli parlava ed egli mi guardava con un cipiglio piuttosto indeciso e turbato, mi parve di travedere nelle sue sembianze la memoria d'una persona a me notissima. Passai rapidamente in rassegna tutti i miei amici di Padova; ma nessuno gli somigliava per nulla, invece un certo presentimento si ostinava a presentarmi quella figura come veduta poco tempo prima, e viva ancora, vivissima nelle mie rimembranze.

— Dunque non vuol proprio conoscermi? — mi disse colui mettendosi la palma della mano sul volto, e con tal voce che mi rischiarò subito il discernimento.

— Aglaura, Aglaura! – io sclamai. – Vedo o stravedo?

— Sí, sono Aglaura, son io che vi seguo fino da Venezia, che stetti con voi nella medesima barca, che mi refocillai alla stessa osteria, e che non avrei avuto il coraggio di scoprirmi a voi se i vostri sospetti non vi facevano rivolgere a me.

— Adunque – io soggiunsi fuori di me per la sorpresa – adunque Spiro cercava di voi questa mattina?...

— Sí, egli cercava di me. Rientrando a casa e non trovandomi piú perché io era venuta intanto alla corriera dopo avermi cangiati gli abiti presso la nostra lavandaia, egli si sarà insospettito di quanto già temeva da lungo tempo. È vero ch'era uscita colla cameriera; ma costei sarà tornata narrando com'io l'avea pregata di lasciarmi sola in chiesa e i sospetti gli saranno cresciuti. Fortuna che per la fretta non ebbe tempo di chiarirsi se quella fosse la verità od una scusa; e cosí quando domandò al padrone se non aveva donne a bordo e colui gli rispose di no, credette davvero ch'io fossi rimasta a pregare, e cercassi forse nella preghiera la forza di resistere alle tentazioni che da tanto tempo mi assediavano. Povero Spiro!... Egli mi vuole bene, ma non m'intende, non mi compatisce!... Anziché intercedere per me egli sarà quello che si farà esecutore delle maledizioni di mio padre!...

Da queste parole dal suono della voce dal tenor degli sguardi io mi persuasi che la povera Aglaura era innamorata di me, e che il dolore di perdermi l'avea menata a quel consiglio disperato di seguirmi. Io mi sentiva pieno di riconoscenza di compassione per lei. Se la Pisana fosse rimasta con Sua Eccellenza Navagero, o fosse scappata col tenente Minato, credo che avrei amato di colpo l'Aglaura non foss'altro per riconoscenza. Ma sono stanco di scrivere, e voglio chiudere il capitolo lasciandovi nell'incertezza di quello che ne avvenne poi.

CAPITOLO DECIMOQUINTO

Il viaggio può esser buono benché fu cattiva la partenza. Arriviamo a Milano il giorno della Festa per la Federazione della Repubblica Cisalpina. Io comincio a veder chiaro, ma forse anche a sperar troppo nelle cose di questo mondo. I soldati cisalpini e la Legione Partenopea di Ettore Carafa. Di punto in bianco divento ufficiale di questa.

Perdonatemi la mala creanza d'avervi impiantati cosí sgarbatamente; ma non ce n'ho colpa. La vita d'un uomo raccontata cosí alla buona non porge motivo alcuno ond'essere spartita a disegno, e per questo io ho preso l'usanza di scrivere ogni giorno un capitolo terminandolo appunto quando il sonno mi fa cascare la penna. Ieri sera ne fui colto quando piú mi facean d'uopo tutti i miei sentimenti chiari e svegliati per continuare il racconto, e cosí ho creduto di far bene sospendendolo fino ad oggi. Già non ne aveste altro incommodo che di dover voltare una pagina e leggere quattro righe di piú.

La giovine greca nelle sue spoglie marinaresche era bella come una pittura del Giorgione. Aveva un certo miscuglio di robusto e di molle, d'arditezza e di modestia che un romito della Tebaide se ne sarebbe innamorato. Però io non mi lasciai vincere da questi pregi incantevoli; e con uno sforzo supremo m'apprestava a farla capace del suo strambo operare, a rammemorarla de' suoi genitori, di suo fratello, dei suoi doveri di morale e di religione, a persuaderla fors'anco che il suo non era amore ma momentanea frenesia che in due giorni si sarebbe sfreddata, a protestarle di piú schiettamente se n'era il bisogno, che il mio cuore era già preoccupato e che sarebbe stato inutile ogni sforzo per conquistarlo. A tanto giungeva il mio eroismo. Fortuna che non fu di mestieri; e che la sincerità della donzella mi sparagnò la ridicolaggine donchisciottesca d'una battaglia contro un mulino.

— Non condannatemi! – riprese ella dopo aver parlato come esposi in addietro, e imponendomi silenzio d'un gesto – prima dovete ascoltarmi!... Emilio è il mio promesso sposo; egli non pensava certamente a mescolarsi in brighe di Stato, in macchinazioni e in congiure quando lo conobbi; fui io a spingerlo per quella via, e a procurargli la proscrizione che nudo di tutto, senza parenti senza amici e cagionevole di salute lo manda a soffrire, a morir forse in un paese lontano e straniero!... Giudicatemi ora; non era dover mio quello di tutto abbandonare, di sacrificar tutto per menomare i cattivi effetti delle mie esortazioni?... Lo vedete bene: Spiro avea torto nel volermi trattenere. Non è l'amore soltanto che mi fa fuggire la mia casa; è la pietà, la religione, il dovere!... Perisca tutto, ma che non mi resti nel cuore un sí atroce rimorso!

Io rimasi, come si dice, di princisbecco; ma feci dignitosamente l'indiano e benché la vergogna mi salisse alle guance del granchio ch'era stato per prendere, pure trovai qualche parola che non dicesse nulla, e velasse momentaneamente il mio imbroglio. Soprattutto mi imbarazzava quel signor Emilio, nudo di tutto, malato, interessante che l'Aglaura diceva essere il suo promesso sposo e del quale io non avea mai sentito mover parola dai suoi. Probabilmente ella supponeva che Spiro me ne avesse parlato, infatti ella tirò innanzi a raccontare come se ne sapessi quanto lei.

— La settimana passata – diss'ella – era assalita continuamente dall'idea di ammazzarmi: ma quando prima vidi voi, e sentii che avevate intenzione d'andare a Milano, un altro pensiero meno funesto per me e consolante per tutti mi balenò in capo. Perché non vi avrei seguito? Emilio era a Milano anch'esso. Un lungo silenzio mi teneva allo scuro di tutto ciò che lo riguardava. Uccidendomi non ne avrei saputo piú di prima, e neppure gli avrei recato alcun conforto; mentre invece raggiungendolo, mettendomigli al fianco, rimanendo sempre con lui, chi sa? avrei potuto attenuare le disgrazie che gli aveva tirato addosso colle mie smanie liberalesche. Decisi adunque che sarei partita con voi; perché in quanto al pormi in viaggio da sola, il pensarvi senz'altro mi spaventava. Figuratevi! Avvezza a metter cosí raramente il piede fuori di casa! Il coraggio no, ma mi sarebbe mancata la pratica e chi sa in quali impicci avrei potuto cascare! Invece colla scorta d'un amico onesto e fidato sarei ita sicura in capo al mondo. Presa questa deliberazione ne ventilai un'altra. Doveva io parteciparvi il mio disegno o seguirvi a vostra insaputa finché la nostra scambievole posizione vi obbligasse vostro malgrado a prendermi per compagna? La mia franchezza propendeva al primo partito; ma il timor d'un rifiuto e la cura della segretezza mi sforzarono al secondo. Tuttavia il maggior ostacolo restava da superarsi, ed era mio fratello. Fra lui e me formiamo siffattamente una anima sola che i pensieri si disegnano in lui mentre si coloriscono in me: siamo due liuti di cui l'uno ripete spontaneo e un po' confusamente i suoni toccati sulle corde dell'altro. Egli infatti travide il mio disegno fin dalla prima volta che voi foste in nostra casa; non dico ch'egli indovinasse il pensiero ch'io avea formato di accompagnarmi a voi, ma mi lesse chiara negli occhi la volontà di fuggire a Milano. Tanto bastava per render impossibile o almeno molto difficile questa fuga, perché io conosco l'immenso affetto serbatomi da mio fratello e ch'egli piuttosto torrebbe di morire che di separarsi da me. Cosa volete? Alle volte mi sembra che per un fratello questo amore sia troppo; ma egli è fatto cosí, e bisogna convenire che è un bel difetto. Non potreste immaginare le astuzie da me adoperate per cavargli di capo i suoi sospetti, le menzogne che sciorinai coll'aspetto piú ingenuo del mondo, le carezze che gli feci maggiori d'ogni consueto, l'affetto e la cura che dimostrava a tutte le cose di famiglia! Solamente chi si crede chiamata da Dio e dalla propria coscienza alla riparazione delle proprie colpe può far altrettanto e confessarlo senza morire di crepacuore e di vergogna. I miei vecchi genitori, Spiro stesso rimase ingannato. Guardate, io ne piango anche adesso! Ma Dio vuole cosí; sia fatta la sua volontà! Rimasero tutti ingannati come vi dico, e certo stamattina quando dissi le orazioni colla mamma e diedi il buon giorno al papà, nessuno avrebbe sospettato ch'io covava il disegno di abbandonarli dopo una mezz'ora, di mutarmi nell'arnese d'un marinaio, e di correre il mondo insieme a voi in penitenza de' miei peccati!... Omai son risoluta; il gran passo è fatto. Se Dio mi forní la forza di dissimulare per tanto tempo, e l'astuzia di ingannare guardiani cosí accorti ed amorosi, è segno ch'egli approva e difende la mia condotta. Egli provveda a riparar i mali che la mia fuga può cagionare!... Quanto ai miei genitori non ne ho gran paura!... Sia il mio sesso, o lo scarso merito, o la loro grave età volgente all'egoismo, io non m'accorsi mai che il loro affetto per me oltrepassasse i limiti della discrezione. Mia madre sembra alle volte pentita di avermi trascurata a lungo e mi colma di carezze che vorrebbero essere materne ma sono un po' troppo studiate; mio padre poi non si dà questa briga, egli si dimentica di me le intere giornate, e pare che mi tratti come gli fossi capitata in casa oggi e dovessi uscirne domani. Infatti noi femmine siamo pei padri un bene passeggiero, un trastullo per alcuni anni; ci considerano, credo, come roba d'altri, e certo mio padre non dimostrò mai ch'egli mi ritenesse per sua. Cosí vi dico, in quanto a loro non mi do grande affanno: saranno abbastanza tranquilli, se mi sapranno viva: ma è in riguardo a Spiro che non posso far a meno d'inquietarmi!... Io conosco la sua indole fiera e precipitosa, il suo cuore che non soffre né pazienza né misura! Chi sa quale scompiglio ne potrebbe nascere! Ma spero che l'amore e il rispetto ai nostri comuni genitori gli farà tenere qualche riserbo. D'altro canto gli scriverò, lo metterò in quiete, e pregherò sempre il cielo che mi conceda la grazia di riunirci.

Cosí parlando ella s'era già rimessa a camminare verso dove io era avviato prima che mi rivolgessi ad affrontarla, ed io pure spensatamente le procedeva del paro. Ma quando ella terminò il suo racconto io mi fermai sui due piedi, dicendo:

— Aglaura, dove n'andiamo ora?

— A Milano dove n'andate voi — rispose ella.

Confesso che tanta sicurezza mi confuse e mi rimasero in tasca inoperosi tutti gli argomenti che mi prefiggeva adoperare per dissuaderla da quell'avventato disegno. Vidi che non c'era rimedio, e pensai involontariamente alle parole di mio padre quando mi diceva che nella figliuola degli Apostulos io avrei trovato una sorella e che come tale l'avrei amata. Ch'egli fosse stato profeta? Pareva di sí; ad ogni modo io deliberai di non abbandonare la ragazza, di sorreggerla coi miei consigli, di seguirla sempre, di prestare insomma quei fraterni uffici che le venivano di diritto per l'antica amicizia professata da mio padre al padre suo. Se non fratelli eravamo a questo modo un pochetto cugini; e cosí mi posi in quiete, deciso di regolarmi in seguito secondo le circostanze e di non trascurar mezzo alcuno che valesse a ricondurre l'Aglaura nel seno della propria famiglia. Intanto non cangiai per nulla il mio progetto che era di tirar innanzi a piedi fino a un paesello lí presso; di guadagnar di colà il pedemonte con una carrettella, e cosí poi di carrettella in carrettella, di paese in paese, sguisciando fra le città e la montagna giungere al lago di Garda e farmi buttare da un battello sulla riva bresciana. Peraltro prima di mettere ad effetto la prima parte di questo piano chiesi con solennità alla donzella se veramente quel signor Emilio era il suo promesso sposo, e se l'aveva certe novelle ch'egli si trovasse infermo a Milano.

— Mi domanda se Emilio è il mio fidanzato? Non conosce Emilio Tornoni? – sclamò con gran sorpresa l'Aglaura. – Ma dunque Spiro non ve n'ha mai parlato?

— No, ch'io mi sappia — risposi io.

— È una cosa molto strana — bisbigliò ella affatto tra i denti.

Poi senza rompersi altro il capo mi dichiarò in breve come già prima che Spiro tornasse dalla Grecia ove si era fermato quindici anni presso un suo zio, ella era stata chiesta in isposa da Emilio, un bel giovine a udirla lei, e delle migliori famiglie dell'Istria, stabilito come ufficial d'arsenale a Venezia. Il ritorno del fratello e piú alcuni dissesti di fortuna che lo aveano reso necessario, ritardarono sulle prime le nozze; poi sopraggiunta la rivoluzione avea lasciato tutto sospeso, finché Emilio avea dovuto fuggire con tutti gli altri per la nefandità del trattato di Campoformio; ed ella continuava a protestarsi l'unica origine di questo guaio, come quella che aveva riscaldato il capo ad Emilio e distoltolo dalle sue occupazioni marinaresche per mescolarlo nei baccanali di quell'effimera libertà. Io me le opposi dimostrandole che un uomo è sempre responsabile delle proprie azioni, e suo danno se si lascia menar pel naso dalle donne. Ma l'Aglaura non volle rimettersi a quest'opinione, e persisteva nel ritenersi obbligata a raggiungere il suo fidanzato per compensarlo in qualche maniera di ciò che gli faceva soffrire. Circa alla sua malattia, e al trovarsi egli in Milano non poteva dubitarne, perché nell'ultima lettera le avea fatto sapere ch'egli non si sarebbe mosso di colà, e che se non riceveva suoi scritti in seguito, la ritenesse pure ch'egli era o morto o gravemente infermo. Forse il povero esule scrivendo quelle parole sentiva già i primi sintomi di quella malattia che lo teneva allora inchiodato sul letto pestilente d'uno spedale. L'immaginazione dell'Aglaura era così vivace che le pareva quasi di vederlo abbandonato all'incuria piucché alle cure d'un infermiere mercenario, e disperato di dover morire senza un suo bacio almeno sulle labbra. In questi discorsi giungimmo a un piccolo villaggio e là ci accomodammo d'un birroccio che ci trascinò fino a Cittadella. Narrarvi come l'Aglaura pigliasse filosoficamente gli incommodi e le fatiche di quel viaggiare alla soldatesca, sarebbe cosa da ridere. La notte si dormiva in qualche bettolaccia di campagna, dove c'era le piú volte una camera sola con un letto solo. Gli è vero che questo era pel solito tanto vasto da albergare un reggimento, ma la pudicizia, capite bene, non permetteva certi rischi. Appena entrati nella stanza si smorzava il lume; ella si spogliava e si metteva a giacere sul letto; io mi rannicchiava alla meglio sopra una tavola o in qualche seggiola di paglia. Guai se fossi stato avvezzo per tutta la mia vita alle mollezze dei materassi e dei piumini veneziani! In un paio di notti mi avrei logorato le ossa. Ma queste si ricordavano ancora per fortuna del covacciolo di Fratta e dei bernoccoli implacabili di quei paglericci; perciò reggevano valorosamente al cimento e potevano sfidare al giorno seguente i trabalzi balzani d'una nuova carrettaccia. Cosí stentando, balzellando e convien dirlo anche ridendo, traversammo il Vicentino, il Veronese e giunsimo sul quarto giorno a Bardolino in riva alle acque dell'azzurro Benaco. In onta alle mie sventure, ai miei timori e alle distrazioni impostemi dalla compagna, mi ricordai di Virgilio, e salutai il gran lago che con fremito marino gonfia talvolta i suoi flutti e li innalza verso il cielo. Da lontano si protendeva nelle acque la vaga Sirmione, la pupilla del lago, la regina delle isole e delle penisole, come la chiama Catullo, il dolce amante di Lesbia. Vedeva il colore melanconico de' suoi oliveti, m'immaginava sotto le loro ombre vagante con soavi versi sulle labbra il poeta delle grazie latine. Rimuginava beatamente al lume della luna le mie memorie classiche; ringraziando in cuor mio il vecchio piovano di Teglio che m'avea dischiuso la sorgente di piaceri cosí puri, di conforti cosí potenti nella loro semplicità. Orfano si potea dire di genitori e di patria, balestrato non sapeva dove da un destino misterioso, tutore per forza d'una fanciulla che non m'era stretta da alcun legame né di parentela né d'amore, rivedeva tuttavia un barlume di felicità nelle poetiche immaginazioni di uomini vissuti diciotto secoli prima. Oh benedetta la poesia! eco armonioso e non fugace di quanto l'umanità sente di piú grande ed immagina di piú bello!... alba vergine e risplendente dell'umana ragione!... tramonto vaporoso e infocato della divinità nella mente inspirata del genio! Ella precede sui sentieri eterni ed invita a sé una per una le generazioni della terra: ed ogni passo che avanziamo per quella strada sublime ci dischiude un piú largo orizzonte di virtù di felicità di bellezza!... S'incurvino pure gli anatomici a esaminare a tagliuzzare il cadavere; il sentimento il pensiero sfuggono al loro coltello e avvolti nel mistico ed eterno rogo dell'intelligenza slanciano verso il cielo le loro lingue di fiamma.

Andavamo via per la costa della collina, mentre l'oste ci imbandiva la cena d'una piccola trota e di poche sardelle. Io pensava a Virgilio a Catullo alla poesia; e Venezia e la Pisana e Leopardo e Lucilio e Giulio Del Ponte ed Amilcare e tutti morti vivi moribondi gli affetti del cuore tremolavano soavemente nei miei vaghi pensieri. L'Aglaura mi veniva appresso ravvolta nel suo cappotto e grave anch'essa la fronte di melanconiche fantasie. La luna le batteva per mezzo al volto e disegnandone il dilicato profilo ne vezzeggiava a tre tanti la greca bellezza. Mi pareva la musa della tragedia, quando prima si rivelò pensosa e severa all'estro di Eschilo. Tutto ad un tratto dopo un'erta faticosa della via giunsimo dov'essa radeva il sommo d'una rupe che impendeva precipitosa sul lago. La frana cadeva giù nera e cavernosa, sbiancata mestamente dalla luna in qualche nodo piú rilevato; di sotto l'acqua nereggiava profonda e silenziosa; il cielo vi si specchiava entro senza illuminarla, come succede sempre quando la luce non viene di traverso ma a piombo. Io mi fermai a contemplare quel tetro e solenne spettacolo che meriterebbe una descrizione finita da una penna piú maestra o temeraria della mia. L'Aglaura si protese sulla repente caduta della roccia, e parve assorta per un istante in piú tetre meditazioni. Ohimè! io pensava intanto ai tranquilli orizzonti, alle verdi praterie, alle tremolanti marine di Fratta; rivedeva col pensiero il bastione di Attila e il suo vasto e maraviglioso panorama che primo m'avea incurvato la fronte dinanzi la deità ordinatrice dell'universo. Quanti fiori di mille disegni, di mille colori racchiude la natura nel suo grembo, per ispanderli poi sulla faccia multiforme dei mondi!... Mi riscossi da cotali memorie a un lungo e profondo sospiro della mia compagna: allora la vidi avventarsi in avanti e rovinar capovolta nell'abisso che le vaneggiava a' piedi. Mi scoppiò dalla gola un grido cosí straziante che impaurí quasi me stesso; lo spavento mi drizzava i capelli sul capo e mi sentiva attirare anch'io dal vorticoso delirio del vuoto. Ma raccapricciava al pensiero di volgere un'occhiata a quella profondità e fermarla forse nelle spoglie inanimate e sanguinose della misera Aglaura. In quella mi parve udire sotto di me e non molto lontano un fioco lamento. Mi chinai sul ciglio della rupe, intesi l'orecchio e raccolsi un gemito piú distinto; era dessa, non v'avea dubbio: viveva ancora. Aguzzai gli occhi a tutto potere e scorsi finalmente fra un macchione di cespugli una cosa nera che somigliava un corpo e pareva esservi rimasta appesa. Impaziente di recarle soccorso e di sottrarla al pericolo imminente d'un ramo che si spezzasse o d'una radice che cedesse, mi calai giù risoluto per la parete quasi verticale della roccia. Strisciava lungh'essa rapidamente col viso coi ginocchi coi gomiti, ma lo strisciamento stesso e qualche cespo d'erba cui mi aggrappava nel passare rompevano il soverchio precipizio della discesa. Non so per qual miracolo arrivassi sano e salvo, cioè almeno colle gambe intiere e colle vertebre bene inanellate, alla macchia di cornioli che l'avea trattenuta. Allora non avea tempo da maravigliarmi; la ritrassi dalla spinaia in cui era impigliata coi gheroni del cappotto e la addossai ancor semiviva al dirupo. Senz'acqua senza nessun aiuto in quel ginepraio che aveva figura d'un gran nido di aquilotti, io non poteva altro che aspettare ch'ella rinvenisse o guardarla morire. Aveva udito dire che anche il soffìo giovasse a ridonare i sensi agli smarriti per qualche commozione violenta, e mi diedi a soffiare negli occhi e sulle tempie spiando ansiosamente ogni suo minimo movimento. Ella dischiuse alfine le ciglia; io respirai come se mi si togliesse di sopra al petto un enorme macigno.

— Ahimè! sono ancor viva! – mormorò ella. – Dunque è proprio segno che Dio lo vuole!...

— Aglaura, Aglaura! – le diss'io all'orecchio con voce supplichevole ed affettuosa – ma dunque non avete nessuna fede in me?... dunque la mia protezione, la mia compagnia hanno finito di rendervi fastidiosa la vita!....

— Voi, voi? – soggiunse languidamente – voi siete il piú fido e diletto amico ch'io m'abbia: per voi io mi condannerei a vivere, se fosse di bisogno, il doppio del tempo destinatomi dalla sorte. Ma che valore ha mai la mia vita pel bene degli altri?...

— Ne ha uno di grandissimo, Aglaura! Prima di tutto pei vostri genitori, per vostro fratello che vi ama, vi adora, e voi sola ne sapete il quanto! indi perché vi è un cuore al mondo che ha diritto d'amore e di padronanza sul vostro. Voi amate, Aglaura; voi avete perduto il diritto d'uccidervi, dato che persona possa mai avere questo diritto.

— Ah sí è vero, io amo! – rispose la donzella con un certo suono di voce che non avvisai se provenisse da affanno di respiro o da amarezza d'ironia. – Io amo! – ripeté ella, e questa volta con tutta la sincerità dell'anima. – Deggio vivere per amare: avete ragione, amico!... Datemi braccio che torneremo a casa.

Io le feci osservare che di colà non si poteva né salire né scendere senza pericolo, e che ad ogni modo non sarebbe stata prudenza l'avventurarvisi dopo il suo lungo svenimento.

— Son piú greca che veneziana – sclamò ella rizzandosi alteramente. – Svenni per oppressione di respiro, non per dolore né per paura; ve ne prevengo e credetemelo. Quanto al partire di qui, se salire non si può, scendere si potrà sempre. Non vedete quanto maestrevolmente vi siamo discesi noi!

I miei ginocchi s'accorgevano della maestria, ed ella s'era calata a volo, ma non son prove da tentarsi due volte. Tuttavia non opposi obbiezioni temendo ch'ella mi giudicasse piú veneziano che greco.

— Laggiù lungo il lago – riprese ella – è un renaio che seguita, mi pare, fino al porto di Bardolino. Messivi i piedi sopra saremo sicuri della strada.

— Il piú bello sarà di metterveli i piedi — soggiunsi io.

— Badate – diss'ella – e seguitemi.

In queste parole abbrancandosi ad un ramo che sporgeva noderoso e flessibile si spenzolò dalla rupe; indi abbandonò il ramo e la vidi scendere strisciando come poco prima avea fatto io. Un minuto dopo ella poggiava le piante sulla sabbia molle e umidetta dove veniva a sussurreggiare morendo l'onda del lago. Potete credere che non volli mostrarmi dammeno d'una donna; arrischiai anch'io il gran salto, e con un secondo screzio di botte e di scorticature la raggiunsi che non mi parve vero di averla pagata cara. Allora volsi al cielo un sospiro cosí pieno di ringraziamenti che l'aria dovette accorgersene al peso; la mia compagna invece camminava lesta e saltellante come uscisse dal ballo o dal teatro. E dire che un quarto d'ora prima s'era precipitata volontariamente da un'altezza di due campanili! Donne, donne, donne!... quali sono i nomi dei centomila elementi, sempre nuovi, sempre varii, sempre discordi che vi compongono? – Io non aveva mai veduta l'Aglaura cosí lieta, cosí briosa come allora dopo avermi giuocato quel mal tiro da disperata. Soltanto quand'io voleva ridurla a darmene ragione ella stornava il discorso con un poco di broncio; ma lo ravvivava indi a un istante con maggior brio e con doppia petulanza.

— Volete proprio saperlo?... Son pazza, e finiamola!

Cosí mi chiuse la bocca da ultimo, e non se ne parlò piú infatti. Tanto fu allegra spensierata ciarliera nel resto della passeggiata che comunicò anche a me qualche parte del suo buon umore, e se i miei ginocchi ricordavano molto, la mente per quella mezz'ora si dimenticò di tutto.

— Quello che mi dispiace si è che mangeremo la trota fredda e le sardelle rinvenute! — disse scherzando l'Aglaura quando eravamo per toccare il lastrico del porto.

Dico il vero che per quanto mi fossi riavuto, non aveva ancora le idee cosí chiare da ripescarvi per entro le sardelle e la trota. Però risi a fior di labbra di questo rammarico dell'Aglaura, e le promisi una frittata se il pesce non conferiva.

— Ben venga la frittata e voglio voltarla io! — sclamò la fanciulla.

Saffo che dopo il salto di Leucade rivolta la frittata è un personaggio affatto nuovo nel gran dramma della vita umana. Or bene, io vi posso assicurare che quel personaggio non è una grottesca finzione poetica, ma ch'esso ha vissuto in carne ed ossa, come appunto viviamo io e voi. Infatti l'Aglaura, non trovando di suo grado la trota, si mise alla padella a sbattervi le ova; io credo che la povera trota fosse ignominiosamente calunniata pel ruzzo ch'era saltato alla donzella di cavarsi questo capriccio. Io ammirava a bocca aperta. China col ginocchio sul focolare, col manico della padella in una mano, e il coperchio nell'altra che le difendeva il viso dal fuoco, ella pareva il mozzo d'un bastimento levantino che si ammannisce la colazione. La frittata riuscí eccellente, e dopo di essa anche la trota si vendicò del sofferto dispregio facendosi mangiare. Le sardelle adoperarono del loro meglio per entrare anch'esse dov'era entrata la trota. Infine non rimasero sui piatti che le reste, e d'allora in poi io mi persuasi che nulla serve meglio ad aguzzar l'appetito quanto l'aver cercato di ammazzarsi un'oretta prima. L'Aglaura non ci pensava piú affatto; io pure m'avvezzava a riguardare quel brutto accidente come un sogno ed una burla, e lo stomaco lavorava con sí buona voglia che mi pareva impossibile dopo l'affannoso batticuore di pochi momenti prima. Confesso che anche ora ci veggo della magia in quel furioso appetito; quando non fosse l'Aglaura che mi stregava. Ogni sardella che inghiottiva era un brutto pensiero che volava ed un gaio e ridente che capitava. Rosicchiando la coda dell'ultima giunsi a immaginare la felicità che avrei provato in un tempo di calma di amore d'armonia goduto insieme alla Pisana su quelle piagge incantevoli.

"Chi sa!" pensai trangugiando il boccone. Ed era tutto dire tanta confidenza nella buona stella dopo il temporalone di quella sera! Tanto è vero che gli estremi si toccano, come dice il proverbio, e che Bertoldo aveva ragione di sperar maggiormente il sereno durante la piova.

Quella infine fu la serata piú gioconda e piacevole che passassi coll'Aglaura durante quel viaggio; ma molto forse ci poteva la contentezza di vederci salvi da un sí gran pericolo. Accompagnandola nella sua stanza (l'osteria di Bardolino aveva fino dal secolo scorso pretensione d'albergo) non mi potei trattenere dal dirle:

— Non me ne farete piú, Aglaura, di cotali paure, n'è vero?

— No, certo, e ve lo giuro — mi rispose ella stringendomi la mano.

Infatti il mattino appresso traversando il lago, e i giorni seguenti viaggiando pei neonati dipartimenti della Repubblica Cisalpina ella fu cosí serena e composta che me ne stupiva sempre. Ed io piú volte m'arrischiai allora di toccarla sul tasto di quella stramba volata, ma ella sempre mi dava sulla voce, dicendo che già me lo avea confessato le cento volte che la era pazza, e che rimanessi pur tranquillo che almeno in quella pazzia non ci sarebbe incappata piú. Cosí entrammo abbastanza felici in Milano dove l'eroe Buonaparte con una dozzina di piastricciatori lombardi si dava attorno per improvvisare un ritratto abbozzaticcio della Repubblica Francese una ed indivisibile.

Era il ventuno novembre; una folla immensa e festosa traboccava di contrada in contrada sul corso di Porta Orientale e di là fuori nel campo del Lazzaretto, battezzato novellamente pel campo della Federazione. Tuonavano le artiglierie, migliaia di bandiere tricolori sventolavano; era uno scampanio a festa, un gridare, un lanciar di cappelli, un agitarsi di fazzoletti di teste di braccia in quella calca allegra tumultuosa e non pertanto calma e dignitosa. Né io né l'Aglaura ebbimo cuore di fermarci in una camera mentre alla luce del sole, alla libera aria del cielo doveva inaugurarsi poco stante il governo stabile ed italiano della Repubblica Cisalpina. Posto giú il mio fagotto e senza ch'ella volesse deporre il travestimento virile ci mescolammo alla gente, contentissimi di esser giunti in tempo di quel solenne e memorabile spettacolo. Giunti al luogo dove l'Arcivescovo benediceva le bandiere fra l'altare di Dio e quello della patria, in mezzo ad un popolo innumerevole e fremente, dinanzi all'autorità popolare del nuovo governo, e alla gloriosa tutela di Bonaparte che assisteva in un seggio speciale, confesso anch'io che tutti gli scrupoli m'uscirono di capo. Quella era proprio la vita d'un popolo, e fossero stati Francesi o Turchi a risvegliarla, non ci trovava nulla a ridire. Quei volti quei petti quelle grida erano piene di entusiasmo e di fausti e grandi presagi: quella subita concordia di molte provincie divelte da varia soggezione straniera per comporre una sola indipendenza una sola libertà, era incentivo alle immaginazioni di maggiori speranze. Quando il Serbelloni, presidente del nuovo Direttorio, giurò per la memoria di Curzio di Catone e di Scevola che manterrebbe se fosse d'uopo colla vita il Direttorio la costituzione le leggi, quei grandi nomi romani s'intonavano perfettamente alla solennità del momento. Se ne ride ora che sappiamo il futuro di quel passato; ma allora la fiducia era immensa; le virtù repubblicane e la operosa libertà del Medio Evo parevano cosa da poco; si riappiccavano arditamente alla gran larva scongiurata da Cesare. Fra quel carnovale della libertà la mente mi corse talora a Venezia, e sentiva inumidirmisi gli occhi; ma l'imponenza presente scacciava la memoria lontana. I manifesti e le dicerie di quel giorno furono cose tanto pregne, che le lusinghe lasciate travedere dal Villetard ai Veneziani non parevano né bugiarde né fallaci. I Veneziani che assistevano alla festa piangevano piuttosto di commozione che di dolore, e d'altronde si stimava impossibile che la Francia, dopo aver donato la libertà a provincie serve e dapprima indifferenti, volesse negarla a chi l'avea sempre posseduta, e mostrato fino all'estremo di averla carissima. Bonaparte tornava in cima nell'affetto e nell'ammirazione di tutti; al piú si mormorava del Direttorio francese che gli tenea legate le mani, solita scusa di questi ladri e truffatori della pubblica gratitudine. Io pure mi diedi a credere che il trattato di Campoformio fosse una necessità del momento, una concessione temporanea per riprender poscia piú di quanto si era dato; e a veder daccosto le opere di quei Francesi e la civiltà dei Cisalpini, non mi sorprese piú che Amilcare mi scrivesse, affatto guarito dai suoi delirii di Bruto, e che Giulio Del Ponte e Lucilio si fossero inscritti nella nuova Legione lombarda, nocciolo di eserciti futuri.

Io cercava dello sguardo questi miei amici nelle schiere delle milizie disposte a rassegna nel campo del Lazzaretto; e mi parve infatti discernerli benché per la distanza non mi potessi assicurare. Quello che raffigurai perfettamente fu a capo d'un drappello francese Sandro, il mio amico mugnaio, con grandi pennacchi in testa e ori e fiocchi sulle spalle ed al fianco. Mi pareva impossibile che l'avessero fregiato di tanti splendori in sí breve tempo, ma l'era proprio lui, e se fosse stato un altro, bisognava gettar via la testa, tanto ingannava la rassomiglianza. Chiesi anco all'Aglaura se le venisse fatto di scernere il signor Emilio, ma la mi soggiunse asciutto asciutto che non lo vedeva. Ella sembrava occuparsi piucché altro della festa, e le sue grida e il suo picchiar di mani colpirono tanto i piú vicini che le fu fatto bozzolo intorno.

— Aglaura, Aglaura! – le bisbigliava io. – Ricordati che sei donna!

— Sia donna o uomo che importa? – rispose ella ad altissima voce. – Gli adoratori della libertà non hanno differenza di sesso. Sono tutti eroi.

— Bravo! brava! Ben detto! È un uomo! È una donna! Viva la Repubblica! Viva Bonaparte!... Viva la donna forte!...

Dovetti trascinarla via perché non me la portassero in trionfo; ella si sarebbe accomodata, credo, molto volentieri di questa cerimonia, e le vedeva errare negli occhi un certo fuoco che ricordava il furore d'una Pizia. A gran fatica potei condurla in un altro canto dove si raccoglieva una gran turba femminile, la piú molesta e ciarliera che avesse mai empito un mercato. Era una vera repubblica, anzi un'anarchia di cervelli leggieri e svampati; per me non conosco essere che dica tante bestialità quanto una donna politica. Giudicatene da quanto ne udii allora!

— Ehi – diceva una – non ti pare che avrebbero fatto meglio a vestirlo di rosso il nostro Direttorio?... Cosí tinti in verdone coi ricami d'argento mi sembrano i cerimonieri dell'ex-Governatore.

— Taci, là! sciocca – rispondeva l'interrogata – la severità repubblicana porta i colori oscuri.

— Ah la chiama severità lei? – s'intromise una terza. – Se sapesse cos'hanno fatto due tenentelli francesi alla figlia di mia sorella!...

— Eh calunnie! saranno nobili travestiti!... Morte ai nobili!... Viva l'eguaglianza!

— Viva, viva: ma intanto dicono che quei signori del Direttorio siano quasi tutti aristocratici.

— Sí, lo erano, figliuola mia; ma li hanno purificati.

— Diavolo! come si fa questa operazione?...

— Eh non lo sai, no?... Non hai mai visto in San Calimero il quadro della Purificazione?... Si portano in chiesa due tortore e due colombini.

— E dee proprio bastare?

— Il resto lo sapranno i preti; per me mi basta che siano purificati e non m'importa tanto del cerimoniale! Ehi! Lucrezia, Lucrezia! guarda là tuo fratello che bella figura ci fa col suo schioppo in ispalla e la coccarda sul cappello!

— Eh lo vedo io! Se non fossi sua sorella me ne innamorerei!... Sai ch'egli ha giurato di ammazzare tutti i re, tutti i principi e perfino il papa?...

— Sí?... Bravo lui, per diana! è capace di mantener la promessa. L'ho veduto io rompere il muso ad uno sbirro perché gli avea pestato sul piede all'osteria.

Viva la Repubblica!...

Tutte quelle gole infaticabili si unirono allora a quel grido frenetico. Viva la Repubblica!... Viva Buonaparte!... Viva la Repubblica Cisalpina!...

— Ehi! – chiese timidamente alle compagne quella che voleva vestir di scarlatto il Direttorio. – Sapresti dirmi dov'è e che cos'è questa Repubblica?... Io non la vedo... È forse come Maria Teresa che stava sempre a Vienna e ci mandava qui un sottocuoco!

— Morte al Governatore! — gridò l'altra per purificarsi intanto le orecchie dalle memorie servili richiamatele dalla compagna. – Indi si mise a darle una idea chiara di quel che fosse Repubblica, accertandola ch'essa era come una padrona che non si prende cura di nulla, che vive e lascia vivere, e non fa lavorare la povera gente a profitto dei ricchi.

— Vedi – soggiungeva essa. – La Repubblica c'è ma nessuno l'ha mai veduta; cosí non se ne prendono soggezione, e ciascuno può gridare fare girare strepitare a sua posta; come se non ci fosse nessuno.

— Eh cosa dite mai che non c'è nessuno? – s'intromise con una vociaccia arrocata dal gran gridare la Lucrezia. – Non vedete che ci sono i Francesi ed anco i Cisalpini?

— Giust'appunto – tornò a chiedere la prima – cosa vuol dire questa Cisalpina?

— Caspita! è un nome come Teresina, Giuseppina e tanti altri.

— No, no, ve lo dirò io cosa vuol dire! – soggiunse la Lucrezia – costei non ne sa proprio nulla.

— Come non ne so nulla?... Tu eh, sei proprio la dottorona!

— Minchiona! non vuoi che me ne intenda? ho ballato intorno all'albero facendo la parte del Genio della libertà; e ho mio fratello nella Legione Repubblicana!...

Io aspettava con tanto d'orecchi questa definizione della Repubblica che stentava a venire, e non badava ai delegati di Mantova e delle Legazioni, non ancora unite alla Cisalpina, che oravano in quel frattempo dinanzi al Direttorio, con grande e nuova testimonianza d'italiana concordia.

— Dunque dunque, via, cos'è questa Repubblica Cisalpina? — chiese con mio gran conforto quella che mi pareva la piú sciocca e pettegola.

— Cos'è? cosa vuol dire? – gridò fieramente la Lucrezia. – Vuol dire che la Cisalpina c'è e che la Repubblica saprà mantenerla. L'ha detto e giurato anche il Serbelloni: e il general Buonaparte è d'accordo con lui.

— Per me non mi piace nulla quel general Buonaparte; è magro come un quattrino, e ha i capelli morbidi come chiodi.

— Oh non è nulla, figliuola mia! ne vedrai ben di piú belle! È il continuo furore delle battaglie che gli ha ridotto le guance e la capigliatura a quel modo.

Vedrai mio fratello quando tornerà dalla guerra. Scommetto che non potrà piú mettersi il cappello!

— Fai ingiuria a tua cognata, Lucrezia! non dire di queste cose!...

Lí successe un nuovo diverbio per l'improntitudine di questo scherzo in momenti tanto solenni. Le donne finirono coll'accapigliarsi, e le vicine a dar loro addosso perché si calmassero. Intervenne un caporale francese che col calcio del fucile mise ordine a tutto. Avea ben ragione quella che aveva affermato poco prima che anziché esserci nessuno c'erano i Cisalpini e per giunta anche i Francesi. Dei Francesi sopratutto non si potea dubitare che non ci fossero. A guardarci bene essi aveano ordinato il Governo, scelto il Direttorio, nominati i membri delle congregazioni, i segretari, i ministri; e s'aveano riserbato il diritto di eleggere a suo tempo i membri del Consiglio grande e di quello dei Seniori. Ma il popolo nuovo a quel fervore di vita aveva anche troppo che fare nell'eseguire. Dall'ubbidire pecorilmente e male all'ubbidire attivamente e bene s'avea fatto un gran salto; il resto verrebbe dopo, Buonaparte mallevadore.

Confesso che allora anch'io partecipai generosamente alle illusioni comuni, né peraltro le chiamo illusioni se non pel tracollo che diedero poi. Del resto s'avevano grandissimi ed ottimi argomenti di sperare. Quel giorno infatti fu un gran giorno, e degno di essere onorato dai posteri italiani. Segnò il primo risorgimento della vita e del pensier nazionale: e Napoleone, in cui sperava allora e del quale mi sfidai poscia, avrà pur sempre qualche parte della mia gratitudine per averlo esso affrettato nei nostri annali. Venezia doveva cadere; egli ne accelerò e ne disonorò la caduta. Vergogna! Il gran sogno di Macchiavello dovea staccarsi quandocchesia dal mondo dei fantasmi per incombere attivamente sui fatti. Egli ne operò la metamorfosi. Fu vero merito, vera gloria. E se il caso gliela donò, s'egli cercolla allora per mire future d'ambizione, non resta men vero che il favore del caso e l'interesse della sua ambizione cospirarono un istante colla salute della nazione italiana, e le imposero il primo passo al risorgimento. Napoleone, colla sua superbia, coi suoi errori, colla sua tirannia, fu fatale alla vecchia Repubblica di Venezia, ma utile all'Italia. Mi strappo ora dal cuore le piccole ire, i piccoli odii, i piccoli affetti. Bugiardo ingiusto tiranno, egli fu il benvenuto.

Se cosí infervorato era io, figuratevi poi l'Aglaura; la quale, senza ch'io vel dica, avrete già conosciuto che aveva una testa voltata affatto a quegli entusiasmi di repubblica e di libertà! A cotali sue preoccupazioni io ascrissi per quel giorno la poca cura ch'ella si avea dato del suo Emilio; ma la sera le ne mossi parola quando ci fummo allogati in due camerette d'un'umilissima locanda sul corso di Porta Romana.

— Siete voi – mi rispose ella – a immaginarvi ch'io non me ne prenda cura! Invece stamattina non ho fatto altro che cercarlo cogli occhi, e se non m'è riescito di scoprirlo, non è mia colpa... Ma non avete voi qui a Milano molti amici veneziani de' quali vi proponete andar in traccia questa sera?... Or bene, uscite dunque e menateli; per mezzo loro saprò qualche cosa. Io mi aggiusterò intanto alla meglio queste vesti di donna che mi avete comperato. Grazie, sapete, amico mio! Vi giuro che ve ne sarò grata eternamente. Ma sopratutto se incontraste Spiro fate il gnorri sul conto mio. Non mi maraviglierei punto ch'egli ci avesse preceduto a Milano.

Io le promisi di fare com'ella domandava, ma la pregai dal canto mio di mantenere la sua promessa e di dar contezza di sé ai genitori. Ella me lo promise, ed io n'andai per primo passo alla posta a vedere se ci erano lettere per me e per lei. Ve n'aveano quattro, tre delle quali per me; e due di queste della Pisana. Questa mi dava notizia nell'una di quanto era accaduto dopo la mia fuga; l'altra non recava che lamenti sospiri lagrime per la mia assenza, e smanie di riabbracciarsi presto. Rimasi strabiliato di quanto mi narrava. Sua Eccellenza Navagero aveva mandato fuori di casa sua la cugina contessa; e questa era tornata col figlio, che aveva racquistato il suo posto nella Ragioneria. Il Venchieredo padre avea strepitato assai per la mia fuga; e gridato e tempestato che avrebbe posto il sequestro sopra tutti i miei beni; ma siccome null'altro avea trovato che una grama casuccia, cosí s'era calmato da quella febbre di zelo, ed anche la casa se l'erano dimenticata e la Pisana continuava ad abitarvi. Sembra peraltro che le intercessioni di Raimondo avessero potuto molto a imporre qualche misura a cotali rappresaglie; perché il destro giovinotto non s'aveva scordato affatto le civetterie della Pisana, e allora anzi pareva che vi ripensasse sul grave. Almeno io ne sospettai qualche cosa per avermi dessa scritto che un giorno impensatamente aveva ricevuto una visita della Doretta. Certo era opera di Raimondo che per mezzo della ganza cercava introdursi; la Doretta lo serviva ciecamente, libero poi a lui buttar via lo strumento quando ne avesse ottenuto lo scopo. La dimestichezza di questa genia colla Pisana non mi garbava né punto né poco; e deliberai di scriverlene una paterna solenne perché badasse a tenersela lontana. Gli è vero ch'ella rideva e ci scherzava sopra, ma non si può preveder tutto; e con quel suo cervellino!... "Basta!" pensava "facciano presto i Francesi a raccendere la miccia, se no me la vedo proprio brutta. Quella pazzerella vuol essere amata molto e molto davvicino per continuar ad amare; e questo esperimento della lontananza non vorrei prolungarlo di troppo".

Altre due notizie molto mirabili erano il chiasso che menava ancora il Partistagno per la Clara, e l'insediamento del padre Pendola in un canonicato di San Marco. Il primo, fatto da poco capitano di cavalleria negli eserciti imperiali, credo mediante la protezione del famoso zio barone, sussurrava coi suoi sproni notte e giorno dinanzi il convento di Santa Teresa; tantoché la madre Redenta aveva chiesto una sentinella per rinforzare la difesa della portinaia. E la sentinella s'affacendava notte e giorno a presentar l'arma al terribile Partistagno che passava e ripassava continuamente. Gli aveano proprio fatto credere che la Contessa avesse sforzato la Clara a monacarsi per invidia ed odio che nutriva contro la famiglia di lui. Perciò s'era riscaldato ancora a volersene vendicare: e fra le altre avea messo in opera anche il mezzo pericolosissimo di comperare molti crediti ipotecari sui poderi di Fratta, e tempestare con petizioni e con precetti esecutivi sulle ultime reliquie di quello sfortunato patrimonio. Certo il Partistagno di per sé non era capace di astuzie cosí diaboliche; ma vi si travedeva sotto la zampa infernale del vecchio Venchieredo che dopo la sua condanna avea giurato un odio infinito alla famiglia del Conte di Fratta fino all'ultima generazione. Intanto fra le sue angherie, quelle del Partistagno, i rubamenti di Fulgenzio che lo secondavano, e l'incuria del conte Rinaldo che coronava l'opera, la sostanza di attiva s'era fatta passiva, e un fallimento poteva essere poco meno che una buona speculazione. Il castello abbandonato da tutti cadeva in rovina; e appena la camera di Monsignore aveva le imposte alle finestre ed agli usci. Nelle altre, fattori gastaldi e malandrini aveano fatto man bassa: chi vendeva i vetri, chi le serrature, chi i mattoni dei pavimenti, chi le travi del soffitto. Al povero Capitano aveano sconficcato la porta; per cui la signora Veronica soffriva peggio che mai di tossi e di raffreddori e a lui era cresciuta del cinquanta per uno la gravezza della croce maritale. Marchetto avea lasciato il castello, e di cavallante s'era mutato in sagrestano della parrocchia. Bizzarra mascherata!... Ma i buli non si usavano piú e bisognava diventar santi. Quello che v'aveva di piú terribile in tutto ciò si era che la Contessa, anziché ricavar danari dalle possessioni, non riceveva altro che cedole di crediti e minacce esecutive. Non la sapeva piú da qual banda voltarsi, e se non fossero stati quei pochi frutti della dote della Pisana le sarebbe mancato addirittura il pane. Tuttavia la giocava sempre, e le scarse mesate di Rinaldo passavano il piú delle volte nelle tasche senza fondo di qualche baro matricolato.

Le notizie di Fratta la Pisana diceva averle avute dai suoi zii di Cisterna che coi loro figliuoli s'erano accasati a Venezia sperando di avviarli utilmente in qualche carriera pel favore che la loro famiglia godeva presso i Tedeschi. Sí da un partito che dall'altro era una gran ressa di mani intorno ai denari del povero pubblico. Chi volete che restasse in mezzo o lontano da ambidue, dove non c'era lusinga di beccar nulla al mondo? Confesso la verità che di cotali miracoli ne vidi pochissimi in mia vita; e nessuno quasi in uomini d'età matura. Il disprezzo degli onori e delle ricchezze si appartiene alla gioventù. Sappia ella tenersi cara questa sua dote santissima, la quale sola rende possibili i grandi intendimenti e facili le magnanime imprese.

L'altra lettera che mi capitava era del vecchio Apostulos. Avvisavami della fuga della figlia e delle misure prese per rintracciarla in ogni luogo fuori che a

Milano. In questa città un tale incarico era affidato a me. Ne chiedessi conto, la cercassi; e trovatala o la rimandassi a Venezia o la trattenessi meco secondo il miglior grado di lei. Certo egli non vorrebbe usare i diritti della paternità sopra una figlia ribelle e fuggitiva. Facesse ella di suo capo; egli non la malediceva, ché i pazzi non lo meritano, ma la dimenticava. Peraltro in un poscritto aggiungeva che aveva disposto per le indagini piú minute nelle altre città di terraferma, e che di colà i suoi corrispondenti avevano ordine di riaccompagnargli tosto la colpevole. Solo transigeva in favor mio: e se vedeva che l'aberrazione della ragazza potesse guarirsi meglio a Milano che a Venezia, adoperassi secondo le circostanze. – Queste ultime parole erano sottosegnate, ma io non ne capii affatto il recondito significato. Pensai di chiederne lo schiarimento all'Aglaura, se con esse forse non si alludesse ad un matrimonio col signor Emilio; ma non intendeva allora la ragione di parlarne con tanto mistero. Era certo un curioso destino il mio di esser creduto da ciascuna parte il confidente dell'altra; e tutti mi parlavano a cenni, a mezze parole, dalle quali non ci capiva piú che sull'arabo. Del resto, di mio padre nessuna nuova ancora; ma non se ne speravano fino al Natale, e le notizie generali di Levante erano buone.

Con tutto questo viluppo di pensieri, di novità, di imbrogli, di misteri pel capo, mi fermai ad un caffè a chiedere ove fosse la caserma della Legione Cisalpina. Mi risposero a Santa Vicenzina, due passi dalla Piazza d'Armi. Io ne sapeva con ciò meno di prima; ma a forza di domandare, di voltare, di ridomandare e di camminare ancora, giunsi ove desiderava. La disciplina non era molto esemplare in quella caserma; si entrava e si usciva come in un porto franco. La confusione il rumore e il disordine non potevano esser maggiori. I capi attendevano a pavoneggiarsi nelle loro nuove assise e a farsene argomento di conquista sul cuor delle belle prima di recarle in campo, spavento dei nemici. I subalterni e i minimi litigavano sempre fra loro, perché ai primi sembrava dover essere primi per ragione di grado; e i secondi del pari per la prammatica repubblicana che tendeva a rialzar gli ultimi. S'avrà un bel che fare ma questo viluppo dell'uguaglianza e della dipendenza stenteremo ad accomodarlo; massime tra noi dove non v'è capo d'oca che non si appropri il famoso *Tu regere imperio populos* di Virgilio: "ed un Marcel diventa Ogni villan che parteggiando viene!" ebbe a dire anche Dante. Sarà forse un pregio dell'indole italiana tralignato in difetto per le condizioni mutate dei tempi. Com'è certo che la superbia si affà molto al leone nel deserto ma gli sconviene affatto in gabbia. Peraltro, direte voi, quello che fu potrebbe essere, e col battere e ribattere, coll'educazione, coll'abitudine molto si ottiene. Io pure vi dirò che ci spero non poco, massime se non ci aduleremo a vicenda; e del resto mi appiglio piú volentieri alla boria permalosa dell'Italiano, che alla genuflessa obbedienza dello Slavo ubbriaco. Qui ci sarebbe posto ad una gran dissertazione sopra l'opinione di coloro che si aspettano dagli Slavi l'ultima verniciatura di civiltà; come fanno merito alla Germania del maggior lavoro; e a noi, poveretti bastarducci di Roma, non lasciano altro vanto che quello d'un primo disegno, un po' ideale, un po' falso se volete, ma pure un po' nostro a quanto pare. Contro cotali detrattori delle razze latine sarebbe tempo perduto lo scrivere dei volumi; basterà additare ed aprire quelli già stampati. L'Italia il passato, la Francia ha in mano, checché ne dicano, il presente del mondo. E il futuro? lasciamolo agli Slavi, ai Calmucchi anche, se se ne accontentano. Io per me credo che quel futuro sarà sempre futuro.

Tuttociò peraltro non iscusava per nulla della sua trasandatezza, della sua insubordinazione la Legione Cisalpina. Lasciamo da un canto la questione del valore; ma vi assicuro che in quanto a disciplina e a bell'assetto le famose Cernide di Ravignano ci avrebbero fatto un'onesta figura. Cosa ne avrebbe detto il teorico teoricissimo capitano Sandracca il quale affermava che in un reggimento ben ordinato un soldato dovea somigliare all'altro piú che fratello a fratello, tanta aveva ad essere l'influenza assimilatrice della disciplina?... Io scommetto invece che, a chi avesse trovato fra i legionari lombardi due che portassero l'ugual taglio di barba, si avrebbe potuto regalare il costo del Duomo di Milano. La storia della moda ci aveva in questo particolare i suoi esemplari da Adamo fino ai Babilonesi agli Ostrogoti e ai granatieri di Federico II. Chiesi conto del dottor Lucilio Vianello, di Amilcare Dossi, e di Giulio Del Ponte ad un soldatuccio sudicio ed ingrognato che per la mercede d'un mezzo boccale lustrava rabbiosamente le scarpe d'un suo collega.

— Sono della prima schiera: voltate a sinistra — mi rispose quell'ilota dell'eguaglianza.

Io voltai a sinistra e ripetei la mia inchiesta ad un altro milite ancor piú sporco del primo che strofinava con olio e stoppacci la canna d'un fucile.

— Canchero, che Dio li maledica, li conosco tutti e tre! – rispose costui. – Vianello è appunto il medico della compagnia, quello che ci scanna tutti per ordine dei Francesi che sono stanchi di noi... Sapete, cittadino, che hanno chiuso la Sala dell'Istruzione pubblica?...

— Non ne so nulla – diss'io – ma dove potrei...

— Aspettate; come vi diceva, Vianello è il medico, Dossi è l'alfiere della mia compagnia, e Del Ponte è il caporale, una figura di morte briaca che non può regger in piedi, e mi butta sulle spalle tutti gli incommodi del servizio. Guardate, questo è il suo schioppo che mi tocca sfregolare!... Colla bella festa di stamattina!... Farci star dieci ore ritti ritti come pali a odorar il vento che sapeva d'inverno piú del bisogno!... Canchero, ci siamo inscritti per far la guerra, per distruggere la stirpe dei re e degli aristocratici, noi! non per far la corte al Direttorio e portargli la candela in processione!... Per cotal mestiere mandino a chiamare gli staffieri dell'Arciduca Governatore. È una vera ignominia... Non ho bevuto in tutt'oggi che un terzino di Canneto... E sí che per niente non si dovrebbe essere repubblicani!... Cittadino, mi onorereste d'un piccolo prestito per comperarne una pinta?... Giacomo Dalla Porta, capofila nella prima schiera della Legione Cisalpina ai vostri comandi.

Io gli sporsi, s'intende a titolo di prestito, una lira di Milano, col patto che mi conducesse senz'altre chiacchiere da alcuno di quei tre che gli avea nominato. Buttò via lo schioppo, l'olio, gli stoppacci; fece quattro salti proprio alla meneghina con quella liretta fra il pollice e l'indice, e squadrandomi l'altra mano ben aperta sul naso, corse giù per la scala in cerca dell'oste.

"Fidatevi della probità repubblicana!" pensai brontolando come un vecchio. – M'era uscito di capo che, con una carta stampata, e una festa nel campo della Federazione, si può bensí avviare ma non compiere il rinnovamento dei costumi, e che d'altronde della gente cui va piú a sangue il vino che far piacere al prossimo ne rimarrà sempre in tutte le repubbliche della terra.

Finalmente trovai per un corritoio un altro soldatino azzimato, ben composto quasi elegante che corrispose al mio saluto con un inchino quasi cortigianesco, e mi diede del cittadino come quattro mesi prima mi avrebbe dato del conte e dell'eccellenza. Tanto era il bel garbo e la tornitezza della voce. Doveva essere qualche marchese, invasato dall'amore della libertà, che avea pensato farsi frate di cotal nuova religione ascrivendosi ai legionari cisalpini. Martiri eleganti e spensierati che abbondano in tutte le rivoluzioni, e dei quali chi dice male merita la scomunica, perché finiscono con un poco di pazienza a diventar eroi. E ne abbiamo parecchi e di fresca data nel nostro calendario; per esempio il Manara, milanese anche lui come l'anonimo marchesino che mi fece parlare. Costui insomma, per sbrigarmi, mi condusse con molta compitezza fino alla stanza del dottor Lucilio: e là tornammo a riverirci scambievolmente che sembravamo due primi ministri dopo una conferenza.

Entrai. Non vi posso dire la sorpresa le congratulazioni gli abbracciamenti del dottore, e di Giulio che era con lui. Certo credo che per un fratello non avrebbero fatto maggiori feste e da ciò conobbi che mi volevano un briciolo di bene. Io sentii come un rimorso di stringermi Giulio sul cuore e di baciarlo. Si può dire ch'io aveva tuttora calde le labbra di quelle della Pisana, di colei ch'egli pure avea amato e che forse colla sua spensieratezza colla sua civetteria gli avea instillato nelle vene il fuoco febbrile che lo consumava. Ma d'altronde egli ci avea rinunciato per un amore piú degno e fortunato; lo ritrovava pallido e scarno bensí ma non certo a peggior partito di quello che fosse a Venezia, ad onta della vita disagiata e soldatesca della caserma. Lucilio mi rassicurò sul suo conto assicurandomi che la malattia non avea fatto progressi; e che il buon umore, la occupazione moderata e continua, il cibo parco e regolare, avrebbero forse indotto alla lunga qualche miglioramento. Giulio sorrideva come chi crede forse ma non estima prezzo dell'opera lo sperare; s'era fatto soldato per morire non per guarire, e s'era tanto accostumato a quell'idea, che la menava innanzi allegramente, e come Anacreonte s'incoronava di rose coll'un piede nel sepolcro. Li domandai delle loro speranze, delle occupazioni, della vita. Tutto andava pel meglio. Speranze impazienti e grandissime per la rivoluzione che fremeva a Roma, a Genova, in Piemonte, a Napoli, pel movimento unitario che incominciava dalla prossima aggregazione di Bologna di Modena e perfino di Pesaro e di Rimini alla Cisalpina.

— Toccheremo a Massa il Mediterraneo; – diceva Lucilio – come c'impediranno che si tocchi a Venezia l'Adriatico?...

— E i Francesi? — gli domandai.

— I Francesi ci aiutano bene, perché noi non saremmo in grado di aiutarci da noi. Sicuro che bisogna stare cogli occhi aperti, e non sorbire le frottole come da quello sciocco di Villetard: e sopratutto tener salde colle unghie e coi denti le nostre franchigie e non lasciarcele tôrre per oro al mondo.

Erano presso a poco le mie idee; ma dal calore della voce, dalla vivacità del gesto capii di leggieri che la grandiosa solennità del mattino aveva riscaldato anche la guardinga immaginazione di Lucilio, e ch'egli non era in quella sera il medico spassionato di due mesi prima. Così mi piaceva di piú; ma era meno infallibile e per quanto i suoi pronostici concordassero coi miei, non volli ancora fidarmene alla cieca. Gli mossi adunque un qualche dubbio sull'ignoranza e sull'inesperienza del popolo che mi pareva non atto alla sapiente civiltà degli ordinamenti repubblicani, e sull'insubordinazione che aveva osservato io stesso nelle milizie recentemente formate.

— Sono due obiezioni cui si risponde con un solo ragionamento – soggiunse Lucilio. – Che si vuole ad educare dei soldati disciplinati?... La disciplina. Che si vuole a formare dei veri virtuosi integri repubblicani?... La repubblica. Né soldati né repubblicani nascono spontaneamente: tutti nasciamo uomini, cioè esseri da educare o bene o male, futuri servi, futuri Catoni secondoché capitiamo in mani scellerate od oneste. Mi consentirai del resto che se la repubblica non varrà a formare i perfetti repubblicani, di poco sarà piú destra o volonterosa la tirannia a prepararli!

— Chi sa! – io sclamai. – La Roma di Bruto sorse dalla Roma di Tarquinio!

— Eh! statti pure in pace, Carlino, su questo punto; ché de' Tarquinii non ne mancarono a noi in quattro o cinque secoli di pazzie e di servitù!... Dovremmo essere educati abbastanza. Dimmi piuttosto qualche cosa di te. Oh perché ti sei attardato fino ad ora a Venezia? Come t'ingegnavi a poter vivere colà?

Io recai ancora innanzi per iscusa la morte di Leopardo, i negozi lasciati sospesi da mio padre, e finalmente mi diedi coraggio, mandai un'occhiata di soppiatto a Giulio, e nominai la Pisana. Allora ambidue mi chiesero a gara com'era stato quel tramestio con un ufficiale francese di cui qualche cosa s'avea buccinato fino a Milano. Io esposi la cosa per filo; e come gli incommodi e i pericoli che n'erano derivati alla Pisana avessero costretto me a trattenermi colà per difenderla e consolarla in qualche maniera. Mi diffusi soprattutto nella descrizione della mia fuga per far risaltare ai loro occhi il rischio ch'io sfidava rimanendo a Venezia, e che certo non avrei voluto espormivi se una grave necessità non mi sforzava. In poche parole mi confessava colpevole entro di me di quell'indolente tardanza, ma non voleva che altri potesse raccoglier argomenti da formulare un'accusa. Per non fermarmi poi troppo sopra questo punto che mi scottava in mano, discorsi delle condizioni provvisorie di Venezia, degli ultimi spogli del Serrurier, del nuovo governo stabilitosi nel quale il Venchieredo mi pareva avere qualche influenza.

— Caspita! non lo sai? – soggiunse Lucilio. – L'era il corriere fra gli Imperiali di Gorizia e il Direttorio di Parigi!...

— O piuttosto il Bonaparte di Milano — corresse Giulio.

— Sia anche: già è lo stesso. Buonaparte non potea disfare quello che il Direttorio aveva già ordito. Il fatto sta che il Venchieredo fu pagato bene, ma temo o spero che gli andrà alla peggio, perché serve sempre male ed ha il danno e le beffe chi serve troppo.

— A proposito – chiesi io – e di Sandro di Fratta che ne dite?... L'ho veduto stamattina alla festa con tante costellazioni intorno che pareva il Zodiaco!

— Adesso si chiama il capitano Alessandro Giorgi dei Cacciatori a piedi — mi rispose Lucilio.

— Si è fatto grande onore nel reprimere i moti sediziosi del contadiname del Genovesato. Ora si va innanzi. L'han fatto tenente e poi capitano in un mese; ma della sua compagnia, tra le schioppettate, gli assassinamenti, e le grandi fatiche credo ne siano rimasti quattro soli di vivi. Uno per forza doveva diventar capitano: gli altri erano due ciabattini e un mandriano. Fu scelto, com'era di dovere, il mugnaio!... Lo troverai; e vedrai come gonfia! È un bravo e buon figliuolo che offre la sua protezione a quanti incontra e non si starà dall'offrirla anche a te.

— Grazie – risposi io – l'accetterò al bisogno.

— Non per ora – replicò Lucilio – ché il tuo posto è con noi e con Amilcare.

Mi dissero allora di quest'ultimo com'era piú fiero e sgangherato che mai, e si manteneva l'anima della loro brigata coi ripieghi che sapeva trovare ai peggiori frangenti. Ridotti a vivere della paga, si può immaginare che sovente erano al verde; toccava allora ad Amilcare trovar ispedienti per far denaro, e avuto questo, ingegnarsi di sparagnarlo fino al toccar delle nuove paghe. Amilcare mi fece tornar in mente anche Bruto Provedoni che dicevano partito insieme col

Giorgi e non ne avea piú saputo novella. Egli era tuttavia alle guerricciuole liguri e piemontesi dove ad onta che il Re fosse buon amico e miglior servitore del Direttorio, questi s'adoperava sempre a mantener viva la resistenza per averne appiglio quandochessia a qualche bel colpo. Aveva intanto stuzzicato la rintonacata Repubblica Ligure a movergli guerra, e vietato a lui di difendersi; il povero Re non sapeva da qual banda volgersi; dappertutto precipizi. Fortuna che l'armigero e fedele Piemonte non somigliava per nulla la sonnacchiosa Venezia; ché altrimenti si sarebbe veduta qualche simile ignominia. Ignominia ci fu, ma tutta dal lato dei Francesi. – Mi venne allora comodissimo di chiedere anche d'Emilio Tornoni, fingendo di conoscerlo e desiderarne qualche contezza. Lucilio sporse il labbro, e nulla rispose. Giulio mi disse ghignando ch'era partito per Roma con una bella contessa milanese a farci probabilmente la rivoluzione. I loro atti dispregiativi mi diedero qualche sospetto ma non potei cavarne di piú. Indi a poco rientrò quel capo svasato di Amilcare; nuovi baci, nuova maraviglia. L'era diventato negro come un arabo, con una certa voce che pareva accordata allo strepito della moschetteria; ma mi spiegarono poi che se l'aveva guastata a quel modo insegnando camminare alle reclute. Infatti il mover un passo, che è per sé cosa facilissima, i tattici di guerra l'hanno ridotta l'arte piú malagevole del mondo e bisogna dire che prima di Federico II si combattessero le battaglie o senza camminare o camminando assai male; e non è incredibile che di qui a cent'anni s'insegni ai soldati a batter le terzine e marciare a passo di polka. Quella sera non volea terminar piú, tante cose avevamo da raccontarci; ma eravamo usciti sui bastioni, e al sonar dei tamburi Lucilio fece motto agli altri due ch'era tempo di ritirarsi.

— Eh sí! – disse Amilcare stringendosi nelle spalle. – Un ufficiale par mio ubbidirà al tamburo!

— Ed io sono malato; e fo conto d'essere allo spedale — soggiunse Giulio.

Io mi fidava che Lucilio li avrebbe chiamati al dovere, perché mi tardava l'ora di abboccarmi coll'Aglaura e portarle la lettera e le notizie d'Emilio; ma i due coscritti non badavano punto alle parole del dottore e mi convenne godere la loro compagnia fin'oltre le nove. Allora vollero accompagnarmi al mio alloggio, e siccome non li invitai a salire e videro il lume alle finestre e un'ombra come di donna disegnarsi sulla cortina, cominciarono a darmi la baia, e far mille conghietture, e a consolarsi con me della mia fortuna. Insomma, sussurrava quel disperatello di Amilcare che io temeva ogni poco di veder l'Aglaura al balcone. Quando Dio volle Lucilio li persuase d'andarsene, e potei salire dalla giovinetta e confortarla della sua penosa solitudine. Le porsi la lettera e la vidi sospirare e quasi piangere nel leggerla, ma faceva forza a non lasciarsi vedere.

— Se è lecito, chi vi scrive? — le chiesi.

Mi rispose ch'era Spiro suo fratello. Ma schivò frettolosamente tutte le altre domande che le indirizzai, e solamente mi comunicò ch'egli s'era apposto benissimo e che la credeva a Milano in mia compagnia. Com'era dunque che non veniva a raggiungerla con quel grande affetto che le aveva? – Ecco quello che non seppe chiarire; ma lo chiarii in seguito quando seppi che Spiro era stato sostenuto in carcere come manutengolo della mia fuga. Appunto quella lettera usciva della prigione e perciò l'Aglaura se n'era intenerita. Mi chiese ella poi se io pure avessi ricevuto lettere da Venezia, e rispostole che sí, me ne domandò notizia. Io senz'altro le porsi la lettera di suo padre, e quella ove la Pisana raccontava i rimescolamenti di Venezia. Lesse tutto senza batter ciglio; solamente quando giunse al punto ove erano nominati Raimondo Venchieredo e la Doretta ella dié un piccolo guizzo di sorpresa, e ripeté fra sé come per accertarsene quel nome di Doretta.

— Che è? — diss'io.

— Eh nulla! gli è che io pure conosco questa signora cosí di riverbero; e mi maravigliai di trovarne il nome in una lettera indirizzata a voi. Se avessi pensato che il Venchieredo è delle vostre parti non mi sarei stupita tanto.

— E come conoscete i Venchieredo voi?

— Li conosco, oh bella, perché li conosco!... Anzi no, voglio dirvelo. Erano essi in qualche corrispondenza, di interessi suppongo, con Emilio.

— A proposito, deggio darvi una triste notizia.

— Quale?

— Il signor Emilio Tornoni è partito per Roma. (Tacqui, per prudenza, della contessa).

— Lo sapeva; ma tornerà – rispose l'Aglaura con piglio quasi di sfida. – Vi pregherò intanto di informarvi domani se fosse qui il signor Ascanio Minato, aiutante del generale Baraguay d'Hilliers, e il signor d'Hauteville segretario del generale Berthier. Sono persone che mi premono per le notizie di Emilio che posso averne all'uopo.

— Sarete servita.

— E ditemi, avete saputo null'altro di lui?

— Null'altro!

— Nulla, nulla?... proprio nulla?

— Nulla vi dico. — Era quasi per prender soggezione della giovinetta udendola parlare con tanta indifferenza d'aiutanti e di generali; ma non volli significarle il tacito disprezzo da me notato negli atti di Lucilio e di Del Ponte quando ebbi loro a nominare il Tornoni.

Sapeva quanto piacere si dà alle innamorate sparlando dei loro belli.

— Aglaura – ripresi dopo un istante di silenzio per ravvivare la conversazione – voi siete abbastanza misteriosa, e converrete che la mia bontà e la mia discrezione...

— Sono senza pari — aggiunse ella.

— No, non voleva dir questo, avrei soggiunto invece che meritano un granino di confidenza da parte vostra.

— È vero, amico mio. Chiedete e risponderò.

— Se vi pianterete cosí seria e pettoruta come una regina mi morranno le parole in bocca. Via, siate ilare e modesta come la prima sera che vi ho veduta... Cosí, cosí per l'appunto mi piacete!... Ditemi dunque ora come avete tanto domestici tutti questi nomi e cognomi dello Stato Maggiore francese... Mi sembravate poco fa un generale in capo che disponesse le schiere per una battaglia!

— Altro non volete sapere?

— Nient'altro: la mia curiosità per ora è tutta qui.

— Or bene: quei signori erano amicissimi d'Emilio; ecco perché li conosco.

— Anche il signor Minato.

— Quello anzi piú degli altri; ma gli è anche il piú galantuomo, vale a dire il meno birbante di tutti questi ladroni.

— Parlate piano, Aglaura!... Non siete piú quella di questa mane!... Come mai svillaneggiate or quelli stessi che levaste a cielo poche ore fa?...

— Io?... Io ho levato al cielo la Repubblica, non chi l'ha fabbricata. Anche l'asino talora può andar carico di pietre preziose... Del resto ladri in camera possono essere eroi all'aperto; ma eroi macellai, non...

— E ditemi un poco, Spiro vi scrive di venirvi a prendere, o che n'andiate a Venezia?

— Perché questa domanda?... Siete stufo d'avermi?

— Felice notte, Aglaura: parleremo domani. Oggi siete maldisposta.

Infatti mi ritrassi nella mia stanzuccia dietro della sua, e mi coricai pensando alla Pisana, alle strettezze che dovevano angustiarla, ai pericoli della sua solitudine. Sopratutto quel rappaciamento colla Rosa e le visite della Doretta mi davano ombra: Raimondo veniva poi; giacché capiva che egli era il grosso caprone che sarebbe passato pei buchi fatti dalle pecore. Aggiustai fin d'allora di mio capo un certo letterone da scrivere il giorno dopo, e dal pensiero della Pisana passai a quello dell'Aglaura che se stringeva meno s'oscurava anche di piú. Chi potea vedere un barlume di chiaro in quel turbine di testolina? – Io no per certo. – Da Padova a Milano ella m'avea menato sempre di sorpresa in sorpresa; pareva non già una fanciulla occupata a vivere, ma un romanziere francese inteso a comporre un'epopea. Le sue azioni le sue parole s'avvicendavano si ritiravano si scavalcavano a fatti a contrapposti a sorprese come le strofe di un'ode di Pindaro mal raffazzonate dagli scoliasti. Ci sognai dietro tutta notte, la osservai buona parte del mattino, e uscii colla lettera per la Pisana in tasca senza essermi avvantaggiato di nulla. Dentro ne inclusi una per l'Apostulos ove gli significava tutta la condotta dell'Aglaura, mettendomi ai suoi comandi in quanto poteva concernerla; lo pregava anche di prestarsi in quanto abbisognasse alla Pisana come per un altro me stesso. S'intende ch'io misi il tutto alla posta senza nulla dire alla giovine, perché lí era in ballo la mia coscienza e non si volean cerimonie. Far da papà sí, ma non da birbone per amor suo.

Sul mezzogiorno mi abboccai con Lucilio al caffè del Duomo che a que' tempi era il convegno di moda, e dove ci avevamo dato l'appostamento. Egli si mostrò spiacentissimo di non avermi potuto inscrivere nella Legione Cisalpina dove non c'era proprio piú nessun posto vacante; ma piuttosto che lasciar ozioso un par mio, diceva egli, avrebbe cercato inspirazione dal diavolo, e poteva esser contento che gliene era saltata una di ottima.

— Ora ti menerò dal tuo generale – diss'egli – generale, comandante, capitano, commilitone, tutto quello che vorrai! È uno di quegli uomini che sono troppo superiori agli altri per darsi la briga di accorgersene di mostrarlo: non si può credere ad alcun patto che in lui sia un'anima sola, e sembra che la sua immensa attività dovrebbe stancarne una dozzina al giorno. Contuttociò ammira i tranquilli e compatisce perfino gli indolenti. Sul campo io scommetto che da solo basterebbe a vincere una battaglia, purché non gli ferissero gli occhi nei quali risiede la sua potenza piú straordinaria. È napoletano, e a Napoli direbbero che ha la jettatura, ovvero, come dicono nei nostri paesi, il mal'occhio; da non confondersi peraltro coll'occhio cattivo, anzi pessimo del fu cancelliere di Fratta.

— E chi è questa fenice? — gli chiesi.

— Lo vedrai, e se non ti va a sangue mi faccio sbattezzare.

In queste parole mi tirò fuori del caffè, e giú a passo sforzato oltre al Naviglio di Porta Nuova verso i bastioni. Entrammo in una vasta casa dove il cortile era pieno affollato di cavalli di stallieri di scozzoni di selle di bardature come in una caserma di cavalleria. Per la scala era un su e giú di soldati di sergenti d'ordinanze come al palazzo del Quartier Generale. Nell'anticamera altri soldati, altre armi disposte a trofeo o gettate a fasci nei cantoni: v'avea anche ammassato in un canto un piccolo magazzino di tuniche di tracolle e di scarponi soldateschi.

"Che è?" pensava io "forseché è l'Arsenale?..."

Lucilio tirava diritto senza scomporsi, come persona di casa. Infatti senza neppur farsi annunziare nell'ultima anticamera da una specie d'aiutante che stava là contando i travi, schiuse la porta ed entrò tenendomi per mano dinanzi allo strano padrone di quel ginnasio militare.

Era un giovine alto, di trent'anni all'incirca, un vero tipo di venturiero, il ritratto animato d'uno di quegli Orsini, di quei Colonna, di quei Medici la cui vita fu una serie continua di battaglie, di saccheggi, di duelli, di prigionie. Si chiamava invece Ettore Carafa; nobilissimo nome fatto piú illustre dall'indipendenza di chi lo portava, dal suo amore per la libertà e per la patria. Per le sue trame repubblicane aveva egli sofferto lunga carcerazione nel famoso Castel Sant'Elmo; indi fuggitone s'era ricoverato a Roma, e di là a Milano a formarvi a proprie spese una legione per liberar Napoli. Aveva uno di quegli animi che uniti o soli vogliono fare ad ogni costo; e questa magnanimità gli respirava dignitosamente nella grand'aria del viso. Soltanto tramezzo un ciglio gli calava giù una piccola cicatrice contornata da un'aureola di pallore; sembrava il segno d'una trista fatalità fra le nobili speranze d'un valoroso. Egli s'alzò dal lettuccio sul quale stava disteso, tese la mano a Lucilio e si congratulò secolui del bell'ufficiale che gli accompagnava.

— Ufficiale di poco conto – gli risposi io. – La vera arte militare io non la conosco che di nome.

— Avete cuore di farvi ammazzare per difendere la patria e l'onor vostro? — riprese il Carafa.

— Non una ma cento vite – soggiunsi – darei per sí nobili ragioni.

— Ecco amico mio; vi permetto di potervi credere fin d'ora perfetto soldato.

— Soldato sí – s'intromise Lucilio – ma ufficiale?...

— A questo lasciate che ci pensi io!... Sapete nulla montar a cavallo, caricare uno schioppo, e maneggiar la spada?

— So qualche cosa di tuttociò (Era merito di Marchetto e ne lo ringraziai allora, come poco prima avea ringraziato il Piovano della sua classica istruzione).

— Allora, eccovi anche ufficiale. In una legione come la mia che farà la guerra alla spicciolata, l'occhio e la buona volontà faranno piú del sapere. Stasera tornate da me all'ora della ritirata. Vi consegnerò la vostra schiera, e state di buon animo che di qui a tre mesi avremo conquistato il Regno di Napoli.

Mi pareva di udir parlare Roberto Guiscardo o qualche paladino dell'Ariosto, ma parlava sul serio e me ne accorsi poi alla prova. Stentava a dimandargli se avrei potuto dormire fuori di caserma, ma gliene chiesi alfine e mi disse sorridendo che era diritto degli ufficiali.

— Capisco; – soggiunse – avete le notti impegnate con un altro colonnello.

Io m'imbrogliai e non dissi di no; Lucilio sorrise anch'esso; il fatto poi stava che non poteva lasciar sola l'Aglaura, ma qual piacere ritraessi io dal farle la guardia lo sapeva il cielo. Io fui soddisfattissimo allora del signor Ettore Carafa, e meglio due tanti in seguito. Ricorderò sempre con piacere quella vita frugale operosa e soldatesca. Alla mattina gli esercizi coi miei soldati, poi il pranzo e qualche gran seduta di chiacchiere con Amilcare con Giulio con Lucilio; il dopopranzo e la sera conversazione coll'Aglaura che aspettava sempre Emilio e non voleva saperne di tornar a Venezia. Frammezzo, qualche lettera agrodolce della Pisana. Ecco come giungemmo al tempo della rivoluzione di Roma, la quale doveva dar piede alle operazioni militari del Carafa nel Regno.

CAPITOLO DECIMOSESTO

Nel quale si svolge il piú incredibile dramma familiare che possa immaginarsi. Digressione sulle vicende di Roma, sopra Foscolo e Parini ed altri personaggi della Repubblica Cisalpina. Io guadagno una sorella, e do a Spiro Apostulos una sposa. Mantova, Firenze e Roma. Avvisaglie al confine napoletano. La ninfa Egeria di Ettore Carafa. Una scommessa mi fa riguadagnar la Pisana; ma alle prime non ne son molto lusingato.

Il dí quindici febbraio 1798 cinque notai in Campo Vaccino avevano rogato l'atto di libertà del popolo romano. Assisteva liberatore quel Berthier che aveva assistito traditore al congresso di Bassano per la conservazione della Repubblica Veneta. Il Papa stava chiuso nel Vaticano fra svizzeri e preti; e negando egli di svestirsi dell'autorità temporale fu levato di Roma militarmente e condotto in Toscana. Unico esempio di inflessibilità italiana in quel tempo di continui mutamenti, di sùbite paure; e fu in Pio VI. Per quanto poco cristiano mi fossi, ricordo che ammirai la costanza del gran vecchio, e comparandola alla tremula debolezza del doge Manin, faceva doloroso raffronto fra quei due piú antichi governi d'Italia. Roma, già consumata dal trattato di Tolentino, fu del tutto spogliata per la presenza dei repubblicani; l'uccisione del general Duphot, pretesto alla guerra, fu suffragata con esequie, con luminarie e colla spogliazione di tutte le chiese. Casse gravi di pietre preziose s'incamminavano per Francia, mentre l'esercito restava stremo di tutto e tumultuava contro Massena succeduto a Berthier. Le campagne insorgevano ed erano piene d'assassinii; cominciava insomma uno di quei drammi sociali rimasti solamente possibili nel mezzogiorno d'Italia e nella Spagna. In quel torno, compiuto l'ordinamento della legione del Carafa, non altro si aspettava che l'assenso del general in capo francese per partire a quella volta. Io mi trovava in un bell'imbroglio. L'Aglaura voleva partirsi con me giacché il viaggio di Roma s'accordava alle sue idee; io né voleva rifiutarmi né esporla ai pericoli d'una lunghissima marcia in stagione disastrosa come quella. Scriveva perciò a Venezia; non rispondevano. La Pisana stessa mi teneva allo scuro di sue novelle da un pezzo. Quella spedizione di Roma mi si presentava sotto auspicii tristissimi. Tuttavia sperava sempre dall'oggi in domani; e mentre il Carafa tempestava per quel benedetto assenso sempre ritardato, io me ne confortava come d'un maggior campo che ancora mi rimaneva a qualche vaga speranza. I miei tre amici con parte della Legione lombarda, erano già calati verso Roma. Restava proprio solo, e non aveva altra compagnia che quella dello splendido capitano Alessandro.

Il peggio si era che, venuta da Venezia o da Milano, il fatto sta che la voce s'era sparsa della mia convivenza con una bella greca: ed erano continue le baiate sopra di ciò dei miei commilitoni. Immaginatevi qual consolazione col bel costrutto che ce ne cavava! Vi assicuro che avrei dato una mano, come Muzio Scevola, perché Emilio si stancasse della contessa milanese e venisse a riprendersi l'Aglaura. Non ch'ella mi pesasse molto, ché mi ci era avvezzato, e la mi faceva da governante con una pazienza mirabile, ma mi seccava di aver l'apparenza d'una felicità che in fatto apparteneva ad un altro. Mi fu svagamento a tali fastidi l'amicizia rappiccata col Foscolo reduce da qualche tempo a Milano. La sua focosa e convulsa eloquenza mi ammaliava; lo udii per piú di due ore bestemmiare e sparlare di tutto, dei Veneziani, dei Francesi, dei Tedeschi, dei re, dei democratici, dei Cisalpini, e gridava sempre alla tirannia, alla licenza; vedeva fuori di sé gli eccessi della propria anima. Pure Milano di allora gli era degno teatro. Colà s'erano riuniti i piú valenti e generosi uomini d'Italia; e l'antica donna, che sparsi non li aveva contati, gloriavasi allora a buon dritto di quell'improvviso ed illustre areopago. Aldini, Paradisi, Rasori, Gioia, Fontana, Gianni, i due Pindemonte, erano personaggi da riscaldare la potente loquela di Foscolo. Per mezzo suo conobbi anche i poeti Monti e Parini, l'armonioso adulatore, e il severo ed attico censore. La figura grave serena ed affabile del Parini mi resterà sempre impressa nella memoria; i suoi piedi quasi storpi, lo conducevano a rilento; ma il fuoco dell'anima lampeggiava ancora dalle ciglia canute. La lettera in cui Jacopo Ortis racconta il suo dialogo con Parini è certo una viva e storica reminiscenza di quel tempo; potrei farne testimonianza. Io stesso vidi alcuna volta il cadente abate e il giovin impetuoso seder vicini sotto un albero nel sobborgo fuor di Porta Orientale. Li raggiungeva e piangevamo insieme le cose, ahi, tanto minori dei nomi!... Ben era quel Parini che richiesto di gridare Viva la Repubblica e muoiano i tiranni, rispose: — Viva la Repubblica e morte a nessuno! — Ben era quel Foscolo che diede l'ultima pennellata al suo ritratto dicendo: — Morte sol mi darà pace e riposo. — Io non era che un umile alfiere della Legione Partenopea; ma col cuore, lo dico a fronte alta, potevo reggere del paro con quei grandi, perciò li capiva, e mi si affaceva la loro compagnia.

Anche Foscolo s'era fatto ufficiale nell'esercito cisalpino. Si creavano a quel tempo gli ufficiali, come gli uomini dai denti di Cadmo. Medici, legali, letterati cingevano la spada; e la toga cedeva alle armi. I giovani delle migliori famiglie continuavano a darne il buon esempio; la costanza il fervore l'emulazione supplivano alla strettezza del tempo. In onta a passeggieri disordini, e a repubblicane insubordinazioni, il nucleo del futuro esercito italico s'era già formato.

Carafa temeva che i generali francesi volessero stancheggiarlo menarlo per le lunghe acciocché s'afforzasse anche della sua legione la forza cisalpina. Napoletano anzi tutto, di spiriti ardenti e vendicativi, figuratevi se imbizzarriva per questo sospetto!... Credo che avrebbe intimato la guerra ai Francesi se nulla nulla lo molestavano. Finalmente arrivò l'assenso tanto sospirato. Ai primi di marzo doveva la legione moversi alla volta di Roma a raggiungervi l'esercito franco-cisalpino per le imprese future. Non s'avea piú tempo da confidare nella fortuna. L'Aglaura mi restava sulle braccia, e dovea partire senza saper nulla della Pisana e di mio padre. Se il sentimento dell'onore, l'amore della patria e della libertà non fossero stati in me molto potenti, certo avrei fatto qualche grosso sproposito. Intanto romoreggiava fra le nuvole la gragnuola che doveva pestarmi il capo, ed io non m'accorgeva di nulla.

Disperato del lungo silenzio della Pisana e degli Apostulos, io aveva scritto ad Agostino Frumier, pregandolo per la nostra vecchia amicizia di volermi dar contezza di persone che mi stavano tanto a cuore. Di questa lettera io non avea fatto cenno ad alcuno perché sí Lucilio che gli altri veneziani l'avevano molto col Frumier e lo consideravano come un disertore. Contuttociò la spedii poiché non sapeva cui meglio rivolgermi; e aspetta, aspetta, io aveva già perduto ogni speranza quando me ne capitò la risposta. Ma indovinate mo chi mi scriveva?... Sí, era Raimondo Venchieredo. Certo il Frumier, adombratosi di mantener corrispondenza con un esule con un proscritto, avea passato l'incarico a quell'altro: e Raimondo poi mi scriveva che tutti a Venezia si maravigliavano di sapermi ignaro della Pisana da tanto tempo, egli in primo luogo; che s'avevano ottime ragioni per crederla a Milano con mio assenso, consenso e compartecipazione dei frutti; che avea tardato a scrivermi appunto per questo che lo giudicava superfluo per la mia quiete, non essendo le mie smanie altro che astuzie per darla ad intendere alla vecchia Contessa, al conte Rinaldo ed al Navagero. Costoro del resto se ne davano pace, e dicessi alla Pisana che in quanto a lui se l'avea pigliata con pace del pari, ma che non sarebbe mancato tempo ad una buona rivincita. Cosí finiva recisamente la lettera, onde ebbi il cervello occupato un'altra volta a fabbricar romanzi sulle allusioni degli altri. A che miravano quelle ire di Raimondo colla Pisana? E cosa mi augurava il disparimento di costei da Venezia?... Fosse proprio vero?... Dimorasse ella a Milano senza farmene motto? – Non mi sembrava possibile. – E poi con quali mezzi mettersi ad un viaggio e ad una vita dispendiosa sopra gli alberghi?... Gli è vero che avea qualche diamante, e poteva anche aver ricorso agli Apostulos. Ma di costoro Raimondo non moveva neppur parola. Cosa ne fosse avvenuto?... Che Spiro languisse ancora in carcere?... Ma suo padre allora perché non iscriveva? – Insomma, le notizie ricevute da Venezia non aggiunsero che una spina di piú a quelle che aveva già nel cuore, e mi disponeva di malissima voglia alla partenza. Anche il Carafa non sembrava piú tanto impaziente; cioè, mi spiego, non guardava piú con tanta stizza alla mia volontà mal dissimulata di tardare. Un giorno, mi ricordo, egli mi prese da un lato a quattr'occhi e mi fece sostenere uno stranissimo interrogatorio. Chi era quella bella greca che dimorava con me; perché vivevamo insieme (non lo sapeva neppur io), se aveva altre amanti, e dove, e chi fossero. Insomma, mi pareva il confessor d'un contino appena tornato dal prim'anno di università. Io risposi sinceramente, ma con qualche imbroglio, massime in punto all'Aglaura. Sfido io! Era materia tanto imbrogliata per sé che ci voleva assai meno della sorpresa di quella inquisizione per renderla addirittura inestricabile.

— Dunque voi amate una signorina di Venezia, e convivete cionnonostante a Milano con questa bellissima greca?

— Pur troppo la è cosí.

— Stento un po' a crederla, tanto è singolare. Anzi non ve la credo, non ve la credo! Addio Carlino!

E andò via allegro allegro come se il non credermi quella freddura dovesse importare a lui qualche smisurata fortuna. Però m'ero avvezzo ai ghiribizzi del signor Ettore, e conchiusi ch'egli era felice di poter sempre ridere. Per me dopo la partenza di Amilcare non sentiva piú neppur il solletico; e se qualcheduno mi spianava un po' la fronte si era l'Aglaura colla sua briosa testardaggine. La mi doveva questo piccolo compenso per tutte le rabbie e le inquietudini che m'avea fatto soffrire senza apparente motivo dopo il nostro incontro a Padova.

Una sera, eravamo in procinto di partire, io sedeva secolei nella nostra cameretta di Porta Romana, ove due bauletti e la nudità degli armadi e dei cassetti ci tenevano a mente il viaggio che dovevamo intraprendere, se anche non ce ne fossimo ricordati anche troppo pei timori che ne avevamo ambidue senza volerceli scambievolmente confessare. Da qualche giorno io teneva all'Aglaura un poco di broncio; quella sua ostinazione di volermi seguir a Roma, benché priva d'ogni notizia de' suoi, mi metteva in sospetto sul suo buon cuore. Stava quasi per lanciare la bomba e per dichiararle la perfidia e l'infedeltà di colui al quale ella sembrava pronta a sacrificar tutto, perfino i sacrosanti doveri di figlia, quando, non so come, ad un suo sguardo pieno d'umiltà e di dolore mi sentii rammollir tutto. E di giudice ch'esser voleva, mi sentii cambiare a poco a poco in penitente. Le angosce le incertezze che da tanto tempo mi laceravano erano cresciute tanto che richiedevano un qualche sfogo. Quell'occhiata dell'Aglaura m'invitava cosí pietosamente che non seppi resistere, e le narrai il sospetto in cui viveva della Pisana, il suo lungo e crudele silenzio, la sua partenza da Venezia, lasciatami ignorare.

— Ohimè! – sclamai – pur troppo sarebbe pazzia il volermi illudere!... La è tornata quale fu sempre. La lontananza ha lasciato morire l'amor suo d'inedia.

Si sarà appigliata ad un altro; a qualche ricco forse, a qualche scapestrato che la sazierà di piaceri un anno e due, e poi... Oh Aglaura! il disprezzare quell'unica persona che si ama piú della propria vita è un tormento superiore ad ogni forza d'uomo!

L'Aglaura m'impugnò furiosamente la mano ch'io aveva alzata al cielo nel pronunciare queste parole. Aveva l'occhio fiammeggiante, le narici dilatate e due lagrime sforzate rabbiose riflettevano al chiarore della lucerna il fuoco sinistro de' suoi sguardi.

— Sí! – gridò essa quasi fuori di sé. – Maledicete, maledicete anche a nome mio i vili e i traditori! Con quella mano che innalzaste a Dio come per affidargli le vostre vendette, rapite un fascio de' suoi fulmini e scagliatelo loro sul capo!...

Compresi di aver toccato una piaga secreta e sanguinosa del suo cuore, e la simpatia del mio dolore col suo m'aperse l'animo piucchemai alla confidenza e alla compassione. Mi parve aver trovato in lei un'amica, anzi una vera sorella, e lasciai scorrere nel suo seno le lagrime che da tanto tempo mi si aggruppavano dentro. Anche il suo sdegno nel punto istesso s'era mitigato per la commozione della pietà, e abbracciati come due fratelli piangevamo insieme, piangevamo dirottamente; conforto misero dei miseri. In quella s'aperse violentemente la porta, e un uomo coperto da un mantello spruzzato di neve entrò nella stanza. Diede uno strido, gettò indietro il mantello, e ravvisammo ambidue le pallide sembianze di Spiro.

— Giungo forse troppo tardi? — domandò egli con tal suono di voce che non mi dimenticherò mai piú.

Io fui il primo a slanciarmigli fra le braccia.

— Oh che tu sia benedetto! – balbettai coprendogli il volto di baci. – Da quanto tempo sperava la tua venuta!... Spiro, Spiro, fratel mio!

Egli mi respingeva colle braccia, si strappava con forza il collare come si sentisse soffocare, e non rispondeva ai miei baci che con un profondo ruggito.

— Spiro, per carità, cos'hai? — gli disse timidamente l'Aglaura, appendendoglisi al collo.

Al contatto di quella mano, al suono di quella voce egli tremò tutto; sentii raffreddarsi di repente il sudore che gli inondava le guance; mi volse uno sguardo tale che una tigre non ne lancerebbe uno piú formidabile a chi le trucida i suoi figli; indi con una potente scrollata ci respinse ambidue fino contro al letto, e restò solo minaccioso nel mezzo della stanza. Pareva l'angelo del terrore che ha traversato l'inferno per precipitarsi a punire una colpa. Senza fiato, smarriti dall'angoscia e dallo spavento, noi restammo curvi e silenziosi dinanzi a lui in guisa di colpevoli. Quella nostra attitudine servì ad ingannarlo forse completamente e a persuadergli ciò che temeva e che punto non era.

— Ascoltatemi, Aglaura – incominciò egli con voce che voleva esser calma e serbava tuttavia il moto scomposto e lo stridulo suono della tempesta. – Ascoltatemi, s'io v'ho amato!... Stava per correre dietro a voi, quando me lo vietò la prigione. In carcere ogni giorno ogni minuto fu uno studio continuo di fuggire per raggiungervi, per salvarvi dal precipizio ove siete caduta. Finalmente riuscii!... Una tartana mi condusse fino a Ravenna; di là avvisava di venire a Milano, perché il cuor mel diceva che eravate qui. Quando, giunto a Bologna, alcuni veneziani rifugiatisi colà mi danno contezza di Emilio Tornoni che avea traversato quella città fuggendo da Milano con una signora, e diretto per Roma... Capite bene che non potea perder tempo a raffrontare scrupolosamente i connotati e le date. Le mie congetture, cosí all'ingrosso, ci stavano; mi volsi a precipizio verso Roma, e vi giunsi che la Repubblica era già proclamata!... Or bene sappiatelo, Aglaura!... Il vostro Emilio era un vile, un traditore; ve l'ho sempre detto e non volevate ascoltarmi... Egli vi tradiva per una nobile baldracca di Milano!... Egli tradiva i Veneziani pei francesi, tradiva questi e quelli per zecchini imperiali che il signor Venchieredo gli portava da Gorizia!... Egli non era corso a Roma che per tradire!... Colle commendatizie d'un reverendo padre di Venezia s'era addentrato nelle grazie di qualche cardinale per espilare la buona fede del Papa, asserendosi amico influentissimo di Berthier. Ingannava intanto Berthier trafugando a proprio utile gran parte dello spoglio di Roma. Il popolo sdegnato lo arrestò mentre comandava il saccheggio d'una chiesa: Francesi e Romani ne godettero. Fu solennemente impiccato in Campidoglio!... La sua ganza avea fatto vela il giorno prima per Ancona col suo amicissimo Ascanio Minato!...

L'Aglaura diventava di tutti i colori durante questa furibonda invettiva di Spiro. Quand'egli tacque, s'era già ricomposta alla solita gravità.

— Or bene – diss'ella guardando nel volto Spiro con occhio sicuro – or bene, la giustizia ha avuto effetto. Dio la serbò per sé, e non ha voluto ch'io me ne macchiassi le mani. Benedetta la clemenza di Dio!...

— Ah è proprio vero? – soggiunse Spiro amaramente, saettandomi delle sue occhiate sempre piú truci e sinistre. – E avete anche la sfrontatezza di confessarmelo?... Non lo amavate piú?... Temetemi, o Aglaura! Perché una mia sola parola può vendicarmi della vostra impudenza!...

— Temervi? – riprese sempre con calma l'Aglaura – due cose sole io temo, la mia coscienza e Dio!... Fra poco non temerò piú nessuno.

— Che pensereste di fare? — le domandò Spiro quasi minacciosamente.

— Uccidermi — rispose fredda e sdegnosa l'Aglaura.

— No, per tutti i santi! – le dissi io allora interponendomi. – Io ebbi un vostro giuramento; lo manterrete.

— Avete ragione, Carlino – rispose ella – non mi ucciderò!... Ma infelice voi, infelice io: faremo causa comune. Ci sposeremo, e pensi Dio al resto.

Credetti che mi crollasse il soffitto sul capo, di tal forza fu l'urlo che scoppiò allora dalle viscere di Spiro. Si gettò innanzi cogli occhi chiusi e colle braccia protese. Credo che se ci avesse abbrancati saremmo rimasti stritolati. Io mi gettai davanti all'Aglaura e feci schermo del mio corpo a quel briaco furore. Allora egli si riebbe dall'improvviso delirio, gli si incolorò la fronte d'una rabbia quasi infernale, e aperse le labbra a parlare, ma gli morí nelle fauci la voce. Vidi che un grande castigo pendeva allora da quelle labbra, e per sopportarlo aveva ristretto ogni mia forza intorno al cuore: ma egli finí col mordersi le mani, volgendo sopra di noi un'occhiata insieme di compassione e di scherno...

— E se... — aveva egli cominciato a dire come rispondendo a un interno sospetto che non andò piú innanzi, e subito le sue sembianze si ricomposero, il pallore gli si stese sul volto, le membra cessarono di tremare; tornò insomma uomo, fin'allora sembrava proprio una fiera. Tutti questi particolari mi rimasero fitti in capo tanto per ordine, dacché tutta la notte seguente altro non feci che volgerli rivolgerli e commentarli per indovinare da essi le tremende e misteriose passioni che agitavano l'animo di Spiro. Mi sembrava impossibile che lo sdegno d'un fratello dovesse scoppiare cosí bestiale e violento.

Dopo avere racquistato quella calma, almeno apparente, il giovine greco sedette in mezzo a noi; e ben accorgemmo lo sforzo da lui fatto per rimanere, ma non osammo rimproverarglielo. Egli ci spiava ambidue con occhio furtivo, e di volta in volta la compassione l'abbattimento e un ultimo resto di rabbia alternavano i loro colori sulle irrequiete sembianze.

Ci narrò allora che la mancanza di lettere da parte di suo padre proveniva da questo ch'egli avea dovuto partire precipitosamente per l'Albania e per la Grecia donde non era tornato peranco.

— E cosí – soggiunse egli – e cosí, Aglaura, voi non volete seguirmi a Venezia ove rimango solo, senza felicità e senza speranza?

— No, Spiro, non posso seguirvi — rispose la giovinetta chinando gli occhi sotto gli sguardi infiammati del giovine.

Spiro mi guardò ancora, che se la sua occhiata non mi divorò fu proprio perché non la poteva: indi si volse ancora alla fanciulla.

— Che speranza mai vi mena ora pel mondo, Aglaura!... Per carità, ditelo!... finalmente ho diritto di saperlo!... Son vostro fratello!

Queste ultime parole gli stridevan tanto fra i denti che le intesi appena.

— Ditemi se avete legami di affetto o di doveri — continuò egli. – Vi giuro che vi aiuterò a santificarli.

(Qui un nuovo stridore, ma piú tormentoso e diabolico di prima).

— No, non ho nulla! — rispose con voce semispenta l'Aglaura.

— E dunque perché non mi segui? — le domandò Spiro, rizzandosi dinanzi a lei come il padrone dinanzi ad una schiava.

— Temo che voi lo sappiate!... — disse l'Aglaura lasciando cadere una ad una queste parole sull'ira di Spiro già pronta e rinfiammarsi. E infatti ottennero l'effetto di calmarlo ancora.

Egli volse per la stanza uno sguardo lungo e indagatore; indi partí dicendone che il domani ci avrebbe veduti e che tutto in un modo o nell'altro sarebbe finito. Allora, per quanto io supplicassi l'Aglaura perché mi chiarisse alcune parti del dialogo che non giungeva a comprendere, mi fu impossibile cavarne una sola parola. Piangeva, si stracciava i capelli, ma non voleva confessarsi d'una sillaba. Un poco sdegnato un po' impietosito io mi ritirai nella mia stanza, ma non mi venne fatto di pormi a giacere, e una tormentosa fantasticaggine mi tenne alzato fin dopo mezzanotte. Allora sentii picchiare alla mia camera e credendo che fossero ordini del mio capitano dissi stizzosamente che entrassero. La camera dava sulla scala e m'avea dimenticato di dare il chiavistello alla porta. Con mia somma meraviglia, invece d'un soldato rividi Spiro: ma cosí cambiato in un paio d'ore, che non mi sembrava piú lui. Mi pregò umilmente di perdonargli le furibonde escandescenze di prima; e mi supplicò per quanto avevo di piú sacro che mi adoperassi presso alla Aglaura per ottenergli del pari il perdono. Davvero ch'io ci perdeva la testa, ed egli finí di farmela perdere, gridando cogli occhi sbarrati che egli l'amava e che non poteva piú trattenersi.

— L'amate? – gli risposi io – ma mi pare che siate perfettamente in regola! Non siete dello stesso sangue, figliuoli degli stessi genitori?... Amatevi dunque, che Dio vi benedica!

— Non mi comprendete, Carlo – soggiunse Spiro. – Or bene, mi comprenderete ora! Aglaura non è mia sorella; essa è figliuola di vostra madre; voi siete suo fratello!...

Allora un lampo subitaneo rischiarò il buio dei miei pensieri, ma stava appunto per domandar spiegazioni di questo straordinario viluppo quando l'Aglaura, avendo udito quelle parole pronunciate a voce alta da Spiro, si precipitò nella stanza e addirittura nelle mie braccia, piangendo di consolazione.

— Lo sentiva – diceva ella – lo sentiva e non osava pensarlo!

Smarrito, confuso, non sapendo cosa credere, ma commosso fin nel profondo del cuore io stringeva sul mio seno la faccia lagrimosa dell'Aglaura. Avrei chiesto dopo schiarimenti e prove; intanto godeva il supremo conforto di trovare un'anima sorella in quel mondo dove io m'aggirava desolato come un orfano. Spiro ci contemplava con un muto raccoglimento che lo dimostrava insieme e compagno della nostra gioia e pentito delle sue furie. Come poi ci riebbimo da quel dolce e tenerissimo sfogo, egli ci narrò che mia madre avea mandato l'Aglaura al padre suo dall'ospedale ove l'avea partorita ed era morta pochi giorni dopo. Mio padre, avuta contezza di ciò, avea scritto da Costantinopoli all'Apostulos ch'egli s'incaricherebbe a suo tempo della bambina, come figliuola che la era di sua moglie; ma che la tenesse intanto per sua, onde ella non avesse a vergognare della sua nascita. – Chi avrebbe sospettato tanto amore tanta delicatezza in mio padre? – Io ne lo benedissi con tutta l'anima; e pensai che spesso fra i sassi piú ruvidi e greggi s'asconde il diamante. Spiro raccontò poi le tronche parole di sua madre dalle quali avea indovinato il mistero della nascita d'Aglaura già prima di partire per la Grecia. Tornando coi sogni di quei quindici anni pel capo, vederla e innamorarsene era stato tutt'uno: ma se gli era opposto invincibile l'amore di quell'Emilio al quale senza conoscerlo aveva votato un odio immortale. L'odio si convertí in furore, e l'amore s'accrebbe di tutta la tenerezza della pietà quando avea saputo l'infame condotta, l'impostura e i tradimenti di quel giovane, di cui qualche barlume doveva essere trapelato anche all'Aglaura.

— Oh sí! certo; – saltò a dire l'Aglaura – per cos'altro credete ch'io mi movessi di Venezia se non per punirlo della sua perfidia verso la patria?

— Oh perché dunque mi proibivi sempre di biasimarlo? — soggiunse Spiro.

— Perché? – riprese l'Aglaura con un filettino di voce. – Aveva paura di te... di te, mio fratello!

— Ah! è vero! – gridò il povero giovane. – Era un infame!... Ma come comandar sempre ai proprii occhi?... Come crederti e trattarti come sorella quando sapeva che non lo eri, quando covava per te un amore antico di quindici anni e rafforzato da tutti gli stimoli della lontananza?... Perdona agli occhi miei, Aglaura!... S'essi peccarono talvolta, non ne ebbe colpa la volontà!...

— Oh vi perdono! Spiro – sclamò singhiozzando l'Aglaura. – Ma se mi fossi sentita veramente vostra sorella, avrei io diffidato di quelle occhiate; lasciatemi credere che la malizia non fosse né mia né vostra, o almeno divisa per metà!

Io chiesi allora a Spiro con bastevole ingenuità perché tre ore prima non ci avesse scoperto quel dolce segreto, e si fosse divertito invece a rappresentarci quella feroce scena da Oreste. Egli non sapeva come rispondere; pur finalmente si sforzò a farlo, dicendo che, dopo saputi i nuovi amori di Emilio e che la signora fuggita con essolui da Milano a Roma non era l'Aglaura, dei mostruosi sospetti gli avevano martoriato il cuore.

— Qui – soggiunse egli – qui stasera a prima giunta trovandovi abbracciati insieme quei sospetti finirono di travolgermi la ragione!... Mio Dio! quale sventura! dico sventura, perché non ne avreste avuto colpa, e tuttavia sono fatalità che come i delitti piú tremendi lasciano nell'anima eterni rimorsi... Mi capite ora, Carlo!... Io era pazzo!

Infatti io rabbrividii figurandomi quanto egli avrebbe dovuto soffrire.

— Pure non ci svelaste nulla! — io replicai.

— Oh fu un momento, fu un momento che tutto fui per isvelare! cosí credeva che mi sarei vendicato!

— E vi tratteneste?

— Per compassione, Carlo, per giustizia mi trattenni! Se il male era già avvenuto, perché punir voi innocenti? Meglio era ch'io partissi recando altrove la mia disperazione la mia gelosia, e lasciando a voi la felicità piuttostoché cambiarla in un rimorso irreparabile!...

— Oh Spiro! quanto eravate generoso! – io sclamai. – Un'anima come la vostra piú che l'amore e la gratitudine comanda l'ammirazione!...

L'Aglaura piangeva a cald'occhi stringendomi il braccio con una mano e guardando forse Spiro tra le dita dell'altra.

— Ditemi ora dove foste per tutte queste ore — io richiesi volgendomi a Spiro.

— Prima di tutto fui all'aperto, all'aria libera a respirare, a chieder ispirazione da Dio; indi come il cuore mi consigliava tornai in questa casa, interrogai i padroni, i portinai... Oh ci volle poco, Carlo, ci volle poco perché mi ricredessi!... Quel vapore di disperazione s'era disciolto; già mi pareva impossibile che Dio permettesse colle sembianze dell'innocenza una tanta nefandità. Quando poi udii la vita che voi menavate qui, proprio come fratello e sorella, semplice modesta riservata! quando udii i delicati riguardi da voi tenuti sempre verso l'Aglaura, allora la certezza della vostra innocenza mi slargò il cuore, allora compiansi maledii la mia stolta precipitazione e giurai che non avrei lasciato passare una notte senza togliervi dal cuore il coltello ch'io vi aveva confitto!... Deh per carità, Carlo!... Aglaura, se mai col mio grande affetto meritai nulla da voi, compatitemi, perdonatemi, serbatemi se non altro un cantuccio nella vostra memoria... e se la mia presenza vi richiama qualche crucciosa rimembranza... allora...

Io mi volsi tacitamente all'Aglaura, ché per me non mi sentiva da tanto di rimeritare la bella magnanimità di Spiro. Ella mi comprese o comprese forse il proprio cuore: onde prese la mano del giovine, e mettendola nella mia, cosí com'eravamo uniti tutti e tre in una sola stretta, soggiunse:

— Basta, Spiro! Ecco la nostra risposta! Formeremo una sola famiglia!...

Il resto della notte fu goduto in amichevoli e lieti conversari e nell'esaminare le carte recate da Spiro e lasciate dal padre suo a Venezia, dalle quali era comprovata evidentemente la nascita dell'Aglaura nell'ospitale di Venezia e dalla povera mia madre. Il nome del padre non appariva; e come ben potete figurarvi, nessuno si sognò di notare questa spiacevolissima mancanza. Tirammo innanzi come se appunto il padre fosse una comparsa superflua nel mistero della generazione; io sapeva abbastanza i non pochi disordini della buon'anima di mia madre nell'ultimo stadio di sua vita, li compativa anche, ma né la pietà filiale né il rispetto di me medesimo e del nome paterno mi consigliavano di metterli in luce. Accettai dunque l'Aglaura per sorella di tutto cuore, ne ringraziai il cielo come d'un insperato e prezioso presente, e m'adoperai a tutt'uomo perché il presente fosse reso piú gradito a mille tanti col cambiare in parentela l'amicizia che mi univa a Spiro. Fu un po' malagevole per l'Aglaura questo passaggio dall'idee di morte di odio di vendetta a quelle di pace d'amore e di nozze; ma col mio aiuto e con quello di Spiro le superò. D'altronde ella vedeva che cosí tutto si accomodava e le donne per far tutti contenti sono anche capaci di maritarsi, quando peraltro con questi ripieghi accontentino prima di tutti se stesse. A quei tempi c'erano poche formalità per un matrimonio. Interpretando la tacita volontà di Spiro io m'ingegnai tanto e con sí felice esito che, prima della partenza della legione, ebbi la consolazione di vederlo sposo dell'Aglaura. Partimmo poi da Milano di conserva perché il signor Ettore mi concesse di buona voglia il permesso di accompagnarli fino a Mantova; di colà io l'avrei raggiunto a Firenze per la via di Ferrara. Quella breve meteora di contentezza famigliare m'era necessaria per rompere il buio del mio orizzonte che cominciava a minacciar troppo. Benché anche di mio padre Spiro mi avea recato qualche notizia se non diretta certo credibilissima. Lo dicevano giunto felicemente a Costantinopoli e inteso piucchemai all'opera gravissima che lo preoccupava, nella quale peraltro improvvisi ostacoli lo avevano ritardato. Stava bene, e avrebbe mandato sue nuove o sarebbe tornato ad impresa fornita. La partenza per la Grecia del vecchio Apostulos poteva addentellarsi alle macchinazioni di mio padre in Turchia, ma capii che Spiro o non ne sapeva o non potea dirne di piú, e cambiai discorso raccomandandogli soltanto di farmi giungere al piú presto e ovunque mi trovassi qualunque novella di mio padre fosse per arrivare.

L'Aglaura, che avea preso il partito di aver comune con me il padre giacché aveva la madre, mi rispose in nome suo che sarebbe fatto, e che ella cercherebbe ogni modo d'averne contezza sovente, poiché anche a lei stava a cuore un sí buon papà. Ci separammo a Mantova proprio il giorno che quella città aveva ottenuto il permesso definitivo di aggregarsi alla Cisalpina; la mestizia dei commiati nostri andava perduta nella gioia nella speranza universale. Io aveva ritrovato una sorella, mi pareva di esser sulla buona via per trovare una patria; ben mi stava di vivere s'anco avessi perduto per sempre l'amore. Intanto ci demmo la posta a Venezia, tutti repubblicani, liberi, contenti! Essi scomparvero in un calesse sulla via di Verona, io ripresi a piedi la strada della città, fuor della quale li avea accompagnati un buon miglio. Quell'ammasso di case di torri di cupole in mezzo all'acqua del Mincio mi fece pensare a Venezia: cosa volete? Invece di sorridere, sospirai; il passato poteva sopra di me assai piú del futuro, o lo stesso futuro mi traspariva qual doveva essere, di gran lunga diverso dalla creatura prediletta dell'immaginazione. Cionullameno quella festa d'una città italiana, già signora di sé, con corte, con leggi, con privilegi proprii, la quale si metteva uguale colle altre per esser libera o serva, felice od infelice insieme alle altre, mi saldò nel cuore un bel germoglio di speranze. Sono di quelle speranze che son sicure di crescere, e che morti noi, crescono nel petto dei figliuoli e dei nipoti finché tutte le loro parti abbiano avuto effetto di realtà. Anche i Gonzaghi diventavano omai una vecchia memoria storica. *Parce sepultis*, purché non facciano la burla di Lazzaro; ma costoro non ce la faranno mai; ove trovar Marta che preghi per essi?... In fin dei conti hanno stipendiato Mantegna, hanno fatto dipingere a Giulio Romano la volta dei Giganti, hanno liberato il Tasso dallo spedale, hanno vinto o perduto nella persona del condottiero la battaglia di Fornuovo, vi par poco? Era tempo che si mettessero anch'essi a giacere a canto dei Visconti, degli Sforza, dei Torriani, dei Bentivoglio, dei Doria, dei Colonna, dei Varano e di tutti gli altri. Fortunatissimi che furono gli ultimi; ma temo che abbiano dormito un bel pezzo ritti come i fanciulli ostinati: e chi dovea vegliare dopo essi pestava inutilmente i piedi.

Comunque la sia io partii da Mantova di miglior umore che non mi sarei immaginato. La mia borsa affatto smilza (figuratevi se i mille ducati avean poco sofferto della lunga dimora mia e dell'Aglaura a Milano), la mia borsa, e insieme una certa modestia soldatesca non mi permisero che un biroccino fino Bologna; uno di quei veicoli che danno al paziente alcune delle illusioni di chi siede in carrozza, con tutti gli incommodi di chi trotta sopra un cavallo da mugnaio. Le carrettelle del Vicentino e dell'alto Vicentino non ci avevan nulla a che fare; somigliavano gondole a paraggio di questi frulloni. Or dunque arrivai a Bologna coi nervi tutti offesi e accavallati; fu per istirarmeli che mi accinsi pedestre al passaggio dell'Appennino. Oh qual viaggio incantevole! oh che scene da paradiso!... Credo che se fossi stato proprio felice di dentro, avrei detto anch'io al Signore, come san Pietro: "Vi prego, piantiamo qui i nostri padiglioni". Ho poi udito dire che ci domini troppo il vento in quegli ingroppamenti di montagne; ma allora, benché ridesse appena lievemente la primavera, era tuttavia una pace un tepore una ricchezza di colori e di forme in quel cantoncino di mondo, che ben ci si accorgeva di essere sulla strada di Firenze e di Roma. Giunto poi a Pratolino donde l'occhio divalla sulla sottoposta Toscana il mio entusiasmo non conobbe misura; e credo che se avessi conosciuto i piedi e gli accenti, avrei improvvisato un cantico sul fare di quello di Mosè. Quanto sei bella, quanto sei grande, o patria mia, in ogni tua parte!... A cercarti cogli occhi, materia inanimata, sulle spiagge portuose dei mari, nel verde interminabile delle pianure, nell'ondeggiare fresco e boscoso dei colli, tra le creste azzurrine degli Appennini e le candidissime dell'Alpi, sei dappertutto un sorriso, una fatalità, un incanto!... A cercarti, spirito e gloria, nelle eterne pagine della storia, nell'eloquente grandezza dei monumenti, nella viva gratitudine dei popoli, sempre apparisci sublime, sapiente, regina! A cercarti dentro di noi, intorno a noi, tu ti nascondi talora per vergogna la fronte; ma te la rialza la speranza, e gridi che delle nazioni del mondo tu sola non moristi mai!

Allora infatti l'Italia era forse ai primordi della sua terza vita; primordi ignari e sconvolti come i primi passi d'un bambino. In Toscana come in Piemonte v'aveva la strana sconcordanza d'un principe che regnava e d'un general francese che imperava. Parevami proprio vedere i re della Bitinia, della Cappadocia o di Pergamo con Silla, Lucullo, e quegli altri dabbenuomini ai panni. Morivano essi lasciando erede il popolo romano; ma né Lucullo né Silla né i generali francesi di sessant'anni fa avevano scrupolo di prelevare qualche legato... A Firenze trovai il Carafa, ma non l'intera legione che s'era avviata verso Ancona per le rimostranze di neutralità fatte dal Granduca. Il signor Ettore pareva molto pensieroso; io credeva pensasse ai suoi soldati, ma egli si stizzí anzi ch'io glieli avessi recati a mente. Malediceva a denti stretti le donne, dicendo ch'è una vera sciocchezza la nostra il degnarsi di uscire alla luce da cotali demonii.

— Diavolo, capitano, e donde vorreste nascere? — gli chiesi.

— Dal Vesuvio, dall'Etna, dai gorghi tempestosi del mare! – egli mi rispose. – Non già da questi mostricciuoli armati di forza viperea che si vendicano di averci fatto nascere col toglierci oncia ad oncia la vita!...

— Capitano, siete proprio infelice e pessimista in amore?...

— Lo credo io!... Con un'amante che mi ama e non mi ama; cioè mi ha amato o si è lasciata amare come vorrei io una settimana, ed ora vuol amarmi alla sua maniera, che è la piú strana ed insopportabile della terra!

— Quale maniera, capitano?

— Quella dei datteri, che fanno all'amore l'uno in Sicilia e l'altro in Barberia.

Io ne risi un poco di questo paragone; ma in fondo in fondo quando si veniva sul discorso di guai amorosi ci aveva pochissima voglia di ridere. Siccome poi non reputava il signor Ettore maestro consumato in tali faccende, e del resto gli voleva bene assai, cosí mi presi la libertà di suggerirgli un consiglio.

— Offendetela nella superbia – gli dissi. – Improvvisatele una rivale.

— Vedrò: – soggiunse egli – intanto tu raggiungi i nostri ad Ancona. A Roma ti saprò dire della bontà o meno del tuo consiglio, che mi ha idea di esser molto vecchio e corrotto dal lungo uso.

— Sapienza vecchia dà frutto nuovo — io replicai. E corsi via per vedere cosí all'ingrosso Firenze, prima di ripartire per le Marche. A Firenze tutto mi piacque meno l'Arno, che per avere cosí bel nome, è molto piccolo fiume. Però giustizia vuole si osservi che tutti i fiumi soffrono dal piú al meno un tal calo sopra i meriti decretati loro dalla fama. Io trovai soltanto il Tamigi che attenesse la promessa; ed anco fui avvilito di vederlo andar a ritroso ad un minimo buffo d'aria. Per un cosí immenso fiume l'è invero arrendevolezza schifosa! Ma quanti uomini grossi che somigliano al Tamigi! Quante donne che somigliano a Londra! cioè, scusatemi, s'appoggiano volentieri a un fiume che ha molta acqua, molta vastità e dubbia corrente!... Vi fu un *pacioloso* padovano che in una nota barcarola cantava alla sua bella:

Vieni, somiglia a Londra,
Sei un basin d'amor!

Egli non avrebbe creduto che io sudassi tanto un giorno per giustificare la lezione un po' arrischiata della sua strofa.

Dall'Arno all'Adriatico furono tre giorni; e da Ancona a Roma dieci, perché s'avanzava coll'intera legione e non essendo avvezzi a camminar molto, bisognava cominciare con precauzione. Allora ebbi agio a convincermi che i primi nemici che un esercito nuovo incontra nelle sue imprese sono i polli ed i preti. Non valevano né minacce né rimproveri né castighi. Pollo voleva dir schioppettata, e prete burle e baldoria. Ammazzavano i polli per mangiarli in casa del prete e bere del suo vino; del resto tutto finiva lí, e se gli abati erano gente della legge, con un cicino di disinvoltura e una patina politica finivamo col separarci ottimi amici. Uno di cotali arcipreti bastava per un giorno a far propendere in favore di Pio VI gli animi della intera legione; gli è vero che a quel tempo il cardinal Chiaramonti aveva messo d'accordo Religione e Repubblica colla sua famosa Omelia, e si poteva propendere in favore di tutti. Per me, piú vado innanzi e piú m'avvedo che ogni religione ci guadagna assai a tenersi lontana dalla politica; gli è inutile; né l'olio si mescolerà mai coll'aceto, né il sentimento alla ragione, senzaché nascano sostanze spurie e scipite.

Eccoci finalmente a Roma. Io ne aveva una voglia che non ne poteva piú. Sentiva che Roma solamente avrebbe potuto farmi dimenticar la Pisana; e mentre pur mi confidava in una cotale dimenticanza, andava almanaccando che cosa ne poteva esser di lei, architettava conghietture, creava e ingigantiva paure, dava corpo e movimento alle ombre piú mostruose che si potessero vedere. I suoi cugini di Cisterna, capitati da poco a Venezia, Agostino Frumier, quello slavo, Raimondo Venchieredo, lo schernitore, mi parevano ad ora ad ora altrettanti rivali; ma tutte quelle supposizioni svanirono quando lettere dell'Aglaura e di Spiro mi confermarono l'assenza della Pisana e che la sua famiglia nulla sapeva e poco curava sapere di lei. La Contessa pappava il frutto degli ottomila ducati e le bastava; il conte Rinaldo passava dall'ufficio alla Biblioteca, dalla Biblioteca alla tavola e al letto senza darsi pensiero che altri uomini vivessero al mondo: ambidue miserabili, miserabilissimi; ma non si curavano di affannarsi pegli altri. Convenite con me che se non eroismo fu certamente una bella costanza la mia di starmene a ordinar piuoli e a comandar movimenti sul monte Pincio, mentre avrei corso e frugato tutto il mondo per trovar la mia bella! La amava, sapete, proprio piú che me stesso; e per me che non vendo ciurmerie di frasi ma faccio professione di narrare la verità, questo è tutto dire. Nonostante aveva il coraggio di metter innanzi la patria, e benché facessi allora uno sforzo a inchiudere anche Napoli in quest'idea, Roma mi aiutava a vincer la prova. Roma è il nodo gordiano dei nostri destini, Roma è il simbolo grandioso e multiforme della nostra schiatta, Roma è la nostra arca di salvazione, che colla sua luce snebbia d'improvviso tutte le storte e confuse immaginazioni degli Italiani. Volete sapere se un cotal ordinamento politico, se quella cospirazione di civiltà e di progresso può reggere e portar buon frutto alla nazione nostra?... Nominate Roma; è la pietra di paragone che scernerà l'ottone dall'oro. Roma è la lupa che ci nutre delle sue mammelle; e chi non bevve di quel latte, non se ne intende. Né voglio negare che il mirar troppo a Roma abbia fatto trascurare talvolta scopi piú vicini ed accessibili, dei quali avremmo potuto giovarci come di gradini a ulteriore salite; ma certo il mirar troppo non fu né tanto dannoso né cosí disonorevole come il mirar nulla; e nessun periodo di storia italiana fu confuso ed illogico al pari di quello che aggiunse mostruosamente all'Impero di Francia il Dipartimento del Tevere.

Intanto, giunto che fui a Roma, successe del mio dolore quello che d'ogni piccola cosa al soverchiar d'una grande. Restò stupito, soffocato, dimenticato quasi. Che può essere infatti l'infelicità d'un uomo in cospetto dei lutti d'un'intera nazione?... Io ritrovava quasi una pace stanca, una mestizia senza amaritudine contemplando gli avanzi fulminati della gran caduta: sopra di essi mi parevano giuochi e freddure le pompe le minutaglie dei secoli cristiani. Solo nelle catacombe vagolava uno spirito di fede e di martirio che sublimava il cristianesimo sopra i grandiosi sepolcri pagani. Io mi curvava tremebondo sotto quelle sante memorie di sacrifizio e di sangue; e le torture e le flagellazioni e i vituperi e gli strazii e la morte lietamente sofferta per un'idea ch'io ammirava senza comprenderla, impiccolivano agli occhi miei quella soma d'affanni ch'io mi dava ad intendere di non poter trascinare. Nell'emulazione dei grandi sta la redenzione dei piccoli.

Peraltro se il vivere nella Roma antica dei consoli e dei martiri mi dava qualche conforto, la Roma d'allora invece mi empieva di rammarico e quasi di spavento. Il Papa se n'era andato senza scherni e senza plauso; perché avendo dovuto rimettere molto della pompa e della magnificenza colle quali era solito vivere, il popolo non si accorgeva piú di lui. Dallo splendore della corte e delle cerimonie, piú che dalla virtù e dalla santità della vita si misurava l'eccellenza del principe del cristianesimo. Una confusione di cose venerabili per religione e per età ladramente vituperate, di schifezze levate a cielo e splendidamente decorate, di stupidi superstiziosi e di vili rinnegati, di saccheggi e di carestie, di epuloni e di affamati, di frati cacciati dai conventi, di monache strappate ai loro ritiri, di cardinali inseguiti dai cavalleggieri, e di cavalleggieri scannati dai briganti; tutto andava a soqquadro, si rovesciava alla perdizione; giudice del bene o del male il talento annebbiato od illuso d'ognuno: un mescolarsi di resistenze pretesche, di arbitrii francesi, di licenze popolari e di assassinii privati; un mettersi avanti di grandi ed onesti nomi per coprire l'infamia dei piccoli; continui mutamenti senza fede senza sicurezza, cagionati dalla rapacità di chi amava pescare nel torbido. E Francesi che bestemmiavano ai traditori italiani e transteverini che insorgevano, gridando: — Viva Maria!... — Il sangue scorreva nei boschi, sulle maremme, nelle caverne; città e campagna s'armavano con egual furore; ma fin nei cunicoli del Culiseo, fin nei montani ricoveri, in braccio alla moglie, ai piedi dei vecchi genitori erano perseguitati i ribelli. Murat ammazzava fucilava impiccava; i superstiti andavano al remo, e chi li diceva martiri chi galeotti.

Nessuna semente maggiore di discordia e di ribellioni future che questa opinione dei popoli che cambia in altare il patibolo. Quattro commissari del Direttorio francese eran venuti a risuscitare le vecchie parole di consolato, senato, tribunato e questura; togliendo loro autorità coll'adoperarle a coprire cose affatto nuove e piuttosto che repubblicane, servili, pel precipizio con cui erano imposte. I cinque consoli si cambiavano ad ogni cambiar d'umore del generale francese; tuttavia la confederazione della Repubblica Romana (grave nome a portarsi) fu celebrata coll'egual solennità della Cisalpina. E fu coniata una medaglia che portava sulla doppia faccia le due scritte: *Berthier restitutor urbis*, e *Gallia salus generis humani*. Alla prima seppimo quanto credere: la seconda, Dio lo voglia!

In un cotanto disordine anzi smembramento e tracollo della cosa pubblica quali potessero essere argomenti da rendere ai Romani assetto di nazione civilmente e secondo i proprii bisogni ordinata, io certo non lo so. Per questo non mi dà il cuore di biasimare davvantaggio quegli uomini che vi accudirono allora, e con effetto impari certo ai disegni. V'hanno certi dissesti morali ed economici nella vita d'un popolo, originati da lunghi secoli di corruzione di ozio e di servitù, per riparar ai quali non basta l'accorgimento e la tolleranza del paziente stesso, come per guarire non basta all'infermo sapersi malato e desiderar salute. Medici arditi e sapienti si vogliono che operino coraggiosamente e impongano al malato la quiete la fiducia la pazienza. Per sanare i guasti d'un dispotismo cancrenoso e immorale, nulla di meglio che una dittatura vigorosa e leale. S'anche taluni torcessero il naso a questa opinione, la storia risponde loro trionfalmente coi suoi argomenti veramente filosofici e invitti, che si chiamano necessità. Odiar le dittature si può, ma bisogna sopportarle; bisogna, come castigo ed espiazione. I legislatori del secolo passato, che dopo il trafugamento di Pio VI si tolsero di dare una costituzione alle Romagne, ebbero sulle spalle a mio credere il peso piú imponente che dorso politico abbia mai tentato di sollevare. S'accasciarono sotto; ma chi sarebbe stato ritto?... Cesare forse con trenta legioni, senz'altri amminicoli legali.

Dopo il sollevamento generale del contado, l'esercito quasi tutto raccolto in Roma fu sperperato a pattuglie a guarnigioni a rinforzi nelle varie cittaduzze e altri luoghi murati delle Romagne. Fummo assieme pochi giorni con Lucilio con Amilcare con Giulio, e con essi visitai le belle cose di Roma e dei dintorni; ma quando avvenne il frastagliamento dell'occupazione militare, Giulio ed Amilcare furono mandati a Spoleto, io e Lucilio restammo nel Castel Sant'Angelo. La mia legione aspettava sempre il suo capitano che tardava a giungere da Firenze; ma forse non si dava fretta perché la pochezza delle forze francesi e le grandi fortificazioni interne di re Ferdinando non lasciavano lusinga per allora d'una guerra napoletana. Per poltrire in un seggiolone, com'è il destino del soldato in tempo di pace, tanto valeva un caffè di Firenze come quelli tutti di Roma. Almeno io spiegava cosí la tardanza del Carafa. Intanto continuava con Lucilio a godermi le belle antichità di Roma e a studiarmi la storia coll'aiuto dei monumenti. Era l'unico svagamento che mi restasse contro lo sconforto che mi aggravava sempre piú per le mancanti notizie di Venezia. Mia sorella e il cognato scrivevano; perfino mio padre scrissemi per mezzo loro da Costantinopoli che attendessi a sperare e a prepararmi; erano scarsi aiuti, nessuno sapeva darmi contezza della Pisana neppur per sospetto o per conghiettura. Udiva anzi che a Venezia si trattava di ventilare la sua eredità, segno che la credevano o la speravano morta; e questa faccenda nella quale ravvisai la crudele avidità della Contessa non vi so dire in qual furore mi mise. A questo s'aggiungevano i disinganni politici che cominciavano a tempestare. Le mutazioni imposte agli Statuti cisalpini da Trouvé, ambasciatore di Francia coll'aiuto delle baionette francesi, davano a divedere di qual lega fosse la libertà concessa alle repubbliche italiane. Securi contro l'Austria per la pace già stabilita, vollero stringer il freno, per aver piú pronta la direzione delle cose. Si tornava a mutare per cambiar poi di nuovo, soldatescamente tirannicamente sempre. Tantoché le menti piú forti ed illuminate si separarono da quel governo servile d'un altro governo pazzo e capriccioso, e fra i diversi combattenti, fra i varii partiti stranieri, cominciarono non a fare ma a sperare da sé. Nell'esercito cisalpino furono molti di cotali uomini indipendenti; principali Lahoz, Pino e Teulliet. Noi subalterni e gregari secondavamo, come è solito, le opinioni dei capi; e un odio sordo una profonda diffidenza contro i Francesi preparava sventuratamente il terreno alla nuova invasione austro-russa.

Quando Dio volle arrivò il Carafa da Firenze, ma irto ringhioso severo quanto mai. Egli si fregava sempre colla mano quella cicatrice che aveva sul sopracciglio ed era pessimo segno. Il peggio poi si fu che volendo egli, se non poteva assaltar Napoli, accostarsi almeno al confine napoletano, tolse la sua legione e me con essa da Castel Sant'Angelo e ci mandò a stanziare a Velletri, una cittaduzza campagnuola, quali se ne vedono tante nella campagna di Roma, pittoresca di fuori, orribile sozza puzzolente di dentro: piena il giorno d'aratri, di carri, e di mandre di buoi e di cavalli che vengono e vanno; la notte ricreata dal muggir delle vacche, dal canto dei galli, e dalle campanelle dei conventi. Un vero sito da ficcarvi un poveruomo per guarirlo dalla malattia dei bei paesi e dei larghi orizzonti. Il Carafa alloggiava fuori di città in un convento saccheggiato dai repubblicani francesi, dov'egli avea mandato innanzi da Roma quanto bisognava per renderlo, se non splendido, almeno commodo ed abitabile. Poche guardie lo difendevano; e un paio di cannoncelli da campagna tirati da muli. Nelle intime stanze nessuno poteva entrare fuori del suo cameriere, che nella legione aveva voce di mago. Del resto le pastorelle che giravano pei dintorni, e quelle che recavano il latte al convento, dicevano di aver veduto alla finestra una gran bella signora: e doveva essere l'amante del signor Ettore. Gli altri soldati piú antichi di me al suo servizio, che l'avevano sempre veduto continente come uno che non ha tempo di pensare a simili freddure, non credevano a tali baie; e novellavano piuttosto che quella fosse una maga, o una qualche principessa napoletana ch'egli voleva mettere al posto della regina Carolina.

I luoghi possono molto sull'immaginazione della gente: e i dintorni di Velletri inspirerebbero ad ogni sano intelletto stregonerie e fiabe, come i pascoli e le cascine del Lodigiano inspirano gli elogi del cacio e della pannera. Io solo forse mi serbava alieno da tali gotiche credenze, sapendo benissimo che si può durare un bel pezzo nella continenza, e sfrenarsi poi a farne una per colore con la ghiottornia di chi fu digiuno per un pezzo. Ad esempio vi recherò Amilcare, il quale raccontava di non aver assaggiato vino infino ai vent'anni; dai vent'anni in su, nessuno ne beveva tanto quanto lui. Lo stesso caso poteva esser succeduto al Carafa. Or dunque io credeva piú ad un genuino e fiero innamoramento che a qualunque stregheria, e sopra ciò fra me ed i compagni correvano frequenti alterchi e perfino scommesse. Dopo la mia separazione da Lucilio mi era fatto cosí burbanzoso e intrattabile che poco ci voleva a farmi saltar la mosca al naso: diedi dei capi guasti e dei credenzoni a chi vedeva meraviglie e magie. Fui rimbrottato come uomo migliore a parole che a fatti; ed eccomi nella necessità di dimostrar loro che non era vero. D'altra parte il martello continuo che mi pestava di dentro e la noia di quella vitaccia poltra e bestiale mi rendevano incresciosa la quiete e mi congratulai d'aver trovato un appiglio a muovermi, a fare non foss'altro delle corbellerie. Il capitano aveva proibito, pena la vita, che ufficiali o soldati, fuor quelli di fazione, s'avvicinassero al convento, ove avea fermato il quartier generale. Quel luogo era vicinissimo al confine; il nuovo esercito napoletano, per formar il quale s'eran tassati perfino i preti e le monache, s'addensava ogni giorno piú nei finitimi confini dell'Abruzzo; qualche avvisaglia poteva nascere, anzi era già nata, piú per impazienza dei gregari, che per deliberato volere dei capi; non voleva il Carafa che col disperdersi la legione da quella parte s'incontrasse qualche spiacevolezza affatto fuori di tempo. Ma questi dettami di prudenza sconcordavano assai dalla solita temerità, e il vero si era ch'egli non voleva occhi importuni intorno al convento. Io giurai ai miei compagni che sarei andato, che avrei veduto, nascesse quel che poteva nascere, e una sera di domenica fu scelta pel gran cimento.

Il mio disegno era questo: di dar una voce d'allarme alla guarnigione del convento, e di girar le mura e penetrare nell'orto per la cinta ruinosa del medesimo mentre tutti avrebbero badato al luogo dove si aspettava il nemico. Quella sera, per esser festa, il grosso della truppa era sparpagliato per le bettole di Velletri; e grandi scompigli non potevano nascere. L'inganno si sarebbe scoperto, ed io avrei fornito il fatto mio prima che gli ufficiali avessero raccozzato le loro schiere. Il Carafa, uscito certamente per dar gli ordini, non poteva vedermi, le altre persone del convento, qualunque si fossero, certo non conoscevano me; e l'unico pericolo, abbastanza grande per verità, si era ch'io fossi scoperto nello scappar fuori del convento; ma la scusa non mancava di esser penetrato per salvarmi da una scorreria di cavalli napoletani. Credessero o no, non me ne importava; e dovessi anche pagare quel capriccio a prezzo di sangue, aveva promesso e voleva mantenere.

Infatti verso il cader del sole, pigliando argomento da un gran polverio che si vedeva sorgere rimpetto al convento dalla parte della montagna (ed erano forse mandre che scendevano), io e alcuni de' miei compagni interessati alla scommessa, fingendoci sorpresi in una bettola vicina, corsimo fino alla prima scolta gridando che si avanzavano i Napoletani, e che dessero il segno mentre noi salivamo di gran fretta a Velletri ad ordinare il resto. In pochi momenti la piccola guarnigione fu pronta, perché il Carafa prevedendo simili casi aveva immaginato un'imboscata sul lato sinistro della strada, e non lasciò cosí che una sentinella o due intorno al monastero, divisando che l'era sempre a tempo a ritirarvisi, e che il grosso della legione scendendo intanto da Velletri avrebbe preso il nemico fra due fuochi. Mentr'egli disponeva cosí la sua piccola schiera in catena sopra certe colline coronate di cipressi e di lauri che fiancheggiavano la strada, e in mezzo ad essi attendeva a collocare i due cannoncelli colla solita antiveggenza ed operosità che non si riscontravano in altri che in lui, io e i miei compagni ridendo allegramente di quel parapiglia con un breve giro per la campagna ci ridussimo alla parte posteriore del convento dove l'orto combaciava quasi colla maremma. Essi stettero osservando; io scavalcai lievemente il muro; e via per mezzo all'orto dove i cavoli in semenza e il verziere abbruciato dal sole attestavano la non finita quaresima dei proscritti cappuccini. Quando fui giunto al fabbricato del convento, spiai le finestre e la porta per trovare un buco da entrarvi; ma era faccenda piú disagevole di quanto m'avea figurato. Le finestre erano munite d'inferriate solidissime, e le porte d'imposte di acero che avrebbero resistito ad una catapulta. Mi trovava, come si dice, a Roma, e non potea veder il Papa. In quella vidi lí presso fra alcuni alberi una scala a piuoli che avea dovuto servire all'ortolano dei frati per dispiccar le pesche, e pensai che gli aditi del piano superiore non erano forse cosí gelosamente guardati come quelli del terreno. Adattai la scala e mi misi alla prova. Le imposte infatti della prima finestra che tentai, erano solamente accostate senza alcuna sicurtà di chiavacci e di sbarre. Le apersi pian piano, vidi ch'era una specie di guardaroba cambiata dal signor Ettore in armeria, e buttai dentro una gamba. Ma mentre stava per passar coll'altra, un romore uno scalpito un gridio udito poco lontano mi fece restar sospeso, cosí com'era, a cavalcione del davanzale. Sullo stesso muro da me scavalcato vidi sorgere un cappello a tre punte, indi un altro e un altro ancora. Era gente che aveva gran fretta di entrare, e pareva piú disposta a fracassarsi il capo precipitando dalla muraglia nell'orto, che a restare dall'altra. Uno di essi giunto al sommo s'apprestava a discendere, quando tuonò come un'archibugiata; egli stese le braccia, e giù come un vero morto. Intanto quelli ch'eran già passati la davano a gambe traverso i cavoli; li ravvisai pei miei compagni, e non li ebbi conosciuti appena, che sul solito muro cominciarono a sorgere altri cappelli, e dietro i cappelli altre teste e braccia e gambe che non finivano piú. Ne calava uno e ne sorgevan dieci; una vera invasione, la vera piaga delle locuste che oscuravano l'aria.

— I Napoletani! i Napoletani! — gridavano i miei compagni arrivati sotto al muro e arrampicandosi frettolosamente su per la scala in capo alla quale io sedeva.

— Piano, adagio! – rispondeva io. – Se no vi ammazzerete tutti senza aspettare che vi ammazzino essi.

Infatti la scala con un uomo per ogni piuolo scricchiolava come un pero troppo carico di frutta. Io prudentemente mi era ritirato con ambedue le gambe nella stanza, e credeva fare piú che non fossi obbligato, col tenerli forniti di buoni consigli.

— Uno alla volta!... Non intralciatevi le gambe gli uni cogli altri!... Non isquassate tanto la scala!...

Tutto in un momento un fischio di qua un fischio di là, uno scoppio per l'aria come di quattro o cinque saette che s'azzuffassero, e vicino a me uno scotimento tale che mandò in pezzi i cristalli. Sette dei miei colleghi balzarono nella stanza, uno rimase fuori morto, fortuna che fu proprio morto e non ferito;

aggiungendosi l'altro ucciso mentre scavalcava il muro si aveva il conto giusto, che eravamo proprio in dieci. Corbezzoli! non v'avea proprio dubbio; le erano state schioppettate e ferme al loro indirizzo!... Sentiva allora per la prima volta l'odor della polvere. A me la fece l'effetto d'una convulsione di riso, come di chi l'ha scapolata bella. Peraltro non vorrei giurare che non avessi nulla, proprio nulla di paura: almeno mi si lasci il vanto della sincerità. Tuttavia se ebbi paura, non ne ebbi tanta che mi vietasse di tornar alla finestra e far un certo gesto molto espressivo a quei scursicioni napoletani, che guardavano in alto senza poter seguirci per aver noi ritirato con molta bravura la scala. Quel gesto fu il tocco magico che mise l'entusiasmo in petto ai miei compagni; ma anche i nemici non burlavano, e cominciarono una certa musica coi loro schioppi che non dava gran voglia di affacciarsi al balcone per guardar il tempo. Noi ci eravamo serviti di fucili di coltelli e di pistole in quell'armeria cosí opportunamente disposta; rendevamo i saluti con tutta compitezza; e mentre essi a noi sforacchiavano i cappelli, noi a loro spalancavamo il cranio e la pancia. Non so se fossero contenti del cambio. Peraltro la continuazione di quella commedia ci dava da pensare. Da dove fossero sbucati quei Napoletani?... Che il capitano non ne sospettasse nulla? Che essi fossero già in cammino da senno dalla parte della maremma mentre noi gridavamo il falso allarme verso la montagna? Cosí era successo infatti; e una semplice bizzarria potea costarmi salata a me, a tutta la legione, e dar anche ad uno scherzo ad una bravata l'apparenza del tradimento. Intanto si continuava a schioppettare dall'alto in basso con maggior fortuna che dal basso in alto, quando credemmo accorgerci che i nemici rallentassero non poco della loro vivacità. Qualcuno di noi s'apparecchiava a cantar vittoria e fors'anche a dare addosso a quei pochi ostinati che non volevano ritirarsi e scorazzavano dietro le piante del verziere, quando s'udí sotto i nostri piedi un fragore come d'uno scoppio sotterraneo, e poco stante un correre uno scalpitare nelle stanze terrene susseguito da grida da urli da bestemmie e da giaculatorie secondo il pio costume dei Napoletani quando vanno in guerra. Ciascuno di noi fu soprappreso da terrore; mentre i bersaglieri ci tenevano a bada, il grosso degli assalitori avea sfondato una porta con una piccola mina; il convento era invaso; uno contro dieci sarebbe stato vano il pensiero di resistere. Io allora, che mi sentiva nella coscienza tutto il rimorso di quella malaugurata fazione, mi slanciai coraggiosamente alla testa dei compagni. Poche parole, un pronto e buon esempio, e capii che mi avrebbero secondato a dovere.

— Amici, vadano le nostre vite, ma non cediamo il piano superiore!... — Pensate all'onor vostro, all'onore della legione!... — Cosí dicendo m'era gettato fuori della guardaroba, e giunto sulla scala m'era ingegnato a barricare la porta con armadi con tavole ed altri mobili che potemmo raccozzare. I Napoletani salivano sicuri, ma trovarono tra le fessure alcune bocche di moschetto ben appostate che li fecero dar indietro gli uni sugli altri.

— Coraggio, amici! – soggiunsi – un soccorso non può tardare!... — Infatti mi pareva impossibile che al rumore delle archibugiate il signor Ettore non ispiccasse taluno a vedere di che si trattava. Non mi sarei mai figurato che quel giorno appunto fosse destinato alla prima mossa dell'esercito napoletano, e che egli fosse da parte sua molto affaccendato a tenerne lontani gli scorridori, perché la legione avesse campo di uscir da Velletri. Ad ogni modo ci adoperammo tanto bene dietro il buon riparo d'una doppia porta di quercia che i nemici dimisero affatto il pensiero di salire per la scala. Ci avvidimo peraltro ch'essi lo avevano dimesso per entrare in un altro piú pericoloso ancora; pareva che avessero appiccato il fuoco sotto i nostri piedi; il fumo pei fessi del solaio penetrava nell'andito ove eravamo e ci toglieva il respiro; poco dopo cominciarono a crepitare le travi, e le fiamme a farsi strada tra i mattoni arroventati. Fuggimmo a precipizio nelle stanze vicine, e un minuto dopo quel pavimento crollava con fracasso spaventevole. Ma anche nelle altre stanze la sicurezza non era maggiore; l'incendio s'era dilatato in un attimo, perché c'erano sotto appunto i magazzini della paglia; bisognava uscire o rassegnarsi a morire abbrustoliti. I miei compagni con pistole fra mano e la spada fra i denti si precipitarono dalle finestre, e sgominando per la sorpresa i pochi nemici distratti dalla vista dell'incendio, si ritrassero a salvamento sulla collina. Uno solo, inciampato nel cadere, si slogò e si ruppe una gamba, benché il salto da quella parte fosse discretissimo; e subito quei sicari gli furono addosso come lupi ad un agnello, e a dirvi le torture e gli strazii che gli fecero soffrire, sarei tacciato senza fallo di bugiardo, perché sembrerebbe impossibile che tanto si infierisse contro una creatura umana in un attimo di tempo. Io mi ritrassi raccapricciando; pure una forza sovrumana mi comandava di non fuggire; mi relegava fra quelle muraglie già invase dalle fiamme. Altre creature vi erano chiuse, non sapeva chi; ma bastava perché io, cagione innocente di quell'eccidio, mi sacrificassi ad una lontana lusinga di poterle salvare. Correva come un pazzo pei lunghi corritoi, passava da porta a porta per le innumerevoli celle e pei profondi appartamenti del chiostro; l'aria si riscaldava sempre piú come d'un forno in cui si rattizzi mano a mano la fiamma. Dappertutto era solitudine e silenzio; solo gli urli di fuori e un lontano strepito d'archibugiate aggiungeva terrore a quegli angosciosi momenti. Deliberato a non tentare la fuga se prima non era ben certo che anima umana non restasse in quell'inferno, mi avventurai a un disperato passaggio sopra quell'andito il cui pavimento ci era quasi crollato sotto ai piedi. Restavano alcune travi fumiganti e da un lato della muraglia una specie di volta che copriva una scala sottoposta. Passai correndo sopra questa, e mi diedi a vagare dissennato per quell'altra parte dell'edifizio. Giunsi ad una porta chiusa che non avrebbe resistito certamente all'urto di due braccia animate come le mie dalla disperazione.

Tuttavia gridai prima angosciosamente: — Aprite, aprite! — Mi rispose uno strido che mi parve di donna, e in pari tempo una palla di pistola, uscita da un traforo dell'uscio, mi passò rasente le tempie e andò a conficcarsi nel muro dirimpetto.

— Amici! amici! — io gridai. Ma nuove strida soffocarono la mia voce, e un nuovo colpo di pistola partí dalla porta, che mi sfiorò un braccio e me ne fece zampillare il sangue.

Io diedi entro disperatamente coll'una spalla in quella porta, deciso a salvarli anche loro malgrado se erano amici, a farmi uccidere se nemici. L'uscio cadde in pezzi, e affumicato sanguinoso colle vesti arse e stracciate io mi precipitai in quella stanza che parvi certamente un dannato. Rovesciai nel mio impeto una donna che correva qua e là per la stanza colle palme levate al cielo o accapigliate nelle trecce come ossessa dalla paura. Un'altra donna mi fuggiva dinanzi, e parve disposta a volersi salvare precipitandosi dalla finestra; ma io fui piú presto a raggiungerla, e la cinsi delle mie braccia mentre appunto il suo corpo spenzolava dal davanzale. Le vampe che uscivano dal piano sopposto le incenerirono i capelli, due o tre archibugiate salutarono la nostra apparizione alla finestra; io la sollevai per ritrarla da quella posizione cosí pericolosa dicendole che era amico, accorso per salvarla, che non temesse o eravamo perduti... Il suo volto, bello d'una sublime disperazione, si volse precipitosamente... Io fui per cadere come colto da una palla nel petto... Era la Pisana! La Pisana!... Mio Dio! Chi potrebbe esprimere la tempesta che mi si sollevò nel cuore?... Chi può dar un nome a ciascuna di quelle passioni che me lo sconvolgevano? L'amore, l'amore fu la prima, la piú forte, la sola che raddoppiò la virtù del mio petto, e diede all'animo mio un'audacia invincibile!

La sollevai sulle spalle, e via con essa tra le fiamme, tra i solai scricchiolanti, le mura rovinose, e il rimbombo delle volte crollanti!... Scesi sul dinanzi dove le vampe lasciavano ancora un passaggio; ma da destra e da sinistra sentiva da un'aria infocata affogarmi la gola. Un ultimo sforzo! Chi dirà mai ch'io cada con un tal peso sulle braccia?... Chi dirà mai ch'io abbandoni alle fiamme queste belle membra ch'io ammirai tante volte come l'opera piú perfetta della natura, e questo volto incantevole dove la generosa anima sua trapela lampeggiante, come la folgore tra le nubi?... Io avrei traversato un vulcano senza paura di allentar d'un capello la stretta con cui cingeva quel corpo prezioso e quasi esanime. Foss'ella morta, e io sarei morto io pure per poter pensare nell'istante supremo: "Son caduto per lei e con lei!...". Timori, sospetti, gelosie, vendette che mi avevano gonfiato il cuore un istante s'erano dileguati; l'amore era rimasto solo, colla sua fede che rinasce dalle ceneri come la fenice, colla sua forza che vince la stessa morte perché la disprezza e l'obblia.

Colla Pisana in collo, colla disperazione nel cuore, la minaccia piú spaventosa negli occhi, rotando forsennato una spada sgominai una fila di nemici che si scaldava spensierata all'incendio del convento. Mi ricorda aver traveduto fra essi un frate che pregava il cielo e arringava devotamente i soldati. Era il priore del convento che avea guidato i soldati della Santa Fede a quella tremenda vendetta; egli diceva che i nemici della religione erano rimasti arrostiti nel proprio unto. Ma l'ultimo di questi invece, non nemico della religione ma dei fanatici che le mettono l'armi alla mano, sfuggiva miracolosamente al loro furore. Se Dio guardava in quel momento sopra Velletri, certo che i suoi favori furono per la Pisana e per me. Sempre correndo giunsi alle colline dov'era disposta l'imboscata del Carafa, ma là le sorti del combattimento erano state ben diverse. Incontrammo i piú indiavolati dei legionari che dopo aver ributtato i Napoletani fin nelle gole della montagna tornavano per voltarsi contro gli incendiatori del convento. Ettore stesso, che solo in quel momento avea ricevuto l'annunzio di quanto avveniva alle sue spalle, si precipitava colà alla testa de' suoi, incerto se sarebbe giunto in tempo, certo che la difesa o la vendetta sarebbero state tremende e irresistibili al pari. Io mi nascosi fra i lauri di quella costiera finché fu passato; ma poi ne ebbi pietà, e fermato un caporale che gli teneva dietro con un nuovo drappello raccozzato a Velletri, lo incaricai di dirgli che colei ch'egli sapeva era già in salvo nella città. Infatti, mossi ancora alcuni passi e imbattutomi in due de' miei soldati, consegnai loro la Pisana perché la portassero; quanto a me era proprio sfinito e durai fatica a tener loro dietro fino sul monte che porta sulla cima Velletri. Colà arrivato, la acconciai nel mio letto, le feci aprir la vena da un barbiere lí presso, e finch'ella rinveniva, per toglierle la commozione della sorpresa, uscii sopra un loggiato che prospettava la campagna. Si vedeva il convento simile in tutto ad un gran rogo, le fiamme rossastre e fumose si disegnavano sempre meglio sopra il cielo che s'imbruniva, e al loro tetro bagliore si vedevano luccicare le baionette dei legionari che premevano alle reni i fuggiaschi Napoletani. La battaglia era vinta e tristi presagi circondavano il primo ingresso dei liberatori nei confini della Repubblica Romana.

Quando rientrai, la Pisana s'era già posta a sedere sul letto e mi accolse con minor confusione di quanto mi sarei aspettato. Fu anzi ella la prima a parlare, il che mi sorprese assai per l'economia di fiato ch'ella usava fare anche in momenti d'assai meno scabroso discorso.

— Carlo – mi diss'ella – perché non mi hai lasciato dov'era?... Sarei morta da eroina e a Roma mi avrebbero messa nel nuovo Panteon.

Io la guardai esterrefatto, giacché quelle parole mi sapevano di pazzia; ma ella mostrava ragionare col suo miglior senno, e dovetti rispondere a tono.

— Lasciando te avrei dovuto restare anch'io! – soggiunsi con voce tanto commossa che stentava a tirar innanzi. – Ti giuro, Pisana, che sul primo momento che ti ravvisai ebbi una gran voglia di ucciderti e di morire!

— Oh perché non lo hai fatto? — gridò ella con tale accento del quale mi fu forza riconoscere la sincerità e la disperazione.

— Non l'ho fatto... non l'ho fatto, perché ti amo! — le risposi colla fronte china come chi confessasse una propria vergogna.

Ella non fu per nulla umiliata da quel mio cipiglio; anzi levando fieramente le ciglia, come una vergine offesa:

— Ah mi ami, mi ami? – esclamò. – Empio, traditore, spergiuro! Che il cielo ascolti le tue menzogne e te le faccia colare in gola mutate in piombo rovente!... Tu mi hai calpestato come una schiava, mi hai ingannato come una scimunita; e al mio fianco, fra le mie braccia stesse, meditavi il tradimento che hai consumato!... Oh felice te! Felice, che un uomo s'interpose fra te e me!... Ch'egli tolse di mano a me la vendetta, e me ne porse un'altra che forma la mia vergogna, il mio tormento di ogni giorno, d'ogni minuto! Altrimenti sul seno stesso della tua druda t'avrei piantato un pugnale nel cuore; e aveva tanta forza in questo mio braccio che d'un colpo solo v'avrei annientati ambidue!... Va', ora va'!... Godi della mia umiliazione, e del tuo trionfo!... Mi hai salvata la vita!... Il generoso sei tu!... Alla prossima decade avrai una corona civica intorno alle tempia; ma io sarò tanto imperterrita da rifiutare la feccia di quel calice disonorevole che mi si vuol imporre! Avrò il coraggio di sfidare quell'amor furibondo cui mi sono rabbiosamente venduta!... Sono sei mesi ch'io lo schernisco, ora lo sbeffeggerò!... Vendetta per vendetta!... Una pugnalata di sua mano recherà a me la morte, ed al tuo cuore pusillanime un rimorso senza fine!...

Udirmi maledire in tal modo da colei che m'aveva tradito cosí orrendamente, alla quale io avea serbato una fede candida un amore costante, e pur allora lo aveva provato coll'esporre la mia vita nel salvare la sua, per quanto il modo ed il luogo dove la trovava dovessero inviperire la mia rabbia, e convertir l'affetto in furore, vederla furibonda e sdegnosa contro di me, mentre l'aspettava umile e tremante, fu un cotal colpo che mi lacerò le viscere. L'ira mia si sollevò fino contro Dio, il quale permetteva che l'innocenza fosse maltrattata cosí indegnamente, e che il vizio armato di fulmini si godesse di atterrirla dall'alto del suo trono di vergogne.

— Pisana – gridai con voce soffocata e travolta da singhiozzi – Pisana, basta! Non voglio, non posso piú ascoltarti!... Le parole che ora pronunciasti sono piú vili piú oscene dei tuoi tradimenti!... Oh non istà a te, non istà a te l'accusarmi!... Mentre confessi il delitto piú mostruoso che l'amante possa commettere contro l'amante, hai ancora la crudeltà e la baldanza di pascerti delle mie lagrime, di godere de' miei tormenti, e di fingerti offesa e vituperata per minacciarmi una vendetta piú sanguinosa, ma pur sempre meno indegna di quella che hai già consumato contro di me!... Taci, Pisana; non una sola parola di piú:

o io rinnego quanto v'è ancora di giusto e di santo al mondo; io mi strappo dal petto l'onore e lo butto ai cani come un abbominio!... Sí, rinnego anche quell'onore bugiardo che soffre quaggiù la vergogna dovuta agli spergiuri senza rispondere con uno scoppio di vulcano a sí sfrontate calunnie!

La Pisana si strinse la fronte colle mani e si mise a piangere; indi improvvisamente balzò dal letto, ove l'aveano adagiata vestita com'era, e fece motto di voler uscire dalla stanza; io la trattenni.

— Dove vuoi andare ora?

— Voglio andare dal signor Ettore Carafa: conducimi tosto dal signor Ettore.

— Il signor capitano sarà ora occupatissimo nel dare la caccia ai Napoletani, e non ci sarebbe tanto facile trovarlo; d'altronde egli fu avvertito del tuo salvamento e non può fare che non ti raggiunga appena lo potrà.

Queste ultime parole io le condii d'un discreto sapore d'ironia, ond'ella inalberandomisi dinanzi:

— Guai a lui, o guai a te! — sclamò con atto profetico.

— Guai a nessuno – io le risposi con fronte sicura – guai a nessuno; pur troppo!... Io sarei ben fortunato di poter uccidere taluno!...

— Perché non uccidi me? — uscí ella a dire con molta ingenuità.

— Perché... perché... perché sei troppo bella... perché mi ricordo che fosti anche buona!

— Taci, Carlo, taci!... Credi che verrà presto il signor Ettore?

— Non te lo dissi?... Appena potrà!...

Ella tacque allora per lunga pezza, e al dubbio chiarore della luna che entrava dalla loggia vicina, vidi che molti e varii pensieri le traversavano la fronte. Ora fosca, ora raggiante, ora tempestosa come un cielo carico di nuvole, ora calma e serena come il mare d'estate; si componeva talvolta all'attitudine della preghiera, poco dopo stringeva il pugno come avesse in mano uno stilo e ne ferisse a piú riprese un petto aborrito. Colle vesti discinte, brutte di sangue e di polvere, coi capelli semiarsi e scarmigliati, colle sembianze scomposte dalle vicende terribili di quella mezza giornata, ella poggiava il gomito sulla tavola affumicata e sanguinosa pur essa. Sembrava qualche negra pitonessa uscita dall'Erebo allora e meditante gli spaventevoli misteri della visione infernale. Io non osava rompere quel tetro silenzio, avea anch'io bisogno di raccogliermi e di pensare, prima di provocare le rivelazioni della tetra Sibilla. La storia del cuor suo e quella della sua vita dopo la mia partenza si illuminavano a sprazzi nella mia atterrita fantasia; ma aveva ribrezzo di guardare, sentiva che pel momento era uno sforzo superiore alle mie forze. Se taluno mi avesse detto: "a prezzo di farti stupido io prometto convincerti della innocenza della Pisana", certo io avrei accettato il contratto.

Indi a un'ora circa il signor Ettore Carafa solo, accigliato, entrò nella stanza. Non aveva cappello, ché l'aveva perduto nella mischia, cingeva il fodero senza spada perché l'aveva spezzata nel cranio d'un dragone dopo avergli segato l'elmo per mezzo alla cresta; la sua cicatrice s'imbiancava d'un pallore quasi incandescente. Salutò, si mise tra me e la Pisana, e aspettò che alcuno di noi parlasse. Ma la Pisana non lo lasciò aspettare a lungo, ché con fare superbo e stizzoso gli domandò che ripetesse la storia de' miei amori colla bella greca; e narrasse la cosa ingenuamente come l'aveva narrata a lei. Il Carafa infatti, chiestone a me licenza, narrò senza scomporsi quello che aveva saputo di tali amori nei crocchi di Milano, e della bella giovane, e della gelosia con cui la teneva nascosta agli occhi di tutti.

— Ecco, Pisana, cosa vi narrai – conchiuse egli – quando appena giunta a Milano veniste da me a chiedermi se nulla sapeva di Carlo Altoviti mio ufficiale e degli amori suoi che facevano tanto chiasso appunto pel loro mistero. Narrando ciò, non facea che ripetere la voce di tutti, e ne andava certamente illeso l'onore di colui ch'era l'eroe di quei tali amori. Ho fallato?... Non mi pare!... Di null'altro debbo render conto a nessuno!

La Pisana parve soddisfatta abbastanza di questa temperatissima arringa del Carafa, e si volse a me, come il giudice al reo dopo la deposizione d'un testimonio irrefragabile.

— Pisana, perché mi guardate a quel modo? — soggiunsi.

— Perché? – diss'ella – perché vi odio, perché vi disprezzo, perché vorrei potervi fare piú onta che non vi feci col buttarmi nelle braccia d'un altro...

Io inorridii di tanto cinismo; ella se n'avvide e si contorse tutta come uno scorpione toccato da una bragia. Si pentiva d'essersi mostrata qual era, veramente diabolica ed insensata in quel momento di rabbia.

— Sí – riprese ella – guardami pure!... Io posso amare un uomo ogni giorno, quando tu giuravi di amar me, e macchinavi già di rapire l'Aglaura!...

— Insensata! — gridai. Corsi al mio baule, ne trassi alcune lettere di mia sorella, e le buttai sulla tavola dinanzi a lei. — Un lume! — ordinai poi sulla porta; ed avutolo lo posi vicino alla Pisana, e le dissi: — Leggete!

La fortuna mi aiutava col lasciarle ignorare ch'io non conosceva la mia parentela coll'Aglaura quand'eravamo fuggiti da Venezia; avvisai utile il lasciarglielo ignorare anch'io, per non invilupare piucchemai i mille particolari di quella scena dolorosa e malagevole. Ella lesse due o tre di quelle lettere, le passò ad Ettore dicendo: — Leggete anche voi! — e mentr'egli le scorreva in fretta dando segno di maraviglia e di dispiacere, ella andava dicendo fra i denti: — Mi hanno tradita!... È stata una congiura!... Maledetti, maledetti!... Li divorerò tutti!...

— No, Pisana, nessuno ti ha tradito; – le dissi io – tu fosti a tradir me!... Sí, tu!... Non difenderti!... Non invelenirti contro di me!... Ma se m'avessi amato davvero, oh io poteva essere spergiuro infame scellerato che mi ameresti ancora!... Lo sai, Pisana, lo sai perché te lo dico?... gli è perché lo sento. Gli è perché tal quale or sei, mi vergogno a dirlo, io t'amo, io t'adoro ancora!... No, non sgomentirti! Ti fuggirò, non mi vedrai mai piú!... Ma lasciami prendere di te questa sola vendetta, che tu sappia di aver fatto l'eterna sventura di quell'uomo al quale potevi essere gioia, conforto, felicità per tutta la vita!...

Carafa aveva scorso intanto alcune delle lettere e me le rese dicendo:

— Perdonate; m'ingannò la voce pubblica, ma non ebbi intenzione d'ingannare.

Una cotal scusa in bocca d'un tal uomo mi commosse a segno che a stento frenava le lagrime; infatti io vedeva il gran sforzo indurato dal signor Ettore per poter ottener tanto dal proprio animo. L'alterigia piegava sbuffando sotto la forza inesorabile della volontà. La Pisana piangeva e una doppia vergogna le impediva di rivolgersi al pari al signor Ettore e a me. Questi ebbe compassione, non so bene se di me o di lei, e mi chiamò per qualche momento, diss'egli, fuori della stanza. Mi narrò com'era stato il suo primo abboccamento colla Pisana, com'ella sapendomi ufficiale al suo servigio si rivolgesse a lui per piú certa contezza, e che ella era già delirante di gelosia, ed egli invaghito di lei al primo sguardo. Insomma mi confessò che, credendomi innamorato morto della mia greca, non aveva creduto illecito il giovarsi di quella fortuna che gli capitava in mano; tanto piú soave e desiderata, quanto pochissime volte l'amore era penetrato nel suo duro petto di soldato. Si era perciò ingegnato di volgere a suo pro' il furore della Pisana, e vi era infatti riuscito in quei primi giorni.

— Ma poi — soggiunse egli — non ci fu piú verso ch'ella volesse ricordarsi di quei primi giorni d'ebbrezza. A Milano, a Firenze, a Roma mi seguí sempre muta, altera, insensibile; godendo delle mie smanie, rispondendo alle mie preghiere e alle minacce con questa acerba parola: "Mi son vendicata anche troppo!". Oh quanto soffersi, Carlo! Quanto soffersi! Ve lo giuro che foste vendicato anche voi! Pregava, supplicava, piangeva, faceva voti a Dio ed ai santi, non mi riconosceva proprio piú!... Perfino alla corruzione ricorsi, e tentai coll'oro la sua cameriera, una certa veneziana dalla quale non volle mai separarsi...

— Chi? – esclamai io – come si chiamava?

— L'era una certa Rosa; una disgraziata che avrebbe venduto una sorella per dieci carlini. Ma oggi fu punita spaventosamente di ogni suo trascorso; e l'ho veduta fatta carbone fra le rovine del convento!... Or bene, neppure per l'infame intercessione di colei ottenni nulla; mi era avvilito abbastanza, mi sembra. La tolsi di Roma per menarla qui in questa solitudine, ove avea deliberato di ricorrere anche alla forza per ricondurla a' miei desideri!... Vani pensieri, o

Carlo!... La forza cade in ginocchio dinanzi ad un suo sguardo!... Io capiva che qualche suprema deliberazione, qualche passione invincibile me l'avea tolta per sempre dopo le concessioni quasi involontarie d'un momento di sorpresa!... Io vi scopersi tutta intera la verità, benché non debba esserne gran fatto vanitoso; traetene voi il vostro giudizio, e regolatevi a vostra posta. Il mio quartier generale sarà domani sera a Frascati, perché il general in capo Championnet ha ordinato una ritirata completa sopra tutta la linea. Consultatevi colla Pisana. La mia casa le sarà sempre aperta, perché io non dimentico mai né i favori altrui, né le mie proprie promesse.

Ciò dicendo il Carafa mi strinse la mano senza molta effusione e si ritirò ripigliando il suo fiero cipiglio guerresco; mi parve che nel rilevare il petto e nello scuotere leggermente i capelli, egli gettasse le spoglie del gineceo per rivestire la pelle leonina d'Alcide.

Io rientrai dalla Pisana senza far parola, e aspettava ch'ella m'interrogasse.

— Dov'è andato il signor Carafa? — chies'ella infatti con molta premura.

— Ad ordinare la ritirata sopra Frascati — risposi.

— E pianta qua me?... E non mi dice nemmeno dove va?

— Egli ha detto a me che lo significassi a voi. Vedete ch'egli non manca ad alcuno de' suoi doveri di cavalleria, e che non si rifiuta dall'osservare gli obblighi contratti con voi!

— Obblighi con me?... lui?... Me ne meraviglio!... Egli non avrebbe altr'obbligo che di rendermi quello che m'ha rubato; ma son cose che non si restituiscono. Infine poi non sarò la prima donna che si sia fatta rispettare senza avere al fianco la spada ignuda d'un paladino!... Favorite chiamare la mia cameriera!

— Vi dimenticate dove l'abbiamo lasciata?... Ella restò vittima dell'incendio!

— Chi?... La Rosa?... La Rosa è morta?... Oh poveretta me, oh disgraziata me! Son io, son io che l'ho lasciata perire a quel modo!... Me ne sono dimenticata quando appunto dovea prenderne maggior cura! Maledizione a me che avrò sempre sulla coscienza il sangue d'una innocente!

Io mi sforzai a darle ad intendere che essendo ella svenuta in quel parapiglia e bisognevole del mio soccorso per fuggire, non la potea già darsi pensiero né della Rosa né di nessuno. Ella seguitò a lamentarsi, a sospirare, a parlare con una volubilità incredibile, senza peraltro far parola piú di seguire il Carafa o di volersi partire da sola. Per me aveva tanta compassione di lei che l'amor mio non avrebbe sdegnato di tornar umile e carezzevole come una volta, purché l'avesse fatto le viste di desiderarlo.

— Carlino – mi diss'ella ad un tratto – quando partiste da Venezia voi non sapevate che l'Aglaura fosse vostra sorella, perché altrimenti me l'avreste detto.

— No, non lo sapeva — risposi non vedendo ragione di mentir oltre.

— E tuttavia viveste insieme proprio come fratello e sorella.

— Era impossibile altrimenti.

— E quanto tempo durò questa vostra vita innocente e comune?

— Certo parecchi mesi.

La Pisana ci meditò sopra un pochino, indi soggiunse:

— Se io dormissi qui sopra questa seggiola, Carlo, ve ne avreste a male?

Le risposi ch'ella poteva anche adagiarsi nel letto a sua posta, che io aveva da basso un altro giaciglio ove avrei cercato di pigliar sonno. Infatti si mostrò molto lieta di questa licenza, ma aspettò per approfittarne che io fossi disceso dalla scala. E allora, siccome per curiosità mi era fermato ad origliare, la udii dare il chiavaccio alla porta con molta cura di non far romore. L'anno prima a Venezia non avrebbe fatto cosí, ma dalle precauzioni usate a non farsi intendere capii che tutto era effetto di vergogna.

Il giorno dopo non si parlò piú del giorno prima; cosa facilissima per la Pisana che si dimenticava di tutto e difficilissima per me che non costumo nutrir d'altro il mio presente che delle memorie passate. Mi chiese in che modo saremmo partiti, cosí come se da qualche anno fossimo avvezzi a viaggiar insieme; acconciati alla meglio in un curricolo, la sua festività naturale mi fece parer brevissima la gita fino a Frascati. L'amore non venne piú in ballo, ma un'amicizia come di fratelli, piena di compassione e d'obblio, gli era succeduta. Notate che io parlo dei discorsi e delle maniere; quanto a ciò che bolliva sotto, non vorrei far sicurtà, e alle volte io credetti sorprendermi in qualche movimento di stizza per la dabbenaggine con cui aveva accettato quel tacito e freddo compromesso. La Pisana sembrava beata di esser non dirò amata ma sofferta da me; cosí ingenua, cosí ubbidiente, cosí amorevole si serbava, che una figliuola non avrebbe potuto esser di meglio. Era, credo, una muta maniera di domandar perdono; ma non l'aveva ottenuto? Pur troppo io ebbi sovente quella facilità censurata tante volte in lei di perdonare e dimenticare torti affatto imperdonabili! Tuttavia non ismetteva nulla del mio dignitoso contegno: e a Spoleto a Nepi ad Acquapendente a Perugia in tutti i luoghi dove Championnet condusse l'esercito per raccozzarne le membra sparse ed apparecchiarle meglio alla riscossa, noi menammo la vita di due fratelli d'armi, che hanno goduto la loro gioventù, e danno giù, come si dice, ogni giorno peggio nel brentone del positivo.

Intanto re Ferdinando di Napoli e Mack suo generale entravano trionfalmente in Roma. I Francesi s'erano ritirati per prudenza, e l'esimio generale ne dava invece il merito a' suoi complicatissimi piani strategici. La Repubblica Romana era ita a soqquadro come un edificio di carte da giuoco: si stabiliva sotto il patrocinio del Re un governo provvisorio. Ma intanto il barone Mack non istava colle mani alla cintola e complicava sempre piú i proprii piani per cacciar Championnet dallo Stato romano e forse forse da tutta Italia. Naselli era sbarcato a Livorno, Ruggiero di Damas ad Orbetello; egli, spartito l'esercito in cinque corpi, s'avanzava sulle due sponde del Tevere. Championnet senza tante complicazioni tempestò ruppe sbaragliò da tergo, sulla fronte, a destra ed a sinistra. Mack imbrogliato nei proprii fili si vide costretto a fuggire. Il suo re lo precedette sulla via di Caserta e di Napoli; e dopo diciassette giorni di catalessia risorgeva la Repubblica Romana alla sua misera vita. Championnet premeva vittorioso i confini del Regno: Rusca coi Cisalpini, Carafa colla Legione Partenopea scaramucciavano sulla prima fila. Già la rivoluzione mugolava minacciosa alle porte di Napoli.

CAPITOLO DECIMOSETTIMO

Epopea napoletana del 1799. La Repubblica Partenopea e la spedizione di Puglia. I Francesi abbandonano il Regno, Ruffo lo invade coi briganti, coi Turchi, coi Russi, cogli Inglesi. Ritrovo mio padre per vederlo morire e cader prigioniero di Mammone. Ma son liberato dalla Pisana, e mentre il sangue piú nobile e generoso d'Italia scorre sul patibolo, noi due insieme con Lucilio salpiamo per Genova ultimo e scrollato baluardo della libertà.

Quel popolo di Napoli, che armato in campo erasi sperperato dinanzi ad un pugno di Francesi per la complicatissima ignoranza del barone Mack, quel popolo stesso abbandonato dal Re, dalla Regina e da Acton, rovina del Regno, venduto dal vice-re Pignatelli ad un armistizio vile e precipitoso, senz'armi e senz'ordine, in una città vastissima e aperta d'ogni lato, si difese due giorni contro la cresciuta baldanza dei vincitori. Si ritrasse nelle sue tane vinto ma non scoraggiato; e Championnet, entrando trionfalmente il ventidue gennaio millesettecentonovantanove, sentí sotto i piedi il suolo vulcanico che rimbombava. Sorse una nuova Repubblica Partenopea; insigne per una singolare onestà fortezza e sapienza dei capi, compassionevole per l'anarchia, per le passioni spietate e perverse che la dilaniarono, sventurata e mirabile per la tragica fine.

Non erasi ancora stabilito a dovere il nuovo governo che il cardinal Ruffo colle sue bande sbarcava di Sicilia nelle Calabrie e poneva in grave pericolo l'autorità repubblicana in quell'estremo lembo d'Italia. Alcune terre lo accoglievano come un liberatore, altre lo ributtavano come assassino, e fortunatamente si difendevano, o venivano prese, arse, smantellate. Masnade di briganti capitanate da Mammone, da Sciarpa, da Fra Diavolo secondavano le mosse del Cardinale. Sette emigrati còrsi, spacciando uno di loro per principe ereditario, avevan bastato per levar a romore buona parte degli Abruzzi; ma i Francesi si opponevano gagliardamente, e ne impiccavano taluni con esempio solenne di giustizia. Non era quella una guerra tra uomini, ma uno sbranarsi tra fiere. Si attendeva in Napoli a rafforzare il governo, ad instillare nel popolo sentimenti repubblicani, a fargli insegnare un vangelo democratico tradotto in dialetto da un cappuccino, a dargli ad intendere che san Gennaro era diventato democratico. Ma da lontano strepitavano le armi russe di Suwarow e le austriache di Kray accennando all'Italia; la flotta di Nelson, vincitrice di Abouckir, e le flotte russe e ottomane, padrone delle isole Jonie, correvano l'Adriatico ed il Mediterraneo. Bonaparte, il beniamino della vittoria, si divertiva a trinciarla da profeta coi Beduini e coi Mamalucchi; con lui la fortuna avea disertato le bandiere francesi, e il solo valore le difendeva ancora sulle terre straniere ov'egli, fulmineo vincitore, le aveva piantate. Dopo alcuni mesi si avverò quanto si temeva. Macdonald succeduto a Championnet fu richiamato nell'alta Italia contro gli Austro-Russi che l'avevano invasa; lasciata qualche piccola guarnigione nel Castello di Sant'Elmo, a Capua, a Gaeta, egli dovette aprirsi il passo coll'armi alla mano, tanto la ribellione imbaldanziva oggimai anche sui confini dello Stato romano.

Io m'era abbattuto molte volte in Lucilio in Amilcare e in Giulio Del Ponte, durante quella guerra disordinata; ma sempre per pochissimi istanti, giacché le nostre colonne giovavano assai in quelle fazioni per lo piú d'imboscata e di montagna, e le adoperavano senza remissione a destra e sinistra sull'Adriatico e sul Mediterraneo. Aveva collocato la Pisana presso la Principessa di Santacroce, sorella d'un principe romano ch'era morto pochi mesi prima ad Aversa difendendo la Repubblica contro l'invasione di Mack. Era tranquillo per lei; il Carafa mi trattava con molta amorevolezza e riponeva in me una speciale confidenza. Null'altra brama aveva, null'altra passione che di veder trionfare quella causa della libertà cui mi era corpo ed anima consacrato. La partenza dei Francesi fu pei repubblicani di Napoli un colpo terribile. S'eran dati attorno assai, ma non quanto sarebbe bisognato per sopperire alla mancanza d'un sí valido aiuto. Lucilio, Amilcare, e il Del Ponte non vollero partire ad ogni costo; e chiesero d'esser ammessi alla legione di volontari che si formava allora sotto il comando di Schipani: il povero Giulio dopo tante marce, tante guerre, tante fatiche moveva veramente a pietà. In cento azzuffamenti, in dieci battaglie, egli era ito chiedendo l'elemosina d'una palla che non gli veniva concessa mai. Le forze gli venivano meno giorno per giorno, e raccapricciava all'idea di morire sul pagliericcio verminoso degli ospitali militari d'allora. I due amici lo confortavano ma con qual cuore! L'entusiasmo di Amilcare s'era convertito in un rabbioso furore, e la fede di Lucilio in una stoica rassegnazione. Se da cotali sentimenti possono esser ispirate parole di conforto, anche un disperato qualunque potrebbe dar lezioni di pazienza e di moderazione prima di appendersi al laccio.

In quel tempo la colonna di Ettore Carafa fu spedita nella Puglia per opporsi alla ribellione che guadagnava terreno anche in quella provincia. Io partii dopo aver baciato gli amici e la Pisana, forse per l'ultima volta. La presenza di costei a Napoli era nota soltanto a Lucilio; Giulio la sospettava, ma non osava parlarne; Amilcare aveva ben altro a che pensare! Non vedeva che Ruffo, Sciarpa, Mammone, e non li vedeva coll'immaginazione senza strangolarli almeno col desiderio. Quanto alla Pisana, fu quello il primo bacio che ebbe e sofferse da me dopo l'incontro di Velletri; voleva serbarsi fredda e contegnosa, ma quando le nostre labbra si toccarono, né l'uno né l'altra potemmo raffrenare l'impeto del cuore, ed io mi raddrizzai che tremava tutto, ed ella col viso irrigato di lagrime.

— Ci rivedremo! — mi gridò ella da lunge con uno sguardo pieno di fede.

Io risposi con un gesto di rassegnazione e m'allontanai. La Principessa di Santacroce, mandandomi pochi giorni dopo alcune lettere capitate per me a Napoli, mi scrisse d'un accesso di disperazione che avea menato la Pisana in fil di morte dopo la mia partenza. Ella si straziava furiosamente il petto e le guance, gridando che senza il mio perdono le era impossibile di vivere. La buona Principessa non diceva di sapere a qual perdono alludesse la poveretta, e cosí circondava di delicatezza le sue cure pietose; ma io non volli essere meno generoso di lei, e scrissi direttamente alla Pisana ch'io le chiedeva scusa del contegno freddo e superbo tenuto secolei negli ultimi mesi; che ben sapeva che quell'affettazione di fraterna amicizia equivaleva ad un insulto, e che appunto per questo reputandomi colpevole le offriva per riparazione tutto l'amor mio, piú affettuoso piú veemente piú devoto che mai. Cosí sperava ridonarle la pace dell'animo anche a prezzo del mio decoro; di piú, fingendo ignorare quanto la Principessa m'avea scritto, dava alle mie proteste tutto il colore della spontaneità. Seppi dappoi che quel mio atto generoso avea dato alla Pisana grandissimo conforto, e che si lodava sempre di me alla sua protettrice dichiarandomi l'uomo piú magnanimo e amabile che si potesse trovare al mondo. Se la Principessa mi avesse raccontato tante belle cose per cooperare alla nostra piena riconciliazione, ancora io le sarei riconoscente di un grandissimo beneficio. Il soverchio sussiego nuoce verso le donne; e nel trattar con esse bisogna che le virtù stesse acquistino la morbidezza della loro indole. Si può essere fin troppo buoni senza sospetto di viltà o di paura.

Intanto io era giunto in Puglia abbastanza contento di me e delle cose mie. Da Venezia mi davano ottime novelle; l'Aglaura era incinta, il vecchio Apostulos tornato felicemente, mio padre in viaggio per ritornare; e quanto a quest'ultimo, che pel momento mi premeva piú di tutti, mi si lasciavano travedere delle grandi cose, delle grandi speranze! Io ci almanaccava dietro da un pezzo; ma solamente da qualche mezza parola di Lucilio avea potuto ricavar qualche lume.

Pareva come, che, costituiti in repubblica da Milano a Napoli, volessero o fosse intendimento d'alcuni di dare il ben servito ai Francesi, e fare da sé. Perciò si voleva indurre la Porta Ottomana a collegarsi colla Russia e a dare addosso a Francia nel Mediterraneo; da potenze cosí lontane non temevasi una diretta preponderanza; si intendeva anzi di opporle all'influenza di governi piú vicini ed opportuni a stabili signorie. Da ciò venni in sospetto che mio padre si fosse affaccendato in fin allora in quell'alleanza turco-russa che avea fatto maravigliare il mondo per la sua prestezza e mostruosità. Ma cosa volessero cavarne, allora appunto che i Francesi sembravano disposti piú a ritirarsi che a spadroneggiare, io non lo vedeva davvero. Pareva al mio debole giudizio che la nostra indipendenza appoggiata ai Turchi ed ai Russi avrebbe fatto pessima prova della propria solidità. Ma v'avea gente allora che portava piú oltre assai le proprie illusioni e lo si comprenderà dalla morte miserrima del generale Lahoz nelle vicinanze d'Ancona. Intanto fermiamoci in Puglia ad osservare i vascelli turco-russi che dai conquistati porti di Zante e di Corfù si volgono alle spiagge tumultuanti della Puglia.

Ettore Carafa non era l'uomo delle mezze misure. Giunto dinanzi al suo feudo di Andria i cui abitanti parteggiavano per Ruffo, diede loro assai buone parole di moderazione e di pace. Non ascoltato sfoderò la spada, ordinò l'assalto; e un assalto del Carafa voleva dire una vittoria. Invulnerabile come Achille, egli precedeva sempre la legione; valente soldato colla spada, col moschetto, sul cannone, si mescolava colle abitudini del soldato, e riprendeva a suo grado le maniere di capitano senza dar nell'occhio per soverchia burbanza. Ultimamente alla sua guerriera rozzezza erasi mescolata un'ombra di mestizia: i subalterni ne lo amavano piucchemai, io l'ammirava e lo compiangeva. Ma egli era di quegli uomini che nella propria religione politica trovano un conforto un usbergo contro qualunque sventura; tempre di fuoco e d'acciaio che confondono Dio colla patria la patria con Dio e non sanno pensare a se stessi quando il pubblico bene e la difesa della libertà cingono loro la spada degli eroi. Aveva nella sua grandezza qualche parte di barbaro; non credeva, per esempio, di onorare la valentia dei nemici perdonando e salvando; giudicava gli altri da sé, e passava a fil di spada i vinti in quei casi stessi nei quali egli avrebbe voluto essere ucciso piuttosto che serbato in vita a ornamento del trionfo. Questo splendore antico di feroce virtù e il nome suo potente e famoso in quei paesi gli fecero soggetta in breve tutta la provincia. Egli aveva podestà dittatoria; e se il governo di Napoli avesse avuto altri cinque condottieri simili a lui, né Ruffo né Mammone avrebbero rotto a Marigliano sulle porte di Napoli le ultime reliquie dei repubblicani partenopei. Invece il governo si ingelosí stoltamente di Carafa. Era ben quello tempo da gelosie! – Come se Roma avesse temuto della dittatura di Fabio, quando solo ei restava a difenderla contro il vincitore cartaginese! – Si disse che la Puglia era pacificata, che si voleva adoperare effi-cacemente la sua attività, che nell'Abruzzo, ove lo si mandava, avrebbe avuto campo di rendere servizi importantissimi. Ettore aveva l'ingenuità e la docilità d'un vero repubblicano; non vide che gatta ci covava sotto queste melate parole e s'avviò per gli Abruzzi. Soltanto, siccome gli sembrava che la provincia senza di lui non fosse per rimanere tanto fedele e sicura quanto si figuravano, cosí di suo capo dispose che io e Francesco Martelli, altro ufficiale della legione, ci stessimo nelle Puglie alla testa d'una piccola guerricciola di bosco che poteva giovar molto contro le insorgenze parziali che avrebbero ripullulato. Egli fidava grandemente in me; e non senza lagrime di riconoscenza e d'orgoglio io noto la fiducia riposta in me da un tant'uomo. Che l'anima sua generosa e benedetta abbia in altro luogo quel premio che quaggiù non ottenne benché lo avesse valorosamente meritato!

Martelli era un giovane napoletano che aveva abbandonato moglie figliuoli ed affari per brandir la spada a difesa della libertà. Ambidue usciti nei campi dal foro, ambidue d'indole mite ma risoluta ci eravamo stretti di fervidissima amicizia fin dalla fazione di Velletri. Egli era stato uno di quei miei compagni che avean scommesso contro di me per la visita del convento; tantoché, siccome quella scommessa era stata d'una cena e d'una festa di ballo per tutti gli ufficiali della legione, e nessuno avea pensato a pagarla, egli si tolse il ghiribizzo di sal-dare il debito di tutti in Puglia quando a tutt'altro si pensava che a cene ed a feste di ballo. Tornando coi nostri cinquanta uomini dall'aver inseguito alcuni briganti che sotto colore di realisti eran venuti a saccheggiare una cascina poco lontana, trovai una sera il castello d'Andria illuminato, e la gran sala disposta pel ballo e dentrovi buona copia di forosette e di donzelle dei paesi vicini le quali per darsi spasso una sera vollero ben dimenticarsi che noi eravamo repub-blicani scomunicati. Martelli m'additò la festa con gesto principesco, dicendo:
— Eccoti pagato del debito di Velletri, e avrai anche la cena!... Non si sa cosa possa succedere; domani potremmo esser morti, e ho voluto mettermi in re-gola. — Morti o non morti il domani, quella sera si ballò di lena, sicché molte volte mi tornò in mente il mio buon Friuli, e quelle famose sagre di San Paolo, di Cordovado, di Rivignano ove si balla, si balla tanto da perderne i sentimenti e le scarpe. Anche i Napoletani e i Pugliesi saltano peraltro la loro parte; e dal sommo all'imo di questa povera Italia non siamo per tanto diversi gli uni dagli altri come vorrebbero darci a credere. Anzi delle somiglianze ve n'hanno di cosí strambe che non si riscontrano in veruna altra nazione. Per esempio un conta-dino del Friuli ha tutta l'avarizia, tutta la cocciutaggine d'un mercante geno-vese, e un gondolier veneziano tutto l'atticismo d'un bellimbusto fiorentino, e un sensale veronese e un barone di Napoli si somigliano nelle spacconate, come un birro modenese e un prete romano nella furberia. Ufficiali piemontesi e

letterati di Milano hanno l'eguale sussiego, l'ugual fare di padronanza: acquaioli di Caserta e dottori bolognesi gareggiano nell'eloquenza, briganti calabresi e bersaglieri d'Aosta nel valore, lazzaroni napoletani e pescatori chiozzotti nella pazienza e nella superstizione. Le donne poi, oh le donne si somigliano tutte dall'Alpi al Lilibeo! Sono tagliate sul vero stampo della donna donna, non della donna automa, della donna aritmetica, e della donna uomo che si usano in Francia in Inghilterra in Germania. Checché ne dicano i signori stranieri, dove vengono i loro poeti a cercare ad accattare un sorsellino d'amore?... Qui da noi: proprio da noi, perché solamente in Italia vivono donne che sanno inspirarlo e mantenerlo. E se cianciano dei nostri bordelli, e noi rispondiamo loro... No, non rispondiamo nulla; perché le grandi prostituzioni non iscusano le piccole.

L'incarico affidato a me ed a Martelli non era dei piú agevoli. Avevamo a che fare con popolazioni ignoranti e selvatiche; con baroni duri e ringhiosi peggio che robespierrini se repubblicani, e armati della piú maledetta ipocrisia se partitanti di Ruffo; con curati incolti e credenzoni che mi ricordavano con qualche aggiunta peggiorativa il cappellano di Fratta; con nemici astuti e per nulla schifiltosi nella scelta dei mezzi da nuocere. Tuttavia l'autorità del Carafa nel cui nome si comandava, l'esempio di Trani saccheggiata ed incesa per la sua pervicacia nella ribellione, imponevano qualche riguardo alla gente, e il governo della Repubblica era tacitamente tollerato sopra tutta la costiera dell'Adriatico. Nei paesi meno barbari e dove qualche coltura era disseminata nel ceto mezzano si aveva paura delle bande del Cardinale, e piucché le intemperanze dei Francesi, gli eccidi di Gravina e d'Altamura comandati da Ruffo tenevano gli animi in sospetto. A quei giorni mi potei convincere di quello strano fenomeno morale che nel Regno di Napoli concentra una massima civiltà e una squisita educazione in pochissimi uomini per lo piú di nobili o egregi casati, e lascia poltrire le plebi nell'abbiezione dell'ignoranza e delle superstizioni. Difetto di governo assoluto geloso e quasi dispotico all'orientale, che tenendo lontane da sé le menti meglio illuminate, le avventa senza freno alle piú strambe teorie, e per riparo poi deve appoggiarsi allo zelo fanatico e accarezzato d'un volgo vizioso. Canonici come monsignor di Sant'Andrea e patrizi filosofi come il Frumier se ne contavano a centinaia nelle cittadelle delle Puglie, e di costoro s'afforzava massimamente il partito repubblicano. Ma allora era tempo di menar le mani, e i briganti la spuntavano sui dotti.

Capita un giorno la notizia che le flotte alleate di Russia e Turchia sono in vista della Puglia. Non avevamo precise istruzioni intorno a questo caso, ma il Carafa ci aveva prevenuti di non sgomentirci, perché di poche forze poteva operarsi lo sbarco. Infatti, anziché intimorirci, noi accorsimo a Bisceglie dove pareva tendessero a concentrarsi gli sparsi bastimenti, e là, giovandoci del grande spirito degli abitanti e d'alcuni cannoni trovati nel castello, si guardò alla meglio d'armare la spiaggia. Avevamo sparso la voce che quelle flotte erano cariche di masnade albanesi e saracine pronte a vomitarsi sul Regno per metterlo tutto a ferro e fuoco. Siccome l'odio contro la nazione turchesca è tradizionale in quelle regioni, la gente ci spalleggiava a tutto potere. Cosí s'era tutto disposto a ribattere validamente un primo attacco a Bisceglie quando capitò a spron battuto un messo da Molfetta, sette miglia lontano, che recava d'uno sbarco che si tentava colà, e della grande opera che il popolo faceva per impedirlo. Vedendo le cose di Bisceglie bene accomodate, giudicammo opportuno io e Martelli di volger colà dove nessuna provvidenza s'avea presa contro il nemico. Disperavamo di difenderci a lungo, ma volevamo perdere piuttosto la vita che la certezza di aver fatto quanto da noi si poteva per la salute della Repubblica. Lasciammo buona parte della nostra gente a Bisceglie; e noi, insellati quanti cavalli si potevano trovare, corsimo a briglia sciolta sulla strada. Non so cosa m'avessi quel giorno, ma mi sentia venir meno la costanza e le forze: forse era certezza che la nostra causa era perduta e che non si combatteva omai per altro che per l'onore. Ai presentimenti si vuol credere molto a rilento. Martelli piú disperato ma piú forte di me veniami riconfortando a non disanimarmi, a non ismetter nulla di quella sicurezza miracolosa che finallora ci avea servito meglio d'un esercito a serbar in fede il contado della Puglia. Rispondeva che si desse pace, che avrei combattuto fino all'estremo, ma che una stanchezza invincibile mi rammolliva di dentro mio malgrado. Circa un miglio fuori da Molfetta cominciammo a veder il fumo ed ad udir lo scoppio delle archibugiate. Si vedeva anche in mare qualche legno che cercava avvicinarsi al porto, ma le onde un po' grosse lo impedivano. Entrati in paese trovammo lo scompiglio al colmo. Turchi e Albanesi sbarcati con qualche scialuppa s'eran messi a saccheggiare a massacrare con tanta crudeltà che pareva essere tornati ai tempi di Bajazette.

Io imprecai furiosamente alla barbarie di coloro che davano cosí bella parte d'Italia in preda a quei mostri, e mi avventai con Martelli e coi compagni a una tremenda vendetta. Quanti ne incontrammo tanti furono tagliati a pezzi dalle nostre spade, calpestati dai cavalli, e fatti a brani dalla folla disperata che ci si ingrossava alle spalle. Sulla piazza ove si era già ritratto il maggior numero per riguadagnare le lance e buttarsi in mare, la carneficina fu piú lunga e piú terribile. Fu quella l'unica volta ch'io godetti barbaramente di veder il sangue dei miei simili spillar dalle vene, e i loro corpi sanguinosi ammucchiarsi boccheggianti e ferirsi l'un l'altro nelle convulsioni dell'agonia. La folla urlava frenetica e si saziava di sangue; già taluni piú arditi s'erano impadroniti delle lance; ogni scampo era intercetto; l'ultimo di quegli sciagurati venne ad infilzarsi da sé nella mia baionetta; e subito cento mani rabbiose mi contesero lo schifoso trofeo.

Molfetta era salva. I nipoti di Solimano avevano imparato a loro spese che non si può senza danno andar nella storia a ritroso: e che Maometto II (ne chieggo scusa alla cronologia) è da essi tanto remoto quanto Traiano da noi. Intanto le strade e la piazza riboccavano di gente che correva alla chiesa per ringraziar la Madonna di quella vittoria. Unitamente alla Beata Vergine del Presidio, i nomi dei capitani Altoviti e Martelli per migliaia di bocche erano levati a cielo.

Avendo noi lasciato ordine a Bisceglie che ci si desse premuroso annunzio d'ogni novità, e non vedendosi alcuno e volendo d'altra parte concedere qualche riposo alla nostra gente, che oltremodo ne bisognava, ci ritrassimo ad un'osteria per ivi posare fino all'alba. Anche si temeva che acchetandosi il mare nuovi sbarchi di Turchi o di Russi venissero a trar vendetta delle lance perdute; gli è vero che soffiava uno scilocco indiavolato e che da questo lato le precauzioni erano piucché altro soverchie. Ciononostante i nostri accolsero con molto giubilo la proposta di questa brevissima tregua, e i tripudii coi marinai e colle donne del paese ebbero ben presto cancellato dalla loro memoria le fatiche e i pericoli della giornata. Martelli era uscito sul molo con qualche persona autorevole del luogo a speculare il tempo e a disporre le scolte; soletto melanconico io me ne stava nell'androne dell'osteria, coi gomiti sulla tavola, e gli occhi fissi nella lucernetta d'una Madonna di Loreto addossata al muro dirimpetto, o svagati a guardar nel cortile le tarantelle improvvisate sotto il fogliame d'una vite dai nostri soldati. L'allegra vita meridionale riprendeva come niente fosse le sue gioconde abitudini a venti passi da quel piazzale ove il sangue correva ancora, e venti o trenta cadaveri aspettavano la sepoltura. Le mie idee non erano certamente né animose né liete ad onta di quell'effimero trionfo; malediceva fra me a quel perverso istinto che ci fa vivere piú che nelle contentezze di oggi nelle paure dell'indomani, e invidiava la sprovvedutezza di coloro che ballavano e trincavano senza darsi un pensiero al mondo di quello ch'era e di ciò che sarebbe stato.

Cosí passava da melanconia a melanconia quando un vecchio prete curvo e quasi cencioso mi si avvicinò timidamente, domandando se io fossi il capitano Altoviti. Risposi un po' ruvidamente di sí, perché una discreta esperienza non mi faceva molto tenero del clero napoletano, ed anco quelli erano tempi che il collare non era presso i repubblicani una gran raccomandazione. Il vecchio non si scompose per nulla alle mie aspre parole, e facendomisi piú vicino mi disse d'aver cose importantissime a comunicarmi, e che persona legata a me con vincoli sacri di parentela desiderava vedermi prima di morire. Io balzai in piedi perché la mente mi corse subito a qualche stranezze della Pisana, ed era tanto disposto a veder ogni dove disgrazie, che ricorreva subito alle piú funeste ed irreparabili. Temeva che avendomi saputo solo nelle Puglie le fosse saltato il ticchio di raggiungermi e che avvolta in quel massacro di Molfetta ne fosse rimasta vittima. Afferrai adunque il braccio del prete e lo trascinai fuori dell'osteria avvertendolo con ciò che se avesse voluto corbellarmi non era io l'uomo disposto a sopportarlo. Quando fummo nel buio d'una contrada solitaria:

— Signor capitano – mi bisbigliò sommessamente nell'orecchio il prete. – È suo padre...

Non lo lasciai proseguire.

— Mio padre! – sclamai. – Cosa dice ella di mio padre?...

— L'ho salvato oggi di mezzo a quei furibondi che ci hanno assaltato oggi – soggiunse il prete. – È un vecchio piccolo e sparuto che udendo proclamare il nome del signor capitano ha cominciato a dibattersi sul letto ov'io l'aveva fatto adagiare, e mi ha chiesto conto di lei, e dice e sacramenta ch'egli è suo padre, e che non morrà contento se non giunge prima a vederlo.

— Mio padre! — seguitava io a balbettare quasi fuori di me; correndo piú che non potessero tenermi dietro le gambe del vecchio abate. Potete immaginarvi se in quel momento poteva metter ordine ai pensieri che mi stravolgevano la mente!

Dopo alcuni minuti di quella corsa precipitosa giunsimo ad una porta fra due colonne che pareva d'un monastero; e il vecchio prete apertala e impugnato un lampioncino che ardeva nel vestibolo, mi guidò fino ad una stanza donde usciva un lamento come di moribondo. Io entrai convulso dalla meraviglia e dal dolore e caddi con uno strido sul letto dove mio padre mortalmente ferito alla gola combatteva ostinatamente colla morte.

— Padre mio! padre mio — io mormorava. Non aveva né fiato né mente a pronunciare altra parola. Quel colpo era cosí improvviso, cosí terribile che mi toglieva affatto quell'ultimo fiato di coraggio rimastomi.

Egli tentò allora sollevarsi sul gomito e vi riuscí infatti per cercarsi colla mano non so che cosa intorno alla cintura. Coll'aiuto del prete si cavò di sotto alle larghe brache albanesi una lunga borsa di pelle, dicendomi con molta fatica che quello era quanto poteva darmi d'ogni sua sostanza e che del resto chiedessi ragione al Gran Visir... Era per soggiungere un nome quando gli uscí dalla gola un largo fiotto di sangue e ricadde sui guanciali respirando affannosamente.

— Oh per pietà, padre mio! – gli veniva dicendo. – Pensate a vivere! non vogliate morire!... Abbandonarmi ora che tutti mi hanno abbandonato!...

— Carlo – soggiunse mio padre, e questa volta con voce fioca ma chiara perché quell'ultimo sbocco di sangue pareva lo avesse sollevato di molto – Carlo, nessuno è abbandonato quaggiù finché vivono persone che non si devono abbandonare. Tu perdi tuo padre, ma hai una sorella, ignota finora a te...

— Oh no, padre! io la conosco, io la amo da un pezzo. È l'Aglaura!...

— Ah la conosci e la ami? Meglio cosí! Muoio piú contento di quello che avrei creduto... Senti, figlio mio, un ultimo ricordo voglio lasciarti come preziosa eredità... Mai, mai, mai, per cambiar d'uomini o di tempi non appoggiare la speranza d'una causa nobile generosa imperitura, all'interesse all'avarizia altrui. Io, vedi, in questa idea falsa inetta triviale consumai le mie ricchezze l'ingegno la vita e ne ebbi... ne ebbi la certezza di aver fallato e di non poter rimediare... Oh, i Turchi, i Turchi!... Ma non biasimarmi, figliuol mio, perché io avessi riposto le mie speranze nei Turchi. Per noi son tutti gli stessi... Credilo!... Io aveva creduto di adoperar i Turchi a cacciare i Francesi, e cosí dopo saremmo rimasti noi... Sciocco che era!... Sciocco!... Oggi, oggi vidi cosa cercavano i Turchi!...

Ciò dicendo egli pareva in preda d'un violento delirio; invano io m'ingegnava di calmarlo e di sostenerlo in tal modo che meno dolorasse della sua ferita; egli seguitava a smaniare, a gridare che tutti erano Turchi. Il prete mi avvisava che appunto nell'opporsi alle violenze che gli Ottomani commettevano appena sbarcati sui miseri abitanti, mio padre avea toccato quella tremenda ferita di scimitarra alla gola, e che rimasto sul lastrico quelli del paese lo avrebbero certamente fatto a brani se egli non lo trafugava pietosamente dopo essere stato testimonio di tutta la scena da un finestrello del campanile. Io ringraziai con uno sguardo il vecchio prete di tanta cristiana pietà, e gli dissi anche sottovoce se non ci fossero nel paese medici o chirurghi da ricorrere all'opera loro per qualche tentativo. Il moribondo si scosse a queste parole e accennò col capo di no...

— No, no – soggiunse indi a poco tirando a stento un filo di voce. – Ricordati dei Turchi!... Cosa servono i medici?... Ricordati di Venezia... e se puoi rivederla grande, signora di sé e del mare... cinta da una selva di navi, e da un'aureola di gloria... Figlio mio, che il cielo ti benedica!...

E spirò... Una tal morte non era di quelle che rendono attoniti e quasi codardi nel riprender la vita: essa era un esempio un conforto un invito. Chiusi con reverenza gli occhi ancora animati di mio padre; lo spirito suo forte ed operoso lasciava quasi un'impronta di attività su quelle spoglie già morte. Lo baciai in fronte; e non so se pregassi ma le mie labbra mormorarono qualche parola che non ho poscia ripetuto mai piú. Sarei restato lunga pezza in compagnia dell'estinto e dei suoi ultimi pensieri che formicolavano in me, se la sua stessa immagine non mi avesse richiamato a quei sublimi doveri dei quali egli era stato il martire ignoto, inconsapevole, errante qualche volta, fermo e incrollabile sempre.

"Padre mio" pensai "tu mi saprai grado che io mi privi del mesto conforto di accompagnarti alla tua ultima dimora per attendere alla salute omai disperata della Repubblica nostra!...".

Parve perfino che sulle sue labbra arieggiasse un sorriso di assentimento. Io mi precipitai fuori della stanza col cuore che mi andava a pezzi. A fatica feci accettare alcune doble al vecchio prete pei funerali e per suffragar l'anima del defunto: indi tornai all'osteria che già il Martelli avea disposto la piccola schiera per la partenza; ed erano molto inquieti di non vedermi comparire. L'alba scherzava sul mare spargendo dalle bianche sue dita tutti i colori dell'iride; ma lo scilocco della sera prima aveva lasciato le onde piuttosto sconvolte, e all'orizzonte non si vedeva piú né un albero solo di nave. La campana della chiesa chiamava i pescatori alla prima messa, le femminette cianciavano sulla porta dei sofferti spaventi: e qualche mozzo mattiniero inalberando la vela cantava il ritornello della sua barcarola. Nulla, nulla in quella terra in quel cielo in quella vita s'accordava compassionevolmente al lutto d'un figlio che avea chiuso gli occhi al cadavere di suo padre!...

— Dove sei stato?... cos'hai? — mi chiese Martelli piegandosi sulla criniera del suo cavallo.

Io balzai d'un salto sul mio, e cacciandogli gli sproni nel ventre rovinai fuori a galoppo senza rispondergli: per un pezzo ci seguirono gli evviva degli abitanti usciti a salutare la nostra partenza. Si galoppò a quel modo un buon paio di miglia, quando il rimbombo vicino del cannone ci fermò di botto in ascolto. Ognuno voleva dire la sua; in quel mentre uno dei nostri, che ci veniva incontro a precipizio senz'armi e senza cappello sopra un cavallo sfiancato dal gran correre, ci tolse la sospensione. Una barca parlamentare era entrata nel porto di Bisceglie. Gli abitanti vedendo che non erano Turchi, ma sibbene Russi capitanati dal cavalier Micheroux, generale di S.M. Ferdinando, che chiedevano sbarcare solamente per caccar dal Regno i Francesi rimasti a Capua ed a Gaeta, s'erano messi a gridar evviva, e a gettar i fucili e a sventolare i fazzoletti. Millequattrocento Russi erano sbarcati e s'avviavano alla volta di Foggia per cogliervi la gente all'epoca della fiera e spaventare ad un punto solo tutta la provincia. Io e Martelli ci consultammo con uno sguardo. Prevenire i Russi a Foggia, e metter la città in istato di difesa, era il piano piú ovvio. Volgemmo dunque sulla destra per Ruvo ed Andria; ma all'entrata di quest'ultimo castello fummo circondati da una folla armata e tumultuante. Era una masnada di Ruffo mandata a ricongiungersi coi Russi di Micheroux. Avvistici troppo tardi di esser caduti in quel vespaio, ebbimo un bel menar le mani per cavarcela. Il Martelli con diciassette altri giunsero a fuggire; dieci rimasero morti; otto, fra i quali io, tutti piú o meno feriti fummo salvati per adornamento alle forche in qualche giorno festivo. Cosí diceva, al paragrafo dei prigionieri, il Codice militare di Ruffo.

La masnada di cui fui prigioniero era capitanata dal celebre Mammone, l'uomo piú brutto e bestiale ch'io mi abbia mai conosciuto, il quale portava molte mediagliette sul cappello come la buon'anima di Luigi XI. Trascinato in

483

coda ad essa a piedi nudi, ed esposto a continui vituperii, vagai a lungo per quella Puglia stessa dove aveva regnato cinque o sei giorni prima poco men che padrone. Vi confesso che quella vita mi garbava pochissimo, e che siccome i ferri alle mani ed ai piedi m'impedivano di fuggire, null'altra speranza coltivava che quella di essere alla bell'e prima impiccato. Una sera peraltro, mentre giungevamo al feudo di Andria, sede della mia passata grandezza, un pastore mi si avvicinò come per farmi insulto ad usanza degli altri, e dopo avermi detto a voce alta le più sfacciate indegnità che fantasia napoletana possa immaginare, aggiunse tanto sommessamente che appena lo intesi: — Coraggio, padroncino! in castello si pensa a voi! — Mi parve allora ravvisare in esso uno dei più fidati coloni del Carafa; e poi levando gli occhi al castello mi stupii infatti di vederne le finestre illuminate, sendoché pochi giorni prima io l'avea lasciato chiuso e deserto e il suo padrone si trovava ancora negli Abruzzi, anzi lo dicevano assediato dagli insorti nella cittadella di Pescara. Tuttavia non avendo che fare di meglio, per quella sera mi diedi a sperare. Quando fummo verso la mezzanotte uno di quei briganti venne a togliermi dal pagliaio ove m'avevano confitto, e fatto vedere alle guardie un ordine del capitano, mi sciolse i ferri dalle mani e dai piedi e mi disse di seguirlo lungo la via. Giunti ad una casipola lontana da Andria un trar di mano, mi consegnò ad un uomo piuttosto piccolo e misteriosamente intabarrato che gli rispose asciutto un — Va bene! — e il brigante tornò per dov'era venuto, ed io rimasi con quel nuovo padrone. Era cosí in bilico se di rimanere in fatti o di darmela a gambe, quando un'altra persona che mi parve tosto una donna sbucò di dietro a quello del tabarro, e mi si precipitò addosso coi più caldi abbracciamenti del mondo. Non conobbi ma sentii la Pisana. Ma quello del tabarro non fu contento di questa scena e ci tenne a mente che non v'avea tempo da perdere. Io conobbi anche la voce di questo, e mormorai ancor più commosso che stupito:

— Lucilio!

— Zitto! — soggiunse egli, menandoci ad un canto oscuro dietro la casa, ove tre generosi corridori mordevano il freno. Ci fece montar in sella, e benché da dodici ore non avessi toccato cibo né bevanda non mi accorsi di aver varcato otto leghe in due ore. Le strade erano orribili, la notte scura quanto mai, la Pisana, stretta col suo cavallo in mezzo ai nostri, pendeva ora a destra ora a sinistra, impedita di cadere solo dalle nostre spalle che se la rimandavano a vicenda. Era la prima volta che montava a cavallo; e di tratto in tratto aveva coraggio di ridere!...

— Mi direte poi con quale stregheria giungeste ad ottener tanto dal signor Mammone! — le chiese Lucilio che a quanto pare in certa parte di quel mistero ne sapeva quanto me.

— Capperi! – rispose la Pisana parlando come lo permetteva lo strabalzar continuo del cavallo. – Egli mi disse che son molto bella; io gli promisi tutto quello che mi domandò; anzi giurai per tutte le medaglie che porta sul cappello. Alle due dopo mezzanotte doveva andarsene ad Andria a ricevere il prezzo della sua generosità! Ah! Ah! — (Rideva la sfacciata del suo generoso spergiuro).

— Ah per questo vi stava tanto a cuore di partire prima delle due! Ora capisco!

Allora toccò a me chiedere schiarimenti su tutto il resto: e seppi come, avviati a raggiungermi la Pisana e Lucilio con potenti commendatizie del Carafa, avessero incontrato qualche fuggiasco della banda del Martelli che li avvertí della mia prigionia. Udendo che Mammone dovea giungere l'indomane ad Andria, ve lo aveano preceduto; e là la Pisana avea copiato in parte dalla storia di Giuditta l'astuzia che mi avea salvo dalla forca. Non so tra Mammone ed Oloferne chi fu peggiormente canzonato. Sul far del giorno giunsimo alle prime vedette del campo repubblicano di Schipani, ove Giulio ed Amilcare furono sorpresi e contenti di udire i pericoli da me corsi e fortunatamente superati. Le feste, i baci, le gioie, le congratulazioni furono infinite: ma in mezzo a tutto ciò essi recavano in fronte una profonda mestizia per la prossima e inevitabile rovina della Repubblica: io celava un altro benché diverso lutto nel cuore per la tragica morte di mio padre. Il primo col quale m'apersi fu Lucilio. Egli m'ascoltò piú addolorato che sorpreso, e — Pur troppo – soggiunse – dovea finire cosí! Anch'io fui partecipe di cotali errori!... anch'io piango ora tanto tempo, tanti ingegni, tante vite cosí inutilmente sprecate!... Attendi al mio presagio!... Presto un simile caso funesterà le vicinanze d'Ancona!...

Non capii a che volesse alludere ma feci tesoro di quelle parole e mi ricordai alcun mese dopo quando Lahoz, generale cisalpino, disertore dai Francesi per la fede rotta da essi alla libertà della sua patria, si volgeva ai sollevati Romagnuoli e agli Austriaci per scrollare l'ultimo baluardo che rimanesse alla Repubblica in quella parte d'Italia, la fortezza d'Ancona. Ammazzato dai suoi fratelli stessi che militavano fedeli sotto il francese Monnier, pronunciava prima di morire grandi parole di devozione all'Italia; ma moriva in campo non italiano, fra braccia non italiane. E cosí cadeva miseramente l'anima di quella società secreta che diramandosi da Bologna per tutta Italia si proponeva di tutelare l'indipendenza fra l'antagonismo delle varie potenze che se la disputavano. Vollero appoggiarsi a questi per debellar quelli; bisognava appoggiarsi a nessuno e saper morire.

Giunsimo a Napoli colla colonna di Schipani ributtata sulla capitale dalle turbe sempre crescenti di Ruffo. La confusione il tumulto la paura erano agli estremi. Tuttavia si disposero presidii nelle torri nei castelli, e se non vi fu guerra vi furono morti da eroi. Francesco Martelli fu posto a difesa della Torre di Vigliena. Deliberato a morire piuttosto che cedere, mi scrisse una lettera raccomandandomi la moglie ed i figli. Giulio Del Ponte piucchemai languente del suo male e quasi sfinito affatto chiese per grazia di avere comune col Martelli quel posto pericoloso e l'ottenne. Quando partí da Napoli per quella trista destinazione la Pisana gli posò un bacio sulle labbra, il bacio dell'ultimo commiato. Giulio sorrise mestamente e volse a me un lungo e rassegnato sguardo d'invidia. Due giorni dopo i comandanti della Torre di Vigliena stretti da Ruffo, da reali, e da briganti, e impotenti omai a resistere appiccavano il fuoco alla mina, e saltavano in aria con un buon centinaio di nemici. I loro cadaveri ricadevano in brandelli in frantumi sul suolo fumigante che l'eco della montagna ripeteva ancora il loro ultimo grido: — Viva la libertà! Viva l'Italia!

Nell'anarchia di quegli ultimi giorni perdemmo di vista Amilcare, e solo qualche mese dopo seppi ch'egli avea finito a vivere da vero brigante nelle montagne del Sannio. Sorte non insolita delle indoli forti e impetuose in tempi e in governi contrari!

Entravano pochi giorni dopo in Napoli, per viltà schifosa di Megeant, comandante francese di Sant'Elmo, Russi, Inglesi, e malandrini di Ruffo. Nelson d'un tratto annullava la capitolazione dicendo che un re non capitola coi sudditi ribelli: allora cominciarono gli assassinii, i martirii. Fu un vero ciclo eroico; una tragedia che non ha altro paragone nella storia che l'eccidio della scuola pitagorica nell'istessa regione della Magna Grecia. Mario Pagano, Vincenzo Russo, Cirillo! tre luminari delle scienze italiane; semplici grandi come gli antichi. Morirono da forti sul patibolo. Eleonora Fonseca! una donna. Bevette il caffè prima d'ascender la scala della forca e recitò il verso *Forsan haec olim meminisse juvabit*. Federici maresciallo, Caracciolo ammiraglio! il fiore della nobiltà napoletana, il decoro delle lettere delle arti delle scienze in quella nobile parte d'Italia, erano condannati a perire per mano del boia... E gli Inglesi e Nelson tiravano i piedi!

Restava Ettore Carafa. – Avea difeso fino all'ultimo la fortezza di Pescara. Consegnato dallo stesso governo repubblicano di Napoli ai reali, sotto sicurtà della capitolazione fu condotto a Napoli. Lo condannarono a morte. Il giorno ch'egli salí sul patibolo, io, Lucilio e la Pisana uscimmo furtivi da un bastimento portoghese sul quale ci eravamo rifugiati, ed ebbimo la fortuna di poterlo salutare. Egli guardò la Pisana, poi me e Lucilio, poi la Pisana ancora: e sorrise!... Oh benedetta questa debole umanità che con un solo di quei sorrisi può redimersi da un secolo di abiezione! Io e la Pisana chinammo gli occhi piangendo; Lucilio lo guardò morire. Egli volle esser decapitato supino per guardar il filo della mannaia, e forse il cielo, e forse quell'unica donna ch'egli aveva amato infelicemente come la patria. Nulla omai piú ci tratteneva a Napoli. Raccomandata la vedova e i figliuoli del Martelli alla Principessa Santacroce, e fornitili d'una piccola pensione sul peculio lasciatomi da mio padre, salpammo per Genova, unica rocca oggimai dell'italiana libertà.

Per la gloriosa caduta di Napoli, per la capitolazione di Ancona, per le vittorie di Suwarow e di Kray in Lombardia, tutto il resto d'Italia al principio del 1800 stava in poter dei confederati.

CAPITOLO DECIMOTTAVO

Il milleottocento. Sventura d'un gatto, e mia felicità amorosa durante l'assedio di Genova. L'amore mi abbandona e sono visitato dall'ambizione. Ma guarisco in breve dalla peste burocratica, e quando Napoleone si fa Imperatore e Re, io pianto l'Intendenza di Bologna, e torno di buon grado miserabile.

Il nostro secolo (perdonate; dico nostro a nome di tutti voi; quanto a me ho qualche diritto anche sul passato, e quello d'adesso non lo tengo già piú che colle punte delle dita), il nostro secolo o il vostro adunque che sia, è uscito nel mondo in una maniera molto bizzarra: volle farla tenere ai fratelli che lo avevano preceduto, e mostrare che per chi cerca novità ad ogni costo, la messe non manca mai. Infatti egli capovolse tutti i sistemi, tutti i ragionamenti che affaticavano i cervelli da cinquant'anni prima; e cogli stessi uomini si è messo in capo di raggiungere scopi perfettamente contrari. Abbondarono poi gli empirici che incamuffato di sillogismi il paradosso lo cambiarono in un perfetto accordo dialettico: ma io che non sono un giocoliero resterò sempre della mia opinione. Si fa, e si disfà; e disfacendo non si finisce per nulla ciò che s'era fatto: tuttaltro! Or dunque all'anno che finiva coi martirii repubblicani e colle vittorie dei confederati, ne successe un altro che distrusse a Marengo l'effetto di queste e di quelli, e recò in mano di Bonaparte reduce dall'Egitto le sorti d'Europa. Il Primo Console di trent'anni non era piú il generale di ventisei che dava udienza radendosi la barba: egli andava già maturando fra sé e sé i paragrafi del cerimoniale di corte. Vi chieggo scusa di intromettervi in quest'ultima parte della mia storia col fastoso esordio delle ambizioni consolari, che finiranno poi al solito nel meschino racconto di poche e comuni fanciullaggini. Ma la luce mi attira, e bisogna che la guardi dovessi perderne gli occhi.

Vi sarete anche accorti che aveva gran fretta di uscire da quel doloroso viluppo delle mie vicende napoletane. Tutte le volte che mi fermo a contemplare quelle tetre ma generose memorie l'anima mia spicca un tal volo che quasi le traversa tutte d'un balzo. Mi paiono racchiuse in un giorno, in un attimo solo, tanto sono diverse dalle altre che le precedettero e le seguirono. Non credo quasi possibile che chi ha sonnecchiato dieci anni della sua vita in una cucina, aspettandosi ogni tanto gridate e scappellotti e guardando grattare il formaggio, abbia poi vissuto un anno pieno di tante e cosí sublimi e svariate sensazioni. Sarei disposto a figurarmi che quello fu il sogno d'un anno ristretto in un minuto. Ad ogni modo Napoli è rimasto per me un certo paese magico e misterioso dove le vicende del mondo non camminano ma galoppano, non s'ingranano ma s'accavalcano, e dove il sole sfrutta in un giorno quello che nelle altre regioni tarda un mese a fiorire. A voler narrare senza date la storia della Repubblica Partenopea ognuno, credo, immaginerebbe che comprendesse il giro di molti anni; e furono pochi mesi! Gli uomini empiono il tempo, e le grandi opere lo allargano. Il secolo in cui nacque Dante è piú lungo di tutti i quattrocento anni che corsero poi fino alla guerra della successione di Spagna. Certo, fra tutte le repubblichette che pullularono in Italia al fecondo alito della Francese, Cispadana, Cisalpina, Ligure, Anconitana, Romana, Partenopea, quest'ultima fu la piú splendida per virtù e fatti repubblicani. La Cisalpina portò maggiori effetti per la lunghezza della durata, la stabilità degli ordinamenti, e fors'anco la maggiore o piú equabile coltura dei popoli; ma chi direbbe a leggerla che la storia della Cisalpina abbraccia spazio maggiore di tempo che quella della Partenopea? Sarà fors'anco che la virtù e la storia si compiacciono meglio delle grandi e fragorose catastrofi.

Intanto noi eravamo giunti a Genova; io e la Pisana assai maltrattati dal mal di mare, e guariti per sua bontà da ogn'altra preoccupazione, Lucilio sempre piú cupo e meditabondo come chi comincia ma non vuol disperare. Le forze a lui gli crescevano secondo i bisogni; e proprio aveva un'anima romana, fatta per comandare anche dagli infimi posti, dono piuttosto comune e fatale agli Italiani che cagiona molte delle nostre sventure e qualcheduna delle glorie piú luttuose. Le società secrete sono un rifugio all'attività sdegnosa e al talento imperativo di coloro che o sdegnano o non possono adoperarsi nell'angustissimo spazio concesso dai governi. Da un pezzo m'era accorto che Lucilio apparteneva, forse fin dagli anni d'Università, a qualche setta filosofica d'illuminati o di franchi muratori; ma poi mano a mano m'avvidi che le tendenze filosofiche piegavano al politico, e le combriccole della cessata Cisalpina, e le ultime vicende d'Ancona ne davano indizio. Lucilio teneva dietro con grandissima premura a cotali novelle, e alcune anche talvolta ne prediceva, con maravigliosa aggiustatezza. Fosse avvisato antecedentemente, o sincero profeta nol so: ma propendo a quest'ultima opinione, perché né egli usava discorrere di quanto gli veniva comunicato, né a que' tempi nella nostra condizione era molto agevole ricever lettere scritte di fresco. A Genova poi non entravano né fresche né salate: e le ultime notizie di Venezia le ebbimo da un prigioniero tedesco ch'era stato d'alloggio un mese prima presso il marito della Pisana, forse nelle camere stesse del tenente Minato.

Questo signor tenente fu una delle piú spiacevoli novità che trovai in

Genova: la seconda fu la fame: perché il giorno dopo al nostro arrivo cominciò la flotta inglese lo strettissimo blocco, e in poche settimane ci ridusse alla caccia dei gatti. Aveva peraltro un gran conforto e questo era la protezione offertami in ogni incontro dall'amico Alessandro mugnaio, trovato pur esso a Genova e non piú capitano, ma colonnello. Chi viveva a quel tempo andava innanzi presto. Il colonnello Giorgi non aveva ventisett'anni, sopravanzava del capo tutti gli uomini del suo reggimento, e comandava a destra e a sinistra con un vero vocione da mugnaio. Non sapeva cosa volesse dire paura, e si scaldava nel furor della mischia senza mai dimenticarsi delle schiere che doveva condurre e governare: questi erano i suoi meriti. Scriveva passabilmente e con qualche intoppo d'ortografia, non conosceva che da un mese circa e soltanto di nome Vauban e Federico II; ecco i difetti. Pare che si desse maggior peso ai meriti, se in due anni e mezzo era diventato colonnello; ma il merito maggiore fu la carneficina di tutto il suo battaglione che, come dissimo, lo lasciò capitano per necessità. Un giorno lo incontrai che già i magazzini cominciavano a impoverire, e chi aveva derrate a tenerle per sé. Aveva la Pisana piuttosto malata e non m'era ancor venuto fatto di trovarle una libbra di carne pel brodo.

— Ohé, Carlino – mi disse – come la va?

— Vedi! – gli risposi – son vivo ancora, ma temo per domani o per dopodimani. La Pisana si sente male, e andiamo di male in peggio.

— Che? la Contessina è malata?... Corpo del diavolo!... Vuoi che ti procuri otto o nove medici di reggimento?... I reggimenti non ci sono piú, ma sopravvivono i medici; segno del loro gran sapere.

— Grazie, grazie! ho il dottor Vianello che mi basta.

— Sicuro che deve bastare; ma diceva cosí per consulto per curiosità!

— No, no, il male è già conosciuto; dipende da difetto d'aria e di nutrimento.

— Non ha altro? Fidati di me! domani son di guardia alla Polcevera e là le farò respirare tanta aria in un'ora quanta a Fratta non se ne respira in un giorno.

— Sí, eh, alla Polcevera, con quei finocchietti che vi va regalando Melas!

— Ah! è vero, mi dimenticava che è una contessina e che le bombe la possono infastidire. Allora non c'è rimedio; menala a spasso sui tetti.

— Se avesse la volontà e la forza occorrente, farebbero anche i tetti, ma una malaticcia che si nutre di brodo di lattuga non può certo avere una gran vigoria.

— Pover'a lei! Peraltro io posso trarti d'impiccio!... Vedi ch'io mi conservo abbastanza grasso e tondo, mi pare!

— Davvero sembri un cappellano del Duomo di Portogruaro.

— Eh! altro che cappellani! Di' mo che a cantar in coro si guadagnano muscoli di questa sorte! – e tendeva e gonfiava un braccio che per poco non faceva scoppiare le cuciture. – Io, vedi, mi son mantenuto cosí grazie alla mia previdenza. Ho ammazzato i miei due cavalli, li ho fatti salare e me li pappo a quattro libbre il giorno. Dopo sarà quel che sarà. Ma se vuoi entrar a parte della cuccagna...

— Figurati! per me volentieri, e mi rimorderebbe di privar te; ma per la Pisana il cavallo salato non le conviene.

— Allora un altro ripiego; la mia padrona di casa è tirata come una genovese e non mangia altro che erbe cotte, tagliate da un suo cortiletto che onora col nome di orto. Ma già credo che anche prima dell'assedio non mangiasse meglio, e la vita non è altro per lei che un lunghissimo blocco. T'immagineresti ch'essa tien sempre sui ginocchi un vecchio gatto d'Angora cosí grasso cosí morbido che parrebbe una golaggine a qualunque milanese?

— Vada pel gatto d'Angora! – io esclamai. – Alla Pisana non le piacciono molto i gatti vivi, ch'io mi sappia; ma le si faranno piacer morti. E tutto starà a darle ad intendere che è brodo di pollo e non di gatto. Mi procurerò una manata di piume e guarderò di spanderla per la casa...

— Se posso io per le piuma...

— Grazie, Alessandro; mi sovviene che in camera ne ho pieni i cuscini del letto. Piuttosto, come farai ad impadronirti del gatto d'in sui ginocchi della signora?...

Lí il bravo colonnello tirò il mento nel collare e se lo sfregolava che pareva lui un gattone in ruzzo di farsi bello.

— Sí, perdiana, come farai, s'ella è tanto invaghita del suo gatto?

— Carlino, ho avuto la disgrazia di piacerle piú del gatto; e mi perseguita sempre che è una disperazione.

— È dunque brutta se ti dà tanto noia?

— Brutta, caro; spaventevole! Come farebbe un'avara ad esser bella? Mi par di vedere la signora Sandracca con qualche dente di meno.

Io diedi un guizzo di raccapriccio.

— Ma sta' pur cheto! non te la farò vedere: terrò tutto il gusto per me e in riguardo tuo e della Contessina rischierei anche di peggio. Ma spero di cavarmela collo spavento. Tutte le mattine ella usa bussare alla mia porta e domandarmi se ho dormito bene, girando il chiavistello come per entrare: ma io fingo di non m'accorger mai di questa voglietta e alla sera ci metto di mezzo tanto di catenaccio. Piuttosto mi dimenticherei di cavarmi gli stivali che di prendere una tal misura di sicurezza. Domani invece me ne dimenticherò a bella posta: la signora entrerà, e nel frattempo la mia ordinanza farà la festa al gatto.

— Ben immaginato, perbacco: diventerai generale presto con queste maravigliose attitudini. Grazie adunque, e ricordati che aspetto dal tuo gatto la salute di mia cugina.

Il giorno dopo Alessandro venne a trovarmi nella mia stanza che sonava mezzogiorno: aveva la cera negra e il viso imbronciato.

— Che fu mai? — gli dissi io correndogli incontro.

— Arpia maledetta! – sclamò il colonnello. – Te lo saresti immaginato tu, che venisse a picchiare al mio uscio col suo stupido gatto sotto il braccio?...

— E cosí?

— E cosí dovetti sorbirmi mezz'oretta di conversazione, che ne ho ancora sconvolte tutte le interiora, e scommetto che son bianco di bile come quando stava nel mulino!... Oh la maniera di dividerla da quel gatto indiavolato, dimmela tu se la sai immaginare!

— Per esempio, se tu facessi per abbracciarla?

Il povero Alessandro fece un atto come se gli avessi dato a fiutare una carogna.

— Temo che sia l'unica – egli rispose – ma se poi il gatto non se ne va, se tarda ad andarsene?...

— Oh diavolo! ad un capitano par tuo mancano mezzi da tirar in lungo una battaglia?

Alessandro assunse a queste mie parole una cera grave e dignitosa; non ne scerneva il perché, quando fui come rischiarato da un lampo.

— Scusa sai – aggiunsi – ho adoperato il vocabolo capitano nella sua significazione etimologica di capo; come si chiamano capitani Giulio Cesare, Annibale, Alessandro, Federico II! Non mi dimentico mai il grado che occupi ora!

A questa dichiarazione e piú al nome di Federico II la faccia del colonnello si rischiarò.

— Benone – riprese egli contentissimo, accarezzandosi le guance. – Io farò cosí un qualche vezzo all'arpia... ma adesso che ci penso, cosa dirà la cameriera?

— Che c'entra in tuttociò la cameriera?

— C'entra, c'entra... oh bella! c'entra perché ci entro io.

— È giovine e bella la cameriera?

— Fresca, perdio, e salda come un pomino non ben maturo: con certe imbottiture intorno che ricordano le nostre paesane, e una bocchina che a Genova non se ne vedono di compagne.

— Allora capisco perché c'entri tu, e perché c'entra lei. Son tutte conseguenze di conseguenze!... La cameriera potresti mandarla fuori a comperarti, che so io, della polvere di Tripoli per gli speroni.

— No, no, amico, mi tirerei addosso le gelosie della figliuola della portinaia!

— Ma caro il mio Alessandro, tu sei il cucco delle donne...? Bisogna proprio dire che pel sesso debole certi stimoli siano piú urgenti di quelli della fame!

— Sarà un accidente, Carlo!... Ma del resto fra queste cere da assedio il mio colorito la mia corporatura devono far colpo per forza!... E poi tra Genovesi e Friulani per forza bisogna intendersi a motti; abbiamo due dialetti cosí incomprensibili che a dimandar pane si piglierebbero sassate.

— Buona la ragione! ma guai se non avessi il tuo cavallo salato! Peraltro alla cameriera potresti consegnare qualche cosa da stirare!...

— Sí, sí, vedo io, capisco io, lascia fare a me!... Domani avrai il tuo gatto, da far il brodo per quindici giorni.

— Ti raccomando, sai! Perché oggi ho potuto trovare un mezzo piccione e l'ho pagato un occhio della testa, ma domani siamo proprio sprovvisti affatto.

Il valoroso colonnello mi lasciò con un gesto di promessa immanchevole; e pensò forse lungo la strada al modo di non esporsi troppo coi vezzi che avrebbe dovuto fare alla padrona di casa per isnidarle il gatto dal seno. Il giorno appresso non erano le dieci che l'ordinanza di Alessandro mi portò in casa la famosa fiera: infatti il peso non era minore della fama, e non mi ricordava mai d'aver veduto neppur nella cucina di Fratta un gatto cosí smisurato.

— E cosa n'è del tuo padrone? — chiesi con fare svagato all'ordinanza.

— L'ho lasciato nella sua stanza che strepitava con tutte le donne della casa – mi rispose il soldato. – Ma egli è avvezzo a tener testa ai Russi, né avrà paura di quattro gonnelle.

Un quarto d'ora dopo io avea già consegnato la bestia alla cuoca che ne cavasse la maggior quantità possibile di brodo, intorbidandogli il sapore gattesco con sedani e cipolline, quando mi capitò dinanzi Alessandro tutto sconvolto ed arruffato che pareva Oreste perseguitato dalle Furie, e rappresentato dal Salvini. Appena entrato in camera si buttò sopra una poltrona strepitando e bofonchiando che piuttosto che dar la caccia a un altro gatto sarebbe uscito dai castelli per conquistar un bue contro i Tedeschi, i Russi e quanti altri ne volessero venire. Io aveva piú voglia di ridere che di piangere; ma mi trattenni per non fargli dispiacere.

— Senti cosa mi capita! – diss'egli dopo aver buttato via il cappello dispettosamente. – Io avea pensato di mandar la portinaia fuori di casa, e la cameriera in cerca della portinaia; sicché in quel frattempo la padrona saliva da me, io le faceva la burletta del gatto, e l'ordinanza aveva libero il campo per accomodarlo a suo modo; intanto portinaia o cameriera tornavano e mi toglievano d'impiccio. Invece, cosa succede?... La portinaia e la cameriera s'incontrano per le scale e cominciano a litigare fra loro; io, dopo aver buttato a terra il gatto, con una specie di abbracciamento alla signora padrona, non so piú andare né innanzi né indietro: quel maledetto gatto mi si ostina fra i piedi e la vecchia al collo!... Pesta di qua pesta di là riesco finalmente a metter in fuga la bestia... Ma in quella appunto, cameriera e portinaia entrano accapigliandosi fra loro e veggono me alle prese colla signora. Urla una e strilla quell'altra, credo che diedero la sveglia a tutto il vicinato. La signora era rossa piú per la stizza che per la vergogna; io piú pallido di spavento che di stizza: ma quella diversione mi rese i colori. Cominciai a gridare che non era nulla e che stava provando alla signora la tracolla della sciabola. La cameriera si buttò addirittura addosso alla padrona minacciandola che se non le pagava i salari le avrebbe cavato gli occhi, e che non era quella la maniera di mantenere le sue promesse che il servizio dell'ufficial francese sarebbesi lasciato tutto a lei. Intanto si udivano da basso gli ultimi miagolamenti del povero gatto sgozzato dalla mia ordinanza colle forbici della padrona che furono poi trovate tutte insanguinate. Anzi bisognerà che gli tiri le orecchie a quello sciocco per questa castroneria! Figurati che parapiglia! La signora, che m'aveva lasciato, voleva tornarmi ad abbracciare, la cameriera mi teneva pel collo, e la portinaia per l'abito; ciascuna voleva la sua parte, ma avevano fatto i conti senza l'oste. Stufo delle loro moine io diedi una tal vociata che restarono tutte e tre quasi istupidite e mi lasciarono libero di movermi. Io infilai la porta, presi il cappello nell'anticamera, ed eccomi qui di volo: ma giuraddio, se avessi sostenuto in *carré* una carica di cosacchi non sbufferei di piú!...

Io consolai il giovine colonnello delle sue disgrazie; e lo menai poscia dalla Pisana a ricevere i ringraziamenti dovutigli; ma ebbimo cura di cambiar il gatto in un pollo d'India, e perciò non risaltarono tanto i pericoli corsi dal paladino per conquistarlo. Ad ogni modo, grazie alla furberia della cuoca piemontese il brodo ottenne l'aggradimento della padrona; lo si disse un po' insipido per esser di pollo d'India, ma siccome anche i polli soffrivano per la carestia, non ci badò tanto pel sottile. Sono storielle un po' insulse dopo la grande epopea delle mie imprese di Napoli; ma ad ogni stagione i suoi frutti; e quella reclusione di Genova accennava sul principio di volgere in buffo. Soltanto Lucilio non rimetteva nulla della sua consueta gravità; e succiava seriamente le sue radici di cicoria come le fossero polpette di selvaggina, o salsicciotti di pollo.

Un'altra volta il mugnaio colonnello mi venne a trovare meno rosso e giovialone del solito. Io ne dava la colpa al cavallo salato che cominciava a mancare, ma mi rispose d'aver ben altro pel capo e che m'avrebbe condotto in tal luogo dove forse anch'io sarei partito con tutt'altra voglia che di berteggiare. Per verità io non trovava piú allettamento a simili improvvisate; ma per quanto ne stringessi Alessandro, egli nulla volle dirmi e rispondeva sempre che avrei veduto all'indomane. Mi venne infatti a prendere il giorno appresso per condurmi allo Spedal militare. Là trovammo il povero Bruto Provedoni che cominciava ad alzarsi allora da una lunga malattia; ma si era alzato con una gamba di legno. Immaginatevi la brutta sorpresa! Anche Alessandro avea ignorato un pezzo la disgrazia dell'amico e non avendone novella da un secolo la credeva forse ancor peggiore; quando cercando per gli spedali d'un suo soldato che non si trovava piú, e lo dicevano infermo, avea dato il naso nell'amico. Tuttavia di noi tre lo stesso Bruto era il meno costernato. Egli rideva, cantava e si provava a camminare e a ballare sulla sua gamba di legno cogli attucci piú grotteschi del mondo. Diceva soltanto che si pentiva di non aver tardato a perder la gamba fin nel tempo dell'assedio, che allora avrebbe potuto mangiarsela con molto piacere. Mi consolai d'averlo trovato, ché in qualche maniera poteva essergli utile. Infatti tutta la sua convalescenza egli la passò in casa nostra colla Pisana e con Lucilio, e schivò le noie e gli incommodi degli spedali militari.

A Genova rividi anche Ugo Foscolo, ufficiale della Legione lombarda, e fu l'ultima volta che stetti con lui sul piede dell'antica dimestichezza. Egli stava già sul tirato come un uomo di genio, si ritraeva dall'amicizia, massime degli uomini, per ottener meglio l'ammirazione; e scriveva odi alle sue amiche con tutto il classicismo d'Anacreonte e d'Orazio. Questo serva a provare che non si era sempre occupati a morire di fame, e che anche il vitto di cicoria né spegne l'estro poetico né attuta affatto il buon umore della gioventù.

A lungo andare peraltro l'estro poetico svaporava, e il buon umore andava appassendo. Una fava costò perfino tre soldi, e quattro franchi un'oncia di pane: a non voler mangiare che pane e fave c'era da rovinarsi in una settimana. Io non aveva in tutto me un ventimila lire tra denari sonanti e cedole austriache; ma di queste non era quello il luogo da ottenere il pagamento e cosí tutto l'aver mio si riduceva a un centinaio di doble. Volendo curare la salute vacillante della Pisana e alimentarla d'altro che di zucchero candito e di sorci ci andava comodamente una dobla al giorno. Da ultimo fui ben fortunato di ricorrere al cavallo salato di Alessandro. Ma dàlli e dàlli, non ne rimasero che le ossa; e allora ci convenne far come tutti; vivere di pesce marcio, di fieno bollito quando si trovava gramigna, e di zuccherini, de' quali era in Genova grande abbondanza, perché formavano un importantissimo ramo di commercio. S'aggiunsero febbri e petecchie per ultimo conforto; ma appunto in casa nostra cominciò a rifiorir la salute, quando si corrompeva di fuori. I zuccherini conferivano alla Pisana; ella racquistò le belle rose delle guance e il suo umorino strano e bisbetico che durante la malattia s'era fatto cosí buono ed uguale da farmi temere qualche grosso guaio. Allora mi racconsolai, giudicando che nulla v'avea di guasto, e che i visceri erano quelli di prima: anzi la consolazione andò tant'oltre che cominciai anche a spaventarmene. Alle volte saltava su per mordere come una vipera; e s'ingrugnava e aveva il coraggio di tener il broncio un'intera giornata. Voleva poi tutto a modo suo e dal silenzio ostinato passava in men ch'io non dico ad una garrulità quasi favolosa. Cosí ella ebbe il vanto di cancellare dalla mia memoria tutti quegli anni vissuti frammezzo e di ricondurmi alle tempestose fanciullaggini di Fratta. Davvero che a chiuder gli occhi avrei creduto di essere non già a Genova quasi veterano d'una guerra lunga e accanita, ma in riva alle fosse delle nostre praterie a bucar chiocciole e a lustrar sassolini. Mi sentiva imbambolire come un bisnonno; e sí che non era ancora padre né aveva premura di diventarlo. Questo era per esempio un punto sempre controverso tra me e lei: ch'ella avrebbe voluto un bambino ad ogni costo, ed io, per quanto mi scaldassi a dimostrarle che nella nostra posizione, in quel luogo, in quei tempi, un figliuolo sarebbe stato il peggiore degli imbrogli, dovevo sempre metter le pive nel sacco. Altrimenti pel gran sussurro mi sarebbe crollato il soffitto sul capo. Cominciarono i soliti dissapori, gli alterchi, le gelosie: tutto per quel benedetto bambino; eppur vi giuro che se la Provvidenza non ce lo mandava, io non ce ne aveva né colpa né rimorso.

Finallora io m'era sempre congratulato colla Pisana che non aveva mai sospettato di me, e queste congratulazioni, se volete, erano intinte un pochino d'ironia, perché la sua sicurezza mi pareva originata o da freddezza d'amore o da piena confidenza nei proprii meriti. Ma allora almeno non fui piú in grado di lamentarmi. Non poteva arrischiare un'occhiata fuori della finestra, ch'ella non mi allungasse tanto di grugno. Non me ne diceva la cagione, ma me la lasciava travedere. Rimpetto dimoravano due crestaie, una stiratrice, la moglie d'un arsenalotto e una mammana. Ella mi diceva invaghito di tutta questa marmaglia e non era il miglior elogio al mio buon gusto; massime quanto alla mammana ch'era piú brutta d'un peccato non commesso. Indarno io teneva i miei occhi a casa come san Luigi; faceva per fintaggine, e me lo diceva con un sogghignetto piú pestifero di qualunque impertinenza. Stufa, diceva ella, di farmi la buona moglie, cominciò ad uscire, a volerne star a zonzo le mezze giornate: e sí che la città non dava motivo ad allegre passeggiate. Dappertutto era un puzzo d'ospedale o di cataletto, e bare si gettavano dalle finestre, e ammalati che si trasportavano a braccia, e immondizie che si rimescolavano per litigare ai vermi qualche avanzo di carogna. Finalmente volle ad ogni costo che la menassi fin sui castelli per far visita a' miei amici ch'erano in fazione. S'io non mi mostrava di buona voglia m'accagionava di paura e quasi di codardia: non contento di far nulla voleva anche frodare quelli che facevano, di quel po' di conforto che sarebbe loro venuto dalla compagnia di qualche buon'anima. Conveniva adattarsi e menarla. Se avesse preteso che la conducessi nel campo trincerato di Otto o fra le turbe monferrine raccolte dall'Azzeretto a minacciar piú che Genova gli scrigni dei Genovesi, scommetto che avrei accondisceso; tanto m'aveva ridotto grullo e marito.

Un giorno tornavamo da una visita fatta al colonnello Alessandro nel forte di Quezza, ch'era uno dei piú esposti. Le bombe piovevano sulle casematte mentre noi facevamo un brindisi col Malaga alla fortuna di Bonaparte e alla costanza di Massena. La Pisana baccheggiava come una vivandiera, e in quel momento le avrei dato uno schiaffo; ma si serbava sempre cosí bella cosí bella per quante pazzie e sciocaggini commettesse, che avrei temuto di guastarla. Uscendo dal forte, Alessandro ci gridava dietro che badassimo ai bei fuochi d'artifizio; infatti le bombe di Otto descrivevano per aria le piú vezzose parabole, e se non ci fosse stato il tonfo della caduta e il fragore e la rovina dello scoppio, sarebbe stato un onestissimo divertimento. Io affrettava il passo; e ve lo assicuro, non tanto per me quanto per veder la Pisana fuori di quel gran pericolo; ma ella se ne aveva a male, e borbottava della mia dappocaggine, e mi faceva montar la stizza portando a cielo Alessandro, e le sue belle maniere soldatesche, e i suoi frizzi e le sue baiate che non erano poi d'un gusto molto raffinato. Ma la Pisana aveva la passione dei tipi; e certo le sarebbe spiaciuto un lazzerone senza cenci e senza maccheroni, come un colonnello mugnaio senza pizzicotti e senza bestemmie. Io mi difendeva con dignitoso silenzio; ma ella dava a divedere d'ascrivere questa ritenutezza ad invidia. Allora la mia bile sforzò il turacciolo, e diedi una gran vociata gridando che se fossi stato donna io avrei voluto lodarmi piuttosto di Monsignore suo zio che di quel zoticone di colonnello. Lí appiccammo una lite; ché ella mi tacciava d'ingratitudine, ed io lei di soverchia indulgenza per le scurrili maniere di Alessandro. Terminammo a casa col sederci allo scuro io sopra una seggiola ed ella sopra un'altra col viso rivolto alla parete. Lucilio rientrando indi a poco ci trovò addormentati, segno evidentissimo che la tempesta aveva appena sfiorato i nostri umori biliosi; e sí che vento di parole non n'era mancato. La Pisana per farmi dispetto seguitò lunga pezza a lodare e magnificare i buoni portamenti e il valore stragrande del colonnello Alessandro, dicendo che per farsi di mugnaio esperto soldato in cosí breve tempo si voleva un ingegno sperticato, e che ella già aveva sempre augurato bene di quel giovine distinguendolo dagli altri fin da piccino.

Io ingelosiva furiosamente di questi richiami ad un tempo, nel quale molte volte aveva dovuto soffrire la fortunata rivalità del piccolo Sandro; e vedendo compiacersi lei di cotali memorie, ognuno si figurerà i sospetti che ne induceva. Cosí, gelosi ambidue, stancheggiati dal digiuno, divisi dal resto del mondo, e con un futuro dinanzi che non dava nulla da sperare, noi cercavamo del nostro meglio ogni via per infastidirci scambievolmente. Ma appena poi il bell'Alessandro mostrava volersi ingalluzzire per le lusingherie della Pisana, ecco ch'ella se ne ritraeva quasi spaventata. E toccava a me farle veduto che certe schifiltosità non istanno bene, che bisogna compatire alle educazioni un po' precipitate, e che la trivialità d'un bravo e dabben soldataccio non va guari confusa colle oscene allusioni d'un bellimbusto sboccato. Alessandro, in uggia a me mentre era careggiato dalla Pisana, e difeso invece quando ella lo aspreggiava, non sapeva piú per qual manico prendere il coltello; e stava nella nostra conversazione come un ballerino sulla corda prima di essersi bilanciato. Peraltro quando la Pisana si mostrava affatto ingiusta col povero colonnello io aveva ancora un mezzo di farle cadere la stizza; ed era il ricordarle quel buon brodo di pollo d'India procuratole da lui solo. Ella che ne aveva gran desiderio da un pezzo, perché i zuccherini cominciavano a impastarle la bocca, gli tornava allora dietro coi piú dolci vezzi del mondo; e Alessandro s'incatorzoliva tutto per la contentezza. Ma quand'io gli accennava cosí in ombra la ragione di quelle carezze, s'imbrunava in faccia brontolando che la sua padrona non aveva altri gatti e che buon per lui, giacché al secondo rischio Dio sa cosa poteva avvenire.

Crescevano intanto le strettezze dei viveri, cresceva la pressura degli assedianti e non si combatteva piú per alcuna speranza di libertà o d'indipendenza. Che voleva Massena? Far di Genova una nuova Pompei popolata di cadaveri invece che di scheletri, o piú che coll'armi, colla paura della pestilenza allontanare i nemici dalle mura combattute? – Era un lamento, un furore universale. Egli solo, il generale, aveva le sue idee per ritardare ad ogni costo d'un mese d'un giorno la resa della piazza: Bonaparte in quel mezzo avrebbe raccolto gli ultimi ardori repubblicani di Francia per incendiarne una seconda volta l'Europa. A forza di disagi, di patimenti, di costanza e di crudeltà si giunse ai primi di giugno, quando già Bonaparte era precipitato come un fulmine a turbare le tranquillissime guerricciole di Melas contro Suchet, e s'erano rialzate in Milano le speranze degli Italiani. La resa di Genova si chiamò convenzione e non capitolazione, gli ottomila uomini di Massena passarono opportuni ad ingrossare l'armata del Varo, e dai nuovi conquistatori della Liguria non si parlò allora di ristaurare l'antico governo come non se ne parlava punto in Piemonte. Ma era ben tempo quello da pensare a ristaurazioni! Melas a marce forzate raccozzava i corpi sparsi dell'esercito sulle rive della Bormida, proprio rimpetto a quel punto dove Napoleone prima di partir da Parigi avea messo il dito sulla carta geografica dicendo: — Lo romperò qui! — E cosí questi s'affrettava a lasciar Milano, a passar il Po, a vincere col luogotenente Lannes a Montebello, a stringer il nemico intorno ad Alessandria. Stranissima posizione di due eserciti ciascuno de' quali aveva la propria patria alle spalle dell'inimico!

In questo mezzo gli esulanti di Genova, secondo i patti della convenzione, si trasportavano sopra navi inglesi ad Antibo. Io, la Pisana, Lucilio e Bruto Provedoni eravamo del numero. Bruttissimo viaggio e che mi privò delle mie ultime doble. A Marsiglia fui contentissimo di trovar un usuraio che mi scambiasse al trenta per cento le cedole austriache e siccome era già pervenuta la notizia della vittoria di Marengo, ripigliammo tutti insieme la strada d'Italia. Si sperava assai; si sperava piú che non si riconquistò, e il riconquisto d'allora fu quasi miracolo. Ma nessuno avrebbe immaginato che Melas si disanimasse per una prima sconfitta; e la continuazione della guerra allargava il campo delle lusinghe fino a far travedere in lontananza la restituzione di Venezia in libertà o il suo aggiungimento alla Cisalpina. Invece incontrammo per istrada la nuova della capitolazione di Alessandria, per cui Melas si ritraeva dietro al Po ed al Mincio e i Francesi rioccupavano Piemonte, Lombardia, Liguria, i Ducati, la

Toscana, le Legazioni. Il nuovo Papa, eletto a Venezia e da poco rientrato in Roma fra le fastose accoglienze degli alleati napoletani, credeva aver che fare a riconquistar il potere dalle mani troppo tenaci degli amici; invece dovette accettarlo dalla clemenza dei nemici firmando con Francia un concordato ai 15 luglio. Ma il Primo Console s'atteggiava allora a protettore dell'ordine della religione della pace; e Pio VII, il buon Chiaramonti, gli credeva senza ritegno.

Le nuove consulte provvisorie pullulavano ovunque, con questo nuovo sapore di pace di ordine di religione. Lucilio e tutti i vecchi democratici ne torcevano il grugno; ma Bonaparte blandiva ubbriacava il popolo, accarezzava i potenti, premiava largamente i soldati, e contro simili ragioni non v'ha stizza repubblicana che tenga. Io per me, fedele agli antichi principii, sperava nelle nuove cose, perché non sapea figurarmi che di tanto avessero cangiato gli uomini in cosí breve tempo. Per questo non mi andò a verso che Lucilio rifiutasse una carica cospicua offertagli dal nuovo governo; e per me accettai volentieri un posto d'auditore nel Tribunal militare. Indi, siccome si abbisognava di amministratori galantuomini, mi traslocarono segretario di Finanza a Ferrara. Non mi spiaceva il guadagnarmi onoratamente un pane, perché tra le dodicimila lire lasciate alla vedova del Martelli sopra una casa bancaria di Napoli, le doble spese a Genova, e le cedole negoziate a Marsiglia tutto il peculio consegnatomi da mio padre prima di morire se n'era ito in fumo. Il colonnello Giorgi mi veniva dicendo, anche allora a Milano, che mi raccomandassi a lui e che m'avrebbe fatto creare maggiore del Genio o dell'artiglieria; ma vivendo io colla Pisana, la carriera militare non mi quadrava, e mi si attagliavano meglio gli impieghi civili. Infatti a Ferrara ci accasammo molto onorevolmente. Bruto Provedoni che ci aveva accompagnato fin là diretto per Venezia e pel Friuli ci promise che avrebbe scritto amplissime informazioni sopra tutto ciò che ci premeva sapere; e noi contenti di esserci salvati con tanta fortuna da quel turbine che aveva inghiottito gente piú grande ed accorta di noi, stettimo ad aspettare con pazienza che imprevisti avvenimenti finissero di mettere la nostra vita perfettamente in regola.

La morte di Sua Eccellenza Navagero che non doveva esser lontana mi stava molto a cuore. Poveretto! Non gli augurava male; ma dopo aver vissuto abbastanza felice oltre ad una settantina d'anni poteva bene lasciar il posto a un pochetto di felicità per noi. Senza volerlo, credo che mi moderassi anch'io secondo le opinioni piú discrete di quel secondo periodo repubblicano: quell'amore spensierato ubbriaco delirante, che correva naturalmente fra le passioni ardenti e sfrenate della rivoluzione, sconcordava alquanto colle idee legali sobrie compassate che tornavano a galla. Infine il concordato colla Santa Sede mi piegava mio malgrado a pensieri di matrimonio. La Pisana non dava alcun sentore di quello che sperasse o disegnasse fare. Tornata alla vita solita era tornata alle solite disuguaglianze d'umore, alla solita taciturnità variata da improvvisi eccessi di ciarle e di riso, al solito amore condito di rabbia di gelosie e di spensieratezza. Ascanio Minato, ch'era divenuto capitano e avea lasciato a Milano la volubile contessa rubata ad Emilio, ottenne in quel torno d'essere di guarnigione a Ferrara. Anche a Genova egli ronzava intorno alla Pisana senza poterla avvicinare per la nessuna cura che costei si dava di lui nelle diversissime occupazioni di quel tempo. Ma a Ferrara non le parve vero di poter variare d'alcun poco la noia domestica, e s'adoperò tanto che dovetti consentire l'ingresso in mia casa al brillante ufficiale. Costui mi spiaceva per tutte le ragioni: per le sue gesta anteriori, pel mio amor proprio, per la memoria del povero Giulio, per la baldanza del portamento e del parlare, per l'affettazione francese, buffa e spregevole in un còrso. Ma mi guardava bene dal dargli carico di tutto ciò in presenza della Pisana; sapeva che alle volte nulla piú nuoce d'un biasimo inopportuno, massime presso le indoli che amano l'assurdo e la contraddizione. Perciò stava composto e con bella creanza; come si conviene ad un magistrato ad un padrone di casa; ma teneva ben aperti gli occhi in testa, e il signor Minato avea raramente il coraggio di incontrarli coi suoi. L'Aglaura e Spiro scrivevano da Venezia notizie piuttosto varie che buone. Avevano avuto un secondo bambino, ma la loro madre era morta, e ne vivevano inconsolabili; il commercio loro prosperava, ma la cosa pubblica sembrava in balía piú dei tristi che dei buoni. Il Venchieredo padre spadroneggiava senza pudore ostentando maniere linguaggio e alterigia forestiere. Spiro, che avea dovuto presentarglisi per implorar la liberazione d'un suo compatriota relegato a Cattaro coi repubblicani catturati in terraferma, avea dovuto convenire che i padroni stranieri valgono meglio dei fattori e castaldi nazionali. L'avvocato Ormenta era compagno al Venchieredo in quella trista opera, ma s'infamava meglio per occulte ladrerie che per aperte sopraffazioni. Operavano i consigli del padre Pendola; il quale ad onta della cacciata da Portogruaro e del discredito in cui era tenuto dalla Curia di Venezia avea saputo formarsi un certo partito nel clero meno educato; e da taluni era tenuto per un martire, da altri per un birbante. I vecchi Frumier erano morti ambidue a un mese di distanza l'un dell'altro; dei giovani, Alfonso avea rinunciato al matrimonio per ottenere una commenda dell'Ordine di Malta, e non si sapeva nemmeno ch'egli esistesse; ma si diceva ch'egli corteggiasse una certa dama Dolfin piú vecchia di lui d'una quindicina d'anni, e stata già moglie d'un correggitore a Portogruaro. – Io me ne sovvenni, la ricordai alla Pisana, e ne risimo assieme.

Agostino invece avea brigato un posto nel nuovo governo, perché altrimenti non sapeva come vivere, essendosi per la morte dei genitori perduto ogni loro patrimonio. Lo avevano fatto controllore di Dogana, ed egli n'era umiliato, il fervido repubblicano. Peraltro pensava di riguadagnar la partita con un buon matrimonio; e c'era qualche maneggio con quella donzella Contarini che mio padre avea voluto affibbiarmi col pretesto della dote e del futuro dogado. La Contessa di Fratta, come zia, batteva l'acciarino: ma piú che l'affetto pel nipote la lusingava la speranza d'una ricca senseria, perché la sua passione pel gioco continuava sempre e il patrimonio della famiglia calava sempre trovandosi omai ridotto ad un centinaio di campi intorno al castello di Fratta, sui quali erano ipotecati i crediti delle figlie. La reverenda Clara dopo la morte della madre Redenta era diventata la grande testa del convento e volevano farla badessa. Perciò meno che mai si angustiava per quello che avveniva di brutto o di bello nel secolo. Il conte Rinaldo sgobbava sempre alla Ragioneria e nelle biblioteche; Raimondo Venchieredo se gli aveva offerto di fargli ottenere un avanzamento negli uffici amministrativi, ma aveva ostinatamente rifiutato; andava via unto e cencioso col suo ducato al giorno, pelatogli anche questo dalla madre; ma non voleva, a mio credere, curvar la schiena piú che non fosse strettamente necessario. L'Aglaura in particolare mi dava notizie della Doretta che come sapete era stata altre volte in qualche relazione con lei e precisamente le aveva recato per parte del Venchieredo qualche lettera d'Emilio dopo la partenza di costui per Milano. La sciagurata, abbandonata da Raimondo, aveva perduto ogni ritegno; e di amante in amante sempre piú basso era caduta nei sitacci piú fetidi e infami di Venezia.

— Vedi, a chi ti fidavi? — dissi io alla Pisana.

Ella m'avea confessato che la Doretta era stata a narrarle il mio amore e la mia fuga coll'Aglaura; nella qual cosa la stupida bagascia serviva alle mire di Raimondo contro il suo proprio interesse. — Che vuoi che ti risponda? – soggiunse la Pisana. – Già sai che quando si è stizziti con alcuno meglio ci entrano le parole cattive che le buone. E se ti confessassi ora che Raimondo stesso mi ti dipingeva come un imbroglione, rimasto a Venezia piú tardi degli altri e partito poi per Milano alla sfuggita, solamente per pescar nel torbido, ma in un torbido molto puzzolente!?

— Ah birbante! – sclamai. – Questo ti diceva Raimondo?... L'avrà a fare con me!...

— Io però non ci credeva molto – riprese la Pisana – o se ci credeva non glie ne venne alcun utile, perché cercava forse di staccarmi da te e non fece altro che precipitare la mia venuta a Milano.

— Basta, basta! – diss'io che non udiva ricordare molto volentieri questa parte della nostra vita. – Vediamo ora cosa ne scrive da Cordovado Bruto Provedoni.

E lessimo la lettera tanto sospirata del povero invalido. Io potrei anche, come ho fatto finora, darvene il compendio; ma la modestia di scrittore non lo permette; qui bisogna cedere il campo ad uno migliore di me, e vedrete come un animo generoso sa sopportar la sciagura e guardar dall'alto le cose del mondo senza negar loro né cooperazione né pietà. La lettera l'ho ancora fra le mie cose piú care; nel reliquario della memoria che principia colla ciocca di capelli fattasi strappare dalla Pisana, e finisce colla spada di mio figlio che ieri mi giunse dall'America insieme con la tarda conferma della sua morte. Povero Giulio! era nato per esser grande; e non poté esserlo che nella sventura. Ma torniamo al principio del secolo, e leggete intanto cosa mi scriveva a Ferrara Bruto Provedoni, tornato da poco tempo nel suo paesucolo con una gamba di meno, e molti affanni di piú.

"Carlino amatissimo!

"Ho volontà di scrivervi a lungo, perché molte sono le cose che vorrei dirvi e tante le dolorose impressioni che m'ebbi tornando, che mi pare non dovrei mai finire dal raccontarvele. Ma son poco avvezzo a tener la penna in mano, e spesso mi bisogna lasciar da una banda i pensieri e limitarmi a quelle cose materiali che posso alla meglio esprimere. Peraltro di voi non ho soggezione, e lascerò che l'animo parli a suo modo. Dov'egli non si esprimesse a dovere voi lo capirete egualmente, e in ogni caso mi compatirete della mia ignoranza piena di buona volontà.
"Se vedeste questi paesi, Carlino!... Non li conoscereste piú!... Dove sono andate le sagre, le riunioni, le feste che allegravano di tanto in tanto la nostra giovinezza?... come sono scomparse tante famiglie che erano il decoro del territorio, e serbavano incorrotte le antiche tradizioni dell'ospitalità, della pazienza cristiana, e della religione?... Per qual incanto s'è assopita ad un tratto quella vita di chiassi, di gare fra villaggio e villaggio, di contese e di risse per le occhiate d'una bella, per l'elezione d'un parroco, o per la preminenza d'un diritto? – In quattro anni sembra che ne sian passati cinquanta. Non ci fu carestia, e si lagnano ogni dove della miseria; non ci furono leve di soldati né pestilenze come in Piemonte ed in Francia; e le campagne sono spopolate e le case deserte dei migliori lavoratori. Chi emigrò in Germania, chi nella Cisalpina; chi accorse per far fortuna a Venezia e chi sta zitto per paura nei poderi piú nascosti e lontani. La differenza d'opinioni ha disfatto le famiglie; i dolori, i patimenti, le soperchierie della guerra hanno ucciso i vecchi e invecchiato gli adulti. Non si celebrano piú matrimoni, e di rado assai il campanello suona pel battesimo. Se si ode la campana si può giurare ch'è per un'agonia o per un morto. La vigoria ch'era rimasta nei nostri compaesani e che s'esercitava o bene o male in piccoli negozi di casa o di comune, ora s'è sfiancata del tutto. Rimasti senza armi senza danari senza fiducia non pensano piú che ciascuno a se stesso e pei bisogni dell'oggi; tutti lavorano dal canto loro ad assicurarsi un covacciolo contro le

insidie del prossimo e le prepotenze dei superiori. L'incertezza delle sorti pubbliche e delle leggi fa sí che si schivino dal contrattare, e che si speculi sulla buona fede altrui piuttosto che affidarvisi.

"Come sapete, furono tolte le antiche giurisdizioni gentilizie; e Venchieredo e Fratta non sono piú altro che villaggi, soggetti anch'essi, come Teglio e Bagnara, alla Pretura di Portogruaro. Cosí si chiama un nuovo magistrato stabilito ad amministrar la giustizia; ma per quanto sia utile e corrispondente ai tempi una tal innovazione, i contadini non ci credono. Io sono troppo ignorante per avvisarne le cause; ma essi forse non si aspettano nulla di bene da coloro che colla guerra hanno fatto finora tanto male. Quello che è certo si è che coloro che in questo frattempo si sono ingrassati furono i tristi; i dabbene rimasero soverchiati, e impoveriti per non aver coraggio di fare il loro pro' delle sciagure pubbliche. I cattivi conoscono i buoni; sanno di potersene fidare e li pelano a man salva. Nei contratti con cui sottoscrivono alla propria rovina essi non si provvedono né appigli a future liti né scappatoie; danno nella rete ingenuamente, e sono infilzati senza misericordia. Alcuni fattori delle grandi famiglie, gli usurai, gli accaparratori di grano, i fornitori dei comuni per le requisizioni soldatesche, ecco la genia che sorse nell'abbattimento di tutti. Costoro, villani o servitori pur ieri, hanno piú boria dei loro padroni d'una volta, e dal freno dell'educazione o dei costumi cavallereschi non sono neppur costretti a dare alla propria tristizia l'apparenza dell'onestà. Hanno perduto ogni scienza del bene e del male; vogliono essere rispettati, ubbiditi, serviti perché sono ricchi. Carlino! La rivoluzione per ora ci fa piú male che bene. Ho gran paura che avremo di qui a qualche anno superbamente insediata un'aristocrazia del denaro, che farà desiderare quella della nascita. Ma ho detto *per ora*, e non mi ritratto; giacché se gli uomini hanno riconosciuto la vanità di diritto appoggiati unicamente ai meriti dei bisnonni e dei trisarcavoli, piú presto conosceranno la mostruosità d'una potenza che non si appoggia ad alcun merito né presente né passato, ma solamente al diritto del danaro che è tutt'uno con quello della forza. Che chi ha danaro se lo tenga e lo spenda e ne usi; va bene; ma che con esso si comperi quell'autorità che è dovuta solamente al sapere e alla virtù, questa non la potrò mai digerire. È un difettaccio barbaro ed immorale del quale deve purgarsi ad ogni costo l'umana natura.

"Oh se vedessi ora il castello di Fratta!... Le muraglie sono ancora ritte; la torre s'innalza ancora tra il fogliame dei pioppi e dei salici che circondano le fosse; ma nel resto qual desolazione! Non piú gente che va e viene e cani che abbaiano e cavalli che nitriscono, e il vecchio Germano che lustra gli schioppi sul ponte, o il signor Cancelliere che esce col Conte, o i villani che si schierano facendo di cappello alle Contessine! Tutto è solitudine, silenzio, rovina. Il ponte levatoio è caduto fradicio; e hanno empiuto la fossa con carri di rottami e di calcinacci tolti via dalla casa dell'ortolano che è cascata. L'erba cresce pei cortili, le finestre non solo sono prive d'imposte, ma gli stipiti e i davanzali si sgretolano al gocciolar continuo della pioggia. Si dice che alcuni creditori, o ladri, o che so io, abbiano venduto perfino le travature del granaio; io non ne so nulla; veggo solamente che manca un gran pezzo di tetto e che ci piove e nevica entro, con quanto danno degli appartamenti ve lo potete immaginare!... Marchetto, che è a Teglio per sagrestano e s'è fatto grullo come un cappone, va ancora di tanto in tanto per vecchia abitudine al castello. Egli mi ha raccontato che la signora Veronica è morta, che monsignor Orlando e il Capitano non hanno piú che la serva del Cappellano, la Giustina, che tenga conto delle robe loro, e prepari il pranzo e la cena. Monsignore sospira perché non può piú ber vino: il Capitano si lamenta perché ha promesso *in articulo mortis* alla sua Veronica di non pigliar altra moglie, ed ora c'è a Fossalta la vedova dello speziale che è matta, e vorrebbe sposarlo, non so con qual'idea. D'inverno fanno notte alle cinque, e Monsignore si difende col gran dormire. Di tutte le sue antiche relazioni soltanto il Cappellano ha tenuto saldo, e sembra anzi stringerglisi di piú ad ogni nuova disgrazia. Monsignore di Sant'Andrea e il piovano di Teglio sono morti anch'essi. Insomma, ve lo diceva fin dapprincipio, ch'io son partito da un paese e torno in un cimitero; ma ancora non sapete tutto.

"Quanto alla maniera di camparla questi signori vivono sulle onoranze e quasi sulle elemosine di quei quattro coloni che son loro rimasti; perché l'entrata viva cola tutta a Venezia. Fattori castaldi ed agenti se la sono fatta, dopo essersi ben rimpannucciati a spese dei gonzi. Fulgenzio già aveva comperato la casa Frumier a Portogruaro, e la trinciava avaramente da signore quand'io sono partito; ora suo figlio Domenico è notaio ed ha avuto un posto a Venezia, l'altro ha detto ieri la prima messa e starà in Curia per cancelliere. È un bel pretino questo don Girolamo, e tutto sommato mi piace piú di suo fratello e di suo padre, benché sia furbo come la volpe anche lui.

"Ora, Carlino, veniamo a piú gravi disgrazie; dico gravi, perché toccano me piú davvicino e le ho tenute le ultime perché, se ne discorreva dapprincipio, non avrei potuto risolvermi a parlar d'altro. Mio padre ha tenuto dietro a mia madre, ch'era già morta da un mese quand'io mi sono assoldato con Sandro Giorgi. Egli è spirato, poveretto, fra le braccia dell'Aquilina, perché gli altri suoi figliuoli erano in rotta con lui, e non volevano credere ch'egli avesse a morire. La Bradamante giaceva in letto di parto e non ha potuto esser compagna alla sorella in quegli ultimi e pietosi uffici. Io non voglio dir male dei miei fratelli ma il primo per ignoranza, i piú giovani per braveria hanno finito di metter a soqquadro tutta la casa. Porta via di qua, strascina di là, sciupa, vendi, impresta, trovai le camere vuote: cioè no; correggo, Leone, che s'è trapiantato colla famiglia a San Vito a far il fattore, ha creduto bene di affittar la casa, ad eccezione di tre stanze lasciate all'Aquilina e a Mastino: ché in quanto a Grifone era partito per l'Illirico col suo mestiero di capo-mastro. Tre mesi dopo venne offerto a Mastino un posto di scritturante ad Udine, e se la svignò lasciando sola soletta in quelle tre camere una ragazza di quattordici anni. Gli è vero ch'è assai bene sviluppata, e fui molto contento delle lodi che mi fece l'arciprete della di lei condotta: ma ad operare in quel modo bisognava proprio aver nelle calcagna la carità fraterna.

"Di tutte queste disgrazie, Carlino, alcuna ne avea già saputa per lettera, altre ne temeva, ma ti dico la verità che a toccarle con mano mi fecero un effetto terribile e quale non mi sarei mai aspettato. Forse anco il vedermi così storpio e impotente a mettervi riparo, finí di amareggiare il mio dolore già per sé acerbissimo. Ma un altro colpo mi dovea toccare che appena giunto mi ha proprio buttato a terra. L'Aquilina fra le tante mi avea raccontato anche la morte del dottor Natalino avvenuta un paio di mesi prima. Una sera indovinereste chi mi capitò in casa?... Mia cognata, quella sciagurata della Doretta!... Avea insieme uno scribacchiante, un mingherlino che si diceva figliuolo d'un avvocato Ormenta di Venezia, e veniva con lei a reclamare la sua dote e l'eredità del marito. Cosa ne dici eh!... Che cuori!... La dote che nessuno ci aveva mai pagata!... L'eredità d'un uomo ch'ella aveva si può dire ammazzato!... Ma siccome ell'aveva una confessione di debito scritta di pugno di Leopardo otto mesi dopo il loro matrimonio, e d'altronde si commiserava della propria posizione, e il mingherlino mi diceva sotto voce che senza il sussidio di quei danari l'onore di mia cognata avrebbe corso grave pericolo, così e per ritirarla se è possibile dalla mala via in cui si è messa e per rispetto al nostro nome e alla memoria di mio fratello, ho cercato a tutt'uomo i mezzi di pagarla. Ho venduto quanto restava di mio nel podere lasciato da mio padre; le ho consegnato i danari e se n'è andata con Dio; ma il giovinetto sembrava molto premuroso di liberarla dall'incommodo di portare il sacchetto. Ho poi saputo che quel peculio le serví come dote per entrare in un istituto di convertite novellamente aperto a Venezia per cura di alcuni sacerdoti oscuri di nome, ma di cuore cristiano e di onestissime intenzioni. Ella restò nel ritiro un mese, ma poi ne scappò, dicono, indemoniata; ed adesso ho grave timore che non la sia in peggiori condizioni di prima, perché già il dono della dote era irrevocabile, e d'altronde non l'era una tal somma da poterle assicurare una vita indipendente.

"Ora voi sapete lo stato nostro e presso a poco anche del paese. Faccio da padre all'Aquilina, amministro quei dieci campi che le sono rimasti e per me mi guadagno il vitto dando qualche lezione di calligrafia in paese e in qualche buona famiglia che vuol forse palliare così una caritatevole elemosina. Le domeniche, Donato nostro cognato viene a prenderci colla carrettella e ci conduce a Fossalto a trovare la Bradamante che ha già tre ragazzini, il primo che sgambetta come una gru, e l'ultimo appeso ancora alla mammella. In onta alla mia gamba di legno io faccio grandi prodezze col primo, e insegno a camminare alla seconda, perché la è una bambina abbastanza poltroncella per la sua età. Non so se questo sia uno stabilimento definitivo, o un ripiego per miglior fortuna, o una tregua per peggiori disgrazie. So che ho fatto il mio dovere, che lo farò sempre, che se ho preso qualche deliberazione precipitata si fu perché una voce mi chiamava, e infatti le opere mie non hanno mai fatto torto a quelle deliberazioni. Infine le cose potevano andare assai meglio; ma io non do la mia povertà e nemmeno la mia gamba di legno per tutte le ricchezze per tutti gli agi e per la sfacciata salute d'un birbone. Dico bene, Carlino? So che siete del mio parere e perciò vi parlo col cuor in mano. Del resto le mie speranze non si fermano tutte sotto i coppi della mia casa, alcuna ne ho che viene in cerca di voi; altre che rifanno il cammino da me percorso e non vogliono starsi chete alla triste esperienza delle guerre passate. Il nostro Primo Console ha vinto a Marengo, ma dei bei campi di battaglia potremo offrirgliene anche noi, ed egli li conosce da un pezzo e gli furono fausti. Oh se ci potessimo vedere *allora*! Come farei ballare di gusto la mia gamba di legno... Come bacerei di cuore voi, la Pisana, il dottor Lucilio... A proposito, è vero che il dottore si è fermato a Milano?... Sappiate intanto che Sandro Giorgi fu mandato col suo reggimento alla guerra di Germania. Se le guerre continuano farà certo fortuna, ed io gliela auguro perché in mezzo a' suoi difettucci ha un cuore un cuore che si farebbe a fette per gli altri. Oh ma io non finirei piú di chiacchierare con voi!... Amatemi dunque, scrivetemi, ricordatemi alla Pisana, e non dimenticatevi di far il possibile perché ci possiamo vedere".

Bell'anima d'amico! E si scusava di non saper scrivere! dove si sente il cuore, chi bada alle parole? Chi cerca lo stile quando l'anima ha toccato dolcemente l'anima nostra? – Non mi vergogno a dirvi ch'io piansi su quella lettera, non per le frasi in sé, che forse nessuno ci troverebbe da commoversi, ma appunto per quello studio gentile e pietoso di non commovere, per quella cura dilicata e faticosa di non iscoprire ai lontani tutte le nostre piaghe, acciocché il piacere di aver nuove dell'amico non sia troppo amareggiato dal dolore di saperlo infelice! La morte del padre, lo sperperamento della famiglia, il cattivo cuore dei fratelli; io m'immaginava che tutti questi colpi l'uno sopra l'altro avean dovuto ferire l'animo di Bruto piú di quanto egli voleva mostrare. Me lo figurava vicino all'Aquilina, a quella cara e leggiadra ragazzetta cosí grave cosí amorosa e che nell'infanzia dimostrava il piú soave e compassionevole cuore di donna che si potesse desiderare! Ella avrebbe lenito colla sua ingenuità coi suoi sorrisi celesti i dolori di Bruto, lo avrebbe compensato delle cure che si prendeva per lei; e n'era certo che quelle due creature riunite insieme dopo tante procelle avrebbero trovato nell'amicizia fraterna la felicità e la pace.

La Pisana si univa meco in queste semplici speranze. Cervellino poetico anzitutto ella cercava i robusti contrapposti e la fiera agitazione della tragedia ma comprendeva la rosea innocenza e la pace pastorale dell'idillio. Posando fra Bruto e l'Aquilina le nostre fantasie rivedevano i tranquilli orizzonti delle praterie fra Cordovado e Fratta, le belle acque correnti in mezzo a campagne smaltate di fiori, i cespugli odorosi di madresilva e di ginepro, i bei contorni della fontana di Venchieredo cogli ombrosi sentieruoli e i freschi marginetti di musco! Speravamo per essi, e godevamo per noi. Peccato che quella gamba di legno si attraversasse a tutti i bei romanzi che si potevano immaginare a benefizio di Bruto! Nei paesi un cotal difetto non si perdona, e un eroe zoppo vale assai meno d'un mascalzone ben piantato. Le donne di città son talora piú indulgenti; benché anche in questa indulgenza c'entri forse per poco assai l'adorazione dell'eroismo. Ma pure se Bruto non avesse avuto quella gamba di legno sarebbe egli tornato a Cordovado? – Dov'era Amilcare, dov'erano Giulio del Ponte, Lucilio, Alessandro Giorgi, e dov'era finalmente io, benché meno di essi trasportato da furore di indole a imprese arrischiate? Profughi, esuli, morti, vaganti qua e là, come servi cacciati a lavorare sopra campi non nostri, senza tetto certo, senza famiglia, senza patria sulla terra stessa della patria! – Poiché chi poteva assicurare che una patria concessa dal capriccio del conquistatore dal capriccio stesso non ci sarebbe ritolta?... Già in Francia si cominciava a bisbigliare d'un nuovo ordinamento di governo; e s'accorgevano che il Consolato non era una sedia curule, ma un gradino a soglio piú eccelso. Bruto era omai escluso dall'agone ove noi andavamo giostrando alla cieca senza sapere qual sarebbe il premio di tanti tornei. Almeno avea ritrovato il focolare paterno, il nido della sua infanzia, una sorella da amare e da proteggere! Il suo destino gli stava scritto dinanzi agli occhi non glorioso forse né grande ma calmo, ricco di affetti e sicuro. Le sue speranze avrebbero sciolto il volo dietro alle nostre o sarebbero cadute con esse senza il rimorso di aver oziato per infingardaggine, senza lo sconforto di aver faticato indarno ad inseguire un fantasma.

Cosí io veniva invidiando la sorte d'un giovine soldato che tornava al suo paese, storpio d'una gamba, e invece delle braccia di suo padre in cui gettarsi non trovava che una fossa da irrigare di pianto. Pure io non era de' piú sfortunati. Moderato di voglie di speranze di passioni, quando i miei mezzi privati cominciavano a mancarmi, il soccorso pubblico mi era venuto incontro. Senza protezioni, senza brogli, in paese forestiero, ottenere a ventisei anni un posto di segretario in un ramo cosí importante e nuovo della pubblica amministrazione, com'erano allora le Finanze, non fu piccola né spregevole fortuna: e non me ne contentava. Tutti mi verranno addosso con baie e con rimbrotti. Ma io lo confesso senza vergognarmene: ebbi sempre gli istinti quieti della lumaca, ogniqualvolta il turbine non mi portò via con sé. Fare, lavorare sgobbare mi piaceva per prepararmi una famiglia una patria una felicità; quando poi questa meta della mia ambizione non mi sorrideva piú né vicina né sicura, allora tornava naturalmente col desiderio al mio orticello, alla mia siepe, dove almeno il vento non tirava troppo impetuoso, e dove sarei vissuto preparando i miei figliuoli a tempi meglio operosi e fortunati. Io non aveva né la furia cieca e infrenabile d'Amilcare che slanciata una volta non poteva piú indietreggiare, né l'instancabile pertinacia di Lucilio che respinto da una strada ne cercava un'altra, e attraversato in questa se ne apriva una di nuova sempre per tendere a uno scopo generoso sublime, ma alle volte dopo quattr'anni di sudori piú incerto e lontano che non fosse dapprincipio. Per me vedeva quella gran via maestra del miglioramento morale, della concordia, e dell'educazione, alla quale si doveva piegare ogniqualvolta le scorciatoie ci avessero fuorviato. Mi sarei dunque messo in quella molto volentieri per uscirne soltanto quando un bisogno urgente mi chiamasse. Invece la sorte mi faceva battere la campagna a destra ed a mancina. L'anno prima bocca inutile a Genova, allora segretario a Ferrara; i geroglifici del mio pronostico si disegnavano con caratteri tanto varii che a volerne comporre una parola bisognava stiracchiare affatto il buon senso.

Fortuna che la Pisana mi dava frequentissimi svagamenti da queste mie melensaggini. Le sue rappresaglie donnesche col capitano Minato, e le bizzarrie continue che davano a parlare per un mese alla già sordo-muta società di Ferrara mi tenevano occupato per quelle poche ore che mi restavano libere dal trebbiatoio dell'ufficio. Passare dalle somme, dalle sottrazioni e dalle operazioni scalari delle imposte agli accorgimenti strategici d'un amante geloso non era impresa da cavarsene come a sorbir un uovo. Anzi mi faceva mestieri tutta la ginnastica dello spirito, e tutta la prontezza acquistata in simili evoluzioni da quindici e piú anni d'esercizio. Del resto v'aveano giorni che la Pisana s'occupava sempre di me, e di sorvegliarmi come un ragazzaccio che meditasse qualche scappata; allora, o fingeva di non m'accorgere di una cotal diffidenza, o ne metteva il broncio, ma davvero che ne aveva un gusto matto, perché poteva riposarmi delle fatiche passate e preparar lena pel futuro. Se mai vi fu amante o marito che si affannasse per ben governar la sua donna senza farle sentire il peso delle redini, fui certo io in quel tempo vissuto a Ferrara. I galanti papallini, i lindi ufficialetti francesi andavano dicendo: — Che buona pasta d'uomo! — ma mi avrebbero forse voluto un po' piú fuori dei piedi; e li pestassi anche e facessi il cattivo, non se l'avrebbero legata al dito. Ero, per dirla tutta, un buon incommodo; e qui stava il peggio, ché non potevano lagnarsene, né appormi la ridicolaggine d'un Otello finanziere.

A rompere questo armeggio di schermi e di difese cascò in mezzo a noi la notizia d'una malattia della Contessa di Fratta. Era il conte Rinaldo che la partecipava alla Pisana senza aggiungere commenti: diceva soltanto che non potendo la reverenda Clara uscir di convento, sua madre rimaneva sola, affidata alle cure certo poco premurose d'una guattera: sapendo poi la Pisana a Ferrara, avea creduto dover suo trascendere ogni riguardo e farle nota questa grave disgrazia che li minacciava. La Pisana mi guardò in viso; io senza por tempo in mezzo dissi: — Bisogna che tu vada! — Ma vi assicuro che mi costò assai il dirlo; e fu un sacrifizio all'opinione pubblica, che altrimenti m'avrebbe tacciato di snaturare una figliuola ne' suoi più doverosi riguardi verso la madre. La Pisana invece la tolse pel cattivo verso; e benché io credo che se avessi taciuto io, ella avrebbe parlato come me, pure si diede a brontolare, che già ero stanco di lei, e che non cercavo nulla di meglio che un appiglio qualunque per levarmela d'attorno. Ne converrete che fu una ingiustizia solenne. Io risposi, scrollando le spalle, che ella invece a mio credere andava a caccia tutto il giorno de' più strani pretesti per rincrescermi, e che mi doveva anzi esser grata dell'esser stato il primo a proporle un viaggio a me per ogni conto spiacevole ed incommodo. Infatti, lasciando andare la solitudine nella quale restava, a quel tempo si stentava anche non poco in punto a quattrini. A me piacque sempre il ben vivere, la Pisana non ha mai saputo far un conto in sua vita, e non s'è presa mai il benché menomo pensiero né della sua borsa né di quella degli altri: insomma si spendeva a tutto andare ed anche si piantava qua e là per le botteghe qualche piccolo chiodarello. Tuttavia la voleva bisticciare con me e ci riescí. Non ho mai capito questo talento di martoriarmi appunto allora ch'eravamo in procinto di dividerci, col gran bene che la mi voleva; perché vi assicuro io che si sarebbe fatta a pezzi per me. Io m'immagino che il dispiacere di doversene andare le guastasse l'umore, e che colla sua solita sventatezza se ne sfogasse addosso a me. Qualche volta le venivano rossi gli occhi, mi veniva dietro per casa come una ragazzina dietro la mamma; e s'io poi le volgeva uno sguardo amorevole una parola di conforto, s'oscurava in viso come l'ora di notte, e si volgeva da un altro canto facendo forza di non badare a me. Insomma le vi parranno le solite ragazzate; ma bisogna ch'io ve le racconti per dimostrare il continuo sospetto in che io vissi dell'animo della Pisana inverso di me, ed anche perché la sua indole fu cosí straordinaria che merita una storia apposita.

Adunque pochi giorni dopo, raggranellati i denari occorrenti al viaggio, io la condussi in calesse fino a Pontelagoscuro, e di colà in barca si avviò per Venezia. Quello, cioè, il Po, si era il confine fra le provincie venete occupate dai Tedeschi e la Repubblica Cisalpina; né io poteva accompagnarla oltre. Pertanto in capo ad una settimana ebbi notizia da lei che sua madre era affatto fuori di pericolo, ma che la convalescenza vorrebbe essere un po' lunga, e che perciò ci rassegnassimo a una separazione di qualche mese. Ciò mi diede noia non poco, ma in vista delle altre buone notizie che mi dava cercai consolarmene. L'Aglaura e Spiro vivevano in perfetta concordia con due bambinelli ch'era una delizia a vederli; i negozi loro prosperavano viemmeglio, e ci si profferivano a me ed a lei in ogni cosa che ne potesse occorrere. Il Conte suo fratello, in onta alla freddezza della lettera, l'avea poi trattata con ogni amorevolezza; un'altra novità c'era che poteva convenire non poco ad ambedue. Sua Eccellenza Navagero colpito da una paralisi generale e da completa imbecillità giaceva in letto da un mese: ella mi comunicava le tristi condizioni del marito colle parole piú compassionevoli del mondo, ma la cura presa di descriverle appunto tristissime e disperate dinotava una facile rassegnazione all'ultimo colpo che si aspettava di giorno in giorno. Perciò io mi adattai con minor uggia al mio isolamento; e mi cacciai intanto a tutt'uomo nelle cure d'ufficio per sentirne meno i fastidi.

In quella s'era adunata la Consulta di Lione pel riordinamento della Cisalpina, la quale ne uscí col battesimo d'Italiana, ma riordinata per bene, cioè secondo i nuovi disegni di Bonaparte Primo Console, che ne fu eletto Presidente per dieci anni. Il Vice-presidente, che ebbe poi a governare in persona, fu Francesco Melzi, uomo invero liberale e di sentimenti grandi e patriottici, ma che per la sua magnificenza e per la nobiltà dell'origine non collimava coi gusti dei democratici piú ardenti. Lucilio mi avvisò da Milano di cotali mutamenti e con una certa livida rabbia che mi diceva assai piú che non osasse scrivere: certo egli s'aspettava che io rinunziassi al mio posto e che rifiutassi di servire un governo dal quale erasi allontanato ogni vero repubblicano. Io in verità ne sentii qualche voglia, e non tanto per la repubblica in sé, quanto perché il fervore repubblicano era ormai il solo incentivo di quelle mie ostinate speranze sopra Venezia per le quali soltanto m'induceva a durare negli uffici della Cisalpina. Ma avvenne allora un caso che mi stornò da cotale idea. Ricevetti nientemeno che la nomina d'Intendente, vale a dire Prefetto delle Finanze, a Bologna.

Fosse che il nuovo governo mi giudicasse proclive alle sue massime d'ordine e di moderazione, o che mi ricompensassero del lavoro assiduo e utilissimo di quegli ultimi mesi, il fatto sta che la nomina io la ebbi e con mia grande sorpresa. Forse anco si abbisognava per quel posto d'un uomo laborioso attento infaticabile, e a cotal uopo fu creduto atto piú un giovane che un magistrato provetto. Io per me fui portato via da un tal delirio d'ambizione che per due o tre mesi non mi ricordai piú né di Lucilio né quasi anche della Pisana. Mi pareva già che il Ministero delle Finanze mi sarebbe toccato alla prima occasione; e una volta là in alto, chi sa?... Il cambiar poltrona è impresa sí agevole quando si è tutti insieme in una stessa sala! Pensava alle antiche lusinghe di mio padre e non le trovava piú né strane né irragionevoli; soltanto quella presidenza decennale di Bonaparte mi angustiava un poco, e per quanto fossi temerario non giunsi, lo confesso, nemmeno in sogno a spuntarla con lui. Mi pareva un pezzo troppo grosso da sollevare. Quanto agli altri avrei adoperato Prina come savio amministratore; e con Melzi ci saremmo intesi. Sapeva della sua crescente dissensione col Console per quel fare da sé e quello stare da sé che dipendeva dalla sua natura tutta italiana, e tendeva per opera sua a regolare gli andamenti del governo italiano appetto del francese. Di ciò mi sarei giovato con arte con furberia: fermo sempre che tutta la mia ambizione tutte le mie mire sarebbero volte ad allargare fino a Venezia la Repubblica Italiana. E questa fu la scusa della mia pazzia.

Impiantato a Bologna con questi grandi propositi pel capo fui un intendente di Finanza molto facondo e munifico: voleva prepararmi la strada alle future grandezze: seppi al contrario in seguito che, per cotali gonfiamenti mi chiamavano, nel loro gergo maligno bolognese, l'intendente Soffia. Dopo qualche mese di boriosa beatitudine e di ostinato lavoro nella sana disposizione dell'imposte, cosa insolita nella Legazione, cominciai a credere che non fossi ancora in paradiso, ed a sperare che il ritorno della Pisana avrebbe supplito a quel tanto che sentiva mancarmi. Infatti non due non tre ma sei mesi erano trascorsi dalla sua partenza da Ferrara, e non solo non tornava, ma da ultimo anche dopo il mio passaggio a Bologna scarseggiavano le lettere. Fu gran ventura che avessi il capo nelle nuvole, altrimenti l'avrei dato nelle pareti. La Pisana aveva questo di singolare nel suo stile epistolare, che non rispondeva mai subito alle lettere che riceveva; ma le metteva da un canto e poi le riscontrava tre quattro otto giorni dopo, sicché, non ricordandosi ella piú di quanto aveva letto, la risposta entrava in materia affatto nuova, e si giocava alle bastonate alla guisa dei ciechi. Molte e molte volte io le aveva scritto ch'era stufo di restar solo, che non sapeva che pensare di lei, che si decidesse a tornare, che mi scoprisse almeno la vera cagione di quella inconcepibile tardanza. E nulla! Era un battere al muro. Mi rispondeva di volermi bene piucchemai, che io badassi a non dimenticarmi di lei, che a Venezia si annoiava, che sua mamma stava proprio benino, e che sarebbe venuta appena le circostanze lo permetterebbero.

Io riscriveva a posta corrente domandando quali fossero queste circostanze, e se le abbisognavano denari; o se non poteva venire per qualche gran motivo, e che lo dicesse pure perché in questo caso avrei domandato un passaporto e sarei ito a tenerle compagnia per tutta la durata del mio permesso. Non mancava poi mai di chiederle informazioni della preziosissima salute di Sua Eccellenza Navagero, il quale, secondo me, doveva esser andato al diavolo da un pezzo: eppur la Pisana non mi rispondeva mai neppure in qual mondo egli fosse. La trascuranza di ciò ch'ella sapeva dovermi tanto premere finí di punzecchiare l'amor proprio del magnifico Intendente di Bologna. Per completare la mia grandezza, perché il carro del mio trionfo avesse tutte quattro le ruote mi bisognava una moglie; e questa non poteva aspettarla che dalla morte del

Navagero. Mi stupiva quasi come questo inutile nobiluomo non si fosse affrettato a morire per far piacere ad un intendente par mio. Se poi era la Pisana che me ne tardava a bella posta la novella, l'avrebbe a che fare con me!... Voleva che sospirasse almeno un anno la mano del futuro ministro delle Finanze... e poi?... oh, il mio cuore non sapeva resistere piú a lungo, nemmeno in idea. L'avrei assunta al mio trono, come fece Assuero dell'umile Ester; e le avrei detto: — Mi amasti piccolo, grande te ne ricompenso! — Sarebbe stato un bel colpo; me ne congratulava con me stesso, passeggiando su e giù per la stanza, sfregolandomi il mento, e masticando fra i denti le paroline che avrei soggiunto ai ringraziamenti infocati della Pisana. I subalterni che entravano con fasci di carte da firmare, si fermavano sulla soglia e andavano poi fuori a raccontare che l'intendente Soffia era tanto in sul soffiare che pareva matto.

Peraltro quei giorni meno che gli altri avevano a lagnarsi di me: e in generale, siccome lavorava molto io, ed era paziente e corrivo cogli altri, in onta al mio soffiare aveano preso a volermi bene. Gli uomini bolognesi sono i piú gentili mordaci e dabbene di tutta Italia; per cui anche avendoli amici, e amici a tutta prova, bisogna permetter loro di dir male e di prendersi beffa di voi almeno un paio di volte il mese. Senza questo sfogo creperebbero; voi ne perdereste degli amici servizievoli e devoti, ed il mondo degli spiritini allegri e frizzanti. Quanto alle donne, sono le piú liete e disimpacciate che si possano desiderare: sicché il governo dei preti non va accagionato di renderle impalate e selvatiche. Se questo si osservò un tempo a Verona a Modena e in qualche altra città di costumi bigotti, vuol dire che ne avranno avuto colpa piú le monache le madri i mariti che i preti. La religione cattolica non è né arcigna né selvatica né inesorabile; infatti se volete trovare l'obesità, la rigidezza e lo *spleen* bisogna andare fra i protestanti. Non so se compensino queste magagne con altre doti bellissime; io guardo, noto senza parzialità, e tiro innanzi. Anche un rabbino mi assicurò l'altro giorno che la sua religione è la piú filosofica di tutte; ed io lo lasciai dire, benché, sapendo che il rabbino è filosofo, avrei potuto rispondergli: "Padron mio, tutti i filosofi maomettani, bramini, cristiani ed ebrei trovarono sempre la propria religione piú filosofica delle altre. Cosí il cieco definisce il rosso il piú sonante di tutti i colori. La religione si sente e si crede, la filosofia si forma e si esamina: non mescoliamo di grazia una cosa coll'altra!...".

Per finir poi di parlarvi di Bologna, dirò che vi si viveva allora e vi si vive sempre allegramente, lautamente, con grandi agevolezze di buone amicizie, e di festive brigate. La città dà mano alla villa e la villa alla città: belle case, bei giardini, e grandi commodi senza le stiracchiature di quel lusso provinciale che dice: "rispettatemi perché costo troppo e devo durare assai!". Sempre in attività, sempre in movimento tutte le funzioni vitali. Ciarlieri e vivaci per affrontare il brio e la ciarla altrui; lesti per piacere a quelle care donnine cosí leste e compagnevoli; agili e svelti per correre di qua e di là e non mancare al gentil desiderio di nessuno. Si mangia piú a Bologna in un anno che a Venezia in due, a Roma in tre, a Torino in cinque ed a Genova in venti. Benché a Venezia si mangia meno in colpa dello scilocco, e a Milano piú in grazia dei cuochi... Quanto a Firenze a Napoli a Palermo, la prima è troppo smorfiosa per animare i suoi ospiti alle scorpacciate; e nelle altre due la vita contemplativa empie lo stomaco per mezzo dei pori senza affaticar le mascelle. Si vive coll'aria impregnata dell'olio volatile dei cedri e del fecondo polline dei fichi. Come ci sta poi col resto la question del mangiare? Ci sta a pennello perché la digestione lavora in ragione dell'operosità e del buon umore. Una pronta e svariata conversazione che scorra sopra tutti i sentimenti dell'animo vostro, come la mano sopra una tastiera, che vi eserciti la mente e la lingua a correre a balzare di qua e di là dove sono chiamate, che ecciti che sovreccti la vostra vita intellettuale, vi prepara meglio al pranzo di tutti gli assenzi e di tutti i Vermutti della terra. Il Vermuth han fatto bene a inventarlo a Torino dove si parla e si ride poco, fuori che alle Camere: del resto quando l'hanno inventato non avevano lo Statuto. Ora dell'attività ce n'è, ma di quella che aiuta a fare, non di quella che stimola a mangiare. Fortuna per chi spera in bene e pei fabbricatori di Vermuth.

Ad onta di tutte queste chiacchiere che infilzo adesso, la Pisana allora non faceva mostra per nulla di voler tornare; e Bologna perdeva a poco a poco il merito di stuzzicarmi l'appetito. Un amore lontano per un intendente di ventott'anni non è disgrazia da metterla in burla. Passi per un mese o due; ma otto, nove, quasi un anno! Io non aveva fatto nessuno dei tre voti monastici e doveva osservarne il piú scabroso. Capperi! come vi veggo ora rider tutti della mia capocchieria... Ma non voglio ritrattarmi d'un punto. La Pisana a quel tempo io l'amava tanto, che tutte le altre donne mi sembravano a dir poco uomini. Ometti bellini, piacevoli, eleganti, in rispetto alle bolognesi; ma sempre uomini; e non era né rusticità né chietineria, ma tutto amore era. Cosí non mi vergogno a confessarvi d'aver fatto parecchie volte il Giuseppe Ebreo; mentre invece nella successiva separazione dalla Pisana andai soggetto a varie distrazioni. Vuol dire che non l'amava meno, ma in modo diverso; e, checché ne dicano i platonici, io sopportai la seconda lontananza con molto miglior animo che la prima.

Allora peraltro, avendo una gran fretta e un furore indiavolato di riavere la Pisana, non potendo saperne una di chiara da lei, mi volsi all'Aglaura pregandola, se aveva viscere di carità fraterna, a volermi significare senza misteri senza palliativi quanto concerneva mia cugina. In fino allora mia sorella s'era schivata sempre di rispondere esplicitamente alle mie inchieste sopra tale proposito; e col credere o col non sapere se la cavava dai freschi. Ma quella volta, conoscendo dal tenor della lettera che veramente io era sgomentatissimo e in procinto di fare qualche pazzia, mi rispose subito che aveva sempre taciuto pregata di ciò dalla Pisana stessa, che allora peraltro voleva accontentarmi perché vedeva l'agitazione della mia vita; che sapessi dunque esser già da sei mesi la Pisana in casa di suo marito, occupatissima a fargli d'infermiera, e che non pareva disposta ad abbandonarlo. Mi dessi pace che ella mi amava sempre, e che la sua vita a Venezia era proprio quella d'un'infermiera.

Oh se avessi allora avuto fra le unghie Sua Eccellenza Navagero!... Credo che non avrebbe abbisognato piú a lungo di infermieri. Cosa gli saltava a quel putrido carcame di rubarmi la mia parte di vita?... C'era mo giustizia che una giovane come sua moglie... Mi fermai un poco su questa parola di moglie, perché mi balenò in capo che le promesse giurate appiè dell'altare potessero per avventura contar qualche cosa. Ma diedi di frego a questo scrupolo con somma premura. "Sí, sí" ripigliai "c'è giustizia che sua moglie resti appiccicata a lui, come un vivo a un cadavere?... Nemmeno per sogno!... Oh, per bacco, penserò io a distaccarli, a terminare questo mostruoso supplizio. Dopo tutto, anche non volendo dire che la carità principia da noi stessi, non è forse secondo le regole di natura ch'egli muoia piuttosto che me? Senza contare che io ne morrò davvero; ed egli sarà capace di tirar innanzi anni ed anni a questo modo, l'imbecille!...".

Afferrai la mia magnifica penna d'intendente e scrissi un tal letterone che avrebbe fatto onore ad un re in collera colla regina. Il succo era che se ella non veniva piú che presto a rimettermi un po' di fiato in corpo, io, la mia gloria, la mia fortuna saremmo andati sotterra. Questa mia lettera rimase senza risposta un paio di settimane, in capo alle quali quand'appunto io pensava seriamente ad andarmene, non dirò sotterra, ma a Venezia, capitò inaspettata la Pisana. Aveva il broncio della donna che ha dovuto fare a modo altrui, e prima di ricevere né un bacio né un saluto, volle ch'io le promettessi di lasciarla ripartire a suo grado. Poi vedendo che questo discorso mi toglieva metà del piacere di sua venuta, mi saltò colle braccia al collo, e addio signor Intendente! – Io era impazientissimo di farle osservare tutti gli agi annessi alla mia nuova dignità; un sontuoso appartamento, portieri a bizzeffe, olio, legna, tabacco a spese dello Stato. Fumava come il povero mio padre per non lasciar indietro nessun privilegio, e mangiava d'olio tre giorni per settimana come un certosino; ma avea messo da un canto una bella sommetta per far figurar degnamente la Pisana nella società bolognese; era pel mio temperamento una tal prova d'amore che la doveva cadermi sbasita dinanzi. Invece non ci badò quasi; perché per intendere il merito di cotali sforzi bisogna esserne capaci, ed ella, benedetta, avea piú buchi nelle tasche e nelle mani che non ne abbia nella giubba un accattone romagnuolo. Soltanto fece due occhioni tondi tondi sentendo nominare quattrocento scudi; pareva che da un pezzo ella avesse perduto l'abitudine di udir perfino nominare sí grossa somma di danaro. Al fatto per altro non fu tanto grossa come si credeva. Abiti, cappellini, smanigli, gite, rinfreschi mi misero perfettamente in corrente colla paga e gli scudi non mi si invecchiavano piú di quindici giorni nel taschino.

Svagata di qua di là la Pisana mi scoperse in breve un altro lato nuovissimo del suo temperamento. Diventò la piú allegra e ciarliera donnetta di Bologna; ne teneva a bada quattro, sei, otto; non si musonava né si stancava mai; non si sprofondava né in un'osservazione né in un pensiero né in una sbadataggine a segno di dimenticarsi degli altri; anzi sapeva cosí bene distribuire parolette e sorrisi, che n'era un poco per tutti e troppo per nessuno. Poteva fidarmi di lei, ed erano finite le tormentose fatiche di Ferrara. Tutti intanto parlavano chi della cugina chi della moglie chi dell'amante del signor Intendente; v'aveva chi volea sposarla, e chi pretendeva sedurla o rapirmela. Ella s'accorgeva di tutto, ne rideva garbatamente e se il brio lo dispensava ogni dove, l'amore poi lo serbava per me. Donne cosí fatte piacciono in breve anche alle donne, perché gli uomini si stancano di cascar morti per nulla e finiscono col corteggiarle per vezzo, tenendo poi saldi i loro amori in qualche altro luogo. Cosí dopo un mese la mia Pisana, adorata dagli uomini, festeggiata dalle donne, passava per le vie di Bologna come in trionfo, e perfino i birichini le correvano dietro gridando:
— È la bella veneziana! è la sposa del signor Intendente! — Non voglio dire se ella ne invanisse di queste grandi fortune, ma certo sapeva farsene merito presso di me col miglior garbo della terra. E a me s'intende toccava amare, com'era giusto, in proporzione dei desiderii che le formicolavano intorno.

Cosí, menando questa vita di continui piaceri, e di domestica felicità, non si parlava piú di ripartire. Quando giungevano lettere da Venezia, appena era se vi metteva sopra gli occhi; ma se la scrittura voltava pagina, ella non la voltava di sicuro, e piantavala a mezzo. Io poi me le leggeva da capo a fondo, ma aveva cura di nasconderle tutta la premura che di tanto in tanto sua madre od il marito le facevano di tornare. Questi pareva non fosse piú né tanto geloso né cosí prossimo a morire; parlava di me con vera effusione d'amicizia, come d'uno stretto e carissimo parente, e degli anni futuri come d'una cuccagna che non doveva finir mai.

— Mostro d'un moribondo! – borbottava io. – Pur troppo è risuscitato! — E quasi quasi mi sentiva in grado io di far il geloso per tutto quel tempo che la Pisana aveva dimorato presso di lui. Ma ella sbellicava delle risa per queste ubbie: ed io ci rideva anch'io: però trafugava le lettere, e, buttate ch'ella le avesse da un canto, mi prendeva ogni briga perché non le capitassero piú in mano. La sua smemorataggine mi serviva in ciò a cappello. Quanto alla sua lunga dimora a Venezia, ecco come stava la cosa; o meglio com'essa me l'ebbe a raccontare a pezzi a bocconi secondoché l'estro lo permetteva. Sua madre convalescente l'avea pregata almeno per convenienza di far una visita al marito moribondo, la quale, diceva lei, sarebbe riescita graditissima. Infatti la Pisana si era adattata; e poi lo stato del poveruomo, le sue strettezze finanziarie (a tanto ei si diceva scaduto dalla pristina opulenza), l'abbandono nel quale viveva, le aveano toccato il cuore e persuasala a rimanere presso di lui, com'egli ne mostrava desiderio. Era stata tutta bontà: ed io pur lamentandone i brutti effetti per me, non potei a meno di lodarnela in fondo al cuore, e di innamorarmene vieppiù.

Peraltro potete credere che io andava molto cauto nello strapparle di bocca tali confidenze; e non vi insisteva mai che un attimo un lampo, perché col batterla troppo aveva una paura smisurata di ravvivarle in mente tutte quelle cagioni di pietà, e di metterla in voglia di partire. Io era abbastanza giusto per lodare, abbastanza egoista per impedire questi atti di eroica virtù; e per avventura, essendo la Pisana una creatura molto buona e pietosa ma ancor piú sbadata a tre tanti, mi venne fatto di trattenerla in feste in canti in risa per quasi sei mesi. Tuttavia io vedeva crescere con ispavento il numero e l'eccitamento delle lettere; ma vedendo che non ne veniva alcun guaio, mi ci abituai, e credetti che quella beatitudine non dovesse finir piú. Di ministro delle Finanze, e vice-presidente e presidente della Repubblica, m'era ridotto ancora modestamente tranquillamente al mio posto; e se gli altri facevano le belle cose che frullavano in capo a me, avrei giudicato comodissimo di non mi muovere.

Poveri mortali, come son caduche le nostre felicità!... L'istituzione d'una diligenza tra Padova e Bologna fu che mi rovinò. Il conte Rinaldo, che non avrebbe sofferto per la sua debolezza di stomaco un viaggio per acqua fino a Ferrara o a Ravenna, approfittò con assai piacere della diligenza, mi venne tra i piedi a Bologna, eppur nessuno l'aveva chiamato; si fece condurre alla Madonna di Monte, alla Montagnola, a San Petronio, e per mercede di tutto ciò mi condusse via la Pisana sul terzo giorno. Alla vista del fratello tutta la sua compassione s'era raccesa, tutti i suoi scrupoli la punzecchiavano; e non ch'ella accondiscendesse ad un suo invito, ma fu anzi la prima a proporglisi per compagna nel ritorno. Quell'assassino non disse nulla; non rispose nemmeno ch'egli era venuto espressamente per ciò. Volle lasciarmi nella credula illusione ch'egli avesse trottato da Venezia a Bologna per la curiosità di veder San Petronio. Ma io gli avea letto negli occhi fin dal primo sguardo; e mi arrabbiai di vederlo riescire nel suo intento senza pur l'incommodo di una parola. Che dovesse esser piú destro e potente in politica donnesca un topo di libreria sucido unto e cisposo, che un amante bellino giovine ed Intendente? – In certi casi sembra di sí: io rimasi a soffiare ed a mordermene le dita.

Mi rimisi dunque al fatto mio, di schiena; per isvagarmi se non altro dalla noia che mi tormentava. E lavorando molto, e dimenticando il piú che poteva, diventai a poco a poco un altr'uomo; sta a voi a decidere se migliore o peggiore.

M'andarono svaporando dal capo i fumi della poesia; cominciai a sentir il peso dei trent'anni che già stavano per piombarmi addosso, ed a fermarmi volentieri a tavola ed a dividere l'amore che sta nell'anima da quello che solletica il corpo. Scusate; mi pare di avervi detto che mi faceva altr'uomo; ma la mia opinione si è che mi veniva facendo bestia. Per me chi perde la gioventù della mente non può che scadere dallo stato umano a qualche altra piú bassa condizione animalesca. La parte di ragione che ci differenzia dai bruti non è quella che calcola il proprio utile e procaccia i commodi e fugge la fatica, ma l'altra che appoggia i proprii giudizi alle belle fantasie e alle grandi speranze dell'anima. Anche il cane sa scegliere il miglior boccone, e scavarsi il letto nella paglia prima di accovacciarvisi; se questa è ragione, date dunque ai cani la patente di uomini di proposito. Peraltro vi dirò che quella vita cosí miope e bracciante aveva allora una scusa; c'era una grande intelligenza che pensava per noi, e la cui volontà soperchiava tanto la volontà di tutti che con poca spesa d'idee si vedevano le gran belle opere. Adesso invece brillano le idee, ma di opere non se ne vedono né bianche né nere; tutto per quel gran malanno che chi ha capo non ha braccia; e a quel tempo invece le braccia di Napoleone s'allargavano per mezza Europa e per tutta Italia a sommoverne a risvegliarne le assopite forze vitali. Bastava ubbidire, perché una attività miracolosa si svolgesse ordinatamente dalle vecchie compagini della nazione. Non voglio far pronostici; ma se si fosse continuato cosí una ventina d'anni ci saremmo abituati a rivivere, e la vita intellettuale si sarebbe destata dalla materia, come nei malati che guariscono. A vedere il fervore di vita che animava allora mezzo il mondo c'era da perder la testa. La giustizia s'era impersonata una ed eguale per tutti; tutti concorrevano omai secondo la loro capacità al movimento sociale; non si intendeva, ma si faceva. S'avea voluto un esercito, e un esercito in pochi anni era sorto come per incanto. Da popolazioni sfibrate nell'ozio e viziate dal disordine si coscrivevano legioni di soldati sobri ubbidienti valorosi. La forza comandava il rinnovamento dei costumi; e tutto si otteneva coll'ordine colla disciplina. La prima volta ch'io vidi schierati in piazza i coscritti del mio Dipartimento credetti avere le traveggole; non credeva si potesse giungere a tanto, e che cosí si potessero mansuefare con una legge quei volghi rustici quelle plebi cittadine che s'armavano infino allora soltanto per batter la campagna e svaligiare i passeggieri.

Da questi principii m'aspettava miracoli e persuaso d'essere in buone mani non cercai piú dove si correva per ammirare il modo. Vedere quandocchesia la mia Venezia armata di forza propria, e assennata dalla nuova esperienza riprendere il suo posto fra le genti italiche al gran consesso dei popoli, era il mio voto la fede di tutti i giorni. Il pacificatore della Rivoluzione metteva anche questa nel novero delle sue imprese future; credeva riconoscerne i segnali in quel nuovo battesimo dato alla Repubblica Cisalpina che presagiva nuovi ed altissimi destini. Quando Lucilio mi scriveva che s'andava di male in peggio, che abdicando dall'intelligenza sperava in un liberatore e avremmo trovato un padrone, io mi faceva beffe delle sue paure; gli dava fra me del pazzo e dell'ingrato, gettava la sua lettera sul fuoco e tornava agli affari della mia intendenza. Credo che mi felicitassi perfino dell'assenza della Pisana, perché la solitudine e la quiete mi lasciavano miglior agio al lavoro e alla speranza con ciò di farmi un merito e di avvantaggiarmi. – Viva il signor Ludro!... – Cosí vissi quei non pochi mesi tutto impiegato tutto lavoro tutto fiducia senza pensare da me, senza guardar fuori dal quadro che mi si poneva dinanzi agli occhi. Capisco ora che quella non è vita propria a svegliare le nostre facoltà, e a invigorire le forze dell'anima; si cessa di esser uomini per diventar carrucole. E si sa poi cosa restano le carrucole se si dimentica di ungerle al primo del mese.

Fu sventura o fortuna? – Non so: ma la proclamazione dell'Impero Francese mi snebbiò un poco gli occhi. Mi guardai attorno e conobbi che non era piú padrone di me; che l'opera mia giovava ingranata in quelle altre opere che mi si svolgevano sotto e sopra a suon di tamburo. Uscir di là, guai; era un rimaner zero. Se tutti erano nel mio caso, come avea ragione di dubitarne, le paure di Lucilio non andavano troppo lontane dal vero. Cominciai un severo esame di coscienza; a riandare la mia vita passata e a vedere come la presente le corrispondeva. Trovai una diversità, una contraddizione che mi spaventava. Non erano piú le stesse massime le stesse lusinghe che dirigevano le mie azioni; prima era un operaio povero affaticato ma intelligente e libero, allora era un coso di legno ben inverniciato ben accarezzato perché mi curvassi metodicamente e stupidamente a parar innanzi una macchina. Pure volli star saldo per non precipitare un giudizio, certo oggimai che non sarei sceso un passo piú giù in quella scala di servilità.

Quando arrivò la notizia del mutamento della Repubblica in un Regno d'Italia, presi le poche robe, i pochi scudi che aveva, andai difilato a Milano, e diedi la mia dimissione. Trovai altri quattro o cinque colleghi venuti per l'egual bisogna e ognuno credeva trovarne un centinaio a fare il bel colpo. Ci ringraziarono tanto, ci risero in grugno, e notarono i nostri nomi sopra un libraccio che non era una buona raccomandazione pel futuro. Napoleone capitò a Milano e si pose in capo la Corona Ferrea dicendo: — Dio me l'ha data, guai a chi la tocca! — Io mi assettai povero privato nelle antiche camerucce di Porta Romana dicendo a mia volta: — Dio mi ha dato una coscienza, nessuno la comprerà! — Ora i nemici di Napoleone trovarono ardimento e forza bastante a toccare e togliergli del capo quella fatale corona; ma né la California né l'Australia scavarono finora oro bastante per pagare la mia coscienza. – In quella circostanza io fui il piú vero e il piú forte.

CAPITOLO DECIMONONO

Come i mugnai e le contesse mi proteggessero nel 1805. Io perdono alcuno de' suoi torti a Napoleone, quand'egli unisce Venezia al Regno d'Italia. Tarda penitenza d'un vecchio peccato veniale, per la quale vo in fil di morte; ma la Pisana mi risuscita e mi mena secolei in Friuli. Divento marito, organista e castaldo. Intanto i vecchi attori scompaiono dalla scena. Napoleone cade due volte, e gli anni fuggono muti ed avviliti fino al 1820.

Lucilio s'era rifugiato a Londra; egli aveva amici dappertutto e d'altra parte per un medico come lui tutto il mondo è paese. La Pisana mi avea sempre tenuto a bada colle sue promesse di venirmi a raggiungere: allora poi, dopo abbandonato l'ufficio, non avea nemmen coraggio di chiamarla a dividere la mia povertà. A Spiro e all'Aglaura sdegnava di ricorrere per danari; essi mi mandavano puntualmente i miei trecento ducati ad ogni Natale; ma ne avea erogato due annualità a pagamento dei debiti lasciati a Ferrara, e di quelle non poteva giovarmi. Rimasi adunque per la prima volta in vita mia senza tetto e senza pane, e con pochissima abilità per procurarmene. Volgeva in capo mille diversi progetti per ognuno dei quali si voleva qualche bel gruppetto di scudi, non foss'altro per incominciare; e cosí di scudi non avendone piú che una dozzina, mi accontentava dei progetti e tirava innanzi. Ogni giorno mi studiava di vivere con meno. Credo che l'ultimo scudo lo avrei fatto durare un secolo se il giorno della partenza di Napoleone per la Germania non me lo avesse rubato uno di quei famosi borsaiuoli che si esercitano per pia consuetudine nelle contrade di Milano. L'Imperatore s'era fatto grasso, e s'avviava allora alla vittoria di Austerlitz; io me lo ricordava magro e risplendente ancora delle glorie d'Arcole e di Rivoli: per diana, che non avrei dato il Caporalino per Sua Maestà! Vedendolo partire fra un popolo accalcato e plaudente io mi ricordo di aver pianto di rabbia. Ma erano lagrime generose, delle quali vado superbo. Pensava fra me: "Oh che non farei io se fossi in quell'uomo!" – e questo pensiero e l'idea delle grandi cose che avrei operato mi commovevano tanto. Infatti era egli allora all'apice della sua potenza. Tornava dall'aver fatto rintronare de' suoi ruggiti le caverne d'Albione attraverso l'angusto canale della Manica; e minacciava dell'artiglio onnipotente le cervici di due imperatori. La gioventù del genio di Cesare e la maturità del senno di Augusto cospiravano ad innalzare la sua fortuna fuor d'ogni umana immaginazione. Era proprio il nuovo Carlomagno e sapeva di esserlo. Ma anch'io dal mio canto inorgogliva di passargli dinanzi senza piegare il ginocchio. "Sei un gigante ma non un Dio!" gli diceva "io ti ho misurato e trovai la mia fede piú grande di molto e piú eccelsa di te!" Per un uomo che credeva d'aver in tasca uno scudo e non aveva neppur quello, ciò non era poco.

Il bello si fu quando si trattò di mangiare; credo che uomo al mondo non si vide mai in peggior imbroglio. Partendo da Bologna e giovandomi della discretezza d'alcuni amici avea fatto denari d'ogni spillone d'ogni anello e d'ogni altra cosa che non mi fosse strettamente necessaria. Tuttavia facendo un nuovo inventario seppi trovare molti capi di vestiario che mi sopravanzavano; ne feci un fardello, li portai dal rigattiere e intascai quattro scudi che mi parvero un milione. Ma l'illusione non durò piú che una settimana. Allora cominciai a dar il dente anche negli oggetti bisognevoli; camicie, scarpe, collarini, vestiti, tutto viaggiava dal rigattiere; avevamo fatto tra noi una specie di amicizia. La sua bottega era sul canto della contrada dei Tre Re verso la Posta; io mi vi fermava a far conversazione andando da casa mia verso Piazza del Duomo.

Alla fine diedi fondo ad ogni mia roba. Per quanto in quel frattempo avessi strolicato sulla maniera da cavarmela in un caso tanto urgente, non m'era venuta neppur un'idea. Una mattina avea incontrato il colonnello Giorgi che veniva dal campo di Boulogne e correva anch'esso in Germania colla speranza d'esser fatto in breve generale.

— Entra nell'amministrazione dell'armata: – mi diss'egli – ti prometto farti ottenere un bel posto, e ti farai ricco in poco tempo.

— Cosa si fa nell'armata? — soggiunsi io.

— Nell'armata si vince tutta l'Europa, si corteggiano le piú belle donne del mondo, si buscano delle belle paghe, si fa gran scialo di gloria e si va innanzi.

— Sí, sí; ma per conto di chi si vince l'Europa?

— Vattelapesca! c'è senso comune a cercarlo?

— Alessandro mio, non entrerò nell'armata, neppur come spazzino.

— Peccato! ed io che sperava far di te qualche cosa!

— Forse non avrei corrisposto, Alessandro! È meglio che concentri tutte le tue cure verso di te. Diventerai generale piú presto.

— Ancora due battaglie che mi sbarazzino di due anziani e lo sono di diritto: le palle dei Russi e dei Tedeschi sono mie alleate: questo è il vero modo di vivere in buona armonia con tutti. Ma dunque tu vuoi proprio tenerci il broncio a noi poveri soldati?

— No, Alessandro; vi ammiro e non son capace d'imitarvi.

— Eh capisco! ci vuole una certa rigidezza di muscoli!... Dimmi, e di Bruto Provedoni hai notizie?

— Ottime si può dire. Vive con una sua sorella di diciotto o diciannove anni, l'Aquilina, te ne ricordi? le fa da papà, le viene accumulando un po' di dote e si guadagna la vita col dar lezioni in paese. Ultimamente coll'eredità di suo fratello Grifone, ch'è morto a Lubiana per una caduta da un tetto, egli comperò dagli altri fratelli la casa a nome proprio e della sorella. Cosí si liberò anche dalla noia di vivacchiare stentatamente insieme ad altri inquilini cenciosi e pettegoli. Credo che se potesse accasare decentemente l'Aquilina non sarebbe uomo piú beato di lui.

— Vedi come siamo noi soldati?... Restiamo felici anche senza gambe!

— Bravo, Alessandro: ma io non voglio perder le gambe per nulla. Son capitali che bisogna investirli bene o tenerseli.

— E dici nulla tu, in otto anni al piú diventar generale! Non è un bell'interesse?

— Sí a me garba meglio restar con questo vestito e colla mia miseria.

— Dunque non posso aiutarti in nulla? To' che potrei servirti d'una trentina di scudi; non piú, vedi, perché non sono il soldato piú sparagnino, e tra il giuoco, le donne e che so io, la paga se ne va... Ma ora che ci penso; t'adatteresti anche a pigliar servizio nel civile?

Il buon colonnello non vedeva nulla fuori dell'armata: egli avea già dimenticato che un quarto d'ora prima gli avea raccontato tutta la mia carriera nelle Finanze, e la mia dimissione volontaria dal posto d'intendente. Fors'anco supponeva che le Finanze non fossero altro che uffici supplettori all'esercito per provvederlo di vitto di vestito e del convenevole peculio per sostenere gli assalti del faraone e della bassetta. Alla mia risposta che mi sarei contentato d'ogni impiego che non fosse pubblico, egli fece col viso un certo atto come di chi è costretto a togliere ad alcuno buona parte della sua stima: tuttavia non ne rimase affievolita per nulla la sua insigne bontà.

— A Milano ho una padrona di casa — egli soggiunse.

— Sí, come l'avevi a Genova.

— Eh! Tutt'altro! Quella era spilorcia come uno speziale, questa invece splendida piú d'un ministro. A quella ho dovuto rubare il gatto, e da questa se volessi potrei farmi regalare un diamante al giorno. È una riccona sfondata, che ha corso il mondo a' suoi tempi, ma ora dopo una vistosa eredità s'è rimessa in regola ed ha voce di compita signora: non piú colla lanuggine del pesco sulle guance, ma vezzosa ancora e leggiadra al bisogno; massime poi in teatro quand'è un po' animata. Figurati! Essa mi ha preso a volere un bene spropositato ed ogni volta che passo per Milano mi vuole presso di sé: mi ha perfin detto in segreto che se avesse vent'anni invece di trenta vorrebbe partir con me per la guerra.

— E che c'entra questa signora con me?

— Che c'entra? diavolo! tutto! Essa ha molte relazioni ben in alto; e ti raccomanderà validamente per quel posto che vorrai. Se poi ti quadra meglio un ministero privato, credo che la sua amministrazione sia abbastanza vasta per offrir impiego anche a te.

— Ricordati che io non voglio rubar il pane a nessuno; e che se lo mangio intendo anche guadagnarmelo colle mie fatiche.

— Eh! sta' pur cheto che non avrai scrupoli da questo lato. Tu credi forse che sia come nelle nostre fattorie del Friuli, dov'è comune la storia che il fattore si fa ricco a spalle del padrone tenendo le mani alla cintola! Eh, amico, a Milano se ne intendono! Pagano bene, ma vogliono esser serviti meglio: il ragioniere s'ingrasserà, ma il padrone non vuol diventar magro per questo. Lo so io come vanno qui le faccende!

Questo disegno non mi sconveniva punto; e benché non avessi una fede cieca nelle onnipotenti raccomandazioni e nella splendida padrona del buon colonnello, pure, accortomi che solo non era buono a nulla, mi tenni contento di provar l'aiuto degli altri. Tornai a casa a spazzolarmi l'abito per la presentazione che dovea succedere l'indomani. Anch'io ricorsi alla splendidezza della mia padrona di casa per un poco di patina da lustrarmi gli stivali, e sciorinai sopra una seggiola l'unica camicia che mi rimaneva dopo quella che portava addosso. Nel candore di questa mi deliziava gli occhi, consolandoli della sparutezza del resto.

Il mattino appresso venne l'ordinanza del colonnello ad avvertirmi che la signora aveva accolto benissimo la proposta, ma la desiderava ch'io le fossi presentato la sera, essendo quello giorno di gran faccende per lei. Io diedi un'occhiata agli stivali e alla camicia, lamentando quasi di non esser rimasto a letto per conservar loro l'originaria freschezza fino al solenne momento; poi pensando che di sera non vi si abbada tanto pel sottile, e che un ex-intendente doveva possedere ripieghi di vivacità e di coltura da far dimenticare la soverchia modestia del proprio arnese, risposi all'ordinanza che sarei andato a casa del colonnello verso le otto, ed uscii poco stante di casa. Venne il momento della colazione e lo lasciai passare senza palparmi il taschino; fu un'eroica deferenza per l'ora successiva del pranzo. Ma scoccata questa vi misi entro le mani e ne cavai quattro bei soldi che in tutti facevano, credo, quindici centesimi di franco. Non credeva per verità di esser tanto povero; e la quadratura del circolo mi parve problema molto piú facile del pranzo ch'io doveva cavare da sí meschina moneta. E sí che non era stato Intendente per nulla, e di bilanciare le entrate colle spese doveva intendermene piú che ogn'altro! – Adunque, senza abbattermi di coraggio, provai. – Un soldo di pane, due di salato ed uno d'acquavite per rifocillarmi lo stomaco e prepararlo alla visita della sera. – Per carità! cos'era mai un soldo di pane per uno che non avea toccato cibo da ventiquattr'ore! – Rifeci il conto; due soldi di pane, uno di cacio pecorino, e il solito di *racagna*. – Poi trovai che quel soldo di cacio era un pregiudizio, un'idea aristocratica per dividere il pranzo in pane ed in companatico. Era meglio addirittura far tre soldi di pane.

E infatti entrai coraggiosamente da un fornaio; li comperai e in quattro morsicate furono messi a posto. M'accorsi con qualche sgomento di non sentire né una lontana ombra di sete, per cui facendo un torto alla *racagna*, mi provvidi d'un ultimo panetto e lo misi accanto agli altri. Dopo questo piccolo trattenimento i miei denti restavano ancora molto inquieti e razzolando le briciole che si erano fuorviate andavano fra loro dicendo con uno scricchiolio di costernazione: "Che sia finita la festa?" "È proprio finita!" risposi io, e sí che mi sentiva lo stomaco ancor piú spaventato dei denti! – Allora mi presi un lecito trastullo d'immaginazione che m'avea servito anche molti giorni prima per ingannar l'appetito: feci la rassegna dei miei amici cui avrei potuto chiedere da pranzo, se fossero stati a Milano. L'abate Parini, morto da sei anni e leggero di pranzo anche lui; Lucilio, partito per la Svizzera; Ugo Foscolo, professore d'eloquenza a Pavia; de' miei antichi conoscenti non ne trovava uno: la padrona di casa dandomi la sera prima la patina aveva uncinato un certo suo nasaccio che voleva dire: "State indietro con questi brutti scherzi!"

Rimaneva il colonnello Giorgi; ma vi confesso che mi vergognava: come anche dubito che mi sarei vergognato di tutti gli altri se fossero stati a Milano, e che sarei morto di fame piuttosto di farmi pagare un caffè e panna da Ugo Foscolo. Ad ogni modo era sempre una consolazione di poter pensare mentre pungeva l'appetito: cosí esaurito quel passatempo, mi trovai piú infelice di prima e peggio poi quando passando per Piazza Mercanti m'avvidi che erano appena le cinque. "Tre ore ancora!". Temeva di non arrivar vivo al momento della visita, o almeno di dovervi fare un'assai affamata figura. Diedi opera a svagarmi con un altro stratagemma. Pensai da quante parti avrei potuto aver prestiti regali soccorsi, solo che li avessi desiderati. Mio cognato Spiro, i miei amici di Bologna, i trenta scudi del colonnello Giorgi, il Gran Visir... Per bacco! fosse la fame od altro, o un favore particolare della Provvidenza, quel giorno mi fermai piú del solito su quell'idea del Gran Visir. Mi ricordai sul serio di avere nel taccuino il vaglia d'una somma ingente firmato da un certo giroglifico arabo ch'io non capiva affatto; ma la casa Apostulos aveva molti corrispondenti a Costantinopoli, e qualche autorità sui banchieri armeni che scannavano il sultano d'allora; corsi a casa senza pensar piú all'appetito; scrissi una lettera a Spiro, vi inclusi il vaglia e la portai allegramente alla Posta.

Ripassando per Piazza Mercanti, l'orologio segnava sette e tre quarti; m'avviai dunque verso l'alloggio del colonnello; ma la speranza del Gran Visir l'aveva lasciata alla Posta; e proprio sull'istante solenne fatale, tornava a farsi sentire la fame. Sapete cosa ebbi il coraggio di pensare in quel momento? Ebbi il coraggio di pensare ai grassi pranzi bolognesi dell'anno prima; e di trovarmi piú contento cosí com'era allora a stomaco digiuno. Ebbi il coraggio di confortarmi meco stesso di esser solo e che il caso avesse preservato la Pisana dal farsi compagna di tanta mia inedia. Il caso? Questa parola non mi poteva passare. Il caso a guardarlo bene non è altro il piú delle volte che una manifattura degli uomini: e perciò temeva non a torto che la smemorataggine, la freddezza, fors'anco qualche altro amoruzzo della Pisana l'avessero svogliata di me.

"Ma ho poi ragione di lamentarmene?" seguitava col pensiero. "Se mi ama meno, non è giustizia?... Che ho fatto io tutto l'anno passato?".

Cosa volete? Trovava tutto ragionevole tutto giusto ma questo sospetto di essere dimenticato e abbandonato dalla Pisana per sempre, mi dava per lo meno tanto martello quanto la fame. Non era piú il furore, la smania gelosa d'una volta, ma uno sconforto pieno d'amarezza, un abbattimento che mi faceva perdere il desiderio di vivere. Sbattuto fra questi varii dolori, salii dal signor colonnello il quale leggeva i rapporti settimanali dei capitani fumando come aveva fumato io quand'era intendente, e inaffiandosi a tratti la gola con del buon *anesone* di Brescia.

— Bravo Carletto! – sclamò egli offrendomi una seggiola. – Versane un bicchiere anche per te, che mi sbrigo subito.

Io ringraziai, sedetti e volsi un'occhiata per la stanza a vedere se ci fosse focaccia panettone o qualche ingrediente da maritarsi coll'anesone per miglior ristoro del mio stomaco. C'era proprio nulla. Io mi versai un bicchiere colmo raso di quel liquore balsamico, e giú a piena gola che mi parve un'anima nuova che entrasse. Ma si sa cosa succede da quel tafferuglio tra l'anima vecchia e la nuova, massime in uno stomaco affamato. Successe che perdetti la tramontana, e quando mi alzai per tener dietro al colonnello, era tanto allegro tanto parolaio quanto nel sedermi era stato grullo e mutrione. Il soldataccio se ne congratulò come d'un buon pronostico, e nel salir le scale mi esortava a mostrarmi pur gaio lesto arditello, ché alle donne di mezza età e che non hanno tempo da perdere, piacciono cotali maniere. Figuratevi! io era tanto gaio che fui per dar il naso sull'ultimo gradino: peraltro insieme a tali doti me se ne sviluppò un'altra, la sincerità, e questa al solito mi fece fare il primo marrone. Quando il portiere ci ebbe aperto e il colonnello mi ebbe introdotto nell'anticamera, io ballonzolava che non mi pareva di toccare il pavimento.

— Chi s'immaginerebbe mai – dissi a voce altissima – chi s'immaginerebbe mai che cosí come sono sdilinquisco per la fame?

Il portiere si volse meravigliato a guardarmi per quanto i canoni del suo mestiere glielo vietassero. Alessandro mi dié una gomitata nel fianco.

— Eh matto! – diss'egli – sempre colle tue baie.

— Eh ti giuro che non son baie, che... ahi, ahi, ahi!...

Il colonnello mi diede un tale pizzicotto che non potei tirar innanzi nella contesa e dovetti interromperla con questa triplice interiezione. Il portiere si voltò a guardarmi e questa volta con tutto il diritto.

— Nulla, nulla – soggiunse il colonnello – gli ho pestato un callo!

Fu un bel trovato cosí di sbalzo; ed io non giudicai opportuno di difendere la verginità de' miei piedi perché appunto in quella eravamo entrati nella sala della signora. Il colonnello s'accorgeva allora del pericolo, ma si era in ballo e bisognava ballare; un veterano di Marengo doveva ignorar l'arte delle ritirate.

In una luce morta e rossigna che pioveva da lampade appese al soffitto e affiocate da cortine di seta rossa, io vidi o mi parve vedere la dea. Era seduta sopra un fianco in una di quelle sedie curuli che il gusto parigino aveva dissotterrato dai costumi repubblicani di Roma e che perdurarono tanto sotto l'impero d'Augusto che sotto quello di Napoleone. La veste breve e succinta contornava forme non dirò quanto salde, ma certo molto ricche; una metà abbondante del petto rimaneva ignuda: io non mi fermai a guardare con troppo piacere, ma sentii piuttosto un solletico ai denti, una voglia di divorare. I fumi dell'anesone mi lasciavano travedere che quella era carne, e mi lasciavano soltanto quel barbaro barlume di buonsenso che resta ai cannibali. La signora parve soddisfattissima della buona impressione prodotta sopra di me, e chiese al colonnello se fossi io quel giovane che desiderava impiegarsi in qualche amministrazione. Il colonnello si affrettò a rispondere di sí, e s'ingegnava di stornare da me l'attenzione della signora. Sembrava invece che costei s'invaghisse sempre piú del mio bel contegno perché non cessava dall'osservarmi e dal volgere il discorso a me, trascurando affatto il colonnello.

— Carlo Altoviti, mi sembra — disse con gentilissimo sforzo di memoria la signora.

Io m'inchinai diventando tanto rosso che mi sentiva scoppiare. Erano crampi di stomaco.

— Sembrami – continuò ella – aver osservato questo nome se non isbaglio l'anno scorso nell'annuario della nostra alta magistratura.

Io diedi una postuma gonfiata in memoria della mia intendenza, e mi tenni ritto e pettoruto mentre il colonnello rispondeva che infatti io era stato preposto alle Finanze di Bologna.

— E c'intendiamo — soggiunse la signora a mezza voce inchinandosi verso di me – il nuovo governo... queste sue massime... insomma vi siete ritirato!

— Già — risposi con molto sussiego, e senza aver nulla capito.

Allora cominciarono ad entrar in sala conti, contesse, principi, abati, marchesi, i quali venivano mano a mano annunciati dalla voce stentorea del portiere: era un profluvio di *don* che mi tambussava le orecchie, e diciamolo imparzialmente, quel dialetto milanese raccorciato e nasale non è fatto per ischiarire le idee ad un ubbriaco. In buon punto il colonnello s'avvicinò alla padrona di casa per accomiatarsi; io non ne poteva piú. Essa gli disse all'orecchio che tutto era già combinato e che ne andassi difilato il giorno appresso alla ragioneria ove mi avrebbero assegnato il mio compito e dettomi le condizioni del servigio. Io ringraziai inchinandomi e strisciando i piedi, sicché una dozzina di quei *don* muti e stecchiti si volse meravigliata a guardarmi; indi battendo fieramente i tacchi al fianco del colonnello m'avviai fuori della sala. L'aria aperta mi fece bene; perché mi si rinfrescò d'un tratto il cervello, e fra i miei sentimenti si intromise un po' di vergogna dello stato in cui m'accorgeva essere, e della brutta figura che temeva aver sostenuto nella conversazione della Contessa. Peraltro mi durava ancora una buona dose di sincerità; e cominciai a lamentarmi della fame che avevo.

— Non hai altro? – mi disse il colonnello. – Andiamo al Rebecchino e là te la caverai. — Non mi ricordo bene se dicesse il Rebecchino; ma mi pare di sí, e che in fin d'allora ci fosse a Milano questa mamma delle trattorie.

Io mi lasciai condurre; me ne diedi una gran satolla senza trar fiato o pronunciar parola, e mano a mano che lo stomaco tornava in pace, anche il capo mi si riordinava. La vergogna mi venne crescendo sempre fino al momento di pagare; e allora stava proprio per rappresentare la commediola solita degli spiantati, di palpar cioè il taschino con molta sorpresa, e di rimproverarmi della mia maledetta sbadataggine per la borsa perduta o dimenticata; quando una piú onesta vergogna mi trattenne da questa impostura. Arrossii di essere stato piú sincero durante l'ubbriachezza che dopo, e confessai netta e schietta ad Alessandro la mia estrema povertà. Egli andò allora in collera che gliel'avessi nascosta in fino allora; volle consegnarmi a forza quei trenta scudi che aveva e che dopo pagato il conto non rimasero che ventotto; e si fece promettere che in ogni altro bisogno avrei ricorso a lui che di poco sí, ma con tutto il cuore m'avrebbe sovvenuto.

— Intanto domani io devo partire senza remissione pel campo di Germania – egli soggiunse – ma parto colla lusinga che questi pochi scudi basteranno a farti aspettare senza incommodi la prima paga che ti verrà contata presto: forse anco dimani. Coraggio Carlino; e ricordati di me. Stasera devo abboccarmi coi capitani del mio reggimento per alcune istruzioni verbali; ma domattina prima di partire verrò a darti un bacio.

Che dabbene d'un Alessandro! Era in lui un certo miscuglio di soldatesca rozzezza e di bontà femminile che mi commoveva: gli mancavano le cosí dette virtú civiche d'allora, le quali adesso non saprei come chiamarle, ma gliene sovrabbondavano tante altre che si poteva fare la grazia. La mattina all'alba egli fu a baciarmi ch'io dormiva ancora. Io piangeva per l'incertezza di non averlo forse a rivedere mai piú, egli piangeva sulla mia cocciutaggine di volermi rimanere oscuro impiegatuccio in Milano, mentre poteva andar dietro a lui e diventar generale senza fatica. Di cuori simili al suo se ne trovano pochi: eppure egli augurava di gran cuore la morte di tutti i suoi colleghi per avere un grostone piú alto sul cappello e trecento franchi di piú al mese. Questa è la carità fraterna insegnata anzi imposta anche agli animi pietosi e dabbene dal governo napoleonico!

Quando fu ora convenevole io mi vestii con tutta la cura possibile, e n'andai alla ragioneria della contessa Migliana. Un certo signore grasso tondo sbarbato con cera e modi affatto patriarcali m'accolse si può dire a braccia aperte: era il primo ragioniere, il segretario della padrona. Egli mi condusse per prima cerimonia alla cassa ove mi furono contati sessanta scudi fiammanti per onorario del primo trimestre. Indi mi condusse ad uno scrittoio ove erano molti librattoli unti e gualciti e in mezzo un librone piú grande sul quale almeno si potevano posar le mani senza sporcarsele. Mi disse ch'io sarei stato per allora il maestro di casa il maggiordomo della signora Contessa, almeno finché restasse libero un posto piú confacente agli alti miei meriti. Infatti cascare dall'Intendenza di Bologna all'amministrazione d'una credenza non era piccolo precipizio; ma per quanto io sia in origine patrizio veneto dell'antichissima e romana nobiltà di Torcello, la superbia fu raramente il mio difetto; massime poi quando parla piú alto il bisogno. Per me sono della opinione di Plutarco, che sopraintendeva, dicesi, agli spazzaturai di Cheronea coll'egual dignità che se avesse preseduto ai Giuochi olimpici.

La mia carica importava la dimora nel palazzo, e una maggiore dimestichezza colla signora Contessa: ecco due cose le quali non so se mi garbassero o meno; ma mi proponeva di togliere alla signora la brutta idea ch'ella aveva dovuto farsi di me nella visita del giorno prima. Invece la trovai contentissima di me e delle mie nobili e gentili maniere; in verità che cotali elogi mi sorpresero, e che alle signore milanesi dovessero piacer tanto gli ubbriachi non me lo sarei mai immaginato. Ella mi trattò piú da pari a pari che da padrona a maggiordomo, squisitezza che mi racconsolò della mia nuova condizione, e mi fece scrivere all'Aglaura, a Lucilio, a Bruto Provedoni, al colonnello, alla Pisana, lettere piene d'entusiasmo e di gratitudine per la signora Contessa. Verso la Pisana poi io intendeva con ciò vendicarmi della sua trascuratezza; e cercare di stuzzicarla un poco colla gelosia. La strana vendetta ch'ella avea tratto altre volte d'una mia supposta infedeltà non m'avea illuminato abbastanza. Ma dopo cinque e sei giorni cominciai ad accorgermi che la Pisana non poteva avere tutto il torto ad ingelosire della mia signora padrona. Costei usava verso di me in una tal maniera che o io era un gran gonzo o m'invitava a confidenze che non entrano di regola nei diritti d'un maggiordomo. Cosa volete? Non tento né scusarmi, né nascondere. Peccai.

La casa della Contessa era delle piú frequentate di Milano, ma in onta al temperamento allegro della padrona di casa le conversazioni non mi parevano né disinvolte né animate. Una certa malfidenza, un sussiego spagnolesco teneva strette le labbra e oscure le fronti di tutti quei signori; e poi, secondo me, scarseggiava la gioventù, e la poca che vi interveniva era cosí grulla cosí scipita da far pietà. Se quelle erano le speranze della patria, bisognava farsi il segno della croce e sperar in Dio. Perfino la signora, che al tu per tu o in ristretto crocchio di famiglia era vivace e corriva forse piú del bisogno, nella conversazione invece assumeva un contegno arcigno e impacciato, una guardatura tarda e severa, un modo di mover le labbra che pareva piú adatto a mordere che a parlare ed a sorridere. Io non ci capiva nulla: massime allora poi, con quel fervore di vita messoci in corpo dalla convulsa attività del governo italico.

Due settimane dopo ne capii qualche cosa. Fu annunziato un ospite da Venezia, e rividi con mia somma meraviglia e dopo tanti anni l'avvocato Ormenta. Egli non mi conobbe, perché l'età e le fogge mutate mi rendevano affatto diverso dallo scolaretto di Padova; io finsi di non conoscer lui perché non mi garbava di rappiccarla per nessun verso. Sembra ch'egli venisse a Milano per raccomandare sé ed i suoi alla valida protezione della Contessa; infatti a quei giorni fu un andirivieni maggiore del solito di generali francesi e di alti dignitari italiani. Alcuni ministri del nuovo Regno stettero chiusi molte ore coll'egregio avvocato; ed io mi struggeva indarno di sapere perché mai dovesse immischiarsi nelle faccende del governo francese in Italia un consigliere principale del governo austriaco. Anche questo lo seppi poco dopo. L'accorto avvocato aveva preveduto la battaglia di Austerlitz e le sue conseguenze; egli passava dal campo di Dario a quello d'Alessandro per rimediare dal canto suo ai danni della sconfitta. A chi poi si meravigliasse di veder maneggiata da dita femminili una sí importante matassa, risponda la storia che le donne non ebbero mai tanta ingerenza nelle cose di Stato, quanto durante i predominii militari. Lo sapeva la mitologia greca che mescolò sempre nelle sue favole Venere a Marte.

Le notizie prime della vittoria di Austerlitz giunsero a Milano innanzi al Natale; se ne fece un grande scalpore. E crebbe quando si ebbe contezza della pace firmata il giorno di santo Stefano a Presburgo, per la quale il Regno d'Italia s'allargava ne' suoi confini naturali fino all'Isonzo. Io dimenticai per un istante la quistione della libertà per mettermi tutto nella gioia di riveder Venezia, e la Pisana, e mia sorella e Spiro e i nipoti, e i carissimi luoghi dove s'era trastullata la mia infanzia e viveva pur sempre tanta parte dell'anima mia. Le lettere che mi scrisse allora la Pisana non voglio ridirvele per non tirarmi addosso un troppo grave cumulo d'invidia. Io non mi capacitava come tutti questi struggimenti potessero combinarsi colla noncuranza dei mesi passati; ma la contentezza presente vinceva tutto, soperchiava tutto. Pensando a null'altro, io salii dalla signora Contessa colle lagrime agli occhi, e lí le dichiarai che dopo la pace di Presburgo...

— Cosa mai?... Cosa c'è di nuovo dopo la pace di Presburgo? — mi gridò la signora tirando gli occhi come una vipera.

— C'e di nuovo ch'io non posso piú fare né l'intendente, né il maggiordomo...

— Ah! mascalzone! E me lo dite in questa maniera?... Son proprio stata una buona donna io a mettere... tutta la mia confidenza in voi!... Uscitemi pure dai piedi e che non vi vegga mai piú!...

Era tanto fuori di me dalla consolazione che questi maltrattamenti mi fecero l'effetto di carezze: non fu che dopo, al tornarci sopra, che m'accorsi della porcheria commessa nell'accomiatarmi in quel modo. Certi favori non bisogna dimenticarseli mai quando una volta furono accettati per favori, e chi se ne dimentica merita esser trattato a calci nel sedere. Se la Contessa usò meco con minore durezza, riconosco ora che fu tutta sua indulgenza; perciò non mi diede mai il cuore di unirmi ai suoi detrattori quando ne udii dire tutto il male che vedrete in appresso.

La Pisana mi accolse a Venezia col giubilo piú romoroso di cui ell'era capace ne' suoi momenti d'entusiasmo. Siccome io avea provveduto che mi si lasciasse libero almeno un appartamentino della mia casa, ella voleva ad ogni costo accasarsi presso di me: ghiribizzo che troverete abbastanza strano raffrontato colla tenerezza e colle cure da lei prodigate fino allora al marito. Ma il piú strano si fu quando il vecchio Navagero, disperatissimo di cotal risoluzione della moglie e della valente infermiera che era in procinto di perdere, mi mandò a pregare in segreto che piuttosto andassi io ad abitare presso di lui che m'avrebbe veduto con tutto il piacere. L'era un portar troppo oltra la tolleranza veneziana; e da ciò capii che l'apoplessia lo aveva liberato perfettamente de' suoi umori gelosi. Ma io non mi degnai di arrendermi alle gentili preghiere del nobiluomo; feci parte di questi miei scrupoli alla Pisana, e suo malgrado pretesi che la restasse presso il marito. L'amore avrebbe riguadagnato in freschezza e in sapore quel poco che ci perdeva di facilità. Anche Spiro e l'Aglaura mi volevano con loro; ma io aveva fitto il capo nella mia casetta di San Zaccaria, e non mi volli movere di là.

Cosí vissi spensierato d'ogni cosa e beatissimo fino alla primavera, stando il piú che poteva alla larga dalla Contessa di Fratta, da suo figlio, ma godendo le piú belle ore della giornata in compagnia della mia Pisana. La pietà di costei per quel vecchio e malconcio carcame del Navagero trascendeva tanto ogni misura, che talvolta mi dava perfino gelosia. Succedeva non di rado che dopo le visite piú noiose ed importune, rimasti soli un momento ella correva via di volo per cambiare il cerotto o per versar la pozione al marito. Questo zelo in eccesso mi infastidiva e non potea fare che qualche fervida preghiera non innalzassi al cielo per ottenere al povero malato le glorie del paradiso. Non c'è caso. Le donne sono amanti, sono spose, madri, sorelle; ma anzi tutto sono infermiere. Non v'è cane d'uomo cosí sozzo cosí spregevole e schifoso che lontano da ogni soccorso e caduto infermo non abbia trovato in qualche donna un pietoso e degnevole angelo custode. Una donna perderà ogni sentimento d'onore di religione di pudore; dimenticherà i doveri piú santi, gli affetti piú dolci e naturali, ma non perderà mai l'istinto di pietà e di devozione ai patimenti del prossimo. Se la donna non fosse intervenuta necessaria nella creazione come genitrice degli uomini, i nostri mali le nostre infermità l'avrebbero richiesta del pari necessariamente come consolatrice. In Italia poi le magagne son tante, che le nostre donne sono, si può dire, dalla nascita alla morte occupate sempre a medicarci o l'anima o il corpo. Benedette le loro dita stillanti balsamo e miele! Benedette le loro labbra donde sprizza quel fuoco che abbrucia e rimargina!...

Gli altri miei conoscenti di Venezia non parevano gran fatto curanti di me; ove si eccettuino i Venchieredo che cercavano in ogni modo di attirarmi, ed io mi teneva discosto con tutta la prudenza della mia ottima memoria. Dei Frumier il Cavaliere di Malta pareva sepolto vivo; l'altro, sposata la donzella Contarini e cacciato avanti nelle Finanze, era arrivato a farsi nominar segretario. L'ambizione lo spingeva per una carriera a cui per la nuova ricchezza poteva facilmente rinunciare; e con quel suo capolino di oca, giunto a disegnare la propria firma sotto un rapporto, gli pareva di poter guardare dall'alto in basso i cavalli di San Marco e gli Uomini delle Ore. Mi sorprese peraltro assaissimo che tanto lui quanto il Venchieredo l'Ormenta e taluni altri impiegati dell'usato governo continuassero ad esser sofferti dal nuovo, o nelle antiche cariche o in nuovi posti abbastanza importanti e delicati. Siccome peraltro né cogli usciti né cogli entranti io aveva a partire la mela, non m'alambicava il cervello di saperne il perché. Quello piuttosto che mi dava alcun fastidio si era che molti degli amici miei, di Lucilio d'Amilcare, e qualche intriseco di Spiro Apostulos, e mio cognato stesso mi trattassero alle volte con qualche freddezza. Io non credeva di aver demeritato della loro amicizia; perciò non mi degnava neppure di rammaricarmene, ma uscii a dirne qualche cosa coll'Aglaura e costei si schivò con dir che suo marito avea spesso la testa negli affari, e non potea badare a feste e a cerimonie.

Un giorno mi venne veduto in Piazza un certo muso ch'io non aveva incontrato mai senza alquanto rincrescimento; voglio dire il capitano Minato. Io cercava sfuggirlo, ma me lo impedí dieci pertiche lontano con un "ho!" di sorpresa e di piacere: e mi convenne trangugiare in santa pace un beverone infinito di quelle sue còrse castronerie.

— A proposito! – diss'egli. – Son passato per Milano; me ne congratulo con voi. Anche voi siete passato colà a tempo per ereditare le mie bellezze.

— Che bellezze mi tirate fuori?

— Capperi, non è una bellezza la contessina Migliana?... Da quando io le feci fare il viaggio da Roma ed Ancona, la trovai un po' appassitella; ma cosí senza confronti è ancora un'assai bella donna.

— Che?... La contessa Migliana è...?

— È l'amica d'Emilio Tornoni, è il mio tesoretto del novantasei! Quanti anni sono passati!

— Eh, giusto! È impossibile! Mi date ad intendere delle baie!... La vostra avventuriera non si chiamava cosí, e non possedeva né la fortuna né l'entrata nel mondo della contessa Migliana!

— Oh in quanto ai nomi, ve l'assicura io che la Contessa non ne ha portato nessuno piú d'un mese! Fu un delicato riguardo per ognuno de' suoi amanti. Quanto alle ricchezze, lo dovete sapere anche voi che la sua eredità non le toccò che pochi anni or sono. Del resto il mondo è troppo furbo per diniegare l'ingresso a chi sa pagarlo bene. Avrete veduto di qual razza di gente è ora circondata almeno nelle ore diplomatiche la signora Contessa: or bene, furono costoro che a prezzo d'un po' di vernice e di qualche elemosina per la pia causa, acconsentirono a porre un velo sul passato e a raccogliere la pecorella smarrita nel gran grembo dell'aristocrazia... come la chiamano a Milano?... dell'aristocrazia *biscottinesca*!...

— E pertanto... — volli dir io.

— E pertanto volevate dire che, essendo voi maggiordomo in casa sua... non so se mi spiego... ma non trovaste poi la pecorella cosí fida all'ovile da non perdersi anche talvolta in qualche pascolo romito, in qualche trastullo lascivetto e...

— Signore, nessuno vi dà il diritto né di straziare l'onor d'una dama, né...

— Signore, nessuno vi dà il diritto d'impedire che io parli quando parlano tutti.

— Voi venite da Milano; ma qui a Venezia...

— Qui a Venezia, signore, se ne parla forse piú che a Milano!...

— Come?... Spero che sarà una vostra fantasia!

— La notizia è venuta a quanto si dice nel taccuino del consiglier Ormenta, il quale vi fece merito dei vostri amori come d'un'opportuna conversione alla causa della Santa Fede.

— Il consiglier Ormenta, voi dite?

— Sí, sí, il consiglier Ormenta! Non lo conoscete?

— Pur troppo lo conosco! – E mi diedi a pensare perché, dopo avermi tanto dimenticato da non ravvisarmi piú, si fosse poi dato attorno per seminare cotali spiacevoli ciarle. E non mi venne in capo che egli a sua volta si potesse credere non conosciuto da me, e che il mio nome caduto qualche volta di bocca alla Contessa lo avesse aiutato a mutare in certezza il sospetto della somiglianza. La gente del suo fare non altro cerca di meglio che spargere la diffidenza e la discordia; ecco chiarissime le cagioni del suo malizioso sparlare. E quanto al resto non m'importava un fico di saperne di meglio; tuttavia, persuasissimo che il

Minato m'avesse reso un vero servigio coll'aprirmi gli occhi su quella mariuoleria, mi separai da lui con minor piacere del solito e tornai presso la Pisana per masticare meno amaramente la mia rabbia.

Trovai quel giorno presso la signorina la visita di un tale che non mi sarei aspettato; di Raimondo Venchieredo. Dopo quanto avevamo discorso di lui, dopo le mire ch'io gli supponeva sul conto della Pisana, dopo le trame orditele contro a mezzo della Doretta e della Rosa, mi maravigliai moltissimo di trovarla in tal compagnia. Di piú s'aggiungeva che sapendo ella l'inimicizia non mai spenta fra me e Raimondo, la doveva anche per riguardo mio tenerselo lontano. Il furbo peraltro non giudicò opportuno incommodarmi a lungo, e se la cavò con un profondo saluto che equivaleva ad un'impertinenza bell'e buona. Partito lui ci bisticciammo fra noi.

— Perché ricevi quella razza di gente?

— Ricevo chi voglio io!

— Non signora, che non devi!

— Vediamo chi mi potrà comandare!

— Non si comanda, ma si prega!

— Pregare s'affà a chi ne ha il diritto.

— Il diritto io l'ho acquistato mi pare con molti anni di penitenza!

— Penitenza grassa!

— Cosa vorresti dire?

— Lo so io, e basta!

Cosí continuammo un pezzetto con quegli alterchi a monosillabi che sembrano botte e risposte a morsi e ad unghiate; ma non mi venne fatto cavar da quella bocca una parola di piú.

Me ne partii furibondo; ma con tutto il mio furore, la trovai tornando piú fredda e ingrognata di prima. Non solamente non volle aprirsi meglio, ma schivava ogni discorso che potesse condurre ad una dichiarazione, e di amore poi non voleva sentirne parlare come d'un sacrilegio. Alla terza alla quarta volta si peggiorava sempre; m'incontrai ancora nel suo stanzino da lavoro con Raimondo che giocarellava dimesticamente colla cagnetta. E la cagnetta si mise ad abbaiare a me! Per una volta lo sopportai; ma alla seconda uscii affatto dai gangheri; al contegno altero e beffardo di Raimondo m'accorsi a tempo della bestialità, e scappai giù per la scala perseguitato dai latrati di quella sconcia cagnetta. Oh queste bestiole sono pur barbare e sincere! Esse fanno e ritirano, a nome delle padrone, dichiarazioni d'amore che non vi si sbaglia d'un capello. Ma allora io era tanto indemoniato che di cagnetta e padrona avrei fatto un fascio per gettarlo in laguna. Dite ch'io mi vanto d'un'indole mite e rassegnata! Che avrebbe fatto nel mio caso un cervello caldo e impetuoso io non lo so.

In tutto questo l'unico punto che non appariva oscuro si era la perfidia della

Pisana verso di me, e il suo invasamento per Raimondo Venchieredo. Che costui poi fosse la causa della mia sventura, non lo potea dire di sicuro, ma amava crederlo per potermi scaricare sopra taluno di quel gran bollore di odio che mi sentiva dentro. Per metter il colmo al mio delirio, ebbi a quei giorni una lettera da Lucilio cosí agghiacciata, cosí enigmatica che per poco non la stracciai. Che tutti amici e nemici si fossero data la parola per menarmi all'estremo dell'avvilimento e della disperazione?... Quel colpo poi che mi veniva da Lucilio, dall'amico il di cui giudizio io poneva sopra il giudizio di tutti, da quello che avea regolato fin'allora la mia coscienza, e tenutomi luogo di quella costanza di quella robustezza che talvolta mi mancavano, un tal colpo dico, mi tolse perfino il discernimento della mia disgrazia. Cosa non aveva e cosa non avrei io fatto per conservarmi la stima di Lucilio?... Ed ecco che senza dirmi né il perché né il come, senza interrogarmi, senza chiamarmi a discolpa, egli mi dava sentore di avermela tolta. Quali orrendi delitti erano stati i miei?... Qual era lo spergiuro, la viltà, l'assassinio che m'avea meritato una tale sentenza?... Non aveva la mente ordinata a segno da cercarlo. Mi tormentava, mi struggeva, piangeva di rabbia di dolore d'umiliazione; la vergogna mi facea tener curva la fronte sul petto; quella vergogna ch'io sapeva di non aver meritato. Ma cosí fatti sono i temperamenti troppo sensibili come il mio, che sentono al pari d'una colpa la taccia anche ingiusta di essa. La sfacciataggine della virtù io non l'ho mai avuta.

In quei momenti le consolazioni dell'Aglaura diffusero sui miei dolori una dolcezza inesprimibile; per la prima volta avvisai quanto bene stia racchiuso in quegli affetti calmi e devoti che non si ritraggono da noi né per mancanza di meriti né per cambiamento d'opinioni. La mia buona sorella, i suoi figlioletti mi sorridevano sempre per quanto la società mi si mostrasse barbara e nemica. Essi senza parlare prendevano le mie difese al cospetto di Spiro; giacché egli non poteva serbare il viso torvo ed arroncigliato con colui che riceveva carezze e baci continui dalla moglie, dai figlioli, dal sangue suo.

Quanto la fiducia de' miei antichi compagni s'allontanava da me, altrettanto mi venivano incontro mille finezze dell'avvocato Ormenta, di suo figlio, del vecchio Venchieredo, del padre Pendola e dei loro consorti. Il buon padre s'era fatto lui il direttore spirituale in quel ritiro di convertite del quale il dottorino Ormenta governava l'economia; e ogniqualvolta m'incontravano erano scappellate, saluti e sorrisacci che mi stomacavano perché sembravano dire: "Sei tornato dei nostri! Bravo! Ti ringraziamo!". Io aveva un bel che fare, a sgambettare a salvarmi da quei loro salamelecchi; ma la gente li vedeva, li vedeva taluno a cui io era in sospetto; le calunnie pigliavano piede, e non c'era verso ch'io potessi sbarazzarmene, come da quelle caldane paludose dove, affondati una volta, per pestar che si faccia si affonda sempre piú. Confesso che fui per darmi bell'e spacciato; poiché se io non mi disperai giammai contro nemici certi e disgrazie ben misurate, non ho al contrario potuto sopportar mai un agguato nascosto e le cupe agonie d'un misterioso trabocchetto. Era lí lí per rinserrarmi in una vita morta, in quella vegetazione che protrae di qualche anno lo sfacelo del corpo dopo aver soffocate le speranze dell'anima; non vedevo piú nulla intorno a me che valesse la pena d'un giorno misurato a singhiozzi e a sospiri: io non era necessario e buono a nulla; perché dunque pensare agli altri per sentire peggio che mai il mio crepacuore?... Cosí se io non deliberava di uccidermi, mi accasciava volontario, e mi lasciava schiacciare dal peso che mi rotolava addosso. Non aveva il furore ma la stanchezza del suicida.

Caduti in tanto abbattimento, le carezze degli altri uomini per quanto maligne e interessate ci trovano le molte volte deboli e credenzoni. Godiamo quasi di poter dire ai buoni: "Guardate che i tristi sono migliori di voi!". Fanciullesca vendetta che volge in nostro danno perpetuo la gioia puerile d'un momento. Gli Ormenta padre e figlio raddoppiarono verso di me di premure e di cortesie; convien dire ch'io avessi qualche grazia presso di loro o che la setta fosse tanto immiserita che non si badasse piú a fatica ed a spesa per guadagnare un neofito. Mi circondarono con loro adescatori, misero sotto mezzani e sensali; io rimasi incrollabile. Nullo sí, ma per essi no. Moriva per l'ingiustizia degli amici miei, ma non avrei mai acconsentito a volger contro di essi la punta d'un dito; dietro quegli amici ingannati ed ingiusti era la giustizia eterna che non manca mai, che mai non inganna né rimane ingannata.

Questo pensiero di resistenza brulicandomi entro mi ridonò un'ombra di coraggio e un filo di forza. Guardai dietro a me per vedere se veramente l'abbandono di tutti, la perfidia dell'amore, i mancamenti dell'amicizia mi lasciavano cosí nullo e impotente com'io credeva. Allora risorsero alla mia memoria come in un baleno tutti gli ideali piaceri, tutte le robuste fatiche, e i volontari dolori della mia giovinezza: vidi raccendersi quella fiaccola della fede che m'avea guidato sicuro per tanti anni ad un fine lontano sí ma giusto ed immanchevole; vidi un sentiero seminato di spine ma consolato dagli splendori del cielo, e dalla brezza confortatrice delle speranze, che scavalcava aereo e diritto come un raggio di luce l'abisso della morte e saliva e saliva per perdersi in un sole che è il sole dell'intelligenza e l'anima ordinatrice dell'universo. Allora la mia idea diventò entusiasmo, la mia debolezza forza, la mia solitudine immensità. Sentii che l'opinione altrui valeva nulla contro l'usbergo della mia coscienza, e che in questa sola s'accumulava la maggior somma dei castighi e delle ricompense. Il mondo ha migliaia di occhi, di orecchi, di lingue; la coscienza sola ha la virtù il coraggio la fede.

Mi rizzai uomo davvero. E dalla rocca inespugnabile di questa mia coscienza guardai alteramente tutti coloro di cui con tanto dolore avea sofferto il muto disprezzo. Pensai a Lucilio e per la prima volta ebbi il coraggio di dirgli in cuor mio: "Profeta, hai sbagliato! Sapiente, avesti torto!". Quanta confidenza quanta beatitudine mi venisse da questo coraggio, coloro soltanto possono saperlo che provarono le gioie sublimi dell'innocenza in mezzo alla persecuzione. Piú di ogni altra cosa poi giovava a rattemprarmi l'animo la fiducia in quell'istinto retto e generoso che misero avvilito boccheggiante pur m'avea fatto sprezzare le lusinghe dei tristi e degli impostori. Il debole che piange e si dispera d'esser trascinato al patibolo, e pur non consente a guadagnarsi la grazia col tradire i compagni, quello secondo me è piú ammirabile del forte che col sorriso sulle labbra si abbandona alle mani del boia. Tremate ma vincete: questo è il comando che può intimarsi anche ai pusillanimi; tremare è del corpo. Vincere è dell'anima che incurva il corpo sotto la verga onnipotente della volontà. Tremate ma vincete. Dopo due vittorie non tremerete piú: e guarderete senza batter ciglio lo scrosciar della folgore.

Cosí feci io. Tremai lungamente; piansi ancora mio malgrado degli amici che m'avevano abbandonato; mi straziai il petto coll'ugne, e sentii il cuore battere precipitoso come impaziente di arrivar alla fine delle sue fatiche, mi disperai dell'amor mio che dopo mille lusinghe, dopo avermi aggirato scherzevole e leggiero pei giardini fioriti e per le balze capricciose della giovinezza, mi lasciava solo vedovo sconsolato ai primi passi nella selva selvaggia della vera vita militante e dolorosa. Ohimè, Pisana! quante lagrime sparsi per te! Quante lagrime di cui avrei vergognato come di una debolezza femminile allora; eppur adesso me ne glorio come d'una costanza che diede alla mia vita qualche impronta di grandezza e di virtù!... Tu fosti come l'onda che va e viene sul piede arenoso dello scoglio.

Saldo come la rupe io t'attesi sempre; non mi sdegnai degli oltraggi, accolsi modestamente le carezze ed i baci. Il cielo a te avea dato la mutabilità della luna; a me la costanza del sole; ma gira e gira ogni luce s'incontra, si ripete, s'idoleggia, si confonde. E il sole e la luna nell'ultima quiete degli elementi s'adageranno eternamente rilucenti e concordi. Voli pindarici! Voli pindarici! Ma per nulla non si diedero l'ali alle rondini, il guizzo al baleno, ed alla mente umana la sublime istantaneità del pensiero.

Sí, piansi molto allora e molto soffersi; ma aveva racquistato la pace della mia coscienza, e la purezza della mia fede. Piangeva e soffriva per gli altri; in me non sentiva né peccato né colpa.

Ecco a mio giudizio una delle maggiori ingiustizie della natura a nostro riguardo; la coscienza per quanto pura e tranquilla non ha potenza di opporsi vittoriosamente alle immeritate afflizioni; soffriamo d'una nequizia altrui come d'un castigo. Lo sconforto, i dolori, l'avvilimento, le continue battaglie d'un'indole mite e sensibile con un destino avverso e rabbioso scossero profondamente la mia robusta salute. Conobbi allora esser vero che le passioni racchiudono in sé i primi germi di moltissime malattie che affliggono l'umanità. Dicevano i medici ch'era infiammazione di vene, o congestione del fegato; sapeva ben io cos'era, ma non mi stava il dirlo perché il male da me conosciuto era pur troppo incurabile. Vedeva da lontano la mia ora avvicinarsi lentamente minuto per minuto, battito per battito di polso. Il mio sorriso appariva rassegnato come di colui che non ha piú speranze se non eterne, e a quelle affida colla sicurezza dell'innocenza l'anima sua. Perdonate, o stizzosi moralisti; vi sembrerà ch'io fossi inverso me assai largo di manica, come si dice. Ma pur troppo io m'avea composto di mio capo una regola assai diversa dalla vostra: pur troppo, secondo voi, puzzava d'eresia; scusate, ma tutto quello che non era stato male pegli altri non lo addebitava come male a me stesso; e se male avea commesso, ne era pentito a segno che m'abbandonava senza paura alla giustizia che non muore mai, e che giudicherà non delle vostre parole ma dei fatti. Voi avreste circondato il mio letto di catene sonanti di spettri e di demonii; vi assicuro ch'io non ci vidi altro che fantasmi benigni e velati d'una nebbia azzurra di celeste melanconia, angeli misteriosi che mestamente mi sorridevano, orizzonti profondi che s'aprivano allo spirito e nei quali senza perdersi lo spirito si effondeva, come la nuvola che si dirada a poco a poco ed empie leggiera e lucente tutti gli spazii interminati dell'etere.

Io non avea veduto mai fino allora cosí vicina la morte; dirò meglio che non aveva avuto agio di contemplarla con tanta pacatezza. Non la trovai né schifosa né angosciosa né spaventevole. La rivedo adesso dopo tanti anni piú vicina piú certa. È ancora lo stesso volto ombrato da una nube di melanconia e di speranza; una larva arcana ma pietosa, una madre coraggiosa e inesorabile che mormora al nostro orecchio le fatali parole dell'ultima consolazione. Sarà aspettazione, sarà espiazione, o riposo; ma non saranno piú le confuse e vane battaglie della vita. Onnipotente o cieco poserai nel grembo dell'eterna verità; se reo temi, se innocente spera e t'addormenta. Qual mai fu il sonno che non fu consolato da visioni?... La vita si ripete e si ricopia sempre. Il sonno d'una notte è la quiete e il ristoro d'un uomo; la morte di un uomo è un istante di sonno nell'umanità.

M'avvicinava passo passo alla morte coi mesti conforti dell'Aglaura da un lato; col tardo ravvedimento di Spiro dall'altro, che non potea serbare la sua ostile diffidenza dinanzi all'imperturbabile serenità d'un moribondo. Dinanzi alle grandi ombre del sepolcro non vi sono né illusi né imbecilli; ognuno racquista tanta lucidità che basti a riverberargli in un terribile baleno le colpe e le virtù di tutta la vita. Chi posa gli occhi calmi e sicuri in quella notte senza fondo, sente e vede in se stesso la immagine purificata di Dio; egli non teme né le ricompense né le pene eterne, non paventa né i fluttuanti vortici del caos né gli abissi ineffabili del nulla. Convien dire che avessi scritta sulla mia fronte un'assai eloquente difesa, perché Spiro al solo guardarmi si commoveva fino alle lagrime; pure non aveva i nervi rammolliti dalla piagnoleria, e le greche fattezze del suo volto si componevano meglio alla rigidezza del giudice che alla vergogna e al pentimento del colpevole. Fu quello il primo premio che m'ebbi della mia costanza. Veder vinta dalla sola calma del mio aspetto, dalla tranquillità della voce, dalla limpidezza dello sguardo quell'anima di fuoco e d'acciaio, fu un vero trionfo. Egli né mi chiese perdono né io glielo diedi, ma ci intendemmo senza parola; le nostre mani si strinsero; e tornammo amici per malleveria della morte.

I medici non parlavano dinanzi a me, ma io m'accorgeva appunto dal silenzio e dalla confusione dei pareri, che disperavano del mio male. Io m'ingegnava di usare alla meglio questi ultimi giorni col versare nell'anima di Spiro e di mia sorella l'esperienza della mia vita, col mostrar loro in qual modo s'eran venuti formando i miei sentimenti, e come l'amore, l'amicizia, l'amore della virtù e della patria eran venuti irrompendo confusamente, indi purificandosi a poco a poco, e sollevando l'anima mia. Vedeva allora le cose tanto chiare che precedetti, si può dire, una generazione; e lo dico senza superbia, le idee di Azeglio e di Balbo covavano in germe ne' miei discorsi d'allora. L'Aglaura piangeva, Spiro crollava il capo, i bambini mi guardavano sgomentiti e domandavano alla mamma perché lo zio aveva la voce cosí bassa, e voleva sempre dormire e non usciva mai dal letto.

— Vegliare toccherà a voi, bambini! – io rispondeva sorridendo; indi volgendomi a Spiro – non temere, no; – continuava, – quello che ora veggo io, molti lo vedranno in appresso, e tutti da ultimo. La concordia dei pensieri mena alla concordia delle opere; e la verità non tramonta mai ma sale sempre verso il meriggio eterno. Ogni spirito veggente che sale lassù risplende a cento altri spiriti colla sua luce profetica!

Spiro non si acquetava di cotali conforti; egli mi tastava il polso, mi osservava ansiosamente negli occhi come vi cercasse quell'intima cagione del mio male che ai medici era sfuggita.

Finalmente un giorno che eravamo soli si diede animo e mi disse:

— Carlo, in coscienza, confessati a me! Non puoi o non vuoi guarire?

— Non posso, no, non posso! — io sclamai.

In quel momento l'Aglaura entrò precipitosamente nella stanza, dicendomi che una persona, a me molto cara altre volte, voleva vedermi ad ogni costo.

— Ch'ella entri, ch'ella entri! — io mormorai sbigottito dalla consolazione che mi veniva tanto improvvisa. Io vedeva attraverso le pareti, io leggeva nell'anima di colei che veniva a trovarmi; credo che ebbi paura di quel lampo quasi sovrumano di chiaroveggenza e che temetti di mancare al rifluir repentino di tanto impeto di vita.

La Pisana entrò senza vedere senza cercare altri che me. Mi si gettò colle braccia al collo senza pianto senza voce; il suo respiro affanno, i suoi occhi impietrati e sporgenti fuori dalle orbite mi dicevano tutto. Oh, vi sono momenti che la memoria sente ancora e sentirà sempre quasiché fossero eterni, ma non può né esaminarli né descriverli. Se poteste entrare nella lieve e aerea fiammolina d'un rogo che si spegne e immaginare cos'ella prova al riversarsi sopra di lei d'una ondata di spirito che la rianima, comprendereste forse il miracolo che si compié allora nell'esser mio!... Fui come soffocato dalla felicità; indi la vita scoppiò ribollente da quel momentaneo assopimento, e sentii un misto di calore e di freschezza corrermi salutare e voluttuoso i nervi le vene.

La Pisana non volle piú staccarsi dal mio capezzale; fu questa la sua maniera di chieder perdono e di ottenerlo pronto ed intero. Che dico mai ottenerlo? A ciò avea bastato uno sguardo. Capii allora la vera cagione del mio male, la quale la superbia forse mi avea tenuto nascosta. Mi sentii rivivere, diedi la berta ai medici, e rifiutai le loro insulse pozioni. La Pisana non dormí piú una notte, non uscí un istante dalla mia stanza, non lasciò che altra mano fuori della sua toccasse le mie membra, le mie vesti, il mio letto. In tre giorni divenne cosí pallida e scarna che pareva piú malata di me. Io credo che per non vederla soffrire a lungo condensai tanto sforzo di volontà nell'adoperarmi a guarire, che accorciai la malattia di qualche settimana, e mutai in perfetta salute la convalescenza. Spiro e l'Aglaura guardavano meravigliati: la Pisana pareva che meno non si aspettasse, tanto era la fede e la sincerità dell'amor suo. Che cosa non le avrei perdonato!?... Fu di quella volta come delle altre. Le labbra tacquero, ma parlarono i cuori: ella mi avea ridonato la vita e la possibilità di amarla ancora. Me le professai debitore, e l'umiltà e la tenerezza d'un amore infinito mi compensarono dello spensierato abbandono d'un giorno.

— Carlo – mi disse un giorno la Pisana poich'io fui ristabilito tanto da poter uscire – l'aria di Venezia non ti si affà molto, hai bisogno di campagna. Vuoi che facciamo una visita allo zio monsignore di Fratta?

Non so come avrei potuto rispondere ad un invito che sí bene interpretava i piú ardenti voti del mio cuore. Rivedere colla Pisana i luoghi della nostra prima felicità sarebbe stato per me un vero paradiso. Mi avanzava qualche piccola somma di danaro accumulata dalle pigioni della mia casa negli ultimi quattr'anni; il ritiro in campagna avrebbe aiutato l'economia; tutto concorreva a rendere questo disegno oltreché bello, utile e salutare. D'altra parte io sapeva che Raimondo Venchieredo stava ancora in Venezia, sapeva omai delle arti basse e maligne da lui messe in opera per accertar la Pisana de' miei amori colla contessa Migliana e per giovarsi a' suoi intenti d'un momento di dispetto. Avea perdonato alla Pisana ma non a lui; né era sicuro da un impeto di furore ove mi fosse intervenuto d'incontrarlo. Per due giorni ancora la Pisana non mi parlò di partire, ma la vedeva affaccendata in altri pensieri, e mi pareva che si disponesse ad una lunga assenza. Finalmente venne a casa mia col suo baule e mi disse:

— Cugino, eccomi pronta. Mio marito non è guarito; ma la sua malattia ha ripreso un andamento regolare; i medici dicono che cosí può durare ancora molti anni. Mia sorella che domani esce di convento...

— Come? – io sclamai. – La Clara si sveste di monaca?

— Non lo sapete? Il suo convento fu soppresso; le hanno dato una pensione, e uscirà appunto domani. Ben inteso ch'ella non ha la benché minima idea di rompere i suoi voti; e che digiunerà egualmente le sue tre quaresime all'anno. Ma intanto ella acconsente a far l'infermiera a mio marito; io l'ho persuaso che lo zio monsignore abbisogna di me, e mia madre poi, che avrà dalla mia partenza il suo tornaconto, asseconda con tutte le forze questo progetto.

— Che tornaconto ha mai tua madre da questo viaggio?

— Il tornaconto che le ho ceduto definitivamente non solo il godimento ma la proprietà della dote!...

— Che pazzia! E per te dunque, cosa ti rimane?

— Per me mi rimangono due lire al giorno che mio marito vuol passarmi ad ogni costo malgrado la strettezza della sua fortuna; e con quelle in campagna posso vivere da gran signora.

— Scusa, sai, Pisana; ma il sacrifizio che hai fatto per tua madre mi sembra altrettanto imprudente che inutile. Qual vantaggio recherà a lei l'avere la proprietà oltre il godimento della dote?

— Qual vantaggio? Non so; ma probabilmente quello di potersela mangiare. E poi fare questi conti non si stava a me. Mia madre mi ha mostrato le sue tristi condizioni, la sua vecchiaia che vien domandando sempre nuovi commodi, nuove spese, i debiti da cui è molestata; infine io ho veduto anche i bisogni delle sue passioncelle e non voleva che per giuocare due partite di tresette ella fosse costretta a vendere il pagliericcio. Le ho risposto dunque: "Volete cosí... Sia! Ma mi lascerete partire perché ho bisogno d'una boccata d'aria libera e di rivedere le nostre campagne." "Va', va' pure, e che il cielo ti benedica, figliuola mia" soggiunse mia madre. Io credo ch'ella si consolò tutta di vedermi in procinto d'andarmene, perché le mie suggestioni non avrebbero piú persuaso Rinaldo a comperarsi ogni tanto o un cappello nuovo o un vestito meno indecente, e cosí a lei sarebbe rimasto qualche zecchino di piú. Andai dunque da un notaio, fu stesa e firmata la scritta di cessione. Ma nel punto di consegnarla a mia madre, non ti figuri mai piú il favore ch'io le chiesi in contraccambio.

— Cosa mai? Le chiedesti il diritto eventuale all'eredità Navagero, o la cessione de' suoi crediti verso la sostanza di Fratta?

— Nulla di tutto questo, Carlo. Da un pezzo era pizzicata da una indiscreta curiosità messami in capo, te ne ricordi, da quella pettegola della Faustina. Domandai dunque a mia madre che proprio sinceramente colla mano sul cuore mi confessasse se io non ero figliuola di monsignore di Sant'Andrea!...

— Eh va' là! Pazzerella!... E cosa ti rispose la Contessa?

— Mi rispose quello che tu. Mi diede della sguaiata della pazzerella; e non volle dir nulla. Ah, Carlo! de' miei ottomila ducati non ci ho proprio ritratto un bruscolo, nemmeno tanto da cavarmi una curiosità!

Questo incidente può darvi un'idea non solamente dell'indole e dell'educazione avuta dalla Pisana, ma anche fino ad un certo punto dei costumi veneziani del secolo passato. Nel punto stesso che una figliuola con sublime sacrificio si toglieva il pane di bocca, si spogliava dell'ultimo suo avere per accontentare i vizietti della madre, chiedeva in compenso di tanto benefizio una cinica confessione, e un gusterello di curiosità altrettanto inutile che scandalosa. Non aggiungo di più. Ma basta un finestrello aperto per lumeggiare un quadro.

— E a te dunque – soggiunsi io – non restano ora che due grame lirette al giorno concesseti dalla misera munificenza del nobiluomo Navagero, sicché una voltata d'umore di questo vecchio pazzo può metterti addirittura all'ospizio dei poveri!!...

— Eh guà'! – disse la Pisana. – Son giovine e robusta; posso lavorare, e poi io starò con te, e il mantenimento me lo conterai per salario.

Un cotale accomodamento quadrava col modo di pensare della Pisana; e non isconveniva punto a me: solamente mi sarebbe abbisognata qualche professione per accrescere di qualche cosa le mie meschinissime entrate, finché la sospirata morte del Navagero porgesse comodità di pensare ad uno stabilimento definitivo. Per allora misi da banda questa idea; l'importante era di partir subito, perché la mia salute terminasse di raffermarsi. Io aveva in borsa un centinaio di ducati, la Pisana volle a tutti i costi consegnarmene altri duecento ch'ella avea ricavato da certe gioie, e con questa gran somma ci disposimo allegramente alla partenza.

Prima di lasciar Venezia ebbi anche la fortuna di rivedere per l'ultima volta il vecchio Apostulos reduce allora dalla Grecia; egli era involto in quelle macchinazioni d'allora per la liberazione della sua patria mediante il patrocinio dei cosí detti Fanarioti o Greci di Costantinopoli; e faceva un gran correre qua e là col pretesto del commercio. Spiro, che propendeva al partito più giovane, che poi soperchiò tutti gli altri e fomentò l'ultima guerra dell'indipendenza, ubbidiva di malincuore a suo padre in quelle congiure senza grandezza, dove pescava a suo profitto l'avara ambizione di qualche principe semiturco: perciò si stavano fra loro con qualche freddezza. Il vecchio Apostulos mi diede buone notizie del mio Gran Visir: egli era stato strangolato, secondo il comodissimo sistema usato allora dalla Porta invece di quell'altro europeo, a mille doppi più dispendioso, delle giubilazioni. Ma il successore riconosceva la validità de' miei titoli; soltanto, siccome il credito ammontava a sette milioni di piastre e il tesoro di Sua Altezza non era a quel tempo molto ben fornito, voleva soprastare d'un qualche anno al pagamento. Cosí milionari di speranze, e con trecento ducati in tasca, io e la Pisana ci misimo in barca per Portogruaro, e giunsimo il secondo giorno, dopo rotte molto alzane, e perduto assai tempo nello scambio dei cavalli e negli arenamenti, sulle beate rive del Lemene.

Il viaggio fu lungo ma allegro. La Pisana aveva, se non mi sbaglio, ventott'anni, ne mostrava venti, e nel cuore e nel cervello non ne sentiva infatti piú di quindici. Io, veterano della guerra partenopea ed ex-Intendente di Bologna, mano a mano che mi avvicinava al Friuli, mi rifaceva ragazzo. Credo che sbarcato a Portogruaro ebbi volontà di far le capriuole, come ne avea fatte sovente nel giardino de' Frumier, quando avea ancora i denti di latte. La nostra allegria fu peraltro mescolata tantosto da qualche mestizia. I nostri vecchi conoscenti erano quasi tutti morti; de' giovani o coetanei, chi qua chi là, pochissimi in paese n'erano rimasti. Fulgenzio decrepito e rimbambito aveva paura de' suoi figli, ed era caduto in balía d'una fantesca astuta ed avara che lo tiranneggiava, e sapeva mettere a profitto la sua spilorceria per raggranellarsi un capitale. Il dottor Domenico sbuffava, ma con tutta la sua dottoreria non giungeva a liberar suo padre dalle unghie di quella befana. Don Girolamo, professore in Seminario e brillante campione del partito dei bassaruoli, pigliava le cose con filosofia. Secondo lui bisognava aspettare pazientemente che il Signore toccasse il cuore a suo padre; ma il dottore, che avea somma premura di toccargli la borsa, non si stava cheto a questi conforti del fratello prete. Fulgenzio passò di questo mondo pochi giorni dopo il nostro ritorno in Friuli; la sua morte fu accompagnata da un delirio spaventevole, si sentiva strappata l'anima di corpo dai demonii, e si stringeva tanto per paura alla mano della massaia che costei fu lí lí per dar un calcio all'eredità e lasciarlo nelle mani del becchino. Tuttavia l'avarizia la fece star salda, e tanto; che poiché il padrone fu morto convenne liberarle a forza il braccio dalle unghie rabbiose di lui. Apertosi il testamento, ella ebbe una bella somma di danaro in aggiunta a quello che aveva rubato. Seguivano molti legati di messe e di dotazioni di chiese e di conventi; da ultimo coronava l'opera una somma imponente erogata dal testatore per la costruzione d'un suntuoso campanile vicino alla chiesa di Fratta.

E con ciò egli credette di aver dato l'ultima mano alla pulitura della propria coscienza e saldati i suoi conti colla giustizia di Dio. Di restituzioni alla famiglia di Fratta non si parlava punto; dovevano essere abbastanza felici i miserabili eredi degli antichi castellani di deliziarsi nella contemplazione del nuovo campanile. Don Girolamo si accontentava della sua quota che gli rimaneva non tanto piccola dell'eredità anche dopo tanta dispersione di legati; ma il dottore saltò in mezzo con cause e con cavilli. Il testamento fu inoppugnabile. Ognuno ebbe il suo, e si cominciarono ad accumulare sassi e calcine sul piazzale di Fratta per dare la richiesta forma di campanile alla postuma beneficenza del defunto sagrestano.

Un'altra notizia stranissima ci diedero a Portogruaro del matrimonio poco tempo prima avvenuto del capitano Sandracca colla vedova dello speziale di Fossalta ch'era passata a dimorare presso di lui con una sua rendita di sette in ottocento lire. Il Capitano, molestato dalla promessa di celibato fatta alla defunta signora Veronica, ma piú ancora dalla miseria che lo stringeva, aveva messo tutto d'accordo componendo di suo capo una parlantina che si proponeva di spifferare alla prima moglie, incontratisi che si fossero in qualche contrada dell'altro mondo. Le dimostrava che non era valida e non obbligava per nulla un poveruomo quella promessa estorta in momenti di vera disperazione, e che ad ogni modo la pietà del marito doveva vincerla sopra un suo ghiribizzo di postuma gelosia. La assicurava che il cuore di lui rimaneva sempre pieno di lei, e che della *spezialessa* non amava in fondo altro che le settecento lire. E con ciò si lusingava che, commosse le viscere della signora Veronica, e convinta la sua ragionevolezza, non gli avrebbe tenuto il broncio per una infedeltà affatto apparente. Del resto, sposando una zitella il guaio sarebbe stato irrimediabile, ma con una vedova le cose si accomodavano assai facilmente. Costei tornava al primo marito, egli alla prima moglie, e non avrebbero piú avuto né un fastidio né una noia *per omnia saecula saeculorum*. – Il signor Capitano pappava saporitamente le settecento lire colla fondatissima speranza d'un grazioso perdono.

Ma intanto noi avevamo già fatto il nostro ingresso nella diroccata capitale dell'antica giurisdizione di Fratta. Solo a vederla da lontano ci si strinse il cuore di compassione. Pareva un castello saccheggiato allora allora da qualche banda indiavolata di Turchi e abitato solamente dai venti e da qualche civetta malaugurata. Il capitano Sandracca ci rivide con molta titubanza; non capiva bene se venissimo a prenderne o a portarne. Monsignore Orlando invece ci accolse cosí tranquillo e sereno come appunto tornassimo allora dalla passeggiata d'un'ora. La sua nobile gorgiera si era stradoppiata, e camminava strascicandosi dietro le gambe, e lodandosi molto della propria salute, se non fosse stato quel maledetto scirocco che gli rompeva i ginocchi. Era lo scirocco degli ottant'anni, che ora provo anch'io e che soffia da Natale a Pasqua e da Pasqua a Natale con una insistenza che si fa beffa dei lunarii.

Mentre la Pisana buona e spensierata faceva festa allo zio, e si divertiva di inquietarlo sulla durata del suo scirocco, io riuscii pian piano a rappiccar conoscenza colle vecchie camere del castello. Mi ricordo ancora che s'imbruniva la notte e che ad ogni porta ad ogni svoltata di corritoio credeva di vedermi dinanzi la negra apparizione del signor Conte e del Cancelliere o la faccia aperta e rubiconda di Martino. Invece le rondini entravano ed uscivano per le finestre recando le prime pagliuzze le prime imbeccate di poltiglia pei loro nidi; i pipistrelli mi sventolavano colle loro ali grevi e malsicure; nella stanza matrimoniale dei vecchi padroni cuculiava un gufo schernitore. Io andava vagando qua e là lasciandomi guidare dalle gambe e le gambe fedeli all'antica abitudine mi portarono al mio covacciolo vicino alla fraterìa. Non so come vi arrivassi sano e salvo per quei solai malconci e rovinati, per mezzo a quei lunghi androni dove le travature e i calcinacci caduti dal granaio impedivano ogni poco il passo e avevano preparato comodissimi trabocchetti per precipitare ai piani sottoposti. Una rondine aveva appostato il suo nido proprio a quel travicello sotto il quale Martino usava appendere il ramicello d'oliva alla domenica delle Palme. Alla pace era succeduta l'innocenza. Mi ricordai di quel libricciuolo trovato anni prima in quella camera, e che nel mio cuore disperato avea rimessa la rassegnazione della vita e la coscienza del dovere. Mi ricordai di quella notte piú lontana ancora quando la Pisana era salita a trovarmi e per la prima volta avea sfidato per me le sgridate e le busse della Contessa. Oh quella ciocca di capelli, io l'aveva sempre con me! Avea preveduto in essa quasi il compendio simbolico dell'amor mio; né le previsioni m'avevano ingannato. La voluttà mista di pianto, l'avvilimento avvicendato alla beatitudine, e la servitú alla padronanza, le contraddizioni e gli estremi non avevano mancato alla promessa: s'erano avvolti confusamente nel mio destino. Quanti dolori, quante gioie, quante speranze, quanta vita da quel giorno!... E chi sa quant'altri affanni, e quanta varietà di venture m'attendevano al varco prima che tornassi a riporre il piede su quel pavimento crollante e polveroso!... Chi sa se la mano degli uomini o il furore delle intemperie non avrebbero consumato l'opera vandalica di Fulgenzio e degli altri devastatori rapaci di quell'antica dimora!... Chi sa se un futuro padrone non avrebbe rialzato quelle mura cadenti, rintonacato quelle pareti, e raspato loro di dosso quelle fattezze della vecchiaia che parlavano con tanto affetto con tanta potenza al mio cuore!! Tale il destino degli uomini, tale il destino delle cose: sotto un'apparenza di giovialità e di salute si nasconde sovente l'aridità dell'anima e la morte del cuore.

Tornai da basso che aveva gli occhi rossi e la mente allucinata da strani fantasmi; ma le risate della Pisana e la faccia serena e rotonda di Monsignore mi snebbiarono se non altro la fronte. Io m'aspettava ad ogni momento di esser richiesto se aveva imparato la seconda parte del *Confiteor*. Invece il buon canonico si lamentava che le onoranze non erano piú tanto abbondanti come una volta, e che quelle birbe di coloni invece di recargli i piú bei capponi, come sarebbe stata la scrittura, non davano altro che pollastrelle e galletti sfiniti tanto che scappavano pei fessi della stia.

— E dicono che son capponi – soggiungeva sospirando – ma se mi sveglio la notte, li sento cantare che ne disgradano l'accusatore di san Pietro!...

Indi a poco entrò il signor Sandracca col Cappellano, invecchiati, mio Dio, che parevano ombre di quello ch'erano stati; entrò anche la signora Veneranda, la madre di Donato, sposata di fresco al Capitano. Poteva competere con Monsignore per la pinguedine, e non pareva che le settecento lire portate in dote dovessero bastare a tenerla in carne. Gli è vero che i grassi mangiano alle volte piú parcamente dei magri. Ella mise sul tagliere una fetterella di lardo e sei uova, che dovevano convertirsi in frittata e comporre una cena. Ci esibí poi anche, colla bocca un po' stretta, di prepararci alla meglio due letti; ma noi eravamo già prevenuti delle commodità che si avevano allora in castello, e sapevamo che restando noi sarebbe toccato agli sposini irsene a dormire coi polli. Ebbimo perciò compassione di loro e delle sei uova, e risalimmo in calesse per andarcene a chieder ospitalità a Bruto Provedoni, come s'era stabilito fra noi prima di partire da Portogruaro.

Non vi starò ora a dire né le festose accoglienze di Bruto e dell'Aquilina, né la mirabile cordialità colla quale quei due poveretti fecero nostra tutta la casa. Tutto era già combinato per lettera; trovammo due camerette a nostra disposizione, delle quali e del mantenimento che vollimo comune con essi, una modestissima dozzina ci sdebitava. Non era una mercede; era un mettere in comune le nostre piccole forze per difenderci contro le necessità che ci stringevano da ogni parte. L'Aquilina saltellava di piacere come una pazzerella; per quanto la Pisana volesse aiutarla ai primi giorni nelle faccenduole di casa, tutto era sempre pronto ed in assetto. Bruto, uscito il mattino per le sue lezioni, tornava sull'ora del pranzo e c'intrattenevamo insieme fino a notte lavorando, ridendo, leggendo, passeggiando, che le ore volavano via come farfalle sulle ali d'un zeffiro di primavera. M'era scordato di dirvi che a Padova durante la mia intrinsichezza con Amilcare io aveva imparato a pestare la spinetta. Il mio squisitissimo orecchio mi fece acquistare qualche abilità come accordatore, e lí a Cordovado mi risovvenni in buon punto di quest'arte imparata, come dice il proverbio, e messa provvidamente da parte. Bruto mi mise in voce nei dintorni come il corista piú intonato che si potesse trovare; qualche piovano mi chiamò per l'organo; aiutato dal ferraio del paese e dalla mia sfacciataggine me la cavai con discreto onore. Allora la mia fama spiccò un volo per tutto il distretto, e non vi fu piú organo né cembalo né chitarra che non dovesse esser tormentata dalle mie mani per sonar a dovere. Il mio ministero di cancelliere m'avea reso popolare un tempo, e il mio nome non era affatto dimenticato. In campagna chi è buon cancelliere non ha difetto a farsi anche credere buon accordatore, e in fin dei conti a forza di rompere stirare e torturar corde, credo che riuscii a qualche cosa.

Finalmente diedi il colmo alla mia gloria esponendomi come suonator d'organo in qualche sagra in qualche funzione. Sul principio m'azzuffava sovente cogli inesorabili cantori del *Kyrie* o del *Gloria*; ma imparai in seguito la manovra, ed ebbi il contento di vederli cantare a piena gola senza volgersi ogni tanto pietosamente a interrogare e a rimproverare cogli occhi il capriccioso organista. Anche questa ve l'ho detta. Di maggiordomo mi feci organista; e tenetevelo bene a mente, ché la genealogia de' miei mestieri non è delle piú comuni. Bensí vi posso assicurare che m'ingegnava a guadagnarmi il pane, e tra Bruto maestro di calligrafia, la Pisana sarta e cucitrice, l'Aquilina cuoca, e il vostro Carlino organista, vi giuro che alla sera si rappresentavano delle brillanti commediole tutte da ridere. Ci mettevamo in canzone a vicenda: eravamo intanto felici, e la felicità e la pace mi resero a tre tanti la salute che aveva prima.

Alle volte andava a Fratta e conduceva fuori a caccia il signor Capitano e il suo cane. Il Capitano non voleva uscire da quattro pertiche di palude che sembravano da lui prese in affitto e nelle quali le anitre e le gallinelle si guardavano bene di porre il piede. Il suo cane poi aveva il vizio di fiutar troppo in aria e di guardar le piante; pareva andasse a caccia piuttosto di persici che di selvaggina; ma a furia di gridare io gl'insegnai a guardar per terra, e se non colsi in una mattina i ventiquattro beccaccini del nonno di Leopardo, mi venne fatto sovente di metterne nella bisaccia una dozzina. Cinque ne cedeva al Capitano e a Monsignore; gli altri li teneva per noi, e lo spiedo girava, ed io era tentato molte volte di mettermi nelle veci del girarrosto; ma poi mi ricordava di essere stato intendente e mi rimetteva in atto di maestà.

I nostri ospiti mi entravano nel cuore ogni giorno piú. Bruto era diventato si può dire mio fratello, e l'Aquilina, non so se mia sorella o figliuola. La poverina mi voleva un bene che nulla piú; mi seguiva dovunque, non faceva cosa che non bramasse prima sapere se mi riescirebbe gradita. Vedeva si può dire cogli occhi miei, udiva colle mie orecchie, pensava colla mia mente. Io per me cercava di retribuirla di tanto affetto coll'esserle utile; le veniva insegnando un poco di francese nelle ore di ozio, e a scrivere correttamente in italiano. Fra maestro e scolara succedevano alle volte le piú buffe guerricciole nelle quali s'intromettevano a scaramucciare col miglior garbo anche la Pisana e Bruto. Avea preso tanto amore a quella ragazza che mi sentiva crescere per lei in capo il bernoccolo della paternità, e nessun pensiero aveva meglio fitto in testa che quello di accasarla bene, di trovarle un buono e bravo giovine che la rendesse felice. Di ciò si discorreva a lungo tra noi quand'ella era occupata nelle cose di famiglia; ma ella non pareva molto disposta a secondare le nostre idee; bellina com'era con quelle sue fattezze un po' strane un po' riottose, eppur buona e savia come un'agnelletta, non le mancavano adoratori. Pure se ne mostrava affatto schiva; e alla fontana o sul piazzale della Madonna stava piú volentieri con noi che collo sciame delle zitelle e dei vagheggini.

La Pisana la incoraggiava a divertirsi a prendersi spasso; ma poi dispiacente di vedersi ingrognare a questi suoi eccitamenti il bel visino dell'Aquilina, se la prendeva fra le braccia e la copriva di carezze e di baci. Erano piú che due sorelle. La Pisana la amava tanto che io ne ingelosiva; se l'Aquilina la chiamava, certo ch'ella si stoglieva da me e correva da lei, capace anco di farmi il muso s'io osava trattenerla. Cosa fosse questa nuova stranezza, io non capiva allora; ma forse ci vidi entro in seguito, per quanto si può veder chiaro in un temperamento cosí misterioso e confuso come quello della Pisana.

Dopo alcuni mesi di questa vita semplice laboriosa tranquilla, gli affari della famiglia di Fratta mi richiamarono a Venezia. Si trattava di ottenere dal conte Rinaldo la facoltà di alienare alcune valli infruttifere affatto verso Caorle e le quali erano richieste da un ricco signore di quelle parti che tentava una vasta bonificazione. Ma il Conte, tanto trascurato ed andante per solito, si mostrava molto restio a quella vendita e non voleva accondiscendere per quanto evidenti fossero i vantaggi che gliene doveano derivare. Egli era di quegli animi indolenti e fantastici che svampavano in sogni in progetti ogni loro attività; e appoggiano le loro speranze ai castelli in aria per esimersi appunto di fabbricare in terra qualche cosa di sodo. Nella futura coltivazione di quelle fondure paludose egli sognava il ristoro della sua famiglia e non voleva per oro al mondo frodare la propria immaginazione di quel larghissimo campo d'esercizio. Arrivato a Venezia trovai le cose mutate d'assai.

Le straordinarie giubilazioni per l'aggregazione al Regno Italico aveano dato luogo mano a mano ad un criterio piú riposato del bene che ne proveniva al paese. Francia pesava addosso come qualunque altra dominazione; forse le forme erano meno assolute ma la sostanza rimaneva la stessa. Leggi volontà movimento, tutto veniva da Parigi come oggidí i cappellini e le mantiglie delle signore. Le coscrizioni eviravano letteralmente il popolo; le tasse le imposizioni mungevano la ricchezza; l'attività materiale non compensava il paese di quello stagnamento morale che intorpidiva le menti. Gli antichi nobili governanti, o avviliti nell'inerzia, o rincantucciati nei posti piú meschini dell'amministrazione pubblica; i cittadini, ceto nuovo e ancora scomposto, inetti per mancanza d'educazione al trattamento degli affari. Il commercio languente, la nessuna cura degli armamenti navali riducevano Venezia una cittaduzza di provincia. La miseria l'umiliazione trapelavano dappertutto, per quanto il Viceré s'ingegnasse di coprir tutto collo sfarzo glorioso del manto imperiale. Gli Ormenta, i Venchieredo duravano ancora al governo; né cacciarli si poteva perché erano i soli che se ne intendessero; ponendo poi sopra loro altri dignitari francesi e forestieri, s'avea ferito l'orgoglio municipale senza raddrizzare l'andamento obbliquo ed oscuro della cosa pubblica. A Milano, dove o bene o male erano sgusciati da una repubblica, lo spirito pubblico fermentava ancora. A Venezia la conquista succedeva alla conquista, i servitori succedevano ai servitori colla venale indifferenza di chi cerca l'interesse del padrone che paga.

Io rimasi un po' sfiduciato di quei segni d'indolenza e di trascuratezza: vidi che Lucilio non avea poi tutto il torto di esser fuggito a Londra, anzi che il buonsenso pubblico stava per lui. Ma per quanto io avessi cercato di rappiccare corrispondenza con lui, egli non si degnava piú di rispondere alle mie lettere. Io mi stancai di picchiare dove non mi si voleva aprire, e m'accontentai di ricevere sue novelle di rimbalzo o da qualche conoscente di Portogruaro o dalle voci che correvano in piazza. Lo si diceva medico in gran fama a Londra, e accreditatissimo presso le principali famiglie di quell'aristocrazia. Sperava molto nell'Inghilterra per la cacciata del tiranno Bonaparte dalla Francia e pel riordinamento dell'Italia: le idee giuste e moderate non gli aveano durato a lungo; la smania del fare e del disfare lo aveva tratto fuori di strada un'altra volta. Comunque la sia io non mi fermai a Venezia che circa un mese sperando sempre di ottenere dal conte Rinaldo la sospirata procura; ma non altro mi venne fatto d'estorcergli che il permesso di vendere alcune pezze staccate di quei paduli; il resto lo volea proprio serbare per la futura redenzione della famiglia. Cosí si cavarono da quelle vendite poche migliaia di lire che servirono soltanto a fornire di qualche posta piú grossa il tavoliere da gioco della vecchia Contessa. È proprio vero che la morte ruba i migliori, e lascia gli altri; costei ch'era la rovina della casa non facea mostra di volersene andare; e cosí pure quell'incommodo marito Navagero s'ostinava a non voler lasciar vedova la moglie.

Io sperava di condur meco in Friuli l'Aglaura e alcuno de' suoi ragazzini; ma la morte della suocera la trattenne in famiglia: vera disgrazia, anche perché l'aria campagnuola le avrebbe giovato per certi incommoducci che la cominciava a soffrire. Spiro, robusto come un tanghero, non voleva credere alla gracilità della moglie; ma il fatto sta che a non curarsi dapprincipio con qualche distrazione con qualche viaggio, la sua salute divenne sempre piú cagionevole e Spiro se ne persuase quando non v'avea piú tempo da rimediarci. Egli le andava dicendo che, se voleva, poteva andarne in Grecia con suo padre alla prima occasione; ma la tenera madre non voleva arrischiare i ragazzini piuttosto gracili anch'essi a viaggi lunghi e pericolosi. Rispondeva sorridendo che starebbe a Venezia, e che già, se l'aria nativa non la rimetteva in salute, nessun'altra avrebbe avuto una tale virtù. Io rimproverava Spiro di farsi troppo mercante, di non badar altro che alle provvisioni delle cambiali e ai prezzi del caffè che crescevano sempre per le crociere inglesi. Ma egli scrollava la testa, senza risponder nulla, ed io non capiva cosa volesse dirmi con questo atto misterioso.

Il fatto sta che mi toccò ripartir solo pel Friuli, e i divertimenti, e le gite, e i bei giorni di pace di moto di campagna idoleggiati insieme coll'Aglaura e i suoi fanciulletti, rimasero una delle tante speranze che mi affretterò di avverare nell'altro mondo.

Trovai a Cordovado cresciuta piucchemai l'amicizia l'intrinsichezza e direi piú se vi fosse una parola piú espressiva, fra la Pisana e l'Aquilina. Omai l'amore della prima non giungeva a me che pel canale di questa. A questa toccava dire: — Guarda il signor Carlo!... il signor Carlo ti domanda!... Il signor Carlo ha bisogno di questo e di quello! — Allora solamente la Pisana si prendeva cura di me; altrimenti gli era come se io non ci fossi; un'eclisse completa. L'Aquilina mi stava dinanzi, e l'anima della Pisana non vedeva che lei. Fino in certi momenti, nei quali per solito il pensiero non ispazia molto lontano, io sorprendeva la mente della Pisana occupata dell'Aquilina. Se fossimo stati ai tempi di Saffo avrei creduto a qualche mostruoso stregamento. Che so io?... Non poteva raccapezzarci nulla: l'Aquilina mi diventava alle volte perfino odiosa, e il minor male ch'io dicessi in cuor mio della Pisana si era di chiamarla pazza.

Eccomi arrivato ad un punto della mia vita che mi riuscirà molto difficile dichiarare agli altri, per non averlo potuto mai chiarir bene bene nemmeno a me: voglio dire al mio matrimonio. Un giorno la Pisana mi chiamò di sopra nella nostra stanza e senza tanti preamboli mi disse:

— Carlo, io m'accorgo di esserti venuta a noia; tu non mi puoi voler piú l'un per cento del bene che mi volevi. Tu hai bisogno d'un affetto sicuro che ti ridoni la pace e la contentezza della famiglia. Ti rendo la tua libertà e voglio farti felice.

— Che parole, che stranezze son queste? — io sclamai.

— Sono parole che mi vengono dal cuore, e le medito da un pezzo. Lo dico e lo ripeto; tu non puoi volermi bene. Seguiti ad amarmi o per abitudine o per generosità; ma io non posso sacrificarti piú a lungo, e devo per ricompensa metterti sulla vera strada della felicità.

— La strada della felicità, Pisana? Ma noi l'abbiamo battuta lunga pezza insieme quella strada fiorita di rose senza spine! Basterà unire ancora braccio a braccio, perché le rose ci germoglino sotto i piedi, e la contentezza ci sorrida di bel nuovo in qualunque parte di mondo!

— Ecco che tu non mi capisci, o anzi non capisci te stesso. Questo è il mio delirio. Carlo, tu non sei piú un giovinotto sventato e senza esperienza, e non puoi accontentarti d'una felicità che ti può mancare dall'oggi al dimani. Tu devi prender moglie!

— Dio lo volesse, anima mia! No, il cielo mi perdoni questo sconsiderato movimento di desiderii, ma quando tuo marito avesse lasciato il mondo delle infermità per quello della salute eterna, il primo mio voto sarebbe di unire la tua sorte alla mia colla santità religiosa del giuramento.

— Carlo, non perderti ora in cotali sogni. Né mio marito vuol morire per ora, né tu devi consumare inutilmente gli anni piú belli della virilità. Io ti sarei una moglie assai manchevole; vedi che non son fatta per la fortuna di aver prole!... e cosí cosa rimane una moglie?... No, no, Carlo, non illuderti; per esser felice devi appigliarti al matrimonio.

— Basta, Pisana!... Vuoi dirmi che non mi ami piú?

— Voglio dirti che ti amo piú di me stessa; e per questo m'ascolterai e farai quello che ti consiglio...

— Non farò null'altro che quello che il cuore mi comanda.

— Ebbene, il tuo cuore ha parlato. E tu la sposerai.

— Io la sposerò?... Ma tu vaneggi! ma tu non sai quello che dici!

— Sí! ti dico... tu sposerai... sposerai l'Aquilina!...

— L'Aquilina!... Basta!... Torna in te, te ne scongiuro.

— Parlo del mio miglior senno. L'Aquilina è innamorata di te, ella ti piace, ti conviene per tutti i versi. La sposerai!

— Pisana, Pisana! oh, non vedi il male che mi fai!

— Vedo il bene che ti procuro; e se avessi anche voglia di sacrificare me stessa al tuo meglio, nessuno potrebbe impedirmelo.

— Te lo impedisco io!... Ho sopra di te diritti tali che tu non devi, che tu non puoi dimenticare!

— Carlo, senza di te io avrò il coraggio di vivere... Misura la mia forza dalla sfrontatezza di questa confessione. L'Aquilina invece ne morrebbe. Ora scegli tu stesso. Per me ho bell'e scelto.

— Ma no, Pisana, ravvediti!... Tu stravedi, tu ti immagini quello che non è. L'Aquilina nutre per me un tenero ma calmo affetto di sorella: ella gioirà sempre della nostra felicità.

— Taci, Carlo: credi all'onniveggenza d'una donna. Lo spettacolo della nostra felicità avvelena la sua giovinezza...

— Dunque fuggiamo, torniamo a Venezia.

— Tu, se ne hai il cuore: io no. Io amo l'Aquilina. Io voglio farla felice: credi che tu pure sarai felice di sposarti a lei: e io unirò le vostre mani, e benedirò le vostre nozze.

— Oh ma io ne morrei!... Io dovrei odiarla: sentirei tutte le mie viscere sollevarsi contro di essa, e il mio peggior nemico non mi sarebbe tanto abbominevole a dovermelo stringer fra le braccia.

— Abbominevole l'Aquilina!... Scusa, Carlo; ma se ripeti simili infamie, io fuggo da te, io non vorrò piú vederti!... Gli angeli comandano l'amore: tu non sei tanto perverso da abborrire quello che ci scende dal cielo, come la piú bella incarnazione d'un pensiero divino. Guarda, guarda, apri gli occhi, Carlo!... guarda l'assassinio che commetti. Fosti cieco finora e non t'accorgesti né del suo martirio né de' miei rimorsi. Fui tua complice finora ma giuro di non volerlo esser piú; io non assassinerò colle mie mani una creatura innocente che mi ama come una figliuola, benché... Oh ma sai, Carlo, che il suo eroismo è di quelli che oltrepassano la stessa immaginazione!... Mai un movimento di rabbia, mai uno sguardo d'invidia, una rassegnazione stanca, un amore invece che cava le lagrime!... No, no ti ripeto, io non pagherò coll'assassinio l'ospitalità che ebbimo in questa casa; e tu pure mi seconderai nella mia opera di carità!... Carlo, Carlo, eri generoso una volta!... Una volta mi amavi, e se io t'avessi incitato ad un'impresa coraggiosa e sublime non avresti aspettato tante parole!

Che volete?... Io ammutolii dapprincipio, indi piansi, supplicai, mi strappai i capelli. Inutile! Rimase incrollabile, dovessimo morirne ambidue; mi ripeteva di guardare, di guardare, e che se non mi fossi convinto di quanto ella affermava, e se non avessi accondisceso a quanto mi proponeva sarei stato un essere spregevole, indegno al pari d'amore che incapace d'ogn'altro sentimento. D'allora in poi mi negò ogni sguardo ogni sorriso d'amore; mi proibí l'accesso alla sua stanza; fu tutta per l'Aquilina, e nulla per me.

Infatti, per quanto volessi illudermi, mi fu forza riconoscere che in quanto all'amore della giovinetta per me i suoi sospetti non andavano lontani dal vero. Per qual incantesimo non me ne fossi accorto non ve lo saprei dire: e arrabbiai della mia sciocchezza della mia ingenuità. Mi provai anche a volgere contro l'Aquilina qualche parte di questa rabbia, ma non ne fui capace. Dopoché ella indovinò quanto fra me e la Pisana era avvenuto, ella assunse verso di me un contegno cosí supplice vergognoso che mi tolse ogni coraggio. Parevami chiedesse perdono del male involontariamente commesso; e la vidi talvolta adoperarsi presso la Pisana per rabbonirmela. Si studiava perfino di sfuggirmi, di fare con me la stizzosa perché non si avvedessero di quanto succedeva nel suo cuore, e la concordia rinascesse in mezzo a noi. Bruto, che fin'allora era andato in solluchero per l'allegra vita che si menava, scoperse con rammarico quei primi segni di dissapore e di trasordine, non ne capiva gran fatto ma gliene doleva all'animo. Ne mosse anche parola a me, ma io mi ritraeva burbanzoso, stringendomi nelle spalle; altro motivo di disgusto e di sospetto. L'Aquilina intanto ci perdeva nella salute; il fratello se ne inquietò; furono chiamati medici che fantasticarono molto, e non indovinarono nulla. La Pisana mi stringeva sempre; io mi rammoliva. Alla fine, non so come, mi lasciai sfuggire dalla bocca un sí.

Bruto fu meravigliatissimo della proposta fattagli dalla Pisana, ma dietro reiterate assicurazioni di questa e che tutto fra me e lei era terminato di spontaneo accordo e che l'Aquilina moriva per me, egli se ne persuase. Se ne fece parola alla giovinetta, che non volle credere dapprincipio, e poi ne smarrí i sentimenti per la consolazione. Ma poi all'abboccarsi con me rimase senza fiato e senza parola; la poverina presentiva che io me le offeriva trascinato a forza e non aveva coraggio di chiedermi un tal sacrifizio. Lo credereste che la sua attitudine finí di commovermi affatto, e che sentii d'un subito nel cuore l'annegazione stessa della Pisana?... Mi parve di salvare la vita d'una creatura angelica a prezzo della mia, e la coscienza di questa valorosa azione diede al mio aspetto la serena contentezza della virtù. All'Aquilina non parve vero: in prima stentava a credere quello che la Pisana le aveva dato ad intendere, che cioè noi due non ci eravamo amati mai altro che come buoni parenti, ma poi vedendomi presso di lei calmo affettuoso e alle volte perfino felice, se ne capacitò. Allora non pose piú freno agli slanci di gioia dell'anima sua, e mi convenne esserlene grato se non altro per compassione.

Vedere quell'ingenua creatura rifiorir allora come una rosa inaffiata dalla rugiada, e risorgere sempre piú bella e ridente ad un mio sguardo ad una parola, fu lo spettacolo che m'innamorò non forse di lei, ma di quell'opera miracolosa di carità. La Pisana non capiva in sé pel contento di questi felici effetti, e la sua gioia talvolta m'incaloriva in una virtuosa emulazione, tal'altra mi cacciava nel cuore la fitta della gelosia. Oh qual tumultuoso vortice d'affetti s'ingroppa e si sprofonda fra le piccole pareti d'un cuore! Anche allora io diedi prova di quell'estrema pieghevolezza che impresse molte azioni della mia vita d'un colore strano e bizzarro, per quanto la mia indole tranquilla e riflessiva mi allontanasse dalla stranezza e dalla bizzarria. Ma la stravaganza era di chi mi conduceva pel naso; benché poi non possa dire se in quell'occasione adoperai male lasciandomi condurre, o se meglio avrei fatto di inspirarmi da me e di prendere qualche deliberazione contraria. Certo i miei sentimenti, lo dico senza adulazione, toccarono allora l'ultimo segno della generosità; e me ne maraviglio senza pentirmene. Pentirsi d'una azione buona e sublime, per quanto danno ce ne incolga, è sempre atto di gran codardia.

Meglio è contarvela in poche parole. Per la Pasqua del milleottocentosette si stabilirono le nozze. La Pisana fu tanto accorta da farsi invitare dallo zio monsignore a starne presso di lui come governante. Io rimasi con Bruto e l'Aquilina e lo sposalizio fu celebrato mio malgrado e a richiesta della Pisana con grande solennità. L'Aquilina, poveretta, gongolava tutta e non toccava terra pel gran piacere, io mi sforzava di godere della sua gioia, e posso credere di non averla almeno guastata. Alle volte mi guardava indietro sorprendendomi di esser arrivato fin là, e non comprendendo né il perché né il come; ma la corrente mi trascinava; se fu tempo in cui credessi alla fatalità fu certamente allora.

Io sposai l'Aquilina. Monsignore di Fratta benedisse il matrimonio; la Pisana fu matrina della sposa. Io mi sentiva entro una gran voglia di piangere, ma non era senza qualche dolcezza quella melanconia. Al pranzo di nozze non ci fu grande allegria; ma anco non rimasero sui piatti molti avanzi. Monsignore mangiava come avesse vent'anni; io, vicino a lui e un po' sbalordito dagli inopinati accidenti che m'intervenivano, lo domandai non so quante volte della sua salute durante il pranzo. Mi rispondeva fra un boccone e l'altro:

— La salute andrebbe a meraviglia se non ci fosse questo benedetto scirocco! Una volta non era cosí. Te ne ricordi, Carlo?...

Peraltro non pioveva da un mese; e fra tutti i popoli d'Italia Monsignore era il solo che sentisse lo scirocco. Alle mie nozze intervennero, ci s'intende, Donato colla moglie e i figliuoli, il Capitano colla signora Veneranda, e il cappellano di Fratta. Un altro commensale di cui forse vi sarete dimenticati fu lo Spaccafumo; il quale in tanta confusione di governi e di avvenimenti che s'era succeduta, avea sempre continuato ad amministrare la giustizia a suo modo; ma ad ogni anno passava qualche mesetto in prigione e allora s'era fatto vecchio e ubbriacone. Le sue prodezze erano omai piú di parole che di opere; e i monelli si trastullavano di stuzzicarlo e di fargli dire sui mercati le piú strambe corbellerie. Egli viveva si può dire di elemosina, e per quanto Bruto lo invitasse a sedere alla mensa comune non ci fu verso di poterlo stanare dalla cucina, ove godette delle nozze coi gatti coi cani e colle guattere. La sera gran festa da ballo: allora si pensò piú che agli sposi a darsi bel tempo, e la giocondità fu piena e spontanea. Marchetto, sagrestano che pareva il diavolo vestito da prete, grattava il contrabbasso, e in onta all'età con una tal furia da cavallante che le gambe duravano fatica a tenergli dietro. La Pisana cercò di scomparir quella sera alla muta; ma io m'accorsi del momento di sua partenza: i nostri occhi s'incontrarono, e si scambiarono, credo, un ultimo bacio. L'Aquilina parlava allora colla Bradamante ma rimase un momento svagata.

— Cos'hai? — le chiese la sorella.

— Nulla, nulla – rispose tramortita la novella sposa. – Non ti pare che qua dentro si affoghi dal caldo?...

Io udii quelle parole benché pronunciate a bassissima voce; e non pensai piú che a compiere i nuovi doveri che mi era imposto. Fui gentile, amoroso coll'Aquilina fino al finir della festa. E poi?... E poi m'accorsi che in certi sacrifizi la Provvidenza, forse per retribuirne il merito, sa mettere qualche discreta dose di piacere. L'innocenza, la leggiadria di mia moglie vinsero affatto la causa; e feci assoluto proponimento di mostrarmele sempre buon marito. "Quello che è fatto è fatto" pensai "il da farsi facciamolo bene...".

Non credo che l'Aquilina s'accorgesse nemmeno durante i primi giorni dello sforzo indurato per dimostrarle quell'ardenza d'amore che infatti io non sentiva. Ma a poco a poco m'abituai a volerle bene in quel nuovo modo che doveva; non durai piú tanti sforzi; e se sospirava ripensando al passato, trovava che anche senza molta filosofia si poteva accontentarsi del presente. Le opere buone sono una gran distrazione. Quella di far felice mia moglie mi occupò tutto, e mi vidi dopo un solo mese piú buon marito di quanto non avrei mai osato sperare.

La Pisana fu testimone di questo mio interno mutamento. Persuaso che quel suo grande ma troppo facile sacrifizio a favore della Aquilina non potesse spiegarsi che con un sensibile raffreddamento del suo amore per me, non mi diedi briga per nasconderle l'agevolezza ch'io trovava maggiore d'ogni speranza nel rassegnarmi a portare la mia parte di sacrifizio. Sperava che vedendomi meno malcontento avrebbe avuto minor rimorso della tirannia con cui aveva fatto violenza alla mia volontà. Sulle prime ella la capí per questo verso; ma i giorni passavano e nelle frequenti visite che ne faceva andava sempre piú oscurandosi in viso; e quelle congratulazioni che recava negli occhi della mia bravura si cambiarono a poco a poco in sospetti ed in stizza. Io credeva non mi trovasse abbastanza premuroso presso l'Aquilina e raddoppiava di zelo e di buona volontà; ella invece s'ostinava nel suo broncio, ed anche con mia moglie non si mostrava piú tanto affettuosa come dapprincipio. Un mattino capitò a casa nostra tutta scalmanata che Bruto e l'Aquilina erano fuori per non so qual motivo. Senza aspettare neppure ch'io la salutassi mi chiuse la bocca con un gesto.

— Tacete – mi disse – ho fretta di sbrigarmi. Voi adesso vi amate: non avete piú bisogno di me. Torno a Venezia.

Io non voleva rispondere, ma ella non me ne lasciò il tempo. Mi gridò nell'uscire che salutassi mia moglie e il cognato: indi rimontò nel calessino col quale era venuta accompagnata dal cappellano di Fratta, e per correre che facessi non mi venne fatto di raggiungerla. Un'ora dopo, quand'io capitai al castello era già partita né si sapeva se per la strada di Portogruaro o di Pordenone colla carrettella dell'ortolano. Fui imbrogliatissimo di dar ragione all'Aquilina e a Bruto d'una sí precipitosa partenza, ma ebbi la felice idea d'inventar la favola d'una malattia improvvisa della signora Contessa; e fui creduto senza fatica. Allora non felice né immemore ma tranquillo e rassegnato mi rimisi alla mia vita di organista e di marito. L'Aglaura e Spiro scrivevano sempre piú maravigliati di quella mia improvvisa conversione; io rispondeva celiando che Dio m'avea toccato il cuore: ma sovente si scrive quello che non si sente.

I mesi correvano via semplici, laboriosi; sereni come quei cieli d'autunno nei quali il sole abbellisce la natura senza scaldarla.

L'Aquilina, tutta mia, si rivestiva ogni giorno di nuove grazie di nuovi pregi per piacermi; la riconoscenza per un amore cosí nobilmente dimostrato m'inchinava sempre piú verso di lei, e rendeva sempre piú rari i rimpianti del passato. Il cuore volava ancora talvolta; ma quando la mente instituiva confronti le conveniva confessare che l'Aquilina era la piú amabile e la piú perfetta fra quante donne io m'avessi mai conosciuto. A lungo andare i giudizi della mente hanno qualche influenza sugli affetti d'un uomo di trentaquattr'anni. Quando poi m'avvidi ch'ella era incinta, quando mi strinsi fra le braccia il fantolino piú robusto e piú roseo che m'avessi mai veduto e sentii commoversi le mie viscere di padre, e di questa consolazione dovetti confessarmi debitore a lei, allora non seppi piú chi mi fossi; ringraziai quasi la Pisana di avermi sforzato a quello strambo spropositato matrimonio. Peraltro la mia memoria non era né morta né ingrata. Io voleva avere sovente notizie da Venezia, e sapendo che la Pisana accasata colla Clara presso suo marito non d'altro si occupava che di curare le infermità di questo, mi uscirono da capo certi giudizi temerari che aveva fatto sulla sua fuga dal Friuli. S'ella fosse stata arrabbiata contro di me, non ne avrebbe dato segno a quel modo. Io conosceva per pratica le vendette della Pisana. Intanto anche lontano non cessava di esserle utile. Avea rimesso in buon sesto l'amministrazione di quei pochi coloni che dipendevano ancora dal castello di Fratta, e regolato l'esazione di molti livelli. Le entrate crebbero del trenta per cento. Monsignore poté mangiare qualche cappone che non era gallo, e il conte Rinaldo, malgrado la sua selvatichezza, m'ebbe a ringraziare dell'essermi adoperato a loro pro' senz'essere richiesto, e con tanta efficacia.

Vi prenderà stupore e noia che la mia vita per qualche tempo cosí capricciosa e disordinata riprendesse allora un tenore sí quieto e monotono. Ma io racconto e non invento: d'altra parte è questo un fenomeno comunissimo e naturale nella vita degli Italiani, che somiglia spesso al corso d'un gran fiume calmo lento paludoso interrotto a tratti da sonanti e precipitose cascate. Dove il popolo non ha parte del governo continuamente, ma se la prende a forza di tanto in tanto, questi sbalzi queste metamorfosi devono succedere di necessità, perché altro non è la vita del popolo se non la somma delle vite individuali. Per questo io girai alcuni anni lo spiedo, fui studente e un po' anche cospiratore; indi tranquillo cancelliere, poi patrizio veneto nel Maggior Consiglio e segretario della Municipalità: da amante spensierato di tutto mi mutai di colpo in soldato: di soldato in ozioso un'altra volta, poi in intendente e in maggiordomo: finii a maritarmi e a sonar l'organo.

In questo perpetuo su e giù, se salii o scesi lo direte voi: io per me so che ci consumai trentaquattr'anni, quegli anni nei quali vissi tutto per me. Dopo, la famiglia i legami i doveri precisi e materiali s'impadronirono de' miei sentimenti. Non fui piú il puledro che scorazza pei paludi saltando fossati e sforacchiando fratte, ma il cavallo bardato che tira gravemente o la carrozza d'un cardinale o il carretto della ghiaia. Ma non vi spaventate; non mancheranno terremoti e rovesciate per tornare in libertà il cavallo e fargli riprendere una matta corsa attraverso il mondo. Solamente ora sono sicuro di non correr piú; ma ho, vi ripeto, come Monsignore, lo scirocco degli ottant'anni nelle gambe.

Mentre io mi faceva dí per dí sempre piú casalingo e campagnuolo, e al mio piccolo Luciano che già trottolava nel cortile aggiungeva un secondo fanciulletto cui misimo nome Donato in onore dello zio che gli fu padrino, nel mondo strepitavano le glorie guerresche di Napoleone. Vinceva la Prussia a Jena, l'Austria a Wagram; s'imparentava colle vecchie dinastie, e signore dell'Europa chiudeva il continente all'Inghilterra e minacciava il mezzo asiatico impero degli Czar. L'Italia, tutta in suo pugno sbocconcellata a capriccio, aveva tuttavia ritto a Milano lo stendardo dell'unità. Si avvezzavano a guardar quello, e Napoleone piuttosto nemico che protettore, per la sua ambizione smisurata e noncurante di storia o di popoli. Ma quando la spada dataci da lui fosse caduta a terra chi avrebbe osato impugnarla? A questo non pensavano. Si credevano forti, non sapendo che la forza riposava sopra il colosso e con lui si sarebbe fiaccata. Di cento che armeggiavano uno solo pensava, e agli altri novantanove sarebber cadute le armi e le braccia nel maggior cimento. Io non era spettatore, ma indovinava. Spiro frattanto scriveva lettere sempre piú animate e misteriose; e ben m'accorgeva che qualche sublime idea fermentava nell'anima del greco mercante. Rigas il poeta aveva fondato la prima Eteria; e ottenutone per ricompensa il tradimento dai cristiani naturali alleati e il palo dai Turchi. Una seconda congiura si ordiva in Italia a profitto dei Greci, protetta da Napoleone. Sognavano di contrapporre al nuovo Carlomagno un nuovo impero di Bisanzio. Ed erano sogni, ma raccendevano le ceneri non mai spente dei greci vulcani e si cantava fra le montagne dei Mainotti:

"Un fucile una sciabola e s'altro manca una fionda, ecco l'armi nostre.

"Io vidi gli agà prosternati a' miei piedi; mi chiamavano loro signore e padrone.

"Io avea rapito loro il fucile, la sciabola, le pistole.

"O Greci, alto le fronti umiliate! Prendete il fucile la sciabola la fionda. E i nostri oppressori ci nomeranno ben presto loro signori e padroni."

Fra le orde selvagge degli Albanesi e le tribù pastorecce del Montenegro, ove è un insulto dire: — I tuoi son morti a lor letto! — serpeggiava il fuoco dell'entusiasmo. Alí Tebelen trionfava colla crudeltà e colla perfidia ma gli esuli dell'Ellade inspiravano a tutta Grecia il disegno di terribili rappresaglie. Quella non si manifestava ancora ma era forza verace; forza invincibile d'una nazione che ha meditato da lungo la propria sventura, ha accumulato gli insulti e aspetta paziente il momento della vendetta. Il vecchio Apostulos partí un'ultima volta per la Morea; la speranza di rigenerare la Grecia colla politica dei Fanarioti era svanita; egli si volgeva a speranze di guerra e di sangue coll'avidità del leone che si vede strappata la preda quando appunto credeva di addentarla. La morte lo colse a Scio, e Spiro me ne diede il tristo annunzio colle forti parole che gli ultimi desiderii di suo padre sarebbero stati lo spirito d'ogni sua impresa. Egli m'invitava sempre a trasferirmi colla famiglia a Venezia, ove diceva non mi sarebbe mancato né decoroso sostentamento né occasione di esser utile a me ed agli altri. Ma contento di quello che aveva, non arrischiava d'avventurar me e soprattutto i miei in malcerti tentennamenti. Bruto leggendo qualche brano delle lettere di mio cognato si mordeva le labbra, e pestava rabbiosamente la sua gamba di legno. Io guardava l'Aquilina e il piccolo Donato che le pendeva alla mammella: non poteva distogliermi da quella pace.

Successe la gran guerra dei moderni giganti. Napoleone entrò in Germania con cinquecentomila uomini, diede la posta a Dresda a imperatori e re piú vassalli che alleati; e quando alcuni fra essi gli erano annunciati, diceva: — Aspettino. — Voleva chieder conto allo Czar della tiepida amicizia. Il mistico Alessandro chiamò all'armi la santa Russia, oppose alla guerra dell'ambizione la guerra del popolo; e quella miserabile cavalleria dei Cosacchi, come la chiamava Napoleone, fu il flagello e lo sgomento dell'invincibile esercito. Giunse a Mosca, vincitore sempre: ne fuggí vinto dal fuoco, dal gelo, dagli elementi insomma, ma non dagli uomini. Quarantamila italiani insanguinarono delle proprie vene le nevi della Russia per assicurare la ritirata agli avanzi dispersi della grande armata. Ma il bollettino che annunziava l'immenso disastro conchiudeva: "La salute di Sua Maestà non fu mai migliore." Conforto bastevole alle vedove, agli orfani, alle madri orbate della prole! Egli è a Parigi a levar nuovi eserciti a rincalorire la devozione colla presenza, e il coraggio con nuove bugie. Ma la Francia non gli crede, la Germania insorge, gli alleati tradiscono. Egli ricade a Lipsia; abdica all'Impero di Francia al Regno d'Italia e si ritira all'isola d'Elba.

Allora si vide cosa fosse il Regno d'Italia senza Napoleone, e a che i popoli sieno menati da istituzioni anche maschie senza libertà. Fu uno sgomento una confusione universale: un risollevarsi un combattersi di speranze diverse mostruose, tutte vane. A Milano si trucida un ministro, si abbattono le insegne dell'antico potere, si gavazza nella presente licenza non pensando al futuro. E il futuro fu come lo volevano gli altri; in onta alle rispettose e sensate domande della Reggenza provvisoria, in onta alle belle parole degli ambasciatori esteri. Il popolo non aveva vissuto; non viveva.

Se io fossi costernato di questi avvenimenti che mi scotevano dal mio torpore di padre di famiglia, e avveravano quelle paure che da lunga pezza aveva concepito, non è d'uomo il dirlo. Dal racconto di questa vita dovete già avermi conosciuto abbastanza. Sospirai per me, piansi di disperazione per la patria, indi guardando alle sembianze tenerelle dei figliuoli mi consolai e rividi un barlume di speranza. Eravamo nati, si può dire, diciott'anni prima; ci voleva la scuola delle sventure per educarci, e la vita dei popoli non si misura da quella degli individui; se noi figliuoli s'aveva scontato la viltà dei padri, i figliuoli nostri forse avrebbero raccolto la messe fecondata dal nostro sangue e dalle lagrime. Padri e figliuoli sono un'anima sola, sono la nazione che non perisce mai. Cosí mi affidava alla rigenerazione morale, non al viceré Beauharnais, né allo czar Alessandro, né a lord Bentink, né al general Bellegarde.

A questo modo passano rapidi gli anni come i mesi della giovinezza; ma non crediate che in effetto fossero tanto veloci come sembra a raccontarli. Piú il tempo è lungo a narrarlo e piú forse fugge rapidamente in realtà. A Cordovado i giorni erano tranquilli, sereni, dolci anche se volete, ma la soverchia brevità non era il loro difetto. Le lettere della Pisana assai rare dapprincipio diventarono mano a mano piú frequenti all'infuriare delle tempeste politiche; pareva che, immaginandosi quanto ne doveva soffrire, ella s'affrettasse a porgermi il conforto della sua parola. Mi diceva dei grandi schiamazzi che aveano fatto i Venchieredo l'Ormenta e il padre Pendola coi suoi proseliti; delle belle cariche date ai suoi cugini Cisterna, massime ad Augusto ch'era diventato di botto, credo, segretario di governo; e d'Agostino Frumier che volendo ritirarsi dagli affari ed essendo ricchissimo non avea sdegnato di domandare il quarto o il quinto di pensione che gli competeva.

Molte, come vedete, furono le porcherie; e non poteva essere altrimenti perché l'astinenza era la virtù dei migliori, né si giungeva a fare di meglio. Peraltro il vecchio Venchieredo osteggiato pel soverchio zelo avea perduto assai della sua influenza ed era scaduto dai primissimi gradi fino a quello di direttore della Pulizia. Egli ne sbuffava; ma non c'era rimedio. Servir troppo è servir male. Non era stato furbo abbastanza. – Il Partistagno invece rimise il piede in Venezia colonnello degli ulani; aveva sposato una baronessa morava, diceva, perché somigliantissima ad una sua cavalla prediletta. Egli serbava ancora il suo astio contro la famiglia di Fratta; e saputo che la Clara uscita di convento abitava il Palazzo Navagero, si pavoneggiava sovente in grande assisa sotto le finestre di quello sperando di darle nell'occhio e persuaderla a dire: "Gran peccato quello di non averlo voluto ad ogni costo!". – Ma la Clara, diventata miope a forza di aguzzar gli occhi nell'Uffizio della Madonna, non ci vedeva piú fin nella calle e non distingueva uno di que' pezzenti che fermano le gondole, dal magnifico e spettacoloso colonnel Partistagno.

Fuvvi chi disse che anche Alessandro Giorgi fosse passato dall'esercito italiano all'austriaco serbandosi il grado di generale guadagnato alla Moskova, ma io non ci credeva. Infatti alcuni mesi dopo mi giunsero notizie dal Brasile dove si era rifugiato e aveva trovato un buon posto. Non si dimenticava di offrirmi la sua protezione presso l'imperatore don Pedro; e mi diceva di aver trovato a Rio Janeiro parecchie contesse Migliane che mi potrebbero fare ben altro che maggiordomo. Probabilmente egli si dimenticava che ero organista ammogliato e con figli; pure mi avea veduto me e la mia famigliuola nel passare col principe Eugenio quando marciavano nel milleottocentonove verso l'Ungheria. Ma in onta ai suoi quarant'anni il bel generale si conservava alquanto libertino e smemorato.

Gli smorti anni seguenti non furono che un melanconico cimitero. Il primo a traboccare fu il cappellano di Fratta, indi toccò allo Spaccafumo; poi a Marchetto il cavallante, sagrestano e sonatore di contrabbasso che morí colpito dal fulmine mentre scampanava durante un temporale. Gli abitanti della parrocchia lo venerano anche adesso come un martire. Durante l'anno della carestia e nel susseguente la morte fece man bassa sulla povera gente; fu un sonare a morto continuo, e cosí se n'andò ma non per colpa della carestia anche la signora Veneranda, lasciando il Capitano vedovo per la seconda volta ma con settecento lire di usufrutto, il che lo liberò dal pensiero di torsi una terza moglie. Ed anche noi in quell'anno ebbimo a stringerci non poco; perché non si trovavano piú né famiglie che pagassero il ripetitore ai loro ragazzi né pievani che racconciassero organi. Anzi le spese fatte in quell'anno furono il principio del nostro sbilancio che poi s'aggravò sempre e mi condusse ai nuovi rivolgimenti che udrete in appresso.

Non mi ricordo precisamente quando, ma certo in quel torno il conte Rinaldo fece una gita nel Friuli: veniva per denari e siccome non ne trovò, vendette ad un imprenditore i materiali della parte piú diroccata del castello. Io assistetti alla demolizione e mi parve al funerale d'un amico; cosí pure il Conte non poté reggere allo spettacolo di quella rovina, e toccati quei pochi quattrini se ne tornò a Venezia. Ve lo richiamava anche la malattia di sua madre che cominciava a dar gravi timori. Appena sgomberi i cortili delle pietre spaccate a forza di piccone e delle macerie ragunatevi a montagne durante la demolizione, cominciò Monsignore a sentir piú molesto che mai lo scilocco. Una mattina ebbe uno svenimento durante la messa, e dopo d'allora non uscí piú della sua camera. Io fui a trovarlo il penultimo giorno di sua vita, gli domandai del suo stato e mi rispose colla solita solfa. Sempre quello scirocco ostinato!!... Tuttavia mangiava anche a letto a doppie ganasce, e all'ultima ora aveva il breviario da un lato e dall'altro mezzo pollastrello arrostito. La Giustina gli veniva domandando: — Non mangia, Monsignore?... — Non ho piú fame! — rispose egli con voce piú fioca del solito.

Cosí morí monsignor Orlando di Fratta, sorridendo e mangiando com'era vissuto; ma almeno si avea cavata la fame. Invece sua cognata, che gli andò dietro qualche mese dopo, farneticò fino agli estremi di carte e di trionfi; morí sognando vincite favolose, collo scrigno asciutto e con ogni sua roba al Monte di Pietà. I Cisterna dovettero prestare qualche ducato al conte Rinaldo per farla seppellire, giacché né la Clara né la Pisana avevano un ducato in tasca, e Sua Eccellenza Navagero si commiserava sempre della propria povertà. Tutti se n'andavano, ma costui batteva duro; segno che i miei ardentissimi voti di qualche anno addietro non avevano ottenuto grazia presso Domeneddio. La Pisana mi partecipò con assai dolenti parole la morte della madre; e in segreto mi raccontò anche una visita assai impreveduta che avevano ricevuto. Una sera mentr'essa e la Clara recitavano il rosario nella cappella di casa (questa poi dalla Pisana non me la sarei aspettata), s'era annunziato un forestiero che chiedeva premurosamente di loro. Un signore piccolo, magro, dicevano, folto di barba, cogli occhi lucentissimi ad onta dell'età che sembrava di cinquant'anni e piú, colla fronte molto alta e nuda affatto di capelli. Chi può essere? chi non può essere?... Vanno in sala e la Pisana riconosce piú alla voce che alla figura il dottor Lucilio Vianello. Era giunto sopra una nave inglese, sapeva della Clara tornata al secolo, e veniva a chiederle per l'ultima volta l'adempimento delle sue promesse. La Pisana diceva di aver avuto paura del dottore tanto era cupo e minaccioso; ma la Clara gli rispose netto netto che non lo conosceva piú, che si era sposata a Dio e che avrebbe continuato a pregarlo per l'anima sua.

"Vi assicuro" cosí scriveva la Pisana "che in quel momento lo sdegno il furore lo ringiovanirono di trent'anni; indi si fece pallido pallido e prese un colore terreo di morte e l'aspetto d'un ottuagenario. Partí curvo, barcollante, mormorando strane parole. La Clara si fece il segno della croce, e m'invitò con voce posatissima a riprendere il nostro rosario. Io soggiunsi che doveva riscaldar il brodo per mio marito, e me ne dispensai; perché proprio quella scena mi avea fatto male. Non avrei mai creduto che tanta passione covasse sotto quelle apparenze di ghiaccio, durando invitta attraverso le vicende gli strabalzi i rivolgimenti d'una vita poco meno che favolosa. Ve lo ricordate a Napoli e a Genova? Non pareva che si fosse dimenticato affatto della Clara? Ce ne chiedeva egli mai novella? Mai! Certo mi son convinta che a giudicar nettamente gli uomini bisogna aspettare che siano morti. E voi pure, Carlo, soprastate a giudicar me finch'io non abbia raggiunto la mia povera madre!".

Seguivano poi i soliti saluti e piú affettuosi del solito per l'Aquilina Bruto e i miei figliuoli, già grandicelli, poverini, e pieni di cuore e di buona volontà. Mi si raccomandava inoltre di porre una piccola pietra di commemorazione nel cimitero di Fratta per monsignor Orlando; ma a ciò io aveva già pensato mesi addietro, e don Girolamo, a dispetto del fratello notaio, mi avea prevenuto in questa pia opera. Quella lapide portava un'iscrizione di cui si potevano perdonare le eleganti bugie, perché già nessuno ci capiva nulla in paese. Peraltro un certo compare che sapeva di lettere era giunto ad interpretarla fino ad un certo punto, dove si diceva che il reverendo canonico era morto *octuagenarius*: il che significava agli otto di gennaio, secondo lui. Ma molti si ribellavano, soggiungendo che non agli otto di gennaio era morto ma ai quindici.

— Eh? cosa mai! – rispondeva il valentuomo – vorreste che gli scalpellini badassero a queste minuzie? Giorno piú giorno meno, l'importante è che sia morto per incastrargli addosso la lapide.

Io diedi contezza alla Pisana di questo suo pietoso desiderio già adempiuto da un pezzo, lodandone molto don Girolamo, il quale, benché non fosse né un Vincenzo di Paola né un Francesco d'Assisi, pur sapea farsi perdonare dai poverelli di Portogruaro la roba mal acquistata dal padre. — Non son tutti come il padre Pendola! — diceva io. Ella mi rispose che a proposito del padre Pendola se ne contavano di belle. Dappoiché il Papa aveva reintegrato la Compagnia di Gesú, egli s'adoperava molto per ottenerne lo stabilimento in Venezia. Siccome il novello istituto delle convertite non prosperava, si voleva ottenere dal consenso delle poche suore rimaste e colla debita licenza dei superiori di erogarne le entrate al primo impianto d'una casa e d'un collegio di novizi. Peraltro il governo pareva alieno dal favoreggiare quest'idea; anzi l'avvocato Ormenta, che la caldeggiava, era in voce di dover essere giubilato.

Da questa notizia io capii tutto il maneggio di quella faccenda e come quei dabben sacerdoti primi fondatori dell'istituto fossero stati ubbidientissimi burattini nelle mani del padre Pendola. Ma già anche per costui poco dovea durare la cuccagna; infatti morí anch'esso senza vedere i reverendi Padri stabiliti in Venezia. Buoni e tristi, tutti alla lunga dobbiamo andare. Al padre Pendola non mancarono né epitaffi né satire né panegirici né libelli. Chi voleva canonizzarlo e chi seppellirne in acqua il cadavere. Egli avea supplicato, morendo, quelli che lo assistevano di essere dimenticato come un indegno servo del Signore; né credeva che lo avrebbero ubbidito cosí appuntino. Dopo una settimana non se ne parlava già piú, e di tanta ambizione null'altro era rimasto che un vecchio e marcio carcame ravvolto in una tonaca e inchiodato fra quattro assi d'abete. Nemmeno gli avean lustrato la cassa come si usa ai morti di rilievo! Che ingratitudine!... In fin dei conti poi credo che la Curia patriarcale fu contenta di essere liberata dal pericoloso aiuto d'un sí furbo zelatore della gloria di Dio e dei proprii interessi.

Uscivano i vecchi attori, entravano i nuovi. Demetrio Apostulos, il primogenito di Spiro aveva vent'anni; Teodoro, il secondo, toccava i diciotto. I miei due stavano fra i dieci ed i dodici. Donato ne aveva tre, fra i sedici e i ventidue, tre robusti giovinotti davvero, che guai se fossero stati in età al tempo delle ultime leve napoleoniche!... Allora si continuava bensí anno per anno la coscrizione, in onta ai largheggianti proclami della Santa Alleanza; ma facilmente si concedevano gli scambi, e colla pace che si prevedeva lunghissima e profonda, molti infingardi concorrevano volentieri ai ben pasciuti ozii della milizia. La giovine generazione accennava all'antica di ritrarsi; poteva anche accennare superbamente, come poco contenta di noi; non avrebbe avuto il torto. Ma al contrario ci ammirava come aiutatori e testimoni di grandi imprese, di generosi tentativi, di incredibili portenti: pareva ci dicesse: "Dirigetemi, acciocché non cada dove voi siete caduti!...". Ci voleva altro che direzione; ci voleva nerbo e non ne avevamo piú; ci abbisognava la concordia, e avean saputo renderla impossibile.

Al milleottocentodiciannove durava in Europa quell'inquietudine nervosa che dura in un corpo dopo la corsa sfrenata e trafelante di alcune ore; idee chiare, sentimenti generosi e universali non erano piú, se non forse in qualche testa segregata dalla folla per indolenza, per disdegno, per disperazione. Anche dove i popoli per sentimento nazionale avevano cooperato alla reazione contro la Francia, la ingratitudine premeditata dei grandi e la varia diffidenza dei piccoli mettevano ogni cosa a subbuglio. Credevano di tirar innanzi una grande impresa di libertà; invece non avevano assicurato che l'interesse di alcuni sommi a scapito di molte vere franchigie. E questo avveniva specialmente in Germania. Da noi invece, malcontenti del passato, perché passato senza lasciarci quella grassa eredità che s'aspettava, malcontenti del presente, perché somigliava una crudele canzonatura, i piú s'adagiarono a vivacchiare, come si dice, a imbottirsi un guscio, a fornir la cucina. L'esperienza aveva indotto una grandissima disparità d'opinioni; perciò anche i pochi bene avveduti non ne speravano nulla o speravano troppo lontano. Solamente coloro che si erano avvezzati a quella meravigliosa attività e non potevano distogliersene a rischio anche di lavorare per nulla, guardavano ansiosamente alla Spagna dove ferveva lo spirito liberalesco. Esclusi dal maneggio degli affari, il talento di comandare, invincibile e legittimo negli operosi ed assennati, li traeva, come dissi, alle società segrete. Dalle Calabrie i Carbonari aprivano le loro vendite per tutta Italia e davano mano ai democratici di Francia, ai progressisti di Spagna. La vecchia razza latina ringiovanita dall'immaginazione e dal sentimento si gettava col suo impeto naturale nella battaglia dei tempi. Di là dal mare rispondeva la Grecia, meno avanzata in civiltà, ma piú matura all'indipendenza per consentimento del popolo e per armonia d'opinioni. Il grido disperato di libertà che la vendetta di Alí Tebelen volse ai Greci, prima suoi nemici, risonò in tutti i cuori, dalle fumanti rovine di Parga alle rive melodiose di Sciro. I congressi degli alleati avevano posato un gran masso di ghiaccio sul cuore dell'Europa; ma il fuoco sprizzava all'estremità; muggivano minacciose le viscere della terra.

Fu sullo scorcio del milleottocentoventi che, essendosi immiserite d'assai le nostre condizioni, e venendomi da Spiro buone speranze di aver pagamento del mio famoso credito di Costantinopoli, deliberai andarne a Venezia per abboccarmi secolui. Già fino dal luglio i Carbonari avevano improvvisato la rivoluzione di Napoli, ricavandone pel paese una larghissima costituzione; ma il re Ferdinando era già ito al Congresso degli Alleati in Troppau ove non istava piú tanto in parola colle libere note ad essi inviate da Napoli. Laggiù si armavano contro la tempesta che s'addensava a settentrione. Una mia gita nel Regno era, secondo Spiro, necessaria per cercar l'atto di morte di mio padre, senza del quale il governo turco non intendeva saldare le sue cedole. Dovendo trovar testimoni, e richiamar loro alla mente circostanze dimenticate forse per la lontananza, un tal negozio non poteva trattarsi per lettera. Questo fu il motivo di ottenere il passaporto; del resto era incaricato d'altre bisogne abbastanza delicate per non poterlesi dire a voce alta. Appoggiai la famiglia a Spiro che sarebbe andato a visitarla durante la mia assenza; e partii senza rincrescimento perché la mia discreta conoscenza delle cose napoletane mi faceva obbligo di prestarmi dove poteva; e questa circostanza avendo richiamato gli occhi sopra di me, non volli demeritare dell'altrui fiducia per privati riguardi, benché forse io vedessi piú scuro di ogni altro nelle rosee lusinghe di quel tempo.

Del resto a Venezia vidi, come potete credere, la Pisana. In verità che ne rimasi maravigliato. Io mi guardava qualche volta allo specchio e sapeva come i quarantacinqu'anni mi si leggessero comodamente sulla fisonomia; ella all'incontro mi parve essere piú giovine di quando l'avea lasciata; una maggiore rotondità di forme aggiungeva dolcezza alla sua idea di bontà, ma erano sempre i suoi occhi languidi, infuocati, voluttuosi, il suo bel volto fresco ed ovale, il suo collo morbido e bianco, il suo andare saltellante e leggiero. Aveva un bel che fare ad accordarsi colla monacale rigidezza della Clara, un bel dirmi che facevano vita santa insieme, io la vedeva sempre la mia Pisana d'una volta; e basta!... ma se non avessi avuto moglie!!... Tanto piú mi maravigliai di questa sua ottima salute perché bisognava loro, si può dire, guadagnarsi il vitto colle proprie mani; non bastando a pagare i medici e le medicine i pochi quattrini che stillavano a fatica dalle mani aggranchite del Navagero. Costui nella breve visita che gli feci si lodò molto della moglie, ma non mi vide, credo, con molto piacere, per la gran paura che gliela portassi via.

— Lo creda, signor Carlo – mi disse – che se mi scappasse via la mia infermiera io ne morrei il giorno dopo!

— Eh, vecchio, lo sai pure che si vuol maggior bene ai malati che agli amanti noi altre donne! — gli rispose la Pisana.

Il malato strinse la mano a lei ed a me; e li lasciai promettendo che presto nel ripassar da Venezia ci saremmo riveduti. Ma la Pisana mi si dimostrò anche nei commiati assai fredda e contegnosa come si conveniva ad una santa.

La sera prima di partire vidi in Piazza il colonnello Partistagno colla moglie; in verità aveva proprio ragione: quella sua baronessa somigliava proprio una cavalla; tanto aveva lunghe le braccia le gambe il muso. Tuttavolta Raimondo Venchieredo le faceva la corte. Costui mi vide appena che s'imbucò nella stanzuccia piú scura del caffè Suttil a leggere attentamente la Gazzetta. Era invecchiato, livido, brutto come un vizioso marcio; né io credo che se la guazzasse molto largamente dappoiché suo padre insieme coll'Ormenta aveva avuto la giubilazione a metà soldo. Questi due decrepiti finivano assai male la loro vita subdola e ladronesca; ma l'avvocato stava a miglior partito perché suo figlio era allora a Roma, dicevasi, in missione diplomatica e ne aspettava grandissimo aiuto. Certo non piansi di lasciar a Venezia una tal gentaglia; ma mi dolse che quando partii l'Aglaura era piucchemai afflitta dal suo male di debolezza e di melanconia. Povera donna! Chi avrebbe riconosciuto allora il bel marinaio che m'aveva accompagnato da Padova a Milano al tempo della Cisalpina!

CAPITOLO VENTESIMO

I Siciliani al campo di Pepe negli Abruzzi. Io faccio conoscenza colla prigione e quasi col patibolo; ma in grazia della Pisana ci perdo solamente gli occhi. Miracoli d'amore d'una infermiera. I profughi di Londra e i soldati della Grecia. Riacquisto la vista per opera di Lucilio, ma poco stante perdo la Pisana e torno in patria vivo non d'altro che di memorie.

Povero Adriatico! Quando rivedrai le glorie delle flotte romane di Brindisi, delle navi liburniche e delle galee veneziane? Ora il tuo flutto travolto e tumultuoso sbatte due sponde quasi deserte, e alle fratte paludose della Puglia corrispondono le spopolate montagne dell'Albania. Venezia, una locanda, Trieste, una bottega, non bastano a consolare le tue rive del loro abbandono; e l'alba che ti liscia ogni giorno le chiome ondeggianti cerca indarno per le tue prode altro che rovine e memorie.

Quando salpammo da Malamocco il tempo era quieto e sereno. L'inverno non ci pareva quasi nulla, e meno poi nell'alto mare dove la nudità degli alberi e il biancheggiar delle nevi non attestano la vecchiaia dell'anno. Il tepido favonio fiato scherzava a sommo dell'onde, e conduceva all'arida Dalmazia i memori sospiri dell'Africa sorella. Dove sono ora Salona, il rifugio di Diocleziano, ed Ippona, la sede vescovile di Agostino?... Memorie, memorie, sempre memorie traverso queste onde non mai quiete né mutate da secoli, per queste aure sempre dolci e profumate, sopra questa terra eternamente divoratrice e feconda. L'Oriente produsse a rilento una civiltà che stultizza ancora decrepita; il Settentrione bamboleggia da trecento anni nella puerile superbia di chi si crede adulto, e non è forse ben nato ancora. L'Italia per due volte sorpassò l'Oriente e prevenne il Settentrione; per due volte fu maestra e regina al mondo; miracolo di fecondità, di potenza e di sventura. Ella rimugge ancora nelle viscere profonde; senza rispetto agli epicedi di Lamartine e alla sfiducia dei pessimisti, ella può un giorno raggiungere chi sta dinanzi d'un passo e si crede innanzi le mille miglia. Un passo, un passo e null'altro, ve lo dico io; ma è assai lungo a fare.

Nei paraggi d'Ancona cominciò lo scirocco a darci noia ed attraversarci il cammino. Il trabaccolo chioggiotto resisteva bene; ma il vento opponeva migliori ragioni delle sue vele, e ci convenne calarle. Ormeggia di qua, ormeggia di là, ci misimo quattro settimane a toccar Manfredonia ov'io doveva sbarcare. Giunsi di là a Molfetta ch'eravamo ai primi di febbraio, e le cerne provinciali concorrevano sul confine dell'Abruzzo per opporsi col general Guglielmo Pepe all'invasione straniera da quella banda. Peraltro il grosso dei nemici si aspettava dalla strada romana, e l'esercito regolare gli si opponeva sotto il comando di Carascosa campeggiando sulla costiera occidentale fra Gaeta e gli Appennini. Io sbrigai le mie faccende in pochi giorni. Il vecchio curato era morto, ma aveva scritto il nome di mio padre fra i decessi nell'anno millesettecentonovantanove; rilevai regolarmente l'atto di morte, e mi affrettai al campo del general Pepe come erano le mie istruzioni.

Fui ricevuto assai cortesemente dal giovane generale che aveva grandissima confidenza nelle sue torme di volontari e si proponeva con esse di combattere validamente la diversione che i nemici avrebbero tentato da quella banda. Non si immaginava mai piú che Nugent gli sarebbe piombato addosso con tutto l'esercito; perciò, fidandosi molto ancora dei Papalini, divisava afforzarsi meglio facendo una punta a Rieti nello Stato romano. Si occupava appunto dell'esecuzione di questo ardito disegno, quand'io gli fui introdotto dinanzi, e diedi le mie lettere commendatizie. Mi accarezzò molto bene, disse delle speranze che si avevano, e che alla peggio poi il ritorno del Re doveva accomodar tutto senza intervento di forestieri. Allora dal canto mio gli esposi quanto m'era stato commesso; ed egli se ne compiacque molto, soggiungendo che a ciò si poteva pensare ove i nemici, non aprendo nessuna trattativa, fossero venuti alle mani ed egli li ributtasse, come sperava, oltre il Po. Mi disse anzi che c'era al campo un signore milanese incaricato di proposizioni consimili, e che me lo avrebbe fatto conoscere.

Ci trovammo infatti a tavola; ma mi dolse assai di ravvisare in esso uno dei piú assidui frequentatori della conversazione di casa Migliana; una cotal scelta non mi garbava punto. Questo signore parlava poco, guardava e sbofonchiava assai, come appunto era costume di tutti in casa della Contessa. Stette ancora un giorno; indi nel maggior pericolo scomparve, e non l'udimmo piú nominare, senonché fu veduto giorni appresso a Roma col dottorino Ormenta, al quale diceva egli di essersi raccomandato unicamente per ottenere il libero ritorno in Lombardia. Molti gli credettero; io no; infatti il suo nome non figurò molto degnamente nei processi degli anni seguenti; e benché poco sapesse, di quel poco si valse per salvar sé e lasciar gli altri nel pantano.

Eranvi anche al campo alcuni siciliani, venuti per accordarsi circa alle cose del paese loro che discordavano allora scandalosamente dalle napoletane: giovani ardenti, cortesi e squisitamente educati. Sicilia è la Toscana della Bassa Italia; per questo appunto non si marita bene a Napoli rozzo, manesco, millantatore. Saranno sempre gelosie ove non sarà uguaglianza; e checché ne dicano del nostro municipalismo, anche Marsiglia in Francia sbufferebbe di esser sottoposta a Lione, come sbuffò per secoli Edimburgo di assoggettarsi a Londra: forse sbuffa tuttora. Sebbene Londra sovrasti ad ogni città del Regno Unito, piucché Roma a qualunque capitale della penisola nostra; ma per Roma stanno le tradizioni le memorie le glorie la maestà che la fanno capo nonché d'Italia, del mondo; e nessun luogo sarebbe sí ardito da vergognarsi di ubbidire a lei. Il fatto era che due valli della Sicilia pretendevano al disgiungimento da Napoli, e che un esercito condotto da Florestano Pepe era stato spedito colà a racchetarli: errore anche questo di distrarre le forze in badalucchi di preminenza quando si trattava in un'altra parte dell'essere o del non essere. Se mentre Carascosa colle sue schiere stanziali guardava la strada di Capua, l'esercito di Florestano si fosse congiunto alle cerne disordinate del fratello Guglielmo per afforzarle, forse non saremmo precipitati nelle disfatte di Rieti e d'Antrodoco: macchie dell'esercito napoletano che non ci ebbe parte, e conseguenza necessaria d'uno scontro improvviso fra soldati regolari, cavalleria ordinata, e bande raccogliticce di pastori e di briganti.

I Siciliani difendevano la patria loro dalle imputazioni di arroganza e di sprovvedutezza; secondo essi quell'inopportuna riscossa dell'orgoglio palermitano si doveva alle mene dei Calderari, di quella società segreta che il ministro di Polizia Canosa avea creduto opporre all'influenza dei Carbonari. Ma le società segrete protette dai governi sono un mero fantasma; o non esisteranno mai, o si cangeranno in leghe spadroneggianti di zelatori che riescono nocive al governo stesso. Infatti Canosa fu destituito pel troppo operare alla scoperta de' suoi cagnotti. Il partito che comanda alla luce del giorno non sente il bisogno e non ha la necessità di comandare nell'ombra del mistero e della congiura. Risposimo dunque che se i Calderari facevano presa a Palermo, ciò dinotava la cedevolezza del terreno.

Ma quei giovani animosi non volevano udir parlare di ciò; e in prova anzi del contrario recavano alcune proposizioni, accettate le quali, Sicilia si sarebbe racchetata a un tratto. Il Generale diede buone parole; ma quello era giorno da fatti e piú che le cose di Sicilia lo preoccupavano le notizie delle Marche. Si seppe subito dopo il pranzo che uno squadrone di ulani era passato la sera prima; contadini fuggiaschi dalle terre aperte narravano che tutto l'esercito tenea loro dietro. Fu chiaro allora nella mente del Generale il disegno astutissimo degli Imperiali di accennare a Napoli per la via di Capua, richiamando colà lo sforzo maggiore della difesa, e di giungervi invece per i passi malguerniti degli Abruzzi. Però si aveva campo ancora a supporre che fossero esagerazioni quelle ciarle di contadini, come sempre; e che avessero scambiato per migliaia le poche schiere di cacciatori a piedi ed a cavallo destinate a qualche ricognizione. Si sperava di poter concentrare dietro a Rieti le guardie appostate qua e là, e di dare almeno tempo a Carascosa di frapporsi da quel lato fra Napoli e il nemico alle spalle delle cerne di Pepe. Volendo questi mandar subito a Rieti, io e quei giovani siciliani ci offrimmo all'uopo; egli ce ne ringraziò, ci diede una scorta di cavalleggieri, raccomandandoci di farlo avvisato di tutto nel più breve spazio di tempo possibile. Intanto avrebbe spiccato messi a tutti i comandanti, che rifluissero colle loro schiere sulla strada da Rieti ad Aquila.

Quello che più si temeva era vero purtroppo. Nugent premeva con tutto l'esercito il confine degli Abruzzi; un grosso corpo di cavalleria minacciava la importantissima posizione di Rieti. Pepe fu avvisato entro due ore: ma già troppo tardi perché potesse provvedere a tanta urgenza. Ebbe tempo di accorrere e di accomunarsi al maggior pericolo. Già i cavalli imperiali aveano cominciato l'assalto. I volontari armati di carabine resistevano male all'impeto della cavalleria; la campagna era spazzata, le strade correvano sangue, il terrore si diffondeva accresciuto dalla sorpresa, dal gran numero degli assalitori, dalla pochezza dei mezzi di difesa. Mancavano le artiglierie; i cavalleggieri non sommavano, credo, in tutto a quattrocento; gli altri erano sparpagliati in diverse posizioni. Dopo due ore di combattimento Rieti era perduta e Pepe costretto a ritirarsi. Ma uscito appena e raccozzati i suoi, e afforzato dalle schiere che giungono fresche, s'avvede che a Rieti è il capo della guerra, e che sfuggitogli di mano, altra speranza non resta. Aduna un consiglio di guerra; si giudica impossibile riprender la piazza contro i cannoni già appostati in buon numero dagli Imperiali. Tuttavia il Generale insiste nell'ardita ma necessaria deliberazione. Egli grida che chi vuol seguirlo lo segua, ma che egli non abbandonerà il confine d'Abruzzo prima di aver fatto sopra Rieti un ultimo sforzo. L'onor suo, il dovere glielo comandano. Al grido disperato del loro capitano accorrono animosi molti dei volontari, io ed i giovani siciliani tra i primi.

Il pensiero di mia moglie de' miei figli non mi balenò che un istante alla mente; fu per persuadermi che primo dovere dei padri è di lasciare una buona eredità di esempi forti ed animosi. Converrete meco che per un organista di Cordovado non c'era poi tanto male. La morte in quel momento mi parve sí bella e gloriosa, da meritare una vita assai più lunga della mia e piena a tre tanti di dolori e di sventure per procurarsela. Nel lungo tempo ch'io ho attraversato, mancarono è vero occasioni di viver bene, ma quelle di morir meglio non scarseggiarono; conforto anche questo di poter lasciare questo mondo senza rimpiangerlo.

Il nostro assalto fu subito e vigoroso, ma manchevole per lo scarso numero degli assalitori: i cannoni tuonavano e menavano un orribile guasto nelle nostre file. Di quei bravi siciliani uno solo rimase vivo e fu prigioniero alla bocca d'un obice. Tornammo al secondo scontro, ma i più erano disanimati; ci rispose una grandine di palle, le ordinanze si ruppero, i volontari si sbandarono; feriti e morti rimasero in buon numero sul terreno, tementi della cavalleria nemica che ruinava fremebonda. Il Generale ebbe tempo di rifuggir quasi solo ad Aquila dove avea fatto capo il resto dell'esercito; ma scoraggito affatto pel primo disastro, e per la fallita fazione di Rieti. Per me, ferito profondamente in una spalla, usai ogn'arte per nascondermi per trascinarmi entro una macchia; ma alcuni bersaglieri mi scopersero; fui fatto prigioniero, e scoperto non essere napoletano, condotto al Quartier generale per esservi esaminato. Avanzando poi coll'esercito imperiale ebbi mano a mano contezza delle rotte di Aquila e di Antrodoco.

Nel marzo fui condotto a Napoli, accasato pulitamente in Castel Sant'Elmo, e consegnato ad un tribunal di guerra perché si decidesse della qualità del mio delitto. Infatti l'aver io combattuto volontariamente per un governo costituzionale che non era il mio, fu ritenuto crimine di alto tradimento. E poiché fui sanato della ferita, mi lessero un bel mattino la mia sentenza di morte. Io nulla avea scritto a casa, perché, secondo me, va sempre bene ritardar altrui la notizia di sventure irreparabili; mi disposi dunque a morire colla maggior rassegnazione, solo spiacentissimo di non veder la fine di quel tristo capitolo di storia. Vennero anche ad offrirmi pulitamente la grazia, se voleva dire chi mi aveva mandato e perché era venuto; ma a queste indiscretissime domande rispondeva abbastanza l'atto di morte di mio padre datato da Molfetta e trovatomi indosso. Risposi adunque che non per altro che per questo era venuto; e che essendomi soffermato a salutare il general Pepe, il mio cattivo destino m'avea tirato addosso quel brutto accidente. Fu dunque come non si fosse parlato; ma io colsi la buona occasione per pregare quei compiti signori di voler mandare alla mia famiglia quell'atto di morte nonché il mio, perché fossero tolti se non altro a loro vantaggio gli scrupoli un po' spilorci della Porta Ottomana.

Quei signori sogghignarono a questo discorso immaginandosi forse ch'io lo avessi fatto per darmi a diveder pazzo; ma io soggiunsi col miglior sorriso del mondo, che facessero l'onore di credere al mio miglior senno, e che tornava a pregarli di quella cortesia. Dettai anzi ad uno di essi l'indirizzo di Spiro Apostulos a Venezia, e dell'Aquilina Provedoni Altoviti a Cordovado nel Friuli. Dal che essi furono persuasi che non celiava e mi promisero che sarebbe fatto secondo la mia volontà. Dimandai anche quando io sarei uscito di prigione per la cerimonia, giacché marciva là dentro da tre mesi, e mi pareva un onesto mercato quello di pagar colla vita una boccata d'aria libera. Saputo poi che l'esecuzione era stabilita pel terzo giorno e che sarebbe avvenuta nelle fosse del castello, me ne imbronciai alquanto. Dover morire essendo a Napoli, e senza poterlo rivedere! Confessate che la era un po' dura.

Tuttavia partiti ch'essi furono mi racconsolai del mio meglio. Dissi fra me e me che quegli ultimi giorni non doveva perderli in frivolezze e in vani desideri, e che il meglio si era prender la morte sul grave, e dar un esempio di grandezza d'animo almeno ai carnefici. I buoni esempi parlano colle bocche di tutti, e giovano sempre; e il boia fece sovente maggior danno col parlar poi, che non avea recato vantaggio coll'impiccare.

Il giorno appresso dopo aver dormito, lo confesso, con qualche inquietudine, udii venire pel corritoio alcuni passi che non erano né di guardie né di carcerieri. Quando apersero dunque la porta mi aspettava il confessore o qualche cameriere del boia che venisse a tondermi il capo o a misurarmi in collo. Niente di tuttociò. Entrarono tre figure lunghe lunghe nere nere, l'una delle quali trasse di sotto al braccio una carta, la spiegò lentamente, e cominciò a leggere con voce tronfia e nasale. Mi pareva udire Fulgenzio quando recitava l'epistola e questa reminiscenza non mi diede piacere alcuno. Tuttavia era tanto persuaso di dover morire l'indomani, tanto occupato di osservare quei tre scurisciori, che non mi curai di dar retta a quanto leggevano. Mi fermò solamente l'attenzione la parola di *grazia*.

— Cosa? — diss'io sguizzando tutto.

— "Cosí si commuta la pena di morte in quella dei lavori forzati in vita da subirsi nella galera di Ponza" — continuava il nasaccio parlatore del signor cancelliere. Allora capii di che si trattava, e non so se me ne consolassi, perché tra la morte e la galera ci vidi sempre pochissima differenza. I giorni appresso poi ebbi campo a convincermi che se ci aveva qualche vantaggio era forse dal lato della forca. Nell'isola di Ponza e precisamente nell'ergastolo ove fu confinato il libero arbitrio della mia umana libertà non si può dire che abbondassero i commodi della vita. Uno stanzone lungo e stretto guernito di tavolate di legno per coricarsi, acqua e zuppa di fagiuoli, compagnia numerosissima di ladri napoletani e di briganti calabresi; per sopprammercato legioni d'insetti d'ogni stirpe e qualità che le maggiori non ne ebbe addosso Giobbe quando giaceva sul letamaio. Fosse effetto di chi ci mangiava addosso o degli scarsi e pitagorici alimenti, fatto sta che si pativa la fame; i guardiani dicevano che l'aria di Ponza ingrassa, io trovai che i fagiuoli mi smagrivano e guai se fossi stato colà piú di un mese. Non so come abbia fatto la figlia o la nipote d'Augusto a durarci dieci anni; probabilmente si cibava di qualche cosa di piú succolento oltre la fagiuolata. Fortuna, come dissi, che ci rimasi non piú di un mese; ma mi mandarono a Gaeta ove se ebbi miglior compagnia e se fui meglio pasciuto, cominciai invece a patire nella vista.

Aveva per me solo un gabbiotto tutto bianco di calcina che guardava il mare; e di là il sole splendente in cielo e riflesso dalle acque mandava entro un cotal riverbero che si perdevano gli occhi. Feci istanze sopra istanze: tutto inutile.

Forse che ritenevano lecito di privar degli occhi un uomo cui si avea regalato la vita; ma non capisco allora perché non si fossero riserbati un cotal privilegio nell'atto di grazia. In tre mesi diventai quasi cieco: vedeva le cose azzurre verdi rosse, non mai del color naturale; perdeva ogni giorno piú il criterio delle proporzioni; alle volte il mio camerotto mi sembrava una sala sconfinata e la mia mano la zampa d'un elefante. I carcerieri poi mi sembravano addirittura rinoceronti.

Il quarto mese cominciai a vedere quel mio pezzetto di mondo traverso una nebbia; al quinto principiò a calare un gran buio, e dei colori che vedeva prima non era rimasto che un rosso cupo, una tintura mista di polvere e di sangue. Allora capitò un ordine di trasferirmi a Napoli nel Castel Sant'Elmo; e mi tornarono innanzi i due soliti cancellieri a leggere la solita tiritera. Era graziato del resto della pena! Pazienza! Se non avrei piú veduto il mondo del colore che veramente era, lo avrei almeno passeggiato e fiutato a mio grado!... Avrei riveduto il mio paese, i miei figlioli, la moglie... Adagio con queste grandiosità!... Mi si graziava, sí, ma relegandomi fuori d'Italia; e potete credere che cacciato di lí, né Francia né Spagna sarebbero state disposte ad aprirmi le braccia. Qual razza di grazia fosse quella che mandava un povero cieco a cercar la limosina, Dio vel saprebbe dire. Peraltro ebbi il conforto di sapere che la grazia m'era venuta per intercessione della Principessa Santacroce e che con lei mi era concesso di abboccarmi prima di salpare dal porto di Napoli.

La signora Principessa doveva essere invecchiata d'assai, ma aveva quel fare di bontà che è la perpetua giovinezza della donna. Mi accolse benissimo; e poiché non poteva vederla, io avrei giurato che l'aveva trent'anni come al tempo della Partenopea. Ella mi disse di essersi molto adoperata per me sia nel farmi graziare della vita sia nell'ottenere la mia liberazione; ma che non avea potuto riescir prima. Inoltre confessava che un'altra persona v'era alla quale piú che a lei era certo obbligato; e che quella persona io la conosceva assaissimo ma che prima di consentire a farsi riconoscere da me voleva esser sicura dello stato di mia salute, e se veramente era cosí infermo degli occhi come dicevano. Non so chi credetti che fosse quell'incognita e pietosa persona, ma era impaziente di vederla quel tanto che poteva.

— Signora Principessa – sclamai – pur troppo la luce piú limpida degli occhi miei l'ho lasciata a Capua; e sono omai condannato a vivere in un perpetuo crepuscolo!... Le fattezze delle persone che amo mi sono nascoste per sempre, e soltanto coll'immaginazione posso bearmi delle serene ed amabili vostre sembianze!

M'accorsi che la Principessa sorrise mestamente, come di chi credesse guadagnare a non esser veduto.

— Quand'è cosí – soggiunse ella aprendo un uscio che dava in un gabinetto

– venite pure, signora Pisana, che il signor Carlo ha proprio bisogno di voi.

Per quanto il cuore me lo avesse detto, credo che in quel punto fui per impazzire. La Pisana era il mio buon angelo; io la trovava dappertutto dove il destino sembrava avermi abbandonato nei maggiori pericoli; vincitrice in mio favore dello stesso destino. Ella si precipitò di furia fra le mie braccia, ma si ritrasse nel momento che io le chiudeva per istringermela al cuore. Mi prese poi le mani e si accontentò di porgermi la guancia a baciare. In quel punto dimenticai tutto; l'anima non visse che di quel bacio.

— Carlo – cominciò ella a dirmi allora con voce interrotta dalla commozione – sono venuta a Napoli or sono sette mesi con licenza anzi dietro invito di vostra moglie. La signora Principessa aveva scritto in gran premura a Venezia se un tal Carlo Altoviti che stava accusato di alto tradimento in Castel Sant'Elmo fosse quello stesso da lei vent'anni prima conosciuto. Ne scrisse a me non conoscendo altri vostri parenti. Figuratevi come ci sentimmo a questa novella, io che da tre mesi aspettava indarno vostri scritti e pur troppo vi temeva involto o per volontà o per caso nella rivoluzione napoletana!... Avrei voluto partir subito, ma le convenienze mi trattennero. Mi apersi dunque con vostro cognato esponendogli che a mezzo di una potente protettrice io poteva a Napoli tentar molto per voi. Egli avrebbe voluto accompagnarmi, ma sua moglie, vostra sorella, era aggravata del suo male, e gli fu forza restare. Così mi fornì dei denari pel viaggio, ché già sapete come noi fossimo sempre al verde; ma prima di partire io pretesi da lui un altro servigio; volli che vedesse vostra moglie, che le raccontasse il tutto e che da lei mi venisse il permesso di adoperarmi per voi. L'Aquilina, poveretta, fu disperata di una tanta sciagura; ma che farci, mio Dio!... Colla miseria intorno, con due figliuoli garzonetti, col fratello quasi impotente, ella voleva tuttavia abbandonar tutto, e venir a soffrire, a morire con voi. Vostro cognato la dissuase mostrandole che il viaggio di lei non vi recherebbe nessun vantaggio, e molti invece la sua fermata pel vantaggio dei figli. Ella si rassegnò e fu beatissima di sapere come io m'esibiva a tentar ogni via di salvarvi, e mi confidava molto pei validi patrocinii che aveva. Venni qui; ogni vostra grazia la dovete alla graziosa intercessione della signora Principessa; ma perché Iddio ha voluto affliggervi d'un'altra sventura che non è in poter suo di alleggerirvi, eccomi qui io, che mi tengo superba della confidenza in me riposta da vostra moglie, e che vi sarò amica, guida se mi compatirete, e in ogni caso poi infermiera!

— Pisana, voi siete troppo modesta – prese allora a dire la Principessa – le vostre intercessioni hanno potuto a Napoli tanto e quanto le mie. Se io ho piegato le volontà, voi avete saputo convincere i cuori.

— Oh, tutte due voi siete le mie migliori benefattrici! io sclamai. – La mia vita non avrà spazio bastante per provarvi se non altro a parole la mia riconoscenza.

— Ci sono di troppo le cerimonie – soggiunse la Principessa. – Ora attendiamo a qualche cosa di piú utile. Domani dovete partire per un lungo viaggio, e vi sarà necessario pensarvi a tempo onde nulla vi manchi.

Infatti quell'ottima signora, benché la sua fortuna non fosse molto splendida, m'avea preparato un baule pieno di quanto poteva abbisognarmi; né a me rimase nulla a desiderare, eccettoché un modo qualunque per provarle la mia gratitudine. Ella si era adoperata molto in quel frattempo anche pei figliuoli del povero Martelli, dacché la vedova era morta non molti anni dopo l'eroico sacrifizio del marito. Ambidue avevano ricevuto ottima educazione; uno era già ingegnere molto stimato e l'altro navigava come sotto-capitano d'un bastimento mercantile.

Prima di partire ebbi la consolazione di conoscer il primo e di ravvisare in lui il ritratto vivente del padre. Era stato anche lui involto negli ultimi rivolgimenti e assoggettato ad un processo, ma aveva potuto liberarsene, e la stima del paese gliene era anzi accresciuta di molto per la mirabile fermezza da lui in ogni incontro dimostrata. Il giorno appresso abbandonai con dispiacere quelle incantevoli spiagge di Napoli che pur m'erano state fatali due volte: non le potei salutare cogli occhi, ma il cuore armonizzò co' suoi palpiti l'inno mestissimo della partenza. Sapeva di non doverle piú rivedere, e se io non moriva per loro, esse restavano come morte per me.

Il mese appresso eravamo a Londra. Era il solo paese ove per allora mi fosse concesso di abitare; ma le condizioni nostre erano tali che là piú che altrove ci sforzavano a penose privazioni. Il gran costo del vitto, la carezza delle pigioni, la mia malattia d'occhi che peggiorava sempre, la povertà alla quale ci accostavamo sempre piú senza speranza di uscirne per alcun modo; tutto concorreva ad angustiarci pel presente ed a farci temere un futuro ancor piú disastroso. La Pisana, poveretta, non era né piú né meno d'una suora di carità. Lavorava per me notte e giorno e studiava l'inglese proponendosi di dare in seguito lezioni d'italiano e cosí provvedere al mio mantenimento. Ma intanto si spendeva troppo piú che non si guadagnasse e in onta a medici ed a cure io era ridotto cieco affatto. Allora appunto, quando aspettavamo da Venezia un qualche soccorso, ci scrisse l'Aglaura che pochissimo poteva mandarci, perché Spiro coi due figliuoli ed ogni sua ricchezza avea fatto vela per la Grecia al primo grido di ribellione levato dai Mainotti. Ella stessa avea creduto suo debito d'incuorarli a ciò; soltanto per la cagionevole salute non avea potuto seguirli ed era rimasta a Venezia contenta, nelle sue strettezze e ne' suoi dolori, di pensare che erano tutti sacrifizi utili e dovuti alla santa causa d'un gran popolo oppresso.

Cosí io mi compiacqui con lei e col cognato di tanta magnanimità ma scomparve l'ultima lusinga di ottenere qualche elemosina da quella banda.

Quanto al credito colla Porta, non se ne parlava nemmeno, allora che Spiro le avea rotto guerra co' suoi compatrioti. Rimaneva di rivolgersi a Cordovado; ma colà voleva la delicatezza che fossimo piú bugiardi per nascondere che sinceri per descrivere i nostri bisogni. L'Aquilina e Bruto si sarebbero cavati il sangue dalle vene per aiutar noi; ma per impedir appunto la rovina di loro e de' miei figli avevamo preso l'usanza di non raccontar loro altro che buone venture. Cosí della nostra estrema strettezza e della mia cecità sapevano nulla; e per coonestare l'assenza della Pisana e il mio carattere tanto infame quanto può esserlo quello d'un cieco che si sforza di scrivere, dava loro ad intender che io era occupatissimo, ed ella occupata molto utilmente presso una grande famiglia in qualità di aia, né premurosa di tornare perché sapeva essere piú di peso che di vantaggio al marito dopo l'assistenza prestatagli dalla Clara.

Intanto ella studiava tutti i mezzi per trarre qualche utile dal proprio lavoro; e sebbene sulle prime non avesse voluto stabilirsi nell'istessa casa con me, col crescer poi dell'infermità e del bisogno vi si era indotta. Vivevamo come fratelli, immemori affatto di quel tempo nel quale vincoli piú soavi ci stringevano; e se io sbadatamente lo richiamava, tosto era sollecita la Pisana o a volger la cosa in burla o a stornar il discorso.

Pur troppo ogni nostra lusinga era susseguita, si può dire, d'un disinganno. La Pisana con prodigiosa prestezza avea imparato l'inglese, e lo parlava abbastanza correttamente; ma le aspettate lezioni non venivano punto e per brigare ch'ella facesse non avea trovato che i figliuoli di qualche gramo mercantuccio cui insegnare l'italiano o il francese. Cercò allora aiutarsi col lavoro dei merli nei quali le donzelle veneziane erano al tempo andato maestre; ma benché ci guadagnasse discretamente in questa industria, la fatica era tanta che non poteva durarvi a lungo. Io mi perdeva le lunghe ore a ringraziarla di quanto la faceva per me, e non credo aver sofferto mai maggior tormento di allora nell'accettare sacrifizi che costavano tanto per la conservazione d'una vita cosí inconcludente come la mia. La Pisana rideva delle mie grandi parlate di devozione e di riconoscenza, e attendeva a persuadermi che quanto a me pareva le costasse molto, non le dava infatti che pochissimo fastidio. Ma dal suono della voce dalla magrezza della mano che qualche volta le stringeva, io m'era ben accorto che i disagi e il lavoro la consumavano. Io invece m'impinguava proprio come un cavallo tenuto sempre in istalla; e questo non era l'ultimo dei miei dispiaceri; temeva di esser creduto poco sensibile a tante prove di eroica amicizia che mi venivano date.

"Amicizia, amicizia!" ci filava molto dietro questa parola, come diciamo noi Veneziani; e mi pareva impossibile che la Pisana fosse capace di stare fra i limiti di questo moderato sentimento. Non so se temessi o mi lusingassi qualche volta che la memoria, se non altro, del passato ci avesse un gran merito nei sacrifizi d'allora. Ma ella mi scherniva tanto piacevolmente quando cadeva in qualche lontana allusione a ciò, che mi vergognava de' miei sospetti come nati da troppa mia superbia o da scarsa fiducia nell'eroismo disinteressato di quella prodigiosa creatura. D'altronde, a dissuadermi da quell'opinione sarebbero bastati i continui e caldi discorsi ch'ella era sempre la prima ad intavolare sull'Aquilina sui miei figli e sulla felicità che avrei gustato quandocchesia fra le loro braccia. Pareva che la Pisana d'una volta dovesse essere morta e seppellita per me. Cosí passavano i mesi senza differenza per me di giorno e di notte: avea perduto affatto la speranza di racquistare la vista; non mi moveva mai dalla stanza se non la domenica per passeggiare un poco a braccio della Pisana. Costei si affaticava sempre oltre ogni misura, per quanto volesse darmi ad intendere il contrario; e sovente stava assente le intiere mattine, a volerle credere, per darsi bel tempo o per correre da casa a casa alle numerose lezioni che diceva avere. In fatto io mi figurava che avesse preso lavoro in qualche negozio; né mi sarei mai immaginato quello che scopersi in seguito.

— Pisana – le domandava talvolta – per cosa oggi che è domenica non ti metti il vestito di seta? (lo conosceva al fruscio).

Mi rispondeva di averlo dato ad accomodare; io sapeva che se n'era privata per far denaro, e me lo avea confessato una vicina che l'aveva aiutata a smerciarlo.

Un altro giorno era lo sciallo che le mancava; e me ne accorgeva, perché, essendo freddo, la sentiva battere i denti. Mi assicurava di averlo indosso e mi facea palpare una lana ch'ella diceva essere lo sciallo. Ma io conosceva per antica pratica il molle tessuto di quel cascemire, e non m'ingannava col mettermi in mano una pellegrina di merinos o di signorea. Lo sciallo avea fatto l'egual viaggio del vestito di seta. Alle volte mi consolava di esser cieco per non soffrire lo spettacolo di tante miserie, dimenticando che quella disgrazia ne era certo la prima cagione. Poco stante mi disperava conoscendomi tanto impotente da dover essere debitore del vitto alla pietà miracolosa d'una donna.

L'Aquilina, in onta alle nostre proteste di agiatezza, mandava quanto piú denaro poteva; ma erano gocce d'acqua in un gran vaso pieno di bisogni. Ancora ella scriveva che metteva qualche cosa da parte ogni giorno per venirmi a trovare, e che molto si era adoperata a Venezia per ottenermi la grazia di rimpatriare. Io crollava la testa perché omai la speranza mi era uscita affatto dal cuore: ma la Pisana mi dava sulla voce sclamando che era uno sciocco a scoraggiarmi a quel modo, e che eravamo abbastanza fortunati di camparla onestamente senza tante fatiche. Solamente talvolta nello sgridarmi di quella mia prostrazione d'animo ella punzecchiava alquanto col suo umorismo bizzarro e maligno di altri tempi. Ma non passava un minuto che si rifaceva buona e paziente, quasiché o il suo temperamento si fosse cambiato del tutto o avesse preso a dipendere dalla volontà e dalla ragione. Insomma vi saranno figli che costano molto alle madri, e amanti che deggiono assai alle amanti, e mariti che ebbero dalle spose le piú grandi prove d'affetto, ma un uomo che riconosca da una donna maggiori beneficii che io dalla Pisana non è, credo, sí facile trovarlo. Né madre né amante né sposa potea fare di piú per l'oggetto dell'amor suo. Se poi la sua condotta fosse giudicata anche a mio riguardo molto balzana e irregolata, e le fosse data taccia di pazza, come da taluno de' suoi conoscenti di Venezia, appunto per la magnanima spensieratezza di tanti sacrifizi, io benedirei allora la pazzia e vorrei abbattere l'altare della sapienza per innalzarne un altro ad essa mille volte piú santo e meritato.

Ma pur troppo, essendo stabilito che i pochi debbano esser pazzi, e i savi i piú, al tempo che corre vanno rinchiusi all'ospedale coloro che pensano prima alla generosità indi alla regolarità e all'interesse delle loro azioni. Se il cervello rispondesse meglio ai palpiti del cuore, e le braccia rispondessero ubbidienti piú a questo che a quello, credete voi che tutto si avrebbe a rifare?... Oh no, la nostra storia si sarebbe chiusa con un magnifico "Fine"; e saremmo ora occupati, tutt'al piú, in qualche gloriosa appendice. Pur troppo bisognerà cambiar strada; e il rinnovamento nazionale appoggiarlo necessariamente ad un concorso tale di interessi che lo dimostrino un ottimo capitale con grassi e sicuri dividendi. Questo pure non è possibile; ma qual differenza coi sublimi e generosi slanci d'una volta!...

Un povero cieco, e una donna avvezza fin'allora a tutti i commodi dell'oziosa nobiltà veneziana, v'immaginerete dunque come potessero vivere in quel gran turbine soffocante e affaccendato che è Londra. I profughi politici non godevano d'un certo favore, né la moda ne avea fatto una specie curiosissima di bestie da serraglio. Ci facevano pagare perfin l'acqua che si beveva, e meno gli scarsi aiuti mandatici da casa, la Pisana a tutto dovea provvedere. Ma cosa son mai a Londra tre in quattrocento ducati che mi potevano capitare in un anno da Venezia o da Cordovado!... Miserie! Massime poi colla mia infermità che la Pisana voleva curare sempre e coi consulti dei medici piú riputati; benché io, sfidato d'ogni soccorso dell'arte, ne la rimproverassi come d'un lusso affatto inutile.

Le sue assenze da casa si facevano sempre piú frequenti e lunghe; il mio umore diventava tetro e sospettoso; ella, poveretta, per correggermi montava in collera e allora cominciavano gli alterchi e le dissensioni. Toccava a me, è vero, l'arrendermi e il tacere, come debitore di tutto che le era; ma alle volte mi pareva aver diritto a qualche maggior grado di confidenza e sapete che quella appunto che vien negata sembra essere la cosa unicamente desiderabile. Allora m'incapava di volerla spuntare; ella imbizzarriva dal suo lato e non sempre questi diverbi finivano all'amichevole. Soventi ella partiva dalla camera pestando i piedi e brontolando della mia diffidenza: mai una volta ch'ella mi tacciasse perciò di cattiveria o d'ingratitudine. E sí che le ne diedi sovente l'occasione. Intanto io aveva campo di fare l'esame di coscienza di ravvedermi e di prepararmi calmo e pentito per quando la sarebbe tornata.

— Carlo – mi diceva ella – ti sei rifatto buono?... Allora rimango: se no esco ancora, e tornerò piú tardi. Non posso soffrire che tu dubiti di me: e credi che quello che non ti dico gli è proprio che non debbo dirtelo, perché non è vero.

Io fingeva di crederle e di non annettere piú importanza a quella parte della sua vita che mi celava con tanto mistero; ma l'immaginazione lavorava e soventi anche non andai lontano dalla verità. Giustizia di Dio! Come raccapricciai solamente al pensarlo!... Ma in certe idee non mi fermava perché non ne aveva alcun diritto; e faceva anzi il possibile di persuadermi che nulla essa mi nascondesse e che le lezioni le rubassero tutto quel tempo che rimaneva fuori di casa. Tuttavia a poco a poco ella non ebbe piú il coraggio di dirmi che la stava benissimo e che non invidiava gli anni piú floridi di sua gioventù; io la sentiva ansare faticosamente dopo aver fatto le scale, tossire sovente, e qualche volta anche sospirava a sua insaputa con tanta forza che la compassione mi squarciava le viscere.

Principiando il secondo anno del nostro esiglio, ammalò gravemente; quali fossero allora i tormenti la disperazione del povero cieco, non potrei certo descriverli, poiché ancora mi meraviglio di esserne uscito vivo. Di piú mi toccava soffocar tutto per non crescerle affanno colle mie smanie, ma ella veniva incontro a' miei nascosti dolori coi piú delicati conforti che si potessero immaginare. Si sentiva morire e parlava di convalescenza; aveva il fuoco d'una febbre micidiale nelle vene e compativa il mio male come il suo non fosse nemmen degno che se ne parlasse. Divisava sempre di uscire la settimana ventura; pensava quali creditucci aveva nel tale e nel tal luogo per far fronte alle maggiori spese e ai mancati proventi di quel frattempo, si studiava insomma di farmi dimenticare la sua malattia o persuadermi che credeva ad un vicinissimo miglioramento. Io passava cionullameno le notti ed i giorni al suo capezzale, tastandole ogni poco il polso e interrogando con intento orecchio il suo respiro greve ed affaticato.

Oh quanto avrei pagato io un barlume di luce per intravvedere le sue sembianze, per capacitarmi di quello che doveva credere alle sue parole pietosamente bugiarde! Con quanto sgomento non seguiva io il medico fin sul pianerottolo pregandolo e scongiurandolo che mi dicesse la verità! Ma piú d'una volta sospettai che ella ci venisse dietro appunto per impedire al medico che disubbidisse alla sua raccomandazione e tutto mi dichiarasse il pericolo del suo stato!... Quando poi io non voleva ad ogni costo acchetarmi alle sue proteste, ell'aveva ancora il coraggio di adirarsi, di pretendere che le credessi per forza e che non mi martoriassi con paure immaginarie. Oh ma io non restava ingannato da queste frodi!... Il cuore mi ammoniva della sciagura che ci minacciava, e le pozioni che il medico ordinava non erano tali che si convenissero ad un lieve incommodo passeggiero. Eravamo allo stremo d'ogni cosa; mi convenne vendere le biancherie i vestiti; avrei venduto me stesso per procurarle un momentaneo sollievo.

Dio finalmente ebbe compassione di lei e delle mie orribili angosce. Il malore fu domato se non vinto; l'ardore febbrile si rallentò nel suo corpo estenuato; riebbe a poco a poco le forze. Si alzò dal letto, volle subito licenziar la fantesca per risparmiare la spesa, e accudir lei alle faccende di casa; io me le opposi quanto seppi, ma la volontà della Pisana era irremovibile; né malattie né disgrazie né persuasioni né comandi valsero mai a piegarla.

I primi giorni che uscí di casa non mi lasciai vincere neppur io e volli accompagnarla: ma ella se ne stizziva tanto che mi convenne anco di questo accontentarla e lasciare ch'ella uscisse sola.

— Ma Pisana — le andava io dicendo — non mi vuoi dar ad intendere che devi raccogliere qua e là qualche piccolo credito delle tue lezioni? Andiamo dunque, io ti accompagnerò dove vorrai.

— Bella guida — mi rispondeva celiando — bella guida quella d'un cieco! Davvero che io ho tutta la voglia di diventar ridicola mostrandomi per le case a questo modo!... E poi chi sa cosa andrebbero a pensare! No, no, Carlo. Gli Inglesi sono scrupolosi: te lo dico e te lo ripeto che non mi farò vedere che sola.

Adunque pur brontolando e per nulla persuaso della verità di quanto mi diceva, io dovetti lasciarla fare a suo talento. Ricominciò daccapo colle sue lunghe assenze, durante le quali io stava sempre col cuore sospeso, e dubitando di non vederla tornar mai piú. Infatti alle volte tornava a casa tanto esausta di forze che per quanto si sforzasse non giungeva a nascondermi il suo sfinimento. Io ne la rimproverava dolcemente, ma poi mi convenne tacere affatto perché ogni piú lieve rimbrotto le dava tanta stizza che per poco non l'assalivano le convulsioni. Non credo che fosse possibile immaginare miseria maggior della mia.

Londra, voi lo sapete, è grande; ma le montagne stanno e gli uomini girando s'incontrano. Cosí dunque avvenne che la Pisana s'incontrò una mattina nel dottor Lucilio il quale io supponeva sí che fosse a Londra, ma non avea voluto rivolgermi a lui, per la freddezza dimostratami tanto ingiustamente per l'addietro. S'incontrò adunque colla Pisana; costei gli raccontò le mie vicende e le sue, e la cagione per la quale allora eravamo a Londra sprovvisti di tutto. Sembra che la mia posizione lo persuadesse della falsità di quelle accuse ch'egli in altri tempi avea ritenute vere a mio discapito. Infatti mi venne a trovare e mi dimostrò tanta amicizia quanta forse mai non me ne aveva mostrata. Era un bel modo di chieder perdono della lunga ingiustizia; né di piú io poteva pretendere dall'indole orgogliosa di Lucilio. Bensí mi riconfortai assaissimo di quell'incontro, e lo presi per una promessa della Provvidenza che le sorti nostre avessero a cambiare in meglio. Non ebbi che a convincermi sempre di piú di questa felice persuasione per la bella piega che parvero prendere allora tutto d'un tratto le cose nostre.

Prima di tutto Lucilio esaminò attentamente i miei occhi, e dettomi che erano coperti da caterratte e che entro pochi mesi sarebbero maturate per l'operazione della quale non dubitava punto che sarebbe riescita a meraviglia, mi si rimise l'anima in corpo. Oh il gran dono è la luce! Non l'apprezza mai degnamente che chi l'ha perduta. Indi il dottore mi chiese notizia di me della mia famiglia e come stavano le cose, e chiarito di tutto mi diede lusinga che egli avrebbe fatto venire in Inghilterra l'Aquilina e i figliuoli miei, dove avrebbe pensato a stabilirmi in modo che fossero piuttosto utili pel futuro che costosi al presente. Egli aveva una gran clientela di Lordi e di principi dei quali governava a suo grado l'influenza; e le rimostranze che si erano udite al Parlamento per le deliberazioni del Congresso di Verona furono, credo, inspirate da lui.

Io voleva ritrarmi per le grandi spese che a ciò si dovevano incontrare, e per le quali certamente la mia borsa era tutt'altro che preparata; e poi, debbo confessarvelo, aveva quasi vergogna di manifestare questa gran premura di avere presso di me la mia famiglia, parendomi quasi far onta alla devozione unica e generosa della Pisana. Rimasti soli un momento, soffiai questo mio scrupolo al dottore.

— No, no – mi rispose egli mestamente – gente di casa vi sarà necessaria; credete che ne proverrà gran bene anche alla contessa Pisana.

Io voleva che mi chiarisse meglio questo enigma, ma egli se ne schivò soggiungendo che certo la cura d'un cieco doveva pesare assai ad una signora avvezza alle delicature veneziane e che l'aiuto d'un'altra donna l'avrebbe alleggerita di molto.

— Ditemi la verità, Lucilio – soggiunsi io – la salute della Pisana non c'entra per nulla in queste vostre considerazioni?

— C'entra sí... perché potrebbe guastarsi.

— Dunque, adesso che parliamo la trovate buona?

— Mio Dio, si può mai dire quando la salute sia buona o cattiva? La natura ha i suoi segreti e non è dato neppur ai medici indovinarli. Vedete, io son invecchiato nella professione, eppure anche ieri mattina lasciai un malato che mi sembrava in via di miglioramento e a sera lo trovai morto. Sono schiaffi che la natura regala a chi vuol conoscerla troppo addentro e violare la sua misteriosa verginità. Credetelo, Carlo, la scienza è proprio vergine ancora, finora non l'abbiamo che carezzata sulle guance!

— Oh non credete neppur nella scienza! Ma in cosa credete dunque?

— Credo nel futuro della scienza, se almeno qualche cometa o il raffreddamento della corteccia terrestre non verrà a guastare l'opera dei secoli. Credo all'entusiasmo delle anime che irrompendo quandoccchesia nella vita sociale anticiperanno di qualche millennio il trionfo della scienza, come il matematico calcolatore è prevenuto nelle sue scoperte dalle audaci ipotesi del poeta!

— E perciò, Lucilio, seguitate il sogno della vostra gioventù, e credete rinfocolare questo immenso entusiasmo colle mene segrete, e colle oscure macchinazioni!...

— No, non censurate almeno beffardamente quello che non capite. Io non corro dietro a un fantasma; accontento un bisogno. Carlo, le mene non sono sempre segrete, né le macchinazioni oscure!... Toccate questa cicatrice!... – si scoperse il petto vicino alla gola, – questa la toccai or è l'anno a Novara! Fu inutile; ma la ferita mi rimase.

— E guardate questa che m'ebbi a Rieti — risposi io rimboccandomi la manica e mostrando il braccio.

Lucilio mi buttò le braccia al collo con una effusione che non mi sarei mai aspettato da lui.

— Oh benedette queste anime – diss'egli – che veggono il vero, e lo seguono, benché non ve le spinga una forza irresistibile! Benedetti gli uomini pei quali il sacrifizio non ha voluttà eppure vi si offrono egualmente, vittime volontarie e generose! Sono i veri grandi.

— Non adulatemi – soggiunsi. – Io andai a Napoli, si può dire, per amor proprio, e avrei anzi un mezzo rimorso di aver sacrificato al mio orgogliuzzo l'interesse della mia famiglia.

— No, ve lo giuro io, non avete sacrificato nulla. La vostra famiglia vi raggiungerà qui. Voi rivedrete la bella luce del giorno e le desiderate sembianze dei vostri cari. Gli è vero che il sole di Londra non è quello di Venezia; ma la melanconia delle sue tinte s'accorda perfettamente alle pupille lagrimose dell'esule.

— Mi date anche speranza che la Pisana sarà per allora perfettamente guarita?

— Perfettamente — rispose con un fremito nella voce il dottore.

Io tremai tutto che mi parve udire, che so io? una sentenza di morte; ma egli seguitò innanzi parlandomi con tanta pacatezza della malattia della Pisana, e del corso che dovea tenere, e della cura piú adattata e dell'infallibile guarigione, che la memoria di quel funereo *perfettamente* mi uscí per allora del capo.

Il dottore si diede attorno assai per giovarci; d'allora in poi grazie a' suoi spontanei soccorsi non mancammo piú di nulla, ed io mi vergognava di vivere in quel modo d'elemosina, ma egli diceva alla Pisana che avea dei doveri verso la sua futura cognata e non voleva per oro al mondo cedere ad altri il diritto di esserle utile.

— Come? – gli diceva la Pisana – ancora v'incaponite nell'idea di sposar mia sorella? Ma non vedete che l'è vecchia piú ancora d'anima che di corpo e per soprappiù monaca dalle unghie ai capelli?...

— Sono incorreggibile; – rispondeva il dottore – quello ch'io ho tentato a vent'anni, e non son riuscito, lo tentai a trenta a quaranta a cinquanta, lo tenterò ai sessanta che sono molto vicini. La mia vita voglio che sia un tentativo ma un forte ostinato tentativo: in tutto sono cosí e beati gli altri se mi imitassero! Battendo si conficca il chiodo.

— Ma non si sconficca l'ostinazione d'una monaca.

— Bene; dunque non parliamone di grazia: parliamo piuttosto della signora Aquilina e dei due ragazzi che dovrebbero star poco ad arrivare. Ne aveste novelle sul loro viaggio?

— Ebbi ieri lettera da Bruxelles – m'intromisi a dir io. – Bruto li accompagna colla sua vecchia gamba di legno. In verità non so come ringraziarvi d'una sí grossa spesa che vi siete addossata.

— Ringraziar me?... Ma non sapete che cento sterline non mi costano che la stesa d'una ricetta? Prolungo di due giornate la gotta aristocratica d'un nobile lord e guadagno di che far viaggiare l'Europa a tutti voi. Conoscete lord Byron il poeta?... Egli mi volle dare diecimila ghinee se riesciva ad allungargli di un pollice la gamba diritta di cui zoppica. Benché ci avessi qualche pretensione di riuscire con un certo metodo scoperto da me, non avea allora bisogno di denaro, né voleva perdere il mio tempo a stirare le gambe della Camera alta. Risi dunque sul muso al gran poeta rispondendogli che avevano bisogno di me allo Spedale.

— Ed egli?

— Ed egli si compiacque dell'epigramma; e se ne vendicò coll'addrizzarmi il piú caro sonettino che sia mai stato scritto in inglese. Ve l'assicuro io che sotto quell'anima tempestosa di Don Giovanni e di Manfredo cova una pura fiamma che scoppierà un giorno o l'altro. Byron è troppo grande; oltreché nei libri e nelle rime deve finir poeta anche nella vita.

— Dio lo voglia! – sclamai – perché la poesia è la realtà della felicità spirituale, la sola vera e completa.

— Ben detto – rispose Lucilio rimormorando le mie parole, ed io rigonfiava di tanto onore. – La poesia è la felicità reale dello spirito. Fuor d'essa vi sono godimenti ma non contentezze!...

— Ed io, son dunque poetessa perché son contenta? — chiese con voce allegra ma fievole la Pisana.

— Voi siete Corinna! Voi siete Saffo! – sclamò Lucilio. – Ma non vi accontentate di balbettar odi o poemi e li create colle opere, e porgete alla sublimità poetica la loro piú degna effige, l'azione. Achille e Rinaldo prima d'esser poeti furono eroi.

La Pisana si mise a ridere ma con tutta quell'ingenuità che esclude ogni sospetto di falsa modestia.

— Sono una Corinna molto pallida, una Saffo assai magra! – diss'ella ridendo ancora. – Mi sembra quasi esser diventata inglese, che somiglio una cavalletta! ma ho guadagnato in idea aristocratica.

— Avete guadagnato in tutto – soggiunse Lucilio infervorandosi sempre piú. – L'anima vostra trasparente dal pallore del viso vi ringiovanisce e vi impedirà di diventar mai vecchia!... Chi giurasse che avete venticinqu'anni potrebbe esser creduto!...

— Sí, sí, ora che è morto il povero Piovano che m'ha battezzata! Sapete ch'è una gran malinconia il trovar la nostra vita sempre piú cinta e ombrata da sepolcri! Ormai la prima fila è andata quasi tutta. In prima fila siam noi.

— Ma non tremeremo al fuoco, siatene certa. Né voi né io né Carlo abbiamo la smania di vivere. Abbiamo tre tempere differenti ma che s'accordano meravigliosamente in questo di esser ubbidienti e rassegnate alla natura. Bensí la mia propria natura mi comanda di spender bene e di usare spietatamente la vita. Voglio proprio cavarne ogni succo, e far come dei vinacci i quali, poiché ne fu spremuto il vino, si torchiano ancora per estrarne l'olio.

— E ne avrete guadagnato?

— Assai! d'aver fatto fruttificare ogni mio talento e d'aver offerto un buon esempio a quelli che verranno.

Io approvai del capo, ché quella teoria del buon esempio mi avea sempre frullato entro come un ottimo negozio: e me ne fidava piú che dei libri. La Pisana soggiunse ch'ella per verità in tutte le sue cose non aveva mai pensato alla gloria di trovar imitatori ma che si era data con tutta l'anima al sentimento che la trasportava.

— Almeno non avete dato altrui il vostro spirito da intisichirlo! — soggiunse mestamente Lucilio.

Io compiansi nel mio cuore quell'animo forte e tenace che da quarant'anni covava una piaga; e non voleva saperne né di guarigione né d'obblio. Era l'orgoglio smisurato di chi vuol sentire il dolore per mostrarsi capace di sopportarlo, e poterlo rinfacciare altrui come un tradimento o una viltà. Il medico riverito dai duchi e dai Pari di Londra non ripudiava il mediconzolo di Fossalta; non confessava di esser stato piccolo, ma pretendeva di esser sempre stato grande ad un modo; e la ferrea vecchiaia porgeva la mano alla bollente giovinezza per sollevarla alla ricompensa d'ogni dolore, alla forza incrollabile della coscienza sicura in se stessa.

In quei pochi giorni che precedettero l'arrivo dei nostri viaggiatori, la Pisana mi si mostrava piú fredda che pel consueto; ma di tratto in tratto le saltava qualche strano capriccio di tenerezza, e dopo si ostinava a provarmi con mille sgarberie che era stato un mero capriccio quasi una burla.

— Povero Carlo! – diceva ella talvolta. – Cosa sarebbe stato di te se la compassione non mi persuadeva di farti un po' di assistenza! Anche fu fortuna che la seccaggine di quel mio vecchio marito mi invogliasse di partire da Venezia; cosí ti ho procacciato qualche utile e tu avrai presto il bene di rabbracciare i tuoi cari.

Ella non m'aveva parlato mai con tale crudezza; e dava ben pochi indizi di generosità col noverarmi quasi la lista dei beneficii ch'io doveva unicamente alla sua compassione. Ne patii acerbamente; ma mi persuasi vieppiú che nessuna traccia d'amore le era rimasta nell'anima, e che l'eroismo stesso della sua pietà era un capriccio una vera bizzarria.

Finalmente potei stringere al seno i miei figli; baciare quelle loro guance fresche e rotonde, rinfrescarmi l'anima nei puri sentimenti di quei cuori giovanili. La buona Aquilina, che tanto amorevole quanto animosa madre s'era dimostrata nell'educarli, ebbe la sua parte delle mie carezze, e corrisposi con effusione agli amichevoli abbracciamenti di Bruto. Oh ma le loro sembianze non poteva vederle!... Allora per la prima volta ebbi entro un movimento di stolida rabbia contro il destino, e mi pareva che il fuoco della volontà dovesse bastare a raccendermi le pupille, tanto era intenso ed ardente. Lucilio mise un po' di balsamo sulla piaga assicurandomi che dopo un breve tempo avrebbe tentato l'operazione; e cosí riserbandomi per allora i piaceri della vista mi diedi subito a godere di tutti gli altri che m'erano concessi dalla mia condizione infelice.

Furono, per tutto il resto di quel giorno e pel seguente continue inchieste, domande, commemorazioni di questa e di quella persona, delle cose piú minute, dei fatti piú fuggevoli e inconcludenti. Di Alfonso Frumier sapevano nulla, di Agostino avevano detto a Venezia che era affamato di fettucce e di croci e ne aveva intorno un altarino: cosí pure gli abbondavano i figliuoli, ad uno dei quali assegnava pel futuro la carica di ministro, all'altro quella di generale, di patriarca, di papa. Sua Eccellenza Navagero stava al solito né morto né vivo; sempre colla Clara al capezzale quand'ella non aveva da recitare le Ore e le Compiete: allora, morisse anche, non voleva saperne. Il vecchio Venchieredo era morto finalmente ed avea lasciato a suo figlio una sostanza cosí imbrogliata che non avea speranza di cavarsene con quella sua testa balzana e spensierata; bisbigliavano che Raimondo si potesse sposare colla primogenita di Alfonso Frumier il quale peraltro stentava a largheggiar nella dote. Del resto le cose al solito; il paese indifferente, taluni svagati dai divertimenti, altri allettati dalle paghe; nessun commercio, nessuna vita. I processi politici avevano messo gran malumore nelle famiglie senzaché la comune della gente se ne avvedesse; solamente questa seguitava a lamentarsi della coscrizione; ma son malanni tolti appoco appoco dall'abitudine, massime quando il farsi soldato vuol dire mangiare una buona minestra col lardo, e fumare degli ottimi cigarri alle spese di chi s'abborraccia di polenta e non fuma altro che cogli occhi lagrimosi sotto la cappa del camino.

— E a Cordovado? — domandai io.

A Cordovado ci aveano piú scarse novità che in ogni altro sito, se si eccettui la pazzia dello Spaccafumo che diceva esser assalito dagli spiriti e li stornava sempre colla mano a destra e a sinistra. Questa preoccupazione lo menò poi a capitombolare nel Lemene dove un bel mattino lo trovarono annegato. Ma si credette che i troppi bicchierini d'acquavite ingollati ne avessero per lo meno tanta colpa quanto gli spiriti. Cosí terminò un uomo che sarebbe diventato un eroe se... Perdono! dopo questo "se", bisognerebbe vi raccontassi tutti i perché della nostra storia dal Trecento in seguito. Val meglio troncar il periodo.

Il conte Rinaldo avea fatto atterrare un altro pezzo del castello di Fratta; e Luciano e la Bradamante aveano seppellito senza grandi lagrime il signor Capitano per le settecento lire di usufrutto che ne ereditarono.

— Appunto, si conserva bene Donato? — chiese la Pisana.

— Figuratevi, come un giovinotto; – rispose Bruto – non ha né un capello grigio né una ruga sul viso. Non par nemmeno uno speziale.

— Oh gli era davvero il piú bel giovane che si potesse vedere! – soggiunse l'altra. – A' miei tempi gli ho voluto bene anch'io piú che ad ogni altro.

Io troncai quel discorso perché non mi piaceva ed anche per chiedere piú larghe informazioni intorno a mia sorella la quale mi avevano annunciato esser partita per la Grecia a raggiungervi Spiro il marito, ma non m'aveano detto di piú.

— A proposito di tua sorella; – soggiunse Bruto – non avesti una sua lettera ch'era per te a Venezia e che noi ti abbiamo spedita di colà?

— Non l'ebbi — rispos'io; infatti non ne sapeva nulla.

— Allora la si sarà smarrita per via; – riprese Bruto – ma dal carattere e da chi la portava, che era un mercante greco, io l'avea giudicata ed era dell'Aglaura.

Un cotal incidente mi spiacque assaissimo; ma pochi giorni dopo quella lettera mi capitò un po' guasta nel suggello e negli angoli. Non avrò il coraggio né di darla a brani né di spremerne il succo. Eccola tal quale.

"Carlo, fratel mio.

"La Grecia mi voleva e m'ebbe finalmente; credetti appartenerle un tempo pel sangue de' miei genitori; ma poiché non era vero, la natura mi rilegò a lei per mezzo del marito e dei figliuoli. Ecco ch'io ho diviso il mio cuore fra le due patrie piú grandi e sventurate che uomo mai possa sortire nascendo. Nulla ti dirò della mia salute che vacillò piucchemai dopo la partenza di Spiro e che si rimise allora soltanto quando pensai che rafforzata mi avrebbe servito a raggiungerlo. Appena dunque ho potuto m'imbarcai sopra una nave idriotta e veleggiammo verso le sacre onde dell'Egeo. Mi pareva essere la suora di carità che dopo aver assistito alle ultime ore d'un malato passa ad un altro capezzale dove la chiamano dolori piú vivi sí ma forse al pari micidiali. Sai che io non sono una donna molto debole e dovresti ricordartelo per prova; ma ti confesserò che ho pianto molto durante il tragitto. A Corfú s'imbarcarono parecchi italiani fuggiti da Napoli e dal Piemonte che si proponevano di versar per la Grecia il sangue che non avean potuto spargere per la propria patria. Io piangeva, ti dico, come una buona veneziana; fu soltanto al toccare il suolo della Laconia che mi sentii ruggir nel cuore lo spirito delle antiche spartane. Qui le donne sono le compagne degli uomini non le ministre dei loro piaceri. La moglie e la sorella di Tzavellas precipitavano dalle rupi di Suli sassi e macigni sulle cervici dei Musulmani cantando inni di trionfo. Alla bandiera di Costanza Zacarias accorrono le donne di Sparta, armate d'aste e di spade. Maurogenia di Mirone corre i mari con un vascello, solleva l'Eubea e promette la mano di sposa a chi vendicherà sugli Ottomani il supplizio di suo padre. La moglie di Canaris a chi le disse che aveva per marito un prode, rispose: — Se non fosse, l'avrei sposato? — Cosí, o Carlo, le nazioni risorgono.

"Giunta appena, trovai mio figlio Demetrio che tornava colle navi di Canaris dall'aver abbruciato a Tenedo la flotta turca. Colà le flotte cristiane d'Europa stavano contro di noi; la croce alleata della mezzaluna contro la croce! Dio disperda gli infedeli e i rinnegati prima di loro. Demetrio aveva abbrustolita una guancia e mezzo il petto dalla fiamma della pece; ma il mio cuore materno lo riconobbe; egli ebbe fra le mie braccia la ricompensa degli eroi, la gloria di veder insuperbire a diritto la madre. Spiro e Teodoro chiusi in Argo con Ipsilanti attendevano a frenare il torrente dei Turchi mentre Colocotroni e Niceta tagliavano loro la ritirata alle spalle coll'insurrezione dei montanari.

"Oh Carlo! fu un bel giorno quello in cui tutti quattro ci riabbracciammo là sulle soglie quasi del Peloponneso libero affatto da' suoi nemici. Si affortificava Missolungi, Napoli di Romania era nostro. La marina aveva un porto, il governo una rocca, e la Grecia trionfa al pari della barbara tirannia di Costantinopoli che della venale inimicizia delle flotte cristiane. Omai qualunque nave porti ai Turchi armi viveri munizioni sarà passata per le armi; la barbarie otterrà forse quello che non ottennero gloria eroismo sventura.

"Qui ogni interesse privato scomparisce affatto e si confonde al comune. Si possiede quello che non abbisogna alla patria, e lo si serba a lei pei bisogni della domane; si gode de' suoi trionfi, si soffre de' suoi dolori. Perciò non ti parlo in particolare di noi. Basterà dirti che ad onta delle fatiche io non peggioro nella salute e che Spiro guarisce delle ferite guadagnate sulle mura di Argo. Teodoro ha combattuto come un leone; tutti lo citano e lo additano per esempio; ma un'egida divina lo protesse e non ebbe la minima scalfittura. Quand'io passeggio per le strade d'Atene ove abitiamo in questo momento di tregua ed ho uno per parte i miei due figliuoli abbronziti dal sole del campo e dal fuoco delle battaglie, mi sembra che il secolo di Leonida non sia ancora passato. Spiro parla sovente di te anch'esso, e mi dice di pregarti che tu mandi in Grecia uno o ambidue i tuoi figli se vuoi farne degli uomini. Qui un ragazzo di sedici anni non è piú giovinetto ma un nemico dei Turchi che può avvicinarsi a nuoto ad un loro legno ed incendiarlo. Mandaci, mandaci il tuo Luciano, ed anche se vuoi Donato. Persuadi l'Aquilina che vivere senz'anima non è vivere; e che morire per una causa santa e sublime deve sembrare una sorte invidiabile alle madri cristiane. Ieri fu la seconda radunanza dei deputati della Grecia fra i cedri dell'Astros. Ipsilanti, Ulisse, Maurocordato, Colocotroni!... Son nomi d'eroi che fanno dimenticare Milziade, Aristide, Cimone e gli altri antichi di cui la memoria rivive qui nelle opere dei pronipoti. Io lo ripeto, Carlo – bada a tua sorella che non può darti un consiglio snaturato. Mandaci i tuoi figli: per essere buoni Italiani converrà si facciano un pochettino Greci; e allora vedremo quello che non si vide finora. – Se sei ancora a Londra e se hai teco la Pisana, salutami lei e il dottor Lucilio Vianello che stimo ed amo per fama. Abbiamo qui un alfiere di vascello napoletano, Arrigo Martelli, che dice di averti conosciuto, e doverti assai fino dal tempo della Rivoluzione francese. Egli pure si raccomanda che ti ricordi a lui, e di parteciparti che suo fratello è partito per l'America del Sud ove si faceva grande richiesta di buoni ingegneri.

"Addio, mio Carlo!... Bada a star forte nelle tue infermità e se ti permettono un viaggio vieni anche tu fra noi!... Oh che bel sogno!... Vieni, che sarai benedetto da tutti quelli che ti amano!..."

Io son fatto cosí. Dopoché Lucilio mi lesse quanto sopra, io feci chiamar Luciano, e gli porsi la lettera perché la leggesse, e attesi intanto alle espressioni che si dipingevano sulle sue maschie ed aperte sembianze. Non era giunto ancora alla fine del foglio che mi si gettò fra le braccia esclamando: — Oh sí, padre mio, lasciami partire per la Grecia!

D'una stretta di mano io ringraziai l'Aquilina ch'essendo entrata in quel punto, mi si era seduta daccanto.

— Di che si tratta? — chiese ella.

Ed io le spiegai le profferte e gli inviti che ci venivano dalla Grecia.

— Se hanno vera vocazione, partano pure; – ella rispose facendo forza a se stessa – bisogna correre ove si è chiamati, altrimenti non si fa nulla di bene.

— Grazie, mia Aquilina! – sclamai. – Tu sei la vera donna che ci abbisogna per rigenerarci! Quelle che non ti somigliano sono nate per strisciare nel fango.

Udii una lieve pedata entrar nella stanza; era della Pisana che da alquanti giorni non parlava quasi piú. Io sentiva la mancanza della sua voce, ma col tenerle il broncio mi vendicava delle ultime volte che mi aveva parlato sí acerbo. Lucilio quel giorno le mosse alcune richieste sulla sua salute, alle quali rispose per monosillabi e con voce piú fioca del solito. Indi uscí come indispettita, l'Aquilina le tenne dietro, Luciano ubbidí forse ad un'occhiata di Lucilio e restammo noi due soli.

— Ditemi – principiò con un accento che annunziava un serio colloquio – ditemi qual diritto avete di fare il burbanzoso colla Pisana?

— Ah ve ne siete accorto? – rispos'io – allora avrete anche badato alla straordinaria freddezza ch'ella mi dimostra!... So che di molto le sono debitore; non lo dimentico mai, vorrei che tutto il mio sangue bastasse a provarle la mia riconoscenza e lo verserei tutto fino all'ultimo gocciolo. Ma alle volte non posso schivarmi di qualche ghiribizzo di superbia. Sapete che ultimamente ella mi ha cantato sopra tutti i toni che soltanto per isvagarsi delle sue noie maritali è corsa a Napoli, e che io deggio unicamente ad un sentimento di compassione tutta l'assistenza di cui m'è stata generosa?...

— Dunque voi sospettate ch'ella non serbi piú per voi l'amore d'un tempo?

— Ne sono certo, dottore, ne sono persuaso come della mia propria esistenza. Perché io sia cieco, non veggo meno perciò col discernimento. Conosco l'indole della Pisana come la mia stessa, e so ch'ella non è capace di assoggettarsi a certi riguardi nulla nulla che un'interna inquietudine la spinga a violarli. Vi parlo cosí alla libera perché siete fisiologo e le umane debolezze vorrete compatirle massime quando mescolate a tanta dose di magnanimità. Ve lo ripeto, la convivenza affatto fraterna di questi due anni mi convinse che la Pisana ha dimenticato il passato; e non duro fatica a crederle che la sola pietà le sia stato incentivo a tanti miracoli di affetto e di devozione. Del resto l'umor suo è troppo bizzarro per ubbidire ad una massima premeditata di continenza.

— Oh Carlo, trattenetevi dai giudizi precipitati! Questi temperamenti straordinari son quelli appunto che sfuggono alle regole comuni. Diffidate del vostro discernimento, ve lo ripeto: gli occhi del corpo alle volte ragionano assai meglio che quelli dell'anima, e se vedeste...

— Che bisogno ho io di vedere, dottore?... Non sapete... che io l'amo ancora, che l'ho amata sempre?... Non vi ho narrato l'altro giorno la storia del mio matrimonio?... Oh pur troppo ella ha giurato di farmi sentire quanto perdetti, uscendo da quell'intima parte del cuore ove m'avea ricevuto!... Pur troppo ella punisce colla compassione un amore troppo docile insieme ed ostinato. È un castigo tremendo, una crudeltà raffinata, la vendetta coi benefizi!

— Tacete, Carlo; ognuna delle vostre parole è un sacrilegio.

— Una verità, volevate dire.

— Un sacrilegio, vi ripeto. Sapete cosa faceva per voi la Pisana quand'io l'ho incontrata pallida estenuata cenciosa per le vie di Londra?

— Sí... orbene?...

— Tendeva la mano ai passeggieri!... Ella accattava, Carlo, vi accattava la vita!

— Cielo! no, non è vero!... È impossibile!

— Tanto impossibile che io stesso le porgeva non so quale moneta, quando... Oh ma vi posso descrivere quanto provai nel ravvisarla?... Come dirvi il suo smarrimento ed il mio?

— Basta, basta! per carità, Lucilio; la mia mente si perde e vengo meno di dolore volgendomi a guardare dove siamo passati!

— E dubiterete ancora dell'amor suo?... È un amore senza misura e senza esempio, un amore che la tiene in vita, e che la farà morire!...

— Pietà, pietà di me!... no, non parlate a questo modo!

— Parlo come un medico e vi dico intera la verità. Ella vi ama ed ha imposto a se stessa di non palesarvi l'amor suo. Questo sforzo continuo, piú che i patimenti i dolori le veglie, le logora la salute... Carlo, aprite gli occhi sopra tanto eroismo, e adorate la virtù d'una donna a cui voi non osaste fidarvi!... Adorate, vi dico, questa vergine potenza della natura che innalza gli slanci disordinati d'un'anima alla sublimità del miracolo, e la trattiene là sospesa per la sua stessa forza, come l'aquila sopra le nubi!...

Infatti io era prostrato dalla sublimità di quella virtù che non avrei quasi osato sperare da anima umana. La Pisana poi, chi l'avrebbe creduta capace di quella pudica riservatezza, di quell'abnegazione umile nascosta, di quella santa impostura portata tant'oltre da lasciarsi quasi credere vera per non turbare la pace d'una famiglia da lei stessa si può dire composta?... Quanto falsi erano stati i miei giudizi intorno a quell'animo vacillante forse nei piccoli sentimenti, ma costante e indomabile nella grandezza quanto non lo fu alcun altro giammai!... Il suo fare piú sostenuto all'annunzio del prossimo arrivo dell'Aquilina, que' suoi impeti di tenerezza subitamente frenati e la sua melanconia successiva, il suo volontario allontanamento da me, tutto contribuí a farmi capace della verità di quanto affermava Lucilio. Due anni interi aveva errato col mio giudizio; ma il mio medesimo errore era una prova dell'estrema sua delicatezza, e dell'assidua perseveranza colla quale avea mantenuto i suoi eroici proponimenti.

— Dottore – risposi con voce tanto commossa che stentava ad articolar parola – disponete di me. Dite parlate insegnatemi un mezzo da salvarla. La vita di me e di tutti i miei, sí, tutto basterà appena a ricomprare tanti sacrifizi! Il meno ch'io le possa offrire è tutta intera la vita che mi rimane!

— Pensiamoci, Carlo; son qui con voi apposta. E la salute di tutti i miei illustri clienti, credetelo, mi dà minor pensiero che un rammarico, un sospiro, un lamento solo della Pisana. Ella avrebbe il diritto di vivere tutti i suoi giorni pieni felici; e di morire per un eccesso di gioia.

— Non parlate di morire! per carità non parlatene!

— E cosa sapete voi che per certe anime eccessive e privilegiate la morte non sia una ricompensa?... Tuttavia ragioniamo come si ragiona per tutti. La sola maniera ch'io vegga di redimerla è collocarla ancora in qualche necessità di pazienza e di sacrifizio. Rendetela a suo marito: vicino al suo letto ella riavrà la forza di vivere: fors'anco l'aria nativa aiuterà questo rifiorimento della salute.

— Rimandarla a Venezia voi dite?... Ma come, Lucilio, come?... Deggio io allontanarla, cacciarla da me, ora che sembro non aver piú bisogno della sua assistenza?

— Tutt'altro: dovete anzi raccompagnarla voi. E ch'ella continui ad avere nella vostra famiglia quell'intimità di affetto senza la quale non possono durare temperamenti simili al suo. Quando la forza smoderata della sua anima troverà altre azioni in cui sfogarsi, altri miracoli da tentare, altri sacrifizi da compiere, il passato perderà per lei ogni tormento, i desiderii impossibili s'adagieranno in una dolce e contenta melanconia. Riavrete un'amica, e una sublime amica!...

— Oh volesse il cielo, Lucilio! Domani partiremo per Venezia!

— Vi dimenticate due cose. La prima che ho promesso di rendervi la vista; la seconda che non avete facoltà di tornare a Venezia senza pericolo. Ma mentre m'adoprerò di procurarvi questa, le cateratte si matureranno e vi prometto che vedrete il pallido sole del Natale.

— E non si potrebbe affrettarsi?... Non per gli occhi miei, Lucilio, ma per lei, per lei solamente!... Credo che anche adesso potreste tentar l'operazione...

— Bravissimo Carlo! Vorreste che vi accecassi affatto per pagar forse cogli occhi vostri un gran debito di riconoscenza?... Umiliatevi, amico mio, due occhi non bastano; è meglio serbarli, e pagheranno poi colle occhiate molto e molto di piú. Voi avete un credito colla Turchia, il quale appoggiato a sole rimostranze private non vi frutterà mai nulla. Volete che io cerchi di venderlo a qualche inglese?... L'Inghilterra ha qualche diritto ora alla benevolenza della Porta Ottomana, poiché sono vascelli di Londra di Liverpool e di Corfù che la aiutano nella santissima opera di martirizzare la povera Grecia. L'Inghilterra è madre amorosa: sopratutto nel far pagare ai suoi figli quanto è loro dovuto, essa vale un tesoro; pel credito di mille sterline non avrà rimorso di appiccare il fuoco ai quattro cantoni del mondo. Fate a modo mio: lasciate ch'io dipani un poco questa matassa!...

— Ma a persuadermi di ciò non faceano d'uopo tante parole. Domani vi passerò le carte che sono ora nelle mani di mio cognato. Certo non poteva trovare miglior procuratore.

— A domani dunque e siamo intesi. Io mi darò attorno a questa faccenda. Di qui a un paio di settimane l'operazione; poi il consueto riposo di quaranta giorni e il viaggio a Venezia. Non mi ci vorrà tanto per procurarvi il passaporto.

— Sí, ma intanto?...

— Intanto tenete colla Pisana un contegno umile ed affettuoso, e non riscaldatevi tanto nel lodar vostra moglie, come facevate ora. Li merita questi elogi ma non sono opportuni. L'altra, ve lo dico io, ne soffre acerbamente!...

— Grazie, grazie, dottore, io non ebbi mai amico migliore di voi.

— Ve ne ricordate eh?... La è un'amicizia di data vecchia. Ho cominciato col risparmiarvi i rimbrotti e le busse, ordinandovi un purgante.

A questa memoria io scoppiai in un pianto dirotto. Anche ai ciechi è concesso il ristoro delle lagrime. E furono sí copiose sí dolci che non sentii in appresso la metà de' miei dolori. – Lucilio se n'andò stringendomi affettuosamente la mano; e l'Aquilina mi venne accanto dopo alcuni momenti dicendomi che aveva ad intrattenersi meco di cose di grandissimo rilievo. Per quanto fossi mal disposto, cercai di adattarmi a quanto ella voleva, e risposi che parlasse pure, e che io starei molto volentieri ad ascoltarla. Si trattava dei nostri figli, massime di Luciano al quale quella mezza parola di un'andata in Grecia avea racceso nel cuore un tale entusiasmo che non pareva possibile calmarlo. Ella non si era opposta in sua presenza perché né voleva mostrarsi d'un parere contrario al mio, né rintuzzare palesemente quella fiera gagliardia del giovine, ma in segreto poi mi confessava che le sembrava un consiglio precipitato e Luciano troppo tenerello ancora per esporsi senza rischio ad una vita avventurosa. Meglio era dunque ristare per poco finché fosse piú maturo, ed aspettare dal tempo ispirazioni piú sincere.

Queste considerazioni mi parvero giustissime; le approvai dunque pienamente lodandola della sua magnanimità e prudenza; e anche a me infatti non andavano mai a sangue le deliberazioni avventate per mera fanciullaggine, che conducono sovente ad una precoce sfiducia in noi e negli altri. Cosí fra noi restammo d'accordo; ma nell'altra stanza intanto Luciano e Donato non parlavano d'altro che d'Atene, di Leonida, dello zio Spiro e dei cugini: non vedevano l'ora di schierarsi in campo anch'essi e di menar le mani contro quei Turchi manigoldi. Soltanto Donato si commiserava talvolta di dover lasciare sua madre, mentre i cugini loro l'avevano in Grecia testimone delle loro prodezze.

— Nostra madre ci starà sempre nel pensiero per animarci a imprese grandi e generose – rispondeva Luciano. – Sai com'erano fatte le madri spartane?... Esse godevano di procrear figli per poterli offrire alla patria; e porgendo loro lo scudo dicevano: "O con questo tornate, o sopra questo!". Il che significava: o vincitori o morti; perché sullo scudo si adagiavano i corpi dei caduti per la patria.

Cosí scaldavano a vicenda i due giovinetti; e ognuno sognava o l'eroica gloria di Botzari o la morte sublime di Tzavellas.

S'avvicinava il giorno nel quale Lucilio avrebbe adoperato i mezzi piú squisiti dell'arte per risuscitarmi alla luce. Egli non mi parlava della Pisana, e questa mi sfuggiva sempre per quanto cercassi ammaliarla colle piú tenere carezze. Perfino l'Aquilina ne era gelosa; ma pensando a quanto essa aveva operato per me, non aveva coraggio di lamentarsene. Il silenzio di Lucilio non mi pronosticava nulla di bene, e le rare parole di conforto ch'egli mi volgeva, io le attribuiva piú che a sincerità a premura di tenermi calmo pel giorno della gran prova. Fui beato quando potei dire: sarà dopodimani. Mi batteva il cuore poi al pensare che sarebbe dimani. Quando dissi — È oggi! — fui assalito da tanta impazienza, che credo sarei morto se avessero protratto d'altre ventiquattr'ore. Lucilio si accinse all'opera con ogni voluto accorgimento; si trattava non d'un malato ma d'un amico; se potevasi pretendere un prodigio si era certamente da lui, e certo non gli fallí la fede del paziente. Quando mi disse: — È finito! — avevano già intercetto la luce delle porte e delle finestre perché l'improvvisa sensazione non mi offendesse. Tuttavia mi parve travedere e travidi infatti un incerto barlume, e misi uno strido tale che Bruto e l'Aquilina che mi sostenevano diedero un guizzo. Rispose un fievole grido della Pisana che credette forse a qualche disgrazia, ma la rassicurò Lucilio soggiungendo scherzosamente:

— Scommetto io che il briccone ha già veduto qualche cosa! ma mi raccomando che non ispostate questa visiera che gli accomodo ora; e sopratutto che le imposte restino chiuse come sono, ermeticamente. L'operazione è riuscita cosí appunto che presagisco fin d'ora che le sei settimane di convalescenza potranno ridursi a quattro.

— Oh grazie grazie grazie, amico! Sollecitate piucché potete! — io sclamai coprendogli le mani di baci. Piú che di avermi reso la vista lo ringraziava di quella speranza datami di poter tentare qualche cosa a vantaggio della Pisana prima che non avrei creduto.

Quando tutti furono usciti dalla stanza in coda al dottore per ringraziarlo d'un tanto benefizio o fors'anco per informarsi di quanto dovevano credere alle parole dette in mia presenza, la Pisana mi si accostò pianamente, e sentii il suo tiepido alito che m'accarezzava le guance.

— Pisana – mormorai – quanto fosti ammirabile d'amore e di pietà!!...

Ella fuggí via inciampando nei mobili della stanza, e due singhiozzi le sollevarono il petto ansiosamente.

Mia moglie che rientrava la incontrò sulla porta...

— Come ti pare che vada il nostro malato? — le domandò.

— Io spero che andrà bene — rispose ella con uno sforzo supremo. Ma non poté resistere piú a lungo. E fuggí ancora e corse a rinchiudersi nella sua stanza prima che l'Aquilina avesse neppur tempo di avvertire il suo turbamento. Allora compresi un'altra volta tutta la forza e la nobiltà di quell'anima, e dalla sua camera ch'era all'altro capo della casa mi pareva udire il suo pianto i suoi singhiozzi, ognuno dei quali mi dava nel petto un colpo crudele. Per tutto quel giorno non pensai alla mia vista; e coloro che si occupavano di essa mi davan stizza e fastidio. Si trattava ben d'altro che di due stupidi occhi!...

Lucilio veniva sovente a visitarmi, ma di rado potevamo trovarci soli; pareva anzi ch'egli sfuggisse le mie confidenze. Nulla ostante io lo chiedeva spesso della salute della Pisana e se la lusinga di tornare a Venezia avesse operato quel buono effetto che si sperava. Il dottore rispondeva con mezzi termini senza dire né sí né no; ella poi, se anche entrava nella mia stanza, non apriva bocca quasi mai; io me ne accorgeva dal minor chiasso che facevano i miei figliuoli, certo perché la sua mestizia imponeva rispetto. Quando Lucilio mi portò il passaporto ottenuto per mezzo dell'Ambasceria austriaca, le domandai se quel nostro divisamento le piaceva.

— Oh la mia Venezia! – rispose – mi domandate se la vedrei volentieri!... Dopo il paradiso l'è il mio solo desiderio.

— Or bene – soggiunsi – quand'è, dottore, che mi permetterete di aprir la finestra, di buttar via queste bende, e d'andarmene?

— Dopodimani – rispose Lucilio – ma quanto all'imprendere il viaggio bisognerà soprastare qualche giorno; non dovete arrischiarvi cosí subito al sole del Mezzodí.

Io pazientai quei due giorni, deliberato di non protrarre d'un attimo la mia partenza quando avessi avuto gli occhi nulla nulla guariti. Ma la Pisana in quel frattempo frequentava meno che mai la mia stanza, e mi dicevano che stava quasi sempre rinchiusa nella sua. Finalmente venne Lucilio che mi liberò la fronte dalla visiera, e mi sciolse dai legacci che mi coprivano gli occhi; le finestre erano già socchiuse; e una luce quieta diffusa come quella del crepuscolo mi accarezzò dolcemente le pupille. Se tanto ci incanta lo spettacolo dell'alba, quantunque rinnovato ogni ventiquattr'ore, figuratevi quanto mi facesse beato quell'alba che succedeva ad una notte di quasi due anni!... Ritrovare ancora quei facili godimenti dei quali non ci curiamo potendoli avere ad ogni istante, e tanto se ne apprezza il valore quando ci sono vietati, ravvivare coll'esercizio presente la memoria di quelle sensazioni che già cominciava a svanire, come una tradizione che coll'andar del tempo diventa favola, saziarsi ancora nelle contemplazioni di quanto v'ha di bello di grande di sublime al mondo e interpretare dagli affetti dei nostri cari un linguaggio disusato per noi, son tali piaceri che fanno quasi desiderare d'esser ciechi per racquistare la vista. Certo io metto quel momento fra i piú felici della mia vita. Ma ne ebbi subito dopo uno assai doloroso.

La Pisana era accorsa anch'essa ad assistere all'ultima parte del miracolo: quando dopo il primo soavissimo impeto fatto dalla luce negli occhi miei, cominciai a distinguere le persone e le cose che mi circondavano, il primo volto nel quale sostenni lo sguardo fu il suo. Oh se l'aveva ben meritata una tal preferenza! Né amici, né parenti, né figliuoli, né moglie, né il medico che m'avea reso la vista, meritavano tanto della mia gratitudine. Ma quanto la trovai cambiata!... Pallida trasparente come l'alabastro, profilata nelle sembianze come una Madonna addolorata di Frate Angelico, curva della persona come chi ha portato sul dorso gravissimi pesi e non potrà piú raddrizzarsi; gli occhi le si erano ingranditi meravigliosamente, e la metà superiore della pupilla adombrata dalle palpebre traspariva da queste in guisa d'un lume dietro un cristallo colorato: l'azzurrognolo della melanconia e il rosso del pianto si fondevano nel bianco della retina, come nel simpatico splendore dell'opale. Era una creatura sovrumana; non mostrava alcuna età. Soltanto si poteva dire: costei è piú vicina al cielo che alla terra!

Che volete? Io son debole di temperamento e non ve lo nascosi mai. Mi si gonfiò il petto d'un'angoscia improvvisa e profonda e scoppiai in lagrime dirotte. Tutti immaginarono che fosse per la consolazione; ma Lucilio forse giudicò altrimenti; infatti io piangeva perché gli occhi mi riconfermavano il terribile significato attribuito da me al suo silenzio dei giorni passati. Vidi che la Pisana non apparteneva piú a questo mondo; Venezia, come avea detto ella stessa, non era che il suo secondo desiderio; il primo era pel paradiso! Mentre questo triste pensiero mi rompeva il petto a sconsolati singhiozzi, ella si tolse dalla spalla dell'Aquilina su cui s'era appoggiata, e la vidi uscir barcollone dalla camera. Io pregai allora quanti lí erano che mi lasciassero quieto in compagnia del dolore perché la soverchia commozione mi imponeva qualche riposo. Partiti che furono mi ripigliò piú tremenda che mai quella convulsione di pianto, e Lucilio non vide altro di meglio che aspettare un po' di tregua dalla stanchezza. Quando poi le lagrime e il singulto concessero un varco alla voce, quali parole quali preghiere quali promesse non adoperai io perché mi salvasse una vita a mille doppi piú preziosa della mia! Lo supplicai come i devoti supplicano Iddio; tanto avea bisogno di sperare che avrei rinnegato la ragione, e stravolto l'ordine del mondo per conservare una qualche lusinga. Una pietosa astuzia della speranza mi persuase che ben potea rendere la salute e la vita alla Pisana quello che in me avea racceso la fiaccola della luce!...

— Oh sí! Lucilio! – sclamai – voi potete tutto purché lo vogliate. Fin da piccino io vi riguardava come un essere sovrannaturale e quasi onnipotente. La vostra volontà comanda alla natura sforzi incredibili. Cercate, studiate, tentate: mai causa piú giusta, mai impresa piú alta e generosa meritò i prodigi della vostra scienza. Salvatela, per carità, salvatela!...

— Avete dunque indovinato tutto; – rispose Lucilio dopo un momento di pausa – l'anima sua non è piú tra noi; il corpo vive, ma non so nemmeno io il perché. Salvatela, voi mi dite, salvatela!... E chi vi dice che la provvida natura non la salvi raccogliendola nel suo grembo?... Molto si può tentare contro le malattie della carne e del sangue; ma lo spirito, Carlo? dove sono i farmaci che guariscon lo spirito, dove gli istrumenti che ne tagliano la parte incancrenita per prolungar vita alla sana, dove l'incanto che lo richiami in terra quando una virtú irresistibile lo assorbe a poco a poco in quello che Dante chiamava il mare dell'essere?... Carlo, voi non siete un fanciullo, né io un ciarlatano; voi non volete esser ingannato, per quanto la presente debolezza vi renda piú care le false e fuggitive illusioni che l'inesorabile realtà. In questo mondo si viene quasi colla certezza di veder morire il padre e la madre: solo chi paventa la morte per sé, deve disperarsi dell'altrui; la morte d'un amico fa piú male a noi per la compagnia che ci ruba che non a lui per la vita che gli toglie. Io e voi dobbiamo, mi pare, conoscer la vita, e stimarla adeguatamente al suo giusto valore. Compiangiamo sí la nostra condizione di mortali, ma sopportiamola forti e rassegnati; non siam tanto egoisti da desiderare altrui un prolungamento di noie di mali di dolori per servire alla nostra utilità, per iscongiurare quella sciocca paura che hanno i fanciulli di rimaner soli nelle tenebre. Le tenebre la solitudine sono il sepolcro; entriamo coraggiosamente nel gran regno delle ombre; vivi o morti, soli dobbiamo restare; dunque non pensiamo ad altro che ad addolcire agli amici il dolore della partenza! Io non sono un medico che crede aver sviscerato tutti i segreti della natura per aver veduto palpitare qualche nervo sotto il coltello anatomico: v'è qualche cosa in noi che sfugge all'esame del notomista e che appartiene ad una ragione superiore perché colla nostra non siamo in grado di capirla. Confidiamo a quel supremo sentimento di giustizia che sembra esser l'anima eterna dell'umanità il destino futuro ed imperscrutabile di quelli che si amano. La scienza, le virtú, i doveri della vita si riassumono in un'unica parola: Pazienza!...

— Pazienza! – io soggiunsi, piú avvilito che confortato da questi freddi ma inespugnabili ragionamenti. – Pazienza è buona per sé; ma per gli altri?... Avreste voi, Lucilio, la viltà di consigliarmi pazienza pei mali ch'io ho cagionato, per le sventure di cui il rimorso non cesserà mai di perseguitarmi?... Ma non vedete, non comprendete il dolore senza fine e senza speranza che mi strazia le viscere, al solo pensiero che io, io solo abbia affrettato d'un giorno la partenza d'un'anima sí generosa e diletta?... La morte, voi dite, è necessità. Ben venga la morte!... Ma l'assassinio, Lucilio, l'assassinio di quella sola creatura che vi ha amato piú di se stessa, piú della vita, piú dell'onore, oh questo è un delitto che non ha per iscusa la necessità né per espiazione la pazienza. Sia per lavarlo che per dimenticarlo fa d'uopo il sacrifizio di un'altra vita; la morte sola salda il debito della morte.

— La morte anzi non salda nulla, credetelo a me. La morte come consolazione non può tardarvi a lungo, e l'affrettarla sarebbe fuggire dalla penitenza; come oblio sareste tanto pusillanime da cercarla?... Io non sono di quei prudenti idolatri della vita che nella moglie nei figliuoli nella patria si preparano altrettante scuse per non arrischiarla neppur al pericolo d'un'infreddatura: ma quando ad una virtù dubbia ed inutile s'oppongono virtù certe, utilissime, generose, quando le passioni vi lasciano il tempo di deliberare, oh allora, Carlo, la famiglia, la patria, l'umanità vi comandano di non disertare, di combattere fino all'estremo!...

— No! è inutile sperarlo! io non avrò piú forza di combattere! Meglio è sbarazzare il campo d'un inutile ingombro. Ogni altro affetto mi sarebbe un rimorso; son troppo infelice, Lucilio! Avrò veduto morire colei alla quale avrei dovuto abbellire la vita colle gioie piú sante dell'amore, e della devozione!

— Ed io dunque, ed io? – sclamò con un ruggito Lucilio, afferrandomi il braccio convulsivamente. – Ed io, cosa credete voi, che sia poco infelice?... Io che ho veduto disseccarsi l'anima dell'anima mia, io che ho assistito ancora e bollente di passioni al funerale d'ogni mia speranza, io che non ho veduto la morte di colei che mi amava, ma il suicidio dell'amor suo, io che ho vissuto trentacinque anni vagando disperato col pensiero fra le rovine della mia fede e chiedendo indarno alla vita il lampo d'un sorriso, io che ho avventato freneticamente ogni virtù del mio ingegno, ogni potenza del mio spirito a scrollare invano le porte d'un cuore che era mio, io che ho sognato di sconvolgere il mondo per carpire dalla confusione del caos quell'unico bene che desiderava e che m'era sfuggito, io che ho veduto tutta la forza d'una attività senza pari accasciarsi sconfitta dinanzi ad una indifferenza forse bugiarda, io che vedeva il paradiso non piú discosto da me che non lo siano fra loro le anime di due amanti, e non ho potuto giungervi, non ho potuto dissetarmi queste avide labbra d'una stilla sola di felicità, perché vi si opponeva la memoria di tre parole imprudenti spergiure, io dunque che avea trovato l'anima piú pura il cuore piú delicato e sublime che sia mai stato quaggiù, e questa arra quasi infallibile di felicità la vidi mutarsi in mia mano senz'alcuna ragione in un veleno mortale e senza rimedio, credete voi che io non abbia avuto motivi bastevoli e volontà e forza di uccidermi?... Perché, ditelo voi, perché ostinarmi a rimanere fra gli uomini, quando la creatura piú virtuosa e perfetta, colei che sola io avea riputata degna dell'amor mio, col tradimento colla crudeltà ricompensava le mie adorazioni?... Perché affaticarsi nel creare una patria a questa umanità che nelle sue migliori virtù mi scopriva agguati sí perfidi e micidiali?... Perché combattere, perché studiare, perché guarire, perché vivere?... Volete saperlo, Carlo, questo perché?... Perché mi mancava una certezza. Perché l'uomo fornito di ragione non deve piegarsi ad atto alcuno che non sia ragionevole; perché non era né poteva esser certo che la morte mia sarebbe stata giusta ed utile a me od agli altri; mentre la vita invece poteva esserlo in qualche maniera, e deferiva alla natura una sentenza ch'io non mi sentiva in grado di pronunciare. Ecco perché vissi, perché cercai con ardore sempre crescente la verità e la giustizia, perché pugnai per esse per la libertà per la patria; perché curvai la mia mente a creder un bene quello che dal consenso universale era creduto un bene, e mi studiai di rendere la pace agli afflitti, la speranza agli increduli, agli infermi la salute. La natura ci dà la vita indi ce la toglie; siete voi tanto sapiente da comprendere e giudicare le leggi di natura? Riformatele mutatele giudicatele a vostro talento!... Ma non vi sentite quest'autorità, questa potenza?... Ubbidite allora. Infelice martoriatevi, innocente soffrite, colpevole pentitevi e riparate: ma siate ragionevole e vivete.

— Sí, Lucilio! Vivano pure gli innocenti nel dolore, gli infelici nel martirio e i colpevoli nell'espiazione; sopportino tutti la vita coloro che nella ragione non trovano bastevoli argomenti per poterla distruggere. Ma io, Lucilio, io son fuori della vostra legge; io morirò!... Reo lo sono e pur troppo, e d'un delitto tale che è piú infame piú mostruoso a parer mio dello stesso matricidio. Se la natura mi comanda ch'io viva, sorga ella dunque e m'ispiri il modo di ripararlo!... Oh! ai mali senza rimedio v'è un unico scampo, e voi lo sapete che la natura non lo preclude. E cos'è dunque questo odio forsennato della luce, questo spavento di me stesso, questo desiderio infinito d'obblio e di riposo che tutto mi occupa? Non son forse altrettanti richiami con cui la natura mi invita a sé, al suo grembo misterioso pieno di misteri, di pace, e fors'anco di speranza?...

— Forse!... Ecco la parola che vi dà torto. Qui invece nella vita una cosa sola v'ha di certo e immutabilmente certo. La giustizia!... Rispondetemi ora preciso e sincero, perché già vedete ch'io espongo la quistione nei termini piú chiari. Credete voi fermamente di esser giusto verso tutti, verso i vostri figli, verso la moglie i parenti gli amici la patria, verso la Pisana stessa, e verso la vostra coscienza, rifiutando cieco e disperato la vita?... Orsù dunque; non obbiezioni né debolezze; rispondete!

— Pietà, pietà di me, Lucilio!... Ve ne prego, ve ne scongiuro, lasciate ch'io muoia!... Ho veduto i miei figli, ho veduto quanto piú di caro e prezioso aveva nel mondo; li stringerò a lungo sul cuore, li esorterò ad essere buoni e leali, cittadini forti ed operosi; li vedrò ancora per grazia vostra un'ultima volta, e spirerò l'anima in pace!... Pietà, Lucilio!... Per carità, lasciatemi morire!...

— E se la coscienza vostra vivesse oltre la tomba, e vi mostrasse i figli vostri miseri sciagurati vili forse e spregevoli per cagion vostra...

— Oh no, Lucilio, essi hanno la loro madre: essa li aiuterà de' suoi consigli che valgon certo quanto i miei.

— E se alla morte vostra conseguitasse quella di vostra moglie?... Se fosse il primo anello d'una lunga catena di sciagure e di disperazioni che si perpetuasse nel sangue vostro fino all'ultima generazione? E se pesasse sopra di voi morto lontano impotente, ma conscio ancora, la terribile responsabilità dell'esempio?... Se lo spirito della Pisana rifiutasse un omaggio deturpato dalle lagrime del sangue altrui?... Se forte com'ella fu nel dolore nella pietà nell'abnegazione guardasse con disprezzo a voi fuggitivo per ignoranza per debolezza, e le sue forti aspirazioni vaganti nell'aereo mondo dei fantasmi rifuggissero dalle vostre misere e ingiuste?... Se doveste esser separati per tutta l'eternità, se la vostra morte pusillanime e spietata fosse il principio d'un allontanamento che dovesse crescere sempre, crescendo insieme i tormenti della disunione e i vani desiderii di raggiungersi?... Se la natura, che voi pazzamente affermate complice del vostro delirio, un unico mezzo di riparazione vi offerisse, quello di imitarla nella virtù nella rassegnazione, quello di vivere per farvi il piú che è possibile simile a lei, e confondervi ad essa quando la natura stessa vi inviti a quelle che voi chiamate dubbiose e arcane speranze? Oh Carlo! pensateci altamente. Non aggravate gli insulti verso la Pisana, facendo la sua virtù responsabile di tutti i mali che potrebbero derivare dalla vostra pazzia.

— Amico, dite bene, ci penserò. Sento che in questo istante la fredda ragione non potrebbe trovar posto nel tumulto delle mie passioni; e mi conosco abbastanza forte per credere che non cerco pretesti nella dilazione, e che di qui ad un anno sarò come adesso ove le condizioni del mio spirito non sieno cambiate.

— Del resto – riprese Lucilio – io mi studiai finora premunirvi contro ogni evento possibile; e spero che se parlerete colla Pisana i suoi discorsi il suo contegno i suoi sguardi vi persuaderanno meglio de' miei ragionamenti. Ma non voglio poi dire che siamo giunti a tale eccesso di disperazione e di pericolo. Se ella potesse giungere a Venezia, e riposarsi nelle sue abitudini d'altro tempo...

— Oh dite il vero, dottore? ci sarebbero delle speranze? Non fate ora per confortarmi, per illudermi?

— Son tanto lontano dal volervi ingannare che finora vi lasciai persuaso del peggio. Adesso non vi rendo molte speranze, ma sibbene quelle che la provvida natura ci consente sempre, finch'ella non arresta, forse provvida del pari, l'arcano movimento della vita. Intanto questo vi consiglio, che vi parrà certo strano, di intrattenervi a lungo colla Pisana, e di fidarvi alla scuola de' suoi esempi. Vi prometto che ella finirà di sconsigliarvi da ogni azione disperata: e questa confidenza che ho in lei suggelli la sincerità di quanto vi son venuto dicendo.

— Grazie! – io soggiunsi stringendogli la mano – certo né da lei mi possono venire esempi, né da voi consigli indegni di me.

Cosí finí quel colloquio per me assai memorabile, e che decise forse di tutta la mia vita avvenire. Io rimasi perplesso e costernato assai; ma la fortezza d'animo di Lucilio mi avea in certo qual modo rattemprato, e perciò mi proposi di dargli retta raccostandomi alla Pisana e cercando di riparare ai mali involontariamente commessi coll'accordare la mia condotta ai suoi desiderii, e darle cosí la piú alta testimonianza che si potesse d'amore e di devozione. Pur troppo sulle prime que' miei tentativi mi sconfortarono piú che altro: la povera Pisana faceva il possibile di sfuggirmi, pareva che sentendosi in procinto di abbandonarmi non volesse trovar piacere alla mia compagnia per provar poi maggiori angosce nel momento della separazione. Od anche le dispiaceva che io le dimostrassi qualche preferenza in confronto dell'Aquilina.

Ad ogni modo, non mi scoraggiando per que' suoi forzati dispetti, e continuando a dimostrarle con ogni maggiore accorgimento la mia gratitudine e il profondissimo rammarico di non averla dimostrata meglio e prima d'allora, giunsi a vincere quell'ostinata ritrosia e a rimenarla ben presto all'antica confidenza. Mio Dio, qual tormento era per me il veder ravvivarsi dentro agli occhi suoi la fiamma della vita, e assistere insieme al continuo deperimento delle sue forze che a mala pena le reggevano la stanca e stremata persona!... Qual terribile spettacolo la giocondità con cui accoglieva quel mio ritorno alla tenerezza di una volta; e la spensierata rassegnazione che la faceva scrollare le spalle e sorridere quando accennava del suo futuro! Un giorno io avea parlato con Lucilio il quale mi assicurava che se le cose procedevano a quel modo avremmo potuto arrischiare nella settimana seguente il viaggio verso Venezia. La sera mi trovai soletto colla Pisana, perché Lucilio aveva accompagnato mia moglie mio cognato e i miei ragazzi a vedere non so quali meraviglie di Londra; ell'era piú pallida ma piú allegra del solito; sperava sempre che nel suo bizzarro temperamento anche la salute potesse ravvivarsi d'improvviso sfuggendo alle regole comuni degli altri esseri, e che il male non fosse irreparabile con quella festività d'umore che allora le rinasceva.

— Pisana – le dissi – il mese venturo potremo essere a Venezia. Non ti pare che soltanto il pensiero ci faccia bene?

Ella sorrise levando gli occhi al cielo, né rispose nulla.

— Non credi – continuai – che l'aria nativa, la pace che gioiremo tutti uniti e tranquilli finiranno di guarirti dalla melanconia?

— Melanconia, Carlo? – mi rispose. – E come t'immagini mai ch'io sia melanconica?... Avrai osservato che una vera giocondità naturale e continua non l'ho mai avuta; erano sprazzi di luce, lampi fuggitivi e nulla piú. Sono sempre stata una creatura molto variabile, ma piú sovente taciturna e ingrognata. Soltanto ora mi sorride un bel tempo di serenità e di pace; non mi son mai sentita cosí calma e contenta. Credo che ho recitato la mia parte e spero qualche applauso.

— Pisana, Pisana, non parlare cosí!... Tu meriti molto maggiori applausi che noi non ti possiamo dare e li avrai. Torneremo a Venezia; là...

— Oh Carlo! non parlarmi di Venezia, la mia patria è molto piú vicina, o lontana se vuoi, ma ci si arriva con un viaggio molto piú rapido. Lassù, lassù, Carlo!... Vedi; la povera Clara mi ha fatto se non altro credere e sperare nella misericordia di Dio. Non è giunta a cacciarmi in capo la sua teoria dei peccati; ma pel resto ci credo, e m'aspetto di non esser punita troppo severamente del poco male che senza volerlo ho commesso. Tutto quel poco bene che poteva fare io l'ho fatto; è giusto che non mi si tardi qualche ricompensa; il mio desiderio è di riceverla subito, e di abbandonarvi per breve tempo col sorriso sulle labbra e, concedetemi anche questa speranza, col vostro compatimento.

— Non vedi, Pisana, che tu mi strazi l'anima, che mi rinfacci con queste parole la cecità colla quale in questi ultimi anni ho voluto credere alla tua apparente freddezza?... Infame, sconoscente, assassino che non badava a tutti i tuoi sacrifizi, che mi sforzava a creder vera la tua indifferenza forse per isdebitarmi a poco prezzo con te, che non volli conoscere nella tua devozione e nel modo ammirabile con cui me la dimostravi quel suggello di sublime delicatezza di cui sola sai improntare i sacrifizi e farli comparire azioni affatto comuni e prive di merito!... Oh maledicimi, Pisana!... Maledici il primo momento che mi hai conosciuto, e che ti ha condotta a sprecare per me tanto eroismo quanto avrebbe bastato a premiare la virtù d'un santo e i fecondi dolori d'un martire!... Maledici la mia stupida superbia, la mia ingrata diffidenza, e il vile egoismo con cui son vissuto due anni bevendo il tuo sangue, e suggendoti dalle carni la vita!... Oh sí, ricada sul mio capo la pena di tanta infamia! La meritai la imploro la voglio! Finché non avrò scontato a lagrime di sangue tutto il mio delitto contro di te, tutti i dolori le umiliazioni che ti ho imposto, non avrò né pace né ardire di sollevar il capo e chiamarmi uomo!...

— Vaneggi, Carlo?... Che fai ora, che pensi?... Non conosci piú la Pisana, o credi ch'ella finga ancora per esser creduta contenta o per isbarazzarsi dell'altrui compianto?... No, Carlo, te lo giuro!... La quistione di vivere o di morire non c'entra per nulla nella mia felicità. Non ti nascondo che la mia ultima ora la credo molto vicina; ma son io men felice per ciò?... Tutt'altro, Carlo; la tua tenerezza la tua confidenza erano l'ultima consolazione che mi aspettava; tu me l'hai ridonata. Oh, che tu sia benedetto!... Una sola tua parola di riconoscenza, un solo sguardo affettuoso pagherebbero due vite piú lunghe della mia e piene a tre doppi di privazioni e di sacrifizi!... Tu hai diffidato di me, tu mi hai imposto dolori e patimenti?... Ma quando, Carlo, quando? Io peccai e tu mi perdonasti; io t'abbandonai, e non ne movesti lamento; tornata a te mi raccogliesti colle braccia aperte e col miele sulle labbra!... Tu sei l'essere piú nobile piú confidente e generoso che possa esistere... Se avessi dinanzi a me l'eternità, e dovessi passarla in continui stenti neppur consolata dalla tua presenza, e tutto per risparmiarti una lagrima un sospiro solo, non esiterei un momento. Mi rassegnerei giubilando, e contenta solo nel pensiero che tutti i miei giorni tutti i miei affanni sarebbero consacrati al tuo bene. Tu solo, Carlo, non hai ripudiato l'anima mia. Dall'amor tuo solo cosí generoso e costante presi il coraggio di guardare dentro di me e dire: "Non son poi tanto spregevole se un tal cuore continua ad amarmi." Oh Carlo, perdonami!... Perdonami per carità, se non ti ho amato come tu meritavi!...

— Alzati, Pisana! le tue preghiere mi svergognano; non avrò piú cuore di guardarti in viso, né di domandarti perdono!... Oh mio Dio!... Come ricordare senza angoscia tutti i momenti nei quali una mia parola d'amore, un mio sguardo umile e mansueto ti avrebbe se non ricompensata almeno fatta persuasa della mia gratitudine? Invece mi rinchiusi ne' miei tristi sospetti e punii col sussiego e col silenzio il sacrifizio piú nobile forse piú costoso che abbia fatto una donna, quello... sí, voglio dirlo, Pisana, quello dell'amor tuo!... E se credeva che non mi amassi piú, perché dunque mi valsi di te come d'una schiava, strascinandoti pel mondo legata miseramente al mio sciagurato destino!... Oh sí, Pisana! fui pur troppo un vile tiranno e un carnefice spietato!...

— Ed io ti ripeto ancora che o non ti ricordi bene, o dopo tanti anni non conosci per anco la Pisana. Ma non capisci che tutti quelli che tu chiami dolori patimenti sacrifizi, erano per me piaceri ineffabili, colmi d'una voluttà tanto piú dolce quanto piú nobile e sublime? Non capisci che l'indole mia strana e mutabile mi portava forse a stancarmi dei piaceri piú comuni, e a cercare in un'altra sfera anche a rischio di perdermi contentezze diverse e diletti che non avessero paragone nella mia vita passata? Non hai ravvisato il primo sintomo di questa, direi quasi, pazzia in quel mio incredibile e tirannico capriccio di sposarti all'Aquilina?... Oh te ne scongiuro in ginocchio, Carlo!... Perdonami di averti amato alla mia maniera; di aver sacrificato te ad un mio ghiribizzo strano e inconcepibile, di non aver cercato nella tua vita altro che un'occasione di appagare le mie strane fantasie!... Tu non potevi capirmi, tu dovevi odiarmi, e invece mi hai sopportato!... Quando negli ultimi anni io trovava tanta dolcezza nell'assisterti, e nel nasconderti l'amor mio dandoti ad intendere che solo la necessità e la compassione mi movevano, non doveva io conoscere che con questo contegno ti tormentava, e che toglieva il maggior valore a quei pochi servigi che poteva renderti?... Ciò nulla ostante io seguitai a far pompa della mia barbara delicatezza, mi ostinai in quel sistema di virtuosa vanità in cui col tuo matrimonio avea segnato il primo passo, volli il piacer mio prima di tutto, ad ogni costo!... Vedi, vedi, Carlo, se fui cattiva ed egoista? Non avrei fatto meglio a confidarmi nella tua generosità tanto maggiore e piú provata della mia, e dirti: "Ho sbagliato, Carlo! ho sbagliato per sbadataggine per bizzarria! Ora i nostri doveri son questi! Adempiamoli d'accordo senza ipocrisia e superbia"!?? Ma io diffidai di te, Carlo! Te lo confesso coll'umiltà della vera penitente!... Il tuo amore sí grande sí magnanimo non meritava una sí trista ricompensa; ma una sincera confessione mi rialzerà agli occhi tuoi. Mi amerai ancora; sí, mi amerai sempre, e la mia memoria santificata dalla morte vivrà perenne tra i tuoi piú soavi e mesti pensieri.

— La morte? non pronunciare, perdio, questa parola, o non contento di seguirti, io ti precedo!...

— Carlo, Carlo, per carità non mettermi nel cuore un sí atroce rimorso! Libera questi miei ultimi giorni dalla sola paura che possa amareggiarli!... Vedi! impara da me... Cento volte avrei potuto, avrei dovuto uccidermi... e in quella vece... in quella vece... io muoio!...

— No, non morrai... Pisana, Pisana! ti giuro che non morrai!...

— Ed è vero; non morrò affatto se tu vivi; se tu onori la mia memoria col render utili quei pochi sacrifizi che sebben malamente pure ho fatto per te!... Se penserai all'Aquilina che io ti ho confidato, ai figliuoli che tu generasti e ai quali ti stringono sacri e inviolabili doveri, alla tua patria, alla mia patria, Carlo, per la quale ha sempre battuto questo mio piccolo cuore, per la quale dovunque mi porti la volontà di Dio io non cesserò di pregare, e di sperare!... Carlo, Carlo, te lo raccomando! Vivi perché la tua vita sarà degna di esser imitata da quelli che verranno. Possa almeno dire morendo che le mie parole che i miei consigli ebbero questa fortuna di lasciare un'eredità di grandi e nobili azioni!... Null'altro ti chieggo null'altro desidero perché il momento della partenza sia insieme il piú felice della mia vita. Del resto tutto quel po' di bene che poteva operare mi sono studiata di farlo: muoio contenta, muoio sorridendo perché vado ad aspettarti!...

— Eccomi, eccomi, Pisana; non aspetterai un attimo! Io sono con te!

— E se ti dicessi che queste sarebbero le prime dure parole che avrei udito da te, e che cosí mi avvilisci agli occhi miei, e mi togli quel lievissimo premio col quale io partiva tutta beata?... Oh Carlo, se mi ami ancora, tu non vorrai vedermi morire fra le paure e i rimorsi! Sai che quando voglio una cosa, la voglio la pretendo ad ogni costo! Or bene, io voglio e pretendo che la mia morte a me tanto facile e soave non sia la disperazione d'una intera famiglia, e non tolga a tutto un paese ed all'umanità tutto quel bene che puoi che devi ancora operare!... Carlo, sei tu forte animoso? Hai fede nella virtù e nella giustizia? Giurami allora che non sarai vile, che non abbandonerai il tuo posto, che misero o felice, accompagnato o solo, per la virtù per la giustizia combatterai fino all'estremo!

— Oh Pisana, cosa mi chiedi mai? Come credere alla virtù e alla giustizia quando non ti abbia al fianco, quando una vita come la tua ottenga una sí misera ricompensa?

— Una vita come la mia è cosí invidiabile che beati gli uomini se potessero averne ciascuno una di simile! Una vita che principia coll'amore e termina col perdono colla pace colla speranza per sollevarsi in un altro amore che non avrà piú fine, è tanto superiore ad ogni mio merito che ne ringrazio e ne benedico Iddio come d'un dono grazioso. Ma una sola felicità mi manca, la quale anche son sicura di ottenerla perché è in tua potestà il concederla. Giurami, Carlo, giurami quanto ti ho domandato. No, non sarà mai vero che tu nieghi a me l'unica grazia che ti chiedo, supplicandoti per quanto hai di piú sacro e di piú caro al mondo, per la memoria per l'eternità dell'amor nostro!

— Oh Pisana, io non ho mai violato alcun giuramento!

— E per questo appunto te ne scongiuro; vedi? la felicità de' miei ultimi momenti pende ora dalla tua volontà, dalle tue labbra!

— Dunque è proprio necessario?... È un tuo decreto irrevocabile?

— Sí, Carlo; irrevocabile! Come il dono che ho fatto a te di tutta me stessa; come il giuramento ch'io rinnovo ora che tu sei l'essere piú nobile e generoso che abbia vestito mai spoglie mortali!...

— Oh ma tu mi stimi piú assai che non valga; tu mi chiedi quello che non posso...

— Tutto tutto potrai!... se mi ami ancora!... Giurami che vivrai pel bene della famiglia ch'io ti imposi, per l'onore della patria che insieme abbiamo amato, e ameremo sempre!...

— Pisana, lo vuoi?... Or bene, lo giuro!... Lo giuro per quel desiderio che avrei di seguirti, lo giuro per la speranza invincibile che la natura penserà presto a sciogliermi del mio giuramento!...

— Grazie, grazie, Carlo!... Adesso sono felice; torno degna di Dio!...

— Ma una cosa anch'io ti dimando, Pisana, di non pascerti piú a lungo dei lugubri pensieri che ti fanno morire prima del tempo, di adoperare quella felicità che in te rinasce, a ravvivare la tua salute, a rianimare il tuo coraggio, a serbarti insomma per noi, per noi che ti amiamo tanto!

— Oh tu sí, vedi, tu mi chiedi piú di quanto possa concederti!... Carlo, guardami in volto!... Vedi tu questo sorriso di beatitudine, queste lagrime di gioia che m'inondano gli occhi? Or bene, credi tu che io povera donna pazza briaca d'amore, mi rassegnerei a lasciarti ad abbandonarti per sempre a non vederti mai piú né in terra né in cielo, se una speranza certa, profonda, invincibile non mi affidasse che ci rivedremo che saremo uniti e contenti a mille tanti che nol fummo mai, per tutta la eternità?...

— Pisana, oh sí, ti credo! Veggo l'anima tua che risplende da quegli occhi divini!... Rimani, rimani con noi; per carità rimani!...

— E credi che se dovessi rimanere avrei goduto i piaceri puri ineffabili di quest'ultima ora?... Oh no, Carlo; ogni altra gioia sarebbe per me omai troppo ignobile e scolorita. Lascia lascia che me ne vada. Ammira tu pure insieme con me la clemenza di Dio che circonda dei colori piú splendidi il sole che tramonta!... Ringrazialo di farci pregustare in questo mondo le voluttà inesprimibili dell'altro quasi un'arra infallace che le promesse infuseci da lui nel cuore non sono né manchevoli né menzognere!... Addio, Carlo, addio!... Separiamoci ora che le nostre anime sono forti e preparate!... Ci rivedremo ancora forse molte volte, forse una sola!... Ma un'ultima volta ci rivedremo certo per non separarci mai piú. Vado ad aspettarti, ad imparare ad amarti veramente come meriti!... Addio addio!...

E mi sfuggí d'infra le braccia, e non ebbi la forza di trattenerla; e piansi piansi com'ella veramente fosse morta, come quell'addio fosse stato la sua ultima parola. E per vagar che facesse il mio pensiero non vedeva altro intorno a sé che buio e deserto. Quell'anima cosí grande e sublime risplendeva tanto, che fuggendo ella mi parevano larve tutti gli altri splendori di quaggiù, e ogni affetto perdeva forza e calore raffrontandosi al suo. Entrarono di lí a poco Lucilio, l'Aquilina con tutti gli altri; io non ebbi forza che di segnare con un gesto la porta donde era scomparsa la Pisana e sciogliermi di bel nuovo in pianto.

La vista di quelle persone che mi inchiodavano sí irremissibilmente alla vita mi fu in quel punto insopportabile e direi quasi odiosa. Era perfino snaturato contro la moglie e i figliuoli. Ma partiti che furono dalla camera, spaventati dal mio pianto e da quel gesto terribile, i consigli della Pisana mi mormorarono pietosamente nel cuore. L'amore di lei, che era si può dire immedesimato coll'anima mia, diffuse sui miei sentimenti un fiato salubre e vigoroso. Pensai che veramente per amarla avrei dovuto se non uguagliare imitare almeno la sua grandezza e sacrificarmi agli altri com'ella si era sacrificata per me. Pensai che non sono bugie quelle sante parole di famiglia e di patria che sonando dal suo labbro pigliavano un'autorità religiosa e quasi profetica. Pensai che espiazione o battaglia la vita nostra è un bene almeno per gli altri; e che quanto piú è un male per noi tanto piú meritorio è il coraggio di portarla fino alla fine. I suoi sguardi inspirati dalla fede delle cose misteriose ed eterne mi lampeggiavano ancora dinanzi; sentii che la loro luce non si sarebbe offuscata mai piú nel mio cuore e che si sarebbe tramutata in una felice speranza in un desiderio paziente ma sicuro. Piansi allora di bel nuovo, ma le lagrime scorrevano tranquille giù per le guance, e non precipitai piú disperato e violento ma mi sollevai lieve e rassegnato all'aspettazione della morte.

Dopo circa un'ora, durante la quale bene avvisarono di lasciarmi solo, tornò

Lucilio a significarmi che la Pisana era stata colta da un improvviso sfinimento, ma che riavutasi col bere un cordiale, s'era allora allora acquetata in un dolcissimo sonno. Raccomandava la lasciassimo in pace e che la natura operasse sola perché non vi sono ristori piú potenti de' suoi. Egli sarebbe venuto prima di sera a vedere se potesse aiutare coi soccorsi dell'arte i miglioramenti ottenuti da quelle ore di riposo. Successe infatti la tregua di alcuni giorni, né la gioconda serenità della Pisana fu smentita mai un istante.

Quand'ella poteva avermi vicino a sé e farmi sommessamente ripetere che avrei mantenuto le mie promesse, un sorriso celestiale irradiava le sue sembianze; non l'aveva mai veduta cosí contenta neppur negli istanti delle maggiori beatitudini. Cosí vidi illanguidirsi a poco a poco in una calma ilare e serena quell'anima di fiamma che avea sempre vissuto in una sí fiera tempesta di passioni; vidi la sua parte piú pura sorgere a galla, e risplendere d'una luce sempre piú tersa e tranquilla, e scomparire affatto que' profani sentimenti che l'avevano per qualche istante appannata: vidi quanto aveva potuto un affetto solo, ma pieno e costante contro un'indole bizzarra e tumultuosa, contro un'educazione falsa e pervertitrice: vidi tacere affatto le passioni al volo rapido e lieve che spiccava lo spirito, e la morte avvicinarsi bella amica sorridente al bacio del pari sorridente delle sue labbra.

Il delirio dell'agonia fu per lei un sogno di visioni incantevoli; fin'allora io avea creduto che fossero artifiziose bugie quelle grandi parole che si mettono in bocca ai moribondi; ma mi persuasi allora che le anime sante rivolgendosi dal punto supremo a gettare sulla loro vita un ultimo sguardo, ne spremono quasi i piú alti e generosi sentimenti per farsene viatico al gran viaggio verso Dio. Molte volte nominò l'Italia, molte volte stringendomi la mano mormorava parole di coraggio e di fede. — I tuoi figli; i tuoi figli! – mi diceva. - Carlo, li vedi, essi sono piú felici di noi!... Ma nel mondo, vedi, nel mondo! Fuori del mondo noi saremo beati al pari, di aver preparato la loro felicità! — Un altro momento si perdette in vaghi balbettamenti dai quali credetti rilevare che parlasse di Napoli, e dei giorni gloriosi e terribili vissuti colà ventiquattr'anni prima. Dopo evocate quelle lontane memorie mise le mani in croce e con piglio supplichevole soggiunse: — Perdono, perdono!... — Oh il perdono, anima mia, a chi e perché lo chiedevi? forse a me che avrei dato tutto il mio sangue per meritare il tuo? Forse a quel Dio che da tanto tempo era spettatore de' tuoi coraggiosi sacrifizi, e ammirava in quel momento la sublimità virtuosa e serena a cui può sollevarsi una sua creatura?

Oh godi ora, godi, anima benedetta, di quest'ultima testimonianza che io, ancora vivo dopo altri trent'anni di pazienza e di dolori, rendo sul limitare del sepolcro alle tue eroiche virtù!... Godi di sapere che se qualche splendore di coraggio ha illustrato il resto della mia vita, se di qualche utile impresa si onorarono i miei figli, e si onoreranno mai i figliuoli loro, il merito si appartiene a te sola! A te che mi pregasti di rimanere e di perpetuare e rinnovare in me e negli altri l'esempio della tua vita magnanima!... Sorridi ancora alla mia mente annebbiata e decrepita, o anima pura, da quel cielo alto e profondo dove per l'intima forza della sua sublimità si rifugiò la tua voce, e additami con un raggio di speranza il sentiero per cui possa raggiungerti!... Se nel pensiero abbuiato dalla vecchiaia e curvo sul sepolcro del mio figliuolo prediletto, dura ancora un poetico barlume delle eterne speranze, lo deggio a te sola. Per te sola ebbi famiglia, patria e altezza di cuore, e incorruttibilità di coscienza; per te sola conservo il fuoco eterno della fede; e lo unirò, dovechessia, al fuoco eterno dell'amor tuo.

No, non sogna non bamboleggia un vecchio d'oltre ottant'anni; non resiste a tanti dolori per cadere in quel supremo dolore che sarebbe la confusione del bene e del male. V'ha una sfera sovrumana, un ordine eterno dove le colpe piombano nella materia e le virtù si sollevano a spirito. Io che ti vidi scrollare d'intorno queste spoglie frali e caduche, io che ti ricordo piú bella piú giovane piú felice che mai all'istante supremo e pauroso della morte, io che ti amo ora piú che non ti amassi mai, compagna nella vita nelle debolezze negli errori, io deggio credere per necessità a una sublime purificazione, a un misterioso travestimento degli esseri! Sí, per grazia tua, per amor tuo, o animo felice, mettendo il piede nella tomba rinnego superbamente quella filosofia timida e senza cuore che nega ciò che non vede. Piuttosto che abbassare coi sensi la ragione umana, mille volte meglio sublimarla coll'immaginazione e col sentimento. Grazie, o Pisana, di quest'ultimo conforto che mi piove dall'alto dei cieli. Tu sola potevi tanto sopra di me. Non credo, non ragiono, ma spero.

Quand'ella fu tornata in sé l'Aquilina le domandò se voleva che si chiamasse un prete perché la religione assicurasse viemmeglio la meravigliosa serenità del suo spirito.

— Oh sí! – rispose ella sorridendo mestamente. – A mia sorella dorrebbe assai di sapere ch'io fossi morta senza prete!

— No, non parlar di morire! – soggiunse l'Aquilina, – i conforti della religione aiutano anche a vivere secondo la volontà del Signore.

— Vivere o morire è lo stesso dinanzi a lui — riprese con voce calma e solenne la Pisana; poi rivolse a me una lunga occhiata di speranza. Io mi asciugai gli occhi furtivamente, e nel rivolgermi all'altro lato vidi mio cognato e i due ragazzi che contemplavano meravigliati e quasi invidiosi quella forte moribonda. Tutto spirava intorno a quel letto pace e grandezza; e io pure finii col credere che non si trattasse di altro che della separazione di pochi anni; non assisteva ad una morte disperata ma ad un mesto ed amichevole commiato. Venne Lucilio che tastò il polso e sorrise alla morente come volesse dirle:

partirai fra breve ma in pace. Egli pure credeva. Venne da ultimo il prete col quale la Pisana s'intrattenne a lungo senza cinico disprezzo e senza affettata divozione. Contenta com'era di sé non le fu difficile persuadersi d'essere in pace con Dio; e i primi funerali che si celebrano con pompa sí lugubre e spaventosa al letto degli agonizzanti, non alterarono per nulla il suo aspetto sereno.

Tornò poi ad intrattenersi con noi, a ringraziare Lucilio delle sue cure, l'Aquilina e Bruto della loro amicizia, a benedire i miei figli pregandoli di ubbidire e di imitare i loro genitori. Mi prese poi per mano, e non volle piú che mi scostassi dal suo letto nemmeno per prendere una tazza di cordiale che stava sopra l'armadio e che le fu avvicinata alle labbra dall'Aquilina. Essa la ringraziò d'un sorriso, indi si rivolse a me soggiungendomi all'orecchio: — Amala, sai, amala, Carlo! Te l'ho data io! — Non ebbi fiato di rispondere, ma accennai col capo di sí; né ho mai dimenticato quella promessa, e l'Aquilina stessa avrebbe potuto attestarlo, per quanto alcune disparità d'opinione abbiano inasprito in appresso i nostri temperamenti.

Di momento in momento il respiro della Pisana diveniva piú raro ed affannoso; mi stringeva sempre piú forte la mano, sorridendo ad ora ad ora a ciascuno di noi; ma quando toccava a me era un'occhiata piú lunga ed intensa. E se ne stoglieva per guardar di nuovo l'Aquilina; quasi le chiedesse perdono di quegli ultimi contrassegni d'amore. Proferiva di tanto in tanto qualche parola, ma la voce le veniva mancando; io mi sentiva mancare insieme a lei, e subito collo sguardo ella mi inanimava a ricordarmi di quanto le aveva promesso.

— Eccomi! — diss'ella ad un tratto con voce piú forte del solito. E volle sollevarsi dal guanciale, ma ricadde piú stanca che abbattuta, e sorridendo di quello sforzo impotente.

— Eccomi! – mormorò una seconda volta; poi volgendosi a me soggiunse: – Ricordati: ti aspetto!...

Io sentii un brivido passarmi per mezzo il cuore, era l'anima sua che nel partire risalutava la mia. Mi stringeva ancora per mano, le sue labbra sorridevano, gli occhi guardavano ancora; ma la Pisana era già salita ad avverare le sue eterne speranze. Lo credereste? Nessuno si mosse dal suo posto; tutti restammo là immobili silenziosi a contemplare la serenità di quella morte; Lucilio mi raccontò poi di aver pianto esso pure ma quasi di consolazione; io non lo vidi allora come nulla vidi per tutto quel giorno. Non mi mossi, non piansi né parlai finché non tolsero dalla mia la mano della Pisana per adagiarla nella bara. Allora io stesso le composi intorno le vesti, io stesso la deposi nel suo ultimo letto, e all'ultimo bacio che le impressi sulle labbra mi parve che l'anima mia fosse fuggita insieme alla sua.

Per molti giorni rimasi che non sapeva d'essere né morto né vivo: ma era sospensione di vita e non disperazione, per cui a poco a poco il pensiero si sciolse da quel letargo, e riebbi finalmente la coscienza di me e la memoria di quanto era stato, per riaver insieme la fortezza che mi abbisognava onde ubbidire agli ultimi desiderii della Pisana. D'allora in poi la mia indole assunse una gravità e una fermezza non mai avuta dapprima; e l'educazione ch'io diedi a' miei figliuoli s'inspirò tutta da quei magnanimi esempi di virtù e di costanza. Quando l'Aquilina mi rimproverava dolcemente di avventurarli cosí ad un destino compassionevole e tempestoso bastava ch'io le ricordassi la morte della Pisana perché ella si ritraesse dicendo che aveva ragione! Infatti non si deve guardare né a pericoli né a sacrifizi per meritare una tal morte.

Pochi giorni prima che partissimo da Londra, arrivò la notizia che Sua Eccellenza Navagero era passato a miglior vita lasciando la Pisana sua erede universale, e ov'ella morisse senza testamento, instituendo con ogni suo avere uno spedale che dovea portare il nome di lei. Possedeva netti netti un paio di milioni ed era vissuto quegli ultimi anni in una finta povertà per accumulare quella gran somma allo scopo per cui la destinava. Io soffersi assai di dover abbandonar l'Inghilterra dove in campestre cimitero rimaneva tanta parte di me; ma la Pisana mi comandava di pensare ai miei figli, e partimmo. Spiro e l'Aglaura mi raccomandavano di tutelare alcuni loro interessi rimasti sospesi a Venezia, per cui mi volsi colà, deliberato di fermarmivi. Mio cognato dopo una corsa in Friuli per dar ordine alle sue cose ci avrebbe raggiunti e cosí io disponeva mestamente il mio campo d'inverno per la vecchiaia. Molto anche avea sofferto nello staccarmi da Lucilio, ma egli mi avea lasciato dicendomi: — Verrò a morire fra voi! — Sapeva ch'egli non avrebbe mancato alla sua promessa. Giungemmo a Venezia il quindici settembre 1823. Passai la prima notte in quella memore cameretta dov'avea vissuto giorni sí spensierati e felici, baciando fra lagrime e singhiozzi due ciocche di capelli. L'una l'aveva strappata dai bei ricci della Pisana fanciulletta: l'altra l'avea tagliata religiosamente sulla pallida fronte della Pisana morta.

CAPITOLO VENTESIMOPRIMO

Come io cooperassi a risvegliare in Venezia qualche attività commerciale, principio se non altro di vita, e come il maggiore de' miei due figli partisse con lord Byron, per la Grecia. Un duello a cinquant'anni per l'onore dei morti. Viaggio di nozze a Napoli di Romania e funebre ritorno per Ancona nel marzo del 1831. La morte mi toglie il mio secondogenito e fa man bassa sopra amici e nemici. Essa trova un potente alleato nel cholera. Un collegiale di sessantacinque anni.

Si sanno le cagioni per cui è caduta Venezia: e quelle cagioni stesse fecero sí, che neppur potesse rialzarsi all'attività della vita materiale. Il destino vi ebbe la maggior colpa, perocché il torpore medesimo del governo e l'infiacchimento del popolo derivarono dalla chiusura di quelle vie, per le quali si esercitava con massimo buon frutto l'attività sí dell'uno che dell'altro. Che colpa ci ebbero i Veneziani se Colombo e Magellano crearono nuovi commerci a profitto d'altre nazioni, e se Vasco di Gama aperse nuovi scali alle merci dell'Oriente? I Veneziani durarono audaci e meravigliosi mercanti finché fu loro possibile vendere le merci dei paesi lontani con benefizi maggiori degli altri concorrenti; serbarono abitudini e forze guerresche finché quel vasto e ardito commercio abbisognò d'una poderosa tutela. Cessato l'incentivo dell'utile, cessò il naturale richiamo alle antiche e gloriose tradizioni; cessarono le spedizioni ormai troppo costose e poco proficue al Mar Nero ed alla Siria, dove si scambiavano le manifatture europee colle merci della Moscovia, dell'India e della China portate dalle carovane; cessò lo spirito militare che in essi come negli Inglesi altro non era che un difensore della prosperità commerciale.

Cosí fu tolta a Venezia ogni ragione d'esistenza ed ogni azione nella civiltà. Continuò a vivere per consuetudine, *per accidente*, come diceva il doge Renier; tuttavia tre secoli di decadenza lenta onorata e quasi felice diedero un'altra e solenne prova dell'antica potenza di Venezia e delle virtù immedesimate nel suo governo e nel suo popolo da tanto tempo di glorioso esercizio. Se la Repubblica di San Marco fosse entrata a parte vigorosamente e costantemente nella vita italiana durante il Medio Evo, forse allo scadere de' suoi commerci avrebbe trovato nell'allargamento in terraferma un nuovo fomite di prosperità. Invece nelle provincie italiane ella comparve ancora piú da commerciante che da governatrice; non erano membra integranti del suo corpo, ma colonie destinate a nutrire il patriziato regnante, spoglio dei soliti mezzi di alimentare la propria ricchezza. Furono accorti politici e soldati non per assodare e dilatare oltre il Po ed il Mincio l'influenza del governo, e prepararsi un futuro italiano, sibbene per difendere le loro proprietà, come lo erano stati dapprima in Crimea e nell'Asia Minore per proteggere gli empori mercantili. Da ciò, siccome per abitudine di rispetto, o per necessità di equilibrio, o per merito delle prudenti transazioni, gli altri governi li lasciarono godere in pace quei possedimenti commerciali, cessò poco a poco ogni necessità di tutela armata, e contenti di cancellare una partita sulla pagina del dare, i Veneziani affidarono unicamente al proprio accorgimento e alla discrezione altrui la sicurezza del dominio.

Forse se al tramutarsi di mercatanti in proprietari e di marittimi in continentali, un'arida fazione o un capo fortunato dell'aristocrazia avesse cercato anche di cambiare l'indole del governo di utilitaria in politica, la fortuna di Venezia avrebbe corso qualche maggior rischio, ma racquistato insieme un argomento ed un titolo di futura grandezza, ove le fosse venuto fatto di sormontare vittoriosamente quella nuova esperienza. Si sarebbe rimediato con un nuovo congegnarsi delle forze nazionali al vecchio difetto di scarsa partecipazione al movimento italiano. Mancò a ciò l'opportunità, o la forza, o la mente. Venezia, come ebbi campo a dire in addietro, rimase una città del Medio Evo colle apparenze d'uno Stato moderno. Ma le apparenze non durano a lungo; e poiché non aveva voluto o potuto diventar nazione, le convenne per forza scadere alla condizione di semplice città. Cosí nell'economia politica come nella fisiologia medica. Bisogna deprimere e ridurre un corpo invaso da umori corrotti a quella parsimonia naturale, onde poi risorga ordinatamente alla piena salute.

Venezia in quei primi rivolgimenti che le tolsero ogni appiglio in terraferma, chiudendole piucché mai le vie insuete del mare, rimase a dir poco in fil di morte. Quando poi tornò la pace, e il mare le fu sbloccato dinanzi, le forze erano sí misere da non poter competere con quelle degli altri porti che s'erano anzi ringagliardite durante la sua indolenza. "Rive opposte, animi contrari" dice un proverbio inglese. Trieste entrava in lizza arditamente, spalleggiata dal commercio viennese e cogli aiuti del governo che o disperava o non si curava di richiamare l'attività veneta al campo primitivo de' suoi trionfi. Venezia si chiudeva melanconica e dolorosa fra le moli marmoree, come il principe scaduto che si rassegna a morire d'inedia per non tender la mano.

Infatti dopo essersi atteggiata fino agli ultimi tempi come protettrice d'Europa contro i Turchi, dover chiedere altrui armi e denaro per mandare quattro stambecchi a caricar fichi a Corfù, l'era un gran boccone amaro da ingoiare. Si stette dunque, ma non si sapeva bene se rimuginando il passato, o maturando un futuro. "Prima che la statistica aprisse i suoi registri" disse un ottimo pubblicista "ciascun paese credeva d'essere quello che avrebbe voluto essere." I Veneziani anche nel millesettecento ottanta si reputavano i naturali rintuzzatori della prepotenza mussulmana, perché l'ammiraglio Emo con una dozzina di galee avea tentato gloriosamente qualche rappresaglia contro Tunisi. Era omai l'unica scusa di loro esistenza e si incaponivano a crederla vera. Quando poi la terribile riprova statistica d'una guerra generale mise in mostra i duecento vascelli d'Inghilterra e i quattordici eserciti di Francia; e la fine strozzata di quella lotta titanica confermò se non altro la nullità politica di Venezia, e che l'Europa non abbisognava omai di alcun freno contro i Turchi, e che se ancora ne abbisognasse frenarli certamente non toccava a lei, allora essa cominciò a stimarsi non quello che avrebbe voluto essere ma quello che era veramente. Se questo primo esame di coscienza generò un frattempo di avvilimento fu indizio di senno civile e di salutare vergogna. Non insultiamo a coloro che morti solo da ieri già cominciarono a rivivere, mentre si onorano gli altri che con grandissimo scalpore non son giunti a vivere che per la calcolata tolleranza di tutti. Intanto io tornava a Venezia che quel torpore d'inerzia e di vergogna era al suo colmo.

Non commercio, non ricchezza fondiaria, non arti, non scienze, non gloria, né attività di sorta alcuna: pareva morte, e certo era sospensione di vita. Dovendo immischiarmi negli affari commerciali di Spiro mio cognato, toccai con mano l'indolenza e l'infelicità di quelle funzioni sociali, da cui la storia della Repubblica rilevava le sue piú splendide pagine. Mettermi a capo d'una riscossa, e ridestare una qualche operosità in quelle forze irrugginite e stagnanti, fu mio primo pensiero. Poco si poteva tentare perché quasi nulla si aveva; ma chi ben comincia è alla metà dell'opera. Giudicai che Spiro non sarebbe stato alieno dal mio divisamento; né rifuggii dall'arrischiare nel magnanimo tentativo il credito e le residue sostanze della casa Apostulos. La guerra della Grecia l'avea spolpata del meglio, ma qualche cosa rimaneva, e la fiducia dei corrispondenti avrebbe moltiplicato il valore di quegli sparsi rimasugli. Ravvivare anzi creare lo spirito d'associazione sarebbe stato il primo passo; e mi vi incuorava lo spettacolo della potenza inglese di cui mi durava ancor fresca la maraviglia. Ma anche i giganti nascono bambini. M'accorsi alle prime che m'avventurava in un sogno; e mi ritrassi a tempo per non disperdere con un subito tracollo la buona volontà che già s'accumulava in un tacito fermento.

Nostro errore, nostra disgrazia è di misurare la vita d'un popolo da quella d'un individuo: lo dissi altre volte. Un uomo solo può precedere il progresso nazionale non rimurchiarlo; perché l'esempio suo sia utile conviene che sia facilmente imitabile e da molti, sicché si allarghi e attecchisca nelle abitudini; allora il rimurchio vien da sé. Lo spirito d'associazione, indizio di ravvicinamento e strumento di piú vasta concordia, va incoraggiato in ogni fatta d'intraprese; come educazione ad analogo esercizio di altre operazioni, come fattore di confidenza e di prosperità e d'altri mezzi generali di miglioria. Ma al suo perfetto sviluppo si giunge per gradi: alla società di mille è proemio la fortunata società di cento; e per insegnare a persuadere i cento, fa d'uopo che i venti i dieci o cinque si uniscano, e coll'eloquenza dei fatti e delle cifre li convincano che minore sarebbe stato l'utile comune e il singolo se cadauno avesse adoperato per sé. Fermi in capo cotali principii, tornai al cimento, e li posi a regola dei miei negozi, divisando di adoperarli alla vista di tutti non come argomenti di prosperità pubblica ma di privata fortuna.

Infatti una prima società da me instituita pel commercio di frutta secche, di vallonea, di olio, e d'altre materie prime cogli scali del Levante e della Grecia, ebbe ottimo successo. Aveva messo ogni mia cura nel non arrischiare e nell'allargarmi poco, perché l'effetto corrispondesse piú certo per quanto piccolo. Dopo il primo passo si uscí se non altro da quella profonda sonnolenza. Altre società si formarono simili alla nostra, e la concorrenza accrescendo l'attività dilatò le sue intraprese e le arrischiò a maggiori pericoli colla lusinga di piú grossi guadagni. Infatti l'esperienza diede ragione il piú delle volte a chi spingeva oltre; dalla concorrenza fra noi, che cominciava a inceppare il proficuo sviluppo dei singoli commerci, nacque la fusione di alcune piccole società in altre piú grandi. E queste rivaleggiarono coraggiosamente colle piú forti e antiche d'altri porti del Mediterraneo. I proventi erano certo minori, e perciò Venezia non potea competere né con Marsiglia, né con Genova, né con Trieste: ma onesti guadagni si ottenevano e la speranza succedeva all'avvilimento e l'operosità all'inerzia. Sasso lanciato non si sa ove possa giungere: e se gli stranieri non erano ancora adescati dalla prosperità di Venezia a stabilirvisi con i propri capitali, almeno si aveva quanto bastava per muovere e fecondare le forze paesane. Non era molto e sperava di piú. Senza contare che cotali intraprese fruttavano alla vecchia ditta Apostulos inusitati guadagni; e Spiro non faceva altro che lodarmi pel grande aiuto che cosí recava a lui ed all'indipendenza della Grecia.

Il commercio almeno per gli scambi locali aveva ripreso un andamento naturale e ritrovato a poco a poco il suo sfogo ragionevole nella gran valle del Po. Ma io non voglio farmi merito di cotali successivi allargamenti: come il manovale che si gloriasse della bella architettura d'un palazzo per averne egli gettato la prima pietra. Si generano le grandi imprese come i grandi figliuoli, piú per piacere proprio del momento che per diretta intenzione. Io peraltro qualche intenzione ce l'ebbi, e perciò mi do vanto di aver cooperato primo al qualunque siasi risorgimento del commercio veneziano. Sibbene tutte queste magnificenze avvennero in seguito, e mi tocca ora recedere ai primi mesi quando esse non mi vagolavano pel capo che come lontane e forse infondate lusinghe.

Donato, il mio secondogenito, si adattava facilmente ad aiutarmi nella nuova professione di commerciante; e benché ragazzo affatto, per una sua acutezza mirabile d'ingegno mi giovava assaissimo. Egli era un pazzerello cosí godibile, che quando mi si oscurava l'anima di melanconia non aveva che a rivolgermi a lui per esser rischiarato. Teneva ottima compagnia a sua madre; e frequentava molto con lei la casa del conte Rinaldo di Fratta, ove dopo la morte del Navagero si era ridotta anche la reverenda Clara. Il Conte era ancora registratore della Ragioneria del Governo a un ducato al giorno, e non viveva che nell'ufficio e nelle biblioteche; ma la Clara, avendo serbati i suoi vincoli d'amicizia colle sorelle smonacate di Santa Teresa, gli avea tirato in casa buon numero di visitatrici. A poco a poco intorno a quel primo nocciuolo s'erano appostati altri elementi di società: patrizi di vecchio o nuovo conio, per la maggior parte persone che rimpiangevano in fondo l'antico ordine di cose, e lodavano e facevano lor pro' delle presenti per non esser costretti alle fatiche, e condannati all'inedia di nuove rivoluzioni.

Donato osservava quegli stampi originalissimi, e sapeva metterli in burla con qualche scontento di sua madre; io invece me ne consolava vedendo che soltanto a ragione di lei si piegava a trovarsi quasi tutti i giorni con quelle mummie, e che non ne avrebbe mai imparato le sucide massime e la meschina ipocrisia. L'Aquilina dal canto suo stringeva ogni giorno piú le sue relazioni colla signora Clara, perché, diceva ella, non si sapeva mai dove potesse condurci qualche mia ragazzata. Sopra questa o simile parola nascevano per consueto i gran diverbi; ma io non vi badava piú che tanto, e sapendo che l'adoperava a fin di bene, lasciavala far a suo modo. Altronde le antecedenze giustificavano abbastanza questa nostra famigliarità coi Conti di Fratta; e non istava a me distoglierla da un'osservanza che era imposta anche a me stesso dalla gratitudine. Maggiore argomento di discordia ci era la condotta di Luciano, il quale anziché imitare nell'arrendevolezza e nell'operosità il fratello minore, si buttava allo scapato, non voleva sentire né ammonizioni né consigli, e quando lo si rimproverava, massime sua madre, di non volersi occupare delle cose piú utili alla vita, rispondeva che, poiché non ci era vita, non capiva in che potessero consistere quell'utile o quel disutile, e che egli vi trovava il suo conto o bene o male a dimenticarsi di tutto.

— Bada, Luciano – lo ammoniva io – bada che dimenticando tutto sopraggiunge poi il giorno che ci ricorda di qualche cosa, e allora troppo tardi ci accorgiamo d'aver dimenticato di farci uomini.

— A questo penso io — ripigliava egli ricisamente. E non ismetteva nulla delle sue scapataggini, de' suoi stravizzi. Sicché io piú volte e con alquanta amarezza ebbi a beffarmi di sua madre che avea preso una gran soggezione di quel suo ghiribizzo giovanile di andarsene in Grecia. Altro che Grecia! Mi pareva che la conversazione delle bionde veneziane, e il bicchierino di malvasia gli avessero cancellato dalla memoria quei generosi poemi. Ma secondo l'Aquilina era questa pure mia colpa, ché, lasciandolo padrone della fantasia, lo aveva avvezzato a non aver riguardo né di padre né d'amici, e a formarsi una felicità a suo modo.

— Ieri era la Grecia – diceva ella – oggi sono le scapestrataggini, domani sarà Dio sa che cosa! E tutto per avergli detto bravo, per avergli lasciato le redini sul collo!

— Scusami – soggiungeva io – ma quelle idee generose non bisognava soffocargliele come fossero vituperi. E tu stessa ve lo avevi mirabilmente preparato col formargli un temperamento animoso e robusto.

— Sí, sí, io m'era ingegnata di allevarlo con buoni principii, ma non già perché tu ne abusassi col lasciargliene tirare cotali conseguenze.

— Le conseguenze, ben mio, procedono dritte dritte dalle cause.

— Massime peraltro quando trovano aiuti che le indirizzino.

— Sai cosa ho da dire? Che se dalle tre cause fossero venute quelle conseguenze che sperava io, ne avrei proprio picchiato le mani dal gran gusto!

— Segno che hai sperato male, e che malamente hai aiutato le tue speranze! Vedi a che belle conseguenze siamo venuti! Tu ti ammazzi allo scrittoio, il nostro figliuolo piú tenerello ci sta anch'egli notte e giorno come un martire, il maggiore invece, l'eroe, batte i bordelli e le taverne!

— Eh diavolo! Che ce ne ho colpa io? Al postutto mi ricordo esser stato giovine.

— Ed io se avessi speso cosí brutalmente la mia gioventù mi vergognerei di ricordarmene.

— Io ti dico che è un riscaldo e che si ravvederà.

— Io ti torno a ripetere che è una malattia, che si farà cronica se non attendi a rimediarvi presto.

Cosí si altercava fra di noi. Luciano intanto stava fuori di casa le notti intere, e se lo si rimproverava faceva peggio, e tirava calci come un puledro che non vuol essere domato. In mezzo a cotali dissensioni una bella mattina quando non me lo sarei mai aspettato egli mi capitò in camera pallido stralunato, a dirmi netto e schietto che la settimana ventura sarebbe partito per la Grecia.

— A che farvi? — risposi io beffardamente, ché non ci credeva piú a quelle passeggiere tentazioni.

— A difendere Missolungi contro Mustafà Bascià! — soggiunse egli.

— Ah ah! — ripresi coll'ugual tono di scherno. – Mi congratulo vedere come tu sappia che vi sia nel Peloponneso un Mustafà Bascià.

— Non lo sapeva – ripigliò coi denti stretti Luciano – ma me lo disse lord Byron il quale anche lui è deliberato di partir per la Grecia fra pochi giorni.

— E dove mai ti sei abbattuto in lord Byron?

— Ti basti sapere che l'ho conosciuto, ch'egli si è degnato parlarmi, e che mi prenderà per compagno della sua andata in Grecia.

— Scherzi, Luciano, o sono sogni codesti tuoi?...

— No, anzi, papà mio, parlo cosí seriamente che nella prima lettera che scriverete agli zii, darete loro contezza di questo mio divisamento.

— Or bene, se dici da senno, ripeterò io stesso adesso quello che tua madre diceva or sono alcuni mesi. Hai proprio una vera vocazione? Devi aver capito che in questo frattempo mi hai fornito molti argomenti per dubitarne.

— Padre mio, son tanto sicuro che questo mio proposito otterrà sanzione dalle opere di tutta la vita, che vi chieggo fin d'ora perdono della mala stima che vi ho lasciato concepire di me, e vi prego di esser generoso e confidente anticipandomi d'alcuni mesi la buona opinione che mi darò poi cura di meritare. Perciò mi rivolgo tanto a voi come a mia madre.

— Vi penseremo, Luciano. Intanto impara a maturar bene le tue idee e a diffidare, massime quando ne hai non poche ragioni.

Egli non rispose verbo, mostrandomi col suo contegno che di tutto avrebbe diffidato fuorché della saldezza di quel suo divisamento. E infatti io ne maravigliai; ma per quanto lo tentassi in una maniera o nell'altra egli rispondeva queste sole parole: — Ho capito che a questo mondo si ha il dovere di vivere a vantaggio di qualcuno; adunque vi prego, lasciatemi vivere! — Sua madre strepitò di questo disegno sul quale pochi mesi prima sembrava affatto indifferente; ma ne ottenne nulla del pari. Luciano stette fermo nel voler partire; e non aspettava altro che un cenno di lord Byron per imbarcarsi con esso lui. Io conosceva il famoso poeta di nome e di fama; lo aveva anche veduto due o tre volte in qualche sua rara apparizione sotto le Procuratie, giacché da molto tempo egli pareva aver adottato per patria l'Italia ed in special modo Venezia. I poeti sono come le rondini che volentieri fabbricano il loro nido fra le rovine. Quell'accostarsi di Luciano alla generosa disperazione del sublime misantropo non mi garbava gran fatto; temeva che ne nascesse qualche somiglianza di passioni, che cioè la grandezza e la nobiltà dell'impresa fosse il minor incentivo a tentarla, e che in lui potesse l'ambizione come il fastidio dei piaceri nel torbido lord. Luciano era assai giovinetto, facile perciò a rimaner abbagliato da quell'apparenze di sublimità mefistofelica che in fin dei conti non servono ad altro che a nascondere un'assoluta impotenza di comprendere la vita e di raggiungerne lo scopo. Bensí era impossibile che cosí fanciullo agognasse sinceramente questa sterile filosofia del disprezzo, e se ne imitava il corifeo, non poteva essere che per vaghezza di rendersi singolare e di risplendere della luce altrui. Or dunque temeva e non a torto, che, messo alla prova, la sua risolutezza non sarebbe stata vigorosa l'un per cento di quello che sembrasse nelle parole. Luciano rideva de' miei sospetti, soggiungendo che se io lo tacciava di romanticismo, era ben piú degno a scusabile l'esser romantici nei fatti, che nei sospiri e nella capigliatura.

— Non frignerò romanze, né mi tingerò le guance della preoccupazione del suicidio, come d'un cosmetico di moda – rispondeva egli. – Diventerò invece l'eroe di qualche ballata, e le donne d'Argo e d'Atene ricorderanno il mio nome insieme a quelli di Rigas e di Botzaris. Sarà un romanticismo utile a qualche cosa. S'aggiunga poi ch'io ho diciott'anni e che una volta o l'altra, lo sapete bene, converrebbe che me ne andassi. Colla mia indole non consentirò mai a farmi soldato né a comperare un altr'uomo che paghi il mio debito all'infelicità dei tempi.

Che volete ch'io soggiungessi?... Lo lasciai dunque partire; e lo raccomandai caldamente a Spiro che si trovava allora a Missolungi, dichiarandogli anche il giudizio ch'io faceva del temperamento di Luciano e l'instabilità e gli altri pericoli che ne temeva. Mia moglie non pianse né si disperò punto; solamente mi rimbrottò per tre o quattro mesi della poca padronanza ch'io sapeva conservare sull'animo dei figli; ma intanto venivano dalla Grecia ottime notizie; essendosi rifiutato di comune consenso la divisione della Grecia in tre ospodariati, proposta dallo czar Alessandro, la guerra era scoppiata piú feroce ed accanita che mai. Il quarto esercito mussulmano si squaglia come neve al sole sul suolo ardente del Peloponneso. Luciano coi suoi cugini Demetrio e Teodoro ha l'onore d'esser ricordato in un bollettino pel suo maraviglioso coraggio. Spiro me ne scrisse mirabilia, e Niceta, quello che fu cognominato il Mangia-Turchi, lo propose come modello alla sua legione nella quale ebbe grado di capitano.

Tutta Europa applaudiva all'eroiche vittorie della Grecia: come gli spettatori del circo che sicuri dai loro scanni battevano le mani al bestiario che usciva vincitore dal contemporaneo assalto d'un leone e di due tigri. Pochi aiuti d'armi e di uomini, pochissimi di danaro davan mano a quegli sforzi sovrumani: i governi d'Europa cominciavano a sogguardarsi l'un l'altro e a tremare di non poter rimettere le catene turche ai ribelli cristiani. Intanto si seguitava a combattere: i Basià non si mostravano piú tanto ligi ai pronostici del sultano Mahmud, né ubbidienti ai suoi comandi, i Giannizzeri stessi rifiutavano d'avventurarsi sopra una terra che inghiottiva i nemici. Cresceva per la Grecia il favore e l'entusiasmo dei generosi. Byron offerse le sue fortune, negoziò un imprestito, ma in quel frattempo ammalò, e alla notizia della malattia tenne dietro ben presto quella della morte. La Grecia accorse ai suoi funerali, tutta l'Europa pianse sopra la tomba santificata dall'ultimo anno di sua vita, e s'impose il suo nome ad uno dei bastioni di Missolungi. Luciano mi partecipò con commoventissime parole una tale disgrazia: egli si diceva desolatissimo che il suo illustre amico e protettore non avesse potuto colle imprese dell'eroe oscurare la fama del poeta. "Il tempo è nemico dei grandi" soggiungeva egli. Ma si sbagliava, perché Byron non sarà mai tanto grande pel suo generoso sacrifizio, come quando alcuni secoli si saranno accumulati sulla sua memoria.

Intanto anche a me a Venezia, comportabilmente col sito, erano intervenute abbastanza gravi vicende. Raimondo Venchieredo che s'avea sposato la figliuola maggiore di Agostino Frumier, e per le strettezze economiche nelle quali era, e il talento capriccioso della giovine moglie, la faceva assai magra, si divertiva a sparlare di me e della Pisana, narrando massime di costei cose affatto nefande ed incredibili. Mi fu detto che al caffè Suttil egli teneva crocchio, e che non mancava sera che non dicesse qualche ignominia a carico nostro, forse per l'invidia che gli dava il continuo prosperare de' miei negozi commerciali. Per me forse avrei portato pazienza, non per la Pisana la quale io avrei difeso a costo anche della vita, beato di poterla in qualche modo ricompensare di tanti suoi sacrifizi. Perciò mi diedi io pure a frequentar quel caffè, e siccome pochissimi omai mi ravvisavano, me ne stava soletto in un cantuccio della camera posteriore, leggendo in apparenza la Gazzetta, ma in sostanza porgendo l'orecchio alla conversazione della prima stanza nella quale si mesceva sempre Raimondo colla sua solita spavalderia.

La seconda o terza sera ch'io mi metteva in quell'agguato (e già gli avventori e i garzoni mi adocchiavano di traverso sospettandomi forse una spia), udii nel caffè un romore insolito di sciabola e di sproni, e un gran chiasso di saluti e congratulazioni, e il rimbombo d'una vociaccia aspra e gutturale che mi parve di dover conoscere. Sí, perbacco; doveva proprio essere il Partistagno; infatti udii bisbigliare il suo nome da qualcheduno che rispondeva a chi gliene avea chiesto, e Raimondo poco dopo, gridando evviva al signor generale, congratulandosi della sua grassezza, e domandandogli se veniva per tentare la reverenda badessa, non mi lasciò piú alcun dubbio che non fosse lui.

— No, caro mio, non vengo piú a tentare la badessa: – rispose il Partistagno – mia moglie mi ha favorito un dopo l'altro sette maschiotti che mi danno da fare piú d'un reggimento, e le monache mi sono uscite del capo. Peccato! perché suppongo non mi vedrebbe malvolentieri, benché l'età debba aver cooperato molto a finire di farla santa. Voi piuttosto, caro Raimondo, come ve la siete cavata colla sua sorellina che non avea, mi pare, la minima disposizione di farsi monaca? Se vi ricordate, l'ultima volta che fui a Venezia ne eravate ancora infervorato!... Giuggiole! Credo che ci sian corsi sopra vent'anni!...

— Eh, eh! Ci son corsi sopra altro che anni! – soggiunse Raimondo – ne avrò delle belle da raccontarvi giacché siete tanto in addietro. Prima di tutto sapete la conclusione: la bella Pisana è morta.

— Morta! – sclamò il Partistagno. – Non lo avrei mai creduto; le donne non muoiono cosí facilmente.

— Infatti la Pisana vi ha durato una grandissima fatica – continuò Raimondo. – Figuratevi che ha fatto la serva per due anni al suo amante; ve ne ricordate?... A quel Carlino Altoviti!...

— Sí, sí, me ne ricordo!... Quello che girava lo spiedo a Fratta e che poi è stato segretario della Municipalità.

— Per l'appunto. Or dunque la Pisana sembra che alla sua maniera gli volesse un gran bene a quel Carlino. Del novantanove furono insieme a Napoli e a Genova, sempre col consenso di quell'ottimo Navagero che l'avea sposata: in seguito vissero fra loro come marito e moglie a varie riprese finché, non si sa come, essa incastrò nei fianchi all'amante una ragazza di campagna e gliela fece sposare. Sapete che fu una bella scena! Ognuno volle farvi sopra i suoi commenti, ma non si venne in chiaro di nulla! Voi, caro generale, che avete una sí fervida immaginazione, dovreste sciogliere il problema. Via, udiamo: cosa ne direste?...

— Eh!... secondo!... distinguo!... scommetto che ella era stufa di lui, e che per liberarsene per sempre gli ha cacciato alle coste una moglie!...

— Bravo generale! Ma cosa rispondereste se io vi dicessi ch'ella tornò allora a Venezia, e che si diede corpo ed anima a curar le piaghe di suo marito e a biascicar paternostri e deprofundis colla vostra badessa?...

— Cosa direi... Giurabbacco!... Direi ch'ella voleva far pace con Domeneddio, e che per questo appunto si è liberata dell'amante.

— Benone! Voi avete una fantasia feconda, caro generale, e un ingegno che accomoda tutto. Aveva un gran naso chi vi ha fatto generale!... Ma cosa direste se vi si raccontasse che nell'ultima rivoluzione di Napoli il bel Carlino, benché avesse i suoi quarantacinqu'anni sonati, spiccò il volo un'altra volta, e si lasciò mettere in gattabuia, e che andava a rischio di perdervi la testa, se la Pisana non piantava lí marito e genuflessorio per correre a intercedergli grazia, e a fargli tramutare la condanna in una relegazione?... Cosa direste se vi raccontassi che essendo rimasto cieco e al verde di quattrini l'amante, essa per due anni fu con lui in Inghilterra sostentandogli la vita colle peggiori fatiche?

— Eh via! Matta matta! – brontolò col suo accento oltramontano il Partistagno. – O matto io a credervi, e voi a contare simili fole!

— Sono tanto vangelo! – ripigliò calorosamente Raimondo. – E già v'immaginerete qual era il mestiero da cui la Pisana ritraeva i suoi guadagni... Una donzella veneziana non ne sa molti, me lo consentirete. Or dunque bisogna fare di necessità virtù... Ad onta de' suoi quarant'anni l'era cosí bella cosí fresca, che ve lo giuro io, molti anche non inglesi sarebbero rimasti accalappiati... L'amico Carlino poi sapeva tutto e pappava in pace... Eh, che ne dite? eh! che buon stomaco!... Peraltro, lo ripeto, bisogna fare di necessità virtù!...

Piú anche delle indecenti menzogne di Raimondo mi scaldavano la bile i sogghigni e le risate della brigata che tennero dietro alle sue parole.

Perdetti ogni ritegno e precipitandomi nella stanza ove sedeva quella combriccola, m'avventai addosso a Raimondo stampandogli in viso lo schiaffo piú sonoro che abbia mai castigato l'impudenza d'un calunniatore.

— Anch'io faccio di necessità virtù! – gridai in mezzo alla confusione di tutti quei conigli che o fuggivano dal caffè o si riparavano tramortiti dietro i tavolini e le seggiole. – Questo ch'io ti diedi fu caparra di giustizia e se chiedi riparazione sai dove sto di casa. I calunniatori sono anche di solito vigliacchi.

Raimondo tremava e fremeva, ma non sapeva in qual modo difendersi. La sua vigoria naturale, sebbene affranta dalle molli abitudini di tanti anni, gli riscaldava ancora il sangue; ma né la voce gli ubbidiva, né, avvezzo com'era a vedersi passate buone le sue smargiassate, poteva riaversi dalla sorpresa di quel subito assalto. Era come il cane che, dopo aver abbaiato un pezzo e inseguito accanitamente il ladro che fugge, si ritira ben tosto e ripara al pagliaio se quegli ha il coraggio di ripiombargli addosso. Io intanto, già uscito dalla bottega, me ne andai a casa, e non ne udii parlare per tre giorni. La mattina del quarto venne certo Marcolini che aveva voce del miglior schermidore di Venezia a parteciparmi che ritenendosi il signor Raimondo di Venchieredo offeso profondamente dalla maniera con cui l'aveva trattato al caffè Suttil, e chiedendo di ciò una riparazione, lasciava a me, come ne aveva il diritto, la scelta delle armi: perciò scegliessi pure e mandassi i miei testimoni coi quali regolare le condizioni del duello. Io gli risposi che avendo avuto il diritto di sfidare il signor Raimondo fin dal primo momento che lo udii denigrare la fama d'una persona rispettabile e a me carissima, e non avendolo fatto solamente per alcune mie speciali opinioni sopra il duello, riteneva essere stato io il provocatore; facesse lui per la scelta delle armi, e i testimoni li avrei mandati quello stesso giorno.

Il Marcolini mi ringraziò di sí cavalleresca compitezza e andossene pei fatti suoi. Seppi in seguito che, dopo la mia partenza dal caffè, Raimondo aveva strepitato assai, e giurato e spergiurato che mi avrebbe stracciato il cuore coi denti, e simili altre cose degne in tutto della sua nota spavalderia; ma poi il sonno lo avea ricondotto a piú miti consigli, e il giorno appresso si limitava a ripetere che tutti i suoi giuramenti egli avrebbe mantenuto e piú assai, se non avesse avuto moglie e figliuoli. Quest'ultima clausola mosse le grandi risate e ne andò per Venezia un grandissimo scalpore. Tantoché Raimondo, avendo infilato il suo braccio in quello del general Partistagno per far secolui un giretto sotto le Procuratie, questi colle belle e colle buone se n'era liberato soggiungendo beffardamente che sarebbe ito con lui quando non avesse avuto né moglie né figliuoli. Raimondo capí, fu spinto all'estremo, e dopo molte considerazioni venne nella deliberazione di sfidarmi per mezzo del Marcolini, come avete veduto. Il Partistagno, che era l'altro testimonio, o non volle impicciarsi di venire a casa mia, o Raimondo credette spaventarmi presentandomi quel cotale che aveva una sí gran fama di valente spadaccino. Io poi di ciò non mi curava punto: e come non avrei commesso mai la pazzia di sfidare alcuno, cosí non mi sarei rifiutato dall'accettare una sfida, anco se mi fosse venuta dal primo ammazzatore d'Europa.

Il duello avvenne la settimana seguente in un giardino vicino a Mestre. Io mi vi avviai come ad una passeggiata; avea l'occhio limpido, il polso sicuro, e perfino nell'anima m'era svampata ogni rabbia contro il Venchieredo; ne sentiva piuttosto compassione al vederlo pallido e tremante come una foglia. Egli mi cedette sempre terreno, benché spingessi assai debolmente l'assalto finché si trovò col piede destro proprio sulla sponda d'un fosso che cadeva parecchie braccia. Mi fermai con troppa generosità avvertendolo che un passo di piú in addietro e sarebbe precipitato; i suoi testimoni gli ripetevano questa ammonizione, quand'egli, approfittando della mia distrazione, mi avventò al petto una stoccata, che guai se non fossi balzato indietro d'un salto! Mi avrebbe passato da banda a banda. Tuttavia mi sfiorò una mammella e ne fece zampillare il sangue: né il ghigno che gli vidi sul volto in allora cooperò poco a rinfiammarmi di furore. Mi slanciai innanzi con due rapide finte e mentre egli sorpreso atterrito armeggiava a destra e a sinistra, e pensava, credo, di gettar via la spada e di fuggire, gli cacciai mezza la lama in un fianco e lo mandai a rotolare nel fosso.

Non ebbi a soffrire verun fastidio per questo duello, benché il codice di quel tempo lo punisse assai severamente. Quanto a Raimondo guarí della ferita, ma nel cadere si era fratturato il femore, e ne rimase sconciamente sciancato. Credo che d'allora in poi egli si lodò sempre di me e della Pisana come de' suoi migliori amici; o le sue mormorazioni furono cosí guardinghe e segrete che non mi obbligarono a nessun atto spiacevole. L'Aquilina venne a cognizione di quella mia scappata giovanile, e non vi dirò i rimbrotti e le lavate di capo che mi toccò subire. In onta peraltro alle continue dissensioni, la nascita d'un terzo figliuolo, cui tenne dietro due anni dopo quella d'una bambina, provarono abbastanza che in qualche momento andavamo anche troppo d'accordo. Dico troppo; perché dopo tanto tempo di tregua io non desiderava certamente questa crescenza di famiglia; ma poiché la natura aveva voluto operare per noi un mezzo miracolo, io ebbi il buonsenso di esserlene grato e di rassegnarmi. Il fanciullo ebbe nome di Giulio e la bambina Pisana, in memoria di due cari che ci avevano preceduto nel regno dell'eternità.

A quel tempo tutti i capitali della casa Apostulos erano passati in Grecia, ove Spiro molti ne aveva erogati a sussidio della nazione, e alcuni anche impiegatine nell'acquisto di fondi nelle vicinanze di Corinto. La guerra dell'indipendenza era scaduta a contesa diplomatica. Dopo la distruzione della flotta turca a Navarino, Ibrahim Bascià co' suoi Egiziani teneva debolmente qualche posizione della Morea: la Turchia non aveva né armi né cannoni onde aiutarlo, e la guerra santa promulgata con tanta enfasi dava ai Greci pochissima paura, e minor fastidio. Il conte Capodistria stringeva nelle sue mani le sorti del paese, e benché avesse voce di essere un turcimanno della Russia, pure la necessità gli rendeva ubbidienti gli animi del popolo. Spiro lasciava travedere nelle sue lettere di sperarne ben poco; mi diceva anche che il suo figlio maggiore e il mio Luciano erano tra i prediletti del Conte con pochissimo suo aggradimento; ma che i giovani corrono dietro alla gloria ed al potere, e bisognava scusarli. Teodoro invece stava coi liberali, coi vecchi caporioni dell'insurrezione tenuti d'occhio allora peggio dei Turchi, e non era ben veduto dal Conte presidente; bensí egli suo padre lo lodava assai di quella indipendenza veramente degna d'un greco.

Merito delle circostanze, di Capodistria, dei Francesi o dei Russi, il fatto sta che la Morea fu libera in breve da' suoi oppressori, e che con qualche respiro di pace essa poté attendere dai congressi europei la decisione de' suoi destini.

Toccava all'esercito della Russia menar l'ultimo colpo. Il passaggio vittorioso dei Balcani, cui tenne dietro il trattato di Adrianopoli, sforzarono il Divano a consentire la redenzione della Grecia, e ben piú avrebbe ottenuto fin d'allora lo czar Nicolò, se la gelosa diplomazia di Francia e d'Inghilterra non lo avesse arrestato. Spiro mi diede notizia di quel fausto avvenimento con parole veramente bibliche ed inspirate; molto egli avea rimesso della sua antipatia per la Russia e per Capodistria, e nell'annunziarmi il probabile matrimonio di mio figlio Luciano con una nipote del Conte, aggiungeva: "Cosí la tua famiglia sarà congiunta col sangue ad una nobile prosapia che inscriverà il suo nome sull'atto d'indipendenza della Grecia moderna." Lessi dappoi alcune righe di mio figlio nelle quali mi domandava di consentire a quel matrimonio; e s'aggiungeva in fondo una affettuosa noterella dell'Aglaura, dove interpretando ella i piú timidi desiderii del marito e di suo nipote, mi pregava di voler assistere in persona allo sposalizio. "Se lo spettacolo d'un popolo libero pel proprio eroismo può aggiunger forza all'affetto di padre e di fratello" conchiudeva ella "io ti esorto a venire, e vedrai cosa unica al mondo, e che ti darà animo se non altro a vivere e a morire sperando."

Il commercio della mia ditta colla quale avea continuato le relazioni e gli affari della casa Apostolus mi metteva in grado di intraprendere questo viaggio senza disagio: tanto piú che mio cognato Bruto e Donato erano piucché capaci di supplire alla mia mancanza. Avrei anche desiderato che l'Aquilina mi fosse compagna, ma lo impedirono i due piccoli. Cosí mi partii solo, sopra la nave d'una casa corrispondente, al principiare d'agosto del milleottocentotrenta, quando appunto la rivoluzione di Francia metteva in subbuglio o per un verso o per l'altro tutte le teste d'Europa. Giunsi a Napoli di Romania tre settimane dopo; e come diceva l'Aglaura, fu veramente un graditissimo spettacolo quello di vedere la baldanza e la sicurezza di un popolo che si avea tolto dal collo un giogo di quattro secoli, e portava impressi ancora sulla fronte la gioia e l'orgoglio del trionfo. Solamente continuava qualche malcontento per l'ingratitudine che il governo dimostrava ai vecchi capitani della guerra. Erano sí cervelli un po' caldi, piú atti a infervorarsi sul campo di battaglia che ad assottigliare disquisizioni legali; ma non bisognava dimenticare i loro immensi servigi, e punirli di sí scusabili difetti colla prigione e coll'esiglio.

Io faceva eco ai lamenti che movevano Spiro e Teodoro di cotali ingiustizie, ma Luciano me ne rimproverava come d'una inescusabile debolezza. Ogni arte, secondo lui, doveva tendere a' suoi fini senza piegare, senza patteggiare. Come durante la guerra si avea menato dei Turchi una strage inesorabile, né si badava alle delicature e ai mezzi termini dei Fanarioti; cosí, conquistata coll'indipendenza la pace, per assicurare al popolo quella vita calma ed ordinata che sola può render utile l'acquisto della libertà ed assicurarne per sempre l'esercizio, bisognava rintuzzare ogni causa d'inquietudine, e ridurre all'obbedienza quei poteri secondari che avevano cooperato validamente al buon esito della guerra, ma che allora inceppavano con assai danno l'azione del governo. Avevano arrischiato la vita sul campo per la salute della patria? Per l'egual ragione dovevano accontentarsi di perderla anche sul patibolo, se non si sentivano in grado di correggersi dalle loro turbolente abitudini. Logica piú inesorabile di questa non si potrà trovare cosí facilmente; ma i ragionamenti senza pietà non possono vantarsi di esser perfetti secondo la logica umana, ed io li ascoltava con raccapriccio.

Del resto Luciano era cosí affettuoso cosí compito con me, che quelle sue ciarle le attribuiva a vaghezza di contraddizione. Un giovane di ventiquattr'anni non poteva aver fitta in capo la logica di Cromwell e di Richelieu. Quanto al conte Capodistria mi parve un uomo contento discretamente di sé e piú furbo che cattivo: non credo, come dice il suo manifesto, che soltanto per la gloria di Dio e pel vantaggio dei Greci egli avesse fatto violenza a se stesso per accettare la presidenza del governo, ma non credo del pari ch'egli aspirasse a farsi tiranno come Pisistrato. Serviva forse gli interessi della Russia, perché la Russia piucché ogni altra potenza aveva mire grandiose riguardo alla Grecia, e dalla comunanza di religione e di odio era portata a favorirla. Se egli avversò l'assunzione al trono di Leopoldo di Coburgo, candidato dell'Inghilterra, io non vi veggo delitto di sorta. Se tra l'Inghilterra e la Russia prediligeva quest'ultima poteva avere cento ragioni piú che buone che cattive; e in ogni occasione io son disposto a diffidare dell'Inghilterra e ad approvare chi ne diffida, benché degli Inglesi uno per uno non possa dire che bene. La sposa di mio figlio, la quale dimorava allora presso il Conte con pompa quasi principesca, non poteva certo pretendere a gran vanto di bellezza. Io che ebbi sempre, e l'ho ancora malgrado lo scirocco della vecchiaia, una maledetta propensione per le belle donne, non ne fui alle prime gran fatto contento. Ma poi guardandola meglio, intravvidi quel calmo trasparire nel sorriso e negli occhi della bontà dell'animo che tien luogo perfin di bellezza. Non sarebbe stata una donna greca, ma una buona moglie; e cosí mi rappacificai con mio figlio perché s'avesse scelto per isposa la parente d'un mezzo principe. Ma bisogna convenire che l'Argenide era piú impicciata che superba dal fasto che la circondava; e anche da questo rilevai un buon pronostico per la sua indole e per la felicità di Luciano.

Le nozze furono celebrate con gran pompa; e siccome Luciano aveva buon nome fra i soldati, il conte Capodistria ne racquistò qualche popolarità. Credo anzi che nel concederla egli avesse in mente questo buon fine politico; ma Luciano aveva anche lui in mente i suoi fini, e non guardò pel sottile se ai proprii meriti o ad altre considerazioni del Presidente dovesse ascrivere quella fortuna. Io rimasi qualche tempo in Grecia visitando il paese e ammirando del pari e gli avanzi dell'antica grandezza, e i segni delle ultime devastazioni, monumenti di genere diverso ma che onoravano del pari quel poetico paese. Luciano non avrebbe voluto che partissi mai piú, l'Argenide mi dimostrava una vera tenerezza figliale, il conte Capodistria accennava a voler far di me qualche cosa di grosso, un ministro delle Finanze o che so io. Ricordai allora sorridendo i sogni dorati dell'intendente Soffia, ma non beccai all'amo, e le lettere dell'Aquilina erano troppo pressanti perch'io non pensassi di tornare al piú presto.

Un crudele avvenimento fu che mi tolse di accondiscendere quando avrei voluto a questo mio desiderio. La salute dell'Aglaura, che anche in Grecia non si era mai raffermata, peggiorò in qualche settimana di sorte che si disperò della guarigione. La disperazione di Spiro, l'accoramento dei suoi figliuoli potevano essere intesi solamente da me, che perdeva in lei l'unica sorella, e la sola creatura che mi ricordasse la mia povera madre. Né cure né medicine né tridui valsero nulla. Ella spirò l'anima fra le mie braccia, mentre tre soldati tre eroi che avevano periglia to cento volte la vita contro le scimitarre degli Ottomani, si scioglievano in lagrime intorno al suo letto. Non era ancora assodata la terra che copriva il feretro di mia sorella, quando mi venne da Venezia un altro colpo terribile. Mio cognato scriveva che Donato era scomparso improvvisamente senza lasciar detto nulla, e senza che si sospettasse alcun motivo a quell'improvvisa partenza, sicché con ragione si temevano le peggiori disgrazie. L'Aquilina sembrava impazzita pel dolore e la mia presenza a Venezia era necessaria in quei terribili frangenti. Senza potersene far ragione egli conghietturava che Donato potesse essere involto nei torbidi che agitavano allora la Romagna, ma raccomandava di darmi fretta che forse prima del mio arrivo avrebbero saputo qualche cosa. Gli altri miei figliuoletti godevano ottima salute, e s'impazientivano di non veder piú il loro papà, e di aver malata la mamma. Vi figurerete che non misi piú tempo in mezzo. Accennai confusamente tanto a Luciano che agli altri ad un affare che mi chiamava tosto a Venezia, e m'imbarcai quel giorno stesso sopra un piroscafo francese che salpava per Ancona.

Ma se fu angoscioso il viaggio pei tristi presentimenti che mi agitavano, fu ben peggiore l'arrivo. Giunsi ad Ancona proprio il ventisette marzo quando il general Armandi abbassava dinanzi agli Imperiali vinto ma non macchiato il vessillo della rivoluzione romagnuola. Dietro i vaghi sospetti di Bruto mi affrettai a chiedere a qualche ufficiale se conoscessero un certo Donato Altoviti, e se egli avesse preso parte a quei rivolgimenti. Alcuni dicevano di non conoscerlo, altri di sí; ma non potevano guarentire del nome: finalmente al Quartier generale fui accertato che un giovine veneziano di quel nome erasi inscritto nella Legione imolese, che aveva combattuto come un leone nello scontro di Rimini, e che colà era rimasto ferito due giorni prima. Corsi alla posta, e non v'erano cavalli perché tutti requisiti in servizio dell'esercito austriaco; uscii allora a piedi dalla porta, e fuori quattro miglia trovata la carretta d'un ortolano feci suo quanto danaro avea indosso purché mi conducesse a Rimini in quel giorno stesso.

Infatti vi giunsi che per tutto il viaggio avea tirato la carretta col fiato, e non ne poteva piú. Cercai dell'Ospitale ma Donato non v'era e non ne avevano mai udito parlare; con quello struggimento d'animo che potete immaginarvi, mi rimisi in traccia di lui per quella brutta città che dallo spavento della guerra e dall'imbrunire della notte era fatta piú scura e deserta che mai. Domandare d'un volontario ferito era lo stesso che farsi chiudere la porta in faccia: alla fine tornai allo Spedale divisando chiederne conto ai medici, uno dei quali doveva pur essere chiamato a curarlo in qualunque luogo egli si trovasse, se pur non lo lasciavano morire come un cane. Benché mi sconfidasse il pensiero che non tutti i medici di Rimini frequentavano certo l'Ospitale, pure non trovando di meglio m'appigliai a questo partito, ed ebbi a lodarmene perché un giovine chirurgo intenerito alle mie preghiere mi tirò prudentemente da un lato, e, dettomi che lo aspettassi in istrada, soggiunse che avrei trovato di lí ad una mezz'ora quello di cui cercava.

— Oh per carità, in che stato si trova egli? – sclamai. – Per carità, mi dica il vero, signor dottore; e non voglia ingannare un misero padre!

— State quieto: – soggiunse egli – la ferita è profonda ma non dispero di guarirlo. Egli è in buone mani e miglior assistenza non avrebbe se avesse al capezzale una sorella e una madre. Di meno egli non meritava: intanto, vi prego, aspettatemi, e in pochi minuti sono con voi. Prudenza soprattutto, perché son cose dilicate, e viviamo in tempi difficili.

Io non fiatai; scesi pian piano le scale, e quando fui in istrada ne andai su e giù, finché vidi uscire il dottore. Allora egli mi condusse in una casa di modesta apparenza, ove poiché ebbe preparato l'animo di mio figlio, mi introdusse nella camera ov'egli giaceva. Vi dica chi può la dolcezza di quei primi abbracciamenti! certo chi non fu padre non potrà nemmeno immaginarsela. Allora mi toccò confermare quello che sempre aveva creduto, cioè che se le donne non fossero al mondo per generarci, Dio le avrebbe dovute regalare agli uomini per infermiere. Una zitella piuttosto attempata, maestra di cucire che appena arrivava a tempo di campare la vita, aveva raccolto sulla via il mio Donato, e prestatogli tali cure che non mentiva il dottore dicendo che migliori né piú affettuose non le avrebbero prestate una sorella o una madre.

Io ringraziai piú a lagrime che a parole la buona giovine, e Donato si univa con me nel manifestarle la sua riconoscenza; ma ella si schermiva rispondendo che non aveva fatto piú di quanto era debito di cristiana carità, e raccomandava al ferito di pensare a sé e di non agitarsi, perché gliene poteva derivare qualche grave nocumento. Il dottore esaminò la piaga, a trovatala in via di miglioramento si partí raccomandando anch'esso che non tenessimo troppo occupato l'infermo in parole; ma lo si lasciasse riposare che aveva buonissime speranze. Non tardai a partecipare queste buone novelle all'Aquilina e pochi giorni dopo ne ebbi in risposta che avevano bastato per guarirla affatto e che ci aspettavano a braccia aperte non appena Donato fosse in grado d'imprendere il viaggio. Intanto io aveva saputo da lui il motivo principale della sua repentina deliberazione. Ed erano state le esageratissime calunnie da lui udite in casa Fratta a danno dei repubblicani delle Romagne.

— Tante parolacce – soggiunse egli – mi rivoltarono lo stomaco, e perché non mi avea dato il cuore di rintuzzarle, mi decisi di far meglio e di mostrare col fatto in qual conto le tenessi!...

— Oh, figliuolo mio! – sclamai – che tu sia benedetto.

L'uomo vecchio risorgeva completamente in me. I giorni precedenti, assistendo alla penosa malattia di mio figlio, di gran cuore maladiceva fra me e me tutte le rivoluzioni: e solamente mi pentiva di queste maledizioni pensando che mia moglie avrebbe gridato anco lei per lo stesso verso; e siccome io l'aveva tacciata alcune volte di dappocaggine, non voleva darmi la zappa sui piedi. Ad ogni modo toccava al malato rianimare il sano; e cosí infatti m'intervenne. La guarigione andò per le lunghe piú di quanto il medico si immaginava: e solamente in maggio potemmo metterci in viaggio a piccole giornate verso Bologna. La buona maestra ebbe una ricompensa, non adeguata al suo merito ma alle nostre condizioni, ed essendovi un giovine che l'amava e che l'avrebbe sposata senza la loro estrema povertà, io mi confido averle procurato maggior bene che per solito non si ottenga col danaro.

A Bologna si fece sosta parecchi giorni, e vi rappiccai amicizia con molte vecchie conoscenze; trovai molti morti, molti padri di famiglia che al tempo della mia intendenza pendevano dalla mammella, e molte belle mammine che io avea fatto saltare sulle ginocchia. Ahimè! le belle che avea corteggiato durai fatica a riconoscerle; e per molti giorni non fui capace di guardarmi nello specchio. Bologna non era a quei giorni né affollata né allegra, ma trovai gli stessi cuori, l'ugual gentilezza, e cresciute a mille tanti la sodezza e la concordia. Non si viveva piú nella confusione e nell'ansietà d'un tempo; tutto era chiaro e lampante e solamente aveano mancato le forze; ma la speranza perdurava. E non dico se a torto o a ragione, ma mi pregio di raccontare questa prova di costanza ch'ebbi sotto gli occhi.

Giunti a Venezia, lascio pensare a voi la consolazione dell'Aquilina, e la gioia di Donato! Ma la salute di questo, che si sperava dovesse ristabilirsi affatto nell'aria natale, decadde anzi prontamente. La ferita diede prima sentore di volersi riaprire, indi di far sacca internamente: dei medici chi opinava che fosse leso l'osso e chi d'una scheggia di mitraglia rimasta in qualche cavità. Tutti eravamo inquieti, afflitti, agitati. Il solo malato allegro sereno ci confortava tutti ridendo assaissimo della burla da lui accoccata ai frequentatori di casa Fratta, e godendo di udir narrare da Bruto le grandi boccacce ch'essi ne avevano fatte. Il dottor Ormenta, reduce da poco da Roma con non so quante pensioni ed onorificenze, avea sciolto la quistione sentenziando: tale il padre tale il figlio. Io per me era piú disposto a insuperbire che ad offendermi d'un cotal raffronto; e certamente non chiesi conto al sanfedista di cotali parole che forse egli credette ingiuriose all'ultimo segno. D'altra parte pur troppo era occupato di piú gravi dolori. Donato andò peggiorando sempre e alla fine si morí sullo scorcio dell'autunno. Fra tutte le sciagure ch'ebbi a sopportare durante la mia vita, questa, dopo la morte della Pisana, fu la piú atroce ed inconsolabile.

Tuttavia il mio dolore fu un nulla appetto alla disperazione di sua madre; la quale non mi perdonò piú la morte di Donato come se appunto io ne fossi stato il carnefice. E sí che ella piuttosto ne era stata la causa innocente, esponendolo a dover tollerare una contraddizione, alla quale contraddisse egli poi generosamente versando il suo sangue alla battaglia di Rimini. Invece ella continuò a praticare in casa Fratta e a menarvi gli altri due nostri figliuoletti; e quando io ne la biasimava ricordandole sommessamente il caso di Donato, ella mi rimbeccava stizzosamente che quel tristo caso non avrebbe amareggiato la sua vita, se io colle mie tirate liberalesche non avessi guastato il buon frutto che il giovine traeva dalla conversazione di casa Fratta. Come vedete, o per influenza dell'età, o delle amicizie, o per tenerezza materna, si faceva codina ogni giorno piú quella buona donna. Ma io confidava nel proverbio che sangue non è acqua, e che i miei figli non avrebbero partecipato di quella curiosa malattia. Bensí non era d'una tal'indole da oppormi a mano armata ai suoi desiderii, e lasciavala fare a suo modo; rampognandola con molta soavità solamente allora quando la piccola Pisana era colta in flagranti di bugia, o il Giulietto imbizzarriva di essere corretto, e piuttosto che confessare un mancamento si sarebbe lasciato pestar nel mortaio. Io le chiedeva se l'impostura la superbia e l'ostinazione fossero per caso i frutti di quel suo nuovo metodo di educazione. Ella mi rispondeva che si accontentava meglio d'aver figliuoli orgogliosi e bugiardi, che di assassinarli colle sue proprie mani, e che badassi a me, e che pensassi al male ch'io le aveva già fatto, senza avvelenarle la vita coi miei rimproveri. Io la compativa pel tanto che aveva sofferto, e cercava di tacere, benché forse pensassi che meglio era la morte d'una vita disonorata dall'impostura, e gonfia di vanagloria. Peraltro non guardava quei difettucci coll'occhio del bue, e sperava che i miei figliuoletti se ne sarebbero corretti a tempo.

Tuttavia un giorno che non so a qual proposito ella mi citava il dottor Ormenta come il vero esemplare del cristiano e dell'onesto cittadino, io non potei ristare dall'opporle come mai quel perfetto cristiano e quell'onesto cittadino lasciasse morire suo padre si poteva dire d'inedia.

— È una nefanda falsità! – si mise a gridar l'Aquilina – il vecchio Ormenta ha dal governo una grassa pensione e potrebbe camparsela molto agiatamente senza viziacci che lo dissanguano.

— E se io vi dicessi – soggiunsi – che gli interessi dei debiti contratti per assecondare l'ambizione del figlio gli divorano d'anno in anno buona parte del suo soldo, e che il dottore sel sa e non si dà il benché minimo pensiero di soccorrerlo?

— Oh fosse anche! – sclamò l'Aquilina – e non gli darei torto! Suo padre fu un tal birbaccione che merita una punizione esemplare, e tal sia di tutti i tristi, come di lui.

— Brava! – ripresi io. – Tu sei scrupolosa cristiana e deferisci agli uomini quel supremo ministero di giustizia che Dio ha riserbato a se stesso!... I figliuoli poi non so da qual legge di carità sieno messi in grado di giudicare e punire le colpe dei padri!

— Non dico questo, – mormorò l'Aquilina – ma Dio può ben permettere che il dottor Ormenta ignori le strettezze di suo padre, perché questi sia castigato anche durante il pellegrinaggio terreno delle sue ribalderie!...

— Benissimo! – ripigliai – ma io certo non vorrei avere sulla coscienza quest'ignoranza! — Infatti il vecchio Ormenta morí pochi giorni dopo accompagnato dalla generale esecrazione; ma se vi fu sentimento che vincesse in veemenza e in universalità quell'odio postumo contro di lui, esso fu certamente quello che sorse nel cuore di tutti contro l'ingratitudine e l'empietà di suo figlio che contrattò egli stesso le spese del funerale, adí l'eredità col benefizio dell'inventario, e rifiutò la mercede al medico perché il passivo fu trovato maggiore dell'attivo.

Nonostante i diverbi fra me e mia moglie su questo od altri argomenti consimili si ripetevano sempre piú spessi e finirono col guastare d'assai la nostra pace. Se io non m'avessi ridotto a mente le ultime raccomandazioni della Pisana, forse saremmo venuti a qualche grosso guaio; ma tirava innanzi con pazienza e forse con maggior indulgenza che non convenisse alla mia qualità di padre, perché della soverchia balía lasciata in allora all'Aquilina sopra i figliuoli, dovetti pentirmi in appresso e indurarne rimorsi tanto piú acuti quanto piú vani e tardivi. La piccola Pisana pigliava su quelle maniere solite dei torcicolli che rendono sospette e spiacevoli perfino le virtù, e Giulio accarezzato e vezzeggiato dai maestri cresceva sempre in superbia, ed era oggimai tanto presuntuoso da non si sapere come persuaderlo ch'egli avesse fallato.

Io capiva benissimo dove lo potevano condurre quei difettacci; ché adulandolo e lusingandolo un pochino ognuno lo avrebbe piegato a qualunque porcheria, ed egli avrebbe sempre creduto di essere dalla parte della ragione. Ma quanto al correggere queste male pieghe io la mandava dall'oggi in domane; anche perché non voleva angustiare la loro madre, e sperava che da un giorno all'altro ella avrebbe aperto gli occhi sul loro conto. Per esempio a me non sapeva bene che ogni loro moralità si appoggiasse ciecamente all'autorità, dicendo che a quel modo dovevano fare perché cosí era comandato. Avrei voluto aggiungere che cosí era comandato, perché appunto la ragione l'ordine sociale e la coscienza inducevano la necessità di quei comandamenti; desiderava insomma che la volontà di Dio fosse loro dimostrata, oltreché nella parola della rivelazione, anche nelle leggi e nelle necessità morali che regolano la coscienza degli individui e la pubblica giustizia.

Cosí, se anche una contraria educazione li privava dei sostegni della fede, essi restavano sempre uomini soggetti ad una legge ragionevole ed umana; mentre una volta che fossero alieni dalla religione, cosí com'erano sudditi a' suoi precetti unicamente per paura, la loro coscienza rimaneva senza alcun lume, e nullo affatto il valor morale dell'animo. L'Aquilina non voleva sentire da quest'orecchio. Secondo lei era un sacrilegio solo il supporre che i suoi figliuoli potessero apostatar col pensiero dalla religione in cui li educava; e se erano tanto tristi e sfortunati da cadere nell'abisso dell'incredulità, non valeva la pena di arrestarli a metà strada. Perdute le loro anime, non le importava nulla che la società avesse dalle loro azioni giovamento o danno. Era egoista non solamente in sé, ma anche a nome loro.

A mio credere invece, anche nel giusto giudizio dei credenti, questo era un cattivo sistema e alieno affatto dai divini precetti. Prima di tutto la natura, interprete di Dio, ci pose nell'animo di preferire il minor male al piú grande, e poi l'istinto della compassione ci obbliga ad ogni accorgimento perché la felicità dei nostri simili sia tutelata piucché è possibile contro le soperchierie dei malvagi. Ora il nuocere insieme all'anima propria colla miscredenza, e alla sorte altrui colle azioni, è certo cosa assai peggiore e dannosa all'ordine sociale che non il mantenersi ligi colle opere alle leggi morali e solamente peccare in difetto d'opinioni religiose. Preparar dunque gli animi dei fanciulli in modo che, anche provvisti di queste credenze, debbano ubbidire per intimo sentimento alla regola universale di giustizia che illumina le coscienze, sarà non solamente opera di prudente educator sociale, ma anche cura lodevole e consentanea alla natura pietosa di Dio! Quanto al poter supporre questo pervertimento nelle opinioni di color che si istituiscono, gli uomini son sempre uomini, perciò mutabili sempre, né ci veggo né ci vedrò mai sacrilegio di sorta. Bensí è un tradimento del proprio ministero la trascuranza di quei maestri che pur vedendo rinnovarsi tutto giorno migliaia di questi casi in cui esseri umani forniti di qualità pregevolissime cessando di esser devoti diventano bestie, tuttavia si ostinano ad appoggiare soltanto al precetto religioso la moralità dei discepoli mettendo cosí a grave repentaglio l'economia morale della società. Non dite che viviamo in tempi di tiepidezza religiosa e di miscredenza? Adunque adoperatevi per difender almeno la felicità dei terzi e l'ordine sociale con miglior riparo che non sia l'adempimento dei doveri appoggiato unicamente a quella fede di cui lamentate l'insufficienza. Non vi dico che cessiate dall'inculcare e dal predicar questa, se lo portano le vostre convinzioni; dico soltanto che aggiungiate un'altra caparra, perché la società possa fidarsi della vostra educazione, che cosí come la intendete voi e nei secoli di sùbite conversioni e di scarsi sacrifizi in cui viviamo, è affatto manchevole di sicurezza.

Io, vedete, se avessi rilevato ogni mia regola morale dalla Dottrina, sarei rimasto un gran birbaccione; e se cito me non è né per ammenda né per orgoglio; è per recare in mezzo un fatto del quale non possiate dubitare. Letta poi che abbiate questa vita, e qualunque sieno le vostre opinioni, dovete confessare che se non ho fatto molto bene, poteva certo operare molto maggior male. Ora del male che non operai, tutto il merito ne viene a quel freno invincibile della coscienza che mi trattenne anche dopoché cessai di credermi obbligato a certe formule. Il fatto era che non credeva piú ma sentiva sempre di dover fare a quel modo; e poco cristiano alle parole, lo era poi scrupolosamente nei fatti in tutte quelle infinite circostanze nelle quali la moralità cristiana concorda colla naturale. Se voi mi proverete che diventando usuraio, spergiuro, venale, assassino, io sarei stato piú utile alla società, consentirò allora con voi che sia perfettamente inutile dare un appoggio filosofico ed assoluto anche ai precetti morali della religione. Senzaché colla lettura del testo si può schermeggiare e stabilire contr'esso la battaglia ordinata della casuistica; ma coi sentimenti, eh, maestri miei non v'ha scherma o casuistica che tenga! Se si opera a ritroso ne siam tosto puniti dai rimorsi che son forse meno formidabili ma piú presenti dell'inferno.

Io non credo d'aver mai avuto il coraggio di schiccherare all'Aquilina una cosí lunga predica, ché allora non dubito che l'avrei persuasa; anzi colgo l'occasione di dichiararvi che per quanto parolaio e quaresimalista possa sembrarvi nel racconto della mia vita, all'atto pratico poi sono sempre stato assai parco di parole, e tre persone che avessi dinanzi piú del solito bastavano per impegolarmi lo scilinguagnolo. Pure qualche volta bel bello venni con mia moglie su quel discorso; e battuto da una parte ci tornai dall'altra, sempre coll'ugual risultato di buscarmi nelle orecchie una solenne gridata. La lasciai dunque in balía di disporre ogni cosa a suo modo, anche perché tra padre e madre in verità era imbrogliato a decidere quale avesse maggiori diritti dell'altro. A far pesare la bilancia dal suo lato contribuí anche non poco la circostanza del cholera, il quale, penetrato allora per la prima volta in Italia collo spavento che accompagna le malattie contagiose ed insolite, mise tutta Venezia in grandissima costernazione.

Il nostro Giulio fu colpito da quel morbo terribile, e la costanza e il coraggio col quale sua madre lo assisté le diedero quasi un'altra volta i diritti di madre. Io dovetti metter la piva nel sacco coi miei; e se serbai qualche pretesa fu sulla Pisana, la quale piú del fanciullo abbisognava d'un indirizzo certo e morale per essere a tre doppi di lui accorta e maligna. Sembrava che col nome ella avesse ereditato qualche cosa del temperamento della mia Pisana, e quando prima di improvvisare una filastrocca di bugie, con un leggiadro movimento del capo si liberava la fronte dalle diffuse anella dei bei capelli castani che la inondavano, la mia mente correva tosto alla piccola maga di Fratta; e cosí io mi lasciava corbellare colla massima dabbenaggine. Senonché la mia figliuolina non aveva la spensieratezza e la petulanza della Pisana; anzi sapeva calcolar molto bene i fatti suoi, e piegarsi e torcer il collo oggi per drizzar il capo e impennarsi meglio domani. Io la teneva d'occhio e vedeva crescere in lei ogni giorno quello studio di piacere che è la fortuna e la rovina delle donne.

Cercava con bella maniera di indirizzarla convenevolmente, di renderle pregevole il suffragio dei buoni e di farle avere in poco conto l'ammirazione dei tristi, dimostrandole come bontà e tristizia non si conoscano dalle apparenze piú o meno splendide ma dalle qualità delle azioni; ma mi accorgeva di far poco frutto. Le avevano troppo inculcato che chi comanda ha ragione di comandare, e non può desiderare altro che il meglio di chi ubbidisce, perch'ella credesse e potesse amare la virtù povera dispregiata ed oppressa; per lei merito, virtù, onori, ricchezza, potenza erano una sola cosa, e la sua capricciosa testolina s'empiva di fantasmi e di corbellerie. Correva dietro al lume come la farfalla. Ma le ali, poverina, le ali?... Come farai, leggiera farfalletta, a spiccare il volo quando il fuoco della candela t'avrà incenerito le ali?...

Quest'era la mia paura; che qualche triste disinganno le togliesse ogni poesia dall'anima, e che restasse come quei sciagurati che si credono esseri spregiudicati, positivi, perfetti, e non sono altro che mostruosi bastardumi dell'umana progenie, corpi senza spirito destinati a corrompere per alcuni anni una certa quantità d'aria pura e a popolare di vermi la cavità d'un sepolcro. Io lottava pertinacemente, come le mie occupazioni me lo consentivano, contro i dubbiosi istinti di quell'indole femminile; ma non altro faceva che arrestar il male senza poterlo togliere, anche perché le parole dell'Aquilina contrastavano alle mie, e le compagnie ch'essa le faceva frequentare le offrivano esempi totalmente opposti a quelli che si affacevano per confermare le mie belle teorie.

Il cholera se non altro fu benemerito di spazzare il mondo da molte persone che non si sapeva il perché ci fossero capitate. Uno dei primi ad andarsene fu Agostino Frumier che lasciò numerosa figliolanza, e fu accoratissimo di scender sotterra senza la chiave di ciambellano cosí lungamente ambita. Suo fratello ci perdette nella moria la vecchia Correggitrice che morí credo piú di paura che di vero male; ed egli allora tornò così nuovo al mondo che credo si maravigliasse di non trovarsi in capo la perrucca e di non veder il Doge e le cappe magne degli Eccellentissimi Procuratori. Dicevano per Venezia: — Ecco il cavalier Alfonso Frumier che è uscito or ora di collegio. — Aveva all'incirca sessantacinque anni, e la signora Correggitrice passava i settanta quando s'era decisa a morire. Per trovare una costanza simile a questa bisognerebbe risalire ai primordi del genere umano quando non c'era che un uomo ed una donna sola. In quel contagio credo che morisse anche la Doretta che dopo una vita piena di vitupero e di pellegrinaggi era tornata in Venezia ad infamare la propria vecchiaia. Certo seppi dalla signora Clara ch'ella mancò nell'estate di quell'anno nell'Ospitale. Io l'avea incontrata parecchie volte, ma finto di non conoscerla perché la sua sozza figura mi moveva proprio ribrezzo; e mi sapeva di sacrilegio l'unire la memoria di Leopardo a quella svergognata creatura. Peraltro anche la sua fine contribuì a persuadermi che una suprema giustizia domina le vicende di questo mondo; e che vi sono sì molte e dolorose eccezioni, ma in generale ne resta confermata la regola che il male raccoglie male. Durante la giovinezza, quando l'animo bollente ed impetuoso non ha tempo di considerare le pienezze delle cose, ma s'arresta più facilmente ai particolari, è possibile il prender abbaglio. Di mano in mano poi che il giudizio si raffredda e che la memoria fa maggior tesoro di fatti e di osservazioni, cresce la confidenza nella ragione collettiva che regola l'umanità, e s'intravvede la sua salita verso migliori stazioni. Così non accorgiamo il pendio d'un torrente nello spazio di pochi piedi ma bensì a specularlo da un'altura in buona parte del suo corso.

Ci eravamo appena riavuti dallo sgomento di quella pestilenza, quando una sera, mi pare a mezzo novembre, mi fu annunciata la visita del dottor Vianello. Io era sempre stato in qualche corrispondenza con Lucilio, ma dopo il trent'uno quand'egli pure era venuto in Italia per ripartirne tantosto, le nostre lettere s'erano sempre fatte più rare. Allora poi non ne aveva notizia da più d'un anno. Lo trovai curvo, pallido e bianco affatto di quei pochi capelli rimastigli; ma negli occhi era sempre lui; l'anima forte e integerrima scaldava ancora le sue parole, quando alzava un gesto s'indovinava la vigoria dello spirito che covava in quel corpicciuolo asciutto e sparuto.

— T'ho detto che verrò a morire fra voi! – mi disse egli. – Or bene, vengo a mantenere la mia parola. Ho settantadue anni, ma sarebbero nulla senza un noioso mal di petto regalatomi dal clima di Londra. Abbiamo un bel difenderci noi, figliuoli del sole; le nebbie ci rovinano.

— Spero bene che scherzi – gli risposi io – e che come hai guarito me nella vista, così guarirai te nel petto.

— Ti ripeto che vengo a mantenere la mia parola. Del resto noi ci conosciamo, e non si abbisognano né scambievoli cerimonie, né bugie. Sappiamo cosa si può sperare della vita, e qual bene o qual male è la morte. Se io ti recitassi ora la commedia con questa mia indifferenza, avresti ragione di piagnucolare; ma sai che parlo come penso, e che se dico di morire in pace, in pace anche morrò. Soltanto ti confesso che mi duole all'anima di non vedere la fine; ma è un malanno che è toccato a dieci generazioni prima della mia e non giova lamentarsene. Le mie azioni, le mie idee, il mio spirito che con grande studio e con qualche fatica ho educato ad amare ed a volere il bene, soffocando anche le passioni che lo dominavano, tutto io credo seguiterà a servire quella meravigliosa provvidenza che va perfezionando l'ordine morale. Ti ricordi dei mondi concentrici di Goethe? Non saranno una verità; ma una profonda e filosofica allegoria. I nostri sospiri le nostre parole si ripercotono lontano lontano affievoliti sempre annullati mai, come quei cerchi che s'allargano intorno a quel punto del lago che fu percosso da un sasso. La vita nasce da contrazione, la morte da espansione; ma la vitalità universale assorbe in sé questi varii movimenti che sono per lei quasi funzioni di visceri diversi.

Io ascoltava devotamente le parole di Lucilio, perché rarissimi sono coloro che sanno volgere a vero conforto le alte speculazioni della filosofia, e questo è privilegio concesso ai pochissimi che ebbero da natura o si procacciarono coll'educazione e colla forza della volontà la concordia intima dei sentimenti coi pensieri. Certo io non era in grado di batter l'ali dietro a quell'aquila, ma ne ammirava da terra il volo luminoso, consolandomi di vedere che altri saliva col ragionamento ov'io di sbalzo m'era stabilito colla coscienza.

— Lucilio – gli risposi abbracciandolo nuovamente – parlando con voi mi sento proprio rinvigorire; questo è segno che le vostre sono idee vere e salutari. Ma per questo appunto non mi proibirete di sperare che la vostra compagnia ci durerà piú lungo di quello che volete darci da intendere...

— Ti prometto che ci faremo buona e allegra compagnia; nulla di piú. Potrei anche dirti il tempo, ma non voglio farmi scornare come medico. Insomma son contento di me e tanto deve bastare.

— Desiderereste riveder la Clara? – gli chiesi io. – O ve ne è passata affatto la voglia?

— No, no! – egli mi rispose. – Anzi intendo vederla per contemplare ancora una volta il fine diverso di un'istessa passione in due temperamenti diversi, e diversamente educati. Imparare piú che si può, dev'essere la legge suprema delle anime. Questa sete inestinguibile che abbiamo di sapere e che ci tormenta fino all'istante supremo non dipende da motivo alcuno apparente alla ragione individuale. Essa può benissimo rilevare dalla necessità d'un ordine piú vasto che si dilata oltre la morte. Impariamo dunque, impariamo!... La natura sembra disperdere la pioggia a capriccio; ma ogni goccia per quanto minuta per quanto infinitesima è bevuta dalla terra, e trascorre poi per meati invisibili dove la richiama la soverchia aridità. L'ozio è un trovato della imbecillità umana; nella natura non v'è ozio, né cosa che sia inutile.

— Dunque guarderete la Clara come il notomista che indaga un cadavere?

— No, Carlo, ma guarderò lei come guardo me: per convincermi sempre piú, anche nelle obiezioni apparenti dei fatti, che una ragione solo sommove spinge ed acqueta quest'umanità varia ed immensa; per provare ancora una volta colla costanza de' miei affetti, che essi tendono ad un'esistenza piú vasta, ad un contentamento piú libero e pieno che non si possa ottenere in questa fase umana dell'esser nostro. Perché se cosí non fosse, Carlo, io sarei ben pazzo ad amare chi mi affligge e mi disprezza; ma un'intima coscienza mi assicura che non sono pazzo per nulla, e che il mio giudizio è tanto retto tanto imparziale come può esserlo quello d'altr'uomo al mondo.

— Ascoltatemi, com'è che non vi udii mai né stupirvi né sdegnarvi per l'incredibile cambiamento della Clara a vostro riguardo? Gli è già un pezzo che voleva chiedervene: ma mi sembra caso anche piú maraviglioso della stessa pertinacia dell'amor vostro.

— Com'è che non me ne stupii, e non ne ebbi sdegno? È piano il chiarirtelo. La Clara aveva l'anima disposta alle sublimi illusioni; e non poteva maravigliare di vedermela sfuggire per quella via; massime che io svagato da diversi pensieri m'era abbandonato ad una stupida sicurezza. Le donne ci possono fuggire per di sotto; allora è facile racquistarle ed è la disgrazia piú comune, e il pericolo generalmente temuto. Io che mi sentiva certo da quella parte, non pensai all'altra. Guai guai quand'elle ci sfuggono per di sopra!... L'inseguirle è inutile, richiamarle è vano; nessun piacere è piú grande della voluttà dei sacrifizi, nessun ragionamento vince la fede, nessuna pietà le distoglie dalla considerazione assoluta delle cose eterne!... E le donne, vedete, hanno maggior facilità di noi a vivere, direi quasi, oltre la vita. Come medico io ebbi occasione di convincermi che nessun uomo per quanto forte e sventurato uguaglia una misera donnicciuola nell'indifferenza della morte. Sembra ch'esse abbiano piú chiaro di noi il presentimento d'una vita futura. Quanto poi al non aver preso in ira la Clara, prima di tutto, scusami, ma l'ira è sentimento da ragazzi; io poi non l'ebbi contro di lei perché la sua non fu ingiustizia ma allucinazione: ella credeva di amarmi meglio a quel modo, e di procurarmi non un piacer mondano e passeggiero, ma una contentezza celeste ed eterna. Figurati! Doveva anzi esserlene grato.

Io ammirai la facilità colla quale Lucilio subordinava alla ragione i piú fuggevoli e involontari movimenti dell'animo. A forza di costanza e di esercizio egli governava se stesso come un orologio; e passioni affetti pensieri si aggiravano in quel modo ch'egli avea loro prefisso. Bensí non si poteva dire che egli sentisse fiaccamente; anzi a conoscerlo bene bisognava confessare che soltanto con una pressura quasi sovrannaturale di volontà egli potea giungere a tener regolate e compresse le passioni che lo agitavano.

Lucilio e la Clara si videro quasi tutte le sere durante quell'inverno, e la conversazione di casa Fratta ebbe piú volte a scandolezzarsi delle violente scappate del vecchio dottore. Augusto Cisterna andava dicendo che si dovea perdonargli per la vecchiaia, ma la Clara portava piú oltre la tolleranza, affermando che era sempre stato pazzo a quel modo e che Dio lo avrebbe scusato pei suoi buoni motivi. Ella aveva gran cura di non porre gli occhi addosso al dottore, forse perché cosí s'era votata di fare uscendo di convento; ma del resto tanta era la semplicità della sua fede e la ingenuità delle maniere che Lucilio ne sorrideva piú di ammirazione che di scherno. Quello che si era mostrato contentissimo di rivedere il dottor Vianello, fu, non ve lo immaginereste mai, il conte Rinaldo. Ma ve ne spiego ora il motivo. Dalle sue diuturne incubazioni sui libri delle biblioteche era in procinto di nascere qualche cosa; un operone colossale sul commercio dei Veneti da Attila a Carlo Quinto nel quale l'arditezza delle ipotesi, la copia dei documenti e l'acume della critica si sussidiavano a vicenda mirabilmente, come a quel tempo mi diceva Lucilio. Questi poi riuscí molto comodo all'autore per l'esame di certi punti parziali sui quali lo sapeva profondamente erudito; e infatti corressero insieme qualche proposta, ne ammendarono qualche altra. Lucilio faceva le grandi maraviglie di scoprire tanto tesoro di sapienza e tanto fervore d'amor patrio in quell'omiciattolo sucido e brontolone del conte Rinaldo; ma insieme anche indovinava le cause del fenomeno.

— Ecco – diceva egli – ecco come si sfruttano, in tempo di errori e di ozii nazionali, le menti che vedono giusto e lontano, e le forze che non consentono di poltrire!... I loro affetti la loro attività si sprecano a rianimare le mummie; non potendo migliorare le istituzioni e studiare ed amar gli uomini, scavano antiche lapidi, macigni frantumati, e studiano ed amano quelli. È il destino quasi comune dei nostri letterati!

Ma Lucilio diceva troppo. Perché con Alfieri con Foscolo con Manzoni con Pellico era già cresciuta una diversa famiglia di letterati che onorava sí le rovine, ma chiamava i viventi a concilio sovr'esse: e sfidava o benediva il dolore presente pel bene futuro. Leopardi che insuperbí di quella ragione alla quale malediceva, Giusti che flagellò i contemporanei eccitandoli ad un rinnovamento morale, sono rampolli di quella famiglia sventurata ma viva, e vogliosa di vivere. Il disperato cantore della Ginestra e di Bruto sapeva meglio degli altri che soltanto la lunghezza della vita può sollevar l'anima a quella sublimità di scienza che comprende d'uno sguardo tutto il mondo metafisico e non s'arresta ai gemiti fanciulleschi d'un uomo che si spaura del buio.

Giulio, il mio figliuoletto, si sarebbe assai vantaggiato della compagnia e della conversazione di Lucilio se questi fosse rimasto piú a lungo con noi. Ma pur troppo il suo male si aggravò all'aprirsi della primavera, e giusta le sue previsioni lo condusse ben presto a morire. Egli spirò guardandomi fieramente in volto quasi mi vietasse di compiangerlo; la Clara era nell'altra camera che pregava per lui, e l'ultima parola del moribondo fu questa: — Ringraziala! — Infatti io la ringraziai, ma non sapeva bene di cosa. Per quanto l'avessi pregata non avea consentito a consolare il morente della sua presenza; ma siccome ella faceva uno studio peculiare di attraversare le proprie voglie, cosí mi è lecito il credere che ne sentiva anzi desiderio; e che offerse anche quel sacrifizio per maggior bene dell'anima di lui. Io rimasi piú meditabondo che addolorato dopo la perdita di Lucilio; ma mi diede molta stizza il piacere che ne dimostrò mia moglie senza alcun riguardo. Secondo lei la frequenza del dottore in casa nostra metteva a pericolo la moralità de' suoi figliuoli, e Dio le avea fatto una grazia segnalata mandandolo all'ultima dimora che gli avea destinata.

Quel giorno appiccai coll'Aquilina una furiosa battaglia, che non passò senza lagrime e senza strepiti; ma pazientava anche troppo, e una tale ingiustizia mescolata a tutto potere di riconoscenza, meritava le scopate. Confesso che io né ebbi né avrò mai la serena pacatezza di Lucilio. Del resto la morte di questo come già quella della Pisana mi persuase sempre piú che ad esser forti e generosi c'è sempre da guadagnare. Non foss'altro si muore allegramente: e questa, oltrecché ventura desiderabilissima, è anche la pietra del paragone su cui si differenziano i galantuomini dai tristi. Durante la vita c'è di mezzo l'ipocrisia; ma sul gran punto!!... Eh, credetelo, amici miei, non si ha né tempo né voglia di far la commedia. E il castigo piú grande e piú certo dei birbanti è quello di morire tremando.

Nel riandare la mia storia io penso sempre alla margheritina, a quel modesto fiorellino dal botton d'oro e dai raggi bianchi, sul quale le zitelle traggono il pronostico d'amore. Una per una le cavano tutte le foglie, finché resta solo l'ultima, e cosí siamo noi che dei compagni coi quali venimmo camminando lungo i sentieri della vita, uno cade oggi l'altro domani e ci troviamo poi soli, melanconici nel deserto della vecchiaia. Alla morte di Lucilio tenne dietro quella di mio cognato, Spiro, la quale ci fu annunciata da Luciano e raddoppiò il lutto del mio cuore. Quanto a lui, egli non pensava piú di abbandonare la Grecia ed io l'avea preveduto che l'ambizione dovea soperchiare in quel giovane qualunque altro sentimento. S'era un po' scoraggiato dopo l'assassinamento del conte Capodistria, ma poi all'assunzione al trono di re Ottone aveva ottenuto un buon posto nel Ministero della guerra, e di colà agognava i posti piú alti coll'avida pazienza del cane che mette il muso sul ginocchio del padrone per aver un tozzo del suo pane. Di noi, di Venezia, dell'Italia egli non parlava piú che come di altrettante curiosità: piú affettuosamente forse mi scriveva sua moglie, benché dai figliuoli di Spiro sapessi che non la trattava molto bene. E già s'intende che della trascuranza di Luciano mia moglie seguitava ad accagionar me come della morte di Donato.

Peraltro nei due o tre anni che seguirono, disgrazie che colpirono piú direttamente lei me la resero un po' piú indulgente; e di ciò ebbi ed avrò sempre rimorso pei grandi malanni che provennero dalla mia fiacca indulgenza. Le mancarono ad uno ad uno tutti i suoi fratelli, e non restava piú che Bruto il quale sopportava assai lietamente il crescer degli anni, e solamente si lamentava che il destino gli prefiggesse per dimora Venezia ove gli spessissimi ponti davano un soverchio incommodo alla sua gamba di legno. Cosí noi andavamo pian piano scadendo verso la vecchiaia, mentre il paese racquistava la sua gioventù, e quello che seguí poi prova abbastanza che tutti quegli anni non furono né perduti né dormiti come cianciano i pessimisti. Dal nulla nasce nulla: è assioma senza risposta.

CAPITOLO VENTESIMOSECONDO

Nel quale è dimostrato a conforto dei letterati come il conte Rinaldo scrivendo la sua famosa opera sul Commercio dei Veneti si consolasse pienamente della sua miseria. Tristissima piega di mio figlio Giulio e temperamento comico della piccola Pisana. I giovani d'adesso valgono assai meglio dei giovani d'una volta; e sbagliando s'impara, quando si sa ciò che si vuole e si vuole ciò che si deve. Fuga di Giulio e visita dei vecchi amici. Feste e lutti pubblici e privati durante il 1848. Ritorno in Friuli, dove alcuni anni dopo ricevo la notizia della morte di mio figlio.

Vi sarete accorti che di tutte le professioni cui io mi dedicai, a nessuna mi avea condotto il mio libero arbitrio; e che o la volontà degli altri, o la necessità del momento, o un concorso straordinario di circostanze m'aveano dato in mano il partito bell'e fatto senza ch'io potessi pur ragionarci sopra. Nella negoziatura poi io m'era immischiato per puro riguardo a mio cognato; e se non me ne stolsi quando la ditta Apostulos ebbe finito di liquidare i conti, fu solamente perché il maneggio commerciale de' miei piccoli capitali mi serviva a parar innanzi la famiglia. Intorno al quaranta peraltro essendo io divenuto vecchio e debole ancora negli occhi, e sommando già la mia sostanza a tanto che anche impiegata in fondi poteva darmi di che vivere, deliberai ritirarmi affatto dal commercio. A ciò fare m'ingegnava da qualche tempo, quando l'Internunziatura di Costantinopoli mi diede avviso che il governo ottomano avea finalmente riconosciuto in parte il credito di mio padre; e che se non la piú grossa somma della quale si ritenevano debitori gli eredi del Gran Visir d'allora, almeno un rilevante capitale mi sarebbe pagato.

Lucilio, tre quattr'anni prima m'avea già avvertito che l'Ambasceria inglese non avea trascurato quest'affare e che solamente lo rallentava il misero stato delle finanze della Porta, ma io non avrei mai creduto che si dovesse giungere a qualche risultato: e perciò mi parvero un grazioso presente le ottantamila piastre che mi furono contate, e quanto agli eredi del Visir li lasciai in pace perché mio figlio Luciano, incaricato di prenderne contezza, aveva risposto ch'erano tutta gente oscura e miserabile. Tra le ottantamila piastre e i trentamila ducati che mi fruttò la liquidazione finale dei miei conti, formai una bella somma, colla quale comperai un grande e bel podere intorno alla casa Provedoni di Cordovado, nonché molti fondi del patrimonio Frumier, dei quali il dottor Domenico Fulgenzio cercava sbarazzarsi per adoperare piú liberamente la propria sostanza nel circuire e incorporarsi quella degli altri.

Tuttavia l'educazione di Giulio consigliandoci la dimora in città, continuammo ad abitare la mia casa paterna di Venezia: pei due mesi d'autunno si prendeva a pigione un casino sul Brenta e là si godeva dell'aria libera e d'una compagnevole villeggiatura. A poco a poco m'era avvezzato a Venezia, ch'era diventato anch'io come quel dabbenuomo che non potea vivere un giorno senza vedere il campanile di San Marco. E non vi dirò del campanile, ma certo la chiesa, le Procuratie, il Palazzo Ducale li rivedeva sempre con un piacere misto di dolcissima melanconia quando il San Martino ci faceva dar le spalle alla campagna. Bruto invece, che colla sua gamba di legno si trovava meglio d'assai in terraferma, ci serviva volenterosamente da fattore; e gran parte della buona stagione la passava in Friuli, dove anche la sua presenza era utile per uno sciame di nipoti d'ogni sesso ed età che avevano lasciato i suoi fratelli e ch'egli si studiava alla bell'e meglio di beneficare. Io per me aveva provveduto a tutti i figliuoli di Donato e della Bradamante. Due ragazze erano maritate assai decentemente una a Portogruaro l'altra a San Vito; e dei giovani l'uno guadagnava il bisogno nella sua professione di veterinario, l'altro attendeva alle cose sue, e dall'affitto della spezieria e da uno dei miei poderi che gli avea ceduto da amministrare, ricavava abbastanza per ristorar la famiglia delle sofferte sciagure.

Quelli invece che andavano di male in peggio erano i Conti di Fratta. Sarà stata una sciocchezza ma a me doleva sempre e ne duol tuttavia di vedersi spegnere la famiglia della Pisana. Il dissesto poi d'ogni loro fortuna non era pareggiato che dalla stoica felicità colla quale lo sopportavano. Rinaldo con compere di libri e con neglette esazioni; la Clara con improvvide beneficenze, ognuno dal canto suo avea dato fondo ai rimasugli del proprio avere. Rimanevano ancora due o tre coloni con un'ala cadente del castello e due torri sfiancate, ma gli affitti si disperdevano a destra e a sinistra nelle mani rabbiose e litiganti dei creditori: non un quattrino ne giungeva a Venezia, quando mai si avrebbe potuto scrivere colà che ne mandassero. Ma bisogna rendere questa giustizia agli ultimi rappresentanti dell'illustre prosapia dei Conti di Fratta, erano tanto restii a pagare come noncuranti di riscuotere. Il conte Rinaldo adunque e la reverenda Clara si trovavano ridotti all'entrata di un ducato al giorno, piú le tre lire venete che la signora riceveva dall'Erario pubblico come patrizia bisognosa. Ma lo vedete bene che non c'era da gozzovigliare; e infatti l'anno non era per loro che una lunga quaresima.

Fortuna che la signora per le sue estasi serafiche ed il Conte per le continue distrazioni della scienza non aveano tempo di badare allo stomaco. S'assottigliavano ogni giorno piú, ma senza accorgersene; e credo che si sarebbero avvezzati a viver d'aria come l'asino d'Arlecchino. Certo mi ricordo che un giorno avendo io domandato alla contessa Clara perché pigliasse tanti caffè, minacciata com'era da una paralisi, mi rispose che il caffè a Venezia costava poco e ne beveva assai per far senza brodo. Tra il caffè e l'aria, in punto di nutrizione credo che ci sia pochissima differenza. Notate che qualunque donnicciuola si fosse presentata alla loro porta piagnucolando e paternostrando era certa di non partire che dopo aver ricevuto un soldo o un tozzo di pane. Son certo che la Clara al suo peggior nemico, se lo avesse avuto, avrebbe fatto parte dell'ultimo caffè, e datoglielo anche tutto, se si fosse imbronciato del poco.

Il conte Rinaldo intanto cercava per mare e per terra un editore della sua opera; ma pur troppo non lo trovava. Le ricchezze s'erano accresciute notevolmente in quella lunga pace, non tanto forse quanto si voleva, ma certo cresciute erano; il senso pubblico e l'educazione aveano migliorato assai benché a rilento e quasi a ritroso delle circostanze; ma non si guardava tanto lontano e la carità patria cercava bisogni presenti da soddisfare, piaghe da sanare, desiderii da adempiere, non glorie remote da ravvivare, o vecchie eredità passive da raccogliere. Un inno manzoniano in onore della strada ferrata che si progettava allora per congiungere Milano a Venezia avrebbe trovato editori compratori e lodatori; ma un'opera voluminosa sul commercio degli antichi Veneti non stuzzicava la curiosità del pubblico, e non dava speranza ai librai di guadagnarci gran fatto. Perciò facevano tanto di cappello al signor Conte, e dopo aver pesato colla mano il suo manoscritto glielo restituivano garbatamente senza pur volerlo leggere. Indarno egli si sfiatava a persuaderli di esaminare l'opera sua per conoscerne il valore e l'estensione; essi rispondevano che la reputavano un capolavoro, ma che i lettori non erano preparati a cose tanto sublimi e profonde, e che se lo scrittore secondava le proprie idee, agli stampatori invece si conveniva di soddisfare ai desideri della gente. Il conte Rinaldo aveva la modestia del vero merito, ma insieme anche la dignità naturale di chi è sinceramente modesto.

Perciò non s'abbassava, come dice il volgo, a leccar le scarpe di nessuno, e tornava nella sua solitudine a vendicarsi nobilmente e a consolarsi dei sofferti rifiuti col limare correggere ed emendare il proprio lavoro. Trent'anni di studi di ricerche di meditazioni non gli sembravano sufficienti; ed ogni giorno gli saltava agli occhi qualche passo dove una piú larga critica avrebbe rischiarato le idee, o avviato meglio il lettore a comprendere lo spirito dell'autore. Per poco non era grato agli editori che gli aveano lasciato il tempo di lumeggiar meglio qualche parte del quadro e ritoccare il disegno. Ma poi quando tornava a credere di aver finito, e si rimetteva in giro per le botteghe dei librai col suo manoscritto sotto il tabarro, gli toccavano sempre le uguali repulse condite da ultimo anche da qualche motteggio e dalle sgrugnate dei meno cortesi. Consigliato a rivolgersi agli editori piú noti delle altre città, cominciò un ostinato carteggio con Firenze con Milano con Torino con Napoli. I piú neanche rispondevano; qualcheduno che serbava rispetto al Galateo lo invitava a mandare saggi della sua opera. Ed eccotelo il dabbenuomo, a scegliere a ripulire a trascrivere ancora: ma in fin dei conti capitava una lettera che trovava o lo stile troppo astruso o l'argomento troppo alieno dagli studi presenti; lo si invitava a scrivere di statistica e d'economia, che sarebbe decentemente retribuito, ma in quanto a quei lavori monumentali d'erudizione storica non s'affacevano al nostro secolo.

Il povero Conte metteva anche quelle ultime lusinghe nella cantera delle illusioni svanite; ma ne aveva una tal provvista da frustar ancora, che corsero parecchi anni prima che si persuadesse dell'assoluta impossibilità di trovare un editore per la *Storia Critica del Commercio Veneto*. Gli capitò in mente che farsi raccomandare da qualche uomo già noto nella letteratura e nelle scienze poteva giovargli assai; ma siccome non conosceva alcuno si consultò intorno a questo partito col cavalier Frumier. Figuratevi che bazza! Il Cavaliere dopo la morte della dama Dolfin non aveva piú racquistato l'uso dei sensi, e a parlare a lui di letterati e di scienziati, era lo stesso come farsi narrare la storia letteraria del secolo scorso. Egli non veniva piú in qua dell'abate Cesarotti e del conte Gaspare Gozzi; sicché diede assai scarso conforto al cugino. Il conte Rinaldo allora deliberò di fare da sé, e cominciò a vendere tutto quello che aveva ancora di vendibile per cominciare se non altro la stampa; dopo dati alla luce i primi fascicoli confidava nel favore del pubblico che non poteva mancare ad un'opera di decoro patrio e di alta importanza storica. La signora Clara bevette d'allora in poi un piú moderato numero di caffè, egli si tolse perfino il pane di bocca per raggranellare piú presto quelle cinquecento lire che abbisognavano alla stampa dei quattro primi capitoli. Come poi le ebbe in tasca, andò dal tipografo, e senza pur contrattare, le depose sul banco dicendo trionfalmente:

— Stampatemi piú che potete del mio manoscritto.

— In qual sesto lo comanda, quante copie ne desidera, vuol distribuire schede d'associazione o farne senza? — chiese lo stampatore.

Tutte cose delle quali Rinaldo non s'intendeva un'acca. Ma fattosi dichiarare ogni cosa pel minuto, rimasero d'accordo che si sarebbero sparse per tutta Italia quattromila schede di associazione con quattro parole d'invito contenenti i sommi capi dell'opera, e che si sarebbero stampate mille copie del primo fascicolo in ottavo grande. Il Conte tornò a casa che non toccava coi piedi il selciato; e le tre settimane che impiegò a correre dalla casa alla stamperia, rivedendo bozze, emendando errori, cambiando vocaboli e aggiungendo postille furono per lui il tempo piú felice della vita, quello che sarebbe stato il primo amore ad un giovinetto qualunque. Ma lo stampatore non partecipava gran fatto di questo eccesso di giubilo; le schede non tornavano colle firme desiderate; e appena era se in Venezia e nelle città vicine se n'erano raccolte un paio di dozzine. Queste poi capitavano loro per mezzo dei commessi librari e si sa quanto stenti il denaro a rifluire per questi incerti canali. Peraltro il Conte era sicuro di veder stampato entro un mese il suo primo fascicolo e dormiva sulle rose. Ebbe sí a litigare colla censura per qualche frase per qualche periodo, ma erano correzioni che non intaccavano menomamente l'opera d'importanza, e le concesse volentieri.

Cosí finalmente venne alla luce il famoso frontespizio coi quattro capitoli che gli tenevano dietro, e il conte Rinaldo ebbe la straordinaria consolazione di poter contemplare i cartoni della sua opera nelle vetrine dei librai. A questa consolazione tenne dietro l'altra non meno vitale di udirne strombettar il titolo sui giornali, e di vederne la critica tirata giù a campane doppie in qualche appendice. Fu il primo un giornale di Milano a lodare l'intento e la profonda erudizione del libro, nonché il grande valor pratico che poteva acquistare anco per l'odierno commercio, ove concorressero circostanze tali che lo avviassero a ritentare gli scali d'una volta. Si parlava in quel cenno critico delle Indie, della China, delle Molucche, dell'Inghilterra, della Russia, dell'oppio, del pepe e della paglia di riso, di Mehemet Alí, dell'Impero birmano e del taglio dell'istmo di Suez, di tutto insomma fuorché del lavoro di Rinaldo e della mercatura e degli istituti commerciali veneziani durante il Medio Evo.

Tuttavia Rinaldo se ne accontentò perché infatti l'intento patriottico e la critica vasta e profonda erano designati come i pregi principali; il che era vero e l'autore sel sapeva, come seppe buon grado al giornalista di aver letto e interpretato a dovere l'opera sua. Un diario toscano copiò nella sostanza il giudizio del giornale milanese aggiungendo qualche cosa del suo, e dando a divedere con queste aggiunte di aver al piú malamente sfogliazzato quel libro. Ma dopo cominciarono a comparire qua e là cento critiche, cento giudizi gli uni piú strambi degli altri, ricalcati servilmente e variati a piacere da quelle prime relazioni. Si accorgeva alle prime che gli scrittori conoscevano il libro appena nel titolo, e non aveano forse neppur pensato due volte a questo, perché un dotto pubblicista di Torino ebbe a raccomandare lo studio del Conte di Fratta come un ottimo manuale per quei commercianti che vogliono aiutare la pratica dei loro negozi colle speculazioni della moderna economia. Leggendo quest'ultimo giudizio il povero autore si stropicciò gli occhi, e credette aver straveduto o che almeno non parlassero di lui e della sua opera. Ma poi ci tornò sopra e se ne persuase pur troppo.

— Razza di somari! – mormorò egli fra i denti. – Pazienza non comperarlo, pazienza non leggerlo! Ma non intendere nemmeno il titolo!... Giudicarlo a rompicollo prima di osservarne il frontespizio!... Questa poi trascende ogni misura, e dico il vero che vorrei piuttosto essere lacerato che lodato da simile genìa di aristarchi.

Era vissuto fino allora nelle biblioteche il conte Rinaldo e non sapeva che quelli non erano tempi da perdersi in letture. E che si lodava e si biasimava senza leggere, appunto perché si apprezzava piú lo spirito e l'intento che il valore scientifico e la forma delle opere. Ognuno diceva al vicino: "leggi quel libro che a primo assaggio mi parve buono!". Ma le parole passavano e il libro restava in bottega. Piuttosto si correva a divorare le recentissime di qualche giornale. Io non voglio dire che non restassero studiosi di polso che avean tempo a tutto; ma la gioventù, la gran consumatrice dei libri nuovi, era troppo occupata. Volendo tener dietro ai chiassi ai trastulli agli amorazzi nei quali era cresciuta e alle nuove passioni che fermentavano nelle combriccole, non era bastevole un'anima per individuo. Allora appunto era morto Gregorio XVI, al quale succedette nella sedia pontificale Giovanni Mastai Ferretti sotto il nome di Pio IX. Chi al leggere questo nome non lo sente rimormorare sulle labbra, come una nota melodia che ci ronza negli orecchi lungo tempo dopo averla ascoltata?... Pio IX era anzitutto sacerdote e papa e lo si volle trasformare in un Giulio II pontefice e soldato; fu come quando si travede in una nuvola un simbolo una figura che chi l'ha in capo la ravvisa, ma invano si cercherebbe farla vedere agli altri.

Allora il nuovo Papa o non capí o non volle capire il significato di quegli applausi che lo portavano a cielo, e tacendo diede ragione a chi sperava da lui piú forse che non era disposto a concedere. Non so se l'entusiasmo fosse di moda o la moda generasse l'entusiasmo; so che entusiasmo e moda pervennero dal bisogno universalmente sentito di ricoverare le proprie speranze dietro un vessillo santo ed inviolabile: non v'avea né congiura, né impostura, era saviezza d'istinto. Questi avvenimenti che rompevano la lunga sonnolenza d'Italia non secondarono per nulla l'impresa tipografica del conte Rinaldo; certo anche in tempi soliti non avrebbe guadagnato dal primo fascicolo di che aiutare almeno per metà la stampa del secondo, ma allora poi non ci cavò uno scudo che l'è uno scudo. E quello che è piú curioso, toccò anche a lui dimenticarsi del proprio libro per correre cogli altri in piazza a gridare: Viva Pio IX!

Sua sorella era fra le meglio invasate pel nuovo Pontefice; ne parlava come d'un profeta, e tutta la sua conversazione se n'era scandolezzata perché mai piú s'immaginavano che la vecchia bigotta, la badessa emerita di Santa Teresa plaudisse di gran cuore ad una papa che tirava piú al politico che al sacerdotale; almeno cosí credevano allora. Ma ignoravano forse il perché la Clara si era fatta bigotta e monaca, e a quali condizioni s'era obbligata verso Domeneddio all'osservanza dei voti. Io non lo sapeva ancora di sicuro; ma da qualche mezza parola credeva già di poterlo indovinare.

Intanto in mezzo a questi torbidi il danaro si faceva piú raro che mai; e fu allora che il conte Rinaldo mandò un ordine urgente al suo castaldo di Fratta che gli si spedisse qualche soldo ad ogni costo; e il povero contadino si tolse d'impiccio vendendo i materiali che rimanevano del castello e anticipandone al padrone il prezzo. Il Conte con quella sommetta voleva aiutare la fondazione d'un giornale patriottico in non so qual città di terraferma; e cosí anche allora il danaro gli scappò dalle dita, e Clara rimase senza caffè, ed egli con poco pane: ma l'una pregando, l'altro leggendo e fantasticando si difendevano valorosamente contro la fame. Qualche volta io ebbi la cristiana previdenza d'invitarlo a pranzo, ma era tanto svagato che benché sovente avesse nello stomaco l'appetito vecchio d'un paio di giorni, si smemorava dell'ora del pranzo e non veniva che alle frutta. Peraltro rimesse che furono in movimento le mascelle mostravano assai buona memoria del digiuno e una discreta previdenza di non volerlo patire per un buon pezzettino di futuro.

Questo era il poco bene che poteva operare a vantaggio de' miei cugini, dei fratelli della Pisana; del resto non aveva il coraggio di esibirmi conoscendo la loro permalosa delicatezza; ed anche qualche libbra di caffè di cui l'Aquilina regalava la Clara, la facevano giungere a loro di soppiatto per mezzo della serva. Confesso la verità che negli anni antecedenti quei due stampi singolari mi erano oltremodo antipatici, e durava fatica a sopportarli pensando di qual sangue erano; ma mano a mano che i tempi minacciavano scuri e temporaleschi mi riappaciava con loro, e serbava la mia bile contro la gente che li circondava. Là si vide il doppio intento d'una condotta e d'un modo di pensare che pareva uguale ed era tutt'altro: l'Ormenta, i Cisterna e i loro satelliti pensavano all'utile proprio, alla sicura comodità della vita sotto la scusa della gloria di Dio; Rinaldo e la Clara operavano per la gloria di Dio in tutto e per tutto, e la sostanza i commodi la vita avrebbero sacrificato allegramente per quel santissimo scopo. Gli è vero forse che anche la gloria di Dio la intendevano assai diversamente tra fratello e sorella, ma ad ogni modo nelle azioni e nell'opinion loro uno scopo ideale c'era; e picchiavano anch'essi le mani e si univano al generale entusiasmo, mentre il dottor Ormenta guardava sospettoso dalla finestra e mandava il canchero nel cuore a quei maledetti gridatori. Tuttavia all'occasione gridava quant'ogni altra buona gola; e non si faceva grattar la pancia come le cicale.

Mio figlio intanto era andato inzaccherandosi sempre piú in sí trista compagnia: e per quanto mi studiassi di sollevargli la mente dalle cose basse e materiali e di tenergli viva la gioventù dello spirito, egli non mi badava piú che tanto e mi pareva piú vecchio lui a ventidue anni che non fossi io a settanta. Piú anche mi studiava di volgerlo a sentimenti forti e generosi in quegli ultimi anni quando m'accorgeva delle vicende che ci pendevano sopra, e sentendomi già poco meno che decrepito, l'avrei dovuto lasciare senza guida nei momenti in cui piú forse ne avrebbe abbisognato. Ma il sozzo dolciume dei vizii gli aveva troppo guasto il palato, e quei pervertitori della gioventù lo avevano persuaso che fuori della tranquillità, della buona tavola e del buon letto, non sono altre cose desiderabili al mondo; cotali opinioni le ostentava come segno di animo forte e d'indipendenza filosofica, facendosi merito di sprezzare la puerilità di chi metteva gran parte delle sue speranze nel contentamento di qualche desiderio meno umile.

Era la reazione contro il romanticismo, della quale quei volponi si giovavano per fuorviare i giovani secondo il loro interesse. E siccome altri giovani di piú matura esperienza o piú rettamente guidati si opponevano a quelli colla parola coll'esempio, gridando che era un abbominio il negare cosí ogni idealità delle vita, e il rendersi come porci in brago schiavi solo dei commodi e dei godimenti; quei maestri di corruzione soffiavano che eran gridate d'invidia e che non bisognava badarci, e che era tutto effetto d'ipocrisia, ma che ci voleva coraggio per beffarsi delle predicazioni di quei farisei. Giulio che era di volontà forte e ricisa non si buttava a mezzo in un partito: per lui quell'opporsi a visiera alzata alle censure dei puritani, come li chiamavano, fu una prova di coraggio, e tanto essi lo biasimavano, d'altrettanto egli esagerava la cinica scapestratezza dei costumi. Gioco, beverie, donne, erano le sue tre virtù principali; ne aveva molte altre di accessorie, e sopra tutte poi, quella ch'essi rimproveravano agli avversari, una profonda e spontanea ipocrisia. Messo ch'egli aveva il piede oltre la soglia della casa, senza nemmeno pensarlo la sua persona assumeva un contegno composto, la sfacciataggine e la dissolutezza gli cadevano dagli occhi, e le labbra dimenticavano il solito frasario di bordello. Vicino a sua madre pareva un angelino; e quando io, per colpire il lato debole di quell'educazione cui l'aveva avviato, ripeteva quanto de' suoi costumi mi riferivano le pubbliche voci, ella mi smaniava contro gridando che le erano falsità, e che il suo Giulio bastava guardarlo per conoscerlo fin nel fondo del cuore. Che se egli non perdeva il capo dietro le fantasticaggini solite dei giovani, che se teneva invece al sodo e cogli uomini posati, bisognava ringraziarne il cielo; e che già una tremenda lezione l'avea già avuta nella fine di Donato. E lí rappiccava i soliti capi d'accusa; sui quali a me conveniva scrollare le spalle ed andarmene per non udir predicare tutta la giornata.

Peraltro non potei far a meno di somministrar a Giulio una gran lavata di capo e minacciarlo di peggio pel futuro quando alle solite voci che correvano sul suo conto se ne aggiunsero di peggiori e quasi infami. Un amico del cavalier Frumier mi avvertí aver udito raccontare d'una scena avvenuta in una bisca a proposito di alcuni tagli di macao, eseguiti, a quanto dicevano, da mio figlio con soverchia destrezza. Egli non avea risposto che coi pugni all'importuno osservatore, e questa maniera di difendere la propria onestà non gli dava ragione presso il giudizio dei piú. Giulio, interpellato da me sopra questa circostanza, rispose per la prima volta con qualche alterezza che egli voleva giocare a suo piacimento senza che altri gliene prescrivesse il modo, che si beffava delle loro ciarle, ma che non voleva ricevere mali atti, e che chi era malcontento de' suoi pugni se li facesse levare. Quanto al delitto appostogli non disse né sí né no: e vi scivolò sopra con qualche confusione lasciandomi quasi persuaso che non glielo apponessero a torto. Peraltro aveva ancora una lontana lusinga che quei suoi mali diportamenti provenissero da un amor proprio fuorviato, da una smania eccessiva di contraddizione, e che se ne sarebbe forse allontanato prima che, batti e ribatti, le petulanze diventassero abitudini, e quelle colpe vizii. Attendeva a questa mia speranza, quando in mezzo all'entusiasmo propagatosi per tutta Italia all'amnistia concessa da Pio IX, Giulio fu appunto il solo ch'ebbe il coraggio di opporsi all'invasamento universale; di deridere quelle feste quelle gridate in piazza, e di chiamar pazzi e femminette coloro che ci credevano. Non parlava e non agiva forse cosí per antiveggenza politica, ma per mostra di eccentricità e di cinismo; ad ogni modo, fosse anche stata profonda convinzione, era piú sfacciataggine che coraggio manifestarla a quel modo, in quei momenti. Anche le illusioni meritano qualche volta rispetto, e cosí non bisogna sfiorare la verginità d'animo d'un garzoncello, come non è lecito infirmare la fiducia generosa d'un popolo, quando la fede è per sé una forza rigeneratrice. Giulio invece motteggiava e beffeggiava senza riguardo; coloro stessi che forse meglio di lui erano persuasi delle sue opinioni, e ai quali tornava conto quell'opposizione, in pubblico facean le viste di non udire, o tirati in mezzo, disertavano lesti lesti all'entusiasmo dei piú. Giulio allora s'ostinava sempre piú e percotendo a due mani amici e nemici, smascherava la doppiezza di quelli, scherniva la dabbenaggine di questi, e si godeva di esser fuggito come il corvo dalle male nuove, e odiato come il paladino delle anticaglie e dello *statu quo*.

Piú l'odio era generale piú si faceva un vanto di resistere; e fors'anco cominciava a credere nella verità di alcune fra le sue idee; ma raccolse il solito frutto della sua imprudenza. Gli uomini troppo assoluti e sinceri sono caricati per solito delle colpe di tutto il loro partito, e Giulio si ebbe addosso l'esecrazione generale. Senza sapere appuntino tutte queste vicende, perché i parenti son gli ultimi ad aver contezza della condotta dei figliuoli, ne subodorai abbastanza per metter Giulio in avvertenza di tutto il male che gliene poteva intervenire. Egli mi rispose che della vita faceva omai il conto ch'ella merita, e che nulla di male poteva intervenirgli persuaso com'era che non fossero mali quelli che affliggono solamente l'immaginazione.

— Bada, bada, Giulio! – io soggiunsi con voce di preghiera e quasi colle lagrime agli occhi. – La vita non si compone soltanto di quello che tu credi! L'anima tua potrebbe svegliarsi, sentir bisogno d'amore di stima...

— Oh padre mio – m'interruppe sogghignando il giovane – non parliamo di queste poesie! *Transeat* se gli uomini fossero savi giusti e perfetti, ma cosí come sono tanto importa posseder l'amore e la stima del proprio cane che quella di costoro. Io per me vi rinunzio volontieri e per sempre!

— Non dir per sempre, Giulio, ché non lo puoi! Sei troppo giovane! (Egli sorrise, come tutti i giovani, quando si appunta loro mancanza d'esperienza). Quegli uomini che tu giudichi cosí pazzi cosí tristi possono sollevarsi per uno slancio magnanimo da quella solita abiezione e riavere momenti sublimi di giustizia e di generosità!... Ora se tu, Giulio, in quei momenti dovessi sopportare il loro disprezzo, credilo, ti spezzerebbe l'anima, a meno che tu non abbia perduto ogni pudore ogni dignità umana. In quei momenti non è l'ostracismo della pazzia e della nequizia che soffrirai, ma la sentenza della generosità e della giustizia!... E non potrai illuderti, non potrai difenderti!... Contro uno contro due contro dieci potrai insorgere, fremere, vendicarti; ma contro l'opinione d'un popolo non v'ha riparo: gli è come un incendio che compresso da una parte divampa subitaneo e maggiore dall'altra!... In tanta sciagura uno solo è il ricovero che la Provvidenza permette all'onest'uomo; il ricovero della coscienza. Ma tu, Giulio, come ti troverai di faccia alla coscienza?... quali conforti ti darà essa? A te che ti sei fatto una gloria di calpestare quanto di piú nobile di piú etereo racchiude l'umana speranza?... A te che professando un disprezzo profondo degli uomini senza pur conoscerli, ti sei accostato ai peggiori, e hai con ciò dato appiglio a credere che tu disprezzi te stesso piú di ogni altro?... Via, rispondi; non ti pare che fra i tuoi maestri, i tuoi amici, fra il dottor Ormenta, fra Augusto Cisterna, i suoi figliuoli e il resto della gente non corra alcun divario? Ma se la gente accusa, vitupera, perseguita le azioni di quelli, non è segno che almeno la coscienza pubblica è migliore della loro, e che v'è una vita possibile possibilissima, e se non felice e dignitosa in tutto, certo piú degna di quella cui essi ti hanno invitato?... Temi, temi, Giulio, di esser confuso con simil razza di serpenti; temi che la contraddizione non ti trascini piú oltre di quanto non vuoi; e che per la tua smania di distinguerti e di capitaneggiarti, non ti si faccia carico dei delitti e dei vizii di coloro che stanno ora dietro a te, e che al maggior uopo avranno la furberia di lasciarti solo.

— Ti sbagli di grosso sul mio conto – rispose Giulio colla massima pacatezza e senza onorare la mia predica neppur d'un istante di esame. – Io non ho adottato il credo di nessuno. Il dottor Ormenta e il signor Augusto Cisterna sono vecchi furbi e scostumati non migliori né peggiori degli altri; ho continuato a stare con loro per abitudine e perché non ci vedea ragione di mutar compagnia, cascando dalla padella nelle bragie, cioè dal vizio nell'impostura. I giovani coi quali costumo son quelli che consentono meglio colle mie idee; e se hanno i loro difetti non posso avermene a male. Quanto poi a farmi soggezione delle ciarle della gente, non sono cosí sciocco. La mia coscienza mi dirà sempre ch'io la penso piú dirittamente di loro, e il mio buonsenso riformerà le sentenze appellabilissime dell'altrui ignoranza.

Capii che a predicare tutta una quaresima non ci avrei cavato alcun frutto; e lasciai che se n'andasse, sperando e temendo insieme che l'esperienza avrebbe fatto quello che indarno io aveva tentato. Ma cominciava a dubitare che la mia trascuranza e la soverchia deferenza all'Aquilina dovessero essere gravemente punite, e che i figliuoli preparassero i piú fieri dolori della mia vecchiaia. Infatti non era solamente Giulio che mi dava da pensare; anche la Pisana cominciava a sgarrare sul serio, ed io m'accorgeva troppo tardi di aver perduto sopra di essi ogni paterna autorità.

Quella ragazza, ve lo dissi, era la piú furba ed entrante che avessi mai conosciuto; ma mi confidava che l'esempio di sua madre e la scrupolosa religione nella quale la educava l'avrebbero preservata dai maggiori pericoli. Intanto andava tenendola d'occhio alla lontana, e non mi pareva che traesse molto buon frutto dalle sue devozioni. Era umile ed affettuosa con sua madre, con me del pari serbava un contegno modesto e discreto, e quando si trovava in mezzo alla gente in nostra compagnia pareva addirittura una santoccia. Ma coi servi colle cameriere si mostrava dura ed altera; e a sbalzi poi l'udiva scherzare e ridacchiare insieme ad essi con modi tali che dissomigliavano da quelli tenuti in nostra presenza. Cosí se sua madre voltava l'occhio quando si trovavano in qualche brigata, subito mandava via occhiate di fuoco a destra e a sinistra, e m'accorgeva che non si sbagliava nel cernere i bei giovani dai brutti. Arrossiva anche talora e si storceva sulla seggiola in modo che dimostrava la malizia maggiore della santità. Insomma io non era quieto per nulla sul suo conto, e quando l'Aquilina, pur consentendo che Giulio dava un po' nello scapato, si consolava della sua buona fortuna e ringraziava il cielo di averci compensato a mille doppio in quella eccellente figliuola, io non poteva stare che non torcessi un po' il grugno.

— Come? Che avresti a ribattere? — saltava su mia moglie con una voce aspra e convulsa che le serviva costantemente nei suoi colloqui col marito.

— Eh, nulla! — diceva io fregandomi il mento.

— Nulla, nulla!... Credi che io non capisca i tuoi attucci da censore mal-contento?... Ma via mo, sentiamo che avresti ad osservare sul conto della Pi-sana!... Non è bella e perfetta che pare un angelo?... Non ha due occhi colore del lapislazzulo che dinotano un'anima candida ed amorosa, e colorito e capelli e statura che a scegliere non si potea fare di meglio?... Non è fornita di buon ingegno, e di modi riserbati e gentili come si addicono ad una zitella? Non è divota come un santino, umile ed ubbidiente poi che sembra un agnello?... Dove vorresti trovare una figliuola piú esemplare?... Io per me torrei di essere un giovine per poterla sposare; e fortunato tre volte quello cui toccherà una tanta fortuna, ma ci guarderò tre volte prima di dargliela.

Io non rispondeva nulla e lasciava che si sbizzarrisse nel suo panegirico; sol-tanto accennandole di parlar piano quando sospettava che la ragazza fosse nella camera vicina, e stesse anche origliando come qualche volta io l'aveva scoperta.

— Orsù, dunque! – continuava l'Aquilina – non istarti lí ingrognato che pari una statua!... Sei forse padre per nulla?... Dacché non hai piú negozi in piazza, e mio fratello sgobba per te in campagna, sei diventato il piú gran disu-tile che si possa immaginare!... Non sei buono ad altro che ad impancarti in un caffè, a legger le gazzette e fors'anco, Dio non voglia, a chiacchierare senza pru-denza con qualch'altro vecchio matto e a comprometterti.

— Aquilina, se si potesse, ti giuro che parlerei sovente, ma...

— E cosa faccio ora dunque?... Non ti dico di parlare? Non ti esorto da un'ora palesare le tue osservazioni? Non son qui anche con troppa pazienza ad ascoltarti?...

— Allora ti dirò che la Pisana non mi sembra cogli altri la stessa che si mostra con noi: e che quando non la si tien d'occhio cambia subito maniere che è una meraviglia, sicché ho gran paura che tutte le sue belle doti non sian altro che fintaggini, e...

— Anche questa mi toccava sentire!... Oh povera me!... Povera figliuola! Tu sí che hai proprio il diritto di accusarla!... Tu che infatti la curi molto! Non ti trovi con noi in mezzo alla gente due volte l'anno, e vuoi insegnare a me che sto con essa da mattina a sera, che non l'abbandono mai né col pensiero né cogli occhi!...

— Ti dirò, Aquilina!... Tu stai sempre con lei; ma ti piace molto il conver-sare, e non l'abbandonerai forse col pensiero, ma cogli occhi ti assicuro che la abbandoni sovente. Io certo non vengo con voi tutti i giorni perché la conver-sazione di casa Fratta né quella di casa Cisterna si affanno al mio gusto, ma quando ci vengo, siccome con quelle persone non ho voglia d'intrattenermi, ho tutto il tempo di osservarla. Fidati di me; e credi che hai voluto farne una santa ma che se la continua a quel modo ne avrai fatto invece una civetta sopraffina!

— Oh Madonna santissima! Ti prego, vammi fuori dei piedi e non bestemmiare!... La mia Pisana una civetta!...

— Zitto, zitto, per carità, Aquilina, che non la ti senta.

— Eh che non importa nulla!... E non c'è pericolo che ella c'intenda nulla di tali nefandità!... Ho capito già; tu non le vuoi alcun bene a quella ragazza: vorresti degli omacci duri e sconoscenti come Luciano, o qualche pazzerello come quel povero Donato, che tu solo hai condotto al precipizio. Ma i giovani discreti e affettuosi, le fanciulle oneste e dabbene non ti si convengono per nulla... Hai proprio ragione di dire che sei un giacobino incorreggibile... Infatti tu non ti ci trovi bene in casa Fratta quando ci siamo noi: ma se si tratta poi di gironzolare le ore colle ore fabbricando castelli in aria e impasticciando bestemmie ed eresie col conte Rinaldo, allora non ti ritraggi punto, allora la casa Fratta ti conviene!...

— Non confondere una cosa coll'altra, Aquilina. Il conte Rinaldo non ci ha nulla a che fare con quei volponi che la fiduciosa santocchieria di sua sorella gli ha tirato in casa.

— Ecco, ecco, sempre insulti sempre motteggi a tutto quello che v'è di santo, di venerabile al mondo!...

— Ti ripeto quello che ti ho detto le mille volte. Io venero e rispetto la santità della signora badessa: ma la mi sa un po' troppo d'ingenua: e non me ne fiderei per conoscer gli uomini. Infatti ora che si trovano in tanta strettezza, cosa hanno fatto per essi quei loro ottimi parenti, quei loro amici sfegatati?...

— Han fatto, han fatto poco meno di quello che facciamo noi. E farebbero di piú se la signora badessa non fosse tanto permalosa.

— Infatti è l'esser dessa permalosa che li fa scappare come le mosche dalla tavola poiché si levano le portate!

— Se ora stanno ritirati ce n'hanno delle ottime ragioni, e tu adopreresti saggiamente imitandoli. Non son tempi questi da ciarle e da conversazioni, massime pei vecchi.

— Secondo te bisognerebbe risparmiar al becchino la noia di seppellirci: e nascondersi appunto allora che un barlume di speranza torna a luccicare, e un po' di vita a fermentare nelle nostre anime.

— Belle speranze! Bella vita!... Ride bene chi ride l'ultimo.

La discussione cominciava a dare nel politico e me la svignai: non dimenticando peraltro il punto principale del diverbio e proponendomi di osservar la Pisana piú che non avessi fatto per l'addietro. Negli ultimi giorni principalmente la mi sembrava cosí preoccupata cosí facile a cambiar di colore e confondersi che se gatta ci covava non me ne sarei meravigliato. Mia moglie invece affermava che quelli erano gli indizi soliti di quel certo passaggio dall'adolescenza alla giovinezza, che turba inconsapevolmente l'innocenza delle ragazze. Io che d'innocenza me n'intendeva, e piú forse ancora di malizia, non sapeva star contento a quell'opinione, e guardava e spiava sempre con ogni accorgimento di prudenza, persuaso che alla lunga la paziente furberia del vecchio l'avrebbe spuntata contro l'accortezza della fanciulla. Le cure ch'ella si dava di comparir tranquilla e disinvolta ogniqualvolta s'accorgesse di esser osservata, mi confermavano nel sospetto che non si trattasse né punto né poco di quell'inconsapevole turbamento messo innanzi da sua madre; ma i giorni passavano e non veniva a capo di scoprir nulla.

Finalmente una sera che l'Aquilina era uscita con suo fratello giunto allor allora dal Friuli, ed io pure doveva rimaner assente fino ad ora tarda, tornandomene non so per qual cagione a casa, ed entrato nella stanza ove lavoravano di solito le donne, non ci trovai la Pisana. Ne chiesi alla cameriera e mi rispose che la era nella stanza da letto. Allora avvicinatomi pian piano mi parve udire lo scricchiolio d'una penna d'acciaio, e tutto ad un tratto facendo per aprir l'uscio, non lo potei perché era chiuso a chiave.

— Chi è? — disse con voce un po' paurosa la fanciulla.

— Eh, nulla!... Son io che veniva a vedere di te.

— Subito, subito, papà: mi son cambiata tutta perché a finir quel ricamo sudai tanto questa sera, ch'era bagnata come un pulcino. Ma ora vengo ad aprirti.

Infatti aperse e m'accolse con un sí bel sorriso sulle labbra che dovetti baciarla, e rimettere anche non poco dei miei sospetti. Vidi alcuni capi di vestiario gettati qua e là come tolti appena di dosso; ma avvicinandomi al tavolino osservai che la penna era ancora intinta d'inchiostro. Certo dunque aveva scritto e non voleva farmelo sapere: il che bastava per farmi sospettare piucchemai, e la lasciai indi a poco augurandole la buona notte se non l'avessi piú veduta. Il giorno appresso, quand'ella uscí per la messa insieme a sua madre, entrai nella sua stanza e feci di tutti i cassetti di tutti gli armadi un diligentissimo esame. Ma tutto era aperto, e niente trovai che potesse dar ragione ai sospetti concepiti la sera prima. Guardai nella cantera del buffetto vicino alla lettiera, e ci vidi, fra molti libricciuoli devoti, una specie di sacchettino ricamato nel quale ella costumava riporre medaglie, reliquie, immagini e altre simili cianfrusaglie. Mi parve che colle dita non si potesse giungere ben in fondo di quel sacchetto; e sentiva come alcune cartoline che non poteva carpire: allora lo rovesciai e scopersi una cucitura fatta, pareva, in gran fretta e con refe bianco. La disfeci e trovai tre letterine graziosette profumate ch'era una delizia a vederle.

— Ah ti ho colta, birbona! — diss'io, e non ebbi piú rimorso di aver messo la mano ne' suoi segreti; l'autorità paterna è forse, anzi certo, la sola che dia cotali diritti, perché è obbligata a procurare il bene dei figli anche contro la loro volontà. Quelle tre letterine portavano la firma di Enrico il quale era appunto il nome dell'ultimo figliuolo di Augusto Cisterna; vi si parlava oltre il bisogno di tenerezze di baci di abbracciamenti; ed io non cercava di saperne di più. Le misi in tasca e aspettai che le signore tornassero dalla chiesa. Infatti di lí a mezz'ora la Pisana venne alla sua stanza per levarsi il cappello e riporre la mantiglia, e fu meravigliata assai d'incontrarsi in suo padre.

— Pisana – le dissi io senza andare tanto per le lunghe, ché di avere fatto l'inquisitore ero già piucché stanco – qui ti bisogna esser sincera, ed espiare con una pronta confessione le colpe che per mera fanciullaggine hai commesse: dimmi subito dove e con qual mezzo ti trovi da sola a solo con quel signor Enrico che ti scrive tanto teneramente?

La fanciulla traballò sulle gambe e tramortí in viso a segno ch'ebbi compassione di lei; ma poi ricominciò a balbettare che non sapeva nulla, che non era vero, in modo ch'io perdetti la pazienza e ripetei con voce più autorevole il comando di esser ubbidiente e sincera. Contuttociò ella rimase imperterrita a rispondermi che non ci capiva un ette e a far l'indiana con tanta buona grazia, che mi sentii il solletico di schiaffeggiarla.

— Senti, figliuola – ripresi io un po' sbuffando un po' trattenendomi. – Se io ti dicessi che tu ricevi e scrivi lettere a Enrico Cisterna, e che discorri con lui dopo che noi siamo a letto, alla finestra della Riva, non andrei un dito lontano dal vero. Ma non voleva dirlo per lasciarti il merito della sincerità. Ora che tocchi con mano ch'io so tutto, e vedi cionnostante che mi dispongo ad usar di tutta la mia bontà, spero che vorrai mostrartene degna, con dirmi come sei venuta in tanta confidenza con quel giovine, cosa ti piace tanto in lui, e perché, se credevi onesta la tua condotta, hai creduto bene di celarla ai tuoi genitori. So che sei ben avveduta quando ne hai voglia, e adesso dovresti accorgerti che il partito più saggio più onesto più furbo è di aprirti a me come ad un amico, perché si veda di metter ordine a tutto, accordando le nostre convenienze anche col tuo talento se vuoi!...

A queste parole la Pisana dimise affatto quel suo contegno di figliuola modesta e paurosa per diventare lesta sicura sfacciatella quale io l'avea veduta più volte colle cameriere, o in qualche crocchio durante le lunghe distrazioni di sua madre.

— Padre mio – mi rispose col piglio disinvolto d'una prima amorosa che recitasse la sua parte – vi chieggo perdono di una mancanza che non finirò mai di rimproverarmi; ma non vi conosceva e aveva più paura della vostra autorità che confidenza nel vostro affetto. Sí, è vero; gli sguardi le preghiere di Enrico Cisterna mi hanno commossa, e per non vederlo patire, ho voluto concedergli quanto mi domandava.

— E se io ti dicessi che Enrico Cisterna è un tristo, un giovinastro senza decoro e senza probità, al quale l'abbandonarti sarebbe il peggior castigo che potessimo infliggerti?

— Oh non andate in collera!... No, per carità, che non ce n'è il motivo! È vero, ebbi compassione di Enrico; ma non ci sono tanto ostinata, e se non è di vostro piacimento, meglio qualunque altro che lui!...

— Cosí tu rispondevi alle sue lettere, tu ti abboccavi tutte le sere con esso lui alla finestra...

— Non tutte le sere, padre mio. Appena quelle in cui la mamma spegneva il lume prima di mezzanotte. E siccome ella ha molte divozioni distribuite per varii giorni della settimana, cosí questo non avveniva che il lunedí il mercoledí e la domenica.

— Ciò non monta affatto. Voleva dire che quanto facevi lo facevi per mera compassione.

— Te lo giuro, papà: proprio per compassione.

— Sicché se domani venisse un gondoliere, un cenciaiolo a domandarti per compassione di far all'amore con lui, gli risponderesti di sí!

— No certo, papà. Il caso sarebbe molto differente.

— Ah dunque convieni che ci vedi dei meriti particolari in Enrico, per sentir piuttosto compassione di lui che di un altro?... Ora favorirai dirmi quali sono questi meriti.

— In vero, papà, sarei molto imbrogliata a dichiararveli, ma giacché siete tanto buono, voglio farmi forza per accontentarvi. Prima di tutto quando s'andava a teatro, io vedeva Enrico accarezzato e festeggiato dalle piú belle signore. Non vorrai già negare ch'egli non sia almeno almeno molto simpatico!...

Io non sapeva piú in qual mondo mi fossi udendo la santoccia parlare a quel modo; ma volendo pur vedere fin dove sarebbe arrivata:

— Avanti – soggiunsi. – E poi?...

— E poi ha una foggia di vestire molto elegante, un bel modo di presentarsi, una loquela sciolta e brillante. Insomma per una ragazza senza esperienza c'era, mi pare, quanto bastava per rimaner abbagliata. Quanto ai suoi costumi al suo temperamento io non me ne intendo, padre mio; credo che tutti siano buoni, e non sarei mai tanto sfacciata da chiedere cosa voglia dire un giovane scostumato!

Era però abbastanza imprudente per farmi capire che lo sapeva; laonde io le risposi che senza cercar tanto addentro le doti morali di Enrico, ella doveva capire che quei pregi esterni e affatto d'apparenza non dovevano bastare per meritargli l'affetto d'una donzella bennata.

— E chi dice ch'egli abbia il mio affetto? – riprese ella. – Vi giuro, padre mio, che gli corrispondeva unicamente per compassione, e che adesso giacché vedo ch'egli non ha la fortuna di piacervi, lo dimenticherò senza fatica, e accetterò di buon grado quello sposo che avrete la bontà di procurarmi.

— Eh, sporchetta! – io sclamai – chi vi parla ora di sposo?... Che premura avete?... Chi vi ha insegnato a tirar in mezzo voi simili discorsi?

— Nulla! – balbettò essa alquanto confusa – non ho parlato cosí che per dimostrarvi meglio la mia docilità.

— Capisco – risposi io – fin dove giunge la vostra docilità. Ma ti esorto a moderare la tua indole, a educare i tuoi sentimenti, perché fino che tu non sia in grado di apprezzare i veri meriti d'un onest'uomo, oh no, perbacco, che non ti lascerò andare a marito!... Non voglio fare né la tua né l'altrui rovina.

— Ti prometto, papà, che d'ora in poi tutte le mie cure saranno rivolte a moderare la mia indole e ad educare i miei sentimenti. Ma mi prometti almeno che la mamma non saprà nulla?

— Perché vorresti che tua mamma non ne sapesse nulla?

— Perché mi vergognerei troppo di comparirle dinanzi!

— Eh via, che un po' di vergogna non ti starà male: vorrei anzi che la sentissi molto, per cercare di non averla a soffrire altre volte. Intanto ti avverto che non posso lasciar ignorare a tua madre una cosa che le darà la giusta misura della tua santità.

— Oh per carità, padre mio!

— No, non affannarti e non piangere!... Pensa a correggerti, ad esser sincera d'ora in avanti, a non invaghirti di frascherie e a non distribuire il tuo affetto con tanta leggerezza.

— Oh ti giuro, padre mio...

— Non tanti giuramenti; a ora di pranzo ti dirà tua madre quello che avremo disposto a tuo riguardo. Non v'è male che non abbia il suo rimedio: sei giovinetta ancora e spero che tornerai una buona figliuola, capace di fare la felicità nostra, e dell'uomo cui il cielo ti ha destinato, se la sorte vuole che ti accasi. Intanto pensa ai casi tuoi; e medita sulla sconvenienza di quelle azioni che costringono una figliuola ad arrossire dinanzi ai suoi genitori.

Cosí la lasciai; ma era tanto sbalordito che nulla piú. E quelle lusinghe di ravvedimento le avea buttate lí per vezzo; del resto non sapeva da qual banda cominciare per ridurre a donna di garbo una tale fraschetta. Confesso che m'immaginava di scoprire un giorno o l'altro delle assai brutte cose sotto quella vernice di santità, non mai peraltro quella sfrontata e ingenua frivolezza che ci aveva trovato.

L'Aquilina fu per diventar pazza alla contezza ch'io le diedi per lungo e per largo di tutto il marrone. Non volea credere sulle prime, ma aveva le tre lette-rine in tasca e se ne persuase; allora prese a gridare e a graffiarsi il viso colle unghie, che guai per la Pisana se le capitava fra le mani! – Ma io la trattenni, e giunsi appoco appoco a calmarla, sicché pensammo anche al modo di troncare senza chiasso quell'amoruzzo e di assicurarci meglio dei costumi della ragazza con un metodo diverso d'educazione. Quanto al licenziare quell'Enrico, che era in verità un capo da galera, si decise che era meglio lasciare l'incarico a lei come quella risoluzione venisse spontanea dalla sua volontà, e noi né ci entrassimo né sapessimo nulla. Poi si pensò di cambiar tutte le donne di servizio, alla compagnia delle quali io attribuiva non senza ragione la strana leggerezza con cui quella mattina mi aveva parlato. Conducendola meno a teatro e in mezzo alla gente, invogliandola a letture piacevoli e salutari, io mi lusingava di ottener qualche cosa; non nascondeva peraltro all'Aquilina che il guasto era piú profondo di quanto non mi sarei mai immaginato, e che ogni rimedio avrebbe potuto essere inutile. Mia moglie mi dava sulla voce per questo mio scoramento soggiungendo che alla fine poi era una scappata piú che di cattiveria d'inesperienza, e ch'ella scommetteva senz'altro di rendere la Pisana cosí ragionevole e posata che in un mese avrei stentato a riconoscerla.

— L'ha un tal fondo di religione – diceva ella – che soltanto a richiamarle alla memoria i suoi doveri, si pentirà del fallo commesso, e farà fermo proponimento di non ricadervi mai piú.

— Fidati della sua religione! – le risposi io. – Ti dico che è tutta apparenza, ed ora tocchi con mano lo sbaglio gravissimo di non armare la sua coscienza con altri motivi di ben fare che non sono i Comandamenti puri e semplici!...

L'Aquilina cominciò ad inalberarsi, io a tempestare; e perdemmo di vista la Pisana per litigare fra noi due; ma io me ne risovvenni per raccomandarle di adoperarsi intorno alla fanciulla con molta prudenza, e poi me n'andai sperando che l'istinto materno l'avrebbe condotta assai meglio del suo accorgimento di bigotta. Come infatti mi parve essere sulle prime; ché trovai giorno per giorno la ragazza migliorata d'assai; e benché continuasse sempre un po' frivola e scapata, pure non usava piú arte veruna per comparire diversa. La vergogna le avea fruttato bene, ma anco io aveva adoperato destramente di non ribadirle l'impostura mostrandomi troppo scandolezzato della sua naturale leggerezza. Cosí sperava che se non una donna forte ed esemplare, una sposina discreta e come tutte le altre ci verrebbe fatto di cavarne. Peraltro mi ficcava sempre piú in capo che bisognava allettarla con quello che le piaceva; e se ci fosse capitato un giovine bennato che allo splendore dell'apparenza unisse la bontà della sostanza, io avrei ceduto l'educazione a lui, quasi sicuro che sarebbe riuscito a buon fine e che di lí a qualche anno avrebbe avuto una moglie secondo i suoi desiderii. Nessun miglior maestro dell'amore; egli insegna anche quello che non sa.

Mentre la strana condotta di Giulio e la dubbia conversione della Pisana mi tenevano col cuore sospeso, le dimostrazioni in piazza prendevano per tutta Italia un tenore piú fiero e guerresco; dalla Francia mutata improvvisamente in

Repubblica soffiava un vento pieno di speranza; la rivoluzione minacciò a Vienna, proruppe a Milano, e fu compiuta anche a Venezia nel modo che tutti sanno. In quei momenti, per quanto fossi vecchio, mezzo cieco e padre di famiglia, certo non ebbi tempo di pensare a' miei affaruzzi di casa. Uscii in piazza cogli altri, buttai via i miei settant'anni, e mi sentii piú forte piú allegro piú giovane che non lo fossi mezzo secolo prima, quando avea fatto la mia prima comparsa politica come segretario della Municipalità.

Si armava allora la Guardia Nazionale, e mi vollero far colonnello della seconda legione; senza consultare né gli occhi né le gambe io accettai con tutto il cuore; richiamai alla memoria tutto il mio antiquato sapere di tattica militare, misi in fila e feci voltare a destra ed a sinistra alcune centinaia di giovani buoni e volterosi, indi me n'andai a casa col cervello nelle nuvole, e l'Aquilina al vedermi incamuffato in una certa assisa che mi dava figura piú di brigante che di colonnello, fu per cadere in terra per un repentino travaso di bile. Checché ne mormorasse la moglie, mangiai all'infretta un boccone, e tornai fuori ai miei esercizi; vi giuro che non mi sentiva indosso piú di vent'anni. Soltanto la sera, quando mi ridussi a casa verso la mezzanotte, dopo aver subíto le piú gran rampogne che possa soffrire una buona pasta di marito da una moglie bisbetica, chiesi che ne fosse di Giulio, il quale io lo aveva cercato indarno qua e là per tutto quel giorno. Non lo avevano veduto, non ne sapevano nulla; e fu un nuovo appiglio all'Aquilina per tornar daccapo cogli strapazzi. Peraltro io era troppo inquieto sul conto di quel giovine per badare a lei: la condotta tenuta in fino allora, l'indole superba e violenta lo esponevano ai piú gravi pericoli, e dopo molte considerazioni e un'altra mezz'ora di aspettativa, non potei trattenermi, ed uscii in cerca di lui. Non mi sarei immaginato mai piú il colpo terribile che mi aspettava!...

Ne chiesi a casa Fratta a casa Cisterna, e non seppero dirmene nulla; tentai a casa Partistagno, ove usava molto in quell'ultimo tempo, ma mi risposero che il signor generale era partito da due giorni bestemmiando contro i suoi sette figliuoli che tutti avean voluto rimanere a Venezia, e che il signor Giulio non lo aveano veduto da una settimana. Mi venne in capo di cercarne contezza al Corpo di Guardia del nostro sestiere, e là mi toccò strappare dalla bocca di un giovine studente la triste verità. Il mattino Giulio era accorso insieme a loro all'Arsenale, dove si distribuivano le armi, e già s'aveva cinta la sciabola, quando uno sconsigliato (diceva lo studente) s'era messo ad insultarlo; lí Giulio s'era volto contro di lui, quando dieci e cento altri avevano preso le parti dell'insolente, e fra gli urli gli oltraggi gli schiamazzi, mio figlio avea dovuto ceder al numero, abbastanza fortunato di salvar la vita. Ma alcuni dabbene che non volevano che quel giorno fosse macchiato di sangue fraterno lo avevano difeso colle loro armi.

— Spero – continuò lo studente – che il suo signor figlio otterrà giustizia e che messe in chiaro le cose egli otterrà nella Guardia Nazionale quel posto che gli si compete come cittadino.

E queste parole furono pronunciate in modo che significavano piú compassione al padre che rispetto e confidenza alla causa del figlio. Io avea capito anche troppo, anche quello che la pietà di quel giovane avea creduto opportuno di sottacere: fui tanto padrone di me da ritirarmi rasente il muro, rifiutando il soccorso di chi voleva porgermi il braccio. Ma giunto che fui a casa mi sopraggiunse un violento assalto di convulsione, prima ancora che potessi porgere quella notizia all'Aquilina, accomodando come avrei saputo meglio. Con un salasso, con qualche cordiale mi calmarono in modo che verso l'alba riebbi l'uso della parola; e allora, con quell'indifferenza che seppi maggiore, accagionai del mio male le fatiche esorbitanti del giorno prima, e aggiunsi che avea ricevuto notizie di Giulio e ch'egli era partito da Venezia per affari di qualche momento. Mia moglie mi credette, o finse credermi: ma verso mezzogiorno essendo capitata una lettera da Padova coi caratteri di Giulio essa l'aperse a mia insaputa, la lesse, e capitò poi nella mia camera con quel foglio in mano, gridando come una forsennata che le avevano ammazzato un altro figlio, ché certo lo avrebbero ammazzato!... La Pisana che in quei frangenti dimostrò assai maggior cuore che io non m'aspettassi, si mise intorno a sua madre, e poiché s'accorse che vaneggiava chiamò la cameriera, e la posero a letto anche lei. Poi dal capezzale di sua madre a quello del padre la vispa fanciulla fu per due buone settimane la piú assidua e affettuosa infermiera che si potesse immaginare. Aveva torto a dire che l'amore è maestro di tutto; anche le disgrazie insegnano assai.

La lettera di Giulio era del seguente tenore:

"Padre mio! Tu avevi ragione: contro dieci contro venti si può ribattere un insulto, non contro una moltitudine; e vi sono certi momenti nella vita d'un popolo che ne rendon terribili i decreti. Io portai la pena della mia albagia e del mio sconsiderato disprezzo. Non potrò piú vivere in quella patria che tanto amava, benché disperassi di vederla risorgere; essa si vendica del mio codardo abbattimento respingendomi dal suo seno appunto nell'istante che si raccoglie d'intorno tutti i suoi figliuoli a trionfo e a difesa. Padre mio, tu approverai, credo, la deliberazione d'un infelice che vuol ricompensare col proprio sangue la stima de' suoi fratelli. Vado a combattere, a morire forse, certo ad espiar fortemente un errore di cui pur troppo mi confesso colpevole. Conforta mia madre, dille che il rispetto al vostro nome come al mio m'imponeva di partire. Io non poteva rimanere in un paese dove pubblicamente fui chiamato traditore, spia! E dovetti ingoiar l'insulto e fuggire. Oh padre mio! la colpa fu grave; ma ben tremendo il castigo!... Ringrazio il cielo e la memoria delle tue parole, che mi preservarono dal ribellarmi al sopportar quella pena, consigliandomi di cercar la pace della coscienza in un glorioso pentimento, non il contentamento dell'orgoglio in una vendetta fratricida. Di rado avrete mie novelle perché voglio che il mio nome resti morto, finché non risuoni benedetto ed onorato sulle labbra di tutti. Addio addio; e mi consolo nella certezza dell'amor vostro del vostro perdono!".

Volete che ve lo dica? La lettura di questa lettera mi rimise l'anima in corpo; temeva assai peggio, e mi maravigliai meco stesso che un animo superbo e impetuoso come quello di Giulio si fosse piegato a confessare i proprii torti e a cercarne una sí degna espiazione. Ebbi il conforto di compianger mio figlio in vece di maledirlo, e mi rassegnai del resto a quell'imperscrutabile giustizia che m'imponeva sí fieri dolori. Guarito che fui, sebbene lo stato di mia moglie fosse ancora tutt'altro che rassicurante, e la desse di quando in quando segni palesi di pazzia, ripresi il mio servizio come colonnello della Guardia; e poiché fu sparsa la novella della partenza di mio figlio e della lettera che egli m'aveva scritta, ebbi la soddisfazione di veder pietosi e riverenti verso la mia canizie forse coloro stessi che l'avevano vituperato. Tuttavia non ebbi di lui ulterior contezza fino al maggio seguente, quando ci capitarono da Brescia alcune sue righe. Argomentai dal sito che si fosse arruolato nei corpi franchi che difendevano da quel lato i confini alpestri del Tirolo e si vedrà in seguito come mi apponessi alla verità. Io lo benedissi dal fondo del cuore e sperai che il cielo avrebbe secondato le generose speranze del figlio e i supplichevoli voti del padre.

Due giorni dopo che furono entrati in Venezia i sussidii napoletani sotto il comando del general Pepe, mio vecchio conoscente, due uffiziali di quelle truppe vennero a chieder di me. L'uno era Arrigo Martelli che, fino dal 1832 reduce dalla Grecia, s'era immischiato nel susseguente anno a Napoli nella congiura di Rossaroll, e d'allora in poi era sempre stato in prigione nel Castel Sant'Elmo. Mi presentava il suo valoroso amico, il maggiore Rossaroll stesso che dalla lunghissima prigionia aveva sí affievolita la vista, ma non affranta per nulla l'invitta forza d'animo. Fummo amici d'un tratto, e mi sfogai con essoloro de' miei vecchi e nuovi dolori. E cosí riandando poi le vecchie storie mi cascò per caso dalle labbra il nome di Amilcare Dossi, ch'era rimasto nel Regno e piú non avea dato sentore di sé. Il Martelli allora rispose che pur troppo egli ne sapeva la fine miseranda; che immischiato nella guerra abruzzese del ventuno, e carcerato, era giunto a fuggire, ma che poi passato in Sicilia, dopo una vita piena di sventure e di delitti, avea terminato sul patibolo arringando fieramente il popolo, e imprecando sui suoi carnefici la giustizia di Dio. Queste cose avvenivano nel milleottocentotrentasei, e furono incentivo alle turbolenze che agitarono l'isola, e scoppiarono l'anno dopo in violente sommosse all'occasione del cholera.

— Povero Amilcare! — io sclamai.

Ma già di meglio non isperava del suo destino; e mi rammaricai colla mia sorte perversa che perfino da amici da lungo tempo sepolti mi suscitava nuovi dolori.

Cara del pari e non amareggiata da sí tristi evocazioni, mi fu indi a qualche mese la visita di Alessandro Giorgi, che tornava dall'America meridionale, vecchio, abbrustolito, storpio, maresciallo, e duca di Rio-Vedras. Col suo gran corpaccione insaccato in una sfarzosa giornea scarlatta, piena d'ori e di fiocchi, egli sembrava a dir poco un qualche grottesco antenato della regina Pomaré. Ma il cuore che batteva sotto quell'assisa indescrivibile era sempre il suo; un cuore di fanciullo insieme e di soldato. Vedendolo, non potei far a meno di instituire in cuor mio un confronto fra lui e il Partistagno: ambidue presso a poco della stessa indole, avviati alla stessa carriera; ma ohimè quanto diversi nella fine! Tanto possono su quei temperamenti ingenui e pieghevoli i consigli, gli esempi, le compagnie, le circostanze: se ne foggiano a capriccio sgherri od eroi.

— Carlino dilettissimo — mi diss'egli dopo avermi abbracciato sí strettamente che alcune delle sue croci mi si uncinarono negli occhielli del vestito – come vedi ho piantato lí tutto, il ducato l'esercito e l'America per tornare alla mia Venezia!

— Oh non dubitava: – soggiunsi io – quante volte udendo salire per la scala una pedata insolita ho pensato fra me: che sia Alessandro?

— Ora contami un poco; qual fu la tua vita di tutti questi anni, Carlino?

Gli narrai cosí di sfuggita tutte le mie vicende e la conclusione fu di presentargli la mia figliuola che allora appunto entrava nella stanza.

— Non lo nego; hai sofferto delle grandi sciagure, amico mio; ma ci hai qui delle consolazioni massicce – (e stringeva fra le nocca dell'indice e del medio le guance rotondette della Pisana). – Con tutta la mia duchea non son arrivato a fare altrettanto: eppure ti giuro che tutte le belle brasiliane mi volevano per marito. Amico mio, se hai figliuoli in istato di prender moglie, affidali a me: guarentisco loro delle belle cicciotte e qualche milioncino di reali.

— Grazie, grazie; ma come vedi si pensa ad altro ora che a maritarsi.

— Eh! ti pigli soggezione di queste frottole? son cose finite subito, credilo a me!... Noi in America si fa due rivoluzioni all'anno, e ci resta anco il tempo di goder la villeggiatura e di curar la gotta alla stagione dei bagni.

La Pisana stava lí con tanto d'occhi ammirando quello stampo singolarissimo di duca e di maresciallo; ond'egli la prese ancora soldatescamente per un braccio soggiungendo che si compiaceva molto di fermar ancora l'attenzione delle signorine veneziane.

— Eh! ai tempi nostri, eh, Carlino?... Ti ricordi la contessa Migliana?...

— Me ne ricordo sí, Alessandro; ma la contessa è morta da dieci o dodici anni in odore di santità, e noi strasciniamo assai malamente pel mondo i nostri peccati.

— Oh quanto a me poi, se non avessi quest'arpia di gotta che mi assassina le gambe, vorrei ballare la tarantella... Oh Bruto, fratello mio!... eccone qui un altro dei ballerini!... Capperi, come ti sei fatto nero... Giuro e sacramento che se non fosse per la tua gamba di legno non ti avrei riconosciuto.

Queste esclamazioni furono provocate dalla comparsa di Bruto che nel suo arnese di cannoniere civico faceva un'assai strana figura, degna da contrapporsi alla macchietta americana del Duca Maresciallo. Egli dal canto suo non risparmiò né braccia né polmoni e la Pisana, vedendo quei due cosí abbracciati e bofonchianti, crepava dalle grandi risate. Peraltro se furono buffi in camera, si diportarono assai gravemente fuori; e porsero un bell'esempio di obbedienza militare a parecchi giovani che volevano esser nati ammiragli e generali. Alessandro in onta al ducato e al maresciallato si accontentò del grado di colonnello; e Bruto tornò al suo cannone come appunto lo avesse abbandonato il giorno prima. La sua andatura zoppicante, e l'umore sempre allegro e burliero anche fra i razzi e le bombe tenevano in susta il coraggio dei giovani commilitoni. Tutti a quel tempo si facevano soldati, perfino il conte Rinaldo che molte volte, e lo vidi io, montò la guardia dinanzi al Palazzo con tanta serietà che pareva proprio una di quelle sentinelle mute che adornano il fondo scenico di qualche ballo spettacoloso.

Quello, poveretto, che non arrivò a tempo di montar la guardia, fu il cavalier Alfonso Frumier. Cascato di cielo in terra dopo la morte della sua dama, non avea piú rappiccato il filo delle idee, e cercava cercava senza potervi mai riuscire, quando un giorno entra il cameriere a raccontargli che in Piazza si grida: — Viva San Marco! — e che c'è la repubblica, e altre mille cose l'una piú strana dell'altra. Il vecchio gentiluomo si diede una gran palmata nella fronte. "Ci sono!" parve ch'ei dicesse; indi cogli occhi fuori della testa, e le membra convulse e tremolanti:

— Orsù, presto! – balbettò. – Portami la toga... dammi la parrucca... Viva San Marco!... La toga... la parrucca, ti dico! Presto!... che si faccia a tempo!

Al cameriere sembrò che il padrone stentasse a proferire queste ultime parole, e che vacillasse sulle gambe; stese le braccia per sostenerlo; ed egli stramazzò al suolo, morto per un eccesso di consolazione. Mi ricordo ancora ch'io piansi all'udir raccontare quella scena commoventissima, la quale spiegava nobilmente il torpore semisecolare del buon cavaliere.

Intanto anche noi, senza essere cosí felici da morire, pure ebbimo le nostre consolazioni. La concordia d'ogni classe di cittadini, la serena pazienza di quell'ottimo popolo veneziano in ogni fatta di disgrazie, la cieca confidenza nel futuro, l'educazione militare che dietro i forti ripari della laguna aveva tempo di assodarsi, tutto dava a sperare che quello era il fine, o come diceva Talleyrand, il principio della fine. L'attività pubblica, occupando le menti d'ogni fatta di persone, impediva l'ozio, migliorando grandemente la moralità del paese, e non ultimo conforto era l'abbassamento dei tristi, i quali, a quel ridestarsi vittorioso della coscienza popolare, s'erano rimpiattati nelle loro tane, come ranocchi nel fango. Il dottor Ormenta era fuggito in terraferma, e morí, come seppi in appresso, per uno spavento fattogli da una scorreria di Corpi franchi. Non gli giovò per nulla lo aver portato nell'infanzia l'abitino di sant'Antonio, ed ebbe di grazia che lo accettassero in camposanto. Augusto Cisterna dimenticato e disprezzato da tutti rimase a Venezia; ma perfino i figliuoli vergognavano di portare il suo nome; ed Enrico, quello scapestrato, riconquistò qualche parte della mia stima col riportare uno sfregio traverso la faccia nella sortita di Mestre.

Un giorno ch'io tornava da una visita al general Pepe, il quale sopportava volentieri le mie chiacchiere, la Pisana mi si fece innanzi con cera piú grave del solito, dicendo che aveva cose di qualche rilevanza da comunicarmi. Io risposi che parlasse pure, ed ella soggiunse che, siccome io le aveva promesso per marito un giovine di proposito e che valesse piú per la sostanza che per l'apparenza, credeva di aver trovato chi facesse all'uopo.

— Chi mai? — le chiesi un po' trasecolato perché la furbetta non si staccava mai dal letto di sua madre che allora appena cominciava a guarire.

— Enrico Cisterna! — sclamò ella gettandomi le braccia al collo.

— Come?... quello...

— No, non dite male di lui, padre mio!... dite quel giovine bravo e generoso, quel giovine che ad onta d'una educazione trasandata e d'una vita floscia e pettegola, ha saputo farsi tagliar il viso dalle sciabolate, e tornar una settimana dopo al suo posto come fosse nulla!... Oh io gli voglio bene piucché a me stessa, padre mio!... Adesso sí conosco cosa voglia dire il volersi bene!... Diceva di amarlo per compassione, quando di compassione non aveva certamente bisogno; ma ora che forse la meriterebbe, io l'amo per istima, l'amo per amore.

— Sí, tutto va bene, benissimo; ma tua madre...

— Mia madre sa tutto da questa mattina; ella unisce le sue preghiere alle mie...

In quel momento si spalancò sgangheratamente la porta, ed Enrico stesso che stava in agguato nella stanza vicina mi si precipitò di là, supplicandomi di non volerlo allontanare prima che non avessi pronunciato la sua sentenza di vita o di morte. Egli mi stringeva le gambe, quell'altra furiosetta mi attorcigliava il collo colle mani, chi sospirava chi piangeva... fu un vero colpo da commedia.

— Sposatevi, sposatevi nel nome di Dio! — sclamai raccogliendoli ambidue fra le braccia; e mai lagrime piú dolci non isgorgarono dagli occhi miei sopra esseri piú felici.

Allora volli anche sapere se e come il loro amore avesse continuato a mia insaputa e dopo quella licenza formale intimata al giovine da Pisana per ordine nostro. Ma la fanciulla mi confessò arrossendo di aver scritto quel giorno due lettere invece di una, nella seconda delle quali raddolciva d'assai il crudo tenore della prima.

— Ah traditorella! – le dissi – e cosí m'ingannavi!... cosí quella faccenda delle lettere continuò poi sotto il mio naso infino ad ora.

— Oh no, padre mio – rispose la Pisana – non avevamo piú bisogno di scriverci.

— E perché mo non avevate bisogno di scrivervi?

— Perché... perché ci vedevamo quasi ogni sera.

— Ogni sera vi vedevate?... Ma se fuori dell'inferriata io ho fatto inchiodare le imposte di quella maledetta finestra?...

— Papà mio, scusatemi; ma poiché la mamma s'era addormentata, io scendeva pian piano ad aprirgli la porta della riva...

— Ah sciagurati!... ah sfacciata!... in casa lo tiravi!... tiravi l'amante in casa!... Ma se di chiavi di quella porta non ce n'ha che una e l'aveva sempre io, vicino al letto!...

— Appunto... papà mio; non andate in collera, ma tutte le sere quella chiave io ve la portava via, e la riponeva poi la mattina quando portava il brodo alla mamma.

— Scommetto io che mi giocavi questo bel tiro nel darmi il bacio della buona notte e quello della sveglia!

— Oh papà, papà!... siete tanto buono!... perdonateci!

— Cosa volete?... Vi perdonerò, ma col patto che nessuno ne sappia nulla; non vorrei che ne cavassero un libretto per qualche opera buffa.

Enrico si stava tutto vergognoso, mentre la sfacciatella mi confessava tra supplichevole e burlesca i suoi tradimenti; ma io gli diedi del pugno sotto il mento.

— Va' là, va' là, non farmi l'impostore! – gli dissi – e prenditi la tua sposa, giacché te l'hai guadagnata a Mestre.

Infatti egli non fu zoppo ad abbracciarla, e andammo a terminar l'allegria nella camera dell'Aquilina. Tre settimane dopo Enrico era mio genero, ma gli imposi il sacrifizio di rimanere in casa nostra, perché non voleva essere burlato e pagarne anche le spese. I miei vecchi amici onorarono tutti il pranzo di nozze, e fu provato anche una volta che lo stomaco non conta gli anni quando la coscienza è tranquilla. Quello, credo, fu il colmo delle nostre gioie. Successero poi i brutti giorni, i disastri di Lombardia, gli interni sgomenti, le lungherie ubbriache ancora di speranze ma volgenti sempre al peggio. Eh! ai vecchi non la si dà ad intendere tanto facilmente! Quell'inverno fra il quarantotto e il quarantanove fu pregno di lugubri meditazioni: non credeva piú alla Francia, non credeva all'Inghilterra, e la rotta di Novara piú che un improvviso scompiglio fu la dolorosa conferma di lunghi timori. Si combatteva omai piú per l'onore che per la vittoria; sebbene nessuno lo diceva per non scemar agli altri coraggio.

Dopo le pubbliche sciagure cominciarono per noi i lutti privati. Un giorno vennero a raccontarmi che il colonnello Giorgi e il caporal Provedoni, feriti sul ponte da una bomba, erano stati trasportati allo Spedale militare, donde per la gravità della ferita non era possibile traslocarli. Accorsi piú morto che vivo; li trovai giacere su due lettucci l'uno accanto all'altro, e parlavano dei loro anni giovanili, delle loro guerre d'una volta, delle comuni speranze come due amici in procinto di addormentarsi. E sí che respiravano a fatica, perché avevano il petto squarciato da due orribili piaghe.

— La è curiosa! – bisbigliava Alessandro. – Mi par d'essere nel Brasile!

— E a me a Cordovado sul piazzale della Madonna! — rispose Bruto.

Era il delirio dell'agonia che li prendeva; un dolcissimo delirio quale la natura non ne concede che alle anime elette per render loro facile e soave il passaggio da questa vita.

— Consolatevi! – diss'io trattenendo a stento le lagrime. – Siete fra le braccia d'un amico.

— Oh, Carlino! — mormorò Alessandro. – Addio, Carlino! Se vuoi che faccia qualche cosa per te, non hai che a parlare. L'Imperatore del Brasile è mio amico.

Bruto mi strinse la mano perché non era affatto fuori di sé; ma indi a poco tornò a svariare anch'esso, e ambidue svelavano in quelle ultime fantasticaggini dell'anima tanta bontà di cuore e tanta altezza di sentimenti, che io piangeva a cald'occhi e mi disperava di non poter trattenere i loro spiriti che si alzavano al cielo. Tornarono in sé un momento per salutarmi, per salutarsi a vicenda, per sorridere e per morire. La Pisana, l'Aquilina ed Enrico, che vennero indi a poco, mi trovarono piangente e genuflesso fra due cadaveri. Il giorno stesso moriva nel campo dell'assedio sotto Mestre il general Partistagno. Aveva, lontani di là poche miglia, numerosi figliuoli de' quali nessuno poté consolare i suoi ultimi momenti.

Dopo aver chiuso gli occhi a due tali amici mi parve che non era un peccato desiderare la morte; e mi levai col pensiero alla mia Pisana che forse mi contemplava dall'alto dei cieli, domandandole se non era tempo ch'io pure passassi a raggiungerla. Un'intima voce del cuore mi rispose che no: infatti altri tristissimi uffici mi restavano da compiere. Pochi giorni appresso il conte Rinaldo fu colto dal cholera che già cominciava la sua strage massime nel popolo affamato. Le bombe avevano accalcato la gente nei sestieri piú lontani da terraferma, ed era uno spettacolo doloroso e solenne quella mesta pazienza sotto a tanti e cosí mortiferi flagelli. Il povero Conte era già agli estremi quand'io giunsi al suo capezzale; sua sorella, incurvata dagli anni e dai patimenti, lo vegliava con quell'impassibile coraggio che non abbandona mai coloro che credono davvero.

— Carlino — mi disse il moribondo — ti ho fatto chiamare perché nei frangenti in cui mi trovo mi risovvenne della mia opera che corre pericolo di rimaner imperfetta. Or dunque l'affido a te; e voglio che tu mi prometta di stamparla in quaranta fascicoli nell'egual carta e formato del primo!...

— Te lo prometto — risposi quasi con un singhiozzo.

— Ti raccomando la correzione – mormorò il morente – e... se giudicassi opportuno... qualche cambiamento...

Non poté continuare, e morí guardandomi fiso, e raccomandandomi di bel nuovo coll'ultima occhiata quell'unico frutto della sua vita. Io m'adoperai perché gli fossero resi onori funebri convenienti al suo merito; e raccolsi in casa mia la signora Clara che afflitta piucchemai dalla sua paralisi, era quasi impotente a muoversi da sola. Ma assai breve ci durò il contento di prestarle le cure piú assidue ed affettuose che si potessero. Spirò anch'ella il giorno della Madonna d'agosto, ringraziando la Madre di Dio che la chiamava a sé nella festa della sua assunzione al cielo, e benedicendo Iddio perché i voti ch'ella avea pronunciati cinquant'anni prima per la salute della Repubblica di Venezia, e che le aveano costato tanti sacrifizi, avessero ricevuto un bel premio sul tramonto della sua vita. Io pensai allora a Lucilio; e forse vi pensava anch'ella con un sorriso di speranza; perché assai confidava nelle proprie preghiere, e piú a mille doppi nella clemenza di Dio.

Ai ventidue d'agosto fu firmata la capitolazione. Venezia si ritrasse ultima dal campo delle battaglie italiane, e come disse Dante: "A guisa di leon quando si posa". Ma un ultimo dolore mi rimaneva; quello di vedere il nome di Enrico Cisterna sulla lista dei proscritti. Luciano ch'io aveva lungamente aspettato durante quei due anni s'era dimenticato affatto di noi; di Giulio aveva ricevuto una lettera da Roma nel luglio decorso, ma i disastri successivi mi lasciavano molto dubbioso sulla sua sorte; la Pisana avanzata nella gravidanza s'avviava col marito ai martirii dell'esiglio; partí con loro, sopra un bastimento che salpava per Genova, Arrigo Martelli che avea seppellito a Venezia il povero Rossaroll... Quanti sepolcri e quanti dolori viventi e lagrimosi sopra i sepolcri!...

Restammo soli io e l'Aquilina oppressi costernati taciturni; simili a due tronchi fulminati in mezzo a un deserto. Ma la dimora di Venezia ci diventava ogni giorno piú odiosa e insopportabile, finché di comune accordo ci trapiantammo in Friuli, nel paesello di Cordovado, in quella vecchia casa Provedoni, piena per noi di tante memorie. Là vissimo un paio d'anni nella religione dei nostri dolori; infine anch'essa la povera donna fu visitata pietosamente dalla morte. E rimasi io. Rimasi a meditare, e a comprendere appieno il terribile significato di questa orrenda parola: – Solo!...

Solo?... ah no, io non era solo!... Lo credetti un istante; ma subito mi ravvidi; e benedissi fra le mie angosce quella santa Provvidenza che a chi ha cercato il bene e fuggito il male concede ancora, supremo conforto, la pace della coscienza e la melanconica ma soave compagnia delle memorie.

Un anno dopo la morte di mia moglie ebbi la visita tanto lungamente sperata di Luciano e di tutta la sua famiglia: aveva due ragazzetti che parlavano meglio assai il greco che l'italiano, ma tanto essi che la loro madre mi presero a volere un gran bene, e fu per tutti assai doloroso il momento della separazione la quale Luciano avea fissato al sesto mese dopo il loro arrivo, e non fu possibile ottenere la protrazione d'un giorno. Egli era cosifatto; ma per quanti difetti abbia, gli è pur sempre mio figliuolo, e lo ringrazio di essersi ricordato di me, e penso con profondo dolore che non devo mai piú rivederlo. Spero che la mia famiglia prospererà sempre nella sua nuova patria; ma nel ricordarmi quei due vezzosi nipotini non posso fare a meno di sclamare: perché non son essi Italiani! La Grecia non ha certo bisogno di cuori giovani e valorosi che la amino!...

Giulio dopo la caduta di Roma mi avea dato novella di sé da molte stazioni del suo esiglio: da Civitavecchia, da Nuova York, da Rio Janeiro. Egli era esule pel mondo, senza tetto, senza speranza, ma superbo di aver lavato col sangue la macchia dell'onor suo, e di portar degnamente un nome glorioso ed amato. Ma poi tutto ad un tratto cessarono le lettere e soltanto ne ebbi contezza dai giornali, i quali lo nominavano fra i direttori di una nuova Colonia Militare Italiana che si formava nella Repubblica Argentina, nella provincia di Buenos Aires. Ascrissi adunque a infedeltà postali la mancanza de' suoi scritti, e attesi pazientemente che il cielo tornasse a concedermi quella consolazione. Ma un'altra non meno desiderata me ne fu concessa a quel tempo; voglio dire il ritorno in patria della Pisana e d'Enrico, con una vaga bamboletta che portava il mio nome e dicevano somigliasse a un ritratto fattomi a Venezia quand'era segretario della Municipalità. Allora solamente, coi miei figliuoli al fianco e colla Carolina sui ginocchi, mi sentii rivivere. Fu come una tiepida primavera per una pianta secolare che ha superato un rigidissimo inverno. Allora solamente, dopo quattr'anni ch'era tornato a Cordovado, ebbi il coraggio di visitar Fratta, e là passai coi nipoti del vecchio Andreini, già padri essi pure di numerosa figliuolanza, l'ottantesimo anniversario del mio ingresso in castello, quando vi era giunto da Venezia, chiuso in un paniere.

Dopo il pranzo uscii soletto per rivedere almeno il sito dove già era stato il famoso castello. Non ne rimaneva piú traccia; solamente qua e là alcuni ruderi fra i quali pascolavano due capre, e una fanciulla canterellava lí presso spiandomi curiosamente e sospendendo di filare. Ravvisai lo spazio del cortile e in mezzo ad esso la pietra sotto la quale avea fatto seppellire il cane da caccia del Capitano. Forse era l'unico monumento delle mie memorie che restasse intatto; ma no, m'inganno; tutto ancora in quei luoghi diletti mi ricordava i cari anni dell'infanzia e della giovinezza. Le piante la peschiera i prati l'aria ed il cielo mi menavano a rivivere in quel lontano passato. Sull'angolo della fossa sorgeva ancora alla mia fantasia il negro torrione, dove tante volte aveva ammirato Germano che caricava l'orologio; rivedeva i lunghi corritoi pei quali Martino mi conduceva per mano all'ora di coricarsi, e la sua romita cameretta dove le rondini non avrebbero piú sospeso il loro nido. Mi sembrava veder passare sullo sterrato o Monsignore col breviario sotto l'ascella, o il grandioso carrozzone di famiglia con entro il Conte la Contessa e il signor Cancelliere, o il cavalluccio di Marchetto sul quale soleva arrampicarmi. Vedeva capitare ad una ad una le visite del dopopranzo, monsignore di Sant'Andrea, Giulio Del Ponte, il Cappellano, il Piovano, il bel Partistagno, Lucilio; udiva le loro voci tumultuare nel tinello intorno ai tavolini da gioco, e la Clara leggicchiare a mezza bocca qualche ottava dell'Ariosto sotto i salici dell'ortaglia. Succedevano poi gli inviti clamorosi de' miei compagni di trastulli; ma io non rispondeva loro, e ritraevami invece soletto e beato a giocolare colla Pisana sul margine della peschiera.

Oh con qual religiosa mestizia, con quanto dilicato tremore mi accostava a questa memoria che pur palpitava in tutte le altre, e cresceva ad esse soavità e melanconia!... Oh Pisana, Pisana! quanto piansi quel giorno; e benedico te, e benedico Iddio che le lagrime dell'ottuagenario non furono tutte di dolore. Mi ritrassi a notte fatta da quelle rovine; le passerette sui pioppi vicini cinguettavano ancora prima di addormentarsi come nelle sere della mia infanzia. Cinguettavano ancora; ma quante generazioni si erano succedute da allora anche in quella semplice famiglia di augelli!... Gli uomini vedono la natura sempre uguale, perché non si degnano di guardarla minutamente; ma tutto cangia insieme a noi; e mentre i nostri capelli di neri si fanno canuti, milioni e milioni d'esistenze hanno compiuto il loro giro. Uscii dal mondo vecchio per tornare nel nuovo; e vi rimisi il piede sospirando; ma il bocchino sorridente e le mani carezzevoli della Carolina mi pacificarono anche con esso. Il passato è dolce per me; ma il presente è piú grande per me e per tutti.

L'anno dopo fu triste assai per la notizia che ricevetti della morte di Giulio; ma a quel dolore ineffabile veniva compagno un conforto, in due figliuoletti ch'egli mi lasciava. Sua moglie era morta anch'essa prima ch'io sapessi d'averla per nuora. Il general Urquiza, nell'adempiere alla volontà del defunto col mandare a me i due orfanelli e tutte le sue carte, mi scrisse una bella lettera nella quale testimoniava la gran perdita che la Repubblica Argentina avea fatto per la morte del colonnello Altoviti.

La Pisana diventò madre amorosa de' suoi due nipotini, a' quali un dilicato pensiero di Giulio aveva imposto i nomi di Luciano e di Donato: i miei due figliuoli uno assente e l'altro morto, rivivevano in quelle due care creaturine e la Pisana stessa s'incaricò di risuscitare il terzo, generando un fratello alla Carolina che fu chiamato Giulio. Allora io compresi appieno quanta cagione di dolcezza e di speranza sia in quel rigoglio di vita nuova e giovanile che circonda gli anni cadenti della vecchiaia. Non è tutta immaginazione quella somiglianza di piaceri tra la gioventù vissuta per sé e amata e protetta negli altri. La famiglia forma di tutte le anime che la compongono quasi un'anima collettiva; e che altro infatti son mai le anime nostre se non memoria, affetto, pensiero e speranza? – E quando cotali sentimenti sono comuni in tutto od in parte, non si può dir veramente che si vive l'uno nell'altro?

Cosí l'umanità s'eterna e si dilata come un solo spirito in quei principii immutabili che la fanno pietosa, socievole e pensante. La Pisana avea dato ragione al mio pronostico, e s'era fatta una cosí buona ed amorosa madre, che invero mi pareva un sogno quel colloquio avuto con lei dieci anni prima a proposito delle letterine profumate. Il merito di cotal conversione era in gran parte suo; ma le dure circostanze per le quali eravamo passati, e l'indole robusta ed assennata del marito non ci furono per nulla. Guardate se io dovea rendere un omaggio sí giusto a quell'Enrico che mi sembrava proprio per l'addietro un capo da galera! Non malediciamo a nulla, figliuoli miei, neppure alle disgrazie. Dicono i Francesi che a qualche cosa sono buone anch'esse, e piucché a tutto, a procurare quella felicità certa e duratura che s'insalda sulla fortezza dell'animo.

Fra le carte di Giulio mandatemi dall'America era anche il suo giornale indirizzato a me, e che può essere una prova di quanto ora vi ho detto. Io ci piansi sopra assai su quelle pagine; ma figuratevi! sono suo padre. Per voi basterà che impariate ad amarlo e lo rimeritiate con un postumo suffragio dell'ingiustizia che vivo egli ha saputo cosí nobilmente sopportare. Eccovelo trascritto, che non vi tolgo né vi aggiungo sillaba.

CAPITOLO VENTESIMOTERZO

Nel quale si contiene il giornale di mio figlio Giulio, dalla sua fuga da Venezia nel 1848, fino alla sua morte in America nel 1855. Dopo tanti errori, tante gioie, tante disgrazie, la pace della coscienza mi rende dolce la vecchiaia; e fra i miei figli e i miei nipotini, benedico l'eterna giustizia che m'ha fatto testimone ed attore d'un bel capitolo di storia, e mi conduce lentamente alla morte come ad un riposo ad una speranza. Il mio spirito, che si sente immortale, si solleva oltre il sepolcro all'eternità dell'amore. Chiudo queste Confessioni nel nome della Pisana come le ho cominciate; e ringrazio fin d'ora i lettori della loro pazienza.

Tonale, giugno 1848

"La superbia fu giudicata il capitale dei peccati capitali. Chi diede questa sentenza conobbe per certo l'umana natura. Ma vi sono castighi che sorpassano in terribilità qualunque gravezza di colpa. Quello che soffersi io non ha paragone in qualunque genere di pena: i tiranni della Sicilia non ne seppero inventare di piú atroci. È vero; fui orgoglioso. Disprezzai chi non era forse né meno veggente né meno coraggioso di me; m'aggirai fra essi colla testa ritta e colla frusta in mano come fra uno sciame di conigli; diedi ragione se non al diritto certo alla forza dei padroni, e risi di vederli calpestati perché non li credeva possibili ad una riscossa. Povero vanerello, che pretendeva conoscere il vigore dei muscoli dalla morbidezza della pelle, e giudicava di cavalli nella stalla! Sorse il giorno che il derisore fu lo scherno dei derisi; e dovette chinar il capo sotto la punizione piú tremenda che possa affliggere il cuore d'un uomo, sotto un oltraggio immeritato, ma giusto.

"È assurdo, lo veggo; ma lo toccai con mano, e bisogna rassegnarsi. Felice me che non m'ingroppai nei legami insolubili dell'orgoglio, ma rispettai la giustizia nella stessa ingiustizia, preferendo di nutrirmi col pane del pentimento piuttostoché col sangue dei fratelli!... Traditore e spia! Queste orrende parole mi rintronano ancora le orecchie!... Oh era allora il momento di sollevare ai numi il voto infernale di Nerone. Che tutto il genere umano avesse un sol capo per reciderlo: che un silenzio pieno di rovine di tenebre di strage succedesse a quell'accusa nefanda; che io potessi sorgere Nemesi implacabile a cantar l'inno della vendetta e dello sterminio! Ma i numi non ascoltano i voti del superbo; essi versano l'ambrosia nei calici eterni per immortalare gli eroi, e stringono nella destra il fulmine infallace, divorator dei Titani. Una voce divina, che mi parlava in cuore ma non sorgeva certo dal cuore briaco d'ira e d'orgoglio, mi riscosse le intime fibre dell'anima.

"Sí! io fui traditore che conculcai la cervice degli oppressi, e uccisi la fede per mettere in suo luogo lo scherno e il disprezzo! Fui traditore che risi della debolezza degli uomini, anziché piangere con essi e aiutarli a francarsi! Fui lo spione codardo che denunzia delitti immaginari, e viltà sognate, per non vergognar di se stesso dinanzi a coloro ch'egli accusa!... Coraggio! Il capo nella polvere, superbo! Adora quelli stessi che ieri hai vituperato!... Accetta umilmente il vitupero che si paga oggi degli oltraggi ieri sofferti! Vendicati se puoi, imitandoli grandemente!...

"Queste furono le parole che volsi fremendo a me stesso; e mentre tumultuavano sitibondi di sangue i consigli dell'ira, l'umiltà del pentimento volse i miei passi alla fuga. Oh io ti benedico e ti ringrazio, santa divina improvvisa umiltà! Io non dispero piú dell'umanità che sa armarsi di un cosí subito valore contro le proprie passioni. Ti benedico, o soave dolore dell'espiazione, o sublime sacrifizio che mi abbassasti la fronte per risollevare l'animo mio!... Non ho piú famiglia, né nome. Sono uno schiavo della penitenza che ricomprerà i proprii diritti d'uomo di cittadino di figlio a prezzo della sua vita. E quando i fratelli leggeranno in lettere di sangue le virtù del fratello, allora s'apriranno le braccia, e sorgeranno mille voci a festeggiare il ritorno dell'uomo redento. Nessuno qui mi conosce; mi chiamano Aurelio Gianni, un trovatello dell'umanità, un guerriero della giustizia, e nulla piú. Cerco i posti piú arrischiati, combatto le scaramucce piú audaci; ma il cielo mi vede e mi protegge, il cielo che mi darà vita bastevole a rigenerare il mio nome."

Tonale, luglio 1848

"Suonano tristissime voci; il nostro esercito è in volta; noi sentinelle perdute fra le gole dei monti, difendiamo il confine che ci fu affidato, né chiediamo oltre. Battaglie continue ma senza gloria, patimenti lunghi e ignorati, veglie di mesi interi interrotte da sonni sospesi e da brevi avvisaglie. Cotale era il tirocinio che mi conveniva. Dove la speranza della gloria e l'emozione acuta del pericolo compensano ad usura il sacrifizio della vita, non è il luogo di chi cerca penitenza e perdono. Ma qui sopra queste erte montagne che si avvicinano al cielo, in mezzo ai burroni profondi e ai fragorosi torrenti, qui vengono i peccatori a cercar Iddio nella solitudine, qui salgono i soldati della libertà alla redenzione del martirio.

"Dopo aver combattuto nelle prime file d'una giornata campale, dopo aver piantato uno stendardo sul bastione nemico, dopo aver ributtato la carica dei lancieri, e gridato l'urlo della vittoria sui cannoni inchiodati, chi sarà tanto prosuntuoso da dire: io ho ben meritato dalla patria, datemi la corona di quercia?

"La ricompensa è nella grandezza, nella fama dell'impresa. Ringraziate, o vincitori, la patria che vi diede occasione di mostrarvi valorosi, e di pregustare la gioia del trionfo. Non chiedetele corone, ma porgete riverenti i vostri trofei. Le corone sono per coloro che senza l'applauso degli spettatori, senza la speranza della gloria, senza l'avidità del trionfo combattono pazienti e ignorati. Posterità servile ed ingrata che da tanti secoli t'imbratti i ginocchi dinanzi alle statue di Cesare e d'Augusto, sorgi una volta, e incurvati ad adorare le larve sanguinose dei Galli e dei compagni d'Arminio. Non la fama ma la virtù comanda gli ossequi; la magnanimità che s'asconde sotto le ombre pugnaci delle selve eclissa col suo splendore quella che passeggia tronfia e baldanzosa le strade di Roma. Anco una volta gli uomini sono ingiusti: ma Dio, signore del premio e del castigo, siede nella coscienza."

Lugano, agosto 1848

"Pur troppo era vero. Eccoci ora fuggiaschi senza sconfitta, come fummo prima vincitori senza trionfo. Ci avevano annunziato una guerra di disperazione e di sterminio; invece un passo dietro l'altro, oggi valicando un fiume domani una montagna, il volere dei capi ci ritrasse a questi alpestri ripari. Suonarono al solito voci di tradimento: tradimenti involontari come il mio, di uomini che non disprezzarono, ma stimarono troppo. Ma è questo il consueto conforto dell'umana debolezza di scaricarsi delle proprie colpe sulle spalle altrui. Intanto io che aveva sperato un assalto disperato e glorioso, una morte o un trionfo che compissero la redenzione del mio nome, eccomi riconfitto alla pazienza dei taciti sacrifizi e delle lunghe aspettazioni. Deggio attendere da un dolore senza fine quello che sperava da una sùbita vittoria. Espiazione anche questa. Lo ripeto; il sacrifizio, fosse pur quello della vita, non ricompera nulla senza la prova della costanza. Finire non è redimere; fra compassione e gratitudine corre l'ugual tratto che tra colpa perdonata e perdono meritato. Soffrirò dunque ancora colla ferma coscienza che la Provvidenza mi apre la miglior via a provare con argomenti invincibili se non la giustizia certo la purezza del mio passato. Nei patimenti, vivaddio, io non ho bisogno di ritemprarmi; ma avrò la forza di tacere, finché mi venga incontro spontanea la stima dei miei fratelli."

Genova, ottobre 1848

"Era impaziente di combattere, non per giovanile baldanza ma perché temeva che mi fosse apposto a infingardaggine il forzato riposo. Ma qui pure si va per le lunghe, e forse non hanno torto. Si ricordino che chi presume troppo è chiamato poi traditore, al pari di chi fugge nel momento del pericolo. Grande stupidità è la nostra di misurare la vita dei popoli da quella degli individui; i popoli devono, perché possono, aspettare; lo possono perché hanno dinanzi non venti trenta o cinquant'anni, ma l'eternità. Io stesso fin'ora avrei voluto sacrificare la sorte della nazione alla mia smania di menar le mani; ma non ricadrò in questo errore che par generoso ed è pazzo disperato vile. Finché i nostri desiderii non concorderanno appunto colla moderazione e coll'opportunità della vera sapienza le imprese cadranno o in eccesso o in difetto. Impariamo ad aspettare pazientemente per non aspettar lungamente. Cosí negli avvenimenti che consentono la deliberazione; ma quando il dado è gittato, quando l'onore è in ballo, si gettino allora peritanze scrupoli timori. Allora è concesso anzi imposto di mutarsi da soldati in vittime; allora son proibiti i postumi rincrescimenti, le scambievoli rampogne; allora il sacrifizio è una necessità non una speranza. Dove si accenda la prima miccia io volerò colla mia carabina: non affretterò mai lo scoppio, ma farò mio il pericolo.

"Qui alcuni esuli delle provincie venete, compagni di scuola o di stravizzo, credettero riconoscermi. Ghignarono fra loro senza peraltro affrontarmi; ma al giorno dopo li rividi, e diedero segnali piuttosto di stupore d'ammirazione che di sprezzo. Pareva che avessero indovinato il mio disegno, e lo rispettassero. Seppi dappoi che aveano chiesto di me ad alcuni commilitoni, i quali avevano detto loro il nome col quale mi conoscevano, e fatta ampia testimonianza del valore dimostrato nelle fazioni montane del Tirolo e del Varesotto. Lí fra quei profughi era sorto un diverbio; ché alcuni affermavano ch'io era Giulio Altoviti ed altri no; e taluno dei primi mormorava della dubbiezza della mia fede, e dell'obliqua condotta, ma i miei compagni d'arme sorsero fieramente a difendermi, dicendo che Altoviti o Gianni, io era per fermo un valoroso soldato, un uomo integro e leale.

"Giuseppe Minotto, uno di quei veneziani, approvò le parole di questi e persuase i suoi che se io aveva scelto quella via per rintegrarmi nella stima de' miei concittadini bisognava sapermene grado, e che l'aver io risposto all'insulto con imprese forti e magnanime era già validissimo indizio a ritenermi innocente. Io ringrazio questo generoso a me appena noto per figura, di aver innalzato la voce a difendermi fra molti che pochi mesi fa mi si professavano amici. Infatti le sue parole poterono assai, e ad esse devo il guardingo ma nobile rispetto di cui son ora circondato. Cercherò di rendermene degno e saprò grado alla Provvidenza di questi primi conforti ch'ella mi porge a proseguire animoso il mio intento.

"Due giovani Partistagno che hanno combattuto valorosamente a Vicenza nell'aprile decorso, erano il primo giorno i miei piú accaniti detrattori; ma in seguito mi spiavano piú vogliosamente degli altri, e pareva quasi bramassero di rappiccare la vecchia amicizia. A me non istava correr loro incontro; li aspettai.

Ma oggi sento che partirono per Torino, ove si stanno ordinando alcuni reggimenti lombardi. Anch'io ebbi il ticchio di accorrer colà, e d'inscrivermi in quelle schiere; ma la modestia m'impose nuovamente di non far pompa del mio valore; fors'anco fui consigliato da un resticciuolo d'orgoglio a non esporre la mia penitenza agli sguardi dei conoscenti e degli amici. Parrebbe ch'io chiedessi il perdono delle colpe che non ho; mentre voglio meritarlo di quelle che ho, e pretendo insieme riparazione delle altre iniquamente imputatemi."

In mare, dicembre 1848

"Per te, padre mio, per te soltanto io mi tolsi di scrivere questi cenni della mia vita. Acciocché se morissi lontano, tu abbia in quelli una prova che al tutto non fui indegno del nome che porti, e ch'io riprenderò nel sepolcro, o tornando ribenedetto fra le tue braccia. Oh come nei primi giorni d'esiglio mi pesò grave sul capo il sospetto della tua maledizione! Ma tu hai creduto alla veracità delle parole che ti scrissi da Padova; non badando alla mia vita dissoluta e superba t'affidasti alla costanza dei nuovi proponimenti, e appena puoi conoscere il luogo di mia dimora ecco che mi giungono da te parole di lode, di conforto, di benedizione! Oh come ho baciato riverente e commosso quel foglio che mi recava la certezza dell'amor tuo, della tua stima! Ti ringrazio, o padre mio, perché ti sei fatto solidale e rivendicatore dell'onor mio presso i nostri concittadini. Certo che le tue parole meglio che le mie opere varranno a redimermi dal loro disprezzo; ma lascia tuttavia ch'io combatta e vinca da me solo, finché possa non ricompensare ma esser degno della tua tenerezza. Ho baciato e ribaciato la tua lettera, ho accolto con dovuta gratitudine la tua benedizione, e ieri nell'imbarcarmi ne rileggeva il tenore e mi piovevano dagli occhi le lagrime.

"— Eh, eh! giovinotto – disse un vecchio marinaio nel darmi braccio a salire sul cassero. – Consolatevi, passerà. Lontan dagli occhi, lontan dal cuore; cosí è l'amore!

"Egli credeva che una lettera dell'amante mi facesse piangere a quel modo; credeva che avessi lasciato nella mia patria qualche mesta donzella che sospirasse al mio ritorno forse coll'anello della promessa nel dito!... Felici illusioni!... Che altro ho io lasciato a Venezia se non il disprezzo del mio nome, e, Dio lo volesse appieno, dimenticanza? Voi solo, padre mio, e mia madre, e mia sorella, serberete memoria non disdegnosa del povero Giulio, e l'anima mia, non beata d'altro che d'amar voi, si consacra fin d'ora a rendere non iniqua la vostra bontà!"

Roma, 9 febbraio 1849

"Città eterna! Spettro immenso e terribile! Gloria, castigo, speranza d'Italia! Innanzi a te tacciono le ire fraterne, come dinanzi alla giustizia onnipresente. Tu sollevi la voce, e tacciono intenti i popoli dalle nevi dell'Alpi alle marine dell'Ionio. Arbitra sei del passato e del futuro. Il presente s'interpone come un punto, nel quale tu non puoi capire con tanta mole di memorie e di speranze. Oggi, oggi stesso un grande nome risorse dall'obblio dei secoli; e l'Europa miscredente e contraria non avrà coraggio di ripeterlo col solito ghigno: lo spirito trabocca dalle parole, sia rispetto o paura egli vi costringerà, tutti quanti siete, a pronunciarla con labbra tremanti. Ma ogni respiro di Roma è espiato con qualche vittima sanguinosa. Nacque dal fratricidio, la liberò il sangue di Lucrezia, e Virginia scannata e le recise teste dei Gracchi bruttarono le più belle pagine della sua storia. Il pugnale di Bruto atterrò un gigante, e aperse la strada ai nipoti, striscianti nel fango. Ed anche ora proviene da un assassinio l'audacia del grande conato. Ne giudichi Iddio. Certo anche la coscienza ha i suoi momenti d'ebbrezza che non offuscano per altro l'immutabile santità delle leggi morali. Ma rifiuteremo noi gli effetti per la turpitudine della causa? E chi avrà il diritto di chieder conto ad un'intera nazione del delitto d'un uomo? Le storie vanno piene di simili esempi, e forse nell'ordine immenso della Provvidenza le grandi colpe sono compensate da più grandi e generali virtù. Se fossimo anco destinati a nuove disgrazie, a funeste cadute, non accuserò il coltello d'un assassino della rovina d'un popolo. Dio punisce ma non vendica. Altre colpe non ancora scontate vorranno altre lagrime; e l'assassino nasconderà nelle tenebre i suoi rimorsi, e noi mostreremo alteramente alla faccia del sole il capo coperto di cenere e gli occhi splendenti di speranza."

Roma, giugno 1849

"Aveva giurato di non aggiungere una parola, se non avessi a scrivere la mia redenzione. Eccomi finalmente... Ho ripreso il mio nome, l'onor mio! La mia famiglia la mia patria saranno contente di me, ed io godo nel vergar queste righe di sentir il dolore della ferita, e di veder la pagina imbrattarsi di sangue.

"V'hanno nella mia legione alcuni giovani padovani che altre volte conobbi. Costoro mi sopportavano assai malvolentieri, e credo mi designassero alla diffidenza dei compagni; ma io fingeva non m'accorgere di nulla, aspettando che i fatti parlassero per me. Era tempo, giacché temeva che a lungo andare avrei perduto ogni pazienza.

"Da dieci giorni i Francesi hanno aperta la trincea contro San Pancrazio.

Gli assalitori ingrossavano sempre piú; ma iersera s'interpose una specie di tregua e i nostri ne approfittarono per dar riposo ai soldati. Soltanto una mezza coorte custodiva disposta in catena quel tratto minacciato dei bastioni; io stava in guardia dietro una gabbionata construtta pochi giorni innanzi e già ridotta a mucchi dal tempestar delle bombe. La notte era profonda; e si vedevano da lontano i fuochi del campo d'Oudinot. Tutto ad un tratto io sentii giù nel fosso uno scalpitar di pedate; pareva che le scolte sonnecchiassero, giacché non diedero alcun segno; io gridai "all'armi!", e prima che mi venisse intorno una dozzina di legionari, già una colonna di cacciatori francesi guadagnava per la breccia il sommo del bastione. Mi ricordai di Manlio e solo colla mia baionetta ributtai i primi; l'altura della posizione mi favoriva e fors'anco il comando che avevano gli assalitori di non sparare se non si fossero prima stabiliti sul bastione.

"Infatti essi non potevano offendermi di punta dal sotto in su, e indietreggiando misero qualche scompiglio nella prima fila che disordinò del pari la seconda. Credevano forse che un maggior numero di difensori guernisse il muro e vi fu un istante ch'io credetti d'aver bastato da solo a sgominare l'assalto. Ma in quella l'officiale che comandava la fazione, come spazientito del timore de' suoi, balzò innanzi e giunse sul bastione gridando e incoraggiandoli colla spada sguainata; gli altri ripresero animo e lo seguirono tosto.

"Io non sapeva che fare; tornai a urlare: "all'armi! all'armi!", con quanto fiato aveva in corpo, e mentre alcuni legionari accorsi al grido si opponevano all'irruzione della colonna, io mi slanciai sull'officiale e prima che avesse tempo di adoperare la sciabola lo disarmai; egli aveva alla cintola una pistola, me ne scaricò un colpo a bruciapelo che non mi portò via fortunatamente altro che la falange d'un dito.

"Ma intanto i difensori spesseggiavano; il bastione rimbombava di fucilate, gli uomini accorrevano ai cannoni, e i cacciatori, divisi dal loro capo ch'io aveva fatto prigioniero, furono respinti nel fosso. In pari tempo un altro assalto minacciava l'altra estremità della cortina, ma parte dei nostri ebbe tempo di accorrere colà, finché arrivarono gli aiuti delle caserme; e si seppe poi da alcuni prigionieri che tutto in quella notte era disposto per una sorpresa; ma che non era riuscita per esser stata respinta la ricognizione dei cacciatori.

"Debbo render giustizia ai miei compagni i quali tutti attribuirono a me l'onore di quel fatto d'armi, e chiesero unanimi ai capi che ne fossi ricompensato. Il giorno appresso, alla rassegna generale alla quale comparvi colla mano bendata, fu letto un ordine del giorno nel quale si rendevano pubbliche grazie al gregario Aurelio Gianni per aver bene meritato della patria, e lo si innalzava al grado di alfiere. Tutti gli occhi si volsero verso di me: io chiesi licenza di parlare. "Dite pure" soggiunse il capitano: giacché nelle nostre schiere la disciplina non era né tanto muta né cosí severa come negli altri eserciti.

"Io buttai uno sguardo verso quei giovinotti padovani che stavano in fila poco lunge da me, e alzando tranquillamente la voce: "Chieggo" soggiunsi "come unica grazia di rimanere gregario, ma di essere onorato d'una pubblica lode sotto il mio vero nome. Una di quelle solite tacce di spionaggio e di tradimento che disonorano le nostre rivoluzioni mi costrinse momentaneamente a lasciarlo; ora che spero aver persuaso del loro torto i miei calunniatori, lo riprendo con orgoglio. Mi chiamo Giulio Altoviti; sono di Venezia!".

"Un applauso generale scoppiò da tutte le file; credo che se gli ufficiali non li trattenevano avrebbero rotte le ordinanze per abbracciarmi, e vidi dentro a molti occhi avvezzi a sostenere fieramente il fuoco delle archibugiate luccicar qualche lagrima. Ricompostosi l'ordine e fatto silenzio, il capitano, dopo essersi consultato col generale, riprese con voce commossa che la patria si gloriava d'un figliuolo che si vendicava degli insulti tanto nobilmente; che mi additava per esempio onde le discordie nostre ricadessero a peggior danno dei nemici, e che in premio della mia generosa costanza mi creava aiutante di campo del generale Garibaldi col titolo di capitano.

"Un nuovo applauso dei miei commilitoni approvò pienamente questa ricompensa; e poi fu sciolta la rassegna, e marciando verso la caserma io seguitai a piangere come un fanciullo e parecchi di quei prodi piansero con me. Indi a poco sopraggiunsero a intenerirmi piucchemai le proteste e le preghiere di quei giovani padovani che si disperavano di non avermi conosciuto prima e supplicavano di esser perdonati della loro diffidenza. Questo fu il premio piú dolce che mi ebbi; e lo palesai loro abbracciandoli uno per uno. La festa di tutta la legione, l'ammirazione dei compagni, l'affetto dei superiori, le lodi d'una città intera mi provarono che non è mai chiuso il varco a riconquistare la pubblica stima colla costanza dei sacrifizi, e che le imprese veramente nobili e generose non ispirate né da furore né da superbia ammutoliscono l'invidia e trovano ossequio nel mondo. Oh sarebbe cosí dunque, se questa calunniata umanità fosse cosí vile cosí perversa come taluni ce la descrivono e come io la credeva? Costretto ad accettar la sua stima come ricompensa, io vergognai fra me di averla disprezzata senza cognizione di causa, e conobbi che la mia penitenza non era stata soverchia per un sí grave peccato."

Roma, 4 luglio 1849

"Oh a che giovò mai la nostra perseveranza? Eccoci raminghi in un esiglio che non finirà forse mai piú! La legione è partita per le Romagne e per la Toscana, sperando di colà riguadagnare Venezia o il Piemonte e la Svizzera; ma la ferita che mi si riaperse nelle fatiche di questi ultimi giorni m'impedisce di camminare. Il generale mi forní di alcune lettere per l'America, ove guarito che fossi mi permettessero d'imbarcarmi e mi volgessi colà. Sí! io mi volgerò oltre l'Atlantico! Colombo vi cercava un nuovo mondo: io non domanderò altro che pazienza. Ma sento che l'onore della nostra nazione è affidato a noi poveretti, sbalestrati dalla sventura ai quattro capi della terra. Attività dunque e coraggio! Un popolo non consta altro che di anime; e finché la virtù affoca l'anima mia, la scintilla non è morta. Sempre sarò degno del nome che riconquistai e del paese dove son nato. Tu, padre mio, che ai giorni passati mi lusingava di rivedere e che oggi dispero di abbracciare mai piú, abbiti l'ultimo sospiro del tuo figliuolo proscritto. L'amor mio d'or innanzi sarà senza sospiri e senza lagrime, come quello che si riposa solamente nelle eterne speranze. Penserò a mia madre e a mia sorella come a due angeli, che mi raddoppieranno quandochessia la beatitudine del cielo."

In mare, settembre 1849

"La fortuna mi diede compagna d'esiglio una famiglia romana; un padre ancora giovine, di quarant'anni al piú, che sostenne cariche importantissime nelle provincie, il dottor Ciampoli di Spoleto, e due suoi figliuoli, la Gemma, credo di diciannove anni, e il Fabietto di dodici o quattordici. Al primo vederli mi risovvenne di un'incisione veduta alcuni anni sono, rappresentante una famigliuola di contadini raccolta ad aspettare e a pregare sotto una quercia, mentre infuria un gran temporale; tanto sono alieni dalla rabbia consueta dei profughi politici. Si consolano amandosi a vicenda, e, meno Roma, la loro vita è quella d'una volta. Avessi anch'io meco i miei genitori o i miei fratelli! Mi sembrerebbe di portar via una gran parte di patria. Ma sono illeciti questi desiderii di far comuni appunto ai nostri piú cari le peggiori disgrazie. Come sopporterebbero mai due poveri vecchi una vita varia stentata angosciosa, senza nessuna certezza né di riposo né di sepolcro? Meglio cosí; e che il destino mi condanni a patir solo. D'altronde la lontananza della patria stringe i compaesani quasi con legami di famiglia; e m'accorgo già di amare il dottor Ciampoli quasi come padre, e la Gemma e il Fabietto come fratelli. Quella giovinetta è la piú soave creatura che m'abbia mai conosciuto; non romana punto; ma donna in tutto, nella grazia nella gracilità nella compassione.

"Forse che delle donne io non ho cercato finora che le piú abbiette, ma costei mi sembra un esemplare piú sublime, un tipo quale forse lo avrei sognato se fossi pittore o poeta, ma non avrei creduto mai d'incontrarlo vivo nel mondo. Non è certo di quelle che innamorano; io almeno non oserei; ma hanno in sé quanto può assicurare la felicità d'una famiglia, e spose e madri passano per la vita come apparimenti celesti, tutte per gli altri nulla per sé. Il mal di mare non è guari né piacevole a vedersi né facile a sopportare; pure con quanta premura la buona fanciulla si ricordava del Fabietto anche durante gli sforzi piú dolorosi! Si vedeva che non avea tempo di badare a sé; ed è la stessa che piangeva questa mattina perché un gatto che avevamo a bordo annegò in mare. Omai peraltro tutti ci siamo assuefatti alla vita marinaresca; e a non vedere altro che cielo ed acqua. Si ciarla, si gioca, si legge e di tratto in tratto anche si ride. La natura fu clemente di averci concesso il riso che se non rasserena l'anima, ristora almeno le forze: nelle ore che rimango solo, io salgo sul cassero e cerco nell'immensità che ne circonda il pensiero e l'immagine di Dio. Mi ricorda d'una nostra canzonetta popolare la quale benedice Iddio vestito di azzurro: infatti quella espressione non la riconosco vera che adesso. Nulla di meglio addita la nascosta presenza d'un Dio che questa immensità azzurra di cielo e di mare che par tutt'una e innalza la mente alla comprensione dell'eterno. Scommetto che quella canzone fu composta da un pescatore chiozzotto, mentre la bonaccia d'estate arrestava il suo burchio in mezzo all'Adriatico ed egli non vedeva altro che il mare, sua vita, e il cielo, sua speranza.

"Ho insegnato quella canzone alla Gemma; essa la canta sí perfettamente colla sua nobile pronuncia romana, che questi inarmonici marinai inglesi sospendono la manovra per ascoltarla. Credeva che il viaggio mi annoiasse, ma comincio appunto ora a pigliarci gusto. Spero che a terra non sarò meno fortunato; purché trovi da impiegarmi a Nuova York, ove sembra che il dottor Ciampoli voglia accasarsi. Sono ben fornito di danaro, e non mi lasceranno sprovvisto; ma né l'ozio né la monotonia della mercatura son fatti per me; e le commendatizie che porto per gli Stati Uniti sono tutte per negozianti. Nell'America meridionale è una cosa diversa: là s'incomincia a vivere ora ed il nome italiano vi è altamente benemerito ed onorato. Sarei pur felice che vi s'andasse colà! La stessa natura vergine rigogliosa tropicale m'invita. Qui invece, a Nuova York, m'aspetto di vedere un mercato d'Europei bastardi, e casse di zucchero e balle di cotone e numeri e numeri e numeri! Pare impossibile che chi ha traversato l'Atlantico possa ridursi a fare una somma!..."

Nuova York, gennaio 1850

"Quanto era stanco di pencolare col mio sigaro in bocca in mezzo a botteghieri e a sensali! Saranno ottima gente, ma mi par impossibile che siano pronipoti di Washington e di Franklin; non so, ma credo che questi grandi uomini morissero senza posterità. Ho fatto anche qualche gita nei dintorni, ma questa potente natura mi dà figura d'un leone in gabbia. È trattenuta spartita tagliuzzata; bisogna vederla da lontano assai, o nelle nebbie quasi britanniche che abbondano in questo paese, per aver un'idea dell'America raccontata dai viaggiatori. Per me stento a credere che la nebbia ci fosse ai tempi di Colombo. L'avranno portata le macchine a vapore, come si dice ora della crittogama da qualche pazzo giornalista europeo. Ad ogni modo son contento di partire, e si partirà perché l'ingegnere Carlo Martelli, che doveva giungere a Nuova York e al quale è raccomandato il dottor Ciampoli, non può muoversi da Rio Janeiro. Il Brasile è lontano, e il dottore non è per nulla contento d'imprendere un nuovo viaggio e lunghissimo. Io invece non vedo l'ora che si faccia vela, e la Gemma sembra piuttosto propendere per la mia opinione che per quella di suo padre. Quanto al fanciullo egli non parla che del Brasile, ed è ubbriaco di felicità! Ho buone notizie dei miei; godo ottima salute, le persone colle quali vivo mi amano e mi stimano; se trovassi un paese da sfogarmi la smania d'attività che mi divora, potrei star contento alla mia sorte. Che altro è mai la vita se non un lungo esiglio?..."

Rio Janeiro, marzo 1850

"Qui almeno siamo in America. Si fiuta ancora l'Europa qua e là, ma l'Europa meridionale di Lisbona, non la nordica di Londra. L'ingegner Claudio Martelli è un uomo severo, abbronzato dal sole, e a quanto dicono, onesto e intraprendente: all'udire il mio nome egli diè un guizzo di sorpresa, e domandò se fossi parente di quel Carlo Altoviti che avea preso parte alle rivoluzioni di Napoli del novantanove e del ventuno. Saputo che era suo figlio, si sciolse dalla rigidezza per gettarmi le braccia al collo, e allora sperai che il suo cuore non fosse tutto matematico; imperocché a dirla schietta io ho dei matematici l'egual paura che dei mercanti. Guai se mi metton al gran cimento d'una regola del tre! Mi perderebbero la stima.

"Egli mi domandò se mio padre m'avesse mai parlato di lui, ed io gli risposi che sí; perché infatti mi risovvenne allora come un barlume di qualche storia narratami nel quale figurava il nome di Martelli; ma io per disgrazia ho badato sempre poco alle parole di mio padre, e memoria precisa non me n'era rimasta. Mi significò allora che da poco aveva ricevuto lettere di suo fratello il quale sarebbe venuto in America e dimorava allora a Genova con mia sorella e mio cognato: profferendomisi poi in quanto mi poteva abbisognare, giacché si professava debitore a mio padre di grandi beneficii e ringraziava il cielo di poterglisi mostrar grato nell'aiutare i figliuoli. Seppi allora da lui quello che già sospettava, cioè che il dottor Ciampoli, privato dalla rivoluzione di ogni suo avere e già allo stremo di danaro, cercava in America un mezzo da accumulare alle spicce una piccola fortuna e ridursi poi a viver d'essa o a Genova o a Nizza o in qualche altra città del Piemonte. Se io avessi saputo prima di salpare da Civitavecchia la proscrizione di mio cognato, e la dimora di lui e di mia sorella a

Genova, certo mi sarei volto colà. Ma allora, oltreché m'adescavano quelle imprese grandi e lontane, mi doleva anche l'anima di abbandonar il buon dottore e la sua famigliuola. La compagnia d'un giovane può esser loro di grande aiuto e beato me se potessi accelerare d'un giorno solo l'avveramento delle sue speranze! Rimasi dunque, fermo di partecipare alla sua sorte ed al ritorno.

"Il Brasile è uno Stato nuovo ed ordinato. L'ingegnere non disperava di procurare al dottor Ciampoli un posto assai lucroso; ma ci voleva tempo. Aspettammo dunque; e al dottore si provvide intanto con un discreto impiego nell'ufficio delle Statistiche Imperiali, mentre io esponendo i miei titoli di capitano ottenni un grado di maggiore nella fanteria di confine. Nell'esercito trovai viva la memoria d'un altro amico di mio padre, del maresciallo Alessandro Giorgi, che partí due anni fa per Venezia al primo annunzio della rivoluzione, e lo dicono morto colà di ferite. Se deggio credere a quanto mi si narra, fu uomo veramente straordinario: non di sublime ingegno ma di quella virtù tenace confidente incrollabile che bene spesso tien vece anco d'ingegno. Egli solo, in poco tempo, con ottocento uomini di truppa regolare ridusse a soggezione, ordinò, e stabilí uniformità di leggi e d'imposte in quell'immensa provincia centrale di Mato-Grosso che vince la Francia in grandezza. A udir minutamente tutte le imprese da lui condotte a termine in trent'anni su quei confini ignorati della civiltà, c'è da credere che non sia passata ancora l'età dei portenti. Se sapessi di prosodia vorrei far vedere che i poemi non sono rancidumi; e si può benissimo scriverne finché cotali eroi ne porgono materia. L'Imperatore gli avea donato la duchea di Rio-Vedras; ma egli abbandonò tutto per volare a Venezia. Cosí vorrei vivere, cosí morire anch'io. Né pretendo diventar duca; mi basterebbe che fossi annoverato fra i benemeriti della civiltà.

"Ora si ha la speranza che il dottor Ciampoli possa esser mandato come sopraintendente delle miniere in quella stessa provincia che fu campo di tanta gloria al maresciallo Giorgi. Io lo seguirei con una scorta di bersaglieri a piedi ed a cavallo. Ma questo non avverrà che nell'autunno."

Rio Ferreires, novembre 1850

"Non so oggimai perché vado continuando ogni cinque o sei mesi questa mia storia affatto inconcludente. Quello ch'io scrivo, la mia famiglia lo seppe già per lettere; e io non sono un letterato ch'abbia in animo di stampar la sua vita: tuttavia l'abitudine mi padroneggia; ho cominciato a imbrattar carta parlando di me, e ci ho pigliato gusto, e di tanto in tanto debbo obbedire ad un ghiribizzo. Fortuna che è discreto; perché dal principio dell'anno non ho empito che due carte, e prima che riprenda la penna dopo averla lasciata questa volta, Dio sa quanto tempo vorrà passare!... Convengo peraltro col mio capriccio, che questi paesi sforzano a scrivere. Partiti una volta, bisognerà ricorrere ai segni scritti della nostra ammirazione per non credere che la memoria ci inganni, e che il prisma della lontananza ci cangi i minuzzoli in montagne e in diamanti i sassi. Tutto qui è grandioso intatto sublime. Montagne, torrenti, selve, pianure, tutto serba l'impronta dell'ultima rivoluzione che ha sconvolto il creato, e tràttone l'ordine meraviglioso della vita presente. Ma la vita della natura somiglia qui tanto all'europea, come la cadente esistenza d'un vecchio alla robusta e piena salute del giovine. Accavallamenti e serragli di montagne che s'aggruppano, s'addentrano, s'addossano le une alle altre circondate da boschi misteriosi, e vomitanti, frammezzo alle nevi, eterni vortici di fiamme. Piante secolari, ognuna delle quali sarebbe una selva sui fianchi scarnati dell'Appennino; vallate dove l'erba nasconde tutta una persona, e i tori selvatici fuggono cornando l'aspetto d'un uomo; torrenti abbandonati in cascate di cui l'occhio misura appena l'altezza; e le acque si disperdono in una lieve atmosfera nebbiosa che occupa tutta la valle e la immerge in un'iride incantevole; le viscere della terra chiudono l'oro e l'argento; i macigni si spaccano e ne escono diamanti; il gran fiume si volve immenso e tortuoso come un gran serpente addormentato, fra rive ombrose di banani e di catalpe. La terra lussureggiante, il sole infocato, il cielo quasi sempre sereno, ma la fresca brezza delle Ande consola ogni giornata di qualche ora di primavera.

"Oh se si avessero qui le grandi ferrovie delle valli dell'Ohio e del Mississipí! Se questa provincia non fosse lontana tre mesi di cammino da Rio Janeiro! È inutile: la distanza aumenta la mestizia della separazione; e per quanto sia irragionevole, due anni nel Mato-Grosso devono sembrar piú lunghi di dieci e di venti in Francia od in Svizzera. Pure Venezia è tanto in Francia ed in Svizzera come nel Mato-Grosso, ma sembra che l'aria ci porti piú facilmente qualche sospiro dei nostri cari.

"Noi siamo alloggiati da principi, ma la natura ci fa le spese e la mano dell'uomo ci ha poco merito. Una casa costrutta di pietra viva ma che somiglia una tenda, tanto è aperta per ogni lato da logge, da atrii, da gallerie; dietro un gran giardino che finisce alla sponda del fiume, dinanzi un cortile dove s'affaccendano gli schiavi e nitriscono i puledri quando sulla sera li raccolgono nelle stalle. La città si stende nella pianura sopposta, e giunge anch'essa fino al fiume che dietro il nostro giardino s'incurva rapidamente: un po' a sinistra sono le caserme dove io vado due volte al giorno a comandar gli esercizi e a fare l'appello della notte. Costoro sono ubbidientissimi soldati a Rio Janeiro, ma lungo la strada perdono mano a mano le loro virtù, si tramutano in scorridori, in briganti, e qui poi di poco dissomigliano dagli Indiani che ci molestano di continui assalti.

"Sono brevi guerre, ma sanguinose e piene di rischi. Si tratta di superare, col vitto di parecchie giornate in ispalla, rupi quasi inaccessibili, di passare precipizi orribili sopra alberi tagliati al momento e buttati a cavalcioni da una sponda all'altra, di cercare i nemici come le fiere in antri profondi e tenebrosi, in boscaglie cupe paludose piene di agguati e di serpenti. Si ode un fischio rasente l'orecchio, e sono frecce scagliate da mani invisibili; non sono né feriti né prigionieri; le armi sono avvelenate e se fanno sangue uccidono; chi cade nelle mani del nemico è scannato senza remissione; dicono che qualche buongustaio si diverte anche a mangiarli. Del resto fuori di questi passeggeri trattenimenti la nostra vita è quella dei ricchi villeggianti sulle rive della Brenta; piú questo cielo, e questa magica natura che tramuta la terra in paradiso. Il dottor Ciampoli, ispettore delle miniere, rimase assente due o tre giornate nei suoi giri di sorveglianza: egli ha avviato un commercio di diamanti con Bahja, che frutterà assai in poco tempo. Di solito gli serve di scorta un sergente con dieci uomini, ma qualche volta l'accompagno io. Scegliamo allora le gite piú pittoresche e poetiche, e l'ultima volta che fummo in una miniera nuovamente scoperta, si vollero condurre anche la Gemma e il Fabietto. Il chiasso che si fece in quel piccolo viaggio non è a descriversi; mi parve esser tornato alle asinate di Recoaro e di Abano. Quando si aveva a varcare un torrente la Gemma tremava e rideva dalla paura ma pur si fidava di me; e metteva i suoi piedini sul passatoio l'un dopo l'altro, cosí daccosto, cosí leggieri, che era cosa da baciarla. Davvero non potrei volerle maggior bene se fosse mia sorella.

"Piú spesso quando suo padre è assente, ed io rimango per badare alla soldatesca che ha bisogno di esser curata perché non diventi il flagello del territorio, noi passiamo insieme le piú simpatiche giornate che si possano immaginare. Studiamo insieme un tantino di storia, ed io le insegno quel poco che so di Atene e di Roma; ella m'insegna di ricambio a strimpellar qualche arietta sul cembalo, e cosí in due mesi si suona già a quattro mani, che in Europa sarebbe un martirio l'udirci; ma qui ne sono incantati, e due ragazze mulatte, che sono le sue cameriere, non tralasciano mai di ballare alla nostra musica una indiavolata sarabanda. Davvero che codeste signore schiave hanno bel tempo, e se qui stessero tutti i danni della servitù, sarebbe da sottoscriversi subito; ma ho già veduto le fattorie le piantagioni di zucchero, e non ho coraggio di parlare.

"Anche la schiavitù ha la sua aristocrazia spensierata felice e dura ma odiata dagli inferiori piú forse degli stessi padroni. Fra me e la Gemma si fa anche un po' di scuola al Fabietto; egli sgrammatica già nel francese con inimitabile audacia, e tutti insieme poi prendiamo lezione di portoghese da un vecchio prete che è cappellano, vescovo, e direi quasi papa del paese. V'ha, sí nella provincia un vescovo, ma è miracolo se una volta in sua vita si cimenta fin quassù. Sono fatiche da bestie, e i nostri prelati suderebbero a figurarsele: non si trovano qui né parrochi ospitali, né canoniche spaziose e parate a festa, né mense ben fornite ad ogni due miglia. Bisogna serenare dieci notti prima di trovare una capanna dove un povero e coraggioso missionario arrischia la vita per insegnare ai selvaggi quell'abbicí della civiltà che è il cristianesimo. Il maresciallo Giorgi, l'invincibile duca di Rio-Vedras, ha fatto assai colle carabine; ma piú faranno, credo, questi preti ignorati pazienti. Qui Voltaire ha ancora torto. Insomma se non fosse la lontananza, l'incertezza delle corrispondenze, e quella smania di novità che accresce sempre mano a mano che si veggono cose piú nuove e stupende, torrei volentieri di finir qui la mia vita. Ma Venezia?... Oh non pensiamoci!... Papà e mamma, vi rivedrò io mai piú?... In cielo, è certo."

Rio Ferreires, giugno 1851

"Quanti mesi che non aggiungo nulla a queste poche note del mio esiglio; ma converrebbe appunto o scrivere un volume al mese o restarsi. Qui tutto nuovo strano inopinato; ma dopo le lontane escursioni fra le tribù selvagge, si torna sempre alla pace e alla giocondità della famiglia. Il dottore è contentissimo de' suoi negozi. — Ancora un anno – mi dice – e rivedremo Genova!... Ma voi perché non prendete parte al nostro commercio?... perché non vi arricchite? — Egli crede che la mia famiglia sia povera, né suppone giammai che la loro compagnia fosse grandissimo motivo di trapiantarmi nel Mato-Grosso; perciò rispondo che non ho grandi bisogni, che son giovine, ed è mia sola ambizione lo avvezzarmi alle rischiose fazioni militari e tornar in Italia scarso di denari ma ricco d'esperienza. La Gemma sorride di queste mie parole, e il Fabietto strepita ch'egli pure vuol esser soldato e comandare l'esercizio. Il diavolino si fa robusto ed animoso; cavalca vicino a me le mezze giornate, e se usciamo a caccia mi vince nell'aggiustatezza del tiro. Ma io ho compassione di uccidere uccelli di sí vaghe piume, che ci guardano passare con tutta confidenza appollaiati sul loro ramo. La mano del fanciullo è meno pietosa e non trema come la mia; egli è intrepido, forte, quasi brasiliano; non serba di Venezia che il colore degli occhi e i bei capelli castano dorati; parla il portoghese come lo avesse imparato a balia, e fa vergogna a noi che zoppichiamo ancora nella pronuncia.

"Ieri ho ricevuto lettera da casa; ma il papà mi dice di averne scritte otto o dieci, e questa è la prima che mi giunge. Chi sa qual sorte avranno corso le mie! Anche l'ingegner Martelli mi scrive che è giunto suo fratello e che andranno insieme a Buenos Aires, chiamati da quel governo per affari coloniali e militari. Colà gli Italiani hanno buon nome; il general Garibaldi ha lasciato gran desiderio di sé, e si diceva che ne sperassero il ritorno. Se fosse prima di tornar in Europa, vorrei passarvi per salutarlo, e con lui anche i Martelli che mi son cari come fossero del mio sangue. O patria patria, come allarghi i tuoi legami per tutto il mondo! Due nati sotto il tuo cielo si riconoscono senza palesar il proprio nome sulla terra straniera, e una forza irresistibile li spinge l'uno all'altro fra le braccia!..."

Villabella, aprile 1852

"Che orribili giorni! Son due mesi che ci penso e non mi sono ancora indotto a scriver sillaba. Oh mi sarei strappato l'anima coi denti se avessi saputo l'anno scorso quali cose tremende e funeste doveva accogliere questa pagina! – Ella è là che dorme; la sua mente si è rischiarata, la salute si rinfranca ogni giorno meglio, tornando le rose sul suo bel volto, e gli occhi risplendono fra le lagrime. Qual doloroso spettacolo il freddo letargo e i sùbiti delirii dei giorni addietro! Ma adesso la tempesta ricade in calma; vince la buona natura, e sento di qui il suo respiro tranquillo ed uguale come d'un bambino addormentato. Scriviamo prima che le scene spaventose di quella tragedia non si confondano affatto nella memoria che raccapriccia tuttora.

"Sul principio d'agosto dell'anno scorso erasi notata qualche inquietudine nelle tribù indiane che scendono a svernare sulle rive del fiume, anzi io avea fatto chiedere di soccorso il governatore di Villabella, ma per la lontananza non ci avea lusinga di averne prima della primavera susseguente; bensí avea fatto munire intanto con fuciliere e cannoni le nostre caserme, di modo che quel fortino improvvisato difendesse anche gli approcci della nostra residenza. Ma la cosa si contenne nei limiti delle avvisaglie fino al gennaio passato, quando essendo scoppiato un tumulto piú pericoloso intorno alla miniera dell'ovest, io dovetti accorrere in fretta colà con gran parte della guarnigione a dar un esempio. Quella fazione mi tenne lontano piú ch'io non credessi; i selvaggi combattevano con un'astuzia particolare, e soltanto dopo tre settimane giungemmo a ricacciarli di là dal fiume e a bruciar loro le barche.

"Sicuri che non ci darebbero noia per un pezzo ci rivolsimo verso Rio Ferreires, quando a mezzo cammino si trovò un corriere che ci dava molta fretta per esser la città minacciata dagli Indiani. Ad onta che i soldati fossero stanchissimi, sforzammo disperatamente le marce perché molti aveano lasciato nelle caserme le loro mogli e si viveva in grandissima ansietà. Io temeva assai del dottor Ciampoli, il quale per essere molto fiero e risoluto poteva arrischiare sé ed i suoi a qualche tristo cimento. La prima cosa che mi colpí gli occhi quando giunsimo in vista di Rio Ferreires, fu la Sopraintendenza tutta quanta in fiamme. Il furore, la rabbia ci raddoppiarono le forze e per tutte quelle cinque miglia che restavano fu una corsa sfrenata. Gli Indiani, in fatto, avevano assaltato di nottetempo le caserme, inchiodato i cannoni, e scannato per sorpresa gran parte degli uomini, facendo prigioniere le donne.

"I pochi superstiti si erano rifugiati alla residenza; ma colà appunto si era rovesciata proprio nel momento del nostro ritorno la rabbia dei selvaggi. Gridavano di voler uccidere i capi bianchi ch'erano venuti a spodestarli della pianura e della riva del Gran Fiume; e lanciavano contro le mura frecce e macigni. Il dottore coi suoi pochi soldati si difendeva gagliardamente, e dava tempo ai coloni del paese di armarsi e di correre in aiuto; fors'anco noi potevamo capitar a tempo e tutto era salvo. Ma a quelle fiere rabbiose capitò in mente il ripiego dell'incendio; grandi ammassi di canne delle vicine fattorie furono cacciati intorno alla Sopraintendenza, e per opposizione che facessero i rinchiusi, in breve un immenso vortice di fuoco invase i fabbricati. Allora furono veduti prodigi di valore e di disperazione; donne che si precipitavano nelle fiamme, uomini che si gettavano dalle finestre e usciti semivivi dall'incendio si facevano strada col pugnale traverso i selvaggi, schiavi e schiave che facevano schermo del proprio petto ai padroni, soldati che si piantavano le spade nel cuore piuttostoché correre il pericolo di esser arrostiti vivi.

"Il dottor Ciampoli uscí dalla porta laterale dinanzi alla quale le fiamme erano meno dense; aveva intorno una scorta di sei uomini disperati e fedeli, dietro il Fabietto che con coraggio maggiore dell'età sua si trascinava per mano e quasi portava la Gemma; egli procedeva innanzi colla spada in una mano e il pugnale nell'altra. Sperava aprirsi un varco fra i nemici, ma usciti tutti a salvamento dall'incendio, tosto fu loro addosso una frotta tumultuosa di pelli-rosse. Parevano demonii guizzanti a tafferuglio nelle fiamme dell'inferno, e noi scendendo dal monte lontano un miglio appena, ne vedevamo allora le sinistre apparizioni. Il dottore cadde in ginocchio colpito da una freccia, ed ebbe il coraggio di volgersi ad attirare a sé il garzoncello che stringeva la Gemma fra le braccia, e continuava a difender sé e loro roteando la spada. Ma la ferita zampillava sangue come una fontana, e cadde riverso mentre cresceva intorno la rabbia degli assalitori. Allora il Fabietto, fanciullo miracoloso, brandí la spada del padre, e abbandonando la sorella svenuta sul cadaver di lui, sostenne per qualche minuto una battaglia terribile e senza speranza. Oh perché il corriere non ci avea incontrati un'ora prima!... Il fanciullo, colpito da molte frecce, stramazzò mormorando il nome di Maria, e i selvaggi si precipitarono sopra quei corpi benedetti per adornare il loro mostruoso trionfo; ma in quella il vecchio prete portoghese che avea saputo dell'eccidio della Sopraintendenza, accorse in camice e stola col crocefisso in mano. L'aspetto di quell'uomo disarmato che parlava loro di pace nel linguaggio nativo, e che si esponeva senza paura ai loro strazii per salvar i fratelli, arrestò un momento i selvaggi. Intanto ci si dié tempo di giungere.

"Quello ch'io vidi, quello che soffersi e operai nel resto di quella notte, lo sa Iddio; io non me ne ricordo piú. Al mattino trecento cadaveri indiani s'ammucchiavano qua e là sullo sterrato dei forti; ma il povero dottore, suo figlio e duecento dei nostri, tra soldati e coloni, ci avean lasciato la vita. La Gemma non era tornata in sé che per cadere nella pazzia e d'allora in poi il suo delirio durò quasi due mesi. Le caserme rovinate, gli stabilimenti incesi, le tribù indiane che s'ingrossavano intorno sempre piú mentre noi eravamo assottigliati di numero e di forze, ci persuasero di ritirarci a Villabella. Qui la guarigione della Gemma sembra quasi assicurata; e mi riprometto entro l'estate di giungere a Buenos Aires, ove essendosi stabiliti i Martelli, io la consegnerò a loro od anche dietro loro consiglio la condurrò io stesso in Europa. Dio secondi le mie buone intenzioni!..."

Buenos Aires, ottobre 1852

"Tre mesi di viaggio, ma sempre vago, pittoresco, in paesi di bellezze quasi favolose. La distrazione guarí affatto la Gemma; ella mi sorrideva quasi per ringraziarmi delle molte brighe ch'io mi assumeva per lei. Giunti a Buenos Aires i Martelli n'erano partiti per una città dell'interno a stabilirvi i rudimenti d'una colonia; ma un capitano amicissimo dell'ingegnere, che salpava per Marsiglia, avrebbe fatto il piacere di condurre la Gemma a Genova presso una sua zia; egli aveva moglie a bordo, e il partito era per ogni verso convenientissimo. Quanto a me voleva tornare a Rio Janeiro per prendere di là la mia rivincita su quegli Indiani maledetti. Senonché, quand'io scopersi queste mie idee alla Gemma, ella chinò il mento sul petto e due fiumi di lagrime le sgorgarono dagli occhi.

"— Cosa avete? – le chiesi – forse vi dispiace lasciar l'America?

"— Oh tanto! — mi rispose ella singhiozzando e guardandomi con occhi pieni di preghiera.

"Il resultato si fu che ci sposammo quattro settimane dopo e si pensò a partire in compagnia per l'Europa; allora non le dispiacque piú abbandonar l'America, e quanto a me rinunciai per amor suo alla vendetta sugli Indiani.

"Oh qual creatura adorabile è la Gemma! Dio mi dia bene, ma da due mesi che siamo marito e moglie non ho pensato ad altro che ad amarla. Ci fermammo qui, sperando di salutare i Martelli ed anche un Partistagno che ci si dice esser con loro; ma siccome pare che tarderanno, penso d'intraprendere una gita nell'interno per salutarli. Intanto fui utile al governo col disegnare i piani d'una nuova colonia sulla spiaggia oltre il Rio, la quale sarà composta tutta d'Italiani, e pel luogo piú opportuno riescirà certo assai meglio dell'altra, alla quale invano attendono da un anno i Martelli. Anche vorrei abboccarmi con loro prima di partire per dar loro qualche ragguaglio in proposito; e soltanto mi spiace che essendosi sollevate le provincie del Mezzogiorno mi toccherà allungare d'assai il viaggio per trovarli."

"Son prigioniero da ventotto mesi nelle mani di questi insorgenti che mi trascinano dietro al loro campo come un misero schiavo. Ho due bambini, figliuoli della schiavitù e della sventura; la loro povera madre mi accompagna sempre, e sconta amaramente l'audacia di aver voluto unire il suo destino al mio. Pur troppo, dopo aver lasciato il padre e il fratello sopra questa terra vorace di America, ci lascerà anche il marito!... La febbre mi consuma e domani forse sarò cadavere.

"O padre, o madre mia! o miei dolci fratelli, quanto sarebbe lieto il mio spirito di spiccar d'infra voi il suo volo pel cielo!... Benedetto peraltro Iddio che anche sugli ultimi confini del mondo seppe circondar la mia morte di affetti soavi. Tre angeli intorno al letto mi fanno fede, notte e giorno, della eterna beatitudine!...

"O padre mio, sento che la morte si avvicina, e che i miei patimenti terreni sono al loro termine! Tu, verso del quale io ebbi sí gran torti, perdona al mio spirito fuggitivo la sua ingratitudine, consola di qualche compianto la penitenza ch'egli si è imposta, rendi pura e onorata la mia memoria se non all'ossequio, alla compassion della patria, e raccogli fra le braccia questa vedova infelice questi innocenti orfanelli che la mano di Dio proteggerà guidandoli per mari e per terre fino alla soglia della tua casa!... Quand'essi picchieranno umilmente alla tua porta tremino di commozione i vostri cuori!... Che non ci sia neppur bisogno di pronunciare i vostri nomi!... Io vi farò conoscenti l'uno dell'altro, io vi spingerò l'uno all'altro fra le braccia! Ma il pensiero di Giulio aggiunga e non tolga dolcezza alle vostre lagrime!..."

Cosí finiva di scrivere il mio sventurato figliuolo, e morí il giorno appresso fra le braccia della moglie. Costei non sapeva decidersi a partire da quel continente malaugurato nel quale riposavano i suoi piú cari. S'attardò a Saladilla per quanto gli insorgenti le permettessero di tornare a Buenos Aires per imbarcarsi: vi tornò finalmente nel giugno, ma la sua vitalità era già corrosa da un cancro immedicabile. I Martelli scrivevano di averla veduta piegarsi sulla tomba ogni giorno piú colla rassegnazione d'una martire; soltanto piangeva di abbandonar i suoi figliuoli ma consolavasi col pensiero che affidati a tali amici essi sarebbero giunti a salvamento nella famiglia del padre loro. Le parole ch'ella aggiunse di suo proprio pugno sotto il giornale di Giulio furono e saranno sempre inondate dalle mie lagrime ogniqualvolta le leggerò.

"Padre – diceva ella – mi rivolgo a voi, perché altro padre, né fratello, né parente io ho piú sulla terra; soltanto due figliuoletti mi siedono ora sulle ginocchia, che domani giocheranno su una tomba. Padre mio, divisi da tanto mondo, pure l'affetto, o morti o vivi, ne congiungerà sempre. Io ho amato il vostro Giulio come lo amaste voi; ora egli mi chiama dall'alto dei cieli ed io per volontà di Dio son la prima a seguirlo. Oh perché non ho potuto bearmi almeno una volta delle vostre venerabili sembianze? Sconosciuti l'uno all'altra passammo per questa terra, ed eravamo tanto uniti quanto lo può essere a padre figliuola. Ma anche questa è un'arra che ci vedremo nel cielo. Dio non può dividere per sempre l'amore dall'amore; e gli spiriti traverso gli spazii dell'universo si trovano piú facilmente che due amici in un piccolo paese. Oh padre mio, voi tarderete a seguirci, tarderete pel bene dei figli nostri. Lo so; c'invidierete, e il tardare vi sarà un tormento, ma, per carità, non abbandonateli orfani affatto sopra la terra! Io son donna, io son debole, eppur prego e scongiuro Iddio ch'essi imparino dal vostro esempio e dalla vostra bocca ad imitare il padre mio. A rivederci, a rivederci in cielo!...".

Cosí si volgeva a me quell'anima celeste dal suo letto di morte e posava la penna per posar insieme i dolori della sua vita mortale. Oh io mi ricordava suo padre, mi ricordava la fanciulletta che gli dava mano e attirava gli sguardi in piazza per la sua angelica bellezza! Cotale doveva trovarla!... figlia, fantasma e dolore!... Doveva perderla prima di sapere d'averla avuta!... Doveva cominciare ad amarla per piangere sopra due tombe invece che sopra a una! Doveva sollevare le mie speranze al cielo perché là mi si concedesse di rimeritarla presto dell'amore ch'ella aveva portato a mio figlio!... Il mio cuore ebbro di speranza, i miei occhi sono pieni di lagrime!...

Ed ora vivo coi miei figli e coi figliuoli dei miei figli, contento di aver vissuto e contento di morire. Sono anche felice di poter far qualche bene a vantaggio degli altri. Raimondo Venchieredo, che è morto qui in campagna durante la rivoluzione, ha avuto l'idea molto onorevole per me di raccomandarmi la sua prole. Io ho scordato l'inimicizia d'un tempo, e allargo la mia paternità sopra quest'altra famiglia: così potessi beneficare tutti gli uomini e che la potenza corrispondesse alla buona volontà!... Luciano mi lusinga d'un'altra visita per questa primavera, e i piccoli sono lieti di avere per compagno di viaggio il loro zio Teodoro, che non si è mai ammogliato ed è la loro delizia. Demetrio, poveretto, datosi anima e corpo alla Russia, s'arrolò per colonnello nella Legione Moldava, e morí sui campi di Oltenizza, portando in cielo la speranza dell'impero greco di Bisanzio. Ma la forza delle idee non si spegne; e le anime dai loro misteriosi recessi seguitano a premere questo mondo riottoso e battagliero. Da ultimo ho ripreso fra mano la famosa opera del conte Rinaldo; e fra un mese ne sarà pubblicato il secondo fascicolo; la somma occorrente è già depositata presso il tipografo, e la stampa non soffrirà interruzioni. Spero che se ne gioverà assai la patria letteratura, e che gli studi critici sul commercio veneto e sulle istituzioni commerciali dei Veneziani durante il Medio Evo serviranno di splendido commento alla storia che va compilando con sí profonda dottrina il nostro Romanin. Gli Italiani impareranno a conoscere un altro ingegno sterminato e modesto che si consumò oscuramente nella polvere delle biblioteche e fra le cifre d'una ragioneria; io sarò contento di aver eseguito appuntino gli ultimi desiderii d'un uomo che meritava piú assai di quanto non cercò mai di ottenere.

Le domeniche quando colla carrozza (ohimè! sento anch'io lo scirocco di Monsignore!) conduco la Pisana, mio genero e i quattro nipotini o alla fontana di Venchieredo od a Fratta, mi passa sulla fronte una nuvola di melanconia; ma la cancello tosto colla mano e riprendo la solita ilarità. Enrico si maraviglia di trovarmi cosí sereno ed allegro dopo tante disgrazie, nell'età non tanto allegra di ottantatré anni. Io gli rispondo: — Figliuolo mio, i peccati affliggono piú delle disgrazie; ma quei pochi che aveva io, credo averli scontati abbastanza, e non me ne spauro. Quanto alle disgrazie, non danno piú gran fastidio sul limitare della tomba: e senza creder nulla senza pretender nulla mi basta esser sicuro che al di là né mi attende sorte peggiore né castigo veruno! Bada a procacciarti una tal sicurezza, e morirai sorridendo!

Sí, morire sorridendo! Ecco non lo scopo, ma la prova che la vita non fu spesa inutilmente, ch'essa non fu un male né per noi né per gli altri. Ed ora che avete stretto dimestichezza con me, o amici lettori, ora che avete ascoltato pazientemente le lunghe confessioni di Carlo Altoviti, vorrete voi darmi l'assoluzione? Spero di sí. Certo presi a scriverle con questa lusinga, e non vorreste negare qualche compassione ad un povero vecchio, poiché gli foste cortesi di sí lunga ed indulgente compagnia. Benedite, se non altro, al tempo nel quale ho vissuto. Voi vedeste come io trovai i vecchi ed i giovani nella mia puerizia, e come li lascio ora. È un mondo nuovo affatto, un rimescolio di sentimenti di affetti inusitati che si agita sotto la vernice uniforme della moderna società; ci pèrdono forse la caricatura e il romanzo, ma ci guadagna la storia. Oh, se come dissi un'altra volta, noi non pretendessimo misurare col nostro tempo il tempo delle nazioni, se ci accontentassimo di raccogliere il bene che si è potuto per noi, come il mietitore che posa contento la sera sui covoni falciati nella giornata, se fossimo umili e discreti di cedere la continuazione del lavoro ai figliuoli ed ai nipoti, a queste anime nostre ringiovanite, che giorno per giorno si arricchiscono di quello che si fiacca si perde si scolora nelle vecchie, se ci educassero a confidare nella nostra bontà e nell'eterna giustizia, no, non sarebbero piú tanti dispareri intorno alla vita!

Io non sono né teologo né sapiente né filosofo; pure voglio sputare la mia sentenza, come il viaggiatore che, per quanto ignorante, può a buon dritto giudicare se il paese da lui percorso sia povero o ricco, spiacevole o bello. Ho vissuto ottantatré anni, figliuoli; posso dunque dire la mia.

La vita è quale ce la fa l'indole nostra, vale a dire natura ed educazione; come fatto fisico è necessità; come fatto morale, ministero di giustizia. Chi per temperamento e persuasion propria sarà in tutto giusto verso se stesso verso gli altri verso l'umanità intera, colui sarà l'uomo più innocente utile e generoso che sia mai passato pel mondo. La sua vita sarà un bene per lui e per tutti, e lascerà un'orma onorata e profonda nella storia della patria. Ecco l'archetipo dell'uomo vero ed intero. Che importa se anche tutti gli altri vivessero addolorati ed infelici? Sono degeneri, smarriti o colpevoli. S'inspirino a quell'esemplare dell'umanità trionfante, e troveranno quella pace che la natura promette ad ogni sua particella ben collocata. La felicità è nella coscienza; tenetevelo a mente. La prova certa della spiritualità, qualunque ella si sia, risiede nella giustizia.

O luce eterna e divina io affido ai tuoi raggi imperituri la mia vita tremolante e che sta per ispegnersi!... Tanto sembra spento il lumicino al cospetto del sole, come la lucciola che si perde nella nebbia. La tranquillità dell'anima mia è oggimai imperturbata, come la calma d'un mare su cui non possono i venti; cammino alla morte come ad un mistero oscuro imperscrutabile, ma spoglio per me di minacce e di paure. Oh se fosse fallace questa mia sicurezza, la natura si piacerebbe a schernire a contraddire se stessa! Non posso crederlo; perché in tutto l'universo non ho trovato ancora né un principio che sfreddi e riscaldi né una verità che neghi ed affermi. Un brivido mi avvisa della vicinanza del pericolo; sarebbero tanto cieche le menti da non avere neppur l'involontario accorgimento dei nervi?...

Oh no! lo sento dentro di me; lo dissi con fede incrollabile, e lo ripeto ora con ferma speranza. La pace della vecchiaia è un placido golfo che apre a poco a poco il varco all'oceano immenso infinito, e infinitamente calmo dell'eternità. Non veggo più i miei nemici sulla faccia della terra, non veggo gli amici che mi hanno abbandonato ad uno ad uno velandosi dietro le ombre della morte. De' miei figli chi se n'è andato con generosa impazienza, chi si è scordato di me, e chi rimane al mio fianco per non farmi disprezzare i beni sicuri di questa vita mentre aspiro agli ignoti e misteriosi dell'altra. Ho misurato coi brevi miei giorni il passo d'un gran popolo; e quella legge universale che conduce il frutto a maturanza, e costringe il sole a compiere il suo giro, mi assicura che la mia speranza sopravviverà per diventar certezza e trionfo. Che deggio chiedere di più?... Nulla, o fratelli!... Io piego la fronte più contento che rassegnato sul guanciale del sepolcro; e godo di vedersi allargar sempre più gli orizzonti ideali mano a mano che scompaiono i terrestri dalle mie pupille affralite.

O anime, mie sorelle di sangue di fede e d'amore, trapassate o viventi, sento che non è finita ogni mia parentela con voi!... Sento che i vostri spiriti mi aleggiano carezzevoli d'intorno quasi invitando il mio a ricongiungersi col loro aereo drappello... O primo ed unico amore della mia vita, o mia Pisana, tu pensi ancora, tu palpiti, tu respiri in me e d'intorno a me! Io ti veggo quando tramonta il sole, vestita del tuo purpureo manto d'eroina, scomparir fra le fiamme dell'occidente, e una folgore di luce della tua fronte purificata lascia un lungo solco per l'aria quasi a disegnarmi il cammino. Ti intravvedo azzurrina e compassionevole al raggio morente della luna; ti parlo come a donna viva e spirante nelle ore meridiane del giorno. Oh tu sei ancora con me, tu sarai sempre con me; perché la tua morte ebbe affatto la sembianza d'un sublime ridestarsi a vita piú alta e serena. Sperammo ed amammo insieme; insieme dovremo trovarci là dove si raccolgono gli amori dell'umanità passata e le speranze della futura. Senza di te che sarei io mai?... Per te per te sola, o divina, il cuore dimentica ogni suo affanno, e una dolce malinconia suscitata dalla speranza lo occupa soavemente.

edizioni intra

COLLANE

Il Disoriente
Grandi classici della narrativa
Serie Pirandello Novelle per un anno
Serie Giallo e Noir
Serie Fantascienza Fantasy Avventura

Mysteria
Saggi e narrativa del "mistero"

Astra
Saggi e racconti. Oltre la Terra

Saggiamente
Saggi di scienze umane e sociali

Retoricamente
Saggi e manuali
su retorica, linguaggio e comunicazione

Politicamente
Saggi e scritti politici

Brĕvitĕr
Manuali e compendi giuridici

Visio
Arti grafiche e visive

Teatro da leggere
Testi teatrali

Università

www.intraedizioni.it

Printed by Amazon Italia Logistica S.r.l.
Torrazza Piemonte (TO), Italy

50485897R00390